성세항언 1

흐리멍덩한 세상을 깨우는 이야기

지은이 풍몽룡冯梦龙(1574~1646)

명나라 때의 문인으로 자는 유룡猶龍, 호는 용자유龍子猶, 고곡산인顧曲散人 등이다. 스물한 살에 생원이 되었으나 과거를 볼 경제적 여력이 없어 다른 과거 지망생을 가르치거나 수험서를 쓰면서 생활을 이어갔다. 교사이자 출판인, 문학가로 살면서 각각 40편의 단편소설을 수록한 대표작 '삼언', 즉 『유세명언』(1621), 『경세통언』(1624), 『성세항언』(1627)을 출간했다. 설화와 민요, 역사 기록 등을 소재로 쓴 백화소설 모음집인 삼언과 장편소설인 『평요전』, 『열국지』 등을 펴냄으로써 중국 소설의 토대를 마련했다는 평가를 받는다. 58세의 늦은 나이에 관직을 얻어 명왕조의 쇠락을 지켜보았고, 명나라가 멸망한 1644년에 명나라의 몰락을 기록한 『중흥실록』을 편찬하고 2년 후 그 자신도 생을 마감했다.

옮긴이 김진곤

1996년 서울대학교 중문과 대학원에서 『송원평화연구』로 박사학위를 취득했다. 중국 역사 서사의 유형과 특징에 관심이 많으며, 중국 고전 서사를 우리말로 옮겨 우리 삶에 재미와 자양분을 공급하는 작업을 하고 있다. 『중국 고전문학의 전통』, 『이야기, 小說, Novel』, 『강물에 버린 사랑』, 『중국백화소설』, 『도교사』, 『그림과 공연 - 중국의 그림 구연과 그 인도 기원』, 『유세명언』, 『경세통언』, 『성세항언』 등의 저서와 역서를 펴냈다. 한밭대학교 중국어과 교수로 재직 중이다.

성세항언
흐리멍덩한 세상을 깨우는 이야기 1

초판 1쇄 찍은 날 2025년 10월 24일
초판 1쇄 펴낸 날 2025년 10월 31일
지은이 | 풍몽룡
옮긴이 | 김진곤
펴낸이 | 김삼수
펴낸곳 | 아모르문디
등   록 | 제313-2005-00087호
주   소 | 서울시 마포구 월드컵북로5길 56 401호
전   화 | 070-4114-2665   팩   스 | 0505-303-3334
이메일 | amormundi1@daum.net

ⓒ 김진곤, 2025 Printed in Seoul, Korea

ISBN 979-11-91040-50-0 (04820)

책값 30,000원

이 책은 저작권법의 보호를 받는 저작물이므로 무단전재와 복제를 금지하며, 이 책의 내용 일부 또는 전체를 재사용하려면 반드시 저작권자와 출판사의 동의를 받아야 합니다.

성세항언 醒世恒言

흐리멍덩한 세상을 깨우는 이야기

풍몽룡 지음
김지곤 옮김

아모르문디

서문

　유가 경전과 관찬 역사서를 제외한 저술은 다 소설이다. 그런데 이치만을 강조하면 너무 난해해지고, 문장의 수사만을 신경 쓰다 보면 너무 장황해져서 보통 사람들의 소박한 마음에 감동을 주기가 쉽지 않다. 내가 『성세항언』 40편을 『유세명언』, 『경세통언』에 이어서 간행하는 이유도 바로 여기에 있다. '명明'은 어리석은 자들의 머리를 밝게 하여 계몽한다는 뜻이다. '통通'은 세상 사람하고 잘 통할 수 있다는 뜻이다. '항恒'은 오래 봐도 물리지 않아서 두고두고 후세에 전해진다는 뜻이다. 이 세 작품집은 비록 이름은 달라도 그 기본적인 뜻은 같다고 하겠다.
　대저 사람들은 평소 이 한결같은 마음을 유지하면서 살고 있으니 평소 행동이나 말이 한결같고 서로 어긋나지 않는다. 그러다가도 일단 술이 들어가기만 하면 고래고래 소리를 지르며 왔다 갔다 하고, 넓은 강줄기를 가느다란 도랑처럼 여기고, 높은 성곽을 그저 문지방 보듯 하며 기고만장해진다. 이게 다 술이 그들의 정신을 흐릿하게 만들었기 때문이다. 그러나 사람들이 어찌 시도 때도 없이 술을 퍼마시겠는가? 비록 필탁畢卓1)이나 유개劉愷2) 같은 고래의 유명한 술고래도 늘 술에 취해 흐리멍덩했던 것은 아니다. 그런즉 모름지기 사람이라면 맑은 정신으로 깨어있을 때가 많고, 어쩌다 잠시 술에 취하고 흐리멍덩해지고 그러는 것이다. 젖먹이 어린아이처럼 걱정도 하고 이리저리 살피는 것은 깨어있는 것이고, 사람이 빠진 우물 안에다 돌을 집어 던져넣는 것은 정신이 흐리멍덩한 것이다. 목에 걸리는 가래를 기를 쓰며 뱉어내는 것은 깨어있는 것이고, 염치도 없이 체면도 안 차리고 그저 목구멍에 들어갈 만한 것이면 아무것이나 다 빌어먹는 것은 흐리멍덩한 것이다. 절차탁마하여 옥을 만들어내는 것은 깨어있는 것이고, 길가의 잡석에다 자기 이름자를 새겨 넣고자 안달하는 것은 흐리멍덩한 것이다. 좀 더 미루어 생각해 보자. 충효는 깨어있는 것이고, 도리를 저버리는 것은 흐리멍덩한 것이다. 절개를 지키고 자기 단속을 하는 것은 깨어있는 것이고, 음란하고 방탕한 것은 흐리멍덩한 것이다. 귀에 잘 들리고, 눈에 잘 들어오며, 입에 잘 붙고, 마음이 올곧아지는 것은 깨어있는 것이고, 귀에 잘 들리지도 않고, 봐도 뭔지 잘 구분이 안 되고, 맥락이 제대로 이어지지도 않고, 말만 시끌벅적 번다한 것은 흐리멍덩한 것이다.

 대저 사람에게는 하늘로부터 받은 한결같고 일관성 있는 마음이란 것이 본디 있어 그 마음으로 사고하고 판단할 수 있다. 이 한결같음을

---

1) 남조 진나라 여남汝南 사람. 거침없는 성격에 술 마시기를 너무 좋아했다. 평생소원이 술 연못에 들어가 헤엄치다 죽는 것이었다고 한다. 나중에 이부랑吏部郎이 되었으나 술만 마시다가 파직되고 말았다.

2) 후한 패국沛國 풍현豊縣 사람. 본디 벼슬에 뜻이 없고 은거하기를 좋아했으나 한 안제 때 태상 벼슬을 3년 정도 하기는 했다. 그러다 병을 얻어 은퇴하고 얼마 안 있어 세상을 떠났다.

따르는 자는 복이 있고, 이 한결같음을 버리고 갈팡질팡하는 자는 흉하다. 사람이라면 한결같은 마음을 품고, 한결같은 말을 하고, 한결같은 행동을 해야 한다. 그런 말과 행동은 부부 사이에서도 전혀 낯설거나 거리낄 게 없는 것이며, 하늘과 땅의 도리에 비춰봐도 전혀 부끄럽지 않은 것이어야 한다. 아래로는 무당이나 의원도 따라 지어낼 줄 알고, 위로는 성인군자도 기꺼이 보고 싶고 따라 하고 싶은 그런 것이어야 한다. 이러니 한결같음, 일관성의 의의는 크고 또 크도다!

옛날 세상이 흐리멍덩하고 어지러웠을 때 사람들이 하늘이 흐리멍덩하고 취했다고들 했다. 그런데 만약 하늘은 전혀 흐리멍덩하고 취한 것이 아닌데, 사람들이 제멋대로 하늘이 흐리멍덩하다고 생각해 버렸거나 그 하늘을 흐리멍덩하게 취하게 만드는 짓을 했던 것이라면, 하늘이 스스로 깨어나기를 기다릴 게 아니라 사람이 그 하늘을 깨어나게 하거나 하늘이란 본디 깨어있는 것이었음을 알아차리려고 노력할 수도 있을 것이다. 하늘을 깨울 권한은 사람에게 있다. 그리고 그 사람을 깨울 권능은 언어에 있다. 언어가 한결같고 일관성이 있으면, 사람이 한결같고 일관성이 있게 되며, 사람이 한결같고 일관성이 있게 되면, 하늘 역시 한결같고 일관성이 있게 될 것이다. 그게 바로 만세토록 태평하고 복이 넘치는 길이다.

지금 출판하는 이 책이 만약 요순시대의 『강구요康衢謠』나 『격앙가擊壤歌』와 어깨를 나란히 하며 영원히 전해질 수 있다면 내가 뭘 더 바라겠는가! 유가가 극성하던 시대에도 불가나 도가를 완전히 없애버리지 않은 것은 그것들도 나름 우매한 자를 깨우치는 데 도움이 되기 때문이다. 게다가 세상 사람들의 입맛이라는 게 하도 다양한지라 이것저것 두루 남겨두면 세상 사람의 다양한 입맛에 조금이라도 맞을 게 있을 것이라 여겼기 때문이다. 불가나 도가가 유가의 도우미 정도는 될 것이라 기대했다.

이런 논리에 따르면 『유세명언』, 『경세통언』, 『성세항언』을 유가 경전과 관찬 역사서의 도우미라고 말해서 안 될 것은 없다. 음담패설 같은 것은 한때의 즐거움은 주나 두고두고 뒷맛이 개운치 않다. 내가 지금 혹시 흐리멍덩한 주제에 돌팔이 같은 처방으로 엉터리 약을 달여 사람들에게 주고 먹으라 하는 것은 아닌지 걱정이 앞선다. 이 삼언이 독자들에게 뭐라도 줄 수 있는 그런 작품이 될지는 나도 잘 모르겠다.

천계天啟 정묘(1627년) 한가을,
남경의 서하산방棲霞山房에서
농서隴西 가일거사可一居士가 쓰다

차례

서문 · 4

고아 소녀를 결혼시켜 주다   11
— 兩縣令競義婚孤女

삼 형제가 재산을 양보하다   41
— 三孝廉讓産立高名

기름 장수가 최고의 기녀를 얻다   66
— 賣油郎獨占花魁

정원지기 노인이 선녀를 만나다   137
— 灌園叟晩逢仙女

의로운 호랑이가 아내를 되찾아주다   180
— 大樹坡義虎送親

하늘 여우의 책을 빼앗다   207
— 小水灣天狐詒書

가짜 사위, 진짜 사위   239
— 錢秀才錯占鳳凰儔

뒤바뀐 신랑과 신부   282
— 喬太守亂點鴛鴦譜

삶과 죽음까지도 함께한 부부   330
— 陳多壽生死夫妻

유씨네 기이한 형제 이야기 366
— 劉小官雌雄兄弟

소소매가 신랑을 세 번 시험하다 402
— 蘇小妹三難新郎

불인선사가 금낭을 네 번 희롱하다 431
— 佛印師四調琴娘

가죽신으로 이랑신의 정체를 밝히다 447
— 勘皮靴單証二郎神

사랑 때문에 두 번 죽은 여인 485
— 鬧樊樓多情周勝仙

들보에 걸린 원앙 허리띠 512
— 赫大卿遺恨鴛鴦縧

반수아의 색동 신 한 켤레 565
— 陸五漢硬留合色鞋

의감향 마을의 처남과 매부 611
— 張孝基陳留認舅

탄궐에서 의형제를 맺다 661
— 施潤澤灘闕遇友

백옥양이 남편을 출세시키다 702
— 白玉孃忍苦成夫

장정수 형제가 아버지를 구하다 735
— 張廷秀逃生救父

풍몽룡과 '삼언'에 대하여 · 832

고아 소녀를 결혼시켜 주다

兩縣令競義婚孤女
두 현령이 고아 소녀를 결혼시키고자 애쓰다

이 세상 살다 보면 풍수지리를 무시할 수 없다지만,
음덕을 쌓아야 풍수지리도 다 소용이 있는 거지.
사람들이 하늘의 뜻을 헤아릴 줄도 모르고,
부질없이 이리저리 딴 궁리만 하는구나.

한편, 전 왕조 시절 절강성 구주부에 한 사람이 살고 있었겠다. 그 사람의 성은 왕王, 이름은 봉奉이었다. 그에게는 형이 하나 있었는데 이름이 왕춘王春이었다. 이들 형제에게는 딸이 하나씩 있었으니 왕봉의 딸은 경진瓊眞, 왕춘의 딸은 경영瓊英이었다. 경진이나 경영 둘 다 아주 어렸을 적에 이미 짝을 맺었다. 경진은 같은 고을에 사는 부현령의 아들 소아蕭雅와 정혼했고, 경영은 같은 고을에 사는 만석꾼의 아들 반화潘華와 정혼했다. 한데, 경영이 열 살 나던 해 어머니가 세상을 뜨더니 이어서 아버지마저 오늘내일하게 되었다. 왕춘이 눈을 감기 전, 자기 딸을 동생 왕봉에게 부탁했다.

"나한테는 이 딸내미 하나밖에 없으니 아우가 이 아이를 친딸처럼 키워주게나. 이 아이가 자라면 반씨네에게 시집 좀 잘 보내주게. 아우, 형수가 혼수로 가져온 패물이나 장신구, 옷가지도 모두 이 아이에게 전해주게나. 사돈어른 반씨한테서 받은 돈으로 땅을 좀 장만해두었으니 그거로 이 아이 키우는 데 보태 쓰게나. 내 부탁을 저버리지 말게나."

왕춘이 말을 마치더니 그만 숨을 거두고 말았다. 장례를 치르고 나서 왕봉이 조카 경영을 자기 집으로 데려와 딸 경진과 함께 길렀다.

어느덧 세월이 흘러 설날. 반화와 소아가 약속이라도 한 듯 함께 왕봉의 집에 세배드리러 찾아왔다. 뽀얀 얼굴에 붉은 입술, 반화는 마치 소녀처럼 생겼는지라 사람들이 반화를 백옥 소년이라 불렀다. 한편 소아는 곰보 얼굴에 푹 꺼진 눈에다 뻐드렁니까지 있어 영락없는 야차였다. 비교할라치면 잘생긴 반화는 마치 빛나는 옥처럼 귀태가 자르르, 못생긴 소아는 진흙더미처럼 아무 광채도 나지 않았다. 게다가 반화는 입성도 번쩍번쩍했으니 자기 잘사는 걸 자랑이라도 하려는 듯 늘 새 옷을 갈아입곤 했다. 소아는 본디 소박한 성품인지라 옷 입는 데 그다지 신경 쓰지 않았다. '불상은 도금을 해야 빛나고, 사람은 옷을 잘 입어야 빛난다'는 말이 있지 않은가. 세상 사람들이야 그저 겉모습만 보고 사람을 판단하지 그 소갈머리를 보지는 못하는 법. 왕씨네 일가족은 남녀노소를 막론하고 모두 반화의 모습에 취하여 반안(潘安)[1]이 다시 세상에 태어난 듯

---

[1] 반안(247~300)은 서진(西晉)의 문학가이자 정치가로, 워낙 미남이라서 그가 거리로 나가면 여인들이 그 뒤를 따라가며 그가 탄 마차에 과일을 던져 주어 돌아오는 마차엔 과일이 가득했다고 한다.

하다고 칭찬하면서 소아는 어쩜 그렇게 못생겼냐며 마치 야차가 환생한 것 같다며 험담을 해댔다. 그런 말을 들으면 왕봉도 그냥 넘기기 힘들 정도로 마음이 불편했다.

며칠 지나지 않아 소아의 아버지인 소 부현령이 임지에서 세상을 뜨고 말아 소아가 임지로 달려가 부친의 관을 메고 돌아왔다. 소아가 비록 벼슬아치 집안 태생이라고는 하나 조상 대대로 청빈했던 까닭에 남은 재산이란 게 있을 턱이 없었다. 소아의 아버지가 세상을 뜬 후로 날이 갈수록 살림이 쪼그라들었다. 반면, 반씨네는 엄청난 부자였던 데다 갈수록 재산이 더 늘었다. 왕봉은 홀연히 이런 불량한 생각을 했다.

'우리 사돈 소씨네는 돈도 없고 게다가 소아는 생긴 것도 못났구나. 반씨네는 돈도 많고 반화는 또 생기기는 얼마나 잘 생겼는가. 경영과 경진을 몰래 서로 바꿔치면 그걸 누가 알겠어! 내 친딸이 찢어지게 가난한 집에 시집가서 고생하는 걸 두고 볼 수야 없지.'

경영을 시집보내기로 한 날, 왕봉은 경영 대신 경진을 반씨네에게 보냈다. 형님 왕춘이 남겨준 패물이야, 옷가지야 땅떼기랑 모두 딸려 보냈다. 그런 다음 친딸 경진 대신 경영을 야차같이 못생긴 소아에게 시집보냈다. 그저 혼수품 몇 가지를 장만하여 딸려 보냈을 뿐이었다. 경영은 비록 속으로야 화가 났지만 묵묵히 숙부의 말을 따를 뿐, 감히 아무 말도 하지 못했다. 그러나 누가 알았으리! 경진과 결혼한 후로 반화는 자기 집 재산만 믿고 공부는 하지 않고 장사도 뒷전으로 미루고 그저 노름에 미쳐 부친이 수없이 타일러도 듣지 않았다. 결국 부친이 화병이 들어 세상을 뜨고 말았다. 부친의 눈치를 살펴야 할 필요가 없어진 반화는 날마다 무뢰배들과 어울려 주색잡기에 빠져들었다. 십 년이 못 되어 만석꾼의 재산을 모두 날려 먹었으니 손바닥만 한 땅도 남지 않았다. 장인이 몇 차례나 도와주었지만 불붙은 숯불 위에 눈송이 몇 차례 던지는 격이라 뭐 티도 나지 않았다. 마침내 춥고 배고픔을 견디지 못하고 장인을 속이고는 마누라를 다른 사람에게 노비로 팔아버렸다. 이 사실을 알게 된 왕봉이 딸내미 경진을 집으로 데려와 보살펴 주었다. 사위는 절대 집안 출입을 못하게 했다. 반화는 타향을 떠돌다 결국 어찌 되었는지 알 길이 없게 되었다. 소아는 공부에 전념하여 마침내 과거에 급제했겠다. 나중에는 상서의 지위에 오르고 경영 역시 일품부인에 봉해졌다. 이를 증명하는 시 한 수가 있으렷다.

목전의 부귀빈천에 현혹되지 말지니,
먼 훗날의 부귀빈천을 어이 알까.
팔자를 억지로 바꾸려고 아무리 애를 써도,
하늘이 살펴 행하는 일에 틀림이 있을까!

여러분, 이 이야기꾼이 왕봉이 딸내미 시집보내는 이야기를 이렇게 하는 이유가 뭘까? 사람들은 눈앞의 일만 보고 먼 미래의 일은 생각하지 아니하여 남을 해코지해서라도 자기를 좋게 하려고 하는도다. 그러나 사람이 아무리 수만 가지 꾀를 내어도 하늘은 오로지 한결같은 도리를 지킬 따름이라 사람이 정말 잘 꾸민 계책이라 자신하여도 하늘이 그 계책을 거들어주지 아니 하는도다. 역시 평소에 선행을 하여 덕을 쌓는 것이 최고렷다.

오늘 내가 이야기 하나를 하려는도다. 왕봉과는 정반대되는 이야기라. 바로 「두 현령이 고아 소녀를 결혼시키고자 애쓰다」라는 이야기로다. 이 이야기는 양, 당, 진, 한, 주로 이어지는 오대五代 시기의 마지막 왕조 주대의 이야기로다. 주나라 태조 곽위가 다스렸던 시기, 연호를 광순廣順이라 고쳤다. 비록 황제라 칭하고 있기는 했으나 천하를 완전히 통

일하지는 못했다. 천지 사방에 힘 있는 자들이 들고 일어났으니 그 가운데에서도 다섯 나라와 세 진鎭이 있었다. 다섯 나라가 어느 나라였던가.

주周 곽위郭威, 남한南漢 유성劉晟, 북한北漢 유민劉旻, 남당南唐 이승李昇, 촉맹蜀孟 지상知祥.

세 진은 또 어디였던가?

오월吳越 전류錢鏐, 호남湖南 주행봉周行逢, 형남荊南 고계창高季昌

다른 나라는 그만두고 일단 남당만 이야기해보자. 남당은 이씨가 세운 나라로 강주江州를 근거지로 삼았다. 이 강주 덕화현 현령에 임명된 자의 성은 석石, 이름은 벽璧이었다. 석벽은 무주 임천현 태생으로 건강에 살고 있었다. 마흔이 넘은 나이에 상처하고 아들도 없이 그저 월향月香이라는 여덟 살 먹은 딸만 하나 있었다. 석벽은 이 월향과 월향의 몸종이랑 함께 부임했다. 석벽은 덕화현에서 청렴결백하게 현령 노릇 하여 그저 물 말고는 뭐라도 취하는 게 없을 정도였다. 법 집행이 깔끔했으며, 송사도 공평하게 처리하여 원한을 풀어주고 막힌 곳을 뚫어주었다. 현의 백성이 평안하고 도적이 자취를 감췄다. 석벽은 공무를 마치고 나면 월향을 무릎에 앉히고 글자를 가르쳤다. 몸종을 시켜 월향에게 바둑이야, 축국이야 온갖 기예를 가르치게 했다. 석벽은 어미 없이 자라는 딸내미 월향에게 온 정성을 다 쏟았다.

하루는 몸종과 월향이 정원에서 작은 공으로 축국을 하며 놀고 있었다. 몸종이 힘껏 공을 차니 공이 힘차게 땅에 몇 차례 튀더니 떼굴떼굴 굴러서 작은 구덩이 안으로 쏙 들어가 버렸다. 그 구덩이의 깊이는 두세

자 정도 되었다. 본디 항아리를 묻어 물을 담아두던 곳이었다. 몸종이 손을 뻗어 그 공을 집어내려 했으나 닿지 않자 아예 그 구덩이 안에 들어가 공을 꺼내오려고 했다. 그걸 바라보던 석벽이 소리쳤다.

"잠깐만 기다려라."

석벽이 월향에게 물었다.

"너 혹시 축국 공이 저절로 올라오게 할 무슨 묘책이라도 있느냐?"

월향이 이리저리 궁리하더니 대답했다.

"제 나름의 방도가 있습니다."

월향이 몸종에게 물 한 통을 길어오게 한 다음 그 구덩이에 들이붓게 했다. 그 축국 공이 천천히 물 위로 뜨기 시작했다. 물 한 통을 더 길어오게 하여 다시 부으니 구덩이에 물이 가득 찼고 공도 함께 흘러나왔다. 석벽이 딸내미 월향의 머리를 한번 시험해보고 싶었던 것이라. 월향의 총명함이 다른 사람들이 감히 흉내 낼 수 없을 정도임을 확인하니 기쁘기가 한량없었다.

쓸데없는 이야기는 여기서 접자. 석벽이 덕화현의 현령으로 부임한 지 2년이 채 안 되었을 때 석벽의 관운이 쇠하려고 그런 건지 결국 불행이 닥치고 말았다. 어느 날 밤, 창고에 불이 났다. 석벽이 황급히 달려가 보니 군량미 천여 석이 다 불에 타고 말았다. 당시 미곡의 가격이 천정부지로 솟던 때라 한 석에 1관 5백에 달했다. 세상이 어지러우니 미곡 가격이 높은 것이야 기실 당연한 일이었다. 당시 남당의 법규에 따르면 군량미를 3백 석 이상 잃어버리면 책임자를 처형하도록 했다. 석벽이 본디 청렴결백한 관리였음을 아는 터라 창고에 불이 난 것 역시 불가항력이고 석벽이 개인적으로 횡령한 것도 아니므로 상관이 석벽을 두둔하는 상소를 올렸다. 그래도 남당황제의 노여움이 식지 않아 석벽의 관직을 박탈하고 군량미를 변상하라 했다. 어림잡아도 천오백 냥. 전 재산을 다 처분하여도 절반밖에 변상할 수 없을 정도였다. 석벽은 관청에 연금되는 신세가 되어버렸다. 이리저리 시달리다가 결국 병을 얻어 며칠 지나지 않아 세상을 뜨고 말았다. 몸종과 월향은 결국 팔릴 신세이고 그 돈은 관가에 귀속될 터였다.

지붕은 새는데 며칠 밤이고 비가 내리고,
뱃길은 먼데 두통까지 멈추지 않고.

한편 이 덕화현에 한 사람이 살고 있었겠다. 그 사람은 바로 가창賈昌, 예전에 어떤 놈이 가창을 살인죄로 무고했었다. 가창이 억지 고문을 당하여 사형 판결을 받고 하옥되었다. 다행히도 석벽이 부임하여 그의 억울한 사정을 밝혀내고 석방해주었다. 가창은 석벽 덕분에 자기 목숨을 건지고 집안을 다시 건사할 수 있었다. 가창은 석벽에게 입은 은혜를 갚지도 못한 채 타향을 떠돌며 장사했다.

그런 그가 고향에 돌아왔다가 석벽이 죽었다는 소식을 듣고 한달음에 달려가 그 시신을 부둥켜안고 통곡했다. 가창이 수의와 관을 마련하여 석벽의 장례를 치러주었다. 가창의 온 가족이 모두 상복을 입었으며 땅을 사서 무덤도 마련하여 주었다. 아울러 석벽이 갚지 못한 군량미가 한참이나 남았다는 말을 듣고 그걸 대신 갚아주고 싶었으나 관청 일에 휘말려서 괜한 일이라도 생길까 걱정되어 그 일은 접기로 했다. 월향 아씨와 몸종이 중개인을 통해서 관청에 팔려 갔다는 소식을 듣고 황급히 돈을 마련하여 중개인 이씨를 찾아가 얼마면 되살 수 있는지 물었다. 중개인 이씨는 빨간색으로 표시해둔 관청의 딱지를 꺼내왔다. 몸종은 16살, 30냥, 월향은 10살, 근데 외려 몸종보다 많은 50냥으로 적혀 있었다. 왜 그런가 하면 월향이 비록 나이는 어리나 용모가 빼어나고 몸종은 그저 이리저리 부려먹던 하녀였던지라 이렇게 값을 매겨놓은 것이다. 가창은 조금도 아까워하지 아니하고 품에서 은 꾸러미를 꺼내어 80냥을 헤아려 중개인 이씨에게 건네고 웃돈 다섯 냥까지 사례로 더 주었다. 가창은 월향과 몸종을 즉시 집으로 데리고 왔다. 중개인 이씨는 가창에게서 받은 돈을 관청에 납부했다. 이장이 석벽의 재산과 식솔들을 다 처분했다고 보고했다. 상관은 이제 더는 어쩔 수 없는지라 군량미를 벌충하지 못한 것은 그냥 남겨둘 수밖에 없었다. 이 이야기는 여기까지만 하기로 하자.

월향은 부친이 죽고 난 다음부턴 한시도 눈물을 흘리지 않는 때가 없었다. 오늘은 또 알지도 못하는 가창이라는 사람이 자기를 사는 걸 보니 필시 자기를 하녀로 부려먹을 것이라 길을 걷는 동안에도 울음을 그칠 수가 없었다. 몸종이 월향에게 이렇게 말을 건넸다.

"아씨, 우리는 지금 남의집살이하러 가는 거잖아요. 나리 곁에서 살 때와는 천양지차인데 그렇게 울기만 하시면 욕먹고 얻어맞기가 십상일 거네요."

월향이 그 말을 듣고 더욱 서러워했다. 하나 월향이 생각지도 못한 일이었으니, 가창은 은혜를 갚고자 하는 마음으로 데려가는 것이었다. 가창은 월향과 몸종을 집에 데리고 가서 마누라에게 이렇게 말했다.

"이분은 바로 나의 은인 석 현령님의 따님이시네. 이 사람은 아씨를 모시는 몸종이고. 석 현령님이 아니었다면 나는 그저 감옥에서 죽었을 것이네. 석 현령님의 따님을 보니 마치 석 현령님을 뵙는 것 같구먼. 어서 방 하나를 깔끔하게 치우고 저분들을 머무르게 하게나. 맛난 음식으로 대접하고 절대 소홀히 하지 말게. 나중에 아씨 친척이라도 나타나면 고이 보내드리는 것으로 석 현령님의 은혜를 갚을 걸세. 만약 친척이 나타나지 않으면 이곳 덕화현에서 격이 잘 맞는 짝을 찾아 시집보내드릴 것이니, 그러면 석 현령님의 무덤을 가까이서 보살필 수 있을 거라. 이 몸종은 예전대로 아씨를 보살피게 할 것이니 다른 일은 시키지 말게."

본디 영리하고 눈치가 빠른 월향이라 가창이 마누라에게 이렇게 말하는 걸 듣더니 화급히 앞으로 나가 인사를 올렸다.

"소녀, 팔려온 신세. 하녀로 일함이 당연하나 이렇게 나리의 은혜를 입게 되었으니 이는 죽은 저를 다시 살려주시는 은혜라 할 것입니다. 소녀의 절을 받으시고 소녀를 양녀로 거둬주십시오."

월향이 말을 마치고는 황급히 무릎을 꿇었다. 가창이 어디 절을 받으려 하겠는가. 황급히 고개를 돌려 피하고는 마누라를 시켜 월향을 일으켜 세우게 했다.

"소인은 석 현령님 덕분에 목숨을 건진 놈입니다. 이 보잘것없는 제 목숨을 석 현령님 덕에 부지할 수 있었습니다. 그분이 두고 쓰시던 몸종조차 제가 소홀히 할 수 없거늘 하물며 그분의 자녀에게 어찌 제가 절을 받을 수 있겠습니까! 아씨, 잠시 이 누추한 집에 머무신다면 제가 모든 예를 다하여 모시겠습니다. 아씨께서 저희의 모자란 점을 너무 나무라지만 않으신다면 저희는 정말 다행이겠습니다."

월향이 거듭거듭 감사했다. 가창은 집안의 모든 식솔에게 월향을 아씨라 부르라 분부했다. 월향은 가창을 가숙부, 가창 부인은 가숙모라 불렀다. 이 이야기는 여기서 그치자.

가창의 부인은 본디 그렇게 어진 사람은 아니었다. 월향이 귀엽고 예쁘게 생긴데다가 자기에게 아들딸도 없으니 월향을 양딸처럼 거두는 것도 좋겠다 싶어 월향을 처음 보면서부터 그 나름대로 기분이 나쁘지 않았다. 그러나 남편이 월향을 깍듯하게 대접하라고 신신당부하니 약간 아니꼬운 생각도 들었다. 그래도 석 현령한테 입은 은혜를 생각하여 남편의 말대로 월향을 대접하지 않을 도리가 없었다. 가창이 장사하러 돌아다니다가 어디서 좋은 비단이라도 구하면 그 가운데에서도 제일 좋은 것을 주고는 월향 아씨에게 옷을 해 입히라 했다. 장사를 마치고 집에 돌아올라치면 월향의 안부부터 먼저 챙겼다. 가창 부인은 점점 불만을 품다가 결국 시간이 지나자 마각이 드러났다. 하지만 가창이 집에 있을 때면 월향의 아침저녁을 꼭 챙기고 입으로라도 월향의 안부를 챙기고는 했다. 그러나 가창만 집에 없으면 음식부터가 말이 아니었으니 달라도 너무 달랐다. 늘 몸종을 밖에 내보내 잡일을 하게 만들어 쉬는 꼴을 못 봤다. 월향에게는 또 시간을 정해주고 바느질 일을 시켰다. 월향이 조금이라도 손이 더디기라도 하면 죽일 년 살릴 년 하면서 입에 담지 못할 욕을 서슴지 않고 해댔다.

천일 좋은 사람 없고,
백일 붉은 꽃 없더라.

몸종이 화를 참지 못하고 월향에게 불만을 토로하고는 가창이 집에 돌아오걸랑 말씀 좀 드려 달라고 하소연했다. 월향이 단칼에 거절하며 이렇게 말했다.
"가창 나리가 우리를 돈 주고 산 것이 아니더냐. 어찌 우리가 나리한테 대접받기를 바라겠느냐. 요즘 가숙모가 우리에게 조금 심하게 대하긴 한다만 그건 또 가창 나리와는 관련도 없지 않으냐. 만약 네가 가숙부에게 몇 마디라도 하게 되면 가숙부가 우리를 보살펴 주려 했던 좋은 마음까지도 사라져 버릴 수가 있느니라. 너나 나나 다 박복한 팔자려니 하고 잘 참고 견디는 게 좋을 것이야."
하루는 가창이 장사를 마치고 집에 돌아오다가 몸종이 밖에서 물을 긷는 것을 보았다. 몸종의 얼굴이 예전보다 까칠해지고 야위어 보였다.

가창이 몸종에게 이렇게 말했다.

"내가 그저 아씨 수발 정도만 들라 했는데, 누가 이렇게 물까지 긷게 했는가? 어서 물동이를 내려놓게. 다른 사람한테 들으라 하고."

몸종이 물동이를 내려놓고 자기도 모르게 설움이 복받쳤는지 눈물을 흘렸다. 가창이 그 이유를 물으니 몸종이 아무 말도 하지 않고 눈물을 훔치고 안으로 들어가 버렸다. 가창은 괴이쩍은 생각이 들었다. 마누라에게 물었다.

"아씨하고 몸종한테 무슨 일이 있는 거요?"

"아무 일도 없습니다."

장사를 막 마치고 집에 돌아온 가창은 처리할 일도 많고 하여 몸종 일은 잠시 미뤄두었다.

이렇게 며칠이 지나고 가창이 이웃집을 찾아갔다가 돌아와 보니 마누라가 어디 갔는지 방에 없었다. 마누라를 찾아 부엌에 가는데 마침 몸종이 부엌에서 나오더라. 몸종은 쟁반도 없이 오른손에는 밥 한 주발을, 왼손에는 장아찌 한 주발을 들고나오는 길이었다. 가창이 일부러 몸을 숨기고 보니 몸종이 그걸 들고 월향 아씨 방으로 들어가는 것이었다. 고기도 생선도 하나 없는 저런 밥을 대체 누가 먹는 건지 싶었다. 가창이 부엌으로 들어가지 않고 소리 나지 않게 조심조심 아씨 방으로 다가가 문틈으로 안을 들여다보았다. 그 거친 밥과 장아찌를 먹고 있는 건 다름 아닌 월향 아씨였다. 화가 머리끝까지 솟아오른 가창이 바로 마누라에게 왜장을 쳤다. 가창의 부인이 이렇게 대답했다.

"아니, 고기반찬이 어디 없으려고요. 내가 뭐 그깟 고기반찬 아까워할 거 같아요. 몸종이 그걸 챙기지 않았나 보죠. 그럼 내가 그걸 직접 아씨라는 작자한테 갖다 바쳐야겠어요!"

"내가 몸종은 그저 아씨 시중만 들게 하라고 하지 않았어. 부엌에서 일하는 하녀가 한둘도 아닌데 뭐 하러 몸종한테 직접 부엌에 나와서 밥을 챙기게 하는 거야! 내가 보니 지난번에 몸종이 밖에서 물을 긷다가 눈물 바람을 하더군. 내가 그걸 보고 진즉에 눈치를 챘어. 그게 다 집 안에서 몸종을 불편하게 만들어서 그런 거 아니겠어? 내가 바빠서 더 자세하게 살피질 못했지. 당신이 이렇게 은혜를 모르고 야박하게 굴 줄이야! 월향 아씨한테 이렇게 대하면 안 되는 거야. 고기반찬을 지천에 쌓아두고 월향 아씨한테는 그저 장아찌나 먹이다니 이게 무슨 경우야! 내가 집에 있어도 이러니 내가 장사하러 나가면 밥도 제대로 안 먹이고 굶기겠구먼. 이번에 장사를 마치고 돌아와 보니 그 둘의 얼굴이 확실히 까칠해지고 말랐더라고."

"아이고, 남의 집 하녀까지 그렇게 애틋하게 챙기고 그러셔! 잘 키워서 둘째 마누라 삼으시려고!"

"헛소리 집어치워! 지금 무슨 말을 그렇게 하는 거야. 당신처럼 앞뒤가 꽉 막힌 사람하고 말해 뭐 하겠어. 이거 뭐 말이 통해야 얘기를 하지. 내가 내일부터 집사한테 날마다 고기를 더 사서 저 둘을 걷어 먹이라고 할 거야. 아, 물론 당신 살림하는 비용하고는 별도로 내가 계산해줄 거야. 안 그랬다간 당신이 가만있지 않을 거 아냐."

가창의 부인은 자기가 한 짓도 있고 하여 그냥 입으로 구시렁대다가 뭐라고 더 심하게 따지지는 않고 입을 다물었다. 그 후로 가창은 집사를 시켜 고기를 더 사게 하고 그걸 둘로 나누어 요리한 다음 월향 아씨네를 챙겨주게 했다. 가창이 관심을 가지고 지켜보는 까닭에 모든 게 빈틈없이 잘 돌아갔다.

처음 만났을 때 그 마음을 끝까지 가져간다면,
나중에 원망할 일은 아예 생기지 않을 것을.

가창은 월향 아씨가 마음이 놓이지 않아서 일 년 넘게 장사를 나가지 못했다. 가창 부인도 그 나름대로 남편 눈치를 살피고 잘 대해주었기에 월향 아씨 문제로 생겨난 부부 사이의 껄끄러움은 그렇게 사그라들었다. 월향이 가창의 집에 머문 지도 어언 5년, 이젠 제법 장성했겠다. 가창은 듬직한 청년을 찾아서 월향을 시집보내야 비로소 마음이 놓일 것 같았다. 그러면 자기도 편하게 장사를 나갈 수 있을 것 같았다. 부인이 그다지 현숙하지 못하니 같이 상의할 형편이 아닌지라 그냥 혼자서 조용히 월향의 혼사 건을 추진하는 게 나을 것 같았다. 적당한 짝을 찾으면 혼수를 빠지지 않게 장만해주고 월향을 시집보내는 게 깔끔할 터였다. 하나 적당한 짝을 구한다는 게 그리 쉽지 않았다. 그도 그럴 것이 남자 쪽 집안이 좀 처진다 싶으면 석 현령의 체면을 깎는 일이 될까 봐 쉽게 나서기 어려웠고 좀 괜찮은 집안 남자다 싶으면 또 그쪽에서 장사꾼 집안에 팔려온 여자라며 아예 거들떠보려 들지를 않았다.

월향 아씨의 혼사가 금방 어떻게 해결될 일도 아닌 것 같고, 마누라가 요즘은 그래도 월향에게 잘 대해주는 것 같고, 집 안의 월향 아씨 밥 챙겨주는 것도 제법 질서가 잡힌 것 같았다. 장사를 마냥 팽개치고만 있을 수도 없고 하여 길을 떠날 수밖에 없는 처지였다. 장사를 떠나기 며칠 전 마누라에게 수도 없이 월향 아씨와 몸종을 잘 보살펴 달라고 잔소리하고 부탁했다. 월향 아씨를 불러서 위로하고 그런 다음 또 몸종을 불러서 좋은 말로 타이르고 위로했다. 가창은 마누라에게 한 번 더 이렇게 당부했다.

"월향 아씨는 타고난 바탕이 당신보다 수백 배는 빼어나다네. 절대 함부로 대해선 안 되네. 내 말을 안 들었다가는 내가 돌아와 자네를 더는 내 마누라로 보지 않을 테야."

가창은 또 집사와 주방 찬모를 불러 일일이 당부하고서야 장삿길을 떠났다.

떠나기 전에 끝없이 이어지는 당부의 말,
애당초 입은 은혜가 너무 커서 그렇지.

가창의 부인은 남편이 집에 있으면서 오로지 월향과 그 몸종만을 싸고도니 참으로 아니꼬웠다. 하지만 달리 방도가 없는지라 남편이 하는 대로 그저 두고 보면서 속으로만 꽁해 있었다. 남편이 장사를 떠나고 며칠 되지 않아 바로 안방마님의 권세를 휘두르기 시작했다. 가창 부인은 먼저 차를 늦게 내오네, 밥상을 제대로 봐오지 않네 하며 사소한 트집을 잡아 부엌 하녀를 혼쭐내고 귀싸대기를 연신 갈겨버렸다.

"천한 년! 그래 내가 내 돈으로 너를 부리는데 뭘 그렇게 거들먹거려. 작은 마님만 챙기고 나는 무시한다 이거지. 나리가 집에 있을 때야 내가 그냥 봐줬지만 이젠 나리가 장사하러 나갔으니 당연히 나를 먼저 모셔야지. 나 말고 누구를 챙기겠다는 거야. 월향이 밥은 제가 알아서 직접 챙겨 먹으라고 해. 너희가 챙겨줄 필요는 없다고. 너희들이 지금 작은 마님 챙기느라 정작 내가 시키는 일은 제대로 못하고 있잖아."

가창 부인은 한참이나 욕을 퍼붓고 요란법석을 떨고 나서 집사를 불러서는 가창이 월향이 먹을 거 사는 몫으로 챙겨준 돈을 다른 살림 돈하고 합쳐서 월향이 먹을 것을 따로 챙겨주지 말라고 엄명을 내렸다. 집사는 감히 그 말을 따르지 않을 수가 없었다. 다행히 월향이 입이 짧지가 않아서 그런 것을 전혀 개의치 않았다.

이렇게 세월은 흐르고 어느 날, 월향의 몸종이 세숫물을 뜨러 왔다. 시간이 좀 지나서 그랬는지 물이 다 식어버렸다. 몸종이 뭐라고 구시렁대는 걸 가창 부인이 듣고 말았다. 가창 부인은 몸종을 불러 세우고는 한참이나 잔소리를 퍼부었다.

"아니, 이 물은 네년이 길어온 것도 아니고 다른 사람이 길어다 끓여 놓기까지 한 걸 지금 염치도 좋게 쓰는 거 아니냐! 네년이 중개인 이씨 네 집에 있을 때 누가 세숫물을 데워주기라도 하더냐?"

월향의 몸종은 가창 부인의 지청구를 듣고 참지 못하고 몇 마디 대꾸하고 말았다.

"누가 물 길어다 데워 달라고 한 것도 아닌데요, 뭘. 그리고 저도 물 길어오느라 두 손이 다 부르트고 했답니다. 알았어요. 다음부턴 제가 직접 물을 길어오죠. 부엌 언니들이 저희 때문에 힘들어하면 안 되죠."

가창 부인은 월향의 몸종이 "저도 물을 길어오느라" 어쩌고 말하는 걸 듣더니 예전 생각이라도 난 듯이 갑자기 욕을 퍼붓기 시작했다.

"이런 빌어먹을 년! 네년이 그래 그깟 물 몇 동이 긷는다고 유세를 떨었지. 밖에서 나리께 울며불며 죽는소리해서 나까지 곤란하게 만들어? 잘됐다. 오늘 내가 톡톡히 갚아주마. 네가 물 길을 줄도 알고 불 땔 줄도 안다 했으니 앞으로 물 긷고 불 때는 건 네년이 맡아라. 날마다 필요한 물은 네년이 길어와. 물이 모자라기만 해봐라. 불도 네년이 직접 때서 물을 끓여라. 나무하기도 힘들다고. 흥, 내가 다 생각이 있지. 그래 네년 맘 알아주는 나리가 집에 돌아오면 그때 울고 짜고 하면서 하소연하라고. 나리가 이 몸을 쫓아낸다 해도 내가 눈 하나 깜짝할 줄 알아!"

월향이 방 안에서 가창 부인이 자신의 몸종한테 온갖 유세를 떠는 걸 들었다. 월향이 재빨리 방에서 나와 가창 부인 앞으로 달려가 머리를 조아리며 다 자신이 잘못한 거니 노여움을 거두시라고 사죄했다. 월향의 몸종도 나서서 말했다.

"다 제 잘못입니다. 아씨 체면을 봐서라도 더는 나무라지 마시지요!"

가창 부인은 그 말을 듣더니 더욱 길길이 날뛰었다.

"아씨는 무슨 아씨. 그래 아씨라면 우리 집에 오질 말았어야지. 나는 상놈 출신이라 아씨가 얼마나 높은 벼슬인지 모르겠네. 네년이 걸핏하면 그 잘난 아씨를 들먹이면서 나를 겁주려 들어? 내가 그까짓 거에 겁먹을 줄 알아? 말 나온 김에 확실하게 해두지. 그놈의 아씨란 말은 이제 쓰지 말라고. 돈에 팔려 온 주제에. 그리고 난 마님이야. 숙모가 아니라고."

월향이 보아하니 말이 통할 것 같지가 않았다. 월향이 눈물을 머금고 방으로 돌아갔다. 가창 부인이 부엌을 향해서 소리쳤다.

"앞으로 너희들은 아씨라 부르지 말고, 월향이라고 이름을 불러라."

월향의 몸종에게는 특별히 이렇게 오금을 박았다.

"네년은 부엌에서 물 긷고 불만 때라. 월향이 방에는 출입하지 마라. 월향이 먹고 싶으면 직접 부엌에 와서 챙겨 가라고 해라."

그날 밤 가창 부인이 하녀를 시켜 월향의 몸종이 쓰던 이불을 자기 방으로 가져오게 했다. 월향은 밤이 깊도록 기다렸으나 몸종이 돌아오지 않으니 그냥 혼자서 문단속하고 잠들 수밖에 없었다. 며칠이 더 지나고 나서 가창 부인이 월향을 머물던 방에서 쫓아내고는 하인을 시켜 방문을 잠가 버렸다. 방이 없어진 월향이 밖에서 왔다 갔다 하다가 밤이면 몸종 곁에서 같이 잠들었다. 월향이 잠에서 깨면 가창 부인이 이거 하라 저거 하라며 부려먹었다. 처마가 낮으면 고개를 숙이고 들어가는 게 당연한 법. 월향은 하는 수 없어 바짝 엎드릴 수밖에 없었다. 가창 부인은 월향이 자신에게 고개를 숙이는 걸 보고 속으로 엄청 고소하게 여겼다.

하루는 가창 부인이 월향의 방문 열쇠를 따게 하더니 월향 방의 물건을 하나도 남김없이 모두 옮겨오게 했다. 남편이 월향이 옷 해 입히라고 보내줬던 비단이야, 공단이야, 옷을 만든 거든, 아직 안 만들고 그냥 원단으로 놔둔 것이든 가리지 않고 모두 갖다가 자기 장롱 안에 넣어두게 했다. 이불까지 걷어오게 하고는 월향에게 돌려주지 않았다. 월향이 너무도 괴로웠지만 아무런 내색도 할 수 없었다. 어느 날 가창이 월향에게 주라며 이런저런 물건을 보내왔다. 더불어 서찰을 같이 보내서 마누라에게 이렇게 당부했다.

"월향 아씨를 잘 보살펴 주게나. 내가 곧 돌아갈 거네."

가창 부인은 가창이 보낸 물건을 치워놓고는 생각에 잠겼다.

'내가 저 석가네 두 년을 완전히 하녀 취급하고 있는데 남편이 무섭다고 나중에 다시 저 두 년한테 살갑게 대할 수야 없지. 한데 이 남편이란 작자는 저 두 년을 키워서 대체 뭐 하겠다는 건지! 이번에 장사하러 가면서 "내 말을 안 들었다가는 내가 돌아와 자네를 더는 내 마누라로 보지 않을 테야."라고 엄포를 놓았던 걸 보면 분명 무슨 꿍꿍이라도 있는 게 틀림없어. 월향은 인물도 반반하고 나이도 찼고 하니 남편이 그년에게 맘을 주지 말라는 법도 없잖아. 그때 가서 내가 땅을 치며 질투한들 무슨 소용이겠어. 사람이 미리 계획을 세우지 않으면 두고두고 후회할 일이 생기는 법. 한번 시작했으면 끝장을 봐야지, 저 두 년을 팔아버려야지. 남편이란 작자가 돌아와서 나한테 화를 내고 지랄하면 또 어쩔 거야. 어차피 한번은 겪어야 할 일. 뭐 어디 가서 저 두 년을 찾을 거야! 그래, 이 방법이 가장 좋겠네!'

안목이 좁으니 맘 쓰는 것도 좁고,
맘씨가 삐뚤어지니 간사한 꾀만 부리네.

가창 부인이 곧바로 집사를 불렀다.

"가서 중개인 장 노파를 불러오너라. 내가 할 말이 있느니라."

집사가 곧장 중개인 장 노파를 불러왔다. 가창 부인이 월향과 월향의 몸종을 불러 장 노파에게 보였다. 월향과 몸종을 내보낸 다음 장 노파에게 이렇게 말했다.

"우리 집 양반이 6년 전에 저 두 하녀를 사 왔다네. 이제 큰 년은 너무 커버렸고, 작은 년은 너무 야리야리해서 일도 제대로 못하니 다 팔아버리려고 하네. 자네가 나서서 임자를 좀 찾아봐 주게나."

본디 관가에서 사람을 파는 일은 중개인 이씨가 전담했다. 한데 그 이씨가 이미 세상을 떠났기에 관가에서든 사가에서든 사람을 사고파는 일은 모두 중개인 장 노파에게 부탁하게 되었다.

"작은 애한텐 마침 딱 맞는 임자가 있기는 한데 마님이 내켜 하지 않을까 걱정입니다."

"내가 내켜 하지 않을 거라고 하는 건 또 무슨 이유 때문인가?"

"아, 그 수춘이 고향인 우리 현의 종리의鍾離義 현령 나리께서 친딸을 덕안현의 고 현령님의 장남과 정혼을 했겠지요. 예물은 예전에 이미 현령으로 재임하시는 동안에 신랑댁에 보내드렸다고 하고, 이제 며칠 후면 신랑이 종리 현령 댁에 신부를 데려가러 온다고 합니다. 종리 현령 댁에서는 모든 예물 준비를 다 마쳤으나 신부를 따라갈 몸종을 아직 구하지 못했다고 합니다. 어제 현령 나리께서 쇤네에게 아씨 몸종을 구해보라 하셨으나 쇤네가 어디 바로 찾을 길이 있어야지요. 아까 마님께서 말씀하신 그 어린 하녀가 딱 제격인데, 먼 타향으로 보내는 일이라 마님께서 내켜 하지 않을까 걱정입니다."

가창 부인이 잠시 생각에 잠겼다.

'내가 저년들을 먼 곳으로 팔아버리려고 작정했더니 마침 이렇게 좋은 자리가 나섰네. 게다가 현령 나리가 사가는 거니 남편이란 작자도 나중에 돌아와서 찍소리 못하겠지.'

가창 부인이 중개인 장 노파에게 이렇게 대답했다.

"벼슬아치 집안의 새아씨 몸종으로 따라가는 게 우리 집에 있는 거보다 열 배는 나을 텐데 뭘 망설이겠는가! 그래도 내가 사 온 돈도 있으니 손해는 안 봐야겠지."

"마님께서 얼마를 주고 사 오셨는지요?"

"열 살배기를 사올 때 아마 쉰 냥을 줬을 거네. 그때부터 그년 몸에 쏟아부은 밥값만 해도 엄청나지."

가창 부인이 또 이렇게 말을 덧붙였다.

"저 큰 년 사갈 사람도 좀 찾아봐 줘. 저 두 년은 한꺼번에 사 왔잖아. 한 년이 떠나가 버리면 남은 한 년은 어디 써먹을 데가 없다고. 게다가 나이도 이미 스물을 넘겨 짝을 맺어주기까지 해야 하니, 그런 년을 붙잡아 둘 필요가 어디 있겠는가!"

"얼마나 받으시려고요?"

"서른 냥에 사 왔어."

"물건이 신통치 않아서 그렇게 많이는 못 받아요. 반값 정도면 생각 좀 해보겠습니다. 실은 제가 서른 먹은 생질한테 짝을 찾아준다고 했습지요. 한데 제가 형편이 좀 째서 약속을 지키지 못하고 있습니다요. 이 둘이 참 잘 어울릴 것 같네요."

"자네의 생질이라고 하니 내가 다섯 냥은 양보하지."

"작은 하녀도 팔아드리는데 그럼 열 냥만 양보하시지요."

"그게 뭐 어렵겠는가. 그럼 그렇게 하기로 하세."

"제가 일단 돌아가서 종리 현령 나리께 고하겠나이다. 현령 나리가 좋다고 하시면 바로 돈을 받고 물건을 건네기로 하지요."

"오늘 저녁에 다시 돌아올 건가?"

"저녁엔 생질을 만나러 가야 하니 다시 오진 못할 것 같습니다. 내일 날 밝는 대로 와서 말씀드리지요. 둘 다 별문제 없을 겁니다."

말을 마치고 중개인 장 노파가 자리에서 일어나 돌아갔다. 이 이야기는 여기까지만 하겠다.

종리 현령이 덕화현에 부임한 지도 1년하고도 3개월이 지났다. 전임 마 현령은 석 현령 다음에 부임했던 것이고 마 현령이 승진해서 떠나자 종리 현령이 또 마 현령 다음으로 부임한 것이다. 종리 현령과 고 현령은 같은 덕안현 출신이다. 고 현령에게는 아들이 둘 있었다. 큰아들은 이름이 고등高登, 나이는 열여덟, 작은아들은 고승高升, 나이는 열여섯이었다. 이 고등이 바로 종리 현령의 사위 되는 자이다. 종리 현령은 아들은 없고 그저 딸 하나만 있었다. 딸의 이름은 서지瑞枝라 했고, 나이는 열일곱, 올해 시월 보름에 시집보내기로 날을 잡아두었다. 때는 바야흐로 9월 하순, 잡아둔 날이 다가오고 있었다. 종리 현령은 중개인 장 노파에게 서지의 몸종을 급히 구해오라고 엄명했다. 장 노파는 가창 부인의 제안을 받아들이자마자 종리 현령에게 득달같이 달려가 아뢰었다. 종리 현령이 이렇게 말했다.

"만약 사람만 쓸만하다면야 쉰 냥도 비싼 건 아니지. 내일 창고에 와서 돈을 받아 가고 내일 저녁 전에 바로 데려오도록 하게나."

"나리 분부대로 거행하겠습니다."

장 노파는 그날 밤 바로 생질 조이에게 이러이러한 혼처가 있으니 결혼시켜 주겠노라고 했다. 조이는 좋아서 날이 새는 줄도 모를 지경이었다. 다음 날 아침 조이는 옷가지를 챙겨 입고 새색시를 맞을 채비를 했다. 장 노파는 집에서 몸값 스무 냥을 챙긴 다음 현청에 가서 종리 현령이 써준 공문을 받아들고 창고에서 은자 오십 냥을 수령했다. 가창 부인한테 스무 냥과 오십 냥을 건네면서 계산을 아금박스레 마무리하니 가창 부인이 그 돈을 거둬들였다.

잠시 후 현청에서 나졸 둘과 가마꾼 둘을 파견했다. 가마꾼 둘이 가마 하나를 메고 와서 가창 부인 집 앞에서 멈췄다. 가창 부인은 월향한테 저간의 사정을 전혀 이야기하지 않고 있다가 가마가 도착하자 어서 가마에 오르라고 재촉했다. 월향은 자기가 어디로 가는지도 모르는지라 몸종을 껴안고 하늘이시여 하며 방성대곡했다. 가창 부인은 그러거나 말거나 신경도 쓰지 않고 장 노파와 둘이서 월향을 밀고 당기고 하면서 문 밖으로 끌어냈다. 그제야 장 노파가 월향에게 이렇게 말했다.

"아가씨, 그렇게 울 필요 없수. 주인마님이 아가씨를 현령 나리에게 팔았다우. 이제 현령 나리 아씨의 몸종이 된 거지. 현령 댁이 돈은 또 얼마나 많고 권세는 또 얼마나 대단한지! 그런 데는 다 법도가 지엄한 곳이니 그런 데 가서는 괜히 울고불고 해봐야 아무 소용이 없다고."

월향이 눈물을 거두고 가마에 올랐다. 가마꾼들이 가마를 메고 현의 관아로 들어갔다. 월향이 종리 현령을 뵙고 두 손을 맞잡고 살짝 고개 숙여 인사를 올렸다. 장 노파가 옆에서 지청구를 늘어놓았다.

"현령 나리신데 응당 큰절을 올려야지."

월향은 하는 수 없이 큰절을 올리고 일어났다. 자기도 모르게 눈물이 주룩주룩 흘러내렸다. 장 노파가 어서 눈물을 닦으라고 잔소리하고는 월향을 데리고 안채로 들어갔다. 안채에서 마님과 서지 아씨를 뵈었다. 마님이 이름을 물으니 월향이라 답했다. 마님이 이렇게 말했다.

"월향이란 이름이 좋으니 굳이 바꿀 필요는 없겠구나. 서지를 잘 모시도록 하게나."

종리 현령이 장 노파에게 후한 상을 내렸음은 굳이 말할 필요도 없을 것이다.

가련타, 벼슬아치 집안의 귀한 아씨,

다른 아씨 몸종 되었네.

장 노파가 현청 문을 나서니 벌써 유시(酉時)가 다 되어버렸다. 가창 부인 댁으로 돌아와 보니 월향의 몸종이 월향을 생각하며 부엌에서 울고 있었다. 가창 부인이 몸종에게 이렇게 타일렀다.

　"내가 너를 저 장 노파의 생질에게 시집보내련다. 그래도 남녀가 짝을 맺는 것이니 월향이보다는 신세가 훨씬 나은 거 아니냐. 괜히 슬퍼하지 마라!"

　장 노파도 옆에서 월향의 몸종을 위로했다. 조이가 목욕탕에 들러 목욕을 마치고 모자를 깔끔하게 쓰고 옷도 제법 신경 써서 입은 다음 직접 등불을 받쳐 들고 월향의 몸종을 맞으러 왔다. 장 노파가 몸종에게 가창 부인한테 하직 인사를 올리라 했다. 몸종은 전족을 하지 않았다. 장 노파가 몸종을 옆에 끼고 집에 데려가 생질과 혼례를 올려주었다.

　다른 자질구레한 이야기는 그만두자. 월향이 종리 현령 집으로 들어간 다음 날, 종리 현령의 부인이 새로 들어온 하녀 월향에게 대청 청소를 맡겼다. 월향이 빗자루를 들고 대청으로 들어갔다. 종리 현령이 세수를 마치고 오전 내내 일 처리를 마친 다음 대청을 나서는데 새로 들여온 하녀가 빗자루를 들고 멍하니 서 있더라. 종리 현령은 참으로 괴이쩍다고 생각하며 인기척이 나지 않게 바라보았다. 본래 마당에 작은 구덩이가 하나 있었다. 하녀가 그 구덩이를 바라보면서 하염없이 눈물을 흘리고 있는 것이었다. 종리 현령은 그 연고를 알 길이 없어 다시 대청으로 들어가 월향을 불러 그 연고를 물었다. 월향은 더욱 서럽게 울면서 감히 말씀드리기가 곤란하다고만 대답했다. 종리 현령이 거듭거듭 물으니 월향은 그제야 눈물을 훔치고 이렇게 아뢰었다.

　"천첩이 어릴 적, 선친께서 이곳에서 저한테 축국을 하면서 놀게 하셨습니다. 제가 잘못하여 축국 공을 이 구덩이에 빠뜨렸을 때 선친께서 저에게 '손을 쓰지 않고 저 공이 저절로 올라오게 할 무슨 꾀가 없겠느냐?'라고 물으시기에 '저에게 제 나름의 방법이 있습니다'라고 대답하고는 제 몸종에게 물동이로 물을 퍼오게 하여 구덩이에 부었습니다. 구덩이에 물이 가득 차니 공이 저절로 올라왔고 선친께서는 저를 총명하다고 칭찬해주시면서 무척이나 기뻐하셨습니다. 몇 해가 지난 일이지만 지금도 그 기억이 생생합니다. 그 구덩이를 보니 저도 모르게 슬퍼져 그만 눈물을 흘리고 말았습니다. 나리께서 부디 저를 불쌍히 여기시고 나무라지 말아주십시오."

종리 현령이 깜짝 놀라며 물었다.

"선친의 존함이 어찌 되는가, 어인 연유로 그대가 어릴 적에 여기 살았던고? 어서 나에게 자세하게 설명해 보라."

"선친의 성은 석, 이름은 벽이옵고, 6년 전 바로 이 덕화현의 현령이었사옵니다. 그때 큰불이 나서 군량미 창고가 타버렸고 조정에서는 선친을 파직하고 변상 조치하라 했습니다. 선친께서는 이 일로 화병이 나서 그만 세상을 떠나고 말았습니다. 담당 관리가 저와 제 몸종을 이 덕화현에 사는 가씨네에 팔았습니다. 가씨 어른이 전에 억울한 옥살이를 하고 있을 때 선친이 억울함을 풀어준 적이 있었습니다. 이런 연유로 가씨 어른이 저를 정성으로 보살펴 주었습니다. 한데 가씨 어른이 장사하러 떠난 동안 가씨의 부인이 저를 꼴도 보기 싫다며 그만 현령 나리께 팔아버린 것입니다. 이게 저의 사연이옵고 하나도 거짓이 없습니다."

가슴에 맺힌 이야기 이렇게 풀어내니,
쇳덩어리, 돌덩어리 같은 사람도 눈물 흘리네.

종리 현령이 월향의 대답을 다 듣고 나니 토끼의 죽음을 여우가 슬퍼

한다고 같은 현령으로서 동료의 불행이 자기의 불행처럼 느껴졌다.

"나와 그대의 선친은 같은 현령이 아닌가. 선친은 그저 시절을 잘못 만나 이런 재앙을 겪고 친딸인 그대가 이처럼 하녀 신세가 되어버렸구먼. 내가 그대 이야기를 안 들었으면 모를까 하늘도 무심치 않아 그대를 나에게 보내주셨으니 내가 그대를 돕지 않으면 그건 내 체면이 서지 않는 일일세. 게다가 저세상에 계시는 자네 아버지는 또 나를 어떻게 생각하겠는가!"

종리 현령이 즉시 부인을 불러 월향의 사정을 자세히 설명해주었다. 현령의 부인이 이렇게 말했다.

"나리 말씀하시는 걸 듣고 보니 월향도 역시 현령의 여식이니 어찌 하녀로 부릴 수 있겠습니까! 한데 지금 우리 서지 시집가는 날도 코앞에 닥쳤으니 이일은 또 어떡한다지요?"

"이제부턴 월향을 하녀로 부리지 마시오. 서지와는 자매로 지내게 하시오. 그리고 서지 시집 보내는 건은 내 나름대로 다 생각이 있소이다."

종리 현령이 즉시 서찰 한 통을 써서 인편에 사돈 고 현령에게 보냈다. 고 현령이 서찰을 받아들고 읽어보니 혼례 치르는 날을 좀 미뤄달라는 내용이었다. 서찰의 내용은 이러했다.

아들딸 시집장가보내는 일은 세상 모든 부모의 첫째가는 바람이라 할 것이나 자기를 희생하고서라도 남을 돕는 것은 더욱더 빛나는 일이라 할 것입니다. 근자에 제 여식을 사돈댁으로 보내기 위해 월향이라는 하녀를 데려왔습니다. 그 월향을 보니 용모가 단아하고 행동이 예의범절에 맞아 참 특이한 아이로구나 생각하고 있었습니다. 제가 그 아이에게 내력을 물어보니 바로 저의 전전 현령이었던 석 현령의 여식이었습니다. 석 현령은 청렴한 관리였으나 창고가 불에 타는 변을 당했고 그 일로 말미암아 그만 세상을 뜨고 여식인 월향도 관청에 팔렸다가 마침내 저의 집에까지 흘러오게 되었습니다. 같은 현령을 지낸 분의 여식이니 또한 저의 여식이라고도 할 것입니다. 월향은 절대 제 딸의 몸종이 되어서는 안 될 것이며, 올해 나이가 이미 열다섯이 되었으니 제 딸을 시집보내기 전에 월향을 먼저 시집보내야 마땅하겠습니다. 저는 지금 당장 월향의 신랑감을 찾아내어 제 딸을 위해 준비해둔 결혼예물로 월향을 시집보내고자 합니다. 아드님과 혼례를 치르기로 한 날은 잠시 미루고 다시 날을 잡도록 하시지요. 제가 이렇게 특별히 간청하오니 부디 양해하여 주시기 바랍니다. 종리의 삼가 올림.

고 현령이 서찰을 읽고 나서 이렇게 혼잣말했다.
"아, 이런 사연이 있었구먼. 전임 현령을 챙겨주는 멋진 일을 어찌 종리 현령 혼자서 하게 내버려 둘 수 있겠는가!"
고 현령이 즉시 답장을 쓰기 시작했다.

혼례 치를 날짜를 잡아놓은 건 분명하지만, 토끼의 죽음을 여우가 슬퍼한다고 같은 현령으로서 동료의 불행을 자신의 불행으로 여기는 마음이 저라고 어찌 없겠습니까! 사돈께서 석 현령의 딸을 친딸로 받아들이셨다는데 제가 어찌 사돈의 그 마음을 제 마음으로 받아들이지 않을 까닭이 있겠습니까! 보내주신 서찰을 두 번이고 세 번이고 읽어보니 제 마음도 애달프기 짝이 없습니다. 월향은 청렴했던 석 현령의 혈육이니 어느 가문에도 뒤질 것이 없다 하겠습니다. 하여 제가 월향을 제 며느리로 받아들일 것이니 원래 정한 혼례 날짜에 그대로 혼례를 치르도록 하지요. 그리고 따님은 따로 혼처를 정하도록 하면 저희나 사돈댁이나 모두 다 좋을 것 같습니다. 옛날 거백옥은 자신만이 군자가 되는 길을 택하는 걸 부끄러워했다고 합니다. 저는 사돈어른의 그 도타운 덕행에 동참하고자 합니다. 고현 삼가 올림.

종리 현령의 서찰 심부름을 온 자가 그 자리에서 고 현령의 답장을 받아들고 종리 현령에게 갖다 드렸다. 종리 현령이 이렇게 혼잣말했다.

"고 현령께서 내가 새로 얻은 딸 월향을 며느리로 받아들인다고 한 건 분명 의로운 처사이지만 내 딸과 고 현령의 아들은 이미 정혼한 사이, 어찌 그걸 쉽사리 바꿀 수 있을까? 그래도 내가 월향을 먼저 시집보내고 그런 다음 혼수를 다시 장만하여 서지의 혼례를 치르는 게 순리일 것 같구나."

종리 현령이 즉석에서 다시 답장을 작성하여 인편에 고 현령에게 보냈다. 고 현령이 그 서찰을 열어보았다.

의지가지없는 월향을 며느리로 삼아주시겠다는 말씀은 사돈 어르신의 고매한 충정에서 우러나온 것임이 틀림없습니다만, 이미 정해진 혼사를 뒤바꾼다는 것은 도리에 합당하지 않을 듯합니다. 제 여식 서지와 사돈 어르신의 아드님은 오래전부터 서로 정혼하여 이제 혼례를 코앞에 두고 있습니다. 정해진 혼처를 버리고 또 다른 여인과 혼례를 치르는 것은 예법에도 어긋난다 할 것입니다. 만약 제 여식 서지가 정해진 혼처를 버리고 또 다른 혼처를 구한다면 이 역시 다른 사람들의 입방아에 오르내릴 일입니다. 사돈 어르신께서는 거듭 생각해주시어 제가 먼저 제안한 걸 받아들여 주십시오. 삼가 머리 숙여 제안합니다.

고 현령이 서찰을 다 읽고 나서 이렇게 탄식했다.

"아, 내가 생각이 짧았구나. 종리 현령의 서찰을 읽으니 내가 부끄러워 쥐구멍이라도 찾고 싶은 심정이구나. 그래 혼례와 의로운 일 이 둘을 다 제대로 할 수 있는 그런 방법이 있도다. 종리 현령께서는 자신이 생각한 대로 의로운 일을 행하고 나는 나대로 그 의로운 일에 동참하는 게 훗날 두고두고 멋진 일로 남을 것이야."

고 현령이 즉시 답장을 작성했다.

사돈어른의 친딸 서지 대신 새로 생긴 딸 월향을 며느리로 삼겠다고 한 저의 제안은 사돈어른의 의로운 행동을 돕고자 하는 일념에서 나온 것이었습니다만 여러 입장을 두루 살피지는 못했다 할 것입니다. 그러나 서지의 혼례를 멈추고 월향을 시집보내는 일을 먼저 하고자 한 사돈어른의 방법은 예법에 한 치도 어긋남이 없다 하겠습니다. 소인의 차남 고승은 올해 나이가 열일곱, 아직 정해진 혼처가 없는 상황입니다. 서지가 저의 장남하고 혼례를 치르고, 월향이 저의 차남하고 혼례를 치르면 서로 좋은 두 쌍의 인연이 탄생하는 것이 됩니다. 더불어 죽은 석 현령과 살아계신 종리 현령과의 고매한 우정도 천년을 두고 이어질 것입니다. 혼수를 굳이 많이 장만하려고 애쓸 필요는 없습니다. 그저 혼례 치르는 날 서로 기쁨을 함께 나누기만 하면 될 것입니다. 제 말씀을 들어주시길 앙망하며 혼례 날짜를 다시 잡으려 애쓰실 필요도 없겠습니다. 삼가 공손하게 서찰을 마칩니다.

종리 현령이 고 현령의 답장을 받고서 뛸 듯이 기뻐했다.

"이렇게 하면 양쪽이 다 좋겠구나. 고 현령의 의로운 처사는 옛 현인들에게 뒤지지 않는구나. 내가 고 현령을 따라가려면 한참 멀었구나."

종리 현령이 즉시 부인에게 이 사실을 알렸다. 서지를 위해 준비한 혼수를 둘로 나누고 신부가 입을 옷가지와 장신구는 조금 더 장만했다. 서지와 월향에게 똑같이 대해주니 누구에게 더 하고 누구에게 덜함이 없었다. 10월 보름을 이틀 앞둔 날, 고 현령이 화려하게 장식한 꽃가마 두 대를 보내왔다. 풍악 소리를 울리며 두 신부를 맞이하러 왔다. 종리 현령은 먼저 혼수품을 실어 보내고 서지와 월향을 불러 부인을 시켜 두 딸에게 아내의 도리를 가르쳐주게 했다. 서지와 월향이 인사를 올리고 자리에서 일어났다. 월향이 종리 부부의 은혜에 감동하여 차마 발걸음을 떼지 못하더니 울면서 가마에 올랐다. 가마 두 대가 곧장 고 현령 댁을 향해 갔음은 굳이 말할 필요도 없겠다. 고 현령 댁이 있는 덕안현에 도착한 때는 혼례를 치르기로 정한 날, 그날 가운데에서도 가장 복이 넘친다는 시각, 두 쌍의 신랑과 신부는 마치 비단과 그 비단에 수놓아진 한 떨기 꽃처럼 서로 절을 하고 술잔을 나누었다. 고 현령 부부의 기쁨은 이루 말할 수가 없을 정도였다.

백년가약을 오늘 맺었으니,
하늘이 맺어준 배필이로다.

한편, 종리 현령은 두 딸을 시집보내고 나서 사흘째 되는 날 밤에 꿈을 꾸었다. 꿈속에 한 관리가 머리에 두건을 쓰고 손에는 상아로 만든 홀을 들고서 종리 현령 앞에 나타나 이렇게 말했다.

"나는 월향의 아버지 석벽이로소이다. 살아서 이 덕화현의 현령 노릇을 하고 있을 때 그만 창고에 불이 나서 군량미가 다 타고 말았으나 내가 그걸 변상할 능력이 없어 그만 억울하게 세상을 뜨고 말았소이다. 상제께서 내가 관직 생활을 청렴하게 했음을 아시고, 또 내가 죄없이 억울하게 몰린 것을 불쌍히 여겨서 나를 이곳 덕화현의 성황신으로 임명하셨소이다. 나의 피붙이 월향을 그대가 끔찍이 보살펴 주어 마침내 험한 골짜기에서 건져내어 결혼까지 시켜주셨으니 이거야말로 큰 음덕을 쌓으신 일이 아니고 무엇이리오. 이러한 그대의 덕행을 내가 이미 상제께 아뢰었소이다. 그대는 본디 아들이 없는 사주팔자나 상제께서 그대의 덕행을 보시고 아들 하나를 주시어 그대 집안을 번성하게 할 것이오. 그대도 당연히 높은 관직에 오르고 평안하게 장수를 누릴 것이오. 이웃 덕안현의 고 현령 역시 그대와 같은 마음으로 고아가 된 내 딸을 며느리로 맞아주었으니 상제께서 이를 보고 크게 기뻐하사 고 현령의 두 아들에게 높은 관직과 후한 봉록을 내려주셔서 그의 덕행에 보답해줄 것이오. 그대는 세상 사람들에게 널리 전하시오. 널리 사람들을 이롭게 할 수 있는 일을 행할 것이며 절대 약한 자와 외로운 자를 능멸하는 일을 하지 말 것이며 남을 해치고 자기만 이롭게 하는 일을 하지 말라고! 하늘의 도는 명철하니 터럭 하나까지 다 헤아린다오."

그 관리가 말을 마치더니 재배했다. 종리 현령이 답배를 하려고 일어서려다 자기가 입고 있던 옷의 앞자락을 밟아 넘어지고 말았다. 깜짝 놀라 일어나 보니 꿈이었다. 종리 현령이 즉시 부인에게 꿈 이야기를 해주었다. 부인 역시 감탄을 금치 못했다. 종리 현령이 날이 밝기를 기다려 가마를 타고 성황당을 찾아가 향을 사르고 절을 올렸다. 자신의 녹봉 가운데 백 냥을 내놓고는 도사를 시켜 성황당 건물을 손보게 했다. 석 현령과 월향의 사연을 비석에 새겨 널리 사람들에게 알렸다. 아울러 꿈에서 석 현령에게 들은 내용을 상세히 적어 사돈 고 현령에게 알려주었다. 고 현령이 이 서찰을 두 아들에게 보여주니 두 아들 역시 깜짝 놀라더라. 종리 현령의 부인이 마흔이 넘은 나이에 홀연히 임신하여 아들을 낳으니 하늘이 내린 아들이란 의미로 이름을 천사天賜라 했다. 종리 현령은 송 왕조가 세워지자 송 왕조에 귀의하여 용도각대학사의 직위에 올랐고 아흔 살까지 장수했다. 아들 천사는 송 왕조에서 치러진 과거에서 장원급제했다. 고등과 고승은 모두 송 왕조에서 벼슬길에 올라 재상의 지위에 올랐다. 이는 한참 훗날의 이야기다.

한편, 가창이 타향에서 돌아와 보니 월향과 월향의 몸종이 보이지 않는 것이었다. 그 까닭을 알게 되고는 부인과 몇 차례 대판 싸움을 벌였다. 나중에 종리 현령이 월향을 딸로 맞아들이고 친딸과 함께 고 현령의 며느리로 시집보낸 걸 알게 되었다. 자신의 애틋한 마음을 달리 표현할 길이 없었던 가창은 은자 스무 냥으로 월향의 몸종을 되사서 월향에게 보내주고자 했다. 그러나 조이가 월향의 몸종을 아끼고 사랑함이 극진하여 못 헤어지겠다고 난리를 치며 차라리 둘이 같이 월향 아씨를 모시겠노라 하였다. 중개인 장 노파도 생질 조이에게 월향의 몸종을 되사가겠다는 말을 꺼내기가 난감했다. 가창이 조이와 월향의 몸종을 데리고 덕안현의 고 현령을 찾아가 이 사실을 아뢰었다. 고 현령이 가창에게 전후 사정을 자세하게 물어보고 난 다음 안으로 들어가 며느리 월향에게 확인하니 과연 틀림이 없었다. 고 현령이 조이와 월향의 몸종을 거두고 가창에게는 은자와 비단으로 크게 사례하고자 했다. 가창이 극구 사양하고는 돌아갔다. 가창이 자신의 부인이 이렇게 의리 없는 사람임을 다시금 깨닫고 더는 상종하지 아니하고 하녀 가운데 하나를 취하여 두 아들을 두었다. 이 역시 선한 일을 행한 보답을 받은 것이라. 후대 사람이 시를 지어 이렇게 찬탄했다.

권세 있는 가문과 혼인을 맺으려고 애쓸 줄만 알지,
의로운 선비가 남긴 고아 여식의 혼사를 챙겨줄 자 없구나.
두 현령의 음덕이 이렇게 보답 받았으니,
하늘이 착한 사람을 저버리지 않음이라.

삼 형제가 재산을 양보하다

三孝廉讓產立高名
삼 형제가 재산을 양보하여 큰 명성을 얻다

박태기나무 가지 아래에서 다시 모여 살기로 다짐했던 날,
화악루에서 함께 놀고 이불을 같이 덮던 때.
여태껏 의기투합하던 형제려니,
콩깍지 태워 콩 삶는 시, 부끄러워 차마 못 읊조리겠네.

이 시는 형제 사이에 화목하기를 권하는 시다. 이 시에는 세 개의 전고가 숨겨져 있다. 이 이야기꾼이 일일이 설명해주고자 한다. 첫 번째 구절 '박태기나무 가지 아래에서 다시 모여 살기로 다짐했던 날'에는 이런 사연이 있다. 옛날에 전씨 삼 형제가 살고 있었다. 그들은 어려서부터 한집에서 살고 한집에서 같이 밥을 해 먹었다. 큰형이 아내를 얻으니 큰형수가 들어오게 되었다. 둘째 형이 아내를 얻으니 둘째 형수가 들어오게 되었다. 형제와 형수 사이에 아무런 문제도 없이 너무도 화목했고 당연

히 아무런 문제도 없었다. 셋째는 아직 어려서 장가들지 않고 형님, 형수와 같이 살았다. 셋째도 나이가 들어 장가드니 제수씨가 집안에 들어오게 되었다. 근데 이 제수씨가 사람됨이 그다지 현숙하지 못하여 자기가 혼수 좀 많이 장만해 왔답시고 기고만장했다. 게다가 이 전씨 삼 형제가 한 솥에 같이 밥을 하여 한 상에서 같이 밥 먹고 내 것 네 것을 전혀 나누지 아니하고 돈도 따로 간수하지 아니하는지라 이 제수씨가 따로 뭐라도 해 먹고 싶어도 여간 불편하지 않았더라. 이 제수씨는 낮이나 밤이나 남편에게 이렇게 졸랐다.

"이 집, 창고, 논밭 이런 걸 모두 아주버님들이 관리하시니 뭐가 들고 나는지 당신은 아무것도 모르잖아요. 아주버님들이야 그 사정을 훤히 알지만, 당신은 아무것도 모르니 하나 지출하고 열 지출했다고 하고 열 지출하고 백 지출했다고 해도 당신이 알 턱이 없잖아요. 지금은 이렇게 같이 살고 있지만 서로 따로 살아야 할 때 만약 살림이 별로 많이 남지 않기라도 하면 나이 어린 당신만 고생하는 거라고요. 내 말을 들으시고 어서 재산을 삼등분하여 각자 자기 몫을 받아 살림하도록 하자고요."

셋째는 아내 말에 잠시 귀가 솔깃해졌다. 형님들에게 따로 살림하게 해달라는 말을 친척 편에 전했다. 첫째와 둘째는 처음에는 그 말을 들어주지 않았으나 셋째 부부가 하도 끈질기게 떼를 쓰는지라 들어주지 않을 도리가 없었다. 전답과 가옥, 곡식, 은 덩어리를 누구한테 넘치지도 않게 누구한테 모자라지도 않게 딱 삼등분하여 나눴다. 그런데 앞뜰에 조상 대대로 전해 내려오는 박태기나무가 무성한데 그 나무는 누구한테 준단 말인가? 지금 한창 무성해서 베어버리기 아깝다 한들 나누지 않을 수 없는 노릇이었다. 큰형은 본디 공평무사한 사람이라 이 나무를 베어서 삼등분하여 나누고 잔가지와 나뭇잎도 얼추 무게를 달아서 나누는 게 좋겠다고 제안했다. 이렇게 서로 상의를 마치고 이튿날 나무를 베기로 했다.

날이 밝자 큰형이 둘째와 셋째를 불러 함께 박태기나무 있는 데로 향했다. 나무에 다가가 보니 나뭇가지와 나뭇잎이 다 말라비틀어져 생기라곤 찾아볼 수가 없었다. 큰형이 손으로 한번 밀었더니 그만 힘없이 쓰러져 뿌리가 하늘을 향했다. 큰형이 손을 멈추고 나무를 바라보며 대성통곡했다. 둘째와 셋째가 이렇게 물었다.

"그깟 나무가 뭐 대수라고 형님은 그렇게 애달프게 우시는 겁니까?"

"내가 이 나무가 아까워서 이렇게 우는 게 아니라네. 우리 삼 형제는 한 부모에게서 태어나지 않았나. 마치 이 나무의 가지와 잎사귀가 한 뿌리에서 나서 떨어지지 못하는 것과 마찬가지지. 뿌리에서 줄기가 나고, 줄기에서 가지가 나고, 가지에서 잎사귀가 나는 거지. 우리가 어제 이 나무를 삼등분하기로 하자 이 나무가 나뭇가지가 무성한 채로 헤어지는 걸 차마 두고 보지 못하겠는지 밤새 말라비틀어져 버렸구나! 우리 삼 형제가 만약 헤어진다면 이 나무처럼 말라비틀어지고 다시 번성하지 못할 것이라. 나는 그게 너무도 슬프구나."

둘째와 셋째는 큰형의 말을 듣고 감동하여서 이렇게 말했다.

"사람이 어찌 나무만도 못해서야 되겠습니까!"

삼 형제가 서로 끌어안고 하염없이 울었다. 삼 형제는 차마 헤어질 수 없으니 지금처럼 같이 살자고 다짐했다. 셋째의 부인이 남정네들이 우는 소리를 듣고 밖으로 나와 보고는 그 이유를 알게 되었다. 첫째와 둘째의 부인은 이 사정을 알게 되더니 너무도 좋아했다. 오직 셋째의 부인만이 뭐가 못마땅한지 입이 댓 발은 나왔다. 셋째가 자기 부인을 쫓아내려 하자 큰형과 둘째 형이 극구 말렸다. 셋째의 부인은 얼굴이 새빨개져서 자기 방으로 들어가더니 스스로 목을 매 죽고 말았다. 스스로 불러온 재앙이니 누구를 탓하겠는가!

이 이야기는 잠시 젖혀두고 인제 그만하기로 하자. 한편, 큰형은 그

박태기나무가 너무도 아까워 다시 그 나무가 있는 곳으로 가 보았다. 큰 형이 가서 살펴보니 누가 일부러 세워준 것도 아닌데 너무도 감쪽같이 예전처럼 무성해졌더라. 말라비틀어진 가지에 다시 물이 오르고 시든 꽃이 다시 피고 예전보다 훨씬 더 무성하고 화려했다. 전씨 삼 형제는 이를 보고 찬탄해 마지않았다. 이후도 전씨 형제는 대대로 함께 모여 살았다. 이를 증명하는 시가 있도다.

박태기나무와 전씨 삼 형제,
만나고 헤어짐이 꽃이나 사람이나 마찬가지로구나.
한 뿌리에서 자라난 가지는 떨어질 수 없으니,
그대, 부인 말에 솔깃하지 말게나.

두 번째 구절은 '화악루에서 함께 놀고 이불을 같이 덮던 때'라고 되어있다. 이 화악루는 당나라 현종황제가 장안성에 세웠다. 현종황제는 당명황唐明皇1)이라 불리는 바로 그 황제이다. 위황후韋皇后2)가 정치를 어지럽히고 무삼사武三思3)가 권력을 쥐락펴락하자 이융기가 병사를 일으켜

---

1) 당나라 제9대 황제로 이름은 이융기李隆基(685~762, 712~756 재위)다. 묘호廟號는 현종玄宗, 시호諡號는 지도대성대명효황제至道大聖大明孝皇帝이다. 송대宋代 성조聖祖의 이름이 조현랑趙玄朗이고, 청대清代 강희제康熙帝의 이름이 현엽玄燁이어서 '현玄'자를 피하여 쓰지 않고 시호에서 일부를 떼어 당명황唐明皇이라 부르게 되었다. 재주도 많고 과감하여 나라를 융성하게 했다는 칭송을 받음과 더불어 양귀비를 총애하여 외척이 발호하는 걸 묵인하고 안사의 난을 초래하여 당나라를 쇠락의 길로 몰아넣었다는 비평을 동시에 받는다.
2) 당나라 중종의 두 번째 비. 중종이 병사하자 온왕溫王 이중무李重茂를 황제로 세우고 자신이 황제후가 되어 정치를 좌우했으나 이융기와 태평 공주의 연합 세력에게 제거당한다.
3) 무측천의 조카로 무측천이 스스로 황제가 되었을 때 중용되었다. 한때 무측천이 무삼사를 태자로 옹립하고자 했으나 적인걸의 반대에 부딪혀 포기했다. 무측천이 죽고 나서 중종이 복권되었을 당시 무삼사는 권력을 농단하다가 태자 이중준李重俊에게 죽임을 당한다.

이들을 제거하고 황제에 즉위했으니 그가 바로 당명황이다. 당명황의 다섯 형제는 모두 왕에 책봉되었으니 이들을 합하여 오왕五王이라 부르게 되었다. 당명황은 참 우애가 돈독한 사람이었다. 당명황은 큰 누각을 짓고는 『시경』의 「당체棠棣」4)편에서 이름을 따서 화악루花萼樓라 불렀다. 당명황은 시간 날 때마다 오 형제를 불러 화악루에서 같이 놀았다. 아울러 큰 천막을 만들었는데, 그걸 다섯 왕 천막五王帳이라 불렀다. 이 천막 안에 기다란 베개와 이불을 장만해놓고는 오 형제와 함께 베개를 베고 이불을 덮고 그랬다. 이걸 읊은 시가 한 수 전한다.

> 북소리, 피리 소리는 박자도 빠르네,
> 화려한 누각에서 잔치를 마치니 해는 뉘엿뉘엿.
> 궁궐의 나인이 촛불 들고 밤새 기다리는 건,
> 황제께서 이 밤에 돌아오지 않을 걸 알기 때문이라.

이제 네 번째 구절 '콩깍지 태워 콩 삶는 시, 부끄러워 차마 못 읊조리겠네'에 대해서 이야기해볼까. 후한의 승상이었던 조조의 큰아들 조비가 한나라 황제를 폐위시키고 스스로 황제가 되었다. 조비에게는 조식이라는 동생이 있었다. 조식의 별명은 자건이다. 조식은 세상에서 둘째가라면 서러울 정도로 총명한 자였다. 조조는 살아생전에 조식을 끔찍이도 아꼈다. 조식을 태자로 세울까 했으나 끝내 그렇게 하지는 못했다. 그 일을 속으로 꽁하게 여겼던 조비는 꼬투리를 잡아 조식을 죽여버리려 했

---

4) 『시경詩經·소아小雅·당체棠棣』편의 앞부분에 "棠棣之華, 鄂不韡韡, 凡今之人, 莫如兄弟。 산앵도나무 꽃이여, 어쩜 그렇게 꽃받침도 화려하고 예쁜지요! 이 세상 사람들 가운데 형제가 최고라지요!"라는 구절이 나온다. 「당체」편은 형제 사이의 우애를 그린 것으로 유명하다. '鄂'은 '萼' 대신 사용한 글자다.

다. 어느 날 조식을 불러 이렇게 물었다.

"선제께서 그대 시 짓는 재주가 빼어나다고 입에 침이 마르도록 칭찬했었지. 그런데 짐이 그대의 시 짓는 재주를 직접 시험해 본 적이 없다네. 지금 일곱 걸음을 다 떼기 전에 시 한 수를 짓게. 만약 시를 짓지 못하면 짐을 속인 죗값을 치러야 할 것이야."

조식은 일곱 걸음을 다 떼기도 전에 시를 다 지어버렸다. 그리고 시에다 이 상황을 풍자하는 뜻을 함축시켜 놓았다.

콩을 삶느라 콩대를 태우네,
콩이 솥단지 안에서 눈물 흘리네.
본디 한 뿌리에서 났건만,
어찌 이리도 심하게 볶아대는가!

조비는 그 시를 듣고 감동하여 마침내 맺힌 마음을 풀었다. 훗날 시인이 이렇게 시를 지어 읊었다고 한다.

권세 있는 자는 시기도 많은 법,
칠보시를 지었으니 더 위험해졌네.
콩대와 콩의 비유에 감탄했다손 품은 원한마저 사라졌을까,
육조의 왕손들 이렇게 모두 죽임을 당했지.

이 이야기꾼이 이렇게 이 시에 얽힌 두세 가지 전고를 주절주절 늘어놓는 이유를 아는가? 바로 '삼 형제가 재산을 양보하여 큰 명성을 이룬' 이야기를 하고자 함이라. 조비처럼 그렇게 질투를 심하게 한 것도 아니고, 조식처럼 그렇게 시를 잘 짓고 멋들어진 것은 아니지만 박태기

나무를 보고 우애를 회복한 전씨 삼 형제나 화악루에 모여 놀았던 당명황과 그 형제들보다 더 멋진 구석이 있으니 형제 사이에 우애가 돈독하지 못한 자라면 이 이야기꾼이 들려드리는 이야기를 듣고 잘 본받기를 바란다.

세상만사를 알려면,
옛사람들이 지은 책을 읽어야지.

이 이야기는 동한(東漢 25~220) 광무제(25~57 재위) 때 생긴 일이다. 당시 천하가 다시 안정을 되찾고 백성들은 기쁜 마음으로 생업에 종사하고 있었다. 봉황이 오동나무에 앉아 울 듯 재주 넘치는 선비들은 모두 조정에서 자리를 잡고, 천리마가 들판에 버려지듯 재주 많되 자리를 못 잡는 경우는 없었다. 한나라 때 인재를 등용하는 방식은 지금과는 달랐으니 과목별로 시험을 치르는 게 아니라 주와 군의 책임자가 인재를 추천하는 방식이었다.

물론 학식이 넓고 글을 잘 짓는 걸 보고 추천하거나 현명하고 행동이 바른 걸 보고 추천하는 경우도 있었으나, 효성스럽고 청렴한 것을 보고 추천하는 것이 가장 중요했고 그렇게 등용되는 것을 최고로 여겼다. 그걸 효렴孝廉이라 불렀다. 효란 부모에게 효도하고 형제 사이에 화목한 것을 가리키는 것이요, 염이란 청렴결백한 걸 가리키는 것이다. 부모에게 효도하고 형제 사이에 화목한 자는 임금에게도 충성할 것이고, 청렴한 자는 백성들을 아끼고 위할 것이라 본 것이다. 이 효렴을 통해서 추천되면 바로 관리가 되었다.

오늘날 주나 현에서 치르는 초급 과거시험에 참여할 수 있는 자를 뽑는 데만도 몇천 통의 추천서가 들어오는 판국이니 만약 효렴을 통해서 관리가 되는 자를 추천한다고 하면 얼마나 많은 사람이 줄을 대려고 달려들겠는가. 그러다 결국 돈깨나 있고 권세깨나 있다는 집 자제들이 그 줄을 잡지 않겠는가. 가난한 집 아이들이야 비록 증삼曾參처럼 효성이 지극하고 백이伯夷처럼 청렴하다 하여도 이름을 드날릴 생각은 아예 할 수조차 없었다. 한나라의 추천제도는 참으로 묘해서 누구를 효렴을 통해서 추천했는데 그자가 과연 재주도 있고 인품도 좋으면 출신을 따지지 않고 관리로 발탁했다. 그리고 추천한 사람도 상을 받았다. 한데 추천받은 자가 시원치 않아 나중에 재물이나 탐하고 법을 위반하게 되면 벌을 주고 자리에서 쫓아내고 심한 경우 재산까지 몰수하여 버렸다. 그리고 추천한 자도 같이 죄를 물었다. 이렇게 추천하는 자나 추천을 받는 자나 모두 추천 결과의 잘잘못을 연대책임을 졌으니 누구도 감히 함부로 할 수가 없었다. 이리하여 공정한 도리가 널리 퍼졌고 관리들이 청렴하고 기강이 있었음이야 말할 필요가 없었다.

한편, 회계군 양선현에 허무許武란 사람이 살고 있었다. 그 사람의 별명은 장문長文이었다. 나이는 열여섯, 부모는 다 돌아가셨다. 밭뙈기 조금하고 하인 몇을 물려받기는 했으나 그리 내로라하는 집안은 아니어서 선뜻 도와주는 손길도 없었다. 게다가 동생이 둘이나 딸려 있었으니 바로 아래 동생은 이름이 허안許晏, 나이는 아홉 살, 막내 동생은 이름이 허보許普, 나이는 겨우 일곱 살이었다. 이 동생들은 너무 어려 철이 없었으니 온종일 형 허무를 따라 다니면서 울고불고했다. 허무는 낮에는 하인들을 거느리고 밭을 갈고 씨를 뿌리고, 밤에는 촛불 심지를 돋우어가며 책을 읽었다. 허무가 밭을 갈고 씨를 뿌릴 때면 비록 두 동생이 곡괭이를 들고 도울 수는 없더라도 옆에서 꼭 자기를 지켜보게 했다. 책을 읽을 때면 두 동생을 책상 옆에 앉혀두고 한 구절 한 구절 동생들에게 읽어주고 풀이해주며 예의범절과 사람 사는 도리를 가르쳐주었다.

동생들이 혹여 자기 가르침을 따르지 않기라도 하면 집안 사당에 찾아가 무릎을 꿇고 자기가 덕행이 부족하여 동생들에게 모범을 보이지 못한 탓이니 바라건대 부모의 혼령이시여 저 두 동생에게 가르침의 길을 열어주십사 하고 울면서 매달렸다. 두 동생이 울면서 잘못을 뉘우치고 용서를 빌면 그제야 일어섰다고 한다. 이렇듯 허무는 사나운 말이나 굳은 표정으로 동생들을 질책하는 법이 없었다. 이 삼 형제는 한방에서 한 이불을 덮고 같이 잠을 잤다. 이러기를 몇 년 두 동생도 제법 장성했고 살림도 좀 넉넉해졌다. 주위 사람이 허무에게 장가들라 권하면 허무는 이렇게 대답하곤 했다.

"장가들면 두 동생과 따로 살아야 할 텐데! 부부 사이의 정에 이끌려 형제 사이의 우애를 저버리는 일은 차마 할 수 없습니다."

허무는 동생들과 낮에는 같이 밭 갈고, 밤에는 같이 책을 읽고, 밥을 먹을 때는 같은 식탁에서 먹고, 잠을 잘 때는 한 이불을 덮고 잤다. 금세 온 동네에 소문이 퍼져 사람들은 모두 허무를 효성스럽고 우애 깊은 자라고 칭송했다. 하여 다음과 같은 말이 널리 유행했다.

양선현의 허씨 형제들,
주경야독하느라 숨 돌릴 틈이 없구나.
두 동생을 사람 노릇 하게 만든 큰형,
형이라기보다는 부모라 하겠네.

당시 현의 현령과 군의 태수가 허무의 이야기를 듣고서 문서를 작성하여 조정에 천거했다. 조정에서는 허무를 의랑議郎에 임명하기로 하고 그 내용을 회계군에 전달했다. 회계군의 태수가 그 소식을 받아 들고는 양선현 현령에게 바로 명령을 하달했다. 즉시 허무에게 연락하여 임명장을 받으러 출발하게 하라는 것이었다. 황제에게서 임명장을 받는 날이 촉박한지라 허무는 잠시도 지체할 수 없었다. 허무가 두 동생에게 이렇게 당부했다.

"내가 집에 있을 때와 다름없이 열심히 밭 갈고 책 읽고 하여야 한다. 게으름 피워서 부모님의 가르침을 저버려서는 안 된다."

그리고 하인들에게 당부하는 것도 잊지 않았다.

"모두 자기 주제를 잊지 말고 두 주인장의 말을 잘 들어라. 아침에 일어나서 저녁에 잠들 때까지 집안일을 게을리하지 말라."

당부를 마치고 허무는 짐을 꾸렸다. 조정에서 제공하는 마차를 마다하고 직접 마차를 마련하여 시동 하나를 데리고 장안을 바라고 출발했다. 며칠 걸려 장안에 도착하여 황제 폐하에게서 임명장을 받았다. 허무가 효성이 지극하다는 소문이 이미 장안 일대에 자자하게 퍼졌는지라 사람들이 앞다퉈 찾아와 인사를 나누고 안면을 트고자 했다. 허무의 명성은 조정을 넘어 천지 사방으로 퍼져나갔다. 허무가 아직 장가들지 않았다는 걸 알고는 사위 삼고자 하는 조정의 대신들 역시 아주 많았다. 허무는 생각에 잠겼다.

'우리 삼 형제가 이제 다 나이도 제법 찼으나 다들 장가들지 않았구나. 내가 먼저 장가든다면 그건 형으로서 할 도리는 아니로다. 게다가 주경야독하는 집안 형편에 내가 겨우 조정에 다리 하나를 걸쳤다고 덜컥 권문세가의 여식을 아내로 맞아들이면 아내라는 자가 자기 집안을 믿고서 유세를 떨까 걱정이구나. 그러다 보면 학자 집안인 우리 가문의 가풍도 망가뜨리게 될 거야. 내 동생들이 집안이 그다지 좋지 못한 여인을 아내로 맞아들인다면 동서 사이가 원만할 수 있겠는가. 형제 사이에 불화가 생기는 건 태반이 안식구들 때문이라는데 이런 일이 생기는 걸 어찌 방비하지 않으랴.'

허무는 심중에 이런 결정을 내렸음에도 입 밖으로 그런 말을 내지는 않았다. 허무는 그런 속내를 내비치지는 아니하고 그저 집안에 조강지처가 있으니 그를 내치고 새장가 들었다가 송홍宋弘5) 같은 이에게 비웃음 당하고 싶지는 않노라고 대답했다. 그 말을 들은 사람들은 허무를 더욱 존경하게 되었다.

허무는 경전의 이치와 그 실천 방법에 정통했다. 조정 대신들은 자기가 해결하지 못하는 큰일이 생기면 허무를 불러 도움을 청하곤 했다. 허무는 고금의 사례를 들며 논의를 펴곤 했는데 그 논의가 사태의 핵심을 콕 짚어내곤 했다. 사람들은 이제 허무의 말이라고 하면 감히 토를 달지 못하게 되었으니, 조정의 대신들은 더더욱 허무에게 기대게 되었다.

허무는 승진을 거듭하여 몇 년이 채 안 되어 어사대부에 올랐다. 그러던 어느 날 허무는 동생들이 공부를 열심히 하고 있음에도 불구하고 태수나 현령의 추천을 못 받은 것인지 아니면 공부를 게을리하는 것인지 직접 확인해봐야겠다는 생각이 들었다. 허무는 상소를 올렸다. 그 상소의 내용은 이러하다.

신은 재주가 없음에도 불구하고 성스러우신 황제 폐하의 은혜를 입어 이렇게 분에 넘치는 자리에 오르게 되었습니다. 신이 안건을 올리면 폐하께서 칭찬을 아끼지 않으셨으니, 신이 어찌 게으름을 피울 수 있겠사옵니까. 하오나 '사람의 백 가지 행실 가운데 효와 우애가 최고다', '불효의 세 가지 항목 가운데 후손을 잇지 못하는 게 가장 크다'는 옛말도 있습니다. 게다가 소신의 양친이

---

5) 조강지처糟糠之妻라는 고사성어를 탄생시켰던 인물. 바로 이 이야기의 주인공과 동시대 인물이다. 광무제의 누나 호양 공주가 재혼하고 싶은 상대로 송홍을 지목하여 광무제가 친히 송홍을 불러 의향을 묻자, 송홍이 "가난할 때 사귀었던 친구는 잊어서는 안 되고, 술지게미[糟]와 쌀겨[糠]를 먹으면서 같이 고생한 아내는 내치지 않는 법"이라 답하며 거절했다고 한다.

세상을 떠난 지 오래입니다만 아직 그 봉분을 제대로 마련하지 못했나이다. 소신의 어린 두 동생은 아직 학업을 제대로 세우지 못했습니다. 소신은 나이 서른임에도 아직 성혼하지 못했습니다. 소신은 오륜 가운데 세 항목이나 제대로 감당하지 못하고 있습니다. 폐하께서 소신에게 말미를 하사해 주셔서 잠시 고향에 다녀올 수 있게 하여 주시옵소서. 소신에게 개나 말과 같은 보잘것없는 힘이나마 있어서 폐하께서 소신을 채찍질하여 부려주신다면 소신은 모든 힘을 다 바치겠나이다.

천자가 상소를 읽고 나서 허무에게 휴가를 허락했다. 수행원을 시켜 허무가 금의환향하기에 부족함이 없게 하라 당부하기까지 했다. 여기에 더하여 황금 스무 냥을 하사하고는 혼례에 보태라 했다. 허무가 천자의 은혜에 감사를 표하고 고향으로 출발했다. 만조백관이 교외까지 나와 허무를 배웅했다.

금의환향한다는 소문이 퍼지고,
개천에서 용 났다고 앞다퉈 칭찬하도다.

허무는 고향으로 돌아와 부모님의 묘소에 성묘를 마치고 난 다음 관리 임명장을 반납했다. 병이 났다는 이유를 들었지만 실은 더는 벼슬살이하고 싶지 않아서였다. 시간이 좀 흐르고 나서 허무가 조용히 두 동생을 불러 그동안 학업을 어떻게 했는지 이리저리 살펴보았다. 허안과 허보가 대답하는 게 청산유수요, 이치 또한 분명하니 허무가 기쁘기가 한량없었다. 그런 다음 전답과 가옥을 헤아려보니 예전보다 몇 배 늘어난 걸 확인할 수 있었다. 이게 다 두 동생이 애쓰고 힘쓴 결과였다. 허무가 사방으로 널리 규수를 찾아 두 동생에게 정혼시켜 주었다. 자기도 색싯

감을 찾아 먼저 혼례를 치른 다음 두 동생의 혼례를 치러주었다.

몇 달이 지나고 허무가 두 동생을 불렀다.

"형제라도 살림을 갈라 따로 사는 게 법도에 맞을 것이라. 나나 너희들이나 다 아내를 맞아들였고 우리 재산 또한 그리 궁하지 않으니 응당 따로 살림을 살아야 할 것이니라."

두 동생이 형님 말씀을 따르겠노라 대답했다. 날을 잡아 술을 거르고 마을 어르신들을 모시고서는 술이 세 순배 돌고 나서 따로 살림 나누는 일을 아뢰었다. 하인들도 다 불러내었다. 집안의 모든 재산을 나누기 시작했다. 허무가 먼저 넓은 집을 자기 앞으로 돌리며 이렇게 말했다.

"나는 높은 벼슬을 지냈던 몸이니 집도 번듯하여야 하고 내 체면도 차려야 하지 않겠느냐. 너희들이야 몸소 농사짓는 처지니 초가집 정도면 충분할 거다."

허무가 또 논밭 문서를 꺼내더니 문전옥답은 모두 자기 앞으로 돌려놓고 돌덩이 나오는 자투리땅을 두 동생에게 주었다.

"나는 손님도 많고 교류하는 사람도 많고 하니 이 정도가 아니면 감당할 수가 없겠다. 너희들이야 식구도 얼마 안 되고 한창 힘써 일할 나이니 이 정도만 있어도 굶어 죽을 일은 없을 거다. 괜히 너희들에게 땅을 넘치게 줘서 너희를 게으름피우게 할 필요가 어디 있겠느냐."

허무가 또 하인들 가운데 힘 좀 쓸만하고 머리 좀 돌아가는 놈들은 다 자기 앞으로 돌려놓았다.

"나야 바깥출입이 잦으니 이 정도 놈들이 아니고서야 어찌 부려먹을 수 있겠느냐. 너희들은 그저 힘으로 농사나 짓고 할 것이니 이런 우둔한 놈들도 문제없을 것이고 늙거나 어린놈들도 너희를 위해 요리하는 데 아무 지장이 없을 것이다. 괜히 하인들 많이 거느려서 식량 거덜 낼 필요 없을 거다."

동네 사람들은 허무가 효성스럽고 동생들을 애틋이 챙겨주었기에 형제 사이에 재산을 나눌 때도 좋은 거는 양보하고 자기는 그저 조금만 챙길 것으로 생각했다. 그런데 정말로 뜻밖에도 이 허무란 사람이 사사건건 자기가 좋은 것만 차지하는 것이었다. 그러다 보니 두 동생이 차지한 것을 다 합쳐도 형 허무의 반도 안 되었다. 허무한테는 동생들을 대접하려는 마음은 조금도 없고 그저 동생을 무시하는 마음만 있었다. 이걸 지켜보던 동네 어르신들의 마음도 아주 언짢았다. 어르신들 가운데 좀 괄괄하신 분들은 화를 삭이지 못하고 그냥 자리에서 일어나 돌아가 버렸다. 그런 일을 보면 참지 못하는 정의감에 불타는 자들이 나서서 두 동생을 위하여 몇 마디 거들려고 하자 사리 분별에 밝은 노인이 괜히 나서지 말라며 손을 붙잡고 말렸다. 그분이 참으로 생각이 깊으신 것이라. 그분이 이렇게 말했다.

　　"돈 많은 사람의 생각 머리는 가난한 우리네하고는 원래부터 다르다네. 허무는 제법 높은 벼슬도 살고 그랬으니 어렸을 때 우리가 보던 그런 허무하고는 다르겠지. 한 다리 건넌 사람이 괜히 남의 집안일에 끼어들 필요 없다는 옛말도 있지 않은가. 자네나 나나 한 다리 건넌 주제에 어찌 허무네 집안일에 감 놔라 대추 놔라 하겠는가. 아무리 좋은 말로 권해도 들을까 말거니 괜히 입만 아프지. 잘못하면 형제 사이를 이간질하게 되네. 동생이 형한테 양보했으니 된 거 아닌가. 자네나 내가 쓸데없이 나서서 뭐 하겠는가! 만약 동생들이 정말 불만이 많다면 분명 따지고들 테니 자네와 내가 그때 나서서 한마디 거드는 게 좋지 않겠는가!"

　　자기 일이 아니면 괜히 나서지 말게나,
　　말이 통하지 않는 자에게 억지로 말하지 말게나.

허안과 허보는 형 허무한테 가르침을 받아 책도 읽을 줄 알고 예의범절도 알고 있는지라 늘 효성과 우애를 중시했다. 형님이 이런 식으로 재산을 가르는 것을 보고서도 당연한 거라고 받아들이고 싫어하는 마음이 티끌만큼도 없었다. 허무가 이런 식으로 재산 가르는 걸 마치자 모인 사람들 역시 다 흩어졌다. 허무는 안채를 차지하고 살고, 허안과 허보는 각각 그 안채의 왼쪽과 오른쪽 곁채에서 살았다. 허안과 허보는 날마다 하인들을 거느리고서 밭에 나가 씨 뿌리고 김을 매고 짬이 나면 책을 읽곤 했다. 책을 읽다가 궁금한 게 있으면 형 허무한테 찾아가 물어보곤 했다. 동서들 사이도 이들 삼 형제처럼 화목했다.

그러다 보니 동네 어르신들도 허무가 참 야박한 짓을 했다고 입방아를 찧고 두 동생이 불쌍하다고 입을 모았다.

"효성스럽고 청렴한 자를 선발하는 자리에 허무가 아니라 저 두 동생이 나갔어야 했는데. 돌아가신 부모님 생각해서 모든 일에서 형님 말에 순종하고 형님 가르침을 다 받아들이면서 결코 아니라고 거스르지 아니하니 이게 바로 효성 아니겠나. 의리를 더 중히 생각하여 재물을 멀리하고 형님이 재산을 어떻게 나누든 입도 뻥긋하지 않으니 이게 바로 청렴 아니겠나."

본디 이 마을에는 '효성스럽고 우애로운 허무'라는 소문이 널리 퍼졌으나 이제 그 소문이 '효성스럽고 우애로운 허씨네'로 살짝 바뀌었다. 허안과 허보가 유명해지기 시작한 것이다. 한나라 때는 사람에 대한 평판을 매우 중시했기 때문에 이런 말이 유행할 정도였다.

가짜 효성, 가짜 청렴은 벼슬 살고,
진짜 효성, 진짜 청렴은 세금 낸다.
가짜 효성, 가짜 청렴은 고대광실 살고,

진짜 효성, 진짜 청렴은 초가집 산다.

가짜 효성, 가짜 청렴은 땅 부자,

진짜 효성, 진짜 청렴은 호미랑 괭이 들고 농사일.

진짜가 옥이라면,

가짜는 기왓장일 건데.

기왓장은 지붕 위로 올라가고,

옥이 들판에 버려지는구나.

진짜가 될 필요가 있나,

가짜가 되는 게 훨씬 좋은데.

바야흐로 명제황제가 즉위한 때, 명제는 행실이 바르고 공부도 열심히 한 선비를 찾아내어 예의를 다하여 낙양으로 모셔오라는 조서를 천하에 내렸다. 조서가 회계군에 이르자 태수는 휘하의 각 현에 이 조서를 다시 전달했다. 양선현의 현령은 허안과 허보가 형님한테 재산을 나눠 받을 때 아무런 군소리를 하지 않았던 일을 이미 잘 알고 있는 데다 마을의 어른들이 한결같이 허안과 허보야말로 진짜 효성, 진짜 청렴이며 형보다 더 낫다고 추천하니 이 두 사람을 태수에게 천거했다. 태수와 주지사 역시 허안과 허보의 명성을 익히 들어 알고 있는지라 두말없이 이들을 그대로 천거했다. 현령이 직접 허씨네 집을 방문했다. 마차에서 내려 인사를 나누고 황적색 비단과 하얀 비단을 건네며 황제께서 널리 인재를 구하고 있음을 알렸다. 허안과 허보는 손사래를 치며 사양했다. 허무가 입을 열었다.

"어려서 공부하고 자라서는 그걸 실천하는 게 군자의 도리라네. 동생들은 너무 사양하지 말게나."

두 동생은 더는 사양하지 못하고 형님, 형수님에게 작별을 고하고 황제의 명에 응하여 낙양으로 달려가 황제를 알현했다. 황제에게 인사를 올리니 황제가 입을 열어 이렇게 묻는 것이었다.

"그대들이 허무의 동생인가?"

허안과 허보는 머리를 조아리며 그렇다고 대답했다.

"그대들 집안이 효성과 청렴으로 소문났다는 것은 짐이 이미 들어 알고 있도다. 그대들의 겸손과 양보가 그대들 형보다 낫다고 하니 짐의 마음이 더욱 기쁘도다."

허안과 허보가 이렇게 말씀을 올렸다.

"성상께서 널리 인재를 구하신다는 조서가 전달되어 천하의 모든 가문을 살피던 중에 소신들의 군현의 태수와 현령이 소인들을 불초하다고 여기지 아니하고 성상께 천거하여 주었나이다. 소신들은 조실부모하고 형 허무의 가르침을 받으며 늘 몸가짐을 조심했습니다. 몸소 농사일하며 공부한 거 말고는 특별히 내세울 것이 없사옵니다. 소신들은 형 허무의 발끝에도 미치지 못하옵니다."

황제는 그들이 대답하는 게 너무도 겸손한 것을 보고 더욱 기뻐하며 바로 나라의 살림살이를 전담하는 내사內史에 임명했다. 5년이 채 못되어 두 동생은 구경九卿의 지위에 올랐다. 벼슬살이하는 동안 형 허무만큼이나 명성을 날리지는 못했지만 만조백관에게 모두 청렴하고 예의 바르다는 칭찬을 받았다.

하루는 허무가 두 동생에게 서찰을 보내왔다. 두 동생이 서찰 봉투를 뜯어보았다.

한미한 가문 출신으로 황제의 부름을 받고서 벼슬길에 나가 구경의 지위에 올랐으니 인생의 지극한 영예로다. 소광疏廣이 그의 조카 소수疏受에게 일찍이 이런 말을 한 적이 있느니라. '분수를 알면 욕을 당하지 아니하고, 멈출 줄 알면 위험한 일을 당하지 않는다.' 다른 사람을 압도할 빼어난 재주가 있는 게 아니라면 용퇴하는 것이 다른 현자의 길을 가로막지 않는 것이로다.

허안과 허보는 서찰을 읽자마자 그날로 바로 상소를 올려 벼슬에서 물러나게 해달라고 요청했다. 황제가 허락하지 아니하자 거듭 세 번이나 상소를 올렸다. 황제가 재상 송균에게 물었다.

"허안과 허보가 나이가 차서 벼슬길에 나온 이후로 지금 구경의 지위에 올랐소이다. 짐이 그들을 야박하게 대한 적이 한 번도 없음에도 이렇게 물러나겠다고만 하니 대체 무슨 까닭이란 말이요?"

"허안과 허보 그리고 허무 삼 형제는 본디 효성스럽고 우애가 깊습니다. 지금 허무는 오랫동안 초야에 묻혀 있고 허안과 허보만 낙양에 나와 벼슬살이하고 있으니 이게 불편한 모양입니다."

"그렇다면 짐이 허무도 불러 삼 형제가 함께 짐을 보필하게 하면 어떻겠는가?"

"소신이 헤아려보건대 허안과 허보의 상소는 진심에서 우러나온 것 같습니다. 폐하께서 일단 그들의 소청을 들어주시고 나중에 다시 불러 일을 맡기십시오. 아니면 선대의 예를 따라서 허안과 허보의 고향 가까운 군의 태수로 임명하시어 그들의 재주를 발휘하게 하시옵소서. 그렇게 하신다면 폐하께서 현자를 아끼시는 마음과 허씨 삼 형제의 우애 모두 다 온전히 보전될 것이옵니다."

황제는 재상 송균의 건의를 받아들여 허안을 단양군 태수에, 허보를 오군 태수에 임명하고 각자에게 황금 2천 근을 하사하고는 3개월의 휴가를 주고서 삼 형제가 우애를 나누도록 했다. 허안과 허보는 성은에 감사하고는 조정에서 물러나게 되었다. 만조백관이 모두 낙양의 성곽 밖으로 나와 십 리 떨어진 곳에 있는 정자에서 송별연을 벌이고 돌아갔다.

허안과 허보는 밤을 새워 양선현으로 달려가 형님을 뵙더니 황제에게서 하사받은 황금을 형님께 드렸다.

"이건 폐하께서 너희들에게 특별히 은혜를 베푸신 것인데 내가 어찌 받을 수 있겠느냐!"

허무는 동생들에게 각자 자기 받은 걸 그대로 가지고 가라 했다. 다음 날 허무는 제사 음식을 성대히 갖춰 두 동생과 함께 부모님의 산소를 찾아가 제사를 드렸다.

그런 다음 마을 노인네들을 모시고 잔치를 벌였다. 허씨 삼 형제가 모두 높은 벼슬을 지냈기 때문에 직접 나서서 남들한테 으스대지 않아도 그들의 위세가 이미 하늘을 찌르는지라 초대를 받고 감히 오지 않는 자가 없었다. 게다가 허씨 형제들이 삼가 모신다고 하니 뭐 더 말할 필요가 없었다. 마을의 노인네들이 너나 할 것 없이 거의 다 모이게 되었다. 허무가 직접 술잔에 술을 따라서 노인네들을 대접했다. 사람들이 이구동성으로 이렇게 말했다.

"어르신이 둘째, 셋째가 멀리서 고향에 돌아온 것을 축하하고자 마련한 술을 어찌 우리 노인네들이 먼저 마실 수 있겠소?"

당시엔 미풍양속이 아직 살아 있어서 마을의 서열을 따지매 허무가 비록 벼슬에서 물러난 지 아주 오래되었어도 여전히 어르신이라 불렸다. 두 동생이 비록 형보다 높은 자리까지 올라갔다 하더라도 형보다 늦게 벼슬길에 나섰음을 아는지라 마을 노인네들은 벼슬로 호칭을 가르지 아니하고 허무를 여전히 큰 형님으로 대접하고 호칭했다. 허무가 이렇게 입을 열었다.

"제가 이렇게 어르신들을 모신 것은 가슴속에 감춰둔 제 속마음을 이야기하고자 함입니다. 어르신들께서 술 석 잔을 드시면 제가 감히 말씀 올리겠습니다."

마을 노인네들이 술을 마시지 않을 수가 없었다. 허무가 또 두 동생을 시켜 노인네들에게 술을 권하도록 했다. 노인네들이 술잔을 비우고 난 다음 입을 모아 이렇게 말했다.

"아이고, 허씨 형제분들에게 이렇게 후한 대접을 받으니 이거야말로 원님 덕에 나팔 부는 격이네. 정말 고맙기 그지없소이다."

허무와 동생들도 술잔을 기울였다. 사람들이 말했다.

"어르신의 금쪽같은 말을 들을 준비가 다 되었소이다. 어서 한말씀 하시기 바라오."

허무가 두 손을 모아 단정하게 깍지를 끼고 입을 열었다. 몇 마디 되지 않는 말이었으나 듣는 사람으로 하여금 모골이 송연하게 했다.

뱁새가 어찌 대붕의 뜻을 알겠으며,
강물 신이 어찌 바다 신을 알겠는가.
성현의 마음을,
뭇사람이 어찌 헤아릴 수 있으랴!

허무는 말을 시작하기 전에 눈물부터 흘렸다. 사람들이 당황해서 어쩔 줄을 몰라 했다. 두 동생이 황망히 무릎을 꿇고서 이렇게 물었다.

"형님, 무슨 일로 그리 슬퍼하십니까?"

"내가 이 속마음을 몇 년이나 가슴에 감추고 있었으나 이제는 말하지 않을 수 없구나."

허무가 동생들을 손가락으로 가리키며 말했다.

"너희 둘의 명성이 아직 드높아지기 전이라서 내가 마음에도 없는 일을 하고 공정하지 못하다는 소리도 듣고 조상님께 욕을 보이고 마을 사람들에게 비웃음을 사는 일을 했구나. 그 생각을 하니 이렇게 눈물이 나는구나."

 허무가 장부 한 권을 꺼내어 사람들에게 보여주었다. 토지와 전답 그리고 여러 해 동안 거둬들인 쌀이랑 곡식, 포목의 수량을 빼곡하게 적어둔 것이었다. 사람들은 아직도 허무가 그걸 왜 보여주는지 깨닫지 못했다. 허무가 말을 이었다.

 "나는 동생들을 가르치고 보살피면서 그들이 바른길을 걸으며 더불어 입신양명하여 부모님의 명예를 드날리기를 바랐다네. 그런데 어쩌다 보니 내가 먼저 이름을 드날리게 되고 벼슬살이도 하게 되었다네. 두 동생은 집에서 농사지으며 학업을 하느라 태수나 현령의 추천을 받지 못하고 있었지. 옛날에 기郡 대부가 좋은 사람 추천할 때 가족과 친척을 마다하지 않았던 전례를 따르자 했으나 혹시 내 동생의 학문과 행실을 제대로 모르는 자들이 형 덕분에 관리에 등용되었다고 입방아 찧게 되면 동생들의 명예가 더럽혀지고 말 것이라. 나는 살림을 나눈다는 핑계로 큰집, 문전옥답, 튼실한 하인을 모두 내가 차지해버렸다네. 내 동생들의 평소 품행으로 보아 결코 군소리하지 않을 거라 확신했기 때문이라네. 내가 재물을 밝히는 사람이라는 불명예를 뒤집어쓰는 대신 내 동생들은 청렴하고 양보심 많다는 명예를 얻을 수 있지 않겠는가. 과연 마을 어르신들의 공정한 여론에 힘입어 동생들이 관직에 추천받을 수 있었다네. 이제 관직 생활도 아무런 결점 없이 마쳤으니 내 뜻이 다 이뤄진 셈이네. 큰집, 문전옥답, 하인 이 모든 것은 다 우리 집안 것이지 내 개인 것이 아니라네. 여러 해 동안 거둬들인 쌀이랑 곡식 그리고 포목은 내가 조금도 함부로 쓰지 않고 그 수량을 다 이 장부에 기록해두었다네. 이제 그걸 두 동생에게 주면서 나의 소회를 밝혀 동네 어르신들께서도 알아주시길 바란다네."

 동네 노인네들은 이제야 몇 년 전 허무가 재산을 나눌 때 고심이 얼마나 심했을지 깨달았다. 자기들의 소견이 짧아 허무의 마음을 헤아리지 못한 걸 부끄러워하면서 허무를 칭찬해 마지않았다. 허안과 허보가 땅에 엎드려 울면서 이렇게 말했다.

"저희는 형님의 가르침을 받고 자라서 오늘날에 이르렀습니다. 형님께서 저희를 위해 이렇게까지 마음 써주셨음을 누가 알았겠습니까? 저희들의 재주가 변변치 못하여 저희 힘으로 벼슬길에 나가지 못하고 형님께 폐를 끼치고 말았습니다. 오늘 형님께서 말씀해주시지 않았더라면 저희는 꿈에도 생각하지 못했을 것입니다. 형님과 같은 은덕은 세상에 다시 없을 것입니다. 저희들이 너무도 못난 죄는 무엇으로도 용서받지 못할 것입니다. 이 재산은 형님께서 힘들여 일구신 것이니 누가 뭐라 해도 형님 것이옵니다. 저희들 먹고살 것은 저희가 해결할 것이니 형님께서는 걱정하지 마십시오."

"이 형도 몇 년 농사를 짓다 보니 농사짓는 요령이 제법 생겼느니라. 게다가 벼슬길에서 물러난 지도 이미 오래, 농사를 지으며 여생을 마칠 것이니라. 동생들은 이제 막 지방 관리로 임명된 몸, 집안 재산이 든든하여야 청렴하게 벼슬 생활을 마칠 수 있을 것이다."

"형님께서 저희를 위해 오명을 뒤집어쓰셨습니다. 저희가 이미 명성을 얻었는데 거기에 더하여 재산까지 얻으려 한다면 천하에 제일가는 욕심쟁이가 될 것입니다. 이것은 조상님을 욕보이는 것일뿐더러 형님을 욕보이는 것이기도 합니다. 형님께서는 어서 저 장부를 거둬들여 주셔서 저희가 더는 죄를 짓지 않게 하여 주십시오."

동네 노인네들이 삼 형제가 서로 형님 먼저 아우 먼저 하면서 아무도 받으려 하지 않는 걸 보고 앞으로 나서서 이렇게 제안했다.

"그대 삼 형제가 이야기하는 게 나름대로 다 일리가 있소이다. 큰형이 이 재산을 모두 가져가면 두 동생이 힘써서 재산을 일군 공로를 인정하지 않게 되고 두 동생이 이 재산을 모두 가져가면 큰형의 공로를 인정하지 않는 것이라. 재산을 정확히 삼등분하면 넘치고 모자람도 없게 되니 형제 사이의 우애도 온전히 지켜질 수 있을 것입니다."

허무 삼 형제는 그래도 계속해서 서로 양보하고 안 받겠다고 했다. 동네 노인네 가운데 지난번 허무가 재산을 나눌 때 다른 사람들이 나서는 걸 막은 적이 있던 바로 그 노인네가 일어나 정색을 하며 말했다.

"우리가 내놓은 제안이 그래도 사리에 맞는 거라네. 그런데도 여기서 더 양보한다면 그건 자기의 사양지심을 자랑하는 것밖에 안 되네. 자, 장부를 나한테 넘기시게. 내가 대신 재산을 나눠보겠네."

허무 삼 형제는 더는 아무 소리 못하고 그 노인장이 하는 대로 지켜볼 수밖에 없게 되었다. 노인장은 그 자리에서 전답을 삼등분하여 각각 농사짓게 했다. 넓은 안채는 그대로 허무가 살도록 했고 양옆의 행랑채가 비좁은 걸 고려해서 포목을 두 동생에게 더 많이 주고 나중에 집을 개축할 때 보태도록 했다. 하인들도 셋으로 균등하게 나눴다. 동네 노인장들이 아주 공평하게 잘 나눴다고 한마디씩 거들었다. 허무 삼 형제가 인사를 올리고 감사했다. 그 노인장을 주빈석으로 초빙하여 술을 권하며 같이 마신 다음 자리를 파했다. 허무는 지난번에 재산을 나누면서 했던 일이 마음에 걸려 자신이 받은 전답의 반을 떼어서 마을에 기부했다. 이 소식을 듣더니 동생들도 자기 재산을 떼어 함께 기부했다. 마을 사람들은 모두 감탄해 마지않았다. 하여 이런 말이 유행하게 되었다.

진짜 효성 진짜 청렴,
오직 허무.
누가 뒤를 이었나,
허안, 허보.

동생은 따지지 않고,

형은 양보하고.

마을 경비로 기부하니,

마을 살림 풍족해지고.

아,

뉘라손 그들에 비할까!

허안과 허보는 형 허무가 보여준 의로운 행동에 감동하여 자신들이 황제 폐하에게서 받은 황금으로 고기랑 술을 잔뜩 사서 형님과 함께 날마다 동네 어르신들을 초대하여 대접했다. 이렇게 석 달이 지나고 허안과 허보의 휴가가 다 지나갔다. 두 동생은 형님과 아쉬운 작별을 하고서 임명장을 들고서 임지에 달려가야 했다. 허무가 거듭 두 동생에게 바른 도리를 일깨워주니 동생들은 형님의 가르침을 따르지 않을 수 없었다. 두 동생이 식구들을 거느리고 임지로 출발했다. 동네의 어르신들이 허무와 그 동생들의 효성스럽고 우애로운 일을 현령과 태수에게 낱낱이 고했다. 현령과 태수가 이 내용을 황제께 아뢰니 황제는 허무의 집에 특별히 깃발을 하사하시고 그 마을의 이름을 효제리라고 부르게 했다.

나중에 삼공三公과 구경이 모두 허무의 덕행이 너무도 빼어나니 그냥 초야에 묻혀 살게 해서는 안 된다며 상소를 올렸다. 이에 황제가 허무를 몇 번이고 관직에 임명하고 불러들이셨으나 허무는 끝내 사양하고 벼슬길에 오르지 않았다. 누군가가 허무에게 그 이유를 물었다.

"동생들이 조정에서 벼슬살이하고 있을 때 내가 일찍이 족함을 알고 물러날 줄 알아야 한다고 했었지요. 한데 내가 지금 다시 벼슬길에 나서면 내가 식언하는 게 되지요. 하물며 지금 조정에서는 서로 시시비비를 가리려 들고 서로 이익을 좇기 바쁘니 이런 상황에서 벼슬살이하는 건 결코 복이 아니겠지요. 농사지으며 안빈낙도하는 게 나을 겁니다."

사람들은 허무의 탁월한 견해에 감탄했다. 허안과 허보 역시 임지에 도착해서 형 허무의 가르침대로 청렴하고 절제하니 명성이 사방에 진동했다. 나중에 형님 허무가 황제의 부르심에도 불구하고 벼슬살이에 나서지 않는 것을 보고 자신들도 임명장을 반납하고 고향으로 돌아와 형 허무와 함께 산천을 유람하면서 천수를 누렸다. 허씨 가문의 자손들이 창성하고 몇 대에 이르도록 벼슬길에 올랐으며 지금껏 효성스럽고 우애로운 허씨 가문이라는 이름이 전해지게 되었다. 후세 사람이 시를 지어, 이렇게 찬미했다.

오늘날 재산 나누는 형제들 많지,
예전에도 재산 나눈 형제들 많았지.
예전엔 재산 나누며 동생 명예를 드높여주었다네,
오늘날엔 재산 나누며 다툼만 일어난다네.
예전엔 자기가 욕을 먹더라도 효성과 의리를 이루었고,
오늘날엔 자기가 욕을 먹으면서 한 푼이라도 더 가지려 한다네.
효성과 의리가 소문나면 자기는 저절로 복을 받는 것,
한 푼 놓고 다투다 보면 집안이 다 망하고 만다네.
네 것 내 것 하며 다투는 형제들, 효제리에 가본다면,
부끄러움을 깨달을 수 있으련만.

기름 장수가 최고의 기녀를 얻다

賣油郞獨占花魁
기름 장수가 최고의 기녀를 독차지하다

연애담을 앞다퉈 자랑하는 청춘들,

파란곡절 사연도 많아라.

돈 있어도 못생기면 짝 구하기 어렵고,

잘 생겨도 돈 없으면 짝을 못 구하지.

돈 있고 잘 생겼다고 해도,

세심하게 밀고 당길 줄 알아야지.

사랑도 알고 멋도 안다고 자부하는 사내들,

자기야말로 사랑하는 짝을 찾을 거라고 자랑질.

「서강월」이란 제목의 이 사는 화류계에서 인기를 얻는 비결을 잘 정리하고 있다. '기생은 잘생긴 남자를 좋아하고, 기생 어미는 돈을 좋아한다'는 말도 있다. 그러니 논다 하는 자들은 반안과 같은 외모, 등통과 같은 재산이 있어야 기생이든 기생 어미든 모두 다 아우르면서 화류계의 황제요, 풍류계의 대왕 대접을 받을 수 있으렷다. 비록 이러하긴 하나 이 두 글자를 잊지 말지라. 그게 무언가. 바로 '짝'과 '속'이라. 짝이란 무엇인가. 신발이 두 짝인 걸 생각해 보라. 속이란 무엇인가. 옷에 안감이 있는 걸 생각해 보라. 기생이 잘하는 뭔가가 있을 때 누군가가 조연이 되어 그걸 드러나게 해줘야 더 빛나는 법이다. 기생이 뭔가 단점이 있을 때는 그걸 잘 가려주고 바람막이 역할도 해주고 따듯하게 위로하고 비난은 막아준다. 기생이 좋아하는 건 자꾸 말해주고 싫어하는 것은 언급하지 않아 그녀의 마음에 쏙 들게 하는 것이다. 그런 사람을 좋아하지 않을 수가 있겠는가? 그래서 짝과 속이란 두 글자를 잊지 말라고 하는 것이다. 화류계에서는 이처럼 남을 받쳐줄 줄 아는 사람은 못생겨도 문제없고, 돈이 없어도 걱정 없다. 정원화가 활빈원에서 빌어먹고 살 때 옛날 모습이 하나도 남지 않았더라. 이아선이 눈 내리는 날 그 꼴을 보고 측은지심이 발동하여 비단 저고리를 벗어 몸을 감싸주고 맛난 음식을 챙겨주더니 남편으로 맞아들였다. 이게 어찌 남자의 돈을 보고 그런 것이겠으며, 얼굴을 보고 그런 것이겠는가? 정원화가 평소에 이아선의 마음을 헤아릴 줄 알고 이아선을 받쳐줄 줄 알았기에 이아선이 차마 정원화를 버리지 못한 것이라. 이아선이 병을 앓고 있을 때 말 내장탕이 먹고 싶다고 한 적이 있다. 정원화는 망설임 없이 자신의 오화마를 잡아 내장을 꺼내어 탕을 끓여 이아선을 먹였다. 이런 일이 있었으니 이아선이 어찌 그 정을 잊을 수 있으리오! 나중에 정원화는 장원급제했으며 이아선은 견국부인汧國夫人에 봉해졌다. 각설이타령을 부르던 몸이 평생 걱정 없이 살 팔자로 변하고, 오갈 데 없는 자들이 모여 살던 다리 밑 누더기 오막살이가 고래 등 같은 기와집으로 변했구나. 원앙금침을 같이 나누게 된 이들의 이야기는 화류계의 미담으로 두고두고 전해지더라.

운이 꼬이면 황금도 빛을 잃는 것이고,
시기가 맞으면 쇳덩어리도 빛이 나는 법.

한편, 위대한 송나라는 태조가 개국하고, 태종이 그 뒤를 잇고, 진종, 인종, 영종, 신종, 철종 이렇게 일곱 황제에까지 이어졌도다. 황제마다 모두 무를 억누르고 문을 숭상했으며 백성들은 평안했고 나라는 융성했도다. 휘종도군황제에 이르러 황제가 채경, 고구, 양전, 주면과 같은 무리를 신임하고, 사냥터나 정원을 크게 짓고, 돌아다니며 노느라 정신이 없어 나랏일은 뒷전이었다. 이에 백성들이 원망하고 탄식하였다. 여진족이 이 틈을 타서 쳐들어오니 꽃무늬 비단 같은 세상이 아수라장으로 변하고 말았다. 휘종, 흠종 두 황제가 포로로 잡히고 고종황제가 장강을 건너 도망쳐 겨우 중원의 한구석을 차지하고서 한숨을 돌리니 세상은 남북으로 갈라져 겨우 평화가 찾아들었다. 이런 수십 년의 과정에서 민초들이 얼마나 큰 고초를 겪었으리.

말안장은 그들의 삶터,
칼과 창은 그들의 고향.
사람 죽이는 건 놀이,
약탈은 삶의 방식.

이제 한 사람 이야기 좀 해볼까. 그는 변량성 밖 안락촌에 살고 있었겠다. 성은 신辛이요, 이름은 선善이라. 아내 완씨와 함께 싸전을 열며 살고 있었다. 쌀이 주요 품목이긴 했으나 보리, 콩, 차, 술, 기름, 소금 등속도 함께 취급했다. 그들 살림은 밥술은 뜰 만했다. 나이가 마흔 줄을 넘어섰으나 슬하에 그저 요금瑤琴이라 불리는 딸아이 하나만 두었을 뿐이다. 요금은 어려서부터 용모가 출중하고 머리도 똑똑했다. 일곱 살 때부터 마을 서당에 보내어 책을 읽게 했더니 하루에 천 자씩 암송하더니만 열 살이 되어서는 시와 부를 지을 줄 알게 되었다. 그녀가 일찍이 지은 「규방에서」란 시가 사람들한테 널리 알려졌다.

빨간 휘장, 손잡이만 바람에 하늘하늘,
화사한 규방, 향기만 가득.
머리를 들고 싶어도 베개에 수놓은 원앙새 놀랄까 걱정,
촛불을 켜고 싶어도 심지가 타버릴까 걱정.

요금이 12살이 되자 비파, 바둑, 서예, 그림 등 못하는 게 하나도 없었다. 바느질, 뜨개질 같은 재주도 사람들이 상상하지 못할 수준이었다. 요금이 일부러 익히고 노력해서 그렇게 된 게 아니라 본디 머리가 영리하고 똑똑해서 그런 것이요, 재주를 타고나서 그런 것이다. 신선은 자신에게 아들은 없고 그저 저 요금이 하나뿐이니 데릴사위를 들여 자기의 노년을 의탁할 요량이었다. 한데 요금이 워낙 재주도 많고 인물도 출중하여 어울리는 짝을 찾기가 만만치 않았다. 요금에게 청혼하는 자들이 많았건만 신선이 쉬 허락하지 않았다. 아뿔싸 여진족이 쳐들어와 변량성을 에워싸니 황제를 호위하는 병사가 그렇게 많았음에도 불구하고 재상이 화의를 주청하고 여진족과 싸우지 못하게 했다. 이에 여진족의 기세는 더욱 등등해지고 변량성 안으로 쳐들어와 휘종, 흠종 두 황제를 사로잡았다. 성 밖의 백성들은 모두 혼이 나가버렸으니 노인네는 업고 어린애는 안고 피난 가기 바빴다.

신선 역시 아내 완씨와 딸 요금을 데리고 다른 피난민과 함께 무리

지어 등짐을 지고 피난길을 떠났다.

 상갓집 개 신세,
 그물에서 빠져나오려 발버둥 치는 물고기 신세.
 목마르고 주리고 힘들고,
 이제 떠나면 언제 다시 고향에 올 수 있으리.
 하늘이여, 땅이여, 조상님이여,
 그저 오랑캐에게 붙잡히지 않게만 해주옵소서.
 태평성대의 개 팔자가 더 낫지,
 난리통에 피난 가는 일은 못할 짓이라네.

피난길에 오랑캐들이 나타난 적은 없었다. 외려 송나라 패잔병을 만났겠다. 패잔병들은 피난민들이 한가득 등짐을 지고 있는 걸 보고는 일부러 이렇게 소리를 질렀겠다. "오랑캐들이 나타났다." 그러면서 길에다 포를 쏘기까지 했다. 마침 어둑어둑 해가 질 때라 놀란 피난민들은 혼비백산, 패잔병들은 이 틈을 타서 노략질했으며, 물건을 빼앗기지 않으려 버티는 자는 가차 없이 죽여 버렸다. 난리에 난리가 겹친 격이요, 고통에 고통이 겹친 격이라. 요금이 이 난리통에 넘어졌다가 겨우 다시 일어나 보니 아버지, 어머니가 보이지 않는 것이었다. 아버지, 어머니 외쳐 부르며 찾을 생각은 하지도 못하고 겨우 길가 무덤 뒤에 몸을 숨기고 밤을 새웠다. 날이 밝아 오자 밖으로 나와 보았다. 눈에 들어오는 건 바람과 모래 그리고 길에 널브러진 시체들뿐, 어제 같이 피난길에 나섰던 사람들은 코빼기도 보이지 않았다. 요금은 아버지, 어머니 생각에 주룩주룩 눈물을 흘리며 울었다. 아버지, 어머니를 찾아 나서고 싶어도 도대체 어디가 어딘지 알 수가 없었다. 하염없이 남으로, 남으로만 걸었다. 발걸음

하나에 눈물이 한 방울이었다.

　몇 리나 갔을까, 마음도 아프고 배도 고팠다. 멀리 흙집 하나가 보이는데 필시 사람이 살고 있을 것 같았다. 그래, 어서 가서 밥이라도 얻어먹어야지 하는 생각이 절로 났다. 가까이 다가가 보니 아무도 살지 않는 폐가라 살던 사람이 모두 피난을 떠난 모양이었다. 요금이 흙담 밑에 주저앉아 엉엉 울었다. '만남이 안 생기면 이야기도 안 생긴다'는 옛말도 있지 않은가. 마침 이때 그 집 흙담 옆을 지나가는 사람이 있었겠다. 그 사람 성은 복, 이름은 교, 요금의 이웃으로 놀고먹는 데 이골이 난 사람으로 분수를 모르고 흥청망청 먹고 쓰기 바빴다. 사람들이 그를 복대랑이라는 별명으로 불렀다. 복대랑도 일행을 잃어버리고 혼자서 길을 가고 있다가 울음소리를 듣고서 황망히 소리 나는 곳으로 찾아왔다. 요금은 어려서부터 익히 봐온 사람을 이런 환난 중에 만났으니 마치 친척을 만난 것 같은지라 얼른 눈물을 훔치고 자리에서 일어났다.

　"복 삼촌, 혹시 제 아버지, 어머니 못 보셨어요?"

　복대랑은 마음속으로 이런 생각을 했다.

　'어제 관군에게 짐을 빼앗겨서 노자가 한 푼도 안 남았는데 하늘이 나에게 이렇게 먹을 거 입을 거를 보내시는구나. 이런 횡재를 놓칠 수야 없지.'

　복대랑은 바로 이렇게 거짓말을 했다.

　"네 아버지, 어머니가 너를 잃어버리고 나서 너무너무 슬퍼서 울면서 길을 떠나셨어. 그리고 나한테 이렇게 부탁하셨지. 우리 요금이를 만나면 꼭 데려다 달라고, 그러면 그 은혜는 잊지 않겠다고."

　요금이 제법 똑똑한 아이이긴 하나 이렇게 힘든 상황에 빠져 있을 때 작정하고 속이려 드니 어쩔 도리 없이 그 말을 믿고 복대랑을 따라갔다.

믿을 사람 못 된다는 건 알지만,

사정이 급하니 따라가게 되었구나.

복대랑은 자신이 갖고 있던 마른 식량을 요금에게 건네주며 이렇게 일렀다.

"네 아버지, 어머니는 밤새 걸어서 피난하고 있으니 만약 우리가 여기서 따라잡지 못한다 하더라도 강을 건너 건강부에 가면 바로 만날 수 있을 거다. 길을 가는 동안 나는 너를 딸이라 부를 테니 너는 나를 아버지라 불러라. 만약 사람들이 내가 부모 잃은 아이를 데리고 다니는 걸 알면 좋을 게 없느니라."

요금이 그러마고 대답했다. 요금은 복대랑을 아버지라 부르며 복대랑을 따라 길을 걷고 같이 배를 타고 그랬다. 건강부에 도착하니 금나라 왕의 넷째 아들 올출이 병사를 거느리고서 강을 건너 쳐들어온다는 소문이 돌아 그곳도 안전해 보이지 않았다. 강왕이 즉위하여 항주에 임시 도성을 정하고 그 이름을 임안으로 바꿨다는 소문이 돌았다. 마침내 배를 타고 윤주로 가서, 소주, 상주, 가주, 호주를 지나 임안에 도착하여 객점에 숙소를 잡았다. 복대랑 덕분에 변경에서 임안에 이르는 삼천리 길을 오게 된 것이다. 복대랑은 요금을 데리고 오느라고 그나마 있던 돈푼마저도 다 써버렸는지라 객점 주인장에게는 닳아빠진 옷을 벗어주는 수밖에 없었다. 이제 그에겐 남은 건 움직이는 돈, 요금뿐이었다. 복대랑은 그 요금을 처분하고자 했다.

복대랑은 서호의 기생 어미 왕구마를 찾아가 요금을 양녀로 거두라고 흥정을 붙였다. 그러고는 왕구마를 자신의 객점으로 데리고 와 물건을 먼저 보고 값을 치르라 했다. 왕구마가 보니 요금이 탱글탱글 잘생겼는지라 사례로 쉰 냥을 제시했다. 복대랑이 은자를 보더니 마음이 동하여 요금을 당장 데려가도 좋다고 허락했다. 복대랑이 그래도 제법 꾀가 있는 놈이라 왕구마에게 이렇게 부탁하는 걸 잊지 않았다.

"요금은 내 친딸이올시다. 내가 지금 형편이 이래서 저년을 당신께 부탁하니 내 얼굴을 봐서라도 잘 대해주시고 가르쳐주시오. 그러다 보면 이 딸년이 잘 따를 것이외다. 너무 다그치지는 마시우."

복대랑이 요금한테는 또 이렇게 말했다.

"왕구마 아주머니는 가까운 친척이야. 잠시 내가 너를 아주머니한테 맡겨두고 너의 아버지, 어머니 소식을 탐문해 보고 나서 다시 너를 데리러 올 거야."

이 말을 듣고 요금이 흔쾌히 왕구마를 따라나섰다.

애달프다, 이 세상 총명한 소녀가,
화류계 나락에 빠져들게 되는구나.

왕구마가 요금을 데려와서는 바로 새 옷으로 갈아입히고 안쪽 깊숙한 곳에 안돈시키고 온종일 맛난 음식과 마실 것을 주며 그녀를 좋은 말로 달래고 얼렀다. 요금은 기왕에 여기에 왔으니 그저 편하게 맘먹고 지내리라 작정했다. 며칠이 지나도 복대랑한테 아무 소식이 없자 아버지, 어머니 생각에 눈물이 와락 쏟아져 흘렀다. 요금이 왕구마에게 물었다.

"복 삼촌은 아주머니 보러 안 오시나요?"

"복 삼촌이라니?"

"저를 이곳으로 데려다주신 분 말이에요."

"그 사람은 자기가 네 친아버지라던데!"

"그 사람은 성이 복이고, 저는 성이 신이라고요."

요금은 변량성에 피난을 떠나온 일, 피난길에서 부모님이랑 헤어진 일, 도중에 복대랑을 만나 임안까지 오게 된 일, 복대랑이 자기를 속여먹은 일을 소상하게 이야기해주었다.

"으흠, 그런 사연이 있었구먼! 그래 지금 너는 고아나 다름없는 신세, 너를 돌봐줄 사람이 하나도 없구나. 내가 솔직히 너한테 까놓고 말하지. 그놈의 복 삼촌이란 놈이 쉰 냥 받고 너를 나한테 팔아넘긴 거야. 우리야 사람 장사하는 거라 다 지분 냄새 맡으며 생활한다고. 우리 집에 세년이 있기는 한데 생긴 게 다 별 볼 일 없어. 네가 인물도 반반하고 하니 너를 친딸처럼 대해줄 것이야. 네가 나랑 같이 생활하면 입을 거, 먹을 거 평생 걱정할 필요가 없지."

요금이 왕구마의 이야기를 듣고서야 자신이 복대랑에게 사기를 당했음을 알게 되었다. 요금이 목을 놓아 울었다. 왕구마가 좋은 말로 어르고 달래니 한참이 지나서야 겨우 그쳤다. 왕구마는 신요금의 이름을 왕미로 바꿨다. 왕구마 기생집 사람들은 모두 요금이를 미 아씨라고 불렀다. 피리, 거문고, 노래, 춤을 금세 배워 못하는 게 없었다. 나이 열넷이 되니 요염하기 이를 데 없이 변했다. 임안 땅에 사는 돈 많고 권세 있다는 남자들이 모두 미 아씨의 미모에 반하여 예물을 바리바리 싸 들고 만나러 찾아왔다. 미 아씨의 청순한 미모를 흠모하여 찾아오는 사람, 미 아씨가 글을 잘 짓는다는 소문을 듣고 시 한 수 써달라고 찾아오는 사람, 이렇게 찾아오는 사람이 날마다 문전성시를 이뤘다. 미 아씨는 천하의 유명인사가 되었으니 이제 그녀를 미 아씨라 부르지 않고 화류계의 여왕으로 불렀다. 서호에 사는 젊은이가 「괘지아」를 지어 이 여왕을 이렇게 찬미했다.

아가씨들 가운데,
미 아씨만큼 예쁜 여자 어디 있으랴,

글씨도 잘 써,

그림도 잘 그려,

시도 잘 지어,

피리, 비파, 노래, 춤 못하는 게 없네.

서호를 서시에 비기곤 하지,

그런 서시도 미 아씨만큼 예쁘지 못하리.

세상의 남정네들, 그녀와 한 몸이 될 수 있다면,

죽음 또한 마다하지 않는다 하네.

미 아씨의 명성이 사방에 퍼지더니 열네 살이 되자마자 미 아씨의 머리를 올려주겠다는 사람이 나타났다. 미 아씨가 내켜 하지 않는 마당이라 미 아씨를 황금알을 낳는 거위마냥 대하는 왕구마가 마치 황제 폐하의 명령을 받들 듯 미 아씨의 의중을 헤아려 감히 거스르려 들지 않았다. 다시 1년이 지나가 미 아씨의 나이가 열다섯이 되었다. 원래 화류계에서 기녀 머리를 올려주는 데도 나름의 법도가 있었다. 열셋은 너무 어리니 '꽃 시험하기'라 불렀다. 기생 어미가 너무 돈을 밝혀 아이가 고통을 당하든 말든 신경 안 쓰는 것이고, 머리를 올려주는 사내도 어린아이 머리 올려줬다고 자랑하는 데 혹하여 그리하는 것이라 진정 깊은 맛을 즐기기에는 턱없이 모자란다. 열넷은 '꽃 열어주기'라 불렀다. 때가 바야흐로 무르익어 남자가 뭔가를 주고 여자가 뭔가를 받아들이기에 딱 좋을 때라. 열다섯은 '꽃 따주기'라 불렀다. 여염집 규수라면 아직 이르다 할 나이지만 화류계에서는 한창때를 지난 나이라 할 것이다. 미 아씨가 아직 머리를 올리지 않았는지라 서호의 자제들이 이렇게 「괘주아掛珠兒」 사詞를 지어 그녀를 희롱하였겠다.

미 아씨,

모과와도 같지,

그저 바라보기만 하는.

열다섯이 되어도 남자와 몸 섞는 일을 한 번도 안 하다니,

무늬만 기생이지, 기생 노릇은 하지 않네.

석녀가 아니라면,

여장한 남자겠지.

진정 아무런 문제가 없는 여자라면,

시도 때도 없이 찾아오는 그 열정을 어이 참으리!

    왕구마가 이런 소문이 돈다는 걸 알고는 자기 기생집 장사를 망칠까 걱정되어 미 아씨에게 손님을 받기 시작하라고 권했다. 그러나 미 아씨가 고집불통이었다.

    "부모님을 뵙게 해주셔요. 부모님께서 허락하시면 두말없이 하겠습니다."

    이 말을 듣고 왕구마는 속이 부글부글 끓었지만 그래도 미 아씨를 차마 내치지는 못했다. 이러구러 시간이 흘러가다가 마침 김이라는 큰 부자가 은자 삼백 냥을 내고 미 아씨 머리를 올려주겠노라 제안해왔다. 왕구마가 김이의 제안을 듣더니 불현듯 머릿속에 꾀를 하나 떠올렸다. 왕구마가 김이를 찾아가 만약 미 아씨의 머리를 올려주고 싶으면 이리이리 하라 일렀다. 김이가 금세 그 말뜻을 알아차렸다. 때는 바야흐로 음력 팔월 보름, 김이가 미 아씨에게 서호 파도 구경이나 가자 했다. 김이가 미 아씨를 배로 모셨다. 배 안에는 김이의 패거리 서너 명이 같이 탔다. 이들은 미 아씨랑 숫자 맞히기 놀이를 하면서 벌주를 주거니 받거니 하여 미 아씨가 몸을 가누지 못할 정도로 취하게 했다. 미 아씨를 부축하여

왕구마 기생집으로 가서 침상 위에 눕혔다. 미 아씨는 인사불성이었다. 온화한 날씨라 미 아씨가 옷도 가볍게 입었겠다 왕구마가 미 아씨를 눕히는 걸 도와주면서 미 아씨의 옷을 다 벗겨버려 김이가 일을 치르기 편하게 했다. 김이의 물건이 뭐 남달리 큰 것도 아니고 해서 살짝 미 아씨의 두 다리를 벌리고 침을 바르더니 집어넣어 버렸다. 미 아씨가 잠결에 통증을 느껴 깨어보니 김이가 한창 재미를 보고 있지 않은가. 밀치고 일어나고 싶으나 사지가 말을 듣지 않았다. 미 아씨가 이렇게 김이에게 당하고 말았다. 초록이 지고 빨강이 날리자 한 차례의 격정이 그쳤다.

갓 피어난 꽃, 비에 지고,
거울에 비친 눈썹, 예전의 그 눈썹 아니로다.

미 아씨는 새벽 축시가 넘어서야 술이 좀 깨었다. 왕구마가 술수를 부려 자기를 망쳤음을 깨달았다. 아, 어린 나이에 팔자가 기구하여 이런 일을 당하는구나. 일어나 측간을 다녀와서 옷을 챙겨 입었다. 침상 옆 대나무 걸상 위에 벽을 향하고 누워 몰래 눈물을 훔쳤다. 김이가 다가와 미 아씨에게 애정 표현을 하려 하자 미 아씨가 김이의 면상을 손톱으로 긁어 상처를 내버렸다. 김이는 입맛이 싹 가셔서 날이 밝기만 기다렸다가 왕구마에게 간다는 말 한마디만 툭 던지고는 떠나버렸다. 왕구마가 김이를 붙잡으려 했으나 김이는 이미 문을 닫고 떠나버렸다. 원래 남정네가 기생 머리를 올려주면 아침 일찍 기생 어미가 신방에 들어와 축하해주고 기생집 식솔도 모두 찾아와 축하하며 며칠이고 연이어 축하주를 마시는 법이었다. 그러다 보면 머리를 얹어준 남정네는 한두 달 기생집에 머무는 게 예사였고 못해도 보름에서 이십 일 정도는 기생집에 머물렀다. 김이처럼 날이 밝자마자 떠나버리는 건 종래에 없던 일이었다. 왕구마는 연신 이상하다 이상하다고 하며 입맛만 다셨다. 옷을 챙겨 입고 이 층으로 올라가 보니 미 아씨가 침상에 그대로 누워 있었다. 얼굴이 눈물범벅이었다. 왕구마가 어서 일을 시작하자고 몇 번이고 어르고 몇 번이고 자기가 잘못한 거라고 달랬지만 미 아씨는 요지부동이었다. 왕구마는 하는 수 없이 아래층으로 내려갔다. 미 아씨는 온종일 울기만 하고 식음을 전폐했다. 미 아씨는 아프다 핑계 대고 아래층으로 내려오려 하지 않았다. 손님 맞을 생각은 손톱만큼도 없어 보였다.

왕구마는 속이 타들어 갔다. 함부로 막 대하며 일을 시키자니 미 아씨의 성깔머리에 괜히 후회할 일이 생길 것 같고, 그냥 가만 내버려 두자니 미 아씨를 밑천 삼아 돈을 벌 심산이었는데 이렇게 손님 받을 생각을 안 하고 버틴다면 늙어 죽을 때까지 데리고 있어도 아무 소용이 없을 것 같았다. 며칠을 고민해 봐도 달리 뾰족한 방법이 떠오르지 않았다. 이때 불현듯 의자매 유사마가 떠올랐다. 말주변이 좋은 유사마를 불러 미 아씨를 살살 구슬려 대체 왜 손님을 안 받으려 하는지 물어보게 하자, 그러다 혹시 미 아씨가 마음을 바꾸기라도 하면 호박이 넝쿨째 굴러오는 거 아니냐 하는 생각이었다.

왕구마는 즉시 하인 녀석을 시켜 유사마를 모셔오게 했다. 왕구마가 유사마에게 그동안의 사연을 털어놓았다. 유사마가 입을 열었다.

"내가 바로 여자 수하隨何, 여자 육가陸賈 아니우.1) 아라한도 여자를 그리게 만들고, 항아도 시집가고 싶게 합죠. 걱정하지 말고 나한테 다 맡기시우."

---

1) 수하는 진나라 말기, 한나라 초기의 정치가이자 책사였다. 항우 휘하의 장수였던 영포英布를 설득하여 유방에게 귀순하게 했다. 육가는 한나라 초기의 정치가이자 문학가였다. 유방과 항우가 초한지전을 벌일 때 유방의 입장을 대변했으며, 한나라 건국 후 남월의 영주들을 설득하여 한에 복속시키는 공을 세웠다. 수하와 육가는 모두 말주변이 좋은 인물로 손꼽힌다.

"그렇게만 되면 이 언니가 큰절이라도 하지. 차 한 잔 더 들고 가. 이야기하다 보면 입이 탈 거야."

"내 입은 하늘이 낸 입이라 내일 아침까지 계속 말을 해도 입이 타지 않는다우."

유사마가 차를 두어 잔 더 마시고 뒤채로 가보니 문이 굳게 잠겨 있다. 유사마가 문을 두드리며 이렇게 불렀다.

"조카!"

미 아씨가 그 소리를 듣더니 바로 나와 문을 열어주었다. 두 사람은 서로 인사를 나눴다. 유사마가 손님 자리에 앉고 미 아씨가 그 옆에 앉았다. 유사마가 탁자 위를 보니 비단에 미인 얼굴이 그려져 있는데 본만 잡고 아직 색을 칠하진 않았다.

"우아, 너무도 잘 그렸다. 진짜 고수네. 우리 언니가 무슨 복이 있어서 이렇게 영리한 딸을 두셨을까. 인물도 좋아, 솜씨도 좋아. 황금 몇천 냥을 들고 온 임안 시내를 다 휘젓고 돌아다녀도 이런 딸을 찾을 순 없을 거야."

"아이고, 부끄럽게 왜 자꾸 절 추어주시는 거예요. 오늘은 무슨 바람이 불어서 여기에 오셨어요?"

"진즉에 조카 보러 한번 오려고 했는데 그놈의 집안일 때문에 짬을 낼 수가 있어야지. 근데 조카가 머리를 올렸다고 하기에 축하하러 안 올 수가 있어야지."

미 아씨는 '머리 올림'이란 말을 듣자마자 얼굴이 빨개지면서 고개를 숙이고 아무런 말도 하지 않았다. 유사마는 미 아씨가 부끄럼을 타고 있음을 눈치채고 바로 미 아씨 쪽으로 의자를 당겨 앉으며 미 아씨의 손을 잡고선 이렇게 말했다.

"얘야, 이쪽 일을 하려면 껍질 없는 달걀처럼 그렇게 흐물흐물 순해 빠져서는 안 된다고. 그렇게 부끄럼을 타선 어떻게 큰돈 벌겠어!"

"돈은 벌어서 뭐 하게요!"

"애야, 넌 돈이 필요 없을지 몰라도 네 엄마는 너를 키우느라 들어간 본전을 어떻게든 건지려고 하지 않겠어. 옛말에 산에 살면 산에서 먹을거리 찾고, 물에 살면 물에서 먹을거리 찾으라고 했어. 네 엄마가 딸을 몇 거느리고 있지만 다들 네 발끝에도 못 미치잖아. 밭에 한가득 수박이 열려도 다들 씨 없는 수박이고 씨 있는 수박은 오직 하나지. 네 엄마가 다른 딸년들 대하는 거랑 너 대하는 건 천양지차라고. 너도 나름대로 머리가 돌아가는 앤데 사리 분별은 할 줄 알아야지. 너 머리 올린 다음에 손님을 하나도 안 받았다면서. 그게 무슨 경우야. 온 집안 식구가 다 너 따라 하면 이건 뭐 전부 다 누에 노릇만 하는 거잖아. 그럼 뽕잎은 누가 따올 거야? 엄마가 너를 대접해주면 너도 엄마가 좋은 소리를 듣도록 애써줘야지. 괜히 다른 하녀들이 입이 삐죽 나오게 해서는 안 되지."

"다른 하녀들이 입을 삐죽거린다고 뭐가 대수예요!"

"그래 뭐, 다른 애들이 입을 삐죽거리는 거야 별문제 아니지. 근데 넌 이 바닥에서 돈 버는 길을 알기는 아니?"

"그게 뭔데요?"

"우리 이 바닥은 말이야, 여자 덕분에 먹고 입고 용돈 쓰고 그러는 거라고. 그러다 용케 제대로 된 남자 하나 물면, 아 물론 돈이 많은 남자여야겠지, 그건 문전옥답을 장만하는 것과 마찬가지라고. 여자가 어릴 땐 봄바람이 불어와 어서 자라게 해달라고 하겠지. 머리를 올리고 나면 바로 밭의 곡식이 익는 것과 마찬가지라. 날마다 그걸 따먹으면 되는 거지. 앞문으로 새 사람 받고, 뒷문으로 헌 사람 내보내고, 장삼張三은 쌀을 보내오고, 이사李四는 나무를 보내오고, 이런 사람이 줄을 서야 비로소 이 바닥에서 잘 나가는 기생이라 하겠지."

"창피하지도 않나요! 난 그런 일 못한다고요."

유사마가 손으로 입을 가리고 킥킥대며 웃더니 한마디 했다.

"그런 일은 못하겠다고. 한데 그게 네 맘대로 될까? 기생집이란 게 기생 어미가 살림하는 것이고 기생년들은 기생 어미 말을 듣지 않으면 채찍으로 두드려 맞는 거지. 목숨이 간당간당할 정도로 맞으면 설마 기생 어미가 하라는 대로 하지 않을 수가 있을까. 네 엄마가 너한테 그래도 잘해주는 건 너의 용모나 재주를 아끼기 때문이고, 그래도 어려서 교양 있는 집안에서 자란 네가 염치는 있을 거라 생각하여 체면을 세워주기 위해서지. 조금 전에 네 엄마가 나를 불러 한참을 하소연하더라고. 네가 뭐가 좋은지 나쁜지도 분간할 줄 모르는 게 마치 깃털을 들고도 무겁다고 하고 맷돌을 이고도 가볍다고 하는 격이라는 거지. 네 엄마가 너무도 속이 상하여 날 불러서 너한테 이야기 한번 해보라고 한 거야. 만약 네가 계속 고집 피우면서 네 엄마 화를 돋우면 네 엄마도 안면 싹 바꾸고 욕 퍼붓고 매질하고 할 텐데. 그럼 어디로 갈 거야, 하늘로? 뭐든지 처음이 어렵지. 네 엄마가 너를 욕하고 매질하기 시작하면 낮이고 밤이고 가리지 않고 욕하고 때릴 텐데, 그럼 넌 견디지 못하고 손님을 받을걸. 지금 한창 좋은 너의 인기는 다 사라지게 될 거고 다른 기생들의 웃음거리만 될 거라고. 내 말 듣는 게 좋을 거야. 넌 이미 네 엄마 우물에 빠진 뒤웅박이라 빠져나올 수가 없다고. 차라리 네 엄마의 품에 안겨 즐거움을 만끽하는 게 좋을걸."

"전 양갓집에서 태어나 어쩌다 이렇게 풍진 세상에 빠졌네요. 이모님께서 제가 좋은 남자 만나 결혼해서 다시 양민이 될 수 있게 도와주신다면 그 은공은 구 층짜리 부도탑을 쌓는 것보다 더 클 것입니다. 만약 제가 기생집 문에 기대서 오는 손님 맞아들이고 가는 손님 배웅하라면 죽으면 죽었지 그건 못하겠어요."

"애야, 좋은 남자 만나 결혼해서 기생 노릇 은퇴하는 거야 누구라도 바라는 일이지. 내가 그걸 왜 말리겠어. 한데 거기에도 그 나름대로 구별이 있어."

"무슨 구별이 있다는 거죠?"

"진짜 은퇴, 가짜 은퇴, 괴로운 은퇴, 즐거운 은퇴, 때가 잘 맞는 은퇴, 어쩔 수 없는 은퇴, 백년해로 은퇴, 불장난 은퇴가 있단다. 자, 내 말을 잘 들어봐. 그럼 뭘 진짜 은퇴라고 하느냐? 재주 많은 선비는 예쁜 아가씨를 만나려 하고, 예쁜 아가씨는 재주 많은 선비를 만나려고 하니 그런 둘이 만나야 짝을 이루는 거지. 그러나 그게 어디 쉬울까, 서로 찾기는 하나 만나기는 어렵지. 한데 어쩌다 운 좋게 그런 짝이 서로 만나면 서로 사랑하고 아끼는 게 당연지사, 죽고 못 사는 지경이 되니 남자는 청혼하고 여자는 시집가지. 마치 뽕잎을 먹는 누에처럼 죽어도 입에서 그걸 내뱉지 않으려고 하는 거지. 이게 바로 진짜 은퇴라는 거야.

그럼, 가짜 은퇴란 뭐냐? 남자는 기생을 좋아하는데 기생이 그 남자를 좋아하지 않아. 속마음은 그 남자한테 시집가고 싶진 않지만 같이 살고 싶다고 거짓말하여 그 남자가 후끈 달아올라 돈을 막 쓰게 하는 거지. 결혼 날짜 잡고선 이리저리 핑계를 대고 결혼식을 치르려 하질 않지. 기생한테 푹 빠진 남자는 기생이 자기를 좋아하지 않는다는 걸 알고도 구태여 우겨서라도 기생을 데려가려고 한다고. 기생 어미한테 엄청나게 돈질을 해서 기생 어미하고 일을 처리하려고 하고 기생이 자기를 따라나서려고 하지 않는 건 신경도 안 써. 이렇게 억지로 기생을 자기 집으로 데리고 가도 기생은 그 남자를 좋아하는 마음이 하나도 없으니 일부러 그 집안 법도는 깡그리 무시하고 제멋대로 굴기도 하고 심할 경우는 공공연하게 바람도 피우고 그러는 거지. 남자는 그런 기생을 감당할 수가 없으니 길어 봐야 1년, 짧게는 반년 만에 기생을 놔주게 되고, 기생은 다시 본업으로 돌아올 수 있게 되지. 기생년은 이 은퇴라는 걸 그저 돈벌이 수단으로만 보는 거라. 이게 바로 가짜 은퇴지.

그럼 괴로운 은퇴란 뭐냐? 남자가 기생을 좋아하긴 하는데 정작 기생이 그 남자를 좋아하지 않아. 그러자 그 남자가 자기 위세를 동원하여 기생 어미를 겁주고 괴롭히니 기생 어미가 여러 차례 곤욕을 치르게 되고 어쩔 수 없이 기생을 그 남자에게 허락하고 말지. 기생년이야 기생 어미 말을 안 들을 수가 없어서 눈물을 흘리며 억지로 따라나서는데, 층층시하, 남자 집안의 법도라는 게 엄하기는 또 엄청나서 감히 고개도 못 들 정도라. 이게 종인지, 첩인지 분간이 안 되는 처지라 매일 죽지 못해 사는 거지. 이게 바로 괴로운 은퇴야.

그럼 즐거운 은퇴란 뭐냐? 마침 짝을 찾을 즈음해서 한 남정네를 사귀게 되었네. 그 남정네가 성격도 좋고, 살림도 넉넉하고, 게다가 본처 인품도 좋아 보이고 본처 소생의 자식도 없으니 그 집안에 들어가 나중에 아들이라도 낳아주면 이건 뭐 본처 행세도 할 수 있는 거라. 이런 상황을 재보고 그 남자 따라가면 평생이 편안하고 아들 낳기만 하면 신분도 상승하는 거지. 이게 바로 즐거운 은퇴지.

그럼 때가 잘 맞는 은퇴란 뭐냐? 기생으로서 화류계에서 그 나름의 명성과 인기를 누리다가 그 명성과 인기가 한창일 때, 자기를 찾는 사람이 제일 많을 때 자기 맘에 쏙 드는 남자를 골라 그에게 시집가는 거야. 정상에 올랐을 때 내려올 줄도 아는 거라고. 한창때 과감하게 물러나는 거야. 사람들한테 무시당하기 전에 말이야. 이게 바로 때가 잘 맞는 은퇴라고.

그럼 어쩔 수 없는 은퇴란 뭐냐? 기생이 원래는 양민이 되고자 하는 생각이 없었어. 근데 관가로부터 압력을 받거나 혹은 사기를 당하거나 혹은 엄청 빚을 져서 갚지를 못하여 한숨 쉬고 눈물을 머금고 찬밥 더운

밥 가리지 않고 일단 시집가서 한숨 돌리고 몸을 보호하는 거지. 이게 바로 어쩔 수 없는 은퇴라고.

그럼 백년해로 은퇴란 뭐냐? 기생이 이 바닥에서 산전수전 다 겪고 나이도 들었을 때 마침 나이 지긋한 남자를 만나 둘 사이에 맘이 서로 통하고 뜻이 잘 맞아 검은 머리 파뿌리 될 때까지 함께 사는 거지. 이게 바로 백년해로 은퇴라고.

그럼 불장난 은퇴란 뭐냐? 서로 한눈에 사랑에 빠져 죽고 못 살게 되면 몸이 달아오르고 사랑에 눈이 멀어 이런 거 저런 거 따지지도 않고 따라나서는 거라. 한데 부모도 받아주지 않고 본처도 엄청나게 시샘을 해대는지라 남자가 집에서 몇 번이고 시도를 해보다가 결국 포기하고 기생을 다시 기생집에 돌려보내고 돈을 돌려달라고 하는 거라. 아니면 남자의 가세가 급격히 기울어 두 여자를 거느릴 형편이 못되니 따라간 기생 입장에서도 그걸 견디기 어려워 제 발로 기생집으로 돌아오는 거지. 이게 바로 불장난 은퇴라고."

"저는 정말 기생 노릇 하고 싶지 않은데 어떡하면 좋죠?"

"얘야, 내가 너에게 최상의 비결을 알려주지."

"그렇게만 해주신다면 그 은혜는 백골난망입니다요."

"시집가는 걸로 이 바닥에서 은퇴하려면 먼저 몸이 깨끗해야지. 그런데 너는 지금 당장 시집간다고 해도 숫처녀라고 할 수는 없잖아. 어쨌든 이 바닥에 발을 들여놓은 것 자체가 가장 큰 실수지. 그게 다 팔자소관 아니겠어. 네 어미가 널 위해 그 나름대로 큰돈을 썼는데 네가 몇 년이고 노력해서 은자 몇천 냥이라도 벌어주지 않으면 너를 놓아줄 리가 만무하지. 그리고 또 네가 짝을 찾아 은퇴하려면 먼저 그럴듯한 물주를 찾아야 할 거 아냐. 얼굴이 좀 못생겼다고 그게 대수겠어. 한데 네가 지금 손님을 한 명도 받지 않았으니 어떤 사람을 따라 네 인생을 맡겨야 할지,

누구를 피해야 할지 알기나 하겠어? 네가 계속해서 손님을 받으려 하지 않는다면 네 엄마도 어쩔 수 없이 돈을 많이 내겠다는 사람이 나타나면 두말없이 너를 팔아버릴 거라고. 그것도 뭐 기생 노릇 그만두는 거는 그만두는 거겠지. 그 사람이 꼬부랑 할아버지든, 추남이든, 일자무식 촌놈이든 어쨌든 네 말대로 네 몸을 더럽히진 않는 거겠지. 네가 강물에 몸을 던지면 풍덩 하고 소리라도 나고 사람들이 안됐다고 한마디씩 하기라도 할 텐데. 내가 보기엔 네 엄마의 소원대로 손님을 받는 게 좋을 거야. 네 재주와 미모를 보면 보통내기들은 감히 달려들지 못할 거고 왕족, 귀족, 갑부 자제들이나 되어야 너랑 어울리는 거 아니겠어. 첫째, 너도 청춘인데 멋진 사랑 한 번 정도는 해봐야 할 거고, 둘째, 네 엄마 살림 좀 펴게 해줘야지, 셋째, 늙어서 다른 사람한테 손 안 벌리려면 젊었을 때 돈 좀 벌어둬야지. 5년이고 10년이고 있다가 너랑 말이 잘 통하는 사람을 만나면 네가 직접 나서서 보란 듯이 결혼하라고. 그러면 네 엄마도 맘이 놓일 거 아냐. 이게 바로 누이 좋고 매부 좋은 거지."

말을 다 듣고 난 미 아씨는 그저 미소를 지을 뿐 아무런 대꾸도 하지 않았다. 유사마는 미 아씨의 마음이 움직이고 있음을 감지할 수 있었다. 유사마가 이렇게 말했다.

"내 말 잘 새겨들어. 다 널 위해서 하는 말이야. 나중에 나한테 고마워할걸."

유사마가 말을 마치고 자리에서 일어났다. 왕구마는 뒤채 계단 아래에서 이 둘의 대화를 하나도 빠뜨리지 않고 엿듣고 있었다. 미 아씨가 유사마를 배웅하러 나왔다가 왕구마를 발견하고선 얼굴이 빨개지더니 바로 몸을 돌려버렸다.

왕구마가 유사마를 데리고 다시 안채로 들어가 자리를 잡고 앉았다.

"조카가 고집이 세긴 세더라고요. 그래도 이 몸이 이리 구슬리고 저리 구슬려서 그 쇳덩어리 같은 가슴을 녹여 뭔가 흘러들어가게 했죠. 아마 곧 손님을 받는다고 할 거예요. 그때 내가 다시 축하하러 올게요."

왕구마는 유사마에게 고맙다는 말을 멈추지 않았다. 밥이야 술이야 챙겨서 둘이 코가 삐뚤어지게 마시고 나서 헤어졌다. 나중에 서호 사는 젊은이가 「괘지아」를 지어 유사마의 입심을 읊었다.

유사마,
그대 입심은 엄청나기도 하지!
여자 수하,
여자 육가,
아니 수하, 육가도,
그대 같은 재주는 없을걸.
이렇게,
저렇게,
그대 입심에 나가떨어지지 않을 자 있을까.
술에 취해 잠들었다가도,
그대 말에 벌떡 일어나리.
총명하단 놈도,
그대 말에 바보가 되리.
정말 성깔 사나운 여인네도,
그대 말에 맘 누그러뜨리지.

한편, 미 아씨가 들어보니 유사마의 말이 그 나름대로 다 일리가 있었다. 그 후로 자신을 찾아온 손님이 있으면 흔쾌히 받았다. 손님을 받기 시작하자마자 사람들이 구름처럼 밀려오기 시작했다. 밀려오는 사람들로 발 디딜 틈이 없을 정도였고 미 아씨의 성가는 갈수록 높아만 갔다. 하룻밤 벌어들이는 돈이 못해도 은자 열 냥이 넘었다. 왕구마는 굴러 들어오는 은자에 입을 다물 줄 몰랐다. 미 아씨는 자신의 앞길을 열어줄 남자를 이리 재고 저리 재며 골랐으나 그게 정말 만만치 않았다.

돈을 벌기는 쉬우나,
사랑을 얻기는 어렵도다.

이야기는 둘로 나뉜다. 한편, 임안성 청파문 안쪽에서 기름집을 하는 주십로朱十老라는 사람이 있었겠다. 주십로는 3년 전에 변경에서 피난 나온 어린아이 하나를 양자로 들였다. 그 아이 성은 진秦, 이름은 중重으로, 일찍이 어머니를 여의고 아버지 진량秦良과 살았다. 13살 나던 때 진량이 아들 진중을 팔고, 자기는 천축사라는 절로 들어가 버렸다. 주십로는 나이도 많은데 자식은 없고 아내마저도 세상을 떠나고 말자 진중을 친아들처럼 대했다. 진중의 성을 주가로 바꾸고, 가게에서 기름 장사를 익히도록 했다. 처음에는 부자가 사이좋게 함께 가게를 지켰으나 주십로가 요통을 심하게 앓게 되어 늘 누워 있거나 앉아 있어야 할 형편이 되자 형권이라는 점원을 들여 가게 일을 돕게 했다.

세월은 쏜살같이 흘러 4년이 지났다. 주중이 17살, 훤칠한 청년이 되었다. 아직 장가들진 않았다. 주십로 집엔 난화란 여종이 있었다. 나이는 20살 정도. 난화가 은근히 주중을 흠모하여 꼬리를 흔든 게 벌써 몇 번인지 모른다. 하지만 주중은 사람이 진중하고 게다가 난화가 인물이 못생기기도 해서 눈길을 주지 아니했으니 떨어지는 꽃잎은 간절한 마음이 있으되, 강물이 무심한 격이라. 난화가 주중을 아무리 꼬드겨도 넘어오지 않자, 이젠 목표를 바꿔 점원 형권에게 추파를 던지기 시작했다. 형권은 마흔을 바라보는 나이에 마누라도 없으니 난화가 꼬리 치자 바로 넘어가 버렸다. 둘이 남몰래 정을 통하기 시작하니 그게 어찌 한두 번에 그치랴. 난화는 자기에게 눈길도 주지 않는 주중을 꼬투리를 잡아 쫓아낼 궁리를 했다. 형권과 난화는 궁합이 척척 맞았다. 어느 날 난화가 주십로에게 이렇게 말을 지어냈다.

"도련님이 몇 번이나 저를 희롱하시더라고요, 겉으론 착한 척하더니!"

주십로가 또 평소 난화와 그렇고 그런 관계였는지라 그 말을 듣고 와락 질투심이 불타올랐다. 형권이 가게에서 물건 팔고 받은 은자를 일부러 감추고 주십로에게 이렇게 아뢰었다.

"도련님은 도박이나 하러 돌아다니고 정말 아무짝에도 쓸모없는 분이시더라고요. 물건 대금으로 받은 은자가 자꾸 비는데 그게 다 도련님이 빼돌리기 때문입니다요."

처음 그런 말을 들었을 때는 주십로 역시 그 말을 믿지 않았다. 그러나 연거푸 그런 말을 듣게 되는 데다 나이도 들어 정신도 흐릿해지고 자기 주견도 없어지고 그래서 마침내 주중에게 한바탕 욕을 퍼붓고 말았다. 주중은 총명한 청년이라 형권하고 난화가 서로 짜고 그러는 걸 이미 알고 있었다. 이 상황에서 사실을 이야기해봐야 오히려 분란만 일어날 것 같았다. 게다가 주십로 어르신이 자기를 믿어주지 않으면 자기만 죽일 놈 될 것이 분명했다. 주중은 자기 나름대로 궁리를 하고선 이렇게 아뢰었다.

"요즘 장사가 그렇게 바쁘지 않으니 굳이 두 명이 필요할 것 같진 않습니다. 형권이 가게 점원 노릇을 하고 있으니, 제가 기름을 메고 밖으로 돌아다니며 팔겠습니다. 매일 파는 대로 바로 대금을 갖고 돌아올 것이니 이러면 장사가 두 배로 늘어나는 거 아니겠습니까?"

주십로가 그 말을 듣고 그럴듯하다고 생각했다. 한데 형권이 또 이렇게 말하는 것이었다.

"아이고, 그건 도련님이 장사를 하려고 그러는 게 아니고 몇 년 동안 딴 주머니를 차고 있었는데 그게 이제 그득해진 것입죠. 그런데도 나리께서 자기 혼처를 정해주지 않으시니 그게 기분 나빠서 나리 돕는 걸 그만두고 밖으로 나가서 자기가 직접 마누라도 얻고 따로 살림도 꾸리려고 하는 것입니다요."

주십로가 그 말을 듣고 한숨을 쉬었다.

"내가 그놈을 친아들처럼 챙겨줬거늘 그놈이 이렇게 딴마음을 품다니 하늘도 무심하시지. 그래 되었다. 내 혈육도 아니니 그놈하고 나 사이에 무슨 끊지 못할 인연이라도 있겠느냐. 제 갈 길 가라고 해라."

주십로가 주중에게 은자 세 냥을 던져 주고 가게에서 떠나라고 했다. 더불어 여름, 겨울 옷가지와 이불 등속도 챙겨 가게 했다. 이것도 사실 평소 주십로가 주중을 그 나름대로 아꼈기 때문에 그리한 것이었다. 주중은 주십로가 자신을 더는 거두려고 하지 않으려 함을 깨닫고는 눈물을 흘리며 큰절을 올렸다.

효기孝己2)가 죽은 건 헐뜯는 말 때문,

신생申生3)이 죽은 건 모함하는 말 때문.

친아들조차도 이러하거늘,

---

2) 효기의 본명은 조기祖己, 은나라 왕 무정武丁의 큰아들이다. 워낙 효성이 지극하여 효기라는 별명이 붙었다고 한다. 친모가 일찍 세상을 떠났다. 계모가 효기를 모함하니 무정이 내쫓았고 마침내 들판에서 굶어 죽었다고 한다.

3) 신생은 진나라 헌공獻公과 부인 제강齊姜 사이에서 태어났다. 제강이 죽고 나자 헌공은 여희驪姬를 맞아들였고 새 아들을 두었다. 여희는 자기 소생의 아들을 위하여 신생을 모함했다. 이를 견디지 못한 신생은 마침내 스스로 목을 매달아 죽었다.

양아들이 억울한 일 당하는 게 뭐가 대수랴!

한편, 주중의 아버지 진량은 주중에게 아무 말도 없이 천축사에 들어갔었다. 주중은 주십로의 집에서 나와 중안교 근처에 작은 방을 하나 얻어 이불이랑 살림살이를 넣어두었다. 커다란 자물쇠를 하나 사서 잠가놓고는 이 골목 저 골목을 누비며 친아버지를 찾아다녔다. 며칠을 돌아다녀도 종적을 찾을 수가 없었다. 주중은 별수 없다 싶어 친아버지를 찾는 일을 그만두었다. 주십로 집에서 4년 동안 사심 없이 양심적으로 일하다 보니 자기 수중에 들린 돈은 한 푼도 없었다. 집을 떠날 때 주십로가 던져준 은자 세 냥이 전 재산이니 이걸로 뭘 할 수 있을까 고민이었다. 아무리 고민해 봐도 뾰족한 수가 떠오르지 않았다. 주중은 기름 행상을 하기로 마음먹었다. 이 동네 기름집이야 주중이 그동안 거래해오던 터라 안면도 있고 하니 멜대를 메고 기름을 떼다 파는 게 그 나름 승산이 있을 것 같았다. 멜대를 장만하는 데 먼저 돈을 쓰고 남는 돈은 모두 기름집에서 기름을 떼는 데 썼다. 기름집이야 주중이 착실한 걸 잘 알고 있던 데다 주중이 본디 주십로의 가게에서 일을 보다가 형권이란 놈의 이간질 때문에 가게에서 쫓겨난 것도 알고 그래서 주중을 도와주고 싶은 맘이 있던 터라 최상급 기름을 공급해주었을 뿐 아니라 가격도 비싸지 않게 해주었다. 주중이 이런 식으로 기름을 싸게 받아오는지라 다른 기름 장수보다 조금이라도 싸게 기름을 팔 수 있어서 장사가 제법 수월했고 또 나름대로 이문도 괜찮았다. 주중은 먹는 거 쓰는 것도 절약하고 돈을 모으기 시작했다. 살림도 규모 있게 하고 옷 입는 거 하나라도 함부로 하지 않았다.

그러나 마음속 깊은 곳에 해결되지 않는 일이 있었으니 바로 그리운 아버지였다. '나를 주중이라고 부르는 저 사람들, 내가 주중이 아니라 진중이란 걸 과연 상상이나 할 수 있을까? 나중에 아버지가 나를 찾아 나선다 해도 주중이란 이름으로는 찾을 수 없을 텐데.' 이런 생각이 들어 자신의 이름을 다시 진중으로 바꾸었다. 여보시오, 이야기꾼, 높은 벼슬아치들이야 원래 이름을 다시 쓰고 싶으면 조정에 아뢰어 허가를 받고, 예부, 태학, 국학 등에 신고하여 관련 서류를 죄다 고쳐야 한답디다. 그런 절차를 밟다 보면 원래 이름을 쓰는 게 저절로 널리 알려지겠으나 진중과 같은 미천한 기름 장수가 지금의 자기 성을 원래 성으로 고친다고 한들 이게 사람들한테 제대로 알려지기나 하겠소? 사정이 이러하니 진중이 자기 나름의 꾀를 내었다. 자신이 들고 다니는 기름통 한쪽에는 '진'자를 다른 한쪽에는 '변량'이란 글자를 큼지막하게 써서 사람들이 한눈에 알아보게 했다. 임안 시장 사람들은 이로 말미암아 주중의 본래 성이 진씨였다는 걸 알게 되어 그를 '기름 장수 진씨'라 불렀다.

때는 바야흐로 2월, 춥지도 덥지도 않은 호시절, 진중은 소경사에서 9일 밤낮으로 법회를 연다는 소식을 들었다. 법회를 하면 기름도 많이 쓸 거라는 생각이 들어 기름통을 들고 소경사로 갔다. 소경사의 스님들은 진중의 기름이 값도 싸고 품질이 좋다는 걸 잘 알고 있던 터라 진중의 기름만 찾았다. 법회가 열리는 9일 동안 진중은 소경사에 꼼짝없이 묶여 있었다.

이문만 밝힌다고 돈 많이 버는 건 아니지,
덕을 베푸는 게 돈 버는 지름길.

법회가 열리는 아홉 번째 날, 진중은 소경사에 기름을 배달해주고 빈 기름통을 메고 절에서 나왔다. 날씨는 화창하고 절에 찾아온 사람들은 벌떼처럼 많았다. 진중은 멀리 강쪽으로 돌아 걸어갔다. 십경당의 복사꽃, 버들가지가 눈에 들어오고, 서호의 놀잇배에서 피리소리, 북소리가 들려왔다. 그냥 어찌 바라볼 수만 있으리, 직접 한번 걸어 돌아다녔다. 고단함을 느껴 소경사 오른편 한가한 곳을 찾아 멜대를 내려놓고 너럭바위 위에 걸터앉았다. 너럭바위 가까운 곳에는 서호를 바라보고 인가가 하나 있었다. 황금빛 칠을 한 사립문, 붉은색 난간, 내부를 들여다볼 수는 없었지만 현관으로 통하는 마당이 무척이나 정갈해 보였다. 안에서 두건을 쓴 사람 서너 명이 나왔다. 아씨 하나가 뒤따라 나와 그들을 배웅했다. 남자들이 두 손을 모아 공수를 하더니 그녀에게 예를 표했다. 그녀가 다시 안으로 들어갔다. 진중이 두 눈을 부릅뜨고 그녀를 응시했다. 갸름한 얼굴, 아리따운 몸매, 여태껏 본 적이 없는 모습이었다. 꼼짝도 하지 아니하고 그녀를 바라보고 있자니 몸에 쥐가 날 정도였다. 진중은 아직 때 묻지 않은 청년이라 화류계라는 건 알지도 못했다. 진중은 저 집이 무슨 집일까 무척이나 궁금했다. 진중이 한참 생각에 잠겨 있을 때 안에서 중년 부인과 하녀 하나가 대문에 기대어 밖을 내다보는 게 보였다. 그 중년 부인이 기름 멜대를 보더니 이렇게 말하는 것이었다.

"기름을 사러 가야 할 참이었는데 마침 기름 멜대가 여기 보이네. 잘됐다. 저 기름 장수한테 사야지."

그 하녀가 기름병을 들고서 진중의 기름 멜대 쪽으로 걸어오더니 이렇게 소리쳤다.

"기름 장수!"

진중이 그 소리를 듣고는 이렇게 대답했다.

"기름이 다 떨어졌네요. 마님께서 기름이 필요하시면 내일 가져올까요?"

그 하녀가 그래도 몇 글자 정도는 읽을 줄 아는 깜냥이라 기름통에 써 있는 '진'자를 알아보고서 중년 부인에게 이렇게 아뢰었다.

"기름 장수가 성이 진씨네요."

중년 부인도 사람들이 진씨라는 아주 믿음직한 기름 장수가 있다고 말하는 것을 익히 들어왔는지라 마침내 진중에게 이렇게 말했다.

"우리 집이 날마다 기름을 많이 쓴다네. 자네가 매일 기름을 지고 와 준다면 우리 집 기름은 자네한테 받는 거로 하겠네."

"마님, 분부대로 하겠나이다. 절대 실수 없이 하겠습니다."

중년 부인은 하녀와 함께 안으로 들어갔다. 진중은 마음속으로 이런 생각이 들었다.

"저 마님이 바로 아씨의 어머니인가 보구나. 매일 기름 팔러 오면 돈도 벌고 아씨도 실컷 보겠네. 아마도 전생에 인연이 있었던 모양이로세."

진중이 기름 멜대를 메고 막 일어서려는데 가마꾼 둘이 청색 비단으로 덮개를 씌운 가마를 메고 오는 게 보였다. 뒤에서는 하인 둘이 종종걸음으로 뒤따라오고 있었다. 가마꾼들은 그 중년 부인의 집 앞에 가마를 멈추었다. 뒤따라오던 하인 둘이 집 안으로 들어갔다. 진중이 혼잣말을 했다.

"아, 누구를 모시러 온 모양이네."

잠시 후 하녀 둘이 나오는 게 보였다. 하나는 붉은색 보자기로 싼 뭔가를 들고, 다른 하나는 반죽에 꽃을 새긴 작은 명함 상자를 들고 나왔다. 두 하녀가 그것을 가마꾼에게 전달하니 가마꾼이 받아 가마에 실었다. 집 안에 들어갔던 두 하인 가운데 하나가 비파를 싼 보자기를 들고 다른 하나는 종이 두루마리 몇 개를 들고서 팔에는 파란 옥으로 만든 퉁소를 걸쳐 든 채 조심조심 아까 전에 보았던 아씨를 따라 나왔다. 아씨가 가마에 오르니 가마꾼들이 가마를 들어올리고 왔던 길을 되짚어갔다. 하녀들과 하인들은 걸어서 가마를 쫓아갔다. 이렇게 한 번 더 저 아씨를 보게 되니 진중은 더욱 괴이쩍다는 생각이 들었다. 진중은 기름 멜대를 메고서 발걸음을 떼기 시작했다. 몇 걸음 못 가서 강가에 있는 술집 하나를 발견했다. 진중은 평소에 술을 즐겨 하지 않았으나 오늘은 아씨를 보고서 설레기도 하고 답답하기도 하여 기름 멜대를 내려놓고는 술집 안으로 들어가 자리를 잡고 앉았다. 술집 점원이 물었다.

"누구 더 오실 건가요, 아니면 혼자 드실 건가요?"

"최상급 술로 좀 가져오슈, 혼자서 석 잔 마실 거요. 아, 제철 과일도 한 접시 주쇼. 고기는 필요 없고."

점원이 술을 준비하는 동안 진중이 물었다.

"저기 황금색 사립문 집 말이요, 그 집은 뭐 하는 집이요?"

"제 나리 별장인데, 지금은 왕구마가 살고 있습니다."

"방금 보니까 한 젊은 아씨가 가마를 타고 어디로 가던데, 그 아씨는 누구요?"

"아, 그 아씨가 바로 유명한 기생 미 아씨라네요. 사람들이 모두 최고 기생이라고 부르죠. 본디 변경 태생인데 어찌어찌하다 여기까지 온 모양이요. 피리, 비파, 노래, 춤, 그림, 글씨, 못하는 게 없다네요. 돈푼깨나 권력깨나 있다는 사람들만 상대한다더라고요. 최소 은자 열 냥 정도는 있어야 하룻밤을 지낼 수 있는가 보더라고요. 변변치 못한 사람은 말도 못 붙이는 모양입디다. 본디 용금문에 살았었는데 집이 좁아서 불편했던지 제 나리가 이 별장을 내주고 살게 했다네요."

진중은 미 아씨가 변경 출신이라는 말을 듣고 불현듯 고향 생각이 났다. 그녀를 생각하는 마음이 두 배는 더 깊어지는 듯했다. 술을 몇 잔 더 들이켜고 난 다음 술값을 치르고 기름 멜대를 메고 길을 나섰다. 길을 걸으면서 생각에 잠겼다.

'세상에 이렇게 예쁜 아가씨가 기생 신세가 되다니, 애석하기 그지없구나!'

진중은 너털웃음을 짓더니 이렇게 혼잣말했다.

"하긴 기생이 안 되었다면 나 같은 기름 장수가 어디 얼굴이나 한번 볼 수 있었겠어!"

진중은 생각하면 할수록 온 정신이 그녀를 향해 달려감을 느꼈다.

'인생도 한 번, 화초도 한 철 아닌가! 저렇게 예쁜 여자랑 하룻밤을 함께할 수 있다면 죽어도 여한이 없겠다.'

'아, 내가 온종일 기름 멜대를 메고 다녀도 하루에 고작 몇 푼 벌까 말까 하는데, 내 주제에 이런 생각을 하다니! 이건 뭐 고랑에 빠진 두꺼비가 하늘을 나는 새를 잡아먹겠다는 거나 마찬가지지!'

'저 아씨가 상대하는 사람은 모두 권세나 돈이 넘치는 자들, 내가 돈을 좀 들고 찾아간다고 해도 나 같은 기름 장수를 상대해줄 리가 없지.'

'기생 어미는 돈만 밝힌다는데. 거지라도 돈을 들고 가면 손님으로 받아준다는데. 나 같은 장사꾼이 뭐 무슨 문제가 있는 것도 아니니 돈을 들고 가면 설마 나를 거절하겠어. 한데, 어디 그럴 돈이 있어야 말이지.'

진중은 길을 걸으며 이 생각 저 생각에 잠겨 혼잣말했다. 세상에 이런 바보가 다 있나. 기름 행상하는 주제에, 본전은 겨우 석 냥, 한데 열 냥을 들여 기생하고 놀아난다고? 이거야말로 헛된 꿈이 아니고 뭐람. 하지만 뜻이 있는 곳에 길이 있다는 말도 있잖아. 진중은 이 생각 저 생각을 하다가 이렇게 마음을 정했다.

'내일부터 본전은 따로 떼어놓고 버는 족족 모두 안 쓰고 모아야지. 하루에 한 푼씩만 모아도 1년이면 석 냥 육십 푼 아니냐. 그럼 3년이면 되겠네. 하루에 두 푼씩 모으면 1년 반이면 되고. 좀 더 노력하면 뭐 1년 정도면 되겠구먼.'

이 생각 저 생각 하다 보니 벌써 거처로 돌아오게 되었다. 자물쇠를 따고 안으로 들어갔다. 걸어오는 길에 한창 부푼 생각을 하다가 막상 자신의 거처로 돌아와 침상을 바라보니 너무도 초라하고 쓸쓸했다. 진중은 저녁도 들지 않고 그냥 잠자리에 들었다. 그녀 생각에 전전반측 밤새 한숨도 못 잤다.

그녀는 화용월태花容月態,
나는 싱숭생숭.

날이 밝자 자리에서 일어나 기름을 담고 아침을 챙겨 먹고 문단속을 하고는 기름 멜대를 메고 왕구마 집으로 달려갔다. 왕구마 집 문 앞에 이르러 감히 곧장 들어가지는 못하고 고개를 쭉 내밀고 안을 살펴보았다. 마침 왕구마가 막 잠자리에서 일어났는지 부스스한 얼굴로 하녀에게 먹을거리를 좀 사오라고 말하는 소리가 들렸다. 진중이 왕구마의 음성을 듣고는 왕구마를 소리쳐 불렀다. 왕구마가 바깥쪽으로 고개를 돌려보니 바로 진중이라.

"오, 정말 착실한 사람이네! 약속을 잘 지키는군."

왕구마가 진중에게 기름 멜대를 메고 안으로 들어오게 한 다음 기름을 한 병 따르게 했다. 대략 대여섯 근 정도, 왕구마가 값을 후하게 쳐서 지불하니 진중 역시 군말하지 않았다. 왕구마가 아주 흡족해하며 이렇게 말했다.

"우리 집은 이틀에 기름 한 병을 쓴단 말이야. 이틀에 한 번꼴로 기름을 대줄 수 있으면 내가 굳이 다른 데 가서 살 필요가 없지."

진중이 그러마고 대답하고 기름 멜대를 메고 돌아섰다.

'아이고, 오늘 우두머리 기생 얼굴을 못 봐서 아쉽구나. 아무튼 뭐 단골이 될 거니까 오늘 못 보면 내일 보면 되고, 내일 못 보면 모레 보면 되겠지. 오늘은 특별히 왕구마네 집에 서둘러 오느라 도중에 기름을 하나도 못 팔았는데 가는 길에 소경사에 들러보자. 오늘 따로 법회를 열진 않겠지만 뭐 평소라고 해서 기름을 하나도 사용하지 않는 건 아니니까. 일단 기름 멜대를 메고 절 안으로 좀 들어가 보자. 소경사 각 방에서 내 기름을 사주면 전당문 길을 한 번 오가는 거로 기름을 다 팔 수 있잖아.'

때마침 소경사 스님들도 기름이 필요했던 참이라 진중이 소경사에 들어가서 얼마 되지 않아 기름을 다 팔아치우게 되었다. 더불어 진중은 소경사의 스님과 방마다 이틀에 한 번꼴로 기름을 대주기로 약속했다. 오늘이 마침 짝숫날이니 매번 짝숫날마다 기름을 대주기로 했다. 짝숫날에는 소경사에서 기름을 팔고 홀숫날에는 다른 데 가서 기름을 팔면 될 것 같았다. 이후로 진중은 짝숫날이면 소경사와 왕구마 집에 들러 기름을 팔았다. 왕구마 집에 기름을 팔러 들렀다가 기생 아씨 얼굴을 보는 날도 있었다. 기생 아씨의 얼굴을 보면 괜히 기분이 좋았고 얼굴을 보지 못하면 괜히 울적했다.

하늘과 땅이 마르고 닳는 날이 있을지라도,
이 그리움 이 마음이 다하는 날은 없을지라.

한편, 진중이 왕구마 집을 출입하다 보니 왕구마 식솔 가운데 기름 장수 진중을 모르는 사람이 하나도 없을 정도가 되었다. 세월은 쏜살같이 흘러 1년이 훌쩍 지나갔다. 진중은 많든 적든 하루에 말굽은銀 세 푼 혹은 두 푼 아니 적어도 한 푼 정도는 꼭 모았다. 이렇게 해서 어느 정도 모이면 그걸 다시 큰 덩어리 은으로 바꾸곤 했다. 날이 가고 달이 가면서 은자가 상자 가득 쌓이고 은 부스러기가 모이고 또 모여 진중 자신도 대체 얼마나 되는지 셀 수 없을 정도가 되었다.

어느 홀숫날, 비가 억수로 내렸다. 진중은 장사를 나가지 아니하고 그저 은 덩어리나 바라보며 방에 있었다. 자기도 모르게 흐뭇한 생각이 들었다.

'그래, 오늘 마침 장사도 안 나가는데 저걸 저울에 한 번 달아봐야겠다. 대체 얼마나 나가려나?'

진중은 우산을 쓰고 맞은편 금은방을 찾아갔다. 저울에 한 번 달아볼 심산이었다. 금은방 쥔장은 속물인지라 '기름 장수 주제에 은자가 얼마나 있겠어. 다섯 냥 아래로 재는 가장 작은 저울이나 써볼까. 아이고, 저울추를 올릴 필요도 없을 거 같은데.' 하고 생각했다. 진중이 은을 싸 온 보자기를 풀었다. 모두가 부스러기 은이었다. 상등 덩어리 은이야 얼마 없었지만 부스러기 은은 엄청 많았다. 금은방 쥔장은 역시 속물이라 식견이 좁았다. 이렇게 많은 은을 보더니 눈이 휘둥그레졌다. 역시 '사람은 겉모습만 보고 판단할 수 없고, 바닷물은 국자로 잴 수 없구나.' 쥔장은 황망히 저울을 들더니 크고 작은 저울추도 다 꺼내왔다. 진중의 은을 다 재어보니 더도 말고 덜도 말고 딱 열여섯 냥, 바로 한 근이었다. 진중이 마음속으로 이런 생각이 들었다.

'본전 세 냥을 제하고도 기생 아씨와 하룻밤 지낼 돈은 충분해졌네.'

'한데 이런 부스러기 은을 그대로 들고 가면 체면이 서지 않잖아. 기왕에 금은방에 온 거 여기서 상등 덩어리 은으로 바꾸는 게 낫겠다.'

진중은 그 자리에서 은 열 냥을 재서 상등 은 덩어리로 바꾸고, 다시 한 냥 팔 전을 재서 질이 좀 낮은 작은 덩어리 은으로 바꾸었다. 그리고 남은 넉 냥 이 전은 쥔장에게 대가로 지불했다. 그러고도 남은 돈으로는 신발, 양말, 두건을 새로 샀다. 거처로 돌아와서는 옷을 깨끗하게 빨고 난 다음 새로 산 향을 피워 옷에 쐬었다. 어느 비 내리지 않고 맑은 날, 새벽같이 일어나 몸단장을 했다.

명문 귀족, 재벌가 출신은 아니어도,
풍류 즐길 줄 아는 멋진 젊은이라네.

몸단장을 마친 진중은 은 덩어리를 소매 품에 넣고 방문을 걸어 잠그고는 왕구마 집을 향해 출발했다. 기쁨에 넘쳐 한달음에 달려온 진중이었지만 막상 왕구마 집 문 앞에 도착하자 부끄러운 마음이 일었다.

'늘 기름 멜대를 메고 기름 팔러 왔다가 이렇게 손님으로 왔구나. 처음에 뭐라고 입을 떼지?'

진중이 생각에 잠겨 있는데 삐걱 소리가 나면서 대문이 열리더니 왕구마가 걸어 나왔다. 왕구마가 진중을 보고서 바로 입을 열었다.

"오늘은 기름 팔러 안 가나 보네. 이렇게 말끔하게 차려입고 대체 어디 가서 뭘 하려고 하시나?"

이왕 이렇게 된 거 진중은 바로 정색을 하고선 인사를 올렸다. 왕구마 역시 답례를 하지 않을 수 없었다. 진중이 먼저 입을 열었다.

"뭐 다른 일은 없고요.. 그저 마님을 뵈러 왔지요."

왕구마 역시 이 바닥에서 닳고 닳은 사람이라 진중이 이렇게 차려입고 나선 걸 보고는 그 나름대로 생각을 했다.

'하하, 우리 아가씨를 보러 온 모양이네. 하룻밤 지내려나 아니면 아예 방을 잡고 오래 머무르려나. 명문대갓집 도련님이 아니면 어때? 내 바구니에 들어오는 게 채소면 어떻고, 게면 어때, 들어오는 대로 담고 잡고 해서 배불리 먹으면 되는 거 아냐!'

왕구마가 얼굴 한가득 미소를 띠고서 말했다.

"아이고, 도련님이 이렇게 절 찾아주시니 필시 좋은 일이 있겠네요."

"소인이 감히 드릴 말씀이 있으나 차마 입을 떼기가 어렵네요."

"아니, 망설일 이유가 어디 있겠습니까. 어서 안으로 들어와 앉아서 이야기하시지요."

 진중이 기름을 팔러 이 집에 골백번도 더 왔었지만 이렇게 대청 안에 들어가 의자에 궁둥이를 붙이기는 처음이었다. 왕구마는 진중을 대청으로 안내하고는 자리를 잡고 앉게 했다. 왕구마가 안쪽에다 차를 내오라 했다. 잠시 후 하녀가 차를 들고 나왔다. 하녀가 보니 바로 기름 장수 진중이라. 마님이 무슨 일로 저 진중을 깍듯하게 대접하는지 얼른 이해가 되지 않았다. 하녀가 진중을 바라보며 큭큭 대며 웃자, 왕구마가 한마디 했다.

 "아니, 뭐가 우습다고 손님 앞에서 이렇게 웃고 난리냐. 예의도 모르는 것 같으니라고."

 하녀가 웃음을 거두고 찻잔을 거두어 돌아갔다. 그제야 왕구마가 진중에게 물었다.

 "진 도련님께서는 무슨 일로 저를 찾아오셨는지요?"

 "다른 거는 아니고 마님 휘하의 기생 아씨 가운데 하나를 불러 같이 술을 나누고 싶습니다."

 "하하, 설마 강술을 드실 건 아닐 거고. 게다가 기생까지 사시겠다니 착실한 진중 도련님이 언제 이런 풍류까지 배우셨나?"

 "소인이 이런 생각을 하게 된 것은 어제오늘이 아니올시다."

 "우리 집에 있는 아가씨들이야 도련님이 다 아실 텐데 그중 누구를 원하시는지요?"

 "다른 아씨는 필요 없고 저는 미 아씨와 하룻밤을 같이 하기를 원합니다."

 왕구마가 그 말을 듣더니 얼굴의 웃음을 싹 거두고 한마디 했다.

 "지금 저에게 농담하는 것은 아니겠죠."

 "제가 어찌 마님께 허튼소리를 하겠습니까."

"세상에 공짜는 없는 법. 미 아씨의 몸값이 얼마인지 알고 계신가요? 기름 장사하는 처지에 맞는 다른 아가씨를 찾는 게 나을 것 같소이다."

"마님께서 그렇게 말씀하시니 제가 묻지 않을 수 없소이다. 미 아씨랑 같이 하룻밤을 보내는 값이 몇천 냥이나 되오?"

왕구마는 진중이 이렇게 농담을 섞어 이야기하는 것을 듣고는 다시 미소를 머금고 대답했다.

"상등 은 열 냥이면 됩니다. 물론 다른 잡비는 빼고 말이오."

"그렇습니까. 뭐 그렇게 비싼 것은 아니구먼요."

진중은 소매 품에서 상등 은 열 냥을 꺼내어 왕구마에게 건넸다.

"이 은 열 냥을 받아두시구려. 등급이나 무게가 받아주실 만한지 모르겠소이다."

그런 다음 다시 부스러기 은을 꺼내 건네주었다.

"요건 아마 두 냥 정도 될 거외다. 음식 장만하는 데라도 보태 쓰시도록 하시오. 마님께서 소인의 소망을 이루도록 좀 도와주시구려. 그래만 주신다면 그 은혜 평생 잊지 않고 꼭 갚겠소이다."

왕구마는 진중이 건네는 은을 보자마자 냉큼 받고 싶었으나 저 기름 장수 주제에 이렇게 돈을 쓰면 나중에 어떻게 하려고 하나 하는 생각도 들어 쉽게 마음을 정하지 못하고 있었다.

"상은 열 냥이면 도련님 같은 형편에 평생 모아도 못 모을 것인데. 이렇게 함부로 쓰지 마시고 좀 더 고민 좀 해보시구려."

"내 뜻은 이미 확고하오. 마님께서 걱정하실 것은 아니올시다."

왕구마는 은을 소매 품에 집어넣었다.

"좋소이다. 내가 도련님의 분부를 거행합죠. 하나 난관이 제법 많소이다."

"마님이 바로 이 기생집의 우두머리 아니오. 마님이 나서서 나를 도와주는데 난관은 무슨 난관!"

"그 미아라는 기생은 상대하는 손님이 귀족 자제나 대갓집 아들이나 학식깨나 있다는 학자들과 담소를 나누니, 보통내기들 하곤 눈길도 마주치지 않는다는 거 아뇨. 미아가 도련님이 기름 장수 진씨라는 걸 모르는 것도 아닌데 상대나 해줄지 걱정이라오."

"하하, 마님께서 어떻게 하느냐에 따라 미 아씨도 자기 입장을 정할 것이오. 일이 성사되게 잘 도와주시오. 그 은혜는 평생 잊지 않으리다."

왕구마가 진중의 결심이 확고한 것을 알고는 웃음기를 싹 거두고 한참 고민하더니 마침내 입을 열었다.

"내가 방금 도련님과 미아가 인연이 있는지 확인할 나름의 계책을 생각해냈소이다. 내 계책이 성공을 거둔다고 너무 기뻐할 필요도 없고 또 실패한다고 너무 실망할 필요도 없소이다. 미아는 어제 이 학사 댁에 초대되어 갔다가 아직 돌아오지 않았소이다. 오늘은 또 황씨 나리에게 초대되어 서호에 유람을 갈 예정이오. 내일은 장산인과 그 일행이 미아를 초대하여 시회를 연답니다. 모레는 한 상서 댁 도련님이 며칠 전에 보내온 초청에 응해서 갈 예정이고요. 그런 다음 도련님하고 시간을 맞출 수가 있겠네요. 아, 오늘부턴 우리 집에 기름 팔러 오지 마시오. 도련님도 도련님 나름의 체면을 좀 세워야죠. 장사꾼 차림을 하면 장사꾼처럼 보이고 비단옷을 걸치면 도련님이 되는 거니, 우리 집 하녀들도 도련님이 기름 팔던 사람이란 걸 모를 거요. 나 역시 도련님한테 아는 척하지 않을 것이외다."

"말씀하신 대로 할 것이니 걱정 마십시오."

진중은 왕구마에게 인사를 드리고 밖으로 나왔다. 그런 다음 사흘 동안 장사를 나가지 않았다. 전당포에 가서 너무 해지지 않은 옷을 골라서 입고는 거리를 돌아다니며 몸에 익숙해지게 했다.

화류계에서 행세깨나 하려면,
어엿한 선비 노릇은 할 줄 알아야지.

진중이 사흘 동안 무슨 일을 했는지는 굳이 말할 필요가 없으렷다. 넷째 날 이른 아침 진중은 곧바로 왕구마 집으로 달려갔다. 너무 일찍 갔는지 문이 잠겨 있었다. 어디 가서 시간 좀 보내고 다시 와야겠다 싶었다. 오늘은 특별히 챙겨 입고 나섰는지라 소경사에 찾아가기는 좀 그랬다. 소경사 스님들이 자기를 놀려댈 것 같아서 그냥 십경당에 가서 산책이나 하려고 했다. 한참 시간이 흐르고 나서 다시 돌아와 보니 왕구마 집 문이 열려 있었다. 문 앞에 가마 하나가 세워져 있고 문 안쪽에는 하인들이 북적대고 있었다. 진중은 이게 무슨 상황인가 싶어 감히 안으로 들어가지 못했다. 진중이 가마꾼에게 슬쩍 물어보았다.

"저 가마는 누구네 거요?"

"아, 한 상서 댁에서 도련님을 모시러 온 거라오."

진중은 한 상서 댁 도련님이 미 아씨를 만나러 어제 온다고 한 걸 이미 알고 있었기에 그 도련님이 아직 돌아가지 않았나보다 생각했다. 진중은 다시 발걸음을 돌려 근처 객점으로 가서 뭘 좀 사서 먹고는 한참 시간을 때우고 나서 왕구마 집으로 돌아왔다. 왕구마 집 앞에 있던 가마가 더는 보이지 않았다. 대문 안으로 들어가니 왕구마가 맞아주었다.

"아이고, 이거 실례가 많소이다. 우리 미아가 오늘도 시간을 내기 어려울 거 같네. 오늘 마침 한 상서 댁 도련님이 동쪽 장원으로 매화 구경 가자고 미아를 초청했다오. 그 도련님이야 우리 단골인데 내가 그 초청을 무시할 수가 있어야지. 내일은 또 영은사에 가서 그 양반 바둑 선생하고 내기 바둑을 둔다고 하오. 그뿐만 아니라 제 나리도 오셔서 두세 차례 미아에게 시간을 내달라고 부탁했소이다. 제 나리는 또 이 집 주인장 아뇨. 내가 어찌 그 부탁을 거절할 수 있겠소. 제 나리가 찾아오면 대략 사오 일은 머물곤 하신다오. 제 나리가 머무는 동안엔 나도 함부로 얼씬거릴 수 없소이다. 도련님이 정말로 미아랑 시간을 함께 보내고 싶으시면 조금만 더 기다려주시구려. 만약 더 기다릴 수 없으시다면 전에 이 늙은이에게 준 은을 한 치의 오차도 없이 돌려드리겠소이다."

"마님이 까먹을까 걱정이지 시간이 좀 걸리는 거야 뭐가 걱정이겠소이까. 천년이고 만년이고 기다리겠소이다."

"하하, 걱정 마시라. 때가 되면 이 몸이 다 알아서 할 것이니."

진중이 왕구마에게 인사를 하고 발걸음을 돌리려는 순간, 왕구마가 진중을 향하여 입을 열었다.

"도련님, 다음번에 우리 집에 오실 때는 아침 이른 시각에 오지 마시고 오후 신시 정도에 오시면 손님이 있는지 없는지 그 사정을 바로 알려드리겠소이다. 아무튼 늦게 오실수록 좋겠네요. 다 내 나름의 꿍꿍이가 있어서 그런 것이니 절대 실수해서는 아니 되오."

"걱정 마십시오. 걱정 마시오."

이날 진중은 장사를 나가지 않았다. 진중은 다음 날 기름 멜대를 챙겨 장사를 떠났다. 그러나 전당문 가는 길이 아니라 다른 길을 택했다. 매번 장사를 마치고 나서 해질녘이 되면 습관처럼 왕구마 집 쪽으로 가서 동정을 살폈다. 그러나 미 아씨를 만날 짬을 잡지 못해 속절없이 한 달이 그냥 흘러가 버렸다.

그날은 12월 15일, 큰 눈이 내리고 서풍이 한차례 불었다. 내린 눈이 얼어붙어 가만히 있어도 절로 추위가 느껴졌다. 다행히 땅이 질퍽거리지 않아서 진중은 평소처럼 장사를 나갔다가 왕구마 집 동태를 살폈다. 왕구마가 얼굴 가득히 미소를 머금으며 진중을 반겼다.

"아이고 정말 때맞춰 잘 오셨네. 백에 아흔아홉은 일이 되려나 보오."

"그럼 나머지 하나는 뭐요?"

"그러게 말이에요. 미아가 지금 여기에 없소이다."

"기다리면 바로 돌아오려나요?"

"오늘은 유 태위 댁에서 눈 맞이 잔치를 벌이는데 같이 배를 타고 서호를 유람한다고 하오이다. 유 태위는 올해 일흔, 한창 풍류를 즐기는 나이는 이미 넘기셨으니 해질녘엔 미아를 돌려보내겠다고 했소이다. 어서 신방으로 가서 술 한잔하면서 몸을 데우고 나서 천천히 기다리시게."

"번거롭겠지만 나를 좀 안내해주시구려."

왕구마가 진중을 안내했다. 수없이 많은 방을 지나고 또 지나 한 곳에 이르렀다. 본채와 따로 떨어져 있는 세 칸짜리 별채였다. 천장이 높고 시원시원했다. 왼쪽은 하녀가 쓰는 침상과 탁자 같은 것이 있었다. 손님이 들 때를 대비한 것 같았다. 오른쪽은 미 아씨가 지내는 방인 듯했다. 그 방은 잠겨 있었는데 좌우에 조그만 곁방이 딸려 있었다. 가운데 방이 바로 응접실로 유명한 화가가 그린 산수화가 걸려 있었다. 탁자 위엔 박산 구리로 만든 향로가 놓여 있고 안에서 용연향이 타올랐다. 향로가 놓인 탁자 양옆엔 책상이 있었다. 책상 위엔 골동품이 놓여 있고 벽에는 시를 적은 종이가 붙어 있었다. 진중이 평소 책을 가까이하던 사람은 아닌지라 그 시들을 꼼꼼하게 읽어볼 엄두를 내진 못했다.

'응접실이 이 정도면 미 아씨 방은 어느 정도일까. 미 아씨와 함께할 수 있다면 열 냥도 아깝지 않으리!'

왕구마가 진중을 손님 자리에 안내하고 자기는 주인 자리에 앉았다. 탁자 위에 과일과 안주와 술을 올렸다. 젓가락을 대기도 전에 음식의 향이 코를 파고들었다. 왕구마가 술잔을 들고 진중에게 권했다.

"우리 집 아가씨들이 모두 손님을 받는 중이라 이렇게 늙은이가 직접 도련님을 모시게 되었소이다. 마음 편하게 몇 잔 드시지요."

진중은 술이 별로 세지 않은 데다가 큰일을 앞둔 처지라 그저 한 모금만 마시고 안주 하나 집어 먹고 나서는 더는 들지 않았다.

"도련님, 배고픈 모양이네. 밥부터 먹고 술을 드셔야겠네."

하녀가 하얀 쌀밥을 들고 왔다. 밥은 두 공기, 하나는 지금 먹고 다른 하나는 나중에 먹으라고 준비한 것이다. 더불어 잡탕도 나왔다. 왕구마는 주량이 넉넉한 편이라 안주도 들지 않고 그저 술만 들었다. 진중이 밥 한 공기를 먹고 나서 바로 젓가락을 놓았다. 왕구마가 한마디 했다.

"밤은 길고도 길다오. 어서 좀 더 드시게."

진중이 밥 반 공기를 더 들었다. 하녀가 등을 들고 와서는 아뢰었다.

"목욕물 데워 놓았습니다. 손님, 목욕하시지요."

진중은 이미 목욕을 하고 왔건만 사양하기가 좀 그래서 욕실로 따라갔다. 목욕물과 비누로 몸을 씻고 나서 옷을 다시 입고 응접실로 돌아왔다. 왕구마가 밥상을 물리게 하고 냄비를 가져와 술을 데우게 했다. 황혼이 깊어지고 소경사의 종소리도 들려왔지만 미 아씨는 아직 돌아오지 않았다.

그녀는 어디서 쾌락에 빠지셨나?
기다리는 사람은 눈이 빠졌다네.

사람을 기다리면 마음이 조급해진다는 말도 있지 않은가. 진중은 미 아씨가 돌아오지 않자 마음이 싱숭생숭했다. 진중은 왕구마의 권유에 못 이겨 술잔을 기울이며 대화를 나눴다. 그렇게 두어 시간이 또 지났다.

밖에서 시끌벅적한 소리가 들려왔다. 미 아씨가 돌아오는 소리였다. 하녀가 먼저 안으로 들어와 미 아씨가 돌아왔다고 알리니 왕구마가 그 말을 듣고 바로 일어나 미 아씨를 맞았다. 진중도 왕구마를 따라서 자리에서 일어났다. 술에 취하여 시녀의 부축을 받고 안으로 들어오던 미 아씨가 정신이 몽롱한 가운데서도 별채 응접실이 환하게 밝혀져 있고 술판이 벌어져 있는 걸 보더니 발걸음을 멈추고서는 물었다.

"누가 응접실에서 술 마시고 있는 모양이구나?"

"얘야, 내가 전에 말했던 진 도련님이시다. 진 도련님이 너를 특별히 마음에 두고 선물도 보내오고 그러셨는데 너하고 시간이 잘 맞지 않아 한 달이나 그냥 지나가 버렸구나. 오늘은 네가 짬이 좀 날 거 같아 진 도련님을 특별히 붙잡아 두었지."

"이 임안 땅에 진 도련님이란 분 이름은 들어보지 못했네요. 만나보기 싫네요."

미 아씨가 말을 마치고 몸을 홱 돌려 나가려고 했다. 왕구마가 두 팔을 벌려 미 아씨를 막아섰다.

"저 진 도련님이 얼마나 성실한 분인데. 내가 보증할게."

미 아씨가 마지못해 몸을 돌려 문턱을 넘어 들어와 고개를 들어 진중을 바라보았다. 그래도 인상은 좋아 보였다. 미 아씨가 그 사람의 이름을 불러주고 싶었으나 너무 술에 취했는지 얼른 이름이 떠오르지 않았다.

"아이고 엄마, 저 사람 내가 아는 사람이잖아. 유명인사는 무슨 유명인사! 내가 저 사람 접대하면 사람들한테 놀림 받을 거야."

"얘야, 저분은 용금문 안에서 비단가게 하시는 진 도련님이셔. 우리가 전에 용금문 안에서 살 때 너도 본 적이 있을 거라고. 그래서 낯이 익을 거야. 워낙 착실한 사람이라 너랑 같이 시간을 보내고 싶다고 부탁했을 때 내가 거절하지 않은 거라고. 이 엄마 얼굴을 봐서라도 저 진 도련님하고 하룻밤을 같이 보내달라고. 이 엄마가 실수하는 거 알아. 그건 내가 내일 정식으로 사과할게."

왕구마가 말을 하면서 미 아씨를 방 안으로 막 밀어 넣었다. 미 아씨가 왕구마를 더는 어쩌지 못하여 방 안으로 들어갔다.

기생 어미 말솜씨를 어이 당하리,
기생 어미 손아귀에서 어이 빠져나오리.
그대가 아무리 꾀가 많아도,
그저 순순히 기생 어미 말을 따르는 게 좋으리라.

진중은 왕구마와 미 아씨의 대화를 하나도 빠뜨리지 않고 모두 들었지만 그저 짐짓 못 들은 척했다. 미 아씨가 두 손을 모아 예를 차리는 척하며 옆으로 다가와 진중을 뜯어보았다. 미 아씨는 내켜 하지 않는 표정을 노골적으로 지으며 아무 말도 하지 않았다. 미 아씨는 하녀를 불러 술잔에 술을 한가득 따르게 했다. 왕구마가 자신이 이미 진중에게 술대접을 했노라고 하니 미 아씨는 그 술잔을 자기가 그냥 들이켜 버렸다. 왕구마가 말리며 한마디 했다.
"이미 술을 많이 마셨구먼. 이제 고만 좀 마셔!"
미 아씨는 왕구마의 말에 신경도 쓰지 않고 그저 심상하게 대꾸했다.
"취하긴 뭐가 취했다고 그래."
미 아씨는 연거푸 열 잔이나 마셨다. 이미 취한 데다가 술을 이렇게 마셔대니 서 있기도 힘들 정도였다. 하녀한테 침실 문을 열게 하더니 방 안에 불을 밝히고 머리 비녀도 그냥 놔둔 채 허리띠도 풀지 않고 신발만 달랑 벗고 옷을 입은 그대로 침대에 쓰러져 누워버렸다. 왕구마는 미 아씨가 저렇게 옷을 입은 채로 침대에 눕는 걸 보고는 너무 미안해하며 진중에게 이렇게 말했다.
"우리 미아가 원래 이렇게 신경질을 잘 부린다네요. 오늘은 또 무슨 일로 이러는지 모르겠네. 아무튼 진 도련님 때문에 이러는 거 아니니 너무 괘념치 마시라."

"무슨 그런 말씀을!"

왕구마가 다시 술잔에 술을 따르며 진중에게 권했으나 진중이 거듭 사양했다. 진중을 미 아씨의 침실로 안내하며 왕구마가 진중의 귀에 대고 이렇게 속삭였다.

"미아가 많이 취했으니 살살 다루셔!"

왕구마가 미 아씨를 향해서 이렇게 소리쳤다.

"얘야, 어서 일어나. 옷이나 벗고 자라고."

미 아씨는 이미 잠에 취하여 아무런 대답도 하지 않았다. 왕구마는 어쩌지 못하고 그냥 돌아갔다. 하녀가 술잔을 치우고 탁자를 정리하면서 진중에게 한마디 했다.

"나리, 편히 주무셔요."

"차나 한 주전자 내오너라."

하녀가 차 한 주전자를 준비해 침실로 가져와 건네주고는 곁에 딸린 하녀 방으로 돌아갔다. 진중이 미 아씨를 바라보니 침대 위에서 이불도 덮지 않고 곯아떨어져 있었다. '술에 취해 저렇게 자면 감기 걸릴 텐데' 하는 생각이 들었지만 그렇다고 또 깨울 수도 없었다. 진중이 보니 난간에 붉은색 이불 하나가 놓여 있었다. 진중은 그걸 들고 와 미 아씨를 덮어주었다. 호롱불 심지를 돋우어놓고 차를 마시고는 신발을 벗고 침대 위로 올랐다. 진중은 미 아씨 곁에 누웠다. 왼손으로 찻주전자를 잡아 가슴에 붙이고 오른손으로는 미 아씨를 안고서 뜬눈으로 밤을 새웠다.

운우지정을 나누진 않았으리,
향기를 맡고 옥체를 안기만 했으리.

한편, 미 아씨는 한밤중에 뒤척이다 눈을 떴다. 술기운을 이길 수 없었는지 속이 마구 울렁거렸다. 침상에서 몸을 일으켜 앉아 머리를 숙이고 헛구역질을 하기 시작했다. 진중은 미 아씨가 토하려고 하는 것임을 바로 알아차리고 들고 있던 찻주전자를 내려놓고 미 아씨의 등을 문질러주었다. 한참이 지나고 미 아씨가 더는 참을 수 없었던지 갑자기 속에 있는 걸 게워내기 시작했다. 진중은 아무래도 이불이 더럽혀질 것 같아 황급하게 입고 있던 자신의 도포 소맷자락을 펴서 미 아씨의 얼굴 아래쪽에 대었다. 미 아씨는 이런 사정을 아는지 모르는지 속을 다 게워내고 나더니 눈을 감은 채로 차 한 모금을 찾았다. 진중은 침상에서 내려와 도포를 벗어서 바닥에 내려놓았다. 찻주전자는 아직도 따사로웠다. 향기가 진하게 풍겨 나오는 차를 한 잔 따라 미 아씨에게 건넸다. 미 아씨는 연거푸 두 잔을 마셨다. 속이 좀 편해지는 느낌이 들기는 했으나 여전히 몸이 찌뿌둥하여 다시 침대 위에 누워 잠이 들었다. 진중은 미 아씨가 게워낸 것을 겹겹이 말아서 침대 옆에 두었다. 그런 다음 다시 침대 위로 올라와 미 아씨를 껴안았다. 미 아씨는 그렇게 진중의 품 안에서 잠들었다가 날이 밝아서야 눈을 떴다. 몸을 뒤척이다가 옆에 누군가가 잠들어 있는 걸 보았다.

"당신은 누구요?"

"소인은 성이 진가올시다."

미 아씨는 어젯밤 무슨 일이 있었는지 생각해보려 했으나 멍하니 아무것도 떠오르지 않았다. 미 아씨는 하는 수 없이 이렇게 말했다.

"내가 어젯밤 너무 취했나 보네요."

"아뇨. 뭐 그렇게 심하진 않았습니다."

"혹시 내가 토하기라도 했나요?"

"아뇨."

"그나마 다행이네요."

그런 다음 미 아씨는 혼자서 한참 생각하더니 이렇게 다시 말했다.

"토한 것 같은데, 그리고 차도 마셨던 것 같고. 설마 내가 꿈을 꾼 거란 말인가?"

진중이 그 말을 듣고 나서 이렇게 대답했다.

"토하긴 토하셨지요. 소인이 보기에 아씨가 술에 너무 취하셨기에 걱정되어 찻주전자를 품 안에 품고 대기하고 있었지요. 과연 아씨께서 토하시더니 차를 찾기에 소인이 바로 차를 건네주었더니 연거푸 두 잔이나 마시더군요."

"아이고 망측해라. 제가 어디에다 토했죠?"

"아씨 이불이 더럽혀질까 봐 소인이 도포 소맷자락으로 다 받아냈습니다."

"그럼 그걸 어디에 두었나요?"

"둘둘 말아서 한쪽에 치워두었습니다."

"옷을 망치게 해서 송구하네요."

"아씨의 것을 소인의 옷이 받아냈으니 영광입죠!"

미 아씨는 속으로 어쩜 이렇게 재미있는 사람이 다 있을까 하는 생각이 들었다. 진중을 향한 마음의 문이 조금씩 열리고 있었다.

아침 햇살이 빛을 더 발하기 시작할 무렵, 미 아씨가 침상에서 내려와 화장실을 다녀왔다. 그런 다음 한참을 바라보니 바로 기름 장수 진씨가 아닌가. 미 아씨가 바로 진중에게 물었다.

"어서 사실대로 말하시지. 당신은 누구고, 어제 무슨 일로 나를 찾아온 거지?"

"아씨께서 이렇게 말씀하시는데 소인이 어찌 거짓말을 하겠습니까."

소인은 아씨 댁에 기름을 팔러 오던 진중이올시다."

진중은 자신이 미 아씨를 처음 본 것은 미 아씨가 집 앞에서 손님 배웅할 때였다는 것, 그런 다음 두 번째로 미 아씨가 손님이 보내온 가마를 타고 집을 나서던 것을 보고는 그만 미 아씨를 사모하는 마음이 생겼다는 것, 그래서 매번 장사할 때마다 조금씩 돈을 모았다는 것을 하나도 빠뜨리지 않고 다 말했다.

"소인이 아씨와 밤을 함께했으니 전생의 인연이 있었던 것이라. 소인은 이것만으로도 너무도 만족하여 더 바랄 게 없습니다."

진중의 말을 듣고 나서 미 아씨는 너무도 아련한 생각이 들었다.

"내가 어제 너무 술에 취하여 그대를 대접하지 못했네요. 그 많은 은자를 헛되게 날리셨군요. 후회막급이시겠어요."

"아씨는 하늘에서 강림한 선녀 같은 분이올시다. 소인이 제대로 모시지 못했을까 그게 걱정일 뿐입니다. 아씨께서 저를 나무라지 않으시면 천만다행이올시다. 어찌 소인이 더 많은 걸 바라겠습니까!"

"당신은 장사하는 사람, 당신 나름대로 은자를 모으셨다면 살림에나 보태 쓸 일이지. 여기는 당신 같은 사람이 드나들 곳이 못 됩니다."

"소인은 혈혈단신, 처자식도 없는 몸입니다."

미 아씨가 고개를 끄덕이더니 이렇게 말했다.

"혹시 오늘 이렇게 가시면 나중에 한 번 더 오실 건가요?"

"어젯밤 한 번으로 족합니다. 어젯밤 한 번으로 저는 평생 추억이 되었사온데 뭘 더 바라겠습니까!"

미 아씨가 잠시 생각에 잠겼다.

'세상에 이렇게 착한 사람이 또 있을까. 후덕하기도 하고, 착실하기도 하고, 남을 헤아릴 줄도 알고, 멋도 알고, 남의 허물을 감싸줄 줄도 알고, 남이 잘한 일은 칭찬할 줄도 알고, 이런 사람을 만나다니 정말 다

행이로다. 하나, 애석하게도 시장의 장사치로구나. 관리 집안의 자제라면 내 몸을 맡길 수 있을 텐데.'

미 아씨가 이 생각 저 생각에 빠져 있자니 하녀가 세숫물과 생강탕 두 대접을 가져왔다. 진중이 그 물에 얼굴을 씻었다. 밤새 두건을 벗지 않았으니 굳이 머리를 손질할 필요는 없었다. 생강탕으로 입을 몇 번 헹구듯 마시고 미 아씨에게 작별을 고했다. 미 아씨가 진중에게 말했다.

"조금만 기다려주셔요. 할 말이 있습니다."

"소인은 오직 아씨만을 앙망하고 있는데 어찌 좀 더 머물고 싶지 않겠습니까. 그러나 사람이 자기 분수를 알아야지요. 어젯밤 여기서 하루 머문 것도 저한테는 과분한 것이겠지요. 만약 다른 사람들이 알면 아씨의 명예를 깎는 일이 될 것입니다. 아무래도 남들이 보기 전에 얼른 사라지는 게 좋을 것 같습니다."

미 아씨가 그 말을 듣고 고개를 끄덕였다. 화장대 서랍을 열고서 은자 스무 냥을 꺼내어 진중에게 건넸다.

"어젯밤에는 실례가 많았습니다. 이 은자를 가지고 가셔서 장사밑천으로 삼으셔요. 남들한테는 비밀로 해주시고요."

진중이 그 은자를 어찌 받으려 하겠는가. 미 아씨가 진중에게 이렇게 달랬다.

"나는 그래도 은자를 벌기가 어렵지 않네요. 저를 어젯밤에 보살펴준 은혜에 보답하기 위해 이 은자를 드리니 제발 사양하지 말아요. 만약 이 은자가 장사밑천 삼기에 부족하다면 다음에 또 당신을 한 번 더 돕도록 하겠어요. 그리고 더러워진 당신의 도포는 제가 하녀 시켜 잘 빨아서 돌려드리겠습니다."

"별로 값도 나가지 않는 소인의 옷 때문에 아씨께서 신경 쓰실 필요는 없습니다. 소인 옷은 소인이 직접 빨겠습니다. 하지만 은자를 받기는 좀 그렇습니다."

"무슨 그런 말씀을 하셔요!"

이렇게 말하면서 미 아씨는 은자를 진중의 소매 품에 밀어 넣어주고는 진중의 등을 떠밀었다. 진중은 사양할 수 없겠다 싶어 그저 미 아씨가 주는 대로 받을 수밖에 없었다. 진중이 미 아씨에게 정중하게 읍을 하고 더럽혀진 도포를 둘둘 말아 쥐고는 미 아씨의 침실 문을 나섰다. 기생 어미 방을 지나가려는 찰나 하인 녀석이 보고서는 소리를 쳤다.

"마님, 진 도련님이 가시네요!"

왕구마가 마침 변기통에 앉아 오줌을 싸다가 소리를 질렀다.

"아니 진 도련님, 어찌 이렇게 일찍 가시누?"

"할 일이 좀 있어서요. 며칠 후 다시 한번 찾아오겠습니다."

진중 이야기는 그만하고 이제 미 아씨 이야기를 좀 해보자. 미 아씨는 진중과 말도 몇 마디 못 나눴지만 진중의 일편단심은 바로 알아차렸다. 진중이 떠난 후에도 미 아씨의 마음속에는 여전히 진중이 자리 잡고 있었다. 이날은 술병을 핑계 대고 손님을 받지 않고 그저 집 안에만 머물며 쉬었다. 그동안 모셨던 수많은 손님이 하나도 생각나지 않고 온종일 오직 진중 생각만 났다. 「괘지아」 한 수를 증거 삼아 읊어보노라.

그리운 그대,
화류계를 드나들던 그런 사람 아니지.
장사를 하는 성실한 사람,
그런 그대가 이렇게 따듯할 줄이야.
부드럽고,
남의 마음 헤아릴 줄도 알고.
그대는 성깔 부리지 않는 사람,

그대는 무정한 사람이 아니라네.
그대 생각 더는 하지 않으려 해도,
나도 모르게 다시 나는 그대 생각.

여기서 이야기는 둘로 갈린다. 한편, 주십로 밑에서 일하던 형권은 난화와 갈수록 뜨거워졌다. 주십로가 병들어 드러눕게 되자 이젠 눈치 보는 일도 없어졌다. 주십로가 몇 차례 발작을 일으키자 형권과 난화는 둘이 작당하여 밤에 아무도 모르게 주십로 가게의 돈을 다 긁어모아 도망쳐버렸다. 주십로는 다음 날 날이 밝고 나서야 그 사실을 알아차렸다. 사람을 찾는다고, 돈 잃어버렸다고 온 동네에 방을 붙이고 소문을 내보았지만 아무런 흔적도 찾을 수가 없었다. 형권의 말에 속아 주중(진중)을 쫓아낸 일이 후회되고 또 후회되었다.

역시 사람은 겪어봐야 아는 법, 주십로는 주중이 중안교 아래에서 기름 멜대를 메고 장사하러 다닌다는 소문을 듣고는 주중을 잘 설득하여 다시 들어오게 하는 게 좋겠다는 생각이 들었다. 그래야 더 늙어서 의지할 사람이라도 생길 것 같았다. 그러나 혹시 주중이 자신한테 원한을 품고 있을까 걱정되어 이웃 사람을 먼저 보내서 지난 일은 다 잊어버리고 앞으로 좋은 일이 많을 것이니 다시 돌아오라고 운을 띄워 보게 했다.

진중은 그 말을 듣자마자 바로 짐을 챙겨서 주십로 집으로 들어왔다. 두 사람은 만나자마자 껴안고 한참을 울었다. 주십로는 그동안 차고 있던 자신의 주머니를 풀어서 모두 진중에게 건넸다. 진중은 그 돈에다 자신이 갖고 있던 은자 스무 냥을 더하여 가게를 다시 수리하고 기름 장사를 시작했다. 진중이 주십로 집에 다시 들어온 다음부터 진중은 다시 주중으로 불렸다. 한 달도 채 못 되어 주십로의 병이 더욱 위중해지더니 백약이 무효라 결국 세상을 뜨고 말았다. 주중은 가슴을 치며 대성통곡했다. 친아버지 상을 당한 것과 똑같이 염을 하고 상복을 입고 49재까지 마쳤다. 주씨 집안의 선영은 청파문 밖에 있었다. 주중은 발인하고 안장하는 일 모두 지극정성으로 마무리했다. 동네 사람들이 모두 입을 모아 주중을 칭찬했다.

장례를 다 마치고 나서 예전처럼 다시 가게를 열었다. 본디 주십로의 기름 가게는 오래된 점포로 장사도 잘 되었다. 그런데 형권이 자기 잇속을 챙기는 데 혈안이 되어 단골들에게 얍삽하게 굴어 손님이 줄었더라. 지금 다시 주중이 가게를 맡게 된 걸 보고 단골들이 마음을 돌려 발걸음하기 시작했다. 장사가 잘 되기 시작하니 주중이 몸이 열 개라도 모자랄 지경이라 서둘러 듬직한 조수를 찾았다. 그러던 어느 날 오랫동안 사람 소개하는 일을 해온 김중이라는 중개인이 쉰 살이 좀 넘어 보이는 남자를 데리고 왔다. 그 사람은 바로 신선으로, 원래 변량성 밖 안락촌에서 살고 있었다. 그해 난리를 피해 남쪽으로 도망왔다가 관병에게 휘둘려 딸 요금이를 잃어버렸다. 신선은 아내와 이리저리 떠돌아다니며 정신없이 몇 년을 살았다. 신선이 요즘 임안이 경기가 좋아 북에서 피난 온 사람들이 몰려든다는 말을 듣고 혹시 잃어버린 딸을 찾을 수 있을까 하여 임안에 찾아왔건만 딸 소식은 전혀 들을 수가 없었다. 준비해온 노잣돈도 다 떨어지고 외상 밥값도 못 갚아 객점 주인한테 시달리는 처지가 되었다. 우연히 김중이 주가네 기름집에서 일할 조수를 구한다는 말을 듣게 되었다. 자신도 예전에 싸전을 운영했던 몸, 기름 파는 일이라면 자신 있었다. 게다가 주중이 변경 출신이라고 하니 자신과 동향 아닌가. 이런 이유로 신선은 김중의 말을 듣자마자 바로 따라나섰다. 주중은 신선에게 이런저런 걸 물어보고 나서 고향 사람이란 걸 알고는 자기도 모르게 동정심이 일었다.

"달리 어디 갈 데도 없으신데 안식구 데리고 오셔서 우리 가게에서 함께 사시죠. 고향 사람끼리 만나서 함께 사는 거 아니겠습니까. 그런 다음 천천히 따님 소식을 알아보시죠."

주중이 신선에게 동전 두 꾸러미를 주었다. 신선이 그 돈으로 외상 밥값을 갚고 아내 완씨를 데리고 와서는 주중에게 인사를 시켰다. 주중이 신선 부부에게 빈방 하나를 내주었다. 신선 부부가 정성을 다하여 장사를 도우니 주중이 몹시 기뻐했다.

세월은 쏜살같이 흘러 1년이 훌쩍 지나버렸다. 주중이 나이가 상당히 들었고 살림도 유족하고 사람 됨됨이도 착실한지라 딸을 주겠다는 사람이 줄을 설 정도였다. 미 아씨 같은 예쁜 여자를 보고 마음을 빼앗긴 적이 있는 주중인지라 어지간한 여자한테는 성이 차지 않는 노릇이라. 주중은 천하일색이 아니면 장가가지 않겠노라 작정했다. 이러다 보니 하루하루 세월만 흘러갔다.

드넓은 바다를 보았느니 실개천이 눈에 들어올까,
무산의 구름을 보았느니 여느 구름이 눈에 들어올까.

한편, 미 아씨는 왕구마 집에서 이름을 날리고 있었다. 아침저녁으로 웃음소리가 끊이지 않고 맛난 음식이 입에 물리고 비단이 아니면 몸에 걸칠 일이 없을 정도였다. 하지만 뭔가 풀리지 않는 일이 있을 때, 찾아오는 손님들이 성깔 부릴 때, 과음에 몸이 부대껴 새벽에 일어나 자기를 위로해줄 사람이 아무도 없음을 느낄 때 진중의 얼굴이 떠올랐다. 진중을 다시 볼 인연이 없음이 한스러웠다. 하나, 1년이 더 지나 기생 미 아씨의 운이 다할 무렵, 마침내 사달이 나고 말았으니.

한편, 임안성에 오팔 공자가 살고 있었겠다. 그의 아버지는 오악이라는 자로 복주 태수로 재직하고 있었다. 오팔은 부친의 임지를 방문하고 돌아왔는지라 수중에 금은이 가득했다. 오팔은 평소 노름하기와 술 마시기를 좋아하여 이집 저집을 돌아다니고 있었다. 그런 오팔이 평소에 미 아씨의 소문은 익히 들어 알고 있었으나 직접 만나본 적이 없는지라 누차 사람을 넣어 미 아씨와 만나는 자리를 만들고자 했다. 미 아씨는 오팔이 아주 고약한 성격을 지니고 있다는 말을 들어왔는지라 이런 핑계 저런 핑계를 대며 만나주지 않았다. 오팔은 한량들과 어울려 왕구마 집을 몇 번 찾아온 적이 있었으나 미 아씨를 만나지는 못했다.

때는 바야흐로 청명절, 집집마다 벌초도 하고, 곳곳마다 들놀이 하는 사람들이 넘쳤다. 미 아씨는 연이은 손님치레에 피곤하기도 했고, 답장해야 할 서찰, 다른 사람이 보내온 시에 화답하여 써야 할 시도 많았기에 하인들에게 '손님이 찾아와도 받지 말라'고 분부했다. 방문을 걸어 잠그고 좋은 향을 골라서 피운 다음 문방사우를 펼쳐 놓고 붓을 들어 글을 쓰려는 순간, 밖에서 왁자지껄한 소리가 들려왔다. 미 아씨를 데리고 서호에 놀러 갈 심산으로 오팔 공자가 불한당 같은 놈 십여 명과 함께 들이닥쳤다.

왕구마가 몇 번이나 좋은 말로 안 된다고 거절했건만 오팔 일행은 막무가내로 대청으로 들이닥쳐 세간을 때려 부수더니 마침내 미 아씨의 방 앞에까지 이르렀다. 방문은 밖에서 자물쇠가 채워져 있었다. 기생집에는 그 나름의 불문율이 있었으니, 기생이 방에 들어가 숨고, 밖에서 자물쇠를 채우면 손님을 받지 않겠다는 뜻이라 어지간한 손님이면 그런 뜻을 알아차리고 넘어가 주곤 하는 것이라. 그러나 이 오팔이란 놈이 어찌 그냥 넘어가랴. 하인들을 시켜 자물쇠를 그냥 뜯어내 버리라고 하더니 방문을 발로 걷어차는 것이었다. 미 아씨는 어디 숨을 데도 없이 그만 오팔의 눈에 띄고 말았다. 미 아씨가 뭐라고 말을 하기도 전에 두 하인을 시켜 각각 미 아씨의 한쪽 팔을 붙들고 방 밖으로 끌어내도록 했다. 오팔은 입으로 온갖 험악한 욕설을 해대고 있었다.
 왕구마가 달려와 좋은 말로 타이르고 해결해보려고 했으나 보아하니 그렇게 해결될 상황이 아니라 그냥 내빼버리고 말았다. 왕구마 기생집의 식솔들도 모두 종적도 없이 숨어버렸다. 오팔이 데려온 하인 놈들이 미 아씨를 붙들고 왕구마 집을 빠져나왔다. 미 아씨가 발이 작고 잘 걷지도 못함에도 불구하고 대로를 향해 쏜살같이 붙들고 뛰었다. 오팔은 득의양양하게 그 뒤를 따라갔다. 서호에 도착하여 미 아씨를 배에 태우고 나서야 미 아씨의 손을 놓아주었다. 열두 살에 왕구마 집에 들어온 이후로 금이야 옥이야 대접받던 미 아씨에게 이런 일은 정말로 상상도 하지 못할 것이었다. 미 아씨는 이물을 향해 앉아서 얼굴을 두 손에 파묻고 목을 놓아 울었다. 오팔은 인상을 있는 대로 다 쓰고 버럭버럭 화를 내는데 그 모습이 마치 관운장이 칼 한 자루만 달랑 들고 술자리에 참석한 듯하더라. 오팔은 팔걸이가 있는 의자에 걸터앉자 미 아씨를 내려다보고 하인들은 양옆에 시립하고 있었다. 오팔은 하인들에게 배를 출발시키라 명령하더니 미 아씨를 향하여 죽일 년 살릴 년 욕을 하면서 하나하나 따지기 시작했다.
 "이 썩어 죽일 년, 갈보 년, 그러게 좋은 말 할 때 잘 들었어야지! 한 번만 더 울고 지랄하면 때려죽일 거다."
 미 아씨가 그런 말에 신경이나 쓰겠는가. 미 아씨의 울음은 그칠 줄을 몰랐다. 배가 호수 한가운데 도착했다. 오팔은 준비한 것을 정자에 차려놓게 했다. 오팔이 먼저 정자 위로 올라가서 하인들에게 이렇게 분부했다.
 "저년을 데리고 와서 나한테 술을 따르게 해라."
 미 아씨는 배 난간을 부여잡고 버티면서 더 크게 소리 내어 울었다. 오팔은 기분이 상했는지 혼자서 술을 따라 거푸 마셨다. 정자의 술과 음식을 치우게 하고는 배로 돌아와 미 아씨를 잡으러 손을 뻗었다. 미 아씨는 두 발로 이리 차고 저리 차고 하면서 더 크게 소리를 내며 울었다. 오팔이 버럭 화를 내면서 하인들에게 미 아씨의 비녀를 뽑아버리라 했다. 봉두난발이 되어버린 미 아씨는 이물로 달려가 호수로 뛰어들려고 했다. 하인들이 미 아씨를 붙잡았다. 오팔이 입을 열었다.

"이 망할 년, 어디 한 번 뛰어들어봐! 너 같은 년 하나 죽는다 해도 은자 몇 냥이면 다 해결된다고. 죽는 너만 갑갑하지. 그래 고만 울어라. 울음 그치면 더는 귀찮게 안 하고 풀어줄 테니까."

미 아씨는 자기를 풀어주겠다는 말을 듣고서야 울음을 그쳤다. 오팔은 청파문 밖 인적이 드문 곳에 배를 대라 했다. 미 아씨의 비단신을 벗기고, 발을 감싸고 있던 버선마저 벗기니 뽀얀 두 발이 드러났다. 죽순과도 같이 야리야리하고 보드라운 두 발. 오팔은 하인들을 시켜 미 아씨를 호숫가까지 끌고 오게 했다.

"망할 년, 그래 어디 할 수 있으면 네년 혼자서 걸어서 가봐라. 여기서 널 데려다줄 사람은 없을 것이니라."

오팔은 다시 상앗대로 배를 밀어 호숫가를 벗어나게 했다.

비파를 장작 삼고, 학을 반찬 삼아 산다는 사람은 많아도,
아름다운 여인 아낄 줄 아는 사람은 없구나.

신발도 없고 버선도 없는 미 아씨는 한 걸음도 떼기 어려웠다.

'내가 얼굴이 빠지나 재주가 없나, 어쩌다 이렇게 나락에 빠져 이런 모욕을 당하는가. 평소에 그렇게 뻔질나게 나를 찾던 권문세가 놈들, 막상 내가 급할 때는 아무런 도움이 안 되는구나. 내가 다시 왕구마 기생집으로 돌아간다손 어찌 사람 노릇을 제대로 할 수 있으리? 차라리 깔끔

하게 죽어버릴까. 하나 이런 식으로 죽는 게 또 무슨 명분이 있을까. 이런 신세가 되고 나니 시골 아낙이 부럽구나. 그들이 나보다 열 배는 나아 보이는구나. 이게 다 저 유사마가 세 치 혀로 나를 꼬여서 이 화류계에 발을 들이게 한 탓이지. 미인박명이라는 말이 있다는 걸 알고 있으나 나처럼 심한 경우는 없으리라.'

생각하면 생각할수록 서러움이 밀려와 미 아씨는 목을 놓아 울었다. 인연이 되려고 그랬는지 마침 그날 주중이 청파문 밖에 있는 주십로의 무덤에 들러 벌초도 하고 제사도 지낸 다음 제사 음식 등은 배에 실어 돌려보내고 자신은 걸어서 돌아가다 울음소리를 듣고 소리 나는 곳을 향하여 걸음을 옮기게 되었다. 흩어진 머릿결에 땟물이 절은 얼굴이라 해도 미 아씨의 아름다움을 가릴 수는 없을 터, 주중이 어이 알아보지 못하리. 주중이 깜짝 놀랐다.

"천하일색 우리 아씨가 어쩌다 이리되셨습니까?"

미 아씨는 서럽게 울다가 어디선가 귀에 익은 목소리가 들려오는 걸 느꼈다. 눈물을 거두고 바라보니 자기 마음을 헤아려주던 진중 아닌가. 미 아씨는 마치 친부모를 만난 듯 자기도 모르게 자기 속마음을 하나도 남김없이 털어놓았다. 주중은 미 아씨의 마음을 십분 헤아려주면서 그녀의 마음을 이해하고 같이 울어주었다. 주중은 소매 품에서 하얀 비단 천을 꺼냈다. 다섯 자는 되어 보였다. 그 비단 천을 두 쪽으로 갈라 미 아씨의 발싸개를 만들어주었다. 미 아씨의 머리를 쓸어 올려주고 좋은 말로 달래주었다. 미 아씨가 울음을 그치자 황급히 달려가서 가마꾼을 불러와 미 아씨를 타게 하더니 자기는 걸어서 왕구마 집 앞까지 이동했다.

왕구마가 미 아씨의 소식을 몰라 이곳저곳에 알아보며 발을 동동 구르고 있는데 마침 진중이 미 아씨랑 같이 오는 것이었다. 잃어버린 야광주를 돌려받듯 그 기쁨은 이루 말할 수 없을 정도였다. 진중이 오랫동안 기름을 팔러 오지 않기에 사람들에게 물어보았다가 진중이 주십로의 가게를 이어받았고 수입도 예전에 비할 수 없을 정도로 늘어났다는 이야기를 들은 바 있어 이젠 진중을 예전처럼 쉽게 대할 수 없겠구나 생각하던 터였다. 왕구마는 미 아씨가 이런 모습을 하고 돌아오는 걸 보고 그 연유를 물었다. 미 아씨가 큰 곤욕을 치렀고 진중 덕분에 이렇게 돌아올 수 있었음을 알게 되었다. 왕구마는 진중에게 술 한 상을 차려 대접하면서 감사의 마음을 표현했다. 해가 뉘엿뉘엿 서쪽으로 기울어갈 무렵이라 진중은 몇 잔 받아 마시고는 자리에서 일어나고자 했다. 그러나 미 아씨가 어찌 그냥 놔주겠는가?

"내가 줄곧 도련님을 마음에 두고 있었지요. 다시 만날 수 없을까 학수고대하면서요. 제가 어찌 도련님을 그냥 보내드릴 수 있겠어요."

왕구마도 진중을 붙잡았다. 진중은 너무도 기뻤다. 이날 밤, 미 아씨는 비파를 켜고 노래하고 춤추며 온 정성과 재주를 다하여 진중을 모셨다. 진중은 마치 신선 세계를 노니는 꿈이라도 꾸는 것처럼 너무도 기뻐서 정신이 다 나갈 지경이었다. 자기도 모르게 어깨춤이 절로 났다. 술에 취하여 깊은 밤 잠자리에 같이 드니 두 사람의 운우지정을 어찌 말로 다 표현할 수 있으랴.

한창 힘 좋을 청년,
사랑에 농익은 여인.
청년은,
3년 동안,
오매불망 그리워했다네.
여인은,
1년을 그리다가,

피붙이를 만나듯 기뻤다네.

지난번 보살펴준 은혜가 고마워,

오늘의 만남은 정겹고도 또 정겨워라.

오늘 밤 함께함이 얼마나 고마운가,

지금껏 품어온 사랑이 더욱더 깊어지는구나.

붉은 뺨의 저 기녀 화장품 그릇을 엎으니,

비단 천에 얼룩이 지네.

기름 장수 청년 기름병을 엎지르니,

이불이 젖어오네.

장사밑천 다 쏟아부었던 촌놈,

이젠 사랑을 아는 풍류객이 되었네.

한바탕의 격정이 흘러갔다. 미 아씨가 입을 열었다.

"제가 맘속에 품고 있던 말을 할 터이니 도련님은 절대 거절하시면 안 돼요."

"제 도움이 필요하시다면 섶을 지고 불구덩이에 들어가는 일이라도 기꺼이 할 터인데, 제가 어찌 아씨의 말을 듣지 않겠소이까!"

"저랑 결혼해주셔요."

"아씨 결혼 상대 명단 만 명을 작성한다손 제 이름이 그 안에 들어갈 수가 없을 텐데 무슨 그런 심한 농담을 하십니까. 그건 정말 제 명줄을 줄이는 과분할 일입니다요."

"아니, 저는 진심으로 하는 말인데, 농담이라뇨! 제 나이 열넷에 기생 어미한테 업혀 와 머리 올림을 당했으나 바로 그 순간부터 저는 좋은 사람을 만나 이곳을 벗어나고자 했습니다. 하나 예전에는 만나는 사람이 적어 그 사람 가운데 덜컥 상대를 골랐다가 종신대사를 그르칠까 걱정되었습니다. 나중에는 사람을 많이 만날 기회가 생겼습니다만 그 사람들은 모두 돈 많고 권세 높은 자들로 그저 저의 웃음을 사려고만 들고 진정 저를 이해하고 아껴주려 하지 않았습니다. 이리 보고 저리 보아도 오직 도련님만이 성실하고 심지 곧으신 군자이십니다. 도련님이 아직 미장가이시라 제가 화류계 출신이라고 천히 여기지만 아니하신다면 제가 평생 도련님을 받들어 모시겠나이다. 만약 도련님께서 허락하지 않으신다면 저는 이 비단 천에 목을 매달아 도련님 앞에서 목숨을 끊어버리고 말겠습니다. 그러면 저의 마음이라도 세상에 전해지겠지요. 그게 어제같이 그 불한당 놈 손에 죽어 아무런 이름도 남기지 못하고 두고두고 웃음거리가 되는 것보다 백배 천배 나을 것입니다."

말을 마치고 미 아씨는 서럽게 울었다.

"아씨, 눈물을 거두시옵소서! 저 같은 놈이 미 아씨의 사랑을 받다니요. 제가 아무리 발버둥 치고 애를 써도 아씨의 눈길을 받을 수조차 없는 노릇인데, 제가 어찌 감히 아씨를 거부하겠습니까. 다만 아씨는 명성이 자자한 신분이시고 저는 그저 별 볼 일 없는 장사치에 불과하니 아무리 애를 써도 제 능력이 제 마음을 따라가지 못할 듯합니다."

"그건 걱정할 필요 없답니다. 솔직히 말씀드릴게요. 제가 이곳에서 빠져나갈 밑천을 마련하고자 전부터 다른 곳에 따로 모아놓은 게 있으니 도련님은 아무런 걱정할 필요 없습니다."

"아씨 몸값 치르고 은퇴하는 건 그렇다 쳐도 평생을 고대광실에서 지내면서 호의호식하신 분이 누추한 제집에서 어찌 지내려고 하십니까?"

"거친 옷, 보리밥이라도 저는 아무런 원망이 없겠나이다."

"아씨의 마음은 그렇다 쳐도 왕구마가 허락하겠습니까?"

"제 나름의 생각이 다 있습니다."

이렇게 주중과 미 아씨는 날이 새도록 이야기를 나눴다.

원래, 미 아씨는 평소에 잘 알고 지내던 황 한림의 아들, 한 상서의 아들, 제 태위의 아들 등에게 상자를 맡겨놓고 있었다. 미 아씨는 그들에게 급히 쓸 데가 생겼다고 하고는 주중을 보내어 그것들을 받아 가지고 집에 보관해두게 했다. 그런 다음, 날을 잡아 가마를 타고서 유사마 집으로 찾아가 은퇴 건을 거론했다. 유사마가 이렇게 말했다.

"맞아, 은퇴 건은 내가 전에 이야기한 적이 있지. 근데 넌 아직 나이가 어리잖아. 어떤 녀석을 따라서 은퇴하려고?"

"내가 누구를 따라 은퇴하는지 이모가 상관할 바는 아니죠. 진짜 은퇴, 즐거운 은퇴, 백년해로 은퇴죠. 가짜 은퇴, 불장난 은퇴, 어쩔 수 없는 은퇴는 아니올시다. 이모가 말만 잘해 주면 우리 엄마가 내 은퇴를 허락하지 않을 리가 없죠. 이 조카가 달리 이모한테 보답할 건 없고 금 열 냥을 드리죠. 그거로 비녀 정도는 만들 수 있을 것 같네요. 엄마한테 말 좀 잘해 주시구려. 이 일만 잘 되면 중매비 조로 따로 사례를 더 하지요."

유사마는 금 열 냥을 보더니 입이 찢어질 정도로 함박웃음을 지었다.

"조카 일을 도와주면서 무슨 돈을 받아! 아무튼 이 금은 내가 잠시 맡아두기만 할게. 이 일은 나한테 맡겨두라고. 다만 네 엄마가 너를 무슨 돈나무처럼 생각하고 있으니 그냥은 못 놔줄 거야. 못해도 은자 수천 냥은 받으려 들지 않겠어. 한데 그 많은 돈을 내주려고 하는 작자가 있을까. 내가 먼저 그 작자를 만나보고 일을 매조지는 게 낫지 않겠어?"

"쓸데없는 일에 나서지 마시고 그냥 이 조카가 돈 모아서 은퇴한다고 생각하셔요."

"네 엄마는 네가 나를 찾아온 걸 아니?"

"그야 모르시죠."

"그럼 조카는 여기서 뭐 좀 먹고 있어. 내가 먼저 가서 네 엄마한테 이야기할 테니까. 이야기 마치고 돌아와서 조카한테 결과를 알려줄게."

유사마가 가마 한 대를 불러 타고 왕구마 집으로 찾아갔다. 왕구마가 유사마를 맞아 안으로 들였다. 유사마가 먼저 오팔 이야기를 꺼냈다. 왕구마가 이러구러 한참 이야기를 했다. 그 말을 듣고 나더니 유사마가 이렇게 말했다.

"우리 이 바닥에서는 너무 잘 나지도 않고 그렇다고 너무 못나지도 않은 그런 년을 잘 길러서 써먹어야 돈을 잘 버는데 말이유. 그래야 이런 저런 손님 두루 받고 공치는 날도 없고. 미 아씨 조카는 소문이 너무 크게 나버렸어. 마치 생선 한 토막이 길바닥에 떨어지니 온갖 개미들이 다 달려드는 것처럼 말이유. 너무 번잡스러워서 어떻게 할 수가 있어야지. 하룻밤 가격이 아무리 높으면 뭐해 실속이 있어야지. 권세가 있네, 돈이 많네 하는 놈들 한 번 왔다 하면 따라오는 놈팡이들은 좀 많아. 밤새 떠들고 놀고 마시고 하니 신경 쓸 일 투성이지. 게다가 종놈들은 또 어떻고! 이놈 챙기랴 저놈 챙기랴 정신없지. 그러다 하나라도 뭐 좀 실수했다 싶으면 온갖 욕설 다 들어먹고. 게다가 집 안 물건을 왜 이렇게 함부로 다루는 거야. 뭐라도 좀 깨지면 그걸 또 물어달라고 할 수가 있어야지. 그냥 아무 소리 못하고 그 손해를 감수해야지, 뭐. 글 좀 쓴다고 하는 시인묵객 나부랭이, 재주 있다는 사람, 하다못해 바둑 고수 나부랭이, 넙죽넙죽 찾아와서 귀찮게 해. 벼슬살이한다는 놈, 한 달이면 몇 명씩 찾아와. 이런 놈들은 네가 잘났다 내가 잘났다 서로 싸우기만 하니 누가 좀 이기는가 싶으면 반드시 다른 쪽은 기분 나쁘기 마련이지. 오팔 저놈은 또 이런 황당한 평지풍파를 다 일으키다니 하마터면 사람 잡을 뻔했잖아. 벼슬아치 집안이라고 어디다 하소연도 못하는 거야. 그저 꾹 참고 넘겨야지. 그래도 아직은 언니 집의 명성이 높은 편이라 그냥저냥 넘어가지만 벼락이라도 한 번 떨어지는 날이 오면 산이 높으니 물도 깊게 흘러넘칠 거라. 그때 가서 후회한들 무슨 소용이 있겠어. 내가 듣기로 오팔이 놈이 단단히 벼르고 있다던데 언제고 다시 찾아와 난리를 피우지 않을까 싶어. 게다가 조카 성깔도 한가락 하는데 참지 못하고 맞서면 그야말로 큰일 나는 거지, 뭐."

"사실 나도 그런 거 때문에 걱정이 태산이야. 그년이 어렸을 때야 뭐 어르기도 하고 하면서 넘어갔지만 이젠 돈깨나 있다는 남정네들이 몰려와 다 그년을 떠받들어주니, 이게 그걸 믿고 기고만장해져서 매사를 다 자기 맘대로 하려고 들어. 손님이 와도 제 맘에 들면 접대하고, 맘에 안 들면 아홉 마리 소가 앞에서 끌어도 버티고 꼼짝하지 않으니 말이야."

"원래 기생년들은 제 몸값이 좀 올라간다 싶으면 하나같이 다 그러지 않우!"

"그러니 이참에 돈을 후하게 쳐주는 사람에게 팔아치우는 게 낫지 않을까. 저 망할 년 데리고 평생 속 썩느니 말이야."

"그게 바로 내가 하고 싶은 말이라니까. 그년 팔아서 쓸 만한 아이들 대여섯 명 사자고. 아니 운 좋으면 열 명도 살 수 있을 거야. 이렇게 수지맞는 일은 왜 안 할까?"

"나도 진즉에 그렇게 하고 싶었지. 한데 돈 좀 있다 싶은 놈들은 지갑을 닫고선 깎으려고만 들고. 그래도 돈을 좀 내겠다고 하는 녀석들은 그년이 또 싫어서 이 핑계 저 핑계 대고 안 하고. 어디 좋은 사람 있으면 동생이 좀 나서보라고. 그년이 머리 올리기 싫다고 할 때 동생이 잘 구슬려서 그래도 잘 넘어갔잖아. 내 말은 안 들어도 동생 말은 들을 거라고. 동생이 잘 타일러 봐."

유사마가 한바탕 깔깔대며 웃고 나서 말을 이었다.

"이 동생이 오늘 언니를 찾아온 게 바로 그 조카 중매서는 것 때문이라고요. 그래 얼마 받기를 원하시우?"

"아니 동생, 자네도 이 바닥 사정 뻔히 알잖아. 우리가 싸게 사오는 건 있어도 싸게 파는 건 없지. 게다가 그년은 몇 년 동안 이 임안 바닥을 휩쓸었잖아. 그년이 최고라는 걸 모르는 사람이 어디 있어. 삼백, 사백 같으면 아예 말도 꺼내지 말라고. 적어도 천은 받아야 하지 않겠어."

"이 동생이 당장 돌아가 찾아보겠수다. 만약 그만한 돈을 내겠다고 하는 사람을 있으면 바로 돌아와 말하겠지만 못 찾으면 뭐 다시 돌아오지 않을 거요."

유사마가 떠나기 직전 일부러 이렇게 다시 물었다.

"근데 조카는 오늘 어디 간 거요?"

"아이고 말도 말아. 오팔한테 한번 곤욕을 당한 날 이후로 오팔이 다시 찾아와 행패 부릴까 걱정이라며 가마를 불러 타고는 이곳저곳 찾아다니며 하소연하는가 봐. 그제는 제 태위 집에, 어제는 황 한림 집에, 오늘은 또 어디론가 갔겠지."

"이젠 언니가 나서서 일도 하고 자기주장도 하고 그래야죠. 조카가 뭐 싫다고 한다고 끌려다니면 되겠어요? 조카가 막무가내로 말 안 듣고 그러면 이 동생이 나서서라도 타일러보죠. 내가 사람을 맞춰왔을 때 딴소리 하고 그러면 안 돼요."

"걱정하지 마. 이미 약속했는데 무슨 딴소리를 할까 봐 걱정이라니?"

왕구마가 대문 밖까지 나와서 유사마를 배웅해주었다. 유사마가 왕구마에게 작별인사를 하고 가마에 올랐다.

    입으로 세상을 들었다 놓았다, 바로 여장부 육가로세,
    세 치 혀로 사람 마음을 움직이니, 바로 여장부 수하로세.
    뚜쟁이 혓바닥이라면,
    한 자 물결로도 수천수만 길의 파도를 불러일으킬 걸세.

유사마가 집에 돌아와 미 아씨에게 말했다.

"내가 네 엄마를 만나서 이러이러하게 말을 했지. 그랬더니 네 엄마도 내 말대로 하겠다는구나. 이제 은자를 마련해 들고 가기만 하면 이 일은 마무리될 것 같아."

"은자야 다 준비되었지요. 내일 꼭 제집에 들르세요. 그럼 일이 원만하게 다 마무리될 겁니다. 괜히 늘여 빼다 다 된 밥에 코 빠뜨리고선 나중에 뒷소리하지 마시고요."

"걱정 붙들어 매셔. 내가 조카 집으로 바로 찾아감세."

미 아씨가 유사마랑 헤어져 바로 집으로 돌아갔다. 그 이야기를 더 할 필요는 없겠다.

다음 날 오시, 유사마가 왕구마를 찾아갔다. 왕구마가 물었다.

"그래, 일은 어떻게 되었어?"

"열에 여덟, 아홉까지는 성사되었는데 조카한테 아직 말을 못했네요."

유사마가 미 아씨 방으로 들어가 인사를 건네고 물었다.

"그래 너한테 돈을 내줄 사람은 온 거야? 돈은 어디 있지?"

미 아씨가 침대 머리맡을 가리키며 말했다.

"저 가죽 상자 안에 있소이다."

미 아씨가 상자 대여섯 개를 연거푸 열었다. 쉰 냥짜리 은 꿰미가 모두 해서 열서너 개 들어있었다. 그거 말고도 금은보화가 잔뜩 있었는데 못해도 천금은 되어 보였다. 유사마가 깜짝 놀라 눈에서 불이 번쩍 튀고 입에서 침이 줄줄 흘렀다.

'저렇게 어린 년한테 이런 배포가 있다니! 어떻게 이 많은 걸 다 모았지? 우리 집에 데리고 있는 기생년들이 아무리 열심히 손님을 받아도 이렇게 많이 모을 수 있을까! 모으는 건 고사하고 수중에 돈이 좀 있다 싶으면 해바라기씨 사 먹는다, 사탕 사 먹는다 해서 써버리지. 그러다 버선이 해지면 살 돈이 없어 결국 기생 어미한테 사달라고 아쉬운 소리나 하지. 우리 왕언니는 재수도 좋아. 이런 기생년을 데리고 있어 해마다 돈은 돈대로 벌고 그 기생년을 내보내면서 이런 돈벼락을 맞다니. 게다가 그 돈이 다 여기 이 집에 있으니 뭐 옮기고 자시고 할 것도 없잖아.'

유사마는 이런 생각을 속으로만 하고 입 밖으로는 한마디도 내뱉지 않았다. 미 아씨가 유사마가 아무런 말도 하지 않고 한참 뭔가를 고민하는 모양새를 보니 뭔가 핑계를 대고 돈을 더 뜯어내려고 하나보다는 생각이 들었다. 미 아씨가 서둘러 비단 네 필, 보석 박힌 비녀 한 쌍, 봉황을 새긴 옥비녀 한 쌍을 탁자 위에 올려놓았다.

"이건 이모가 이렇게 저를 도와주는 게 고마워서 드리는 거요."

유사마가 뛸 듯이 기뻐하며 왕구마에게 달려갔다.

"조카가 자기 힘으로 은퇴하려고 한답니다. 그가 내놓은 몸값이 언니가 제시한 금액에서 한 푼도 안 빠지네요.. 이게 괜히 돈 많은 남자 구해서 은퇴하는 것보다 더 나을 겁니다. 중간에 연결시켜 준다고 나서는 사람한테 술대접할 필요도 없고, 또 사례비로 1할, 2할 떼줄 필요도 없고 말이우."

왕구마가 미 아씨가 가죽 상자 안에 그렇게 많은 은자와 금은보화를 챙겨두고 있었다는 말을 듣더니 갑자기 언짢은 표정을 지었다. 왜 그랬을까? 사람이 독하다 해도 기생 어미만큼 독할 수 있을까? 기생이 버는 돈을 한 푼도 안 남기고 다 자기한테 바쳐야 직성이 풀리는 게 그 족속이었다. 만약 기생이 자기 침실에 따로 뭐라도 챙겨두는 눈치라도 보이면 기생이 출타하고 없을 때 자물쇠를 따고 들어가 서랍이랑 상자를 다 뒤집어엎고는 그 안에 있는 걸 다 자기가 차지하곤 했다. 한데 미 아씨는 하도 잘 나가는 기생이라 벌어들이는 돈이 엄청났고 당연히 기생 어미 손에 들어오는 액수가 막대했거니와 미 아씨 역시 한 성깔 하는 터라 그런 거는 아무 상관 안 하고 넘어가곤 했던 것이다. 그러니 왕구마가 미 아씨 방에 들어갈 일이 없었다. 하나 그런 미 아씨가 이렇게 엄청난 은자와 금은보화를 가지고 있었다니! 유사마는 왕구마가 똥 씹은 표정을 짓고 있는 걸 보고서 그 이유를 바로 눈치챘다.

"아이고 언니, 괜히 이런저런 거 고민할 필요 없수! 그거야 다 조카가 혼자서 모은 거 잖우. 그러니 그게 언니 몫이 될 건 아니었던 거죠. 만약 조카가 혼자서 다 써버렸다면 또 어쩌겠수? 만약 조카가 정신 못 차리고 어느 놈팡이한테 정신 팔려서 홀딱 갖다 바치기라도 했다면 언니는 그런 돈이 있었다는 걸 알 수나 있었겠수? 그래도 조카가 그 나름대로 살림을 잘한 거지. 만약 조카가 수중에 돈 한 푼도 없다면 언니는 그런 조카를 매정하게 나가라고 할 수 있겠수? 그래도 머리부터 발끝까지 그런대로 말끔하게 차려주고 다른 사람하고 좋은 인연 맺어주고 그렇게 해서 내보내야 하지 않겠수. 조카가 하나부터 열까지 언니 신경 쓸 일 하나도 없게 이렇게 모든 경비를 직접 마련한 거 아니요. 조카가 이 일을 그만둔다고 언니 딸이 아닌 것도 아니니 은퇴하고 생활이 어느 정도 안정되면 철마다 기회를 봐서 언니한테 와서 인사도 하고 그러겠죠. 조카가 시집간다고 해도 뭐 친부모가 있는 것도 아니니 언니가 외할머니 대접을 받게 되니 이거야말로 수지맞는 거 아뇨."

이 말을 듣고 왕구마의 마음이 절로 풀렸다. 왕구마가 당장 응낙했다.

유사마가 바로 미 아씨에게 가서 은자를 받아서 한 꾸러미 한 꾸러미 세어보고는 왕구마에게 건넸다. 아울러 금은보화 역시 하나씩 들어가며 가격을 매기더니 왕구마에게 이렇게 말했다.

"언니, 내가 조카한테 이 금은보화를 받아오면서 일부러 값을 좀 후려쳤다고. 언니가 이걸 내다 팔면 은자 몇십 냥은 그냥 더 받을 수 있을 거유."

왕구마가 비록 기생 어미 노릇을 하고 있기는 하지만 그래도 딴은 순진한 구석이 있어 유사마의 말을 곧이곧대로 믿었다. 왕구마가 은자와 금은보화를 다 받아들이자 유사마가 바로 집사를 불러 혼인승낙서를 쓰게 하여 미 아씨에게 건넸다.

"이모 덕에 내가 이 기생집을 떠날 수 있게 되었네요. 내가 이모 집에 하루 이틀 정도 머물러 있다가 좋은 날 잡아 혼례를 치를 수 있게 해주면 좋겠는데요?"

유사마는 이미 미 아씨에게 사례를 두둑하게 받은 터라 혹시 왕구마 언니가 맘이 변할까 그것이 걱정이었다. 어서 빨리 미 아씨가 이 왕구마 기생집을 떠나 이 일이 마무리되기만을 바라던 바라 말을 듣자마자 곧바로 응락했다.

"당연히 그렇게 해야지."

미 아씨는 자신의 방에서 화장대와 서랍, 가죽 상자, 보석함 같은 것들을 정리했다. 미 아씨는 기생 어미 왕구마의 물건은 손도 대지 않았다. 미 아씨는 물건을 다 챙긴 다음 유사마랑 같이 나와서 기생 어미 내외, 이모들과 일일이 작별인사를 나눴다. 왕구마는 몇 차례나 눈물을 흘렸다. 미 아씨는 사람을 시켜 짐을 지게 하고는 기쁜 마음으로 가마에 올라 유사마를 따라 유사마 집으로 향했다.

유사마는 한갓지고도 널찍한 방을 비워 미 아씨의 짐을 부렸다. 유사마 집의 기생들이 달려와 미 아씨와 인사를 나누고 축하했다. 이날 밤, 주중은 신선을 유사마 집으로 보내 소식을 알아보게 했더니 미 아씨가 이미 유사마 집으로 와 있음을 알려왔다. 길일을 잡아 생황, 퉁소를 불고 북을 치며 혼례를 치렀다. 유사마가 중매 자격으로 미 아씨를 신랑집에 데려다주었다. 주중과 일등 기생 미 아씨가 화촉을 밝히고 밤을 같이 하니 그 기쁨이 이루 말할 수 없을 정도였다.

첫날밤이 아니어도,
신랑 신부의 그 기쁨이야 어찌 덜하리.

다음 날, 신선 부부가 신부에게 인사드리러 왔다가 서로를 알아보고 소스라치게 놀랐다. 서로가 이런저런 걸 물어보더니 껴안고 소리쳐 울었다. 주중은 그제야 신선 부부가 바로 자신의 장인 장모임을 알아차리고 윗자리로 모셨다. 주중과 미 아씨가 정식으로 인사를 올렸다. 이웃 사람들 가운데 이 소식을 듣고 놀라지 않는 자가 없었다. 성대한 잔치 자리를 벌여 겹경사를 축하했다. 모두들 코가 삐뚤어질 때까지 먹고 마시고 나서야 흩어졌다.

사흘이 지나고 미 아씨가 남편 주중에게 중한 선물을 준비하여 달라고 부탁하더니 자신이 은퇴하는 자금을 준비하는 데 도움을 준 자들에게 일일이 사례하는 동시에 이제 자신이 은퇴하고 혼례를 치렀음을 알렸다. 이는 미 아씨가 일을 야무지게 잘 마무리함을 보여주는 사례라 하겠다. 왕구마와 유사마 집에도 선물을 보내니 모두들 감동해 마지않았다. 한 달 후 미 아씨가 자신이 그동안 간직했던 상자들을 개봉하니 금이야 은이야 가득 들어 있고, 오 지방에서 난 비단, 촉 지방에서 난 비단이 바리바리 들어 있었다. 다 헤아려보니 3천 금이 넘었다. 미 아씨는 이 모든 상자의 열쇠를 주중에게 넘겨주고 주중이 알아서 관리하다가 나중에 집도 장만하고 살림을 늘리는 데 보태게 했다. 기름가게 영업은 모두 장인 신선에게 맡겼다. 주중은 1년이 채 안 되어 노비를 여럿 부리고 귀티가 절절 흐르는 귀인의 모습으로 변했다.

주중은 천지신명이 보살펴 주신 은혜에 감동하여 여러 절과 사당에 기름과 양초를 희사하고 더불어 호롱불 기름 석 달 치도 희사했다. 아울러 목욕재계하고 절을 찾아가 향을 사르고 축원했다. 먼저 소경사부터 시작하여 영은사, 법상사, 정자사, 천축사까지 차례로 찾았다. 그 가운데 천축사 하나만 이야기해볼까. 천축사는 관음보살을 모시는 절로, 상천축, 중천축, 하천축 이 세 곳이 참배객들이 가장 많았다. 이곳들은 다 산속에 위치해 있어 배로는 닿을 수가 없었다. 주중은 하인들을 시켜 각자 향과 양초 한 짐, 기름 세 짐을 지게 하고 자기는 가마를 타고 먼저 상천축에 도착했다. 절의 스님이 주중을 마중 나와서 안으로 안내했다.

불목하니 진 공이 촛불을 사르고 향을 피웠다. 주중은 사는 게 풍족해지고, 체격도 커지고, 풍채도 당당해져서 때깔이 완전히 달라져 예전의 모습을 찾을 수가 없는지라 진 공은 자기 아들이라 해도 한눈에 알아보기가 정말 힘들었다. 하지만 진 공은 주중이 하인 편에 지고 온 기름통에 '진'이란 글자, '변량'이란 글자가 새겨져 있는 것은 똑똑히 볼 수 있었다. 진 공은 속으로 참 이상하다고 생각했다. 이 상천축에서 이 글자들이 새겨진 두 개의 기름통을 쓰게 된 것도 우연치고도 정말 기막힌 우연이었다. 주중이 향을 다 사르고 나자 진 공이 찻상을 들고 왔다. 스님이 그 찻상을 받아 주중에게 차를 대접했다. 진 공이 물었다.

"감히 시주하신 분께 여쭙습니다. 저 기름통에 세 글자를 새긴 이유는 무엇입니까?"

주중이 들으니 변량 말투가 그대로 있는지라 바로 이렇게 되물었다.

"무슨 일로 그걸 물어보시는 겁니까? 변량 출신이시죠?"

"그렇습니다."

"이름이 어찌 되시는지, 어인 연유로 여기 오셨는지, 나이는 얼마나 되셨는지?"

진 공은 자신의 이름과 고향에 대하여 세세히 설명했다.

"언젠가 병란을 피하여 이 고장으로 왔다가 먹고살 길이 막막하여 13살 먹은 진중이란 아들놈을 주가 기름집에 맡겼지요. 그게 벌써 8년 전 일이네요. 이제 소인도 나이가 들어 힘도 다 빠지고 하여 산 아래로 내려가 수소문할 엄두도 내지 못하고 있습니다."

주중이 진 공을 와락 껴안더니 목 놓아 울었다.

"소자가 바로 진중이옵니다. 일찍이 주가 밑에서 등짐 지고 다니며 기름 장사를 하면서 아버님의 소식을 수소문하고 다녔습니다. 소자가 기름통에 '변량, 진' 세 글자를 새긴 것은 다 그 제 출신을 표시하고 싶던 때문입니다. 한데 이곳에서 아버님을 만나게 될 줄이야. 이건 다 하늘이 보살피신 것입니다."

스님들은 이들 부자가 8년 동안이나 헤어져 있다가 오늘 이렇게 다시 만나게 된 것을 알고 모두 혀를 차며 기이하다 찬탄했다. 주중은 이날 상천축에서 부친과 같이 하룻밤을 지내며 지난 이야기를 서로 나누었다. 다음 날, 중천축, 하천축의 시주 이름을 적은 종이를 꺼내어 주중이라는 이름을 진중으로 바꿨다. 자신의 본래 성씨로 돌아간 것이다. 두 곳의 참배를 마치고 다시 상천축으로 돌아와 부친에게 같이 돌아가자고 청했다. 하지만 진 공은 이미 오래전부터 절에 귀의한 몸이라며 돌아가고 싶지 않다며 거절했다.

"아버님과 떨어져 살았던 8년 동안 아버님을 모실 기회가 없었습니다. 하물며 이제 소자가 가정을 꾸렸으니 제 처가 아버님께 인사를 올려야 하지 않겠습니까."

진 공은 하는 수 없이 진중의 말을 따랐다. 진중은 자신이 타고 온 가마를 진 공에게 양보하고 자신은 걸어서 집에 돌아왔다. 새 옷을 준비하여 진 공에게 입게 하고 대청에 자리를 마련하여 처 신씨와 함께 절을 올렸다. 장인 장모 역시 함께 나와서 인사를 나눴다. 이날 큰 잔치가 열렸다. 진 공은 육식은 삼가고 야채를 곁들여 술 몇 잔만을 들었다. 다음 날 이웃 사람들이 모두 몰려와 축하했다. 하나는 결혼한 신랑 신부를 위해서, 둘은 신부가 부모를 다시 만나서, 셋은 신랑이 아버지를 만나서, 넷은 진중이 본래 성씨를 찾은 것을 위해서였다. 이 잔치는 며칠 동안 이어졌다.

진 공은 진중 집에 머물지 아니하고 천축사로 돌아가 출가하기를 원했다. 진중은 아버지의 뜻을 차마 거스를 수가 없어서 이백 냥을 천축사에 시주하고는 아버지의 처소를 별도로 짓게 한 다음 그곳으로 가 머물게 했다. 달마다 진 공의 먹거리와 쓸 거리를 보내드렸다. 진중은 매달 10일이 되면 직접 천축사로 찾아가 문안을 드렸고 철이 바뀔 때마다 아내를 데리고 같이 찾아뵈었다. 진 공은 나이 여든을 넘기더니 어느 날 조용히 세상을 하직했다. 그의 유언에 따라 천축사가 있는 산기슭에 안장했다. 물론 이건 훗날의 이야기다.

한편, 진중과 미 아씨는 부부의 인연을 맺은 후 백년해로했다. 슬하의 두 아들은 학업을 쌓고 이름을 드날렸다. 지금도 화류계에서는 남을 잘 도와주고 배려해줄 줄 아는 자를 '진 도령' 혹은 '기름 장수'라고 부른다. 증거 삼아 시 한 수를 읊노라.

봄, 곳곳에 피는 꽃,
나비와 벌들이 앞다퉈 날아온다.
사랑을 말하는 권문세가 자제들,
기름 장수 청년 하나 당할 수 없으리.

정원지기 노인이 선녀를 만나다

灌園叟晩逢仙女

밤새 비 오고 바람 불더니 사립문 닫혔네,

붉은 꽃 다 지고 버들가지만 남았네.

푸른 이끼 쓸어내려는 저 빗자루 멈추시게나,

섬돌 앞 점점이 박혀 있는 게 다 꽃 자국이려니.

이 시는 지는 꽃을 애달파하며 지은 것이다. 옛날 당나라 때 한 처사가 있었겠다. 그 처사 성은 최崔, 이름은 현미玄微라. 평소 도를 좋아하여 장가들지 아니하고 낙양 동쪽에서 살고 있었다. 그의 거처에는 널따란 정원이 있어 꽃이야 대나무 같은 걸 두루 심었다. 온갖 꽃들이 무성한 곳 한가운데 집을 짓고 혼자서 살았다. 하인들은 모두 정원 밖에 살게 했고 특별한 일이 없으면 안으로 들어오지 못하게 했다. 이렇게 30여 년을 살면서 바깥세상하고 발걸음을 끊었다.

때는 바야흐로 봄, 꽃과 나무가 무성하게 자랐을 때, 현미가 혼자서 그사이를 거닐었다. 바람은 맑고 달빛 밝으니 차마 꽃 바라기를 그만두고 잠을 잘 수가 없어 달빛 아래서 꽃 사이를 거닐었다. 이때 홀연히 달 그림자 아래에서 파란 옷을 입은 여인이 사뿐사뿐 걸어왔다. 현미가 깜짝 놀라 혼잣말을 했다.

"이 시각에 어인 일로 여자가 여기에 나타난단 말인가?"

현미는 너무도 괴이쩍었지만 그래도 일단 마음을 진정시켰다.

"그래 어디로 가는지나 보자."

파란 옷을 입은 여인은 동쪽으로도 서쪽으로도 가지 않고 현미 앞으로 곧장 다가와 정중하게 두 손을 모아 잡고 인사했다. 현미도 답례했다.

"어느 집 여인이시기에 야심한 시각에 이곳에 오시었소이까?"

그 여인이 대답하고자 앵두 같은 입술을 열었다. 백옥 같은 치아가 보였다.

"저는 처사님 집과 아주 가까운 곳에 살고 있습니다. 다른 여인과 함께 상동문에 있는 이종사촌 언니한테 가는 길입니다. 처사님의 정원에서 잠시 쉴 수 있겠는지요?"

여인이 이렇게 찾아온 것이 자못 기이하기는 했으나 현미는 흔쾌히 승낙했다. 여인은 고맙다고 인사하더니 왔던 길을 되짚어 돌아갔다. 잠시 후 한 무리의 여인이 꽃과 버들가지 사이로 걸어왔다. 여인들이 하나하나 현미와 인사를 나눴다. 현미가 달빛 아래서 자세히 살펴보니 하나같이 화용월태요, 몸매 역시 한들한들 나긋나긋했다. 누구는 한껏 치장하고 누구는 수수한 모습이고 그랬다. 그들을 뒤따르는 하녀마저도 요염하기 이를 데 없었다. 이런 여인들이 다 어디서 왔나 싶었다. 인사를 마치고 현미가 그녀들을 방으로 안내하여 서로 자리를 잡고 앉게 했다.

"여러분들의 이름은 어떻게 되시는지요, 어디를 방문하시는 길이기에 이렇게 누추한 우리 집 정원에까지 들리셨나이까?"

녹색 치마를 입은 여인이 먼저 입을 열었다.

"저는 양가올시다."

양씨 여인이 하얀 옷을 입은 여인을 가리키며 이렇게 말했다.

"이쪽은 이씨입니다."

다시 빨간 옷을 입은 여인을 가리키며 말했다.

"이쪽은 도씨입니다."

이렇게 한 명씩 소개했다. 마지막으로 주홍색 옷을 입은 소녀에게 다가가 이렇게 말했다.

"이쪽은 성은 석, 이름은 아조입니다. 우리는 서로 성은 다르지만 항렬은 같은 자매랍니다. 봉 십팔 이모가 며칠 전 오신다 했으나 아직 도착하지 않으셨습니다. 오늘 밤 달빛이 너무도 곱기에 우리 자매들이 이모를 마중할 겸해서 이렇게 나오게 되었습니다. 아울러 평소에 처사님의 사랑을 받는 저희인지라 처사님께 감사를 드리고 싶었나이다."

현미가 막 대답하려는 찰나 파란 옷을 입은 여인이 다가와 말했다.

"봉 이모가 오셨어요."

여인들이 활짝 웃는 얼굴로 마중하러 나갔다. 현미는 옆으로 살짝 비켜서서 지켜보았다. 여인들이 봉 이모의 얼굴을 보더니 이렇게 말하는 것이었다.

"이모를 만나러 오는 길에 이곳 주인장에게 붙들려 잠시 이야기를 나누고 있는데 바로 이모가 오셨군요. 저희랑 이모랑 마음이 통했나 봐요."

여인들이 한 명씩 이모에게 다가가 인사를 올렸다. 이모가 입을 열었다.

"진즉에 와보려 했으나 매번 일이 바빴어. 이번엔 특별히 짬을 냈지."

"이렇게 멋진 밤에 이모님께서 술 한 잔 안 받으시면 안 되죠."

여인들은 파란 옷을 입은 여인에게 술을 가져오게 했다. 봉 이모가 물었다.

"여기 잠시 있어도 문제가 없을까?"

양씨가 대답했다.

"이곳의 주인은 어질기도 하고 우아하고 멋들어지기도 하답니다."

"지금 어디 계신가?"

현미가 황급히 봉 이모 앞으로 다가섰다. 현미가 눈을 들어 바라보니 몸매가 하늘하늘 아름답고 말본새도 똑 떨어지는 게 선녀와도 같았다. 좀 더 가까이 다가가 보니 서늘한 기운이 그녀에서 풍겨 나와 모골이 송연해졌다. 대청 안으로 모시고 들어가니 시녀가 이미 탁자와 의자를 다 준비해놓고 있었다. 봉 이모를 상석으로 모시고 여인들이 차례대로 자리를 잡고 앉았다. 현미가 제일 말석에 자리를 잡았다. 얼마의 시간이 지나고 파란 옷을 입은 여인들이 술을 거르고 안주를 마련하여 들고 왔다. 맛나 보이는 안주, 특이한 과자가 탁자 위에 그득했다. 달콤한 술맛이 혀끝에 안기는 게 인간 세상의 술이 아닌 것만 같았다. 시간이 지날수록 달빛은 밝아져 대청을 마치 대낮처럼 비추고 있었다. 대청 안에는 향기가 넘쳐흘렀고 점점 코를 자극했다. 주거니 받거니 서로 술잔을 기울였다. 술기운이 올라올 무렵, 빨간 옷을 입은 여인이 대짜 술잔에 술을 가득 담아 봉 이모에게 올렸다.

"제가 이모에게 노래 한 곡을 불러드리겠습니다."

그 노래 가사는 이러했다.

붉은 옷에 이슬방울 영롱하고,
뺨의 연지는 한 떨기 구름처럼 가볍다.
홍안은 영원할 수는 없는 것이러니,
봄바람 무정타 원망치 말지라.

노랫소리가 너무도 맑고 고우니 듣는 사람들이 저절로 감상에 젖어 들었다. 하얀 옷을 입은 여인이 술을 따라 올리며 한마디 했다.

"저도 한 곡조 바치겠나이다."

백옥 같은 얼굴이 눈보다 더 하얗다,
한창 젊을 때, 그 얼굴 밝은 달빛 마주했네.
침울한 목소리로 봄바람을 원망하지는 않으리,
세월에 젊음이 가버리는 걸 한탄할 뿐.

그 목소리는 더욱 애절했다. 봉 이모라는 사람은 성격도 괄괄한 데다 술도 좋아했다. 잔을 거듭해서 마시더니 점점 술기운이 달아오르는 듯했다. 노래 두 곡을 듣더니 이렇게 말했다.

"이처럼 좋은 날, 멋진 풍경에 너나 할 것 없이 기쁘게 술잔을 기울이는데 무슨 그런 슬픈 노래냐? 노래 가사가 너무 슬퍼 내 맘을 콕콕 찌르는구나. 이거 나한테 실례하는 거 아냐! 다들 벌주 한 잔씩 하고, 다른 노래를 부르도록 하라."

봉 이모가 술 한 잔을 따랐다. 그런 다음 손을 뻗어 그 술잔을 잡고자 했다. 하지만 술에 취하여 손이 흔들거렸다. 손으로 술잔을 잡는가 싶었으나 그만 소맷부리가 젓가락을 건드리는 바람에 와장창하며 술잔이 엎어지고 말았다. 이 술잔이 다른 여인한테 엎어졌으면 그나마 나았을 것이나 그게 다 아조의 몸에 쏟아지고 말았다. 아조는 나이도 어린 데다 깔끔하지 않으면 못 견디는 성미였다. 게다가 아조는 오늘 하필 꽃무늬가 새겨진 붉은 색 옷을 입고 있었다. 이 붉은 옷은 술에 약했다. 술 한 방울이라도 옷에 묻으면 변색되고 마는데 술 한 사발을 다 쏟고 말았으니! 아조 역시 술기운이 달달하게 올랐던 터라 자기 옷에 술을 쏟는 것을 보고선 정색하고는 말했다.

"언니들이 아무리 말려도 난 도저히 참을 수가 없어!"

아조는 벌떡 일어나 밖으로 나가버렸다. 봉 이모도 버럭 화를 내며 이렇게 소리쳤다.

"저 어린 것이 진짜 취했나, 감히 나한테 대들어?"

봉이모 역시 옷을 탈탈 털고 자리에서 일어났다. 여인들이 모두 나서서 말렸으나 듣지 않았다.

"아조가 나이가 한참 어려서 술을 이기지 못하고 그런 것이니 너무 괘념하지 마세요. 내일 저희가 아조를 데리고 와서 사과시킬게요."

여인들이 봉 이모를 모시고 계단에서 내려왔다. 봉 이모는 붉으락푸르락하면서 동쪽으로 걸어갔다. 여인들은 현미에게 작별인사를 건네고 정원의 꽃 사이로 흩어졌다. 현미는 그들의 종적을 보고 싶어서 뒤따라갔다. 미끄러운 이끼 위를 잰걸음으로 걷다가 그만 미끄러져 넘어졌다. 황급히 팔을 짚고 일어나 다시 바라보니 여인들이 모두 사라지고 보이지 않았다.

"꿈인가, 아니 내가 잠이 들지도 않았는걸. 귀신인가, 그녀들의 옷이 너무도 선명하고 말투도 너무 명확한걸. 사람인가, 어쩜 그렇게 순식간에 종적을 감춘다지!"

현미가 아무리 이리 생각 저리 생각해봐도 도무지 갈피를 잡을 수가 없었다. 대청으로 돌아와 보니 탁자는 아직도 그대로 자리를 지키고 있었으나 술잔은 이미 사라지고 없고 향기만 남아 대청을 가득 채우고 있었다. 현미는 기이하다고 생각하면서도 불길한 조짐처럼 느껴지지는 않아 그다지 걱정하진 않았다.

다음 날 저녁, 현미는 또 정원으로 산책하러 갔다. 여인들이 이미 와 있었다. 그 여인들은 아조에게 어서 봉 이모에게 사과하라고 권하고 있었다. 아조가 화를 내며 이렇게 말했다.

"그 할멈에게 아쉬운 소리 할 거 뭐 있어? 처사님께 부탁하면 되지."

"그게 좋겠다."

여인들이 일제히 현미에게 이렇게 말했다.

"저희들은 처사님 정원에서 살고 있답니다. 해마다 거센 바람에 시달려 너무너무 불안합니다. 그래서 봉 이모에게 보호해 달라고 부탁하곤 했습니다. 어제 아조가 봉 이모의 비위를 거스르는 바람에 보호받기는 글렀으니 처사님께서 저희를 보호하여 주십시오. 그 은혜에 꼭 보답하겠습니다."

"나에게 무슨 힘이 있다고 그대들을 보호한단 말이요?"

아조가 말했다.

"매년 설날 아침에 붉은색 깃발을 장만하시고 그 깃발에 해와 달 그리고 다섯별을 그린 다음 정원 동쪽에 세워두시기만 하면 우리들은 아무런 문제 없이 평안할 것입니다. 올해 설날은 이미 지나가 버렸으니 이번 달 21일 새벽에 동풍이 불기 시작하면 그 깃발을 세워주십시오. 그러면 그날 우리에게 닥칠 불행을 미리 막아주시는 것입니다."

"그게 뭐 어려운 일이라고, 부탁대로 하지 않을 이유가 없소이다."

"처사님이 이렇게 흔쾌하게 허락해주시니 그 은덕을 결코 잊지 않을 것입니다."

여인들이 말을 마치고 떠났다. 그녀들은 빠르기가 정말 번개 같았다. 현미가 뒤따라 가보려고 했으나 미치지 못했다. 향내 나는 바람이 스쳐오는가 싶더니 여인들이 흔적도 없이 사라져 버렸다. 현미는 여인들의 말을 시험해 보고자 다음 날 바로 붉은 깃발을 만들었다. 21일 날, 새벽같이 일어나니 과연 동풍이 불어왔다. 현미가 깃발을 정원의 동쪽에 세였다. 잠시 후 광풍이 땅을 헤집고 모래와 돌멩이를 날리며 낙양 남쪽에서부터 불어와 나무를 모조리 쓰러뜨렸다. 오직 현미의 정원에 있는 꽃들만 흔들리지 않았다. 현미는 그제야 그 여인들이 바로 꽃들의 정령임을 깨달았다. 붉은색 옷을 입은 아조는 석류화였으며, 봉 이모는 바람신이었던 것이다. 다음 날 저녁 여인들이 복사꽃, 배꽃 몇 말을 싸 가지고 와서 사례했다.

"처사님 덕분에 저희들이 큰 환난에서 벗어날 수 있었으나 그 큰 은혜를 달리 갚을 길이 없어 이 꽃들을 가져왔습니다. 이걸 드시면 늙지 않고 생명을 연장할 수 있을 겁니다. 원컨대 처사님께서 오래도록 저희를 지켜 주시기 바랍니다. 그러면 저희도 처사님 덕에 오래도록 생명을 유지할 수 있을 것입니다."

현미가 여인들의 말에 따라 그 꽃들을 먹으니 과연 얼굴이 팽팽해지며 서른 살 먹은 젊은이처럼 보였다. 현미는 나중에 신선이 되어 승천했다. 이를 증명하는 시가 있노라.

낙양의 처사가 꽃 가꾸기를 좋아했나니,
해마다 붉은 깃발에 찻잎 따는 그림 그렸네.
꽃을 복용하는 법을 배워 늙지 않을 수 있었으니,
대추 같은 걸 굳이 찾을 필요 있으랴!

여러분, 내가 바람신과 꽃의 정령이 교통한 이야기를 한다고 황당무계하다고 여기지 말지라. 이 세상에는 우리가 보지 못한, 듣지 못한, 역사책에 실리지 않는, 경전에 등장하지 않는 기기묘묘한 일들이 얼마나 많은가. 장화張華의 『박물지』 역시도 세상사 열에 하나둘밖에 전하지 못했다 하지 않는가. 걸어 다니는 백과사전이라고 하는 우세남虞世南[1]이라

해도 이런 일을 얼마나 알고 있을까? 사실 이런 일은 그렇게 기이한 일 축에도 못 낀다. 비록 이렇기는 하나 '공자께서는 기이한 이야기는 삼가셨다.'는 말도 있으니 이 이야기는 잠시 젖혀두고 거론하지 않기로 하자. 꽃을 사랑하여 복을 받고 꽃을 훼손하여 요절한다는 식의 이야기는 그저 허랑방탕한 이야기를 하고자 함이 아니라 공덕을 쌓으면 복을 받는다는 이야기를 하고 싶은 것이리라. 여러분이 내 말을 못 믿겠다면 「정원지기 노인이 선녀를 만나다」라는 이야기가 있은즉, 그 이야기를 들려주겠노라. 평소에 꽃을 사랑하는 사람이 이 이야기를 듣는다면 당연히 꽃을 더 아끼게 될 것이다. 만약 꽃을 아낄 줄 몰랐던 사람이 있다면 내가 그에게 꽃을 사랑하기를 권하는 의미로 이야기해 주겠노라. 뭐 신선이 되기까지는 어렵다 해도 한가할 때 시간 때우는 정도는 충분히 되리라.

여러분, 이 이야기가 어느 왕조 때 어디에서 나온 이야기인 줄 아는가? 바로 송나라 인종(1023~1063 재위) 때, 강남 평강부 동문 밖 장락촌에서 생겨난 이야기다. 이 장락촌은 성에서 2리 정도밖에 떨어지지 않은 곳이다. 이곳에 추선秋先이라는 노인이 살고 있었다. 추선은 본디 초가집 한 채에 밭뙈기 몇 마지기를 가진 농부였다. 마누라 수水씨는 이미 세상을 떠나고 자식도 없었다. 추선은 어려서부터 꽃과 과일나무 가꾸는 걸 너무도 좋아하여 밭농사는 한쪽에 치워둘 정도였다. 진기한 꽃을 보기라도 하면 금은보화를 발견한 것보다 더 좋아했다. 정말로 급한 볼일이 있어서 출타하는 길이라도 길 가다가 다른 사람 집의 꽃나무라도 보게 되면 그 사람이 허락하든 말든 일단 웃는 얼굴로 안으로 들어가 감상하곤

---

1) 당나라의 관리이자 문학가이며, 서예가(558~638). 그가 편찬한 『북당서초北堂書鈔』 160권은 현존하는 가장 오래된 중국의 백과사전이라고 한다. 박람강기하여 살아 있는 백과사전이란 명성이 자자했다.

했다. 만약 그게 그냥 평소에 자주 볼 수 있는 꽃이고 자기 집에도 있는 꽃이면 바로 뒤돌아 나왔다. 하지만 그 꽃이 진귀한 꽃이고 자기 집에 없는 꽃이거나, 있긴 있으나 이미 져버렸다면 볼일은 치워두고 그 꽃에서 떨어질 줄 모른 채 해가 지도록 돌아서지 않았다. 사람들이 모두 그를 '꽃 바보'라 불렀다. 혹 꽃집에서 멋진 꽃이라도 발견하게 되면 수중에 돈이 있든 없든 사려고 들었다. 돈이 없으면 입고 있던 옷을 벗어주기라도 했다. 꽃가게 주인도 추선의 그런 성격을 잘 아는지라 일부러 높은 값을 불러 추선이 좋은 꽃인 줄 알고 사게 만들곤 했다.

어떤 불한당 같은 놈은 추선이 꽃을 좋아하는 걸 알고 이곳저곳 돌아다니며 아름다운 꽃을 꺾어와설랑은 거기다 진흙을 묻혀서 뿌리가 제대로 내린 꽃이라고 속인 적도 있었다. 추선은 그것마저도 마다하지 않고 다 사들였다. 그런데 참으로 이상하게도 추선이 그것들을 심으니 다 뿌리를 내리고 살아났다. 날이 가고 달이 가니 마침내 거대한 정원이 꾸려졌다. 그 정원 둘레에 대나무를 심어 울타리로 삼고, 그 울타리 위에는 장미, 동백꽃, 목향, 찔레나무, 무궁화, 팥배나무, 금작화가 어우러졌다. 울타리 아래에는 접시꽃, 봉숭아, 맨드라미, 추규秋葵, 양귀비꽃이 어우러져 있었다. 여기에 더하여 원추리, 백합, 동자꽃, 털동자꽃, 작약, 꽃여뀌, 진달래, 생강꽃, 흰나비꽃, 야락금전, 모란 같은 꽃이 있었다. 꽃들이 너무 많아 일일이 언급할 수 없을 정도였다. 꽃들이 피면 마치 비단 병풍을 펼쳐 놓은 듯했다. 담장 밖으로도 몇 걸음 너비로 쭉 이어서 온갖 기화요초를 다 심어놓았다. 이쪽 꽃이 지기도 전에 저쪽 꽃이 피었다. 남쪽으로 두 짝짜리 쪽문이 나 있었고, 문 안쪽에는 좁은 길이 있었으며 그 길 양옆에서 측백나무가 열을 지어 심겨 있었다. 측백나무가 양옆에 난 길을 돌면 세 칸짜리 초가집이 나왔다. 비록 초가집이긴 하나 높기도 하고 널찍하기도 했으며, 창문도 넓고 밝았다. 방에는 무명화가의 그림도 걸려 있으며, 비목나무 침상이 하나 놓여 있었다. 탁자도 의자도 모두 정갈했다. 바닥 역시 깔끔해서 먼지 하나 없었다. 초가집 뒤에 몇 칸짜리 집이 있었고 그 집에 침실이 있었다. 곳곳마다 꽃이 없는 곳이 없으며, 꽃이 무성하지 않은 곳이 없으니 사시사철 꽃이 피지 않는 때가 없어 1년 내내 봄이었다.

매화의 청아함,
난초의 그윽한 향기.
차꽃의 우아함,
배꽃의 농염함.
살구꽃이 성긴 비 사이 멋스럽고,
국화꽃이 서리에도 꼿꼿하다.
얼음장, 백옥 같은 수선화,
세상의 으뜸인 모란의 색과 향.
섬돌엔 염좌꽃,
연못엔 금련화.
작약의 아름다움에 견줄 게 어디 있으리,
석류의 아름다움에 필적할 게 또 있으랴.
계수나무 달빛 아래 향을 뿜어내고,
부용화 강물에서 요염한 자태 뽐낸다.
배나무꽃은 달빛 아래 넘실거리고,
복사꽃은 햇빛 아래 반짝거린다.
동백꽃의 보배 같은 고귀함,
납매화의 아름다운 향기.
해당화 중에서도 최고로 치는 서부해당화,

서향화 중에서도 최고로 치는 금변서향화.

장미, 진달래가,

비단결처럼 흐드러지고.

수구화, 산앵두나무가,

풍경을 더욱 빛내주누나.

말로 다 하지 못할 수천 가지 꽃,

이루 다 헤아리지 못할 수만 가지 향기.

    사립문 바깥쪽은 호수를 향하고 있었다. 그 호수 이름은 조천호, 사람들은 그걸 연꽃탕이라고도 불렀다. 이 호수의 동쪽은 오송강에 이어지고 서쪽은 진택, 남쪽은 방산호에 이어졌다. 날이 맑을 때도, 비가 내릴 때도 호수의 경치는 한결같이 아름다웠다. 추선은 호숫가를 따라 흙으로 방죽을 쌓고 널따랗게 복숭아나무와 버드나무를 심었다. 해마다 봄이 되면 녹색과 빨간색이 어우러지니 서호의 경치와 맞먹을 만했다. 호수 둘레에는 부용꽃을 군데군데 심고 호수 가운데에는 다섯 색깔의 연꽃을 심었다. 꽃들이 피면 호수 전체에 비단을 구름처럼 펼쳐 놓은 듯했고, 향기가 코를 찔렀다. 작은 배를 타고 노를 저어 마름을 따면서 부르는 노랫소리가 아련하게 들려오기도 했다. 배 쪽으로 잔잔하게 바람이 불어오면 배는 살랑거리며 호수를 이리저리 왔다 갔다 했다. 어부는 버드나무 아래에 배를 대놓고선 그물을 말렸다. 장난치는 아이들, 그물을 손질하는 사람, 술에 취해 뱃머리에 누워 있는 사람, 누가 더 자맥질 잘하나 내기하는 사람, 이들이 내는 웃음소리가 끊일 줄 몰랐다. 연꽃을 구경하러 나온 사람, 악대를 태운 화려한 장식을 한 배들이 구름처럼 몰려들었다. 해 저물기 시작하면 수만 개의 등불을 밝히기 시작하니 그 등불과 별들이 서로 어우러져 어느 게 등불이고 어느 게 별인지 분간할 수 없었다.

가을이 깊어져 서릿바람이 불기 시작하면 수풀은 노란 물이 들기 시작하고 호숫가 방죽엔 버들가지와 부용이 얼굴을 떨구고, 개구리밥풀과 여뀌풀이 사이사이 제 모습을 드러내며 물그림자를 드리웠다. 갈대 사이로 기러기가 구름처럼 날아와 끼룩끼룩 울어대니 그 애절한 소리가 사람의 애간장을 녹였다. 한겨울이 되어 붉은 구름이 짙게 드리워지는가 싶으면 눈이 하늘에서부터 춤추듯이 내려와 하늘과 땅이 온통 하얀색으로 변했다. 이 사계절의 경치를 어찌 말로 다 설명할 수 있으랴. 시 한 수로 증명하노라.

조천호, 물과 하늘이 맞닿아있는 곳,
어부의 노랫소리, 연꽃 따는 여인의 노랫소리 끊이지 않는 곳.
작은 초가집에 꽃은 수만 가지,
쥔장은 날마다 꽃을 마주하면서 잠든다네.

쓸데없는 소리는 그만. 한편, 추선은 매일 새벽같이 일어나 정원의 낙엽을 쓸고 물을 길어와 꽃에 물을 줬다. 해질녘에도 다시 한번 물을 줬다. 꽃이 새로 피기라도 하면 뛸 듯이 기뻐했다. 술을 데우거나 차를 끓이면 먼저 꽃을 향하여 정중하게 읍하고서 술과 차를 따라주고는 "꽃이여 만세"라고 세 번 외쳤다. 그런 다음 꽃 아래 앉아 작은 잔에 술을 따라 마셨다. 술기운이 오르면 맘껏 노래 부르기도 했다. 몸이 피곤해지면 바윗돌을 베개 삼아 자리를 잡고 누웠다. 꽃이 피려고 반 정도 봉우리가 맺히기 시작할 때부터 만개할 때까지 꽃에서 떠나질 않았다. 햇볕이 너무 따가우면 종려나무 이파리에 물을 묻혀 꽃에 뿌려주었다. 달이 뜨고 밤이 되어도 추선은 좀처럼 잠자리에 들지 않았다. 행여 거친 바람이 불고 비라도 내리면 도롱이를 입고 삿갓을 쓰고 꽃 사이를 걸어 다니며 보살피곤 했다. 처진 가지라도 발견하면 대나무를 세워서 받쳐주었다. 밤에도 몇 번이나 나와서 살펴보곤 했다. 꽃이 지기라도 하면 며칠 동안 탄식하고 눈물을 흘리곤 했다. 떨어진 꽃조차도 너무도 아까워하여 종려나무 이파리로 그것들을 쓸어 모아 채반 같은 곳에 올려놓고 시시때때로 감상했다. 그 꽃들이 마르고 나면 깨끗한 항아리에 넣었다. 그러다 항아리에 꽃이 가득 차면 술과 차를 뿌리며 제사를 지내고는 차마 떠나보내기 아쉬워했다. 그런 다음 항아리를 들고서 호수 방죽에 땅을 파고 묻었다. 이게 바로 꽃 장례식이었다. 어쩌다 꽃잎이 떨어져 비바람에 젖고 흙이 묻기라도 하면 깨끗한 물로 여러 차례 씻어준 다음 호수에 던져주었으니 이게 바로 꽃 목욕시켜주기다. 그가 평소 가장 안타까워한 것은 바로 가지를 꺾고 꽃을 따는 것이었다. 그의 지론은 이러했다.

대저 꽃은 1년에 한 번, 사계절 가운데 한 철, 그 한 철 가운데도 며칠만 핀다. 꽃은 세 계절의 무관심을 견디고 이렇게 한 철에 멋지게 핀다. 꽃이 바람을 맞아 춤을 출 때, 사람을 향하여 미소 지을 때는 마치 사람이 자기 소망을 다 이룬 것 같은 표정이라. 한데 그 꽃을 꺾어버리다니. 이날만을 어렵사리 기다려왔는데 순식간에 이렇게 꺾이고 말다니. 만약 꽃이 입이 있다면 어찌 한숨 쉬지 않겠는가. 꽃이 피는 며칠조차도 처음 며칠은 꽃술이 웅크리고 있고, 나머지 며칠은 시들고 이지러지기 시작하니 정작 환하게 피어있는 날이 며칠이나 되겠는가. 게다가 나비가 날아들고 벌이 찾아오고, 새가 쪼고 벌레가 구멍을 내고, 햇볕은 내리쬐고 바람은 불어오고, 안개가 끼고 빗방울이 때려대니 사람이 찾아가서 보호해줘도 시원치 않을 판국에 함부로 꺾어버리다니 어찌 그런 일을 할 수 있단 말인가! 싹이 나고 뿌리를 내리고, 뿌리에서 대가 올라오고, 강한 건 줄기 되고 약한 건 가지가 되어 얼마나 많은 세월을 견뎌내는가. 마침내 꽃이 필 때가 되면 사람들이 찾아와 즐기니 이 어찌 멋진 일이 아니더냐. 그 꽃을 꼭 꺾어야만 하겠는가! 꽃이 한번 가지에서 떠나가면 다시는 가지로 돌아갈 수 없고, 가지가 한번 줄기에서 떨어지면 다시는 줄기로 돌아갈 수 없나니 그건 마치 사람이 죽으면 다시 살아나지 못하고 형벌을 받으면 그걸 씻어낼 수 없는 것과 같도다. 꽃이 입이 있다면 어찌 오열하지 않으리! 꽃을 꺾는 사람들이란 그저 아름다운 줄기, 흐드러진 가지에 붙은 꽃을 꺾어 꽃병에 담아 탁자 위에 올려놓고 손님들에게 보여주며 술자리의 안주 삼아 즐기거나 처첩의 머리 장식으로 쓰기도 한다. 꽃들이 피어있는 곳에서 술잔을 기울일 수도 있고, 조화로 머리 장식을 할 수도 있다는 걸 왜 생각하지 못하나. 가지 하나를 꺾으면 꽃나무에선 가지 하나가 사라진 거다. 올해 베어버린 줄기가 내년이 된다고 다시 나지는 않는다. 살아 있는 그대로 두고서 해마다 영원토록 즐기는 게 더 낫지 않은가. 꽃술이 터지기도 전에 꽃가지를 꺾어버리면 그 꽃술은 가지에서 그냥 말라비틀어지니 그건 사람이 요절해버리는 것과 마찬가지라. 게다가 꽃을 좋아하지도 않으면서 그냥 충동적으로 꺾어버리고 그런 다음 조금 보기 좋은 거는 다른 사람한테 줘버리고 그렇지 않은 건 함부로 길바닥에 버리니 이 어찌 안타깝지 않으랴. 사람이 억울하게 횡사를 당하고 하소연할 곳도 없는 것과 마찬가지라. 꽃이 만약 말할 수 있다면 얼마나 애통해하랴.

그는 이런 지론을 가지고 있었기에 평생 한 가지도 꺾지 않고 한 송이도 따지 않았다. 다른 사람의 정원에 핀 꽃에도 똑같이 애정을 보내고 온종일 감상하곤 했다. 주인이 한 가지, 한 송이 주겠다고 해도 그는 그러면 안 된다고 손사래를 치며 절대 받지 않았다. 반대로 누군가가 꽃이나 가지를 꺾으려고 하면 못 보았다면 모를까 보는 족족 그러지 말라고 말렸다. 만약 사람들이 말을 듣지 아니하면 그는 고개를 숙여 절하면서 제발 살려달라고 빌었다. 그런 그를 보고 사람들은 '꽃 바보'라고 놀리듯 부르며 그의 진심을 이해하고 꽃 꺾기를 멈추었다. 그러면 그는 두 손을 모아 연신 고맙다고 하며 감사의 뜻을 표시했다. 꽃을 따서 팔아가지고 돈을 벌려는 자들에게는 대신 돈을 주면서 꽃을 망치지 못하게 했다. 자리를 비웠다가 돌아왔을 때 꽃이 꺾이거나 망가진 걸 보게 되면 너무나 가슴 아파하며 흙을 긁어와 떨어진 꽃을 잘 덮어주었다. 이런 이유로 사람들은 그를 꽃 의사라고도 불렀다. 이러한 이유로 추선은 자기 정원에 사람들이 함부로 들어오지 못하게 했다. 친척이나 이웃이 꼭 구경하고 싶다고 조르면 꽃에 대한 자신의 지론을 한바탕 설파하고 나서야 허락했다. 그래도 더러운 손으로 꽃을 만질까 봐 멀리서 바라보게만 하고 가까이 다가가는 건 허락하지 않았다. 만약 상식 없는 사람이 경우 없이 꽃 한 송이라도 꺾으면 추선은 얼굴이 붉으락푸르락해지면서 버럭 화내며 소리를 질렀다. 그런 놈에게는 욕을 한 바가지 퍼붓고 다시는 꽃을 보러 오지 못하게 했다. 사람들은 차츰 추선의 그런 성미를 잘 알게 되어 누구라도 함부로 꽃을 꺾지 않았다.

수풀이 우거지고 나무가 크면 짐승굴, 새집도 많아지는 법, 꽃과 열매가 많은 곳에는 수천 수백의 새와 짐승이 몰려오는 법. 열매만 먹어치우는 건 딴은 아무 문제가 없는데, 꾸역꾸역 꽃술에 주둥이를 대고 빨아 먹거나 쪼아서 상처를 내는 것이 문제였다. 추선은 따로 곡물을 장만하여 꽃이 없는 곳에다 펼쳐 놓고 새나 짐승한테 그걸 먹게 했다. 새와 짐승들도 추선의 그런 마음을 아는지 추선이 뿌려놓은 곡물만 먹고 꽃 사이를 날아다니고 뛰어다니고 지저귀고 노닐면서도 꽃 한 송이 열매 하나 건드리지 않았다. 따라서 이곳의 과실은 나기도 많이 나고 크기도 크고 특별히 달기도 했다. 과실이 익을 때마다 추선은 하늘을 우러러 화신에게 제사를 먼저 드린 후에야 맛보았다. 그런 다음에는 이웃 사람들에게 먹어보라고 선물하고 그러고도 남는 게 있으면 시장에 내다 팔아 약간의 돈을 벌기도 했다. 추선은 꽃을 키우는 참맛을 알았기에 어려서부터 지금까지 50년 동안 전혀 피곤한 줄도 몰랐고 신체도 오히려 나이 들수록 더 단단해졌다. 입는 것도 소박하게 하고, 먹는 것도 탐하지 않고 유유자적하며 시간을 보냈다. 자신이 먹고 쓰는 걸 아껴 마을의 가난한 사람들을 도왔다. 마을 사람들 가운데 추선을 존경하지 않는 자가 없으니 추선을 공경하는 마음에 모두 다 '추 어르신'이라고 높여 불렀다. 추선은 스스로 '꽃에 물 주는 노인네'라 불렀다. 이를 증명하는 시가 있다.

> 아침에 꽃에 물 주네, 저녁에도 꽃에 물 주네,
> 물 주니 온갖 꽃이 다 무성하다.
> 꽃 피니 보고 또 보고,
> 너무 보고 싶어 잠조차 못 들겠네.

여기서 이야기가 둘로 갈린다. 한편, 성안에서 한 사람이 살고 있었으니 그 사람의 성은 장, 이름은 위라. 장위는 권문세가 자제로 성격이 간사하고 속임수를 잘 썼으며 잔인하고 인정머리도 없었다. 장위는 자기 위세를 믿고 이웃 사람들을 속여먹고 윽박지르고 착한 사람들을 괴롭혔다. 장위를 괜히 잘못 건드렸다가는 온갖 귀찮은 일에 말려들어 마침내 가산을 탕진하는 경우가 부지기수였다. 장위가 거느리고 있는 종놈들 역시 늑대나 호랑이처럼 사나웠으며 장위를 도와주고 뒤를 봐주며 같이 못된 짓만 골라서 하는 불한당 같은 놈들이 밤낮으로 한통속이 되어 이곳 저곳 들쑤시고 다니며 분란을 일으키니 그 피해를 보는 자들이 이루 헤아릴 수 없을 정도로 많았다. 한데 이 장위가 자기처럼 사납기가 그지없는 상대를 잘못 만나 죽을 정도로 얻어맞고서는 관가에 신고했다. 그러나 상대방이 먼저 뇌물을 쓰는 바람에 오히려 재판에서 지고 말았다. 장위는 화가 나기도 하고 창피하기도 해서 하인들 네다섯과 불한당 몇 명과 함께 장락촌에 있는 별장으로 놀러 왔다. 그곳은 추선의 집하고도 멀지 않았다. 하루는 장위가 아침을 먹으면서 곁들여 술을 얼큰하게 마시고는 마을을 쏘다녔다. 그러다 추선의 집 앞에 이르렀다. 울타리에 꽃들이 흐드러지고도 정갈하게 피어나 있으며 수목이 무성했다.

"이 집 참 멋들어지네. 누구네 집이지?"

하인이 대답했다.

"여기는 추선의 집으로, 꽃 바보라는 별명으로 불리는 그자가 바로 추선입니다."

"그래. 우리 별장 근처에 무슨 추 어쩌고 하는 노인네가 기화요초를 심고 가꾼다고 하더니 바로 여기였구먼. 그럼 한번 들어가 봐야지!"

"그 노인장이 괴팍해서 사람들을 들이지 않습니다."

"다른 사람은 몰라도 설마 나를 막을 리가 있겠냐? 어서 문을 두드려 보거라."

마침 모란이 흐드러지게 필 무렵이어서 추선이 모란에 듬뿍 물을 주고 나서 술 한 병과 안주 두 접시를 마련하여 꽃 아래 앉아 혼자 술잔을 기울이며 꽃을 감상하고 있었다. 석 잔째 마시려고 할 즈음에 쿵쿵 문 두드리는 소리가 들려왔다. 술잔을 내려놓고 문을 열어보니 대여섯 명의 남정네가 서 있는데 술 냄새가 코를 찔렀다. 추선은 필시 꽃구경시켜 달라고 온 거구나 직감하고는 문을 붙잡은 채로 물었다.

"무슨 일로 찾아오셨소?"

장위가 대답했다.

"여보슈 노인장, 나를 몰라본단 말이오? 내가 바로 성안에 사는 유명한 장 도령이라고. 저쪽 장씨네 별장이 바로 우리 집 거라고. 당신 집 안에 예쁜 꽃들이 많다고 하기에 특별히 구경 좀 하러 왔다네."

"장 도령님, 저한테 무슨 예쁜 꽃이 있다고. 그저 복사꽃 살구꽃 같은 거밖엔 없습니다. 그것도 이미 다 시들어버려서 지금은 뭐 볼 만한 꽃도 없습니다."

장위가 두 눈을 부릅뜨고 말했다.

"이 노인네 이거 안 되겠구먼. 꽃구경 좀 시켜주는 게 뭐가 그리 대수라고, 꽃이 없다고 핑계 대고 나를 그냥 돌려보내려 들어. 내가 그 꽃을 씹어 먹기라도 하는 거냐고!"

"제가 거짓말을 하는 게 아니라 정말 없습니다."

장위가 어찌 그 말을 곧이들으려 하겠는가. 성큼성큼 앞으로 나가 두 손을 뻗어 추선의 가슴팍을 확 잡아 젖히니 추선이 뒤뚱거리며 한쪽으로 밀려나고 그 틈에 사람들이 일제히 안으로 밀고 들어갔다. 흉악한 놈들이 세를 믿고 밀고 들어오는지라 추선은 그저 바라볼 수밖에 없었다. 추선이 황급히 문을 걸어 잠그고는 그들 뒤를 따라갔다. 꽃 아래 탁자에 내려놓았던 술잔과 안주를 치우고는 그들 옆에 섰다. 장위 일당이 바라보니 사방에 화초가 무성했고 그 가운데에서도 모란이 특별히 더 무성했다. 보통 집 정원에서 보는 그런 모란이 아니라 특이한 품종 다섯 가지가 있었다. 그 다섯 종류란 무엇인가?

황색 누각 모란, 녹색 나비 모란, 수박 속 모란, 춤추는 파란 사자 모란, 빨간 사자 머리 모란.

이 모란은 꽃의 왕이다. 특히 낙양의 모란은 그중에서도 으뜸이다. 그 가운데에서도 '아름다운 황색', '순도 높은 자색'이란 이름으로 불리는 것은 한 그루에 오천 냥이나 나갔다. 유독 낙양의 모란이 유명한 이유는 아는가? 옛날 당나라 때 무측천(684~704 재위) 황후가 황음무도하여 장이

지張易之, 장창종張昌宗이란 두 젊은 관원을 총애했다. 겨울에 후원에서 노닐다가 다음과 같이 네 구절의 조서를 내렸다.

내일 아침 정원에 놀러올 것이니,
봄이 왔음을 어서 빨리 알리도록 하라.
온갖 꽃들은 밤새 꽃을 피워라,
새벽바람이 불어오기 전에.

무측천이 왕이 될 운명의 여인이었던지라 온갖 꽃들이 감히 무측천의 명령을 거부하지 못하고 밤새 꽃술을 열고 꽃을 피웠다. 무측천이 다음 날 후원에 나가보았다. 빨간색, 자색으로 무성하게 피어난 꽃들이 눈에 가득 들어왔다. 오직 모란만이 젊은 관원하고 놀아나는 무측천의 말을 들어주지 않았다. 모란에는 잎사귀 한 잎조차도 붙어 있지 않았다. 무측천이 노발대발하며 그 모란을 낙양으로 귀양보냈다. 이런 연유로 낙양의 모란이 천하 으뜸이 되었다. 멋진 집에 깃든 봄이란 뜻의「옥루춘玉樓春」사 한 수는 모란을 이렇게 찬미하고 있다.

단아하고 맵시 있는 꽃이 봄바람을 맞네,
세상에 으뜸가는 꽃 여기 다 모였구나.
한 떨기 꽃이 사람을 서럽게 하는 것은,
꽃 때깔 수심 어린 비에 씻겨가 버렸음이라.
고운 여인 온종일 일어나지 않더니,
노랫소리, 연주 소리에 화급히 일어나더라.
화장대 거울에 얼굴 비추곤 교태부리는 듯, 부끄러운 듯,
여인이 봄앓이 하는 것이 어이 모란에 비하리.

모란은 초가집 맞은편에 심겨 있었다. 호수에서 주워온 돌로 주위 경계를 표시하고 사방에 나무 받침대를 세우고 그 받침대 위로 천을 덮어 햇빛을 가려주었다. 모란꽃 나무가 키가 큰 건 열 자, 작은 건 여섯 자가량 되었다. 꽃이 큰 건 쟁반만 했고 오색찬란하여 눈이 부실 정도였다. 사람들이 일제히 "우아, 정말 멋진 꽃이군!" 하며 찬탄했다. 장위가 곧장 경계로 세운 돌 위로 올라가 꽃향기를 맡으려 들었다. 추선이 그런 걸 극도로 싫어하지 않던가. 하여 추선이 바로 이렇게 말했다.

"나리, 돌 위로 올라가지 마시고 여기서 서서 보십시오."

장위는 추선이 자기를 집 안으로 들여보내지 않으려 한 것부터 아니꼽게 생각하고 무슨 꼬투리라도 잡으려 벼르고 있던 차라 이 소리를 듣자마자 바로 소리를 질렀다.

"아니 이 노인네야, 여기 살면서 그래 이 장위 어르신의 이름도 못 들어봤단 말이냐? 이렇게 멋진 꽃들이 있는데도 없다고 거짓말을 하다니. 그래 내가 너 거짓말한 거 따지지 않는 것만도 고맙게 여길 일이지 뭐가 그렇게 말이 많아. 향기 좀 맡는다고 꽃이 상하기라도 하느냐? 네가 뭐라고 하든 나는 향기를 좀 맡아야겠다."

장위가 꽃송이를 손으로 붙잡고는 코를 갖다 대고 향기를 맡았다. 추선이 옆에 서서 그걸 보면서 화가 머리끝까지 치밀어 올랐으나 그저 참는 수밖에 없었다. 그래도 그냥 한번 대충 둘러보고 가면 좋으련만, 장위가 일부러 이렇게 허세를 부렸다.

"이렇게 예쁜 꽃을 보고 어찌 그냥 갈 수 있겠느냐? 술 한잔하면서 즐겨야겠다."

장위는 하인들에게 어서 술을 가져오라고 명령했다. 추선은 장위가 술을 마시면서 꽃구경하겠다고 하니 속이 더 조마조마했다. 추선이 앞으로 나서서 이렇게 말했다.

"이곳은 너무 비좁아 앉을 만한 곳이 없습니다. 여기서는 그냥 구경만 하시고 술은 나리 댁에 가셔서 드시지요."

장위가 땅바닥을 가리키며 대답했다.

"아, 여기 정말 앉기 좋네."

"아니, 이렇게 울퉁불퉁한 곳에 어찌 앉으시려고요?"

"걱정할 것 없느니라. 깔개가 있으니까."

잠시 후 술과 안주를 차리고 깔개를 깔았다. 여럿이 둘러앉더니 주먹을 쥐며 손가락 숫자 맞히기 놀이도 하며 서로 형님, 아우님 하며 퍽이나 기분 좋아 보였다. 추선만이 입을 삐죽이며 옆에 앉아 지켜보았다.

장위는 추선 정원의 무성한 꽃과 나무를 보더니 그걸 빼앗고 싶은 불순한 생각이 들었다. 장위가 취한 눈을 게슴츠레 뜨고 추선에게 말했다.

"못난 노인네인 줄 알았더니 그래도 꽃 잘 키우는 재주는 있네. 너에게 술 한 잔을 상으로 내리지."

추선이 무슨 좋은 기분이라고 그 술을 받겠는가. 추선이 분을 참지 못하고 이렇게 말했다.

"나는 타고나기를 술 마실 줄 모릅니다. 술은 나리께서나 드시지요."

"이 정원 파는 거 아냐?"

장위의 말본새가 너무도 경우가 없어 추선은 깜짝 놀랄 지경이었다.

"이 정원은 내가 목숨처럼 아끼는 건데, 팔긴 뭘 판단 말이오?"

"목숨, 허! 목숨 같은 소리 하네! 그냥 나한테 팔고 넌 따로 갈 데 없으면 우리 집으로 들어오라고. 다른 일 안 하고 우리 집에 와서 꽃이나 키우고 하면 얼마나 좋아!"

옆에서 지켜보던 자들이 일제히 입을 열었다.

"야, 저 노인네 정말 운도 좋네. 나리께서 이렇게 보살펴 주신다고 하니 어서 빨리 고맙다고 하지 않고 뭐해!"

추선은 놈들이 계속 자기를 희롱하는 걸 보고 손이 부들부들 떨리고 오금이 저릴 정도였다. 하지만 놈들을 쳐다보고도 싶지 않아 아무 대꾸도 하지 않았다. 장위가 이렇게 소리를 질렀다.

"이 노인네 참 짜증 나게 하네. 그래 팔 거야, 안 팔 거야? 왜 대답을 안 하냐고?"

"안 판다고 했는데 왜 자꾸 물어요?"

"웃기는 소리 하고 있네. 네놈이 안 판다고 하면 내가 고소장을 써서 현청에 보낼 거야."

추선이 더는 화를 참을 수 없어 몇 마디 더 쏘아붙이려고 하다가 그래도 저놈이 권문세가 자식인데다 술까지 취했으니 조심해야지 뭘 더 바랄 건가 하는 생각이 들었다. 일단 잘 달래놓고 나중에 다시 마무리하는 게 나을 것 같았다. 추선이 화를 참으며 이렇게 말했다.

"나리께서 꼭 사고 싶으시다면 하루만 시간을 두고 더 고민하여 보십시오. 이런 일을 어찌 급하게 처리할 수 있겠습니까!"

여러 사람이 일제히 이렇게 말했다.

"그래, 그 말도 딴은 그럴듯하네. 그럼 내일 다시 이야기해 보자고."

모두들 술에 잔뜩 취했는지라 일제히 몸을 일으켰다. 하인들이 술자리를 치우고 먼저 떠났다. 추선은 혹시 꽃이라도 꺾을까 봐 너무 걱정되어 잽싸게 꽃이 있는 쪽으로 갔다. 아니나 다를까 장위가 앞으로 걸어가더니 경계석을 넘어가 꽃을 꺾으려 했다. 추선이 붙잡아 막으며 말했다.

"나리, 비록 미물이라고 하나 일 년 동안 그토록 긴 시간을 견뎌내고 이렇게 꽃을 피워낸 것입니다. 그런 꽃을 일없이 꺾다니요. 정말로 애석할 노릇입니다. 그 꽃을 꺾어간다고 해도 하루 이틀이면 시들고 말 것인데 뭐 하러 그런 죄업을 지으려고 하십니까!"

장위가 버럭 소리를 질렀다.

"뭔 개소리야! 죄업은 무슨 죄업! 네놈이 내일 판다고 했으니 이건 어차피 내 거야. 내 거를 내가 꺾겠다는데 네가 무슨 상관이야?"

장위가 손을 뻗어 꽃을 꺾으려 하니 추선이 그 손을 붙잡고 죽어도 놓지 않았다.

"나리, 이 노인네를 죽일 수는 있어도 저 꽃을 꺾을 수는 없을 거요!"

사람들이 소리를 질렀다.

"저 노인네 진짜 미친놈이네. 나리가 꽃을 좀 꺾겠다는데 그게 무슨 큰일이라고 이렇게 법석을 떨어! 설마 이놈의 노인네가 무서워 꽃을 못 꺾을까 봐!"

그런 다음 사람들이 일제히 달려가 함부로 꽃을 꺾기 시작했다. 추선은 너무도 놀라 아이고 아이고 소리를 지르며 장위를 붙잡았던 손을 풀고 그 사람들을 가로막았다. 이쪽을 막으니 저쪽에서 꽃을 꺾고, 저쪽을 막으니 이쪽에서 꽃을 꺾고, 그러다 보니 순식간에 꽃이 엄청나게 꺾이고 말았다. 추선은 마음이 너무도 아파서 이렇게 소리를 질렀다.

"이 날강도 같은 놈들아! 남의 집에 함부로 쳐들어와서 주인장 허락도 없이 함부로 이런 생명을 꺾어서 어떡하겠다는 거냐?"

추선은 장위한테 달려가 장위의 가슴팍을 향해 몸을 던졌다. 추선의 기세가 워낙 거세기도 했거니와 장위가 술에 취하기도 해서 그만 뒤뚱거리며 땅바닥에 넘어지고 말았다. 사람들이 소리쳤다.

"아이고 큰일 났다. 나리가 다쳤네!"

사람들은 일제히 꽃을 내팽개치고 달려와 추선을 때리려 들었다. 그 무리 가운데 그래도 사리를 분별할 줄 아는 자가 추선이 나이가 많은 걸 보고선 이러다 큰일 나겠다 싶은 생각이 들어 사람들을 진정시키고 장위를 부축하여 일으켜 세웠다. 장위는 자기가 넘어진 게 너무도 화가 나서

부리나케 달려가 꽃이란 꽃은 다 떨어뜨려 버리겠다는 기세로 손으로 잡아 꺾었다. 그래도 분이 안 풀리는지 그 떨어진 꽃을 짓밟았다. 안타깝도다, 저 멋진 꽃들이여!

흉악한 손길로 어지럽게 꺾어대니,
아름다운 꽃들이 한순간에 떨어지고 마는구나.
거센 폭풍우가 휘몰아쳐,
온갖 꽃 한꺼번에 땅에 뒹구는 듯.

화가 머리끝까지 나서 참을 수 없었던 추선은 울며불며 땅바닥에서 데굴데굴 굴렀다. 이웃 사람들이 추선의 정원에서 시끌벅적한 소리가 나는 걸 듣고는 안으로 들어와 보니 꽃들이 땅바닥에 어지러이 날리고 한 무리의 사내가 패악질을 하고 있었다. 이웃 사람들이 깜짝 놀라며 우선 패악질하는 사내들을 말렸다. 이웃 사람들은 대강의 상황을 알아차리게 되었다. 이웃 사람 가운데는 장위의 땅을 부쳐 먹는 자들도 있었는지라 그들이 나서서 추선을 대신해 사죄하기도 하고 사내들의 화를 누그러뜨려 정원에서 일단 나가도록 했다. 장위가 입을 열었다.

"너희들이 저 늙은 놈한테 분명히 일러라. 저 정원을 순순히 내놓으면 내가 용서해주겠지만 '아니요'의 '아'자만 나와도 저 늙은이를 내가 가만두지 않을 거라고 말이다."

장위가 씩씩거리며 떠나갔다. 이웃 사람들은 저게 다 장위가 술 취해서 하는 소리려니 치부하고 크게 괘념하지 않았다. 이웃 사람들은 다시 추선에게로 가서 추선을 일으켜 세워 돌계단에 앉혔다. 추선이 목을 놓아 울자 이웃 사람들이 그를 위로하고는 추선의 정원을 나섰다. 그들 가운데 누구는 추선이 평소에 자기 정원에 사람들이 못 오게 한 걸 꽁하게

정원지기 노인이 선녀를 만나다 161

생각하고 있다가 "저 노인네 참 괴팍하기도 해서 이런 일이 생기는 거지. 이런 일을 한번 당해야 나중에 조심하지."라고 말하는 자도 있었지만, 그래도 좀 사리를 분별하는 사람은 "그런 경우 없는 소리 하면 안 되지! 꽃 가꾸는 건 1년, 꽃구경은 열흘이라는 옛말도 있잖아. 꽃구경하는 사람들은 그저 입으로만 예쁘네 마네 할 뿐 꽃 가꾸는 데 들인 품을 어떻게 알겠어. 정말로 무진 애를 쓰고서야 저렇게 무성한 꽃을 피워냈을 건데 저 노인네를 너무 깐깐하게 군다고 욕하면 안 되지."라며 추선을 편들어 주었다.

이웃 사람 이야기는 여기서 그만. 한편, 추선은 떨어진 꽃이 너무도 안쓰러워 그 꽃들을 손으로 쓸어모았다. 그 꽃들은 발에 밟혀 이지러지고 때가 묻었다. 마음이 너무도 아파 울며 이렇게 소리를 질렀다.

"아, 꽃들아! 내가 평생 너희들을 아끼고 또 아껴 이파리 하나 꽃송이 하나 함부로 하지 않았거늘, 아이고 오늘 같은 이런 어처구니없는 일을 당할 줄은 내 몰랐구나!"

추선이 한참 울고 있는데 등 뒤에서 누군가 부르는 소리가 들려왔다.

"추 공, 어째서 그렇게 구슬프게 울고 계세요?"

추선이 고개를 돌려보니 열여섯 살쯤 되어 보이는 소녀가 서 있었다. 소녀의 용모는 아름답고도 단아했다. 그녀가 누군지는 알 길이 없었다. 추선이 눈물을 훔치며 물었다.

"아가씨는 뉘시오? 어인 일로 여기에 오시었소?"

"제집은 저 서쪽 편에 있습니다. 추 공 집 정원의 모란이 하도 예쁘다고 하기에 특별히 구경하러 왔나이다. 근데 벌써 다 떨어져 버렸네요."

추선은 모란이란 말을 듣자마자 자기도 모르게 울컥하여 또 눈물을 흘렸다.

"어떤 괴로운 일을 당했기에 그렇게 슬피 우는지요?"

추선은 장위 일행이 꽃을 꺾어버린 일을 이야기해주었다.

"아, 그런 사연이 있으시군요. 이 꽃들을 다시 가지에 붙여놓고 싶으신가요?"

"아니, 아가씨 무슨 그런 황당한 말을 다 하시오! 세상에 떨어진 꽃이 다시 가지에 붙는 일이 어떻게 일어난단 말이오?"

"나한테는 조상 대대로 전해져 내려오는 떨어진 꽃을 가지에 붙이는 기술이 있답니다. 여러 번 실제로 해봤네요."

추선은 그 말을 듣고 슬픔이 기쁨으로 변하는 듯했다.

"아가씨, 정말 그런 기술이 있단 말이오?"

"어찌 거짓말을 하오리까!"

추선이 바로 몸을 굽혀 절을 했다.

"만약 아가씨께서 그 기술을 발휘해주시기만 하면 이 노인네가 다른 건 못해도 해마다 꽃이 필 때 언제고 오셔서 감상하게 하겠소이다."

"어서 일어나셔서 물이나 한 대접 떠오시오."

추선은 황급히 일어나 물을 뜨러 가면서 이런 생각을 했다.

'어찌 이런 기이한 일이 다 있는가? 내가 우는 걸 보고 나를 놀리려고 그러는 것 아닐까?'

또 이런 생각이 들었다.

"하긴 일면식도 없는 저 아가씨가 나를 놀리려 할 이유가 없잖아. 아마 진짜일 거야."

추선이 잽싸게 맑은 물 한 대접을 떠 왔다. 고개를 들어 살펴보니 아가씨는 보이지 않고 꽃들이 다시 가지에 붙어 있고 땅에 떨어진 게 하나도 없었다. 전엔 한 그루 나무에 오직 한 색깔의 꽃만 피었는데 지금 보니 빨간색에 자색이 섞여 있기도 하고, 어떤 건 진한 색 어떤 건 연한 색이 섞여 있어 나무 한 그루에 온갖 색의 모란이 모두 피어 전보다 훨씬 더 멋들어졌다. 이를 증명하는 시가 있노라.

꽃에 색깔을 입혀주었다는 한상자(韓湘子2))는 알고 있지만,
떨어진 꽃을 다시 가지에 붙여주는 선녀는 들어보지 못했네.
지성이면 천지만물을 감동시킬 수 있는데,
속물들은 그래도 꽃 바보라 비웃기만 하지.

추선은 놀랍기도 하고 기쁘기도 했다.
'그 아가씨한테 이렇게 신묘한 재주가 있을 줄이야!'
추선은 그 아가씨가 아직도 꽃밭 어딘가에 있을 것만 같아서 물을 내려놓고 어서 달려가 감사하고 싶었다. 꽃밭을 이리저리 찾아봐도 그 아가씨는 그림자도 보이지 않았다.
'아가씨가 대체 어디로 간 거지?'
'아, 우리 집 입구에 있을 거 같아. 어서 가서 그 비법을 전수해 달라고 해야지.'
추선이 문 입구로 달려가 보니 대문은 굳게 닫혀 있었다. 문을 열고 밖을 바라보니 두 노인네가 앉아 있었다. 한 사람은 우씨, 다른 한 사람은 선씨였다. 그들은 어부가 그물을 말리는 걸 구경하고 있다가 추선이 나오는 걸 보더니 일제히 일어나 공수하며 입을 열었다.
"듣자니 장위라는 놈이 여기 와서 행패를 부렸다는데 우린 마침 밭에 일하러 나가서 한번 찾아와 보지도 못했네!"

---

2) 중국 8대 신선 가운데 한 명으로 794년 즈음에 태어나 여동빈에게 도를 배웠다고 한다. 민간전설에 따르면 하얀 모란꽃을 녹색 모란꽃으로 변화시키는 도술을 부렸다고 하는데 이 시에서는 그것을 하얀 꽃에 녹색 물을 입히는 것으로 표현했다.

"아이고 말도 마. 그런 불한당 같은 놈들한테 억울한 일을 당하다니. 천만다행으로 한 아가씨가 찾아와 비법을 써서 꽃을 다 살려냈어. 내가 고맙다고 인사하기도 전에 어디론가 사라져 버렸네. 자네들 혹시 그 아가씨가 나가는 걸 보았는가?"

"아니, 떨어진 꽃을 다시 붙이는 그런 재주가 있다고! 그 아가씨가 대체 언제 나갔다는 거야?"

"아, 방금 전에 나갔어."

"우리 둘이 한참 동안 여기에 쭉 앉아 있었지만 아가씨는커녕 개미 새끼 한 마리도 못 봤는걸."

추선은 불현듯 뭔가 깨달았다는 듯이 이렇게 말했다.

"자네들 말을 들어보니 그 아가씨가 바로 선녀인 것 같아."

"그 아가씨가 어떻게 꽃을 나뭇가지에 붙였는데?"

추선이 그 아가씨가 한 일을 쭉 설명해주니 두 노인네가 그걸 듣고 이렇게 말했다.

"그런 기이한 일이! 우리가 가서 보고 싶구먼."

추선이 문을 닫고는 그들과 함께 안으로 들어가 보았다. 그 노인네들은 연신 혀를 차며 기이하다고 했다.

"이건 분명 신선이 한 거야. 사람이 어찌 이런 일을 할 수가 있겠어!"

추선이 향을 사르며 하늘을 향해 감사의 뜻을 표했다. 두 노인네가 입을 열었다.

"이건 다 평소 꽃을 사랑하고 아끼는 자네의 정성이 하늘에 닿아 신선이 감동하여 내려온 것이네. 내일 장위와 그 일당을 데려와 이걸 좀 보여주라고. 아마 부끄러워서 얼굴을 못 들 거야."

"아서, 아서! 그놈들은 개만도 못한 놈들이라 모습이 멀리서라도 보일라치면 피하는 게 상책인걸. 근데 그놈들을 초대하라고!"

"하긴 자네 말도 일리가 있네그려."

추선이 너무도 기쁜 나머지 오늘 마시려고 준비했던 술을 다시 데우고 두 노인네랑 함께 술을 걸치며 꽃을 감상하다가 밤이 되어서야 그들과 헤어졌다. 두 노인네는 돌아가 동네 사람들에게 이 소식을 널리 알렸다. 이튿날 동네 사람들은 모두 가보고 싶었으나 추선이 들여보내 주지 않을까 걱정이었다. 추선은 본디 자기 고집이 센 사람이었으나 선녀를 보고 난 다음부터는 속세를 떠나고 싶은 생각이 굴뚝같았다. 밤새 잠 못 이루며 꽃 아래 앉아 생각에 잠겼다. 그러다 장위와 얽힌 일을 떠올리고 홀연히 대오각성하게 되었다.

'이게 다 내가 평소에 마음을 좁게 써서 하늘이 일부러 이런 일을 일어나게 한 것이라. 만약 신선처럼 넓은 도량을 품고 있었더라면 이런 일 자체가 없었을 것이라.'

다음 날 추선은 대문을 활짝 열고 누구라도 들어와서 구경하게 했다. 사람들이 안으로 들어가 보니 추선이 앉아서 꽃을 바라보고 있었다. 추선이 사람들에게 이렇게 당부했다.

"마음껏 구경하시라. 다만, 꽃을 따거나 꺾지는 마시라."

사람들이 추선의 이 말을 듣고 서로서로 소문을 내었다. 마을 사람들은 남녀노소 할 것 없이 모두 추선의 정원을 구경했다.

자, 그 이야기는 여기까지만 하자. 한편, 다음 날 아침 장위가 자기 일당에게 이렇게 말하는 것이었다.

"어제 그 영감탱이가 나를 들이박고 그랬는데 그 일을 그냥 넘겨서는 안 되겠지! 내가 오늘 다시 그놈의 정원을 찾아가서 그 정원을 내놓으라고 해야겠다. 그놈이 못하겠다고 버티면 사람들을 보내어 그 꽃나무들을 다 꺾어버리고 짓밟아버려야 내가 직성이 풀리겠다."

"그 정원은 나리 별장에서 멀지 않은 곳에 있으니 감히 그자가 나리의 명령을 거부하지는 못할 것입니다. 그러니 어제 괜히 그렇게 꽃을 꺾고 밟고 하실 필요 없이 그냥 두셨다가 나중에 그 정원이 통째로 나리 것이 되면 그때 그냥 천천히 즐기셔도 좋았을 뻔했습니다."

"뭐, 이미 지난 일 아니냐. 내년에 또 피겠지. 자, 어서 가보자. 그 노인네 괜히 다른 꿍꿍이 하지 못하게."

그들이 막 문을 나서려는데 누군가 달려왔다.

"추선의 정원에 선녀가 내려와 떨어진 꽃을 다시 나뭇가지에 붙여놓았다고 합니다. 그 꽃들이 지금 오색으로 만발했다고 합니다."

장위가 믿을 수 없다는 표정을 지으며 입을 열었다.

"그 영감탱이가 뭐 잘한 게 있다고 그 집 정원에 선녀가 하강한단 말이냐? 게다가 다른 때도 아니고 우리가 정원을 쑥대밭으로 만들었던 바로 그때 선녀가 하강했다고? 설마 그 선녀가 그 집에서 살기라도 한단 말이냐? 필시 우리가 다시 그 영감탱이 정원에 다시 찾아올까 봐 이런 헛소문을 일부러 내는 것이다. 선녀가 자기 집을 보호한다고 소문내서 우리가 자기를 어찌하지 못하게 하려고 말이야."

"나리 말씀이 정말 맞네요."

장위와 그 일당은 서둘러 추선의 정원에 가보았다. 정원 사립문이 양쪽으로 활짝 열려 있고, 사람들이 끊임없이 드나드는 게 보였다. 그들은 동시에 입을 열어 이렇게 외쳤다.

"아, 이런 일이 있었구먼!"

장위가 이렇게 말을 받았다.

"신경 쓸 거 없다. 설사 신선이 지금 강림하여 앉아 있다 하더라도 내가 저 정원을 내 것으로 만들고 말 것이다."

장위 일행이 꼬불꼬불한 정원 길을 돌아 초당 쪽으로 걸어가 보니 정말 소문 그대로였다. 기이하고 또 기이하게도 사람이 다가가면 꽃들이 더욱 요염해지고 광채가 두 배는 더 나는 듯하고 마치 사람에게 미소 짓는 듯했다. 장위는 그걸 보고 너무도 기이한지라 속으로 약간 움츠러들기도 했으나 원래 먹었던 자기 생각을 물리려고 하지는 않았다. 외려 더 흉악한 생각이 들었다. 장위가 일행에게 말했다.

"자, 일단 돌아가자."

추선의 정원에서 빠져나오자 일행이 물었다.

"나리, 왜 추선한테 정원을 내놓으라고 안 하십니까?"

"나한테 다 좋은 생각이 있느니라. 그놈한테 달라 말라 할 필요 없이 내일이면 저 정원이 내 것이 될 것이야."

"아니, 나리 무슨 묘책이 있으신지요?"

"목하 패주의 왕칙王則3)이 반란을 일으키고 요술을 부리고 있어 추밀원에서 천하에 조서를 내려 요술을 금하고 요사스러운 짓을 하는 사람을 하옥시키겠노라 했느니라. 우리 고을에서도 요사한 짓을 하는 사람을 고발하면 상금 3천 관을 준다고 했다. 내가 내일 떨어진 꽃을 다시 나뭇가지에 붙인 일을 알려주고 장패를 시켜 고을 현청으로 달려가 요술을 행하는 추선을 고발하라고 할 터이다. 저 영감탱이가 고문을 이기지 못하고 스스로 죄를 인정하여 감옥에 갇힐 것이니 저 정원은 분명 관청에서 책임지고 내다 팔 거다. 다른 사람들이 그걸 감히 살 수 있겠느냐. 그때 내가 사면 되는 거지. 게다가 나한테는 상금 3천 관도 생기지 않느냐."

"나리, 정말 좋은 계책입니다요. 쇠뿔은 단김에 빼라고 했으니 어서 빨리 밀어붙입시다요."

바로 성안으로 들어가 고발장을 썼다. 다음 날 아침 장패를 시켜 평

---

3) 북송 인종 때 하북 패주貝州에서 기의한 무리의 우두머리(?~1048). 미륵교주와 모의하여 1048년 정월에 기의했다가 65일 만에 관군에게 패퇴하였다. 개봉에서 참형을 당했다.

강부 청사로 찾아가 고발하도록 했다. 이 장패라는 놈은 장위의 오른팔 중의 오른팔이자 관가 사정에 익숙한지라 이 일을 맡긴 것이다. 평강부의 태수는 마침 요술 부리는 놈들을 찾고 있던 차인데다 온 동네 사람들이 모두 다 그걸 보았다고 증언하니 고발한 건을 믿지 않을 도리가 없었다. 즉시 포졸대장에게 포졸들을 거느리고 장패를 길잡이 삼아 데리고 가서 추선을 체포하여 오라고 했다. 장위는 일단 돈을 풀어서 기름을 쳐놓으려고 장패와 포졸대장에게 먼저 출발하라 하고 자기는 일행과 함께 뒤따라가겠노라 했다. 포졸대장은 곧장 추선의 정원으로 달려갔다. 추선은 아무 일 없다는 듯이 정원에서 꽃구경을 하고 있었다. 포졸대장과 포졸들은 곧장 추선에게 달려가 오라를 씌웠다. 추선은 너무도 놀라 어안이 벙벙했다.

"아니, 내가 무슨 죄를 지었다는 거요? 어서들 설명 좀 해보시오."

포졸대장과 포졸들은 추선에게 반역을 했다느니 요술쟁이라느니 하며 욕하면서 뭐라 자세히 설명도 하지 않고 문밖으로 끌고 갔다. 이웃사람들이 그 광경을 보고서 다들 너무도 놀라서 다가와 어떤 연유인지 물었다. 포졸대장이 대꾸했다.

"도대체 뭐가 그렇게 궁금한 거야? 저자가 지은 죄가 한두 가지가 아니라고. 너희들도 다 한통속 아냐!"

순박한 촌동네 사람들이라 포졸대장의 이런 말을 듣고 겁을 잔뜩 집어먹고는 슬금슬금 뒤로 물러나 괜히 자기들한테도 불똥이 튈까 걱정했다. 다만, 우씨와 선씨 두 노인네와 평소 추선과 사이가 좋았던 몇몇이 멀리서 뒤를 쫓았다.

추선이 잡혀가고 나자 장위는 자기 일당을 시켜 정원 문을 걸어 잠그게 했다. 혹시 안에 누가 있을까 걱정되어 다시 한번 점검한 다음 잠그게 했다. 그런 다음 포졸대장 일행을 뒤따라 부 청사로 갔다. 포졸대장은 이미 추선을 부 청사 안의 죄인 심문대로 끌고 갔다. 추선 옆에는 한 사람이 더 꿇어앉아 있는데 그자가 누구인지 알 길이 없었다. 포졸들은 이미 장위의 돈을 다 먹었는지라 형틀을 차려놓고 태수의 분부만을 기다리고 있었다. 태수가 소리쳤다.

"이 요사스러운 놈아, 여기가 어디라고 감히 요술을 부리며 순진한 사람들을 속이려 드느냐? 네놈과 함께 하는 패거리를 어서 불어라."

추선이 이 말을 들으니 아닌 밤중에 홍두깨라 도대체 어디서부터 어떻게 말을 해야 할지 막막했다.

"소인은 대대로 장락촌에 살면서 다른 사람을 속여본 적도 없고, 요술을 부릴 줄도 모릅니다."

"네놈이 그저께 요술을 부려 떨어진 꽃을 나뭇가지에 다시 붙여놓고서는 무슨 딴소리를 하는 거냐!"

추선은 그 말을 듣고 바로 장위가 꿍꿍이를 부린 것임을 직감했다. 추선은 장위가 자기 정원에 난입하여 꽃을 꺾고 난장판을 만든 일, 선녀가 강림한 일을 자세하게 설명했다. 그러나 고집 센 태수가 그 말을 믿을 리가 있겠는가! 태수가 비웃으며 이렇게 말했다.

"신선술을 믿는 놈들이 수련을 오래 하여 말년에 신선이 되기도 한다더라. 네놈이 꽃이 꺾인 걸 슬퍼하며 운다고 신선이 강림할 턱이 어디 있겠느냐? 만약에 진짜 신선이 강림했다면 이름이라도 알려줘 사람들이 오해하지 않게 할 터인데, 어째서 아무런 말도 없이 그냥 바로 사라져 버렸더란 말이냐. 그 말도 안 되는 이야기로 누굴 속이려 드느냐? 더는 듣고 싶지 않다. 여봐라, 어서 저놈의 주리를 틀어라."

포졸들은 일제히 '예'라고 대답하고는 사나운 늑대마냥 달려들어 추선을 붙잡고 허벅지와 종아리를 벌려 그 틈에 형틀을 집어넣으려 했다. 마침 그 순간 태수가 갑자기 머리가 어지러워지더니 의자에서 넘어질 뻔했다. 너무 어질어질하여 제대로 앉아 있을 수도 없었다. 태수가 포졸들에게 추선에게 칼을 씌워 하옥시키라 하고 내일 다시 심문하겠노라 했다. 포졸들이 추선을 끌고 옥으로 가는 길에 추선은 장위를 발견하고는 울며 소리를 질렀다.

"아니 나하고 전생에 무슨 원수를 졌기에 이렇게 악랄하게 나를 죽이려 드는 거냐?"

장위는 아무런 대꾸도 하지 않고 장패 그리고 다른 일행과 함께 청사를 빠져나갔다. 우씨, 선씨 두 노인네가 추선에게 찾아가 전후 사정을 물어보고선 이렇게 권했다.

"이런 억울한 일이 다 있나 그래! 너무 염려하지 마셔. 우리가 동네 사람들이랑 함께 연판장이라도 돌려서 자네가 아무런 잘못을 하지 않았다고 보증해줄 것이니."

"아이고 그렇게만 된다면 더 바랄 게 없겠네."

포졸들이 소리를 질렀다.

"아니 이 빌어먹을 놈이 어서 들어가지 않고 울기만 하고 있어."

추선은 울면서 옥 안에 갇혔다. 이웃 사람들이 술과 음식을 가져와 포졸들에게 주고선 추선을 챙겨 달라고 부탁했다. 포졸들이 어디 추선을 챙겨주겠는가? 그놈들은 그 음식을 다 자기들 입에 처넣었다. 밤이 되어 옥 안에서 잠을 청하니 추선은 살아도 산 게 아닌 것 같았다. 추선은 팔도 다리도 제대로 뻗을 수 없었다. 마음의 고초가 이루 말할 수 없었다.

'아이고 어느 선녀께서 꽃을 되살려주셨는지 모르겠으나 이 일로 내가 이렇게 고초를 당할 줄이야. 선녀님, 제발 이 추선을 좀 불쌍히 여기셔서 제 목숨 좀 살려주시오. 저는 이제 인간 세상을 떠나 신선 세계로 가고 싶나이다.'

추선이 한참 이런 생각에 잠겨 있자니 그제 보았던 그 선녀가 사뿐사뿐 걸어오는 것이었다. 추선이 황급히 소리를 질렀다.

"선녀님, 제발 이 추선이 목숨 좀 살려주세요!"

선녀가 웃으며 물었다.

"그대는 고액에서 빠져나오고 싶은가?"

선녀가 다가서며 손을 들어 가리키니 추선을 옥죄고 있던 칼이 저절로 풀어져 버렸다. 추선이 땅을 짚고 일어나 머리를 조아리며 말했다.

"선녀님의 이름을 감히 여쭙습니다."

"나는 요지왕모瑤池王母 아래에서 꽃을 담당하는 선녀라오. 그대가 너무나 지극정성으로 꽃을 가꾸는 걸 가상히 여겨 떨어진 꽃을 되살려낸 것이오. 한데 그게 불한당들이 모함하는 빌미가 될 줄이야! 하지만 그게 다 그대 팔자에 그런 액운이 있기 때문이라. 그대가 뜻을 굳게 하고 수행하면 몇 년 후엔 내가 그대를 득도하게 하리라."

추선이 다시 머리를 조아렸다.

"신선이 되려면 어떻게 수행해야 하는지 감히 여쭙습니다."

"수행의 길은 매우 다양하지만 항상 출발점이 되는 게 무엇인지 고민하여야 한다. 그대는 꽃을 가꾸는 일로 덕을 쌓았으니 이 꽃 가꾸는 걸 통해서 신선이 되기를 바라라. 이제 온갖 꽃을 먹어라. 그러면 몸이 가벼워지고 마침내 날아오를 수 있을 것이다."

선녀가 추선에게 꽃을 먹는 방법을 가르쳐주었다. 추선이 선녀에게 머리를 조아리고는 감사의 뜻을 표했다. 고개를 들어보니 선녀가 사라지고 없었다. 감옥 담벼락 위에서 선녀가 손짓하고 있었다.

"어서 올라오너라. 나랑 같이 가자."

추선이 담벼락에 손을 대고 기어올랐다. 반도 못 올랐으나 너무도 힘이 들었다. 이때 징 소리와 함께 사람들의 고함 소리가 들려왔다.

"저 요사한 놈이 도망친다. 어서 잡아라!"

추선은 너무도 황급하여 손과 발에서 힘이 빠져나가 몸이 아래로 쭉 미끄러져 버렸다. 너무 놀라 눈을 떠보니 감옥 안 죄수 잠자리였다. 꿈속에서 나눴던 대화가 그대로 다 떠올랐다. 분명 자신이 화를 당하지는 않을 거라는 확신이 들어 마음에 여유가 생겼다.

마음에 사악함이 없다면,
천지신명이 다 살려주신다네.

장위는 태수가 추선을 요사한 놈으로 낙인찍어 버리는 걸 보고선 너무 기분이 좋아 이렇게 말했다.
"저 영감탱이, 평소에 온갖 깨끗한 척 괴상한 짓을 다 하더니! 그래 오늘 밤 옥에 갇혀 고생 좀 하면 내일은 그냥 두말없이 그 정원을 우리한테 넘기겠지."
장위를 따라다니던 무리가 이렇게 말했다.
"그 정원이 전에는 저 영감탱이 거라서 맘껏 즐기지 못했는데 이제 나리의 것이 될 터이니 제대로 한번 즐겨야겠네요."
"당연하지."
그들은 부 청사에서 나와 하인들을 시켜 술과 안주를 준비하게 한 다음 추선의 정원으로 곧장 달려가 문을 열고 안으로 들어갔다. 이웃 사람들은 장위 일행을 보자 맘이야 아니꼬워도 후환이 두려워 감히 뭐라 말하진 못했다. 장위는 일행과 함께 초가집 앞으로 다가갔다. 한데 모란 나뭇가지에 꽃이 하나도 붙어 있지 않고 전과 마찬가지로 땅바닥에 떨어져 구르고 있었다. 일행은 모두 이상하다며 혀를 찼다. 장위가 말했다.
"저 영감탱이가 정말 요사한 놈이 맞네. 그렇지 않으면 어떻게 반나절 만에 이렇게 홀라당 변하나. 설마 신선이 다시 또 나타났단 말이냐!"

일행 중에 한 놈이 그 말을 받았다.

"그 영감탱이가 나리가 다시 여기 올 줄 알고 일부러 요술을 부려 꽃을 다 떨어지게 한 모양입니다."

장위가 대답했다.

"그래, 그 영감이 이런 요술을 부렸다면 뭐 우리는 떨어진 꽃이나 보며 놀자!"

장위 일행은 바닥에 깔개를 깔고 자리를 잡고 앉아서 맘껏 술을 마셨다. 아울러 장패에게는 따로 술 두 병을 상으로 주고 마시게 했다. 술을 마시다 보니 햇살 꼬리가 서쪽에 걸렸다. 장위 일행이 한참 술기운이 오를 즈음 홀연 일진광풍이 몰아치기 시작했다. 그 바람이 얼마나 거셌는가 하면.

마당의 풀을 이리저리 쏠리게 만들고,
물가의 마름을 휩쓸어버리고,
울부짖는 호랑이 비린내를 몰아오고,
만 그루 소나무 흔들어 소리 나게 하고.

그 바람이 땅바닥에 있던 꽃송이를 일으켜 세우더니 순식간에 한 자쯤 되는 여인들로 변신시켰다. 사람들이 너무도 놀라 일제히 기이하다고 소리를 질렀다. 그 순간 그 여인들이 바람을 맞아 흔들거리는가 싶더니 모두 키가 커지고 마침내 하나하나가 용모도 아름답고 차림새도 화려한 모습으로 변하여 한자리에 모여 섰다. 장위 일행은 그렇게 멋진 여인들을 보고는 넋이 나가버렸다. 그 여인들 가운데 빨간 옷을 입은 여인이 입을 열었다.

"우리 자매들은 이곳에 수십 년 동안 살면서 추선 나리의 보살핌을 받았습니다. 당신들은 어인 일로 그런 속된 기운을 품어대며 이곳에 와서 우리를 못살게 굴죠? 게다가 추선 나리를 모함하고 이곳을 빼앗으려 하다니! 그래, 지금 못된 놈들이 눈앞에 있는데 우리가 그냥 놔둘 수 없지! 위로는 우리를 보살펴 주신 분의 은혜에 보답하고, 아래로는 우리를 못살게 군 놈에게 원수를 갚는 일인데 어찌 가만히 있을 수 있겠어."

다른 여인들이 그 말을 듣고 일제히 입을 열어 대답했다.

"동생 말이 맞네. 저놈들이 도망치기 전에 어서 시작하자고."

말을 마치자마자 여인들이 일제히 소맷부리를 들어 올렸다. 그 소맷부리는 족히 한두 자는 되어 보였다. 그 펼쳐진 소맷부리에서 거센 바람이 휘몰아쳐 나왔다. 차가운 기운이 뼛속까지 파고들었다. 사람들이 소리를 질렀다.

"귀신이다!"

사람들은 술잔을 내던지고 남을 신경 쓸 겨를도 없이 바깥쪽을 향해 죽기 살기로 뛰었다. 날리는 돌멩이에 다리를 맞는 놈, 달리다가 나뭇가지에 얼굴이 찔리는 놈, 넘어졌다 일어나는 놈, 일어났다가 다시 넘어지는 놈, 별의별 놈이 다 있었다. 사람들은 한참을 정신없이 달리다가 겨우 멈출 수 있었다. 헤아려보니 다들 그래도 살아는 있었다. 한데 장위, 장패 두 사람이 보이지 않았다. 바람이 잦아들고 해가 서산으로 넘어갔다. 사람들은 각자 자기 집으로 돌아갔다. 사람들은 목숨을 건진 것에 안도하며 고개를 숙이고 몸을 움츠리며 걸어갔다. 하인들은 숨을 좀 돌리고 나서 젊은 소작인 몇 명을 불러 횃불을 들고 다시 추선 집 정원을 살펴보러 갔다.

정원에 도착하여 보니 나무 아래에서 신음이 들려왔다. 횃불을 비춰 보니 장패가 나무뿌리에 걸려 넘어졌는지 고개가 처박혀서 일어나지 못하고 있었다. 소작인 두 명이 장패를 부축하여 먼저 돌아갔다. 사람들이 정원을 두루 살피며 한 바퀴 돌았다. 사방이 쥐죽은 듯 아무런 소리가 들리지 않았다. 모란꽃이 아무런 일도 없었다는 듯 흐드러지게 피어있었다. 땅바닥에 떨어져 있는 꽃이 하나도 없었다. 초가집 안에는 술잔과 접시가 어지럽게 흩어져 있고 마시고 남은 술이 사방에 흩어져 있었다. 사람들은 모두 혀를 차며 이상하다고 찬탄했다. 술잔과 접시를 치우면서 다시 찬찬히 살펴보았다. 그렇게 큰 정원은 아닌지라 금세 이렇게 서너 차례 살펴볼 수 있었지만 장위의 종적은 찾을 수가 없었다. 바람이 장위를 날려버렸나, 귀신이 잡아먹었나, 장위가 어디에 숨어 있는지 알 길이 없었다. 한참을 망설이다가 하는 수 없이 일단 돌아가서 다시 무슨 수를 내보기로 했다.

그들이 막 문을 나서려는데 바깥에서 사람들이 횃불을 들고 다가오는 게 보였다. 바로 우씨, 선씨 일행이었다. 우씨와 선씨는 사람들이 귀신을 만났으며 장위가 사라지고 보이지 않아 정원을 뒤지며 찾고 있다는 소식을 듣고는 그게 사실인지 확인하고자 이웃 사람 서넛과 함께 추선의 정원으로 오는 길이었다. 우씨와 선씨는 소작인들에게 물어보고 정말로 그런 일이 있었음을 알고서 놀란 입을 다물지 못했다. 우씨와 선씨가 그들에게 가지 말고 잠시 기다려달라면서 이렇게 말했다.

"우리랑 같이 한 번 더 찾아봅시다."

우씨, 선씨와 소작인들은 다 같이 꼼꼼하게 다시 한번 살폈다. 그런 후 더는 찾기 어렵겠다 싶어 돌아가고자 하여 한숨을 쉬며 정원 문을 나섰다. 두 노인네가 말했다.

"여러분, 오늘 밤에 한 번 더 오지 않겠소? 우린 문단속하러 여기 한 번 더 와야 할 것 같소. 여기를 관리할 사람이 없으니 이웃 사는 우리가 와서 좀 대신해줘야지요."

장위의 소작인들도 대가리가 끊어진 뱀 신세라 그 기세가 다 꺾이고 말아 그저 "분부대로 합죠, 분부대로 합죠!"라고 대답할 따름이었다. 사람들은 양쪽으로 늘어서서 아직 흩어지지 않고 있었다. 이때 소작인 가운데 한 명이 동쪽 담장 모서리에서 소리쳤다.

"나리가 여기 있다!"

사람들이 웅성거리며 달려가 보니 소작인이 한쪽을 가리키며 말했다.

"저 회나무 가지 위에 걸려 있는 게 나리의 두건 맞지 않나요?"

"그러네, 두건이 여기 있다면 나리도 필시 이 근처에 있을 거야."

담장을 따라 횃불을 비춰가며 걸어가 보니 몇 걸음 못 가서 누군가가 "아이고!" 하고 외치는 소리가 들려왔다. 원래 동쪽 담벼락 모퉁이에는 커다란 똥통이 있었다. 바로 그 똥통에 한 사람이 거꾸로 처박혀 있었다. 그것도 좌로나 우로나 조금도 삐뚤어지지 않고 아주 직각으로 두 다리가 하늘을 향해 있었다. 소작인들이 신발이나 양말, 그리고 바짓가랑이를 보고서 바로 장위임을 알아보았다. 냄새나고 더러운 것도 무릅쓰고 바로 똥통 위로 올라가 장위를 건져 올렸다. 우씨, 선씨 두 노인네는 입으로 아미타불을 읊으며 이웃 사람들과 같이 각자 집으로 돌아갔다. 소작인들은 장위를 메고 호수로 가서 씻겼다. 장위 집안의 남녀노소가 모두 달려와 울고불고 난리를 치며 관을 준비하고 수의를 마련해왔다. 그날 밤 장패는 머리의 상처가 터져 마침내 새벽 묘시가 못 된 시각에 세상을 뜨고 말았다. 이게 다 죄지은 벌을 받은 것이라.

나쁜 놈 둘이 세상을 떠났구나,
저세상에 나쁜 놈 둘이 늘어났겠구나.

다음 날 태수는 병이 나아 집무실에 나와 추선의 건을 판결하고자 했다. 이때 아전이 이렇게 아뢰는 것이었다.

"원고 장패와 그 집안의 대표 장위가 어젯밤 모두 저세상으로 떠났습니다."

아전이 어제 일어났던 일을 자세하게 태수에게 설명하니 태수는 어찌 그런 일이 일어날 수 있냐며 믿으려 들지 않았다. 잠시 후 추선 마을의 백 명이 넘는 사람들이 연명으로 그간의 일을 적어 아뢰었다. 추선이 평소에 얼마나 꽃을 아끼며 선행을 했는지 설명하고 추선은 결코 요사한 인물이 아님을 보증한다고 했다. 아울러 장위가 어떻게 행패를 부렸으며 그걸 신선이 어떻게 응징했는지 전후 상황을 자세하게 설명했다. 태수는 그렇지 않아도 어제 자기 머리가 어질어질했던 것이 추선이 뭔가 억울한 일을 당했기 때문일 수도 있겠다는 생각을 하던 차라 이제야 속이 시원해지면서 어제 바로 추선을 처형하지 않은 게 얼마나 다행인가 싶었다. 태수는 포졸에게 추선을 옥중에서 데리고 나오라고 하고 바로 석방을 명했다. 더불어 태수 명의로 추선의 정원에 함부로 들어가 꽃을 망가뜨리지 못하게 하는 방을 써주고는 그걸 추선의 정원 문에 붙이게 했다. 추선과 이웃 사람들은 태수에게 머리를 조아린 다음 관아를 나섰다. 추선은 이웃 사람들에게 감사의 표시를 하고 그들을 따라 집으로 돌아갔다. 우씨, 선씨 두 노인네가 앞장서서 정원 문을 열고 추선을 안으로 들였다. 모란이 예전처럼 무성하게 피어있는 걸 본 추선은 너무도 감개무량했다. 사람들은 술을 준비하여 추선과 함께 기꺼운 마음으로 마셨다. 추선이 또 답례 술자리를 마련하니 술자리가 연거푸 며칠 동안 이어졌다.

쓸데없는 이야기는 이제 그만. 이후로 추선은 날마다 온갖 꽃을 먹기 시작했다. 먹다 보니 그것도 익숙해져 마침내 곡기를 끊었다. 그가 예전에 사두었던 과일이나 다른 먹거리는 모두 다른 사람에게 나눠주었다. 몇 년이 지나지 않아 추선의 하얀 머리가 다시 검은 머리로 변하고 얼굴색도 어린아이처럼 변했다. 팔월하고도 보름, 햇살이 유난히도 밝고 구름 한 점도 없었다. 추선이 꽃 아래에 앉아 있는데, 상서로운 바람이 얼굴을 스치고 아지랑이가 수증기처럼 피어올랐다. 하늘에서 맑은 노랫소리가 들려오고 기이한 향기가 코를 자극했다. 난鸞새와 백학이 군무를 추면서 정원으로 다가왔다. 그 구름을 타고 꽃선녀가 내려오는데 양쪽에 깃발과 양산을 받쳐 들고 있는 자들이 보이고 선녀 몇몇이 악기를 연주하고 있는 게 보였다. 추선이 그걸 보고서는 곧장 일어나 인사를 했다. 꽃선녀가 말했다.

"추선, 그대의 공부가 이제 되었구나. 내가 전에 상제께 그대를 꽃을 보호하는 사신으로 임명하여 인간 세상의 온갖 꽃을 관장하게 해달라고 아뢰었나니 이제 그대와 그대의 정원을 함께 들어 올리겠노라. 꽃을 사랑하고 아끼는 자에게는 복을 내리고 꽃을 꺾고 해치는 자에게는 화를 내리노라."

추선이 하늘을 향해 머리를 조아리며 감사의 뜻을 표했다. 추선이 여러 신선을 따라 구름 위로 올라갔다. 추선의 초가집과 꽃과 나무도 일제히 둥실둥실 하늘로 올라 남쪽을 향해 날아갔다. 우씨, 선씨 그리고 동네 사람들이 모두 그걸 지켜보다가 일제히 절을 올렸다. 추선이 구름 한가운데서 손을 흔들며 작별인사하는 게 보였다. 한참이 지난 후 추선의 모습이 완전히 사라졌다. 사람들은 그 동네 이름을 신선 마을 혹은 꽃마을로 바꿨다.

꽃을 사랑하는 정원지기의 한결같은 마음,
꽃선녀가 감동하여 강림했다네.
꽃과 나무, 초가집도 같이 하늘에 오르매,
회남자의 연단술을 빌릴 필요조차 없으리.

의로운 호랑이가 아내를 되찾아주다

大樹坡義虎送親
의로운 호랑이가 큰나무 언덕에서 짝을 보내주다

세상은 넓고도 넓고, 쉼 없이 돌고 돌아,
우리 인생 물거품처럼 짧구나.
기왕 사는 것 천년 갈 업적 이루세,
만년 넘어 전해질 정의를 세우리.
서쪽 하늘에 지는 해를 막을 자 있을까.
동쪽 바다로 한번 흘러간 물이 되돌아올까.
사람들 푸른 하늘의 뜻 헤아리지 못하고,
몸과 마음 공연히 이 밤에 괴롭다네.

이 여덟 구절의 시는 세상 사람들한테 가슴에 정의를 품고 하늘의 뜻을 헤아려 일할 것이며, 자신의 이익을 탐하여 다른 사람을 해치지 말라고 충고한다. '잔머리 굴려봐야 결국은 자기만 손해 본다'는 옛말도 있지 않은가. 하늘의 이치를 따르지 않으면 하늘의 보살핌을 받을 수 없는 법. 옛날에 복건 천주에 위덕韋德이란 사람이 살고 있었겠다. 위덕은 소흥부에 은방을 차린 부친을 따라 어려서부터 소흥부로 옮겨 생활했다. 위덕의 부친은 사람이 정의롭고 욕심을 덜 부려 단골이 많고 장사가 무척 잘 되었다. 몇 년이 지나지 않아 위덕네 가세가 무척 풍족해졌다. 위덕이 나이가 차니 바느질꾼 선쑤씨네 딸과 혼인을 치렀다. 본디 선씨네 딸이 미모가 출중하여 근동의 위세 좀 있다 하는 집안에서 백 꿰미의 돈을 내어 그녀를 후실로 들이려 했으나 선씨가 보기에 위덕네 집이 살림도 넉넉하고 위덕이 또 성실하기도 하니 이웃끼리 서로 사돈을 맺으면 좋을 것 같기도 하여 이 혼사를 추진하기로 했다. 그러나 누가 알았으리! 혼사를 치른 지 얼마 지나지 않아 선씨가 그만 병이 들어 세상을 떠나고 말았고, 위덕의 부친 역시 그 후 2년이 안 되어 병들어 세상을 떠나고 말았다. 위덕은 아내 선씨와 상의했다.

"이제 사방을 둘러봐도 우리가 의지할 사람은 아무도 없구려. 아버님의 관을 메고 고향으로 돌아가는 게 나을 것 같소이다."

선씨는 그 말을 듣고 처음에는 그다지 내키지 않았으나 남편의 말을 이겨 먹을 수 없어 그냥 따르는 수밖에 없었다. 위덕은 가게 물건 가운데 크고 무게가 많이 나가는 것은 팔고 나머지는 챙겨 짐을 꾸렸다. 먼 길을 갈 만한 배를 한 척 빌리고 길일을 택하여 아버지의 관을 싣고 아내랑 함께 배를 타고 길을 떠났다.

한편, 이 배의 선장은 장초라는 사람으로 행실이 선량하지 못했다. 늘 뱃길을 오가며 남의 물건을 훔치는 걸 업으로 삼았다. 장초는 이런 그의 행실이 다른 사람에게 알려질까 봐 노를 저을 줄 아는 사람 가운데서도 특별히 벙어리를 조수로 부리며 자기를 돕게 했다. 장초는 위덕이 은방을 오랫동안 열었으니 필시 수중에 돈이 많을 거라 짐작했다. 게다가 위덕의 아내 선씨의 미모가 출중한데 자신은 아내도 없지 않은가. 돈과 여자 이 두 가지가 장초의 마음을 움직였다. 위덕이 배에 타자마자 장초는 바로 음흉한 생각을 품기 시작했으나 아직 기회를 잡지 못했다.

하루는 바람이 너무 거세 배를 몰기가 어려워 배를 강랑산에 정박시켰다. 장초는 따로 꿍꿍이가 있었다. 땔감이 떨어졌다고 핑계를 대고 산에 나무하러 가야 한다고 했다. 한데 산에는 호랑이가 있어 시시때때로 사람을 해치니 위덕이 함께 가줘야 한다고 했다. 위덕은 그게 장초의 꿍꿍이인 줄 모르고 장초를 따라갔다. 장초는 일부러 구불구불한 길을 골라 산속 깊은 곳까지 들어갔다. 주위에 아무도 없어 손을 쓰기가 정말 좋았다. 장초는 나무 몇 그루를 도끼로 쳐서 땅에 쓰러뜨려 놓고 위덕에게 묶으라고 했다. 위덕은 고개를 숙이고 한참 나뭇단을 묶느라 장초가 뒤에서 도끼로 자기를 내리치는 걸 방비하지 못했다. 장초의 도끼가 위덕의 왼쪽 어깨를 내려찍었고 위덕은 그대로 땅바닥에 나뒹굴었다. 장초가 다시 도끼를 쳐들고 위덕의 머리를 내려찍으니 피가 샘물처럼 솟아올랐다. 위덕은 이렇게 목숨을 잃고 말았다. 장초가 입을 열어 중얼거렸다.

"그래 다 끝났군! 내가 내년 오늘 네놈 마누라한테 제사는 지내주게 해주마."

장초는 도끼를 허리춤에 차고 나뭇단은 챙기지도 않고 맨몸으로 황급히 배로 달려갔다. 위덕의 아내 선씨가 장초가 혼자 돌아오는 걸 보고 남편은 어디 있냐고 물었다.

"아이고, 운이 없으려니까 그만 호랑이를 만났지 뭡니까. 호랑이가 당신 남편을 물어가 버렸습니다. 나는 걸음아 날 살리라고 줄행랑을 치느라 나뭇단도 챙기지 못했습니다."

선씨가 그 말을 듣고 가슴을 치며 대성통곡했다. 장초가 선씨를 위로했다.

"이게 다 팔자소관 아니요! 그 사람 팔자에 호랑이한테 물려갈 운이 있었던 것이라. 운다고 무슨 소용이 있겠소."

선씨가 울면서 생각에 잠겼다.

'호랑이는 밤에 산에 나온다고 하던데 백주대낮에 나타나 사람을 해쳤다니. 게다가 두 사람이 같이 있었는데 어째서 내 남편만 잡아먹히고 저 사람은 상처 하나 없단 말인가? 참으로 이상하구나.'

선씨가 장초에게 이렇게 말했다.

"내 남편이 호랑이한테 물려갔어도 어떻게든 해서 죽지 않았을 수도 있잖아요!"

장초가 대답했다.

"고양이도 한번 입에 문 건 절대 안 놓친다는데, 하물며 호랑이야!"

"아무리 그래도 내가 직접 두 눈으로 본 것도 아니잖아요. 진짜 내 남편이 호랑이한테 물려 죽었다면 유골이라도 수습해야겠으니 수고스럽겠지만 그대가 나를 데리고 한번 갔다 와주시오. 그래야 내가 아내의 도리를 다하는 것 아니겠소!"

"아이고 호랑이가 무서워 갈 수가 있어야지요."

선씨가 또 애절하게 울기 시작했다. 장초는 '내가 데려다주지 아니하면 저 여자가 마음을 돌리지 않겠구나' 하는 생각에 이렇게 말했다.

"낭자, 내가 데려다줄 테니까 울음을 그치시오."

장초가 선씨를 데리고 강 언덕에 올라간 다음 산길로 접어들었다. 저번에 나무하러 갈 때는 동쪽 길로 갔으나 이번에 갈 때는 선씨가 남편 시체를 발견할까 봐 서쪽 길로 안내했다. 선씨는 발을 뗄 때마다 눈물을 흘렸다. 한참을 걸었지만 호랑이 흔적은 보이지 않았다. 장초는 횡설수설하며 선씨를 이리저리 끌고 다니며 선씨가 제풀에 지쳐 돌아가자고 하기만을 기다렸다. 하지만 선씨는 남편의 뼛조각, 핏자국이라도 보지 않고는 절대로 돌아가지 않을 기세였다. 장초가 선씨에게 거짓말을 했다.

"낭자, 그렇게 자꾸 걷기만 하면 어쩌란 거요, 저기 호랑이 오는 게 안 보여요?"

선씨가 고개를 들어 한 번 바라보고 나서 장초에게 물었다.

"아니 호랑이가 어디 있다는 거죠?"

선씨가 말을 채 마치기도 전에 숲속에서 휭휭하는 괴상한 바람 소리가 나더니 눈꼬리가 치켜 올라가고 이마가 하얀 호랑이가 장초를 향하여 똑바로 달려들었다. 장초는 피할 겨를도 없이 '어이쿠' 외마디 소리를 지르더니 호랑이에게 등짝이 물려 숲속으로 끌려갔다.

선씨는 놀라서 땅바닥에 엎어졌다가 한참이나 지나서 정신이 들었다. 장초가 눈앞에서 사라진 것을 확인하고서야 이 산에 정말 호랑이가 있다는 걸 깨달았다. 남편이 호랑이한테 잡아먹혔다는 말이 허튼소리가 아닌 것 같았다. 너무도 놀랍고 두려워 걸음을 뗄 수가 없었다. 선씨는 왔던 길을 되짚어 울며불며 걸었다. 아직 산을 마저 빠져나오지 못했을 때 사람 같기도 하고 사람 아닌 것도 같은 게 동쪽 길에서 튀어나왔다. 선씨는 호랑이가 또 나타났나 싶었다. "아이고 이제 죽었구나!" 하고 소리를 지르며 그대로 넘어지고 말았다. 이때 귓가에 이런 목소리가 들려왔다.

"여보, 당신이 여기는 웬일로 온 거요?"

그 목소리의 주인공이 두 팔로 선씨를 부축했다. 선씨가 눈을 뜨고 바라보니 바로 남편 위덕이었다. 위덕의 얼굴은 온통 피범벅이 되어서 사람꼴이 아니었다. 위덕이 죽을 운명은 아니어서 도끼로 얻어맞아 상처를 입었음에도 잠시 기절했다가 장초가 떠난 후에 깨어난 것이다. 위덕이 비틀거리며 일어나 대님을 풀어 머리 상처를 싸매고 산에서 내려와 장초를 찾아 따지려던 참에 때마침 아내 선씨를 만난 것이다. 선씨는 남편이 호랑이한테 물려 이 지경이 된 줄 알았다가 위덕한테 전후 사정을 듣고 나서는 장초가 일을 꾸며 자신의 남편을 죽이려 하고는 호랑이가 나타났다고 거짓말한 걸 알게 되었다. 장초가 외려 호랑이한테 물려간 것은 천지신명이 악독한 짓을 한 놈을 벌준 것이리라. 위덕 부부는 하늘과 땅에 감사하고 또 감사했다.

위덕 부부가 배로 돌아오니 벙어리 뱃사람이 손짓 발짓을 해가며 선장은 왜 돌아오지 않느냐고 물었다. 위덕 부부가 저간의 사정을 자세하게 설명해주었다. 뱃사공이 두 손을 모아 합장하더니 갑자기 입이 터져 "나무아미타불"이라고 소리를 쳤다. 그 뱃사공은 이렇게 말문이 트였다. 그리고 그동안 장초가 벌인 온갖 악행을 낱낱이 이야기해주었다. 위덕 부부가 그 뱃사공에게 다시 말을 붙여보니 예전 그대로 벙어리로 돌아가고 말았더라. 이 역시 참으로 기이한 일이었다. 위덕 부부는 뱃사공과 함께 배를 타고서 고향으로 돌아갔다. 위덕은 그 배를 팔아 불당을 짓고 벙어리 뱃사공을 안돈시키는 한편 밤낮으로 향을 살랐다. 위덕 부부는 죽을 때까지 불도를 좇았다. 후세 사람이 네 구절의 시를 지어 이 일을 읊었도다.

> 호랑이가 없는데도 호랑이가 나타났다는 거짓말,
> 호랑이는 장초의 악한 마음속에 있었던 것.
> 장초가 마음을 곱게 썼더라면,
> 산중호걸도 그 모습 드러내지는 않았으리.

아까는 천지신명이 호랑이를 보내어 악독한 짓을 한 놈을 벌준 이야기를 했다. 이치상 있을 법한 일이다. 호랑이는 백수의 왕이며 영험한 짐승이라 어진 관리를 업고 강을 건네주기도 하고 고승 앞에 엎드려 불법을 수호하기도 했다. 이런 일들은 역사책에도 실려 고증도 가능하다. 이제 의로운 호랑이 이야기를 하나 더 해보련다. 그 호랑이는 은혜를 알고 은혜를 갚았으며 인간 세상의 의로운 남편과 지조 있는 부인을 도와 두고두고 아름다운 이야깃거리가 되었다.

이야기 듣더니, 지조 있는 부인은 화색이 돌고,
간웅은 간담이 서늘해지도다.

당나라 천보 연간(742~756), 복주 장포현의 어느 마을에 한 사람이 살고 있었으니 그 사람의 성은 근勤, 이름은 자려自勵라. 양친이 다 살아계시고 살림도 넉넉했다. 근자려가 어렸을 때 부친이 그를 장포현의 임불장의 딸 임조음과 정혼시키고 예물도 서로 교환한 다음 장성하면 결혼시키기로 했다. 12살 나던 해 근자려는 학업에 흥미를 잃어버리고 학당을 나가지 않고 창과 몽둥이 쓰는 법을 배우기만 좋아했다. 근자려의 부모는 하나밖에 없는 자식인지라 잠시 저러다 말겠거니 하면서 크게 신경쓰지 않고 기다렸다. 16살이 되던 해 근자려는 키도 크고 어깨도 떡 벌어지고 활도 잘 쏘고 하여 그 무예가 다른 사람들이 감히 범접할 수 없는 수준에 이르렀다.

'취미가 같은 사람끼리 서로 만나고, 기질이 같은 사람끼리 서로 찾는다'는 옛말도 있지 않은가. 근자려는 불한당 같은 젊은이들과 패거리를 이루어 매를 날려 꿩을 잡고 말을 타고 다니며 사냥개를 풀어 사냥하느라 해가 지는 줄도 몰랐다. 하루는 활을 쏘아 호랑이 세 마리를 연거푸 죽인 적이 있었다. 한데 노란 옷을 입은 노인이 홀연히 나타나 지팡이를 짚고 다가오더니 이렇게 말하는 것이었다.

"그대의 용맹함은 옛날 변장卞莊, 이존효李存孝도 당하지 못하리다.1) 하나, 세상만물은 다 살고 싶어 하고 죽기를 싫어하는 법이라오. '사람이 호랑이를 해치려고 하지 않으면, 호랑이도 사람을 해치려 하지 않는다'는 옛말도 있지 않소! 그대는 왜 굳이 호랑이를 죽이려고 드는 거요? 게다가 호랑이는 백수의 왕이니 함부로 죽여서는 안 되는 법이라오. 옛날에 황공黃公은 도술을 부릴 줄도 알았고, 붉은 검으로 호랑이를 제압하기도 했으나 마침내는 호랑이한테 당하고 말았소이다. 그대가 자신의 힘만 믿고 살생하기를 좋아하며 멈추지 않으면 그건 천도를 범하는 것이니 불의의 화를 피하기 어려울 것이오."

근자려는 그 말을 듣고 대오각성하여 곧바로 화살을 꺾고 호랑이를 죽이지 않겠다고 맹세했다.

어느 날 근자려가 혼자서 산으로 사냥을 가서 들짐승 몇 마리를 잡아 돌아오는 길이었다. 반쯤이나 걸어 돌아왔을까, 큰나무언덕이란 곳에 이르자 누런 반점이 있는 호랑이 한 마리가 함정에 빠져 있었다. 함정을

---

1) 변장은 춘추시대 노나라 변읍 사람으로 변장자卞莊子라고도 불렸다. '장莊'이란 단어에 마을이란 의미가 있으니 변장자란 문자 그대로 변읍 사람이란 뜻이 되는 셈이다. 변장은 용맹이 넘쳤으나 살아계신 어머니 걱정에 전투에서 몸을 사려 세 차례나 패전의 멍에를 짊어졌다. 어머니가 세상을 떠나고 나서 치른 첫 번째 전투에서 70여 명을 죽이고 마침내 자기도 전사했다고 한다. 하나, 여기서 변장을 끌어온 이유는 그가 호랑이를 때려잡은 일화의 주인공이기 때문이다. 변장이 호랑이를 잡으려 할 때 동료인 객점 주인장이 묘책을 알려주었다고 한다. "지금 호랑이 두 마리가 먹을 것을 두고 다투고 있소이다. 큰놈은 상처를 입을 공산이 크고 작은놈은 죽고 말 것이니, 그대는 가만히 지켜보다가 작은놈을 죽이느라 상처를 입은 큰놈을 찔러죽이기만 하면 일거에 호랑이 두 마리를 잡았다는 명성을 얻을 것이오." 변장이 마침내 이 말대로 하고 호랑이 두 마리를 잡았다는 명성을 누렸다고 한다. 공자 역시 『논어』에서 변장의 용기를 칭찬한 바 있으니 변장을 용기 있는 인물의 대명사로 봐도 무방할 것이다.

이존효는 당말 오대五代의 맹장으로 본명은 안경사安敬思(?~894)이다. 이극용李克用의 양자가 되면서 이존효라는 이름을 받았다. 어려서 빈한했으나 용맹만큼은 빼어났다고 한다. 이존효가 호랑이를 때려잡았다는 일화가 전하고 이 대목을 다룬 원대의 희곡 작품도 있다. 이처럼 호랑이를 때려잡을 만큼 용기 있고 힘센 자로 유명했기에 이 작품에서 이존효가 변장과 함께 거론되는 것이다. 그러나 당나라 천보 연간의 인물이라는 근자려의 면전에서 그보다 백 년 후에나 활동한 인물인 이존효랑 비기어 충고하는 것은 시대착오라 할 것이다.

의로운 호랑이가 아내를 되찾아주다 187

파놓은 사냥꾼이 아직 거두러 오지는 않은 모양이었다. 근자려가 다가오자 앞발을 꿇고서 머리를 땅에 대고 두 귀를 축 늘어뜨린 다음 주둥이로 뭐라고 소리를 내는 호랑이의 모습이 마치 자기를 불쌍히 여겨 구해달라고 부탁하는 것 같았다. 근자려가 이렇게 말했다.

"요놈아, 내가 비록 호랑이를 해치지 않겠다고 맹세했으나 네놈은 네가 스스로 함정에 빠진 거니 내가 어쩌랴. 나는 모르겠다."

그 호랑이가 눈으로는 근자려를 바라보면서 주둥이로는 계속 우우 하는 소리를 냈다. 근자려가 물었다.

"내가 오늘 널 살려주면 다시는 사람을 해치지 않겠느냐?"

호랑이가 그 말을 듣고 고개를 끄덕거렸다. 근자려가 함정의 막힌 주둥이를 깨뜨려주니 호랑이가 있는 힘껏 뛰어올라 함정에서 빠져나왔다. 근자려가 이렇게 혼잣말했다.

"사람들은 호랑이를 잡아서 이익을 취하나, 나는 호랑이를 풀어주는 어진 일을 했구나. 하나 내가 어진 일을 하려고 타인의 이익을 해쳤으니 온 정성을 다하고 남의 입장을 헤아리는 자세는 아니로다."

근자려는 자기가 잡은 짐승들을 대신 함정에 던져두고는 빈손으로 집에 돌아왔다.

손을 놓고 모른 척할 때는 확실하게 손을 놓고,
은혜를 베풀어야 할 때는 확실하게 은혜를 베풀고.

근자려가 본업에 힘쓰지 않으니 가세는 날이 갈수록 기울었다. 게다가 성격이 화통하고 사람을 좋아해 늘 친구를 서넛씩 집에 데리고 와 식구들을 번거롭게 만들고 술과 음식을 챙겨주기도 하고 그랬다. 근자려의 부모는 아들을 사랑하는 마음에 뭐든지 다 오냐오냐했다. 처음에는 그럭

저럭 근자려를 챙겨줄 만했으나 가면 갈수록 힘에 부쳤다. 근자려의 부모가 근자려에게 이렇게 일렀다.

"너도 이제 나이를 먹을 만큼 먹었지 않느냐. 뭐라도 해서 집안 살림을 돌볼 생각은 전혀 하질 않는구나. 그래 친구들과 싸돌아다니는 일은 언제쯤 그만두려느냐? 다른 집 아이들은 네 나이 정도면 다 농사를 짓는다, 장사를 한다 해서 뭐라도 벌어와 부모를 봉양한다고 하더라. 너처럼 쓰기만 하고 벌어들이는 게 없으면 살림 거덜 나기 딱 좋겠다. 게다가 친구를 서넛씩 몰고 와 술이야 음식이야 찾아대니 이 아비 어미가 없는 살림에 챙겨내느라 허리가 휠 지경이다! 옷가지마저 전당포에 맡기고 어찌어찌 버텼는데 이제 그것도 힘들구나. 이제 뭔가 수를 내지 않으면 이 아비 어미도 굶어 죽을 판이다. 내가 지금 너에게 분명히 말해두는데 앞으로 네가 친구를 데려와도 차 한 잔도 못 줄 터이니 너무 섭섭하게 생각하지 마라."

근자려는 부모한테 한바탕 잔소리를 듣더니 아무 말도 하지 않고 밖으로 나가버렸다. 아무튼 근자려는 그 후로 며칠 동안 친구를 데려오지 않았다. 한 달쯤 지났을까, 근자려가 열 명쯤 되는 사냥꾼을 데리고 집으로 와서는 밥을 해달라고 했다. 근자려의 아버지가 어머니한테 "그래도 밥 한 끼 해먹입시다."라고 청을 넣었으나 어머니는 요지부동이었다.

"장작으로 불 피워 밥 짓는 일이야 뭐 어렵겠어요! 우리가 잘 타일러 저놈이 그래도 좀 맘을 잡았나 싶어 내 마음이 얼마나 기뻤는지! 한데 오늘 또 이렇게 옛날 하던 버릇이 또 나오네요. 이런 식으로 말을 들어주기 시작하면 뭔 일이든 못하겠어요? 다음에는 차를 달라 술을 달라 할 것이니 그걸 어찌 감당해요. 차라리 지금 아예 안 된다고 거절해서 다시는 이런 일을 못하게 해야죠."

근자려의 아버지는 아내가 완강하게 거절하는 걸 보고 더는 몰아세우지 않았다. 근자려의 어머니가 중문을 닫아걸고는 이렇게 소리쳤다.

"우리 집이 무슨 여관인 줄 아느냐! 지금은 땔감도 없다. 다른 곳에 가보는 게 좋을 것이다!"

사냥꾼들이 그 말을 듣고 서둘러 돌아가려고 했다. 근자려는 창피해서 얼굴이 새빨개져서 한숨을 내쉬었다.

'내가 어려서부터 부모님께 의지해서 먹고살았구나. 내가 돈 한 푼도 직접 벌어본 적이 없구나. 우리 집 벌이가 그리 신통한 것도 아닐 것이니 어머니한테 섭섭하다고 할 것도 못 되는구나. 듣자 하니 안남에서 반란이 일어나 조정에서 군사를 모집한다던데. 우리 고을의 절도사 역시 조정의 공문을 받고서 사방에 방을 붙여 군사를 모집한다고 하더군. 내가 아는 사람들 가운데 몇몇도 이미 지원했다고 하던데. 나의 능력을 발휘하여 칼과 창으로 공을 세운다면 금의환향할 수 있을지도 모르지. 사내대장부가 한세상 살면서 부모님께 폐나 끼치다니 그럴 수는 없지. 내가 군대에 지원한다는 걸 부모님이 아시면 허락해주지 않을 것이라 그게 걱정이로다. 그러나 공명을 이루려는 이때 임기응변으로 넘겨야겠다. 그래, 나도 나름대로 생각이 있지.'

근자려는 부모님께는 비밀로 하고 부 청사로 즉시 달려가 군대에 지원했다. 태수가 근자려의 무예가 출중함을 알고는 그를 지휘관으로 임명하고 지휘자 명단에 이름을 올렸다. 며칠 지나고 모집 인원이 차자 모병관이 인원을 점검하고 편제를 나누어 군량미도 공급해주고 갑옷과 무기도 맞춰주었다. 근자려 부대는 길일을 잡아 대포를 울리고 출정했다. 근자려는 출정하는 그날까지 부모님께 아무런 말씀도 드리지 않았다. 떠난지 사흘째 되는 날 현에서 나온 아전 편에 서찰을 한 통 써서 부모님께 보냈다. 근자려의 아버지가 서찰을 뜯어보니 이러했다.

불초소생이 무능하고 재주도 없어 부모님께 폐만 끼치고 있습니다. 지금은 이미 군대에 지원하여 지휘관이 되어 안남으로 향하고 있습니다. 만약 공을 세우게 되면 금의환향할 터이니 부모님께서는 아무 걱정하지 마십시오.

근자려의 아버지가 그 서찰을 읽고 한참 동안 아무 말이 없었다. 근자려의 어머니가 말했다.

"아들이 어디로 간 거죠? 서찰엔 뭐라고 썼어요? 어서 말해주지 않고 뭐해요!"

"내가 말해주면 당신은 놀라 나자빠질걸! 아들놈이 군대에 지원했어. 지금 안남으로 출발했대."

"나는 진짜 뭐 큰일이라도 난 줄 알았네! 뭐 그런 걸 가지고. 열흘이든 보름이든 지나고 가서 데려오면 되지."

"이 사람이 지금 그걸 말이라고 하나. 안남이 여기서 만 리나 떨어져 있어 서찰 한 통 보내기도 힘든 곳인 줄도 모르고. 게다가 자려는 이미 군에 입대한 몸, 칼이나 창을 다루다 보면 좋은 일보다는 험한 일이 많지. 저 들판에서 불귀지객이라도 되면 우린 누굴 의지하고 사나?"

근자려의 어머니는 그 말을 듣고 땅을 치며 대성통곡했다. 아버지 역시 눈물을 그칠 줄 몰랐다. 며칠 후 사돈 임씨도 이 소식을 듣고 찾아와 자초지종을 물었다. 근자려의 부모는 차마 거짓말을 할 수 없어 있는 그대로 말해주었다. 임씨가 돌아가 자기 가족에게 또 이 소식을 알려주니 다들 걱정이 태산이었다.

기쁨 중의 기쁨은 누군가를 만나는 것,
슬픔 중의 슬픔은 누군가와 헤어지는 것.
다른 사람과 헤어지는 건 그래도 견디련만,

피붙이와 헤어지는 건 어이 견디랴.

세월은 쏜살같이 흘러 벌써 3년이 지났다. 군대로 떠난 근자려는 감감무소식이었다. 사돈 임씨는 기회만 되면 사람을 보내어 근자려의 소식을 물어보았으나 모래사장에서 바늘 찾기요, 우물에 떨어진 표주박 찾기라 그림자조차 찾기 어려웠다. 고을에서 근자려와 같이 군대에 들어간 자가 몇 있었는데 그들 처지도 다 이러했다. 임씨의 아내 양(梁)씨가 이렇게 말했다.

"근자려가 떠나고 살았는지 죽었는지 감감무소식이네요. 딸년이 이미 나이가 찼는데 혼사를 마냥 미루는 것도 도리에 어긋날 것이니 당신이 근자려 부모님을 만나 뵙고 파혼하는 게 좋겠어요. 비록 정혼한 사이라 하나 그 집 아들은 아들, 우리 딸은 딸, 우리 딸년이 얼굴도 모르는 사위 놈 때문에 청상과부로 늙어야겠어요!"

"그려 당신 말도 일리가 있네."

임씨가 즉각 근자려네 집으로 달려갔다.

"내 딸년이 과년한데 그대 아들 소식은 전혀 알 길이 없소이다. 만약 돌아오지 못한다면 이 일을 어찌한단 말이오? 나는 그게 너무도 걱정되어 이렇게 달려온 거라오."

근자려의 부친이 바로 그 저의를 파악하고 이렇게 대답했다.

"내 아들놈이 철이 없어 그대 딸년의 앞길을 막고 있었구려. 하나 기왕 일이 이렇게 된 거, 돌아가셔서 안사돈께 말씀 한 번만 잘 전해주시구려. 앞으로 3년만 더 기다려 달라고 말이오. 지난 세월, 올 세월 하여 6년 만에 내 아들놈이 돌아오지 않는다면 귀한 따님을 다른 곳에 시집보낸다 하더라도 나는 절대 다른 말 하지 않겠소이다."

임씨가 듣기에 근자려의 부친이 하는 말이 나름대로 일리가 있는지라 다른 말 하지 아니하고 그러마 하고 물러나 집으로 돌아왔다. 아내에게 그 말을 전해주었다. 임씨의 아내는 평소에 근자려의 행실에 대하여 불만이 많아 그다지 달가워하지 않았던 터라 근자려가 지난 3년 동안 소식이 없는 것도 다 평소 행실이 나쁜 탓이라 생각했다. 근데 여기에 3년을 더 기다려야 한다니 참으로 까마득하고 초조하게 느껴졌다. 열흘이 하루처럼 빨리 지나가서 3년 세월이 찰나에 지나갔으면 좋겠다 싶었다. 그러면 자기 딸년을 다른 좋은 곳에 시집보낼 수 있을 터이니 말이다.

세월은 쏜살같이 흘러 또 3년이 지났다. 임씨가 말했다.

"사돈이 말한 기한이 다 찼군. 내가 사돈한테 가서 무슨 말을 하는지 좀 들어봐야겠네."

임씨의 아내가 이렇게 말을 받았다.

"남아일언중천금이란 말도 있으니 저번에 근씨네가 자기 입으로 한 말이 있으니 설마 우리를 원망하진 못할 거요. 이치가 뻔한 걸 뭐 굳이 지금 갈 필요 있나요. 나중에 우리 딸애한테 좋은 짝이 나타나면 그때 근씨네한테 통지해줘도 늦지 않을 거 같아요."

"자네 말이 맞네그려. 그래도 우리 딸 조음이한테는 알려줘야 하지 않겠어."

"그런데 우리 조음이가 조금 엉뚱하고 고집이 세서 근자려가 6년 동안 소식도 없이 돌아오지 않아 다른 사람한테 시집보낼 거라고 하면 절대 우리말을 들으려 하지 않을 거라고요. 그럼 또 우린 뭐가 되겠어요. 근씨네한테도 우습게 보일 테고. 그러니 우리 이렇게 합시다."

"자네 말이 정말 그럴듯하네그려."

다음 날 아내 양씨가 딸 조음과 같이 있었다. 이때 남편 임씨가 밖에서 돌아오면서 너무도 놀란 표정을 지으며 큰 소리로 말했다.

"아이고 마누라, 당신 그 소식 들었어? 우리 사위 근자려가 3년 동안 소식 한 자 없더니, 아 글쎄 3년 전에 전쟁터에서 죽었다는구먼. 어제 안남에서 돌아온 병사가 자기가 직접 확인했다고 그러네."

조음은 이 말을 듣더니 얼굴이 흙빛으로 변했다. 눈물이 글썽글썽하더니 황망히 자기 방으로 뛰어들어갔다. 양씨는 일부러 호들갑스럽게 탄식하면서 연신 "이를 어쩌나, 이를 어쩌나!" 하며 혀를 찼다. 며칠이 지나고 양씨가 조음에게 이렇게 말했다.

"죽은 사람이 다시 살아올 수는 없지 않느냐! 그게 다 그 사람 팔자지. 그러나 너는 아직도 앞길이 창창한 이팔청춘. 내가 이미 중매쟁이한테 부탁해서 다른 혼처를 알아봐 달라고 했느니라. 이 꽃다운 청춘을 부부의 정도 모른 채 그냥 지나가게 해서야 되겠느냐!"

"어머니 말씀은 이치에 맞지 않네요. 아버님이 저를 어렸을 때부터 근씨네와 정혼시키셨습니다. 열녀는 두 지아비를 섬기지 않는다고 들었습니다. 자려가 살았을 때는 저는 근씨네 며느리요, 자려가 죽었을 때도 저는 근씨네 며느리입니다. 어찌 제가 자려가 살고 죽는 것에 따라 두 마음을 품겠습니까? 저는 절대 다른 집으로 시집가지 않겠습니다."

"아니, 이년이 왜 쓸데없는 고집을 피워! 이 어미한테는 오로지 너 하나밖에 없느니라. 네가 시집을 가야 네 아버지 어머니도 기댈 사위 자식이 생길 것 아니냐. 게다가 정식으로 결혼한 사이도 아닌데 평생 수절한다고 그걸 누가 알아줘! 아니 살아 있는 네 아비 어미는 나 몰라라 하고 죽어버린 남자만 신경 쓴다면 이건 정말 바보 같고 또 불효막심한 일이라고."

조음은 어머니한테 한바탕 욕을 들어먹더니 감히 아무런 대꾸도 하지 못했다. 중매쟁이들이 하루가 멀다고 찾아와 혼처를 들이대니 조음은 어머니의 성화를 견뎌낼 수가 없었다. 조음이 자기 나름대로 꾀를 내어 어머니에게 이렇게 말했다.

"어머니의 말씀을 제가 어찌 감히 거역할 수 있겠어요. 하지만 근자려의 사망 소식을 듣자마자 바로 다른 사람과 혼약을 할 수는 없는 노릇이잖아요. 저에게 3년만 시간을 주셔요. 그럼 제가 3년 동안 부부의 정을 정리하고 난 다음 아버님, 어머님의 말씀을 좇아 다른 혼처를 알아보겠어요. 이것도 허락해주지 않으시면 저는 차라리 목숨을 버릴지언정 결코 어머님의 말씀을 따르지 않겠어요."

임씨 부부는 딸 조음의 의지가 너무도 확고한 것을 보고 혹시 또 다른 일이라도 저지를까 봐 조음의 말을 들어주기로 했다.

한 사람이 뜻을 세우니,
만 사람이 와도 그 뜻을 꺾지 못하네.

한편, 근자려의 아버지와 어머니는 아들이 6년이 지나도록 돌아오지 아니하자 임씨의 딸이 다른 사람의 며느리가 되겠구나 싶었다. 한데, 며느리가 뜻을 세워 3년을 더 혼자 수절하기로 했다는 소식을 듣고 속으로 뛸 듯이 기뻐했다. 그들은 이 3년 안에 아들이 돌아왔으면 하는 바람뿐이었다. 세월은 무심하게도 또 3년이 바람처럼 흘러갔다. 조음은 삼년상을 치르듯 그렇게 3년을 보냈다. 그동안 비린 음식과 매운 음식을 삼가고 상복을 입었으며 화려한 옷은 거들떠보지도 않았다. 혹시 다른 혼처 이야기라도 할라치면 금방 자결이라도 할 것처럼 굴었다. 임씨가 아내를 불러 상의했다.

"딸아이가 어쩜 이렇게 고집이 셀까. 다른 혼처를 아무리 갖다 붙여도 고개를 절레절레 흔드니 이 일을 어찌한다?"

"아무도 몰래 사윗감을 정하시죠. 사돈댁에서 보내는 폐물은 내 친정 오라버니한테 대신 받아 달라고 하시고요. 조음이년한테는 비밀로 해야 합니다. 혼례를 치르는 날이 되면 외사촌 오빠가 혼례를 치르면서 조음이를 초대하는 거라고 해서 일단 조음이한테 옷을 갈아입고 가마에 오르게 하는 겁니다. 그런 다음 사돈댁에서 출발한 악대와 하인들이 길에서 기다리다가 조음이를 맞아 가게 하는 거죠. 상황이 그 정도까지 흘러가면 조음이도 차마 더는 버티지 못할 겁니다."

"자네 말이 참으로 그럴듯하네!"

임씨가 먼저 처남 양씨를 만나 상의하고 난 다음 마침내 이 대감댁 셋째 아들과 혼약을 맺었다. 중매쟁이를 만나는 일부터 신랑집에서 예물을 받는 일까지 모두 처남 양씨 집에서 치렀다. 임씨 부부가 예물을 받으러 갈 때 조음한테는 외사촌 큰오빠 정혼하는 일로 가는 거라고 둘러댔다. 조음이 어찌 의심이나 했겠는가! 혼례를 치를 날이 다가오자, 처남 양씨는 아들 혼례를 치르니 매형 가족이 모두 오셔서 축하해주기를 바란다고 전갈을 보내왔다. 조음의 어머니 양씨는 가족이 모두 다 가겠다고 응답했다. 혼롓날이 되자 처남 양씨가 가마 두 대를 보내어 동생과 조카를 모셔오라 했다. 조음의 어머니 양씨가 먼저 단장을 마치고 조음에게서 옷을 갈아입고 같이 가자고 재촉했다. 조음은 이게 다 꿍꿍이가 있는 거라곤 상상도 못하고 어머니를 따라갔다. 어려서부터 바깥출입을 해본 적이 없는 조음이라 바깥 길이 무척이나 낯설었다. 얼마 가지 않아 산골짜기에 등불과 횃불이 보이고 악기 연주 소리가 시끌벅적했다. 이건 다 신부를 맞으러 오는 행렬이었다. 그들은 악기를 연주하며 조음이 탄 가마를 앞에서 이끌었다. 조음은 뭔가 이상하다고 느꼈지만 어쩔 수 없는 상황인지라 가마 안에서 눈물만 흘릴 따름이었다. 일행은 조음이 그러거나 말거나 가마꾼을 재촉하여 길을 갈 뿐이었다.

얼마쯤 갔을까, 갑자기 사방이 구름에 갇히더니 거세게 비가 내리기 시작했다. 일행은 나무숲 밑에서 잠시 비를 긋고 비가 그치면 다시 떠날 참이었다. 몇 걸음 채 떼지 않았을 때 홀연 광풍이 몰아치더니 횃불이 모두 다 꺼져버렸다. 그러더니 누런 점박이, 하얀 이마에 눈꼬리가 치켜 올라간 호랑이 한 마리가 허공을 가르며 뛰어 내려왔다. 일행은 놀라서 소리를 지르며 사방으로 흩어졌다.

목숨이 어찌 되었을까?
몸이 굳고 혼이 달아나버렸구나.

바람이 멎고 호랑이가 떠나갔다. 일행은 "하느님 감사합니다"라고 소리를 쳤다. 횃불을 밝혀 대열을 정리하고 다시 출발하려 했다. 이때 가마꾼이 "큰일 났다"며 소리를 질렀다. 애초에 가마 두 대에 다 사람이 타고 있었으나 지금 보니 한 대가 비어 있었다. 일행이 횃불을 비춰가며 확인해 보니 신부가 보이지 않고 문이 부서져 있었다. 호랑이한테 물려간 게 아니고 무엇이겠는가! 조음의 어머니 양씨는 그 소식을 듣고 오열하기 시작했다. 신부 맞이를 위해 출발한 일행은 신부가 사라져 버린 판이라 악기 연주도 그만두고 등불도 반은 꺼버렸다. 일행이 상의했다.

"이 일을 어쩌면 좋지?"

직접 찾아 나서려니 사방이 너무 어둡고 또 엄두가 나질 않았다. 각자 흩어져 제 갈 길을 가려니 또 다른 호랑이라도 만날까 봐 겁이 났다. 서로 무리를 지어 임씨네 집으로 돌아가 다음 수순을 생각해 보는 게 좋을 것 같았다. 신나서 출발한 길이 고개 숙이고 돌아오는 길이 되었다.

한편, 조음의 아버지 임씨가 대문을 닫아걸고 집 안을 정리하려는데 갑자기 요란하게 대문을 두드리는 소리가 들려왔다. 황급히 달려가 문을 열어보니 가마 두 대가 출발할 때 모습 그대로 돌아오고 하인들이 하나같이 고개를 숙이고 기운 빠진 모습이 영락없이 상갓집 개꼴이었다. 임씨는 너무 놀랐다. 대체 무슨 영문인지 알 길이 없었다.

'딸년이 가지 않겠다며 가마 안에서 무슨 소란을 피운 게 틀림없어!'

마치 수백 개 방망이가 두드리는 것처럼 가슴이 두근두근하여 무슨 연고인지 황급히 물어보았다. 아내 양씨가 울면서 가마에서 내렸다. 양씨는 울기 바빠 말도 하지 못했다. 일행이 도중에 호랑이를 만난 이야기를 해주었다. 임씨가 가슴을 치며 울며불며 후회했지만 이미 엎질러진 물이었다.

"딸년이 이렇게 기구한 팔자인 줄 내가 진즉에 알았더라면 딸년 원하는 대로 다른 데 시집보내지 말고 그냥 놔둘 것을. 이렇게 내 딸년을 떠나보내다니!"

임씨는 이 대감 댁과 처남 양씨 댁에 사람을 보내 이 사실을 알리게 하는 한편 동네 사람들을 불러 모으고 사냥 도구를 챙겨서 날이 밝으면 산을 이리 뒤지고 저리 뒤져서 호랑이를 잡고 딸아이의 유골이라도 수습하고자 했다.

딸아이만 생각하면 가슴이 미어지네,
호랑이만 생각하면 이가 갈리네.

여기서 이야기가 둘로 갈린다. 한편, 근자려는 병사를 모집하는 방을 보고 지원하여 안남으로 출정한 이래 전투마다 공을 세웠다. 도독 가서한哥舒翰2)이 근자려를 자신의 부관으로 임명하고는 절대적으로 믿고 일

---

2) 가서한(699~757)은 서돌궐 가서부 사람이다. 돌궐은 부락 이름으로 성씨를 삼는 풍속이 있었다. 토번의 침략을 막아내는 데 혁혁한 공을 세운 가서한은 안사의 난(755년) 때 안녹산이 진군하는 것을 동관에서 막고자 하였으나 조정에서 군대를 이끌고 나가 싸우라고 명령하는 바람에 험난하고 좁은 산악지형에서 대군이 옴짝달싹 못하고 갇혀 대패하였고 자신도 포로로 잡혔다.

을 맡겼다. 3년 후 토번이 국경을 침범하자 근자려는 가서한을 따라 병사를 이끌고 막아 싸웠다. 토번의 침략을 막아내고 나자 조정은 가서한을 대원수에 임명하고 본부의 장수와 10만 병사를 거느리고 동관潼關을 지키게 했다. 근자려는 두 번이나 공을 세워 당시에 이미 총부관에 올랐다. 하나 뜻밖에 안녹산이 반란을 일으켜 동관으로 짓쳐들어왔다. 가서한은 병들어 누워 있는 처지라 안녹산을 맞아 싸울 수 없어 성문을 열고 항복하고 말았다. 근자려 역시 혼자 힘으로는 어찌할 도리가 없어 부하들을 버리고 혈혈단신 칼 한 자루만 들고 도망쳤다. 그 도망 길이 얼마나 힘들었을지는 굳이 말할 필요가 없으렷다.

일이 되려고 그랬는지 장인 임씨가 조음이를 다른 데 시집보내려는 바로 그날 밤, 근자려가 고향 집에 돌아와 부모를 뵙고 큰절을 올리며 이렇게 외쳤다.

"불초한 이 아들을 용서하여 주십시오."

근자려의 부모가 한참을 자세히 살펴보니 바로 자기 아들 근자려라. 떠날 때도 제법 기골이 장대하긴 했으나 지금은 거기에다가 기품이 넘쳐 흐르기도 하고 수염도 덥수룩하게 나고 모진 풍상을 겪어내면서 얼굴마저도 확연히 달라져 있었다. 근자려의 부모는 아픔을 참고 또 참으려 했으나 눈물이 저절로 흘러나오는 것은 어쩔 수가 없었다. 마침내 근자려의 아버지가 입을 열었다.

"아이고 아들아 무슨 일이 있었기에 집 떠나 10년 동안 소식 한 자 없었느냐? 남들이 네가 전쟁터에서 죽었다고들 하니 아비, 어미는 하도 울어서 눈물이 다 마를 지경이었다."

근자려의 어머니가 이렇게 말을 받았다.

"10년 동안 어쩌고저쩌고 다 그만두고 하루만이라도 일찍 왔더라면 얼마나 좋았겠어, 그랬다면 며느리가 다른 사람한테 시집가는 일은 없었을 텐데."

근자려가 바로 되물었다.

"제 처가 어찌 되었습니까?"

근자려의 어머니가 대답했다.

"네가 떠나고 3년 후에, 너의 장인이 며늘아기를 다른 데 시집보낼 거라고 하더라. 하여 네 아비가 억지로 3년을 미뤄놓았지. 며늘아기가 네가 전사했다는 소문을 듣고 삼년상을 치른다면서 또 3년을 버텼지. 이렇게 해서 10년 세월이 흘렀으니 며늘아기를 탓하기도 어렵지. 며늘아기가 바로 오늘 밤 다른 곳에 시집갔단다."

근자려가 그 말을 듣더니 눈썹을 치켜세우고 이를 바득바득 갈았다.

"어떤 놈의 자식이 이 근자려의 처를 데려갔단 말이냐! 내가 그놈에게 이 보검 맛을 보여주겠노라."

근자려가 말을 마치더니 씩씩거리며 칼을 들고 대문을 나섰다. 어릴 때도 말을 들어먹지 않은 아들인데 이미 장성한 데다 지금 이런 상황에서 어찌 말릴 수 있겠는가. 근자려의 부모는 그저 아들 하는 대로 내버려 두고 진땀을 흘리면서 집에 앉아 소식이나 기다릴 따름이었다.

청룡과 백호가 같이 있으니,
길흉을 도무지 점칠 수 없구나.

한편 근자려는 소싯적부터 장인 임씨네 집 가는 길을 알고 있었으니 자신이 직접 길을 나서 장인 집에 갈 요량이었다. 얼마쯤 갔을까 해가 뉘엿뉘엿 지려 하는데 소낙비가 내리기 시작하더니 옷이 다 젖어버렸다. 이곳은 큰나무언덕이라 불리는 곳, 둘레가 열 아름은 되는 큰 고목이 있는데, 그 속은 텅 비어 그 안에서 잠시 비를 피할 수 있을 것 같았다. 근자려는 고목으로 걸어가 몸을 굽혀 안으로 들어갔다. 고목 안은 생각보다 널찍했다. 소낙비는 얼마 지나지 않아 바로 그쳤다. 근자려가 고목 구멍에서 나오려고 하는데 갑자기 공중에서 세찬 광풍이 불었다.

'차라리 이 바람까지 피하고 나서 길을 떠나는 게 낫겠다. 근데 이 바람에서 왜 이리 비린내가 나지? 정말 이상한데!'

근자려가 고개를 쑥 내밀고 밖을 바라보니 멀리서 붉은 등불 두 개가 나타났다 사라졌다 하는 것이었다. 이때 갑자기 어흥 어흥 하는 소리가 나더니 하늘이 무너지고 땅이 찢어지는 것 같은 소리가 나고 뭔가가 근자려의 발밑으로 툭 떨어지는 것이었다. 근자려는 너무도 놀라 다시 고목 안으로 되돌아갔다. 잠시 후 바람이 멎었다. 근자려의 귀에 무슨 앓는 소리가 들려왔다. 구름이 걷히고 비가 그치니 달이 얼굴을 내밀었다. 근자려가 달빛 아래 살펴보니 그 앓는 소리를 내던 것은 다름 아닌 여자였다. 근자려가 그 여자를 부축하여 일으켜서 어찌 된 일인지 물어보았다. 그 여자는 한참을 그냥 있다가 겨우 입을 열었다.

"저는 임씨의 딸로 이름은 조음이옵니다."

근자려는 자신 처의 이름을 들어 알고 있었으나 그래도 한 번 더 확인하고 싶어 다시 물었다.

"남편은 있으시오?"

"근자려라는 남자와 정혼은 했습니다만, 아직 혼례를 치르진 않았습니다. 그 사람이 10년 전에 군대에 입대하여 그동안 일자 무소식이라 친정 부모님이 저에게 다른 곳으로 시집가라고 했지만 저는 죽어도 그럴 수 없다고 버텼지요. 한데 친정 부모님이 저 몰래 다른 남자와 혼사를 맺어버리고 외삼촌 집에서 저를 데리러 온 거라 둘러대면서 가마에 태우셨습니다. 저는 길을 떠난 다음에야 눈치를 챘습니다. 차라리 죽어야겠다고 생각하고 있을 때 갑자기 거센 바람이 불고 불빛이 번쩍이더니 누런 점박이, 하얀 이마에 눈꼬리가 치켜 올라간 호랑이가 나타나 제가 타고 있는 가마로 달려와 저를 물고 와 여기에 내려놓은 것입니다. 호랑이는 이미 사라졌고 저는 다행히 아무런 상처도 입지 않았습니다. 나리의 이름은 모르옵니다만 만약 저를 친정 부모님에게 데려다주신다면 부모님께서 후사하실 것입니다."

"내가 바로 그 근자려요. 나는 먼저 안남을 평정하고 토번을 평정하고 그런 다음 가서한을 따라 동관에 주둔하고 있었소이다. 집에 돌아와서 정혼한 아내가 바로 오늘 밤 다른 곳으로 시집가게 되었다는 소식을 들었소. 하여 내가 이 칼 한 자루를 들고 그 윤리 도덕도 모르는 나쁜 놈을 베어 죽여버리려 길을 떠난 거요. 그런데 뜻밖에도 이곳에서 그대를 만나다니! 이는 하늘이 호랑이를 보내 그대를 나에게 돌려보내 주시고 더불어 내가 칼을 휘둘러 살생할 필요가 없게 하심이니 참으로 천만다행한 일이라 하겠소."

"나리께서 비록 이렇게 말씀하시기는 하나 저는 정혼을 하기는 했어도 정식으로 혼례를 치르지 아니하여 얼굴을 알지도 못하니 나리의 말씀만 듣고서 그대로 믿을 수가 없습니다. 어서 저를 친정 부모님께 데려다주세요. 저의 부모님께서 만약 나리를 알아보신다면 제가 몇 년 동안 혼자서 참고 기다린 그 세월이 헛되지 않게 될 것입니다."

"당신 집의 부모는 나하고 그대를 정혼시켜 놓고서는 어찌 금수만도 못하게 또 다른 곳에 시집보내려 하셨단 말이오? 그렇게 불의하고 어질지 못한 사람을 뭐 하러 다시 보려 하시오. 내가 우선 당신을 업고 갈 것이니 당신은 먼저 시부모를 만나도록 하시오. 그런 다음 사람을 보내서 이 사실을 알리도록 하시오. 그럼 그땐 아마도 당신 친정 부모도 부끄러움을 아시게 될 거요."

근자려는 말을 마치자마자 조음의 대답을 듣지도 아니하고 곧장 조음을 등에 업고 왼손을 등 뒤로 돌려 조음의 허벅지를 받치고 오른손에는 칼을 들고서 왔던 길을 되짚어가기 시작했다. 몇 걸음도 채 가기 전에 호랑이가 어흥 거리는 소리가 들려왔다. 멀리 앞산을 바라보니 등불 두 개가 빛나는 것 같았다. 자세히 바라보니 바로 누런 점박이, 하얀 이마에 눈꼬리가 치켜 올라간 호랑이 한 마리가 버티고 있었다. 근자려는 불현듯 10년 전에 자기가 함정에 빠진 누런 점박이, 하얀 이마에 눈꼬리가 치켜 올라간 호랑이를 살려준 일이 떠올랐다. 근자려는 혼자 속으로 이렇게 생각했다.

'오늘 이 근자려가 집에 돌아오는 걸 어이 알고 내 마누라를 물어서 나에게 돌려주었을까! 호랑이가 참 영물은 영물이로다.'

마침내 근자려가 호랑이에게 이렇게 소리 질렀다.

"어이, 호랑이, 내 마누라를 돌려줘서 너무 고맙네!"

그 호랑이는 어흥 소리를 크게 한 번 내더니 펄쩍 뛰어서 자취를 감췄다. 호랑이가 은혜를 갚은 이 사건을 나중에 사람들이 너무도 기이한 이야기라고 두고두고 입에 올렸다. 이 사건을 시로 읊은 자들이 많으나 그 가운데에서도 호증胡曾이 지은 시가 최고다.

호랑이가 사람을 해친다고들만 하지,
호랑이가 은혜 갚는 줄은 모르네.
의리 없는 사람들,
받은 정 잊지 않는 짐승만도 못하네.

한편, 근자려의 부모는 집에서 이제나저제나 하고 근자려만 기다렸다. 발걸음 소리가 나자 득달같이 등불을 들고 나가보았다. 아들 근자려가 등에 한 사람을 업고 걸어들어와 집 마당에 내려놓더니 이렇게 소리치는 것이었다.

"아버님, 어머님, 소자가 오늘 밤 며느리를 데려왔습니다. 인사받으십시오."

근자려의 부모가 바라보니 아리따운 낭자인지라 어찌 된 영문인지 물었다. 그제야 호랑이가 은혜를 갚은 기이한 사연을 알게 되었다. 근자려의 부모는 두 손을 모아 이마에까지 끌어 올리면서 연신 "아이고 천지신명이시여, 감사합니다" 소리를 연발했다. 근자려의 어머니가 조음을 부축하여 방으로 들이고 미음을 끓여주며 보살폈다. 근자려의 아버지가 다음 날 아침 사람을 보내 조음 부모에게 이 소식을 알렸다.

한편, 조음의 아버지는 어두운 밤에 사람들을 동원하여 산을 한 바퀴 휘돌아 찾아보았으나 아무런 흔적도 발견하지 못했다. 하는 수 없이 한숨만 쉬면서 집에 돌아왔다. 바로 이때 근자려의 아버지가 사람을 보내 희소식을 알려왔다. 어젯밤 근자려가 돌아왔으며 호랑이가 조음이를 물어다 주었다는 것이었다. 조음의 아버지는 도저히 믿을 수가 없었다.

"아이고, 근씨가 조음이가 호랑이한테 물려갔다는 소식을 듣고서 이렇게 없는 말을 지어내 실없이 나를 놀리는 모양이다."

조음 어머니 양씨가 끼어들었다.

"세상에는 별별 일이 다 일어날 수 있는 거라고요. 며칠 전 우리 집 수탉이 안 보이기에 찾아보았더니 이웃집에서 가져갔더라고요. 그다음 날 들고양이가 닭을 한 마리 물고 왔기에 일단 고양이를 쫓아내고 살펴보았더니 바로 우리가 잃어버린 그 수탉입디다. 이런 일도 다 있구나 싶더라고요. 한데 호랑이는 짐승 가운데에서도 영물이잖아요. 또 이런 이야기도 들었어요. 예전에 외딴 마을에 사는 한 서생이 있었대요. 그 서생이 밤에 창밖에서 소리가 나서 살펴보니 창살 사이로 호랑이 발바닥이 쑥 들어오는데 그 발바닥이 날카로운 대나무에 찔려있었답니다. 서생은 호랑이가 이것 때문에 찾아왔구나 싶어 그 대나무를 뽑아주었답니다. 다음 날 저녁 호랑이가 양을 물고 와 선물로 주고 갔다고 합니다. 호랑이하고 사람하고는 이렇게 통하는 구석이 있는 거죠. 우리 조음이가 수절하는 걸 보고 가상히 여겨 호랑이를 시켜 물어다 사돈댁에 데려다준 건지도 모르죠. 당신이 어서 사돈댁에 가보셔요. 가서 사위가 돌아왔는지 안 돌아왔는지 보시면 바로 자초지종을 알게 될 거 아뇨."

"당신 말이 일리가 있네그려."

임씨가 당장 근자려 집으로 달려갔다. 근자려 아버지가 임씨를 맞아 자리로 안내했다. 근자려의 아버지가 저간의 사정을 상세하게 설명해주니 임씨가 부끄러워 얼굴이 홍당무가 되어 연신 사과하면서 사위와 딸 얼굴을 한번 보자고 청했다. 근자려가 처음엔 장인의 얼굴을 보지 않겠다고 버텼으나 아버지, 어머니가 좋은 말로 달래는 데다 아내의 체면도 살려줘야겠다는 생각도 들어 장인어른에게 나와 여전히 씩씩거리면서 읍을 하고선 다시 들어가 버렸다. 근자려의 아버지가 아내에게 며늘아기를 단장시키라고 한 다음 임씨에게 안으로 들어가 딸을 만나보라 했다. 부녀가 상봉하니 이는 생각지도 못한 일이라. 꿈인지 생시인지, 그 기쁨은 말로 표현할 수 없었다. 임씨가 조음을 집으로 데려가려 했으나 근자려의 부모가 반대했다. 길일을 택하여 근자려의 집에서 혼례를 치렀다. 이 대감 댁에서는 근자려가 돌아왔다는 소식을 듣고 특별히 토를 달지 않았다.

나중에 곽자의郭子儀(697~781), 이광필李光弼(708~764) 두 원수가 장안을 수복하고 숙종肅宗황제(756~762 재위)가 즉위했다. 숙종이 문무백관의 공적을 철저하게 조사하게 했다. 숙종이 태자 시절 근자려가 외적을 막아내어 공을 세웠음을 알고 있던 데다가 지금 반란군의 장수 명단에도 근자려라는 이름 석 자가 없으니 그가 반란군 편에 서지 않았음을 확인하고는 그를 궁정수비대장에 임명했다. 근자려는 안경서安慶緒(759 졸), 사사명史思明(761 졸)을 정벌하는 데도 공을 세웠다. 근자려는 늙어서 은퇴했고, 조음과 해로했다. 이를 증명하는 시 한 수가 있도다.

야박하게 굴면 사람도 원망하고,
인정을 베풀면 호랑이도 감동하네.
섬길 수 있을 때 섬겨주고,
베풀 수 있을 때 베풀어야지.

하늘 여우의 책을 빼앗다

小水灣天狐詒書

소수만에서 하늘 여우의 책을 빼앗다

미물이든, 영이 있는 것이든 모든 생명은 다 같은 것,

난생, 태생할 것 없이 모든 생명은 하나,

도움을 받았으면 잊지 말지니,

까치도 옥가락지로 은혜 갚을 줄 알더라.

이 네 구절은 한나라 때의 어느 선비를 읊은 시다. 그 선비의 성은 양楊, 이름은 보寶, 화음 사람이며, 나이는 이제 갓 스물, 타고난 게 영특하고 학문이 출중했다. 그가 중양절을 맞아 교외에 놀러 나갔다. 놀다가 수풀 가운데 앉아 쉬게 되었다. 나무가 울창하고 온갖 새들이 짹짹거리며 우는 게 자못 귀여웠다. 이때 갑자기 새 한 마리가 양보 얼굴 앞으로 곧장 떨어져 내려왔다. 새는 주둥이를 계속 움직여서 깍깍거리며 날아오르지 못하고 땅바닥에서 몸부림쳤다. 양보가 혼잣말을 했다.

"참으로 기이하다. 이 새는 대체 왜 이러는 걸까?"

양보가 다가가 그 새를 들어 올려 살펴보니 까치였다. 누군가한테 상처를 입고 애절하게 우짖고 있었다. 양보는 차마 모른 체할 수 없어 이렇게 읊조렸다.

"요 녀석을 집에 데려가 잘 먹이고 치료해준 다음 놓아줘야겠다."

바로 이때 한 젊은이가 손에 활과 화살을 들고 양보의 등 뒤에서 나타나 이렇게 말하는 것이었다.

"선비, 이 까치는 내가 잡은 거올시다. 나에게 돌려주시오."

"그게 뭐 어렵겠소이까. 그러나 짐승이나 사람이나 생명은 마찬가지인데 어찌 잔인하게 해칠 수 있겠소. 이깟 까치 백 마리를 잡는다고 그대 한 끼 식사 거리로도 부족하고, 이런 까치 만 마리를 팔아도 그대가 부자가 되는 것도 아니잖소! 다른 생업을 찾는 게 훨씬 더 나을 것 같소이다. 내가 이 까치를 살려주고 싶소이다."

양보가 옷에서 주섬주섬 돈을 꺼냈다. 젊은이가 말했다.

"내가 뭐 먹으려고 그러거나, 돈을 벌려고 그러는 것은 아니올시다. 나의 활 쏘는 재주를 시험해 보고자 장난삼아 해보는 것일 따름이외다. 선비께서 이 까치를 원하신다면 내가 그냥 드리리다."

"그대는 장난삼아서 하는 일이나 까치한테는 목숨이 달린 일이라오."

"내가 잘못했소이다."

젊은이는 활을 던져 버리고 떠나갔다. 양보는 그 까치를 집으로 가지고 왔다. 까치를 두건 상자 안에 넣어두고 날마다 국화꽃을 따서 주었다. 까치 날개 깃털이 점점 자라나기 시작했다. 백일 정도 지나니 까치가 날갯짓할 수 있게 되었다. 양보가 그 까치를 애지중지했다. 하루는 그 까치가 날아가더니 돌아오지 않았다. 양보가 그리운 마음에 슬퍼하고 있는데 한 어린아이가 나타났다. 단정한 눈썹에 갸름한 눈매, 노란색 옷을 입은 어린아이가 집 안으로 걸어 들어오더니 양보를 향하여 절을 올렸다. 양보가 황급히 그 어린아이를 부축하여 일으켰다. 어린아이가 옥가락지 한 쌍을 양보에게 건넸다.

"선비께서 제 생명을 구해주신 은혜를 달리 갚을 길이 없어 보잘것없는 이 가락지를 드립니다. 이 가락지를 갖고 계시면 대대로 삼공의 지위를 누리게 될 것입니다."

"내가 그대를 한 번도 만난 적이 없는데 어찌 내가 그대의 생명을 구할 수 있었단 말이오?"

동자가 웃으면서 대답했다.

"선비께서는 잊으셨습니까? 제가 숲속에서 활에 맞아 다쳤을 때 선비의 두건 상자에 저를 넣어두시고 국화꽃을 따서 먹여주셨지요."

말을 마친 젊은이는 다시 까치로 변하여 날아가 버렸다. 나중에 양보가 아들을 낳았으니 그 이름이 양진, 양진은 명제 때 태위가 되었다. 양진의 아들 양병은 화제 때 태위가 되었다. 양병의 아들 양사는 안제 때 사도가 되었다. 양사의 아들 양표는 영제 때 사도가 되었다. 과연 대대로 삼공의 지위를 누리고 덕망이 높았다. 이를 증명하는 시가 있도다.

국화꽃 따서 까치를 먹인 것은 보답을 받고자 함은 아니라네,
자비를 베푸는 마음, 만물을 이롭게 하고자 하는 마음뿐이었다네.
대대로 높은 지위에 오르고 명성이 자자하니,
어질고 의로운 것이 바로 천만금 값어치가 있는 것이지.

여보시오 이야기꾼, 까치가 옥가락지 물어다 준 이야기는 사람들이 다 아는데 굳이 그걸 뭐 하러 새삼스럽게 들려주는 거요? 아이고, 거참 모르시는 말씀! 이 이야기꾼이 지금 한 젊은이 이야기를 들려주려고 그

러는 거 아뇨. 그 젊은이 역시 활을 쏘아 짐승을 맞추고도 방금 이야기한 젊은이처럼 잘못을 뉘우치지 아니하고 버티다가 결국 그 많은 재산도 다 날리고 웃음거리가 되고 말았다오. 그러니 이 이야기꾼이 그 까치와 옥가락지 이야기를 먼저 해서 지금 하려는 이야기를 끌어내려는 것이라오. 청중 여러분이 어질고 생명을 살리는 일을 한 양보를 본받고, 재앙을 불러들이는 그 젊은이를 본받지 말라고 권하는 거요.

입을 닫아야 할 때는 닫고,
손을 놓아야 할 때는 놓고.
입을 닫고 손을 놓을 수만 있다면,
열에 여덟, 아홉은 백세토록 평안하리라.

한편, 당나라 현종 때 한 젊은이가 있었으니 성은 왕王이요, 이름은 신臣이라. 장안에서 살고 역사와 철학에 조예가 깊고, 글도 제법 지을 줄 알았다. 왕신은 술 마시기를 좋아하고 칼 쓰기를 좋아했으며, 말 타고 활 쏘는 재주가 몹시 뛰어났다. 어려서 아버지를 여읜 탓에 어머니와 생활했고 우尤씨 여인과 결혼했다. 그의 친동생 왕재王宰는 힘이 세고 무예가 출중하여 궁정수비대로 근무했다. 왕재는 아직 결혼하지 않았다. 왕신의 집은 재산도 많고 부리는 하인도 많았다. 온 가족이 평안하게 살림을 꾸리고 있을 무렵, 안녹산의 난이 일어나 동관이 함락되고 천자가 서쪽으로 피난을 떠나게 되었다. 왕재는 천자의 수레 호송을 맡게 되었다. 왕신은 장안에서 더는 버티기 힘들 거라 생각하여 가옥과 재산을 포기하고 귀중품만 챙겨 어머니, 아내, 하인들을 이끌고 강남으로 피난을 떠났다. 마침내 항주의 소수만이란 곳에 터를 잡고 땅을 사들여 생활했다.

얼마 후 장안이 수복되고 길도 안전해졌다는 소식을 들은 왕신은 친구랑 친척도 만나고 싶고 자신의 재산도 다시 찾고 싶어 고향에 다녀올 계획을 세웠다. 왕신은 이 계획을 어머니에게 말씀드리고 왕복이라는 하인 하나만 데리고 어머니, 아내와 작별하고서 뱃길을 따라 양주까지 곧장 달려갔다. 이곳 양주는 수나라 때 양자강의 수도라 불렸던 곳으로 강회 지역의 요충지이자 남과 북을 연결해주는 고리라 왕래하는 배가 깨알같이 많았다. 강변에는 가옥이 빽빽했고 장사하는 사람들이 서로 어깨를 부딪칠 정도로 번화한 곳이었다. 이 양주에서 왕신은 배에서 내려 육로를 잡아 걷기 시작했다. 짐꾼을 사서 병사 복색으로 갈아입히고 산 넘고 물 건너 밤이면 자고 낮이면 걸어 며칠이 지나 번천이란 곳에 다다랐다. 이 번천은 한나라 때 번쾌樊噲1)가 자신의 영지로 하사받은 곳이다. 이곳은 도성에서 멀지 않은 곳으로 난리 때 전투가 휩쓸고 지나갔던 까닭에 그곳 백성들이 사방으로 피난을 떠나 사람 자취를 찾기가 힘들고 길을 다니는 사람도 드물었다. 그 모습이 어떠했던고 하니.

사방을 둘러싸고 있는 언덕,
수목이 울창하여 그늘 덮었네.
멧부리 우뚝 솟아 푸른 하늘을 뚫고,
재는 꼬불꼬불 은하수처럼 가로질렀네.
비스듬히 날아가는 폭포,
만장이나 되는 은빛 물결을 날리네.

---

1) 번쾌(?~기원전 189)는 중국 전한 초기의 장수로 유방이 함양을 점령하고 궁궐을 약탈하려 하자 이를 말림으로써 민심을 얻게 했다. 홍문지회鴻門之會에서 범증이 유방을 암살하려고 했을 때 직접 안으로 들어가 패공을 호위하여 연회장을 빠져나왔다. 유방이 한을 건국한 이후 일어났던 수차례의 난을 평정하는 데도 큰 공을 세웠다. 여기 등장하는 번천이란 지명이 바로 이 번쾌라는 장수에서 유래했다는 설명이다.

절벽에 매달린 넝쿨나무 이파리,
천 갈래 만 갈래 비단처럼 날리네.
구름에 가린 산봉우리,
새들도 버거울 좁은 산길엔 인적도 드물다.
아련히 피어오르는 연기,
황막한 마을에 사람도 드물다.
들꽃은 요염하게 미소짓는데,
이름 모를 들새는 제멋대로 우짖는데.

왕신은 경치에 빠져 발걸음을 늦추고 천천히 걸었다. 어느덧 해가 뉘엿뉘엿 저녁을 바라봤다. 수풀 속에서 인기척이 나는 것 같아 가까이 다가가 보니 사람이 아니라 여우 두 마리가 고목나무에 기대어 한 발로는 책을 붙잡고 다른 발로는 짚어 가면서 이야기를 나누며 뭐라도 깨달은 양 서로 마주 보고 웃기도 하고 그랬다.

'참 웃기는 놈들이구먼, 지들이 무슨 책을 본다고! 이놈들아, 내 화살 맛이나 보아라.'

왕신은 짐을 내려놓고 활을 잡아 화살집에서 화살을 꺼내어 활에 잰 다음 여우가 활의 정중앙에 가까워질 때까지 기다렸다. 그러고는 바짝 화살을 잡아당겨 "맞아라!" 소리를 지르며 나는 별처럼 잽싸게 화살을 날려 보냈다. 여우들은 한참 신나게 서로 이야기를 나누느라 수풀 바깥쪽에 자신들을 노리는 사람이 있을 거라고는 생각지도 못하고 아무런 방비를 하지 않다가 활시위가 팅겨나는 소리를 듣고서야 고개를 들어 바라보았다. 화살은 이미 여우 코앞까지 날아왔고 마침내 책을 잡고 있던 여우의 왼쪽 눈에 박혔다. 여우는 책을 떨어뜨리고 비명을 지르며 고통스럽게 펄쩍 뛰어올랐다. 다른 여우가 다시 땅에 내려와 그 책을 집으려고 하는 순간, 왕신의 화살이 다시 날아와 왼쪽 뺨에 꽂혔다. 그 여우는 책을 떨어뜨리고 살려달라고 아우성이었다. 왕신은 왕복에게 말을 타고 달려가 그 책을 집어오게 했다. 왕신이 책을 펼쳐보니 온통 올챙이 모양의 글자라 도시 읽어볼 수가 없었다.

'무슨 말을 써놓은 건지 하나도 모르겠네. 이걸 들고 가서 옛날 글자를 잘 아는 사람에게 물어봐야지.'

왕신이 책을 소매 품에 넣고 말을 몰아 숲을 빠져나왔다. 큰길로 나온 다음 번성을 바라보고 출발했다. 이때는 안녹산이 비록 죽임을 당하기는 했으나 그 아들 안경서가 여전히 막강한 위세를 떨치고 있었고, 적장 사사명이 관군에 항복했다가 또다시 반란을 일으켰으며, 번진들은 각각 자신의 군사력을 바탕으로 호시탐탐 때를 노리는 형국이었다. 장안 근처에 파고들어 상황을 살피려는 세작이 있을까 하여 성문은 늘 검문을 엄격히 하고 출입하는 자들에게 꼬치꼬치 캐물었으며 해질녘이 되면 바로 문을 닫아버렸다. 왕신이 도착한 시각이 늦었는지라 역시 성문은 이미 닫혀버렸다. 왕신은 성문이 닫힌 걸 확인하고는 객점을 정하여 짐을 풀기로 했다. 객점에 도착하여 말에서 내려 안으로 들어가니 객점 주인이 달려와 일행을 맞아들였다. 왕신 일행이 활과 칼을 차고 군관 복색을 하고 있는지라 함부로 대하지 못한 것이다.

"나리, 어서 안으로 드시지요."

주인이 점원을 시켜 차를 내오게 했다. 왕복이 짐을 내려놓고 객점 안으로 들어갔다. 왕신이 이렇게 말했다.

"여보쇼 쥔장, 널찍하고 편한 방 하나 내주쇼."

"방이야 많습죠. 나리께서 맘에 드는 거로 하나 정하시지요."

객점 주인이 불을 밝혀 들고 왕신에게 방을 보여주었다. 왕신이 그 가운데 깔끔한 방 하나를 골라 짐을 부리고는 말을 뒤뜰로 끌고 가 먹였다. 말 먹이는 일을 마치니 점원이 찾아와 물었다.

"나리, 술 한잔하시렵니까?"

"술 좋은 거 있으면 두어 병 가져와 봐. 소고기도 한 접시 썰어오고. 내 일행한테도 똑같이 준비해주게나."

점원이 "예" 하면서 물러갔다. 왕신이 방문을 닫아걸고 밖으로 나갔다. 점원이 술과 안주를 들고 나타나 물었다.

"나리, 여기서 드시겠습니까, 아니면 방에 들어가서 드시겠습니까?"

"여기서 들지, 뭐."

점원이 술과 안주를 작은 탁자 위에 차렸다. 왕신이 앉자 왕복이 그 옆에서 술을 따랐다. 두세 잔 마셨을까 싶은데 주인이 다가와 물었다.

"나리는 어디서 오시는 길입니까?"

"강남에서 오는 길이라오."

"강남 억양이 아니신데요."

"사실 난 강남 사람이 아니라 장안 태생이라오. 안녹산이 난을 일으키고 천자가 서쪽으로 피난하고 그러니 나도 가족을 데리고 강남으로 피난을 떠났던 거요. 지금 반란이 진압되고 천자가 장안으로 돌아왔다기에 내가 먼저 장안으로 가서 옛날 재산도 살펴보고 그런 다음 가족을 다시 데려오려고 하는 거요. 길 다닐 때 아무래도 도움이 될까 싶어 군관 복색을 하게 된 거라오."

"아이고 이거 고향 사람이구먼요. 저 역시 난을 피해 이 시골에 오게 되었습니다. 거의 1년이 다 되어갑니다."

왕신과 쥔장은 동향 사람이라고 마음이 통하여 타향에서 떠돌아다니는 서러운 맘을 서로 하소연했다.

산천은 의구하건만,

마을과 사람은 거반 다 달라졌구나.

두 사람이 한참 이야기에 열중하고 있는데 등 뒤에서 누군가가 부르는 소리가 들려왔다.
"쥔장, 빈방 있소이까?"
"방이야 있소이다만 몇 명이나 묵으려고 하는 건지 모르겠네?"
"아, 나 혼자올시다."
주인은 그 사람이 혼자인 데다 짐도 없는 것을 보고 이렇게 말했다.
"한 사람은 곤란한데요."
"설마 내가 방값을 떼먹을까 봐 그러는 거요!"
"손님, 그런 것 때문이 아니라 곽령공이 장안을 지키면서 원근 각처에 방을 붙여서는 낯선 사람을 들이지 말라고 명했소이다. 낯선 사람을 들이면 엄벌에 처한다고도 했소이다. 게다가 지금은 사사명이 반란을 일으켜 상황이 더욱 긴박하지 않소. 손님은 지금 짐도 하나 없고 나하고는 생면부지고 하니 우리 객점에 머무르라고 하기가 어려운 거요."
"하하, 나를 몰라서 받아주기가 힘들다 이거구먼. 내가 바로 곽령공 집안의 일꾼이올시다. 번성에 출장 갔다가 돌아가는 길인데 성문이 닫혀 여기로 찾아온 것이고 그래서 짐도 없는 거요. 내일 아침 나랑 같이 성문에 가봅시다. 문지기 가운데 날 못 알아보는 놈은 한 놈도 없을 거요."
주인은 그 사람이 하도 당당하게 소리를 치기에 그런가 보다 했다.
"아이고, 내가 이거 곽령공 어르신 휘하에서 일하시는 분도 못 알아보다니. 어서 안쪽 방으로 들어가시지요."
"뭐 서두를 것까지야. 배가 고프니 음식하고 술 좀 준비해 오게. 그거 좀 먹고 방으로 들어갔으면 하오. 아, 나는 고기는 안 먹으니 그거 좀 신경 쓰고."

그 사람은 왕신 맞은편에 자리를 잡고 앉았다. 점원이 술과 안주를 차려놓았다. 왕신이 그 사람을 바라보니 소맷자락으로 왼쪽 눈을 가리고 있었다. 통증을 억지로 참고 있는 것 같은 표정이었다. 그 사람이 주인에게 이렇게 입을 열었다.

"내가 오늘 참 재수가 없으려니 짐승을 만나서 눈을 다쳤네!"

"아니 어떤 짐승을 만나셨수?"

"번천에서 돌아오는 길에 수풀 속에서 여우 두 마리가 서로 뒹굴고 노는 것을 봤지. 내가 잽싸게 달려가서 잡으려는데 줄에 걸려 그만 넘어지고 말았어. 여우는 도망가고 내 눈만 이렇게 다쳤지 뭐야!"

"그래서 그렇게 소매로 눈을 가리고 있으셨군요."

왕신도 대화에 끼어들었다.

"나도 오늘 번천을 지나다 여우 두 마리를 만났소이다."

그 사람이 바로 되물었다.

"그래 그 여우를 잡았소이까?"

"아니 그래 그놈들이 수풀 속에서 무슨 책을 보고 있던데 내가 화살을 쏘아 그놈의 왼쪽 눈을 맞혔지요. 그러자 그놈들이 책을 버리고 도망갑디다. 다른 놈이 그 책을 집으려고 하기에 내가 또 화살을 쏘아 그놈의 왼쪽 뺨을 맞혔지요. 그놈도 마침내 도망가 버립디다. 그래서 여우는 못 잡아 오고 대신 책만 들고 왔습니다."

그 사람과 주인은 동시에 입을 열어 이렇게 외쳤다.

"아니 여우가 책을 보다니 뭐 이렇게 괴이한 일이 다 있답니까?"

그 사람이 다시 이렇게 물었다.

"그 책이 어떻게 생겼습디까? 한번 볼 수 있을까요?"

"그게 다 괴상망측한 올챙이 같은 글자라서 도무지 알아볼 수가 없습디다."

왕신이 소맷부리에 손을 집어넣어 책을 꺼내려는 그 순간, 주인의 대여섯 살 먹은 손자가 이쪽으로 걸어왔다. 어린아이의 눈은 순진무구해서 그런지 그게 사람이 아니라 짐승이 변신한 것임을 한눈에 알아보았다. 하지만 그 짐승의 이름은 몰랐다. 손자는 손가락으로 그쪽을 가리키며 소리쳤다.

"할아버지, 저 들고양이가 왜 여기 와 있는 거예요? 할아버지, 안 쫓아내고 뭐 하세요?"

왕신은 그 손자의 말을 듣고서야 눈을 다친 녀석이 여우임을 깨달았다. 왕신이 바로 칼을 뽑아 들고 그 여우의 정수리를 겨누고 내리쳤다. 여우가 칼을 피해 뒤로 숨더니 한 바퀴 재주를 넘고선 마침내 본색을 드러냈다. 그 여우가 밖으로 도망쳤다. 왕신이 칼을 들고 쫓아갔다. 몇 집을 지나쳐 계속 쫓아가니 마침내 여우가 담을 뛰어넘어 도망쳤다.

너무도 어두운 밤이라 여우를 찾을 길이 막막하여 왕신은 그저 돌아오는 수밖에 없었다. 주인은 횃불을 환하게 밝혀 들고 왕복과 함께 왕신을 찾아 나왔다.

"그냥 살려주시죠."

"쥔장의 손자가 아니었다면 저 여우 놈한테 책을 뺏길 뻔했소이다."

"저 여우란 놈은 본디 교활한 놈입죠. 아마 또 다른 수작을 부려서 다시 올 겁니다."

"앞으로 어느 놈이든 여우 어쩌고 하면서 내게 접근하는 녀석은 바로 저 여우 놈일 테니 내가 바로 이 칼 맛을 보여줄 것이오."

이런 말을 나누면서 객점에 돌아왔다. 객점에 투숙해 있던 손님들도 이 이야기를 듣고 뭐 이리 기이한 일이 다 있나 하는 맘에 왕신 주변에 몰려들어 이런저런 질문을 던졌다. 왕신은 그들에게 답변해주느라 입술이 다 마를 지경이었다. 왕신이 저녁밥을 먹고 나서 잠자리에 누웠다. 저 여우 놈이 변신을 하고서 책을 찾으러 온 걸 보면 이 책이 필시 뭔가 신비롭고 영험한 힘을 지니고 있을 것만 같았다. 자정이 되었을까. 밖에서 대문을 두드리는 소리가 들렸다.

"어서 그 책을 돌려주오. 그럼 내가 좋은 것으로 보답하지. 만약 돌려주지 않으면 무슨 사고가 나도 날 거야. 그땐 후회해도 이미 늦지."

그 말을 듣고 왕신은 화가 머리끝까지 치밀어올랐다. 왕신은 옷을 챙겨 입고 손에는 칼을 들고서 다른 사람들이 놀라지 않게 살금살금 방문을 열고 나가 대문을 잡았다. 한데 주인이 이미 대문을 잠가놓았더라.

'주인장을 깨워 열어달라고 하면 저 여우 놈은 그사이에 도망쳐버릴 거고 다른 손님들은 또 시끄럽다고 싫어할 테니 지금은 좀 참고 날이 밝으면 다시 어떻게 해보는 게 낫겠다.'

왕신은 다시 방으로 돌아와 잠자리에 들었다. 그 여우는 한참이나 더 소리를 지르고 나서야 떠나갔다. 다른 사람들도 그 소리를 다 들을 수 있을 정도였다. 다음 날 아침 사람들은 모두 왕신에게 이렇게 권했다.

"글자를 알아볼 수도 없는 그깟 책 갖고 있어 봐야 아무런 쓸모도 없을 건데 그냥 줘버리지 그래요. 나중에 진짜 무슨 일이라도 생기면 후회해도 소용없잖아요!"

왕신이 그래도 눈치가 있는 사람이라면 다른 사람의 말을 듣고 그 책을 여우에게 돌려줬을 것이다. 하나 왕신이 고집불통이라서 다른 사람 말을 전혀 귀담아듣지 아니하고 마침내 가산을 모두 털어먹게 되는구나.

> 사람의 충언을 듣지 아니하면,
> 나중에 쓰라린 눈물 흘리리라.

왕신이 아침밥을 먹고 방값을 셈하고 짐을 챙긴 다음에 말을 타고서 성문 안으로 들어갔다. 눈에 보이는 건 부서진 집과 무너진 담벼락, 사람의 자취도 드물어 시장 거리는 참으로 쓸쓸하여 예전의 모습과는 딴판이었다. 전에 살던 곳을 찾아보니 깨진 기와와 벽돌만 뒹굴고 있었다. 바라보고 있자니 슬픔이 저절로 밀려왔다. 머물 곳이 마땅하지 않아 따로 어딘가를 찾아서 짐을 부린 후 친척을 찾아다녔다. 그러나 다들 어디로 떠나버렸는지 몇 사람 만나보지 못했다. 서로 만나 이야기를 나누다 보면 자연스레 고생했던 경험을 풀어놓게 되니 저절로 눈물 바람이었다. 왕신이 그 친척에게 이렇게 말했다.

"이제 고향으로 돌아올까 했는데 가옥이 이렇게 다 무너지고 그래서 사람이 붙어살기 힘들 정도로군요!"

"그놈의 전쟁통에 사람들이 이리저리 피난을 떠나고 남북으로 흩어지고 포로로 잡혀갔으니 그 고통이야 이루 말할 수 없지요. 우리도 저 시퍼런 칼날을 이리 피하고 저리 피해서 겨우 목숨만 부지했으니 참 험한 세상 살았소이다. 당신이야 집 버리고 바로 피난 떠나 험한 꼴을 안 당했으니 얼마나 큰 복을 받은 거요그래. 게다가 당신의 전답이야 우리가 다 보살펴준 덕에 그대로 있지 않소. 고향에 돌아와 그걸 다 정리하면 다시 예전처럼 가업을 일으킬 수 있을 거요."

왕신은 친척에게 고맙다고 인사했다. 왕신은 집을 한 채 장만했다. 살림살이도 사들이고, 전답도 다시 일일이 손보았다.

두어 달이 지났다. 왕신이 집을 나서려는데 동쪽에서 누군가가 다가오고 있었다. 삼베옷을 입고 어깨에 짐 보따리를 메고 나는 듯이 걸어왔다. 왕신이 눈을 들어 그 사람을 바라보고는 깜짝 놀랐다. 바로 다름 아닌 자기 집 하인 왕류아였다. 왕신이 다급하게 물었다.

"왕류아, 너 어디서 오는 길이냐? 왜 이런 행색을 하고 있는 거냐?"

왕류아가 왕신을 보더니 이렇게 아뢰었다.

"아이고, 나리께서 여기 사시는 것도 모르고 나리를 찾느라 애간장이 다 녹을 뻔했습니다!"

"아니 웬일로 이렇게 차려입고 나선 것이냐?"

"여기 서찰이요. 서찰을 읽어보시면 바로 아실 겁니다."

왕류아가 짐 보따리를 풀어 서찰을 꺼내 왕신에게 건네주었다. 왕신이 받아서 봉투를 열어보니 모친의 필적이었다.

아들아, 네가 떠나간 후로 사사명이 다시 난을 일으켰다는 소식을 들었다. 내가 밤낮으로 근심걱정 하다 보니 그만 병에 걸리고 말았구나. 용하다는 의원을 아무리 불러 보고, 굿을 다 해봐도 차도가 없으니 머지않아 나도 황천길을 떠날 것 같다. 나이가 환갑을 넘겼으니 그래도 수를 누렸다고 봐야지. 다만 말년에 이렇게 난리를 만나 타향에서 객사하게 되는 바람에 네 형제에게 임종의 기회조차 주지 못하는 것이 너무도 안타깝구나. 무엇보다도 나는 고향을 떠나 이곳 타지에 묻히고 싶지는 않다. 그러나 도적 떼가 바야흐로 기세등등하니 장안도 안심할 수 없는 상황이라 다시 돌아가 살기는 어려울 것 같다. 하여 내가 밤새도록 생각해 보니 아무래도 장안에 있는 이리저리 흩어지고 남은 재산을 다 정리하여 그걸 장례를 치르는 데 보태는 게 좋을 것 같더구나. 내 관을 운구하여 장안에 묻은 다음에는 다시 강동으로 돌아와 터 잡고 살아라. 이곳 강동은 땅이 기름지고 인심도 좋더구나. 게다가 이곳 강동에 처음 와서 어렵사리 일궈놓은 재산을 함부로 다 버릴 수는 없느니라. 전쟁이 좀 잠잠해지면 천천히 고향으로 돌아갈 수 있으리라. 내 말을 듣지 않고 네 멋대로 뭔가 일을 도모하다 조상님들 제사 지내는 일이 어그러지면 내가 황천에 가서 조상님들을 무슨 면목으로 뵙는단 말이냐. 너는 이 점을 특별히 명심하여라.

왕신은 이 서찰을 읽고 땅바닥에 엎드려 통곡했다.

"이곳에 와서 다시 가업을 일으켜 어머니를 모시고 같이 고향으로 돌아오려 했거늘 어머니께서 내 걱정하느라 병이 난 것도 몰랐구나. 이럴 줄 알았더라면 여기 오지 말 것을, 이제 와서 후회한들 무슨 소용이 있단 말이냐!"

왕신이 한참을 울고 나서 왕류아에게 물었다.

"어머니께서 돌아가실 때 무슨 다른 말씀은 없으셨느냐?"

"별다른 말씀은 없으셨고 다만 이렇게 당부하셨습니다. 장안의 전답이 황폐해진 지 오래라 되살리려면 오랜 시간이 필요할 건데 지금 다시 또 사사명이 반란을 일으켜 이곳 장안에 필시 변란이 일어날 것이며 반군을 막아내기 힘들 것이라. 나리께서 빨리 재산을 정리하고 장례를 치르러 오셔서 운구하고 하관하고 봉분을 만든 연후에 항주에서 난을 피하라 하셨습니다. 나리께서 이 말을 듣지 않으신다면 죽어도 눈을 감지 못할 것이라 하셨습니다."

"어머님의 유언을 어찌 거역할까! 강동 땅은 평온하고 장안은 전쟁이 아직 끝나지 않았으니 장안의 가산을 정리하는 게 당연하지."

왕신이 황급히 상복을 맞추고 영좌靈座를 설치하는 한편, 어머니를 모실 못자리도 살피고 전답을 빨리 팔고자 사람들에게 부탁하고 다녔다. 왕류아가 왕신 곁에 이틀 머물더니 이렇게 아뢰었다.

"나리께서는 지금 못자리를 준비하느라 못해도 한 달은 걸릴 것 같습니다. 지금 집안 식구들이 모두 이제나저제나 하며 기다리고 있을 것이니 소인이라도 먼저 돌아가 소식을 전하고 안심시켜드리는 게 나을 것 같습니다."

"아, 그래 그 말이 바로 내 말이다."

왕신이 집안 식구들에게 전하는 서찰을 써서 건네고 노자도 준비해 준 다음 왕류아를 먼저 출발시켰다. 왕류아가 출발하기 직전에 다시 이렇게 아뢰었다.

"소인이 먼저 출발하오니 나리께서는 어서 일 처리를 서둘러 마치고 집으로 돌아오십시오."

"내가 지금 당장 집에 날아가지 못하는 게 한이다. 그런 말은 할 필요도 없다."

왕류아가 문을 나서더니 종종걸음으로 길을 잡아 나갔다.

한편, 친척들이 이 소식을 듣고 달려와 왕신을 위로했다. 그러면서도 이곳의 전답을 그렇게 서둘러 팔지 말라고 말렸다. 왕신은 어머니의 유언을 생각하니 그런 말이 하나도 귀에 들어오지 않았다. 왕신은 급한 마음에 문전옥답마저도 반값이라도 받고 서둘러 다 처분했다. 20일 정도 지나니 어머니 관을 안치할 자리도 준비되었고 장례 준비도 얼추 된 것 같았다. 왕신은 짐을 꾸리고 하인들을 거느리고서 장안을 떠나 밤을 밝혀 강동을 바라고 달렸다. 그저 어서 어머니의 관을 메고 와 장례 치를 생각밖에 없었다. 가련하도다.

칼 한 자루 들고 장안을 찾았네,
귀향의 꿈은 물거품이 되었네.
어머님 세상 떠나 효도의 꿈도 사라져버렸네,
눈물방울이 저 하늘 흰 구름에 닿네.

여기서 이야기는 둘로 갈린다. 한편, 왕신의 어머니는 집에 있다가 사사명이 다시 반란을 일으켰다는 소식을 듣고 낮이나 밤이나 오직 왕신 걱정뿐이었다. 왕신이 장안에 간다고 할 때 왜 말리지 않았나 후회막급이었다. 두세 달이 지났을 무렵, 왕복이 장안에서 서찰을 가지고 돌아왔다고 아뢰었다. 그 말을 듣자마자 바로 들라 했다. 왕복이 안으로 들어와 머리를 조아리고 서찰을 바쳤다. 바라보니 왕복의 왼쪽 눈에 상처가 나 있었다. 어쩌다 다쳤는지 물어볼 겨를도 없이 서찰부터 뜯어보았다.

어머니 곁을 떠난 후 풍찬노숙하며 장안에 도착하여 예전의 전답을 살펴보니 다행히도 못쓰게 된 게 하나도 없어 옛날 모습으로 되돌려 놓을 수 있었습니다. 정말 운이 너무도 좋아서 예전부터 알고 지낸 호팔해八 판관을 다시 만나 원元 승상에게 줄을 댈 수 있었습니다. 원 승상이 소자를 좋게 봐주셔서 소자를 유주와 계주의 관직에 임명해주셨습니다. 이제 부임할 날이 코앞에 닥쳤습니다. 하여 특별히 왕복을 보내어 어머님을 임지로 모시고 오게 했습니다. 서찰을 받으시는 대로 강동의 전답과 가옥을 팔고 하루속히 장안으로 오십시오. 괜히 몇 푼 더 받으려고 기한을 넘기지 마십시오. 곧 만나 뵐 것이니 구구절한 내용을 생략하겠습니다. 불초소자, 왕신 배.

왕신의 어머니와 아내가 그 서찰을 읽고 뛸 듯이 기뻐하며 물었다.
"왕복, 눈은 어쩌다가 다쳤느냐?"
"아이고, 말도 마셔요. 말 등에서 잠시 졸다가 떨어져서 이렇게 눈을 다쳤지 뭡니까요!"
"요즘 장안 사정은 좀 어떠냐? 친척들도 다 무고하시고?"
"성안이 온통 부서지고 깨져서 예전 모습과는 너무도 다릅니다. 친척들도 죽은 사람, 잡혀간 사람, 피난 간 사람들이 많아서 거의 다 안 계셨습니다. 재산을 빼앗기고, 집이 불타고, 전답을 빼앗긴 사람도 많은데 우리 가옥과 전답만은 털끝만큼도 피해를 안 입었네요."
왕신의 어머니와 아내는 그 말을 듣고 더욱 기뻤다.
"재산 피해도 하나도 안 입고, 아들은 관직을 얻고, 이게 다 하느님 조상님이 보살펴 준 덕분이지. 아이고 감사합니다! 우리가 출발하기 전에 받은 은혜에 감사하고, 장안으로 가는 길 평안하고 우리 아들 복 많이 받게 해달라고 고사라도 지내야겠다."

왕신의 어머니가 왕복에게 물었다.

"근데 호팔 판관이란 분은 대체 누구냐?"

"나리의 옛 친구입니다요."

"그래, 난 아들한테 호씨 성을 가진 친구가 있다는 얘기는 못 들어보았구나."

왕신의 아내가 끼어들었다.

"요즘 들어 새로 사귄 친구인 모양이죠."

왕복이 그 말을 받았다.

"맞습니다."

왕신의 어머니, 아내와 왕복 사이에 질문과 대답이 좀 더 오갔다. 왕신의 어머니가 왕복에게 이렇게 말했다.

"왕복아, 먼 길을 오느라 고생 많았다. 뭐 좀 먹고 편히 쉬어라."

다음 날, 왕복이 왕신의 어머니에게 아뢰었다.

"마님, 이곳 살림을 정리하려면 며칠이나 걸릴지 모를 지경입니다. 혼자 장안에서 계시는 나리를 모실 사람이 아무도 없으니 소인이 먼저 장안으로 돌아가 나리를 모시겠습니다. 마님이 이곳 살림을 정리하고 장안으로 오시기를 기다렸다가 마님이랑 함께 나리의 임지로 출발하면 어떨지요?"

"네 말이 정답이다."

왕신의 어머니는 서찰과 노잣돈을 왕복에게 주고 먼저 출발하라 했다. 왕복이 출발한 다음 왕신의 어머니는 보석과 패물을 제외한 전답과 가옥 그리고 세간을 팔기 시작했다. 아들이 임지로 출발하는 날짜에 못 댈까 봐 가격 흥정은 엄두도 못 내고 그저 반값 정도에 마구 팔았다. 아울러 스님을 모셔와 재를 지냈다. 그런 다음 관청의 배를 한 척 빌려서 날을 잡아 출발했다. 평소 가깝게 지내던 이웃사촌들이 나와서 배웅하는 가운데 배에 올랐다. 항주를 출발하여 가화를 지나 소주, 상주, 윤주를 거쳐 양자강 본류에 들어가 곧장 앞으로 배를 저어나갔다. 하인들은 자신이 모시던 주인이 관직을 얻었다 하니 모두 어깨춤이 절로 나고 콧노래가 절로 났다.

난을 피해 남쪽으로 떠난 길, 애처로운 길,
부귀영화가 이렇게 들이닥칠 줄이야, 아무도 몰랐으리.
온 집안 식구들이 환호성을 지르며,
머지않아 장안으로 금의환향하리라.

한편, 왕신은 장안을 떠나 걸음을 멈추지 않고 서둘러 길을 좁혀나갔다. 며칠이 지나지 않아 바로 양주에 도착했다. 객점에 짐을 풀고 짐꾼과 말을 돌려보내고 식사를 마친 다음, 왕복을 시켜 강변으로 나가 배를 찾아보라 했다. 왕신 자신은 객점 문 앞에 앉아 짐을 지키면서 오가는 배를 바라보았다. 이때 배 한 척이 강물을 거슬러 올라오는 게 보였다. 이물엔 네댓 명이 서서 깔깔거리고 노래도 부르는 모습이 무척이나 즐거워 보였다. 그 배가 가까이 다가오기에 왕신이 더 자세히 바라보았다. 배에 탄 자들은 다름 아닌 자기 집 하인들이었다. 왕신은 소스라치게 놀랐다.
'아니, 저놈들은 집에서 일은 안 하고 여기엔 웬일이야! 혹시 어머님이 돌아가시고 다른 집으로 팔려 갔나?'
왕신이 의아해하고 있을 때 선창의 휘장이 걷히더니 한 여인이 고개를 빼쭉 내밀고 밖을 내다보았다. 왕신이 자세히 보니 내실 하녀였다. 왕신은 계속 '이상하다, 이상하다' 연발하면서 가서 물어보고자 했다. 바로 이때 배에 타고 있던 녀석들이 일제히 소리를 치는 것이었다.

"나리께서 어쩐 일로 여기 계십니까, 상복은 또 왜 입으셨고요?"

그 녀석들이 뱃사람에게 어서 배를 저어 강둑에 붙이라 하니 배가 심하게 흔들렸고 그 바람에 왕신의 어머니가 선창의 휘장을 걷고 내다보았다. 왕신이 어머니를 보더니 황망히 상복을 벗고서 짐 보따리를 열어 옷과 모자를 찾아 갈아입었다. 배 안에 있는 녀석들도 강둑으로 올라왔다. 왕신은 자기 짐을 배에 싣게 한 다음 자기도 배에 내려가 어머니를 뵈었다. 배 안에 왕류아가 있는 걸 본 왕신은 다짜고짜 왕류아의 멱살을 잡고 주먹질하기 시작했다. 왕신의 어머니가 황급히 다가와 말렸다.

"아무런 죄도 없는 저 녀석을 왜 그렇게 때리는 거냐?"

왕신은 어머니가 나오는 걸 보고서야 왕류아의 멱살을 잡고 있던 손을 놓고 어머니께 자초지종을 설명했다.

"저 망할 놈의 자식이 어머님의 서찰을 들고 와서는 어머님이 돌아가셨다고 거짓말을 전하고 저를 불효자로 만들었습니다."

왕신의 어머니가 깜짝 놀라면서 입을 열었다.

"저 왕류아가 집을 떠난 적이 없는데 언제 서찰을 들고 장안으로 찾아갔단 말이냐?"

"한 달 전에 어머님의 서찰이라고 들고 왔더라고요. 서찰에는 이러이러한 내용이 쓰여 있었지요. 저놈을 며칠 머물게 한 다음 바로 어머님께 돌려보내고 저는 장안의 전답과 가옥을 처분하고 밤낮으로 달려 여기 도착한 겁니다. 근데 어떻게 저놈이 어머님 곁을 떠난 적이 없다고 하시는 겁니까?"

주위 사람들이 일제히 소리를 쳤다.

"이런 기이한 일이! 장안에도 왕류아가 또 한 명 있단 말인가?"

왕류아가 왕신에게 아뢰었다.

"소인이 장안에 가다니요. 꿈에도 그런 일은 없었습니다요."

"야 이놈아, 어머님의 필체가 아니었다면 내가 믿기라도 했겠느냐?"

왕신이 짐 보따리를 풀어 서찰을 꺼내었다. 서찰을 보니 글자는 하나도 없고 그저 하얀 종이만 있었다. 왕신은 너무도 놀라 어안이 벙벙하여 그 종이를 이리저리 뒤집어볼 따름이었다. 왕신의 어머니가 물었다.

"서찰이 어디 있다는 거냐? 나에게 좀 보여다오."

"거참 이상하네요! 이 서찰에 그렇게 많던 글자가 대체 어디로 다 사라져 버리고 백지만 남은 거죠?"

왕신의 어머니는 그 말을 믿을 수 없다는 듯이 말했다.

"세상에 그런 일이 어디 있단 말이냐! 네가 집을 떠난 후로 서찰을 주고받은 적이 없다가 예전에 왕복이 나에게 서찰 한 통을 들고 찾아왔더구나. 그래서 내가 서찰을 받고 왕복에게 먼저 너에게 돌아가 너를 모시라고 한 적은 있다만, 무슨 왕류아가 가짜 서찰을 들고 가서 너를 속였다는 말은 금시초문이구나. 게다가 서찰의 글자가 모두 사라지고 백지만 남았다니, 지금 무슨 그런 황당한 말을 하느냐!"

왕신은 왕복이 어머니에게 서찰을 들고 찾아갔다는 말을 듣고는 소스라치게 놀랐다.

"왕복은 장안에서 저랑 같이 지내다가 함께 출발했는데, 어떻게 서찰을 들고 어머님을 찾아갈 수 있었단 말입니까?"

"아이고 애야, 이거 갈수록 태산이구나. 그러니까 한 달 전에 왕복이 서찰 한 통을 들고 날 찾아왔다니까. 장안의 전답과 가옥이 다 멀쩡하고 또 무슨 호팔인가 하는 사람의 주선으로 원 승상한테서 관직도 얻었으니 강동의 전답을 다 처분하고 서둘러 장안으로 와서 같이 임지로 출발하자고 썼더구나. 그래 내가 서둘러 가산을 정리하고 배를 빌려 타고 장안으로 가는 길 아니냐. 한데 왕복을 보낸 적이 없다니 대체 무슨 말이냐?"

"정말 귀신이 곡할 노릇입니다. 무슨 호팔 판관이 원 승상을 소개해 주고, 소자가 무슨 관직에 임명되었다는 거고, 제가 무슨 서찰을 보내 어머님을 오시라 했다는 말인지, 참!"

"설마 그럼 왕복도 역시 가짜였단 말이냐? 어서 왕복을 불러오너라."

"왕복이 지금 배를 부르러 갔으니 조금 있으면 바로 돌아올 겁니다."

모두들 이물 쪽으로 가서 바라보니 왕복이 과연 멀리서 뛰어오고 있었다. 왕복도 상복을 입고 있었다. 하인들이 손짓하여 왕복을 불렀다. 왕복이 바라보니 자기 집 하인들 아닌가? 대체 저들이 왜 또 여기에 있는 건지 참으로 이상했다. 왕복이 배 가까이 다가왔다. 사람들이 왕복을 보니 전에 보았던 그 왕복이 아니었다. 전에 보았던 왕복은 왼쪽 눈이 상처 난 왕복이었는데 오늘 왕복은 두 눈이 다 땡글땡글 아무런 상처도 없이 말짱했다. 하인들이 일제히 왕복에게 물었다.

"왕복이 자네, 지난번에 한쪽 눈 다치지 않았어, 근데 지금은 어떻게 이렇게 멀쩡하지?"

왕복이 가래침을 퉤 하고 뱉더니 한마디 했다.

"네놈들 눈이 삔 거 아냐? 내가 언제 집에 왔더란 말이냐. 또 무슨 눈을 다쳤다는 거야!"

하인들은 모두 어안이 벙벙해져서 말했다.

"정말 귀신이 곡할 노릇이군! 마님이 널 찾으시니 일단 상복부터 갈아입고 어서 가 뵈어라."

왕복이 그 말을 듣고 의아해하면서 되물었다.

"마님이 계신다고?"

하인들이 대답했다.

"마님이 가긴 어딜 가셨다고 그런 말도 안 되는 소릴 하는 거야?"

왕복은 그 말을 도저히 믿을 수 없다는 듯 상복도 벗지 아니하고 그대로 선창 안으로 들어갔다. 왕신이 그걸 보더니 버럭 소리를 질렀다.

"아니 이 개 같은 놈아, 마님이 여기 눈을 시퍼렇게 뜨고 있는데 어서 상복을 갈아입지 않고 뭐 하느냐!"

왕복이 황망히 이물에서 물러나 상복을 벗고 선창 안으로 들어가 마님께 머리를 조아렸다. 왕신의 어머니는 눈을 비비며 왕복을 뚫어져라 쳐다보았다.

"이상하다. 며칠 전 나를 찾아온 왕복은 왼쪽 눈을 크게 다쳤는데 지금 넌 아무런 상처가 없구나. 그렇다면 며칠 전에 온 녀석은 필시 다른 사람일 텐데."

왕신의 어머니가 급히 왕복에게서 받은 서찰을 펼쳐보았다. 그 서찰에는 아무런 글자도 없었다. 온 가족이 당황하기 시작했다. 그럼 왕류아, 왕복은 대체 누구란 말인가? 누가 무슨 이유로 이렇게 왕신의 살림을 거덜 내려고 하는가? 앞으로 또 무슨 변고가 있을지 모를 일이었다.

왕신은 미간을 찡그리며 한참을 생각에 잠겼다. 그러다 가짜 왕복의 왼쪽 눈에 상처가 있었다는 말을 떠올리니 문득 짚이는 게 있었다.

"맞아, 맞아! 그 짐승 놈이 나를 괴롭히는 거야!"

왕신의 어머니가 황급히 되물었다.

"그게 무슨 말이냐?"

왕신이 번천에서 여우를 쏘아 맞히고 책을 빼앗은 일, 객점에서 그 여우가 사람으로 변신하여 자신을 속이려 했던 일, 밤에 찾아와 문을 두드렸던 일을 소상하게 말씀드렸다. 그런 다음 또 이렇게 덧붙였다.

"그땐 제가 저 여우 놈이 사람으로 변신하여 잃어버린 책을 찾으려고 하는 정도로만 생각했는데 이렇게 꾀가 많을 줄은 몰랐네요."

사람들이 왕신의 말을 듣고 고개를 절레절레 흔들면서 말했다.

"그 요괴 녀석 참으로 간교하구먼. 그렇게 먼 길을 순식간에 왕래하고 필적도 사람 모습도 쉽게 흉내 내 장안과 강동 두 곳의 식구들을 아주 갖고 놀았구먼. 이럴 줄 알았으면 진즉에 그 책을 돌려주는 게 좋았을걸!"

왕신이 그 말을 듣고 버럭 소리를 질렀다.

"저 버르장머리 없는 여우 놈을 가만두고 보라고? 이럴수록 책을 순순히 돌려주면 안 되지. 그 여우 놈이 다시 수작을 부리면 내가 그놈 머리를 갈라놓고 말 테다."

왕신의 아내 우씨가 입을 열어 물었다.

"기왕 이렇게 된 거 그런 이야긴 해서 뭐 하겠어요. 우리가 지금 이곳에 다 모이게 됐는데 올라가기도 그렇고 내려가기도 그러네요. 우리 어떻게 먹고 살아가지요?"

"장안의 살림을 모두 팔아치웠으니 가봐야 뭐 비빌 언덕도 없고. 여기서 강동이 멀지 않으니 강동으로 돌아가지, 뭐."

그 말을 듣고 왕신의 어머니가 이렇게 대답했다.

"강동의 가옥과 전답도 다 팔아버렸는데 가서 어디서 산단 말이냐?"

"일단 집을 빌려서 살다가 차차 어떻게 해보죠."

배의 방향을 돌려 강동을 향하여 출발했다. 장안을 향하여 출발할 때는 불처럼 달아올랐던 분위기가 강동으로 돌아갈 때는 얼음장처럼 썰렁했다. 마치 끈 떨어진 꼭두각시 인형이 팔과 다리가 흐느적거리는 것 같았고 게다가 서로들 한마디 말조차 없었다. 흥에 겨워서 왔던 길, 풀이 죽어서 돌아가는 길. 항주에 도착하여 왕신은 하인들을 거느리고 먼저 강둑에 올라 예전에 살던 집 근처에 집을 하나 얻고 급하게 살림살이를 장만하고 난 다음 싣고 온 짐을 옮겨놓고 어머니와 아내를 안내했다. 곰곰이 헤아려보니 재산 가운데 반이 거덜 나버렸다. 속이 상하고 기가 막혔다. 왕신은 두문불출하면서 화를 삭였다. 동네 사람들은 이사한다던 왕신의 어머니가 다시 돌아오자 어인 일이냐고 묻기 바빴다. 왕신이 자초지종을 설명해주자 사람들은 모두 그런 일이 다 있냐며 기이하다고 했다. 이 일은 벌써 소문이 나기 시작하여 금세 온 항주에 널리 퍼졌다.

하루는 왕신이 대청마루에 앉아 하인들에게 일을 시키고 있는데 밖에서 누군가가 걸어 들어오고 있는 게 보였다. 그 사람은 풍채도 당당하고 옷차림새도 단정했다. 그 사람 모습이 어떠했던고?

> 머리엔 검은색 비단으로 짠 당건을 쓰고,
> 몸에는 녹색 비단 도포를 입고,
> 당건 양옆에는 옥구슬이 달려 있고,
> 도포에는 자색실로 가로세로 장식했네.
> 눈처럼 하얀 버선,
> 붉게 물든 석양녘 구름 같은 신발.
> 당당한 외모,
> 이 세상 사람이 아닌 것 같은 자태.
> 헌걸찬 모습,
> 하늘에 닿을 것 같은 기운.
> 천상의 신선이 아니라면,
> 세상의 왕후장상이러니.

그 사람은 대청마루 쪽으로 서슴없이 걸어 들어왔다. 왕신이 자세히 보니 다른 사람이 아니라 바로 친동생 왕재였다. 왕재가 대청마루 아래에서 왕신을 향해 읍했다.

"형님, 그동안 별고 없으셨습니까?"

왕신은 답인사를 하고 나서 왕재에게 말했다.

"아우가 이렇게 찾아주니 정말 고맙네."

왕재가 형 왕신에게 말했다.

"이 동생이 장안에 가보니 우리가 전에 살던 집은 다 허물어지고 말았더군요. 전란에 그리된 거라는 말을 듣고 가슴이 너무 아팠습니다. 친척들을 찾아가 여쭤보니 식구들이 다 강동으로 피난 갔다가 형님이 먼저 장안으로 돌아오셨는데, 어머님이 돌아가셨다는 전갈을 받고서 가옥과 전답을 팔고서 장안을 떠났다고 알려주셨습니다. 저는 그 말을 듣고 밤낮으로 달려 강동에 와서 우리 살던 곳으로 가보니 이웃 사람들이 이곳을 알려주며 어머님은 별고 없으시다고 말해주더군요. 그래서 다시 황급히 배로 돌아가 상복을 벗고 이렇게 찾아왔습니다. 어머님은 어디 계십니까? 어째서 이렇게 허름한 집에 거처하게 되었습니까?"

"말하자면 길지. 일단 어머니부터 뵈어라. 그런 다음 내가 차근차근 이야기해주마."

왕신이 아우를 데리고 안쪽으로 들어가는데 누군가가 먼저 어머니한테 전갈을 드렸던 모양인지 어머니가 둘째 아들이 찾아왔다는 소식을 듣고 희색이 가득한 얼굴로 방에서 나오다 왕재와 만나게 되었다. 왕재가 그 자리에서 바로 엎드려 절을 올리고 일어났다. 어머니가 물었다.

"아들아, 내가 밤낮으로 네 걱정뿐이었는데 그동안 별고 없었느냐?"

"어머님이 신경 써주셔서 감사할 따름입니다. 형수님을 뵙고 난 다음 그동안의 일을 자세히 말씀드리겠습니다."

마침 이때 왕신의 아내가 하녀들과 함께 왕재를 보러 나와 같이 인사를 나눴다. 왕재가 형 왕신에게 같이 나가자고 청했다. 어머니도 그들과 함께 나왔다. 왕신 형제와 어머니 그리고 가족 모두가 대청마루로 나와 앉았다. 왕재가 형에게 물었다.

"형님, 형님이 먼저 설명 좀 해주시지요. 대체 어쩌다가 우리 집이 이렇게 되었습니까?"

왕신이 번천에서 여우를 화살로 쏜 일, 장안과 강동에서 여우에게 속아 재산을 팔아치운 일을 자세하게 설명해주었다. 왕재가 그 말을 다 듣고 나더니 이렇게 말했다.

"아, 그래서 이렇게 된 거군요. 이건 형님이 자초하신 일이지 여우가 일부러 그런 게 아닙니다. 그 여우는 그저 수풀 속에서 책을 읽고 있었을 뿐이고 형님은 관복을 차려입고 형님 길을 가고 계셨죠. 그래서 둘이 서로 방해가 되지도 않았는데 형님은 어째서 괜히 여우에게 화살을 쏘고 책을 뺏고 그러셨나요? 또 형님이 객점에 머물 때 그 여우가 상처를 무릅쓰고 찾아와 책을 돌려달라고 한 것도 다 피치 못할 사정이 있었을 것입니다. 형님이 책을 돌려주지 않은 건 그렇다 쳐도 뭐 하러 칼을 휘둘렀습니까? 그 여우가 밤에 또 찾아와 좋은 말로 책을 돌려달라고 했음에도 형님은 또 고집을 피우고 돌려주지 않으셨습니다. 그 읽지도 못하는 책 아무짝에도 쓸모없으니 여우에게 돌려준다고 뭐가 문제가 되겠습니까? 한데 지금 그 여우가 이런 일을 일으키게 했으니 이건 다 형님이 자초한 일입니다."

어머니가 말했다.

"내 생각도 너랑 똑같구나. 그거 있어 봐야 뭐 한다고 이렇게 끔끔수를 당한다니!"

왕신은 동생 왕재한테 몇 번이고 지청구를 당하자 아예 입을 닫고 아무 말도 하지 않았다. 마음이 영 불편했다. 왕재가 다시 말했다.

"그 책이 어떻게 생겼어요? 그리고 어떤 글자가 쓰여 있죠?"

"아주 얇디얇아. 그리고 글자는 도시 읽을 수가 없더구나."

"형님, 한번 보여주시죠."

어머니가 옆에서 끼어들었다.

"그래 동생한테 한번 보여줘라. 혹시 동생이 알아볼지도 모르잖아."

"그걸 아무나 읽어낼 수 있겠어요? 저도 그냥 그 희한한 거를 한번 직접 보고 싶을 따름이죠."

왕신이 즉시 안으로 들어가 책을 가지고 대청마루로 나왔다. 왕재가 그 책을 받아 첫 장부터 마지막 장까지 천천히 넘겨보았다.

"정말 희한한 글자네요."

왕재가 대청마루 안쪽 왕신이 앉아 있는 자리로 다가가 왕신을 향해 말했다.

"예전에 그대를 찾아갔던 왕류아가 바로 나였네. 이제 천서를 돌려받았으니 더는 귀찮게 하지 않을 것이니 마음 놓아라."

그 사람이 말을 마치고 밖으로 내달리기 시작했다. 왕신이 대로하여 곧바로 쫓아가면서 소리를 질렀다.

"저 짐승 놈이 참으로 무엄하구나. 어디로 도망치는 거냐."

왕신이 그 사람의 옷자락을 움켜쥐었다. 그 사람이 뿌리치고 도망가려 하자 왕신이 움켜쥔 힘이 더욱 세졌다. 찌지직 소리가 나면서 옷자락이 찢어지고 말았다. 그 사람이 몸을 한 바퀴 돌더니 옷이 벗겨지고 드디어 본색이 드러났다. 그 여우가 문밖을 향하여 잽싸게 달려 바람처럼 사라졌다.

왕신은 하인들과 함께 거리로 달려나갔다. 사방을 살펴봐도 여우의 자취를 찾을 수가 없었다. 왕신은 그놈의 여우가 자기 재산을 축내고, 오늘은 또 나타나 자신을 훈계하고 곯려 주고 책을 빼앗아간 것이 분해서 이를 바득바득 갈며 이쪽저쪽을 뒤지기 시작했다. 이때 눈먼 도사 한 명이 맞은편 집 처마 밑에 있는 게 보였다. 왕신이 그 도사에게 물었다.

"혹시 여우 한 마리가 달려가는 걸 못 보셨습니까?"

도사가 손가락으로 가리키며 말했다.

"저 동쪽으로 가던데요."

왕신은 하인들과 함께 동쪽으로 달려갔다. 대여섯 집을 지났을까 등 뒤에서 그 도사가 소리를 질렀다.

"왕신아, 며칠 전에 네가 보았던 왕복은 바로 나였어. 네 동생 왕재도 여기에 있네."

왕신과 하인들이 그 소리를 듣고 고개를 돌려보니 여우 두 마리가 책을 붙잡고서 폴짝폴짝 뛰고 있었다. 왕신과 하인들이 그 여우들을 잡으러 달려들었다. 그 여우들은 나는 듯이 도망쳐버렸다. 왕신이 집 문 앞에 이르니 어머니가 이렇게 타일렀다.

"우리 집을 망치는 주범이 사라져 버렸으니 이제야 한숨 돌리겠구나. 그놈을 뭐 하러 쫓느냐? 어서 안으로 들어오너라."

왕신이 화를 꾹 눌러 참고 어머니 말대로 하인들에게 안으로 들어오라고 했다. 그런 다음 여우들이 벗어놓고 간 옷가지를 집어보았다. 한데 왕신이 그 옷을 집는 대로 다른 것으로 변하는 것이었다. 그것이 다 무엇으로 변했을까?

파초 이파리가,
비단옷으로 변했던 것.
연 이파리가,
비단 두건으로 변했던 것.
버들잎을 말아서,
옥가락지 만들었던 것.
벽라 엮어서,
자색실 만들었던 것.
하얀 종이로,

비단 양말 만들었던 것.

소나무 껍질로,

빨간 신발 만들었던 것.

하인들은 이걸 보고서 놀라자빠졌다.

"여우가 이런 신통력을 갖고 있다니! 둘째 도련님은 어디 계신 거지? 여우 놈이 하필 둘째 도련님 흉내를 냈을까."

왕신은 이 일로 말미암아 속을 끓이다 마침내 화병이 나서 드러누웠다. 어머니가 의원을 불러 치료하게 했음은 굳이 말할 필요도 없겠다. 며칠 지나서 하인들이 집 안에 모여 있는데 누군가가 걸어 들어왔다. 바라보니 바로 왕재였다. 검은 비단 당건, 녹색 비단 도포를 입고 있는 게 며칠 전에 나타났던 여우 놈과 복장이 똑같았다. 하인들은 여우가 변신한 게 틀림없다고 여겨 소리쳤다.

"여우가 또 찾아왔다!"

하인들은 각자 몽둥이를 들고 와서 그 사람을 내려치기 시작했다. 그 사람이 외쳤다.

"이 망할 놈들아, 이 버르장머리 없는 놈들아, 어서 마님께 내가 왔다고 아뢰어라."

하인들은 그 말을 들은 척도 아니하고 계속 몽둥이찜질을 해댔다. 왕재가 도저히 더는 참지 못하고 몽둥이를 뺏어 들고 하인들을 때리기 시작하니 하인들은 감히 더는 달려들지 못하고 안쪽 문 뒤에 숨어 욕을 하기 시작했다.

"이 요괴 녀석아! 책을 가져갔으면 됐지, 여긴 또 왜 온 거냐!"

왕재는 그 말을 도시 알아들을 수가 없었다. 버럭 화를 내며 안쪽으로 밀고 들어갔다. 하인들이 안에서 이리저리 소란스럽게 뛰어다니니 왕신의 어머니 역시 그 소리에 놀라 밖으로 나왔다.

"어째 이리 소란스러우냐?"

"그놈의 여우가 또다시 둘째 도련님으로 변신해 나타났습니다."

"그런 일이 일어났단 말이냐!"

그 순간 바로 왕재가 나타나 어머니를 보더니 몽둥이를 내려놓고 엎드려 절을 올렸다.

"저놈들이 글쎄 여우 어쩌고, 책 어쩌고 하면서 다짜고짜 몽둥이를 들고 저를 때리려 들지 뭡니까."

"네가 진짜 내 아들이 맞느냐?"

"아니 저를 낳으신 어머니께서 그런 말씀을 하시다뇨!"

이때 밖에서 하인 예닐곱 명이 부대 하나를 들고 안으로 들어왔다가 진짜 왕재라는 걸 알고는 머리를 조아리며 사죄했다. 왕재가 대체 어찌 된 영문인지 물어보니 어머니가 전후 사정을 소상히 알려주었다. 그리고 이렇게 덧붙였다.

"네 형은 이 일로 화병이 들어 아직도 일어나지 못하고 있다."

왕재가 그 말을 듣고 더욱 놀랐다.

"제가 황제의 피난 행렬을 따라 촉 지방에 갔을 때 검남절도사 엄무嚴武[2] 휘하에서 참모를 맡고 있었습니다. 그리고 황제의 가마가 장안으로 다시 돌아갈 때 저는 따라가지 아니하고 남았습니다. 두 달 전에 왕복이 형님의 서찰을 들고 와서는 가족이 모두 강동으로 피난 가 있고 또 그 와중에 어머님이 세상을 떠났으니 어서 강동으로 와서 함께 어머님의 관을 메고 고향으로 돌아가자고 형님이 말씀하셨다고 전했습니다. 그러면

---

2) 엄무(726~765)는 당나라의 장수이다. 토번 정벌에 공을 세웠으며, 이부상서와 검남절도사를 지냈다. 두보와 친교를 맺었다고 전해진다.

서 왕복이 자신은 먼저 장안으로 가서 묘소를 만들어야 하니 다음 날 바로 출발하겠다고 했습니다. 저는 이 일로 관직을 사직하고 제가 갖고 있던 살림도 다 버리고 바로 길을 잡아 출발했습니다. 예전에 살던 집으로 가보니 이웃 사람들이 이곳을 알려주더군요. 한데 어머님은 별고 없으신 걸 알고는 다시 배로 돌아가 상복을 갈아입고 먼저 형을 찾아와 왜 그런 터무니없는 소식을 전해서 저를 속인 것인지 따져 묻고자 한 건데 이런 사달이 벌어진 것입니다."

왕재가 짐 속에서 그 서찰을 찾아냈다. 그 서찰을 열어보니 아뿔싸 그저 흰 종이뿐. 식구들이 모두 껄껄 웃었다. 그러나 속은 참으로 씁쓸했다. 왕재가 어머니와 함께 내실로 들어가 형수와 형님을 뵙고 저간의 사정을 설명했다. 왕신은 화가 너무 나서 정신이 더욱 어질어질해졌다. 어머니가 이렇게 말했다.

"그놈의 여우가 요사스러운 짓을 했다만 그래도 그 덕에 촉에 있던 네가 돌아와 내가 너를 만나게 되었구나. 그래 그놈의 여우가 이건 잘한 짓이니 그놈이 우리에게 행한 사악한 짓은 모두 용서해주고 더는 탓하지 말자."

왕신은 두 달을 더 앓아누웠다가 마침내 자리를 털고 일어났다. 왕신 일가족은 마침내 항주에 호적을 옮기고 살았다. 지금도 오월 지방에선 사기꾼을 여우 요괴라 부르는데 이게 다 이 일에서 연유한 것이다.

뱀은 뱀끼리, 호랑이는 호랑이끼리 무리 지어 살고,
여우는 자신의 책을 소중히 여기고.
가산을 탕진하고 책도 결국 잃어버리고는,
천년만년 비웃음거리가 된 왕신.

가짜 사위, 진짜 사위

錢秀才錯占鳳凰儔
선비 전씨가 실수 덕분에 멋진 짝을 만나다

해뜰녘 한가득 술을 싣고 호수에 배 띄우네,
갈대숲 우거진 곳에 배 띄우고 피리를 부네.
바람 자고 구름 걷힌 호수,
하늘 담은 호수는 파란 유리라네.

이것은 송나라 때 양비楊備1)가 태호太湖를 유람하면서 지은 시다. 이 태호는 오군 서남쪽으로 30리 정도 떨어진 곳에 있다. 이 태호의 크기가 얼마나 되는가? 동서 2백 리, 남북 120리, 둘레는 5백 리, 넓이는 3만 6천 경頃, 호수 가운데에는 72개의 봉우리가 있으며, 세 개 주에 걸쳐 있

---

1) 송나라 초기 인물로 1032년부터 1033년까지 지금의 상해 남부에 위치한 화정현華亭縣의 지현을 역임했다고 한다.

다. 그 세 개 주가 어디런가? 소주蘇州, 호주湖州, 상주常州.

동남쪽의 거의 모든 물이란 물은 다 태호로 흘러 들어간다. 태호는 진택, 구구, 입택, 오호라고도 불린다. 왜 오호라고 불릴까? 동쪽으로 장주의 송강과 통하고, 남쪽으로 오정의 삽계와 통하고, 서쪽으로 의흥의 형계와 통하고, 북쪽으로 진릉의 격호와 통하고, 다시 동쪽으로 가흥의 구계와 통하니 물길이 다섯 길이라, 그래서 오호라 불리는 것이다. 이 다섯 갈래의 물을 다 품으니 얼마나 클까. 그래서 또 클 '태' 자를 써서 태호라고 부르는 것이다. 이 태호는 또 다섯 개의 호수를 품고 있다. 그 다섯 호수란 바로 능호, 유호, 막호, 공호, 서호다. 이 다섯 호수 말고도 세 개의 작은 호수를 거느리고 있으니, 부초산 동쪽을 매량호라 하고, 두기의 서쪽, 어사의 동쪽을 금정호라 하고, 임옥의 동쪽을 동고리호라 한다. 오 지방 사람들은 이러니저러니 해도 그저 줄곧 태호라고만 부른다. 그 태호의 72개 봉우리 가운데 동정봉 두 개가 가장 큰데, 동동정봉을 동산, 서동정봉을 서산이라고 부른다. 두 봉우리는 호수 가운데 서로 마주 서 있다. 나머지 산봉우리는 혹은 멀리 혹은 가까이 혹은 물에 떠 있는 듯, 혹은 가라앉아 있는 듯 호수 물결에 숨었다 나타났다 한다. 원나라 사람 허겸許謙[2]이 시를 지어 이 태호를 읊었도다.

만 갈래 물길을 받아들이네,
멀리 가까이 여러 고을을 덮었네.
남쪽으론 끝없이 물 이어져 수평선,
서쪽으론 산봉우리를 띄우고 있는 듯.

---

[2] 송·원대에 걸쳐 금화金華 지역에서 활약했던 학자이자 교육자(1270~1337). 정주程朱 이학의 맥을 잇고자 노력했다고 한다.

온갖 강줄기를 받아들이는 호수,
꼬불꼬불 흘러 마을과 마을을 갈라놓는 강.
가을바람에 호숫물은 하얗게 부서지는데,
물고기 배는 한가롭기만 하네.

이 동산과 서산은 서호 한가운데 있어 마치 섬과 같으니 거마로는 갈 수가 없었다. 이 산에 가려면 꼭 배를 타야만 했으니 가끔은 호수의 거친 물결을 무릅써야 할 때도 있었다. 옛날 송나라 재상 범성대范成大가 이 태호에서 거센 바람을 맞더니 이런 시를 지었겠다.

하얀 안개 하늘에 가득하고 하얀 포말 거세네,
나뭇잎 같은 배는 파도에 하염없이 흔들리네.
하릴없이 노니는 삶 내 감히 꿈꾸지 못했더니,
이 산과 이 호수 내 마음을 헤아려준 것인가!

한편, 동산과 서산 이 두 산에 사는 사람들은 이재에 밝아 사방팔방을 돌아다니는 장사치가 많았다. 하여 '천하제일 동정 상인'이란 말이 자연스럽게 유행하게 되었다. 그 동정 상인 가운데 서동정에 한 부자가 있었으니, 성은 고高, 이름은 찬贊이었다. 고찬은 어려서부터 호광 지방을 돌아다니며 장사하는 데 이골이 난 사람으로 곡물을 주로 취급했다. 그러다 재산을 모아서 두 곳에 전당포를 열고 점원 넷을 채용하여 전당포를 맡기고 자기는 집에서 여유로운 생활을 즐기고 있었다. 부인 김씨 사이에 아들과 딸을 하나씩 두었다. 아들은 표標, 딸은 추방秋芳이었다. 추방이 표보다 두 살 많았다. 고찬은 나이 지긋한 독선생을 초빙하여 아들 딸을 가르치게 했다. 추방은 천성이 총명했다. 일곱 살에 공부하기 시작하여, 열두 살이 되자 경학과 역사에 능통하고 글 짓는 재주 또한 빼어났다. 열세 살이 되어서는 학당에 입학하지 아니하고 집에서 그림이나 자수 같은 걸 배웠다. 열여섯 살이 되어서는 한참 용모가 피어나니 말 그대로 군계일학이었다. 그 모습을 「서강월」 사로 읊어볼까.

복사꽃에 이슬이 맺힌 것 같은 얼굴,
눈송이 같은 피부.
맑은 호수 같은 눈동자, 갸름한 눈썹.
봄 대나무 새순 같은 손가락.
아리땁기가 서시는 저리 가라,
멋들어지기가 최앵앵보다 훨씬 빼어나네.
사뿐사뿐 앙증맞은 발걸음,
한들한들 천하일색 미녀의 자태.

고찬은 딸 추방이 재색을 겸비한 걸 보고는 아무에게나 시집보내고 싶은 마음이 추호도 없었다. 인물과 재주가 번듯한 남자를 골라 사위 삼고 싶었다. 사람만 괜찮으면 예물 같은 건 따지고 싶지 않았다. 사위가 맘에 든다면 예물이야 자기가 나서서 장만해주고 싶기도 했다. 권문세가, 부잣집에서 하루가 멀다고 사람을 보내어 청을 넣었다. 그러나 고찬은 그런 대단한 집안의 자제들이라도 재주나 인물이 별로 뛰어나지 않아 보이면 퇴짜를 놓아버리곤 했다. 동정산이 비록 호수에 둘러싸여 있으나 세 주에 걸쳐 길이 통하고, 고찬이 손꼽히는 재산가인지라 이 혼사 건은 사방팔방으로 퍼져나가기 딱 좋았다. 고찬의 딸이 용모가 빼어난데도 고찬이 사위 될 사람의 인물만 좋다면 예물 같은 건 신경도 쓰지 않겠다고 말했다는 소문이 돌고 또 돌았다. 그러다 보니 얼치기 인물도 귀가 솔깃하여 매파에게 떼를 썼다. 매파가 찾아와 그 남자가 미남으로 유명했던 반안이나 조식 뺨치는 인물이라고 떠벌렸지만, 실제 보면 그렇고 그런 인물이라 고찬은 이제 매파의 말이라면 콩으로 메주를 쑨다고 해도 믿지 못할 지경이었다. 마침내 고찬은 이렇게 선언했다.

"앞으로 나한테 괜히 말만 앞세우지 마라. 만약 정말 출중한 인물이 있으면 그냥 그 사람을 데리고 바로 나를 찾아와라. 그 사람이 맘에 들면 내가 바로 결정할 것이다. 괜히 시간 낭비하지 마라."

고찬이 이렇게 선언하고 나자 매파들도 함부로 나서지 못했다.

직접 눈으로 봐야 정확하지,
말이야 어디 믿을 수가 있어야지.
황금이라 소문난 게 돌멩이라네,
돈 많다 소문난 게 빈털터리라네.

여기서 이야기는 둘로 갈린다. 한편, 소주부 오강현의 평망이란 곳에 선비가 한 명 살고 있었다. 그 선비의 성은 전錢, 이름은 청靑, 별명은 만선萬選이었다. 전청은 책을 엄청 많이 읽어서 그런지 고금의 일을 널리 꿰고 있었으며 인물 또한 매우 빼어났다. 이 사람의 모습 역시「서강월」사로 읊어볼까.

빨간 입술, 하얀 치아,
타고난 수려한 눈, 맑은 눈썹.
새 옷 차려입어 멋진 게 아닐세,
잘생긴 그 모습 자체로 군계일학이려니.
붓을 들었다 하면 문장이 술술,

바라보던 사람들이 놀라서 입을 다물지 못하지.
전청의 빼어난 명성,
사람들이 한 번 보면 절로 존경심이 우러나오지.

전청은 대대로 글공부만 한 선비 집안에서 태어나 본디 살림이 넉넉하지 못했던 데다 조실부모하는 바람에 형편이 더욱 어려웠다. 하여 나이 스물을 바라보지만 장가갈 엄두는 내지 못하고 나이든 하인 전흥과 단둘이서 살고 있었다. 전흥이 조그만 장사라도 하는 것으로 둘이 근근이 입에 풀칠했다. 한 끼 먹으면 두 끼를 굶을 지경이었다. 다행스럽게도 그 해에 전청이 현의 학생이 되었다.

그의 이종형이 같은 현 북문 밖에 살고 있었다. 그 이종형은 가세가 나름 넉넉하여 전청을 자기 집에 초청하여 같이 공부하자고 했다. 그 이종형의 성은 안顔, 이름은 준俊, 별명은 백아伯雅였으며, 전청과 동갑내기였으나 전청보다 석 달 일찍 태어난 까닭에 전청은 그를 형이라 불렀다. 안준의 아버지 역시 이미 세상을 떠나 안준은 어머니랑 같이 생활했으며 아직 장가를 들지 않았다. 여보시오, 이야기꾼, 전청이야 집이 가난하여 장가들지 않았다고 하니 그러려니 하지만, 안준은 집안도 넉넉하다고 하던데 어째서 나이가 열여덟이 다 되도록 미장가란 말이오? 아, 그거야 다 사연이 있지. 안준이 눈이 너무 높아서 미인이 아니면 장가들지 않겠다고 하는 바람에 장가가려고 이리저리 서두르기는 했으나 아직 미장가였던 것이다. 게다가 안준, 이자가 생긴 게 참으로 눈 뜨고는 못 봐줄 정도였다. 안준의 생김새가 어떠한고?「서강월」사로 읊어볼까.

솥단지 밑바닥처럼 시커먼 얼굴,
구리 종 추처럼 둥글넓적한 눈.

여드름 자국으로 가득한 뺨,

갈색으로 헝클어진 머리카락.

누렇게 빛나는 치아,

몸뚱어리는 고철 덩어리를 펴서 만들었나.

다섯 손가락은 북채 같구나,

얼굴 잘생겼다는 이름값도 못하네.3)

안준은 얼굴은 못생겼어도 치장하기는 무척이나 좋아했다. 빨간 옷, 파란 옷 갈아입고 목소리를 깔고 억지로 미소 짓고 하면서 온갖 멋을 부렸다. 한데 머리가 텅 비어서 문장을 지으려면 낑낑대기 일쑤면서도 유명한 글귀라면 고금을 막론하고 베껴 자기 학식을 자랑하고 싶어 했다. 전청은 안준과는 기질이 달랐으나 안준의 신세를 지면서 공부하고 있는 처지라 매사에 안준을 챙겨주고 추어주었다. 이런 까닭에 안준은 전청을 매우 기꺼워하면서 매사를 그와 상의했다.

쓸데없는 소리는 이제 그만. 10월 초순 어느 날, 안준의 먼 친척뻘 되는 자가 있었으니 그자의 성은 우尤, 이름은 신辰, 별명은 소매少梅였다. 우신은 타고난 장사꾼으로 영리하기가 이를 데 없었다. 우신은 안준에게 돈을 빌려 과일가게를 열었는데 장사가 꽤나 잘 되었다. 이날 우신은 동정산에 귤을 몇 짐 팔고 돌아오다가 한 대접 담아 안준네 집에 인사차 들렸다. 우신이 동정산에서 고찬이 사윗감을 찾고 있다는 소문을 들었는지라 안준과 이야기 나누는 도중에 아무런 생각 없이 이 이야기를 안준

---

3) 안준이란 이름을 한자로 쓰면 '顔俊'으로 얼굴 안에 준걸 준이다. 준걸 준은 바로 남자가 잘생긴 것을 의미하니, 안준이란 이름은 바로 얼굴이 잘났다, 미남이란 뜻이다. 이 사에서 이름값도 못한다고 읊은 것은 바로 이걸 두고 한 말이다.

에게 해주었다. 한데 안준은 이를 매우 진지하게 받아들였다.

'그렇지 않아도 내가 맘에 드는 짝을 찾지 못하여 고민이었는데 이런 혼사가 지금 진행 중이라니. 나야 재주도 있고 재산도 빠지지 아니하니 매파를 보내서 혼담을 건네면 바로 뭔가 이뤄지지 않겠어!'

그날 밤 안준은 잠도 제대로 못 잤다. 날이 새자마자 바로 몸단장을 하고 우신네 집을 찾아갔다. 우신이 가게 문을 열어 나왔다가 안준을 보고 인사를 건넸다.

"도련님께서 이렇게 이른 시각에 웬일이십니까?"

"자네에게 꼭 부탁할 일이 있어서 자네가 딴 데 가기 전에 서둘러 찾아왔다네."

"무슨 일인지 모르겠지만 일단 안으로 들어가셔서 말씀하시지요."

안준은 응접실에 들어가 읍을 하고서 자리를 잡고 앉았다. 우신이 입을 열었다.

"도련님께서 말씀하시는 일이라면 제가 힘껏 도와드리지요. 다만 제 능력이 모자랄까 걱정입니다."

"내가 부탁하려는 일은 다름이 아니라 자네가 중매를 서는 일이네."

"그렇지 않아도 도련님께서 융통해주신 돈을 밑천 삼아 장사하면서 무슨 일이라도 도련님을 위해 해드리고 싶은 마음뿐입니다. 어느 집안과의 혼사를 말씀하시는 것인지요?"

"바로 자네가 어제 나에게 말해주었던 동정서산의 고씨네 집일세. 두 집안이 서로 잘 어울리고 하니 자네가 나서주면 아주 잘될 것일세."

그 말을 듣고 우신이 너털웃음을 짓더니 이렇게 대답했다.

"솔직히 말씀드려서 다른 집이라면 어떻게 해보겠습니다만 고씨네 집 중매서는 일은 다른 사람에게 부탁하시지요."

"아니 왜 사양하는 건가? 고찬네 집 혼사를 이야기해준 건 자네인데 이제 와서 왜 다른 사람한테 부탁하라는 건가?"

"제가 발뺌하는 게 아니라 고찬이란 사람이 워낙 괴팍해서 말 붙이기가 어려워 그래서 망설여지는 것입니다."

"다른 일이라면 이 말 했다 저 말 했다, 맞다고 했다가 틀렸다고 했다가 쉽사리 나서기 힘들겠지만 월하빙인月下氷人처럼 사람을 짝 맺어주는 일이 얼마나 좋은 일이야. 고찬의 딸이 시집가지 않겠다고 우기는 거야 어쩔 수 없는 일이겠지만 그렇지 않다면야 남녀가 매파를 통해 결혼하는 거 아닌가. 고찬이 괴팍하다 해도 중매쟁이한테까지 버릇없이 굴면 안 된다는 것 정도는 알고 있을 터. 자네는 뭐가 걱정인가. 아무래도 자네가 일부러 빼면서 내 혼사에 나서려 하지 않는 것 같구먼. 이게 뭐 어려운 일도 아니고 하니 다른 사람에게 부탁하지, 뭐. 나중에 내가 혼례를 치르게 되면 혼인 잔치 음식 먹으러 올 생각은 하지도 말게나."

안준이 황망히 몸을 일으켰다. 우신은 안준에게 돈을 빌려 장사를 하는 처지라 평소에도 안준의 눈치를 봤는데 오늘은 안준이 이렇게 버럭 화를 내는 걸 보니, 이거 안 되겠다는 생각이 들어 바로 태도를 바꿔 이렇게 말했다.

"도련님, 아니 왜 이렇게 성미도 급하셔요! 일단 앉으셔서 천천히 저랑 이야기 좀 나누시지요."

"중매를 서려면 서는 거고, 안 서고 싶으면 안 서는 거지. 더 이야기할 것 뭐 있다고!"

안준이 말은 이렇게 했지만 몸은 이미 다시 자리에 앉고 있었다. 우신이 안준에게 이렇게 말했다.

"제가 일부러 빼는 건 아니고요. 그 고찬이란 사람이 워낙 특이해 놔서요. 다른 사람들은 며느리는 들이고 딸은 시집보내는 거로 생각하겠지만 이 양반은 사위를 들인다고 생각하더라고요. 일단 자기 맘에 들어야 그 사람에게 자기 딸을 허락해줄 모양이에요. 사정이 이래서 힘만 들이고 일은 안 될 수도 있을 거 같아요. 그래서 제가 설불리 나선다고 말씀을 못 드린 거죠."

"자네 말을 들어보니 하나도 어려울 것 같지 않네. 일단 고찬에게 나를 직접 보라고 전하게. 그래 나를 실컷 보라지, 뭐. 내가 뭐 팔다리가 없는 것도 아니고 뭐가 걱정인가!"

우신이 자기도 모르게 가가대소하면서 말했다.

"도련님, 제가 솔직히 말씀드리죠. 도련님이 못생긴 것은 절대 아니나 도련님보다 몇 배 더 잘생긴 사람도 그 고찬이란 양반이 퇴짜를 놓았답디다. 도련님이 고찬에게 얼굴을 보여주지 않으시면 이 일은 열에 하나둘은 아닐지라도 백에 하나둘 정도의 가능성은 있겠습니다만 도련님께서 고찬에게 얼굴을 먼저 보여줘 버리시면 이 일은 절대 어찌해볼 도리가 없게 됩니다."

"허풍 떨지 않는 중매쟁이가 어디 있을까? 자네가 내 이야기를 고찬에게 잘해 주라고. 그러면 아마 나를 직접 보지 않고 바로 일을 진행할지도 모르지!"

"만약 고찬이 도련님을 직접 보고 싶다고 하면 어떻게 하죠?"

"그건 그때 가서 걱정할 일이고 일단 어서 가기나 해봐."

"도련님이 가보라고 하시니 제가 죽이 되든 밥이 되든 일단 가보죠."

안준이 자리에서 일어나기 전에 다시 당부했다.

"모든 정성을 다해 주게나. 일만 잘되면 자네에게 빌려준 스무 냥을 안 받겠네. 아, 물론 중매 잘 서준 거에 대한 답례도 따로 해줌세."

"아이고 열심히 하다마다요."

안준은 우신과 헤어져 집에 돌아오자마자 은전 50전을 인편으로 보내 거마비로 쓰게 했다. 안준은 그날 밤도 잠을 제대로 이루지 못했다.

'만약 우신이 가서 정성을 다하지 아니하고 대충 다녀와서 나한테 생색만 낸다면 정말 아무 쓸모 없는 일 아냐! 똘똘한 하인을 딸려 보내 그놈이 어떻게 하는지 살펴보게 해야지. 맞아, 그렇게 해야겠어.'

날이 밝는 대로 바로 하인 소을을 불러 우신이 중매 서려고 동정산으로 가는 길을 같이 따라가라 했다. 소을이 출발하고 나자 안준은 몹시도 안절부절, 서둘러 세수하고 몸단장을 하고서 관제묘에 가서 점괘를 뽑아 길흉을 점쳐보고자 했다. 향을 사르고 절을 올리고 점괘 통을 몇 번 흔들고 나서 점괘 하나를 뽑았다. 안준이 점괘를 들어 올려보니 73번째 점괘였다. 관제묘 벽에 새겨진 해당 점괘풀이를 찾아 읽어보았다.

먼 옛날 내 님 떠나보내고,
지금은 소식마저 끊겼네.
속절없이 인연을 이어보려 하건만,
이렇게 일이 꼬일 줄은 누가 알았으리!

안준이 비록 가방끈이 짧기는 해도 이 점괘풀이가 그 뜻이 너무도 명확하여 이게 좋은 점괘인지 아닌지를 모를 수가 없었다. 이 점괘를 뽑고 나서 안준은 속이 부글부글 끓어올랐다.

"이건 틀렸어, 이건 아니라고!"

안준은 이렇게 혼자서 소리치고는 소매를 휙휙 휘저으면서 관제묘를 나섰다. 집에 돌아와 한참을 생각에 잠겼다.

'아니 이 일이 잘못될 이유가 어디 있어! 내가 못생겼다고 맘에 안 들어 할까? 남자가 여자처럼 곱상하게 생겨서 어디에다 쓰려고. 다른 사람이 고개 돌리지 않을 정도면 된 거지. 진평陳平4)이나 반안처럼 잘생겨야 한다는 법이 어디 있어!'

안준은 혼잣말하면서 거울을 들고 자기 얼굴을 비춰보았다. 얼굴을 이리저리 비춰보자니 그래도 양심은 있어서, 아이고 이 얼굴 참 못 봐주겠다는 생각이 절로 들었다. 거울을 탁자 위로 집어 던지고 한숨을 푹 쉬고 나서 멍하니 앉아 하루를 그렇게 보냈다. 자세한 이야기는 굳이 할 필요가 없겠다.

한편 우신은 소을과 함께 노 세 개짜리 빠른 배를 빌려 마침 바람이 멎고 물결이 자는 틈을 타서 어기여차 노를 저어 서산의 고찬 집 근처에 배를 대었다. 때는 바야흐로 오후 미시. 우신이 명함을 들여보내니 고찬이 나와 맞으며 어인 일로 왔는지 물었다. 우신이 대답했다.

"따님의 중매를 서고자 찾아왔나이다."

"그래 어느 집안 도련님이신가?"

"저의 친척 가운데 살림도 넉넉하고 나리 집안과 잘 어울릴 만한 그런 집안의 청년이 있습니다. 나이는 열여덟에, 학문도 빼어납니다."

"인물은 어떠하오? 일단 내가 직접 보고 통과해야 그다음 단계로 넘어갈 수 있을 거요."

소을이 자신이 앉아 있는 의자 뒤에 바짝 붙어 서서 지켜보고 있는지라 우신은 어쩔 수 없이 안준에 대하여 허풍을 떨지 않을 수 없었다.

"인물이라면야 걱정할 필요도 없습니다. 당당한 체구, 완벽한 얼굴, 학식은 또 얼마나 대단한지요! 열네 살에 현학 입학시험에 1등으로 합격했을 정도입니다. 요 몇 년은 부친상을 치르느라 현학에서 공부하지 못하여 부학에 진학하지는 못했으나 대가들이 제 친척의 문장을 보고는 당장 어전에서 시험을 치러도 합격할 수준이라고 칭찬했습니다. 사실 저는

---

4) 진나라 말기, 한나라 초기의 정치가(?~기원전 178). 항우를 섬겼다가 나중에 유방의 신하가 되어 한나라의 건국과정에서 큰 공을 세웠다. 특히 빼어난 용모의 소유자로 유명했다.

중매를 업으로 하는 사람은 아닙니다. 해마다 나리 사는 동네에 과일을 사러 오다 보니 나리의 따님이 재색을 겸비했고 나리께서는 또 그에 걸맞은 사위를 맞으려 애쓰고 있다는 소문을 저절로 듣게 되었고 제 친척이라면 정말 잘 어울리는 짝이겠다는 생각이 들어 이렇게 용기를 내어 찾아뵙게 된 것입니다."

고찬은 우신의 말을 듣고 마음이 절로 기뻤다.

"그대의 친척이 재주와 용모를 겸비했다면 내가 어찌 사위 삼지 않겠소! 그러나 내가 아직 그대 친척을 직접 보지 못했으니 그게 좀 걸리오. 그대가 만약 그대 친척을 내 집에 한 번 데려와 보여준다면 내가 두말하지 않으리다."

"제가 허튼소리 하는 게 아니라는 건 나리께서 언젠가 바로 알게 되실 겁니다. 다만 제 친척이 그저 책이나 읽은 순둥이라서 나리 댁을 찾아오는 걸 부끄러워할지 모르겠습니다. 제가 어찌어찌해서 나리 댁에 데려와서 혼사가 잘 진행되면 좋겠지만 만약 잘 진행되지 않으면 제 친척이 발길을 돌려 집에 돌아가기가 영 창피할 것입니다. 그럼 제가 한참 욕을 먹게 됩니다."

"아니, 그런 인물이 어찌 퇴짜 맞을 일이 있겠소! 내가 좀 꼼꼼한 성격이라 매사를 내 눈으로 직접 보아야 직성이 풀린다오. 만약 그대 친척이 여기로 찾아오기가 꺼려진다면 내가 그대 집으로 갈 것이니 그대가 자연스럽게 그대 친척을 보여주면 그것도 아주 좋은 방법 아니겠소."

우신은 고찬이 오강현에 오게 되면 안준의 용모가 형편없다는 걸 알아차리게 될까 봐 걱정되어 황망히 이렇게 대답했다.

"나리께서 제 친척을 꼭 보고 싶으시다면 제가 친척을 데리고 뵈러 오겠습니다. 어찌 나리께서 번거롭게 걸음을 하시게 할 수 있겠습니까."

우신은 이렇게 말을 하고서 자리에서 일어나려고 했다. 고찬이 어찌 그냥 보내려 하겠는가. 황급히 술상을 차려내게 했다. 두어 시간 정도 먹고 마시니 고찬은 우신에서 하룻밤 머물러 가라고 권했다. 우신이 이렇게 말했다.

"제가 타고 온 배에 내일 아침 일찍 실어다 줄 화물이 많습니다. 오늘은 그만 일어나는 게 좋겠습니다. 다음에 찾아뵐 때는 염치불구하고 신세를 지겠습니다."

고찬이 오가는 거마비 조로 우신에게 금일봉을 건넸다. 우신이 배를 타고서 다음 날 새벽같이 순풍을 타고 노를 저어 반나절이 채 못 되어 오강현에 도착했다. 안준은 문가에 서서 이제나저제나 기다리다가 우신이 돌아오는 걸 보고는 바로 맞아들여 물었다.

"먼 길 다녀오느라 고생 많으셨소이다. 그래 몸은 좀 어떠시오?"

우신은 고찬을 만난 이야기를 자세하게 설명했다.

"고찬이 꼭 도련님을 보려고 하는데 어떻게 하시렵니까?"

안준은 묵묵부답이었다. 우신이 나중에 다시 보자는 인사를 건네고 자기 집으로 돌아갔다. 안준은 하인 소을을 불러 우신이 어떻게 했는지 소상하게 물었다. 우신이 자기한테 한 말이 사실에 부합하는지 알아보고 싶었던 것이라. 소을의 말을 들어보고 우신이 한 말이 거짓이 없음을 알았다. 안준은 한참을 고민하다가 계책을 하나 떠올리고는 우신의 집을 찾아가 만나서 상의했다. 그 계획이 무엇인고 하니.

멋진 짝을 생각하는 마음이 불길처럼 타올라,
애간장을 끓이느라 잠도 자지 못하네.
자고로 인연은 하늘이 내는 법이라,
인연 줄을 어찌 사람 맘대로 할까!

안준이 우신에게 이렇게 말했다.

"자네가 말한 그 건에 대해선 내가 따로 생각해둔 게 있다네. 걱정하지 말게나."

"그 좋은 계책이 대체 무엇입니까?"

"나한테 전청이라는 이종동생이 있다네. 전청은 인물이나 재주가 나보다 몇 배 낫지. 내가 내일 전청한테 부탁해서 널 따라가라 할 거야. 그럼 자넨 전청을 나라고 소개해서 잠시 속여 넘기게. 그렇게 하면 이 혼사를 성사시킬 수 있을 거야. 그 녀석이 감히 내 혼사를 망치지 못할 거야."

"전청을 데리고 가서 보여주면 혼사 진행이 안 될 염려는 없을 것이나 전청이 나서려고 하지 않을까 봐 그게 걱정인데요."

"전청과 나는 아주 가까운 친척이잖아. 게다가 사이도 참 좋고. 그건 출석을 부를 때 대신 답해주는 것처럼 쉬운 일이라고. 게다가 그한테 뭐 손해날 것도 없잖아. 전청이 싫다고 할 리가 없어."

말을 마치고 안준은 집으로 돌아갔다. 안준이 그날 밤 서재에서 전청과 같이 저녁 식사를 하기로 했다. 평소보다 더 신경 써서 밥을 차리게 했다. 전청이 깜짝 놀라며 말했다.

"그렇지 않아도 매일 폐를 끼쳐 미안한데 오늘은 어인 일로 이렇게 특별히 성찬을 준비하셨습니까?"

"먼저 술부터 한잔하게. 내가 자네에게 부탁할 일이 있으니 거절하지 말기를 바라네."

"저야 형님이 말씀하시는 거는 당연히 다 해드리죠. 근데 그게 무슨 일입니까?"

"내가 아우한테 있는 그대로 말함세. 우리 맞은편 집에서 과일가게를 하는 우신이라는 자가 나한테 중매를 서주었어. 나한테 소개해준 여자는 동정서산의 고찬네 딸일세. 한데 우신이 고찬한테 내가 엄청난 미남이라고 허풍을 떤 모양이야. 한데 고찬 이 양반이 나를 직접 보고 확인한 다음에 혼사를 진행하겠다지 뭐야. 어제 우신이하고 상의했는데 내가 가서 만나게 되면 혹시 우신이 허풍 떤 게 들통날 수가 있잖아. 그렇게 되면 우신이한테도 좋을 게 없고 또 이 혼사도 더는 진행이 안 될 거 같네. 그러니 자네가 나 대신 우신과 함께 가서 고찬 어른에게 내 행세를 해주게. 그렇게 해서 이 혼사를 진행시켜 주면 내가 자네에게 후사하겠네."

전청이 한참을 생각하더니 이렇게 대답했다.

"다른 일이라면 다 도와드리겠습니다만 이 일만큼은 어렵겠습니다. 그 순간은 어떻게 모면하고 넘어갈 수 있겠지만 나중에 발각되기 십상이니 형님이나 저나 참으로 난감해질 것입니다."

"이번 한 번만 잘 넘기면 되는 거라고. 혼인을 치르고 난 다음엔 들통이 나도 아무런 문제가 없다고. 게다가 고찬이란 사람이 널 알지를 못하잖아. 욕을 해도 중매쟁이한테 욕할 거니까 너하고는 아무런 상관이 없다고. 게다가 고찬은 동정서산에 살지 않나. 예서 백 리나 떨어진 곳이니 이곳 사정을 알 수가 없다네. 자네는 아무런 걱정도 하지 말고 가라고. 절대 걱정할 필요가 없다니까."

전청은 안준의 말을 묵묵히 듣기만 하고 아무런 대꾸도 하지 않았다. 안준의 말대로 하자니 그건 사람이 할 짓이 못되고, 그 말을 들어주지 않자니 원망을 들을 게 뻔하여 여기서 생활하면서 공부하는 게 불가능해질 것이니 진퇴양난이었다. 안준은 전청이 아무런 대답도 하지 않는 걸 보더니 다시 이렇게 말했다.

"아우님, 하늘이 무너져도 솟아날 구멍이 있다지 않은가! 내가 다 뒤에서 봐줄 테니까 아우님은 아무런 걱정도 하지 말라고."

"말씀이야 고맙지만 저는 행색도 남루해서 형님 역할을 대신하기가 좀 그러네요."

"걱정 마셔. 그건 내가 다 생각해둔 게 있다네."

그날 밤은 별다른 일 없이 지나갔다.

다음 날 안준이 새벽같이 일어나 서재로 가서 하인을 불러 옷상자에서 비단옷을 꺼내오게 했다. 유행하는 비취색 비단으로 만들고 거기에 용연향을 쐬어 향기가 진동하는 그 옷을 전청에게 주고서 출발할 때 입으라 했다. 아울러 하얀 버선과 비단 신발도 준비해주었다. 두건은 맞는 게 없어서 바로 새 걸로 맞추었다. 안준이 전청에게 은자 두 냥을 주면서 이렇게 말했다.

"우선 이거로 아우님 공부하는 데 필요한 붓이랑 종이를 사시게나. 내가 나중에 후하게 보답할걸세. 이 옷 한 벌은 아우님 입으라고 주는 거야. 나중에 이 일을 다른 사람한테 이야기하면 절대 안 되네. 우신한테는 내일 출발하는 거로 이야기해두었다네."

"형님 말씀대로 하겠습니다. 이 옷은 제가 잠시 입고 일 마치고 돌아오면 형님께 돌려드리겠습니다. 그리고 이 돈은 받을 수가 없습니다."

"옛날의 성현들은 수레나 의복을 친구들과 함께 나눴다고 하지 않는가. 이 일이 없었더라도 그 옷을 아우님 주고 입으라고 할 참이었다네. 이게 다 내 고마운 마음을 표시하려는 건데 아우님이 사양하면 내가 부끄러워지지 않겠는가."

"형님께서 그렇게 말씀하시니 옷이야 받겠습니다만 돈은 결코 받을 수 없나이다."

"아우님이 자꾸 그러면 내 부탁을 거절하는 거로 알겠네."

전청이 어쩔 수 없이 그 돈을 받았다. 안준이 우신을 불렀다. 우신은 이 일에 나서고 싶지 않았으나 안준에게 밉보이고 싶지 않아 하는 수 없이 이 일에 나서게 되었다. 안준은 먼저 배를 준비하고 그 배에 먹을거리와 이부자리를 싣게 했다. 아울러 하인 둘과 저번에 우신을 수행했던 소을을 딸려 보내 전청을 모시게 했다. 비단옷에 가죽 상자, 밤사이에 모든 것이 빠짐없이 화려하게 준비되었다. 안준은 소을과 다른 하인들에게 전청을 그저 나리라고만 부르고 전청의 전 자도 꺼내면 안 된다고 오금을 박았다. 밤을 지내고 날이 밝자마자 안준은 자리에서 일어나 전청에게 어서 일어나 세수하고 옷을 갈아입으라 재촉했다. 전청은 머리부터 발끝까지 새 옷으로 갈아입었다. 전청이 발걸음을 뗄 때마다 향기가 뿜어져 나오니 이전보다 훨씬 더 멋이 철철 흘러넘쳤다.

향기를 내뿜으며 다니는 순욱荀彧5) 같고,
자기 향해 던져 주는 과일을 싣고 돌아왔다던 반안과 같구나.

안준은 우신을 자기 집으로 불러 전청과 함께 아침을 들게 했다. 소을과 하인 둘은 이들을 모시고 배를 탔다. 순풍을 받은 배는 동정서산으로 바람처럼 미끄러져 갔다. 날이 이미 저물어 배에서 하룻밤을 묵었다. 다음 날 아침, 전청은 아침밥을 먹고 난 다음 고찬이 일어났을 시간을 가늠하여 쪽지를 꺼내어 안준의 이름을 적고 더불어 겸손하게 후배라 적은 다음 만나 뵙기를 청하는 내용을 마저 적었다. 소을이 그 쪽지를 들고 고찬의 집에 찾아가 전달했다.
"우신 나리가 안준 도련님을 모시고 인사드리기를 청하옵니다."
고찬 집 하인들도 소을의 얼굴을 예전에 본 적이 있는지라 서둘러 그 쪽지를 전달했다. 고찬은 그 쪽지를 보고서 어서 안으로 모시라 일렀다. 안준 역할을 하는 전청이 앞서고 우신이 뒤서서 대청 안으로 걸어 들어

---

5) 후한 말 조조 휘하의 정치가(163~212). 빼어난 용모로 유명하며 향기를 뿌리거나 향주머니를 달고 다녀서 그가 앉았다 일어난 자리에는 향기가 사흘이나 지속되었다 한다.

갔다. 고찬이 전청을 바라보니 한눈에도 인물이 빼어나고 차림새도 멋들어져 이미 열에 셋 정도는 허락하는 마음이 생겨버렸다. 서로 인사를 주고받은 다음에 고찬이 전청에게 상석에 앉으라 권했다. 전청은 나이도 어린 자기가 상석에 앉을 수는 없다고 거듭거듭 사양했다. 전청은 동쪽을 바라보는 손님 자리에, 고찬은 서쪽을 바라보는 주인 자리에 각각 앉았다. 고찬은 속으로 너무 기뻤다.

'역시 예의 바르고 겸손한 청년이로군!'

모두들 자리를 잡고 앉자, 우신이 먼저 입을 열어 저번에 대접받은 거에 대한 감사를 표시했다. 고찬은 너무 대접이 소홀했노라 겸양했다. 그러면서 고찬이 우신에게 물었다.

"이분이 바로 그대의 친척 안 도련님이시오? 저번에 내가 이 안 도련님의 호를 미처 물어보지 못했소이다."

전청이 대답했다.

"저는 나이도 어리고 해서 아직 호가 없습니다."

이때 우신이 끼어들었다.

"제 친척 안 도령의 호는 백아伯雅입니다. 백중伯仲의 '백', 아속雅俗의 '아' 자를 씁니다."

"이름이나 호가 모두 인물 됨됨이를 그대로 잘 드러내고 있네그려."

전청이 바로 이렇게 대답했다.

"부끄럽습니다."

고찬이 전청에게 가문에 관하여 물으니 전청이 일일이 대답했다. 전청이 말하는 자세나 말투가 부드러우면서도 당당했다. 고찬이 이런 생각을 하게 되었다.

'인물은 내가 봐서 잘 알겠으나 저 청년의 학식은 어떠한지 모르겠구나. 우리 집 독선생과 내 아들을 불러서 서로 문답하게 하면 학식이 있

는지 없는지 바로 드러날 거야.'

차를 두어 잔 마시고 나자 고찬이 하인에게 분부했다.

"서재에서 선생님과 아들을 모셔오너라. 손님에게 인사시켜야겠다."

잠시 후 쉰 살 정도 되어 보이는 선비 하나와 더벅머리 사내아이가 들어왔다. 사람들이 모두 일어나 그들에게 절했다. 고찬이 소개했다.

"이쪽은 우리 집의 독선생이신 진陳 선생님으로 현학의 선생을 겸하고 있소이다. 이쪽은 내 아들 고표라고 하오."

전청이 고표를 바라보니 눈매가 시원시원하고 얼굴도 미남형이었다.

'동생이 이렇게 미남이니 누나도 필시 예쁘게 생겼겠구나. 안준 형은 참 운도 좋네!'

고찬이 차 한 잔을 권하고는 진 선생에게 이렇게 입을 떼었다.

"이분은 오강현에 사는 안백아란 분이라오. 나이는 아직 젊으나 재주가 참으로 대단한 분이오."

진 선생은 고찬이 이렇게 말하는 의도를 바로 눈치채고선 이렇게 맞장구쳤다.

"오강현은 인재가 넘치는 고장이지요. 식견이 넓은 인재가 많아 다른 고장하고는 자못 다르답니다. 오강현엔 고명한 분을 모신 사당이 세 곳 있다고 들었소이다. 그 세 사당이 무엇인지 아십니까?"

"범려范蠡6), 장한張翰7), 육구몽陸龜蒙8)입니다."

---

6) 월나라 왕 구천을 도와 오나라 왕 부차를 궁지로 몰아 자살하게 만들고 오나라를 패망에 이르게 하는 데 결정적 공을 세운 책략가이자 장수(기원전 536~448). 범려는 초나라 지금의 하남성 남양 지역인 완지宛地 태생이라 하므로 오강현 태생은 아니며 장한이나 육구몽처럼 오강현 출신으로 이곳에 사당을 둔 사례와는 다르다.

7) 위진남북조 시대 서진 때 오강현(현 소주시) 출신의 유명한 문학가. 완적과 병칭되었으며, 속전속결 문장을 빨리 지어내는 것으로 유명했다.

8) 당나라 때 오강현 출신의 시인이자 학자(?~881). 세속을 초월한 은둔자로 유명했다.

"이 셋은 어떤 면에서 훌륭하다고 할 수 있을까요?"

전청이 그 셋에 대하여 하나씩 자세하게 설명해주었다. 그러면서 전청과 진 선생이 서로 질문을 주거니 받거니 했다. 전청은 진 선생의 학식이 그다지 높지 않은 걸 알고 일부러 고상한 이야기를 섞고 고금의 사례를 두루 거론하여 진 선생이 감히 한마디도 끼어들기 어렵게 했다. 진 선생은 연신 "빼어난 인재로다, 빼어난 인재로다!"라고 전청을 칭찬하기에 바빴다. 고찬이 그 소리를 듣고 너무도 기뻐 자기도 모르게 덩실덩실 어깨춤을 추면서 하인을 불러 분부했다.

"식사를 준비하여라. 진수성찬으로 준비하여라."

하인들이 즉시 탁자를 끌어오더니 먼저 오색 과일을 늘어놓았다. 고찬이 직접 술잔과 젓가락을 놓았다. 전청이 고찬에게 상석을 양보하니 고찬도 역시 사양했다. 서로 밀고 당기고 하다가 마침내 조금 전처럼 동서로 마주 보고 앉았다. 온갖 탕과 요리, 과일, 주전부리까지 순식간에 상다리가 휘어지게 차려졌다. 어쩜 이렇게 순식간에 음식을 차려낼 수 있었을까? 고찬의 아내 김씨는 딸을 너무도 아꼈다. 중매쟁이가 안준을 데려온다는 말을 듣고는 대청의 휘장 뒤쪽에 몸을 감추고 살펴보았다. 안준이 인물도 훤칠하고 목소리도 낭랑하여 일단 자신이 먼저 맘에 들었다. 남편도 분명 저 사윗감을 맘에 들어 할 거라는 확신이 들어 안채로 돌아가 음식 준비를 시켰다. 그런 까닭에 고찬이 명하자 득달같이 음식을 대령할 수 있었다. 고찬, 전청 그리고 우신, 진 선생, 고표 이렇게 다섯이 자리를 잡고 앉아 술 한 잔 안주 한 점, 안주 한 점 술 한 잔 이렇게 주거니 받거니 하다 보니 벌써 해 꼬리가 서산에 걸렸다. 전청과 우신이 자리에서 일어나 작별을 고했다. 고찬은 전청을 차마 떠나보내기 싫어서 며칠 더 묵고 돌아가라 했지만 전청이 어찌 그렇게 하겠는가. 고찬은 몇 번이고 붙잡다가 하는 수 없이 그를 놓아줄 수밖에 없었다. 전청은 먼저 진 선생을 향하여 "좋은 가르침을 받았습니다."라고 인사를 하고 그런 다음 고찬에게 읍을 하며 이렇게 말했다.

"내일 아침 일찍 출발하는지라 인사드리러 오지 못하겠나이다. 결례를 용서하옵소서."

"창졸간에 대접하느라 실례가 많았소이다. 너무 탓하지나 말아주시길 바라오."

아들 고표도 읍을 했다. 김씨는 술, 떡, 어육 같은 간식을 챙겨주고 거마비도 따로 챙겨주었다. 고찬이 따로 우신을 살짝 불러 말했다.

"안 도령이 인물이나 재주나 정말 말이 필요 없을 정도구먼. 자네가 중간에서 이 혼사를 잘 성사시켜주면 정말 고맙겠네."

"말씀대로 하겠습니다."

고찬은 배에까지 올라가서 그들을 배웅했다. 그날 밤 고찬 부부는 안준의 이야기를 하느라 밤이 새는 줄도 몰랐다.

천금이 나가는 옥 절구 같은 혼례품은 필요 없지,
빨간 밧줄로 두 사람의 발을 꽁꽁 묶어놓았으니.

한편, 전청과 우신은 이튿날 배를 출발시켰으나 바람이 순조롭지 않아 밤이 깊어서야 겨우 안준의 집에 도착했다. 안준은 그때까지 촛불을 밝히고 그저 좋은 소식이 오기만을 기다리고 있었다. 전청과 우신이 돌아와 어제 있었던 일을 소상히 설명했다. 안준은 혼사가 이미 성사되었다는 말을 듣고서 뛸 듯이 기뻐했다. 이달 중에 하루를 잡아 예물을 바로 보내자고 했다. 안준은 약속대로 우신이 빌려 간 은자 스무 냥을 안 받겠다고 했다. 12월 3일을 혼례를 치르는 날로 잡았다. 고찬은 사위가 너무 맘에 들어 혼례용품을 미리 준비해두었던 터라 그 날짜가 촉박하다는 생각이 전혀 들지 않았다. 시간이 쏜살같이 흘러 어느덧 11월 하순, 혼례 날짜가 코앞에 닥쳤다. 강남 지방의 혼례는 신랑이 신붓집에 신부를 맞으러 가는 절차를 생략하고 신부의 부모와 오빠, 남동생이 신부를 신랑집에 데려다주는 방식을 택했다. 신부 부모는 그걸 '딸 보내기'라 불렀고 신부의 오빠, 남동생은 그걸 '시집 보내기'라 불렀다.

고찬은 자기가 남들이 부러워할 만한 멋진 사위를 얻었음을 동네방네 자랑하고 싶어서 오늘 사위가 직접 신붓집에 신부를 맞으러 오게 하고, 자기는 잔치를 크게 준비하여 원근 각처의 일가친척을 초대하여 먹고 마시고자 했다. 고찬은 먼저 우신에게 사람을 보내어 통지하게 했다. 우신이 소스라치게 놀라 곧장 안준에게 달려가서 이 사실을 알렸다. 안준이 그 말을 듣고 이렇게 대답했다.

"이번에 신부를 맞아들이러 가는 건 내가 직접 가야 할 것 같네."

우신이 너무도 어이없어하며 말했다.

"지난번 사윗감이 왔다고 온 가족이 나와서 얼굴을 다 보았으니 아마도 그 모습을 초상화라도 그려놓은 것처럼 생생하게 기억할 텐데 이번에 완전히 다른 사람이 나타나면 이 중매쟁이는 뭐라고 이야기하죠? 혼사는 분명 깨질 것이고 저는 엄청 욕을 들어먹을 것입니다."

안준은 중매를 서준 우신을 노골적으로 원망했다.

"그러기에 내가 애당초 이건 나하고 인연이 될 혼사니 자연스럽게 일이 될 거라고 했잖아. 처음 인사를 하러 갈 때부터 내가 직접 갔으면 오늘처럼 이렇게 진퇴양난에 빠지지 않았을 거야. 이게 다 네놈이 나를 가지고 놀면서 고찬이 괴팍하니 내가 직접 가지 말고 동생 전청을 보내라고 한 때문이라고. 고찬 어른이 이렇게 속이 넓으신 분일 줄이야 어찌 알았겠어. 고찬 어른이 한마디로 승낙하시고 일을 이렇게 일사천리로 진행하시잖아. 이게 다 나하고 인연이 되려고 하니까 그런 거라고. 동생 전청을 보고 맘에 들어 그렇게 된 게 아니라는 거지. 게다가 신붓집에서 보낸 예물을 내가 다 받았으니 고찬 어른의 딸은 내 색시가 된 거라고. 한데 감히 내 앞에서 혼사가 깨진다는 말을 꺼내다니. 내가 이번에 직접 가서 고찬 어른이 나를 어떻게 대하는지 한번 보라고. 설마 이 혼사를 뒤집어엎을까?"

우신이 고개를 가로저었다.

"안 됩니다. 신부가 아직도 친정에 있는데 도련님이 거기 가서 뭘 할 수 있겠습니까? 신붓집에서 신부를 가마에 안 태우면 도련님도 별수 없는 겁니다."

"하인들을 다 이끌고 가서 신부를 내주면 데리고 오고, 만약 신부를 내주지 않으면 쳐들어가 신부를 뺏어오겠어. 그런 다음 내가 관가로 찾아가 내 생년월일시를 적은 사주단자를 증거 삼아서 혼사를 약속하고도 신부를 보내지 않는 걸 내가 직접 해결했노라 고발할 것이야. 내가 꿀릴 게 하나도 없지."

"도련님, 그런 얼토당토않은 말은 하지도 마십시오. 용이 아무리 힘이 세도 자기 굴속에 똬리를 틀고 있는 뱀을 이겨 먹지 못한다는 속담도 있지 않습니까? 도련님이 아무리 하인을 많이 데리고 가도 자기 앞마당에서 기다리는 고찬은 사방에 도움을 청할 수 있을 겁니다. 만일 진짜 어떤 일이라도 벌어지기라도 해서 관가에 가더라도 고찬은 자기한테 인사하러 온 사윗감하고 실제 혼례를 치르러 온 사위하고 다르다고 하소연할 것이고, 그러면 필시 중매쟁이를 불러 이것저것 따져 물을 것입니다. 그렇게 되면 벌이 무서워 사실대로 이야기하지 않을 수 없으니 전청 나리의 앞날에도 먹구름이 끼게 될 것입니다."

안준은 한참을 생각하더니 이렇게 말했다.

"그럼 아예 가질 말아야지. 내일 자네가 고찬 어르신을 찾아가서 지난번에 이미 인사를 나눈 적이 있고 우리 고을엔 신랑이 신부를 직접 맞으러 가는 풍습은 없으니 신부의 부모가 신부를 데리고 오는 것이 좋겠다고 전하게나."

"일이 여기까지 온 이상 누구든 방문하지 않기는 어려울 겁니다. 고찬 나리가 사위가 너무 맘에 들어 동네방네 자랑하고 다녔을 테고, 하여 동네 사람들은 사위가 신부를 맞으러 올 때를 벼르고 별러 대체 얼마나 멋진 사위인가 확인하려 할 것입니다. 안 갈 수가 없는 상황입니다."

"이를 어떡하면 좋단 말이냐?"

"제 소견으로는 다른 방법은 없고 이번에도 전청 나리가 대신 가는 수밖에 없습니다. 기왕에 한 번 속인 거 끝까지 속여야죠. 신부를 도련님 집으로 데려오기만 하면 도련님 집의 위세가 있으니 전청 나리가 감히 신부를 어찌하지는 못할 것입니다. 혼례를 치르고 난 다음에야 무슨 말이 나오든지 아무런 걱정할 필요가 없는 거지요."

안준이 한참 동안 말없이 그냥 있다가 이렇게 말했다.

"딴은 일리가 있는 말이네. 근데 내 혼례인데 괜히 다른 사람 얼굴만 살려주는 거잖아! 내가 그 녀석한테 계속 부탁하게 되면 그 녀석이 또 나를 힘들게 할 수도 있다고."

"호랑이 등에 탄 격이니 어쩔 수 없습니다. 얼굴 살려주는 건 잠시일 뿐 도련님이 평생 예쁜 아내랑 사는 것과 어찌 비할 수 있겠습니까!"

그 말을 듣고 안준은 기쁘기도 하고 걱정되기도 했다. 안준이 우신을 배웅하고 나서 서재로 돌아와 전청에게 말했다.

"아우님, 아우한테 부탁 한 번 더 해야겠어."

"무슨 일 때문에 그러시는지요?"

"다음 달 초사흘이 내 혼렛날 아닌가. 초이틀에 신붓집에 가서 신부를 데려와야 하는데 아우님이 가는 게 여러모로 좋을 것 같아."

"저번에 이 동생이 형님 대신 간 것은 그다지 중요한 일이 아니어서 제가 대신 가도 괜찮았지만, 신부를 맞으러 가는 이 일은 혼례에서 정말로 중요한 일인데 어찌 제가 형님을 대신할 수 있겠습니까! 절대로 아니 될 일입니다."

"아우님 말이 틀린 말은 아니나 지난번에 아우님이 가서 만났던 까닭에 그쪽에선 이미 아우의 얼굴을 기억하고 있단 말이지. 이번에 아우 대신 내가 가면 당연히 이상하게 여길 것이고 이 혼사가 중도에 틀어질 수 있다네. 혼사만 틀어지면 좋게! 우리한테 고소해올 것이고 그렇게 되면 아우님도 얽히게 마련이네. 아우님도 작은 일 때문에 큰일에 지장을 줘서 마침내 내 혼사를 망치고 싶지는 않겠지? 아우가 신부를 직접 맞아오기만 하면 어쨌든 혼사는 진행될 것이고 일이 다 마무리된 다음에는 신부 측에서 뭐라고 하든 겁날 게 없는 거지. 이게 바로 임기응변이라. 그리고 나의 마지막 부탁이 될 것이니 제발 거절하지 말게나."

전청은 안준이 이렇게 간절하게 부탁하자 차마 거절할 수가 없었다. 안준은 악대와 신부를 맞이할 하인들을 불러 입조심하라 당부하고 또 당부했다. 신부 맞이를 잘 마무리하고 돌아오면 후한 상을 내릴 거라 약조하니 누군들 안준의 말을 듣지 않으려 하겠는가? 이튿날 꼭두새벽에 우신이 안준의 집에 찾아와 일손을 돕고 신부 맞이에 가지고 갈 예물과 신부 댁에 드릴 선물을 모두 꼼꼼히 챙겼다. 전청의 준비물과 선비 두건, 동그란 목깃의 도포, 검은 신발 등등을 하나도 빠짐없이 챙겼다. 아울러 큰 배 두 척을 불러 각각에 먹을거리를 실었다. 한 척에는 신부를 태우고 다른 한 척에는 중매쟁이와 신랑이 탈 거였다. 중간 크기의 배 네 척을 불러 신부 맞이를 진행해줄 사람들을 나눠 태웠다. 작은 배 네 척도 불렀다. 이 작은 배에는 이들을 호송할 사람, 심부름할 하인들을 태웠다. 징 소리, 박수 소리, 함성이 요란한 가운데 배들이 호수를 바라고 출발했다. 가는 길 내내 폭죽을 터트리니 시끌벅적하기가 이루 말할 수 없었다.

집 안에 기쁜 기운이 넘치네,
사위가 배를 타고 온다네.

배가 동정서산에 이르니 때는 이미 오후, 고찬 집에서 반 리가량 떨어진 곳에 배를 댔다. 우신이 먼저 고찬 집을 방문하여 도착을 알렸다. 그리고 신부 맞이 예물과 신부를 태울 화려한 장식의 가마, 등잔과 횃불이 뒤를 따랐다. 그 수가 수백이었다. 전청이 말끔하게 차려입고 푸른 비단으로 휘장을 치고 네 명이 메는 가마에 올라탔다. 북과 피리를 연주하는 악대가 고찬의 집을 향하여 행진했다. 원근 각처의 사람들이 고찬의 사위가 인물이 잘나고 재주가 뛰어나다는 소문을 듣고 앞다퉈 구경하러 왔다. 사람들이 어깨가 부딪히고 발 디딜 틈이 없을 정도라, 마치 시장 바닥에서 이야기꾼의 이야기를 들으려 몰려드는 것 같았다. 전청이 가마에 앉은 모습이 마치 옥을 말끔하게 조각해놓은 것 같아 감탄하지 않는 사람이 없었다. 전에 추방을 본 적이 있는 사람이 이렇게 찬탄했다.

"이 신랑 신부는 재주 있는 신랑과 아름다운 여자가 딱 짝맞춰 만난 거네! 고씨 나리가 그동안 사윗감을 유독 심하게 고르고 또 고르더니만 오늘 보니 바로 이 사람이 사윗감으로 간택된 거구먼."

자, 다른 구경꾼 이야기는 그만하고 고찬 집 이야기를 해보자. 고찬네 집에서는 크게 잔치 자리를 준비하고 일가친척과 친구들이 자리를 가득 메웠다. 아직 해가 다 저물지도 않은 시각에 이미 대청에 환하게 불을 밝혔다. 악기 연주 소리가 귀에 들려올 무렵 하인이 달려와 보고했다.

"신랑의 가마가 도착했습니다."

신부의 들러리가 붉은색 옷을 입고 꽃을 꽂고서 맞으러 나와 가마 앞에서 읍하고 시를 한 수 읊으며 신랑이 가마에서 내리기를 청했다. 고찬 집의 하인들이 신랑을 신랑 측이 준비한 예물을 받는 장소로 정중하게 안내했다. 예물 전달이 끝나자 고찬의 친척들이 신랑을 가까이서 볼 기회가 생겼다. 신랑이 워낙 멋들어지게 생겼으니 감탄하고 부러워하지 않는 자가 없었다. 차를 들고 과일과 간식을 먹고 나서 서로 자리를 잡고 앉았다. 오늘만큼은 신랑이 평소와 다르게 사양하지 아니하고 남쪽을 바라보는 주빈 자리에 앉고 일가친척이 그 주위에 앉았다. 서로 떠들썩하게 먹고 마셨다. 신랑을 수행하여 따라온 자들은 곁채에 따로 마련한 자리에서 대접을 받았다.

한편, 전청은 자리에 앉아 뭇사람들이 자기의 용모와 재주를 칭찬하고 고찬에게 사위 잘 얻었다고 덕담하는 소리를 들었다. 전청은 아무도 모르게 속으로 피식 웃으며 혼잣말했다.

'저들은 그저 허깨비를 보고 있고, 나는 그저 꿈을 꾸고 있구나. 꿈을 꾸던 자 깨어나면 그저 쓴 입맛 한번 다시면 그만일 것이나 저 허깨비를 보고 있는 자들은 어이할꼬? 아, 나는 오늘의 이 상황을 어쩔 수 없이 그저 즐길 수밖에 없구나. 아, 내가 오늘 다른 사람 대신 그 사람의 이름으로 여기에 왔구나. 나는 언제나 내 이름으로 이런 부귀영화를 누릴 수 있을까? 아무리 생각해도 이런 부귀영화는 내 팔자에 없는 듯하구나.'

이런 생각에 전청은 흥이 팍 사라져 버리고 술맛도 뚝 떨어지고 말았다. 고찬 부자는 정성을 다하고 예의를 극진히 갖춰 번갈아 술을 권했다. 전청은 이종형 안준의 혼사를 망칠까 봐 일단 자리를 피하고 싶었다. 고찬 부자가 그런 전청을 다시 한 차례 주저앉히고 탕과 밥을 마저 들게 했다. 하인들 역시 술과 음식을 다 들었다. 한밤 자시가 넘어가니 소을이 전청 곁으로 다가와 자리에서 일어나기를 권했다. 전청은 소을에게 준비한 선물을 나눠주라고 한 다음 일어나 작별인사를 했다. 새벽 축시가 넘어가는 시각, 신부가 챙겨 가려고 한 화장품 같은 것들을 모두 배에 싣고 이제 신부가 가마에 오르기만 기다렸다.

이때, 뱃사람들이 달려와 이렇게 보고하는 것이었다.

"바람이 너무 세게 불어서 배를 띄울 수가 없습니다. 바람이 자기를 기다렸다가 출발해야겠습니다."

본디 야밤에는 바람이 거세고 게다가 바람이 엄청 빠르기도 했다.

산에는 나무가 뽑히고 흙먼지가 휘날리고,
호수에는 거친 파도가 휘몰아치네.

고찬의 집에선 악기 연주 소리, 사람들의 떠드는 소리에 그 바람 소리를 전혀 느끼지 못했던 것이라. 고찬이 악기 연주를 잠시 그치라 하고 들어보니 바람 소리가 너무도 크고 괴이했다. 사람들이 모두 깜짝 놀랐다. 놀란 우신은 발만 동동 굴렀다. 고찬은 심히 걱정되었다. 하는 수 없이 손님들을 다시 자리로 돌아오게 하는 한편 하인들을 보내 바람을 살피게 했다. 날이 밝아오려 하는데 바람은 더욱 거칠어지기만 했다. 붉은 구름이 더욱더 진해지며 눈발이 날리기 시작했다. 하인들이 모두 자리에서 일어나 하늘을 살펴보더니 한자리에 모여서 상의했다.

"아이고 금세 그칠 바람이 아니네."

"원래 야밤에 불기 시작한 바람은 다음 날 밤에나 그친다고."

"눈이 내리는 게 문제라고. 눈이 내리면 바람이 안 불어도 배를 띄우기가 힘들어."

"폭설이 내릴까 봐 걱정이지!"

"바람이 너무 거세게 불잖아. 바람이 그친다 해도 호수에 눈이 얼어붙어 배가 움직이기 힘들다고."

"호수가 얼어붙는 게 문제가 아니라 바람이 불면서 눈이 내리는 게 문제지."

하인들이 이렇게 이러쿵저러쿵하자 고찬과 우신은 답답하기도 하고 화가 나기도 했다. 시간이 좀 더 흐르고 나서 아침을 먹었다. 바람은 더욱 거세져만 가고 눈발은 더욱 굵어져만 갔다. 오늘 호수를 건너기는 글러 먹은 것 같았다. 운수 좋다고 잡아놓은 날짜를 이렇게 공으로 흘려보내고 나면 섣달그믐 전에 좋은 날을 다시 잡을 수 있을지 장담할 수가 없었다. 신나게 악기를 연주하며 따라왔던 저 악대를 그저 빈손으로 돌려보내기도 참 난감했다. 이러지도 저러지도 못하고 있는 이때 좌중에서 주전이라는 노인네가 나섰다. 주전은 고찬의 오랜 친구로 동네일을 원만하게 처리하여 명성이 높았다. 주전은 고찬이 난감해하는 모습을 보고서 이렇게 제안했다.

"내 좁은 소견이네만 이 일은 외려 쉽게 처리할 수 있을 것 같네."

고찬이 그 말을 받아 바로 물었다.

"어르신 무슨 계책이 있으신지?"

주전이 대답했다.

"어렵게 잡은 길일을 그냥 보낼 수야 없지 않은가. 자네의 사위가 지금 여기 와있는 마당에 예서 혼례를 치르지 못할 것은 또 뭔가? 이 잔치자리에서 화촉을 밝히자고. 그리고 바람이 자면 천천히 돌아가는 거지. 그럼 모든 게 다 완벽하게 해결되지 않겠나."

사람들이 일제히 소리쳤다.

"정말 좋은 방법이네요!"

고찬 역시 그 생각을 하고 있던 차라 주전이 그렇게 말해주니 너무도 기뻤다. 그 자리에서 하인들에게 명하여 신방을 꾸미고 화촉을 밝힐 준비를 하라 일렀다. 한편, 전청은 비록 몸은 여기에 있으나 실은 자신과 상관없는 일에 어쩌다 오게 된 것이라 처음에 바람이 불기 시작한다는 말을 들어도 그저 남의 일처럼 받아들였다. 그러다 마침내 주전이 지금 이런 말을 하기에 이르니 깜짝 놀라며 제발 고찬이 저 말대로 하지 않았으면 하고 바랐다. 그러나 고찬이 주전의 제안을 그대로 받아들이고 하인들이 바쁘게 움직이기 시작하니 전청은 너무도 당황했다. 우신이 좀 나서줬으면 했으나 술 좋아하는 우신은 날씨가 이렇게 거칠어지고 본인 마음도 영 찜찜하고 하여 대짜배기 잔으로 연거푸 술을 들이마시고 안주를 먹어대더니 옆방 빈 의자에 큰대자로 뻗어 코를 골았다. 전청은 하는 수 없이 자기가 직접 입을 열어 뭔가 말하지 않을 수 없었다.

"인륜지대사를 이렇게 서둘러 황망하게 처리할 수는 없습니다. 따로 좋은 날을 택하여 다시 신부를 맞으러 오겠습니다."

고찬이 전청의 이 말을 받아들일 턱이 있겠는가? 고찬이 이렇게 대답했다.

"신부 측이나 신랑 측이나 다 한 가족이 되는 마당인데 뭐 하러 굳이 내외할 필요가 있단 말이오. 게다가 우리 사위는 부모님이 안 계시니 이런 결정이야 혼자서도 내릴 수 있지 않소!"

말을 마치고 고찬은 내실로 들어가 버렸다. 전청은 신부의 일가친척에게 재삼재사 이곳에서 서둘러 혼례를 올리고 싶지는 않다는 말씀을 올렸다. 신부의 일가친척이야 다들 고찬을 편드는 사람들이니 고찬의 제안이 지당하다며 입에 침이 마르도록 맞장구치고 또 맞장구쳤다. 전청은 아무리 생각해도 뾰족한 수가 나오지 않아 일단 화장실에 다녀오겠노라 했다. 밖에 나와서 소을을 불러 이 일을 상의했다. 소을 역시 전청에게 도련님께서 극구 사양하시는 게 좋겠다고 말하는 거 말고는 뭐 다른 게 없었다. 전청이 이렇게 대답했다.

"내가 수도 없이 안 된다고 말씀드렸건만 고찬 어르신이 들은 척도 안 하니 이걸 어떻게 한단 말이냐! 내가 너무 막무가내로 사양하면 오히려 의심을 살 것 같기도 하고. 나는 안준 형님의 혼사를 어떻게든 잘 마무리해주고 싶을 뿐이다. 만약 내가 다른 생각을 품는다면 하늘도 땅도 나를 가만두지 않을 거야."

전청과 소을이 이야기를 나누고 있으려니 하인들이 달려와 이렇게 아뢰었다.

"혼례를 어떻게 진행할지 고찬 어르신의 결심이 이미 섰습니다. 나리께서는 조금도 염려하지 마십시오."

전청은 아무런 대답도 할 수가 없었다. 하인들이 전청을 안으로 모셨다. 점심을 먹고 나서 다시 혼례를 치를 자리를 마련했다. 들러리가 붉은 색 옷을 입고 혼례 시작을 알리자 신랑 신부가 단장을 말끔히 하고 식장 안으로 들어왔다. 혼례식 순서에 따라 예식을 치렀다.

백년가약을 오늘 맺네,
신랑 신부가 첫날밤을 맞이하네.
성공이라 했던 일이 실패로 돌아가네,
바라던 자가 아니라 안 바라던 자에게 돌아가네.

그날 밤, 손님들은 술에 취해 돌아가고 고찬 부부가 신랑을 신방에 안내했다. 신부의 하녀가 신부의 머리 장식을 풀어주었다. 몇 번이고 신랑에게 어서 침상에 오르라 했으나 전청은 망설이기만 했다. 신부와 신부 하녀는 그 연고를 알 리가 없었다. 하녀는 그저 신부에게 잠자리에 드시라 말씀 올리고 신방에서 나올 수밖에 없었다. 하녀는 방문을 닫고 나오면서도 전청에게 어서 침상에 오르시라고 재촉했다. 전청은 어린 사슴마냥 가슴이 벌렁벌렁 뛰었다. 전청은 억지로 이렇게 말했다.

"너희들 먼저 가서 자거라."

하녀들은 각자 자기 잠자리로 찾아 들었다. 전청은 본디 날을 새려고 했다. 시간이 흘러 초가 다 타버렸다. 초를 갖다 달라는 소리를 하기도 그래서 그냥 컴컴한 신방에서 한참 있다가 옷을 입은 채로 침상 옆에 누웠다. 신부가 머리를 왼쪽에 두었는지 오른쪽에 두었는지 알 길이 없었다. 이튿날 날이 밝자마자 몸을 일으켜 밖으로 나가 처남의 서재로 가서 세수하고 머리를 매만졌다. 고찬 부부는 전청이 아직 어려서 부끄럼을 타는가보다 여기고 별로 이상하게 생각하지 않았다. 이날, 눈은 그쳤으나 바람은 그칠 줄을 몰랐다. 고찬은 다시 축하연을 열었다. 전청은 술에 대취하여 인사불성 상태로 늦은 밤에야 신방에 들어갔다. 신부는 이미 잠들어 있었다. 전청은 졸린 눈을 더는 참을 수가 없어 옷을 입은 채로 그냥 잠이 들었다. 신부의 몸엔 손끝 하나 대지 않고 또 하룻밤이 지났다. 아침에 일어나 보니 바람이 누그러졌기에 배를 띄워 출발하려고 했다. 고찬이 삼 일은 머물러야 한다면서 고집을 피우니 전청이 하는 수 없이 하루 더 머물면서 술을 들었다. 전청이 다른 사람 눈치 못 채게 우신에게 밤에 신부의 털끝 하나도 건드리지 않았음을 이야기해주었다. 우신은 말로는 알았다고 대답하지만 속으로는 전혀 믿지 않는 눈치였다. 하나 일이 이미 이렇게 된 이상 우신이 또 뭘 어떻게 할 수 있으랴!

한편, 신부 추방은 혼례식을 치르는 날 밤, 신랑을 살짝 훔쳐보았다. 신랑이 참으로 잘생겼는지라 마음속으로 기뻐하고 또 기뻐했다. 한데 그 신랑이 이틀 연속으로 옷도 안 벗고 잠만 자니 그 이유를 알 수 없었다.

'내가 신랑을 기다리지 않고 먼저 잠들어서 그런 건가!'

이제 사흘째 되는 날 밤, 신부는 하녀에게 이렇게 분부했다.

"낭군님이 오실 때까지 자지 말고 기다리고 먼저 쉬시게 하여라."

하녀는 그 분부를 받잡고 신랑이 들어오기만을 기다렸다가 신랑이 들어오자마자 도포와 관을 벗겨드리고자 했다. 전청은 화들짝 놀라 자기가 두건을 벗어버리고 황급히 침상 위로 올라가서 이불 속으로 들어가 잠들어버렸다. 역시 옷은 벗지 않았다. 신부는 입이 삐죽 나오고 영 기분이 좋지 않았다. 자기도 옷을 입은 채로 잠을 청했다. 친정 부모에게 뭐라고 이야기하기도 참 민망했다. 나흘째 되는 날, 날씨가 화창했다. 고찬이 신부를 데려다줄 배를 준비시키고는 부인이랑 함께 호수를 건넜다. 친정어머니와 신부가 같은 배를 타고 고찬과 전청, 우신이 같은 배를 탔다. 이물에는 화려한 깃발을 달았다. 악대의 연주 소리가 하늘을 찌르니 화려하고 시끌벅적하기가 이루 말할 수 없을 정도였다. 오직 소을만은 주인 나리의 은밀한 부탁을 받은 처지라 마음이 조급하여 먼저 작은 배 한 척을 세내어 앞장서서 출발했다.

이제 이야기는 둘로 갈린다. 한편, 안준은 전청 일행이 신부를 맞아들이러 출발한 그때부터 노심초사 기다리고 또 기다렸다. 초이튿날 한밤중에 거센 바람이 불고 큰 눈이 내리기 시작하자 마음이 더욱 불안했다. 눈바람에 배가 늦으려니 생각하고 있었지만 배를 띄울 수 없을 거라고는 전혀 상상하지 못했다. 아무튼 안준은 혼례 준비를 철저히 해놓고 하룻밤을 기다렸다. 아무런 소식이 없자 마음이 더욱더 답답했다.

'그래 이런 눈바람에 차라리 배를 띄우지 않는 게 낫지. 배를 띄웠다가는 장인어른이 얼마나 걱정하시겠어!'

그러다가 안준은 또 이런 생각이 들었다.

'한데 배를 띄우지 않고 잡아놓은 혼례 날짜가 그냥 지나가 버리면 장인어른이 함부로 날을 잡을 수 없을 테니 다시 또 좋은 날을 가리고 가려서 잡을 거니까 그 길일이 언제가 될지를 모를 것이고. 기다리다가 죽을 노릇이구먼.'

안준은 다시 또 이런 생각을 했다.

'만약에 우신이 일 처리를 능수능란하게 해서 장인어른 품에서 신부를 빼내 올 수 있다면 길일을 잡느라 시간 낭비할 필요 없이 일이 빨리 마무리될 텐데.'

안준은 이 생각 저 생각에 좌불안석, 대문 앞에서 고개를 내밀고 기다리고 또 기다렸다. 나흘째 되는 날 바람이 잦아들었다. 필시 좋은 소식이 올 것만 같았다. 오후에 소을이 먼저 도착하여 안준에게 아뢰었다.

"신부를 맞아 돌아오는 중입니다. 아마 십 리 정도밖에 안 남았을 것입니다요."

안준이 물었다.

"혼례 날짜를 그냥 놓쳐버렸는데 장인어른이 신부를 그냥 보내주려고 하시더냐?"

"고찬 어르신이 잡아놓은 혼례 날짜를 그냥 넘겨버릴까 염려하여 그냥 혼례를 올리자고 하셨고, 전청 나리가 나리를 대신해서 사흘 동안 신랑 역할을 했습니다."

"그래, 혼례를 올렸다고 해서 전청이 설마 신방에 들어가서 자진 않았겠지?"

"신방에 들어가서 자긴 했지만 신부의 털끝도 건드리지 않았다고 합니다. 마치 만지면 터지는 삶은 계란을 지키듯 그렇게 신부 옆에서 잠만 잤다고 합니다."

안준이 버럭 소리를 질렀다.

"무슨 그런 소리를 하느냐! 그럴 리가 있느냐? 내가 네놈한테 맡긴 일이 무엇이더냐? 아니 전청 이놈이 하는 걸 왜 말리지 않고 그저 멍청하게 바라보기만 했단 말이냐!"

"저도 말렸습니다요. 한데 전청 나리께서 '나는 그저 네 주인 나리의 일을 잘 마무리해 드리려 하는 것이다. 만약 나에게 일말의 사심이라도 있으면 하늘이 가만히 있지 않을 것이다'라고 말씀하셨습니다."
이 말을 듣고 안준은

가슴팍에선 울화가 치밀고,
쓸개에선 부아가 치밀고.

안준은 소을의 따귀를 후려갈기고 나서는 부들부들 떨면서 밖으로 나가 전청이 오면 한바탕하려고 벼르고 별렀다.
마침 이때 배가 강기슭에 도착했다. 조심스러운 성격의 전청은 우신에게 고찬을 모시고 잠시 기다리라고 한 다음 자기가 먼저 배에서 내렸다. 스스로 아무런 꿀릴 게 없는지라 당당하게 안준의 집으로 향했다. 안준을 바라보고는 읍을 하고 그간의 사정을 이야기하려는 찰나, 쪼잔한 마음으로 전청의 하해와 같은 마음을 완전히 오해한 안준은 마치 원수를 바라보듯 눈을 부릅뜨고 전청이 말할 틈도 주지 않고 머리를 박아버리고는 표독스럽게 욕설을 퍼부었다.
"죽일 놈! 너만 신났구나, 이놈아!"
안준은 또 손으로 전청의 두건을 풀어버리더니 머리카락을 잡아채고 발길질하면서 끊임없이 욕을 해댔다.
"이 죽일 놈! 이 사기꾼! 누구는 돈만 죽어라 쓰고 너는 재미 보고!"
전청이 뭐라 뭐라고 설명했지만 안준은 주먹질을 해대느라 말을 들으려고도 하지 않았다. 하인들도 감히 나서서 말리지 못했다. 전청이 맞다 맞다 견디지 못하고 사람 살리라고 소리를 질렀다. 배에서 기다리던 사람들이 이 소리를 듣고 배에서 내려 바라보았다. 어떤 못생긴 놈이 신랑을 마구 때리고 있지 않은가. 그 연유가 뭔지 대체 알 수가 없었다. 사람들이 모두 둘러서서 말렸으나 안준이 그 말을 들으려고 하겠는가? 고찬이 안준의 하인들에게 대체 어찌 된 연유인지 물으니 하인들이 차마 속이지 못하고 사실대로 아뢰었다. 고찬이 몰랐을 때야 몰라도 일단 그 속사정을 알게 되니 울화가 치밀어올랐다. 무리하게 일을 추진한 우신에게 사기꾼 같은 중매쟁이가 남의 딸을 속여 빼앗았다고 욕을 퍼부었다. 고찬이 우신을 마구 때리기 시작했다. 고씨네에서 신부를 보내주러 따라온 사람들도 모두 어이없어 하며 못생긴 안준에게 주먹질을 하려고 했다. 안준의 하인들이 주인을 에워싸고 막으니 양쪽에서 결국 싸움이 벌어지고 말았다. 안준과 전청이 대거리를 하고, 고찬이 우신을 쥐어박고, 고찬네 하인과 안준네 하인이 서로 치고받고 하니 마침내 두 집안이 한데 뭉쳐 큰 싸움판이 벌어지고 말았다. 둘러서서 구경하던 사람들도 한 겹 한 겹 늘어나 거리를 가득 메워 사람들이 지나갈 수 없을 정도였다.

구리산九里山9) 앞에서 세력을 다투고,
곤양성昆陽城10) 아래에서 승부를 겨루네.

일이 되려고 그랬는지, 바로 이때 오강현의 현령이 상관을 배웅하고 돌아오는 길에 이곳 북문에 이르게 되었다. 현령이 이곳에서 한바탕 싸움이 벌어진 것을 보더니 가마를 세우게 하고는 그들을 붙잡아오게 했다. 사람들은 현령의 명령을 받들어 포졸들이 달려오는 걸 보더니 사방

---

9) 항우와 유방의 최후 결전지인 해하垓下가 바로 이 구리산 자락에 있다. 항우가 유방 휘하의 장수 한신의 공격을 받아 사면초가에 빠져 패퇴한다.
10) 후한 광무제 유수가 왕망의 백만대군을 격파한 곳. 왕망의 군대가 곤양성을 겹겹이 포위하여 유수의 군사들이 겁을 잔뜩 집어먹고 움츠러들자 유수가 직접 나가 적과 싸워 용기를 북돋우고 마침내 왕망 군사를 궤멸시켰다. 이때 천둥과 큰바람이 일어나 기와가 모두 날아가고 장대비가 내려 강이 범람하고 맹수들이 두려워 벌벌 떨고 왕망의 군사가 물에 빠져 죽었다고 한다.

으로 흩어졌다. 그러나 안준은 여전히 전청을 붙잡고 따지느라, 고찬은 또 우신을 붙잡고 뭐가 옳으니 그르니 하느라 이 상황을 전혀 알아차리지 못했다. 현령은 그들을 붙잡아 현청으로 가서 일일이 심문했다. 고찬이 제일 연장자인 걸 보더니 먼저 고찬에게 앞으로 나오라 하여 물었다. 고찬이 대답했다.

"소인은 동정서산에 사는 고찬이라고 합니다요. 제 딸년에게 맞는 짝을 찾다가 인물도 훤칠하고 재주도 있어 보이는 녀석을 중매쟁이가 소개하기에 사위 삼고자 했습니다. 이달 초사흘, 사위가 신부를 맞으러 소인 집에 왔다가 거센 눈바람에 붙잡히는 바람에 제가 사위를 소인 집에 머무르게 한 다음 혼례를 치렀습니다. 오늘 제 딸년을 데리고 여기 왔더니 아니 저 못생긴 놈이 소인의 사위를 사정없이 쥐어박지 뭡니까. 소인이 그 연유를 물어보니 저 못생긴 놈이 중매쟁이를 매수하여 소인의 딸년을 취하려고 전청이란 젊은이를 자기 대신 소인 집에 보낸 거랍니다. 소인도 중매쟁이한테 따져 묻고서야 이런 사실을 알게 되었습니다."

현령이 하문했다.

"그 중매쟁이 이름이 뭐냐? 지금 여기 있느냐?"

"우신이란 놈입니다. 지금 바로 여기에 있습니다."

현령이 고찬한테 물러나라고 한 다음 우신을 올라오라 했다. 현령이 우신을 꾸짖었다.

"가짜를 진짜라고 속이고, 틀린 걸 맞다고 우기는 게 네놈의 재주더냐! 사실대로 자백하면 중형은 면하게 해주겠노라."

우신이 어떻게 어물쩍 넘어가려고 하자 현령이 버럭 화를 내고선 포졸들을 시켜 주리를 틀라 했다. 우신이 비록 시장 바닥에서 굴러먹은 몸이라 하나 이런 형구를 본 적이 없던 터라 결국 이실직고하게 되었다. 처음에 안준이 어떻게 자기에게 중매를 서게 했는지, 고찬이 재주와 용모가 빼어난 사위를 고르려고 얼마나 유난을 떨었는지, 나중에 전청이 어떻게 안준 대신에 장인에게 인사를 드리러 갔는지 하나부터 열까지 세세하게 아뢰었다.

"그래 그 말이 하나도 틀림없으렷다. 안준 이놈이 모든 일을 다 꾸몄는데 그 과실은 다른 사람에게 가버리니 그렇게 속이 뒤집힌 거로구먼. 그러게 애당초 남을 속이려 든 게 잘못이지."

현령은 또 안준을 불러 심문했다. 안준은 우신이 이미 사실대로 아뢰었다는 말을 들은 데다가 현령이 모든 걸 파악하고 온화하게 물으니 자기도 사실대로 아뢰지 않을 수 없었다. 우신과 안준의 말이 일치하니, 현령은 마지막으로 전청을 불렀다. 영준한 청년이 사정없이 얻어맞은 걸 보니 애잔한 마음이 들었다.

"그대는 선비로 공맹지도를 아는 사람이 아닌가. 무슨 까닭으로 예법에 어긋나게 다른 사람 대신 신부를 맞으러 가서 남을 속이는 그런 불량한 짓을 했는가?"

"사실 그 일은 제가 원한 일이 아니었습니다. 안준은 소인의 이종사촌 형이고 소인이 워낙 궁핍하여 형님 집에 붙어사는 형편이라 형님이 재삼재사 저에게 부탁하니 어쩔 수 없이 승낙한 것입니다. 형님이 이번 한 번만 사정을 봐서 도와주어 자신의 혼사를 이뤄달라고 했습니다."

"시끄럽다! 만약 그대가 형님의 입장을 헤아려 간 것이라면 그 여인하고 혼례식을 올리지 말았어야지 않느냐!"

"저는 그저 형님 대신 신부만 데려오려고 했습니다. 그러나 연거푸 사흘이나 눈이 내리고 바람이 불어 태호에 배를 띄울 수가 없었습니다. 잡아놓은 길일을 그냥 흘려보낼 수가 없었던 고찬 어르신이 억지로 혼례를 치르게 했던 것입니다."

"네가 안준이 아닌 데야 거듭 사양해야 했을 것 아니냐!"

안준이 옆에서 끼어들었다.

"저놈이 혼례식을 하겠다고 한 거부터가 바로 저를 속인 겁니다."

"무슨 말이 그렇게 많은가. 어서 저놈을 끌어내려라."

현령이 다시 전청에게 물었다.

"그대가 어쩔 수 없는 상황에서 혼례를 올렸다고 하나 설마 일말의 사심이 없었을 수가 있겠느냐?"

"고찬 어른에게 물어보시면 바로 아실 수 있으실 겁니다. 제가 재삼 재사 사양했습니다만 고찬 어른께서 고집하셨습니다. 거기서 제가 더 사양하게 되면 고찬 어른의 의심을 사서 형님의 혼사를 망칠까 봐 어쩔 수 없이 혼례를 치른 겁니다. 제가 사흘 동안 신방에 들긴 했으나 그냥 옷을 입은 채로 잠이 들었으며 신부의 털끝 하나도 건드리지 않았습니다."

현령이 가가대소하며 말했다.

"자고이래로 오직 유하혜柳下惠만이 여인을 품고서도 흔들리지 않았으며 자신이 유하혜처럼 행동하지 못함을 안 노나라 남자는 눈보라가 몰아치는 날에도 여인을 방에 들이지 않았도다. 그대와 같은 청년은 한참 혈기가 넘칠 터인데 사흘 동안 같이 잠자리를 하면서 어찌 아무 일도 일어나지 않을 수가 있겠느냐? 누굴 속이려 드느냐!"

"소인 그저 사실만을 아뢰었을 따름입니다. 친부모라 하여도 믿지 않으려 하실지 모르겠습니다. 고찬 어른한테 따님에게 물어보시라고 하면 제 말이 허튼소리가 아님을 바로 아실 것입니다."

현령이 생각에 잠겼다.

'만약 고찬의 딸이 저 전청에게 마음을 두고 있으면 사실대로 이야기하지 않을 수도 있을 텐데.'

현령이 문득 꾀가 하나 떠올라 포졸을 불렀다. 믿을만한 산파를 시켜 배로 가서 고찬의 딸이 처녀인지 아닌지 살펴보고 오게끔 했다. 잠시 후

산파가 보고하기를 고찬의 딸은 처녀라고 했다. 안준이 당 아래에서 그 말을 듣더니 이렇게 외쳤다.

"소인의 처가 처녀를 잃지 않았다고 하니 소인은 그녀와 혼례를 마무리하고 싶습니다."

현령이 안준에게 "아무 소리 말아라!"라고 소리치고는 고찬을 향해 물었다.

"너는 딸을 누구에게 시집보내고 싶은가?"

"저는 처음부터 전청을 맘에 들어 했고 제 딸 역시 전청과 화촉을 밝혔나이다. 비록 전청이 아무도 보지 않는 신방에서도 신의를 지키느라 제 딸과 부부의 정을 맺지는 않았으나 이미 부부의 연을 맺은 것은 사실입니다. 제 딸을 다시 안준에게 시집보내는 건 원하지 않습니다. 제 딸도 원하지 않을 것입니다."

"내 생각하고 딱 맞는군."

전청은 내키지 않아 이렇게 말했다.

"제가 이 일을 한 것은 무슨 사심이 있어서가 아닙니다. 만약 고찬 어른의 딸이 저에게 시집오게 되면 제가 사흘 동안 옷도 안 벗고 잠을 잔 공로가 모두 사라지게 됩니다. 고찬 어른의 딸이 다른 곳에 시집가서 제가 의심도 받지 아니하고 사람들 입길에 오르지도 않기를 바랍니다."

"고찬의 딸이 다른 곳에 시집가면 그대가 두 차례나 고찬 집에 방문하여 다른 사람 행세했던 일은 그대로 남게 되고 여인의 앞길 또한 망친 것이 되고 만다. 그대가 고찬의 딸과 정식으로 혼례를 올리면 너의 허물 또한 가려지게 된다. 게다가 그대가 그대의 마음이 시키는 대로 결정할 수 있다면, 고찬과 그의 딸이 진정 원하는 상대가 그대라면 그대가 망설일 이유가 없지 않은가. 너무 사양하지 말라. 내가 나름대로 판결문을 준비할 것이니라."

현령이 붓을 들어 판결문을 써 내려가기 시작했다.

고찬이 자기 딸을 위하여 사윗감을 찾은 일이야 인지상정이라 할 것이다. 안준이 다른 사람을 시켜 자기를 대신하게 한 것은 도리에 어긋난 일이라 할 것이다. 사윗감을 고르고 골랐더니 양이랑 소랑 바꿔치기했구나. 사람들이 이러쿵저러쿵할 수도 있기는 하나 그렇다고 사슴을 일러 말이라고 할 수는 없지 않은가. 두 번이나 신붓집을 방문했을 때, 유하혜의 품격을 그대로 지켰고, 사흘 밤을 신방에서 자면서도 촛불 들고 형수를 지키던 관우처럼 행동했다.[11] 바람 신이 중매쟁이 노릇을 하고 하늘이 인연을 맺어주었구나. 선남선녀를 맺어주고, 남자와 여자가 서로 어울리는구나. 신부를 찾던 자는 마침내 신부를 잃었으니 이건 모두 자업자득이로다. 고찬의 딸은 전청에게 시집가기를 결단코 원하니 굳이 다시 혼례를 치를 필요도 없구나. 안준은 다른 사람을 자기라고 속인 것도 잘못이고 나중에 주먹질 한 것도 잘못이로다. 거짓으로 꾸민 일이 수포로 돌아갔으니 그걸로 벌은 이미 받은 셈이로다. 혼례를 준비하느라 쓴 비용, 전청에게 지불한 비용은 죗값으로 쳐주노라. 우신은 오가며 거짓을 행하고 이 사달의 실마리를 만든 자니 엄히 중벌로 다스려 경계로 삼노라.

현령은 판결을 마치고 포졸들을 불러 우신에게 곤장 30대를 치라고 한 다음 심문조서에 지장을 받지도 말고 그냥 바로 내쫓으라 했다. 전청이 안준을 대신했던 일이 세상에 알려지지 않게 해주려 한 것이라. 고찬과 전청이 현령에게 감사의 인사를 올렸다.

---

[11] 관우가 조조의 공격을 받아, 도원결의를 맺은 유비, 장비와 떨어져 유비의 아내 둘, 그러니까 자신의 형수 둘을 모시고 조조에게 일시 붙어살던 때에 조조가 일부러 관우로 하여금 두 형수와 같은 방을 쓰게 하고 미녀들을 들여보내곤 했으나 관우는 결코 흔들림 없이 형수들이 기거하는 방 밖에서 촛불을 들고 지키고 미녀들을 시켜 두 형수의 수발을 들게 했다고 한다.

사람들은 현청을 빠져나왔다. 안준은 창피하여 얼굴이 빨개졌다. 화가 났지만 감히 뭐라 말하지 못하고 고개를 푹 숙이고 빠져나가 집에 틀어박혀 몇 달 동안이나 바깥출입을 하지 못했다. 우신이 집으로 돌아가 장독을 치료했음은 물론이다.

한편, 고찬은 전청을 배로 초대하여 전청에게 감사의 뜻을 표했다.

"그대가 인물과 행실이 출중하여 현령 어르신을 감동하게 한 거라네. 만약 그렇지 않았더라면 내 딸년이 저 사기꾼 같은 놈에게 시집갈 뻔했네그려. 내가 그대를 내 딸년과 함께 우리 집에 초대하여 며칠 머물게 하고 싶은데 자네 집에 식구가 몇이나 있는가?"

"부모님께서는 돌아가셨고 다른 식구는 따로 없습니다."

"그렇다면 망설일 필요 없이 나랑 같이 우리 집으로 가세. 내가 그대가 공부에 전념할 수 있도록 뒤를 봐주겠네. 그대 의향은 어떠한가?"

"장인어른의 보살핌을 받을 수만 있다면 그것처럼 감사한 일이 또 어디 있겠습니까."

그날 밤 바로 배를 띄워 오강현을 출발했다. 하룻밤 지나 다음 날 아침 동정서산에 도착했다. 온 마을 사람들이 이 소식을 듣고 모두 신기한 이야기라고 하며 입에서 입으로 퍼뜨렸다. 전청이 충실하고 후덕하니 모두들 전청을 존경해 마지않았다. 나중에 전청은 과거에 급제했으며 부부가 백년해로했다. 이를 읊은 시 한 수로 증명하노라.

못생긴 녀석이 예쁜 처자 얻으려 속임수,
이종 아우 좋은 일만 시켰네.
불쌍타, 오강의 달,
태호를 날아가는 원앙 한 쌍을 차갑게 비출 뿐.

뒤바뀐 신랑과 신부

喬太守亂點鴛鴦譜
교 태수가 결혼할 짝을 제멋대로 바꿔주다

예로부터 결혼할 짝은 하늘이 낸다고,

사람이 애쓴다고 되는 게 아니라고.

인연이 있으면 천 리를 떨어져 있다가도 서로 만나고,

인연이 없으면 눈앞에 뻔히 보고도 못 만나고.

신선 세상에선 흐르는 물에 복사꽃 띄워 보내고,

궁궐에선 단풍잎 띄워 보내고.

운명 책에 서로의 인연이 적혀 있다면,

중매쟁이의 입을 빌릴 필요는 또 뭐람?

이 「서강월」 사는 결혼이란 운명처럼 이미 결정되어 있어서 사람이 억지로 어찌할 수 없는 거라 읊고 있다. 오늘 소생이 정말로 특별한 인연으로 만난 결혼 이야기를 하나 해줄 터이니 잘 들어보시라. 그 이야기의 제목은 바로「교 태수가 결혼할 짝을 멋대로 바꾸다」이다. 이 이야기가 어느 시대에 나왔을까? 어느 곳에서 있던 이야기일까? 이 이야기는 송나라 경우景祐 연간(1034~1038)에 나온 이야기다. 당시 항주부에 한 사람이 살고 있었겠다. 그 사람의 성은 유劉, 이름은 병의秉義, 직업은 의사, 아내 담談씨 사이에 아들 하나, 딸 하나를 두고 있었다. 아들은 유박劉璞, 약관의 나이, 생긴 게 비범했다. 유병의는 아들 유박에게 손孫 과부의 딸 주이珠姨와 맺어주었다. 유박은 어려서부터 독서를 열심히 하여 이미 학문의 수준이 낮지 않았다. 유박이 열여섯 살이 되자 유병의는 유박에게 글공부를 그치고 의술을 배우라 했다. 유박은 글공부를 통해 큰 성취를 이루려는 열망이 컸던 탓에 부친의 말을 따르지 않았다. 유박 이야기는 일단 여기서 그친다. 딸의 이름은 혜낭慧娘, 나이는 열다섯, 이웃에서 약방을 열고 있는 배구裵九의 아들과 정혼했다. 혜낭은 인물도 곱고 아름답기 그지없는 데다 정숙하기까지 했다. 혜낭의 생김새가 어떠한고 하니.

수려한 눈썹,
다정한 눈동자.
바람에 한들거리는 버들가지 같은 허리,
물결에 흔들리는 아름다운 꽃 같은 얼굴.
하늘하늘한 몸매,
한나라의 조비연 같아라.
멋을 아는 성격,
오나라 서시 같아라.
신선 세상에서 인간 세상으로 귀양 온 선녀런가,
달 세상에서 아래로 내려온 항아런가.

혜낭의 미모에 대한 설명은 여기까지만 하자. 한편, 유병의는 아들이 장성하자 아들 혼사를 마무리하는 걸 두고 아내와 상의했다. 일단 중매쟁이를 통하여 이런 의향을 배구에게 전달하도록 했다. 마침 배구도 중매쟁이를 통하여 혜낭을 며느리로 데리고 갈 의향을 내비쳤다. 병의가 중매쟁이에게 이렇게 말했다.

"사돈 어르신에게 잘 말씀드려 주시게나. 내 딸년이 아직 나이도 어리고 혼수 준비도 아직 다 마치지 못했으니 먼저 아들을 장가보낸 다음에 딸을 시집보내는 게 좋을 것 같네. 이번에는 사돈 어르신의 말씀대로 하기가 어렵다네."

중매쟁이가 그 말을 듣고 돌아가 배구에게 전했다. 배구는 늘그막에 얻은 아들을 금이야 옥이야 여겼으며 어서 빨리 결혼시켜 일찌감치 손주를 안아보는 게 소원이었다. 유병의가 결혼을 서두르지 않겠다는 의사를 전해오자 적이 실망했다. 배구는 다시 중매쟁이를 유병의 집에 보내어 설득하게 했다.

"따님이 열다섯이면 결코 어린 나이가 아닙니다. 우리 집에 보내주시면 저희가 친딸처럼 돌봐줄 것이며 힘든 일을 시키지 않을 것입니다. 혼수는 정말 알아서 하십시오. 저희는 그런 거 절대 신경 쓰지 않습니다. 사돈어른께서 다시 한번 생각해주시기를 간청합니다."

아들의 혼례를 먼저 치르고 난 다음에 딸을 시집보내려 하는 유병의의 뜻이 워낙 굳어서 중매쟁이가 몇 차례 왔다 갔다 했지만 결국 일이 성사되지는 않았다. 배구는 마침내 하는 수 없이 기다리는 수밖에 없었다. 만약 이때 유병의가 체면이나 법도를 따지지 아니했더라면? 유병의가 고집을 피우고 배구의 말을 듣지 아니한 까닭에 마침내 기묘한 일이 생겨나고 이 이야기가 오늘까지 전해지게 되었다.

딱 한 수를 잘못하다 보니,
모든 일이 다 수포로 돌아갔네.

한편, 유병의는 배구의 제안을 거절한 다음 중매쟁이 장육수를 통하여 손가네에게 혼례를 마무리 짓자고 청했다. 손 과부는 본디 호씨로 손항孫恒이라는 사람에게 시집온 것이다. 손항네는 명문 가문이었다. 손 과부는 나이 열여섯에 손항과 결혼하여 열일곱에 딸을 낳았으니 그 딸이 바로 주이다. 그리고 한 해 지나 아들을 하나 낳았고 이름을 손윤孫潤이라 했다. 손윤은 어릴 적 이름을 옥랑玉郞이라 했다. 주이와 손윤이 아직 강보에 싸여 있을 때 손항이 그만 저세상으로 떠나고 말았다. 손 과부가 본디 강단 있는 사람이라 개가하지 아니하고 보모랑 같이 이 두 아이를 길렀다. 이런 연유로 사람들이 그녀를 손 과부라 부르게 된 것이다. 세월은 쏜살같이 흐르고 두 아이도 무럭무럭 자랐다. 주이는 유가네하고 정혼시키고, 손윤은 단청을 잘 칠하는 서아徐雅의 딸 문가文哥와 정혼시켰다. 주이와 손윤이 모두 인물이 빼어나 옥을 갈아 조각한 듯, 찹쌀 반죽으로 빚어놓은 듯했다. 게다가 총명하고 똑똑하여 아들은 공부를, 딸은 바느질을 잘했다. 용모와 성품이 다 빼어나고 효심 또한 지극했다.

쓸데없는 소리는 그만하자. 한편 장육수는 유병의의 부탁을 받고 손 과붓집에 찾아와 주이를 맞아 가고 싶다는 의사를 전달했다. 손 과부나 손윤이나 모두 주이를 좀 더 나중에 보내주고 싶었지만 그래도 인륜지대사라 뭐라 거절하기보다는 그냥 응낙하는 게 좋겠다 싶었다. 손 과부가 장육수에게 이렇게 일렀다.

"가서 사돈어른 내외에게 전하게나. 우리가 없이 사는 형편이라 혼수를 제대로 준비할 수가 없다네. 그 점을 이해해주셔서 나무라지 않으면 좋겠다네."

장육수가 돌아가서 이렇게 아뢰었다. 유병의는 여덟 찬합에 이바지 물품을 담고 길일을 적은 단자를 손 과붓집에 보냈다. 손 과부는 길일 단자를 받고는 부랴부랴 혼수를 장만하기 시작했다. 혼례를 치를 날짜가 다가오니 손 과부와 주이는 차마 헤어지기가 서러워 하루 종일 눈물 바람이었다. 한데, 누가 알았으리! 유박이 감기에 걸렸다가 땀이 쫙 흘러나오고 속이 허해져 오한이 드는가 싶더니 병세가 위중해져 마침내 인사불성이 되고 말았다. 온갖 약을 먹어도 마치 자갈밭에 물을 붓는 양 아무런 효과가 없었다. 천지신명에게 빌고 점을 쳐봐도 아무런 효험이 없었다. 깜짝 놀라 유병의 부부는 마치 얼이 빠진 듯이 유박의 침대 옆에 지켜 서서 아무 소리 없이 그저 눈물만 흘릴 따름이었다. 유병의가 아내에게 이렇게 상의했다.

"아무리 봐도 아이의 병이 쉽사리 나을 것 같지가 않네. 혼례를 치르기가 어려울 것 같아. 사돈댁에 이 사실을 알리고 아이 병이 나은 다음에 다시 날을 잡아 혼례를 치르자고 해야겠어."

"여보, 나이도 먹을 만큼 먹은 양반이 어찌 그런 말을 하시오. 병에 걸려 힘들어하던 자도 혼례를 치르면 말끔히 낫는다는 말도 못 들어보셨소! 혼례 치르자는 말을 안 꺼냈을 때라도 서둘러 치르자고 청하여야 할 판인데, 어찌 이미 나온 혼례를 미루자고 하는 거요?"

"내가 보기에 우리 유박이 병세가 너무 위중하여 안 좋은 일이 생길 가능성이 높은데, 만약 우리가 며느리를 데려와 어쩌다 유박이가 말끔히 병이 나으면 그나마 다행이겠지만, 만약 잘못되기라도 하면 남의 집 귀한 딸 신세 망치고 과부 만드는 거 아니야!"

"여보, 당신은 어쩌면 그렇게 다른 사람 생각만 하고 우리 생각은 안 할 수가 있죠. 우리가 이 혼사를 준비하느라 얼마나 신경을 많이 썼냐고요! 한데 우리 아들이 박복해서 혼례를 앞두고 이렇게 병이 나버렸네요 글쎄. 지금 혼사를 미뤘다가 우리 아들이 별일 없이 병이 낫는 경우는 뭐 아무런 문제가 안 생기는 거니 굳이 고민할 필요가 없는 거죠. 만일 우리 아들이 저세상으로 떠나기라도 한다면 손가네가 우리한테 받은 혼수를 반만 돌려줘도 사람들이 손가네를 아주 맘씨 좋은 사람이구나 하고 말들 할 거라고요. 그러면 사람도 재물도 다 잃는 거 아녀요?"

"그럼 당신 생각에 우리가 어떻게 하는 게 좋겠어?"

"장육수한테 우리 아들이 병들어 누워 있다는 말을 꺼내지 못하게 하고 일단 손 과부의 딸을 데려오게 하여 민며느리처럼 받아들이자고요. 우리 아들의 병이 나으면 길일을 잡아 혼례를 치르면 되고 만약 우리 아들이 자리에서 일어나지 못해서 그 애가 다른 곳에 시집가고 싶어 하면 우리가 보낸 혼수를 돌려받고서 보내주면 될 것이니, 이거야말로 틀림없는 계책인 거죠."

유병의는 귀가 얇은 사람이라 아내의 말을 듣고 당장 장육수에게 아들이 병들었다는 걸 발설하지 말라고 일렀다. '세상에 비밀은 없다'는 옛말도 있지 않은가. 유병의네가 손 과부네에게 아들이 병든 걸 감춘다고 그게 어찌 마음대로 될까? 유병의네 바로 이웃에 이영이라는 사람이 살고 있었다. 예전에 전당포를 열었던 적이 있어 사람들이 그를 이 주사라고 불렀다. 한데 그자는 사람이 지극히 교활하여 다른 사람 뒷조사나 하러 다니고 소문내기를 좋아했다. 전당포를 할 때 부정한 방법으로 재산을 불려 수중에 돈깨나 있었다. 이영은 담 하나를 사이에 두고 유병의와 이웃하여 사는 처지라 기회만 되면 유병의네 집을 사들이려 벼르고 있었다. 하나 유병의가 절대 집을 팔려 하지 않았기 때문에 둘 사이는 겉으로는 좋아 보여도 속으로는 서로 앙숙이었다. 이영은 유병의네 집에 뭔가 안 좋은 일만 생기기를 바라고 있었다. 이영은 유박의 병이 위중하다는 것을 알자마자 너무도 신이 나서 곧장 손 과부네로 달려가 알려주었다. 손 과부는 사위가 위중하다는 소식을 듣고서 행여나 자기 딸 앞길이 막힐까 봐 보모를 시켜 장육수를 불러오게 하여 이 일을 물어보았다. 장육수가 사실을 말하지 않고 감추려니 나중에 유박에게 무슨 변고라도 생기면 손 과부네한테 원망을 들을까 걱정이고, 사실을 말해주려니 유병의한테 책망받을 게 걱정이었다. 참으로 진퇴양난이라 말을 하려다 다시 주워 삼키곤 그랬다. 손 과부가 장육수가 말을 할 듯 말 듯 망설이는 걸 보고 더욱 다그쳐 물었다. 장육수가 더는 감출 수 없어 이렇게 답했다.

"어쩌다 감기 걸린 거랍니다. 그렇게 심각한 건 아니라는데요. 혼롓날까지 잘 쉬면 바로 나을 겁니다."

"듣자 하니 그 유박이 병세가 매우 위중하다던데. 자네는 어찌 그렇게 별일 아니라는 듯이 이야기하나? 이런 게 그저 농담처럼 넘어갈 일인가! 내가 갖은 고생을 하면서 아들 하나, 딸 하나를 길렀어. 나에겐 이 아이들이 천하의 둘도 없는 보배라고. 자네가 얼렁뚱땅 내 딸을 데려다 혼사를 치르려고 하면 자네 목숨이 온전하지 못할 것이니, 그래도 나를 원망하진 말게나. 자네가 가서 사돈에게 전하게. 만약 병이 위중하다고 해도 못 기다릴 거 없으니 날짜를 다시 잡자고 말이야. 신랑 신부 나이가 많지도 않은데 그렇게 서두를 이유도 없지 않은가. 내 말을 똑똑히 전하고 어서 빨리 답변을 받아오게나."

장육수가 그 말을 듣고 자리에서 일어나려는데 손 과부가 다시 한마디를 덧붙이며 오금을 박았다.

"자네가 있는 그대로 나에게 전달해 줄 리 없지. 내가 보모를 자네한테 딸려 보낼 것이야. 그럼 일이 어떻게 되어 가는지 알 수 있겠지."

장육수는 손 과부가 보모를 딸려 보내겠다는 말까지 꺼내자 황급히 이렇게 대답했다.

"그럴 필요 없습니다. 제가 어찌 마님의 대사를 망치겠습니까!"

손 과부가 어찌 그 말을 곧이듣겠는가. 보모에게 다시 장육수를 따라가라고 일렀다. 장육수는 하는 수 없이 보모랑 같이 유병의네 집을 찾아갔다. 마침 유병의가 대문을 나서고 있었다. 장육수는 유병의에게 아는 척하지 않고 우선 보모에게 "잠시 기다리게. 내가 저 사람한테 뭐 좀 물어보고 올 테니."라고 하고는 급히 유병의를 한쪽으로 끌고 가 손 과부의 말을 상세하게 전해주었다. 그런 다음 이렇게 덧붙였다.

"손 과부가 미덥지 않았던지 보모를 딸려 보내 실제 무슨 말이 오가는지 살펴보라고 했습니다. 내가 뭐라고 해야 하죠?"

유병의는 손 과부네 보모가 따라왔다는 말을 듣고는 몹시 당황했다.

"아니, 따라오지 못하게 막지 않고서 어떻게 같이 왔어?"

"몇 번이고 말렸죠. 한데 당최 말을 들으려고 하지 않으니 난들 어쩌겠어요! 보모한테는 일단 좀 기다리라고 했으니 나리께서 앞으로 어떻게 할 건지 저 보모한테 잘 일러 돌려보내십시오. 나중에 나한테 불똥이 튀게 하지 마시고요."

장육수가 말을 채 끝내기도 전에 보모가 이쪽으로 다가왔다. 장육수가 먼저 입을 열었다.

"이분이 바로 유 어르신이시네."

보모는 공손하게 두 손을 모아 유병의에게 인사를 올렸다. 유병의가 답례를 하더니 이렇게 말했다.

"자, 안으로 들어갑시다."

셋은 함께 대문 안으로 들어가 대청으로 갔다. 유병의가 말했다.

"장육수, 여기서 저 처자랑 잠시 기다리게. 내가 안에 들어가 내 처를 데리고 나오겠네."

장육수가 대답했다.

"편한 대로 하시지요."

유병의는 황망히 안채로 들어가 하나부터 열까지 아내에게 일일이 이야기하고 어떻게 해야 할지 물었다. 그런 다음 이렇게 덧붙였다.

"지금 사돈댁 보모까지 와서 기다리고 있으니 뭐라고 답을 해주지? 만약 두 눈으로 직접 우리 아들을 확인해 보겠다고 하면 어떻게 넘어가지? 아무래도 혼례 날짜를 다시 잡는 게 좋겠어."

"참 답답한 양반이네 진짜! 손 과부네야 우리가 보내는 혼수를 받았으니 그 딸년은 우리 며느리라고. 근데 뭘 걱정하는 거야. 너무 호들갑 떨지 마셔. 나한테 다 생각이 있으니."

유병의의 아내가 딸 혜낭을 불렀다.

"가서 신방을 깔끔하게 잘 정리해놓아라. 거기서 손 과부네에서 온 보모한테 다과를 대접할 것이다."

혜낭이 대답하고 일어났다. 유병의의 아내가 대청으로 나가 보모를 만났다.

"이렇게 먼 길 왔는데, 그래 주인마님께서 무슨 말씀을 하십디까?"

"마님께서 도련님이 편찮으시다는 말을 들으시고 마음이 놓이지 않으셔서 특별히 저를 보내어 병문안하게 하셨습니다. 더불어 마님과 나리를 뵙고 만약 도련님이 아직 다 낫지 않으셨다면 혼례를 너무 서둘지 않는 게 좋겠다고 말씀드리라 했습니다. 혼례를 잠시 미루고 도련님 건강을 회복하고 나서 다시 날짜를 잡는 게 좋겠다고 했습니다."

"이렇게 걱정해주셔서 너무도 고맙다네. 우리 아들이 아프긴 했으나 그건 뭐 어쩌다 감기 한 번 든 거고. 별로 걱정할 만한 상태는 아니라네. 다시 따로 날을 잡고 할 건 절대 없다네. 우리 살림이 너무 뻔해서 겨우겨우 혼례 준비를 다 해놓고 길일을 잡았는데 이날을 그냥 보내버리면 엄청난 손해 아닌가. 그리고 병자가 혼사를 치른다는 소식을 듣는다면 바로 훌훌 털고 일어날 걸세. 병든 사람 벌떡 일어나게 하려고 일부러 혼례 날짜를 앞당기는 경우도 있는데 하물며 우리가 예전에 이미 혼례 날짜를 잡아놓고 청첩장까지 일가친척에게 다 보냈는데 이제 와서 갑자기 날짜를 바꾼다고! 그러면 사람들은 사돈네에서 딸 주기를 싫어하나, 아니면 우리가 며느리를 맞아들일 형편이 안 되나 수군댈 거라네. 이렇게 소문이 나게 되면 사람들에게 웃음거리가 되고 우리 가문 체면도 말이 아니게 된다네. 자네가 돌아가면 마님께 잘 말씀드리게. 걱정하지 마시라고. 우리 집 애는 아무런 문제가 없다고."

"마님 말씀이 일리가 있습니다. 참, 도련님은 지금 어디 계신지요? 제가 병문안이라도 하고 돌아가 저희 마님께 말씀드리고 걱정하지 마시라고 하겠나이다."

"그렇지 않아도 땀 빼는 약을 먹고 누워 있다네. 내가 자네 대신 안부 인사를 전해주겠네. 앞으로 어떻게 하는 게 좋을지는 아까 다 이야기했으니 뭐 더 이야기할 것은 없겠네."

장육수가 보모에게 이렇게 말했다.

"내가 그저 감기든 것뿐이고 큰 병이 아니라고 했는데 자네 마님이 그걸 못 믿고 자네를 딸려 보냈구먼그려. 이제 내가 거짓말한 게 아니라는 걸 알겠지?"

보모가 대답했다.

"기왕에 그렇다면 이제 돌아가 봐야겠습니다."

보모가 이 말을 마치고 일어서려고 하자 유병의의 아내가 말했다.

"그럴 수야 없지. 우리가 이야기만 나누느라 아직 차도 같이 나누지 못했는데 어찌 그리 빨리 일어나려고 하는가?"

유병의의 아내는 어서 같이 안으로 들자고 청하고 이렇게 말했다.

"내 방이 너무 지저분하니 신방으로 가보세."

일행은 신방으로 들어갔다. 보모가 눈을 들어 바라보니 너무도 깔끔하게 잘 정돈되어 있었다. 유병의의 아내가 입을 열었다.

"자, 한번 살펴보게나. 우리 집은 이렇게 만반의 준비를 다 했는데 뭐 하러 혼례 날짜를 바꾸려는가? 혼례를 치르더라도 우리 아이가 몸이 다 낫지 않으면 내 방에서 좀 더 치료하고 몸이 다 나으면 신방으로 들어갈 걸세."

보모는 신방이 이렇게 깔끔하게 정돈되어 있는 걸 보고는 저 말이 허튼소리가 아닐 수 있겠다고 생각했다. 유병의의 아내는 하녀에게 보모를 위하여 다과를 차려오게 했다. 그리고 혜낭도 나와서 접대하게 했다. 보모는 마음속으로 이렇게 생각했다.

'우리 집 주인 아씨가 참 예쁘다고 생각했는데 이 집 아씨도 정말 곱구나!'

보모는 차를 마시고 자리에서 일어났다. 떠나기 전, 유병의의 아내가 장육수에게 재삼재사 부탁했다.

"갔다 오는 길에 꼭 나한테 들러서 어찌 되었는지 전해주게나."

보모는 장육수랑 함께 집으로 돌아가 손 과부에게 유병의 집에 가서 나눈 이야기를 전달했다. 그 이야기를 들은 손 과부는 이 일을 어떻게 처리하여야 할지 당최 갈피를 잡을 수가 없었다.

'허락하자니 사위가 만에 하나 진짜 큰 병이 든 거라면 안 좋은 일이 생겨날 것이라 딸 신세 망칠까 걱정이고, 허락하지 않자니 사위가 그냥 약한 병을 앓고 바로 일어나게 되면 기껏 잡아놓은 혼례 날짜만 흘려보내는 것이 될 것이라 걱정이로다.'

너무도 고민이 되어 쉽게 결정할 수 없었다. 손 과부가 장육수에게 말했다.

"여보게 내가 지금 바로 결정하기가 어렵다네. 내일 아침 다시 와서 내 대답을 받아가게나."

"네, 그렇게 하시죠. 마님, 차분하게 따져보십시오. 내일 아침에 다시 오겠습니다."

말을 마치고 장육수가 떠나갔다. 손 과부가 아들 손윤을 불러 상의했다.

"이 일을 어떻게 하면 좋단 말이냐?"

"아무래도 병세가 위독한 것 같기는 합니다. 그러니까 보모한테 유박을 보여주지 않는 거겠죠. 만약에 사돈댁에다 다시 날짜를 잡자고 하면 그쪽도 뭐라고 하지 못하고 따를 수밖에 없을 겁니다. 하지만 사돈댁에서 이번에 우리한테 보낸 혼수는 그냥 공중에 뜨는 것이고, 우리 집이 인정머리 없다고 할 겁니다. 그러나 나중에 병이 낫기라도 해서 다시 만나게 되면 서로 서먹해질 것입니다. 그들 말대로 하려니 정말로 아무 문제가 없을까 걱정이라 나중에 이러지도 저러지도 못할 일이 생길 수도 있고 그때는 후회해도 아무 소용이 없는 거죠. 저한테 양쪽이 다 만족할 방법이 있기는 합니다만 어머님께서 듣기를 원하시는지 모르겠습니다."

"그래 양쪽이 다 만족할 방법이 무엇이란 말이냐?"

"내일 아침 장육수에게 이렇게 말하십시오. 혼례 날짜는 사돈댁에서 말한 그 날로 하겠으나 혼수는 하나도 가져가지 않겠노라고. 그리고 일단 혼례를 치르고 사흘 동안 머물다 다시 데려왔다가 병이 낫고 나면 혼수를 딸려서 보내겠노라. 이렇게 하면 혹시 무슨 변고가 생겨도 사돈의 올가미에 걸려들지 않을 것이니 양쪽이 다 만족할 수 있지 않겠습니까?"

"아이고! 우리 아들이 정말 제법이구먼. 그들이 우리가 말한 조건을 일단 받아들인다고 해놓고 우리 딸을 데려간 다음 사흘이 지나도 돌려보내지 않으면 어떻게 하지?"

"그때는 이렇게 저렇게 하십시오."

손 과부가 한참을 고민하다가 입을 열었다.

"내일 아침 장육수를 불러 내 말을 전해야겠다. 네 누이는 잠시 피해 있으라고 하고 네가 분장을 하고서 가도록 하여라. 내가 상자 안에 네 도포와 양말을 넣어둘 것이다. 사흘이 되어서 그들이 너를 그냥 돌아가게 하면 아무런 문제가 없는 거고, 만약 너를 돌려보내지 않으면 거기서 좀 있다가 상황을 보도록 하라. 만약 유박이 죽기라도 하면 바로 그 도포를 꺼내 입고 돌아오도록 하라. 누구도 너를 붙잡지는 못할 것이다."

"다른 건 다 할 수 있겠지만 이 일만큼은 못하겠어요. 나중에 사람들이 알면 어떻게 얼굴을 들고 다니겠어요?"

손 과부는 아들이 이 일을 선뜻 받아들이지 않는 걸 보고 버럭 화를 냈다.

"다른 사람들이 안다손 그저 놀려대고 웃음거리 삼는 거밖에 뭐가 더 있느냐?"

손윤은 효성이 지극했는지라 어머니가 버럭 화를 내는 걸 보더니 그냥 바로 이렇게 대답했다.

"아이고, 제가 가면 되잖아요.. 근데 제가 머리 손질을 할 줄 모르는데 그걸 어떡하죠?"

"내가 보모를 딸려 보내 너를 챙겨주게 할 것이니 걱정하지 마라."

손 과부 모자의 대책이 어느 정도 정해지고 나자 다음 날 아침 손 과부가 장육수를 불러 여차여차 이렇게 저렇게 하겠노라 말했다. 그런 다음 이렇게 매조졌다.

"내 말대로 할 거면 딸년을 데려가고, 그렇지 않을 거라면 다른 날을 잡자고 전하게."

장육수가 유병의 집에 가서 손 과부의 말을 전하자 유병의네는 모든 조건을 다 받아들이겠노라고 했다. 유병의네가 왜 그렇게 고분고분 다 받겠다고 했을까? 유박의 병세가 더욱 위중해져 이거저거 따질 시간이 없었기에 일단 며느리를 집으로 데려오게 한 다음 이것저것 이야기 나누고 흥정이라도 할 요량이었기 때문이다. 계속 악수에 악수를 거듭하면서도 이것저것 따질 겨를이 없었다. 하지만 손 과부가 이미 사전에 이를 꿰뚫어 보고 그 나름대로 수를 내 가짜를 보냈으니 유병의의 아내가 도리어 된통 당하게 된 것이라.

주유의 계책이 높다 하나 하늘 아래 뫼이로다,
유비에게 부인을 바치기만 하고 병사마저 잃었구나.1)

번다한 이야기는 그냥 접자. 혼롓날이 되었다. 손 과부가 손윤을 분장시켰다. 딸 주이와 똑 닮은 모습이었다. 자신의 눈으로 보아도 딸과 구분하기 힘들 정도였다. 더불어 여자로서의 몸짓과 예절을 가르쳤다. 하지만 두 가지만큼은 달라도 너무 달라서 사실이 드러날까 걱정이었다. 두 가지가 뭘까? 하나는 발이 여자랑 너무 다르다는 것. 여자의 발이라는 게 날렵하면서도 귀여워 마치 봉새 대가리 한 쌍 같아 그것이 치마 아래서 아장아장 걸음을 옮기면 꽃가지가 바람에 흔들리는 것과 같은 모양새라. 손윤은 태생이 남자라 여자 발보다 생긴 게 워낙 커서 아무리 치마로 가리고 천천히 조심해서 걸으라 해도 뒤뚱뒤뚱 너무 어색했다. 그래도 발은 치마 속에 감출 수 있고 그걸 일부러 들춰볼 사람이 없을 것이니 그런대로 넘어갈 수 있을 것 같았다. 두 번째로는 여자들이 평소에 차고 다니는 귀고리. 걸리적거리는 걸 싫어하는 여자라도 정향꽃 모

---

1) 유비가 형주목으로 추대되자 손권은 유비의 세력이 강성해질까 두려워 자신의 여동생과의 혼인을 주선하고 유비를 자신이 다스리던 지역으로 초대한 다음 기회를 봐서 유비를 처치하고자 하였다. 이 계책을 세우고 추진한 인물이 바로 주유인데, 유비는 제갈량의 꾀와 조운의 용맹 덕에 손권의 여동생을 데리고 무사히 빠져나온다.

양의 귀고리 한 쌍 정도는 달고, 아무리 가난한 집 여자라도 금은 귀고리는 못 달아도 구리 귀고리라도 사서 달곤 한다. 오늘 손윤이 신부 분장을 하느라 머리에 온통 진주와 비취로 장식하고서 정작 귀에 귀고리 하나 달리지 않는다면 그게 말이 되겠는가? 손윤의 왼쪽 귓불은 구멍이 뚫려있었다. 어렸을 적 여자처럼 보이게 해서 액땜을 해주려고 한 것이다. 오른쪽 귓불은 구멍을 뚫어주지 않았는데 어찌 귀고리를 달 수가 있을까? 손 과부는 이러저리 한참을 고민하다가 마침내 한 가지 묘수를 생각해냈다. 무슨 계책일까? 손 과부는 보모에게 고약을 가져오게 해서 그걸 오른쪽 귀에 붙였다. 만약 누가 물어보기라도 하면 귓불에 상처가 나서 귀고리를 달 수 없다고 대답하라 했다. 왼쪽 귀에 단 귀고리가 눈에 잘 띄도록 했다. 단장을 마치고 나자 주이를 방 안에 꼭꼭 숨기고 신부를 맞으러 오는 사람들이 오기를 기다렸다.

해거름이 질 무렵, 악대의 연주 소리가 하늘을 찌르더니 신부를 맞이하는 가마가 문 앞에 도달했다. 장육수가 먼저 들어와 보니 신부가 하늘에서 내려온 선녀처럼 단장하고 앉아 있었다. 손윤 도련님이 보이지 않자 장육수가 물었다.

"어째 도련님이 보이지 않네요?"

"그 애가 오늘 갑자기 몸이 안 좋아서 몸져누워 일어나지 못하고 있다네."

장육수는 그 속사정을 까마득히 모르는지라 더는 묻지 않았다. 손 과부는 신부 맞이에 동행한 사람들에게 술과 음식을 대접했다. 신부 맞이 일행 가운데 대표가 창을 하더니 신부에게 가마에 오르기를 청했다. 신부는 사각 면사포를 쓰고 손 과부에게 인사를 올렸다. 손 과부는 내내 억지로 우는 척하면서 신부를 전송했다. 신부가 가마에 오르자 손 과부는 보모에게 뒤따르게 했다. 신부가 가지고 가는 건 오직 가죽 상자 하

나. 그것 말고는 아무런 혼수도 가져가지 않았다. 손 과부가 중매쟁이 장육수에게 당부했다.

"내가 전에 말한 것처럼 사흘 만에 다시 돌려보내야 하네."

장육수가 그 말에 바로 응답했다.

"그거야 당연하죠."

손 과부 이야기는 그만하기로 하자. 한편 신부를 맞으러 온 사람들은 피리랑 생황 같은 악기를 귀가 찢어지게 불고 등불을 환하게 받쳐 들었다. 유병의네 문 앞에 이르자 일행 중의 대표가 안으로 들어가 소리쳤다.

"신부가 가마를 타고 이렇게 도착했는데 신랑이 마중 나오지 않고 뭐 하는 건가. 설마 신부 혼자서 혼례를 치르라는 건 아니겠지?"

유병의가 말했다.

"이거 어떡하면 좋지? 신부 가마 맞이를 건너뛰도록 할까?"

유병의의 아내가 대답했다.

"나한테 다 생각이 있어요.. 혜낭이한테 나와서 맞으라고 하면 되죠."

유병의의 아내가 혜낭을 불러 가마를 맞으라 했다. 신부 맞이 일행의 대표가 신부에게 가마에서 내려오라고 권하는 시를 읊었다. 보모와 장육수가 양쪽에서 부축하고 혜낭이 인도하여 대청으로 들어가 먼저 천지신명에게, 그런 다음 시부모에게 두 여자가 함께 절을 올렸다. 하인들은 여자 둘이 절하는 모습을 바라보며 모두들 입을 가리고 웃었다. 신부와 시누이가 서로 마주 보며 절했다. 유병의의 아내가 바라보고 말했다.

"방에 들어가서 좋은 기운으로 아들의 병을 몰아내게 하여야겠다."

악사들이 악기를 연주하며 방으로 들어가는 길을 안내했다. 침대 옆에 이르러 유병의의 아내가 휘장을 걷고서 말했다.

"아들아, 오늘 너의 신부를 데려와 나쁜 기운을 몰아내려고 한다. 어서 정신을 차리고 일어나거라."

이렇게 서너 차례 아들을 불렀으나 아무런 대답도 들리지 않았다. 유병의가 등불로 비춰보니 유박은 고개가 반쯤 돌아가고 정신이 혼미한 상태였다. 알고 보니 병들어 허약한 유박이 악기 소리에 놀라 이렇게 정신이 나가버린 것이었다. 유병의 부부가 화들짝 놀라 유박의 인중을 잡아 열고 뜨거운 탕약을 가져오게 하여 그걸 입에 흘려주니 유박이 식은땀을 한바탕 흘리고 나서 겨우 깨어났다. 유병의의 아내는 남편에게 아들을 지켜보라 하고 자기는 신부를 데리고 신방으로 들어갔다. 사각 면사포를 들추고 바라보니 신부 얼굴이 달덩이처럼 예뻤다. 친척들 가운데 찬탄하지 않는 자가 없었다. 유병의의 아내는 속마음이 더욱 씁쓸했다.

'신부가 이렇게 아름다우니 정말 내 아들과 잘 어울리는 짝이로다. 아들과 며느리가 우리 부부 말년을 잘 봉양해주면 한평생 고생한 것이 헛되지 않겠구나. 아이고 복이 없으려니 혼례를 앞두고 이렇게 내 아들이 큰 병에 걸려서 살아날 길이 열에 하나도 못되다니. 까딱 잘못하면 저 며느리가 다른 집안으로 가겠구나. 지금 이 기쁨이 다 부질없구나.'

유병의의 아내 심사 이야기는 그만하기로 하자. 한편, 손윤이 잠시 눈을 들어 바라보니 유병의네 일가친척 가운데 유독 한 여인이 눈에 들어왔다.

'아, 저 여인은 어찌 이리도 아름답단 말인가! 내가 이미 정혼한 처지라 안타깝도다. 내가 이렇게 예쁜 여인을 진즉에 알았더라면 반드시 이 여인을 내 아내로 맞아들였을 텐데!'

혜낭 역시 마음속으로 이렇게 생각했다.

'올케가 미녀라고 장육수가 하도 떠벌이기에 그러려니 하고 믿지 않았는데 허튼소리가 아니었구나. 오빠가 박복하여 저렇게 예쁜 올케와 함께하지 못하니 올케 혼자 독수공방하게 생겼구나. 만약 저처럼 아름다운 사람과 평생을 함께한다면 얼마나 좋을까. 한데 그게 가당키나 할까?'

손윤과 혜낭이 서로 흠모하는 이야기는 그만하기로 하자. 유병의의 아내의 초청을 받고 혼례 잔치에 온 일가친척들이 돌아가고 신부 맞이를 위하여 다녀왔던 일행과 악대도 다 돌아갔다. 장육수 역시 이곳에서 마땅히 잘 자리가 있는 것도 아니라서 자기 집으로 돌아갔다. 손윤은 신방에 앉아 보모의 도움을 받아 머리 장식을 하나씩 벗고는 촛불을 밝히고 앉아 있었다. 혼자서 바로 침대에 오르고 싶은 마음이 전혀 생기지 않았다. 유병의의 아내가 유병의에게 말했다.

"며늘아기가 처음 온 날인데 어찌 혼자서 자라고 하겠어요. 딸 혜낭이를 보내서 같이 자라고 합시다."

"며늘아기가 불편해하지 않을까? 그냥 혼자 알아서 자라고 하지."

유병의의 아내는 그 말을 듣지 않고 혜낭에게 말했다.

"얘야, 오늘 밤에 네가 올케랑 같이 신방에서 자거라. 올케가 너무 쓸쓸해 할라!"

올케의 미모에 반했던 혜낭이라 어머니 말이 맘에 쏙 들었다. 유병의의 아내는 혜낭을 데리고 신방으로 갔다.

"아가야, 네 남편이 지금 병중이라 함께 첫날밤을 보낼 수가 없구나. 하여 내가 특별히 내 딸을 데리고 와서 아가 곁에서 같이 자라고 했다."

손윤은 자기도 모르게 자기 속내를 내비치고 말았다.

"저는 낯선 사람하고 함께 자는 게 습관이 안 되어서요. 그렇게 하지 않으셔도 될 것 같아요."

"시누이와 올케 사이에다 나이도 비슷하니 자매처럼 함께 하면 되지 무슨 거리낄 게 있다고. 그래도 좀 불편할 거 같으면 이불을 따로 덮고 자면 되지 않겠어."

유병의의 아내가 혜낭한테 일렀다.

"어서 가서 이불을 가지고 오너라."

혜낭이 대답을 하고서 이불을 가지러 갔다. 손윤은 놀랍기도 하고 기쁘기도 하였다. 맘속으로 혜낭의 미모를 떠올리며 그리워하고 있었는데 하늘이 이 맘을 어찌 아셨는지 혜낭의 어머니를 통해서 혜낭을 자기 곁에 보내주셨으니 일이 반쯤은 된 것 같았다. 만약 혜낭이 놀라서 소리를 지르기라도 하면 어머니한테 부탁받은 일조차 다 망치게 될까 봐 걱정이었다. 그러나 다시 생각을 하게 되었다.

'이번 기회를 놓치면 다시는 만나기 힘들 거야. 저 아가씨를 보니 남자를 알만한 나이가 되었으려니 내가 나름의 꾀를 내어 분위기를 달구면 나의 유혹에 넘어오지 말라는 법도 없지.'

손윤이 한참 궁리를 하고 있는데 혜낭이 하녀에게 이불을 가져오라 했다. 하녀가 방으로 들어와 이불을 침대 위에 펼쳤다. 유병의의 아내가 일어나 하녀와 함께 돌아갔다. 혜낭이 방문을 닫아걸고 손윤 곁에 다가와 미소를 머금고 말했다.

"올케, 지금껏 아무것도 먹지 못했는데 배고프겠네요."

"아직 배고프진 않아요."

"올케, 뭐 필요한 거 있으면 나한테 이야기하세요. 내가 가서 가져올 게요.. 괜히 쑥스럽다고 참고 그러지 마세요."

손윤은 친절한 혜낭의 태도를 보고서 은근히 기분이 좋았다.

"아가씨, 이렇게 신경 써주셔서 정말 고마워요."

혜낭은 방 안 등불에 큰 꽃모양 장식이 붙어 있는 걸 보고 웃으면서 말했다.

"올케, 등불에 꽃모양 장식이 크게 붙어 있으니 오늘이 바로 혼례를 올린 날이라는 걸 알겠네요."

"아가씨, 놀리지 마세요. 아가씨가 저한테는 좋은 소식을 전해주는 전령사인 걸요."

"아이고 올케도 참, 그런 말을 하니까 저를 놀리는 것 같네요."

두 사람은 이런저런 농담을 주거니 받거니 했다. 혜낭이 말했다.

"올케, 밤이 깊었는데 어서 주무시지요."

"아가씨 먼저 주무시지요."

"올케는 손님이고 저는 주인이잖아요. 제가 어떻게 먼저 잘 수 있겠어요!"

"이 방 안에서는 아가씨가 손님이죠."

"그럼 제가 먼저 잘게요."

혜낭이 옷을 벗고 잠자리에 들었다. 보모가 손윤이 이렇게 혜낭과 장난치는 걸 보고선 혹시 일을 그르칠까 봐 낮은 목소리로 속삭였다.

"도련님, 자중하셔야 합니다. 이 일은 그냥 장난으로 하는 일이 아닙니다. 만약 마님이 아시게 되면 제 입장도 곤란해집니다."

"나한테 잔소리할 것 없네. 내가 다 알아서 할 것이야. 어서 가서 잠이나 자게."

보모는 바로 곁방으로 가서 잠을 청했다. 손윤이 일어나 등불을 들고서 침대 곁으로 가서 비춰보니 혜낭이 이불을 덮고 누워 있다가 손윤을 향해 웃으면서 말했다.

"올케, 어서 주무시지 않고 뭘 비춰보는 거죠?"

"아가씨가 누워서 잠을 청하는 모습을 보니 저도 자고 싶은 생각이 드네요."

손윤은 등불을 탁자 위에 올려놓고 옷을 벗고 침대 휘장 안으로 들어가 말했다.

"아가씨, 내가 아가씨 옆에 누워서 이야기를 나누다 자면 좋을 것 같아요."

"그게 좋겠네요."

손윤은 혜낭 곁으로 가서 누웠다. 웃옷은 벗고 아래 속옷은 아직 입고 있었다. 손윤이 혜낭에게 물었다.

"아가씨 올해 몇 살이세요?"

"열다섯이네요."

"아가씨는 누구랑 정혼하셨어요?"

혜낭이 부끄러워하면서 말하지 않자 손윤이 혜낭의 베개 쪽으로 고개를 숙이고 귀에다 대고 이렇게 속삭였다.

"여자끼리 뭐 그리 부끄러워하시나요?"

혜낭이 그제야 살짝 대답했다.

"약방을 하는 배씨네요."

"그럼 혼례는 언제 올리실 거죠?"

"실은 요 며칠 전에 배씨네에서 혼례를 빨리 올리자는 말이 오긴 했는데 아버지가 제 나이가 아직 어리다고 좀 있다가 하자고 하셨죠."

"혼례를 미루자고 해서 화가 나진 않으셨나요?"

혜낭이 손을 뻗어 손윤의 머리를 밀치면서 한마디 했다.

"올케는 참 얄미운 사람이네요. 제가 한 말을 가지고 놀려먹고. 그런 일로 제가 화가 난다면 올케는 오늘 밤 얼마나 화가 나겠어요!"

손윤이 혜낭의 머리맡에다 대고 다시 속삭였다.

"아니 왜 내가 화가 날 거라 말하는 거죠?"

"오늘 혼례를 치렀는데 짝도 없고 하니 화가 나지 않을 이유가 없죠."

"아가씨가 제 옆에서 제 짝이 되어주셨는데 화날 이유가 없죠."

"그러고 보니 올케가 제 부인인 셈이네요."

"내가 나이가 많은 거 같으니 아무래도 내가 남편이 되는 게 좋겠는데요."

"내가 오늘 오빠를 대신해서 올케도 맞아주고 그랬으니 오늘은 내가 오빠인 셈이죠."

"아이고, 우리 그만 싸웁시다. 그러면 여자 부부로 해두죠."

손윤과 혜낭은 서로 농담도 하고 장난도 치면서 더욱 가까워졌다. 손윤은 이제 큰 문제는 없겠다 싶어 이렇게 말했다.

"부부가 되기로 했으면서 이불을 따로 덮는 건 또 뭐죠!"

손윤이 말하면서 혜낭의 이불을 들추고 들어갔다. 손으로 혜낭의 몸을 더듬어 보니 피부가 반질반질하고 부드러웠다. 혜낭은 아래 속옷을 그대로 입고 있었다. 혜낭은 이미 손윤에게 꼬드김을 당하여 마음이 열려 있는지라 이거저거 따지지 않고 손윤이 하는 대로 맡겨버렸다. 손윤이 혜낭의 앞가슴을 손으로 쓰다듬었다. 한 쌍의 앙증맞은 가슴이 봉긋 솟아올라 있었고 부드럽기가 마치 솜 같았다. 유두는 마치 닭볏 같이 너무도 귀여웠다. 혜낭이 손으로 손윤의 몸을 쓰다듬으면서 말했다.

"올케 몸이 정말로 매끄럽네요."

혜낭이 손윤의 가슴을 만져보니 봉긋하지는 않고 그저 유두만 손에 만져지는지라 속으로 이런 생각을 했다.

'올케는 나이도 나보다 많은데 어째 가슴은 나보다 훨씬 작네.'

손윤은 혜낭의 몸을 한번 쓰다듬고 나서 두 팔을 벌려 꼭 껴안고 입에 입을 갖다 대고 자신의 혀를 혜낭의 입속으로 밀어 넣었다. 혜낭은 그저 올케가 장난치는 거로만 알고 자기도 손윤을 껴안고 자기도 혀를 내밀어 손윤의 혀를 밀어내었다. 그러다 보니 결국 혀가 혀를 서로 부딪치고 밀치고 하는 꼴이 되어버렸다. 놀란 혜낭은 몸이 움찔해졌다.

"올케언니, 우리가 여자 부부가 아니라 실제 남녀 부부인 거 같아요."

손윤은 혜낭이 흥분되어가는 걸 보고 이렇게 말했다.

"한번 놀아보자고 하면서 어째 옷을 다 벗지 않는 거죠? 서로 따듯하게 사랑하면서 하룻밤 지내면 좀 좋아요!"

"아이, 창피하게 옷을 어떻게 벗어요!"

"서로 장난치는 건데 창피할 건 뭐예요!"

손윤이 혜낭의 옷을 벗겨주고는 그녀의 사타구니 안쪽을 쓰다듬었다. 혜낭이 두 손으로 자기 안쪽을 황급히 가리면서 말했다.

"올케, 이러지 마세요."

손윤은 자기 얼굴을 혜낭 쪽으로 갖다 대고 혜낭에게 입을 맞췄다.

"창피할 게 뭐예요! 아가씨도 제 거를 만지라고요."

혜낭이 정말로 손윤의 속옷을 벗겼다. 한참 성난 손윤의 물건이 보였다. 혜낭이 깜짝 놀라 어찌할 바를 몰라 하면서 물었다.

"넌 누구냐? 왜 우리 올케로 분장한 거냐?"

"내가 바로 너의 남편인데 뭘 물어보는 거냐?"

손윤이 혜낭의 몸을 타고 넘어가 두 손으로 혜낭의 허벅지를 벌렸다. 혜낭이 두 손으로 손윤을 밀치며 말했다.

"사실대로 말하지 않으면 고함을 쳐서 너를 곤경에 빠뜨릴 것이야."

손윤은 다급해져서 황급히 이렇게 대답했다.

"아가씨, 그렇게 성질 급하게 그러지 마세요. 나는 그대 올케의 동생 손윤이라고요. 아가씨 오빠의 병세가 위중하다는 소식을 듣고 내 어머니가 제 누님을 보내기도 그렇고, 그렇다고 양가에서 서로 잡아놓은 혼례 날짜를 그냥 넘기기도 그렇고 하여 저를 누님처럼 단장시켜 대신 보내고 아가씨 오빠가 병이 나으면 제 누님을 보내려 했던 거죠. 한데 하늘이 이렇게 멋진 인연을 또 만들어주셔서 저와 아가씨를 부부로 맺어준 것이죠. 이건 아가씨와 저만의 비밀이에요."

말을 마치고 손윤이 다시 혜낭의 몸 위로 올라탔다. 여자라 생각하면서도 적이 흥분했던 혜낭이라 여자가 아닌 남자가 눈앞에 있으니 어찌 흥분되지 않으리. 게다가 손윤이 정신이 쏙 빠지도록 자기를 흥분시키니 놀랍기도 하고 기쁘기도 하고 밀치는 것 같으면서도 껴안고 했다.

"당신네 집에서 이렇게 음흉하게 사람을 속였군요."

손윤이 그런 말에 대답할 겨를이 어디 있겠는가. 손윤은 혜낭을 껴안고 사랑을 나누는 몸짓을 해대기에 여념이 없었다.

이쪽은 청년,
처음으로 그 맛을 느낀다네.
이쪽은 처녀,
처음으로 맛보는 딴 세상.
오늘밤 화촉을 밝혔으니,
너와 나의 인연이 이뤄진 거라네.
오늘 밤 원앙금침을 같이 덮으니,
부부의 인연이 시작된 거라네.
전생에 이미 맺어진 인연이니,
월하노인의 중매조차 필요 없다네.
영원토록 잊지 말자,
바다를 두고 산을 두고 맹세한다네.
혼신의 힘과 정열을 불태우기 바쁘니,
오빠, 누나 걱정할 겨를이 어디 있으랴.
눈 앞에 펼쳐지는 환락,
자신에게 따로 남편, 아내 있는 걸 까마득히 잊고 마네.
한 쌍의 나비가 꽃 사이를 날아다니고,
한 쌍의 원앙이 물결 위를 노니네.

격정의 시간이 지났다. 혜낭과 손윤은 서로 꼭 껴안고 잠들었다. 보모는 손윤이 사고를 칠까 봐 걱정되어 자리에 누워서도 잠을 이룰 수가 없었다. 처음에는 두 사람이 서로 장난치고 까부는 소리가 들리다가 나중에는 침대가 흔들거리고 삐걱거리는 소리가 들리고 가쁜 숨을 몰아쉬는 소리가 들려왔다. 두 사람이 그 일을 저질렀음이 분명했다. 속으로 아이고 이 일을 어째 하는 생각만 났다. 다음 날 아침 혜낭은 자기 어머니 방으로 소세하러 갔다. 보모가 손윤에게 머리단장을 해주면서 나직하게 말했다.

"도련님, 제가 어제 그렇게 말씀드렸는데도 어째서 말로만 알았다고 하시고 몸은 다르게 움직이셨나요? 사돈댁에서 알기라도 하면 어떻게 하시려고요?"

"아니, 내가 찾은 것도 아닌데 제 발로 내 방에 들어오는 거를 어떻게 막겠어?"

"도련님이 마음만 굳게 먹었으면 되었겠죠."

"한번 생각해봐. 엄청 예쁜 여인이 한 이불 안에 같이 누워 있으면 돌부처 같은 사람도 참기 힘들 건데 나 같은 사람이 어떻게 참겠어! 자네만 입을 다문다면 다른 사람이 어찌 알겠어?"

단장을 마치고 유병의의 아내 방으로 문안 인사를 하러 갔다. 유병의의 아내가 이렇게 말했다.

"아가야, 귀고리 하는 걸 까먹었구나."

보모가 대답했다.

"까먹은 게 아니라 오른쪽 귀에 상처가 나서 귀고리를 달 수가 없습니다. 지금 고약을 붙인 상태입니다."

"아, 그렇구먼."

손윤이 신방으로 돌아오니 일가친척이 모두 인사를 하러 들렀다. 장육수도 왔고 혜낭도 머리를 매만지고 신방으로 왔다. 손윤과 혜낭이 서로 눈인사를 했다. 유병의가 친척들을 불러 아들 혼인을 축하하는 잔치를 벌였다. 악기 연주 소리가 울려 퍼지는 가운데 밤늦도록 즐기다가 각자 집으로 돌아갔다. 혜낭이 이날 밤도 신방으로 찾아왔다. 난새와 봉새가 서로 엉기듯이 그렇게 같이 껴안고 밤을 보내니 그 기쁨이 어제의 두 배는 되는 것 같았다.

이렇게 사흘이 지나는 동안 손윤과 혜낭은 앉으나 서나 한시도 떨어지지 않았다. 오직 보모만 식은땀을 흘리며 손윤을 독촉했다.

"이미 사흘이 지났네요. 마님에게 돌아가겠다고 말씀드리세요."

손윤은 혜낭과 뜨거운 관계가 되었는데 어찌 돌아가고 싶겠는가. 일부러 이렇게 말했다.

"내 입으로 어떻게 돌아가겠다고 할 수 있겠어. 어머니한테 장육수 편에 돌아가겠다는 말을 전하게 하라고."

"그것도 제법 좋은 생각이네요."

보모는 즉시 손윤의 집으로 돌아갔다.

한편, 손 과부는 아들 손윤을 딸 대신 사돈댁에 보낸 다음 남에게 말도 못 하고 속으로 애만 태우고 있었다. 장육수마저도 자기를 찾아오지 않으니 더욱 조바심내며 기다리고 있는데 마침내 보모가 나흘째 되는 날 돌아오니 황급히 사정이 어찌 되었는지를 물었다. 보모는 사위의 병세가 아주 심각하다는 것과 손윤과 혜낭이 밤마다 같이 잠자리를 가진 것을 모두 자세하게 알렸다. 손 과부는 풀썩 주저앉으며 앓는 소리를 냈다.

"결국 이런 일이 일어나고 말았구먼. 어서 가서 장육수를 불러오게."

보모가 떠난 지 오래지 않아 장육수가 도착했다. 손 과부가 말했다.

"여보게, 지난번에 사흘이 지나면 바로 돌려보내 주기로 하지 않았나. 이제 사흘이 벌써 지났으니 자네가 가서 내 딸을 바로 돌려보내 달라고 말을 해주게나."

장육수가 그 말을 듣고 보모랑 함께 유병의네 집으로 찾아갔다. 마침 유병의의 아내가 손윤과 신방에서 이야기를 나누고 있었다. 장육수가 손 과부가 신부를 데려가고자 한다는 말을 전하자 손윤과 혜낭은 서로 헤어지기가 싫어 속으로 이렇게 빌었다.

'제발 허락하지 않으셨으면!'

한데, 유병의의 아내가 진짜로 이렇게 대답하는 것이었다.

"여보게, 자네가 그렇게 중매를 오랫동안 보았으니 잘 알겠지. 그래 혼례 치르고 사흘이 지나서 신부가 친정으로 돌아가는 건 무슨 경운가? 혼례 치르기 전에야 하도 보내기 싫어하는 거 같아서 내가 어쩔 수 없었네만, 이제 우리 집에 들어왔으니 우리 집 사람이 된 걸세. 내가 어찌 그 집 말을 듣겠나? 내가 천신만고 끝에 며늘아기를 데려왔더니 사흘 만에 돌려보내 달라고! 이건 사람이 할 말이 아니지. 그렇게 보내기 싫었으면 애당초 정혼하지를 말든가. 손 과부한테도 아들이 있으니 말인데 며느리 얻고서 사흘 만에 돌려보내려 하겠어? 그래도 사돈댁이 예의범절을 좀 아는 사람이라던데 이런 식으로 말하면 안 되지!"

이렇게 일장 연설을 늘어놓으니 장육수는 말문이 막혀 감히 할 말이 없었고 손 과붓집에 가서 말을 전할 엄두도 나지 않았다. 보모는 누가 신방으로 불쑥 들어가 손윤과 혜낭의 일을 눈치채고 훼방 놓을까 봐 걱정되어 방문 앞에 지켜보고 서 있느라고 손 과붓집으로 돌아가지도 못하는 처지가 되고 말았다.

한편, 유박은 혼례를 치른 날 한바탕 땀을 흘리고 나서 조금씩 차도가 있기 시작했다. 신부가 자기 집에 들어왔으며 인물이 출중하다는 말을 듣고서 기쁜 맘이 절로 들어 병이 낫는 속도도 더욱 빨라진 느낌이었다. 며칠 지나자 억지로라도 힘주어 자리에서 일어나 앉을 정도가 되어 누웠다가 앉았다가를 반복했다. 날이 갈수록 몸이 좋아지는 느낌이었다.

바로 머리 빗질을 하고 신방으로 가서 신부를 보고 싶었다. 유병의의 아내는 아들이 몸이 조금 낫자마자 일을 치르게 되면 뭔가 잘못될 수도 있을 거 같아 하녀에게 부축하게 하고 자기도 뒤따라서 천천히 신방으로 갔다. 보모가 문턱 앞에 앉아 있으려니 하녀가 이렇게 외쳤다.

"신랑께서 들어가시려고 합니다."

보모가 일어나 큰소리로 외쳤다.

"신랑께서 들어가십니다."

손윤과 혜낭은 서로 껴안고 장난치고 있다가 누가 들어온다는 말을 듣고 화들짝 놀라 얼른 떨어졌다. 유박이 문 휘장을 젖히고 방 안으로 들어섰다. 혜낭이 유박에게 말했다.

"오빠, 일어나 세수하고 머리단장도 했네요. 축하해요. 근데 너무 무리하는 거 아니에요?"

"괜찮다. 이렇게 좀 걸어 다니고 그러다 다시 잠자리에 들 거야."

유박이 손윤을 향해 읍을 하니 손윤이 몸을 돌린 채로 답례를 했다. 유병의의 아내가 끼어들었다.

"아들아, 너무 무리해서 읍하고 그러지 마라."

유병의 아내가 또 손윤이 등을 돌리고 있는 걸 보고 이렇게 말했다.

"얘야, 네 남편이 병이 나아 특별히 이렇게 너를 보러온 것인데, 어째서 등을 돌리고 있느냐?"

유병의의 아내가 아들 쪽으로 걸어가서 이렇게 말했다.

"아들아, 저 애가 너랑 정말 잘 어울리는구나."

유박은 신부의 미모가 출중한 것을 보고 너무 기뻤다. 정말로 '사람이 좋은 일이 생기면 정신이 맑아진다'고 하지 않는가. 유박은 병이 거의 다 나은 것 같은 기분이었다. 유병의의 아내가 유박에게 말했다.

"아들아, 이제 그만 가서 쉬어라. 너무 무리하지 말고."

유병의의 아내가 하녀를 시켜 유박을 부축하게 했다. 혜낭도 오빠랑 같이 방에서 나갔다. 손윤은 유박이 병치레한 모양새이면서도 몸가짐이 단정한 것을 보고서 속으로 생각했다.

'누나가 이 사람하고 짝을 맺는 게 나쁘지는 않겠구나.'

손윤은 다시 또 혼자 생각에 잠겼다.

'매형이 병이 나으면 당연히 나랑 같이 잠자리를 하려고 할 텐데. 어쨌든 그 일 만큼은 막아야겠다. 어서 집으로 돌아가야겠다.'

손윤이 저녁에 혜낭에게 이렇게 말했다.

"오빠가 병이 나았으니 내가 더는 여기 머물기 힘들 거요. 그대가 어머니한테 나를 집으로 돌려보내라고 졸라보아요. 그대가 어머니를 잘 설득하면 내가 집에 돌아가 내 누나를 보내도록 하겠소. 그러면 우리 사이 일은 잘 넘어갈 것이지만 내가 여기서 더 지체하게 되면 필시 우리 사이 일이 탄로되고 말 거요."

"그대가 집으로 돌아가는 일이야 어찌 해보겠지만, 그러면 나는 어떻게 되는 거죠?"

"나도 그 문제를 가지고 수없이 고민하고 또 고민했소이다. 하지만 나도 정혼한 상대가 있고 그대 역시 정혼한 상대가 있으니 이를 어찌한단 말이오?"

"나를 데려갈 대책도 없이 죽도록 서로 사랑하잔 말을 했단 말인가요? 이제 와서 뻔뻔하게 정혼한 상대 핑계를 대다니요!"

혜낭이 어깨를 들썩이며 오열하기 시작했다. 손윤이 혜낭의 눈물을 닦아주며 말했다.

"너무 괴로워하지 마시게. 내가 다시 한번 생각해보겠네."

둘은 차마 떨어지지 못하여 손윤이 자기 집으로 돌아가기로 한 일은 잠시 미루어 놓았다. 하루는 점심 식사를 마치고 두 사람이 방문을 걸어 잠그고 어떻게 할 것인지 한참을 상의했으나 아무래도 뾰족한 수가 없어 둘이 서로 붙잡고 눈물만 흘렸다.

한편, 유병의의 아내는 며늘아기가 오고 나서 딸년이 며늘아기랑 딱 붙어서 떨어지지 아니하고 밤이면 문을 걸어 잠그고 둘이 쏙닥거리고 다음 날 해가 중천에 떠서야 일어나니 그게 탐탁지가 않았다. 처음엔 딸년이 올케를 좋아하나보다 싶어 그냥 대수롭지 않게 생각했다. 날이 갈수록 더욱 심해지자 마음속에 의심이 들기 시작했다. 며느리한테는 또 젊은 애가 게으르다 싶어 몇 번이나 한마디 해줄까 하다가 며늘아기가 아직 아들과 잠자리도 같이 못하는 처지라 그냥 넘어갔다. 그런데 일이 터지려고 그랬는지 그날은 유병의의 아내가 신방 곁을 지나다가 우는 소리가 들려오기에 방문 틈으로 안을 살펴보니 며늘아기와 딸년이 서로 껴안고 곡을 하고 있는 게 아닌가. 유병의의 아내는 저거는 아무래도 아니지 않나 하는 생각이 들어 벌컥 들어가 벼락을 칠까 하다가 아들이 이제 겨우 몸을 추스를 만한데 이런 일을 알게 되면 또 안 좋아질까 봐 일단 좀 참기로 했다. 휘장을 걷고 안으로 들어가려니 방문이 잠겨 있었다. 유병의의 아내가 버럭 소리를 질렀다.

"어서 문 열어라."

손윤과 혜낭은 이 소리를 듣고서 눈물을 훔치고 황급히 문을 열었다. 유병의의 아내가 방으로 들어가 소리쳤다.

"무슨 연유로 이런 벌건 대낮에 문까지 걸어 잠그고 서로 껴안고 울고 난리냐?"

두 사람은 당황하여 얼굴이 빨개지고 아무런 대답도 하지 못했다. 유병의의 아내는 두 사람이 아무 대답도 하지 못하자 더욱 화가 나서 손발이 다 부들부들 떨릴 정도였다. 혜낭을 와락 잡아채더니 이렇게 말했다.

"잘한다 그래. 어서 따라와 나랑 이야기 좀 하게."

둘은 뒤쪽 빈방으로 갔다. 하녀가 이걸 보고 영문도 모른 채 한쪽으로 숨어버렸다. 유병의의 아내는 혜낭을 데리고 빈방으로 들어가 방문을 닫았다. 하녀가 틈새로 바라보니 유병의의 아내가 몽둥이를 드는 게 보였다. 유병의의 아내가 버럭 소리를 쳤다.

"이년아, 처맞기 전에 어서 사실대로 말해. 거짓말했다가는 뼈도 못 추릴 줄 알아!"

혜낭이 아무런 말도 못 하고 머뭇거렸다. 유병의의 아내가 다시 윽박질렀다.

"이년아, 내가 다시 한번 묻겠다. 며느리년이 들어온 후부터 무슨 정이 났다고 한시도 떨어지지 않고 서로 껴안고 울고 난리인 게냐?"

혜낭이 대답하지 못하니 유병의의 아내가 몽둥이를 들어 내리치려다 차마 그렇게 하지는 못하고 참았다. 혜낭은 이제 어쩔 도리가 없다는 생각이 들었다.

'기왕에 이렇게 된 거 솔직하게 다 말하고 어머니한테 배씨네한테 미안하지만 혼약을 파하고 손윤과 짝을 맺어달라고 하자. 그게 안 되면 차라리 죽지, 뭐.'

마침내 혜낭이 입을 열어 말했다.

"손씨 사돈댁에서 오빠가 병이 들어 위중하다는 소식을 듣고 딸한테 곤란한 일이 생길까 봐 일단 상황을 좀 더 지켜보려고 어머니한테 혼인 날짜를 다시 잡자고 했더랍니다. 하지만 어머니가 절대 불가하다고 하자 그쪽에서는 아들 손윤을 분장시켜 딸 대신 보낸 겁니다. 한데 어머니가 저를 그 손윤과 함께 지내라고 신방으로 들여보냈고 저는 손윤과 부부가 되었고 사랑을 하게 되어 마침내 평생을 함께하기로 약속했습니다. 이제 오빠 병이 나았으니 손윤은 이 일이 들통날까 봐 자기 집으로 돌아가 누나를 보내려고 합니다. 열녀는 이부종사하지 않는다지 않습니까. 전 손윤이 저를 아내로 데려가기를 바라나 뾰족한 수는 없고 이별은 당장 코앞에 닥쳤으니 이렇게 서럽게 울었던 것입니다. 어머니가 그걸 보시고 말았으니 이제 사실대로 이야기하지 않을 수 없네요."

유병의의 아내는 그 말을 듣고 버럭 화가 나기도 하고 가슴이 탁 막히기도 했다. 몽둥이를 한쪽에 치워놓고 발을 동동 구르며 욕을 해대기 시작했다.

"저 망할 놈의 손 과부 여편네가 감히 남자를 여자로 분장시켜 사기를 쳐! 맞아, 사흘 만에 자기 딸을 돌려 달라 어쩌고 하더니 귀한 내 딸을 망쳐놨네. 내가 그냥 놔두나 봐라. 내가 저 여편네를 그냥 모가지를 비틀어 놓고 말 테다."

유병의의 아내는 한바탕 욕을 퍼붓더니 문을 열고 나가려고 했다. 혜낭은 어머니가 손윤을 때려죽일까 봐 겁이 와락 나서 체면이고 나발이고 다 팽개치고 어머니 옷자락을 잡고 매달렸다. 유병의의 아내가 혜낭의 손을 확 팽개치니 혜낭이 바닥에 넘어지고 말았다. 혜낭이 일어나 보니 어머니는 이미 밖으로 나가버렸다. 혜낭은 어머니를 따라 달려가고, 하녀는 또 혜낭을 따라 달려갔다.

한편, 손윤은 유병의의 아내가 혜낭을 팽개치고 달려오는 걸 보고 이미 일이 탄로되었음을 직감했다. 손윤이 방 안에서 안절부절못하고 있는데 보모가 들어왔다.

"도련님, 큰일 났습니다. 제가 뒤쪽에 있다가 보니 사돈댁이 혜낭에게 단단히 뭔가를 물어보는 눈치였습니다. 사돈댁이 혜낭을 몽둥이찜질하면서 뭔가를 캐묻는 것 같았습니다."

손윤은 혜낭을 몽둥이찜질한다는 말을 듣고는 가슴이 칼로 도려내지는 것처럼 아팠다. 눈물이 절로 흘러내렸지만 무슨 방법이 없었다. 보모가 손윤에게 말했다.

"지금 바로 피하지 않으면 큰일 날 것입니다."

손윤은 바로 머리에서 비녀를 뽑아버리고 머리를 질끈 동여매고는 상자에서 도포와 버선과 신발을 꺼내어 방에서 나와 한달음에 집으로 달려갔다.

조롱 깨뜨리고 멋진 봉새 활개 치고 날아가고,
잠긴 문 박차고 이무기가 달려가네.

손 과부는 아들이 헐레벌떡 달려오는 걸 보고 놀랍기도 하고 기쁘기도 했다.

"네 꼴이 어째 그러냐?"

보모가 저간의 사정을 설명해주었다. 손 과부가 바로 타박했다.

"내가 그래 임시변통으로 너를 대신 보냈건만 너는 어째서 이렇게 천리에 어긋나는 일을 저질렀단 말이냐! 네가 사흘 만에 바로 돌아왔다면 나쁜 일은 가려지고 좋은 일만 드러날 것이고 이런 험악한 일은 벌어지지도 않았을 건데. 저 빌어먹을 중매쟁이 장육수가 그날 너를 데리고 가서는 꿩 구워 먹은 소식이라. 그리고 보모 자네도 나한테 소식도 전해주지 않으니 내가 애간장이 다 녹을 정도였다고. 오늘 이렇게 일이 터지고 이 어미까지 힘들게 하니 이 일을 어찌한단 말이냐. 내가 너를 불효자식이라 혼낸다고 그게 무슨 소용이 있겠냐!"

손윤은 어머니한테 욕을 들어먹으니 창피하기 이를 데 없었다. 보모가 대신 대답했다.

"도련님께서도 돌아오시려고 했는데 사돈댁이 허락하지 않으셨습니다. 저 역시 도련님과 사돈처녀 사이에 무슨 일이 생길까 봐 방문 앞에서 지키느라고 돌아올 수가 없었습니다. 오늘 제가 잠시 뒤쪽에 간 사이에 사돈댁이 이 사실을 알아채 버리신 겁니다. 다행히 급히 빠져나올 수 있어서 크게 우세를 당하는 건 피할 수 있었습니다. 우선 도련님을 잠시 피신을 시키시지요. 그러다 별일 없이 넘어가면 천만다행이겠습니다."

손 과부는 손윤을 잠시 피해 있으라 하고는 사돈댁에서 어떻게 나오는지 살피기로 했다.

한편, 유병의의 아내는 곧장 신방으로 달려갔다. 손으로 신방 문을 잡아 열어보니 잠겨 있더라. 손윤이 안에 있는 거라 지레짐작하고 바로 욕부터 하기 시작했다.

"이런 천하에 재수 없는 죽일 놈의 자식아! 네놈이 나를 어떻게 보고 감히 우리 집에 와서 내 딸을 건드려! 네놈이 지금 나하고 한번 해보자는 거지? 그래 내가 솜씨를 한 번 보여주마. 어서 나와라. 네가 문을 열지 않으면 내가 직접 들어간다!"

이때 혜낭이 달려와 어머니를 붙잡고 안으로 들어가지 못하게 말렸다. 유병의의 아내가 욕을 퍼부었다.

"요년아, 부끄러운 줄도 모르고 쫓아와 나를 말리는 거냐?"

그러면서 유병의의 아내가 방문을 잡고 있던 손을 떼 자신을 붙잡고 있는 혜낭을 확 잡아 힘껏 밀치고 실랑이하다 보니 방문이 밀려 열리고 두 사람이 방 안으로 넘어져 버렸다.

"이 죽일 년이 이제 어미를 밀쳐 넘어뜨리기까지 하네."

유병의의 아내가 일어나 방 안을 둘러보았으나 손윤은 코빼기도 보이지 않았다. 유병의의 아내가 손윤이 보이지 않자 이렇게 소리쳤다.

"허, 그놈이 눈치는 빨라 가지고 이렇게 도망쳤다 이거지. 네놈이 하늘로 도망가더라도 내가 가서 잡아 오고 말 테다."

유병의의 아내가 혜낭을 보고 말했다.

"네가 이런 일을 저질렀으니 만약 사돈 배씨네가 이 일을 알기라도 하면 어떡하냐 그래?"

"제가 한때 눈이 멀어 이런 일을 저지르고 말았네요. 근데 기왕에 이렇게 된 거 어머니 아버지께서 배씨네와 정혼한 것을 물리고 저를 손윤에게 시집보내주세요. 그게 저의 실수를 만회하는 길이기도 하고요.. 만약 허락하지 않으시면 전 죽는 길밖에 없습니다."

말을 마친 혜낭이 바닥에 엎드려 오열했다. 유병의의 아내가 말했다.

"이년이 참 말은 쉽게도 한다. 배씨 사돈댁에서 납빙納聘도 하고 해서 너를 며느리로 정한 건데, 인제 와서 아무 이유도 없이 불쑥 '파혼하겠습니다'라고 하면 그 집에서 '네, 알았습니다' 할 것 같아! 당연히 왜 파혼하려고 하느냐 물어볼 텐데, 네 아버지한테 뭐라고 대답하라 할까? '내 딸년이 새 남자를 사귀었습니다'라고 대답하라 할까?"

혜낭은 어머니의 말을 듣고 너무도 창피하여 얼굴을 파묻고 울기만 했다. 유병의의 아내는 그래도 자기가 배 아파서 낳은 딸년이 저렇게 서럽게 우는 걸 보고 마음이 짠하기도 하고 그러다 몸이라도 상할까 봐 걱정되기도 하여 이렇게 달랬다.

"그게 어디 네 잘못이냐! 그 죽일 년이 사기꾼 같은 수작으로 남자를 여자로 꾸며 보낸 게 잘못이지. 내가 그것도 모르고 너를 들여보내 같이 자게 했으니 이건 뭐 고양이한테 생선을 맡긴 격이지. 하지만 그건 아는 사람이 아무도 없으니 신경 쓸 거 없다. 네 체면이나 깎이지 않게 행동하는 게 최고다. 배씨네하고 파혼하고 그 죽일 놈한테 시집간다는 건 말도 안 된다."

혜낭은 어머니가 자기 말을 들어주지 않자 더욱더 서럽게 울기만 했다. 유병의의 아내는 안쓰럽기도 하고 짜증 나기도 했으나 어쩔 도리가 없었다.

모녀가 한참 실랑이를 하고 있을 때 유병의는 의원에 들렀다가 돌아오다가 방 안에서 사람 우는 소리를 들었다. 가만히 들어보니 바로 딸 혜낭이라. 아내가 소리치는 것도 들려오는데 대체 왜 그러는지 영문을 알 길이 없었다. 유병의는 도저히 참을 수가 없어 방문의 휘장을 젖히고 물었다.

"대체 무슨 일이야?"

아내가 자초지종을 소상히 설명해주었다. 유병의는 화가 나기도 하고 기가 막히기도 하여 한참을 말문을 열지 못했다. 이리저리 생각하다가 아내를 원망하는 투로 말했다.

"당신 때문에 딸년 신세를 망쳤구먼. 유박이 병세가 위중했을 때 내가 혼례 날짜를 다시 잡자고 했거늘 당신이 이래서 안 된다 저래서 안 된다며 한 번 정한 날짜를 계속 고집했잖아. 사돈댁에서 보모를 보내왔을 때도 당신이 이렇게 저렇게 그 집을 속이고 겁주고 그랬잖아. 그 집에서 며느리를 보내왔을 때도 나는 그냥 며느리 혼자 자게 하라고 했는데 당신이 우겨서 딸 혜낭이를 들여보낸 거 아냐. 그래 혜낭이랑 그놈이랑 같이 자게 하더니 꼴좋다 그래."

유병의의 아내는 손윤은 이미 내빼버리고 딸년은 또 울며불며 귀찮게 하여 화가 머리끝까지 올라와 있던 차에 남편이란 놈이 자기 속을 긁어대고 자기를 원망하니 드디어 폭발하고 말았다.

"이 망할 놈의 영감탱이야! 그래 딸년이 그 사기꾼 놈에게 당하니까 속이 시원하겠다 그래!"

유병의의 아내가 유병의를 향해 몸을 던지고 유병의가 또 화를 버럭 내면서 아내를 밀치고 때리려 드니 혜낭이 득달같이 달려와 말리니 세 사람이 한 덩어리가 되어 떨어질 줄을 몰랐다. 하녀가 화급하게 방으로 달려가 유박에게 알렸다.

"도련님, 큰일 났어요. 나리하고 마님이 신방에서 싸우고 계세요."

유박은 침상을 짚고 일어나 신방으로 말리러 갔다. 유병의 부부는 아들이 이제 겨우 몸을 추스를 만하게 되었는데 괜히 충격이라도 줄까 봐 일단 서로 떨어졌다. 그러나 입으로는 여전히 죽일 놈 살릴 놈 하면서 욕을 해대고 있었다. 유박이 아버지한테 잠시 밖으로 좀 나가달라고 하고 나서 혜낭에게 물었다.

"아우야, 아버님 어머님이 왜 이렇게 소란스럽게 다투는 것이냐? 참, 신부는 또 어디 간 거냐?"

오빠의 질문은 받은 혜낭은 부끄러워 아무런 대답도 하지 못하고 얼굴을 파묻고 울기만 했다. 유박이 역정을 내며 말했다.

"왜 그러는지 어서 말을 해야 할 것 아니냐!"

유병의의 아내가 자초지종을 대신 이야기해주니 유박은 놀라고 화가 나서 얼굴이 흙빛으로 변했다. 한참을 말을 못하다가 겨우 입을 열었다.

"집안의 창피한 일을 밖으로 드러낼 일이 뭐 있겠느냐. 그러면 남들 비웃음만 살 뿐이지. 일은 이미 벌어진 거고, 어떻게 할 건지는 찬찬히 더 고민해보자."

유병의의 아내는 입을 꾹 다물고 있다가 그냥 방을 나섰다. 혜낭은 그냥 방에 버티고 있었으나 어머니가 홱 잡아끌어 데리고 나가면서 방문에 커다란 자물통을 채워버렸다. 자기 방에 돌아온 혜낭은 스스로 너무도 창피하여 방구석에 주저앉아 울기만 했다.

님께서 저 강물을 다 길어다 주셔도,
오늘 저의 이 부끄러움을 어이 씻어낼까.

한편, 유병의네 옆집 사는 이영은 유병의 집이 시끌벅적하기에 벽에다 귀를 갖다 대고 들어보았다. 간간이 뭔가 들려오기는 했으나 그것만으로는 대체 무슨 사정인지 알 길이 없었다. 다음 날 아침 유병의네 집 하녀가 밖으로 나오니 이영이 그 하녀를 자기 집으로 불러 물었다. 하녀가 처음에 입을 열지 않으려 하니 이영이 돈 50전을 흔들며 꾀었다.

"네가 사실대로 말해주면 내가 이걸 너에게 주마. 뭐라도 맛난 거 사 먹어라."

하녀는 돈을 보자 마음이 동했는지 그걸 받아서 품속에 넣고는 자초지종을 자세하게 일러주었다. 이영은 속으로 쾌재를 불렀다.

"내가 이걸 배씨네한테 알려줘야지. 그럼 분명 한바탕 분란이 일어날 터이니 유병의네가 창피해서 여기 살기도 힘들 거야. 저 집은 이제 내 차지구먼."

이영은 한걸음에 배씨네로 달려갔다. 이영은 하녀한테서 들은 이야기를 하나부터 열까지 미주알고주알 이야기했을 뿐 아니라 거기다가 없는 말도 붙여가면서 배씨 화를 돋우었다. 배씨 부부는 지난번에 혼례를 서둘자고 했을 때 유씨네가 반대한 것부터 감정이 좋지 않았는데 지금 정혼한 며느리가 이런 일을 저질렀다는 말을 들으니 속이 부글부글 끓어올랐다. 당장 유씨네 집으로 달려가 유병의를 불렀다.

"내가 중매쟁이 편에 혼례를 서두르자고 하니까 딸이 아직 나이가 어리다며 이 핑계 저 핑계 대고 미루더니 집에다 다른 남자를 들였구먼그래. 애당초 내 말을 들었으면 이런 일이 생기지도 않았지. 우리 집안은 이래 봬도 뼈대 있는 집안이라고. 이렇게 콩가루 같은 집안 여자를 어떻게 받아들일 수 있겠어! 작년에 내가 보낸 혼수 다 돌려주고 다른 데를 알아보라고. 괜히 내 아들 인생 망치려 하지 말고."

배씨의 말을 들으면서 유병의는 얼굴이 붉으락푸르락했다. 그러면서 속으로 혼자 생각했다.

'아니 바로 어제 일어난 우리 집안의 은밀한 일을 저놈이 도대체 어

떻게 알았지? 참으로 이상하다!'

유병의는 그 말 그대로 인정하기에는 너무도 자존심이 상하여 이렇게 뻗대었다.

"사돈 양반, 그게 무슨 말씀이시오그래. 누가 그런 말을 지어내 우리 집안을 먹칠하는 건지 모르겠소. 다른 사람이 하는 이야기만 듣고 진짜 그런 일이 있는 것처럼 몰아붙이면 나나 사돈 양반의 체면은 또 어떻게 되겠소!"

그 말을 듣고 배씨가 더욱 사납게 욕을 하기 시작했다.

"아이고 정말 나쁜 놈이네. 딸년이 그런 추잡스러운 일을 저질렀는데 그것도 모르고 뭐가 잘났다고 입을 벌리고서는 나한테 거짓말을 하려고 들어!"

배씨가 유병의에게 다가가 손을 뻗쳐 유병의에게 싸대기를 갈겼다.

"이 나쁜 새끼, 부끄러운 줄도 모르는구먼. 내가 가면이라도 하나 줄 테니 그걸 쓰고 사람들을 만나러 다니라고. 민얼굴로 창피해서 어찌 나돌아다니겠어!"

유병의는 너무 모욕을 당하자 더는 참지 못하고 같이 욕을 하기 시작했다.

"아니, 이 노인네가 미쳤나. 아침부터 남의 집에 와서 욕을 하고 난리야!"

유병의가 배씨를 밀치자 배씨가 바닥에 넘어졌고 두 사람은 서로 엉겨 붙어 치고받기 시작했다. 유병의의 아내와 유박이 밖에서 시끄러운 소리가 나는 걸 듣고 나와 보니 배씨가 유병의에게 손가락질하며 소리치고 있었다.

"그래, 날 쳤다 이거지. 그래 두고 봐라. 내가 바로 관가로 달려가서 고소할 거야."

배씨가 소리를 지르면서 대문을 나섰다. 유박이 아버지에게 물었다.

"배씨 어른이 어인 일로 아침부터 이렇게 소란을 피우고 그러십니까?"

유병의가 아들에게 자초지종을 이야기해주었다. 유박이 말했다.

"사돈집에서 그 일을 어떻게 알았죠? 그게 참 이상하네요! 기왕에 이 일이 알려져 버렸으니 이제 어떻게 하죠?"

유병의는 배씨에게 모욕을 받은 일이 떠올라 너무도 화가 났다.

"이게 다 그놈의 손가 과부 때문이야. 그 과부 때문에 우리 집안 체면이 이렇게 뭉개지고 창피를 당하는 거라고. 내가 그 과부를 고소하지 않고는 도저히 그냥 넘어갈 수 없겠다."

유박은 그런 아버지를 아무리 해도 말릴 수가 없었다. 유병의는 다른 사람에게 부탁하여 고소장을 작성하여 관가로 달려갔다. 마침 교 태수가 조회를 마치려고 하고 있었다. 이 교 태수는 비록 관서 사람이었으나 정직하고 총명했으며 백성을 아끼고 사랑했다. 송사도 귀신같이 정확하게 처리하니 백성들은 교 태수를 일러 '푸른 하늘靑天 교 태수'라 칭송했다.

한편, 유병의는 항주부 청사 앞에 이르러 배씨를 또 맞닥뜨리게 되었다. 배씨는 유병의의 손에 고소장이 들려 있는 걸 보고 자기를 고소하려는 걸로 알고서 바로 욕지거리를 해댔다.

"이 망할 놈, 추잡스러운 일을 한 건 자기 딸인데 외려 나를 고소하려고 하네. 그래, 어서 나랑 같이 태수 나리에게 가자."

배씨가 유병의를 잡아끌자 두 사람은 또다시 엉겨 붙어 싸우기 시작했다. 두 사람이 싸우는 통에 고소장이 바닥에 떨어져 버렸다. 두 사람은 그렇게 서로를 붙잡고서 청사 안으로 들어갔다. 교 태수가 보더니 어서 떨어져서 각자 무릎을 꿇으라 호통을 쳤다.

"네 두 놈의 이름은 무엇이냐? 무슨 일로 싸운 것이냐?"

두 사람은 제각기 동시에 자기 말을 하기 시작했다. 교 태수가 다시 소리쳤다.

"함부로 끼어들지 마라. 나이가 많은 사람부터 먼저 이야기해봐라."

배씨가 먼저 당 아래 자리로 올라가서 무릎을 꿇고 말씀을 올렸다.

"소인은 배구라고 합니다. 배정이라는 아들을 두고 있습죠. 제 아들이 어릴 때 유병의의 딸 혜낭과 정혼했습니다. 올해로 제 아들과 혜낭이 모두 열다섯 살이 되었습니다. 소인이 나이가 좀 많은 처지라 아들과 며느리의 혼례를 올려야겠다 싶어 중매쟁이를 통해서 몇 번이나 며느리를 데려오고 싶다고 청을 넣었습니다. 한데 저 유병의란 놈이 자기 딸년이 아직 어리다는 핑계를 대며 말을 듣지 않았습니다. 한데 누가 알았겠습니까? 혜낭이 음심을 품고서 손윤이라는 놈을 집으로 불러들여 제 아들과 정혼한 것을 아무것도 아닌 것으로 만들고 말았습니다. 오늘 아침 소인이 유병의 놈 집에 가서 이 일을 따졌더니 외려 저를 때리려 들었습니다. 소인은 도저히 안 되겠다 싶어 나리께 달려와 이렇게 하소연하는 것입니다요. 한데 저놈이 여기까지 쫓아와 저를 때리려 들고 있습니다. 나리께서 제발 굽어살피사 소인을 좀 살려주십시오."

교 태수가 그 말을 듣고 나서 말했다.

"알았으니 일단 내려가 있어라."

유병의에게 올라오라 했다.

"그래 너는 무슨 할 말이 있느냐?"

"소인은 아들 하나, 딸 하나를 두었습니다. 아들 유박은 손 과부네 딸 주이랑 정혼했고, 딸 혜낭은 배씨네 아들과 정혼했습니다. 지난번 배씨가 혼례를 올리자고 했을 때는 딸이 아직 어리기도 하고 저희가 혼수를 장만할 처지가 안 되기도 했으며, 먼저 아들 혼례를 마무리했으면 하는 마음이 있어 일단 거절했던 것입니다. 한데 아들이 혼례를 앞두고 병이 들어버려 며느리와 한방을 쓸 형편이 되지 못하여 대신 딸년을 들여보내 며느리와 함께 지내도록 한 것입죠. 한데 누가 알았겠습니까? 저 손 과부가 우리를 속이고 자기 딸년을 숨겨두고 아들 손윤을 분장시켜서 보내어 제 딸년을 범하게 할 줄을 말입니다. 그렇지 않아도 제가 손 과부를 관가에 고소하려고 벼르고 있었는데 저 배씨가 어찌 알았는지 소인 집을 찾아와 소란을 피우고 그랬습니다. 소인이 참지 못하고 배씨랑 다툰 것은 사실이나 배씨 아들과의 혼인을 일부러 망치려고 한 것은 절대 아닙니다."

교 태수는 남자가 여장을 했다는 말을 듣고 거참 이상하다 싶었다.

"남자가 여장을 하면 어디라도 이상할 텐데. 어찌 그걸 분간하지 못했다는 것인가?"

"혼인을 치르면서 남자를 여장시켜 보내는 경우가 어디 있겠습니까. 하여 한 치도 의심하지 않았던 것입니다. 게다가 손윤의 생김새가 여자처럼 이쁘장하여 소인 부부가 보고서 아주 흡족했던지라 더욱 의심하지 않았던 것입니다."

"손씨네가 딸을 자네 아들과 정혼시켜 놓고 정작 혼례를 치를 때는 아들을 보낸 거로구먼. 그렇다면 분명 무슨 사정이 있을 것인데. 손윤은 아직도 자네 집에 있는가?"

"벌써 자기 집으로 내빼버렸습니다."

교 태수는 포졸을 시켜 손 과부와 그녀의 아들, 딸을 잡아 오게 하고 더불어 유박과 혜낭 남매도 데려와 함께 심문하여 보리라 했다. 얼마 지나지 않아 모두들 관아에 도착했다.

교 태수가 그들을 바라보니 과연 손윤 남매는 잘생기기도 했지만 서로 닮기도 했다. 유박 역시 조금도 빠지지 않는 인물이었다. 교 태수는 자기도 모르게 저절로 이런 찬탄이 나왔다.

'참으로 잘 어울리는 두 쌍의 청춘남녀로고!'

교 태수는 이들을 어떻게든 잘 맺어주고 싶은 마음이 일었다. 교 태수가 손 과부에게 물었다.

"어째서 아들을 여장하여 보내 가지고 유병의의 딸년을 범하게 했느냐?"

손 과부는 사위가 병이 위중한데도 사돈인 유병의가 혼례 날짜를 미루지 않고 그냥 밀어붙이기에 혹시 딸의 신세를 망치게 될까 봐 임시로 아들을 여장하여 보내어 혼례를 치르고 사위가 그 기운으로 낫기를 바라고 아들은 사흘이 지나면 바로 집으로 돌아오게 하려는 자기 나름의 방편이었노라 아뢰었다. 한데 유병의의 딸이 함께 자게 되는 바람에 이런 생각하지도 못한 일이 생겼노라고 했다. 교 태수가 말했다.

"알고 보니 그런 사연이 있었군."

교 태수가 유병의에게 물었다.

"자네 아들이 병이 들었으면 혼례 날짜를 다시 잡으면 되지 왜 그렇게 원래 날짜를 고집했느냐? 손 과부가 부탁한 대로 혼례 날짜를 미뤘으면 자네 딸의 그런 일도 생기지 않았을 것 아닌가? 이게 다 자네가 벌인 일 때문에 자네 딸이 그렇게 된 거구먼."

"소인이 그때 마누라 말을 들어서는 아니 되었는데, 지금도 후회막급입니다요."

"쓸데없는 소리 하지 마라. 그래 한 집안의 가장이면서도 아녀자의 말에 휘둘리다니!"

교 태수가 손윤과 혜낭을 불러내어 말했다.

"손윤, 너는 남자가 여장하는 것도 해서는 안 될 일인데 처녀를 범하기까지 하다니 네놈이 지은 죄를 알렷다."

"소인이 죄를 지은 건 분명합니다만 제가 일부러 속임수를 써서 그리

한 것은 아니옵고 혜낭의 모친이 혜낭을 신방으로 보내어 저랑 짝하게 한 것입니다."

"그거야 혜낭의 어미가 신부가 남자인 걸 모르고 혜낭을 보내어 신부랑 같이 자게 한 것으로 다 선한 의도에서 나온 것 아니냐. 너는 왜 혜낭을 물리치지 않았느냐?"

"소인도 물리려고 했으나 혜낭이 고집을 피우고 제 말을 듣지 않았습니다."

"법대로 하자면 곤장을 쳐야 할 것이나 네가 아직 나이가 어리기도 하고 양가 부모가 이 사달을 일으킨 것이기도 하여 용서하여 주노라."

손윤이 머리를 조아리면서 사례했다. 교 태수가 혜낭을 불러 물었다.

"네 잘못을 네가 잘 알 것이니 재론하진 않겠다. 그래 너는 배씨 아들에게 가고 싶으냐 아니면 손윤을 따라가고 싶으냐? 솔직하게 말해보아라."

혜낭이 울면서 대답했다.

"이미 행실을 잘못하여 절개를 더럽히고 말았는데 어찌 다시 다른 남자에게 갈 수가 있겠습니까. 게다가 손윤과는 이미 정이 깊어졌으니 다른 곳으로 가지는 못하겠습니다. 만약 부친이 우리 사이를 떼어놓고 다른 곳으로 가라 하면 저는 스스로 죽는 길밖에 없습니다. 구차하게 살자고 다른 사람을 섬겨 남의 웃음거리가 되고 싶지는 않습니다."

혜낭은 말을 마치고 대성통곡했다. 교 태수는 혜낭의 진심을 보고서는 연민의 정이 끓어 올랐다. 혜낭에게 잠시 한곳에 빠져 있으라 했다. 교 태수가 배씨를 불렀다.

"혜낭은 자네 집으로 가야 하나 이미 손윤에게 자기 몸을 허락하고 말았다. 자네가 만약 혜낭을 며느리로 데려가면 자네 가문의 체면을 손상하게 될 것이고 혜낭은 또 이부종사의 오명을 얻고 말 것이다. 지금 혜낭을 손윤에게 보내어 양가의 체면을 살려주기로 하노라. 손윤에게 명하여 자네에게 혼수를 물어주게 할 것이니 자네 아들은 다른 여인을 찾게 하여라."

"소인 아들과 정혼한 며느리는 이미 몸을 더럽혔으니 저는 그런 며느리를 원치 않습니다. 우리 집안의 혼인을 망친 장본인은 손윤인데 그 손윤에게 혜낭을 그냥 보낸다면 이건 간음한 남녀를 그대로 인정하는 꼴입니다. 소인이 그 꼴을 어떻게 가만히 바라볼 수 있겠습니까! 저는 혼수를 하나도 받지 않을 것이니 나리께서 저 혜낭을 다른 남자랑 맺어주시옵소서. 그렇게 해주시면 소인의 화도 조금이나마 풀릴 것 같습니다."

"너는 혜낭을 며느리로 받아들일 것도 아니면서 뭐 하러 혜낭을 일부러 그렇게 고생시키려 하느냐!"

유병의 역시 교 태수에게 아뢰었다.

"손윤에게는 이미 정혼한 상대가 있는데 그럼 제 여식이 첩으로 가야 한단 말입니까요?"

교 태수는 손윤이 아직 결혼하지 않았을 거라 짐작하고 이렇게 판결했었다. 한데 유병의가 손윤에게 이미 정혼한 상대가 있다고 말하는 것을 듣고는 혼자서 '이 일을 어찌 처리한다지'라고 중얼거리고는 다시 손윤을 향해 입을 열었다.

"너는 아내가 있는 몸이니 다른 여인을 범하면 안 되었지 않느냐. 그래 이 혜낭을 어찌할 것이냐?"

손윤은 감히 아무런 말도 하지 못했다. 교 태수가 다시 물었다.

"네 아내는 누구냐? 혼례는 치렀느냐?"

"소인은 서아의 딸과 정혼했고, 아직 혼례를 치르지는 않았습니다."

교 태수가 그 대답을 듣더니 '그럼 이 문제는 쉽게 해결되겠네'라고 혼잣말을 하고 나서 배씨를 불렀다.

"손윤은 정혼한 상대가 있으면서도 지금 또 너의 며느리 혜낭을 취했으니 내가 손윤의 정혼 상대를 너의 며느리로 줘서 분을 풀어주마."

"나리의 현명한 판단을 소인이 어찌 왈가왈부하겠습니까! 다만 서아가 따르지 않을까 걱정입니다."

"내가 그렇게 결정한 것을 누가 감히 따르지 않는단 말이냐. 너는 어서 집에 가서 아들을 데리고 오너라. 난 사람을 시켜 서아와 그의 딸을 오라 할 것이다. 이 부 청사에서 내가 서로 짝을 맺어주마."

배씨가 황급히 집에 가서 아들 배정을 데리고 청사로 돌아왔다. 서아 역시 딸과 함께 도착했다. 교 태수가 보니 배정과 서아의 딸 역시 인물도 좋고 서로 잘 어울려 보였다. 교 태수가 서아에게 일렀다.

"손윤이 유병의의 딸을 꼬드겨 정을 통했다고 하기에 내가 그 둘을 부부로 맺어주었노라. 더불어 지금 내가 주관하여 자네의 딸을 배구의 아들 배정과 맺어주고자 하노라. 지금 당장 너희 세 집안은 혼례를 치르고 나에게 보고하도록 하라. 만약 내 명령을 어기는 자가 있으면 내가 엄히 다스리리라."

태수가 명령하는데 서아가 어찌 감히 토를 달 수 있겠는가. 모두들 태수의 명령을 따르겠노라 대답했다. 교 태수가 붓을 들어 판결문을 작성했다.

동생이 누나를 대신하여 혼례 길에 오르고 시누이가 올케를 모시고 잠자리에 들었구나. 아무리 자식을 사랑하는 정에서 우러나서 그랬다 하더라도 예의에 어긋나는 일을 해서는 안 되는 법이로다. 남녀가 같이 있다 보면 뜻밖의 일도 생기는 법. 마치 마른 장작을 불더미에 갖다 대는 것과 같으니 불이 붙지 않을 리가 있겠는가. 아름다운 옥과 야광주는 당연히 서로 어울리도다. 손윤은 누나 때문에 아내를 얻었으니 담장을 뛰어넘어갈 필요도 없었도다. 혜낭은 올케를 챙기려다 지아비를 얻은 것이지 자기 스스로 재주와 미모를 자랑하여 지아비를 얻은 것이 아니로다. 서로 사랑하다 보니 혼인에 이르게 되었고, 서로 옳은 것을 추구하다 보니 혼인에 이르게 되었도다. 많이 얻은 자의 것은 덜어서 모자란 자에게 주고, 무엇이 온당한가를 따져 일을 마무리하노라. 서아에게는 배구의 아들 배정을 새롭게 사위로 맺어주니, 손윤 대신 배정이 서아의 딸을 아내로 맞아들이는 것이로다. 남의 신부를 뺏은 자가 결국 자신의 신부를 빼앗기도다. 양가의 원한은 이것으로 깨끗이 씻어내기를 바라노라. 혼자 즐기는 것보다 여럿이 함께 즐기는 것이 더 낫다고 했으니 세 쌍의 부부가 마치 물 만난 물고기처럼 살기를 바라노라. 비록 짝이 바뀌기는 했더라도 본디다 제 인연을 찾은 것이니 세월이 흘러도 전혀 잘못되지 않을 짝이로다. 사랑으로 사랑을 만났으니 그대들의 부모가 그대들의 중매쟁이 역할을 했구나. 나역시 그대들의 부모는 아니어도 그대들의 목민관이니 내가 또한 중매쟁이 역할을 맡았도다. 이미 판결을 다 내렸으니 어서 좋은 날을 잡도록 하라.

교 태수가 판결문을 다 작성하고 나더니 아전에게 낭독하게 했다. 자리에 있던 자들 가운데 그 판결에 감복하지 않는 자가 없었다. 모두들 머리를 조아리며 사례했다. 교 태수는 창고에서 비단 여섯 필을 꺼내게 하여 세 쌍의 부부에게 그걸 걸치게 했다. 악대도 부르고 꽃가마도 불러세 신부를 태우게 했다. 신랑과 부모는 가마를 따라 걸었다. 이 일이 항주부 전체에 소문이 났다. 사람들은 모두 교 태수가 일 처리를 잘했다고 칭송해 마지않았다. 세 쌍의 부부는 모두 혼례를 치렀고 아무도 군소리를 하지 않았다. 이영은 손 과부와 배씨네를 부추겨 유병의네와 싸우게 하여 자기가 득을 보려고 했으나 교 태수가 일을 깔끔하게 처리하여 도리어 손윤에게 좋은 짝을 맺어주기만 한 셈이다. 하여 이 일은 동네방네 미담으로 회자되었고 결코 남사스러운 일로 치부되지 아니했다. 이영은 속으로는 이 일을 굉장히 떨떠름하게 생각했다. 1년이 채 못 되어 유박과 손윤은 모두 부의 시험에 급제하여 향시를 치르러 가게 되었다. 이영은 자신의 입지가 불안하기도 하여 향리로 숨어들었다. 나중에 유박과 손윤은 모두 회시와 전시에 급제하여 개봉에서 관직 생활을 했다. 아울러 둘은 배정이 관직을 얻을 수 있도록 힘써주었기에 배씨네 가문도 번성했다. 유박은 용도각학사에 올랐다. 이영이 살던 집은 유박네가 사들였다. 남이 잘 안 되기를 바라고 험담하는 소인이 잘 풀릴 리가 있으랴. 후세의 시인이 이영의 못된 행실을 꾸짖는 시를 지었도다.

사람이란 본디 충직하고 후덕하여야 하는 법,
어찌하여 험담하고 남 잘 안 되기를 바라나.
옛날 집 자리를 고르고 또 고르던 자,
집 자리 살 돈을 결국 이웃 사람의 마음을 사는 데 썼다네.

교 태수의 명판결을 기리는 시가 한 수 있도다.

미리 맺은 혼약은 잘못 맺어진 인연,
사랑을 아는 태수의 명쾌한 판결이 이를 바로잡네.
사랑 때문에 저지른 실수를 덮어 가리는 비단결 같은 판결,
청천백일과도 같은 교 태수라는 소문은 헛소문이 아니로세.

삶과 죽음까지도 함께한 부부

陳多壽生死夫妻
삶과 죽음을 함께한 진다수 부부

분분한 세상사 장기 한 판 같아라,
이기고 지는 걸 두고 서로 겨루네.
대국이 끝나고 장기알 치우고 나면,
그래, 누가 이기고 누가 진 거지?

　이 시는 세상사를 장기에 비유했다. 천변만화하고 온갖 곡절이 넘치던 세상사가 한순간 모두 다 끝나버리지 않더냐! 장기를 둘 때 서로 이기려고 눈이 벌게질 정도로 다투는 것이 마치 손빈孫臏과 방연龐涓이 쟁패하는 것 같아 너 죽고 나 살자는 것이며,1) 유방과 항우가 서로 싸우는

---

　　1) 전국시대 유명한 장수이자 전략가인 손빈과 방연은 본디 귀곡자라는 스승에게서 동문수학하였다. 방연이 먼저 위나라에 출사하여 성공을 거두고, 방연을 찾아간 손빈이 방연의 책략에 빠

것 같아 오강烏江2)에 갈 때까지는 서로 그만두지 않는 것이라. 하지만 장기 한판이 끝나고 나면 그저 웃어넘기고 마는 것이라. 이런 까닭에 고매한 사람이나 은사들은 왕왕 장기에 취미를 붙여 세상일을 잊은 채 소일하고 그러면서 시를 짓고 읊조리기를 좋아했다. 그렇게 지은 시가 어찌 하나둘이랴만 그 가운데에서도 우리 명 왕조의 증계曾棨(1372~1432)가 장원급제하고서 황제께 바치려고 지은 시가 가장 멋지다.

두 장수 진지를 구축하고 서로 다투네,
앉아서 신기한 재주를 부리며 사생결단하네.
십 리에 걸친 경계선 위로 말은 달리고,
굽이치는 강물 줄기를 사이에 두고 졸이 뛰어다니고.
해하에서 우미인은 슬프게 노래하며 춤추고,
한나라 장수의 깃발은 초나라 성으로 달려오네.
흥도 다하고 꾀도 다하니 싸움을 끝내네,
소나무 그늘 꽃그늘 아래 장기판만 덩그러니.

이 시가 뭐 잘 지은 시인 건 분명하지만 어떤 사람들은 이 시에서 우미인과 한나라 장수를 같은 연에서 언급한 것은 너무 상투적이라고 비평하기도 한다. 게다가 흥도 다하고 꾀도 다했다고 읊은 일곱 번째 구절은 갑자기 축 처지는 느낌이다. 모름지기 황제께 바치려고 지은 시라면 그 나름의 기상이 흘러넘쳐야 하지 않겠는가. 한편 홍희洪熙황제(1424~1425 재

져 무릎이 잘리는 형벌을 당한다. 나중에 손빈은 가까스로 제나라로 탈주하여 제나라에서 크게 성공하여 군사 지휘자가 되었고 위나라와의 전쟁에서 방연 군대와 싸워 이기고 방연을 죽인다.
2) 기원전 202년, 초한전쟁에서 유방 군사에 쫓긴 항우가 최후를 맞은 곳. 기세등등했던 항우가 겨우 단기필마로 우미인과 함께 자결했다.

위)가 직접 지은 시가 한 편 있나니 그 시어가 웅장하여 보통 사람들이 범접할 수 있는 범위를 훨씬 뛰어넘었도다.

> 두 나라가 용병술을 다해 서로 다투네,
> 대오를 펼치고 승부를 겨루네.
> 말은 앞장서서 굽은 길을 가고,
> 사는 침략군을 방비하여 본진을 지키네.
> 차는 흩어져 달려오는 졸을 막아내고,
> 강 넘어 포를 날려 성을 공격하네.
> 한가한 틈에 놀면서 용병술도 익히고,
> 한 수에 외통수로 몰면 천하를 평정하지.

오늘 장기 두는 이야기를 하는 건 왜일까? 두 사람이 있었겠다. 이들은 장기를 몇 번 두다가 막역한 사이가 되고, 그러다 보니 아들과 딸을 서로 정혼시키고 급기야는 꽃 비단처럼 아름다운 이야기가 싹텄겠다.

> 부부의 인연은 그냥 정해진 게 아니지,
> 5백 년 전에 이미 맺어진 인연.

한편, 강서 분의현에 두 농부가 살고 있었겠다. 하나는 진청陳靑, 다른 하나는 주세원朱世遠이다. 두 사람은 동서가에서 서로 마주 보고 살고 있었다. 집안 형편이 엄청나게 대단한 부자라고 할 수는 없어도 조상에게서 물려받은 논밭으로 등 따습고 배부르게 먹고 살 정도는 되었다. 진청과 주세원은 둘 다 사십 줄, 그들은 몇 대에 걸쳐 이웃으로 살아와서 맘이 잘 통하고 죽이 잘 맞았다. 둘 다 자기 본분에 충실한 사람이라 쓸데없는 일에 말려들지 아니하고 시비를 일으키지 아니했다. 날마다 술 한 잔 곁들여 밥을 먹고 나면 만나서 장기 한판 두면서 소일했다. 어쩌다 서로서로 초대하기도 했으나 그저 밥 한 그릇 차 한 잔, 무슨 대단한 술이나 안주를 차리지는 않았다. 이것이 그들의 일상이었다. 이웃 사람들도 짬이 나면 이 둘이 장기 두며 노는 걸 구경하러 오기도 했다. 그들 가운데 왕삼로라는 사람이 있었는데 나이는 육십을 넘겼다. 소싯적에는 장기를 제법 잘 두었는데 요즘 들어 화병이 생긴 탓에 장기 두다가 혹시 화병이 더 도질까 걱정되어 장기 두는 걸 그만두었다. 그래도 한가한 시간이 나면 다른 사람들 장기 두는 걸 보는 걸 낙으로 삼았다. 말이 났으니 하는 말인데 사실 장기 두는 당사자들은 다른 사람이 옆에서 지켜보는 걸 제일 싫어한다고 한다. '훈수 두는 사람은 멀쩡하게 다 보이는 수가 정작 장기 두는 사람은 눈에 안 보이는 법'이라는 옛말도 있지 않은가! 어쩌다 옆에서 지켜보는 자가 자기도 모르게 한두 마디라도 슬쩍 흘리게 되면 이기고 있던 자가 지게 되고 지고 있던 자가 이기게 되는 경우가 생기니, 훈수 한번 했다고 정색하고 화를 내기도 그렇고, 그렇다고 훈수 두는 걸 그냥 넘겨버리기도 찜찜한 것이 사실이다. 그래서 이런 옛말이 있는 것이다.

장기 두는 거 지켜보면서도 훈수 안 두면 군자요,
술에 취한 듯 함부로 훈수 두는 자는 소인이라.

다행히도 왕삼로는 이 한 가지 미덕은 있었으니 아직 승부가 나지 않았을 때는 절대 함부로 훈수를 두지 않았다. 승부가 이미 가려지고 나서야 어떤 수가 좋아서 이겼으며 어떤 수가 나빠서 졌는지를 가늠하여 이야기했다. 진청과 주세원은 왕삼로의 비평을 듣기 좋아했으며 기분 나빠

하지 않았다. 하루는 진청과 주세원이 장기를 두고 왕삼로가 옆에서 구경했다. 점심을 먹고 나서 다시 장기를 두려는데 젊은 서생 하나가 이쪽으로 걸어왔다. 그 서생의 생김새가 어떠했던고.

얼굴은 하얀 분을 바른 듯,
입술은 주사를 바른 듯.
쪽빛 물감처럼 파르라니 빛나는 민머리,
옥처럼 뽀얗고 부드러운 손.
우아한 용모,
단정한 걸음걸이.
천상의 신선이지,
속세의 도령은 아니지.

그 서생은 바로 진청의 아들이라. 이름은 다수多壽, 사랑방으로 들어와 품에 안고 있던 책보자기를 천천히 의자 위에 내려놓았다. 진다수는 왕삼로를 할아버지라 부르고는 정중하게 인사를 올렸다. 왕삼로가 답례를 하려고 일어서려니 진청이 바로 손을 뻗어 말리면서 이렇게 말했다.

"어르신, 너무 그렇게 과하게 예를 갖추지 마십시오. 그러시면 저 어린 녀석이 오히려 복을 못 받게 된다고요!"

"아니 무슨 그런 말씀을!"

왕삼로는 입으로야 그렇게 말했지만 진청이 말리는 바람에 그저 두 손을 조금 위로 들어 올리고 허리를 약간 숙이는 정도로 답례했다. 진다수는 또 주세원을 큰아버지라 부르며 정중하게 인사했다. 주세원이 답례했다. 진청이 장기판을 사이에 두고 주세원과 마주 앉아 있던지라 주세원을 말릴 수가 없었다. 하는 수 없이 진청도 맞절을 했다. 진다수는 왕삼로와 주세원 두 손님에게 먼저 인사를 한 다음에야 비로소 아버지 진청 앞으로 나아가 인사를 했다. 그런 다음 몸을 일으켜 이렇게 아뢰었다.

"아버님, 내일이 중양절이라 선생님께서 내일 하루 수업을 하지 않는다고 하셨습니다. 저에게 집에서 놀지 말라고 책의 분량을 정해주시고 읽으라고 하셨습니다."

진다수가 아버지께 말씀드리고 나더니 의자 위에 내려놓은 책보자기를 들고 단정한 걸음새로 내실로 들어갔다. 왕삼로와 주세원이 보기에 진다수가 걸음새도 여유가 넘치고 말소리도 맑고 또렷하며 인사를 올리는 동작과 순서도 절도가 넘치니 칭찬하느라 입을 다물 수가 없었다. 왕삼로가 물었다.

"자제분이 몇 살이나 되었소?"

"아홉 살입니다."

"자제분이 태어나고 장수를 기원하는 국과 떡을 나눈 지가 엊그제 같은데 벌써 9년이란 세월이 흘렀구려. 세월이 이렇게 빠르니 우리가 어찌 늙지 않을 수가 있겠소!"

왕삼로가 주세원에게 물었다.

"내 기억에 그대 집에도 동갑내기 따님이 있는 거로 아는데?"

"맞습니다. 제 딸 다복多福이도 올해 아홉 살이올시다."

"이 노인네가 쓸데없는 소리 한다고 나무라지 마시고. 그대 둘은 절친한 장기 친구이기도 한데 어째서 같이 사돈 맺을 생각을 하지 않으시는 게요? 옛날에 주진촌朱陳村이란 마을이 있었다오. 그 마을에는 주씨 아니면 진씨만 살았고 대대로 서로 혼인을 맺고는 했답니다. 지금 그대 둘의 성씨가 바로 주씨와 진씨로 잘 맞으니 정말 하늘이 맺어 준 인연이외다. 멋진 아들에 참한 딸에다 두 집안이 서로 잘 아는 처지니 이보다 더 좋은 경우가 어디 있겠소!"

주세원은 자기 두 눈으로 직접 진다수를 보았는지라 진청이 입을 열어 대답하기를 기다리지 않고 자기가 먼저 대답했다.

"그거야 정말 좋은 제안이죠. 다만 진형이 원하지 않을까 걱정이죠. 진형만 좋다고 하면 저야 뭐 마다할 이유가 없죠."

진청이 이렇게 대답했다.

"주형이 한미한 우리 집안을 탓하지 아니하신다면야 제 아들놈하고 인연을 맺어주는 걸 거절할 이유가 없지요. 번거롭겠지만 왕삼로 어른께서 다리를 좀 놔주시지요."

왕삼로가 입을 열었다.

"내일은 중양절, 양과 양이 겹치니 피하고 따로 좋은 날 잡아서 내가 방문하기로 함세. 오늘 이렇게 두 분이 진심에서 우러나 약속한 것이니 두말할 필요 없이 결정합시다. 나야 뭐 술 석 잔 얻어 마시면 되는 거니까 따로 사례할 필요는 없소이다."

진청이 입을 열었다.

"내가 우스갯소리 하나 해드리지요. 옥황상제가 지상의 황제하고 사돈을 맺으려 하여 주위에 이렇게 말했다지요. '양쪽 사돈이 모두 황제니, 중매도 황제가 맡는 게 좋을 거 같소.' 그런 다음 조왕신에게 지상에 내려가 중매 좀 서달라고 부탁했답니다. 지상의 황제가 조왕신을 보더니 깜짝 놀라며 이렇게 말했답니다. '아니 중매쟁이가 왜 이렇게 새까맣죠!' 그러자 조왕신이 이렇게 답하더랍니다. '중매쟁이가 꼭 새하얘야 한다는 법이라도 있소이까?'"

왕삼로와 주세원은 그 말을 듣고 한바탕 웃었다. 주세원과 진청은 다시 바둑을 두기 시작하여 저녁에야 헤어졌다.

장기 한판 덕분에,

삼생에 걸친 남녀의 인연이 맺어졌구나.

다음 날 중양절은 별 이야깃거리 없이 지나갔다. 왕삼로는 새로 다림질한 옷으로 갈아입고 주세원 집으로 찾아가 혼인 이야기를 꺼냈다. 주세원이 이미 부인 유씨에게 진다수가 얼마나 훌륭한 아이인지 이야기해 두었기에 혼인 건은 일사천리로 진행되었고 혼수도 별로 따지지 않았다. 나중에 혼사 치를 때 혼수를 서로 문제 삼지 않으면 되지 않겠냐고 했다. 왕삼로가 진청을 찾아가 이 말을 전했다. 진청은 너무도 좋아하며 길일을 잡아 예물을 보냈다. 주세원 집에서도 사주단자를 보내왔다. 서로 잔치를 열어 축하했다. 이날부터 서로 사돈이라 부르며 전과 마찬가지로 만나 장기를 두곤 했다.

세월은 쏜살같이 흘러 눈 깜짝할 사이에 6년이 지났다. 진다수 나이는 열다섯, 어느덧 경서에 능통하게 되었다. 진다수는 과거에 급제하여 가문을 빛내고자 하는 소망을 품고 있었다. 그러나 어찌 알았으리! 운이 좋지 못하여 갑자기 악질에 걸리고 말았다. 바로 문둥병이었다. 처음에는 그저 가려움증이려니 해서 별로 신경 쓰지 않았으나 1년 후에 병이 크게 도져 몸이 다 상하여 도대체가 꼴이 말이 아니게 되고 말았다.

마른 나무껍질 같은 살,
주름지고 갈라진 피부.
온몸에 독한 기운이 퍼져,
이곳저곳에 두드러기, 반점.
온몸이 벌레 먹은 듯,
아침저녁 가려움증에 사람 죽을 노릇.
아무리 상처 나고 가렵다 한들,

이보다 더할 수는 없으리.
병 중의 병,
그것은 문둥병이라오.
해맑은 얼굴이 두꺼비 등짝같이 변하고,
소년의 모습이 거북이 모습으로 변했네.
열 손가락에서 고름이 차오르고,
온몸에선 악취가 진동하네.

　진청이 자기 목숨보다 더 소중하게 여기는 오직 하나뿐인 귀한 아들이 이렇게 병들었으니 어찌 속이 타지 않으랴. 장기 두는 것도 싫어졌다. 의원에게 물어보고 점쟁이한테 물어보고 향을 사르며 치성을 드리는 등 안 해본 일이 없었다. 1년 동안 별의별 짓을 다 해보았으나 그저 돈만 잡아먹었을 뿐 병세는 티끌만큼도 차도가 없었다. 진청 부부가 얼마나 속이 탔을지는 말해 무엇하리! 주세원은 사위를 사랑하는 마음에 늘 황망하게 아침저녁으로 병세를 물어보고 자리를 지켰다. 이렇게 3년이 지났으나 희망적인 소식은 하나도 없었다. 주세원의 아내 유씨는 사위가 이런 병을 앓고 있다는 소식을 듣고는 집에서 울며불며 난리를 피우고 남편을 원망했다.
　"우리 딸이 무슨 절인 남새도 아닌데 뭐가 그리 급해서 아홉 살 때 바로 정혼을 했냐고 그래. 이제 어쩌면 좋아? 차라리 저 문둥병쟁이가 죽어버리기라도 하면 우리 딸 숨통이 좀 트이련만, 죽지도 않고 그렇다고 살아도 산 것이 아니니 우리 딸 나이는 자꾸 들어가서 다른 데 시집가기도 힘들고 그놈의 문둥병쟁이를 믿고 살 수도 없고. 저 문둥병쟁이가 우리 딸을 생과부로 늦게 만드는 걸 그냥 두고만 보란 말이야! 이게 다 왕삼로 영감탱이가 들쑤셔 가지고 우리 딸 일생을 망친 거라고."

유씨는 왕삼로를 죽일 놈 살릴 놈 하면서 욕을 해댔다. 유씨는 욕을 하다가 울다가, 울다가 욕하다가 그랬다. 주세원은 마누라한테 잡혀 사는 처지라 아무 소리 못 하고 마누라가 하는 대로 내버려 두었다. 저러다 지쳐서 스스로 관두기를 바랐다. 하루는 유씨가 서랍을 정리하다가 장기판과 장기알을 발견했다. 그걸 보더니 자기도 모르게 화가 치밀어올랐는지 또 남편을 욕하기 시작했다.

"야 이 망할 놈의 인간아, 그래 이 장기 몇 판 두다가 말 몇 마디 주고받고는 혼사를 정하고 내 딸을 그냥 줘버렸단 말이냐! 이 망할 놈의 장기판을 뭐 하러 그냥 뒀어 그래!"

유씨는 입으로는 연신 욕하면서 그 장기판과 장기알을 들고 대문 밖으로 나가서 길 위에다 패대기를 쳐버렸다. 장기판이 산산조각나 버렸다. 주세원이 그래도 본성이 착한 사람이라 마누라가 저렇게 화를 내는 걸 보고 슬그머니 피해버렸다. 딸내미 다복은 창피하기도 해서 나와서 말리지도 못하고 어머니가 저렇게 화를 내다가 제풀에 그만두기를 바랄 따름이었다.

담장 너머에도 듣는 귀가 있으니,
창밖엔들 듣는 귀가 없으랴!

유씨가 온종일 왕삼로나 남편을 욕한다는 소문을 진즉부터 듣고 있었으나 반신반의하고 있다가 이렇게 장기판과 장기알을 길거리에 패대기쳤다는 이야기를 듣고 나서는 진청도 마음을 굳혔다. 진청이 부인 장씨와 상의했다.

"내 입장만 생각할 게 아니라 다른 사람 입장도 생각해야지. 그냥 우리가 운이 나빠서 우리 아들이 나병에 걸린 것 아니겠소. 병이 쉬 나을 것 같지도 않은데 남의 금지옥엽 같은 딸을 나병 걸린 우리 아들의 짝으로 끝까지 맺어주려고 하는 것은 죄를 짓는 일이오. 주세원의 딸도 내켜 하지 않을 것이 분명한데 억지고 데려오면 부부 사이도 좋을 리가 없으며 부모에게 효도할 리도 없소이다. 우리 아들과 주세원의 딸을 맺어 준 것은 다 좋은 의도에서 시작한 것이고 혼수도 서로 부담되게 주고받지 않았으며 그저 서로 좋은 마음으로 여기까지 왔으니 그 좋은 마음을 서로 미워하는 마음으로 끝내서는 아니 될 것이오. 아무래도 며늘아기의 사주단자를 다시 돌려보내서 다른 좋은 인연을 찾게 해주는 것이 좋을 것 같소이다. 그렇게 해서 하늘이 우리를 불쌍히 여기사 우리 아들 병을 낫게 해주신다면 설마 또 며느리를 얻을 수 없겠소? 그럼 그때 상대가 누구든 편하게 골라서 혼례를 치르면 되는 것 아니겠소. 괜히 다른 부부 사이를 갈등하게 만들고 울며불며 싸우게 하는 짓을 우리가 차마 어떻게 할 수 있겠소!"

진청이 상의를 마치고 곧장 왕삼로 집으로 달려갔다. 왕삼로는 마침 집 대문 앞에서 다른 노인네들과 한가하게 담소를 나누고 있었다. 진청이 오는 걸 보고는 황망히 일어나 읍을 하고 물었다.

"아드님은 차도가 좀 있으시오?"

진청이 고개를 저으며 대답했다.

"그저 그렇습니다. 어르신께 드릴 말씀이 있어서 찾아왔습니다. 저희 집에 같이 가주시겠습니까?"

왕삼로가 서둘러 진청을 따라 진청 집의 사랑방에 들어가 자리를 잡고 앉았다. 차 한 잔을 들고서 왕삼로가 물었다.

"그래, 하실 말씀이 무엇인지?"

진청이 자기 의자를 당겨 왕삼로 쪽으로 다가가 심중의 이야기를 풀어놓았다. 아들의 병세가 얼마나 위중한지를 먼저 이야기하고 이로 인하여 주세원 부부가 얼마나 원망을 심하게 하고 있는지를 설명했다. 이런 상황은 왕삼로 역시 모르는 바가 아니었으므로 그저 안타까운 마음만 들고 달리 할 말도 없어 이렇게 탄식했을 따름이었다.

"어쩌다 이런 일이!"

"제가 무슨 할 말이 있겠습니까! 저는 사돈댁을 조금도 원망하지 않습니다. 하지만 그냥 가만히 있기에는 제 마음이 편치 않아 사주단자를 돌려드리고 사돈댁이 다른 좋은 인연을 찾기를 바라겠습니다. 이게 저희 집안이나 사돈 집안이 다 편한 길이라고 생각해서 그러는 것이지 결코 억지로 그러는 것은 아닙니다."

"이 노인네가 어찌 그런 일을 할 수 있겠소. 나는 그저 두 집안을 맺어주는 일을 할 수 있을 뿐, 두 집안을 갈라놓는 일은 할 수 없소이다. 그대가 나중에 후회할 일을 내가 감히 어찌할 수 있단 말이오."

"제가 제 아내와 수없이 고민하고 또 고민하고서 결정한 것입니다. 절대 후회하지 않을 겁니다. 정혼하면서 보내드린 혼수는 꼭 돌려주시지 않아도 좋다고 전해주십시오."

"사주단자를 돌려보낸다면야 혼수는 당연히 돌려받아야겠지요. 하나 복이 있는 사람은 하늘이 돕는다고 하니 그대 아들의 병이 나을 날이 올 수도 있을 것이니 다시 한번 더 고민해보시오."

"설사 제 아들이 병이 낫는다 하더라도 그건 모래사장에서 바늘 찾기 같으니 그날이 언제 올지 알 수가 없습니다. 그러니 어찌 남의 딸 미래를 망칠 수 있겠습니까!"

진청이 소매 품에서 사주단자를 꺼내서 왕삼로에게 전달했다. 그의 두 눈에서 눈물이 흘러내렸다. 왕삼로 역시 짠한 마음에 이렇게 말했다.

"정 그러시면 나 역시 그대 말씀을 따르지 않을 수 없구려. 하지만 그대의 사돈은 예법을 잘 아는 분이니 필시 허락하지 않으실 거외다."

"이건 제가 원해서 하는 일이지 사돈의 눈치를 봐서 하는 것이 아닙니다. 만약 사돈이 주저하시거들랑 제가 정말 진심에서 우러나 하는 일이지 그냥 말로만 한번 슬쩍 던져보는 게 아님을 어르신께서 중간에서 말씀 잘 해주시기 바랍니다."

왕삼로가 연신 "그대 말대로 하리다, 그대 말대로 하리다."라고 대답했다.

왕삼로가 그 자리에서 바로 주세원 집으로 향했다. 주세원이 왕삼로를 맞았다. 두 사람이 서로 인사를 나누고 자리를 잡고 앉았다. 서로 이야기를 시작하기 전에 주세원이 연신 차를 내오라는 소리를 몇 차례나 했다. 사실 주세원이 이렇게 왕삼로를 깍듯하게 대하는 건 그 나름의 이유가 있었다. 부인 유씨가 중매를 섰던 왕삼로를 죽일 놈 살릴 놈 하면서 욕을 해대었던 터라 왕삼로가 그 욕을 직접 듣지 못했을지라도 주세원 스스로가 속으로 너무 켕기기도 하고 그래서 이렇게 은근히 차를 내오라 소리치는 것이었다. 한데 유씨는 왕삼로가 중매를 잘못 서서 이런 일이 생겼다고 생각해서 왕삼로를 너무도 미워하여 남편이 차를 내오라고 소리치거나 말거나 꿈쩍도 하지 않았다. 이런 게 바로 아녀자의 소견 아니겠는가! 잠시 앉아 있다가 왕삼로가 말했다.

"주대랑, 내가 주제넘은 이야기를 하려고 특별히 찾아왔소이다. 먼저 사과부터 하고 이야기를 시작하려고 하니 너무 책망하지 마시오."

주세원이 형제들 가운데 첫째인지라 동네 사람들이 모두 주대랑이라 불렸다. 주세원이 말했다.

"편하게 말씀하십시오. 대체 사과할 일이란 게 무엇인지요? 설마 책망받을 일이야 하셨겠습니까!"

왕삼로는 진청이 제안한 정혼을 깨는 문제를 차근차근 설명해주었다.

"나는 그대 사돈의 말을 그대로 전할 뿐이니 그대 역시 그대의 생각대로 하면 될 것이오."

주세원은 날이면 날마다 마누라에게 시달려 정혼을 당장 깨고 싶은 마음이야 굴뚝같았지만 자기가 먼저 그 말을 꺼내기가 뭐하여 망설이고 있었다. 왕삼로한테 이 말을 전해 들으니 마치 조정에서 사면장을 받기라도 한 것 같으니 어찌 기쁘지 않으랴. 주세원이 그 자리에서 대답했다.

"사돈어른이 현명하게 결정한 것이겠지만 나중에 후회하고서 볼썽사나운 일이 생기지 않을까 걱정입니다."

"그렇지 않아도 이 늙은이가 그게 걱정되어 몇 번이고 물어보았으나 진청의 결심이 확고하니 그걸 걱정할 필요는 없을 것 같소이다. 그대가 보냈던 사주단자도 내 편에 돌려주었으니 어서 받으시오."

"제가 받은 혼수를 아직 돌려주지도 못했는데 어찌 사주단자부터 덜컥 돌려받을 수 있겠습니까?"

"진청이 몇 푼 되지 않는 혼수를 굳이 애서서 돌려주지 않아도 된다고 합디다. 다만 내가 기왕에 사주단자를 돌려주는 마당에 혼수를 돌려받아야 사리에 바르다고 했을 따름이오."

"당연히 그래야죠. 제가 진청에게 은자 열두 냥을 받았습니다. 이건 조금도 더하고 뺀 게 없는 정확한 수치죠. 그리고 은비녀 한 쌍을 제 딸이 받았습니다. 그걸 모두 제가 챙겨서 돌려드릴 것이니 그 사주단자는 어르신께서 잠시 갖고 계십시오."

"뭐 그럴 필요까지야! 일단 이 사주단자는 받아두시오. 내가 돌아갔다가 혼수를 받으러 내일 다시 오지요. 그런 다음 그대 사돈댁에 가서 사정을 설명해주겠소이다."

말을 마치고 둘은 헤어졌다. 시 한 수로 이를 증명하노라.

월하노인이 인연 줄을 묶었다가 이제 푸는구나,

중매쟁이 전한 말이 모두 이렇게 어그러지는구나.

사리분별이 확실한 왕삼로,

일을 만드는 것도 확실하고 깨는 것도 확실하구나.

주세원이 바로 내실로 들어가 왕삼로가 전한 파혼 건을 아내에게 이야기해주었다. 아내 유씨는 뛸 듯이 좋아했다. 유씨는 자기가 따로 갖고 있던 은자까지 긁어모아서 남편에게 건넸다. 열두 냥이 족히 되고도 남았다. 그런 다음 딸 다복에게 은비녀 한 쌍을 가져오라고 했다. 한데 다복은 비록 경전을 따로 공부하고 그러진 않았지만 타고난 성품이 올곧았다. 평소에 어머니가 사위 원망하는 소리를 할 때마다 속상하기도 하고 속에서 치밀어오르는 뭔가가 있기도 하고 그랬다. 오늘 혼수로 받은 은비녀를 내놓으라 하니 이는 분명 파혼하고자 함이라 아무런 대꾸도 하지 않고 곧바로 자기 방으로 가 방문을 걸어 잠그고 울기 시작했다. 주세원은 그래도 아버지가 아닌가. 딸내미의 얼굴색이 변하는 걸 보고선 바로 딸내미의 심사를 눈치챘다. 주세원이 아내에게 이렇게 권했다.

"다복이가 기분이 안 좋은 거 같아. 파혼 건 때문인 게 틀림없어. 찬찬히 설득해야지 너무 서두르면 안 된다고. 너무 몰아붙여서 다복이가 엉뚱한 짓이라도 저지르면 나중에 후회해도 소용없다고!"

유씨는 남편 말을 듣고서 다복이 방을 찾아가 목소리를 낮추고 화를 참으며 말했다.

"얘야, 비녀를 내놓든 말든 그거야 네가 알아서 할 노릇이지만 왜 성질은 부리고 그러냐! 일단 방문 좀 열어라. 할 말 있으면 이 어미한테 다 해라. 이 어미가 네 말을 왜 안 들어 주겠니."

그래도 다복이는 문을 열려고 하지 않았다. 유씨가 몇 차례 다복이를 부르자 다복이는 하는 수 없이 문고리를 살짝 풀어놓고는 소리쳤다.

"여기 열었잖아!"

그런 다음 다복이가 씩씩거리며 의자에 앉았다. 유씨가 의자 하나를 당겨서 다복이 옆에 앉았다.

"애야, 어미 아비가 너한테 정혼을 잘못해줘서 늘 걱정이 태산이었다. 다행히도 남자 쪽에서 파혼을 제안해왔구나. 이런 건 우리가 수만금을 준다고 해도 될 일이 아닌 거야. 그 문둥이가 언제 병이 낫겠니? 괜히 너의 혼사길 막으면 안 되지. 혼수를 돌려주고 인연을 끊자. 너 같은 인물에 어디 시집갈 곳이 없을까 걱정이냐! 애야 고집 그만 피우고 어서 비녀를 가져와서 그놈한테 돌려주자."

다복은 아무런 말도 하지 않고 그저 눈물만 흘렸다. 유씨는 다복이를 한참이나 달랬으나 꿈쩍도 하지 않는 걸 보고 또 이렇게 말했다.

"애야, 어미가 다 너 좋으라고 이러는 거야. 네가 이렇게 사서 고생하려고 하는 걸 어미 아비가 어찌 그냥 두고 볼 수 있겠느냐?"

다복이 원망에 사무쳐 소리쳤다.

"나 좋으라고 하는 거라고! 그래서 이렇게 서둘러 은비녀를 달라고 하는 거야?"

"아이고 그놈의 비녀, 아무리 후하게 쳐도 두세 냥밖에 안 나가는 거 그게 뭐 대수라고. 나중에 부자하고 혼인하면 금비녀 옥비녀 다 들어올 거다."

"그깟 금비녀 옥비녀가 뭐가 대수라고! 뼈대 있는 집안의 여자치고 두 지아비를 섬기는 법은 없지요. 생사고락은 다 팔자소관인걸요. 살아서 진씨 댁 며느리가 되었으니 죽어도 진씨 댁 귀신이 되어야죠. 이 은비녀는 내가 죽어서 관에 같이 묻힐 것이니 이걸 돌려줄 생각일랑 하지도 마셔요."

다복이 말을 마치고 나더니 애절하게 울기 시작했다. 유씨는 하는 수 없이 그냥 돌아가 다복이가 한 말을 남편에게 전하고는 한마디 했다.

"이 혼사를 물리기가 만만치 않겠어요."

주세원은 진청과 너무도 막역한 사이였던지라 혼사를 물리기가 왠지 내키지 않았지만 아내 유씨가 워낙 고집을 피우는 바람에 어쩔 수 없이 아내 말을 따랐던 터였다. 한데 아내가 이런 말을 하니 정말 속이 다 후련했다. 딸 다복이가 이처럼 지조 있는 녀석이란 걸 알게 된 것도 또 다른 큰 기쁨이었다. 주세원이 아내의 말을 듣고 바로 이렇게 대답했다.

"기왕에 그렇다면 괜히 딸년을 힘들게 할 필요가 없잖아! 다복이한테 진씨네 아들과 정혼한 것을 물리지 않을 거라고 얘기해주게나."

유씨가 이 말을 전하자 그제야 다복이가 눈물을 거두었다.

추운 겨울에도 푸르름을 잃지 않는 소나무 같은 절개,
수많은 고난에도 변하지 않는 열녀의 마음.

그날 밤은 아무런 일 없이 지나갔다. 다음 날 주세원이 왕삼로가 찾아오는 걸 기다리지 못하고 자기가 직접 찾아갔다. 딸 다복이가 한 치도 흔들림 없음을 말해주고 돌려받은 사주단자를 다시 가지고 왔노라 했다. 왕삼로가 말했다.

"이런 일이 다 있다니! 이런 일이 다 있다니!"

왕삼로는 그 길로 바로 진청을 찾아가 이 말을 전했다. 진청은 비록 본인이 먼저 파혼 이야기를 꺼내긴 했으나 마음만큼은 너무도 힘들었던 터였는데 며느리가 지조를 지키고 다른 데 시집가려고 하지 않는다는 소식을 전해 들으니 그 기쁨이 남달리 컸다. 진청은 왕삼로에게 거듭하여 읍을 하면서 고마운 마음을 전했다.

"고생 많으셨습니다. 고생이 많으셨습니다. 하지만 아들놈이 병이 낫질 않으니 혼례를 치를 수 있을까 걱정입니다. 아무튼 나중에 일이 되어 가는 형편을 봐서 어르신께서 한 번 더 나서주시길 바랍니다."

왕삼로가 손을 가로흔들며 대답했다.

"아이고, 이 노인장은 여기까지만 하려오. 더는 나서고 싶지 않소이다."

쓸데없는 이야기는 그만하자. 한편, 주세원은 딸이 파혼을 죽자 살자 반대하는 것을 보고 사위의 상태가 더욱 신경 쓰였다. 명의가 있다는 소리만 들리면 경비를 걱정하지 않고 찾아가 모셔와서 진료하게 했다. 의사들은 처음에는 다들 큰소리를 치고 고칠 수 있다고 했다. 사위 역시도 약을 먹기 시작하면 그 나름의 효험이 있기도 했다. 그러나 시간이 지날수록 다시 원상태로 돌아가 버리니 결국 의사도 손을 놓게 되었다. 다른 사람의 추천을 받고 찾아온 의사 가운데는 큰소리를 뻥뻥 치면서 나중에 사례를 톡톡히 할 준비를 하라면서 처방전을 써주는 녀석도 있었지만 결국은 아무 효험도 없었다. 이러는 가운데에도 세월은 어김없이 흘러 2년이 지났다. 의사들은 한결같이 입을 모아 이건 뭔가 알 수 없는 고질병이라 도저히 치료할 수 없는 것이라 했다.

진다수는 한숨을 내쉬면서 부모님을 오시라 하고는 눈물을 흘리며 이렇게 말했다.

"장인어른께서 파혼을 마다하시고 사방의 명의를 초대하여 진맥하고 첩약을 쓰게 하면서 소자의 병을 낫게 하려고 애쓰셨습니다. 하지만 백약이 무효라, 아무래도 제가 살 날이 얼마 남지 않은 듯싶습니다. 남의 집 귀한 딸 신세 망치고 싶지 않으니 하루속히 이 혼사를 물려야 할 것입니다."

진청이 말했다.

"지난번에 한 번 이야기를 건넨 적이 있느니라. 네 장인, 장모도 파혼에 찬성했으나 오직 며늘아기가 한사코 반대하는 바람에 돌려받은 사주단자를 다시 우리한테 보내왔다."

"제 아내 될 사람이 제가 직접 파혼하고자 한다는 것을 알면 아마도 더는 고집 피우지 않을 것입니다."

다수의 어머니 장씨가 말했다.

"아들아, 너는 네 몸 걱정이나 해라. 이런 쓸데없는 일에 나서지 말고."

"이 혼사를 물려야 제가 비로소 마음이 놓일 것 같습니다."

진청이 다수에게 말했다.

"다음번에 네 장인어른이 오시걸랑 그때 네가 직접 말씀드리면 될 것이다."

말을 마치기가 무섭게 하녀가 아뢰었다.

"사돈 어르신께서 사위를 보시려고 찾아오셨습니다."

어머니 장씨가 얼른 자리를 피했다. 진청이 주세원을 맞이하여 서재로 안내했다. 진다수가 장인어른을 보더니 고맙다는 인사를 수도 없이 했다. 주세원이 사위 진다수를 보니 반은 사람이요, 반은 귀신이라 참으로 가슴이 답답했다. 차를 서로 나눈 다음 진청은 일이 있다는 핑계를 대고 자리에서 일어났다. 진다수가 자신의 속마음을 털어놓았다. 자신의 병세가 이렇게 위중하여 혼례를 마무리하기가 어려운 상황이니 혼사를 물려야 할 거라고 말씀드렸다. 그러면서 소매 품에서 서찰 하나를 꺼냈다. 바로 미리 써둔 네 구절의 시였다. 주세원이 그걸 받아 읽어보았다.

요절할 운명인가, 몹쓸 병에 걸렸구나,
좋은 인연이 악연으로 끝났구나.
이제 우리를 맺어준 정혼의 끈을 풀어버리려고 하니,

그대의 꽃다운 청춘을 내가 망칠 수 없음이라.

주세원이 처음 파혼을 꺼냈을 때만 해도 그게 본심이었다기보다는 아내가 하도 성화를 대기에 마지못해 그렇게 한 것이었다. 하지만 이번엔 사위가 병세가 너무도 위중하고 또 친필로 적은 시를 보니 그 의지가 너무도 결연한지라 마침내 자신의 생각을 바꾸게 되었다. 비록 입으로야 "무슨 그런 말을 하는가! 어서 몸을 추스르기나 하게."라고 말하면서도 사위가 쓴 시를 적은 종이를 접어 소매 품에 넣고는 일어났다. 진청이 응접실에 앉아 있다가 주세원을 보고 말했다.

"아들놈이 진심에서 우러나 한 말이니 그대 따님한테는 그 말을 따르는 게 좋을 거라고 잘 타일러주시게나. 사주단자를 물리는 게 좋을 것 같소이다."

"사돈어른과 사위가 다 그렇게 말씀하시니 사주단자는 잠시 받아두었다가 나중에 다시 돌려보내도록 하겠소이다."

진청이 주세원을 문 앞까지 배웅했다. 주세원이 집으로 돌아와 사위 진다수가 한 말을 아내에게 전했다. 아내 유씨가 말했다.

"기왕에 사위가 신부를 놓아주겠다는데 우리 딸년이 혼자 그 신랑을 붙잡고 있다면 그게 더 볼썽사나운 짓이죠. 당신이 그 시를 딸년한테 잘 설명해주시면 그년도 마음을 돌릴 것입니다."

주세원은 그 시를 적은 종이를 다복이에게 보여주고 이렇게 말했다.

"진다수가 자기가 병이 나을 기미가 전혀 없으니 직접 이 네 구절의 시를 적어 보여주며 파혼을 요청했구나. 얘야, 괜히 쓸데없이 일부종사 고집하지 말도록 하여라."

다복이는 시를 읽어보고는 한마디도 하지 않고 자기 방으로 돌아와 붓과 벼루를 꺼내어 그 시를 적은 종이 뒷면에 네 구절의 시를 적었다.

팔자 기구하여 악질에 걸렸다 해도,

한번 맺은 인연은 영원한 인연.

일부종사는 아내의 도리,

청춘이 한갓되이 흘러간들 무에 아쉬울까.

옛말에 '좋은 일은 소문이 안 나고 안 좋은 일은 삽시간에 소문난다'고 하지 않는가. 진다수가 시를 적어 장인에게 보여주며 파혼하려 한다는 이야기가 널리 퍼졌다. 장씨, 이씨 아무튼 중매로 먹고사는 여인네들이 신랑감 이름을 잔뜩 적어 가지고 주세원 집으로 찾아왔다. 그들이 갖다 붙이는 상대는 모두 명문 가문에 부잣집 자제들이었고 주겠다고 하는 예물도 엄청났다. 중매쟁이의 말이야 한 수 접고 들어야 하겠지만 유씨가 그 말을 듣고 속으로 흥분되지 않을 수 없을 정도였으니 전옥련錢玉蓮 어미가 왕씨 사위를 내치고 돈 많은 손씨 사위를 택한 것을 어찌 탓할 수 있으랴.[3]

하지만 누가 알았으랴, 다복이 마음이 철석같아 결코 생각을 바꾸려 하지 않았다. 어머니가 중매쟁이들을 만나 차랑 술이랑 대접하는 모양새

---

[3] 중국 전통 연극 『형차기荊釵記』의 남주인공 왕십붕王十朋과 여주인공 전옥련의 사랑 이야기에서 나온 말이다. 전옥련이 거부 손여권孫汝權의 구혼을 뿌리치고 가시나무를 깎아 만든 비녀를 혼수품으로 보낸 온주의 가난한 선비 왕십붕과 결혼한다. 나중에 왕십붕이 장원급제하자 승상이 사위 삼으려 하나 왕십붕은 결연히 거절한다. 승상의 미움을 산 왕십붕은 궁벽한 곳의 미관말직에 봉해지고, 손여권은 왕십붕이 전옥련에게 보내는 편지를 중간에 가로채서 이혼서로 위조한 다음 전옥련에게 자신과 결혼하자고 윽박지르고 전옥련의 계모 역시 손여권에게 개가하라고 강권하니 전옥련은 그만 강물에 몸을 던지고 만다. 그러나 때마침 그곳을 지나던 관리에게 구출되어 그자의 수양딸이 된다. 5년이 지나고 도관에 치성을 드리러 간 전옥련이 그곳에서 우연히 왕십붕과 만나 재결합하여 백년해로한다.

가 무슨 이유 때문인지 뻔했다. 남편 될 자의 병은 나을 기미가 안 보이고 부모님은 수절을 용납할 것 같지도 않으니 아무리 생각해봐도 차라리 죽음으로 절개를 지키는 게 나을 것 같았다. 깊은 밤 진다수가 보내온 시가 적힌 종이를 탁자 위에 펼쳐 놓고 읽어보고 또 읽어보았다. 그렇게 서너 시간이 지났을까, 아버지 어머니는 깊이 잠에 빠져들었을 터, 비단 허리띠를 풀어 대들보에 목을 매었다.

살아 숨 쉴 때야 뭐든 다 할 수 있으리오만,
한순간 숨이 끊어지면 모든 게 끝이라네.

이미 자시를 넘어가는 시각, 그러나 다복이 죽을 운명이 아니었는지, 주세원이 꿈결에 누군가 자기를 흔들어 깨우는 걸 느꼈다. 귀에는 다복이의 울음소리가 들려오는 듯했다. 주세원이 깜짝 놀라 일어나서 아내를 깨웠다.

"다복이 울음소리가 들리는 것 같아. 다복이가 무슨 일이라도 저지른 거 아냐! 어서 가서 한번 살펴보라고."

"다복이는 방에서 잘 자고 있을 거고만 무슨 말을 하는 거예요! 살펴보고 싶으면 당신이 가보던가, 나는 잠이나 잘래요."

주세원이 일어나 옷을 걸치고 어둠 속에서 방문을 열고 나가 딸 다복이 방으로 가서 방문을 열었다. 방문이 굳게 잠겨 열리지 않았다. 몇 번이고 다복이를 소리쳐 불렀으나 응답이 없었다. 목에서 담이 끓는 듯한 소리만 들려오는 게 너무도 이상했다. 너무도 다급하여 있는 힘을 다하여 방문을 발로 걷어차고 안으로 들어가 보니 탁자 위의 등불이 켜진 듯 꺼진 듯 빛나고 딸아이는 대들보에 목을 매고서 마치 등불이 뱅글뱅글 돌아가듯이 그렇게 몸이 돌고 있었다. 주세원은 소스라치게 놀라 등불을 밝힌 다음 소리쳤다.

"여보 어서 와, 다복이가 목을 맸다고!"

유씨는 마치 꿈속에서 이 말을 들은 것 같았다. 식은땀이 온몸에 쫙 흘렀다. 옷을 챙겨 입을 틈도 없이 그저 이불을 돌돌 말아서 걸치고 울며불며 다복이 방으로 달려왔다. 주세원은 그래도 사내대장부라고 자기 나름대로 지혜를 발휘하여 다복이를 꼭 껴안고 무릎으론 다복이의 엉덩이를 받치고 천천히 다복이 목을 매고 있는 비단 허리띠를 풀었다. 다복이를 안고서 손으로 가볍게 목 주변을 문질러 주었다. 유씨는 부들부들 떨면서 연신 다복이 이름을 불러댔다. 한 시간 정도 지났을까 다복이의 정신이 돌아오고 조금씩 숨을 쉬기 시작했다. 유씨는 천지신명에게 고맙다며 머리를 조아리고는 다시 자기 방으로 가서 옷을 챙겨 입고 뜨거운 물을 끓여 다복이의 입에 부어주니 다복이가 점점 깨어나기 시작했다. 다복이가 어머니 아버지의 얼굴을 보더니 방성대곡하기 시작했다. 다복이의 어머니 아버지가 말했다.

"얘야, 개미조차도 살려고 애쓰는데 너는 어이하여 이렇게 생각이 짧은 짓을 했느냐?"

"제가 한 번 죽어 명예를 지키고 절개를 지키려 했는데 어째서 저를 다시 살려내셨나요? 이번에 죽지 못한다 하더라도 언젠가는 죽을 것이니 차라리 제가 조금이라도 일찍 죽을 수 있게 해주시고 괜히 저 때문에 신경 쓰지 마십시오. 저 같은 자식 없는 셈 치십시오."

다복이가 말을 마치더니 슬프게 울면서 그칠 줄을 몰랐다. 주세원 부부가 다복이를 달래고 또 달랬으나 아무런 소용이 없었다. 새벽녘 주세원은 아내 유씨한테 다복이랑 붙어서 같이 자라고 하고 자기는 성황묘로 가서 점괘를 뽑아보았다.

시운이 아직 형통하지 않아,
지금껏 재앙이 넘쳤구나.
구름 걷히면 마침내 해가 드러날 것이니,
행복과 장수는 하늘이 내리는 것.

점괘의 의미를 곰곰이 생각해 보니 앞의 두 구절은 이미 다 맞아떨어졌다. 세 번째 구절, '구름 걷히면 마침내 해가 드러날 것이니'는 고진감래의 의미일 것이다. 마지막 구절, '행복과 장수는 하늘이 내리는 것'에서 행복의 복, 장수의 수는 딸 다복의 이름과 사위 다수의 이름을 가리키는 것이니 이는 다수의 병이 곧 나을 것이라는 의미요, 부부 사이는 하늘이 내는 것이라는 의미라는 것인가? 주세원은 대체 뭔 말인가 하며 궁리해봤지만 좀처럼 확답을 내릴 수가 없었다. 집에 돌아와 보니 아내는 딸아이 방에 있다가 남편이 돌아오는 걸 보더니 황망히 손을 휘저으며 말했다.

"소리 내지 마세요. 아이가 울다가 겨우 막 잠이 들었어요."

주세원은 밤에 다복이 방에 와서 등불을 밝히다가 탁자 위에 시를 적은 종이가 놓여 있는 걸 봤지만 그걸 읽어볼 겨를이 없었다. 이제야 그걸 들어 읽어보니 바로 사위가 시를 적어준 종이였고 그 뒷면에 또 시가 한 수 적혀 있었다. 바로 딸 다복이 필체였다. 주세원은 그걸 읽어보고 한숨을 내쉬었다.

"참 열녀로다. 부모가 되어서 그런 자식을 기리고 도와줘야지, 어찌 사리에 맞지 않는 길을 강권할 수 있으리!"

주세원은 성황묘에서 점괘를 뽑았던 이야기를 아내에게 해주었다.

"행복과 장수는 하늘이 내는 것이니 그걸 우리 인간이 함부로 바꾸려 한다면 하늘도 우리를 보살펴 주지 않을 걸세. 하물며 우리 딸이 시를 적어 자신은 죽고자 하지 살려고 하는 것이 아님을 밝혔으니 우리가 무슨 수로 다복이의 목숨을 지켜줄 수 있겠소. 우리가 깜빡 한눈을 팔기라도 해서 딸아이가 죽게 되면, 의로운 여인이라는 이름도 못 얻고 오히려 사람들의 웃음거리만 될 것이오. 아무래도 딸아이를 진가네에 시집보내는 게 좋을 것 같소. 그렇게 하면 우리가 의리를 지킬 줄 아는 사람이라는 걸 보여줘서 좋고, 딸아이의 소원을 들어주게 되니 우리가 더는 책임질 일이 없어져서 좋은 것 아니겠소. 당신 생각은 어떠시오?"

부인 유씨는 다복이 때문에 너무 놀라서 지금도 가슴이 콩닥콩닥 뛰는 것 같은지라 지체 없이 이렇게 대답했다.

"당신이 알아서 하시구려. 나는 이제 이 일에 관여하지 않으렵니다."

"아무래도 이 일은 왕삼로 어른에게 부탁하는 게 좋겠어."

일이 되려고 그랬는지 주세원이 대문 밖으로 나서니 마침 왕삼로가 그 앞을 지나고 있었다. 주세원이 바로 왕삼로를 자기 집으로 모시고 들어가 대청에 자리를 잡고 앉아 전후 사정을 소상하게 이야기해주었다.

"제가 딸아이를 시집보내려 하니 어르신께서 중간에서 한말씀 해주십시오."

"이 노인장이 전에도 말한 것처럼 사람 사이를 붙여주는 건 잘해도 떼어놓는 것은 못하외다. 한데 그대 말을 듣고 보니 이건 정말로 의로운 일이라 이 노인장이 당연히 나서야지요."

"제 딸아이가 사위가 적어준 시를 보고서 화답하는 시를 지었습니다. 그 시에 제 딸아이의 마음이 잘 드러나 있습니다. 만약 사돈 쪽에서 망설인다면 그 시를 보여주시기 바랍니다."

왕삼로가 시를 적은 종이를 받아들고 바로 자리에서 일어났다. 주세원 집과 진청의 집은 바로 마주 보고 가깝게 있는지라 왼발을 주세원 집에 딛고 오른발을 뻗으면 진청의 집에 닿을 정도였다. 진청은 왕삼로가 오는 걸 보고는 파혼 이야기를 하러 오나 보다 지레짐작했다. 진청이 왕삼로를 맞이하더니 바로 물었다.

"어르신이 오늘 찾아오신 걸 보니 필시 사돈 주세원 집에서 뭔가 말이 있었던 거겠지요."

"맞소이다."

"이번에 저희가 파혼 이야기를 꺼낸 것은 제 아들의 진정한 바람에서 그리한 것이었는지라 사돈 쪽에서도 굳이 다른 말을 하실 까닭이 없을 것입니다."

"오늘 이 노인장이 이렇게 찾아온 것은 파혼 때문이 아니라 혼사를 마무리하고자 함입니다."

"어르신, 괜히 농담하지 마십시오."

왕삼로는 다복이 자결하려고 했던 일, 다복이 부모가 너무도 걱정했던 일을 쭉 설명해주었다.

"다복이를 그대로 집에 두었다가는 무슨 일이 생길지 모르니 차라리 귀댁의 아들에게 시집보내는 게 낫겠다고 생각한 모양입니다. 이 노인장이 생각하기에도 이렇게 하는 게 두 집안에 다 좋은 것이라. 사돈댁에게는 걱정거리를 덜어주고 의리를 지키는 사람이라는 명예를 안겨주는 셈이고, 그대 부부에게는 현숙한 며느리가 들어오는 것이고, 그대 아들에게는 정성을 다해 병을 간호해줄 아내가 들어오는 셈이니, 이 어찌 아름다운 일이 아니라 하겠소!"

"사돈댁의 선의야 잘 알겠습니다만 그래도 아들 녀석의 의향을 물어봐야겠습니다."

왕삼로가 시를 적은 종이를 건넸다.

"그대의 며느리가 그대 아들의 시에 화답하여 지은 것이외다. 그대 며느리의 의지가 확고하니 만약 그대 아들이 망설인다면 그건 며느리의 목숨을 앗아가는 것이 될 것이니 어찌 안타깝지 않겠소."

"조만간 확답을 드리겠습니다."

그 자리에서 바로 진청이 아내와 상의했다.

"며느리가 이처럼 절개가 굳으니 분명 현숙하고 효심이 깊을 것이외다. 그런 며느리를 맞이해오면 부모가 병간호하는 것보다 더 알뜰살뜰 아들 녀석을 보살펴줄 수 있을 것 같소. 그러다 아이라도 하나 배게 되면 아들이 요절한다고 해도 가문의 대를 잇는 것 아니오. 우리 둘이 나서서 혼사를 치르자고 하면 설마 아들이 나서서 거절하기야 하겠소!"

진청 부부는 아들 방으로 찾아가 아들에게 전후 사정을 설명해주었다. 아들은 처음에는 내켜 하지 않다가 다복이가 적은 시를 보더니 더는 가타부타 말하지 않았다. 진청이 아들의 마음을 미뤄 짐작할 수 있었다. 왕삼로에게 회신을 하고 길일을 잡았으며 옷이나 장신구 같은 것들을 보내주었다. 다복이는 진씨네에서 자기를 며느리로 맞아 가려 한다는 걸 안 다음부터는 마음이 안정되고 평안해졌다. 혼롓날이 되자 생황과 피리와 북을 연주하며 신부를 맞이하러 왔다. 동네에는 문둥병을 앓는 진다수가 혼례를 올린다는 소문이 돌았다. 사람들은 "두꺼비도 거위 고기를 먹을 날이 다 있다"[4]며 수군거렸다. 각박한 심성을 지닌 녀석이 이렇게 시를 짓기도 했다.

---

4) 본디 "두꺼비도 거위 고기를 먹기를 바란다"라는 중국 속담은 두꺼비가 자기보다 커서 도저히 잡아먹을 수 없는 거위를 욕심낸다는 것에 착안하여 분에 넘치는 걸 바라는 자를 비웃는 경우에 사용한다. 하지만 여기서는 단순히 그런 뜻만을 두고 인용한 것 같지는 않고 진다수가 문둥병을 앓아 피부가 터지고 갈라졌으니 그런 모습이 두꺼비의 모습과 흡사하고, 주다복의 뽀얀 살결이 마치 거위의 깃털과 흡사하니 남녀 주인공의 처지를 확연하게 드러내 보이는 효과까지 거두고자 한 것으로 봐야 할 것이다.

장수한단 이름에 요절이며,
아름다운 여인이 냄새나는 남자를 따르네.
원앙금침에서 사랑 나눌 때,
꽃향내와 피고름이 서로 다투리.

쓸데없는 소리는 이제 그만하자. 한편 다복은 혼례를 치른 후 마음이 무척이나 평안했다. 다수 역시 다복의 극진한 보살핌을 받았다. 그 모양이 어떠했던가.

온 정성을 다하여 부드럽게,
온 마음을 다하여 보살피네.
탕약을 달일 때도,
자신이 먼저 맛을 보네.
아침 일찍 일어나 밤늦게까지,
허리띠를 풀어본 적이 없어라.
지아비의 몸이 아플까, 고름이 날까,
안마하고 닦아주네.
지아비 옷에 피고름이 묻기라도 하면,
갈아입혀 주고 씻어주고.
어머니가 자식을 키우는 것이나 진배없지,
그저 젖을 먹이지 않는다 뿐.
병든 시어머니에게,
자신의 살을 도려내어 먹이려고 하는 며느리 같구나.
운우지정 같은 건 꿈도 꾸지 않으며,
언제라도 힘든 일 마다하지 않네.

교태로운 아내라고 부르지만 속 모르는 이야기,
아름다운 아내에겐 기쁨보다 걱정이 더 많다네.

이렇게 2년이 지났다. 시부모가 다복이를 너무도 좋아했다. 다만 한 가지, 부부가 우애하고 효성스러웠으나 밤이면 각자 이불을 덮고 잠자리에 들었다. 시어머니 장씨는 아들과 며느리가 동침했으면 하고 바랐으나 그걸 차마 입으로 직접 이야기하기가 민망했다. 어느 날 아들 방에 들어가 보니 마침 며느리가 보이지 않기에 아들에게 이렇게 말했다.

"얘야, 네 베개가 너무 더럽구나. 내가 가지고 가서 빨아야겠다. 아, 이불도 너무 더럽네."

장씨가 이불과 베개를 둘둘 말아서 가지고 가버리니 침상에는 이불과 베개가 하나씩만 남았다. 이는 분명 부부가 동침하여 아이를 만들라는 뜻이렷다. 그러나 이들 부부는 각자 동상이몽이었다. 다수의 생각은 이러했다.

'나는 이미 병들어 살아날 가망이 많지 않은 몸, 부부 생활도 오래 할 수 없을 것이니 남의 집 귀한 여인을 어찌 신세 망칠 수 있으랴?'

다복이의 생각은 이러했다.

'지아비께서 이렇게 병들어 힘들어하는데 어이 여자를 탐하게 하여 고생시킬 수 있으랴!'

이런 이유로 다수와 다복은 서로 각자 이불을 덮고, 각자 베개를 베고 잠자리에 들곤 했다. 한데 이날 밤은 다복이 이불 하나, 다복이 베개 하나밖에 없었다. 평소에는 다수가 먼저 잠자리에 들어 잠이 들 때까지 다복이가 옆에서 시중도 들고 바느질도 하다가 시부모님이 잠들고 나서야 잠이 들곤 했다. 다수가 어머니에게 이불과 베개를 돌려달라고 했더니 어머니가 "아직 다 마르지 않았으니 오늘은 그냥 같이 덮고 베고 자라"고 대답했더라. 다복은 자기의 이불과 베개를 다수에게 내주고 먼저 눕게 했다. 다수는 혹여 자기 아내의 이불을 더럽힐까 걱정되어 그냥 옷을 입은 채로 자리에 누웠다. 다복 역시 옷을 입은 채로 자리에 누워 평소대로 각자 잠을 청했다. 다음 날 아침 장씨는 며느리가 아들에게 애정 표현을 하지 않고 그냥 무뚝뚝하게 하룻밤을 넘긴 것을 탓하면서 혹시 며느리가 딴마음을 품고 있는 것은 아닌가 의심하기까지 했다. 그러면서 죽일 년 살릴 년 하면서 차마 입에 담지 못할 욕을 퍼붓고 한바탕 난리굿을 피웠다. 다복이 총명한 여인이라 시어머니한테 자기가 왜 그렇게 행동했는지 한마디 못할 바는 아니었으나 다만 지아비가 마음의 상처를 입을까 그게 걱정이라 그냥 모른 척하고 넘어갔다. 다만 속으로 피눈물을 흘릴 따름이었다. 다수 역시 대충 눈치를 채고선 마음이 천근만근이었다. 이렇게 한 해가 지났다.

다수가 병에 걸린 것은 열다섯, 열여섯에 병이 더욱 위중해졌다. 열아홉에 파혼을 제안했다가 뜻대로 되지 아니하고 스물하나에 혼례를 올렸다. 병에 걸린 지도 어언 10년, 살아도 산 것이 아니니 마음의 고민이 깊어만 갔다. 강남에서 온 영험한 봉사 점쟁이가 있는데 점괘 나오는 대로 숨김없이 다 말해준다는 소문을 듣고 그를 찾아가서 도대체 죽을 날이 언제인지 속 시원하게 물어보고 싶었다. 다수는 병에 걸린 다음부터는 자신의 추한 몰골을 보이기 싫어 문밖 출입 자체를 꺼렸다. 그러나 오늘은 점을 치러 가려고 의관을 정제하고 점쟁이 집을 찾아갔다. 점쟁이가 다수의 사주팔자를 묻더니 운을 점쳐보고 드디어 입을 열었다.

"이 사주팔자는 누구의 것인지요? 만약 소인을 책망하지 않으실 거라면 있는 그대로 말씀드리지요."

"아무런 걱정도 하지 마시고 그저 있는 그대로만 말씀해주시기 바라나이다."

"이 팔자는 네 살부터 운이 트이는 팔자라오. 네 살부터 열세 살까지야 다 지난 어린 시절이니 뭐 그거야 굳이 말씀드릴 필요도 없겠고. 열네 살 때부터 스물세 살 때까지는 십 년 액운으로 큰 병에 걸려 사경을 헤맸을 것이외다. 맞소이까?"

"그렇소이다."

"지난 10년은 물이 모자란 형국이었지만 그래도 어찌 지나올 수 있었으나 스물네 살부터 서른세 살까지 10년은 운이 더 안 좋겠소이다. 배가 큰 파도를 만났으나 노와 키가 다 하나도 없는 형국이요, 말이 험준한 절벽을 넘어야 하나 고삐가 끊어진 형국이라. 요절할 팔자요. 다른 좋은 팔자 있으면 그걸 좀 가져와 보시오. 이 팔자는 뭐라 더는 말 못하겠소이다."

다수는 점쟁이의 풀이를 듣고 기운이 빠져 아무런 말도 할 수 없었다. 점쟁이한테 복채를 던져 주고 자리에서 일어났다. 이 생각 저 생각이 밀려오고 자기도 모르게 눈물이 흘러내렸다.

'지난 10년 인생을 귀신같이 알아맞힌 저 점쟁이가 앞으로 10년은 더욱 힘들 거라고 하는데 그 세월을 어이 견딜꼬? 나 죽는 거야 그렇다 쳐도 내 아내는 3년 동안 내 병수발 하느라 하룻밤의 기쁨조차 누리지 못했는데 앞으로 10년을 더 어떻게 고생시킨단 말인가? 내가 지금 구차하게 목숨을 부지한들 차라리 죽는 것만도 못할지라. 몇 년을 더 산들 그게 뭐가 좋으랴. 내가 하루라도 빨리 죽어 내 아내를 풀어주는 게 차라리 나으리라. 아내가 한 살이라도 젊을 때 다른 길을 찾게 해야지.'

다수는 스스로 목숨을 끊으리라 작정했다. 집에 돌아오는 길에 약방에 들러 비상을 산 다음에 그걸 몸에 숨겼다. 집에 돌아왔다. 점을 친 이야기는 하나도 하지 않았다. 날이 저물어 잠자리에 들 무렵 아내 다복이한테 이렇게 말했다.

"내가 아홉 살 때 그대와 정혼하고서는 서로 장성하면 정식으로 부부가 되어 아들딸 낳고 가정을 꾸리고 살기로 했다오. 하지만 어이 알았으리오! 내가 이렇게 병에 걸리고 말아 백약이 무효라. 그대의 신세를 망칠까 걱정되어 두 번이나 파혼을 요청했다오. 그러나 고맙게도 그대가 두 번이나 한사코 파혼을 반대했기에 마침내 우리는 혼례를 올렸지요. 3년의 혼인 생활 동안 나는 그대의 인생을 망치고 싶지 않아 이름만 부부이기를 자청했다오. 나는 그렇게 하는 게 마땅하다고 믿었소. 내가 죽거들랑 그대는 주저하지 말고 좋은 인연을 찾아 떠나시오. 그대가 그렇게 한다손 그대를 이부종사한다고 흉볼 사람은 아무도 없을 거외다."

"여보, 제가 낭군님과 부부가 된 것은 궂은 일 좋은 일을 함께하고자 했기 때문입니다. 낭군님이 병이 난 것 역시 제 팔자소관이지요.. 함께 죽고 함께 사는 것이지 더는 무슨 말을 하겠습니까! 다른 곳으로 시집가라는 말은 다시는 꺼내지 마십시오."

"그대의 굳은 마음은 내가 잘 아오만, 당신과 내가 언제까지 이렇게 지낼 수 있을까 그게 걱정이외다. 그대가 나를 보살펴 주는 이 마음, 이 은혜는 내가 금생에는 갚을 수 없으나 다음 생에는 꼭 그대를 만나 보답하리다."

"여보, 왜 이리 약한 말씀을 하십니까? 부부 사이에 무슨 은혜를 갚고 말고가 있겠습니까!"

다복과 다수는 주거나 받거니 대화를 나누다 한밤중이 되어서야 겨우 눈을 붙였다.

부부 사이에 몇 마디만 나눠도,
서로 아끼는 마음이 다 드러나누나.

다음 날, 다수는 부모님과 이런저런 이야기를 나눴다. 죽음을 작정한 터라 낳아주고 길러주신 부모님을 차마 어쩌지 못하는 마음이 컸던 모양이라. 해가 저물자, 다수가 다복이에게 술을 청했다. 다복이가 물었다.

"가려움증이 도질까 봐 평소에 술을 안 드시더니 오늘은 어인 일이신지요?"

"오늘은 마음이 하도 울적하여 술 생각이 나는구려. 술 한 주전자만 데워오시오."

다복이는 다수가 말하는 태도가 평소와 달라 뭔가 찜찜한 구석이 있었으나 설마 다수가 스스로 목숨을 버릴 거라고까지는 생각하지 못했다. 다복이는 시어머니에게 좋은 술 한 주전자를 달라고 하여 따끈하게 데우고 안주 두어 접시 마련하여 작은 술잔이랑 같이 해서 탁자에 차려놓았다. 다수가 말했다.

"술잔은 필요 없소. 그냥 이 찻주발로 두어 잔 마시는 게 편하겠소."

다복이가 찻주발을 가져와 술을 따라주려니 다수가 말했다.

"괜찮소이다. 내가 직접 따라 마시리다. 안주도 필요 없고, 혹시 과일이나 있으면 좀 가져다주시오."

사실 다복이를 잠시 자리를 비우게 할 요량이었던 것이라. 다수는 술 주전자 뚜껑을 열고 품속에서 비상을 꺼내어 주전자 안에다 쏟고 얼른 휘젓고 그걸 따라 마셨다. 다복이는 몇 걸음 옮기다가 아무래도 미심쩍어 고개를 돌려보니 다수가 황망하게 뭔가를 움직이는 게 보였다. 의심이 더욱더 깊어졌다. 필시 뭔가 있는 것 같아 황망히 발걸음을 돌려 돌아왔다. 다수는 이미 한 주발 들이켜고 나서 다시 한 주발을 따르고 있었다. 다복이가 보니 술 색깔이 평소와는 다른지라 얼른 다수의 주발을 붙잡아 입에 갖다 대지 못하게 했다. 다수가 입을 열었다.

"사실 이 술에 비상을 풀었소. 내가 이 세상을 떠나는 게 그대를 더는 힘들지 않게 하는 길이기 때문이오. 이미 한 주발 마셨으니 필시 나를 살릴 길이 없을 거외다. 차라리 내가 술에 흠뻑 취하여 죽게 놔두시오. 괜히 시간 낭비하지 말고."

말을 마치더니 다수가 다복에게서 찻주발을 빼앗아 마셨다. 다복이 말했다.

"제가 전에 말한 것처럼 저는 당신과 살아도 같이 살고 죽어도 같이 죽을 겁니다. 그대가 약을 드셨다면 나도 혼자서 살 수는 없지요."

다복이 술 주전자를 잡아채더니 주전자 채로 꿀꺽꿀꺽 다 마셔버렸다. 다수는 뱃속이 타들어가 다복이를 어떻게 말릴 수가 없었다. 순식간에 두 사람이 쓰러지고 말았다. 누군가가 시를 지어 이 광경을 읊었으니.

병들어 고생했으니 무슨 즐거운 일 있었으리,
죽고 나서야 비로소 도타운 정이 드러나네.
서로 사랑하고 아끼는 마음은 죽음조차도 함께 하리니,
천금보다 더 귀한 두 사람의 마음.

한편, 장씨가 아들이 술 한잔하려 한다는 말을 듣고 전병 한 접시를 만들어 가지고 왔다가 방문 앞에서 약을 먹었다는 말을 듣고는 한달음에 방 안으로 들어왔다. 방 안에는 아들 부부가 둘 다 쓰러져 있었다. 장씨가 너무도 놀라 소리를 질러댔다. 진청이 그 소리를 듣고 황급히 달려와 보니 술 주전자에 아직 비상이 남아 있더라. 진청은 비상을 먹은 자에게는 산 양을 잡아서 그 피를 먹여야 한다는 처방을 알고 있었다. 다수, 다복이 아직 죽을 팔자는 아니었는지 가까운 곳에 양고기를 파는 푸줏간이 있었다. 진청은 푸줏간 주인장에게 어서 양을 잡아 피를 가져오라 했다. 주세원 부부도 같이 달려왔다. 진청 부부는 다수에게 양 피를 먹이고, 주세원 부부는 다복에게 양 피를 먹였다. 양 피를 먹이자 다행스럽게도 둘 다 동시에 속을 게워내더니 마침내 깨어났다. 그래도 독이 아직 위장에 남아 있어 살갗이 갈라지고 피가 계속 흘러나왔다. 한 달 정도 몸조리를 하고 나니 이제 예전처럼 음식을 먹을 수 있게 되었다.

정말로 신기한 일이 생겼다. 다복이는 그만두고 다수 이야기만 하자면 다수가 10년 동안 문둥병으로 고생하면서 수다한 의원을 불러 치료했으나 백약이 무효했더라. 한데 다수가 비상이 든 술을 마신 후로 뜻밖에 독으로 독을 치료하는 효과를 거두었으니 살갗 속에 숨어 있던 허다한 나쁜 피가 비상의 기운으로 말미암아 다 빠져나오고 숨어 있던 독기도 다 빠져나오는 바람에 진물조차도 낫게 되었다. 한참을 조리하고 쉬었더니 부스럼도 다 떨어지고 예전처럼 반질반질한 피부로 돌아왔다. 다수의 부모조차도 못 알아볼 정도로 변했다. 마치 허물을 벗고 새 사람으로 환생한 것 같았다. 의로운 남편과 절개를 지킬 줄 아는 아내의 지극 정성이 천지신명을 감동시켰기에 독을 먹어도 그 기운이 발하지 아니하고, 죽으려 하여도 죽지 아니한 것이리라. 전화위복이요, 고진감래라. 성황묘에서 뽑은 점괘에서 "구름 걷히면 마침내 해가 드러날 것이니, 행복과 장수는 하늘이 내리는 것"이라 한 것이 허튼소리가 아니었던 셈이다. 다수 부부가 성황묘를 찾아가 향을 사르고 감사의 제사를 올렸다. 다복이가 혼수로 받은 은비녀를 성황묘에 바쳤다. 왕삼로가 이 소식을 듣고 동네 사람들과 함께 술과 안주를 마련하여 축하하러 왔다. 축하연이 며칠이고 이어졌다.

다수는 이제 나이 스물넷, 다시 공부를 시작하여 경서와 역사서를 읽었다. 서른셋에 성에서 치르는 과거에 급제하고, 서른넷에 북경에서 치르는 과거에 급제하여 진사가 되었다. 점쟁이가 다수에게 앞으로 10년 생애가 일생에서 가장 고달플 거라 했는데, 허허, 다수 인생에 가장 빛나는 일이 바로 이 시기에 일어났구나. 운명의 미묘한 이치를 범상한 인간이 어찌 다 알 수 있으리! 재앙이 올 거라느니 운이 트일 거라니 하는 말을 다 믿을 필요가 어이 있으랴. 한편, 진청과 주세원은 이 일로 말미암아 우정이 더욱 깊어졌다. 다시 장기를 두기 시작하여 둘 다 여든 살을 넘기고 장수했다. 다수는 첨도어사僉都御史까지 승진했다. 다복이는 다수를 극진히 아끼고 사랑했다. 다수 부부는 아들과 딸을 하나씩 낳았으며 백년해로했다. 지금에 이르기까지 그 가문은 극히 번성했다. 이번 편은 「삶과 죽음까지도 함께한 부부」 이야기로다.

천하에 둘도 없는 사랑스러운 아내와 정의로운 남편, 주다복과 진다수,
양가 아버지가 서로 장기 두다 정혼을 맺었지.
다복과 다수, 절개와 의리는,
생사조차도 가르지 못하도다.

유씨네 기이한 형제 이야기

劉小官雌雄兄弟

남자와 여자가 유씨네 형제가 되었던 이야기

도포 입고 갓 썼다고 모두 다 남자는 아닐 터,
머리에 꽃장식 했다고 모두 다 여자는 아닐 터.
세상엔 이해 못할 이상한 일 참으로 많아,
산봉우리가 골짜기가 되고, 바다가 육지가 되고.

한편, 우리 명 왕조 성화成化 연간(1465~1487), 산동에 한 남자가 살고 있었으니 성은 상桑, 이름은 무茂로, 한미한 가문 태생이었다. 상투를 틀기 전 어릴 적에 발그레한 뺨에 보들보들한 피부를 지니고 있었다. 하루는 부모가 상무를 친척 집에 보낸 적이 있었다. 친척 집에 가는 길에 큰 비가 내려 비를 긋고 가려고 버려진 사당에 들렀다. 그 사당엔 아주머니 하나가 먼저 자리를 잡고 비를 피하고 있었다. 상무와 아주머니가 함께 자리를 잡고 앉았다. 비는 갈수록 거세져 사당에서 나갈 엄두가 나지 않왔다. 아주머니가 상무 생김새가 곱상한 걸 보고는 슬슬 말장난을 걸어왔다. 상무도 사춘기에 접어들었는지라 아주머니의 속마음을 금세 알아차렸다. 둘이 일을 치르려고 하니 아주머니 사타구니 사이에서 물건이 툭 튀어나오는 것이 아닌가. 아주머니가 상무 엉덩이를 탐하기 시작했다. 일을 치르고 나서도 비는 그치지 않았다. 상무가 아직 사춘기 소년, 세상 물정을 다는 모르는 때라 그 아주머니에게 이렇게 물었다.

"아니, 어째 아주머니인데도 고추가 달렸나요?"

"아이고 도련님, 내가 사실대로 말해줄 테니 아무한테도 말하지 마셔. 난 원래 여자가 아니라 남자야. 어려서부터 발을 싸매 전족을 하여 발이 작고 그래서 여자 흉내를 내게 되었지. 여자처럼 나긋나긋한 목소리로 말하고 바느질도 배우고 그런 다음 다른 고장으로 이사해서 과부로 행세했어. 권문세가에 소개받고 들어가 바느질 선생이 되었지. 여자들이 내 솜씨에 감탄하여 나를 그들 곁에 머물게 해주었고 내실 출입도 자유로워서 여인들과 함께 자고 맘대로 즐거움을 누렸지. 그 여인들이 나를 너무 사랑해줘서 한 달이 넘도록 날 내보내 주지 않는 거야. 정숙한 여인이 되겠다며 나랑 놀아주지 않는 여인한테는 미혼약을 얼굴에 뿌린 다음 그 여인이 약에 취하여 일어나지 못하게 되면 내 맘대로 일을 치렀지. 그러다 여인이 깨어날 무렵엔 내가 이미 일을 치르고 있으니 오히려 부끄러워하며 소리를 내지도 못하고 나한테 비단이야 금이야 선물로 주면서 밖에 나가더라도 절대 비밀로 해야 한다면서 신신당부하곤 그랬어. 내 나이 마흔일곱, 천하를 떠돌아다니며 인물깨나 된다는 여인들과 잠자리도 맘대로 하고 먹을거리나 용돈이 없어서 힘들었던 적이 한 번도 없지. 아, 물론 사람들한테 들킨 적도 없다네."

"그렇게 좋은 일을 저도 좀 배울 수 없을까요?"

"아이고, 도련님같이 곱상한 사내가 여장하면 정말 멋질 거야. 만약 나를 스승으로 모시고 나를 따라 배우고 싶다면 내가 전족도 해주고 바느질도 가르쳐준 다음 그대를 데리고 다니면서 내 조카라고 소개해줄게. 그럼 필시 좋은 인연이 생길 거야. 아울러 미혼약을 만드는 비법도 전수해줄 거야. 아마도 그건 평생 두고두고 써먹을 수 있을 거야."

상무는 그 말을 듣고 마음이 홀딱 넘어가 버려 그 사당에서 바로 네 번 절하고 아주머니를 스승으로 모시기로 했다. 친척 집을 찾아가는 것도 집으로 돌아가 부모님을 뵙는 것도 새까맣게 까먹어 버렸다. 비가 그치자 그 아주머니를 따라나섰다. 아주머니는 상무랑 함께 걷고 자고 하면서 산동성을 벗어났다. 아주머니는 상무의 머리를 세 갈래로 따주고, 품속에서 여자 적삼을 꺼내서 갈아입으라 했다. 상무의 발을 꼭꼭 싸매주고, 코가 뾰족한 신발을 신겨주니 영락없는 여인네 모습이었다. 아주머니는 상무에게 정이저鄭二姐란 이름을 붙여주었다. 상무 나이 스물둘이 되자 스승과 하직하고 독립했다. 스승이 상무에게 이렇게 당부했다.

"너는 나이는 어리지만 속이 진중하니 필시 좋은 인연을 만날 것이다. 그러나 다만 한 가지 주의할 것은 네 맘에 드는 사람을 만나도 그곳에 너무 오래 머물지 마라. 길어야 보름, 짧으면 닷새 정도에 바로 떠나서 너의 정체가 드러나는 일이 없도록 하라. 한 가지 더 네가 이런 식으로 살다 보면 여자를 많이 만날 것이고 남자를 만날 일은 드물 것이다. 남자들하고 만나거나 이야기를 나누는 것을 극도로 삼가라. 만약 남자한테 들키면 뼈도 못 추릴 것이다. 명심하여라."

상무가 스승의 가르침을 받들었다. 스승과 제자는 이렇게 헤어졌다.

그 후로 상무는 정이저라는 이름으로 사방을 유람하면서 사람들을 속여먹고 그랬다. 북경과 인근 네 개 성을 돌아다니며 상무가 손댄 여자는 그 수를 셀 수 없을 정도였다. 상무가 서른두 살 먹었을 때 강서성에 있는 한 마을을 찾아갔다. 그 마을의 부잣집 여인네가 상무한테 바느질을 가르쳐달라고 청했다. 그 부잣집엔 여인네들이 하도 많아서 상무는 그 집에서 일찍 떠나지 못하고 20여 일 넘게 머물렀다. 그 집 사위는 성은 조씨요, 돈을 바치고 국자감 입학 자격을 산 자였다. 하루는 조씨가 장모한테 문안 인사를 드리러 왔다가 우연히 상무의 얼굴을 보게 되었다. 조씨는 상무의 미모에 반하여 아내에게 상무를 자기 집으로 초대하자고 졸랐다. 상무는 그런 속사정은 하나도 모른 채 흔연히 따라나섰다. 상무가 조씨를 따라 서재에 들어갔더니 조씨가 상무의 허리를 와락 껴안고 사랑을 나누자고 보챘다. 상무가 아무리 뿌리쳐도 소용이 없자 소리를 지르기 시작했다. 조씨는 본디 양아치 같은 놈이라 상무가 소리를 지르든 말든 상무를 억지로 침대에 눕히고 바지춤을 풀어헤쳤다. 상무가 조씨의 손을 막아내지 못하여 마침내 조씨의 손이 상무의 사타구니 안으로 쑥 들어왔다. 조씨가 상무의 물건을 만져보고서는 상무가 여장남자임을 알아차렸다. 조씨는 하인들을 불러 상무를 묶게 하고는 현청으로 끌고 갔다. 현청에서는 곤장을 치고 고문을 하여 이름도 알아내고 더불어 그동안 붙어먹은 여자들이 얼마나 되는지도 알아냈다. 현청에서 이를 상부에 보고하니 예전에 없던 사건이라 마침내 이 사건의 전말을 자세히 기록하여 형부에 보고했다. 사람이 요사스러운 짓을 하여 미풍양속을 해쳤으니 이는 용서할 수 없는 것이라 즉각 능지처참하라고 판결했다. 가련하도다, 상무가 반평생을 여장하고 다니면서 재미를 보았으나 결국은 조씨 손에 죽임을 당했구나.

착한 자에게 복 주고 악한 자에게 벌 주는 게 하늘의 이치,
법이란 정을 누르고 엄히 다스려 사사로움이 없게 하는 것.

지금까지는 남자가 여장하고 풍속을 망친 이야기다. 지금 내가 진짜

하려고 하는 건 여자가 남장을 하고서 정조와 효도를 다한 이야기다.

　　향초와 잡초를 어이 한 그릇에 같이 담으랴,
　　요임금과 걸임금이 생김새는 크게 다르지 않지.
　　출발점의 작은 차이가 마침내 엄청난 결말의 차이를 만들지,
　　이 점을 명심하고 좌우명으로 삼으라.

　지금 이야기하려는 것도 역시 우리 명나라 때 이야기다. 선덕宣德 연간(1426~1435)에 한 노인네가 있었다. 성은 유劉, 이름은 덕德, 하서무라는 고장에 살고 있었다. 이곳 하서무는 대운하 곁에 위치하고 북경에서 2백 리 정도 떨어져 있어서 각 성에서 북경으로 가는 길목에 위치한 요충지였다. 이곳 하서무에는 배들이 마치 개미 떼처럼 몰려들었고, 마차 소리, 말 소리가 밤낮으로 끊이지 않았다. 대운하 강둑을 따라 수백여 가구가 살고 있었고, 운하 물길을 따라 시장이 열리니 그 번창함이 이루 말할 수 없을 정도였다. 유덕 부부는 나이가 이미 육십을 넘겼으나 형제자매도 없고, 슬하에 자식도 하나 없었다. 몇 칸 정도 되는 집에다 백 마지기 정도의 논에다 집 대문 곁에 붙여 술집도 하나 열었다. 유덕은 평소에 선행을 베풀기를 좋아하여 곤경에 빠진 사람을 보면 두말없이 나서 도와주었다. 술 마시러 온 손님이 수중에 돈이 없다 해도 그렇게 야박하게 따지지 않았다. 손님이 어쩌다 돈을 더 내기라도 하면 받아야 할 돈만 딱 받고 나머지는 꼭 되돌려주곤 하면서 조금이라도 남의 걸 함부로 취하려 하지 않았다. 유덕이 이럴 때마다 주위 사람들이 이렇게 묻곤 했다.
　"손님이 실수로 더 준 건데 그냥 두었다가 나중에 쓰지 뭐 하러 그렇게 굳이 돌려주려고 해?"
　"내가 슬하에 자식이 없는 건 전생에 덕을 쌓지 못했기 때문일 거요.

다 그 벌을 받는 거지. 죽어서 제사도 못 받는 귀신이 되는 것이고. 그런 내가 양심에 어긋난 일을 해서 뭐 하겠소. 내 팔자에 없는 걸 한 푼이라도 취하면 외려 사고가 나기도 하고 병이 나기도 해서 돈이 더 들어가는 거라고. 차라리 돈 돌려주고 맘 편히 사는 게 낫지."

유덕의 사람됨이 이처럼 올곧은지라 온 고을의 사람들 가운데 그를 존경하지 않는 자가 없었으니 모두 그를 '어르신'이라고 불렀다.

하루는 매서운 추위가 밀려오는 날씨, 삭풍이 살갗을 에이고 짙은 구름이 하늘을 덮더니 온 누리에 큰 눈이 내렸다. 그 눈 내리는 모습이 어떠했던고 하니.

휘장조차도 뚫고 들어오는 센 바람,
난간과 주렴도 타고 넘어오는 바람.
쌀가루처럼 몇 점 눈이 날리기 시작하더니,
순식간에 하얀 버들솜처럼 하늘을 덮네.
미친 듯이 춤추는 그 모습,
마치 배꽃이 어지럽게 흔들리며 떨어지는 것 같구나.
댓잎 사이에서 소리 들려오고,
매화 가지 사이에서 향기 전해오네.
변방에 수자리 살러 간 그이는 겨울 갑옷 입었을까,
산중에 숨어 사는 선비는 이불을 옷 삼아 둘러썼을까.
귀한 집 자제는 멋들어진 의자에 앉아 술잔을 기울이고,
미녀는 활활 타는 난로에 석탄을 집어넣네.

매섭게 추운 날씨에 유덕은 술 한 병을 데워 가지고 아내와 함께 불 앞에 앉아 술잔을 기울였다. 술을 마시다가 문가로 가서 눈 구경을 했다.

멀리, 아주 멀리서 한 사람이 등짐을 지고 아들처럼 보이는 소년과 함께 바람과 눈을 헤치고 걸어오고 있었다. 계속 쳐다보노라니 그 사람이 그만 철퍼덕 하고 눈에 미끄러지더니 일어나지 못하고 있었다. 소년이 달려가 부축해 일으키려 했으나 녀석이 어려서 그런지 힘이 모자라 두 사람은 한 덩어리가 되어 아래쪽으로 미끄러져 갔다. 마치 만두 덩어리가 굴러가듯이 그렇게 굴러가다가 한참을 버둥대더니 겨우 일어났다. 유덕이 나이 들어 침침해진 눈을 비비고 자세히 바라보니 예순은 넘어 보이는 노인네가 다리에 각반을 차고 발에는 삼끈으로 짠 신발을 신고 몸에는 다 해진 옷을 입고 있었다. 소년은 참 똑똑하게 잘생겼는데 발에는 천으로 만든 신발을 신고 있었다. 노인네가 몸에 내려앉은 눈을 털어내면서 소년에게 이렇게 말했다.

"아이고, 눈은 내리고 바람은 찬데 입은 옷은 시원치 않고 더는 가기 힘들구나. 마침 여기 술집이 있으니 술이라도 한 병 사서 몸을 좀 녹이고 다시 길을 가자꾸나."

그 노인네는 술집 안으로 들어와 자리를 잡고 앉더니 등짐을 벗어 탁자 위에 올려놓았다. 소년은 노인네 옆에 앉았다. 유덕이 술 한 주전자를 데우고, 소고기 한 접시를 썰고, 안주 두 접시 담고, 술잔과 젓가락 두 짝을 챙겨 쟁반에 담아 들고 와서는 탁자 위에 차려놓았다. 소년이 그 술 주전자를 들고서 술을 한 잔 따라 두 손으로 노인네에게 드리고 자기도 한 잔 따랐다. 유덕이 보기에도 그 소년은 나이가 어린데도 예의범절을 참으로 잘 아는지라 노인네에게 물어보았다.

"저 아이가 아들 됩니까?"

"아, 제 못난 아들 맞습니다."

"올해 몇 살인지요?"

"열두 살이고, 집에서는 편하게 신아申兒라는 아명으로 부릅니다."

"댁의 이름은 어떻게 되시오? 어디로 가는 길이기에 이런 눈보라에 길을 떠나셨소?"

"내 이름은 방용方勇이라고 하오. 북경 용호위 소속의 군인으로 산동 제녕 출신이라오. 지금 고향으로 돌아가 군 생활하는 데 필요한 경비를 좀 가져오려는 참인데 뜻밖에 이렇게 큰 눈을 만났다오. 주인장 성씨는 어떻게 되시오?"

"저는 유劉가요. 우리 술집 이름이 근하近河인데, 그게 바로 제 별명이기도 합니다."

유덕이 말을 이어갔다.

"제녕이라면 여기서 한참 먼 길인데 짐꾼이라도 사지 않고 어째 이리 생고생이시오?"

"가난한 군인 주제에 짐꾼 살 엄두가 나야지요! 그저 싸드락싸드락 가봐야지요."

유덕이 살펴보니 방용은 그저 푸성귀 반찬 안주에만 젓가락을 댈 뿐 소고기에는 손도 대지 않았다. 유덕이 물었다.

"손님, 혹시 육식을 일부러 삼가는 것인지요?"

"군인이 음식 가리는 거 보셨어요?"

"음식을 가리는 게 아니라면서 고기는 왜 손도 대지 않으시나요?"

"솔직히 말씀드려서 수중에 여비가 시원치 않아 푸성귀 밑반찬만 먹어도 고향 돌아가는 게 간당간당하외다. 저런 고기 요리에 손댔다가 며칠 분 식비를 다 날려버리면 어떻게 고향에 돌아가겠소?"

유덕은 손님이 이렇게 궁상스러운 이야기를 스스럼없이 하는 걸 들으니 참 안됐다는 생각이 절로 들어 이렇게 말했다.

"이렇게 큰 눈이 내리는데 속에 고기라도 좀 들어가야 눈보라를 견디지 않겠소. 걱정 말고 좀 드시지요. 내가 그건 안 받겠소이다."

"아니 여보쇼. 농담하지 마쇼. 음식점에서 공짜로 음식 주고 돈 안 받는다는 게 가당키나 한 말이오!"

"농담하는 거 아닙니다. 우리 집은 다른 집하고 달라요. 예전에도 손님들이 돈이 부족해도 내가 그냥 다 밥도 내주고 그랬소이다. 지금 손님이 노자가 부족하다고 하니 제가 그냥 대접해드리리다."

방용은 유덕이 진심으로 말하는 걸 알고는 이렇게 말했다.

"주인장의 후의에 진심으로 감사하외다. 그러나 대가를 치르지 않고 그저 받기만 하는 건 사람의 도리가 아니라고 들었으니 제가 돌아가는 길에 들러 값을 치르겠소이다."

"온 세상 사람들이 모두 다 한 식구라는 말도 있지 않소이까. 이깟 음식이 얼마나 된다고 나중에 다시 값을 치른다는 말까지 하십니까."

늙은 군인은 그제야 고기에 젓가락을 갖다 대기 시작했다. 유덕은 또 밥 두 공기를 퍼 와서는 이렇게 말했다.

"배가 든든해야 먼 길을 갈 수 있죠."

"이거 신세를 톡톡히 지네요."

늙은 군인 부자는 한참 배가 고팠던 터라 밥을 받아들고 마파람에 게 눈 감추듯이 먹었다.

위급한 사정이 있는 사람을 도와야지,
곤경에 빠진 사람을 살려줘야지.
목마른 사람은 뭐라도 다 마시려 하고,
배고픈 사람은 뭐라도 다 먹으려 하지.

늙은 군인 부자는 그 자리에서 밥과 술을 뚝딱 다 먹어치웠다. 유덕은 아내한테 차를 두 잔 내오게 했다. 늙은 군인은 허리춤에서 은자를 꺼내어 셈을 치르려 했다. 유덕이 황급히 은자를 밀치며 말했다.

"방금 말한 대로 그냥 대접하는 겁니다. 뭐 하러 돈을 내려고 그러시오? 만약 진짜로 돈을 내시면 제가 손님을 꼬드겨 이 소고기 요리를 팔아치운 게 되지 않소. 넣어두셨다가 나중에 노자에 보태 쓰십시오."

늙은 군인은 은자를 도로 집어넣고는 감사 인사를 거듭하더니 봇짐을 메고 작별인사를 했다. 문밖에 나서니 눈발이 더욱 거세져 맞은 편 사람의 얼굴을 분간하기 힘들 정도였다. 몇 발자국 떼지 못하여 거센 바람에 몸이 밀려 다시 뒷걸음질 쳤다. 소년이 말했다.

"아버지, 눈이 이렇게 크게 내리는데 어떻게 길을 가려고 그러세요?"
"별수 없잖니. 길을 가다가 객점이라도 잡아서 쉬도록 하자."

소년의 눈에는 이내 눈물이 흘러내렸다. 유덕이 차마 그냥 두고 볼 수가 없어 입을 열었다.

"손님, 이렇게 눈이 거세게 내리는데 너무 무리하실 필요는 없잖소. 마침 우리 집에도 빈방이 있으니 여기서 쉬시는 게 어떻겠소이까! 그러다 눈이 그치면 길을 가면 되겠지요."

"그렇게 하면 너무나 좋겠습니다만 이거 너무 폐를 끼치는 게 아닌가 걱정이 됩니다."

"무슨 그런 말씀을! 길 떠날 때 방을 이고 나서는 사람이 어디 있습니까? 어서 안으로 들어오세요. 괜히 밖에서 눈 맞지 마시고."

늙은 군인은 아들과 함께 다시 문 안으로 들어와 유덕이 안내해주는 대로 방으로 들어갔다. 등짐을 내려놓고 침상을 보니 돗자리도 있고 마른풀 더미도 푹신하게 깔려 있었다. 유덕은 늙은 군인 부자가 추울까 봐 지푸라기를 더 가져와 그 위에 깔아주었다. 늙은 군인은 등짐을 풀고 깔개를 꺼내어 깔았다. 아직 잠을 청하기는 이른 시각이라 잠자리만 봐두고 소년과 함께 방에서 나왔다. 유덕이 가게 문을 닫고 아내랑 같이 불을 쬐고 있다가 늙은 군인이 방에서 나오는 것을 보고 말을 걸었다.

"손님, 춥지 않으시오? 이리 와서 같이 불 좀 쬐시죠."

"그러고 싶지만 부인께서 같이 계시니 불편해하실까 걱정입니다."

"뭐 같이 늙어가는 처지에 그런 거 신경 쓰지 않으셔도 됩니다."

늙은 군인은 그제야 소년과 함께 불 옆으로 다가와 앉았다. 이젠 그래도 안면을 튼 처지라 서로 이름을 편하게 불렀다.

"근하, 어째 두 노인네만 계시오, 아들이 따로 사는 모양이네요?"

"아이고, 사실대로 말하자면 우리 부부가 쓸데없이 나이만 먹어서 올해 벌써 예순넷이오만 자식이라곤 낳아본 적이 없으니 어디 아들이 있을 턱이 있겠소?"

"양자라도 하나 들여서 말년에 봉양이라도 받도록 하지 그러셨소."

"처음엔 그런 생각을 해보기도 했는데 다른 집에 양자로 들어온 녀석이 집안을 위해 힘쓰는 게 아니라 빈둥빈둥 놀기만 하는 걸 보고는 차라리 그런 아들은 없는 게 속 편하겠다 싶기도 했소이다. 또 양자를 찾으려면 시간이 보통 드는 게 아니잖소. 그래서 그 생각은 그냥 접었소. 방용 그대 아들 같은 아이만 하나 있다면 정말 좋겠소이다만 그게 어디 맘대로 되겠소?"

두 사람이 대화를 나누다 보니 날이 어둑어둑해졌다. 늙은 군인이 등불 하나를 청하고는 유덕 부부에게 잘 주무시라 인사를 하고선 아들과 함께 방으로 쉬러 들어갔다.

"얘야, 우리가 오늘 정말로 재수가 좋아서 이렇게 좋은 분을 만났구나. 저 주인장이 없었다면 우리는 얼어 죽을 뻔했다. 내일은 눈이 그치든 말든 일단 길을 떠나도록 하자. 저분한테 너무 폐를 끼치면 안 된다."

"지당하신 말씀이십니다."

방용 부자는 잠자리에 들었다.

방용이 오한이 들었는지 한밤중에 열이 불길처럼 올랐고 입에선 거친 숨을 몰아쉬었다. 방용이 뜨거운 물을 찾았으나 이 어린 소년이 어디 가서 그걸 구하랴? 날이 새기만을 기다려 방문을 살짝 열고 바라보니 유덕 부부가 아직 일어나기 전이었다. 소년은 어떻게 소리를 내기도 미안하여 다시 문을 닫고서 침상 머리맡에 앉아 기다렸다. 잠시 후, 밖에서 유덕의 마른기침 소리가 들려왔다. 소년이 바로 문을 열고 나갔다. 유덕이 소년을 보고 말했다.

"아이고, 우리 도련님, 어째서 이렇게 일찍 일어나셨소?"

"나리, 제 아버님이 밤새 열이 올라오고 입으로는 가쁜 숨을 몰아쉬고 그러시면서 물을 드시고 싶다 하셔서 제가 이렇게 일찍 일어나게 되었습니다."

"아야, 어제 오한이 드셨나 보네. 이런 얼음장 같은 물을 어이 마시겠나. 조금만 기다려보시게, 내가 물을 끓여줄 테니까."

"이렇게 폐를 끼쳐서 어찌해야 할지 모르겠습니다."

유덕은 아내에게 물을 한 솥 끓여달라고 하여 방용의 방으로 가져갔다. 소년이 아버지를 안아 올려 두어 잔 따라 입에 넣어주었다. 방용이 눈을 떠보니 유덕이 옆에서 지켜보고 있는지라 고마워서 한마디 했다.

"이거 신세를 톡톡히 지네요. 이 은혜를 어떻게 갚을지?"

유덕이 더 가까이 다가와 대답했다.

"무슨 그런 쓸데없는 말씀을! 마음 편하게 먹고 몸조리 잘하시오. 열이 나는 걸 보니 땀을 쫙 흘리면 좋아질 거요."

소년이 부친 방용을 다시 침상에 뉘였다. 유덕이 깔개로 방용을 덮어주었다. 유덕이 보니 그 깔개가 너무 얇은지라 바로 한마디 했다.

"오한이 걸린 게 하나도 이상하지 않네. 깔개가 이렇게 얇아서야 땀을 뺄 수가 있겠어!"

유덕의 아내가 문 쪽에 서 있다가 이 말을 듣고는 바로 두꺼운 솜이불을 가지고 왔다.

"여보, 여기 이불 가지고 왔으니 어서 저 손님한테 덮으라고 하시지요. 이런 추운 날씨는 그냥 대수롭지 않게 넘길 게 아니라고요!"

소년이 바로 그 이불을 받았다. 유덕은 그 소년과 함께 방용에게 이불을 덮어주고는 방에서 나갔다. 잠시 후 세수를 마친 유덕이 다시 방용의 방으로 들어왔다.

"어때, 땀이 좀 나셨나?"

"제가 조금 전에 만져보았는데 땀이 하나도 안 났습니다."

"땀이 하나도 안 났다면 이거 오한이 걸려도 단단히 걸린 건데. 의원을 모셔 와 진맥을 하고 약도 쓰고 해서 아버님 땀이 좀 나게 해야 할 것 같다. 안 그러면 이 오한이 어찌 낫겠어?"

"아버님 수중에 돈이 한 푼도 없으셔서 무슨 돈으로 의원을 청하고 약을 쓸지요?"

"그건 네가 신경 쓸 필요 없다. 내가 있지 않느냐!"

소년은 유덕의 말을 듣더니 곧바로 머리를 조아리며 감사의 말씀을 올렸다.

"어르신의 호의 덕분에 제 아버님이 목숨을 건지게 되었습니다. 제가 살아서 은혜를 갚지 못한다면 죽어서 소나 말이 되어서라도 어르신을 위해 일하겠습니다."

유덕이 황망히 소년을 일으켜 세웠다.

"아이고, 어서 일어나거라. 그럴 필요 없느니라. 우리 집에 머물게 되었으니 내가 너의 아버지나 마찬가지 아니냐. 내가 어찌 그냥 두고 볼 수 있겠느냐? 어서 방으로 들어가 아버님을 간호하여라. 내가 의원을 부르러 가겠노라."

하늘을 보니 눈은 그쳤다. 거리를 보니 온통 하얀 눈, 말과 마차가 눈 위를 지나고 또 지나가 눈이 반질반질 한 자 정도나 깔렸다. 밑창이 나무로 된 신을 신고 길을 나선 유덕은 이 모습을 보고 다시 돌아왔다. 소년이 유덕이 다시 돌아온 걸 보더니 의원을 부르러 가지 않을 요량인가 보다 생각하고는 두 줄기 눈물만 주룩주룩 흘리며 입을 열어 사정을 물어보려다 유덕이 뒤뜰에서 노새를 끌고 나와 그걸 타고 문밖으로 나가는 걸 보고서야 그제야 맘을 놓더라. 다행히 의원이 멀지 않은 곳에 있어 유덕이 떠난 지 얼마 되지 않아 바로 돌아왔다. 의원도 나귀를 타고 또 의원의 하인이 약상자를 메고 뒤따라왔다가 대문 앞에 내려놓았다. 유덕이 의원을 응접실로 안내하여 차를 대접하고 그런 연후에 방용이 묵고 있는 방으로 안내했다. 방용은 이미 정신이 혼미해져 인사불성이 되어버렸다. 의원이 진맥을 하더니 입을 열었다.

"추위로 말미암아 감기와 오한이 겹쳐 온 거네요. 안 좋은 기운이 이미 살 속으로 파고들어가 버렸네요. 의학서에 이런 말이 있지요. '감기와 오한이 겹쳐오면 불치병이 된다네, 음양이 뒤틀리고 일주일을 넘기기 못한다네.' 이 병은 치료할 방법이 없소이다. 혹시 다른 의원한테 보이면 치료할 수 있다고 큰소리칠지도 모르지요마는 나는 솔직한 의원이라 차마 거짓말을 하지는 못하겠소. 이 병은 치료할 수 없소이다."

소년은 의원의 말을 듣더니 너무도 놀라서 눈물을 주룩주룩 흘리며 바닥에 엎드려 빌었다.

"선생님, 타향에서 이런 일을 당한 저희 부자를 불쌍히 여기셔서 어떻게 약이라도 좀 써주셔서 아버님을 살려주신다면 이 은혜 결코 잊지 않겠습니다."

"내가 일부러 그러는 게 아니고 병이 이미 너무도 위중하게 들어서 나도 어쩔 수가 없구나."

유덕이 의원에게 부탁했다.

"의원은 병자를 버리지 아니하고, 부처는 믿는 자를 버리지 않는다는 옛말도 있지 않소. 의가의 전통 치료법에 구애받지 마시고 그저 의원님이 과감하게 손을 한번 써보시오. 만약 저 사람이 아직 죽을 팔자가 아니라면 병이 나을지도 모르는 거 아뇨! 설사 낫지 않는다 해도 당신을 탓할 사람은 아무도 없소이다."

"어르신이 그렇게 말씀하시니 약 한 첩 써봅시다. 만약 그걸 먹고 땀을 뺄 수 있다면 살아날 작은 희망이 생기는 겁니다. 그럼 바로 나에게 알려주시오. 내가 다시 처방을 해드리지요. 만약 땀을 빼지 못하면 이 병은 가망이 없는 것이니 굳이 나한테 소식을 전할 필요가 없소이다."

의원이 하인한테 약상자를 열라고 하더니 약 한 첩을 조제하여 유덕에게 건네면서 말했다.

"생강을 첨가해서 어서 달여 먹이시오. 이 역시 그저 천분의 일, 만분의 일 가능성을 보고 하는 것이니 너무 크게 기대하지는 마시오."

유덕이 약첩을 건네받고 돈 백문을 싸서는 의원에게 주면서 말했다.

"너무 약소하지만 그래도 좋은 일 한번 했다 치고 받아주시오."

의원이 손을 내저으며 사양하고는 떠났다. 유덕 부부가 직접 약을 달여서 방으로 가지고 왔다. 소년과 함께 방용을 부축하여 일으켜 약을 먹이고 이불을 머리부터 발끝까지 푹 덮어주었다. 소년이 곁에서 간호했다. 유덕은 이 일로 오전 내내 경황이 없어 가게를 열 엄두도 못 냈거니와 밥 한술 뜰 시간도 없었다. 정오가 되어서야 겨우 아침이라고 차려 먹었다. 유덕이 소년을 불러 밥을 먹으라고 했으나 소년은 아버님의 병세가 위중한지라 그 걱정에 어디 밥을 먹으려 들겠는가? 유덕이 여러 차례 권하자 겨우 반 공기 먹었다. 저녁나절이 되어도 방용의 몸에서 땀 한 방울도 나지 않았다. 유덕이 이걸 보고 너무도 당황하여 다시 의원을 청했으나 의원은 와볼 생각도 하지 않았다. 이렇게 일주일이 지나고 결국 방용이 세상을 뜨고 말았다.

심장이 뛸 때는 무엇이든 할 수 있으리오만,
숨이 멎는 순간 모든 게 끝장이라.

소년이 바닥에서 떼굴떼굴 뒹굴며 곡을 했다. 유덕 부부는 소년이 애절하게 곡하는 걸 지켜보다가 자기도 모르게 눈물을 흘렸다. 유덕이 소년을 부축하여 일으켰다.
"애야, 운다고 죽은 사람이 살아오는 것도 아니니 울어봐야 무슨 소용이냐! 너도 좀 쉬어야지."
소년이 무릎을 꿇고 울면서 대답했다.
"제가 복이 없어 재작년에 어머니를 여의고 아직 장례도 치르지 못하여 이번에 아버님과 함께 고향으로 돌아가 은자를 융통하여 장례를 치르려 했는데 뜻밖에 큰 눈이 내려 이렇게 큰 고초를 당하게 되었던 것입니다. 어르신을 만나 밥을 얻어먹을 수 있었고 어르신 집에 머물 수도 있었으니 정말로 천만다행이었지요. 하지만 누가 알았겠습니까? 하늘이 무심하여 아버님이 위중한 병에 걸리시고 어르신이 의원을 불러주시고 첩약도 지어주시고 밤낮으로 간호해주셨으니 피붙이보다도 더 나은 은혜를 베풀어주신 것입니다. 아버님이 완쾌하여 자리를 털고 일어나기만 하면 어르신의 그 큰 은혜를 꼭 갚겠노라 했습니다. 하지만 아버님이 이렇게 일어나지 못하실 줄은 어찌 생각이나 했겠습니까. 결국 어르신의 보살핌에 보답할 길도 사라진 것입니다. 아무리 둘러봐도 이곳에 아는 사람도 하나 없고 수중엔 돈도 거의 다 떨어졌으니 수의나 관을 살 돈도 막막합니다. 어르신께서 땅 한 뙈기라도 내주셔서 제 아버님을 모실 수 있게 해주신다면 제가 죽는 그 날까지 어르신의 종이 되어 어르신의 그 크신 은혜에 보답하겠습니다. 어르신께서 허락하실지 모르겠습니다."

소년이 말을 마치고 바닥에 엎드려 절을 올렸다. 유덕이 소년을 일으키며 말했다.

"걱정하지 말라. 자네 부친 장례 치르는 일은 내가 다 맡을 것이로다. 내 어찌 자네 부친을 지푸라기에 싸서 장사지내게 하겠는가?"

소년이 다시 울면서 엎드려 절했다.

"제 아버님 누일 수 있는 땅 한 뙈기를 얻은 것만 해도 제 마음이 한없이 기쁜데 어찌 어르신께 더 돈을 쓰게 할 수 있겠습니까! 어르신의 은혜를 제가 어떻게 보답할 수 있을지요?"

"내가 하고 싶어서 하는 것이지 어찌 자네의 보답을 바라겠는가!"

유덕이 서둘러 돈을 챙겨 가지고 나가서 수의와 관을 사왔다. 산 일 하는 사람 둘을 불러 염하게 했다. 또 국과 밥을 마련하여 제사를 지내고 지전을 태웠다. 소년이 비통해했음은 말할 필요도 없겠다. 관을 메고 집 뒤뜰 공터로 가서 묻었다. 그런 다음 묘비를 하나 세웠다. 그 묘비에는 '용호위군사 방용의 묘'라 적었다. 장례 절차가 마무리되자 소년이 유덕 부부에게 머리를 조아리며 감사 인사를 했다.

이틀이 지나고 유덕이 소년에게 말했다.

"자네가 고향으로 돌아가 친척과 함께 다시 찾아와서 관을 메고 고향으로 돌아갔으면 한다만 자네가 나이도 어리고 길도 잘 몰라서 그게 걱정이다. 우리 집에 잠시 더 머물다가 아는 사람이 이곳을 지나가게 되면 그 사람하고 같이 고향으로 갔다가 그런 다음 천천히 자네가 아버님 관을 고향으로 메고 갈 준비를 하는 게 좋겠다. 자네 의견은 어떤가?"

소년이 무릎을 꿇고 울면서 대답했다.

"제가 어르신께 하해와도 같은 은혜를 입었습니다. 하늘보다 높고 땅보다 더 두터운 그 은혜를 아직 갚지 못했는데 어찌 감히 돌아가겠다는 말을 입에 담겠습니까! 어르신께서는 슬하에 아들을 두지 않으셨으니 제가 비록 재주는 없으나 어르신께서 저를 버리지 않으시고 저를 하인 삼아 거둬주신다면 제가 아침저녁으로 모시면서 효성을 다하겠나이다. 만약 어르신이 세상을 떠나시면 제가 어르신 무덤을 쓸고 닦는 일을 맡겠습니다. 그리고 북경으로 가서 제 어머님 유골을 모시고 돌아와 아버님과 함께 어르신 무덤 옆에 합장하고 영원히 이곳을 지키겠사옵니다. 이게 저의 평생소원입니다."

유덕 부부가 너무도 기뻐하며 말했다.

"네가 그렇게 해주기만 한다면 너는 하늘이 나에게 보내주신 아들일 터 어찌 너를 하인으로 거두겠느냐! 이제 서로 아버지와 아들로 부르기로 하자."

"저를 거두어주셨으니 오늘부터 두 분을 아버지, 어머니로 모시겠습니다."

소년이 의자 두 개를 거실 가운데 갖다 놓고 유덕 부부를 앉으시라 했다. 유덕과 그의 아내에게 각각 네 번씩, 여덟 번 절하고 부모와 자식의 예를 갖추었다. 소년의 성을 유가로 바꾸었다. 유덕은 소년의 본래 성씨인 방씨를 아예 없애버리는 게 안쓰러워 '방'이란 성씨를 이름으로 삼아 유방劉方이라 부르기로 했다. 그날 이후로 유방은 하루 종일 힘써 유덕의 술집 일을 돕고 유덕 부부를 모시매 효성과 예절을 다했다. 유덕 부부 역시 유방을 친아들처럼 대했다. 이를 증명하는 시가 한 수 있도다.

아버지를 여의고 아버지를 찾은 유방,
아들이 없다가 아들이 생긴 유덕.
죽은 아버지와 산 아버지를 다 섬기는 유방,

죽었으나 그냥 사라진 것은 아닌 방용.

세월은 쏜살같이 흘러 유방이 유덕의 집에서 생활한 지도 어언 2년이 되었다. 때는 바야흐로 늦가을, 보름 넘게 연이어 세찬 바람이 불고 큰비가 내렸다. 운하의 물이 불어 족히 백 척은 되어 보였다. 그 기세가 마치 가마솥에서 물이 펄펄 끓어 흘러넘치는 듯했다. 운하를 왕래하던 배가 몇 척이나 깨졌는지 모른다. 어느 날 오후, 유방이 가게를 정리하고 있는데 밖에서 사람들의 고함 소리가 들려왔다. 유방은 무슨 사고라도 났나 하는 생각에 화들짝 놀라 나가보았다. 강둑에 사람들이 구름처럼 몰려와 강물을 바라보고 있었다. 유방이 서둘러 그쪽으로 가보니 배 한 척이 바람을 맞아 흔들려 깨져 물에 가라앉고 있었다. 뱃사람들 가운데 태반은 이미 강물에 빠져버렸고 남은 몇몇이 돛을 잡고 키를 껴안고 사람 살리라고 소리를 질러댔다. 강둑에서 바라보던 사람들은 그들을 구해주고 싶은 마음은 굴뚝같았으나 바람과 물이 너무도 거세서 누구도 엄두를 내지 못했다. 뱃사람이 한 명씩 물에 빠지는 것을 혀를 차면서 바라볼 따름이었다. 이때 일진광풍이 거세게 불어오더니 그 배를 강둑 쪽으로 밀어붙였다. 강둑에서 바라보던 사람들이 "이제 되었다"라고 소리를 지르면서 갈고리 20개를 일제히 배 쪽으로 던져 걸더니 십여 명을 살려냈다. 살아난 뱃사람들은 각자 객점을 찾아들어 갔다. 그 가운데 한 젊은이가 있었다. 나이는 스물이 넘지 않아 보였고, 몸에는 갈고리에 긁힌 상처가 여럿 있었다. 그는 걷지도 못하고 땅바닥에 엎어져 있었다. 곧 숨이 넘어갈 것 같은 상황에서도 대나무 상자 하나를 꽉 움켜쥐고 있었다. 유방이 그 상처 난 젊은이를 보니 몇 년 전 겨울, 자신이 겪었던 힘든 일이 생각나 자기도 모르게 눈물이 흘러나왔다.

"저 사람이 겪고 있는 고통이 내가 겪었던 고통과 진배없구나. 만약 그때 유덕 어르신이 없었더라면 나와 아버님의 해골이 어느 골짜기에 굴러다니고 있겠지. 지금 이 사람은 도움을 청할 사람이 없는 것 같은데 어서 가서 어머니, 아버지께 말씀드려서 저 사람을 구해줘야겠다."

유방이 한달음에 집에 돌아가 이 일을 유덕 부부에게 말씀드리고 그 사람을 데려와 몸조리를 시켜주고 싶다고 했다. 유덕이 대답했다.

"이 일이야 음덕을 쌓는 좋은 일이지. 사람이라면 당연히 그리해야지."

유덕의 아내가 물었다.

"아니 왜 그 사람을 데리고 오지 않았어?"

"아버님, 어머님께 말씀드리지 않고 제멋대로 할 수가 있어야지요."

"무슨 그런 소리를! 나랑 같이 가보자."

유방 부자가 다시 그곳에 가보니 사람들이 그 젊은이를 둘러싸고 지켜보고 있었다. 유덕이 사람들 틈을 비집고 들어갔다.

"젊은이, 조금만 힘을 내보게나! 내가 젊은이를 부축하여 집으로 데리고 가서 쉬게 해주겠네."

그 젊은이는 눈을 뜨고서 한번 바라보더니 이내 고개를 끄덕였다. 유덕과 유방이 그 젊은이를 부축하여 앞으로 나가려 했지만 어린 소년과 힘없는 노인장이라서 그런지 제대로 되질 않았다. 옆에서 지켜보던 건장한 청년이 말했다.

"노인 어른, 비키십시오. 제가 하겠습니다."

청년이 다가와 그 젊은이를 안더니 번쩍 들어 올렸다. 그런 다음 청년은 오른쪽에서, 유덕은 왼쪽에서 그렇게 양쪽에서 청년을 어깨동무하듯이 부축하고 걸었다. 그 젊은이는 비록 입으로 무슨 말을 하지는 못했으나 마음으로는 이 상황을 다 아는 듯했다. 아무튼 그 젊은이는 그 대나무 상자를 입에 꽉 물고 있었다. 유방이 그 젊은이에게 말했다.

"이 상자는 제가 대신 메고 가겠습니다."

유방이 그 상자를 어깨에 메고 앞에서 길을 열었다. 사람들이 양옆으로 비켜서며 길을 열어줘 그들이 길을 가기 편하게 해주었다. 그리고 뒤를 따르면서 계속 살폈다. 그 가운데 유덕을 알아본 자가 이렇게 말했다.

"역시 유덕 어르신이라니까! 타향에서 난리를 당한 젊은이를 누구 하나 감히 나서 자기 집으로 데리고 갈 엄두를 내지 못하는데 오직 유덕 어르신만 앞뒤 안 재고 바로 집으로 데려가시는구먼. 세상에 저런 양반이 또 어디 있을까! 저런 양반한테 아들 하나 안 주시니 아마도 하늘이 유덕 어르신한테 아들이 없다는 걸 잘 모르나 보네."

다른 사람이 끼어들었다.

"유덕 어르신한테 비록 친아들은 없어도 유방을 양자로 들였잖아. 유방이 얼마나 착하고 효성스러워. 친아들보다 더 낫다고 하더라고. 이 정도면 하늘이 유덕 어르신한테 복을 주신 거지."

속사정을 잘 모르는 사람들은 그 젊은이를 부축하고 있는 노인장과 대나무 상자를 메고 따라가는 소년을 보고선 그 젊은이의 가족인가보다 생각하기 십상이었다. 그러다 동네 사람들이 이러구러 이야기하는 소리를 듣고서 전후 사정을 알게 되어 유덕 어르신을 칭송하지 않는 자가 없었다. 그래도 속없는 사람들이 있는지라 저 대나무 상자에 과연 뭐가 있을까, 만약 돈이 있다면 얼마나 들어 있을까 수군대었다. 사람이란 생긴 거는 비슷해도 맘씨는 제각각이라. 이 이야기는 더 할 필요 없겠다.

한편, 유덕은 청년과 함께 젊은이를 부축하여 집에 도착했다. 그 젊은이를 방에 들였다. 함께 부축하고 온 청년에게는 수고했다고 인사를 했다. 청년은 돌아가고 유방이 그 젊은이의 대나무 상자를 방에 내려놓았다. 유덕의 아내가 마른 옷을 가져와 그 젊은이에게 갈아입힌 다음 침상에 눕혔다. 원래 물에 빠졌던 사람은 뜨거운 술을 마시면 안 되는 법, 유덕이 그런 걸 모를 리 없는지라 아내한테 술을 살짝만 데워오라고 하여 젊은이한테 실컷 마시게 했다. 그런 다음 유방의 이불을 가져와 덮어 주었다. 유방에게 그 젊은이 곁에서 같이 지켜보며 자라고 했다. 다음 날 아침 유덕이 젊은이가 누워 있는 방에 와서 살펴보니 젊은이가 기력을 많이 회복했는지 침상에서 일어나 유덕에게 절을 하려고 애썼다. 유덕이 황급히 말리며 말했다.

"그러지 말게나, 몸조리하는 게 먼저지."

젊은이가 침상 머리맡에서 유덕을 향해 연신 고개를 숙이며 말했다.

"죽을 뻔한 제가 어르신의 은혜를 입어 살아났으니 어르신은 제 생명의 은인이십니다. 한데 제가 어르신의 성함조차 모르옵니다."

"이 늙은이의 성은 유가요."

"그러고 보니 저하고 같은 성씨시군요."

"젊은이는 고향이 어디요?"

"저는 유기劉奇라고 합니다. 산동 장추가 제 고향이올습니다. 2년 전 부모님과 함께 북경에 과거를 치르러 갔다가 그만 역병을 만나 며칠 만에 부모님이 다 돌아가시고 말았습니다. 두 분 부모님의 관을 한꺼번에 운구할 수 없어 일단 화장했습니다."

그러면서 그 대나무 상자를 가리키며 말을 이었다.

"저 유골을 몸에 안고 고향에 돌아가던 차에 이렇게 큰 환난을 당하게 되었습니다. 제가 죽을 팔자였으나 하늘이 무심치 않아 어르신 같은 은인을 만나게 해주셔서 생명을 건질 수 있었습니다. 제가 난리통에 짐을 다 잃어버려 아무것도 가진 게 없으니 무엇으로 어르신의 은혜에 보답하여야 할지 모르겠습니다."

"아이고 무슨 그런 말을! 난리에 빠진 사람을 차마 그냥 지나치지 못하는 게 인지상정. 한 사람의 생명을 살리는 것이 7층 석탑을 쌓는 것보다 더 큰 보시라고 하지 않소. 어찌 이 늙은이가 무슨 대가나 보답을 바라고 한 일이겠소."

유기는 그 말을 듣고 더더욱 감동했다. 이틀 정도 더 몸조리를 하더니 자리에서 몸을 일으켰다. 유기는 머리를 조아리고 눈물을 흘리며 유덕 부부에게 감사했다. 유기는 사람됨이 건실하고 진중했으며 예의범절에도 밝았다. 유덕 부부도 그를 매우 아껴서 아침저녁으로 좋은 음식으로 그를 챙겨주었다. 유기는 이런 대접을 받으면서 마음 한구석이 불안했다. 지금 고향으로 달려가려니 갈고리에 찔려 입은 상처에서 고름이 나고 그래서 아직은 걷기도 힘들 정도였다. 게다가 수중에 돈이 한 푼도 없어 옴짝달싹할 수도 없어 그냥 더 머물기로 했다.

고향, 타향 따질 게 무언가,
정들면 그게 바로 내 고향이라네.

한편, 유방과 유기는 나이도 서로 비슷하고 생김새도 닮아 서로 의기투합하여 자기들의 지난 이야기를 스스럼없이 주고받았다. 자신들이 유덕의 집에 오게 된 과정마저도 비슷하니 마침내 의형제를 맺었다. 그들의 우애는 친형제 이상이었다. 하루는 유기가 유방한테 이렇게 말했다.

"동생은 나이도 어리고 자질도 빼어난데 어찌하여 경서와 역사서를 공부하지 않는가?"

"그럴 마음은 간절하나 저를 이끌어줄 사람이 없습니다."

"사실대로 말하면 나는 어려서부터 경서와 역사서를 공부하여 고금의 책을 두루 읽으며 과거에 뜻을 두었었지. 선친께서 먼저 세상을 떠난 이후로 도중에 그만두었다네. 동생이 공부할 생각이 있다면 책만 구해오게. 내가 가르쳐주지."

"그렇게만 해주면 저한테는 너무 좋은 일이지요."

유방이 지체 없이 유덕에게 가서 이 사실을 알렸다. 유덕은 유기가 공부를 많이 한 빼어난 학자라는 말을 듣고 너무도 기뻐하며 바로 동생 유방을 가르치게 하면 좋겠다고 생각했다. 유덕이 바로 서적을 몽땅 구해 왔다. 유기가 온 정성을 다해 가르치기도 했거니와 유방이 원래 타고난 게 영민하여 한 번 풀이해주면 곧바로 알아들었다. 낮에는 주점에서 일하고 저녁에는 등불을 밝히고 글을 읽었다. 몇 달이 채 지나지 않아 경서든 문학이든 통달하지 못한 게 없을 정도였다.

한편, 유기는 유덕의 집에 반년 나마 머물렀다. 서로를 공경하고 아껴줌이 실제 피붙이보다 더할 정도였다. 비록 환난 중에 도움을 받으며 얻어 사는 것이더라도 아무런 하는 일도 없이 밥만 축내는 것 같아 가시방석이었다. 게다가 이제 상처도 다 나았으니 고향으로 가고 싶은 마음이 굴뚝 같아 유덕에게 이렇게 말씀드렸다.

"어르신 내외의 크신 은혜 덕분에 제가 목숨을 건지고 이렇게 다시 숨을 쉬면서 살 수 있게 되었습니다. 어르신 내외의 보살핌을 받고 산 지도 벌써 반년, 제가 받은 은혜는 세 치 혀로 고맙다고 말하고 넘어갈 그런 게 절대 아니옵니다. 지금 어르신께 잠시 하직 인사를 올리고 제 선친의 유골을 메고 고향으로 돌아가 장사를 지내드리고자 합니다. 그리고 삼년상을 마친 후 어르신의 은혜를 갚겠나이다."

"자네의 효성스러운 마음을 어찌 가로막을 수 있겠는가. 그런데 언제 떠나려고 하는가?"

"오늘 어르신께 말씀드리고 내일 아침에 바로 출발할 작정입니다."

"그래, 그럼 내가 나가서 자네가 타고 갈 배 한 척을 알아봐 주지."

"뱃길은 바람과 파도가 심히 걱정되오며 게다가 제 수중에 노잣돈도 부족하오니 그냥 육로로 걸어가겠사옵니다."

"자네는 몸도 약한데 그 먼 길을 어찌 걸어가려고 하는가!"

"'돈 있으면 돈으로, 돈 없으면 몸으로'라는 말도 있지 않습니까! 저처럼 가난한 주제에 무슨 힘들 것을 걱정하겠습니까!"

유덕이 한참 생각에 잠겼다가 입을 열었다.

"그래 자네 말대로 하는 게 여러모로 좋겠네!"

유덕이 아내에게 술 한 상을 차려오게 하여 유기와 이별의 술잔을 기울였다. 한참을 마시다가 유덕이 울먹이며 말했다.

"나와 자네가 부평초처럼 떠돌아다니다 우연히 만나 서로 인연을 맺은 지도 어언 반년, 피를 나눈 혈육처럼 서로 아끼고 사랑했으니 차마 자네를 떠나보낼 수가 없네. 그러나 부친의 묘를 만들어드리는 것은 자식 된 도리로 당연히 해야 하는 일, 그러니 내가 자네를 붙잡을 수도 없구나. 이렇게 헤어지면 다시 또 만날 날이 있을까?"

유덕은 말을 마치고 한숨만 푹푹 내쉬었다. 유덕의 아내와 유방도 같이 눈물을 글썽였다. 유기도 울면서 이렇게 말을 이었다.

"제가 지금 길을 떠나는 것은 어쩔 수 없는 사정이 있는 까닭입니다. 제가 상복을 벗으면 밤을 낮 삼아 이곳으로 돌아와 어르신을 모실 것이니 너무 슬퍼하지 마십시오."

"우리 부부가 이제 곧 70줄에 접어드니 바람 앞의 등불 같아 아침이면 저녁까지 꺼지지 않고 갈 수 있을까 걱정하는 처지라. 자네가 삼년상을 치르고 돌아올 때까지 우리가 살아 있을까 그게 걱정이구나. 하여 일단 자네 부친의 무덤을 만들어드린 다음 바로 나를 보러 와줄 수 있겠는가? 우리가 만나서 서로 알고 지낸 그 정으로 말미암아 부탁하는 걸세."

"어르신의 말씀을 제가 어찌 감히 따르지 않겠습니까."

그날 밤 있었던 일은 굳이 이야기하지 않는다. 이튿날 아침, 유덕의 아내가 아침밥을 정성스럽게 차려 유기를 대접했다. 유덕이 짐 보따리 하나를 들고 와 탁자 위에 올려놓았다. 그런 다음 유방을 시켜 뒤뜰에 있는 나귀 한 마리를 끌고 오게 했다.

"이놈은 이미 늙어버린 데다가 나는 또 어디 멀리 출타할 일도 없어 별로 쓸모가 없으니 자네가 이걸 타고 가라고. 그럼 짐꾼을 따로 쓸 필요가 없을 거야. 이 짐 보따리 안에는 이불하고 옷 몇 벌 넣었어. 길가는 동안 추위를 막을 수 있을 거야."

유덕이 소매 품에서 은자를 꺼내어 유기에게 주었다.

"이 은자 세 냥을 노자에 보태 쓰게나. 이 돈이면 그런대로 고향까지 갈 수 있을 것이네. 일을 다 치른 다음에는 바로 돌아오게나. 약속을 어기면 안 되네."

유기는 유덕이 이렇게 많은 걸 챙겨준 걸 보고 감동하여 흐느끼면서 말씀을 올렸다.

"제가 어르신께 받은 이 은혜는 평생을 갚아도 다 못 갚을 것입니다. 다음 생에 개나 말로 태어나서 만분지일이라도 갚겠나이다."

"무슨 그런 말을!"

짐 보따리와 대나무 상자를 나귀 등에다 싣고 작별인사를 하고 출발했다. 유덕 부부는 대문 밖까지 따라 나와 눈물을 흘리며 배웅했다. 유방은 유기를 차마 그대로 떠나보낼 수가 없어 십 리를 쫓아가서 작별하고 돌아왔다.

세상 떠돌아다니다 우연히 만나 혈육과도 같은 정 들었네,
헤어지는 순간 맞이하니 두 눈엔 눈물만.
이별 노래 마쳤으니 꿈속에서나 다시 만날까,
길 떠난 그대는 십 리 또 십 리.

한편, 유기는 낮에는 걷고 밤에는 자고, 배고프면 먹고 목마르면 마

시고 하여 며칠 후 산동 고향에 도착했다. 누가 짐작이나 했으리. 작년 홍수 때 황하가 범람하여 장추 마을이 몽땅 물에 잠겨 사람이야 가축이야 집이야 모두 떠내려가 버렸다. 눈을 들어 사방으로 바라보니 몇십 리에 이르는 땅에 밥 짓는 연기조차 하나 없었다. 유기는 어디 갈 데가 없어 객점에 투숙했다. 부친의 무덤을 만드는 일을 하려 해도 우선 당장 머물 곳조차 마땅하지 않으니 뭘 어찌하여야 할지 막막했다. 일단 머물 곳을 찾은 다음에 일을 시작하여야 할 것 같았다. 이 마을 저 마을을 다니며 친척과 아는 사람을 찾았으나 도시 만날 수가 없었다. 이렇게 한 달 정도가 지나자 유덕한테서 받아온 은자 세 냥이 다 떨어지려고 했다. 유기의 마음이 조급해졌다.

'이 은자가 다 떨어지면 옴짝달싹하지 못할 텐데 차라리 하서무로 돌아가 유덕 어르신께 땅뙈기를 조금 얻어서 아버님 무덤을 만들어드리고 거기서 삼년상을 마치는 게 낫겠다.'

객점 주인에게 방값을 치르고 나귀를 끌고 밤낮으로 달려 유덕의 집 앞에 이르렀다. 나귀에서 내려 바라보니 유방이 손에 책을 들고서 가게를 지키고 있었다.

"아우야, 어르신 내외는 안녕하시냐?"

유방이 고개를 들어 바라보니 유기라 바로 책을 내던지고 달려와 나귀 고삐를 잡고 집 안으로 들어가 짐을 내려놓고 인사했다.

"아버님, 어머님께서 낮이나 밤이나 형 생각만 하고 계시는데 정말 잘 돌아오셨네요."

유기와 유방이 함께 대청으로 들어갔다. 유덕 부부는 너무도 기뻤다. 마치 큰 복이 하늘에서 굴러떨어진 듯한 느낌이었다.

"아이고 너무도 보고 싶었다."

유기가 가까이 다가가 절을 올렸다. 유덕도 답례하고는 물었다.

"선친의 무덤을 만들어드리는 일은 다 마쳤겠지?"

유기는 눈물을 글썽이면서 저간의 사정을 말씀드리고 나서 이렇게 덧붙였다.

"제가 고향 땅에서는 어찌할 방도가 없어 지금 다시 선친의 유골을 메고서 돌아와 무덤을 만들어드릴 땅을 찾고 있습니다. 저는 어르신을 아버님으로 모시고 이곳에서 아침저녁으로 제 정성을 다하고 싶습니다. 어르신의 의향이 어떠신지요?"

"빈 땅이야 얼마든지 있으니 자네 맘대로 고르게나. 하지만 나를 아버지로 모시겠다니 차마 감당하기 어렵네."

"제가 아들로 삼기에 모자라서 허락하지 않는 것은 아니겠지요."

유기는 유덕 부부를 자리에 앉으시라 하고는 부모로 모시는 절을 올렸다. 그런 다음 선친의 유골을 집 뒤뜰에 묻었다. 형제 둘이 합심하여 가게를 운영하니 가세가 날이 갈수록 흥성해졌다. 아들의 도리를 다하여 부모를 모시니 온 동네 사람들이 다 유덕 부부는 아들을 낳지 않았어도 아들이 있는 거나 마찬가지니, 이는 하늘이 유덕의 선행을 보고 보답해준 것이라 칭송했다.

세월이 또 쏜살같이 흘러 1년이 훌쩍 지났다. 유덕 부부와 두 아들은 함께 행복하게 생활하고 있었으나 유덕 부부가 나이가 많이 들어 기운이 빠져 몸져눕고 말았다. 두 아들이 낮이고 밤이고 병간호를 하느라 옷도 갈아입지 못하고 모든 정성을 다했으나 백약이 무효였다. 이를 지켜보는 두 아들의 마음은 비통하기 그지없었지만 자신들의 슬픔이 부모님의 마음을 상하게 할까 봐 늘 좋은 말로 부모님을 위로하고 부모님 몰래 소리 죽여 울었다. 유덕은 자신이 다시 일어나기 힘들 것이라 눈치채고는 두 아들을 불러 당부했다.

"우리 부부가 나이가 들어도 아들이 없어 제삿밥도 못 얻어먹는 귀신이 되겠다 싶었더니 천지신명이 우리 부부를 불쌍히 여기사 너희 둘을 보내주셨구나. 너희가 비록 양아들이라고 하나 우리 사이의 정은 피를 나눈 부자보다 더 깊도다. 난 당장 죽어도 여한이 없노라. 내가 죽은 후에도 너희 둘이 서로 합심하여 살림을 잘하여 이 가산을 지켜나가도록 하라. 나는 구천에서도 편히 눈을 감을 수 있으리라."

두 아들이 울면서 절했다. 그러고 이틀이 지나고 유덕 부부가 앞서거니 뒤서거니 눈을 감았다. 두 아들이 슬픔에 겨워 통곡했다. 하늘이여, 왜 부모 대신 우리를 데려가지 않으시나요 하며 소리를 질렀다. 수의와 관을 마련하고 극진히 장례를 준비했다. 스님을 초빙하여 아홉 낮, 아홉 밤을 독경하여 부모님이 떠나시는 저승길을 위로했다. 염을 마친 다음, 형제가 상의하여 세 집의 부모를 한 곳에 합쳐 모시기로 했다. 유방은 북경으로 가서 어머님의 유골을 수습하여 왔다. 길일을 잡아 유덕 부부의 무덤을 만들고, 유기는 자기 친부모의 유골을 유덕 부부의 왼편에 모셨다. 유방은 친부모의 유골을 오른편에 모셨다. 무덤 세 기가 마치 줄에 꿰어 있는 진주처럼 열 지어 있었다. 마을 사람들은 유덕의 도타운 덕 때문에, 더불어 형제의 효심 때문에 모두 와서 유덕 부부의 마지막 길을 배웅했다.

쓸데없는 이야기는 여기서 접자. 한편, 유기와 유방은 유덕을 떠나보내고서 같이 먹고 같이 자고 정이 더더욱 돈독해졌다. 그들은 주점을 접고 포목점을 열었다. 손님이나 중간상인이나 모두 두 청년이 지극정성으로 장사하는 데다 물건값도 비싸지 않은 걸 보고 이곳저곳에 입소문을 내주니 손님들이 사방에서 몰려와 발 디딜 틈이 없을 정도였다. 불과 일이 년도 안 되어 근동에서 제일가는 살림을 이루었고 유덕이 살아 있을 때보다 몇 배는 더 풍족해졌다. 하인 둘과 사환 둘을 고용했고 가재도구도 품위 있는 것으로 바꾸었다. 동네에서 돈깨나 있다고 하는 집에서 유기 형제가 살림이 유족하고 아직 장가들지 않은 걸 보더니 매파를 통해서 청혼해왔다. 유기는 그 청혼에 마음이 쏠렸으나 유방은 전혀 거들떠보지도 않았다. 유기가 유방에게 은근히 권했다.

"동생도 올해 나이가 열하고도 아홉 아닌가, 나는 벌써 스물하고도 둘, 더 늦기 전에 짝을 찾아 아이도 낳고 해서 우리 세 집안의 제사도 모시고 그래야 할 것 같은데, 동생 생각은 어떤가?"

"저하고 형님은 이제 막 한창 일할 나이니 더욱 열심히 장사해야죠. 그런 일에 눈 돌릴 틈이 어디 있겠습니까! 우리 형제야 정말 우애도 깊고 하니 그게 제일 큰 기쁨이죠. 만약 어디서 엉뚱한 처자가 잘못 들어와서 집안 망치는 것보다는 차라리 결혼하지 않는 게 더 낫죠."

"꼭 그렇지만도 않지. '아내 없이는 가정을 꾸리지 못한다'는 말도 있지 않은가. 우리가 밖에서 열심히 장사할 때 안에서 집안 살림을 알뜰살뜰 맡아줄 처자가 없다고. 게다가 우리가 널리 교제하다 보면 자연히 손님들이 찾아오기도 하고 그럴 텐데 그런 손님을 맞아줄 안사람이 없으면 우리 체면이 서질 않을 거야. 뭐 그런 거야 사소한 일이라 쳐도 우리 양아버지 살아 계실 때 우리 두 형제한테 어서 아들 낳아서 대를 잇고 제사를 모시게 하고 조상님 산소도 관리하라고 당부하셨잖은가. 우리가 만약 결혼하지 않으면 대가 끊기고 마니 아버님의 유지를 저버리는 짓이라 나중에 저세상에서 어찌 아버님을 뵐 수 있겠는가?"

유기가 두 번 세 번 유방을 설득하고 달랬으나 유방은 이 말 저 말 갖다 붙이며 막무가내였다. 그런 마당에 유기는 자기 혼자서만 혼사를 진행하기도 그랬다. 하루는 유기가 친구 흠대랑欽大郞 집에 놀러 갔다. 두 사람이 이런저런 이야기를 나누다 혼인 이야기를 하게 되었다. 유기가 아우 유방이 혼인을 할 생각이 아예 없는 것 같다는 말을 하면서 흠대랑의 의견을 묻게 되었다.

"그래 자네 의견은 어떤가?"

"유방의 속마음이 뻔히 보이는데요. 유방이 형님이랑 같이 가업을 일으켰고 또 형님보다 자기가 먼저 이 집안에 발을 디뎠고, 형님은 자기보다 늦게 왔는데 형님이 자기보다 먼저 혼사를 치르게 생겼으니 그래서 이래저래 핑계를 대면서 미루고 있는 거죠."

"아냐, 내 동생 유방은 마음이 올곧고 어진 사람이라네. 그런 마음은 절대 아닐 거라고."

"유방은 나이도 어리고 생긴 것도 멋지고 하니 남녀가 서로 사랑하는 맛을 모를 리가 없죠. 형님이 만약 제 말을 못 믿으시겠다면 아무도 몰래 살짝 중매를 보내어 혼사를 진행시켜 보십시오. 유방이 분명 허락할 것입니다."

유기는 흠대랑의 말을 반신반의하면서 그와 작별했다. 마침 길에서 매파 둘을 우연히 만났다. 그 두 매파 역시 마침 유기 형제에게 중매를 서려던 참이었다. 이 마을에서 비단 가게를 열고 있는 부잣집 최삼네 딸이었다. 나이를 맞춰보니 유방과 딱 어울렸다. 유기가 이렇게 말했다.

"이 혼사는 내 동생한테 딱 어울리는데. 한데 내 동생이 부끄러움을 많이 타서 남 앞에 나서기를 싫어하니까 당신들이 아무도 몰래 살짝 내 동생한테 가서 말을 전해보라고. 일만 잘되면 내가 사례를 두둑이 하겠네. 나는 지금 집으로 안 가고 저 골목 입구 기름 가게에서 기다릴 테니 가는 길에 나한테 이야기해주고 가게나."

두 매파는 그렇게 하겠노라 대답하고 출발했다. 얼마쯤 시간이 지나고 두 매파가 유기에게 찾아와 결과를 말해주었다.

"둘째 도련님은 정말 이상한 분이네요. 우리가 아무리 뭐라고 말해도 꿈쩍도 안 해요. 더 이야기했다가는 무슨 화를 낼지 모르겠더라고요. 정말 우리한테 안 좋은 일이 생길까 걱정이 다 되더라고요."

유기는 동생이 결혼하지 않겠다고 하는 게 진심임을 알게 되었다. 그러나 그 이유가 뭔지는 여전히 오리무중이었다. 하루는 제비 한 쌍이 대들보에 둥지를 짓는 걸 보고선 유기가 벽에다 사 한 수를 적었다. 그 사는 바로 유기의 마음이었다.

둥지를 짓는 제비,
수컷 한 쌍,
아침저녁으로 서로 진흙을 물고 힘든 일을 함께하네.
암컷을 찾아서 알을 품게 하지 않으면,
둥지를 짓는다손 그저 빈 둥지로 남으리.

유방이 그 사를 보고서 미소를 지었다. 두어 번 다시 읽어보더니 유기가 지은 사에 붙여 사 한 수를 지었다.

둥지를 짓는 제비,
짝을 지어 나네,
하늘이 암수를 만들어 서로 짝하여 살게 했지.
암컷이 수컷을 얻었으니 소원성취했네,
수컷은 암컷을 두고도 어찌 그걸 모를까?

유기는 그 사를 보고서 깜짝 놀랐다.
'아니 그럼 내 동생이 여자란 말인가? 그러고 보니 내 동생이 참으로 곱상하고 목소리도 나긋나긋하고 밤에 잘 때는 꼭 속옷을 입고 자고 양말도 벗지 않더라니. 그뿐인가 삼복더위에도 옷을 꼭 두 겹씩 입고 그랬지. 그게 바로 목란木蘭[1]이 하던 것과 똑같은 거였구먼.'

비록 이렇기는 하나 함부로 확신을 갖고 말할 수 있는 상황은 아니었다. 유기는 흠대랑을 찾아가 유방이 지은 사를 읽어주었다. 흠대랑이 한마디 했다.

"이 사의 속뜻은 분명하네요. 형님 동생이 남자가 아닌 게 틀림없습니다. 근데 형님은 몇 년 동안이나 같이 생활하셨으면서 그것도 눈치 못 채셨어요?"

유기는 흠대랑에게 유방이 한 번도 옷을 벗은 적이 없다는 말을 해주었다. 흠대랑이 그 말을 듣고 이렇게 대답했다.

"그렇다면 두말할 필요가 없겠네. 그럼 형님이 직접 물어보세요. 유방이 뭐라고 나오는지 봐야죠."

"아이고 내가 유방이랑 형제처럼 지낸 그 우애가 워낙 깊어 놔서 이거 차마 입이 안 떨어지네."

"아니 형님, 유방이 만약 진짜 여자라면 형님하고 짝을 맺으면 되는 거니까 그럼 두 사람의 우애와 사랑이 둘 다 이뤄지는 건데 지금 뭘 걱정하시는 겁니까?"

이야기는 길어지고 흠대랑이 유기에게 술과 안주를 대접했다. 두 사람이 서로 대작을 하다 보니 날이 저물었다. 유기가 집에 돌아오니 해는 서산에 졌다. 유방이 유기를 맞았다. 유기가 이미 술에 취하여 유방이 안고 방으로 들어가 물었다.

"아이고 형님, 어디서 이렇게 술을 드시다가 이제야 돌아오신 거요?"

---

1) 위진남북조 시대에 아버지를 대신하여 종군하여 큰 무공을 세웠다는 남장 여장수이다. 성은 화花씨라고 하나 이 역시 뚜렷한 근거가 있는 것은 아니다. 수당대 혹은 송대 인물이라는 설도 있으나, 이 남장 여장수의 모티프가 끊임없이 재창작되는 과정으로 보아도 무방할 것이다. 현대에 와서도 이 목란 이야기는 중국과 대만의 실사판 영화나 드라마, 디즈니 애니메이션 등으로 수없이 재창작되고 있다.

"흠대랑 집에서 이야기하면서 한잔하다 보니 벌써 시간이 이렇게 되었네."

유기는 입으론 이렇게 대답하면서 두 눈으론 유방을 꼼꼼하게 살펴보았다. 평소에 무심하게 보았을 땐 여자라는 생각을 못했는데 오늘 이렇게 자세히 바라보니 보면 볼수록 여자 같았다. 무슨 사심이 있어서가 아니라 진짜 사실을 확인하고 싶은 마음이 절로 들었다. 그러나 입이 쉽사리 열리지 않았다.

"오늘 아우가 내가 제비를 읊은 사에 짝하여 지은 사를 보니까 너무 멋지더군. 내가 쓴 사는 아우가 쓴 사 근처도 못갈 거 같아. 어떨까, 아우가 한 수 더 지어보면?"

유방은 웃으면서 아무런 대꾸도 하지 않고 붓과 종이를 가져와 일필휘지 사를 한 수 지었다.

제비, 둥지를 짓더니,
짹짹 소리를 낸다,
한참 좋은 시절 그냥 흘러보내지 말라.
화씨벽和氏璧은 완벽하거늘,
어찌하여 초나라 임금은 그걸 알아보지 못하나!

그 사를 읽고 유기가 이렇게 소리쳤다.
"내 아우는 여자로구먼!"
그러자 유방이 얼굴이 새빨개지더니 아무런 대답도 하지 못했다. 유기가 내처 물었다.
"우리는 친형제보다 더한 의형제인데 말 못 할 게 뭐가 있겠어. 근데 왜 이렇게 남장을 한 거야?"

"소녀, 어머니를 여의고 아버지를 따라 고향에 돌아갈 때 혹시 불편한 일을 당할까 봐 일부러 남장했습니다. 나중에 아버지가 세상을 떠나신 후 임시로 무덤을 만들어드리기만 하고 어머니와 합장을 해드리지 못한지라 역시 남장을 벗지 못했습니다. 두 분을 모실 땅을 마련하여 두 분의 혼령을 평안하게 해드리고 싶었기 때문입니다. 다행스럽게도 우리 새 아버님이 여기 땅을 마련해주셔서 저의 부모님을 모실 수 있었습니다. 소녀는 기회를 봐서 저의 속사정을 설명하고자 했으나 우리 가업이 한창 사람 손이 필요할 때라 형님 혼자서 힘들 거 같아 저의 사정을 밝히지 못하고 질질 끌게 되었습니다. 그러다 보니 형님이 저에게 아내를 맞이하라 성화를 대니 이젠 그 사정을 밝히지 않을 수 없게 됐습니다."

"아우님이 그렇게 배려해주고 애쓴 덕분에 우리가 이렇게 큰일을 다 해낼 수 있었던 거요. 아우가 나랑 한방을 쓴 지가 벌써 몇 년인데 아우는 티끌만큼의 흐트러짐도 없었으니 아우는 효심과 절제를 제대로 다 보여준 것이라. 천하의 여장부구려. 정말로 존경스럽소이다. 아우가 지은 사를 보면 나랑 결혼하겠다는 뜻이 드러나니 나는 다른 혼처를 절대 찾지 아니하겠소. 부평초처럼 떠돌아다니다 만나 몇 년 동안 형제로 지냈으나 이제 우리는 부부로 지내게 되었소이다. 이게 어찌 사람의 힘으로 한 것이겠소. 오직 하늘이 미리 알고 준비해주신 것이 분명하오. 아우만 좋다면 지금 당장 백년가약을 맺고 싶소이다. 아우의 의향은 어떠시오?"

"이 아우도 오래전부터 생각해왔던 일입니다. 세 가문의 무덤이 다 이곳에 있으니 만약 다른 곳에 시집가게 되면 조상님들을 조석으로 모실 수가 없게 됩니다. 게다가 새 부모님께서 저를 친아들보다 더 아껴주셨는데 차마 이곳을 버리고 떠날 수가 없습니다. 만약 형님이 저를 버리지 않으시고 제가 조상님들을 모실 수 있게 해주신다면 저는 더 바랄 게 없습니다. 그러나 매파를 두지 않고 바로 혼례를 치른다면 예법에 어긋날까 걱정이니, 형님이 이 점을 헤아려주시면 나중에 사람들의 입방아에 오르내릴 일이 없을 것입니다."

"아우님의 의견이 너무도 훌륭하오. 내가 그렇게 하리다."

이날 밤, 두 사람은 각방을 썼다. 다음 날 아침, 유기가 흠대랑에게 이 사실을 알려주고 흠대랑의 아내에게 매파역을 부탁하여 그녀가 중간에서 일을 진행했다. 유방은 여자 옷으로 갈아입고 길일을 택하여 먼저 조상님의 무덤에 가서 고하고 그런 다음 화촉을 밝혔다. 피로연을 크게 열어 온 동네 사람들을 초대했다. 이 일이 하서무 고을에 다 퍼졌으니 사람들이 모두 멋지고 아름다운 일이라 입에 침이 마르도록 칭찬했으며 특히나 유덕의 가문에 효성도 만점, 정절도 만점인 후손이 이어졌다고 부러워했다. 유기와 유방이 식을 올린 다음, 둘은 서로를 공경했으며 가업을 더욱 크게 일으켰다. 슬하에 오남이녀를 두었다. 지금까지도 자손이 번성하니 사람들이 그 마을을 '유씨와 방씨 세 가문의 의리가 빛나는 고을'이라 칭송했다. 이를 증명하는 시가 한 수 있노라.

미워하면 혈육도 남남이고,
의리를 지키면 세상 끝 사람이 혈육보다 더 가깝게 되네.
세 가문의 의리가 빛나는 이 고을,
미더운 이야기가 천년을 두고 전해오네.

소소매가 신랑을 세 번 시험하다

蘇小妹三難新郎

총명한 남자가 높은 벼슬살이 한다지,
총명한 여자는 뭘 하지?
치마 입은 자들도 과거를 치를 수 있다면,
지금의 벼슬아치들보다 못할 리 없지.

세상이 처음 만들어진 때부터 하늘은 남자를, 땅은 여자를 만들었으니 그 조화는 사사로움이 없으며 음과 양이 각각 제자리를 잡은 것이로다. 양은 활동적이고 음은 고요하며, 양은 주고 음은 받으며, 양은 외향적이고 음은 내향적이다. 그러므로 남자는 세상일을 주관하고 여자는 집안일을 보살핀다. 남자는 세상일을 주관하기에 관을 쓰고 혁대를 차고 장부라 불린다. 밖으로 나가서는 장수 노릇을 하고 안으로 들어와서 재상을 맡으며, 못 하는 일이 없으며 고금의 일에 두루 통달하고 세상이 변화하는 이치와 기미를 잘 안다. 여자는 집안일을 주관하기에 머리를 곱게 빗어 올려 비녀를 꽂고, 저고리와 치마를 입고 하루하루 하는 일은 밥 짓고 물 긷는 일과 절구질이요, 일평생 하는 일은 아들딸을 낳아 기르는 것이라. 하여, 대갓집의 규수가 독서를 한다손 그저 이름 정도나 쓸 줄 알고 서찰을 적을 정도 배우는 거지, 무슨 과거를 치르려고 하는 것도 아니요, 공명을 이루려고 하는 것도 아니라. 시나 문장을 짓는 것은 본디 여자의 일이 아니었다.

그렇지만 사람따라 자질이 다르니, 우둔한 여자는 이름 두 글자 쓰는 걸 하늘을 오르는 것보다 더 어려워할 것이고, 총명한 여자는 한 번 보기만 하면 바로 깨칠 것이라 굳이 가르치지 않아도 알아서 잘할 것이니 시를 읊조리는 것을 이백이나 두보보다 잘하고, 부를 짓는 것을 반고나 사마상여보다 더 잘할 것이라. 이것은 모두 산천의 정기가 남자에게 깃들이지 아니하고 여자에게 깃들여진 까닭이라. 한나라 때의 조대고曹大姑는 반고의 여동생으로 오빠를 이어 한나라 역사서를 완성했다.1) 또한 채염蔡琰은 「호가십팔박胡笳十八拍」을 지어 널리 세상에 전해지게 했다. 진나라 때의 사도온謝道韞2)이 오빠들과 눈 내리는 모습을 읊을 때 그녀가 써낸 「유서수풍柳絮隨風」 구절은 오빠들보다 한참이나 빼어났다. 당나라 때 상관첩여上官婕妤3)가 중종황제의 명을 받들어 조정 관료의 시를 평가했을

---

1) 반고班固의 여동생인 반소班昭(45~116)를 지칭하는 조대고란 호칭은 그녀가 열네 살 때 조세숙이란 자에게 시집갔기 때문에 조씨 집안 여자라는 뜻으로 붙은 것이다. 남편이 죽은 후에 궁정에 초빙되어 왕족들을 가르쳤고, 반고가 죽자 그를 이어 『한서』를 완성했다고 한다.
2) 사도온(349~409)은 동진의 재상이었던 사안의 조카딸이자, 왕희지의 아들 왕응지의 부인이다. 사안이 집안 잔치를 열었을 때 마침 함박눈이 내렸는데 사안이 조카들에게 이 모습을 시 한 구절로 읊게 하자 사도온이 "버들솜이 바람에 분분히 날리는 것이런가"라고 응대했다 한다.
3) 당나라 고종 때 재상을 지낸 상관의上官儀의 손녀(664~710)이다. 첩여는 비빈에게 붙이는 호칭. 중종의 신임을 받아 정사에 참여하고 문인들의 작품을 품평했으며 자신 역시 화려한 형

때 그 평이 너무도 정확했다고 한다. 송나라 때는 빼어난 처자가 특히 더 많았다. 그 가운데서도 이이안李易安4)과 주숙진朱淑眞5)은 특히 손꼽을 만하다. 이 둘은 모두 으뜸가는 여류문학인이라 할 것이다. 이 둘에게는 당연히 총명한 청년을 짝 지워주었어야 할 것이나 하늘이 운명을 잘못 점지하여 무식쟁이에게 시집가고 말아 그녀들의 원망과 회한이 그녀들의 작품에 절절하게 배어 나온다. 이를 증명하는 시가 있도다.

갈매기, 해오라기, 원앙이 한데 어울려 나네,
날개는 서로 다른데 말이야.
봄을 주관하는 신이 꽃을 너무 챙기지 않으시는군,
어째서 연리지를 그만 만들어주시나!

이이안은 「성성만聲聲慢」 곡조에 가사를 붙여 「상추傷秋」라는 작품을 썼다.

이리 기웃, 저리 기웃,
한들한들, 선들선들,

식의 정제된 율시를 잘 지었다 한다.
　4) 본명은 이청조李淸照(1084~1155). 호가 바로 이안거사易安居士였다. 어려서 부유한 가정에서 자라면서 문학 수업을 받았다. 조명성趙明誠과 결혼한 이후에는 금석학에 심취했다. 송대의 뛰어난 사 작가이기도 하다. 특히 금나라의 침입을 받아 임안으로 도읍을 옮긴 남송 시기에 비통하면서도 애절한 정서의 사를 잘 지은 것으로 유명하다.
　5) 남송 때의 유명한 여성 문인. 일명 주숙정朱淑貞(1135~1180)이라고도 한다. 벼슬하는 집안에서 태어나 총명하고 독서를 좋아했으며, 관리 혹은 상인이었던 남편과는 그다지 사이가 원만하지 않았는데, 이런 자신의 처지를 시와 사로 표현했다 한다. 이이안과 더불어 남송을 대표하는 두 명의 여류문인이다.

적적하고, 허전하고, 아스라해.
따듯해졌나 싶었다 역시 차가운 바람,
난 정말 어이할까나.
이 엷은 한두 잔 술로,
밤새 불어오는 저 바람을 어이 견디랴!
기러기 날아가며,
내 가슴을 후벼 파고 가는구나,
지난 시절 보았던 기억 때문인가.
사방에 국화꽃은 떨어지고,
내 뺨의 살점도 떨어지고,
지금 저것들을 떨어지게 하는 자 누구런가.
창가에 기대서서,
까만 밤을 나 홀로 어이 견디랴!
황혼녘, 속절없는 가랑비,
후두둑, 후두둑,
이 순간,
상심이란 글자를 어이 끊으랴!

때는 바야흐로 가을, 지아비가 출타하고 없을 때, 주숙진 혼자서 창밖에 내리는 빗소리를 들으며 이 시를 지었다.

눈물에 두 눈동자 야위고, 애간장마저 다 끊어지고,
황혼이 다가오는 게 두려워.
가을밤 가랑비마저 내리면,
긴긴 밤 함께 지새는 건 저 호롱불 하나.

나중에 주숙진이 시집 한 권을 펴낸 적이 있다. 그 시집의 이름이 바로 애간장이 끊어지는 시를 모았다는 뜻의 『단장집斷腸集』이다.
자, 이 이야기꾼이 어째서 이렇게 시집 잘못 간 두 여인의 이야기를 꺼냈을까? 지금 내가 하려고 하는 이야기의 주인공이 바로 총명한 여자고, 그 총명한 여자가 총명한 지아비를 만나 부창부수, 나중에 재미난 이야깃거리를 만들어냈기 때문이라.

글 잘하고 인물도 훤칠한 선비,
규중에까지 소문이 자자하구나.

한편, 사천성 미주는 옛날에 촉군 또는 가주, 미산이라 불렸다. 마순, 아미 같은 산이 있고, 민강, 환호 같은 강이 있다. 수려한 산천경개가 수려한 사람을 낳는 법. 이 미주에 박학다식한 학자가 태어났으니 그 사람의 성은 소蘇, 이름은 순洵, 자는 명윤明允, 별명은 노천老泉이라. 사람들이 그를 노소老蘇라 불렀다. 노소는 대소大蘇, 소소小蘇란 두 아들을 두었다. 대소의 이름은 식軾, 자는 자첨子瞻, 별명은 동파東坡였다. 소소의 이름은 철轍, 자는 자유子由, 별명은 영빈潁濱이었다. 대소와 소소는 모두 문무를 겸비하고 고금의 학문에 통달했다. 형제는 같은 해에 과거에 급제하여 조정에 이름을 날렸으며 한림학사의 자리를 차지했다. 세상 사람들은 두 형제를 '이소'라 불렀고, 이들 부자를 합쳐서 '삼소'라 불렀다. 뭐 그건 그렇다 치자. 더욱 기막힌 것은 그 수려한 산천경개가 오직 이 한 가문에만 기운을 쏟아부었는지 두 형제만으로 그치지 아니하고 딸까지 하나 더 있었으니 그 이름이 소소매蘇小妹라. 그녀의 총명함은 천하의 으뜸이요, 하나를 들으면 둘을 알고, 하나를 물어보면 열을 대답할 정도였다.

아버지와 오빠가 모두 빼어난 학자라 자연스럽게 아침저녁으로 고전과 역사책을 읽고 토론하는 걸 보고 듣고 하면서 견문을 넓히고 직접 시를 짓고 문장을 짓고 했다. 예로부터 '근주자적이요, 근묵자흑'이란 말이 있지 않은가. 게다가 소소매의 자질이 보통 사람보다는 몇 배나 총명하니 듣고 이해하지 못하는 게 없었다. 열 살 때 아버지와 오빠랑 함께 개봉에서 살 때 집에 수국이 한 그루 있었겠다. 때는 바야흐로 봄, 수국이 만발했다. 소순이 그 수국을 바라보고는 지필묵을 펼쳐 시 한 수를 쓰기 시작하여 네 구절까지 적었을 찰나 손님이 오셨다는 전갈을 받고 붓을 내려놓고 손님을 맞으러 일어섰다. 소소매가 아버지 서재에 갔다가 책상 위에 펼쳐진 종이에 이렇게 네 구절이 적혀 있는 걸 발견했겠다.

하늘이 빚어낸 영롱한 옥 덩어리,
청아한 빛깔을 살포시 뿜어내도다.
나뭇가지 사이로 흰 구름 나오니,
밝은 달 이곳에 걸리었겠구나.

소소매가 이걸 다 읽고 나서 수국을 읊은 시고 아버지가 적은 것임을 알게 되자 조금도 망설이지 아니하고 후반부 네 구절을 이어 적었다.

떨기떨기 벌어진 게 나비 날개런가,
동글동글 모아진 게 수정 구슬이런가.
바람에 실려 흐벅지게 전해오는 향기,
언덕 위의 매화가 부럽지 않네.

소소매가 그 시를 탁자 위에 그대로 두고 자기 방으로 돌아갔다. 소순이 손님을 보내고 나서 서재로 돌아와 아까 짓다만 시를 이어 지으려고 하니 시가 다 완성되어 있는 게 아닌가. 그걸 읽어보니 시가 참으로 맛깔스러웠다. 필체를 보니 딸아이 솜씨였다. 딸아이를 불러 물어보니 역시 짐작대로였다. 소순이 감탄했다.

'아, 여자라는 게 너무 안타깝구나! 만약 남자라면 과거시험에서 이름을 드날릴 텐데!'

이 일을 계기로 소순은 딸 소소매를 더욱 아끼게 되었다. 소소매가 맘껏 책도 읽으면서 학문에 힘쓰게 하고 바느질 같은 여자가 갖추어야 할 솜씨를 익히도록 강요하지 않았다. 소매가 열여섯이 되었을 때 천하의 재주 많은 선비를 골라 짝을 지어주고자 했으나 이게 맘처럼 쉬운 일은 아니었다.

하루는 재상 왕형공王荊公(1021~1086)이 집사 편에 소순을 집으로 초대했다. 한담이라도 나누자는 것이었다. 왕형공은 이름이 안석이고 자는 개보介甫였다. 과거에 급제하기 전부터 현명한 선비로 이름을 날렸다. 평소에 씻기를 싫어하고 옷도 안 갈아입어 몸에 이가 득실대고 그랬다. 소순이 왕안석의 사람됨이 다른 사람을 배려할 줄 모르는 걸 못마땅하게 생각하고 나중에 간신이 될 거라고 예상하고서는 「변간론辨奸論」을 지어 비판했다. 왕안석은 이 일로 소순을 엄청나게 미워했다. 나중에 소식과 소철이 동시에 과거에 급제하는 걸 보고는 마침내 원망하는 마음을 접고 좋은 관계를 회복했다. 소순 역시 왕안석이 재상의 지위에 오르는 걸 보고는 두 아들의 앞길에 안 좋은 영향을 줄까 봐 자신의 고집을 꺾고 좋게 지내는 쪽을 택했다.

옛날 사람들은 의리 때문에 교제하고,
요즘 사람들은 이익 때문에 교제하네.

이익 때문에 교제하면 마음 통할 리 없으나,
의리 때문에 교제하니 그 정이 더욱 깊어지지.

이날 소순이 왕안석의 집을 방문하여 세상 이야기, 요즘 관심사가 되는 이야기를 나누면서 술잔을 기울이다 보니 얼큰히 취하게 되었다. 이때 왕안석이 은근히 자랑을 늘어놓았다.

"내 아들 왕방王雱이는 말입니다. 책을 한 번 읽었다 하면 바로 외워버린답니다."

소순이 술잔을 기울이며 대답했다.

"그럼 뉘집 자식은 두 번 읽고 외운답디까!"

"아이고 내가 실언했소이다. 공자님 앞에서 문자를 쓴 셈이올시다."

"내 아들만 한 번 읽었다 하면 바로 외워버리는 게 아니라 내 딸 역시 한 번 읽었다 하면 바로 외워버린다오."

왕안석이 깜짝 놀라면서 말했다.

"그대 아들들이 똑똑한 것은 내가 익히 알고 있었습니다만 딸이 그렇게 똑똑한 줄은 몰랐소이다. 미산眉山의 지세가 오직 그대 집안에 깃들었소이다."

소순은 아차 괜한 말을 했구나 하는 생각이 들어 황망히 그만 가보겠노라 했다. 이때 왕안석이 하인을 시켜 종이뭉치를 가져오게 하더니 그걸 소순에게 건네며 이렇게 말했다.

"이건 내 아들 왕방이 과제로 적은 겁니다. 번거롭겠지만 검토 한 번 해주시지요."

소순은 그 종이뭉치를 소매 품에 넣고 그러마고 대답하고 나왔다. 집에 돌아오자마자 잠자리에 들었다가 한밤중에 술기운이 다했는지 눈이 떠졌다.

'내 딸 소매가 똑똑하다고 자랑하는 게 아닌데! 왕안석이 자기 아들 과제 종이를 주면서 나에게 검토해 달라고 한 것은 내 딸과 자기 아들을 혼인시키자는 것 아닌가. 한데 난 내 딸을 왕안석의 아들과 혼인시키고 싶지가 않은데, 이걸 거절하기가 마땅하지 않구나.'

소순의 고민은 날이 밝을 때까지 이어졌다. 자리에서 일어나 세수하고서는 왕방의 과제를 펼쳐 읽어보았다. 한 글자 한 글자, 한 문장 한 문장이 영롱하고 찬란하여 자기도 모르게 재주 있는 선비를 아끼는 마음이 일어났다.

'아무튼 내 딸 소매하고 인연이 될지 안 될지가 관건이니 일단 이걸 소매에게 보여주고 소매가 어떻게 받아들이는지 봐야겠구나.'

소순은 종이에서 왕방의 이름을 가리고 난 다음 하녀를 불렀다.

"이 글은 소년 명사가 지어서 나에게 보내고 품평을 바란 것이다. 한데 내가 지금 짬이 없으니 이걸 소매에게 주고서 한 번 읽어봐 달라고 하여라. 아가씨가 다 읽고 나면 나에게 알려주도록 하라."

하녀가 그걸 들고 가서 소소매에게 주면서 소순이 분부한 말을 같이 전달했다. 소소매는 먹을 갈아 붓에 찍어서 그 종이 위에 자기 의견을 적어가면서 단숨에 읽어버렸다.

'참 좋은 글이로구나! 분명 빼어난 자제가 지은 것일 게다. 그러나 재주는 많으나 영글지는 못했구나. 화려하기는 하되 알차지는 못하여 앞으로 그리 크게 될 그릇은 아니로구나.'

소소매가 그 종이 위에 이렇게 자신의 의견을 적었다.

신기하고 멋들어진 것 그것은 분명 장점, 온화하면서 압축적으로 쓰지 못한 것은 단점. 과거에서 우뚝 높은 점수를 맞기에는 부족함이 없으나 오랜 세월 길게 가기는 어렵겠구나.

나중에 왕방은 19살에 과거에 장원급제했다가 얼마 되지 않아 요절하고 말았다. 소소매의 예지력을 족히 알 만하다. 아, 물론 이건 나중 이야기다. 한편 소소매는 자신의 의견을 다 적고 나서 하녀 편에 아버지에게 보내었다. 소순이 그걸 읽어보고서 깜짝 놀랐다.

'아이고, 이런 평어를 어찌 그냥 보낼 수 있을까. 왕안석이 필시 엄청 서운해할 텐데.'

이미 붓으로 글씨를 써버렸기에 지울 수도 없고 난감했다. 바로 이때 왕안석의 집사가 찾아와 어제 드린 왕방의 과제 종이도 가져가고 더불어 소순에게 재상 나리의 말씀도 전하고자 했다. 소순은 어쩔 수 없이 황급하게 그 과제 종이 뭉치의 표지를 떼고 다른 거로 바꾼 다음 자기가 직접 칭찬 일색의 감상을 적어 집사에게 전달해주었다.

집사는 그걸 받아 들고는 이렇게 아뢰었다.

"우리 나리께서 나리의 따님이 정혼하셨는지 여쭤보라고 하셨습니다. 만약 아직 정혼하지 않으셨다면 우리 도련님과 혼약을 맺으면 어떨지도 여쭤보라고 하셨습니다."

"재상 나리의 청혼을 내 어찌 감히 거절하겠는가? 다만 내 딸년이 박색이라 재상 나리의 눈에 들지 못할까 걱정이네. 돌아가거들랑 재상 나리에게 잘 말씀드려 주시게. 뭐, 재상 나리가 직접 보시면 바로 알 일 아닌가. 내가 뭐 딴 이유가 있어 거절하는 게 아니라네."

집사가 돌아가서 왕안석에게 이 말을 아뢰었다. 왕안석은 자기 아들의 과제 종이 뭉치의 표지를 갈아 치운 게 벌써 기분이 좋지 않았던 데다 소순 딸내미가 박색이라면 자기 아들도 별로 좋아하지 않을 것 같아 아무도 몰래 사람을 보내 한번 알아보게 했다. 한편, 소식은 평소에 소소매와 서로 우스갯소리를 하기 좋아했다. 소소매는 소식이 수염을 덥수룩하게 기른 걸 이렇게 놀렸다.

입이 어디 붙었는지 알 수가 없네,
수풀 사이로 소리 나는 곳이 있기는 하군.

소식은 소소매가 이마가 툭 튀어나온 걸 이렇게 놀렸다.

마당에서 서너 걸음 떼기도 전에,
이마가 먼저 대문에 닿네.

소소매는 소식의 턱이 아주 긴 걸 이렇게 놀렸다.

작년에 흘렸던 그리움의 눈물이,
아직도 뺨에 닿질 않았구나.

소식은 이에 지지 않고 소소매가 두 눈이 움푹 들어간 것을 이렇게 놀렸다.

몇 번이고 닦아도 손이 닿질 않아,
찰랑찰랑 넘치는 두 개의 샘물.

왕안석의 집사는 소식과 소소매가 이런 식으로 우스갯소리를 주고받았다는 사실까지 알게 되었다. 하여 돌아가 이렇게 보고했다.
"소소매 아가씨가 재주는 아주 비상하나 용모는 그냥 평범하다고 합니다."

그 말을 듣고 왕안석은 혼인 이야기를 더는 거론하지 않았다. 아무튼 재상 댁에서 정혼하자고 제안했던 일 때문에 소소매가 재주도 많고 똑똑하다는 게 개봉에 널리 소문나게 되었다. 나중에 재상 댁과의 혼사는 그냥 그만두기로 했다는 소식을 듣고 소소매를 흠모하여 혼사를 진행시켜 보고자 하는 자들이 부지기수였다. 소순은 혼사를 청하는 글이 들어올 때마다 소소매에게 보여주었다. 소소매가 한 줄로 쭉 긋고 넘겨버린 것, 한두 마디 그냥 간단하게 평을 적은 것이 태반이었다. 그 가운데 오직 하나만 문장이 옹골찼다. 그 문장을 지은 사람의 이름을 보니 진관秦觀[6]이었다. 소소매가 그의 글에 이렇게 네 구절을 적었다.

오늘은 총명한 수재,
내일은 풍류를 아는 선비.
아쉽다, 소식 소철과 동시대를 살아서,
그렇지 않으면 세상을 주름잡았을 것을!

이 평가는 진관의 문학적 재주는 충분히 인정하면서도 그 재주는 소식 소철보단 못하다는 것, 소식 소철을 제외하고는 진관에 필적할 만한 자가 없다는 것을 밝힌 것이다. 소순은 이 평가를 읽어보고서 딸 소소매가 진관을 마음에 두고 있음을 바로 알아차렸다. 소순이 문지기에게 이렇게 일러두었다.

"오직 진관이라는 청년만 만나볼 것이니라 나머지는 모두 만나보고

---

[6] 북송대의 유명한 문인(1049~1100). 소식을 흠모하여 27살 나던 해 양주에서 처음 만나 교유를 맺었다. 1085년에 과거에 급제하여 진사가 되었으나 얼마 지나지 않아 소식이 실각하는 바람에 이후 벼슬길이 그다지 순탄하지 않았다고 한다. 함축적이면서도 운치가 빼어난 필치로 사랑, 안타까움, 신세 한탄을 읊은 사 작품이 많다.

싶지 않노라."

하지만 누가 알았으리, 청혼서를 보낸 자들은 모두 찾아와 답장을 기다렸건만 오직 진관만 나타나지 않을 줄이야! 왜 그랬을까? 진관이란 청년은 자는 소유少游며, 양주부 고우 출신이다. 수천수만 권의 책을 읽었으며 스스로 세상에서 제일가는 학자라 자부했다. 오직 소식 소철 형제만 인정했을 뿐 나머지는 안중에도 없었다. 진관은 소소매의 재주를 흠모하여 청혼서를 보내기는 했으나 자기 명예를 더럽히기도 싫어서 다른 사람들 사이에서 줄을 지어 기다리지 않았던 것이라. 소순은 진관이 찾아오지 않았다 하기에 진관에게 사람을 보내서 청혼서를 보내준 것에 대하여 감사의 뜻을 전달하게 했다. 진관은 속으로 은근히 기뻐했다.

'소소매가 재주가 많다는 건 소문으로 알고 있지만 아직 얼굴을 본 적이 없구나. 소소매가 용모는 별로 빼어나지 않다는데 말이야. 이마가 튀어나오고 눈은 움푹 들어갔다면 이거 귀신 얼굴 같을 텐데. 어떻게든 내가 직접 봐야 마음이 놓일 것 같구나.'

이리저리 알아보니 소소매가 3월 초하루에 동악묘에 향을 사르러 간다고 했다. 그때 옷을 바꿔 입고 다른 모습으로 꾸미고는 자기가 직접 소소매를 보면 될 것 같았다.

눈으로 봐야 믿을 수 있지,
소문이야 다 그대로 사실일 수는 없는 거지.
소문을 그대로 다 믿는다면,
세상 사람들에 대한 오해가 넘칠 거라네.

대갓집 여자들은 아침 일찍이나 저녁 늦게 사당에 향을 사르러 가곤 했다. 왜 그럴까? 아침은 사람들이 찾아오기 전이고, 저녁 늦은 시각은 사람들이 이미 물러간 다음이라 그런 것이다. 진관은 3월 초하루 새벽 오경에 곧바로 잠자리에서 일어나 세수하고 머리를 빗고 나서 떠돌이 도사 행색으로 꾸몄다. 머리에는 청색 당건을 쓰고, 귓불에는 돌을 옥처럼 갈아서 만든 가락지 모양의 장신구를 달고, 몸에는 검은색 도포를 입고, 허리에는 노란색 허리띠를 매고, 하얀 버선에 짚신을 신고, 목에는 엄지손가락 크기만 한 묵주를 걸고, 손에는 황금 빛깔을 칠한 발우를 들고 새벽같이 동악묘를 찾아갔다. 아침이 밝아오려는 시각, 소소매의 가마가 도착하고 있었다. 진관이 한쪽으로 비켜서며 가마가 동악묘에 들어가기 편하게 했다. 소소매의 가마가 왼쪽 회랑에 멈췄다. 소소매가 가마에서 내려 동악묘 당 안으로 들어갔다. 진관이 살펴보니 비록 천하제일의 미녀는 아닐지라도 그 나름의 우아한 기품과 매력이 있었으며 천박한 느낌은 하나도 안 들었다.

'소소매의 재주가 진정 어떠한지 궁금하구나.'

동악묘에서 향 사르는 일을 마칠 무렵, 진관이 회랑을 따라 안으로 들어갔다. 그 둘은 우연히 마주쳤다. 진관이 두 손을 모아 인사하며 두 구절 읊었다.

행복과 장수를 타고난 그대여, 원컨대 자비를 베푸소서.

소소매가 응답하여 이렇게 읊었다.

도사께서는 무슨 덕과 능력을 갖추셨기에 감히 자비를 바라시나요?

진관이 다시 두 손을 모아 인사하며 두 구절을 읊었다.

원컨대 그대의 몸이 마치 약초처럼 되어 온갖 병을 다 낫게 해줄 수 있기를.

소소매가 걸음을 옮기면서 이렇게 답했다.

도사의 입에서 연꽃이 피어나듯 말이 튀어나오니 한 푼도 보시하고 싶지 않네요.

진관이 소소매의 가마 앞으로 곧장 다가가 다시 인사하며 이렇게 두 구절을 읊었다.

젊은 아가씨 이렇게 즐겁게 지내는 날, 어떻게 이 기쁨의 산을 그냥 빠져나갈 수 있으리!

소소매가 또 이렇게 답했다.

미치광이 도사가 이리 탐욕스럽도다, 내 어찌 황금을 탐하는 도사를 따라갈 수 있으리!

소소매는 이렇게 답하면서 가마에 올랐다. 진관이 몸을 돌려 바라보며 혼자 중얼거렸다.
'미치광이 도사가 젊은 아가씨를 만날 수 있었으니 천만다행이로다!'
소소매는 가마에 올라타느라 진관이 중얼거리는 말을 전혀 신경 쓰지 못했다. 한데, 수행하던 나이든 하인이 그걸 듣고 저 도사 참으로 오만방자하게 말하는구먼 하는 생각이 들었다. 그 하인이 한번 따져봐야겠다는 생각을 했다. 바로 이때 회랑에서 시동 하나가 나와서 그 도사에게 이렇게 소리치는 것이었다.

"나리, 이리 오셔서 옷을 갈아입으시지요."

그 도사가 먼저 걸어가고 시동이 뒤를 따랐다. 그 하인이 다른 사람 눈치 못 채게 그 시동의 어깨를 살짝 두드리고는 목소리를 낮춰 물었다.

"지금 앞에 가시는 분은 누구신가?"

"아, 고우 출신 진관 어르신입니다."

하인은 시동의 대답을 듣고 아무런 내색도 하지 않았다. 소소매를 모시고 돌아온 하인이 자신의 마누라에게 이 사실을 말해주었다. 이 소문이 마침내 소소매의 귀에 들어갔다. 소소매는 그날 동악묘에서 만난 도사가 바로 진관이었음을 알고 피식 웃으며 하녀들에게 이렇게 당부했다.

"괜히 쓸데없는 말들 하지 말라고 해라."

여기서 이야기는 둘로 갈린다. 진관은 이렇게 3월 초하루에 소소매를 직접 만나보고서 그녀 용모가 박색이 아니라는 걸 알게 되었다. 더욱이 진관은 소소매랑 말을 주고받으면서 그녀의 재주가 두말할 나위 없이 빼어나다는 걸 확신하게 되었다. 그전에 진관이 길일을 잡아 청혼서를 넣자 소순이 바로 응낙하여 서로 혼수를 주고받았던 것이 2월 초순의 일이었다. 진관은 그때부터 가급적이면 빨리 혼사를 마무리하고 싶어 했지만 소소매가 허락하지 않았다. 이미 진관의 문장을 읽어본 적이 있는 소소매는 진관이 과거에 급제하고도 남을 재주가 있음을 알았다. 곧 있을 과거에 급제하여 상아홀과 오사모를 쓰고 난 다음 혼례를 치르자고 주장했다. 진관은 소소매의 말을 따를 수밖에 없었다.

3월 초사흗날 예부에서 대과시를 거행하니, 진관은 단숨에 큰 명성을 이루어냈다. 진관이 소순의 집을 방문하여 장인어른에게 인사를 올리고 혼례를 마치고 싶다는 말씀을 드렸다. 진관은 자기 집에 사람이 없으니 장인어른 집에서 혼례를 치렀으면 좋겠다고 말씀드렸다. 소순이 이렇게 대답했다.

"오늘 과거급제자 명단에 이름을 올리고 평복을 벗고 관복을 입었으니 오늘이야말로 길일 중의 길일이라. 굳이 다른 날을 따로 잡을 필요가 있겠는가. 오늘 밤 바로 내 집에서 혼례를 치르는 것이 좋겠네."

소식도 옆에서 좋은 말씀이라고 맞장구치며 거들었다. 이날 밤, 소소매와 진관은 소소매의 부모님께 절을 올리고 백년가약을 맺었다.

총명한 딸에 총명한 사위를 얻었도다,
과거시험을 치르고 난 다음에 또 다른 시험이 기다리고 있구나.

이날 밤, 달이 해처럼 밝았다. 진관이 대청에서 열린 잔치를 마치고 신방에 들어가려니, 방문이 굳게 잠겨 있고 방문 앞쪽 마당에 작은 탁자 하나가 놓여 있었다. 그 탁자 위엔 종이와 먹과 붓과 벼루가 놓여 있었다. 그리고 세 개의 봉투와 옥잔, 은잔, 사기잔 하나씩 해서 세 개의 잔이 놓여 있고 파란 옷을 입은 하녀가 그 옆에 서 있었다. 진관이 그 하녀에게 말했다.

"어서 아씨에게 말을 전하여라. 신랑이 이렇게 기다리는데 어찌하여 신방 문을 열지 않느냐고."

"아씨께서 말씀하시기를 문제 세 개가 준비되어 있으니 그걸 다 풀어내셔야 신방으로 들어오실 수 있다 하셨습니다. 여기 있는 봉투가 바로 그 문제들입니다."

진관이 세 개의 잔을 가리키며 물었다.

"저 잔은 또 뭐냐?"

"옥잔은 술잔이고, 은잔은 찻잔이며, 사기잔은 물잔입니다. 세 문제를 다 풀어내시면 옥잔에 술을 따라 석 잔을 드시고 신방에 들어가시게 됩니다. 두 문제를 풀어내시고 한 문제를 못 풀어내시면 은잔에 차를 따라 드시고 해갈하신 다음 내일 밤 다시 문제에 도전하시게 됩니다. 한 문제를 푸시고 두 문제를 못 푸시면 사기잔에 맹물을 따라 입을 헹구시고 바깥채에서 석 달 동안 독서하는 벌을 받으시게 됩니다."

진관이 엷게 냉소를 지었다.

"다른 선비라면 쉬운 문제를 내달라고 하소연하겠으나 이 몸은 대과시에서 급제한 몸, 세 문제가 아니라 삼백 문제라 하여도 하나도 겁나지 않는다!"

하녀가 아뢰었다.

"우리 아씨는 그저 정해진 대로 문제를 내는 그런 눈먼 시험관하고는 다르십니다. 우리 아씨가 내는 문제는 정말 어렵다고 소문이 났습니다. 첫째 문제는 절구 한 수입니다. 신랑께서도 절구 한 수를 지으셔야 하는데 출제 의도에 부합해야만 합격하실 수 있습니다. 둘째 문제는 역사 인물을 묘사하고 있는 시 네 구절을 제시하면 각 구절이 읊고 있는 인물이 누구인지 알아맞히는 것입니다. 한 명도 빠짐없이 네 명을 다 알아맞히셔야 문제를 맞힌 거로 하겠습니다. 세 번째 문제는 그다지 어렵지 않습니다. 일곱 글자짜리 대련의 한 짝을 제시하면 신랑께서 그 다른 짝을 써주시면 됩니다. 이걸 잘 써주셔서 세 문제를 다 풀어내시면 신랑님께서는 술을 따라 드시고 신방에 드시게 됩니다."

진관이 말했다.

"자, 첫 번째 문제부터 보여줘라."

하녀가 첫 번째 문제 봉투부터 뜯어서 진관에게 건네주었다. 진관이 보니 화전지에 시 네 구절이 적혀 있었다.

동철이 거대한 용광로에 들어간다,
개미가 회칠한 담장을 기어오른다.

음양은 변함없는 도리,

하늘과 땅 사이에 내가 있도다.7)

진관이 잠시 생각에 잠겼다가 말했다.

"이 문제야 다른 사람은 답을 찾아내기 힘들 것이다만 나야 전에 구걸하는 도사로 변장하고 동악묘로 가서 소소매 아씨를 만난 적이 있으니 이 시 네 구절에 각각 '화연도인化緣道人'이란 네 글자가 숨겨져 있으며 나를 조롱하는 내용이란 걸 바로 알 수 있구나."

진관이 마침내 달빛 아래서 붓을 들어 소소매가 문제로 내준 시에 붙여 시 한 수를 적었다.

조화의 신이 일부러 봄을 재촉한 적 있었던가?
인연이 되어 아름다운 꽃이 저절로 피었던 거지.
말하길, 봄바람은 저절로 부는 것,
사람이 어찌 감히 화단에 올라가 꽃을 피우려 들까!8)

하녀는 진관이 시를 다 짓자 그 화전지를 두 번 접은 다음 창문 틈 사이로 밀어 넣으면서 이렇게 외쳤다.

"신랑님의 답안지입니다. 첫 번째 문제 풀기가 끝났습니다."

---

7) 구리와 쇠가 용광로에 들어가면 고체가 액체로 변화(化)할 것이며, 뭔가에 의지하여 기어오른다는 뜻을 지닌 단어는 '緣'이며, 음양은 변함없는 '道'이며, 사람(人)인 나는 하늘과 땅 사이에 있다. 인연 혹은 옷의 재봉선, 가장자리 선이란 의미가 있는 '緣'자가 '化'자와 결합하여 '동냥하다' '탁발하다'라는 말이 된다. 여기서 化緣道人이란 바로 지난 3월 초하루에 동악묘에서 도인 행세를 하며 소소매에게 동냥을 한 진관을 가리키는 말이기도 하다.

8) 원문은 이러하다. 化工何意把春催, 緣到名園花自開。道是東風原有主, 人人不敢上花台。 진관은 소소매가 제시한 '化緣道人' 네 글자를 각 구절의 첫 글자로 삼아 답시를 지었다.

소소매가 답안지를 받아서 읽어보니 네 구절의 첫 글자가 각각 화化, 연緣, 도道, 인人 글자로 시작했더라. 소소매가 살포시 미소를 지었다. 진관은 다시 두 번째 봉투를 열어보았다. 봉투 안에는 화전지 한 장이 들어 있었다. 그 화전지에는 시 네 구절이 적혀 있었다.

아버지와 할아버지를 넘어서는 권세,
벽에 구멍 뚫어 빛을 훔쳐 독서하기,
어머니 바느질한 옷 입고 길 떠난 아들은 자나 깨나 어머니 생각,
할아버지는 온종일 동네 어귀 출입문에 기대어 바라보네.

진관이 그걸 받아 읽어보고 조금도 망설이지 아니하고 하나씩 답을 적어나갔다. 첫 구절은 손권孫權, 둘째 구절은 제갈공명諸葛孔明, 셋째 구절은 자사子思, 넷째 구절은 태공망太公望이라 적었다.9) 하녀가 그 답안지를 다시 창문 틈으로 집어넣었다. 진관이 혼자서 맘속으로 생각했다.

'지금까지의 두 문제는 뭐 별로 어렵지 않구나. 세 번째 문제는 대련을 짓는 거랬지. 나야 뭐 대여섯 살 때부터 대련을 짓는 훈련을 해왔으니 어려울 게 뭐가 있겠나!'

---

9) 할아버지와 아버지를 둔 자는 손자이다. 그리고 권세라는 말이 나온다. 그러므로 손권이 첫 구절의 답이 된다. 벽을 뚫으면 구멍이 생긴다. 빛은 밝음이니 공명, 즉 제갈공명이 답이다. 어머니가 지어주신 옷을 입고 집 떠난 아들이 그 옷을 볼 때마다 어머니를 생각하는 것이니 아들과 생각이 키워드이고 답은 자사다. 할아버지가 동네 어귀에 이정표 삼아 세워둔 문에 기대어 바라보는 것이니 할아버지를 나타내는 글자 '태공'과 바라볼 '망' 자, 즉 '태공망'이 답이다. 태공망의 본명은 여상呂尙이나, 문왕이 여상을 만나 그대는 우리 할아버지 때부터 바라던 인재라고 칭송했다는 데에서 연유한 태공망이란 별명으로 더 잘 알려져 있다. 이 네 구절은 소소매가 진관이 독서를 많이 하여 그 나름의 상식을 풍부하게 갖추었는지 그리고 그것을 살짝 비틀어 물어보았을 때 그걸 추리해낼 수 있는 지적 영민함이 있는지를 따져보기 위하여 중국 글자가 가진 음과 의미의 결합 방식을 맘껏 활용하여 낸 문제라 할 것이다.

진관이 세 번째 문제 봉투를 뜯어보니 대련의 첫째 구절이 이렇게 적혀 있었다.

문을 닫고 창문 앞의 달을 밀어내도다.

진관이 처음 보았을 때는 무척 쉽다는 느낌이 들었다. 그러나 자세히 뜯어보니 이 대련의 첫째 구절은 너무도 정교하게 지은 것이라 만약 그냥 평범하게 둘째 구절을 대비시켜 놓으면 아무런 맛이 없을 게 뻔했다. 이리 고민하고 저리 고민해보아도 딱 맞아떨어지는 맞짝이 잘 떠오르지 않았다. 삼경을 넘어 사경이 시작됨을 알리는 북소리가 울려 퍼질 시각까지도 좋은 구절이 떠오르지 않아 진관의 마음이 더욱 조급해졌다. 한편, 이 시각까지 잠자리에 들지 않았던 소식은 매부가 뭐 하고 있는지 궁금해졌다. 소식은 매부인 진관이 왔다 갔다 하면서 입으로 '문을 닫고 창문 앞의 달을 밀어내도다'라는 구절을 계속 중얼거리는 것을 보았다. 그러면서 진관이 오른손으로 창문을 여는 시늉을 하는 것이었다. 소식이 이런 생각이 들었다.

'필시 소매가 이 구절을 대련의 첫 구절로 제시하여 진관을 곤혹스럽게 만든 것일 게라. 내가 나서서 도와주지 않으면 누가 나서리!'

소식이 급히 둘째 구를 생각해내려 했으나 역시 생각이 그렇게 잘 떠오르지 않았다. 마당엔 꽃을 담은 항아리가 하나 있었고 그 항아리엔 맑은 물이 가득 담겨 있었다. 진관이 그 항아리 쪽으로 걸어갔다가 우연히 항아리에 기대어 안의 물을 바라보았다. 그 모습을 소식이 멀리서 지켜보다가 갑자기 영감이 떠올랐다. 소식이 '맞아'라고 혼잣말을 하고선 진관에게 자신의 영감을 전달해주고 싶은 마음이 들었다. 그러나 그랬다가는 소매가 눈치를 챌지도 모르겠다는 생각이 들었다. 그렇게 되면 진관의 체면이 말이 아니게 될 것이라. 소식이 멀리서 바라보다가 마른기침을 한 번 하고 땅바닥에서 벽돌 조각 하나를 주워 그 항아리 안으로 집어던졌다. 항아리 안에 물결이 일고 물방울이 튀어 진관의 얼굴에 튀었다. 물에 비치던 달빛에 얼룩이 졌다. 진관은 바로 시상이 떠올라 붓을 들었다.

돌을 던져 물에 비친 하늘을 열어젖히도다.

하녀가 세 번째 문제의 답안지를 전달했다. '아하' 하는 탄성이 들려오더니 신방 문이 활짝 열렸다. 안에서 또 다른 하녀 하나가 은주전자를 들고 나와서 옥잔에 술을 따라 신랑에게 바쳤다.
"나리, 어서 술 석 잔을 드시옵소서. 이 술로 나리의 노고에 보답하고자 하나이다."
진관은 의기양양하게 술 석 잔을 연거푸 마셨다. 하녀가 진관을 신방으로 안내했다. 이날 밤 미인과 재주 많은 선비가 얼마나 죽이 잘 맞았던지!

기쁨에 겨우니 밤은 어이 이리 짧은가,
외로움에 겨우니 밤은 어이 이리 긴가.

이날 이후로 소소매와 진관 부부가 서로 아끼고 사랑하여 지낸 이야기는 더는 말할 필요가 없겠다. 나중에 진관은 절강성에서, 소식은 개봉에서 각각 벼슬살이를 했다. 소소매는 오빠 생각이 나기도 하여 친정 식구를 만나러 개봉으로 향했다. 소식에게는 불인선사佛印禪師라고 하는 스님 친구가 있었다. 불인선사는 소식에게 벼슬살이를 그만두라고 권했다.

하루는 소식에게 상당히 긴 시 한 편을 적어 보냈다. 한데 그 시가 너무도 기이했다. 글자 두 개씩 총 130구절, 260글자로 이뤄져 있었다.

野野 鳥鳥 啼啼 時時 有有 思思 春春 氣氣 桃桃 花花 發發 滿滿 枝枝
鶯鶯 雀雀 相相 呼呼 喚喚 岩岩 畔畔 花花 紅紅 似似 錦錦 屛屛 堪堪
看看 山山 秀秀 麗麗 山山 前前 煙煙 霧霧 起起 淸淸 浮浮 浪浪 促促
潺潺 湲湲 水水 景景 幽幽 深深 處處 好好 追追 游游 傍傍 水水 花花
似似 雪雪 梨梨 花花 光光 皎皎 潔潔 玲玲 瓏瓏 似似 墜墜 銀銀 花花
折折 最最 好好 柔柔 茸茸 溪溪 畔畔 草草 靑靑 雙雙 蝴蝴 蝶蝶 飛飛
來來 到到 落落 花花 林林 裡裡 鳥鳥 啼啼 叫叫 不不 休休 爲爲 憶憶
春春 光光 好好 楊楊 柳柳 枝枝 頭頭 春春 色色 秀秀 時時 常常 共共
飮飮 春春 濃濃 酒酒 似似 醉醉 閑閑 行行 春春 色色 裡裡 相相 逢逢
競競 憶憶 游游 山山 水水 心心 息息 悠悠 歸歸 去去 來來 休休 役役

소식이 두세 번 읽어보았으나 무슨 말인지 감이 잡히지 않았다. 소소매가 그 시를 받아들고 읽어보니 무슨 내용인지 바로 알 것 같았다.
"오빠, 이 시가 뭐가 어려워! 내가 한 번 풀어볼 테니까 들어봐."

野鳥啼, 野鳥啼時時有思。有思春氣桃花發, 春氣桃花發滿枝。滿枝鶯雀相呼喚, 鶯雀相呼喚岩畔。岩畔花紅似錦屛, 花紅似錦屛堪看。堪看山山秀麗, 秀麗山前煙霧起。山前煙霧起淸浮, 淸浮浪促潺湲水。浪促潺湲水景幽, 景幽深處好, 深處好追游。追游傍水花, 傍水花似雪。似雪梨花光皎潔, 梨花光皎潔玲瓏。玲瓏似墜銀花折, 似墜銀花折最好。最好柔茸溪畔草, 柔茸溪畔草靑靑。雙雙蝴蝶飛來到, 蝴蝶飛來到落花。落花林裡鳥啼叫, 林裡鳥啼叫不休。不休爲憶春光好, 爲憶春光好楊柳. 楊柳枝枝春色秀, 春色秀時常共飲. 時常共飲春濃酒, 春濃酒似醉. 似醉閑行春色裡, 閑行春色裡相逢. 相逢競憶游山水, 競憶游山水心息. 心息悠悠歸去來, 歸去來休休役役.

들새가 우네,
들새가 우는 건 그리움 때문.
그리움이 생기는 건 봄바람이 복사꽃을 피워내기 때문,
봄바람이 복사꽃을 가지마다 가득히 피워내었네.
가지 가득 앵무새, 까치가 서로 우짖네,
앵무새, 까치가 호숫가 바위틈에서 서로 우짖네.
호숫가 바위틈에 붉은 꽃 비단 병풍 같아라,
비단 병풍 같은 꽃, 참으로 볼만하더라.
볼만한 것은 산봉우리의 아름다움,
아름다운 산봉우리 앞녘에 안개 피어오르네.
산봉우리 앞녘 안개는 맑기도 하네,
맑은 건 잔잔하게 흘러가는 잔물결.
잔물결 무리 이뤄 계곡 사이를 흐르고,
계곡 사이에 멋진 곳은 그윽한 곳,
그윽한 곳은 발걸음 하기 딱 좋지.
발걸음하기 좋은 곳 물가엔 물꽃이 피고,
물가의 물꽃은 눈송이 같구나.
눈송이 같은 배꽃이 밝고도 깔끔하게 빛나네,
밝고도 깔끔하게 빛나는 배꽃이 영롱하기도 하네.
영롱한 배꽃이 떨어지는 게 은꽃이 떨어지는 것 같아라,
은꽃이 떨어지는 게 제일 예쁘지.

제일 예쁜 건 부드러운 부들풀이 물가에 파릇 피는 것,
부드러운 부들이 물가에 피면 얼마나 파랗고 또 파란가.
짝을 지어 나비가 날아드네,
나비가 날아드는 곳에 꽃이 지네.
꽃이 지는 수풀 안에서 새가 우짖네,
수풀 안에서 새가 우짖는 걸 그치지 않네.
우짖는 걸 그치지 않는 건 봄빛이 좋아서,
봄빛이 좋으니 버들가지 떠오른다.
버들가지마다 봄빛이 수려하게 걸렸다,
봄빛이 수려할 때 같이 한잔하여야지.
같이 한잔하니 봄이 술을 달게 하네,
봄이 술을 달게 하니 나, 술에 취하네.
술에 취하여 봄빛 속을 거니네,
봄빛 속을 거닐다, 만나네.
만나면 산수를 거닐던 이야기 하느라 바쁘지,
산수를 거닐던 이야기 하면 마음이 편해지지.
마음이 편해지니 귀거래라,
귀거래, 애쓰고 애쓰던 것 그치고 휴식 또 휴식.

　소식은 소소매가 읊어주는 걸 들더니 깜짝 놀라며 말했다.
　"내 동생이 이렇게 영특하다니, 나보다 백배 낫구나! 네가 남자였다면 나보다 훨씬 높은 벼슬을 차지했을 것을!"
　소식은 불인선사가 보내온 원래 시와 동생 소소매가 구두를 찍어서 읽어준 것을 적은 것을 같이 봉투에 담아서 진관에게 부쳤다. 그러면서 자신이 두세 번 읽어보고서도 도시 그 의미를 알아내지 못했는데 소소매

가 한 번 보고 척 알아냈다는 말도 덧붙였다. 진관 역시 불인선사의 원래 시를 읽어보니 도시 무슨 말인지 알 수가 없었다. 소소매가 구두를 찍어서 풀이한 것을 읽어보고 비로소 무슨 말인지 알 것 같았다. 부끄럽기도 하고 감탄스럽기도 했다. 진관이 이렇게 답장을 적었다.

선승의 노래를 풀어낼 수가 없네,
글자는 겹쳐 있고 의미는 복잡하네.
글자가 글자로 염주처럼 이어지고,
한 줄이 다른 한 줄로 진주목걸이처럼 이어지네.
그대는 한 번 보고 바로 아는 걸,
나는 세 번을 보고도 낑낑댄다오.
나 시를 지어 멀리 있는 그대에게 보내니,
내가 받은 것을 흉내 내어 지은 것이라.
그대 세심하게 한 번 읽어주시라,
내 마음을 담은 것이니.

진관은 이 시 뒤에 기묘해 보이는 두 구절을 덧붙였다. 마치 대련과도 같아 보였다.

憶 思伊久阻歸期 靜
轉漏聞時離別

진관의 서찰이 도착했을 때 마침 소식과 소소매가 호수에서 연꽃을 따고 있었다. 소식이 그 봉투를 받아서 읽어본 다음 소소매에게 건네주며 물었다.

"무슨 말인지 알아보겠니?"
"이 시는 불인선사의 시를 흉내 낸 것인데요."

靜思伊久阻歸期, 久阻歸期憶別離。
憶別離時聞漏轉, 時聞漏轉靜思伊。

그대 그리움이 사무친 지 이렇게 오래나 돌아갈 기약 막막하네,
돌아갈 기약이 막막하니 헤어지던 때가 떠오르네.
헤어지던 때 들었던 자격루 소리,
지금 또 자격루 소리 들으며 그대 향한 그리움에 사무치네.

소식은 동생 소소매의 시 풀이를 듣고서 감탄했다.
"내 동생이 세상에서 제일 똑똑하구나! 지금 우리가 연꽃을 따고 있으니 각각 이 연꽃 따는 걸 주제로 시를 한 수씩 지어 진관에게 보내어 오늘 우리의 즐거움을 알려주도록 하자."
소소매와 소식이 각각 시를 지었다. 소소매의 시는 이러했다.

一 蓮人在綠楊津 采
玉嗽聲歌新闋

소식의 시는 이러했다.

酒 花歸去馬如飛 賞
暮已時醒微力

진관이 시를 지었던 방식대로 소소매의 시를 풀이하면 소소매의 시는 이렇다.

採蓮人在綠楊津, 在綠楊津一闋新。
一闋新歌聲嗽玉, 歌聲嗽玉採蓮人。

연꽃 따는 처녀 버드나무 나루터에 있네,
버드나무 나루터에서 새 노래를 부르네.
새 노래가 백옥 같은 치아에서 들려오네,
백옥 같은 치아에서 노랫소리 들려주는 연꽃 따는 처녀.

소식의 시는 이러하다.

賞花歸去馬如飛, 去馬如飛酒力微。
酒力微醒時已暮, 醒時已暮賞花歸。

꽃구경 마치고 돌아가네 떠나는 말이 마치 날아가는 듯,
떠나는 말이 마치 날아가는 듯하니 술기운이 약해지네.
술기운이 약해져 깨어나니 때는 이미 저녁놀,
깨어나니 때는 이미 저녁놀 꽃구경 마치고 돌아가네.

진관은 시 두 편을 받아서 읽어보고는 감탄해 마지않았다. 진관과 소소매 부부가 주고받은 시는 엄청나게 많아서 일일이 거론하기 힘들다. 재주 많은 진관은 나중에 한림학사가 되어 소식, 소철과 함께 근무했다. 처남 매부가 동시에 한림학사로 근무하고 더불어 역사 편찬에 종사한 사

례는 일찍이 없는 일이었다. 이에 선인 태후宣仁太后가 소소매가 재주가 빼어나다는 소식을 듣고는 내관 편에 비단을 선물하기도 하고 음식을 보내기도 하니 소소매가 시를 지어 답례했다. 소소매가 이렇게 지은 시가 궁중에 퍼지고 마침내 개봉 전체에 퍼졌다. 소소매가 진관보다 먼저 세상을 하직했다. 진관은 소소매를 그리워하고 또 그리워하여 평생 재혼하지 않았다. 시 한 수로 이를 증명하노라.

자고이래로 문장 잘 짓는 자는 소식 삼부자,
소소매의 총명함은 남편보다 낫네.
남편에게 문제 세 개를 내서 시험을 치게 한 기이한 이야기,
한 집안 이렇게 총명한 인재가 몰리다니!

불인선사가 금낭을 네 번 희롱하다

佛印師四調琴娘

그가 문장 다 지으니 하늘마저 울고,

그가 세상을 떠나니 나의 길마저 막혔구나.

재주는 산 사마중달司馬仲達1)보다 빼어나고,

명성은 죽은 요숭姚崇2)의 뒤를 이었네.

사람 사는 세상에 맑은 기운이 사라져버렸으니,

이 세상에 예전의 그 품격을 어이 다시 볼 수 있으랴.

그 많던 문장은 다 어디에 있는가?

불의 신이 그걸 다 싸안고서 하늘 궁전으로 가지고 갔구나.

---

1) 사마중달(179~251)의 본명은 의懿, 중달仲達은 자이다. 위나라 군대를 이끌고 제갈량의 북벌을 막아냈다. 위나라 명제 사후 실권을 장악하고 서진 건국의 토대를 마련했다.
2) 요숭(650~721)은 당나라 현종 때 재상을 지낸 정치가이자 역사가. 현종을 도와 개원지치를 열었다고 칭송받는다.

이 시는 누가 지은 것인가? 송나라 이종理宗(1225~1264 재위) 때 성은 유劉, 이름은 극장克莊(1187~1269), 별명은 후촌 선생後村先生이라는 자가 지었다. 신종황제 때 한림학사 소식이란 자가 있었다. 자는 자첨, 호는 동파거사였다. 소식은 서천 미주 미산현 태생이었다. 소식한테는 스님 친구가 하나 있었으니 그의 이름은 불인선사佛印禪師였다. 불인선사는 어떤 사람인가? 강서 요주부 부량현 출신으로 속성은 사謝, 이름은 단경端卿, 별명은 각로覺老이다. 어려서부터 유가의 경전을 읽고 고금의 이치에 통달했으며, 유가와 불가를 두루 공부하여 박식하다는 소리를 달고 살았다. 사단경이 과거를 치르러 개봉에 갔을 때 그의 명성을 익히 들어온 소식이 찾아가 만나서 서로 이야기를 나누게 되었고 술을 마시고 시를 지으며 사귀다 마침내 막역지교를 맺었다. 신종황제 때 날이 너무 가물었다. 사천대에서 건의하여 특별히 대상국사에서 기우제를 지내게 되었다. 108명의 스님을 초치招致하여 독경하면서 큰비를 내려주사 백성들을 구제하여 주시기를 빌었다. 한림학사 소식에게 명하여 기우제를 지내는 제문을 짓게 하고 더불어 기우제를 주관하게 했다. 소식은 기우제를 시작하기 사흘 전부터 대상국사로 거처를 옮겨 준비하기 시작했다. 제단을 점검하러 나온 환관이 황제께서 며칠 안에 몸소 당도할 거라 귀띔하여 주었다. 주지 스님은 황제 폐하께서 앉으실 자리를 점검하는 등 만반의 준비를 했다. 대상국사를 구석구석 티끌 하나 없이 쓸고 닦고 곳곳에 비단과 꽃을 장식했다. 개봉의 부윤이 관원을 파견하여 사방을 지키며 허가받지 않은 자의 출입을 금하여 혹시 모를 사고를 방지하고자 했다. 사실 뭐 이런 이야기는 굳이 주저리주저리 할 필요는 없겠다.

한편, 사단경이 소식을 찾아갔다가 이 소식을 듣고 이렇게 물었다.

"형님을 따라서 대상국사에 들어가 황제 폐하의 용안을 한번 뵙고 싶은데 가능할지요?"

만약 그때 소식이 사단경의 청을 거절했더라면 일이 깔끔하게 끝나고 아무런 문제가 없었을 것이다. 그러나 소식은 사단경을 데리고 가고 싶어서 이렇게 대답했다.

"그대가 가고 싶다면야 뭐가 어렵겠어? 행자 복장으로 꾸미고 제단에서 일을 돕다가 황제 폐하께서 납시었을 때 실컷 보시라."

사단경이 그때 행자로 꾸미지 않았더라면 또 아무런 일이 안 생겼을 것이다. 그러나 사단경도 그 나름대로 치기가 발동하여 소식의 제안을 거절하지 않았더라. 사단경은 일단 돌아가 행자 복장을 마련하여 갈아입고 기다리다가 소식을 따라 대상국사로 들어갔다. 소식이 미리 주지 스님에게 다 말해두었다. 만약 황제 폐하께서 행차하시면 행자 복장을 한 사단경이 제단 쪽으로 와서 일을 보좌하기로 했다. 아무튼 기우제를 준비하는 동안 사단경은 조금이라도 짬이 나면 소식이 머무는 조용한 방에 찾아가 이야기를 나누곤 했다.

기우제를 시작하는 첫날, 주지 스님이 새벽 네 시경 종을 쳐서 대중들을 모았다. 향로에서 피어나는 향기가 주위를 감싸고 촛불이 대낮처럼 밝고 오색 빛깔의 깃발이 바람에 나부끼고 악기에서는 온갖 소리가 흘러나왔다. 예불의 성대함이야 굳이 말할 필요조차 없을 정도였다. 소식이 향을 들고 부처님 전에 절을 한 다음 승방으로 돌아왔다. 아침 식사를 마치자마자 황제 폐하의 어가가 도착했다는 전갈이 왔다. 한림학사의 직책을 수행하는 소식이야 황제 폐하의 존안을 뵙는 게 그리 낯선 일은 아니었으나 사단경은 황제 폐하라는 말을 듣자마자 얼굴이 빨개지고 가슴이 콩닥콩닥 뛰었다. 사단경은 정신을 가다듬고 마음을 진정시킨 다음 대웅전 앞으로 가서 다른 행자승 틈에 끼어 향을 갖다 놓고 촛불을 정리하고 음식을 나르고 등을 관리했다. 잠시 후 황제 폐하께서 자리에 나타나셨다. 소식과 승려들이 열을 지어 기다리고 있다가 황제 폐하를 대웅

보전 안으로 모셨다. 신종황제 폐하는 내시에게서 황실 전용 향을 받아서 살랐다. 그런 다음 황제 전용 방석 위에서 삼배를 올렸다. 주지 스님이 신종황제를 주지의 방으로 모셨다. 신종이 황제 전용 의자에 착석하니 사람들이 모두 머리를 조아리며 절을 올렸다. 신종이 소식이 지은 기우제 제문이 빼어나다며 칭찬했다. 소식은 황송하다며 겸양했다. 주지 스님이 행자 하나를 가리키며 황제 폐하께 차를 따르게 했다. 그 행자는 바로 다름 아닌 사단경이었다. 사단경은 대웅전에서 식을 거행할 때 황제 폐하의 용안을 제대로 보지 못한 게 안타까워 일부러 차 시중을 드는 행자 틈에 끼어 어좌 코앞에까지 와 있었다. 사단경이 신종황제의 용안을 보니 과연 봉황과도 같고, 용과도 같은 모습이라. 하늘의 해와도 같은 존재가 코앞에 있으니 모골이 송연하여 감히 제대로 쳐다보지도 못하고 황망히 걸음을 물렸다. 그러나 바로 이때 신종이 사단경을 바라보았으니, 사단경의 반듯한 얼굴에 엄청나게 큰 귀, 수려한 눈매와 숯검댕이처럼 진한 눈썹, 장대한 기골이 다른 행자와는 차원이 달라 신종의 눈에 번쩍 띄었다.

신종이 입을 열어 주지에게 물었다.

"저 행자는 어디 출신인가? 출가한 지는 얼마나 되었는가?"

주지 스님은 소식에게 사단경에 대하여 자세하게 물어두지 않았기에 신종황제의 질문에 말문이 막히고 말았다. 그래도 사단경이 눈치가 있어서 자신이 직접 머리를 조아리고 난 다음 이렇게 아뢰었다.

"신은 사가이옵고, 이름은 단경, 강서 요주부 출신이옵니다. 출가한 지는 얼마 되지 않습니다. 존안을 뵈오니 무한한 영광이옵니다."

신종은 사단경이 똑똑하게 응대하는 걸 보고 무척이나 흡족해했다. 신종이 다시 물었다.

"경은 경전에 통달했는가?"

"신은 어려서부터 경전을 공부했사오며 특히 불경을 좀 압니다."

"그래, 경이 불경에 통달했다고 하니 경에게 요원了元이라는 법명과 불인佛印이라는 호를 하사하노라. 이제 짐 앞에서 머리를 밀고 정식으로 중이 되는 것을 허가하노라."

사단경은 소식과 어깨를 나란히 할 만한 학문을 갖춘 자로 개봉에서 과거에 응시하여 입신양명하고자 하는 포부가 있었으니 어찌 중이 되고자 하겠는가? 그러나 황제의 말이 바로 법이지 않은가. 황제의 말을 어기면 오직 죽음만이 있을 뿐. 황제가 정식으로 중이 되라고 하는 마당에 어찌 "저는 지금 가짜로 행자 역할을 하는 것이오니 중이 되고 싶지 않습니다"라고 말할 수 있으랴. 속으로야 정말로 내키지 않았으나 자기도 모르게 머리를 조아리며 성은이 망극하여이다 하고 대답할 수밖에 없었다. 주지 스님이 그 자리에서 바로 사단경을 다시 대웅보전으로 안내하여 여래불을 참견하게 한 다음 다시 신종황제 앞으로 데려와 승가의 법에 따라 머리를 깎아주었다. 황제는 자색 비단 가사 한 벌을 하사했으며 황제를 수행했던 예부 관원이 양피로 된 도첩 일습을 준비하여 불인이라는 법명 그리고 생년월일, 출신 지역, 황제 폐하의 명을 받들어 머리를 깎은 날짜 등을 적은 다음 사단경에게 건네주었다. 사단경이 가사를 입으니 자색 기운이 웅혼하여 영락없이 살아 있는 나한의 모습이었다. 사단경이 도첩을 손으로 받아들고는 다시 한번 고개를 조아리며 감사의 인사를 올렸다. 신종황제가 이렇게 말했다.

"경이 기왕에 중이 되었으니 이번 기우제 지내는 일부터 돕도록 하라. 앞으로 계율을 지키고 정진하면 본사의 지주가 될 수 있을 것이라. 이 종파의 명예를 더럽혀 짐을 원망하게 만들면 안 될 것이니라."

황제가 말을 마치고 대상국사를 떠났다. 소식과 승려들은 절의 대문 밖에서 무릎을 꿇고 머리를 조아리고서는 황제를 전송했다. 그런 다음 기우제를 계속 지냈음은 두말할 필요도 없겠다.

이후로부터 모두들 사단경을 이름 대신 불인이라고 불렀다. 간혹 인공印公이라고 부르기도 했다. 불인이 황제의 추천을 받고서 머리를 깎고 중이 되었기에 사람들은 불인을 깍듯이 존중했다. 송나라의 풍속에 따르면 머리를 깎고 중이 되는 것을 엄청나게 중한 일로 여겨 도첩 한 장을 얻으려면 돈 천 관을 써야만 했다. 한데 사단경은 돈 한 푼 들이지 않고 도첩을 얻어 중이 되었으니 만약 진짜 행자였다면 천재일우의 기회를 얻은 것이라 기뻐서 폴짝폴짝 뛸 일이었다. 그러나 불인은 농담이 진담 된 것이고 본심에서 우러난 것이 아니라 어쩔 수 없는 상황에서 이런 일이 일어난 것이므로 상당히 답답해했고, 그 기분이 오랫동안 지속되었다. 그러나 나중에는 대상국사에서 불경을 펼쳐 읽으면서 불교의 이치에 정통하고 심취했으며, 부귀공명을 이루려는 생각을 버리고 청정무위한 불교의 요체에 침잠했다. 불인은 본디 명오선사가 환생한 자다. 불인이 타고난 바탕이 워낙 탁월하여 유가를 공부하다 불가로 귀의했음에도 불가를 이해함이 마치 거대한 난롯불에 눈이 녹듯이 그렇게 젖어 들었다.

소식은 본디 세상 속에서 일하도록 타고난 사람이며, 식견이 빼어난 자였다. 소식이 일찍이 이렇게 말한 바 있다.

"사단경은 본디 과거시험을 치르러 개봉에 온 것이었다. 그를 행자로 변장시켜 대상국사로 데려와 황제 폐하의 용안을 뵙게 한 건 바로 나였다. 한데 그때 그가 머리를 깎고 중이 되어버렸으니 그를 불가에 입문시킨 책임은 나에게 있는 것이라. 그가 이제 불문에 있으면서 필시 나를 원망하리라. 그가 비록 계율을 엄격하게 지키고 체면상 아무런 티를 내지 않을지라도 마음속에 흔들림이 어찌 없을 수 있으랴."

소식은 매번 불인과 대화할 때마다 불인의 마음을 살살 긁는 말을 하곤 했다. 그러나 불인의 마음은 얼음장처럼 차분했고 입은 강철처럼 굳어서 털끝만큼도 흐트러짐이 없었다. 그런 불인의 마음을 오직 소식만 믿지 못했다. 나중에 소식이 당시의 시대 분위기를 거스르는 시를 지었다 하여 귀양을 떠나게 되었다가 철종황제 원우元祐 연간(1086~1094)에 이르러서야 다시 한림학사로 복직되는 일이 있었다. 바로 그때 불인도 탁발을 마치고 다시 대상국사로 돌아왔다. 그때 불인의 나이는 아직 창창했다. 소식이 불인을 보고는 그가 처음 머리를 깎던 때가 떠올라 마침내 불인에게 이렇게 권했다.

"자네가 환속하여 벼슬길에 나아가고 싶다면 내가 기꺼이 자네를 위해 좋은 자리를 알아봐 주겠네."

불인이 어찌 그 말에 신경이라도 쓰겠는가? 소식이 마침내 그를 조롱하고자 이렇게 말했다.

머리 깎지 않은 자 가운데는 악독한 자 없고,
악독한 자 아니면 머리 깎지 아니한다.
악독해지면 머리 깎고,
머리 깎으면 악독해진다.

불인은 웃으면서 아무런 대답도 하지 않았다. 봄기운이 무르익은 어느 날, 소식이 집에서 한가로운 시간을 보내고 있을 때 하인 녀석이 달려왔다.

"불인선사께서 대문에 도착해 계십니다."

소식이 그 말을 듣고 안으로 모시라 했다. 잠시 후 바로 불인선사가 대청으로 들었다. 소식과 불인이 서로 인사를 나누고 하인이 차를 내왔다. 차를 마시고 나서 소식이 하인에게 후원의 정자를 치우라고 한 다음 불인과 함께 정원을 산책하고 나서 뒤채 가까운 정자에 자리를 잡고 앉았다. 하인이 술과 안주를 차렸다. 하인에게 술을 따르라 하여 두 사람이 술을 마셨다. 술이 세 순배 정도 돌 무렵 소식이 이렇게 말했다.

"술자리에 음악이 없으니 너무 밋밋하구먼. 우리 집에 노래를 제법 잘 부르는 처자가 있으니 몇 곡조 부르게 하여 흥을 돋울까 하오."

말을 마치고 나서 소식은 하인을 시켜 안으로 들어가 말을 전하도록 했다. 얼마 지나지 않아 불인의 귓가에 누군가의 노랫소리가 들려왔다. 참으로 매혹적인 노랫소리였다.

노랫가락 찰지고 아름답구나,
대들보의 먼지를 걷어내는 소리.
노랫말과 곡조 멋지고 진실되어,
분분히 바람 일으켜 좌중을 맴도네.
정원에 날아와 우짖는 앵무새 소리처럼 곱고,
붉은 산에 물든 단풍잎처럼 화려하도다.
흰 눈에 비치는 햇살 같고,
맑은 바람 사이에 비치는 달빛 같구나.

노래가 끝나자 불인이 이렇게 말했다.

"기묘하구나! 한아(韓娥3)와 같은 노래요, 진청(秦靑4)과도 같은 노래구나. 지나는 구름을 멈추게 할 수는 없을지라도 대들보 위의 먼지는 불어

---

3) 춘추시대 한나라 출신의 여류 가객으로 제나라 땅을 지나다가 여비가 떨어지자 노자를 마련할 요량으로 노래를 부르자 사람들이 감탄해 마지않았다 한다.

4) 전국시대 진나라의 가객이자 음악 선생으로 일찍이 노래를 배우다 포기하고 떠나는 제자를 전송하면서 노래를 불렀더니 그 제자가 노랫소리를 듣고 저절로 발길을 되돌려 돌아왔다는 이야기가 전해진다.

털어낼 수 있을 것이로다."

소식이 말했다.

"우리 선사께서도 작품 하나를 남겨주지 않으시겠나이까?"

"종이와 붓을 청하나이다."

소식이 하인을 시켜 문방사우를 가져와 불인선사의 면전에 대령하게 했다. 불인선사가 속으로 이렇게 되뇌었다.

'노래를 저렇게 잘 부르는데 인물은 또 어떠한지 궁금하구나.'

불인선사가 붓을 들어 사를 한 수 적었다. 제목은 「서강월」이었다.

겹겹의 휘장, 좁은 정원,
바람 앞에 선 작은 정자.
달빛 아래 빛나는 파란 창, 빨간 문,
어디선가 들려오는 부드러운 노랫소리.
소리로 인연을 맺었으니,
눈으로 맺을 인연 어찌 없으리?
코앞에 신선이 있을 것이나,
저 휘장이 가로막고 있으렷다.

소식이 불인선사의 사를 읽어보더니 웃으면서 이렇게 말했다.

"우리 선사께서 노래 부른 처자를 보지 못하셔서 마음 상하셨군요."

소식이 하인한테 휘장을 걷어보라고 했다. 하인이 휘장을 반쯤 걷었다. 불인이 휘장 안쪽을 바라보았다. 그 노래 부른 처자가 반쯤 보였다. 처자의 작은 두 발이 살포시 보였다. 불인이 입 밖으로 말을 꺼내진 않고 그저 속으로만 생각했다.

'휘장을 걸었다고는 해도 원래 낮게 쳐 놓은 휘장을 반만 걸은 거라

서 노래 부른 처자가 어떻게 생겼는지 알 수가 없구나.'

소식이 말했다.

"선사께서 이미 한번 보셨으니 어찌 다시 한 수 더 읊지 않으시겠습니까?"

불인선사가 붓을 잡고서 다시 사 한 수를 지었다. 제목은 「품자령品字令」이었다.

발만 보아도,
저절로 떠오르는 개미허리.
지나가는 구름마저 멈추게 할 노랫소리,
한 손에 쥐어질 것만 같은 저 허리.
이 몸은 술에 취하여 돌아가고 싶으나,
억지스레 몸과 맘을 추스르네.
몇 번이고 저 휘장을 들추고 싶으나,
혹시 주인장 싫어할까 봐 그게 걱정이라오.

아직도 할 말을 다 하지 못한 불인선사는 내친김에 시 네 구절을 더 적었다.

박수 소리, 노랫소리뿐,
그 얼굴, 그 눈동자는 뵈질 않네.
바람아 어서 불어와,
저 휘장을 불어 올리렴, 꼭대기까지.

불인선사가 시를 다 짓고 나자 소식이 가가대소했다. 하인에게 명하여 휘장을 걷어 올리게 하더니 처자를 불러내었다. 처자가 나와서 불인선사를 뵙고 두 손을 공손히 모아 인사를 올렸다. 그런 다음 단정하게 옷 매무새를 바로 잡고 정자 앞에 섰다. 불인선사가 바라보니 노래만 잘하는 게 아니라 인물 또한 참으로 곱더라.

눈썹이 살포시 바람에 나빌레라,
뺨은 연꽃 빛깔일레라.
나긋나긋 사뿐사뿐 이 세상을 초월한 선녀,
우아하고 맑디맑은 천상의 자태.
때깔 고운 비단옷,
손에는 상아 박판,
죽순처럼 부드럽고 기다란 손가락,
황금색 연꽃 같은 발,
봉새를 수놓은 작은 신발.
강을 마주하면 또 하나의 물의 여신,
달을 마주하면 또 하나의 항아.
멋지고 멋지고 또 멋지도다,
천상의 여인이로다,
빼어나고 빼어나고 또 빼어나도다,
달 속의 선녀로다.

소식이 하인을 시켜 술을 따르게 하더니 그 처자를 불러 술잔을 불인선사에게 올리라 했다.
"이 처자의 이름은 금낭琴娘, 어려서부터 우리 집에서 지냈소이다. 음악에 능통하고 칠현금을 다룰 줄 알며, 글쓰기, 예의범절, 셈하기 같은 다양한 재능 또한 갖췄소이다. 기왕에 오늘 금낭을 만났으니 멋진 시 작품을 어찌 아끼리오!"

불인선사는 이미 술기운이 불콰하게 올라왔는지라 이제 그만 돌아가겠노라 했다. 금낭이 말씀을 올렸다.

"선사님, 잠시 더 앉으셔서 몇 잔 더 드시지요."

불인선사는 소식이 말한 것도 있고 해서 붓을 들고서 다시 사 한 수를 지었다. 그 사의 제목은 「접련화」였다.

박판을 든 아리따운 여인네가 손님을 붙잡네,
금비녀 꽂고 새롭게 단장한 머리,
섬섬옥수.
노랫가락은 하늘을 넘어 날아가고,
맑은 소리는 떠도는 구름마저 멈추게 한다.
듣는 인연 있어, 그대 노랫소리를 듣고,
보는 인연 있어, 그대 모습을 내 눈으로 직접 보네.
듣는 인연, 보는 인연 모두 다 있으니,
또 다른 무슨 인연이 있을지도 모르겠노라.

불인선사가 사를 다 지으니 소식이 보고 너무도 기뻐했다. 소식이 금낭에게 이 사에 곡조를 붙여 노래하고 나서 불인선사에게 술을 권하도록 했다. 술을 몇 잔 더 마시다 보니 불인선사가 술에 흠뻑 취하여 노래를 따라 하다 몇 구절을 놓치기도 했다. 밤이 깊어지자 소식이 하인을 시켜 불인선사를 서재 방에 모시게 했다. 소식이 곰곰이 생각에 잠겼다.

'내가 줄곧 불인에게 환속하여 벼슬길에 나가기를 권했건만 내 말을 듣지 않았으렷다. 오늘 보니 불인이 금낭에게 마음이 있는 것 같으니 오늘 밤 불인이 금낭을 건드리게 된다면 불인도 더는 출가한 자로 지내겠다고 고집 피우지 못하고 환속하게 될 것이라. 이 일을 밀어붙이지 않을 이유가 없구나. 좋은 계책이로고!'

소식이 바로 금낭을 불러 이렇게 말했다.

"불인선사가 지은 사에 담긴 뜻을 너도 알겠지. 마지막 두 구절 '듣는 인연, 보는 인연 모두 다 있으니, 또 다른 무슨 인연이 있을지도 모르겠노라'를 보건대, 선사도 역시 사람은 사람, 너를 그리워하는 마음이 있음이 분명하도다. 네가 오늘 밤 선사와 동침을 하고서 그 증거를 나에게 가져오면 내가 내일 너에게 3천 관을 상급으로 줄 것이다. 아울러 우리 집에서 너를 풀어주고 다른 남자를 만나 결혼할 수 있게 해주겠노라. 만약 이 일을 성공하지 못하면 내가 집사 하녀에게 명하여 죽비 20대를 치게 한 다음 이 집에서 쫓아낼 것이니라."

금낭이 소식의 말을 듣고 두려움에 몸을 한 차례 떨고는 대답했다.

"주인 나리의 명령을 삼가 받들겠나이다."

금낭이 방에서 나와 얼굴에 홍조를 띠고 사뿐사뿐 발걸음을 옮겨 서재 방으로 들어왔다. 불인은 이미 대취하여 인사불성이 되어 긴 의자 위에 잠들어 있었다. 벽에 걸린 등불이 여전히 밝았다. 금낭은 하는 수 없어 섬섬옥수로 불인선사를 흔들어 깨웠다. 잠자리 날개가 돌기둥에 부딪히고, 개미가 태산을 흔드는 격이었다. 천둥과도 같은 코 고는 소리를 내며 잠에 빠져든 불인이 그렇게 흔든다고 어이 잠에서 깨어나겠는가! 아무튼 초경부터 깨우기 시작했으나 오경이 다 되어도 일어나지 않았다. 금낭은 어찌해야 좋을지 몰라 마음이 당황스러웠다. 금낭의 두 눈에선 자기도 모르게 눈물이 흘러내렸다.

'아, 내가 이 일을 완수하지 못하면 내일 아침 매질을 당할 것이고 쫓겨나겠구나. 아, 어떡하면 좋지!'

어쩌랴, 불인선사가 대취하여 인사불성인 것을. 금낭이 눈가의 눈물을 훔치자 공교롭게도 눈물방울이 불인선사의 뺨에 떨어졌다. 불인선사는 자신의 뺨에 뭐가가 떨어지자 놀라서 두 눈을 떴다. 벽에는 등불이 아직도 밝게 타고 있었다. 꽃처럼, 옥처럼 아리따운 여인네가 자기 옆에 앉아 있는 게 아닌가. 불인선사가 대경실색하며 말했다.

"너는 누구냐? 이 야심한 밤에 무슨 일이 있어 여기에 왔느냐?"

불인선사의 질문을 받은 금낭은 기쁘기도 하고 놀랍기도 했다. 얼굴이 벌게지며 두 손을 모아 인사를 올리고 나서 대답했다.

"저는 낮에 노래를 불렀던 금낭이옵니다. 선사께서 소녀를 아끼는 마음이 있다는 말씀을 듣고서 아무도 모르게 이렇게 찾아뵈었습니다. 소녀 선사님과 운우지정을 함께하고 싶사오니 부디 거절하지 말아주셔요."

불인선사가 금낭의 말을 듣고 깜짝 놀라며 말했다.

"낭자, 그게 무슨 말씀이오! 소승은 지난밤 소식 학사님의 초대를 받고 술대접을 받아 그 술기운에 취하여 그런 말을 한 것일 뿐, 진정 내 속뜻은 아니올시다. 낭자는 어서 돌아가도록 하시오. 다른 사람이 본다면 사람들이 없는 것도 말을 만들어 쑥덕일 것이니 그럼 내가 그동안 쌓아 올린 덕도 하루아침에 수포로 돌아가고 말 것이오."

금낭이 불인선사의 말을 들었다손 그냥 돌아갈 리 있겠는가. 금낭이 우물쭈물하면서 돌아가지 아니하니 불인선사가 다시 이렇게 말했다.

"그래그래, 이게 다 소식 학사가 나를 시험하려고 하는 것이니라. 내가 수행하기 시작한 지도 어언 몇 년, 그래도 술 마시고 시 짓는 것만큼은 놓지 않고 즐겼노라. 하지만 세속에 찌든 천박한 마음을 품은 것은 아니노라. 그대가 내 말을 듣지 아니하면 나도 더는 어쩔 수가 없노라."

금낭은 불인선사의 말을 듣고 두 줄기 눈물을 하염없이 흘렸다.

"소식 학사님께서 저에게 이 일을 시킨 것이 맞습니다. 만약 선사님께서 소녀와 더불어 운우지정의 기쁨을 누려주신다면 저는 3천 관의 상급을 받고 양인에게 시집갈 수 있을 것이나 만약 선사께서 소녀를 사랑해주지 않으신다면 소녀는 내일 집사 하녀에게 죽비 20대를 맞고 쫓겨나게 됩니다. 선사께서 소녀를 구해주시옵기를 앙망하나이다."

말을 마치고 금낭은 온 정성을 다하여 절을 올렸다. 불인선사가 금낭의 이야기를 듣고 가가대소했다.

"하하, 걱정하지 마라. 내가 너를 구해주겠노라."

불인선사가 책보자기를 풀어헤치더니 종이 한 장을 꺼냈다. 서재 방 탁자 위엔 여느 때처럼 문방사우가 갖춰져 있었다. 불인선사가 붓을 잡고서 사 한 수를 지었다. 그 사의 이름은 「낭도사」였다.

어제 선녀를 만났네,
인연 때문이겠지.
취한 눈으로 봤음이 분명한데 어이 이리 선명한가.
나 잠에 들었네,
꿈인 줄 알았는데 내 곁에 선녀가 있네.
이 일을 어찌 설명할꼬?
어찌 사랑하지 않을 수 있으리!
그러나 난 그 악기를 연주할 수 없었네.
소식 학사에게 전하게나,
선녀를 오롯이 그대에게 맡기노라고.

불인선사는 이 사를 다 짓고 나서도 흥이 다 가시지 않았는지 다시 네 구절의 시를 지었다.

무산의 아리따운 선녀에게 말 전해주시게나,
양왕을 고뇌하게 만드는 일 그만두시라고.
불가에 귀의한 이 마음,
봄바람에도 흔들림이 없으리오다.

금낭은 이 사를 받아들고 곧장 소식에게 갖다 바쳤다. 소식은 그걸 받아들고 매우 흡족해했다. 서재로 찾아와 불인선사와 무릎을 마주하고 앉았다.
"멋져, 멋져! 진정한 선승이로소이다."
아울러 금낭에게도 3백 관을 상급으로 주고 양인을 택하여 시집가게 했다. 이 일이 있고 나서부터 소식은 불인선사를 더욱 존중하고 막역지교로 삼았다. 불인은 소식이 처첩과 함께 있을 때도 전혀 내외하지 않았다. 불인이 늘 불가의 이치로 소식을 깨우치니 소식 역시 점점 불가에 귀의하게 되었다. 소식이 나중에 죽음에 이르러서도 흔들림이 없었던 것은 바로 그가 불교의 깨우침을 얻었다는 증거라고 전해진다. 오늘날에 이르기까지 사람들이 소식을 그의 호 동파의 '파'자를 따서 파선坡仙이라고 부르는 것 역시 소식이 불인선사의 영향을 받았다는 증거일 것이다. 시 한 수로 이를 증명하노라.

소식이 불인을 변화시키지는 못했으나,
불인이 오히려 동파를 변화시켰구나.
불력이 광대무변하지 않다면,
애욕의 강을 어찌 무사히 건널 수 있었으리!

가죽신으로 이랑신의 정체를 밝히다

勘皮靴單証二郎神

버들가지에 막 푸른 빛 들고,

꽃샘추위 닥쳐와도 얼음 녹아 물 되어 흐르고,

가랑비 흙먼지 덮는다.

한 줄기 봄바람에,

여인네 치맛자락 날리고,

강물에 파란 잔물결 인다.

선녀도 춤추는 초봄,

피리 소리, 퉁소 소리 새롭다.

만세 소리 울려 퍼지는데,

천자는 술잔 기울이고,

봄기운 스며들어 술과 봄에 함께 취했다.

송나라 어느 학사가 지었다고 하는 「유초청柳梢靑」이다. 송 태조가 나라의 기틀을 잡은 후 여덟 번째 천자가 등극하니 그가 바로 신소옥부허정선화우사도군황제神霄玉府虛淨宣和羽士道君皇帝1) 휘종徽宗이라. 이 휘종황제는 강남 이후주李後主2)의 환생이라 한다. 휘종의 아버지 신종이 어느 날 내전에서 역대 황제의 초상화를 구경하다가 이후주의 초상화를 보니 세상의 속기라고는 전혀 없이 마치 저 하늘나라를 노니는 사람 같아 찬탄해 마지않았다. 후에 신종황제는 이후주가 궁성으로 뛰어드는 꿈을 꾸고서 휘종을 낳았다. 어렸을 때 단왕端王에 봉해진 휘종은 본디 재주가 많고 풍류를 즐길 줄 아는 인물이었다. 형 철종황제가 일찍 승하하여 천자로 등극하게 되었다.

휘종이 즉위하자 천하와 조정이 두루 평안해졌다. 휘종은 정원 조경에 관심이 많았다. 선화 원년(1119)에 개봉의 동북쪽에 연못을 파고 담을 쌓는 공사를 대대적으로 일으켜 인공 산을 쌓아 그 이름을 수산은악壽山銀岳이라 했다. 환관 양사성梁師成이 공사의 책임을 맡았다. 아울러 주면朱勔이 소주, 상주, 호주 그리고 이절二浙3), 삼천三川4), 양광兩廣5)의 기화요초와 기암괴석을 수집 운반했는데, 이를 화석강花石綱6)이라 불렀다. 창고

---

1) 휘종에게 붙여진 이 칭호는 '신령스러운 하늘의 옥 궁전에 거하며, 세속을 초월한, 조화롭고 부드러운, 도사들의 우두머리인 황제'란 의미이다.
2) 당이 멸망하고 송이 건국되기 전 오대십국五代十國 중 하나인 남당南唐(937~975)의 마지막 임금 이욱李煜을 말한다. 음악과 문학에 조예가 깊었으나 정치군사적으로 무능한 왕이었다.
3) 송대의 행정 구역인 절강浙江 동로東路와 서로西路를 합쳐 부르는 명칭으로 지금의 절강성과 강소성 일대를 아우른다.
4) 지금의 하남성 낙양 일대를 가리키는 지명으로 경수涇水, 위수渭水 그리고 낙수洛水 이렇게 세 물길이 흘러 삼천이란 이름이 붙었다.
5) 광동과 광서를 합쳐 부르는 명칭이다.
6) 화는 기화요초, 석은 기이한 바위를 말한다. 강은 배 열 척을 세는 단위라는 설도 있고, 배에 싣고 운반하는 화물 덩어리를 가리킨다는 설도 있다. 그러므로 이 화석강이란 휘종황제 때 개

의 모든 재물을 쏟아붓고, 천하의 온갖 재주꾼들을 다 동원하고서도 몇 년이 걸려서야 완성했으므로 만세산萬歲山이란 별명이 생겼다. 만세산에는 온갖 진기한 화초와 나무, 진귀한 들짐승과 날짐승이 넘쳐났다. 높이 솟은 전각들은 그 웅장함과 아름다움이 이루 말할 수 없을 정도였고, 옥화전玉華殿, 보화전保和殿, 요림전瑤林殿, 대녕각大寧閣, 천진각天眞閣, 묘유각妙有閣, 층만각層巒閣, 임소정琳霄亭, 건봉수운정騫鳳垂雲亭 등등 그 종류와 수가 일일이 셀 수 없을 정도로 많았다. 당시에 휘종을 가까이서 모셨던 채경蔡京, 왕보王黼, 고구高俅, 동관童貫, 양전楊戩, 양사성梁師成이 만세산에서 어울려 놀았는데 이들은 나중에 선화육적宣和六賊이라 불리게 된다.

>진귀한 옥돌이 모여 수풀을 이루었고,
>옮겨 심은 대나무, 회나무가 모여 그늘을 이루었네.
>황제의 은총을 믿고 속된 인간들이 예서 함부로 노니니,
>자신들이 다섯 길 구름 속에 있는 줄은 모르는 모양일세.

보화전 서남쪽에 옥진헌玉眞軒이 있었는데, 이곳이 바로 천자의 총애를 한 몸에 받는 안비安妃 마마의 처소로서 화려하고 아름답기 그지없었다. 황금으로 장식한 문손잡이, 옥으로 장식한 난간이 휘황찬란하여 사람의 정신을 다 빼앗을 정도였다. 신하 채경이 이곳에서 황제가 열어주는 잔치에 참석했다가 지은 시가 벽에 새겨져 있다.

>새로 지은 보화전에 가을 햇빛 스며드는데,

봉의 황실 전용 정원과 궁궐을 짓고자 나라 전역에서 기이하고 아름다운 꽃과 나무, 바위를 싣고 운반하던 배들 혹은 그 배에 실린 짐을 가리키는 말이다.

천자께서 속세의 우리를 이 아름다운 곳에 부르셨네.
잔치 자리에서 술기운 점점 더해지니 흥취 더욱 깊어지고,
옥진헌에서 안비 마마를 뵈오리?

그러나 지금 이야기하려는 것은 황제의 총애를 받는 안비가 아니다. 내궁에 부인이 하나 있었으니 성은 한韓이요 이름은 옥교玉蟜라. 어려서 궁에 뽑혀 들어와 이제 바야흐로 비녀를 꽂을 나이. 옥 장신구 소리, 치마 끌리는 소리, 무엇 하나 아름답지 않은 것이 없었다. 눈처럼 새하얀 피부, 연꽃보다 더 아름다운 자태. 그러나 안비 마마가 휘종황제의 온갖 총애를 독차지하니 한 부인은 잠시도 휘종황제를 모실 틈이 없었다. 봄빛 따사롭고, 아지랑이 사람을 싱숭생숭하게 하니 마음속 깊은 저곳에서 무언가 꿈틀거리며 올라오지만 혼자 드는 잠자리는 썰렁하기만 했다. 계단 앞쪽에 달빛 비춰드는데 멀리서 들려오는 풍악 소리는 애간장 녹이고, 울 밑에서 벌레 울건만 원앙금침에서 잠자리 함께할 이 없으니 이를 슬퍼했다. 아침에 잠을 깨어도 분단장하기 싫고 봄바람 불어오지만 느느니 한숨이라, 마침내 병이 되고 말았다.

봄바람은 노상 불어오고 불어가건만,
이내 눈에 눈물은 미를 날이 없어라.
막 초입에 들어섰든 깊었든
춥든 따스하든
비가 오든 날이 맑든, 봄날은
언제나 사람 가슴 속의 감흥을 불러일으키네.
여기저기 꽃이 지니 봄이 가려나.
풀잎 사이로 나비는 어지러이 나는데,

버들가지 사이로 앵무새 지저귀는 소리 들려오는데.

선가의 단약은 만들었으나,
그리던 선녀는 사라져 버렸네.
술에 취한 듯 멍한 듯,
미쳐 춤추듯,
꿈꾸듯, 가위눌려 깬 듯,
애틋한 혼은 아직도 헤매고 있는데,
신선 세상의 소식을 묻노라.
어느 날 밤 어디에서 만나리오,
달 밝은 날, 맑은 바람 부는 영주 봉래산에서.

한 부인은 날이 갈수록 수척해졌다. 어의가 진맥하여 약을 지어주었으나 마치 돌멩이에 물을 들이붓는 것처럼 아무 소용이 없었다. 휘종황제가 편전에 들어 전전태위殿前太尉 양전楊戩을 불렀다.

"한 부인은 본디 경이 진상한 여인이니, 한 부인을 경의 집으로 데리고 가서 간호해주기 바라오. 병이 다 나은 뒤에 다시 궁에 돌아오면 될 것이니 너무 서두르지 마시오. 아울러 궁정의 음식 담당관(광록시光祿寺)을 시켜 매일 음식을 보내줄 것이며 어의를 시켜 진맥하고 탕약을 지어주도록 할 것이니 차도가 있으면 즉시 짐에게 알려 주도록 하오."

양전은 머리를 조아렸다. 내궁의 아전들과 양전 집안의 하인들이 함께 한 부인의 옷가지야 화장품이야 옮겼다. 가마에는 한 부인을 태웠으며, 하녀 둘과 심부름꾼 둘이 그 뒤를 따랐다. 가마를 둘러싼 일행이 출발하기 전에 양 태위는 먼저 집에 도착하여 부인에게 이 사실을 알리고 영접하도록 했다. 그리고 집을 두 곳으로 나누고 서쪽 안채를 치워 한 부인이 거처할 수 있도록 했으며 서쪽 안채의 출입문에는 자물통을 채워 놓아 어의와 여인들만 출입하게 했다. 양 태위와 부인은 하루에 한 차례씩 한 부인을 찾아뵙고 문안 인사를 올렸다. 그 외 별다른 일이 없는 시간에는 안채 출입문이 늘 굳게 닫혀 있었다. 출입문 옆에 통을 하나 매달아 놓고 그 통으로 음식이며 소식을 전해주었다.

> 햇빛 비치는 계단, 파란 풀에는 봄빛이 완연한데,
> 나무 잎사귀 사이사이로 꾀꼬리 울음소리 쓸쓸해라.

이러구러 두 달여가 지나자 한 부인은 안색도 옛 모습을 되찾고 식욕도 돌아왔다. 양 태위 부부가 좋아했음은 두말할 필요도 없다. 양 태위 부부가 한 부인이 자리를 털고 일어난 걸 축하하는 한편, 한 부인을 떠나보내게 되었음을 아쉬워하며 술자리를 마련했다. 그날 술잔이 대여섯 번 오가고 음식상이 두어 번 치워질 무렵 양 태위 부부가 입을 열었다.

"부인의 옥체가 이렇게 나아지셨으니 이처럼 다행스러운 일이 또 어디 있겠습니까? 조만간 폐하께 고하고 길일을 택하여 입궁하셨으면 하는데 부인의 의향은 어떠하신지요?"

한 부인이 두 손을 맞잡고 인사를 올렸다.

"이 몸이 박복하여 시름에 겨웠더니 이렇게 두 달씩이나 몸져눕고 말았군요. 이제 조금 기운을 차렸으나 폐가 되지 않는다면 좀 더 머물고 싶습니다. 폐하께 잠시 아뢰지 말아 주십시오. 이곳에서 이렇게 두 분께 신세를 지고 번거롭게 하여 드렸으니 그 은공은 제가 꼭 갚겠나이다."

양 태위 부부는 한 부인의 부탁을 들어주지 않을 수 없었다. 다시 두 달여가 지났다. 이번에는 한 부인이 술자리를 마련하고 이야기꾼도 불러 공연하게 했다. 이야기가 당나라 선종宣宗 때의 궁정 비사를 언급하는데 이르러 마침 한 부인이란 인물이 등장했다. 이야기 속의 한 부인은 천자의 사랑을 받지 못하여 마음을 끓였으나 아무런 방도가 없었다. 그러던 어느 날 그녀는 단풍잎에 시 한 수를 적어서는 냇물에 띄워 보냈다.

저 냇물은 어이 저리 빨리도 흐르시는가?
구중궁궐에 갇힌 나는 온종일 할 일도 없는데.
고마워라, 단풍잎이여.
너는 어여 사람 사는 세상으로 흘러가려무나.

이때 마침 과거시험을 보러 왔던 우우于佑라는 총각이 단풍잎을 주워 읽고는 그 시에 화답하는 시를 지어 다시 냇물에 흘려보냈다. 우우는 과거에 급제했고, 나중에 이 일을 알게 된 천자가 한 부인을 우우에게 시집보내 두 사람은 백년해로했다고 한다.

한 부인은 자신과 같은 성씨에, 같은 신세의 한 부인 이야기를 듣고 나더니 마음이 울컥해져서 자신도 모르게 한숨지었다. 비록 입 밖에 내지는 않았으나 마음속으로는 하염없이 '나에게도 저 한 부인과 같은 행운이 온다면 이 한평생 억울하지만은 않을 터인데'라고 생각했다. 술자리가 파하고 한 부인은 자기 방으로 들어갔다. 설핏 잠이 들었는가 했으나 시간은 아직 한밤중, 머리는 지끈거리고 사지는 힘이 쫙 빠져 온몸이 아프지도 않은데 힘이 하나도 없었다. 아무런 까닭도 없이 입술이 바작바작 타오르고 가슴이 답답하여 다시 쓰러지고 말았다. 이번에는 지난번보다 병세가 더욱 위중했다.

지붕은 새는데 연일 비는 내리고,
배는 늦어 갈 길은 먼데 멀미는 더욱 심해지기만 하네.

양 태위 부인이 한 부인에게 문안 인사를 드리러 왔다.

"다행히 천자께서는 병이 나아 입궁한다는 말씀을 아직 올리지 않았나이다. 기왕에 저의 집에 계시는 거, 마음 편히 잡숫고 몸조리 잘하십시오. 병이 나아 입궁하시려던 일은 아예 괘념치 마십시오."

"부인의 따듯한 마음씨는 정말 고맙기 그지없소. 하나 나의 병이 이렇듯 깊으니 다시 입궁하지도 못하고 눈을 감으려나 보오. 부인의 은혜를 다 갚지 못하면 어떡하나 하는 걱정이 먼저 앞선다오. 다음 생애에는 내가 부인을 위해 몸과 마음을 다 바치겠소이다."

한 부인은 말을 마치고 가녀린 숨결을 몰아쉬었다. 지극히 처량한 모습이었다. 양 태위 부인도 마음이 짠했다.

"부인, 왜 그런 말씀을 하십니까? 부인은 타고난 귀인상이니 이제 바야흐로 모든 악운이 물러가고 병도 곧 나을 것입니다. 다만, 약을 먹어도 별다른 효험을 보지 못하고 괜히 몸만 더 상하고 있는 것 같습니다. 혹시 부인께서 궁에 계실 때 마음속 깊은 곳에 소망을 지녔으되 이루지 못하셨거나 천지신명의 책망을 살 만한 일을 하신 적이 있으십니까?"

"저야 입궁한 이래로 늘 외로움에 가슴 쓰렸으니 어디 소망을 지닐 겨를이나 있었겠소? 하나, 지금 병세가 이처럼 위중해지고 약을 먹어도 효험이 없으니 이 근처 어디 영험한 곳에라도 찾아가 하늘에 대고 이내 소망을 빌어보고 싶은 심정이라오. 이 몸 낫고 마음 평온해지면 어서 돌아가야겠지요."

"이곳의 현천상제玄天上帝7)와 이랑신二郎神8)이 영험하기 그지없다고

---

7) 도교의 신으로 북방, 물, 전쟁을 관장한다. 북극우성진군北極佑聖眞君이라 부르기도 한다.
8) 중국 도교의 치수治水를 담당하는 무신武神. 송대에 특히 숭앙되어 조정에서 직접 제사를 지내기도 했다. 청원묘도진군淸源妙道眞君이라고 높여 부르기도 한다.

합니다. 부인께서 직접 향불을 사르시며 마음속 깊은 곳의 소망을 빌어 보십시오. 그리하여 마음이 평안해지신다면 제가 부인을 모시고 직접 사원에 찾아가 감사의 기도를 드리겠나이다. 부인의 의향은 어떠신지요?"

한 부인이 고개를 끄덕였다. 시녀들이 향불을 가지고 들어왔다. 한 부인이 몸을 일으킬 수 없었던지라 침대에 누운 채로 두 손을 이마 쪽으로 모으고 기도를 올렸다.

"이 몸이 어려서 입궁했으나 천자의 은혜를 입지 못하고, 업보의 인연으로 병에 걸려 양 태위 집에 기거하게 되었나이다. 신령들의 보살핌을 받아 제가 다시 건강해질 수 있다면 깃발 두 폭을 수놓고 예물을 갖추어 직접 사원에 찾아가 머리 조아려 감사드리겠나이다."

양 태위 부인이 한 부인을 대신해 손에 향을 들고 기도를 올리고 머리를 조아렸다. 기이하게도 기도를 드리고 난 다음부터 한 부인이 점점 기력을 되찾기 시작했다. 한 달이 지나 한 부인은 건강을 되찾았다. 양 태위 부인은 뛸 듯이 기뻐하며 술자리를 마련하여 한 부인의 완쾌를 축하했다.

"어쩌면, 신령님들께서 영험하시기도 하네요. 약을 먹는 것보다 더 효험이 있군요. 이제 약속한 대로 깃발과 예물을 바쳐야지요."

"제가 어찌 약속을 어길 수 있겠어요? 당장 깃발에 수를 놓아 부인과 함께 가서 소망을 빌어봅시다. 부인의 생각은 어떠시오?"

"그야 당연히 모시고 가야지요."

술자리가 파할 무렵 한 부인이 돈을 내어 예물을 사고 깃발에 수를 놓도록 했다.

불을 지피면 돼지 머리 삶아지고,
돈이 생기면 일이 절로 되지.

세상에 힘든 일도 돈만 있으면 안 될 것이 있으랴. 며칠 걸리지 않아 깃발에 수를 놓아 대나무에 걸어 세워놓으니 휘황찬란하여 눈이 부실 지경이었다. 길일을 택하여 향과 예물을 준비하고 관비며 노비며 다 동원하여 현천상제의 사당에 도착했다. 사당지기가 양 태위 부인 일행이 오는 것을 보고 황망히 뛰어나와 영접하더니 축문을 읽고 깃발을 세웠다. 한 부인이 치성을 드리는 동안 일행은 사당 동서 회랑을 한 바퀴 돌았다. 사당지기가 차를 올렸다. 한 부인이 사당지기와 관원들에게 금일봉을 하사하고 가마를 타고 돌아왔다. 그날 밤은 별일 없이 지났고, 다음 날 아침 이랑신 사당을 찾아갔다. 하나 누가 알았겠는가. 이곳에서 기이하고도 괴상한 일이 일어날 줄을.

이제 확실히 알겠노라. 말이란 바로 만사의 근원,
예로부터 얼마나 많은 시비를 불러일으켰던고.

쓸데없는 소리는 예서 그만두자. 한 부인 일행이 이랑신 사당에 도착했다. 사당지기가 나와 영접하고 축문을 읽고 향을 사르고 예물을 바쳤다. 양 태위 부인은 사당의 한쪽을 거닐었다. 이때 한 부인은 손을 들어 앞에 쳐진 황금색 휘장을 밀고서 휘장 저쪽을 살며시 바라다보았다. 그래, 한 부인이 그걸 보지 못했더라면 아무 일도 생기지 않았을 것을, 그걸 보고는 그만 놀라 나자빠져 버리고 말았구나. 과연 무엇을 보았던가?

황금빛 꽃무늬 두건 머리에 쓰고,
자수도 화려한 빨간 도포 입었네.
허리에는 남전에서 나는 옥으로 만든 허리띠를 두르고,

봉황무늬도 예쁜 검정 신발 신었네.
흙을 빚고 나무를 깎아 만들었으나,
풍성한 자태는 마치 살아 있기라도 한 듯.
맑은 눈동자에 하얀 치아,
다만 숨 쉬지 않고,
말하지 않을 뿐.

한 부인은 이랑신 상을 보고서는 정신이 완전히 나가버렸다. 자기도 모르게 한숨을 쉬면서 낮은 목소리로 혼잣말을 했다.
"앞길이 구만리 같은 내 인생, 이랑신 같은 남자와 살 수만 있다면 소원이 없겠구나."
이때 양 태위 부인이 한 부인 쪽으로 다가와 말을 건넸다.
"부인, 무슨 소원이라도 비셨습니까?"
한 부인이 당황하여 고개를 돌리며 말했다.
"소원은 무슨."
양 태위 부인은 다시 묻지 않았다. 해질 무렵까지 놀다 집으로 돌아온 뒤 각자 잠자리에 들었다.

마음속 깊은 곳의 소망을 알려거든,
무심결에 내뱉는 저 혼잣말을 그냥 지나치지 말 것이니.

한 부인은 자기 방으로 돌아와 나들이옷을 벗고 머리를 풀고 편한 옷으로 갈아입었다. 손으로 턱을 괴고는 한참이나 아무 말도 없이 그냥 있었다. 이리 생각 저리 생각해도 결국은 이랑신 생각이었다. 한 부인은 갑자기 무슨 계책이라도 떠오른 듯 시녀에게 명하여 향탁을 가져오게 하고 인적 드문 화원에서 하늘에 대고 소원을 빌었다.

"하늘이시여, 제 구만리 인생을 굽어살피셔서 이랑신 같은 사람과 짝하게만 해 주신다면 이 몸 궁궐로 돌아가 온갖 고초를 다 겪는다 해도 결코 후회하지 않겠나이다."

기도를 마친 한 부인의 두 뺨은 어느덧 눈물로 가득했다. 빌고 절하고, 절하고 또 빌었다. 그런데 어쩌면 세상에 이리도 기묘한 일이 일어날 수가 있단 말인가! 한 부인이 빌기를 마치고 막 방으로 들어가려는 찰나, 화원 깊숙한 곳에서 바스락 소리가 들려오더니 이랑신이 바로 눈앞에 나타난 것이 아닌가.

용의 눈썹 봉황의 눈,
하얀 이와 앵도 같은 입술,
정녕 이 세상 사람이 아니요,
영묘하고도 기묘하다.
영주에 사는 신선이 아니거든,
이슬 먹고 산다던 신선이런가.

사당에서 본 이랑신과 똑같았다. 손에는 화살을 들었는데 영락없이 신선 장원소張遠霄9)가 화살을 들고 있는 모습이다. 한 부인은 한편 놀랍고 한편 기뻤다. 놀란 것은 신선이 강림했기 때문이라. 그러나 이것이 행인지 불행인지? 기쁜 것은 그 신선이 미소 지으며 말을 걸어오기 때문이라. 한 부인이 이랑신을 향해 공손히 인사를 올리고 앵도 같은 입술을

---

9) 아이를 낳게 해준다는 도교의 신선. 북과 어린아이를 안은 모습이나 손에 활을 들고 있는 모습으로 형상화된다. 장원소는 송대 인물로 청성산靑城山에서 득도하여 신선이 되었다고 한다.

벌리고 하얀 치아를 내보이며 아뢰었다.

"신께서 이 세상에 강림하셨으니 누추하나마 제 방으로 납시지요."

이랑신이 빙그레 웃으며 한 부인을 따라 방으로 들어와 앉았다. 한 부인이 이랑신에게 공손히 절을 올리고 그 앞에 다소곳이 섰다.

"부인, 참 예의도 바르시오. 내가 천상 세계를 노닐다가 부인의 간곡한 소망을 듣게 되었소. 내 보기에 부인에게는 신선의 자질이 있는바, 이는 아마도 부인이 본디 천상의 인물이었기 때문일 것이오. 다만 부인의 심정이 안정을 찾지 못하는지라 옥황상제께서 그대를 인간 세상에 보내어 황궁에서 인간 세상의 온갖 즐거움을 다 맛보게 한 것이라오. 그대는 본디 천상의 존재, 인간 세상에서 귀양 생활을 다 마치고 나면 다시 천상의 세계로 돌아오게 되어 있다오."

한 부인이 그 말을 듣고 뛸 듯이 기뻐하며 다시 절을 올리고 축원했다.

"신이시여, 저는 황궁으로 돌아가지 않겠나이다. 제 인생을 굽어살피사 이랑신 같은 분에게 시집가 백년해로하게 된다면 제 삶도 그냥 헛되이 사는 건 아닐 터이니 더는 무슨 부귀영화를 바라겠나이까?"

이랑신의 입가에는 엷은 미소가 번진다.

"그게 무에 어려운 일이겠는가? 그대의 의지에 달려 있는 일이기도 하지. 인연이란 정해져 있는 법. 서로 천 리를 떨어져 있어도 언젠가는 꼭 만나기 마련이지."

이랑신은 말을 마치고 창문을 넘어 표표히 사라졌다. 직접 보지 않았을 때는 그래도 견딜 만했으나 이랑신의 모습을 보고 나니 이제 마음이 온통 얼어붙은 듯했다. 한 부인은 옷을 입은 채 침상에 누웠다.

기쁨에 겨운 밤은 왜 이리도 짧고,
슬픔에 겨운 밤은 왜 이리도 길더냐.

이리 뒤척 저리 뒤척 아무리 뒤척여도 한 부인의 들뜬 마음은 가라앉지 않았다. 혼잣말을 지껄이며 이런 생각 저런 생각에 잠겼다.

"어쩜, 이랑신을 내 이 두 눈으로 직접 보게 되다니! 이내 심사를 어찌 말로 다할 수 있을까. 어찌해, 이랑신은 나타나셨나 싶더니 그예 사라지고 말았네. 이랑신은 총명하고 거짓됨이 없다는데, 이런 맘을 먹는 것이 부질없는 일 아닐까."

다시 또 혼잣말을 했다.

"이랑신의 늠름한 모습, 살짝 웃으시며 말씀하시던 그 모습, 정말 이 세상 사람 모습과 똑같아. 어쩜 이랑신도 내 모습을 보고 조금은 마음이 움직이셨을지 몰라. 행여 내가 섭섭하게 대해 드리지는 않았을까. 내 온 정성을 다해야지. 돌부처 같은 이도 정성으로 녹여내야지. 이번에는 그냥 보내드렸지만 다음번에는 결코 그냥 보내 드리지 않으리. 그러나 언제 다시 만날 수 있을런가?"

한 부인은 이런저런 생각을 도저히 떨쳐버릴 수가 없었다. 먼동이 틀 무렵이 되어서야 잠이 들어 점심 무렵이 되어서야 겨우 일어났다. 오후는 별다른 일 없이 지나가고 다시 밤이 되었다. 한 부인이 또 화원으로 나가 향을 사르고 소원을 빌었다.

"이랑신님을 한 번만 더 볼 수 있다면 한평생, 아니 두 평생 세 평생 잊지 못할 행운이겠나이다."

이때 갑자기 차락 하는 소리가 들리더니 이랑신이 나타났다. 한 부인의 기쁜 마음을 어이 다 말할 수 있으리. 순간 한 부인의 온갖 시름은 다 사라져 버렸다. 한 부인이 이랑신에게 절을 올렸다.

"제 방으로 드시지요. 긴히 드릴 말씀이 있나이다."

이랑신이 만면에 웃음을 띠며 한 부인의 손을 잡고 방으로 들어갔다.

이랑신이 방 가운데 앉고 이랑신 정면에 한 부인이 마주 섰다.

"부인은 천상의 존재이신데, 괘념치 말고 편히 앉으시오."

한 부인이 이 말을 듣고 이랑신 옆에 다소곳이 앉았다. 한 부인이 시녀를 시켜 술과 안주를 내오게 했다. 술 한 잔에 안주 한 점, 이랑신과 한 부인은 술기운에 기대어 흉중의 이야기를 털어놓았다.

봄이란 계절은 사람 바람나게 하는 계절,
술이란 녀석은 남녀를 맺어주는 요물.

한 부인이 옥패를 풀고 물고 있던 정향을 뱉었다.

"신께서 이 몸을 더럽게 여기지 않으신다면 잠시나마 천상의 굴레에서 벗어나시어 인간 세상의 인연을 쌓으시지요."

이랑신이 기꺼이 허락하며 한 부인의 손을 잡고서 같이 침상에 올라 운우지정을 나누었다. 한 부인은 모든 걸 잊고 이랑신을 모셨다. 어느덧 오경. 이랑신이 일어나 한 부인에게 떠나야만 함을, 천상으로 돌아가야 함을 알렸다. 옷을 주섬주섬 걸쳐 입고 화살을 메고 창문을 넘어 차락 소리를 내더니 그예 종적조차 사라져 버렸다. 이랑신과 사랑을 나눈 한 부인의 마음이 기쁨에 젖어 들었음은 말할 필요가 있을 것인가. 양 태위 부인이 환궁을 재촉할까 봐 다섯 아프면 일곱 아픈 척하고 얼굴엔 억지 병색을 띠곤 했으며 기쁜 마음을 가까스로 감추면서 지냈다. 하나 밤만 되면 생기가 돌았다. 이랑신이 찾아들면 먼저 술이 석 잔, 술 석 잔이 지나면 침상에서의 운우지정, 그러다 새벽이 되면 이랑신은 어김없이 돌아갔다.

서늘한 바람이 옷깃을 스치는 초가을. 휘종황제는 후궁들을 돌아보다가 문득 한 부인 생각이 났다. 휘종황제는 내시 편에 비단옷 한 벌과 옥대를 양 태위 집으로 보냈다. 한 부인은 향을 사르고 예를 갖추어 황제의 은혜에 감사드렸다. 내시가 한 부인에게 말했다.

"부인이 건강을 되찾게 되어 기쁘기 한량없사옵니다. 황제 폐하께서 부인을 그리워하시어 비단옷과 옥대를 보내셨습니다. 또한 폐하께서는 부인의 병세가 회복되어 환궁하실 날만을 손꼽아 기다리고 계십니다."

"나 때문에 그대들의 고생이 심하구려. 내 병이 이제 반밖에 낫지 않았소. 돌아가걸랑 폐하께 잘 말씀드려 환궁 기일을 늘여 준다면 그 은혜를 잊지 않으리다."

"그게 무에 어려운 일이겠습니까? 폐하께서도 부인을 아끼시는 마음이 식지 않으셨습니다. 부인께서 아직 완쾌하지 못하시어 조금 더 요양하셔야 한다고 아뢰면 될 것입니다."

한 부인이 고맙다며 사례하니 내시가 돌아갔다. 어김없이 밤은 이르렀고, 이랑신도 찾아들었다.

"황제 폐하의 사랑이 아직도 식지 않았구려. 비단옷과 옥대를 구경할 수 있겠소?"

"어떻게 아셨나이까?"

"앉아서 삼천리, 서서 구만리를 보는 몸이 어찌 모를 수 있겠소?"

한 부인이 비단옷과 옥대를 꺼내어 보여준다.

"대저 세상의 진귀한 물건은 혼자서만 지녀서는 안 되오. 마침 내가 옥대가 없노니 부인께서 보시하신다면 덕업을 쌓는 일이 되오리다."

"이 몸을 이미 신께 바쳤는데 그깟 옥대를 아까워하리까."

이랑신은 고맙다 한마디 하고 한 부인을 안고 침상에 올랐다. 오경 무렵 이랑신이 자리에서 일어나 손에는 활을 들고 허리에는 옥대를 차고 창문을 넘어 쏜살같이 빠져나갔다.

남들이 모르기를 바라는가?

그렇다면 애당초 저지르지를 말지.

양 태위는 한 부인이 명색이 후궁인지라 각별히 신경 쓰지 않을 수 없었다. 자신의 집 자체가 두 채로 분리되어 있다고는 하지만 그래도 미덥지 않아 사람들이 함부로 드나들지 못하게 하고 조심에 조심을 더했다. 더군다나 내원은 깊숙한 곳에 자리하고 있어 다른 사람들이 범접할 엄두도 내기 어려웠다. 그런데 요즘 들어 내원에 밤새 불이 밝혀져 있고 두런두런 사람들의 말소리도 들리는 듯했다. 그리고 요즘 들어 이상하리만큼 한 부인의 안색이 좋아지고 표정도 밝아졌다. 양 태위는 한 부인에게 직접 물어보고 싶은 마음이 굴뚝같았지만 차마 직접 물어보지는 못하고 자기 부인에게 한마디 넌지시 일렀다.

"한 부인에게 무슨 일이 생긴 거 아니요?"

"저도 그런 생각이 듭니다. 하오나 깊디깊은 내원에서 설마 무슨 일이 생겨날까 하여 아무 의심도 않고 있었사옵니다. 태위께서도 이상한 낌새를 챌 정도라면 무얼 더 망설이겠습니까? 하인 놈을 시켜 지붕에 올라가서 살며시 내원을 감시하도록 하지요. 너무 서둘러 엉뚱한 사람 잡을 필요는 없을 것입니다."

"부인의 말이 그럴듯하오이다."

즉시 하인 가운데 똑똑한 녀석 둘을 선발하여 이리이리 하라 일렀다.

"절대 내원에는 들어가지 말고 기다리다가 밤이 으슥해지거든 사다리를 타고 담을 뛰어넘어 한 부인 침실 쪽으로 기어가 상황을 살피되 조금이라도 무슨 낌새가 있으면 즉시 나에게 보고하도록 하라. 이 일은 매우 위중한 일이니 절대 소홀히 하거나 경거망동해서는 안 되느니라."

하인 두 녀석이 명령을 받들고 나갔다. 양 태위는 조급한 마음을 억누르며 하인들의 보고만 기다렸다. 두 시각 정도 지났을까, 하인 두 녀석이 염탐해 보니 한 부인의 침실에서 두런두런 사람 소리가 났다. 그 둘은 즉시 돌아와 양 태위에게 한 부인이 방에서 어떤 사람과 얘기를 나누며 술을 마시고 있다고 보고했다.

"한 부인 침실에 한 남정네가 찾아들었는데, 부인은 그 남정네를 계속 신이라 부르셨사옵니다. 소인들 생각에도 이렇게 새도 날아들기 어려울 정도로 엄중한 집 안에 감히 인간이 범접할 수는 없을 것이니, 정말 신인 듯도 하옵니다."

양 태위는 놀라지 않을 수 없었다.

"괴이하도다. 어찌 이런 일이 있단 말인가! 너희들은 입 다물고 있어라. 보통 일이 아니로구나."

"나리, 소인들의 말에는 한 치의 거짓도 없습니다요."

"이 일은 너희만 알고 있어라. 주둥아리를 함부로 놀려서는 안 된다."

하인들이 연신 머리를 조아리며 돌아갔다. 양 태위가 부인을 찾았다.

"하인 녀석들의 말이 그러하긴 하나 내 눈으로 직접 보지 않고서야 어찌 믿을 수 있겠는가? 내일 밤 내가 직접 가서 살펴보아야겠소. 그 신이라고 하는 작자가 어떻게 생겨 먹은 작자인지."

마침내 다음 날 밤, 양 태위가 전날 한 부인의 침실을 정탐했던 하인 둘을 불렀다.

"너는 나를 한 부인 침실로 안내하고, 너는 여기서 망을 보거라. 절대 다른 사람들이 눈치채지 못하게 하여야 한다."

양 태위가 하인 하나와 함께 한 부인 침실 창문 아래로 살금살금 다가갔다. 한 부인의 침실 창에 남녀가 마주 앉아 이야기하는 그림자가 비쳤다. 과연 어제 하인들이 이야기한 그대로였다. 입에서 고함 소리가 터져 나오려는 걸 혹시 불상사가 일어날까 걱정하여 간신히 참았다. 양 태위는 다시 살금살금 되돌아 나와 두 하인의 입단속을 시키고는 방으로 돌아와 부인에게 말했다.

"한 부인이 필시 젊은 혈기를 누르지 못하고 바람이 들어 산천의 사악한 기운에 쏘인 모양이오. 천자의 여인을 범상한 사람이 어찌 감히 넘보기나 할 수 있었겠소? 한시바삐 도사를 모셔와 사악한 기운을 물리쳐야겠소. 부인은 어서 한 부인에게 찾아가 어찌 된 일인지 한번 물어봐 주시구려. 난 어서 도사를 청해 와야겠소이다."

양 태위 부인이 다음 날 아침 한 부인을 찾아갔다. 두 부인이 서로 마주 앉아 수인사를 하고 차를 같이 마셨다. 얼마쯤 지나고 나서 양 태위 부인이 좌우를 물리치고 한 부인에게 가까이 다가가 넌지시 물었다.

"부인께 긴히 드릴 말씀이 있습니다. 밤마다 부인의 방으로 찾아오는 자가 누구인가요? 두런두런 이야기 나누는 소리가 바람에 실려 제 귀에까지 들려오더이다. 이 일이 어디 예삿일입니까? 부인 제발 속이지 마시고 저에게 소상히 말씀해 주사이다."

한 부인의 얼굴이 순간 새빨개진다.

"제 방에 누가 찾아오겠소? 밤이면 그저 하인배들과 쓸데없는 농담이나 나누는 게지요."

양 태위 부인은 한 부인의 말을 듣고는 양 태위가 어젯밤에 보았다던 형상을 그대로 말해주었다. 한 부인의 얼굴은 놀라서 백짓장처럼 하얘지고 어쩔 줄 몰라 했다. 태위 부인이 다시 한 부인을 달랬다.

"너무 놀라지 마십시오. 태위께서 벌써 도사를 모시러 갔으니 그 작자가 사람인지 귀신인지 곧 밝혀질 것입니다. 밤에 다시 찾아오거든 눈치채지 못하도록 조심스럽게 대하시고 절대 겁내지 마십시오."

태위 부인이 말을 마치고 물러갔다. 한 부인은 무슨 일이 일어날까 조마조마했다. 밤이 되자 이랑신이 어김없이 찾아들었지만 이미 알아챘는지 한시도 손에서 활을 내려놓지 않는다. 이랑신은 한 부인에게 양 태위가 영제궁靈濟宮 임 진인의 제자 왕 도사를 부른 사실을 알고 있노라고 얘기해 주었다. 밤이 이슥해졌을 무렵 하인 하나가 왕 도사에게 알렸다.

"귀신이 왔습니다."

왕 도사가 칼을 부여잡고 한 부인의 침실 앞으로 성큼성큼 다가가 소리쳤다.

"이 요물! 감히 천자의 여인에게 범접하다니. 어서 내 칼을 받아라!"

이랑신은 조금도 당황하지 않고 한마디 뱉었다.

"누가 이렇게 무례하게 구는가?"

왼손은 태산을 짚은 듯,
오른손은 어린아이를 안은 듯.
보름달처럼 활을 당겨,
유성처럼 화살을 날린다.

이랑신의 화살이 단번에 왕 도사의 이마에 꽂혔다. 왕 도사는 붉은 피를 줄줄 흘리며 거꾸러지고 손에 잡고 있던 칼을 저쪽에 떨어뜨렸다. 옆에서 구경하던 사람들이 황망히 달려가 왕 도사를 부축하여 일으켰다. 이랑신은 창문을 넘어 바람처럼 사라졌다. 대체 이게 어찌 된 일인가?

사악한 귀신을 내쫓는다 하더니만,
외려 귀신에게 놀라 처량한 꼬락서니라니.

한 부인은 이랑신이 왕 도사를 단숨에 물리치는 걸 보고 이랑신이 천상의 존재라는 믿음을 더욱 굳히게 되었다. 양 태위는 왕 도사가 귀신을 퇴치하지 못했음을 알았지만 그래도 수고비를 건네며 섭섭지 않게 보내 주었다. 양 태위는 다시 오악관五岳觀의 반 도사를 초빙했다. 반 도사는 하루 종일 오뢰천심정법五雷天心正法만을 시행하면서 다른 일에는 전혀 관심을 두지 않았다. 반 도사는 생김생김이 우선 지혜롭고 꾀가 많게 생겼다. 양 태위가 반 도사를 자신의 서재로 불러들여 기왕의 일을 하나도 빠짐없이 모두 설명했다. 반 도사가 양 태위의 말을 다 듣고 대답했다.

"먼저 한 부인의 침실 근처를 몰래 지켜보다 침실에 나타나는 자가 사람인지 귀신인지 알아내고자 합니다."

"당연히 그리하여야겠지요."

반 도사가 곧장 한 부인의 침실로 가 샅샅이 살피고, 아울러 한 부인을 알현하고 안색을 살폈다. 그러고 나서 다시 양 태위에게 말했다.

"소인이 살펴보기에 한 부인은 무슨 사악한 귀신에 씌운 것은 아닙니다. 소인의 생각으로는 사악한 법술을 부릴 줄 아는 자가 접근하여 한 부인을 미혹되게 만든 것 같습니다. 부적이나 푸닥거리 같은 번거로운 일을 벌일 필요는 없을 것입니다. 그 녀석이 나타나기만 하면 소인이 독 안에 든 쥐를 잡듯 냉큼 잡아 올리겠습니다. 다만 그 녀석이 미리 낌새를 눈치채고 다시는 나타나지 않을까 그것이 걱정이라면 걱정입니다."

"그놈이 다시 오지 않는다면 일이 깨끗하게 끝나는 거니 그것도 나쁠 건 없지요. 너무 서두르실 것 없으니 저하고 천천히 말씀이나 나누지요."

그 녀석이 이 정도에서 상황을 판단하여 마치 끈 떨어진 연처럼 다시는 나타나지 않고 그동안 한 부인하고 재미 본 것으로 만족하고 다른 곳에 가서 일을 벌였더라면 패가망신하지는 않았을 것이다. 옛말에도 이르지 않았던가, '마음에 쏙 드는 일 어쩌다 한 번이요, 크게 이득 본 곳 너무 자주 찾지 말라'고.

이랑신이 귀신인지 사람인지는 아직 모를 일이다. 그러나 이미 단맛에 푹 빠져들었는지라 이날도 어김없이 한 부인의 침실로 찾아들었다. 한 부인이 말했다.

"밤만 되면 저는 마치 마법에라도 빠진 듯 천상의 존재와 사랑에 빠지곤 한답니다. 오늘도 신께 아무 일 없으심이 저를 얼마나 안심시키는지 모르겠습니다."

"나는 천상의 존재요. 부인과는 신선계의 인연이 있어 언젠가는 부인을 제도하여 부인이 육신을 훌훌 털어버리고 자유롭게 하늘로 날아올라가도록 할 것이외다. 저 속된 인간 세상의 더러운 것들이 수천수만씩 몰려온다고 해도 나를 어쩌지는 못할 것이오."

이 말을 들은 한 부인은 이랑신을 더욱 사랑하고 존경하게 되었다. 이때 하인 녀석 하나가 한 부인 침실에 남정네가 나타났다고 알려왔고 양 태위는 또 반 도사에게 알렸다. 반 도사는 양태위에게 먼저 귀띔을 한 뒤 한 부인을 모시는 하녀에게 은밀히 명하여 이랑신의 활을 몰래 감추도록 했다. 그러고는 옷매무새를 가다듬고 신발을 죄더니 도사 복장을 벗고 칼도 벗어놓고 다만 짧은 몽둥이 하나만 달랑 들었다. 반 도사가 양 태위 집 하인 둘을 시켜 횃불을 들고 앞장서 멀리 비추도록 했다.

"너희들, 사악한 귀신의 화살이 무섭거든 어서 숨어라. 귀신의 화살이 나를 쏘아 맞힐 수 있는지 보여주겠노라."

두 하인은 속으로 비웃었다.

'저렇게 큰소리치다가 저 도사 녀석 화살 한 대 맞는 거 아냐?'

하녀는 먼저 한 부인 침실로 찾아가서는 시중든다는 핑계로 이랑신 주변을 얼쩡거리다가 이랑신과 한 부인이 서로 술잔을 들고 한 잔 마시는 틈을 타서 이랑신의 활을 벽장 속에 감춰 버렸다.

한편, 하인들은 반 도사를 한 부인의 침실 쪽으로 안내했다.

"바로 여깁니다요."

말을 마친 하인들은 반 도사를 내버려 두고 빠른 걸음으로 도망쳐 숨었다. 반 도사는 부인의 침실로 다가갔다. 주렴을 들치고 안을 바라보니 침실에 이랑신이 떡하니 앉아 있는 것이 아닌가. 반 도사는 소리를 지르며 몽둥이를 치켜들고 머리통을 겨냥하여 달려들었다. 이랑신은 활을 벗어놓았던 곳으로 황급히 손을 뻗었으나 활이 어디로 갔는지 손에 잡히지 않았다.

"아뿔싸, 계략에 빠졌구나!"

이랑신은 직감적으로 계략에 걸려들었음을 깨닫고 황급히 창문을 넘어 도망하려 했다. 이때 반 도사가 이랑신의 다리를 벼락같이 내려치니 이랑신의 발에서 뭔가가 떨어졌다. 이랑신은 소리를 지르며 꽃이 피어 있는 후원 쪽으로 도망했다. 반 도사가 이랑신이 떨어뜨리고 간 물건을 집어 등불 아래 비춰보니 바로 검정가죽신이었다. 반 도사가 양 태위를 찾아뵙고 아뢰었다.

"어떤 간사한 녀석이 이랑신 흉내를 낸 것입니다. 그 녀석을 꼭 잡아야 할 것입니다."

"반 도사, 수고 많으셨소. 이제 돌아가시지요. 여기 일은 이제 제가 알아서 마무리하겠습니다."

양 태위가 반 도사에게 사례했다. 이 일은 여기서 일단락된다. 양 태위가 가마를 타고 채 태사 집으로 찾아갔다. 양 태위가 채 태사에게 그간의 사정을 소상히 설명했다.

"만약에 이 일을 허술히 처리했다가는 두고두고 사람들의 비웃음을 사게 될 것입니다."

"크게 염려하지 마십시오. 개봉부의 등 부윤에게 그 가죽신을 보내어 눈치 빠르고 일 잘하는 포졸들에게 수사를 맡기면 될 것입니다."

"고맙습니다."

"아니, 잠깐 더 앉아 계시지요."

채 태사는 일어서려는 양 태위를 붙잡아 다시 자리에 앉히고는 집사를 개봉부 청사로 보내어 등 부윤을 모셔오도록 했다. 등 부윤이 도착하니 채 태사와 양 태위가 좌우를 물리치고 낮은 목소리로 등 부윤에게 말을 꺼냈다.

"황제 폐하의 후비에게 어찌 이런 일이 일어날 수 있단 말이오! 부윤께서는 이번 일을 한 치의 오차도 없이 신중하게 처리하여 주시오. 이 일이 어디 보통 일이오? 섣불리 나섰다가 범인이 눈치채고 도망가게 해서는 안 될 것이오."

이 말을 들은 등 부윤은 긴장되어 얼굴이 굳어졌다.

"소인이 신명을 바쳐 이 일을 처리하겠나이다."

등 부윤이 가죽신을 받아들고 청사로 돌아갔다. 등 부윤이 즉시 왕 관찰을 불러 좌우의 사람들을 물리치고 자초지종을 상세히 설명했다.

"내가 사흘 기한을 줄 것이니 양 태위 집에서 해괴한 일을 벌인 녀석을 잡아 오도록 하라. 이 일은 특별히 신경 써서 해야 할 것이니 이 사건을 해결하면 상을 내릴 것이요, 만약 잘못되면 그대에게 모든 책임을 묻겠노라."

가죽신을 받은 왕 관찰이 포졸들을 모아놓고 한숨부터 쉬었다.

양미간은 온통 주름이 지고,
가슴 속에는 온통 시름이 졌네.

한편, 도둑 잡는 데 둘째가라면 서러워할 염귀冉貴라는 포졸이 있었는데 왕 관찰 휘하에서 어려운 사건을 몇 번이나 해결했다. 그래서 왕 관찰은 염귀를 무척이나 신임하고 있었다. 염귀가 왕 관찰이 양미간을 찌

푸리고 얼굴에 수심이 가득한 것을 보고 넌지시 이런저런 말을 붙여보았다. 왕 관찰이 마침내 품 안에서 가죽신을 꺼내 포졸들에게 보여주었다.
"내 참, 더러워서 포졸질도 못해 먹겠구먼. 그래 양 태위 집이 대단하면 대단했지. 이놈의 가죽 신발이 말을 할 줄 아나, 아니면 주인 놈 이름을 새겨놓기를 했나. 겨우 신발 하나 던져 주고 사흘 기한 내에 양 태위 집에서 해괴한 일을 벌인 자를 잡아내라니? 그래, 너희들 입에서는 웃음이 나오느냐?"
포졸들이 가죽신을 서로 돌려가며 보았다. 가죽신이 염귀 앞에 왔을 때, 염귀는 가죽신을 보지도 않고 한마디 질렀다.
"어렵군, 어려워. 하여간 벼슬깨나 한다는 사람들은 알아줘야 해. 우리 관찰님이 걱정하시는 것도 무리가 아니지."
왕 관찰이 이 말을 안 들었으면 몰라도 듣고 나서야 한마디 안 할 수가 있겠는가?
"그래 염귀, 어렵다고만 하면 다야? 도둑 잡는 대가로 나라의 녹을 먹는 주제에 너희들이 어렵다 발뺌하면 어떡하겠다는 거야?"
포졸들은 포졸들대로 구시렁댄다.
"도둑 잡는 건 그래도 단서라도 있지. 귀신인지 사람인지도 모르는 놈을 어떻게 잡으라는 건지. 괜히 함부로 설쳐댔다가 우리만 당하는 거 아냐? 반 도사마저도 어쩔 수 없어서 그놈은 못 잡고 겨우 신발 한 짝 챙겨 왔다는데 어쩌다가 재수 없게 그 사건이 우리한테 떨어진 건지 모르겠네, 참."
그렇지 않아도 골치 아픈 왕 관찰은 포졸들의 불평을 듣고 있노라니 더욱 머리가 지끈거렸다. 이때 염귀가 천천히 입을 열었다.
"관찰님, 너무 걱정만 하지 마십시오. 그 녀석도 사람일진대, 아, 머리가 세 개겠소, 팔이 열 개겠소. 단서만 잡으면 그다음은 시간문제요."

말을 마치고 염귀는 손에 가죽신을 들고서 이렇게도 살펴보고 저렇게도 살펴보고 뒤집어서 살펴보기도 했다. 다른 포졸들은 모두 박장대소하기 시작했다.

"염귀, 또 시작이군. 그 신발이 뭐 대단한 것도 아니고 그저 검정 가죽에다 남색 천으로 안감을 댄 흔하디흔한 가죽 신발에 불과한 것을 마치 신주 단지라도 모시듯이 그렇게 애지중지 바라보는가?"

염귀는 동료들의 비아냥거림을 귓등으로 흘려들으며 가죽신을 등불 아래 자세히 비추어 보았다. 그 가죽신은 바늘땀이 특히나 촘촘했다. 한데 구두코 부근에 약간 바늘땀이 성긴 곳이 있어 염귀가 그 사이에 새끼손가락을 넣고 이리저리 후벼보았다. 이리저리 후비니 재봉한 부분이 조금씩 벌어졌다. 염귀가 그 틈을 등불에 비추어 보았다. 남색 천 안감 속에 종잇조각 하나가 들어있었다. 마치 한밤중에 황금 덩어리를 본 격이라. 왕 관찰은 하늘에서 복덩어리라도 떨어진 듯 얼굴 표정이 금세 환해졌다. 포졸들이 흥분하여 서로 앞다퉈 그 종이쪽지를 살펴보았다. 종이에는 '선화宣和 3년 3월 5일 임일랑任一郞 제조'라고 적혀 있었다. 왕 관찰이 염귀에게 말했다.

"올해가 선화 4년이니 이 구두가 만들어진 지는 아직 2년이 채 되지 않았구나. 임일랑이란 자만 찾아내면 이 사건은 반은 해결된 거나 마찬가지다."

"지금 바로 몰려가서 법석을 떨 거야 없지요. 내일 날이 밝거든 포졸 둘 정도를 보내서 부윤께서 일감을 맡기려 한다고 하여 데려오십시오. 억지로 붙잡아오면 아마 입을 열려고 들지 않을 것입니다."

"역시 자네 말이 일리가 있네그려."

그날 밤 포졸들은 한 사람도 빠짐없이 남아서 같이 술을 들었다. 날이 밝자 포졸 둘을 파견하여 임일랑을 데려오도록 했다. 두어 시각 지나니 포졸들이 임일랑을 데려왔다. 임일랑이 포졸 방에 들어오자마자 포졸들이 그를 밧줄로 묶어버렸다.

"이 녀석! 여기가 어디라고 감히 그런 일을 해?"

잔뜩 겁을 집어먹은 임일랑이 볼멘소리를 했다.

"아니 제가 무슨 죄가 있다고 이렇게 붙잡아오오?"

왕 관찰이 호통을 쳤다.

"무슨 말이 그리 많아? 이 신발 네가 만든 거 맞지?"

임일랑은 신발을 건네받더니 한참이나 자세히 살펴보았다.

"우리 집에서 만든 신발이 어디 한두 켤레요. 고관대작들이 집사들을 시켜서 만들어 가기도 하고, 손님들이 오다가다 맞추어 가기도 하지요. 여하간 맞춤 대장에다 몇 년 몇 월 며칠에 어느 집에서 누구를 시켜 신발을 맞추어 갔는지 다 적어두고 신발 안감 속에다가는 제작 연월일과 번호를 적어둔 쪽지를 넣어 두었으니 우리 집에서 만든 게 확실하다면 대장과 신발을 대조해 보면 누구 신발인지는 금방 알 수 있습니다."

왕 관찰은 임일랑이 하는 말에 조금도 거짓됨이 없는지라 포졸들에게 그를 풀어주라고 한 다음 한마디 했다.

"너무 기분 나쁘게 생각지 마시오. 우리도 다 시켜서 하는 일이지, 뭐, 좋아서 하는 거겠소?"

왕 관찰은 임일랑에게 가죽신에서 찾아낸 종이쪽지를 보여주었다.

"관찰님, 염려하지 마십시오. 집에 주문 대장이 있으니 1, 2년이 아니라 4, 5년 전에 만든 거라도 누가 주문하여 만든 것인지 다 알아낼 수 있습니다."

왕 관찰은 다시 포졸 두 명을 파견하여 임일랑을 데리고 가서 주문대장을 가지고 오도록 했다. 왕 관찰이 직접 조사해 보니, 선화 3년 3월 5일에 신발을 주문한 자는 놀랍게도 채 태사네 장 집사였다. 왕 관찰은 임일랑과 함께 가죽신과 종이쪽지 그리고 주문 대장을 가지고 등 부윤을 찾아갔다. 등 부윤은 이 사건에 특별한 관심을 지니고 있었는지라 즉시 청사로 나와 왕 관찰의 설명을 들었다. 직접 종이쪽지와 주문 대장을 대조해 보던 등 부윤은 깜짝 놀라 자신도 모르게 소리를 질렀다.

"어허, 어떻게 이런 일이 있을 수 있단 말인가?"

그는 한참이나 고민하더니 마침내 입을 열었다.

"임일랑은 괜히 붙잡아 두지 말고 어서 풀어주도록 하라."

임일랑은 머리를 조아리며 고맙다는 인사를 거듭했다. 등 부윤은 임일랑을 불러 세워 놓고는 한마디 더 했다.

"네 놈을 풀어주기는 한다만 여기에서 있었던 일을 절대로 함부로 나불대지 마라. 설혹 다른 사람이 물어본다 하더라도 대충 얼버무려라. 명심하고 결코 소홀함이 없도록 하라."

임일랑은 머리를 다시금 조아리며 말했다.

"절대로 허튼 소리하지 않겠습니다요."

등 부윤은 왕 관찰과 염귀를 데리고 가죽신과 주문 대장을 품에 감추고 양 태위 집으로 갔다. 문지기가 양 태위에게 등 부윤 일행이 찾아왔음을 알리니 양 태위는 대청으로 모시라고 했다. 양 태위를 만난 등 부윤이 먼저 말문을 열었다.

"여기는 긴한 말을 드릴 곳이 아닌 듯하옵니다."

이에 양 태위는 서편에 있는 서재로 이들을 안내하고 좌우를 물리쳤다. 등 부윤은 지금까지의 정황을 양 태위에게 자세히 보고했다.

"이제 이 일을 어떻게 처리해야 할지, 태위님의 가르침을 받고자 합니다."

양 태위는 한참이나 말없이 생각에 잠겼다.

"채 태사는 권세가 하늘을 찌르는 고관대작인데, 하필이면 그 집안과 연루되다니. 이 가죽신은 그 집안의 권솔이 만들어 간 것이 분명하니 그렇다면 그 집안사람 가운데 누군가가 이 일을 저질렀단 말인가?"

양 태위와 등 부윤은 한참이나 이 일을 상의하다가 마침내 가죽신을 들고 채 태사를 직접 찾아가 보기로 했다. 채 태사의 체면만 고려하다가 일을 망칠 수는 없는 노릇 아닌가. 그냥 덮어 버리기에는 일이 너무나도 중차대했다. 도사가 두 명이나 관련되어 있고, 포졸들도 모두 이 사건에 매달렸기에 이미 알만한 사람은 다 아는 일, 그냥 어물쩍 넘길 수는 없는 일이었다. 대충 넘겼다가 나중에 더 큰 일로 번지면 그땐 더욱 수습하기 어려울 것이 분명했다. 마침내 등 부윤은 왕 관찰과 염귀를 먼저 돌려보내고 자신이 직접 가죽신과 주문 대장을 들고서 양 태위와 함께 채 태사 집으로 찾아갔다.

신발이 다 닳도록 돌아다녔으되,
실마리를 찾았으니 헛고생은 아니로다.

등 부윤과 양 태위가 채 태사 집에 도착했다. 문지기가 이들의 방문을 알리니 채 태사가 이들을 서재에서 접견했다. 먼저 서로 인사들을 나누고 함께 차를 마셨다. 채 태사가 먼저 입을 열었다.

"어떻게 단서가 좀 잡혔습니까?"

양 태위가 대답했다.

"도적이 어느 놈인지야 알고 있습니다만 태사의 체면 때문에 감히 함부로 잡아들이질 못하고 있습니다."

"이 일이야말로 정말 중대한 문제인데, 어찌 내가 나서서 잘못한 자를 보호해 주겠소?"

"절대 그런 의도로 말씀드린 것은 아니니 오해하진 마십시오."

"그래, 도대체 누구요? 뜸 들이지 말고 속 시원하게 말해보시구려."

"좌우를 물리시면 말씀드리지요."

채 태사가 즉시 좌우 하인들을 물러가라 했다. 양 태위가 상자를 열고 그 속에서 대장을 꺼내어 채 태사에게 건넸다.

"이 일은 태사 집안 권솔이 관련된 일이니 직접 처리하여 주십시오."

채 태사가 연신 괴이하다는 말만 되뇌는 걸 보고 양 태위가 말했다.

"이 일이 하도 중차대하여 이리하는 것이니 태사께서는 저를 너무 원망하지 마십시오."

"내 어찌 그대를 원망하겠소. 다만 이 가죽신의 출처가 어떻게 된 노릇인지나 속 시원하게 말해주시오."

"장부에 적혀 있는 대로 태사 댁의 장 집사가 주문한 것입니다."

"그 말이야 맞는 말이오만, 그저 심부름한 것일 뿐 그와는 무관한 일일 것이외다. 우리 집안의 신발, 의복, 모자 등은 각각 하녀를 두어 관리하도록 하고 있는데, 집 안에서 직접 만들어서 충당하기도 하고 밖에다 주문하기도 한다오. 여하간 그런 물건들이 들고나는 것을 일일이 세세하게 기록해두고 있으니 조사해 보면 금방 그 시말이 드러날 것이오."

채 태사가 즉시 사람을 시켜 신발을 담당하는 하녀를 불러오게 했다. 신발을 담당하는 하녀가 곧 장부를 들고 안으로 들어왔다.

"이게 우리 집안의 신발이라는데 어떻게 해서 저분들의 손에 들어가게 되었는지 한번 조사해 보거라."

하녀가 장부를 꼼꼼히 조사해 보더니, 그 신발은 작년 3월에 주문한 것이라 아뢰었다. 채 태사 집에 양시楊時라는 문객이 있었는데 채 태사와 사이가 매우 돈독했다. 얼마 후 양시가 개봉에서 가까운 현의 수령으로 발령을 받아 떠나게 되었다. 그래서 채 태사를 찾아뵙고 인사드리러 왔는데 이때 양시의 행색이 초라한 것을 보고 채 태사가 그에게 옷 한 벌,

의대 하나, 신발 한 켤레, 부채 세 개를 선물로 주었다. 그 신발은 바로 그때 채 태사가 양시에게 선물로 준 것이었다. 이제 뭔가 실마리가 잡히는 듯했다.

채 태사는 양 태위와 등 부윤을 물끄러미 바라보았다. 양 태위와 등 부윤은 송구한 듯 사죄의 말씀을 올렸다.

"이제야 이 일이 태사 집안과는 아무 관련이 없음을 알게 되었나이다. 저희들이 혹여 실수한 일이 있더라도 다 공무 수행 중에 그리된 것이니 허물하지 말아주십시오."

채 태사가 웃으면서 말을 받았다.

"그야 두 분이 당연히 해야 할 일을 하신 거지요. 이런 일을 가지고 누가 원망하겠습니까? 한데 양시가 어쩐 일로 그런 일을 저질렀을꼬? 하여간 그가 현령을 맡고 있는 곳이 예서 멀지 않으니 내가 그를 한번 불러서 자초지종을 물어보지요. 두 분은 우선 물러가 계십시오. 내가 따로 연락을 드리리다."

채 태사가 급히 집사를 보내 양시를 데려오게 했다. 이틀 만에 양시가 채 태사 집에 당도했다. 차 한 잔을 마신 후 채 태사가 양시에게 물었다.

"현령이란 백성의 부모이거늘, 어쩌자고 그런 일을 저질렀는가?"

채 태사가 사건의 경위를 하나하나 밝혔다. 양시가 목례를 하더니 말씀을 올렸다.

"태사께 제가 어찌 거짓말을 하겠습니까? 지난해, 현령으로 발령을 받고서 임지로 떠나기 전에 눈병을 크게 앓은 적이 있습니다. 주위 사람들이 권하기를 청원묘 이랑신이 영험하다고 소문이 났으니 이랑신에게 빌면 바로 나을 것이라고 하더이다. 하여 이랑신에게 빌었더니 정말 거짓말같이 나았습니다. 병이 나은 후 가만있을 수가 없어 직접 청원묘에 가서 향불을 사르고 참배했습니다. 한데 그곳 이랑신의 의복은 단정한데 신발은 다 해졌길래 제가 신고 있던 신발을 벗어 이랑신께 바쳤나이다. 제가 어찌 거짓을 아뢰겠습니까? 공맹의 도리를 아는 제가 감히 도척과 같은 일을 행했겠습니까? 태사께서는 굽어 살펴주십시오."

채 태사는 평소 양시의 사람됨을 잘 알고 있었는지라 그 말이 거짓은 아닐 거라고 단정지었다.

"내가 그대의 명성을 익히 알고 있는데 어찌 그대를 의심하겠는가? 다만 그대의 설명을 한번 들어보고 싶은 마음이었으니 너무 기분 나쁘게 생각하지는 말게."

채 태사는 일어서려는 양시를 붙잡고는 술을 대접했다. 술을 마시면서 채 태사는 양시에게 이 일을 일체 비밀로 할 것을 부탁했다. 술자리가 파하고 양시는 돌아갔다.

본디 양심에 거리끼는 일 하지 않으니,
깊은 밤 문 두드리는 소리에도 겁내지 않네.

채 태사가 다시 양 태위와 등 부윤을 불렀다.
"내가 양시를 불러 확인해보았으나 이 일은 양시가 저지른 일이 아니오. 한 번 더 수고해 줘야겠소."

등 부윤은 아무 말도 하지 못한 채 가죽신만 받아들고 천천히 걸어나왔다. 청사에 도착한 등 부윤은 왕 관찰을 불렀다.
"지금까지 우리가 수사한 것이 모두 수포로 돌아갔다. 내가 다시 오일 기한을 줄 터이니 범인을 잡아 오너라."

임무를 받은 왕 관찰은 다시 근심에 빠졌다. 포졸방으로 돌아온 왕 관찰은 염귀를 불렀다.
"내 참, 재수가 없으려니. 그래도 네놈 덕택에 임일랑을 찾아냈건만 그 일이 태사 집안하고 연결되어 결국 이렇게 헛수고만 했구나. 이거 진짜로 태사 집안에 범인이 없는 건지 아니면 고관대작이라고 적당히 봐주고 괜히 우리만 헛고생시키는 건지 알 수가 있나? 참 막막하구먼. 양시가 신발을 이랑신에게 벗어준 게 정말이라면 이랑신이 한때 바람이라도 피웠단 말인가? 어디 당최 증거가 있어야지."

"관찰님, 너무 그렇게 심려하지 마십시오. 제 생각에도 이 일은 양시나 태사 집안하고는 관련이 없는 것 같습니다. 그렇다고 이랑신이 바람나서 그랬을 리도 없는 것이고. 이는 필시 청원묘 안에서 어떤 사악한 녀석이 귀신 흉내를 내며 저지른 일일 겁니다. 제가 다시 조사해 볼 터이니 관찰님께서는 심려하지 마십시오."

"알았다. 난 너만 믿겠다."

왕 관찰이 염귀에게 가죽신을 건네주었다. 염귀는 장사꾼으로 변장했다. 이런저런 생활용품을 구비하고 장사꾼들이 쓰는 방울까지 갖추니 영락없는 장사꾼이었다. 염귀는 청원묘로 찾아가 짐을 내려놓고 이랑신 앞에 엎드려 기도를 올렸다.

"신이시여, 이 염귀로 하여금 양 태위 집에서 몹쓸 짓을 한 녀석을 붙잡도록 하여 주소서. 그놈이 붙잡혀야 괜히 이랑신을 두고 수군거리는 사람들의 입을 막을 수 있을 것입니다."

기도를 마치고 연거푸 세 번이나 제비를 뽑아보니 모두 운수대통 점괘라. 염귀는 머리를 조아리고 나서 다시 짐을 메고 청원묘 안을 앞뒤로 왔다 갔다 했다. 그러면서도 두 눈만은 아주 예리하게 청원묘 주변을 살폈다. 염귀의 두 눈이 한 곳에 멈추어졌다. 외짝 문에 양쪽은 창문, 문에는 적당히 낡은 대나무 발이 반쯤 걷어 올려져 있었다. 그곳에서 염귀를 부르는 목소리가 들려왔다.

"아저씨, 이리 좀 와보세요."

고개를 돌려보니 젊은 아낙이었다.

"무얼 찾으십니까요?"

"물건을 사시지는 않나요? 마침 여기 이런저런 물건이 있길래 팔아서 군입질이나 하려고 하는데요."

"아이고 아씨, 무슨 그런 섭섭한 말씀을. 이래 봬도 이 자루가 바로 만물상 자루입니다. 제가 사지 않는 물건이 없다는 말씀입죠. 어서 가지고 나오슈."

아낙이 아이를 시켜 물건을 가지고 나오라 했다.

감추어진 물건 그 누가 알 수 있으리,
물건이 나오니 진실이 백일하에 드러나는구나.

가지고 나온 물건은 가죽신 한 짝. 염귀가 품에 지니고 다니던 가죽신과 똑같은 것이었다. 염귀는 기쁘기가 한량없었다.

"아씨, 이거 짝이 맞지 않으니 크게 쳐드릴 수가 없겠는데요. 너무 많이 달라고 하면 이거 흥정이 안 되겠는뎁쇼."

염귀는 품 안에서 동전 한 닢을 꺼내어 아낙에게 주면서 다시 한번 너스레를 떨었다.

"이거 짝이 맞아야 값을 쳐주지. 이거라도 횡재한 줄 아시우."

"그럼, 제가 짝을 맞춰드리면 될 거 아니에요."

"글쎄 과연 그게 될까?"

이때 아이가 울음 터뜨리니 다급해진 아낙이 애원조로 말한다.

"그저 값이나 한 번 더 생각해주세요."

염귀는 두 푼을 더 던져 주고는 아금받게 한마디 했다.

"후하게 쳐준 거요."

염귀는 신발을 자루 속에다 던져 넣고는 총총걸음으로 사라졌다.

"아, 일이 되려니 이렇게 쉽게도 되는구먼. 저 아낙이 도대체 어떤 여인인지 조사해 봐야겠군."

그날 밤 염귀는 장삿짐을 천진교天津橋에 있는 아는 사람 집에다 맡겨 놓고 포졸 방으로 돌아왔다. 염귀를 애타게 기다리던 왕 관찰이 몇 번이나 물었지만 염귀는 시치미를 떼고 아무 말도 하지 않았다.

다음 날 아침을 먹고 천진교 근처에 사는 친구 집에 가서 짐을 찾아 둘러메고 다시 그 아낙의 집을 찾았다. 그 집의 문은 굳게 닫혀 있고 아낙은 보이지 않았다. 염귀는 미간을 찡그리며 이런저런 궁리를 했다. 옆집을 흘끔 넘겨보니 노인 하나가 걸상에 걸터앉아 새끼를 꼬고 있다. 염귀가 조심스럽게 물었다.

"아저씨, 옆집 사는 아낙 말이요, 어디 갔나요?"

그 노인은 새끼를 꼬던 손을 잠시 멈추고 고개를 들어 염귀를 물끄러미 바라보더니 대답했다.

"그건 뭐 하려고 물어?"

"아, 저는 장사꾼인데 어제 그 아낙한테서 신발 한 짝을 샀단 말이에요. 근데 돌아가서 보니 그게 물건이 영 아니올시다인 거예요. 해서 물리려고요. 지금 손해가 이만저만이 아니거든요."

"그럼 그냥 손해 보시지. 그 아낙이 보통내기가 아냐. 그 아낙이 바로 이랑신의 사당지기 손신통孫神通의 외사촌 누이인데, 그 손신통은 또 요술이 기가 막히다구. 아마 그 신발도 손신통이 구해 왔을 게야. 오늘은 외가에 갔어. 그 아낙하고 손신통이 평소에 잘 어울려 다녔는데 어쩐 일로 지난 두세 달 뜸하더니 요즘 다시 또 어울리더구만. 괜히 돈 물러달라고 하지 말어. 손신통이 요술 한 번 부리기 시작하면 손해 보는 건 당신이라고."

"그랬구먼요. 고맙습니다, 노인장."

염귀는 노인에게 인사를 올리고 다시 짐을 메고 휘파람을 불며 포졸방으로 돌아왔다. 왕 관찰이 염귀에게 물었다.

"뭐 좀 알아낸 게 있나?"

"관찰님, 저기 가죽신 좀 가져와 보세요."

염귀가 자루를 받아들고 거기에서 가죽신을 꺼냈다. 두 가죽신을 대조해 보니 영락없는 한 켤레라.

"저 한 짝은 어디에서 구해 왔는가?"

염귀가 천천히 저간의 사정을 이야기했다.

"이 사건은 이랑신이 아니라 바로 손신통이 저지른 것입니다."

왕 관찰이 흥분하여 염귀에게 연신 수고했다며 공치사를 했다.

"그래, 그놈을 어떻게 잡아들이지? 괜히 어수룩하게 대처했다가 그놈이 낌새를 채고 도망가 버리면 도루묵 아닌가?"

"염려 마십시오. 제물을 준비하여 제사를 지내는 것처럼 해서 청원묘에 찾아갑시다. 틀림없이 손신통이 나와서 이런저런 일을 거들 것이니 적당한 틈을 봐서 그 녀석을 잡아들이는 거야 식은 죽 먹기죠."

"그거 좋은 생각이야. 부윤에게 보고하고 즉각 출발하자고."

왕 관찰의 보고를 받은 등 부윤은 무척이나 기뻐했다.

"그래, 기왕 수고한 거 작은 실수도 없이 그놈을 잡아 와야 하네. 혹시 그 녀석이 요술을 부릴지도 모르니까 돼지 피, 개 피, 마늘, 인분을 가지고 가서 그 녀석 얼굴에 뿌리라고. 아마 그러면 요술을 부리지 못할 거야."

왕 관찰은 등 부윤의 말대로 준비했다. 다음 날 아침 왕 관찰과 포졸들은 서로 역할을 나누어 손신통을 붙잡을 때 전후가 함께 움직이기로 했다. 왕 관찰과 염귀 그리고 포졸들이 변장을 하고 청원묘로 향하니, 손신통이 나와서 영접했다. 한창 제문을 읽는 중에 염귀가 술잔을 들었다가 바닥에 떨어뜨리니 그걸 신호로 포졸들이 한꺼번에 달려들어 손신통을 붙잡았다.

날랜 매가 제비를 잡아채는 듯,
날랜 호랑이가 양 새끼를 잡아채는 듯.

그런 다음 돼지 피, 개 피, 마늘, 인분을 뿌려댔다. 손신통이 제아무리 요술을 부리려고 해도 도대체 먹혀들지가 않았다. 포졸들은 손신통에게 몽둥이찜질을 하면서 관아로 끌고 왔다. 등 부윤이 손신통에게 호통을 쳤다.

"이놈! 황제 폐하께서 계시는 이곳 개봉에서 감히 이 같은 일을 벌이다니. 하늘을 속이고 땅을 속이는 요망한 짓을 하고도 무슨 할 말이 있느냐?"

처음에는 불손하던 손신통도 몽둥이찜질을 견디지 못했던지 고분고분해졌다.

"소인이 어려서부터 강호에서 도술을 배워 이랑신 사당으로 출가했습니다. 나중에는 돈을 바치고 사당지기가 되었습죠. 한데 어느 날인가 한 부인이 이랑신 사당에 오셔서 이랑신 닮은 사내에게 시집가고 싶다고 축원하시는 걸 들었습니다요.. 하여 소인이 주제도 모르고 이랑신 흉내를 내어 황제 폐하의 궁녀를 농락하고 비단옷과 옥대를 사취했나이다."

등 부윤은 포졸들을 시켜 손신통의 목에 칼을 씌우고 감옥에 처넣은 후 잘 감시하라고 했다. 등 부윤은 사건의 전말을 담은 보고서를 작성해 먼저 양 태위에게 올렸다. 양 태위는 즉시 채 태사에게 이 일의 처리를 상의하여 다시 휘종황제에게 보고했다. 휘종황제는 다음과 같이 전교를 내렸다.

"손신통은 감히 짐의 여인을 농락하고 짐이 하사한 옥대마저도 사취했으니 능지처참하도록 할 것이며 옥대는 다시 궁내로 들여보내도록 하라. 음심에 미혹된 한 부인은 다시는 궁내로 돌아오지 못할 것이니 양태위가 주관하여 양민에게 시집보내도록 하라."

한 부인은 황제의 처분에 그저 황공할 따름이었다. 어쩌면 한 부인의 평생 소원이 이루어진 것일지도 모를 일이었다. 후에 들리는 이야기로는 한 부인은 개봉에 와서 가게를 하는 시골 사람에게 시집갔는데 한 부인의 남편 되는 자가 한 부인을 시골집으로 데려가지는 않고 시골집과 개봉의 집을 왕래하면서 서로 백년해로했다고 한다. 한편 손신통은 사람들이 지켜보는 가운데 처형되었다.

죄를 저지르면
언젠가는 그 죗값을 치르게 마련.

손신통이 처형되던 날 사람들이 벌떼처럼 몰려들어 구경했다고 한다. 그리고 그의 머리는 시장 거리에 전시되었다. 이 이야기는 원래 개봉의 이야기꾼 사이에 널리 퍼져 있던 이야기로 나중에는 야사에까지 수록되었다 한다.

인간 세상 사는 최소한의 도리라도 알았더라면,
사람 죽이고, 도둑질하고, 간음하는 일은 하지 않았을 것을.
예로부터 음탕한 짓 벌이고 잘되는 자 없었으니,
아무리 신통한 재주 있다 하여도 어디 용서받을 수 있으리오.

사랑 때문에 두 번 죽은 여인

鬧樊樓多情周勝仙
번루에서 사랑스런 주승선과 소동을 일으키다

태평 시절엔 하루가 길기도 하지,
이곳저곳엔 노랫소리, 악기 소리, 술에 취한 소리.
황제 폐하께서 행차하신다는 소리 들려오니,
사람들이 모두 눈을 비비고 이제나저제나.

이 네 구절의 시는 황제 폐하의 행차를 읊었다. 대저 나라의 수도는 사람들이 잘나고 지세 또한 빼어나 이름난 산과 강이 있기 마련이라 뭔가 멋진 일이 늘 일어나곤 한다. 당나라 때는 곡강지曲江池가 있었고, 송나라 때는 금명지가 있었으니 사시사철 아름다운 경치라, 온 성의 선남선녀, 왕손귀족이 놀러와 구경하고 황제 역시 때때로 행차하여 백성들과 함께 즐겼더라.

때는 바야흐로 송나라 휘종황제 치세, 동경 금명지에 술집이 하나 있었으니 그 이름이 번루鬪樊였다. 이 술집은 범대랑과 범이랑 형제가 운영했다. 이 형제는 아직 장가를 들지 않았다. 늦봄에서 초여름으로 넘어가는 때, 금명지를 구경하러 오는 사람들이 넘치고 넘쳤다. 범이랑이 그들을 보노라니 선남선녀가 마치 개미 떼처럼 몰려들었다.

범이랑이 한 찻집에 들어가 보니 한 여인이 앉아 있었다. 나이는 방년 18세, 생김새는 화용월태라. 범이랑은 그 자리에 한참 서서 여인을 바라보았다.

> 남자를 미혹시켜 빠져나가기 힘들게 하는 그런 생김생김,
> 버드나무 심어진 둑방길 따라,
> 규중심처에 숨어서,
> 황금빛 연꽃 같은 발걸음,
> 한 움큼 잡힐 것만 같은 허리,
> 복사꽃을 삼킨듯한 보드라운 뺨,
> 백옥 같은 향그러운 살결.
> 교태로운 자태는 남정네를 미치게 만들고,
> 정감 어린 모습은 사랑 찾는 남자를 끌어들이네.
> 연꽃 아로새겨진 휘장 안쪽에서 짝을 맺으니,
> 예 말고 또 어디서 사랑을 찾을까?

사랑 찾아 헤매는 감정과 열정이 어찌 내 마음대로 되던가! 찻집 안에 있는 여인의 두 눈과 그녀를 바라보는 범이랑의 두 눈이 서로 마주치고 네 개의 눈에 정이 서렸다. 그녀는 속으로 기뻐하면서 이렇게 생각했다.

'아 저런 남정네랑 결혼할 수 있다면 얼마나 좋을까. 오늘 이 기회를 그냥 놓쳐버리면 언제 다시 기회가 오리? 무슨 핑계로 저 남정네랑 대화

를 시작하고 또 결혼은 했는지 물어본다?'

여인의 하녀나 유모는 그녀가 지금 무슨 생각을 하는지 전혀 눈치채지 못했다. 한데 그때 마침 밖에서 물 잔이 쨍그랑하고 부딪치는 소리가 들려왔다. 그녀는 좋은 계책이 떠올랐다는 듯이 미간이 활짝 펴졌다.

"여보세요, 물장수, 여기 새콤달콤한 설탕물 한 잔 주세요."

그 물장수는 구리 재질의 잔에 설탕물 한 잔을 따라서 그녀에게 건넸다. 그녀가 그걸 받아서 한 모금 마시더니 갑자기 그 물잔을 집어 던지며 이렇게 소리쳤다.

"아니 지금 네가 나를 감히 해코지하려고 드는 게냐. 내가 누군지나 아느냐?"

범이랑은 속으로 저 여인이 소리치는 거나 들어보자는 생각이 들었다. 그녀가 이렇게 계속 소리를 쳤다.

"나는 조문리에 사는 주대랑의 딸로 이름은 승선, 나이는 열여덟, 나를 감히 해코지하려 드는 자가 없었거늘 네가 감히 시집도 안 간 나를 해코지하려 들어!"

범이랑은 혼자서 이런 생각이 들었다.

'저 여인네 말하는 본새는 분명 나 들으라고 하는 것이럿다.'

주승선의 말을 들은 물장수가 이렇게 대답했다.

"아니 아가씨, 제가 어찌 감히 그럴 리가 있겠습니까?"

"감히 그럴 리가 있겠습니까? 물에 지푸라기 조각이 떨어져 있잖아!"

"그게 뭐가 그리 위험하다고!"

"내 목이 다치기라도 했으면 어쩔 뻔했어? 우리 아버지가 지금 집에 안 계신 게 너무도 안타깝다. 우리 아버지만 댁에 계셨어도 너를 당장 관가에 고발했을 거다."

유모가 옆에서 한마디 끼어들었다.

"저런 놈하고 뭐 하러 말을 섞고 계셔요!"

찻집 점원이 안에서 시끌벅적 싸우는 소리를 듣고 그쪽으로 다가와서는 말했다.

"어이, 물장수 어서 저 물통을 메고 빨리 나가슈."

맞은편에 있던 범이랑이 속으로 이렇게 생각했다.

'저 여인이 나에게 이렇게 접근하여 오는데 내가 그냥 가만있을 수야 없지!'

범이랑은 바로 이렇게 소리쳤다.

"여봐 물장수, 여기 달콤쌉싸름한 물 한 잔 가져오게나."

물장수가 바로 물 한 잔을 따라 범이랑에게 건넸다. 범이랑이 그걸 받아서 한 모금 마시더니 그 잔을 집어 던져 버리고는 소리쳤다.

"아니 지금 네가 나를 감히 해코지하려고 드는 거냐. 내가 누군지나 아느냐? 내 형님이 번루 주점을 운영하는 범대랑이고 나는 범이랑이다. 내 나이 열아홉, 내 일찍이 다른 사람한테 해코지당한 적이 없노라. 나는 뛰어난 궁수요, 빼어난 사수로 아직 장가들지 않았노라."

물장수가 말했다.

"아니 당신 지금 미친 거 아냐! 그런 걸 지금 나한테 왜 이야기하는데? 뭐 나한테 중매라도 서라는 거야 뭐야? 관가에 고소할 거면 해보라고. 나 같은 물장수가 도대체 무슨 해코지를 한다고 그렇게들 난리야!"

"뭐, 해코지할 리가 없다고? 그럼 이 물속에 지푸라기 조각이 왜 들어있는 거야?"

그 아가씨는 범이랑의 말을 듣더니 속으로 엄청나게 좋아했다. 찻집 점원이 나타나 그 물장수를 쫓아내 버렸다. "자, 우리도 이제 일어나자"고 하면서 그 아가씨도 몸을 일으켰다. 그 아가씨가 물장수를 보면서 이렇게 말했다.

"그래 네가 감히 나를 따라올 수 있겠어?"

범이랑은 그 말을 듣고 바로 이런 생각이 들었다.

'그래 이 말은 바로 나를 두고 하는 말이렷다.'

범이랑이 주승선을 따라나서는 바람에 골치 아픈 소송 거리가 생겨나는구나.

말하지 않아야 할 때면 한마디라도 하지 말라,
발 들여 놓지 않아야 할 곳이라면 한 걸음도 다가가지 말라.

주승선이 몇 걸음 옮기자 범이랑이 찻집에서 나와 조금 거리를 두고 뒤따랐다. 주승선이 몇 걸음을 더 떼자 바로 그녀의 집이 나타났다. 주승선이 집 안으로 들어가더니 주렴을 걷고 밖을 내다보았다. 그걸 본 범이랑은 무척이나 기뻤다. 주승선이 안으로 사라진 후에도 범이랑은 마치 정신을 잃기라도 한 양 주변을 맴돌다가 해질녘에야 집으로 돌아갔다.

한편 주승선은 그날 외출했다가 돌아온 다음부터 몸이 편치 않은지 음식을 일절 입에 대지 않았다. 주승선의 어머니가 황급히 하녀 영아에게 물었다.

"아가씨가 혹시 날 거라도 먹은 게 아니냐?"

"아닙니다, 마님."

주승선의 어머니는 딸이 며칠 동안 침대에 누워 있기만 하고 일어나지 못하자 침대로 찾아왔다.

"얘야, 어디가 아픈 게냐?"

"온몸이 쑤시고 머리도 아프고, 가끔 기침도 나고 그러네요."

어머니는 의원을 청하여 진찰을 받아보게 하고 싶었으나 남편이 출타 중이라 집에 남자라고는 없어 엄두가 나지 않았다. 영아가 아뢰었다.

"옆집에 왕 노파 있잖아요. 왕 노파를 불러 아가씨를 보여 보시지요. 왕 노파 별명이 만능재주꾼이잖아요. 산파 노릇도 하고, 바느질도 잘하고, 진맥도 할 줄 알고, 병이 위중한지도 가려낼 줄 안대요. 동네 사람들 모두 일만 생기면 왕 노파를 찾는답니다."

주승선의 어머니는 바로 영아한테 왕 노파를 모셔오라고 했다. 왕 노파를 보자마자 어머니는 딸 승선이가 금명지에 놀러 갔다 오더니 이렇게 앓아누워 버렸노라 이야기해주었다. 왕 노파가 이렇게 말했다.

"마님, 굳이 말씀 안 해주셔도 됩니다. 진맥을 해보면 다 알 수 있습니다."

"그래, 좋아 좋아!"

영아가 왕 노파를 주승선의 방으로 안내했다. 주승선은 잠들어 있다가 눈을 뜨더니 "아이고 일어나지를 못하겠네요"라고 말하며 왕 노파를 맞았다. 왕 노파가 주승선에게 말했다.

"무슨 말씀을요! 아가씨 진맥이나 한 번 해봅시다요."

주승선이 팔을 내밀어 왕 노파에게 진맥을 해보라고 했다. 왕 노파가 이렇게 말했다.

"아가씨는 머리가 아프고 온몸이 쑤시고 오슬오슬 오한도 나고 그러네요."

"맞아요."

"정말로 그런가요?"

주승선의 어머니가 끼어들었다.

"가끔씩 재채기도 하고 그런다네."

왕 노파가 그 말을 안 들었더라면 아무런 일도 생기지 않았을 것을. 아무튼 왕 노파가 그 말을 듣고서 이렇게 말했다.

"그것참 이상하네. 어째 외출 한 번 하고 돌아왔다고 이런 병이 다 걸리지!"

왕 노파가 하녀 영아와 유모에게 말했다.

"자네들 자리 좀 비켜주겠나. 내가 아가씨한테 직접 물어볼 게 있네."

영아와 유모가 자리를 비켰다. 왕 노파가 주승선에게 말했다.

"이 할망구는 아가씨가 무슨 병에 걸렸는지 알 것 같네요."

"아니 왕 노파가 어찌 안단 말이오?"

"아가씨는 마음의 병을 앓고 계시네요."

"어째서 마음의 병이라는 거죠?"

"아가씨는 분명 누군가를 만나서 좋아하게 되었고 그래서 이렇게 병이 난 거죠. 그래요, 안 그래요?"

주승선이 고개를 숙이더니 "아니"라고 대답했다. 왕 노파가 다시 말했다.

"아가씨, 솔직하게 말해주세요. 그래야 아가씨 병을 낫게 해줄 방법을 찾죠."

주승선은 왕 노파가 자신의 속마음을 콕 짚어내자 털어놓는 수밖에 없었다.

"아, 그 남자는 바로 범이랑이랍니다."

"번루에서 주점을 열고 있는 그 범이랑이요?"

"맞아요."

"아가씨, 아무런 걱정하지 말아요. 다른 사람이라면야 이 할망구가 모르지만 범이랑만큼은 형이랑 형수까지 잘 알고 있다고요. 그들은 정말로 나무랄 데가 없는 사람이죠. 그 형은 자기 동생이 얼마나 똑똑한지 자랑하면서 이 할망구한테 중매를 서달라고 했었죠. 제가 아가씨를 범이랑에게 시집보내주고 싶은데 아가씨 맘은 어떠신지?"

"내가 어찌 마다하겠어요? 다만 어머니가 허락하지 않을까 봐 그게 걱정이네요."

"걱정하지 마세요. 이 할망구한테 다 생각이 있으니까."

"그렇게만 해주신다면 내가 후히 보답하리다."

왕 노파가 주승선 방에서 나와 어머니를 뵈었다.

"마님, 아가씨가 어째서 병이 났는지 알아냈습니다."

"그래 우리 아이가 어디가 아픈 건가?"

"저한테 말을 하랍시온데 그전에 먼저 술 석 잔을 마시고 나서 말씀드리지요."

주승선의 어머니가 영아에게 명했다.

"영아야, 어서 술상을 봐와라. 왕 노파를 대접하여야겠노라."

주승선의 어머니가 술을 따라 왕 노파에게 권하면서 물었다.

"우리 아이가 무슨 병에 걸렸습디까?"

왕 노파가 주승선에게서 들은 이야기를 주승선의 어머니에게 자세하게 전달했다. 주승선의 어머니가 말했다.

"자, 그럼 이제 어떻게 한다?"

"아가씨를 범이랑과 맺어주는 수밖에 없습니다. 범이랑과 맺어주지 않고서는 아가씨의 병을 치료할 방도가 없습니다."

"지금 바깥양반이 부재하니 어떻게 결정을 내리기가 쉽지 않구나."

"일단 아가씨한테 범이랑에게 시집을 보내준다고 말씀하시고 나리가 돌아온 다음에 혼사를 시작하도록 하십시오. 일단 아가씨 목숨부터 살리고 봐야 하지 않겠습니까."

"그래, 그래 어떤 식으로 이 일을 처리하지?"

"이 할망구가 먼저 범이랑 집에 찾아가 말을 전하겠습니다. 그러면 분명 뭔가 말이 있을 겁니다."

왕 노파는 주승선의 집을 떠나 지름길을 잡아 번루로 달려갔다. 범대랑이 마침 번루 주점의 계산대에 앉아 있었다. 왕 노파가 먼저 소리를 내어 범대랑에게 인사를 하니 범대랑 역시 답례했다.

"왕 할멈, 때맞춰 참 잘 왔소이다. 그렇지 않아도 내가 사람을 보내 왕 할멈을 모셔오라고 할 참이었소."

"대랑께서 어인 일로 이 할망구를 찾으셨소이까?"

"이랑이가 며칠 전 나갔다 오더니 저녁밥도 안 먹고 몸이 아프다고만 하더라고. 내가 어디 갔다 온 거냐고 물어보니 금명지에 갔다 왔다고 하던데. 아무튼 지금까지 아무것도 먹지 못하고 끙끙 앓아누워 일어나지 못하고 있다네. 하여 내가 왕 노파 자네를 불러 진맥을 해달라고 할 참이었다네."

범대랑의 아내가 나와서 왕 노파에게 인사했다.

"할멈, 우리 시동생 좀 봐주시게나."

"대랑 그리고 마님, 따라 들어오지 마시우. 이 할망구가 직접 이랑 도령님에게 어쩌다 병에 걸렸는지 물어봐야겠습니다."

범대랑이 대답했다.

"그러게나! 할멈이 혼자 가서 물어보게나. 우리는 따라가지 않겠네."

왕 노파가 범이랑 방으로 들어갔다. 범이랑이 자리에 누워 있는 걸 보고서 이렇게 말했다.

"이랑, 할망구가 왔소이다."

범이랑이 눈을 뜨고서는 말했다.

"오랜만이올시다. 난 이렇게 죽을 모양이오!"

"무슨 병을 앓고 있기에 죽는다는 말을 하시오?"

"머리가 아프고 심장이 벌렁벌렁하고 가끔씩 재채기가 나고 그러오."

그 말을 듣고서 왕 노파가 빙그레 웃었다.

"남은 아파 죽겠는데 할멈은 그래 웃음이 나오시오?"

"내가 괜히 웃는 게 아니라오. 나는 이랑 도령님이 왜 아픈지 잘 알고 있소이다. 도령님은 조문리에 사는 주대랑의 딸 때문에 병이 난 것 아닌가요?"

범이랑은 왕 노파가 자기가 왜 아픈지 콕 집어내자 자리에서 벌떡 일어나 말했다.

"아니, 그걸 어떻게 아시었소?"

"주대랑 댁에서 이 할망구한테 어서 가서 중매를 서달라고 부탁을 했지 뭐유."

이 말을 안 들었더라면 아무런 일도 안 생겼겠지만 범이랑이 이 말을 들어버렸으니 어찌 기뻐하지 않으리오!

희소식을 들으니 정신이 다 번쩍 나고,
마음 알아주는 말을 해주니 의기투합 저절로 되네.

범이랑은 당장 왕 노파랑 함께 형님과 형수를 뵈었다. 형과 형수는 동생이 오는 걸 보고선 이렇게 말했다.

"아니 아프다면서 왜 나왔어?"

"이젠 다 나았습니다."

형과 형수는 그 말을 듣고 엄청 기뻐했다. 왕 노파가 범대랑에게 말했다.

"조문리에 사는 주대랑 집에서 특별히 이 할망구한테 이랑 도령님과 혼사를 진행하여 달라고 부탁했습니다요."

범대랑은 그 말을 듣고 기뻐했다.

쓸데없는 말은 그만두자. 범씨네하고 주씨네는 서로 예물을 주고받고 혼사 준비를 착착 진행했다. 전에 시간만 나면 밖으로 싸돌아다녔던 범이랑이 정혼을 하고 나서는 문밖출입을 삼가고 형과 함께 가게 일을 도왔다. 바느질 같은 건 거들떠보지도 않던 주승선도 정혼을 하고 나서는 기꺼이 바느질을 배우려 했다. 범이랑과 주승선은 기쁘고도 차분한 마음으로 주대랑이 돌아와 혼례를 치를 날만 기다렸다. 3월에 정혼하고 11월이 되었다. 주대랑이 돌아왔다. 이웃과 친척들을 초대하여 잔치를 벌였음은 두말할 필요도 없겠다. 그다음 날 주승선의 어머니가 주대랑에게 저간의 사정을 설명했다. 주대랑이 물었다.

"정혼을 했다고?"

"그렇습니다."

아내의 말을 들은 주대랑은 이렇게 욕을 해댔다.

"이런 망할 여편네 같으니라고! 아니 누구 맘대로 딸년의 혼사를 그렇게 결정한 거야! 그것도 술집 하는 놈 동생한테 말이야. 대갓집 며느리로 보내도 시원찮을 마당에 그런 놈하고 맺어주다니! 이런 일을 하다니 제정신이 아니구먼. 다른 사람들한테 우세 사기 딱 좋겠구먼!"

바로 이때 영아가 달려와 소리쳤다.

"마님, 어서 오셔서 아씨 좀 구해주세요."

"무슨 일이냐?"

"아씨가 혼절하여 병풍 뒤에 쓰러져 있습니다."

주승선의 어머니는 너무도 놀란 나머지 걷다가 넘어지다가 하며 헐레벌떡 주승선의 방으로 달려갔다. 승선이 바닥에 쓰러져 있었다.

죽었는지 살았는지 모르겠으나,
사지가 쭉 늘어져 있구나.

세상 모든 병 가운데 가장 중요한 게 호흡이라. 주승선이 병풍 뒤에서 아버지가 어머니를 꾸짖고 자기를 범이랑에게 시집보내지 않겠다고 소리치는 걸 듣고는 그만 혼절하고 만 것이다. 승선의 어머니가 황망히 주승선을 부축하려 하자 주대랑이 그런 아내를 확 밀치면서 소리쳤다.

"저 망할 놈의 계집, 우리 가문에 먹칠한 나쁜 년. 그냥 죽게 내버려 둬, 저런 년 살려서 뭐 하게?"

주승선의 어머니가 주대랑에게 제지당하는 걸 보고선 영아가 대신 승선에게 다가가려다가 주대랑에게 귀싸대기를 얻어맞고 한쪽 벽 쪽으로 튕겨나 버렸다. 주승선의 어머니는 기함하여 그만 졸도하고 말았다. 영아가 다가와 주승선의 어머니를 보살폈다. 어머니가 대성통곡하기 시작했다. 이웃 사람들이 어머니의 통곡 소리를 듣고 하나둘 몰려들기 시작했다. 장씨, 포씨, 모씨, 조씨 아줌마 등등이 하나둘 몰려들기 시작하더니 집 안에 가득 차버렸다. 주대랑은 평소에 행실이 개차반이고 주대랑 아내는 그래도 사람들에게 인심을 잃지 않았던 터라 사람들은 모두 주대랑의 아내만 좋아했다. 주대랑은 사람들이 몰려드는 걸 보고서 이렇게 소리쳤다.

"남의 집안일에 뭐 하러 와서 참견이야?"

사람들은 주대랑이 소리치는 걸 보더니 모두 돌아가 버렸다. 주승선의 어머니가 딸을 껴안아 보니 사지가 뻣뻣하게 굳고 얼음장처럼 차가웠다. 주승선의 어머니가 대성통곡했다. 승선이 본디 졸도한 그때 이미 죽은 것은 아니건만 제때 보살펴 주지 못하니 결국 이렇게 저세상으로 떠나고 말았다. 주승선의 어머니가 주대랑에게 욕을 퍼붓기 시작했다.

"이 피도 눈물도 없는 놈! 그래 혼수 5천 냥 아낀다고 그 아까운 딸내미를 저세상으로 보내냐!"

주대랑이 그 말을 듣고 화를 버럭 내었다.

"내가 혼수 5천 냥 때문에 딸내미를 잡았다고? 어째서 없는 일로 사람을 욕하고 난리야!"

주대랑은 이렇게 소리를 버럭 지르고는 밖으로 나갔다. 주승선의 어머니가 어이 속이 타지 않을 것이며, 어찌 슬프지 않으리! 눈에 넣어도 아프지 않을 딸, 똑똑하고 바느질 솜씨도 야무지고 못 하는 일이 없었던 딸, 어머니의 마음은 천 갈래 만 갈래 찢어지는 듯했다. 밖에 나갔던 주대랑이 관을 사 가지고 여덟 명의 인부에게 들려왔다. 주승선의 어머니는 관을 보더니 더욱 서럽게 울었다. 주대랑이 그런 아내를 보더니 이렇게 말했다.

"나한테 혼수 5천 냥이 아까워서 딸내미 잡았다고 했지! 자, 딸내미 방에 가서 패물이란 패물은 다 챙겨오라고. 이 관 안에 넣어줄 거니까."

주대랑은 곧장 주승선을 염하게 하고 장의사 장일랑, 장이랑 형제에게 어서 가서 무덤을 만들어주라고 명했다. 아무튼 자세한 이야기는 생략하자. 주대랑이 주승선을 위하여 재를 지내지도 않으니 별로 날을 끌 필요도 없이 다음 날 바로 발인했다. 주승선의 어머니는 그래도 집에서 며칠 더 머무르며 재라도 지내주었으면 하고 바랐으나 주대랑이 그 말을 귓등으로도 들으려 하지 않았다. 다음 날 아침 운구하여 봉분을 만들고 나서는 장의사들도 돌아가 버렸다.

가련토다, 저 무정한 흙이
사랑 찾아 헤매는 저 어린 처녀를 덮어버리는구나.

여기서 이야기는 둘로 갈린다. 주승선을 장사 지내던 날 주진朱眞이란 한 젊은 녀석이 장씨 형제를 따라와 일을 도왔다. 그 녀석은 도둑질이나 하는 놈이다. 평소 장의사의 조수 노릇도 하고 그래서 땅도 파고 관을 내릴 때 도와주기도 하고 그랬다. 주승선의 입관과 봉분 만드는 일 역시 주진이 도왔다. 한데 그날 주진이 일을 마치고 집에 돌아와 자기 어머니한테 이렇게 말했겠다.

"오늘 나한테 호박이 넝쿨째 굴러왔구먼요. 내일이면 난 부자가 될 거라고요."

"아니 대체 무슨 좋은 일이 생겼다는 게냐?"

"오늘 조문리에 사는 주대랑의 딸을 묻고 왔네요.. 한데 주대랑의 마누라가 남편한테 딸내미 말을 안 들어줘서 딸내미가 죽은 거라고 소리쳤고 그 소리를 들은 주대랑이 5천 냥이나 되는 패물을 관에다 같이 넣어주었다고요. 그렇게 많은 패물이 들어있는데 내가 가서 가져오지 않을 까닭이 없구먼요."

"그런 일 하면 못쓴다. 그게 무슨 곤장 몇 대 맞고 넘어가는 그런 일인 줄 아냐! 네놈 아비가 12년 전에 남의 무덤을 도굴하고서는 관을 열었겠지. 근데 그 관에 있던 시체가 히죽 웃으면서 네놈 아비를 보더란 말이야. 그래 네놈 아비가 혼비백산하여 집에 돌아와 한 달 보름 정도를 시름시름 앓다가 그냥 세상을 떠나고 말았어. 이놈아, 가지 마라. 그런 일은 하는 게 아니다."

"어머니, 나한테 잔소리 그만하슈."

주진이 침대 밑에서 뭔가를 끄집어내 오더니 그걸 어머니에게 보여주었다. 어머니가 말했다.

"그거 가지고 가지 마라. 네놈 아비도 그거 가지고 일 저지르다가 세상을 뜨고 말았느니라."

"사람은 다 자기 팔자가 있는 법이라고요. 내가 올해 점을 몇 차례나 봤는데 점쟁이들이 다 올해 내가 운수대통할 거랍디다. 괜히 내 앞길 막지 마슈."

주진이 끄집어내온 물건이 무엇이던가? 그것은 가죽 부대였다. 그 안에는 곡괭이, 도끼, 호롱불, 기름통 그리고 짚으로 만든 도롱이가 들어있었다. 주진의 어머니가 주진에게 물었다.

"그 지푸라기 도롱이는 어디에다 쓰려고 그러냐?"

"한밤중에 쓰려고 그러죠."

때는 바야흐로 11월 중순, 눈이 엄청 내리는 게 문제였다. 이 도롱이를 입고 그 뒤쪽에 대나무 조각 열 개를 이어붙인 망토 같은 걸 단다. 눈길을 걸으면서 한 발 뗄 때마다 등 뒤에 매단 대나무 망토로 쓱 문질러 발자국을 지우는 것이다. 그날 밤 새벽 두 시경, 주진이 어머니에게 이렇게 말했다.

"내가 돌아와서 문을 두드리면 바로 열어주시라고요."

도성 안이야 사람이 북적대지만 도성 밖 광활한 곳이야 인적이 있을 턱이 없다. 하물며 한밤중에 눈이 이렇게 크게 내리는데 누가 바깥출입을 하리!

주진이 집을 나서 길을 가면서 자신의 뒤를 돌아보니 역시 눈에 발자국이 남지 않았다. 주승선의 무덤가에 도착하여 지푸라기로 사방을 둘러막아 놓은 곳 가운데 가장 낮은 곳을 골라 뛰어넘어갔다. 한데 마침 무덤을 지키고 있던 장가 형제가 개를 기르고 있었겠다. 그 개가 낯선 사람이 담을 넘어오는 걸 보고서는 개집에서 기어 나와 짖어대기 시작했다. 주진은 낮에 약을 친 꽈배기를 미리 준비해두었다. 개가 짖는 걸 보고선 바로 그걸 꺼내어 개에게 던져 주었다. 그 개는 뭔가 떨어지는 걸 보더니 킁킁대며 냄새를 맡았다. 고소한 향기가 나는 걸 보고 냉큼 물었다. 마침내 끙 하는 외마디 소리를 지르더니 결국 쓰러지고 말았다. 주진이 무덤가로 다가갔다. 무덤을 지키던 장이랑이 소리를 내었다.

"형님, 개가 짖다가 갑자기 소리를 멈추네. 너무 이상하지 않아요! 도둑놈이 찾아온 게 틀림없어요. 한번 가서 살펴보자고요."

"우리한테 훔칠 게 뭐가 있다고 오냐!"

"저놈의 개가 짖다가 갑자기 멈추고 소리를 안 내는 걸 보면 틀림없이 도둑이 온 거라니까요. 형님이 같이 안 가면 나 혼자라도 가서 살펴볼라요."

장이랑이 자리에서 일어나 옷을 챙겨 입고 창 한 자루를 꼬나 들고 문밖으로 나섰다. 주진은 인기척을 듣고 곧바로 아무 소리도 안 나게 조심조심 도롱이를 벗고 살금살금 발자국이 안 생기게 버드나무 뒤로 숨었다. 그 나무는 엄청스레 커서 주진의 몸을 가려주기에 충분했다. 주진은 쓰고 있던 널찍한 대나무 삿갓으로 몸을 가린 다음 허리를 납작하게 낮추고 도롱이를 한쪽에 치워두었다. 멀리서 방문이 열리고 장이랑이 나와서 밖을 바라보는 게 보였다. 밖이 엄청 추웠는지라 장이랑이 바로 이렇게 소리를 쳤다.

"이 망할 놈의 개, 왜 이렇게 짖고 난리야?"

잠자리에서 바로 일어나 나온 장이랑은 눈보라에 추위를 바짝 탔다. 바로 문을 닫고 방 안으로 돌아갔다.

"형님, 정말 아무도 없는데요."

장이랑이 옷을 벗고는 다시 이불을 머리까지 푹 뒤집어쓰고서 한마디 했다.

"형님, 추워 죽을 거 같구먼요."

"내가 인마 아무도 없을 거라고 했잖아!"

삼경을 넘어가는 시각, 장씨 형제가 도란도란 이야기 나누는 소리마저도 잦아들었다. 주진이 혼잣말했다.

'고생하지 않고 남의 돈을 먹을 수가 있나!'

주진은 자리를 털고 일어나 대나무 삿갓을 쓰고 도롱이를 입고 발뒤꿈치를 들고 살금살금 무덤으로 다가갔다. 쌓인 눈을 긁어냈다. 낮에 무덤을 만들 때 도왔던 주진 아닌가. 칼로 돌판을 들어 옆으로 밀어내고 관 옆으로 다가가 자리를 잡은 다음 머리에 썼던 삿갓을 벗고 도롱이마저 벗어놓았다. 가죽 부대에서 대못 두 개를 꺼내어 쌓아 놓은 돌과 돌 사이 틈새에다 박고는 호롱을 걸었다. 대나무 통에서 불씨를 댕겨서 불을 붙이고 기름통에 기름을 넣은 다음 호롱에서 불길이 타오르게 했다. 관에 박힌 못을 댕겨 뽑아서는 관 뚜껑을 들어내 한쪽 벽에 치워놓았다.

"아가씨, 나를 원망하지 말라고. 내가 잠시 아가씨의 재산을 좀 빌려 갈게. 대신 내가 아가씨를 위해서 독경을 해주지."

말을 마친 주진이 여인의 얼굴 덮개를 걷어냈다. 그러고는 여인의 머리와 얼굴에 놓여 있던 장신구를 모두 빼냈다. 여인의 옷을 벗기는데 여간 힘든 게 아니었다. 이때 한 가지 꾀가 떠올랐다. 주진이 허리에 차고 있던 수건을 풀어 그 수건의 한쪽은 아가씨의 목에다 걸고 다른 한쪽은 자기 목에다 걸었다. 그런 다음 아가씨의 옷을 실 한 오라기도 안 남기고 다 벗겨버렸다. 그 순간 주진은 백옥 같은 아가씨의 벗은 몸을 보았다. 갑자기 욕정이 치솟아 억누를 수가 없었다. 주진이 그 아가씨를 범하고 말았다. 그런데 너무도 이상한 일이 벌어지고 말았다. 그 아가씨가 눈을 뜨더니 두 팔로 주진을 꼭 껴안는 것이었다. 어떻게 이런 일이 다 일어날 수 있을까?

운명책을 본 적이 있는가,
세상사 모든 일은 사람 맘대로 되지 않는 법.

그 아가씨는 온 마음을 다하여 범이랑을 사랑했으나 자신과 범이랑을 맺어주려는 어머니를 아버지가 욕하는 것을 보고선 순간 화가 치밀어 그만 죽고 만 것이었다. 하지만 죽은 지 얼마 되지 않아 음기와 양기가 서로 통하니 이렇게 깨어나게 되었던 것이라. 주진은 깜짝 놀라 나자빠지고 말았다. 그 아가씨가 이렇게 물었다.

"아니, 당신은 누구죠?"

주진이 그래도 머리가 잘 돌아가는 놈이라 바로 이렇게 둘러대었다.

"아가씨, 내가 특별히 아가씨를 살려주려고 온 거라고!"

아가씨 역시 몸을 일으켜 보고서는 바로 상황을 이해하게 되었다. 자신의 옷이 다 벗겨져 있고 게다가 주진이 도끼랑 칼을 몸에 차고 있는 것까지 보았으니 어찌 상황 파악을 못 하겠는가? 주진 역시 그 아가씨를 죽여버릴까 하다가도 차마 그러지 못했다. 그 아가씨가 주진에게 이렇게 말했다.

"아저씨, 나를 좀 살려주시고 번루 주점의 범이랑에게 데려다주셔요. 제가 꼭 톡톡히 사례하겠습니다."

주진이 속으로 이렇게 생각했다.

'아무리 돈을 써가며 사방으로 구해도 이런 아가씨를 얻기란 하늘의 별 따기일 텐데 이렇게 멋진 여자를 다 만나다니. 설사 내가 이 아가씨를 집으로 데리고 간다손 어느 놈이 나한테 꼬치꼬치 따지겠어?'

주진이 아가씨에게 말을 건넸다.

"나는 허튼소리 하는 사람은 아니니 걱정 마라. 널 일단 우리 집에 데리고 갔다가 범이랑을 만나게 해주마."

아가씨가 대답했다.

"범이랑을 만나게 해주신다면 내가 아저씨를 따라가죠."

주진이 바로 아가씨에게 옷을 건네주고 입게 했다. 금은보화와 장신구 따위를 옷에다 싸고는 호롱불을 끄고 기름을 다시 기름통에 붓고 도구를 챙기고 삿갓을 쓰고 아가씨에게 먼저 무덤에서 빠져나가게 했다. 자기도 무덤에서 기어 올라와서 돌 뚜껑을 아귀를 맞춰 다시 닫고 그 위를 눈으로 덮었다. 아가씨한테 자기 등에 업히라고 한 다음 도롱이를 입었다. 한 손으론 가죽 부대를 들고 다른 한 손으로는 금은보화를 싼 보자기를 움켜쥐었다. 대나무 삿갓을 쓰고서 구불구불한 길을 걸어 자기 집 앞에 이르러 문을 두세 번 두드렸다.

어머니가 아들이 돌아온 것을 알아차리고 문을 열어주었다. 아들이 들어오자 어머니가 깜짝 놀랐다.

"아니 이놈아, 시체는 또 뭐 한다고 메고 온 거야?"

"엄니, 목소리 좀 낮추라고요."

주진이 도구를 담은 부대를 내려놓고 아가씨를 자기 방으로 데리고 갔다. 주진이 시퍼렇게 날이 선 칼을 아가씨한테 들이대고는 말했다.

"너한테 분명히 해둘 게 있다. 네가 내 말대로만 하면 너를 범이랑에게 데려다줄 것이야. 하지만 만약 내 말을 듣지 않으면, 봐라 이 칼로 너를 두 토막 낼 것이다."

아가씨가 놀라며 말했다.

"대체 무슨 말을 들으라는 거죠?"

"첫째, 방 안에서 아무런 소리도 내지 마라. 둘째, 방에서 절대 밖으로 나가지 마라. 내 말대로 하기만 하면 이삼일 내 범이랑을 만나게 해줄 것이다. 만약 내 말을 듣지 않으면 너를 죽일 것이다."

"시키는 대로 할게요."

주진은 말을 마치고 방에서 나가 어머니에게 사정을 설명했다.

쓸데없는 이야기는 그만. 아가씨는 밤마다 주진 곁에서 잠을 자야 했다. 하루 이틀, 아가씨는 주진의 방에서 옴짝달싹할 수 없었다. 아가씨가 주진에게 물었다.

"범이랑을 만나보았나요?"

"만나 봤지. 범이랑이 너 때문에 병이 들었다네. 병이 나으면 너를 데리러 온다고 하더라."

11월 20일에 이런 일이 생겨나고 해를 넘겨 정월 대보름이 되었다. 그날 밤 주진이 어머니에게 이렇게 말했다.

"내가 해마다 정월 대보름 등불놀이가 그렇게 멋지다는 말을 들어왔는데 정작 직접 보질 못했네요. 오늘 한번 가볼랍니다. 새벽 오경쯤 돌아오겠습니다."

주진은 말을 마치고 성안으로 등불 구경하러 떠났다. 이렇게 기묘한 일이 있나! 동틀 무렵, 집에 있던 주진의 어머니가 "불이야!" 하는 소리를 듣고 황급히 문을 열어보았다. 너덧 집 정도 떨어진 주점에서 불이 난 것이었다. 주진의 어머니는 황급히 집 안의 물건을 챙기기 시작했다. 아가씨는 이 소란을 듣고서 '이 틈에 도망치지 않으면 언제 도망치랴' 생각하고 방문을 열고 나가 어머니를 불러 여기 물건도 챙기라고 했다. 주진의 어머니는 그게 아가씨의 꾀인 줄도 모르고 그 방으로 들어갔다.

아가씨는 그 혼란한 와중에 도망쳐 나왔다. 그러나 어디가 어딘지 도무지 알 수가 없었다. 길 가는 사람을 붙잡고 물었다.

"조문리가 어디에 있나요?"

그 사람이 손가락으로 가리키며 대답했다.

"요 앞이 바로 조문리요."

아가씨는 이러구러 조문리로 가서는 다시 사람을 붙잡고 물었다.

"번루 주점이 어디에 있나요?"

"바로 코앞에 있소이다."

아가씨는 너무나도 조바심이 났다. 만약 그 아가씨가 주진과 마주치기라도 한다면 우리 이야기는 여기서 끝나고 말 것이다. 아가씨는 이러구러 번루 주점에 당도했다. 점원이 주점 앞에서 손님을 맞았다. 아가씨는 아주 공손하게 인사했다. 점원도 같이 인사했다.

"아가씨, 별고 없으시지요?"

"여기가 번루 맞나요?"

"예, 여기가 바로 번루입죠."

"한 가지만 여쭤볼게요. 범이랑이 여기 있나요?"

점원이 혼자서 이렇게 구시렁댔다.

'아이고, 이랑이는 무슨 복이 있어 이렇게 예쁜 여자가 다 찾아오나!'

점원이 이렇게 대답했다.

"바로 저기 있네요."

아가씨는 주점 계산대로 가서 이렇게 인사를 건넸다.

"범이랑 님, 안녕하세요?"

이 말만 듣지 않았더라면 아무 일도 없었을 것을. 범이랑이 그 말을 듣고 바로 계산대에서 내려왔다. 범이랑이 다가와 아가씨를 보고 대경실색했다.

"물러가라! 물러가라!"

"아니 나는 사람이에요, 근데 왜 귀신이라도 본 것처럼 나를 물러가라고 하는 거죠?"

범이랑이 그 아가씨의 말을 어찌 믿겠는가? 범이랑은 계속 이렇게 소리쳤다.

"물러가라! 물러가라!"

범이랑이 이렇게 소리를 지르면서 걸상을 집어 들었다. 한데 그 걸상 위에 찜통이 놓여 있는지라 그 찜통을 집어 들고 아가씨의 얼굴을 향하여 집어 던졌다. 아이고, 그 찜통이 아가씨의 이마에 정통으로 맞았다. 아가씨가 비명을 지르고 바닥에 쓰러졌다. 놀란 점원이 황급히 달려와 살펴보았다. 그녀의 생명이 어찌 되었을까?

사랑 때문에 두 번 죽은 여인 505

어젯밤 정원에 봄바람 모질게 불더니,

매화꽃 온통 바닥에 떨어뜨려 버렸구나.

점원이 그 아가씨를 살펴보니 피를 줄줄 흘리며 죽어 있더라. 범이랑은 입으로 계속해서 "물러나라, 물러나라!"라고 소리를 질렀다. 범대랑이 밖에서 시끄러운 소리가 나는 걸 듣고 황급히 나와 보았다. 동생이 "물러가라! 물러가라!" 소리를 지르고 있지 않은가. 범대랑이 물었다.

"너 지금 왜 그러는 거냐?"

범이랑은 한참이 지나서야 제정신이 돌아왔다. 범대랑이 범이랑에게 물었다.

"어쩌자고 저 아가씨를 때려죽인 거냐?"

"형님, 저건 귀신이라고요. 조문리에 살면서 배 타고 장사 다니는 상인 주대랑의 딸입니다."

"저게 귀신이라면 저렇게 피를 흘리진 않을 텐데, 너 이제 어떡할 참이냐?"

번루 앞으로 이삼십 명의 사람들이 몰려들어 구경했다. 나졸들이 득달같이 범이랑을 잡으려고 들이닥쳤다. 범대랑이 나졸들에게 설명했다.

"저 아가씨는 조문리 주대랑의 딸로 11월에 이미 저세상으로 떠났습니다. 내 동생은 저 아가씨가 사람이 아니라고 생각해서 그래서 죽인 겁니다. 지금도 저 아가씨가 사람인지 귀신인지 분명치 않으니 내 동생을 잡아가기 전에 저 아가씨의 아버지를 불러와서 한번 보여주기 바라오."

나졸들이 대답했다.

"사정이 그렇다면 어서 가서 주대랑을 불러오도록 하라."

범대랑은 쏜살같이 조문리로 달려가서 주대랑 집 문 앞에 이르렀다. 주대랑 집 유모가 나와 "뉘시오?"라고 물었다. 범대랑이 대답했다.

"나는 번루 주점을 운영하는 범대랑이올시다. 정말 급한 일이 있어서 왔으니 쥔장에게 어서 전하시오."

유모가 곧장 안으로 들어갔다. 얼마 지나지 않아 주대랑이 나와 범대랑을 만났다. 범대랑이 방금 있었던 일을 설명했다.

"번거로우시더라도 시체를 한 번만 확인해주신다면 그 은혜는 죽어도 잊지 않겠습니다."

주대랑은 그 말을 도시 믿을 수가 없었지만 범대랑이 평소 착실한 사람이라 소문이 났는지라 그를 따라 번루로 향했다. 주대랑은 그 자리에 얼어붙어 버렸다.

"내 딸이 죽은 지가 언젠데 어떻게 이렇게 다시 살아날 수가 있단 말인가? 세상에 이런 일이 다 있다니!"

번루 지역을 담당하는 지방 관리는 범대랑의 하소연에도 아랑곳하지 않고 아가씨 죽음에 관련된 일체의 사람들을 다 붙잡아오게 했다. 다음 날 아침 그들을 모두 개봉부 아문으로 데려갔다. 포 대윤이 관련 조서를 읽어보았다. 포 대윤은 이 사건을 어떻게 처리하여야 할지 감을 잡을 수가 없어 일단 범이랑을 옥에 가두고 감시하게 했다. 그런 다음 검시를 하는 한편 나졸들에게 이 사건을 조사하도록 명령했다. 관원들이 사람을 시켜 무덤을 파보게 하니 관이 텅 비어 있더라. 무덤을 관리하는 장일랑, 장이랑에게 물으니 이렇게 대답했다.

"작년 11월, 눈이 내린 어느 날 밤, 개가 사납게 짖는 소리가 들렸고, 다음 날 아침 문을 열고 나가보니 개가 눈밭 위에 죽어 나뒹굴고 있었으나 특별히 다른 일은 없었습니다."

관원이 그 조사 결과를 포 대윤에게 문서로 보고했다. 포 대윤은 답답한 마음에 사흘 기한을 주고 도적을 잡아들이라 했다. 기한이 다 되어갔지만 아무런 소식을 들을 수가 없었다.

황금 병이 우물에 떨어졌으나 흔적도 못 찾는 격,
창을 갈아서 바늘을 만들겠다고 하나 아직 공을 덜 들인 격.

한편, 범이랑은 옥중에서 곰곰이 생각에 잠겼다.
'거참 이상하다! 만약에 사람이라면, 그녀는 이미 죽었던 몸, 염하고 입관하고 무덤을 만들어 준 것 그게 바로 증거 아닌가. 만약 귀신이라면 뭔가로 내려치니 피를 흘리고 죽은 시체가 있었고 또 지금은 관에 있던 그 시체가 사라져 버렸구나.'
아무리 머리로 생각하고 또 생각해봐도 대체 어떻게 된 일인지 알 길이 없었다. 범이랑은 다시 생각에 잠겼다.
'아이고 아까워라, 그 꽃처럼 아름다운 아가씨! 귀신이라면야 별무 상관이지만 만약 귀신이 아니라면 그 아까운 목숨을 함부로 죽이는 게 아닌데!'
범이랑은 밤새 이런 생각 저런 생각에 잠겨 전전반측 잠을 이루지 못했다. 찻집에서 처음 그 아가씨를 만났던 때를 떠올리고 난 다음 다시 생각에 잠겼다.
'내가 그때 아주 정신이 나간 모양이야! 그 아가씨를 만났을 때 그렇게 서둘러 내치지 말았어야 했는데. 귀신인지 아닌지 찬찬히 따져봤어야 했는데 너무도 성질 급하게 그 아가씨의 생명을 앗아가고 말았구나. 다 내 죄로다. 지금 내가 이렇게 포승줄에 묶여 있으니 이 일의 자초지종을 밝혀내기가 난망이라. 아이고 후회막급이로구나.'
이 생각하면 이게 후회되고, 저 생각하면 저게 후회되는구나. 서너 시간을 뒤척이다가 자기도 모르게 깜박 잠이 들었다. 주승선이 곱게 화장을 하고 나타났다. 범이랑이 깜짝 놀랐다.

"아가씨, 살아 있었구려!"

"그래도 급소는 피해서 잠시 기절만 하고 목숨을 잃지는 않았습니다. 소녀가 두 차례나 죽음을 맞이한 것은 모두 도령님을 위해서였습니다. 지금 도령님이 이런 곤경에 빠지셨기에 소녀가 특별히 찾아와 저의 소망을 이루고자 하니 제발 거절하지 마십시오. 이 역시 우리 운명에 다 정해진 것입니다."

범이랑은 모든 걸 다 잊고 그녀와 사랑을 나누기 시작했다. 그 사랑의 기쁨을 어찌 말로 표현할 수 있을까. 사랑을 나누고 나서 그녀는 작별을 고했다. 범이랑은 잠에서 깨어나서야 그게 꿈이었음을 알았다. 수많은 상념, 수많은 후회가 밀려왔다. 다음 날 밤도 이렇게 똑같이 지나갔다. 사흘째 밤에도 그녀가 찾아왔다. 전날, 전전날보다 더욱더 사랑스럽고 애절해 보였다. 떠날 무렵 그녀가 이렇게 말했다.

"소녀의 생명줄이 아직 다 끝나지는 않았습니다. 그러나 이제 오도五道 장군의 부름을 받아 떠나야 할 때가 되었습니다. 소녀가 도령님을 사랑하는 마음이 너무도 깊어 오도 장군에게 사정했더니 오도 장군이 소녀를 불쌍히 여겨 사흘 말미를 주었습니다. 이제 그 말미도 다 끝났군요. 이 말미를 넘기면 소녀는 벌을 받게 됩니다. 이제 도령님과는 영원한 이별이군요. 도령님 일은 소녀가 이미 오도 장군님께 간청했으니 조금만 참고 기다리셔요. 한 달이 지나면 이 일도 다 해결될 것입니다."

범이랑은 슬픔에 겨워 울면서 잠에서 깨어났다. 깨어나서 꿈속에서 들었던 말을 되뇌었다. 믿을 수도 믿지 않을 수도 없었다. 시간은 흘러 정월 그믐, 옥졸이 대윤의 명령을 받고서 범이랑을 심문소로 데리고 갔다. 한편, 개봉부에는 동귀라는 도붓장수가 있었다. 하루는 물건 광주리를 메고서 성 밖으로 장사를 나갔다. 한 아낙이 동귀를 불러 물건 하나를 건네었다. 그 물건이란 게 진주를 꿰어 치자꽃 모양으로 만든 장신구였다. 그날 밤 주진이 집에 가지고 와서 떨어뜨린 것이었다. 그걸 이 아낙이 주워서 치워두었던 것이라. 그 아낙은 이게 얼마나 나가는 것인지 알지 못하여 동귀에게 이걸 팔아서 가욋돈이라도 마련하고자 한 것이다. 동귀가 물었다.

"얼마나 쳐드릴깝쇼?"

"알아서 주슈."

"돈 두 꿰미면 되겠수?"

"그려요."

동귀는 물건값을 치러주고는 아문으로 달려와 관찰을 뵙고는 이런 물건을 얻게 된 사연을 보고했다. 관찰은 즉시 이 물건을 조문리에 사는 주대랑과 그의 아내에게 보여주게 했다. 주대랑 부부는 그것이 딸을 장사지낼 때 함께 관에 넣어둔 것임을 확인해주었다. 즉시 나졸을 보내어 그 아낙을 잡아들이라 했다. 그 아낙이 이렇게 아뢰었다.

"아들 주진은 지금 집에 없습니다."

즉시 주진을 붙잡으려 했으나 집에 있지를 않았다. 주진은 상가네 놀이패 공연을 보러 갔다가 그 자리에서 붙잡혀 개봉부 아문으로 압송되었다. 포 대윤이 심문관을 파견하여 자초지종을 따져 묻게 하니 주진이 더는 버티지 못하고 술술 불었다. 이 사건을 담당한 설 공목(孔目1))은 무덤을 도굴한 주진은 사형에 처하고, 범이랑은 사형은 면하되 얼굴에 죄목을 새기게 한 다음 노역을 하는 감방에 처넣도록 하는 문서를 작성했다. 문서만 작성하고 아직 보고하기 전날 밤, 설 공목은 꿈속에서 오도 장군을 보았다. 오도 장군이 화를 버럭 내면서 설 공목에게 이렇게 일렀다.

"범이랑이 무슨 잘못을 했다고 얼굴에 죄목을 새기고 노역 감방에 가

---

1) 고대 중국의 서리직으로 특히 송사나 옥사 관련 문서를 담당하던 하급관리이다.

둔단 말이냐? 어서 범이랑을 풀어주도록 하라."

설 공목은 깜짝 놀라 꿈에서 깨어 범이랑은 귀신을 잡으려 한 것이지 사람을 죽이려 한 것과는 다르고, 이 사안은 특별히 기괴하여 신속하게 석방하는 게 낫다고 문서를 바꾸었다. 포 대윤 역시 이 문서를 보고받은 그대로 결재했다. 범이랑은 기쁜 마음으로 집으로 돌아왔다. 나중에 범이랑이 아내를 맞이했다. 주승선과의 사랑을 잊지 못하여 해마다 오도 장군의 사당을 찾아가 지전을 태우고 제사를 올렸다. 시 한 수가 이를 증명하노라.

사랑에 빠진 남녀는 물불을 가리지 않지,
특별한 사랑은 특별한 이야기를 낳지.
사랑도 모르는 자와 사랑에 목숨을 건 자,
사랑도 모르는 자가 외려 덕을 보긴 한다네.

들보에 걸린 원앙 허리띠

赫大卿遺恨鴛鴦縧
죽어서야 전해진 혁대경의 원앙 허리띠

피와 살을 감싸는 피부와 몸매,
아리따운 자태는 남자를 눈멀게 하네.
역사의 영웅들 이 때문에 무너졌지,
백 년도 못 채우는 인생 이렇게 먼지가 되어 묻혔다네.

   이 시는 옛날 성여자(性如子[1])가 지은 것이다. 음탕함과 여색에 빠져 신세를 망치지 말라고 경고하는 시다. 사실 음탕함과 여색은 같은 게 아니다. 예를 들어 고전시 '한 번 미소 지으니 성 하나가 쓰러지고, 다시 한 번 미소 지으니 나라 하나가 무너지도다. 성이 쓰러지고 나라가 무너지는 게 어찌 걱정이 아니겠소만, 미인은 다시 얻기 힘든 거라네.'에서 묘

---

1) 실존 인물이 아니라 이 작품의 작가 혹은 편찬자가 만들어낸 가상의 인물인 듯하다.

사하는 것은 바로 여색을 좋아함을 읊은 것이다. 만약 예쁘고 밉고를 가리지 않고 단지 그 숫자 많은 것만을 자랑스러워한다면 그건 마치 속된 말로 '석회 부대가 가는 곳마다 흔적을 남기는 것'[2]이나 마찬가지니 여기엔 사실 여색이라는 게 끼어들 틈도 없는 것이라. 이건 그저 음탕함일 뿐이다.

여색을 좋아함에도 여러 종류가 있다. 장창張敞[3]이 아내의 눈썹을 직접 그려주었다는 것이나, 사마상여가 소갈증을 핑계로 벼슬을 마다하고 늘 아내 곁을 지킨 것[4]을 소위 선비입네 하는 자들이 비난하고 그러지만 부부의 정이나 인륜이라는 관점에서 보면 이게 여색을 즐기는 모범이라 할 것이다.

한편, 파란 옷, 빨간 옷으로 아름답게 치장한 첩과 하녀를 거느리며 여색을 즐기는 자도 있다. 아름다운 여인들이 복사꽃 피고 버들가지 늘어진 넓은 길에 열두 줄로 늘어서서 노래를 부르고 춤을 춘다. 구름 사이에 달빛이 언뜻언뜻 비칠 때 아름다운 여인들과 더불어 풍류를 즐긴다. 이것은 비록 오직 한 여인만을 사랑하는 것은 아니라 해도 그래도 꽃과 이파리가 서로 어울리는 것과도 같은 관계니 그 나름대로 여색을 즐기는 한 방편은 된다 할 것이다.

웃음 파는 여인들이 모인 곳, 꽃 같은 여인들이 몰려 있는 곳에서 여

---

2) 석회를 담은 부대를 옮기다 보면 당연히 석회 가루가 떨어질 것이다. 만약 그 부대에 작은 구멍이 나 있기라도 하면 석회가 줄줄 샐 것이다.

3) 한나라 선제 때 인물(?~기원전 48년)로 아내를 사랑하여 아내의 눈썹을 그려주곤 했다고 한다. 이를 탐탁지 않게 생각한 다른 신하가 이를 선제에게 고하자 장창이 부부 사이에는 이보다 더 내밀한 일이 많은 법 아닌가 대답했고 선제 역시 이런 장창을 인정했다는 이야기가 전한다.

4) 한 무제 치하에서 벼슬하던 사마상여가 벼슬을 그만두고 물러났을 때 조정에서 그를 여러 차례 불렀으나 그가 지병으로 앓고 있던 소갈증을 핑계로 사양하고 자신이 어려웠을 때 함께 술을 팔며 자신을 보살펴 준 아내 탁문군 곁을 지켰다는 이야기이다.

럿이 모여 술 마시고 서로 환락을 추구하니 몸이 이르는 대로 서로 짝하여 기쁨을 주면 행하를 아끼지 아니하도다. 먼 길 떠나 여관에 들렀을 때 외로움을 잊게 해주고 달빛 아래 꽃을 감상하면서 마음을 어루만져주도다. 이런 것들은 소위 여색깨나 밝힌다고 하는 자들이 끝내 그만두지 못하고 하는 짓이며 기루의 풍습이라고도 할 것이라서 행실이 바른 자라면 입에 올리기 부끄러워 할 것이니 바르지 못한 방식의 여색 즐기기라 할 것이다.

문란한 성생활을 하느라 사람이 아니라 금수처럼 굴어 담을 넘고 쥐구멍을 파고 요물에 정신을 빼앗기고 잠시의 쾌락에 빠져들어 만세의 죄인이 되어, 살아서는 처벌을 받고 죽어서는 귀신의 질책을 받으니 이는 바로 여색을 어지럽히는 것이라.

한편, 바르게 여색을 즐기는 것도 아니고, 그 나름대로 제법 여색을 즐기는 방편도 아니며, 여색을 어지럽히는 것도 아니고, 사악하게 여색을 탐하는 것도 아닌 그런 것도 있다. 아무도 모르게 덫을 놓고 맑고 깨끗한 가문의 분위기를 해치고, 신상의 황금빛을 깎아 내버리는 짓을 하고, 부처님 얼굴에 똥칠을 하고, 마침내 지옥 명부에 이름을 올리고, 살아서는 인과응보의 업보를 톡톡히 당한다. 세상 사람들에게 충고하노니 조심하고 또 조심할지라!

스님의 얼굴을 보지 말고 부처님의 얼굴을 보라,
음란한 마음으로 도를 향하는 마음을 막지 말지라.

우리 명나라 선덕 연간(1426~1435), 강서 임강부 신감현에 국자감 학생이 있었으니, 성은 혁赫, 이름은 응상應祥, 별명은 대경이었다. 풍류를 즐길 줄 알고 생김새도 멋졌으며, 얽매이기를 싫어하고 음악과 여자 두 가지를 좋아했다. 기생집을 지나다 춤추고 노래하는 광경을 보게 되면 그곳에 끼어들어 시간 가는 줄 몰랐으며 그곳을 마치 자기 집처럼 여겼다. 엄청난 재산도 거의 반은 날려버렸다. 아내 육陸씨가 대경이 이렇게 가산을 탕진하는 걸 보고는 주구장창 잔소리를 해댔다. 그러나 대경은 거꾸로 마누라가 현숙하지 못하다고 못마땅하게 여겨 부부 사이는 늘 삐걱거렸다. 이런 이유로 육씨는 남편 대경의 일에 더는 상관하지 않으리라 다짐하고 세 살배기 아들 희아喜兒와 함께 집 안의 조용한 방에 틀어박혀 불경을 읽고 참선하며 남편의 일은 남편이 알아서 챙기라고 내버려 두었다. 때는 바야흐로 청명절, 혁대경이 옷을 쫙 빼입고 교외로 답청 놀이를 나섰다. 송나라 때 장영張詠이 지은 시로 이를 증명하노라.

봄나들이 나온 수천수만의 사람들,
아름다운 여인의 얼굴이 바로 꽃이로다.
삼삼오오 짝을 지어 꽃 그림자 아래 서 있을 제,
안개노을 타고 사뿐히 날아가는 듯.

혁대경은 여인네들이 몰려 있는 곳을 찾아 이리 기웃 저리 기웃 자신의 자태를 뽐내며 어떻게든 누군가를 좀 꾀어보려고 애썼다. 하지만 아무런 성과가 없었으니 기운이 쑥 빠졌다. 심심하기도 해서 술집을 찾아 들어가 술이라도 한잔하려고 생각했다. 혁대경은 술집에 들어가 길 쪽 자리를 잡고 앉았다. 점원이 술과 안주를 내왔다. 혁대경은 자작을 하면서 창가에 기대어 지나가는 사람을 구경했다. 한 잔이 두 잔이 되고, 두 잔이 석 잔이 되니 자기도 모르게 얼큰히 취했다. 자리에서 일어나 술값을 치르고 술집에서 나와 발길 닿는 대로 걸었다. 때는 이미 오후 두 시를 넘어가는 시각, 얼마 걷지 못하여 술기운이 올라와 입이 타기 시작했다. 차라도 한 잔 마시며 해갈을 하고 싶었다. 마땅한 장소가 떠오르지 않았다. 고개를 들어보니 앞쪽 숲속에 깃발이 나부끼는 게 보였다. 조그만 암자나 도관인 것 같았다. 혁대경이 기쁜 마음으로 그곳으로 달려가 수풀을 헤치고 들어가 보니 암자 하나가 나타났다. 혁대경이 바라보니 사방에 둘러쳐진 담벼락, 대문 앞엔 열 그루가 넘는 버드나무가 버들가지를 드리우고 여덟 팔자 모양으로 두 짝 문이 있었다. 그리고 맨 위에 황금색 편액이 걸려 있었다. 그 편액에는 '비공암非空庵'이란 세 글자가 적혀 있었다. 혁대경이 고개를 끄덕이며 이렇게 혼잣말했다.

"내가 일찍이 성문 밖 비공암에 인물이 빼어난 비구니가 있다는 말을 들어왔지만 직접 찾아올 짬이 없었지. 그런데 오늘 이렇게 여기를 오게 될 줄이야!"

혁대경은 옷매무새를 가다듬고 암자 입구로 다가갔다. 둥그런 조약돌을 쌓은 동쪽 길로 접어드니 양쪽에 느릅나무, 느티나무가 늘어서 있어 자못 정취가 넘쳤다. 몇 걸음 걷지 않아 겹문이 나타났다. 그 겹문 안에 세 칸짜리 작은 건물이 드러났다. 그 안엔 위태존자(동진보살)를 모시고 있었다. 마당에는 소나무, 잣나무가 하늘을 찌를 듯이 서 있었고 그 나뭇가지에 새가 앉아서 우짖고 있었다. 불전 뒤쪽으로 돌아가니 다시 길이 연결되어 있었다. 대경이 동쪽을 바라고 몇 걸음 가니 꽃 모양 조각이 아로새겨진 대문이 나왔다. 그 대문 두 짝은 굳게 닫혀 있었다. 혁대경이 다가가 두세 번 두드리니 머리를 곱게 위로 땋아 올린 여동이 나와 문을 열어주었다. 여동은 검은 옷을 입고 비단 허리띠를 맸는데 한껏 정갈해 보였다. 여동이 혁대경을 보더니 황급히 인사를 건넸다. 혁대경도 황급히 답례하고 안으로 걸음을 옮겨 살펴보았다. 세 칸들이 불당이 비록 크지는 않아도 제법 탁 트이고 고매한 풍격이 있었다. 가운데의 삼존대불은 그 모양이 장엄하고 금빛 찬란했다. 혁대경은 불전에 절을 한

다음에 여동에게 말했다.

"스님에게 손님이 찾아왔다고 전해주게나."

여동이 대답했다.

"잠시 앉아서 기다리시지요. 제가 들어가서 말씀을 전하겠습니다."

잠시 후 비구니가 나와서 혁대경에게 목례를 했다. 혁대경도 황급히 답례했다. 혁대경이 눈을 반쯤은 뜨고 반쯤은 감은 채 자신을 드러내고 싶어 안달하는 눈빛으로 여자를 자세히 살펴보았다. 비구니는 나이가 스물이 채 되지 않아 보였다. 피부는 백옥 같고 타고난 미모에 도도한 기품마저 서려 있었다. 혁대경은 비구니의 아름다운 자태를 보고 얼이 다 나가버렸다. 솥에서 막 쪄낸 가래떡처럼 몸이 흐물흐물해져서 고개도 제대로 들지 못했다. 서로 예를 갖추고 난 다음 자리를 나눠 앉았다.

'오늘 날 잡고 나왔으나 맘에 드는 사람을 만나지 못했구나. 한데 이곳에 이렇게 아리따운 여인이 숨겨져 있다니! 그동안 갈고닦은 솜씨를 발휘한다면 나한테 넘어오지 못할 것은 아니렷다.'

혁대경은 속으로 어떤 식으로 접근할 것인지 자기 나름의 계책을 세웠다. 한데 이거 봐라! 이 비구니 역시 혁대경과 같은 꿍꿍이가 있었던 것이라. 이 비구니 암자엔 그 나름의 규칙이 있었다. 방문객이 찾아들면 나이든 비구니가 접대하도록 되어 있었다. 나이 어린 비구니는 마치 규중의 아씨처럼 사람이 찾지 않는 곳에 거처하면서 오랫동안 이 암자를 찾은 인연이 있는 시주거나 친척일 경우에만 만날 수 있었다. 나이 든 비구니가 출타 중이거나 몸이 아프거나 하면 방문객을 그냥 돌려보냈다. 세도를 부리는 시주가 찾아와 젊은 비구니라도 꼭 봐야겠다고 바득바득 우겨서 도저히 어떻게 할 수 없는 경우에만 나와서 접대하게 했다. 한데, 이 나이 어린 비구니는 어째서 한 점 망설임도 없이 바로 나온 건가? 그거야 다 사연이 있는 것이렷다. 이 비구니는 염불에는 관심이 없으니 수행은 핑계고 풍월에만 정신이 팔려 있어서 심심한 것을 견디지 못하고 출가 생활을 원망하고 있었던 것이라. 비구니는 우연히 문틈으로 혁대경의 외모를 훔쳐보고는 맘에 들어 이렇게 뽀로로 뛰어나왔다. 그 비구니의 두 눈은 마치 바늘이 자석에 달라붙듯이 혁대경의 몸에 꽂혔다. 그 비구니가 웃으며 물었다.

"나리, 성함은 어찌 되시는지요, 댁은 어디인지요? 이 허름한 암자에서 저희가 무슨 도와드릴 일이라도 있을지요?"

"소생은 성은 혁, 이름은 대경이올시다. 성안에서 살고 있지요. 오늘 교외로 답청 놀이를 나왔다가 우연히 여기까지 오게 되었습니다. 이곳에 비구니들께서 청정한 수행을 하고 계시다 하여 한번 방문하고 싶었는데 이참에 이렇게 들르게 되었습니다."

"이 비구니는 궁벽한 곳에서 거처하고 있으며 뭐 내세울 덕행조차 없습니다. 나리께서 이렇게 몸소 찾아주셨으니 이곳에 광채가 더하는 것 같습니다. 이곳은 드나드는 사람이 많아 번잡하니 안으로 가셔서 차라도 한잔하시지요."

혁대경은 안으로 들어가서 차라도 한잔하라는 말을 듣고 이렇게 일이 술술 잘 풀려가다니 하는 생각이 들어 너무나도 기뻤다. 혁대경은 일어나 그 비구니를 따라갔다. 방 몇 개를 지나 회랑을 따라 걸어서 세 칸 정도 크기의 정갈한 방으로 들어갔다. 그 방의 바깥쪽으론 난간이 빙 둘러쳐져 있고 마당에는 오동나무 두 그루가 자라고 있었으며 대나무, 화초들이 서로 경쟁이라도 하듯 자태를 뽐내고 향기가 코를 씰룩거리게 했다. 방 한가운데에는 관음보살 흑백초상이 걸려 있었다. 예스러운 구리 향로에는 향기가 겹겹이 피어오르고 그 아래에 방석이 놓여 있었다. 왼쪽에는 주홍색 서랍장이 네 개 있었는데 모두 잠겨 있었다. 아마도 불경을 넣어둔 모양이었다. 오른쪽은 병풍으로 가려져 있었는데, 그 안으로 들어가 보니 동백나무로 만든 길쭉한 책상 하나가 가로 놓여 있었다. 등나무 같은 것을 꼬아서 만든 작은 의자가 왼쪽에, 대나무로 된 긴 걸상이 오른쪽 벽에 기대어 있었고 약간의 흠집이 난 비파가 벽에 걸려 있었다. 책상 위엔 문방사우가 가지런하게 놓여 있고 그 옆에 불경 몇 권이 놓여 있었다. 혁대경이 손이 닿는 대로 한 권을 펼쳐보니 작은 해서체 글씨로 황금색으로 적고 송설체松雪體를 흉내 냈다. 그런 다음 이걸 적은 해와 달을 적고 그다음에 '제자 공조空照 삼가 필사'라 적혀 있었다. 혁대경이 물었다.

"공조는 어떤 분이십니까?"

"바로 이 비구니이옵니다."

혁대경은 이리 보고 저리 보면서 입에 침이 마르도록 칭찬하고 또 칭찬했다. 둘은 탁자에 서로 마주 보고 앉았다. 여동이 차를 내왔다. 공조는 두 손으로 찻잔을 들어서 혁대경에게 건넨 다음 자기도 직접 찻잔을 집어 들었다. 공조의 섬섬옥수가 자못 매력적이었다. 혁대경이 찻잔을 받아들고 한 모금 음미했다. 향긋했다. 여동빈이 차를 읊은 시를 증거 삼아 인용한다.

옥예玉蕊와 기창旗鎗5)은 찻잎의 절품,
스님들 사이에 전해오는 차 덖는 비법.
토끼털처럼 가벼운 찻잎 찻잔에 담기면 그 향기 구름까지 올라가네,
새우 눈처럼 작은 거품 피어오르네.
졸음 귀신 책상에서 썩 사라지게 하고,
뼛속까지 맑은 기운이 스며들게 하네.

---

5) 절강 일대에서 나는 녹차의 일종. 용정차와 유사하다.

계곡 바위 깊은 곳에서 자라니,
사람들 무리 지어 사는 곳으로 옮겨지기를 거부한다네.

혁대경이 물었다.
"이 암자에는 몇 분이나 계시나요?"
"스승과 제자, 모두 넷입니다. 제 스승님은 나이가 많으신 데다 요즘은 몸도 편찮으셔서 제가 이 암자 살림을 맡고 있습니다."
공조가 여동을 가리키며 이야기했다.
"이쪽은 제 제자고, 이 제자의 동생이자 저의 또 다른 제자가 지금 방 안에서 불경을 읽고 있습니다."
"스님께서는 출가하신 지가 얼마나 되셨는지요?"
"일곱 살 때 아버님을 여의고 불문에 귀의하여 벌써 12년이 지났습니다."
"열아홉 한창 청춘인 나이에 이 적막한 곳에서 어떻게 생활하십니까?"
"지금 절 놀리시는 건가요! 출가 생활이 속세 생활보다 몇 배는 더 낫습니다."
"출가 생활이 속세 생활보다 나을 리가 있겠습니까?"
"우리 출가한 사람들이야 세사에 얽매이지 아니하고, 걸리적거리는 자식도 없고, 온종일 불경을 읽고, 향 한 자루 차 한 잔이면 족하고, 피곤하면 창호지를 이불 삼아 덮고 자고, 짬이 나면 비파를 타니 이 정도면 여유 넘치고 멋지지 않나요!"
"스님께서 거문고를 타고 비파를 탈 때 누군가 옆에서 들어주고 맞장구를 쳐주어야 제맛이지 않겠소이까. 특히나 피곤하여 창호지를 이불 삼아 덮고 잘 때 악몽이라도 꾸면 누군가 옆에서 깨워주지 않으면 너무 무섭지 않겠소!"

공조는 혁대경이 자기에게 낚시를 던지는 것임을 진즉에 눈치채고 미소를 지으며 대답했다.

"악몽을 꾸다가 죽게 되더라도 나리한테 대신 죽어달라고 하진 않을 거니까 걱정하지 마세요."

"천만 명이 악몽을 꾸다 죽는다 하더라도 나는 눈 하나 깜짝하지 않을 것이지만 선녀 같은 그대가 악몽을 꾸다 죽는다면 너무나 안타까운 일 아니겠소!"

공조와 혁대경은 이렇게 서로 말을 주거니 받거니 하면서 속마음을 주고받았다. 이제 본론을 이야기할 때가 되었다. 혁대경이 말했다.

"따듯한 물 한 주전자 더 부탁합시다. 이렇게 좋은 차를 어찌 다시 우려내지 않겠소."

공조는 그 말뜻을 바로 알아차리고는 여동한테 복도를 따라 내려가서 물을 데워오게 했다. 혁대경이 공조에게 물었다.

"우리 선녀님의 방은 어디인지요? 그 창호지 이불란 게 대체 뭔지요? 내 눈으로 직접 확인해야 하겠소이다."

공조는 이미 타오르기 시작한 욕정을 더는 억누르지 못했다. 입으로야 "그런 건 확인해서 뭐 하시려고요?"라고 말했지만 몸은 이미 자리에서 일어나고 있었다. 혁대경이 그런 공조를 맞아 일어나서는 꼭 껴안고 입에 입을 포개었다. 공조가 뒤쪽을 향해 걸었다. 혁대경이 그런 공조를 뒤따랐다. 공조가 가볍게 뒤쪽 문을 열었다. 다시 방 하나가 나타났다. 공조의 침실이었다. 아주 정갈하게 꾸며져 있었다. 하나 혁대경이 그걸 살필 겨를이 어디 있으랴. 둘은 서로를 껴안았다. 둘은 서로의 육체를 탐닉했다. 「젊은 비구니의 노래」를 증거 삼아 인용한다.

젊은 비구니,

암자에 사네,

손으로 탁자를 두드리면서 신세 한탄하네.

하늘에서 멋진 남자가 하나 떨어졌네.

서로 몇 마디 나눠보니,

어쩜 이리도 죽이 잘 맞나.

네가 추파를 던지고 나는 그걸 마다하지 않으니,

단숨에 한 몸이 되어버리네.

백년가약 맺은 부부는 아니나,

귀한 짝 만났으니 뭐든 기꺼이 할 일이다.

둘이 서로 몸을 탐하고 있을 때 여동이 문을 열고 들어왔다. 둘은 황급히 몸을 일으켰다. 여동은 차를 내려놓고 웃음을 참으면서 돌아갔다. 해는 서산에 뉘엿뉘엿, 촛불을 켜고 공조가 직접 술과 과일 그리고 채소를 준비하여 상을 차려서 혁대경과 마주 앉았다. 두 여동이 괜히 말을 퍼뜨릴까 걱정되어 아예 그 둘도 옆에 같이 앉아 동참하게 했다. 공조가 말했다.

"산속 암자에서 생활하는 저희는 평소 채식을 합니다. 이렇게 귀한 손님이 오실 줄을 몰라서 고기반찬을 준비하지 못했네요. 큰 실례를 하네요."

"스님과 제자님들이 저를 친절하게 맞아주신 것만 해도 과분합니다. 그렇게 말씀하시면 오히려 제가 더 마음이 불편해집니다."

넷은 서로 잔을 주거니 받거니 얼큰하게 취하게 마셨다. 혁대경이 자리에서 일어나 공조에게 다가가 목을 껴안고 술잔의 술을 반 조금 넘게 마시고는 그걸 자기 입에서 공조 입으로 건넸다. 공조가 그걸 한입에 받아먹었다. 두 여동은 혁대경과 공조의 닭살 돋는 행동을 보고선 일어나 자리를 피하려고 했다. 공조가 그 둘을 가로막으며 이렇게 말했다.

"기왕에 여기까지 함께했는데 너희 둘만 빠지면 안 되지."

두 여동은 자리를 빠져나갈 수 없게 되자 옷소매를 들어 얼굴을 가렸다. 혁대경이 그 두 여동에게 다가가 그 둘을 껴안고 옷소매를 치우고는 입을 맞추었다. 두 여동은 마음 문이 열린 데다가 스승마저도 부추기는 눈치라 즐기고 싶은 마음이 절로 앞섰다. 넷은 서로 한 덩어리가 되어 부어라 마셔라 술을 마시고는 함께 침대에 올라 마치 아교풀이 엉겨 붙듯이 그렇게 서로 껴안았다. 혁대경은 평생 갈고 닦은 공력을 다 발휘하여 그녀들을 만족시켜 주려 애썼다. 처음으로 이 맛을 느낀 비구니는 혁대경과 한 덩어리가 되어 떨어질 줄을 몰랐다.

다음 날 아침 공조는 나이든 불목하니를 불러 은자 세 개를 주고선 이 일을 누설하지 말라고 당부했다. 그리고 돈을 더 건네주고 생선과 고기와 과일 같은 걸 사오게 했다. 이 불목하니는 평소 짠지에 잡곡밥이나 먹고 하여 기름진 음식을 입에 댈 기회조차 없었다. 눈이 침침하다, 귀가 잘 안 들린다, 몸에 기운이 없다, 다리도 후들거린다며 투덜대었다. 한데 공조가 은자 세 개를 주고서 생선, 고기, 과일을 사오라 하니 갑자기 눈이 번쩍 뜨이고 손이 빨라지고 맹호처럼 몸도 날래지고 하여 나는 듯이 달려갔다. 한 시간도 채 되지 않아 장보기를 마쳤다. 장을 본 거를 요리하여 혁대경을 대접했음은 굳이 말할 필요도 없겠다.

한편 비공암은 건물이 두 채 있었다. 동원은 공조, 서원은 정진靜眞이 거처했다. 정진 역시 풍류를 즐기는 비구니였다. 정진 휘하에는 여동 하나와 불목하니 하나가 있었다. 정진의 불목하니가 동원에서 날이면 날마다 술과 고기가 넘쳐나는 걸 보고 정진에게 고했다. 정진은 공조가 무슨 야로를 부리고 있는 게 분명하다는 생각이 들어 여동에게는 이쪽 서원을 지키라고 하고 자기는 동원 입구를 향했다. 그때 마침 공조의 불목하니가 왼손엔 큰 술병을 들고 오른손엔 대광주리를 들고 문을 열고 나오다가 정진에게 물었다.

"어디 가시는 길입니까?"

"아, 공조와 한담이라도 나눌까 해서."

"그럼 제가 먼저 안으로 들어가서 통기를 해놓겠습니다."

정진은 불목하니를 손으로 제지하고서 이렇게 말했다.

"나도 다 알고 있으니 굳이 그럴 필요 없네."

속마음을 들킨 불목하니는 얼굴이 새빨개지면서 아무런 대꾸도 하지 못했다. 그저 정진을 따라 문 안으로 들어가서 다시 문을 걸어 잠그고는 이렇게 외쳤다.

"서원의 원주께서 찾아오셨습니다."

그 전갈을 들은 공조는 너무도 당황하여 당장 어찌하여야 할지 대책이 서지 않았다. 일단 혁대경을 병풍 뒤에 숨으라 하고 자신은 일어나서 정진을 맞이했다. 정진이 공조의 옷소매를 쳐내며 말했다.

"그래, 출가한 사람이 잘하는 짓이다. 산문의 기풍을 이렇게 더럽히다니 일단 안으로 들어가서 이야기 좀 해보자고."

정진은 공조를 뿌리치고 곧장 안으로 들어갔다. 화들짝 놀란 공조는 얼굴이 확 달아올라 새빨개졌다가 새파래졌다가 했으며 수천 수백 개 쇠절구가 가슴을 찧은 듯했다. 가슴이 두근 반 세근 반, 아무 대꾸도 하지 못하고 그 자리에 얼어붙어 있었다. 정진은 공조의 그런 모습을 보고 가가대소했다.

"공조, 놀라지 말라고. 장난 좀 친 것뿐이니까. 멋진 손님을 모셔놓고 이렇게 혼자서만 재미 보기야? 어서 나한테 소개해주지 않고!"

공조는 그 말을 듣고서야 비로소 마음을 놓고 혁대경을 정진에게 소개해주었다. 혁대경은 정진의 아름다운 모습, 특히 풍만한 몸매에 반하였다. 스물 대여섯 살쯤 되어 보이는 정진은 공조보다 나이는 더 들었지만 요염함은 공조보다 더하면 더했지 못하지 않았다. 혁대경이 정진에게 물었다.

"스님께서는 어디서 기거하시는지요?"

"소승은 이 암자의 서원에서 산다오. 지척이지요."

"제가 그것도 모르고 찾아뵙지를 못했습니다."

둘은 한참 동안 한담을 나누었다. 정진은 혁대경이 행동 하나하나가 멋스럽고 말도 참 맛깔나게 잘하여 마음에 들어서 떨어지고 싶지 않았다. 정진은 마치 한탄이라도 하는 듯한 말투로 이렇게 말을 내뱉었다.

"아이고, 공조는 무슨 복이 있어 이렇게 멋진 선비를 혼자서 독차지하는 걸까!"

"무슨 그런 질투를 다 하고 그러십니까. 저를 한식구처럼 여긴다면 저랑 같이 함께 즐기면 되죠."

"그렇게만 해주신다면 소승한테 큰 덕을 베풀어주시는 거죠. 오늘 밤 잠시 소승한테 놀러오시지요.. 괜히 내외하실 필요 없으십니다."

말을 마치더니 정진이 자리에서 일어났다. 정진은 서원에 돌아가 술과 음식을 준비하고 기다렸다. 얼마 지나지 않아 공조가 혁대경의 손을 잡고 찾아오니 여동이 그들을 맞았다. 혁대경이 서원 안으로 들어와 살펴보니 정원과 복도가 자못 멋지고 우아했다. 세 칸짜리 비구니 거처가 동원보다 더 정갈해 보였다. 그 모습이 이러했다.

깔끔한 세 칸짜리 정사,
산뜻한 창문.
강남의 안개 낀 산수를 그린 그림 걸려 있고,

남방 산 침향목이 타오르는 향로.
정원의 대나무,
바람에 흔들리며 마치 옥구슬 같은 소리를 내는구나.
주렴 밖의 기화요초,
햇빛에 수천 겹 비단처럼 빛나네.
소나무 그림자 난간 넘어 비파와 책 사이까지 이르고,
산의 경치는 방 안으로 넘어와 베개와 대나무 자리까지 서늘하게 하네.

정진은 혁대경이 들어서는 걸 보고 마음이 너무도 기뻤다. 이미 인사를 나눴던 터라 격식은 생략하고 바로 자리를 잡고 앉았다. 차 한 잔을 들고 술과 과일 그리고 안주를 내오게 하였다. 공조는 정진에게 혁대경 옆에 앉게 하고 자신은 혁대경을 마주 보고 앉았다. 그리고 다른 한쪽에는 여동을 앉혔다. 넷은 너 한 잔 나 한 잔 주거니 받거니 한참을 마셨다. 혁대경이 정진을 껴안아 무릎에 앉히고 다시 공조를 자기 옆에 앉히고는 한 손으로 목을 껴안고 주물렀다. 옆에 앉아 있던 여동은 귓불이 빨개지며 자기도 모르게 숨이 가빠지고 달아올랐다. 해가 뉘엿뉘엿 기울 때까지 술을 마시더니 공조가 자리에서 일어나며 이렇게 말했다.

"오늘 신랑 노릇 잘 하셔요. 내일 아침 제가 축하하러 오죠."

공조는 등불을 비춰달라고 하여 서원 대문을 열고 나갔다. 여동은 불목하니에게 대문을 닫으라 했다. 불목하니는 실내를 정돈하고 손발을 씻을 물을 건네 왔다. 혁대경은 정진을 안고 침대에 올랐다. 정진의 옷을 벗기고 이불 속으로 들어갔다. 우윳빛 가슴을 꼭 껴안고 살과 살을 부볐다. 혁대경은 술기운에 기대어 평생의 공력을 기울여 정진의 얼을 빼놓고 몸을 흐늘흐늘하게 만들고 사지가 축 늘어진 채로 뻗게 해버렸다. 그들은 대낮까지 잠에 빠져들었다가 겨우 눈을 떴다.

이날 이후로 동서 양쪽 건물에선 불목하니를 잘 구슬려 입을 다물게 만들고 서로 번갈아 가며 혁대경과 즐겼다. 혁대경은 절제를 잃고 음욕에 빠져들었으며 집에 돌아갈 생각도 하지 않았다. 두 달 정도가 지나자 혁대경은 몸이 천근만근 더는 버틸 수가 없어 그만 집에 돌아가고 싶었다. 그러나 두 비구니는 한창 젊을 때에다 이제 막 그 맛을 알았으니 어찌 혁대경을 놓아주려 들겠는가. 혁대경이 거듭거듭 간청했다.

"그대들의 사랑을 한 몸에 받는 처지에 어찌 쉬 떠날 수 있으리오만 내가 지금 여기에 기거한 지도 벌써 두 달, 집에서 내 종적을 몰라 걱정하면서 나 돌아오기만 기다릴 것이외다. 일단 집에 돌아가 식구들을 안심시키고 다시 돌아와 그대들과 함께하리다. 사오일 정도면 다 마치고 돌아올 것인데 뭘 그리 걱정하시오?"

공조가 대답했다.

"그렇다면 오늘 저녁 이별주라도 한잔한 다음 내일 아침에 그대를 보내드리지요. 아무튼 신의를 지켜야지 말과 행동이 다른 사람이 되어서는 안 됩니다."

혁대경이 이렇게 다짐했다.

"내가 만약 그대들을 잊는다면 저 서산에 지는 해처럼 바로 사라지고 말 것이오."

공조가 즉시 서원으로 가서 정진에게 이 사실을 알렸다. 정진이 잠시 생각하더니 이렇게 말했다.

"그가 지금은 돌아오겠다고 맹세하지만 한번 떠나면 틀림없이 다시 돌아올 수 없을 거야."

"어째서 그렇게 생각하시나요?"

"저렇게 풍류를 즐길 줄 아는 미남자를 좋아하지 않을 사람이 어디 있어! 게다가 평생토록 화류계 여인들에게 정을 주고 그랬잖아. 쾌락에 빠질 곳은 사방에 널렸으니 누구라도 만나면 바로 사랑에 빠질 거라. 비록 돌아오고 싶어도 그게 되지 않지."

"그럼 어쩌죠?"

"나한테 아주 기막힌 생각이 있어. 아마도 동아줄이 없이도 그 사람을 꽁꽁 묶어서 우리 곁을 떠나지 못하게 할 거라고."

공조가 바로 정진에게 그게 무슨 계책이냐고 다그쳐 물었다. 정진이 손을 들어 올려서 무슨 시늉을 하며 설명하기 시작했다. 이로 말미암아 혁대경은—

비단 이불 속에서 살다가,
모란꽃 아래에서 죽는구나.

정진이 바로 대답했다.

"오늘 저녁 이별 잔치를 벌일 때 그에게 연신 술을 권하여 떡이 되게 만들라고. 그리고 그의 머리카락을 다 깎아버리면 집에 돌아가기 어려워질 거야. 게다가 그는 생긴 것도 곱상하니 여자 같은 데다 우리처럼 입고 있으면 설사 달마조사가 와도 그가 남자라곤 상상도 못 할걸. 그러니 우리는 그냥 영원토록 환락을 누리고 주위 눈치를 보지 않아도 되니 이거야말로 일거양득 아니겠어!"

"사형의 머리는 내가 도저히 못 따라간다니까."

밤이 되었다. 정진은 여동에게 서원을 지키라 하고 자기는 혁대경을 보러 동원으로 갔다.

"한참 즐거울 만한데 어인 일로 이렇게 갑자기 떠나신다는 겁니까? 어쩜 이렇게 매정하신지요!"

"매정한 게 아니라 너무 오래 집을 비워두었기에 식솔들이 나를 기다리는지라 잠시 며칠 다녀오려고 하는 것이라. 금방 다시 돌아올 것이외다. 내 어찌 그대들을 오래도록 버려두고 그대들의 애틋한 마음을 잊겠소이까!"

"공조가 이미 그러라고 한 걸 내가 어찌 왈가왈부하겠습니까. 아무튼 돌아오마는 그 약속을 저버리지 않아야 신의 있는 사람이 되는 거죠."

"그야 두말하면 잔소리라."

잠시 후 술과 안주가 준비되었다. 네 명의 비구니와 한 남자가 동그랗게 서로 마주 보고 앉았다. 정진이 먼저 입을 열었다.

"오늘의 이 술자리는 이별의 술자리니 우리 모두 빼지 말고 맘껏 마시자고!"

공조가 그 말을 받았다.

"그야 당연하죠."

서로 권커니 잣거니 하다 보니 새벽 자시가 넘게 마셨다. 혁대경은 술기운에 인사불성이 되어버렸다. 정진이 일어나 혁대경의 관을 벗겼다. 공조가 가위를 가져와 혁대경의 머리를 한 오라기도 남지 않게 다 깎아버리고 방 안으로 옮겨두고는 자기들은 각각 자기 방으로 돌아가 잠을 청했다. 혁대경은 아침이 되어서야 겨우 잠에서 깨었다. 그의 옆에는 공조가 잠들어 있었다. 몸을 뒤척이니 베개에 맨살이 닿는지라 황급히 손으로 만져보았다. 아이고 이건 마치 박 껍질처럼 맨질맨질했다. 황급히 일어나 물었다.

"이게 어떻게 된 일이야?"

공조가 자리에서 일어나 혁대경이 호들갑을 떠는 걸 보고선 이렇게 말했다.

"낭군, 뭘 그리 걱정하세요! 낭군께서는 돌아가겠다 고집을 피우고 저희는 보내드리고 싶지 않은데 낭군님을 붙잡을 방도는 없고 하여 이렇게 고육지책을 써서 낭군님을 비구니로 만들어 오래도록 함께하고 싶은 거죠."

공조는 이렇게 말하고는 혁대경의 품 안으로 파고들며 온갖 아양을 떨었다. 그녀의 아양과 코맹맹이 목소리로 하는 말에 정신이 거의 다 나가버린 혁대경이 마침내 이렇게 말했다.

"그대들의 마음을 알겠지만 그래도 이건 너무 심했어! 이런 모습으로 어딜 나돌아다닐 수 있겠어?"

"머리를 다시 기른 다음에 사람들을 만나러 가시면 되죠."

혁대경은 하는 수 없이 공조 말대로 비구니 복장을 하고 이 비공암에 거처하면서 주야로 환락에 빠져들었다. 공조와 정진이 혁대경을 놓아주려 하지 않는 데다 두 여동까지 가세했다.

한꺼번에 다섯이,
아니면 단둘이서.
여기 색정을 탐하는 자 있어 어찌 양보하리,
자기 짝을 찾는 자 있어 어찌 온 정성 다하지 않으리.
도끼가 아무리 날래도 고목을 패기 어려우리,
기운 빠진 병사가 건장한 적병 넷을 어이 감당하리?
바람 앞의 촛불처럼 꺼질 듯 다시 피어나니,
들불처럼 타오르는 불길이라도,
한 방울도 남기지 않고 흘리고 또 흘리니,
다시 촉촉이 고이는 때가 언제 오려나.
쇳덩어리로 된 사람도 녹아버릴 건데,
이제 남은 삶은 어이 된단 말인가.

혁대경은 병색이 완연해졌다. 하지만 그걸 신경 쓰는 사람은 아무도 없었다. 혁대경의 병세가 사흘 정도는 좋았다가 이틀 정도는 나빠지고 그랬는데 비구니들은 그걸 혁대경이 자기들과 사랑 나누는 걸 피하려고 그러는 것으로 생각했다. 그러다가 혁대경이 오랫동안 자리를 보전하고 못 일어나자 걱정이 되었는지 그를 집으로 돌려보내려고 했으나 혁대경이 삭발을 하여 그 집에서 전후 사정을 캐묻고 관가에 고발하여 이 암자를 폐쇄하려고 들면 자기들 입장이 난처할까 봐 걱정이었다. 혁대경을 그냥 이 암자가 두었다가 그냥 숨을 거두기라도 하면 그 시신을 어찌 거두기도 참 난감하고 관리한테 발각되어 일이 커지면 자기들 목숨도 간당간당하게 될 것이었다. 의원을 청해 진찰하여 달라고 하기도 그렇고 하여 그저 불목하니 편에 혁대경의 병세를 설명하고 약을 지어오게 했다. 그러나 그건 뭐 언 발에 오줌 누기 같은 것이니 어디 효과가 있겠는가. 공조와 정진 둘은 탕약을 끓여 조석으로 보살펴가며 그가 낫기만을 기다렸다. 하나 병세는 갈수록 악화되어 오늘 낼 오늘 낼 했다. 공조가 정진에게 말했다.

"혁대경이 아무래도 힘들 것 같아요. 이 일을 어떻게 하면 좋죠?"

정진이 생각에 잠겼다가 입을 열었다.

"걱정할 거 없어! 일단 불목하니를 시켜 석회를 좀 사오게 하라고. 혁대경이 먼 길을 떠나면 다른 사람들한테는 알리지도 말고 부탁하지도 말고 우리가 직접 염도 하고 마치 비구니가 입적한 것처럼 그렇게 하자고. 관도 살 필요 없고 우리 사부님이 마련해 두신 관에 담으면 될 거야. 우리랑 불목하니랑 여동이랑 같이 그걸 매고 뒷마당에 가서 땅을 파고 묻은 다음에 석회를 부어놓으면 아무도 모를 거야. 누가 그걸 알겠어!"

두 비구니가 서로 상의하는 이야기는 이제 그만하자.

한편, 공조 방에 병들어 누워 있던 혁대경은 홀연히 집 생각이 났다.

아는 사람 하나 없는 이곳, 갑자기 눈물이 흘렀다. 공조가 그의 눈물을 닦아주며 위로했다.

"낭군님, 걱정하지 마세요. 곧 나을 것입니다."

"내가 그대들을 만나고서 영원토록 함께하려 했건만 우리 인연이 깊지 못하여 이렇게 도중에 이별하게 되었구려. 정말로 한스럽소이다. 모든 게 내가 그대를 만난 것부터 시작되었으니 내가 그대에게 긴히 부탁할 것이 있소이다. 그대가 그 부탁을 꼭 들어주었으면 좋겠소. 제발 내 말을 저버리지 말아주시오."

"낭군의 부탁을 제가 어찌 감히 거절하겠습니까."

혁대경은 머리맡에서 한 쌍의 원앙 모양으로 접은 길쭉한 띠 하나를 꺼내었다. 그게 뭐였던가? 황색 비단실과 파란 비단실로 짜서 만든 비단 허리띠라. 혁대경은 그 자리에서 바로 그 허리띠를 공조에게 건네면서 눈물을 흘리며 이렇게 당부했다.

"내가 이곳에 온 다음부터 집하고는 인연을 끊고 지냈는데 이제 영원히 이별이구려. 이 허리띠를 증표 삼아 내 마누라에게 알려주고 어서 나를 보러오라고 하면 내가 죽어서도 여한이 없을 것 같소이다."

공조는 그 허리띠를 받아들고 황급히 여동을 시켜 정진을 모셔오게 했다. 공조는 그 허리띠를 정진에게 보여주면서 이 일을 상의했다. 정진이 이렇게 말했다.

"그대와 나는 출가한 몸으로 사사로이 남자를 들였으니 이는 계율을 어긴 것이라. 게다가 그 남자가 오늘 낼 오늘 낼 하는 이때 그 마누라가 여기에 온다면 이 일을 어찌하려고! 소문이 확 퍼질 텐데 우리가 그걸 어찌 감당할꼬?"

공조는 본디 순둥이라서 혁대경의 부탁을 차마 내치지 못하는 눈치였다. 정진이 와락 공조의 손에서 허리띠를 빼앗아 천정 들보 위로 던져 버렸다. 이제 저 허리띠가 다시 세상에 나올 일은 없을 것 같았다.

"아니 허리띠를 저렇게 던져 버렸으니 이제 혁대경한테 뭐라고 이야기하지?"

"그냥 불목하니 편에 집에다 전달하라고 했다고 하셔. 그 마누라가 보러 오지 않는 거지, 우리가 그 마누라한테 오지 말라고 하는 것은 아니잖아."

공조는 돌아가 혁대경에게 그대로 전했다. 혁대경은 하루에도 몇 번씩 자기 아내가 찾아왔는지 물었다. 아내가 오지 않는 걸 보고 더욱 슬퍼하고 울면서 하루하루를 보냈다. 마침내 혁대경은 저세상으로 떠났다.

저승세계에 호색한 하나 늘고,
이승세계에 가짜 비구니 하나 줄었구나.

두 비구니는 혁대경이 숨을 거둔 것을 확인한 다음 목청껏 울지도 못하고 그저 훌쩍대기만 했다. 깨끗한 물을 끓여 혁대경을 깨끗하게 씻기고 새 옷으로 갈아입혔다. 불목하니 둘에게 술과 음식을 푸짐하게 먹이고는 촛불을 밝힌 다음 후원의 잣나무 옆에 곡괭이로 큰 구덩이를 팠다. 그 구덩이에 석회를 들이붓고 사부가 미리 마련해 둔 관을 내려놓았다. 다시 방으로 돌아와 이것저것 가리지 않고 일단 혁대경을 널빤지 같은 것에 싣고 여럿이 힘을 합하여 돕고 불목하니가 매고서 관 안에 집어넣었다. 관 뚜껑을 덮고 못질을 했다. 다시 석회를 들이붓고 그 위에 흙을 덮어 평평하게 골라 아무런 흔적도 남지 않게 했다. 애석하도다. 혁대경이 청명절에 저 비구니를 만난 지 3개월 만에 결국 목숨을 잃고 말았구나. 식솔 얼굴도 한 번 보지 못하고 많은 재산 그대로 남겨두고 들판에 묻혔구나. 참으로 애석하도다! 이걸 읊은 사가 한 수 있도다.

꽃을 찾는 이여,
그대 이번에는 길을 잘못 들었구나!
천부당만부당,
젊은 비구니와 인연을 만들지 말았어야지.
젊은 비구니가 바로 색귀렷다.
그대가 어찌할 수 없는 그런 비구니,
그대의 머리카락조차도 그녀한테 잘리고 말았구나.
목숨마저도 잃고,
아무도 없는 들판에 묻혔네,
꽃을 탐한 결과이런가.

이야기는 이제 둘로 갈린다. 한편, 혁대경의 아내 육씨는 남편이 청명절에 답청 놀이를 떠났다가 사오일이 지나도 돌아오지 않자 그저 또 어디 기생집에 틀어박혀 노나 보다 생각하고 그냥 걱정도 하지 않았다. 열흘이 지나도 돌아오지 않자 식솔들을 풀어 찾아보게 했다. 청명절 후로 혁대경을 보았다는 자가 아무도 없다는 말들만 했다. 육씨는 적이 걱정되었다. 한 달이 다 되도록 종적을 알 수 없으니 육씨는 눈물 바람으로 남편을 찾는 방을 써 붙였지만 도대체 아무런 소식도 알 수가 없었다. 온 가족이 걱정했다.

그해 가을, 비가 추적추적 내렸다. 집 이곳저곳이 무너져 내려 비가 줄줄 새건만 가장이 부재한지라 수리할 엄두도 내지 못하고 이러구러 11월이 되었다. 그제야 목수 몇 명을 불러 집수리를 맡겼다. 하루는 육씨가 출타했다가 돌아와 일이 어찌 되는지 살펴보았다. 한데 그 가운데 한 목수가 허리춤에 원앙 허리띠를 매고 있었다. 그 허리띠가 아무래도 남편의 허리띠 같아 깜짝 놀랐다. 황급히 계집종을 불러 그 목수한테 가서 허리띠 좀 풀어달라고 해서 가져오게 했다. 이 목수의 이름은 괴삼, 물 작업, 흙 작업, 목 작업 가릴 것 없이 솜씨가 빼어난 자였다. 괴삼은 혁대경의 집 공사를 도맡아 하던 자라 혁대경 집 식솔들을 모두 다 알고 친하게 지내고 있었다. 그런 연고로 혁대경 집안의 계집종이 괴삼한테 허리띠 좀 풀어달라고 했을 때 두말없이 풀어주었고 그 계집종은 그걸 받아서 부리나케 육씨한테 갖다 바쳤다. 육씨가 그걸 받아들고 자세하게 살폈다. 아무리 보아도 틀림없이 남편의 허리띠였다. 이 허리띠 때문에 이야기가 갈리는구나.

음란에 빠진 사내 다시금 세상에 이름을 알리게 되고,
색에 미친 비구니에게 화가 들이닥치는구나.

당초 육씨가 이 허리띠를 살 때 같은 모양의 허리띠를 두 개 사서 남편과 자기가 각각 하나씩 나눠 매고 다녔다. 오늘 그 허리띠를 보니 물건은 그 물건이로되 그걸 매고 있는 사람은 다르구나. 육씨는 자기도 모르게 눈물이 주르륵 흘러내렸다. 육씨가 바로 괴삼을 불러 물었다.
"이걸 어디서 얻었는가?"
"성문 밖 비구니 암자에서 주웠습니다."
"그 암자 이름이 뭔가? 그 암자에 있는 비구니 이름은?"
"비공암이란 암자고, 동원과 서원 두 채로 나뉘어 있습니다. 동원의 비구니는 공조, 서원의 비구니는 정진입니다. 아직 정식으로 출가하지 않은 여동이 몇 있습니다."
"그 비구니들은 나이가 어떻게 되는가?"
"둘 다 많아 봐야 스물 정도입죠. 게다가 인물도 출중합니다."

육씨는 그 말을 듣고 자기 나름대로 짚이는 데가 있었다.

'아이고, 남편이란 작자가 그 비구니들한테 빠져 암자에서 시간을 죽이고 있구먼. 내가 사람을 좀 더 불러 모아 이 허리띠를 가지고 괴삼도 증인으로 데리고 가서 암자를 샅샅이 뒤지면 남편을 찾을 수 있겠지.'

바로 그 순간, 육씨는 잠시 생각에 잠겼다.

'내 남편이 이걸 차고 있다가 떨어뜨린 게 아닐 수도 있잖아! 괜히 엄한 두 비구니를 잡을 수도 있지. 일단 괴삼에게 좀 더 자세하게 물어봐야겠다.'

육씨가 다시 괴삼에게 물었다.

"이 허리띠는 언제 주운 건가?"

"채 보름이 안 됩니다."

육씨가 또 생각에 잠겼다.

'그렇다면 남편이 보름 전에는 그 암자에 있었다는 건가. 어찌 된 영문인고?'

육씨가 괴삼에게 다시 물었다.

"이걸 어디에서 주웠나?"

"동원 곁방 천장에서 주었습니다. 큰비가 져서 집이 새 가지고 나한테 기와를 다시 손봐달라고 했죠. 그때 주운 겁니다. 마님께 여쭤보긴 좀 그렇습니다만, 어인 일로 이 허리띠에 대하여 이렇게 세세하게 묻고 또 물어보시고 그러시는지요?"

"아, 이 허리띠는 내 남편이 차고 다니던 것이라네. 한데 그 남편이란 양반이 봄에 집을 나갔다가 아무런 소식도 없다가 오늘 이렇게 이 허리띠를 보았다네. 이 허리띠를 주운 곳이 바로 내 남편이 있는 곳이 아니겠는가. 지금 당장 자네를 데리고 암자로 찾아가서 비구니들에게 내 남편을 돌려달라고 하려네. 만약 남편을 모시고 돌아오기만 한다면 내가 방에 써 붙인 대로 자네한테 후사하겠네."

괴삼이 그 말을 듣더니 대경실색하고 '아이고 이걸 어떻게 말을 해야 한다지! 나한테 사람을 찾아달라는 일이 다 생기다니' 하고 속으로 생각했다. 마침내 괴삼이 입을 열었다.

"이 허리띠를 제가 주운 건 맞습니다만 마님 바깥 어르신의 사정이 여하한지는 모릅니다요."

육씨가 괴삼에게 물었다.

"그래, 자네 암자에서 며칠이나 일했는가?"

"서원에서 열흘 동안 일했습니다. 아직 공임도 다 받지 못했습죠."

"우리 나리를 암자에서 본 적이 있는가?"

"제가 감히 어찌 거짓말을 하겠습니까? 제가 거기서 일하는 동안 암자 안을 이리저리 헤집고 다녔지만 나리의 그림자도 보지 못했습니다."

육씨가 생각에 잠겼다.

'아이고, 이 양반이 암자에 없다면 이 허리띠를 가지고 가본들 쉽게 찾을 수 없겠는걸!'

육씨가 한참을 이리저리 궁리하다 혼잣말을 했다.

"이 허리띠가 암자에서 발견된 것은 필시 사연이 있을 거야. 남편을 다른 곳에 숨겨뒀을지도 모르고. 아무튼 괴삼이 아직 공임을 다 받지 못했다니 내가 은자 한두 냥 쥐여주고 괴삼이한테 공임을 받으러 왔다는 핑계로 그 암자를 불쑥 찾아가 보게 하면 뭔가 숨겨진 게 드러날 거야. 그때 비구니를 찾아가 따져 물으면 남편의 종적을 찾을 수 있겠지."

육씨는 곧바로 괴삼을 불러 이리이리 하라고 시켰다.

"우선 은자 한 냥을 먼저 주지. 만약 바깥양반 소식을 알아오면 내가 따로 후히 보답함세."

괴삼은 일단 은자 한 냥을 넙죽 받았다. 게다가 나중에 또 후하게 보답을 해준다는 말을 듣고는 함박웃음을 지으면서 알겠노라 대답하고 분부한 대로 일을 하겠노라 했다. 육씨는 방으로 돌아가 은자 한 냥을 꺼내와서는 괴삼에게 사례로 주었다.

다음 날 괴삼은 아침밥을 들고 천천히 비공암을 찾아갔다. 서원의 불목하니가 문턱에 걸터앉아 옷을 벗어들고 햇빛 아래서 이를 잡고 있었다. 괴삼이 아는 체했다. 그 늙은 불목하니가 고개를 들어 괴삼을 보더니 이렇게 말했다.

"요 며칠 보이지 않더니 그래도 오늘은 시간이 좀 난 모양이네. 스님이 자네한테 일을 좀 시키려고 하던데 마침 잘 왔네."

괴삼이 생각해보니 너무도 절묘하게 잘 왔는지라 바로 이렇게 되물었다.

"스님께서 무슨 일을 시키시려고 하는 건가?"

"시킬 일이 있다고만 하셨지 무슨 일인지는 나도 모른다네. 나랑 같이 들어가서 여쭤보면 알겠지, 뭐."

불목하니가 다시 옷을 걸치고 괴삼과 함께 안으로 들어갔다. 꼬불꼬불 길을 잡아 비구니가 거처하는 방에 이르렀다. 정진이 방에서 경을 베껴 쓰고 있었다. 불목하니가 아뢰었다.

"스님, 괴삼이 여기 찾아왔습니다."

정진이 붓을 내려놓고 말했다.

"그렇지 않아도 시킬 일이 있어 불목하니 편에 전갈을 하려던 참인데 정말 때맞춰 잘 왔구나."

"스님께서 무슨 일을 시키시려고 하시는지 모르겠습니다."

"부처님 상 앞에 있는 탁자가 이전 스님들 때부터 대대로 전해온 것이라 세월이 지나다 보니 칠이 다 벗겨져 버렸구나. 그걸 좀 바꾸고 싶었으나 시주하실 분을 찾지 못하던 차에 전씨 마님께서 발심하셔서 목재를 희사해주셨으니 이제 동원과 마찬가지로 부처님 상 앞에 있는 탁자를 새로 만들어야 하겠네. 내일이 길일이라 하니 내일 바로 시작하자고. 자네가 직접 좀 짜줘야겠어. 조수들 솜씨는 믿을 수가 있어야지. 공임은 지난번 거랑 함께 쳐줌세."

"그럼 내일 바로 오겠습니다."

괴삼은 입으로는 이렇게 대답하면서도 눈으로는 정진의 방을 살폈다. 아무리 봐도 육씨의 남편이 숨어 있을 만한 곳은 없었다. 괴삼이 몸을 돌려 이리저리 기웃거렸다.

'원앙 허리띠를 동원에서 주웠으니 일단 그곳을 먼저 살펴봐야겠다.'

괴삼이 서원 대문을 나오면서 불목하니와 인사를 나누고 바로 동원으로 향했다. 동원의 대문이 반쯤 열려 있었다. 눈을 들어 안을 살펴보았다. 아무도 없었다. 곧장 안으로 들어가 허적허적 이리저리 다녀보았다. 자물쇠가 채워져 있는 방이 하나 있기에 문틈 사이로 안을 쳐다보았다. 아무런 인기척도 없는데 주방 문 쪽에서 웃음소리가 났다. 괴삼은 바로 발을 멈추고 두 눈으로 그쪽 창문 살을 응시했다. 두 여동이 한 덩어리가 되어 장난을 치고 있는데 어린년이 바닥에 눕고 큰 년이 그 위에 엎드려 마치 남자가 하는 짓을 흉내 내면서 입을 맞추었다. 어린년이 신음소리를 내었다. 큰 년이 말했다.

"이미 커진 구멍 가지고 뭘 그리 소리를 지르고 그러느냐!"

한참 정신없이 이걸 보던 괴삼이 자기도 모르게 재채기를 하고 말았다. 두 여동이 깜짝 놀라며 벌떡 일어나 소리쳤다.

"누구냐?"

괴삼이 그들에게 다가가며 말했다.

"바로 나야. 스님 안에 계시냐?"

괴삼은 이렇게 말하면서 방금 두 여동이 하던 짓을 떠올리고는 참지 못하고 껄껄대며 웃었다. 두 여동은 괴삼에게 들킨 게 부끄러워 얼굴을 붉히며 대답했다.

"아 괴 목수, 무슨 일이세요?"

"특별한 일은 없고 스님한테 공임이나 받으려고."

"스님이 지금 안 계신데, 나중에 다시 오세요."

괴삼이 그 대답을 듣고 억지로 안에 들어가기도 그렇고 하여 몸을 돌려 동원에서 나왔다. 두 여동은 문을 걸어 잠그고는 작은 소리로 남 못 듣게 욕을 해댔다.

"저 도둑놈 같은 자식, 소리도 안 내고 주방 쪽으로 슬금슬금 다가오다니. 재수 없어!"

괴삼은 그 욕 소리를 다 들었지만 자기 면전에서 한 것도 아니고 하니 괜히 그걸 따지고 말 것도 없다 생각했다. 그러면서 이미 커진 구멍 어쩌고 한 말을 곰곰이 되뇌어 보았다. 그게 과연 무슨 말인지 속 시원하게 알 수는 없었으나 왠지 뭔가 사연이 있을 것 같기는 했다. 그래 내일 다시 와서 찾아봐야겠다 하는 심산이었다. 다음 날 아침, 괴삼이 연장을 챙겨서 서원에 도착했다. 나무에 먹줄을 먹이고 도끼와 톱으로 재단했다. 손으로는 이런 작업을 하면서도 마음으로는 혁대경의 자취만을 찾고 있었다. 오후 두 시쯤 되었을까, 정진이 일하는 걸 살피러 나왔다. 괴삼과 정진이 서로 실없이 이런저런 말을 주고받았다. 정진이 고개를 들었다가 불전의 장명등이 꺼질 듯이 보이자 여동에게 어서 불을 가져오라 했다. 여동이 즉시 등잔불 하나를 들고 와 탁자 위에 올려놓고는 심지를 꽂아 세웠다. 한데 그 심지를 너무 길고 느슨하게 꽂았는지 등잔의 기름이 아래로 질질 흘러내렸다. 일이 잘못되려다 보니 그 등잔이 떨어져 버리고 말았다. 그것도 바로 아래 서 있던 정진의 머리 위로 떨어져 퍽하고 부딪치더니 두 동강이 나버렸다. 등잔의 기름이 정진의 머리에서부터 아래로 줄줄 흘러내렸다. 정진은 기름이 흘러내리든 말든 그 여동한테 달려가 머리카락을 움켜쥐고 주먹질하고 발길질하면서 욕을 퍼부었다.

"이 창녀 같은 년, 정신을 어디에다 두고 일을 이따위로 해서 내 옷을 더럽히고 난리야!"

괴삼은 들고 있던 망치와 정을 내려놓고 황급히 달려가서 뜯어말렸다. 정진은 그래도 화가 풀리지 않는지 계속 욕을 해대면서 옷을 갈아입으러 안으로 들어갔다. 정진한테 머리를 쥐어뜯긴 여동이 서럽게 울었다. 정진이 방 안으로 들어간 것을 확인하더니 이렇게 구시렁댔다.

"아니 기름 좀 엎질렀다고 이렇게 욕을 다 하나! 그래, 너는 산 사람 잡아먹었으니 어떤 벌을 받아야 할까?"

괴삼이 이 말을 듣고 황급히 달려와 물었다.

말이란 게 낚싯줄과 낚싯바늘 같다는 걸 알아야 할지니,
아무것도 없는 데서도 시비를 불러일으키는 건 바로 말이라네.

이 여동 역시 한참 나이였던지라 혁대경이 정진과 온갖 쾌락을 누리고 있을 때 자기도 그 맛을 보고 싶은 마음이 간절했다. 하지만 정진은 엄청 각박한 사람이라 공조와는 반대로 남 잘되는 꼴을 못 보고 질투심도 대단했다. 정진 입장에서는 공조가 처음 혁대경을 끌어들였기에 어쩔 수 없이 공조와 혁대경을 나눠 차지할 수밖에 없었지만, 혁대경이 자기 방으로 찾아왔을 때는 오롯이 자기 차지로 돌렸으니 어찌 잠시라도 다른 사람에게 내어주려고 했겠는가! 여동은 그때 느꼈던 서운함을 가슴 깊이 담아두고 있었다. 오늘 이렇게 화가 치밀어오르니 일시에 진심을 드러내 버린 것이다. 한데 그게 괴삼의 촉수에 걸리고 만 것이다. 괴삼이 이렇게 물었다.

"그녀가 사람을 어떻게 죽였어?"

"동원의 음부랑 한통속이 되어서 낮이나 밤이나 번갈아 가며 쾌락에 빠졌지. 마침내 혁 선비의 목숨을 잃게 하고 만 거라고."

"그래 지금은 어디에 있는 거야?"

"동원 뒤뜰 잣나무 아래에 묻지 않았겠어?"

괴삼이 다시 더 물어보려는데 불목하니가 나왔다. 모두들 입을 다물었다. 여동은 울면서 안으로 들어가 버렸다. 괴삼이 곰곰이 생각해 보니 어제 동원 여동들의 행동이나 말과 너무도 잘 맞아떨어지는 것이었다. 이 일의 실마리를 열에 아홉은 찾아낸 것 같았다. 해가 지려면 아직 시간이 한참 남았지만 다른 일이 있다고 핑계 대고 연장을 챙겨서 한달음에 혁대경의 아내 육씨한테 달려갔다. 괴삼은 자신이 들은 이야기를 육씨에게 하나하나 전달했다. 육씨는 남편이 죽었다는 소식을 듣고 목을 놓아 울었다. 육씨는 그 밤에 바로 친척들에게 통기하여 모이게 하여 이 일을 상의하고 더불어 괴삼한테는 오늘밤 여기에 묵으라 했다.

다음 날 아침, 하인들까지 긁어모아 20여 명의 무리가 괭이, 삽, 도끼 같은 걸 들고, 육씨는 아이를 유모에게 맡기고 가마를 타고 한꺼번에 출발했다. 비공암은 성에서 3리 정도밖에 떨어지지 않았는지라 순식간에 도착했다. 육씨가 가마에서 내려 일행 가운데 반은 암자 문밖을 지키라 하고 나머지는 괭이랑 삽을 들고 자기를 따라 암자 안으로 들어가게 했다. 괴삼이 앞서서 길을 안내했다. 괴삼이 동원으로 가서 문을 두드렸다. 암자 대문이 비록 열려 있기는 했으나 비구니들이 자리에서 일어난 지 얼마 되지 않은 때였다. 불목하니가 문 두드리는 소리를 듣고 나와 보니 여신도 하나가 불공을 드리러 왔다고 하는 것이었다. 불목하니가 다시 안으로 돌아가 공조에게 알렸다. 괴삼이 동원 뒤뜰로 가는 길을 알고 있었기에 사람들을 이끌고 곧장 들어가려다 공조를 맞닥뜨렸다. 공조는 괴삼이 여신도를 이끌고 오는 걸 보더니 이렇게 말했다.

"아, 괴 목수네 안식구구먼."

공조가 그들에게 다가와 인사를 건네려 했으나 괴삼과 육씨는 대꾸도 하지 않은 채 공조를 밀치고 계속 걸어갔다. 사람들도 뽀르르니 그들을 뒤따라갔다. 공조는 그들의 당당한 기세를 보면서도 대체 왜 그러는지 알지를 못했다. 공조도 그들을 따라 뒤뜰로 갔다. 사람들은 다른 곳을 다 내버려 두고 잣나무 아래로 가서 괭이랑 삽으로 땅을 파기 시작했다. 공조는 그 일이 발각되었음을 직감하고 너무도 놀라서 얼굴이 흙빛이 되었다. 황급히 몸을 돌려 돌아와 여동에게 말했다.

"큰일 났다. 혁대경 일이 탄로 났다! 어서 나랑 같이 도망가자."

두 여동은 너무도 놀라 눈이 뻥해져서 입도 다물지 못한 채 그저 공조를 뒤따라 냅다 달렸다. 막 불당 앞에 이르니 불목하니가 달려와 이렇게 소리치는 것이었다.

"사람들이 몰려와 암자 문을 지키며 우리를 못 나가게 하는뎁쇼."

공조가 이렇게 소리 질렀다.

"아이고, 어쩔 수 없구나. 일단 서원으로 가서 다시 생각해 보자."

네 사람은 쏜살같이 서원으로 달려가 대문을 두드렸다. 그들은 대문 안으로 들어가 불목하니한테 어서 대문을 닫아걸라고 했다.

"누구한테도 절대 문을 열어주지 마라!"

건물 안으로 들어갔다. 정진은 아직 자리에서 일어나지 않았는지 방문이 닫혀 있었다. 공조가 황급히 방문을 두드렸다. 정진은 공조의 목소리를 듣고서 황급히 자리에서 일어나 옷을 챙겨 입고 나와서 물었다.

"동생, 왜 이렇게 법석을 떨어!"

"혁대경의 일을 누가 발설했는지 모르겠는데, 괴 목수 이 죽일 놈이 사람들을 떼거지로 몰고 와 동원 뒤뜰을 파고 있다고. 내가 도망치려고 했더니 불목하니가 사람들이 암자 대문을 막고 지키고 있다고 해서 나가지도 못하고 이렇게 여기로 달려온 거라고."

정진은 그 말을 듣고 너무도 놀랐다.

"괴 목수는 어제도 여기 와서 일했는데 어인 일로 오늘 이렇게 사람을 몰고 나타났지? 그리고 어떻게 그 일을 그렇게 샅샅이 알게 된 거지? 필시 우리 암자 사람 누군가가 그 일을 나불댄 게 틀림없다고. 그놈이 그 말을 듣고 사람들한테 알린 거고. 그렇지 않고서야 저들이 무슨 수로 우리 그 일을 알 수 있겠어."

이때 그 여동은 어제 자기가 실언한 것을 후회하며 놀라고 당황했다. 동원의 여동이 말했다.

"괴 목수가 흑심을 품고 있는 게 어제오늘 일이 아니랍니다. 일전에 아무도 모르게 살짝 우리 주방에 와서는 뭔가를 살피더라고요. 그러다가 우리한테 들키니까 쏜살같이 내빼더라고요. 근데 누가 그 일을 누설했는지는 모르겠어요."

"그게 중요한 게 아니잖아. 당장 우린 어떻게 해야 한단 말이냐?"

정진이 대답했다.

"그걸 뭐 하러 물어. 당연히 삼십육계 줄행랑이지."

공조가 말했다.

"지금 암자 대문 밖에서 사람들이 지키고 있다고!"

정진이 말했다.

"뒷문으로 가보자고!"

먼저 불목하니한테 가서 살펴보게 했다. 불목하니가 살펴보고 돌아와 말했다.

"아무도 없습니다."

공조가 매우 기뻐하면서 불목하니에게 바깥쪽 문을 모두 다 걸어 잠그라 했다. 그러고는 방에서 은자만 겨우 챙기고 나머지는 그냥 포기했다. 불목하니까지 모두 일곱이 일제히 뒷문으로 빠져나와 밖에서 뒷문 자물쇠를 채웠다. 공조가 말했다.

"이제 어디로 가서 숨지?"

정진이 대답했다.

"큰길로 가다 보면 사람들 눈에 띌 테니까 사람이 안 다니는 사잇길로 해서 극락암에 가서 잠시 숨어 있자고. 그곳은 사람들이 거의 안 다니니까. 극락암의 요연了緣이 우리랑 사이가 좋은 편이니, 나 몰라라 하지는 않을 거야. 이 일이 좀 잠잠해지면 그때 다시 고민해보자고."

공조는 연신 그게 좋겠다고 말하면서 길이 좋든 나쁘든, 멀든 가깝든 따지지 않고 사잇길만 바라고 황급히 극락암으로 피신하여 갔음은 말할 것도 없으렷다.

한편, 육씨는 괴삼 그리고 다른 사람들과 함께 잣나무 아래의 땅을 괭이로 팠다. 석회가 나타났다. 모두 괴삼의 말이 맞다고들 했다. 물을 잔뜩 머금은 석회는 딱딱하게 굳어 쉽게 떨어지지 않았다. 한참을 씨름하고 나니 그제야 겨우 목재로 된 관 뚜껑이 보였다. 육씨가 방성대곡했다. 사람들이 가래로 덩어리진 석회를 이리저리 떼어내고 관 뚜껑을 열려고 했으나 꿈쩍도 하지 않았다. 밖에서 암자 대문을 지키고 있던 사람들이 안쪽 일이 궁금하여 우르르 밀려들어 왔다가 관 뚜껑 때문에 애쓰는 걸 보고는 합심하여 일단 관을 들어낸 다음 도끼로 관 뚜껑을 빠개기 시작했다. 그렇게 관 뚜껑을 열어보니 남자가 아니라 비구니가 누워 있는 게 아닌가. 사람들이 그걸 보고 모두 깜짝 놀랐다. 그들은 더 자세히 살펴볼 엄두도 내지 못하고 서로의 얼굴만 바라보더니 그냥 관 뚜껑을 다시 덮어버렸다.

이야기꾼인 내가 여러분에게 한번 물어봅시다. 혁대경이 죽은 지 1년도 안 되었는데 아무리 머리를 밀어버렸다손 아내가 남편 얼굴도 몰라본 다는 게 말이 되는 건가 말이요? 여러분이 꼭 생각해 봐야 하는 게 하나 있소이다. 혁대경이 처음 집에서 나올 때는 얼굴도 볼그족족하고 힘 좋고 잘생긴 남정네 모습이었지만 암자에서 기력을 다 써버리고 병에 걸려 오랫동안 자리를 보전하고 있다가 그저 뼈만 남은 상태로 죽지 않았던가! 만약에 혁대경이 거울로 자기 얼굴을 비춰보아도 그게 자기 모습이 아니라고 할 정도였으니 말이다. 하물며 창졸간에 머리털 하나 없는 얼굴을 보고는 그냥 비구니라고 받아들이는 건 하나도 이상하지 않을 거외다. 하여 육씨는 괴삼을 원망하기 시작했다.

"내가 자네한테 잘 좀 알아봐 달라고 신신당부했건만 이렇게 건성건성 알아보고는 없는 이야기를 지어내나 그래. 오늘 이렇게 난장판을 만들었는데 이제 이 일을 어떻게 하나 그래?"

"어제 새끼 여중에게 직접 들은 이야기라고요. 어떻게 내가 없는 이야기를 지어낸다고 말할 수 있어요!"

여러 사람이 일제히 입을 열었다.

"아니 지금 관을 열어보니까 비구니가 누워 있잖아! 뭘 그렇게 억지를 부려."

괴삼이 이렇게 발병했다.

"엉뚱한 곳을 잘못 판 것 같은데. 다른 데를 파봐야 하는 거 아냐?"

무리 가운데 나이가 좀 든 혁대경의 친척뻘 되는 사람이 나서서 이렇게 말했다.

"그건 안 되지. 남의 관을 열어서 시체를 드러낸 자는 목을 벤다는 법도 몰라! 하물며 남의 무덤을 파헤치는 게 어찌 죽을죄가 아니겠어. 우리가 이미 큰 죄를 저질렀는데 다시 또 다른 비구니 무덤을 건드리기라도 하면 죽을죄를 두 번이나 저지르는 거잖아. 어서 관청에 가서 이 사실을 알리고 어제 만났다는 그 새끼 여중을 잡아서 심문하게 해야 우리가 곤란해지지 않는다고. 만약 여중들이 우리보다 먼저 관청에 가서 고발하면 정말 큰일 난다고!"

사람들이 입을 모아 그 말이 맞다고 맞장구치면서 괭이나 삽 같은 연장을 다 팽개쳐버리고 육씨를 데리고 도망쳤다. 동원 뒤뜰부터 암자 대문에 이르기까지 비구니는 코빼기도 뵈지 않았다. 그 가운데 노인장 하나가 이렇게 소리쳤다.

"아이고 큰일 났다. 이 비구니들이 우리를 고소하려고 관청에 달려간 모양이야. 어서 도망가자고, 어서!"

그 말을 듣고 사람들이 놀라고 당황하여 어서 이곳을 빠져나가지 못하여 안달이었다. 육씨 역시 가마를 타고 나는 듯이 신감현 관아를 바라고 달려갔다. 성안에 도착했을 때 친척 가운데 반은 이미 내빼버렸다.

여기서 이야기는 둘로 갈린다. 한편, 육씨가 비공암에 데리고 간 무리 가운데 모가 성을 가진 불한당 같은 놈이 있었다. 그 모가는 다른 사람들이 암자에서 빠져나가기를 기다렸다가 살짝 뒤에 남아 관을 다시 열고 시체의 옷을 들춰가며 위아래 뭔가를 찾아보았다. 돈이 될 만한 건 아무것도 없었다. 그래도 뭔가 인연이 닿으려고 그랬는지 모가가 옷을 잡아당기자 그게 쭉 찢어지면서 바지가 벗겨지고 물건이 드러났다. 모가가 그걸 보고 웃으면서 혼잣말했다.

'아이고 이건 비구니가 아니고 남자 중이구먼!'

모가는 다시 관 뚜껑을 덮고 거기서 빠져나와 사방을 살펴보았다. 눈에 띄는 사람은 아무도 없었다. 아무 방에나 불쑥 들어가 보았다. 바로 공조의 방이었다. 모가는 금은붙이를 몇 개 찾아서 품에 숨기고는 비공암을 출발하여 황급히 현청 문 앞으로 달려갔다. 마침 현령 나리가 밖에서 송사를 듣는 때라, 육씨가 무리와 함께 거기서 대기하고 있었다. 모가가 사람 사이를 헤치고 나아가 말했다.

"잠깐만, 내가 뭐가 미심쩍은 게 있어서 다시 한번 확인해 보았지. 그 관 속에 있던 게 나리도 아니지만, 그래 여승도 아니더라고. 남자 중이더라고."

사람들이 일단 안도의 한숨을 쉬면서 말했다.

"그나마 다행이네! 한데, 그 중이 어느 절의 중인지 어쩌다 여승들한테 죽임을 당했는지 알 수가 있어야지."

세상에 어떻게 이렇게 기묘한 일이 다 일어날 수 있나! 바로 이때 곁에서 늙은 중이 하나 걸어 나오면서 이렇게 묻는 게 아닌가.

"아니, 어떤 중이 비구니 암자에서 죽임을 당했단 말이오? 그 모습이 어떻소이까?"

사람들이 일제히 대답했다.

"성 밖의 비공암이란 암자의 동원에서 키가 뻘쭘하게 크고 누렇게 뜨고 삐쩍 마른 중이었는데 죽은 지 얼마 안 되어 보였소이다."

"듣고 보니 영락없는 내 제자 모습이올시다."

"스님의 제자가 어째서 그곳에 묻히게 되었단 말이오?"

"소승은 만법사萬法寺의 주지 원각圓覺이올시다. 소승한테 거비去非란 제자가 있었는데 올해 스물여섯 살, 행실이 불량하고 소승의 말을 제대로 듣지도 않았소이다. 한데 그놈이 글쎄 8월에 절을 뛰쳐나가서는 지금껏 소식이 없었소이다. 그놈의 부모는 그래도 자식만 싸고돌아 아들이 제대로 배우지 못한 것은 모르고 외려 소승이 그놈을 죽인 거라며 관가에 고발했소이다. 오늘 이렇게 관청에 나와 판결을 기다리고 있는데 만약 비공암에서 죽은 게 그놈이라면 소승은 억울한 누명을 벗을 길이 생긴 거외다."

모가가 이렇게 말했다.

"그럼, 스님이 나를 따라서 그곳에 가서 한번 살펴보시는 게 어떻소이까?"

"그렇게만 할 수 있다면 정말 좋겠소이다."

그들이 막 출발하려는데 한 노인네가 마누라랑 같이 달려와서는 스님한테 따귀를 두 대 연거푸 날리고는 욕을 퍼부었다.

"이 썩어 죽을 까까중아! 내 아들을 죽여서 어디에 숨겨놓은 거냐?"

"소란 좀 고만 피우라고. 네 아들의 종적을 이제야 알아냈으니 말이야!"

"그래 지금 어디 있느냐?"

"네 아들놈이 비공암 여승하고 붙어먹고는 어인 연유인지 모르지만 그만 죽어서 지금 비공암 동원 뒤뜰에 묻혀 있단다."

그 스님이 모가를 가리키며 말을 이었다.

"이 양반이 바로 증인이야!"

그 스님이 노인네 부부를 밀치고 앞장섰다. 노인네 부부 역시 스님의 뒤를 따라 비공암으로 갔다. 그때는 비공암 주변의 인가에 사는 사람들 역시 이 사건에 대하여 다 알게 되어 남녀노소 할 것 없이 모두 구경하러 몰려들었다. 모가는 스님과 함께 곧장 비공암 안으로 들어갔다. 방 하나에서 인기척이 들려왔다. 모가가 방문을 열어보니 다 죽어가게 생긴 늙은 비구니가 침상에 누워 이렇게 소리를 치는 것이었다.

"배고파 죽겠는데 왜 밥을 안 갖다 주는 거야?"

모가는 그걸 아랑곳하지도 않고 도로 문을 닫아버리고 스님을 데리고 후원으로 가서 관 뚜껑을 열었다. 그 노인네 부부는 눈을 비비고 자세히 살펴보았다. 희미하게 드러나는 얼굴을 보자마자 노인네 부부는 바로 대성통곡했다. 사람들이 모두 에워싸고 대체 어찌 된 일이냐고 물으니 모가는 손짓발짓해 가며 설명을 하기 시작했다. 노스님은 그 노인네가 시체를 확인하고 우는 걸 보고는 그게 진짜 그 노인네 아들인지 아닌지는 따질 생각도 안 하고 바로 이렇게 말했다.

"자, 자, 자! 당신네 아들을 찾았으니 어서 관가로 가서 이 사실을 아뢰고 비구니를 잡아 심문해서 자초지종을 밝히게 하라고. 그런 다음에 울든 말든 하라고."

그 노인네가 하는 수 없이 울음을 그치고 관 뚜껑을 다시 덮고 비공암을 떠나 쏜살같이 성안으로 달려갔다. 마침 현령이 송사를 판결하고자 하는데 원고와 피고가 둘 다 보이지 않아 아전이 이리저리 찾아다니느라 땀으로 목욕을 할 지경이었다. 혁가네 사람들이 모가와 노스님이 돌아오는 걸 보고선 달려와 물었다.

"스님 제자가 맞습디까?"

"틀림없다니까!"

"그럼 우리 일하고 같이 한꺼번에 가서 아룁시다."

아전이 스님과 혁가네 사람들을 이끌고 현청 안으로 들어가 무릎을 꿇고 대기하게 했다. 혁가네 사람들이 먼저 혁대경이 사라진 일, 괴삼이 혁대경의 허리띠를 차고 나타난 일, 암자의 새끼 여중이 뭔가 말을 내뱉은 일, 관을 열어보니 남자 중이 죽어 있던 일의 자초지종을 세세하게 아뢰었다. 그런 다음 그 노스님이 나서서 그 남자 중은 바로 자신의 제자로 석 달 전에 갑자기 자기 절에서 뛰쳐나갔다가 이렇게 비공암에 묻히게 되었다는 것 그리고 자신이 이 일로 제자의 부모에게 고소를 당했음을 아뢰었다. 그런 다음 노스님은 이렇게 덧붙였다.

"이제 오늘 모든 일이 백일하에 드러났고 소승과는 아무런 관련이 없음이 밝혀졌으니 소승을 풀어주시옵소서."

현령이 그 노인네에게 물었다.

"진정 네 아들이 맞더냐? 틀림없으렷다!"

"소인의 아들이 맞습니다. 어찌 잘못 볼 리가 있겠습니까!"

현령이 즉시 아전 네 명을 비공암으로 보내어 비구니들을 잡아와 심문에 응하게 하라 했다. 아전들은 현령의 명령을 받고서 쏜살같이 비공암으로 달려갔다. 비공암에는 구경꾼만 득실대었다. 이리저리 들쑤시고 찾아보았지만 비구니들은 코빼기도 보이지 않았다. 암자의 방 하나에 늙어빠진 비구니 하나가 금방이라도 숨이 넘어갈 것 같은 모습으로 누워 있을 뿐이었다. 아전 가운데 한 명이 이렇게 말했다.

"혹시 서원에 숨어 있는 거 아냐?"

서원으로 달려가 보니 문이 굳게 잠겨 있었다. 문을 두드렸으나 아무런 응답이 없었다. 아전들이 조바심이 나서 더는 참지 못하고 뒤뜰 담을 넘어 들어갔다. 서원의 앞뒤 문에는 모두 자물쇠가 채워져 있었다. 자물쇠를 열어젖히고 살펴보았으나 아무 인적이 없었다. 아전들이 방 안의 금붙이 같은 것을 주섬주섬 챙기고 이장을 데리고 관아로 돌아갔다. 기다리고 있던 현령에게 아뢰었다.

"비공암의 비구니들은 모두 어디로 가고 없기에 이장을 잡아 데려왔습니다."

현령이 이장에게 물었다.

"너는 비구니들이 어디로 갔는지 알고 있으렷다?"

"제가 그걸 감히 어찌 알겠습니까?"

"비구니들이 스님과 붙어먹다가 죽음에 이르게 한 것도 다 네놈이 알고도 모른 척한 것 아니냐. 그러면서 네놈은 보고도 하지 않았던 것이고. 이제 그 일이 탄로 나게 되니 비구니들은 몰래 숨어버리고 네놈은 모른다고 잡아떼고. 그렇다면 이장은 뭐 하러 두었단 말이냐?"

현령이 아전들에게 저 이장을 데려다 몹시 치라고 했다. 이장이 죽는 소리를 하며 살려달라고 비니 현령은 그제야 매질을 그만두게 했다. 사홀 말미를 줄 터이니 범인들을 모조리 잡아 대령하여 심문할 수 있게 하라고 했다. 비공암 암자 대문에 사람들의 출입을 금하는 경고문을 적어 붙였음은 물론이다.

한편, 공조와 정진은 여동, 불목하니와 함께 극락암으로 달려갔다. 극락암 문이 잠겨 있자 세차게 두드렸다. 불목하니가 문을 열자 다짜고짜 밀고 들어가 어서 문을 닫으라 닦달했다. 극락암 주지 요연이 암자 대문에서 공조 일행이 하나도 빠짐없이 몰려오고 게다가 너무도 서두르는 것을 보고는 필시 무슨 사고가 난 것이라 직감했다. 불당으로 안내하여 자리를 잡고 앉았다. 불목하니에게 차를 내오라고 하고 어찌 된 일인지 물어보았다. 정진이 나서서 자초지종을 상세하게 설명하고는 이 암자에서 좀 머물게 해달라고 부탁했다. 요연은 그 말을 듣고 깜짝 놀랐다. 한참을 고민하더니 입을 열었다.

"두 사형이 이렇게 와서 부탁하는데 정리 상 당연히 도와드려야 하나 지금 이 일이 어디 보통 일이어야죠. 어디 먼 곳으로 가서 피하는 게 상책일 듯하오. 이곳은 비좁기도 하고 다른 사람 눈에 띄기도 쉽습니다. 남들한테 발각되면 사형들도 도망가기 힘들 뿐더러 나 역시 그 일에 얽히게 되니 빠져나가기 힘들어집니다."

요연이 어째서 공조 일행을 순순히 숨겨주려 하지 않을까? 이 요연 역시 남자랑 놀아나는 데 여념이 없었으니 지금은 만법사의 젊은 중 거비와 그렇고 그런 사이였다. 거비와 머리 깎은 부부라 하겠다. 거비를 이 암자에 숨겨놓은 지가 이미 석 달이 되었다. 거비를 비구니 흉내를 내게 했으나 혹시라도 이 일이 탄로 날까 봐 늘 암자 문을 걸어 잠그고 긴장하곤 했다. 지금 정진 역시 그런 일로 이곳 극락암에 찾아왔으니 정진이 잡혀가기라도 하는 양이면 자신의 일도 발각되기 십상이라 정진을 숨겨주기가 어려운 상황이었다. 공조는 요연이 내켜하지 않는 걸 보고는 그저 요연의 얼굴만 빤히 바라볼 뿐 어찌해야 할지 몰랐다. 그래도 정진이 그런 방면으로는 머리가 좀 돌아가는 편이라 요연이 평소에 재물을 탐하는 성격이었음을 떠올리고는 품속에서 은자 두세 냥 꺼내어 요연에게 건넸다.

"사형의 말씀이 일리가 있소이다. 한데 일이 너무도 급작스레 터져서 우리가 지금 어디 빠져나갈 방도를 따로 마련하지 못했소이다. 우리가 지금 어디로 갈 수 있겠소? 사형께서 지난날 우리와의 정분을 생각해서 우리를 며칠만이라도 머물게 해주시구려. 그러다 보면 일이 좀 잠잠해질 것이니 그럼 우리도 우리 나름대로 방도를 생각해보겠소이다. 별거 아니지만 그래도 이 은자를 받아서 경비로 충당해주시게나."

요연이 그 은자를 보더니 과연 꼼꼼히 따지는 마음을 접고 이렇게 말했다.

"이삼일만 머문다면야 굳이 안 될 것도 없지. 그렇다고 사형의 은자를 어찌 받겠소이까?"

정진이 대답했다.

"여기서 신세 지는 것 자체가 이미 번거롭게 하는 것인데 게다가 사형의 경비까지 축내게 할 수야 없지요."

요연은 한 번 더 사양하는 척하더니 은자를 받아서는 안쪽에다 감춰두었다. 한편 젊은 중 거비는 불목하니한테 비공암의 여승과 제자, 불목하니가 이 극락암으로 몰려왔으며 생긴 것도 참 예쁘다는 말을 들었다. 그 말을 들은 거비는 곧장 구경하러 나왔다. 그들은 서로 얼굴을 마주하고는 인사를 나누고 안부를 물었다. 정진이 거비를 자세히 뜯어보았으나 전혀 모르는 사람이라 요연에게 물었다.

"이분은 어느 사찰의 스님이신가? 어째 난 이 스님을 본 적이 없네?"

요연은 사실을 감추고 둘러대었다.

"아, 얼마 전에 출가한 사제올시다. 그러한즉, 사형이 모르는 것도 당연할 것이외다."

거비가 정진을 보니 이쁘기가 요연보다 훨씬 나은지라 좋아하는 마음을 감출 수가 없었다. 거비가 속으로 이렇게 생각했다.

'내가 무슨 복이 있어서 하늘이 이렇게 예쁜 여인을 나에게 보내주셨을까! 이들을 다 후려서 차례차례 즐겨봐야지!'

바로 이때 요연이 소채로 식사를 차려 내왔다. 정진, 공조는 큰일을 당한 처지라 눈이 두리번두리번, 앉으나 서나 가슴이 콩닥콩닥, 조마조마하여 어디 먹고 싶은 생각이 날까! 오후 신시가 넘어가는 시각, 요연에게 말했다.

"암자의 일이 어떻게 되었는지 궁금하구려. 그대의 불목하니를 보내 좀 알아보게 한 다음 우리 나름대로 대비책을 세워야 할 것 같소이다."

요연이 불목하니를 보내어 알아보게 했다. 그 불목하니는 우직한 녀석이라 이것저것 따지지 않고 곧장 비공암으로 달려가 사방을 살펴보았다. 바로 이때 이장이랑 아전들이 현령의 명령을 받들어 비공암을 폐쇄하러 왔다. 비공암의 노승이 죽거나 말거나 신경 쓰지 않고 문을 잠가버리고 암자 대문 바깥쪽에 폐쇄한다는 딱지를 가위 모양으로 교차하여 붙였다. 그런 다음 몸을 돌려 떠나려고 하는 순간, 노인네 하나가 이리저리 기웃거리는 모습이 보였다. 사람들은 저자가 혹시 정탐꾼 아냐 하는 생각을 했다. 사람들이 일제히 소리쳤다.

"관청에서 너희를 잡으러 나왔노라. 너 참 때맞춰 잘 나타났다!"

아전 하나가 오라를 들어 그 불목하니 목에 걸었다. 놀란 불목하니는 오금이 저리고 사지가 후들거려서 자기도 모르게 이렇게 소리를 쳤다.

"그들이 우리 암자로 몰려와 숨겨달라고 하고는 소인한테 동정을 살피고 오라 했습니다. 저하고는 아무런 상관이 없는 일입니다."

"그래, 네놈이 정탐하러 나왔다는 건 알겠다. 그러니 어서 그 연놈들이 어느 암자에 있는지 불어라."

"극락암에 있습니다."

아전들은 이제 확실한 정보를 얻었다는 생각에 인원을 더 불러들이고 불목하니를 앞세워 극락암으로 달려가 앞뒷문에 사람을 두어 지키게 한 다음 문을 두드렸다. 안에서는 불목하니가 돌아온 거라 생각하고 요연이 나와서 문을 열었다. 아전들이 우르르 안으로 밀고 들어가 먼저 요연을 붙잡고 안에 있던 자들을 이어서 붙잡았다. 한 녀석도 도망치지 못했다. 거비는 당황한 나머지 침대 밑으로 기어들어 숨었다가 붙잡혔다. 요연이 아전들에게 이렇게 발병했다.

"저들이 제 발로 암자로 와서 숨겨달라고 떼쓴 겁니다. 저들이 무슨 짓을 했는지 저하고는 아무런 상관도 없습니다. 제가 나리들께 술값이라도 두둑이 드릴 테니 저는 좀 풀어주시고 이 암자 이야기는 제발 하지 말아주셔요."

"그건 안 되지! 현령 나리가 얼마나 매서운 분인데 저들을 어디서 잡아 왔냐고 물어보시면 우리가 어떻게 대답하겠어? 네가 이 일에 연루되어 있는지 아닌지 우리는 모르겠으니 일단 현청에 가서 이야기하라고."

그 말을 듣고 요연이 이렇게 부탁했다.

"그거야 뭐가 어렵겠습니까! 근데 나리 제 제자는 출가한 지 얼마 되지 않으니 좀 봐주시지요. 제가 나리들 섭섭하지 않게 해드리겠습니다."

그 말을 들은 아전들은 돈이 탐나서 그러마고 했다. 한데 그 가운데 한 아전이 반대하고 나섰다.

"그건 안 되지. 저놈이 아무런 관련이 없다면 뭐 하러 그렇게 황급하게 침대 밑으로 숨었겠어? 저놈도 수상쩍다고. 우리 괜히 동티날 일 하지 말자고."

아전들이 그 말을 듣고 모두 맞는 말이라고 맞장구쳤다. 아전들이 극락암에서 잡은 자들을 모두 오라에 꽁꽁 묶었다. 남녀 합해서 모두 열 명이었다. 단오에 연잎밥 묶듯이 그렇게 묶어서 암자를 나섰다. 암자 대문에 출입금지 딱지를 붙이고 신감현으로 출발했다. 가는 길 내내 요연은 정진을 원망하고 또 원망했다. 정진은 아무런 대꾸도 하지 않았다.

거북 등딱지 아무리 삶아도 물러지지 않는데,
애꿎은 뽕나무 장작 때고 또 때네.

해는 서산에 뉘엿뉘엿, 현령은 이미 퇴청하여버렸다. 이장도 사람들과 함께 집으로 쉬러 돌아갔다. 요연이 남몰래 살짝 거비에게 말했다.
"내일 현청에서 심문할 때 넌 그저 출가한 지 얼마 되지 않는다고만 말하고 다른 말을 절대 하지 말라고. 내가 나서서 처리할 거야. 아무 일 없을 거니까 걱정하지 말고!"
이튿날 현령이 현청에 나오자 이장이 아뢰었다.
"극락암에 숨어 있던 비공암의 비구니 일행을 모두 잡아왔습니다. 아울러 극락암의 비구니 역시 같이 잡아왔습니다."
현령이 그들에게 심문대 동쪽 끝에 무릎을 꿇고 대기하라 명했다. 거비가 주위를 몰래 살펴보다가 깜짝 놀랐다.
'아니, 스승님이 왜 이곳에 있지, 무슨 관련이 있는 건가? 어머니, 아버지는 또 어떻게 오신 거야? 너무도 이상하네!'
아무리 생각해도 이해가 되지 않았지만 감히 뭐라고 소리 낼 수도 없고 스승이 자기를 알아볼까 봐 걱정되어 고개를 돌리지도 못하고 바닥에 엎드려 있었다. 거비의 어머니 아버지는 현령이 자기를 지키고 있든 말든 비구니에게 손가락질하면서 울며불며 욕했다.

"이 양심도 없는 요망한 년들아! 어쩌자고 내 아들을 죽였어? 어서 내 아들을 살려내라."

정진과 공조는 그 노인네들이 혁대경의 부모인 줄 알고 찍소리도 못 하였다. 현령은 노인네들이 소란을 피우자 버럭 소리치며 그만두게 했다. 그런 다음 정진과 공조를 먼저 불러 심문했다.

"너희들은 출가한 몸으로 어찌하여 계율을 지키지 아니하고 몰래 남자 중과 붙어먹고 종래는 죽임에 이르게 했느냐? 사실대로 다 자백하면 정상을 참작하여 주겠노라."

자신들이 지은 죄를 스스로 잘 알고 있는 정진과 공조는 가슴이 콩알만 해지고 오장육부가 다 너덜너덜해지는 느낌이라 정신을 제대로 차리지 못할 정도였다. 한데 현령이 혁대경에 관해 물어보는 게 아니라 무슨 다른 스님에 관해 물어보는 눈치라 당최 갈피를 잡을 수가 없었다. 정진은 평소 말도 잘 주워섬기고 응대하는 것도 그 나름대로 능수능란한 편이었으나 꼭 꿀 먹은 벙어리같이 입을 꾹 다물고 한마디도 하지 못했다. 현령이 너덧 차례나 거푸 물어보자 겨우 한마디 한다는 게 "소승은 그 중을 죽이지 않았습니다"였다. 현령이 버럭 소리를 질렀다.

"지금 만법사의 중 거비를 죽여서 암자 뒤뜰에 묻었으면서 감히 거짓말을 하다니! 어서 저년의 주리를 틀어라!"

양쪽에서 대기하던 아전들이 득달같이 달려들어 정진의 주리를 틀기 시작했다. 요연이 이 광경을 보고서 현령이 비공암에서 발견한 시체를 거비로 알고서 그에 관하여 물어본다는 걸 깨달았다. 거비 건은 자신과 연루된 일이라 더욱 놀라고 당황하여 몸이 저절로 부들부들 떨렸다.

'이 일을 어떻게 이야기한다? 저들은 혁대경의 시체를 발견하고서도 혁대경에 대해서는 일언반구 물어보지도 않고 그걸로 오히려 나와 관련된 거비에 관해 물어보는구나. 너무도 기이한 일이로다.'

아무리 머리를 굴려봐도 갈피를 잡을 수가 없어 곁눈질하면서 거비를 살펴보았다. 거비는 자신의 부모가 시체를 잘못 알아본 거라고 짐작하고서는 요연을 향하여 눈길을 주었다. 한편, 정진과 공조는 여리디여린 여자의 몸으로 어찌 주리 트는 고문을 견디랴. 고문을 시작하자마자 바로 혼절하고 말았다.

"나리, 제발 주리 트는 것 좀 멈춰주셔요. 저희가 사실대로 다 말씀드리겠나이다."

현령이 아전들에게 일단 멈추라고 한 다음 정진과 공조의 자백을 들어보겠노라 했다. 정진과 공조는 이구동성으로 이렇게 말했다.

"나리, 뒤뜰에 묻힌 건 스님이 아니라 혁대경이올시다."

혁가네 사람들과 괴삼은 정진과 공조가 혁대경이라는 말을 입에 올리자마자 대체 어찌 된 영문인지 들어보려고 무릎으로 기어 그쪽으로 다가갔다. 현령이 물었다.

"혁대경이 왜 머리를 밀었느냐?"

정진과 공조는 혁대경이 비공암에 놀러온 일, 서로 눈이 맞게 된 일, 나중에 자신들이 혁대경의 머리를 밀어버리고 비구니 모양으로 만들었던 일, 혁대경이 병들어 죽자 자신들이 뒤뜰에 묻었던 일을 세세하게 아뢰었다. 현령은 그들의 자백이 혁대경 집안사람들이 말하는 것과 일치한지라 이제 그 일이 어찌 된 것인지 충분히 짐작되었다.

"혁대경의 일은 잘 알겠노라. 그럼 그 젊은 중은 어디에 감췄느냐? 어서 사실대로 자백하렷다."

정진과 공조가 울면서 아뢰었다.

"그건 저희들이 전혀 모르는 일입니다. 설사 때려죽인다 하더라도 모르는 거짓 자백은 할 수 없지 않습니까."

현령은 여동, 불목하니 등을 차례로 불러 세세하게 물어보고는 대답이 한결같은지라 그들은 이 젊은 중 사건과는 무관하다는 결론을 내렸다. 현령은 다시 요연과 그 제자를 불러 물었다.

"너희들이 정진과 공조 일행을 숨겨주었던 걸 보면 너희들이 필시 그들과 공모했으렷다. 저놈들의 주리를 틀어라."

요연은 정진과 공조가 자백하는 걸 들어보니 거비의 일은 드러나지 않았는지라 그래도 한숨을 돌릴 수 있게 되었다. 하여 한결 마음의 여유를 찾아가며 대답했다.

"나리, 주리를 틀 필요 없습니다요. 소승이 상세하게 설명해 올리겠습니다. 정진과 공조가 어제 소승의 암자로 달려와 사람들한테 행패를 당했다면서 하루 이틀만 머물게 해달라고 사정하기에 허락한 것뿐입니다. 저들이 간음한 일은 저는 하나도 모릅니다."

요연이 거비를 가리키며 말했다.

"저 어린 제자는 출가한 지 얼마 되지 않는 신출내기로, 정진과 공조하고는 알지도 못하는 사이입니다. 게다가 이렇게 인륜 도덕에도 어긋나고 불가의 계율도 어기는 부끄러운 일이야 관아에 발각되기 전이라도 만약 소승이 알았더라면 먼저 신고했을 것입니다. 어찌 이렇게 발각된 일을 가지고 제가 숨기고 기만하겠습니까! 나리께서 제발 굽어살피셔서 소승을 풀어주시옵소서."

현령은 요연의 말이 제법 그럴듯하다는 생각이 들었다.

"그래, 말은 그럴듯하구나. 네 말이 거짓말이 아니길 바랄 뿐이다."

현령은 요연한테 한쪽에 무릎 꿇고 기다리라고 했다. 그런 다음 형리를 불러서 정진과 공조에게 각각 곤장 50대, 동원의 여동에게는 곤장 30대, 불목하니 둘에게는 각각 20대를 치라 했다. 그들의 살갗이 터지고 살이 삐져나오고 피가 이리저리 튀었다. 곤장을 다 치고 나자 현령이 붓을 들어 판결문을 작성했다.

정진과 공조는 작당을 하여 간음하고 사람의 목숨을 해쳤으니 법에 따라 참수형에 처하노라. 동원의 두 어린 비구니는 곤장 80대에 처하고 노비로 팔 것이다. 두 불목하니는 이런 일을 목격하고도 관가에 고하지 않았으니 모두 곤장형에 처하노라. 비공암은 간음을 저지른 사악한 장소니 관가에서 몰수한다. 요연은 비록 자신은 모르는 일이었다고 변명하나 간음을 저지른 죄인을 숨겨준 게 분명하니 벌금을 내거나 곤장을 맞도록 하라. 서원의 어린 비구니는 환속하도록 하라. 혁대경 역시 간음죄를 지었으나 이미 죽었으니 따로 벌을 부과하지는 않는다. 죽은 자의 시체는 가족이 수습하여 가서 장례를 치르도록 하라.

현령이 판결을 마치니 죄인들은 각각 읽고서 수결했다.

한편, 거비의 아버지는 저 시체가 자기 아들이 아니라고 하니 어제 그렇게 울고불고한 게 머쓱하기도 하고 너무도 분하기도 했다. 거비의 아버지는 만법사의 중놈이 자기 아들을 잡아먹은 거라고 현령에게 하소연했다. 만법사의 스님은 거꾸로 거비가 자기 절의 귀중품을 훔쳐가 놓고 외려 적반하장이라고 주장했다. 양쪽의 주장이 이렇게 팽팽히 맞서니 현령도 쉽게 판가름할 수가 없었다. 만법사 스님이 젊은이를 죽인 것 같기는 하나 그렇다고 증거가 딱히 있는 것도 아니었다. 젊은 중놈이 만법사의 귀중품을 훔쳐간 거라면 그 아비 되는 자가 이렇게 와서 떠벌일 것 같지는 않았다. 현령은 한참 생각에 잠겼다가 이렇게 말했다.

"그대의 아들이 죽었는지 살았는지 알 길이 없으니 어떡하면 좋겠느냐? 일단 물러났다가 다른 증거를 찾으면 다시 찾아오너라."

공조와 정진 그리고 두 여동은 모두 하옥되었다. 요연과 어린 중 그리고 두 불목하니는 보석금을 내고 풀려났다. 거비의 부모와 만법사 스님은 자기들을 현청으로 안내했던 아전의 안내를 받아 현청에서 나왔다. 나머지 사람들도 모두 관아에서 나와 집으로 돌아갔다. 대저 관아에는 동쪽 문으로 들어와 서쪽 문으로 나가는 규율이 있었다. 사람들이 서쪽 붉은 계단을 지나 관아를 빠져나가고 있었다. 요연은 현령에게 설명을 잘하여 자신의 죄를 까발리지 않고 넘어갈 수 있어서 안도의 한숨을 몰아쉬면서 거비와 함께 남몰래 기뻐했다. 거비는 혹시 누군가 자기를 알아볼까 걱정되어 고개를 푹 숙이고 다른 사람 등 뒤에 숨어서 걸어가고 있었다. 한데 일이 드러나려고 그랬는지 그가 막 서쪽 문으로 발을 내밀려고 하는 그 순간, 거비의 아버지가 만법사 스님의 멱살을 붙잡고 이렇게 소리를 치는 것이었다.

"이런 까까머리 중놈아! 내 아들을 잡아먹고서는 다른 사람 시체를 갖고 나를 속여!"

거비의 아버지는 그 스님의 얼굴을 마구 때렸다. 스님은 무슨 소리를 하는 거냐며 황당해했지만 막상 몸을 피할 데가 없었다. 스님의 제자들이 그 광경을 바라보고 있다가 자기 스승이 곤경에 빠진 것을 보고선 일제히 달려와 거비의 아버지를 때려죽일 기세였다. 거비는 자기 아버지가 까딱하면 맞아 죽을지도 모르는지라 자기가 지금 비구니로 변장하고 있다는 것도 까먹고 황급히 나섰다.

"여보게들, 저 양반한테 손대지 말게나!"

제자들이 고개를 들어 바라보니 바로 거비가 아닌가. 제자들은 즉시 거비의 아비를 풀어주고는 거비를 붙잡고서 소리쳤다.

"스님, 됐습니다. 거비가 바로 여기 있습니다!"

거비를 호송하던 아전들은 어찌 된 영문인지 갈피를 잡지 못하고 이렇게 소리 질렀다.

"이 스님은 극락암의 비구니라네. 우리가 지금 보석금을 받고 풀어주려던 참이야. 당신들이 사람을 잘못 본 거라고.”

제자들이 일제히 대답했다.

“아 이놈은 가짜 비구니라고요. 극락암에서 재미를 보다가 우리 스승님께 화를 입힌 놈이라고요!”

사람들은 그제야 비구니가 아니고 중놈이란 걸 알아차리고 낄낄댔다. 옆에 있던 요연은 이걸 보고서 너무도 당황하여 얼굴이 새파랗게 질려 가지고 아이고 아이고 소리만 낼 뿐이었다. 만법사 스님은 사람들을 헤치고 거비에게 다가가 귀싸대기를 연거푸 서너 차례 갈기며 소리쳤다.

“야, 이 썩어 죽일 놈아! 재미는 네놈이 보고 어째서 나에게 이렇게 피해를 주고 그래! 어서 현령 나리한테 가자 이놈아.”

거비의 아버지는 자기 아들이 가짜 비구니 노릇 한 걸 알게 되자 현령한테 가면 필시 벌을 받을 게 분명한지라 스님에게 연신 머리를 조아리면서 간청했다.

“아이고 스님, 제가 제대로 알지도 못하고 스님을 욕보였습니다. 제발 사정을 좀 봐주시고, 스승과 제자의 인연을 생각해서서 제 아들놈을 한 번만 용서해주시고 현령한테 끌고 가지 말아주시지요.”

거비의 아버지한테 온갖 수모를 당한 스님인지라 어찌 그만두겠는가! 스님은 기어이 거비를 끌고 현령한테 찾아갔다. 아전들이 요연을 끌고 그 뒤를 따라갔다. 현령이 스님을 보고 물었다.

“스님, 어째서 저 비구니를 끌고 온 거요?”

“나리, 이놈은 비구니가 아니라 소승의 제자 거비가 변장한 겁니다.”

현령은 그 말을 듣고 웃음을 참지 못하며 말했다.

“어째 이렇게 해괴한 일이 다 있단 말이오?”

현령은 거비에게 어서 사실대로 자백하라고 다그쳤다. 거비는 더는 버틸 수 없음을 눈치채고 순순히 사실을 아뢰었다. 현령은 문서를 작성하고 난 다음 거비와 요연에게 각각 곤장 40대를 치라고 했다. 그러고는 거비는 유배 보내고 요연은 관노비로 팔아버리라 하고 극락암은 철거해버리라 했다. 만법사 스님과 거비의 아버지는 아무런 죄가 없음이 밝혀졌으니 모두 석방되었다. 죄인들에게 칼을 채우고 얼굴에 죄명을 새긴 다음 온 성을 돌아다니며 조리돌림 당하게 했다. 거비의 어머니는 아들이 이런 못된 짓을 저지른 걸 알고서는 유구무언이라 눈물 콧물 흘리며 아들이 차고 있는 칼에 손을 얹고서 관아를 나섰다. 성에는 이 사건의 소문이 퍼져 남녀노소 할 것 없이 모두 나와서 구경했다. 남 이야기하기 좋아하는 자가 이런 노래를 지었겠다.

불쌍타, 늙은 중,
제자가 사라졌구나.
비구니가,
남몰래 그 제자를 숨겼구나.
남자 중이건만,
비구니로 착각했구나.
가짜 비구니 때문에,
진짜 중 생고생했네.
그 제자 죽은 줄 알았더니,
죽지 않고 시퍼렇게 살아 있네.
늙은 중을 때리려고 달려드니,
제자들 몰려들어 늙은 중 막아주네.
젊은 중 가운뎃다리 그 딱딱한 물건을 너무 함부로 쓰다 보니,
암자의 비구니 귀중한 생명이 이렇게 사라졌구나.

한편, 혁대경 집안의 하인들과 괴삼은 황급히 혁대경 집으로 달려가 육씨에게 이 사실을 알렸다. 육씨는 이 소식을 듣고 자기도 따라 죽을 것처럼 그렇게 슬피 울었다. 육씨는 며칠 동안 품을 들여 수의와 관을 준비하고 현령에게 아뢰어 암자 문을 열어달라고 한 다음 자신이 직접 비공암으로 찾아가 남편의 시신을 수습하여 돌아와 선영에 안장했다. 육씨가 비공암으로 찾아갔을 때, 그 암자의 늙은 비구니는 이미 굶어 죽어 있었다. 이장이 현령에게 보고하고 그 늙은 비구니를 장사지낸 이야기는 굳이 더 하지 않겠다.

육씨는 남편 혁대경이 학업을 게을리하고 여색을 탐하여 비명횡사한 것이 한이 되어 아들은 특히 엄하게 교육했다. 나중에 그 아들이 명경과에 응시하여 벼슬길에 나가 주자사 보좌역까지 승진했다. 이를 증명하는 시 한 수를 인용한다.

들판에 핀 꽃이라 맘껏 탐하더니,
벌이 되어 나비가 되어 죽어도 여한이 없다 하더라.
암자의 비구니와 한 몸 되어 노닐었네,
비공非空이면 시색是色이라, 암자 이름대로 하였구나.

반수아의 색동 신 한 켤레

陸五漢硬留合色鞋
육오한이 억지스레 색동 신발을 남기다

좀 잘 된다 싶으면 희희낙락,
마음대로 안 된다 싶으면 상심 또 상심.
누가 알리요? 하늘의 뜻은 반대로 작동하기도 한다는 걸.
잘 된다 싶었던 것이 결국은 실패의 전조였음을!

그리 멀지 않은 옛날, 강强씨 성을 가진 사람이 살고 있었겠다. 아주 약삭빠르고 약한 사람 등쳐먹기 좋아하여 마을 사람들이 다 그놈을 싫어하여 별명을 하나 지어주었으니 바로 강득리强得利1), 즉 억지로 이익 챙기는 놈이란 뜻이렷다. 어느 날 강득리가 시내로 가서 길을 걷다가 낯선

---

1) '强'이란 '강력하다', '강성하다'라는 뜻과 '억지를 부리다'라는 두 가지 대표적인 뜻이 있다. 이 '강'은 실제로 중국에 존재하는 성씨이지만 하고 많은 성씨 가운데 작가가 이 '강'씨를 택하고 별명을 '득리'라 붙여 '억지스럽게 자기 이익만 얻는 자'라는 의미로 해석되게 만들어준 것이다.

사람이 길에서 꽤 무거워 보이는 전대를 줍는 걸 보았다. 필시 뭔가 들어있을 거라는 생각에 황급히 달려가 그 사람을 막아서 이렇게 말했다.

"그 전대는 내가 허리에 차고 있던 거요. 어서 나한테 돌려주시오."

"아니, 나는 앞서서 걸어가고 너는 뒤에서 따라오는데 어떻게 네가 떨어뜨린 물건을 내가 주었다고 생떼를 쓰고 난리야! 말이 되는 소리를 해야지."

강득리는 그 사람이 말을 듣지 않는 걸 보더니 자기가 직접 그 전대를 빼앗으려고 손을 뻗어 한쪽을 쥐었다. 두 사람은 상대에게 어서 그걸 놓으라면서 전대 끈을 붙잡고 더욱 실랑이를 했다. 길 가던 사람들이 하나둘 몰려들어 그 연고를 물었다. 두 사람은 서로 자기 전대라고 고집을 피우기만 했다. 구경꾼들은 도시 어느 쪽 손도 들어줄 수 없는 처지였다. 그 가운데 노인네 하나가 입을 열어 이렇게 말했다.

"그래, 너희들 말이 사실인지 아닌지 증명할 길이 없으니 각자 그 전대 안에 뭐가 들어 있는지 말해보라고. 맞히는 자가 이 전대의 주인 아니겠어!"

강득리가 말했다.

"지금 바빠 죽겠는데 당신이 낸 수수께끼나 맞히고 있으란 말이야! 내가 내 전대라고 하면 나한테 그 전대를 돌려주면 되는 거지. 그 전대 안 돌려주면 너 죽고 나 죽는 거야."

강득리가 이렇게 말하자 사람들은 그 전대가 강득리 것이 아님을 바로 알아차렸다. 그러나 평소 강득리의 위세에 눌려 지내던 터라 강득리의 체면을 세워주고자 전대를 주운 사람에게 다가가 이렇게 권했다.

"여보게, 이 강득리 어르신을 모르나? 저분이 바로 이 동네의 유지라네. 당신도 이 전대를 주운 거잖아. 그러니 저 어르신한테 섭섭하지 않게 하는 게 좋을 거야."

그 사람은 사람들이 하도 강권하다시피 하니 어쩔 수 없다는 듯 이렇게 말했다.

"이 전대가 내 것이 아닌 건 사실이지요. 나도 재물이란 게 불의하게 억지로 취할 수 있는 건 아니라는 것쯤은 잘 압니다. 여러분들이 그렇게 권하시니 내가 이 전대를 열어서 안에 과연 뭐가 있는지 살펴보리다. 이 안에 값나가는 것이라도 들어 있으면 내가 그걸 세 등분하여 나와 강득리가 각각 하나씩 갖고 나머지 하나는 여러분께 드려서 술이라도 한잔할 수 있도록 하겠소이다."

그 노인네가 이 말을 받아서 말했다.

"아이고, 그대 말하는 게 참으로 그럴듯하외다. 강형, 어서 손을 놓으시지요. 저 전대는 이 노인네한테 넘겨주시고."

그 노인네가 전대를 받아 열어보니 안에 큰 보자기가 있고, 그 보자기 안에 서너 겹 종이로 싸여 있는 은 덩어리 두 개가 들어 있었다. 새하얗게 빛나는 그 은 덩어리는 개당 족히 열 냥은 나가 보였다. 강득리가 이걸 보더니 너무도 아까워 그놈의 욕심이 스멀스멀 기어 올라왔.

"은 덩어리 두 개를 억지로 쪼개 세 덩어리로 나누면 부스러기가 떨어지잖아. 그게 얼마나 아까워! 그렇지 않아도 나한테 당나귀 사려고 들고나온 은자가 있으니 그걸 저 사람한테 주고 저 은 덩어리는 내가 가져갈게."

강득리가 이렇게 말하면서 허리춤에서 은자를 꺼내어 부스러기 은 서너 덩어리를 그 사람에게 주었다. 아무리 후하게 쳐도 은자 네 냥 정도밖에 되어 보이지 않았다. 그걸로 또 구경하던 사람들 술값도 내야 하니 그 사람이 어찌 그걸 받아들이려 하겠는가. 그 사람이 소리를 버럭 지르면서 이러면 안 된다고 했다. 그러자 누군가 나서서 그 사람에게 강득리한테 이렇게 막 대하면 안 된다며 훈계했다.

"이 강득리 어른한테 그렇게 덤비고 그러면 안 된다고. 그래도 몇 푼이라도 공돈이 생겼으면 그냥 가라고."

노인네도 나서서 이렇게 이야기하는 것이었다.

"여보슈, 이 은자 당신이 다 가지고 가쇼. 우린 한 푼도 안 받아도 괜찮소이다. 술이야 먹고 싶을 때 우리 돈 내고 사 먹으면 되지. 은자는 당신 둘이 다 나눠 가지쇼."

노인네가 이렇게 말하는 사이 강득리는 노인네 손에 들려 있던 은 덩어리를 냉큼 채갔다. 그 사람은 하는 수 없이 강득리가 건네준 부스러기 은을 받아들었다. 강득리가 말했다.

"나한테 지금 은자가 더는 없지만 요 앞에 있는 주점이 바로 내 처남이 하는 거라오. 여러분들 한 사람도 빠지지 말고 거기 가서 술 한잔하시라고."

사람들이 웃으면서 말했다.

"여보시오, 당신도 우리랑 같이 가서 술 한잔합시다. 우리 서로 알고 지내면 좋지 않겠소."

다 합쳐서 열너덧 명의 사람들이 앞길에 있는 주삼랑 주점으로 가서 자리를 잡고 앉았다. 강득리는 은 덩어리를 줍는 횡재를 당했으니 마음이 너무도 좋았다. 게다가 자기편에 서준 동네 사람들한테 인심 쓰고 싶기도 했다. 더 중요한 건, 자기가 전대를 주운 사람 몫도 제대로 안 주고 동네 사람들 몫도 안 챙겨준 게 찜찜했던지라 혹시 그게 탈이라도 날까 봐 걱정되어 자기 처남의 주점에 가설랑 자랑도 할 겸하여 좋은 술 맛난 안주를 마구 시켜 부어라 마셔라 했다. 사람들은 코가 삐뚤어져라 마시고 자리에서 일어났다. 술값을 계산해보니 은자 석 냥 정도였다. 강득리는 그걸 자기 장부에 달아놓으라고 했다. 사람들과 헤어졌다. 그 전대를 주운 사람도 자기 집으로 돌아갔다.

며칠 지나서 강득리는 당나귀를 사려고 했다. 마침 처남 주점에서 지난번 외상술값을 결제해 달라는데 집 안에 따로 은자가 없는지라 지난번 그 은자를 금은방으로 가지고 가서 팔려고 했다. 분명 값을 후하게 쳐서 받을 거라고 기대했다. 금은방 주인장이 은 덩어리를 받아서 이리저리 살펴보더니 이렇게 물었다.

"이 은 덩어리는 어디서 얻으셨소이까?"

"그야 거래하고 받은 거지."

"나리, 아무래도 사기를 당한 것 같소이다. 이건 쇠에다가 은 도금을 한 거라 겉보기엔 번쩍번쩍해도 안은 그저 납이랑 쇳덩어리뿐입니다."

강득리는 도저히 믿을 수 없다는 듯이 그 은 덩어리를 한번 긁어보라고 했다.

"혹시 흠집이 나거나 못 쓰게 되어도 너무 원망하진 마셔요."

주인장이 그 은 덩어리를 땅땅땅 긁어보았다. 입구자 모양으로 긁어보니 마침내 겉면이 사라지고 안에 감추어져 있던 납덩어리가 드러났다. 강득리는 자기 눈으로 그걸 보고도 믿을 수가 없는 눈치였다. 평생 손해 보는 일이라고는 해본 적이 없는 그였지만 이번 일은 자업자득, 누구를 원망하리요! 금은방 계산대 앞에 서서 이 가짜 은 덩어리를 하염없이 바라볼 뿐이었다. 이 금은방에 들락거리는 사람들이 그 가짜 은 덩어리를 보고 다들 한마디씩 하면서 수군대니 강득리는 더욱 울화가 치밀었다.

일이 꼬이려니 바로 이때 밖에서 아전 둘이 들이닥치더니 버럭 소리를 지르고 다짜고짜 강득리의 목에 칼을 채우고는 그 가짜 은 덩어리까지 함께 들고서 현청으로 끌고 가 하옥시켜버렸다. 현청에서 세금으로 받은 은 덩어리 가운데 가짜가 발견되어 현령이 아전들을 파견하여 가짜 은을 만든 놈을 잡아들이라 불호령을 내린 것이다. 그 전대를 누가 떨어뜨렸는지 모르겠으나 그 안에 들어 있던 은 덩어리가 현청에서 발견한 가짜 은 덩어리와 똑같았더라. 강득리는 아전들에게 붙잡혀 관아에 끌려갔다. 현령은 그 은 덩어리를 보고서 가짜 은을 제조한 나쁜 놈이라며 불문곡직하고 곤장 30대를 내려치게 했다. 그런 다음 강득리를 옥에 가두고 현청에서 발견한 가짜 은 덩어리를 모두 변상하라고 했다. 사흘을 버티다 강득리는 하는 수 없이 전답과 가옥을 다 팔아서 변상하고 아전들에게 뇌물을 써서 자신이 그 은 덩어리가 든 전대를 손에 쥐게 된 경위를 현령 나리께 잘 말씀드려 달라고 사정했다. 현령이 그제야 강득리가 죄 없음을 알고 석방하고 집으로 돌려보냈다. 백 냥이 넘는 은자를 변상하느라 강득리의 재산이 다 날아가 버리고 말았다. 아울러 동네 사람들한테 웃음거리가 되었다.

강득리,
억지로 이득만 챙기는 녀석,
어쩌다 이런 일이 다 생겼을까!
가짜 은 두 덩어리 얻고는,
가산을 모두 탕진하고 말았네.
관아에 끌려가 곤장을 맞은 것도 자업자득,
주점에서 크게 한턱낸 것도 남 좋은 일만 시켰네.
이처럼 손해 보고 황당한 일 당했네,
이런 일 당하고 싶지 않다면 그런 심보부터 고쳐야지.
이제 강함 대신 부드러움을 챙기라,
이익이 되는 줄 알았던 것이 도리어 손해가 되노라.
다시 한번 더 동네 사람들을 속이려 들면,
눈물 콧물 멈추지 못하리라.

이 이야기는 「강득리가 욕심을 부리다 가산을 탕진하다」라는 이야기다. 뭔가 이익을 봤나 싶었던 게 바로 손해를 보는 것임을 잘 보여주는 이야기이다.

이제 다른 이야기를 하나 하려고 한다. 바로 「육오한이 억지스레 색동 신발을 남기다」라는 이야기로 다른 사람의 재물을 탐하다 결국 엄청난 재앙을 초래하는 이야기이다.

입에 맞는 맛난 음식 위장을 망치고,
기쁨이 넘치다 보니 결국 재앙이 되고.

한편, 우리 명나라 홍치 연간, 절강성 항주부에 한 청년이 살았겠다. 그의 성은 장張, 이름은 신藎, 조상 대대로 갑부 집안이었다. 어려서부터 학교에서 독서를 시작했으나 일찍 부모를 여읜 탓에 신경 써주는 사람이 없어 공부는 내팽개치고 불량한 녀석들과 어울리면서 악기 연주나 축국에만 정신이 팔렸다. 하여 그 방면에서 알아주는 자가 되어 풍류자재로 행세하며 떵떵거리고 다녔다. 게다가 장신은 인물이 훤칠하겠다, 풍류를 즐길 줄 알겠다, 나름 돈도 많겠다, 장신을 따르는 아가씨들이 줄을 설 정도였다. 아가씨들이 장신의 혼을 쏙 빼놓으니 장신은 집안일에는 도시 관심도 없었다. 장신의 부인도 몇 번이고 말리다 이젠 포기하고 말았다.

봄날 어느 날, 서호에 복사꽃이 흐드러지게 피었다. 장신은 이날 저녁에 이름난 기생 둘을 초대했다. 하나는 교교嬌嬌, 다른 하나는 천천倩倩. 아울러 젊은 친구들 몇 명을 불러 서호에 배를 띄워 놓고 한번 신나게 놀아볼 심산이었다. 장신이 놀러 가려고 단장을 시작했다. 머리에는 당시 한창 유행하던 비단 모자를 쓰고, 몸에는 소주에서 나는 비단으로 지은 연분홍 도포를 입고, 그 안에 꽃을 수놓은 하얀 비단 저고리를 입고,

발에는 하얀 비단 버선과 붉은색 가죽신, 손에는 화려한 그림이 그려진 부채를 들었다. 상투를 튼 잘생긴 하인 녀석을 하나 불러 따라오게 했다. 그 녀석 이름은 청금, 장신의 총애를 한 몸에 받고 있었다. 청금은 왼쪽 어깨엔 천을 걸치고, 오른손으로는 비단 주머니에 들어있는 비파와 퉁소를 들고 있었다. 장신이 집을 나서 전당문을 향해 걸었다. 십관자十官子 골목길을 지나갈 무렵 고개를 들어보니 길에 붙은 집에 한 여자가 있었다. 그 여자가 휘장을 들추고 세수하고 난 물을 밑에 버렸다. 그 여자가 참으로 요염하게 생겼더라. 그 모습이 어떠한고? 「청강인」이란 사로 보여주겠노라.

뉘 집 딸내미일까,
어쩜 이렇게 예쁘게도 생겼나,
서시 뺨치게 생겼구나.
백옥 같은 얼굴,
까맣게 윤기 나는 머릿결.
그녀가 내 곁에 오면,
온 정신이 모두 아득해질 거라.

장신은 그 여인을 보더니 몸에 소름이 돋아 그 자리에 마치 얼음이 된 양 서버렸다. 장신은 일부러 기침 소리를 냈다. 그 여인은 세숫물을 버리고 휘장을 내리려다 기침 소리를 듣고 아래를 내려다보았다. 잘생긴 청년이 멋지게 차려입고 자신을 쳐다보고 있는 게 아닌가. 얼굴과 얼굴이 마주 보고 눈과 눈이 부딪쳤다. 여인이 엷은 미소를 지었다. 장신은 얼이 다 나갈 정도였다. 한 사람은 길, 한 사람은 이 층에 있는 터라 서로 대화하기가 마땅치 않았다. 바로 이때 그 집에서 중년의 인물이 나오기에 장신은 화들짝 놀라 피했다. 그 사람이 눈에서 사라지자 다시 돌아와 그 여인을 바라보았으나 여인은 이미 휘장을 내리고 사라져 버렸다. 한참을 서서 기다렸지만 여인은 다시 나타나지 않았다. 청금한테 여기를 잘 봐두라 했다. 나중에 다시 찾아오리라는 심산이었다. 장신은 그곳을 떠나면서 몇 번이고 고개를 돌려 보고 또 보았다. 서호로 가는 길은 장신한테야 너무도 빤한 길이었건만 오늘만큼은 몇백 리 산길을 가는 것처럼 힘들고 내키지 않는 길이 되어버렸다. 전당문을 나서서 서호로 내려갔다. 친구들과 기생 둘은 이미 와서 기다리고 있었다. 장신이 배에 타는 걸 보고 모두 뱃머리로 나와서 인사를 건넸다. 청금이 옷가지, 비파, 퉁소를 내려놓았다. 뱃사공이 배를 출발시켰다. 배는 호수 한가운데로 나아갔다. 날씨는 맑고 깨끗하고 호숫가에는 복사꽃이 만발했다. 버들가지 파릇파릇, 봄나들이 나온 선남선녀들이 손에 술잔을 들고서 왔다 갔다 했다. 시 한 수로 이를 읊어볼까나.

봉우리 넘어 또 봉우리, 이 집 너머 저 집,
서호에서 노랫소리 끊길 날 있을까?
따스한 봄바람은 술 없이도 우리를 취하게 하지,
항주가 변주처럼 되었구나.

한편, 장신의 친구들은 배에서 피리를 불고 비파를 켜고 노래를 부르며 각자 재주를 뽐냈다. 오직 장신만은 방금 만났던 여인 생각에 빠져 심각한 표정에 웃음기를 거두고 있었다. 그는 봄 꽃놀이를 하는 모습이 아니라 가을이 가는 걸 슬퍼하는 모습이었다. 친구들이 이렇게 말했다.

"장신, 이 친구가 평소 모습하고 너무 다르네. 오늘 무슨 기분 나쁜 일이라도 있는 건가? 필시 무슨 일이 있는 모양이야."

장신이 대충 얼버무리고 무슨 이유인지 밝히지 않자 친구들이 다시 이렇게 말하는 것이었다.

"괜히 분위기 망치지 말고 편하게 맘먹고 술이나 들라고. 무슨 일인지 우리한테 이야기하면 우리가 다 해결해 줄게."

그러면서 교교와 천천에게 이렇게 말했다.

"너희들이 나리를 제대로 모시지 못하니까 나리가 이렇게 화를 내시잖아. 어서 나리한테 술을 따라 올리지 않고 뭐 하는 거야?"

교교와 천천이 진짜로 술을 따라 권했다. 장신은 사람들이 이렇게 자기를 달래고 권하고 하니 마지못해 술을 받아 마셨다. 그러나 그의 마음은 이곳에 있지 않았다. 그리 늦지 않은 시각, 장신이 먼저 자리에서 일어나니 친구들도 더는 그를 붙잡지 않았다.

장신은 호숫가에 내려 전당문에 들어섰다. 십관자 골목길을 지날 때 그녀의 집 앞에서 일부러 헛기침을 해보았으나 집에서는 아무런 인기척도 없었다. 골목길을 다 지나서 다시 또 돌아와 한 번 더 지나가고 이러기를 몇 차례. 그러나 아무런 인기척도 찾을 수 없었다. 청금이 말했다.

"나리, 내일 다시 한번 와보시지요.. 이런 식으로 왔다 갔다 하면 사람들한테 의심 사기 딱 좋습니다."

장신은 그 말을 듣고 하는 수 없이 집으로 돌아갔다. 다음 날 장신은 그녀의 이웃집에 가서 그녀 사는 집이 어떤 집인지 탐문했다. 누군가 이렇게 일러주었다.

"그 집은 유명한 건달 반용네 집이외다. 그 집 부부한테 무남독녀 외딸이 하나 있는데 이름이 수아壽兒라 하오. 그 반용이란 사람이 벼슬아치들과 고춧가루 좀 묻은 사이라 그걸 믿고 남들 돈이나 등치려 들고 공짜로 술이나 얻어먹으려 해서 그놈을 다 피하고 그놈을 미워하지 않는 사람이 하나도 없을 지경이라오. 뭐 한마디로 개망나니라 할 수 있소이다."

장신은 그 말을 듣고 가슴속에 새겨두고는 반용네 집 앞을 천천히 왔다 갔다 했다. 마침 그때 그녀가 휘장을 밀치고 밖을 내다보니 둘의 눈이 마주쳤다. 그 눈빛에 마음이 실려 전해졌다. 두 사람의 마음이 후끈해졌다. 이후 장신은 틈만 나면 이곳으로 찾아와 분위기를 살폈다. 그리고 헛기침을 하여 자기가 찾아왔음을 알렸다. 왔다가 사라지고 사라졌다가 다시 오고 이렇게 두 사람의 정이 자기들도 모르게 깊어져 갔다. 다만 그녀 집 문을 열고 들어갈 길이 보이지 않았을 따름이다.

어느 날 밤, 바로 3월 15일 날 밤, 밝은 달이 하늘에 걸려 사방이 마치 대낮처럼 밝았다. 장신이 집에 있어도 마음은 집을 떠나 있는지라 저녁밥을 먹고서 달빛에 이끌려 반용네 문 앞까지 걸어왔다. 주변엔 아무런 인기척도 느낄 수가 없었다. 그녀 역시 때맞춰 휘장을 걷고 창문턱에 기대어 달빛을 구경하고 있었다. 장신이 아래쪽에서 헛기침을 했다. 위층에서 그녀가 눈치를 채고 미소를 건넸다. 장신이 소매 품에서 빨간색 손수건을 꺼내서 그걸 마음 심자 모양으로 묶어서 위층으로 휙 하고 던졌다. 그녀가 그걸 두 손으로 받아들고 달빛 아래 한참 바라보더니 품 안에 감추었다. 그런 다음 자신의 신발 한 짝을 벗어서 아래로 던졌다. 장신은 그 신발을 두 손으로 받아들었다. 화려한 색깔의 신발이었다. 손가락으로 그걸 접어서 손수건으로 싼 다음 소매 품에 집어넣었다. 이 층 창문을 바라보며 잘 받았다는 신호를 보내니 그녀 역시 두 손 모아 인사하며 답례했다. 그렇게 두 사람이 사랑 표현에 몰두하고 있을 때 그녀의 부모가 부르는 소리가 났다. 그녀가 창문을 닫고 아래층으로 내려가는 게 보였다. 장신 역시 마음을 거두고 돌아갔다.

집에 돌아와 서재에 틀어박혀 쉬었다. 보자기에 싸둔 신발을 꺼내어 등불 아래 비춰보았다. 앙증맞기가 마치 황금빛 연꽃잎 같은 신발 한 짝, 비단으로 만든 신발 한 짝, 그 신발이 어찌 생겼던가? 「청강인」한 수로 설명해 볼까.

3촌도 안 되어 보이는 크기,
비단으로 만든 얄브스름한 신발,
꽃보다 더 아름다워라.
한 땀만 더 수놓는다면,
비단 꽃 만발하겠네.
너무도 향기로워 흙먼지를 밟기에 아깝고 또 아까워,
저렇게 이 층에서만 왔다 갔다 하는가!

장신은 한참을 바라보고 나더니 그걸 다시 손수건으로 쌌다.
'어떻게든 사람을 찾아서 다리를 놓아달라고 해야겠다. 이렇게 생각만 하면서 시간을 보내면 그건 바로 그림의 떡, 무슨 소용이 있으랴!'
아무리 고민을 해봐도 뭔가 시도하지 않으면 그녀를 손에 넣을 방법은 도시 없을 것 같았다. 이튿날 아침, 은자 몇 냥을 품에 넣고 반용네 문 앞에 다다랐다. 그녀의 모습이 보이지 않자 맞은편 가게에 자리를 잡고 앉아 누구 지나가는 사람이 없나 살폈다. 시간이 얼마 지나지 않아 도붓장수 할머니가 대바구니를 들고서 그녀 집에 들어가는 게 보였다. 한 시간쯤 지났을까 할머니가 대바구니를 들고 다시 나오더니 왔던 길을 되짚어 돌아가는 것이었다. 장신이 황급히 뒤따라가 보니 다른 사람이 아니라 이집 저집을 돌아다니며 화장품을 파는 육 노파였다. 그 육 노파가 바로 이 십관자 골목에 살고 있었던 것이라. 육 노파는 화장품 파는 건 그저 핑곗거리에 불과하고 실은 매파 노릇 하고 뚜쟁이 노릇 하는 게 주업무였고 그 덕에 집안 살림도 꽤나 넉넉한 편이었다. 육 노파의 아들, 육오한은 자기 집의 한 켠에 푸줏간과 술집을 열었다. 육오한은 술만 먹었다 하면 망나니짓을 하여 자기 어머니인 육 노파에게도 손찌검을 하기도 했다. 육 노파는 아들놈한테 얻어맞는 게 무서워 육오한이 하는 대로 내버려 두고 감히 이래라저래라 할 엄두를 내지 못했다.

장신이 '육씨 할멈' 하고 불렀다. 육 노파가 누군가 하고 고개를 돌려 보더니 대답했다.

"장신 나리, 여긴 어인 일로? 오랜만이올시다."

"친구를 찾아왔다가 못 만나고 그냥 돌아가는 길이외다. 할멈은 요즘 왜 우리 집에 안 오쇼? 계집종들도 할멈의 화장품을 기다리고 있다오."

"저도 늘 마님 뵈러 한 번 가야지 하는데 그놈의 쓸데없는 일이 왜 이리 많은지 몸을 뺄 수가 없네요."

둘은 이야기를 나누며 육 노파 집 앞에 이르렀다. 육오한이 집에 딸린 가게에서 술과 고기를 파느라 바쁜 모습이 보였다. 육 노파가 장신에게 말했다.

"나리 차라도 한잔하고 가셔요. 집이 이리 번잡해 놔서 나리처럼 귀한 분을 모시기가 영 그러네요."

"뭐, 차는 필요 없고 나랑 잠시 이야기 좀 하세나."

"나리, 그럼 잠시만요!"

육 노파가 안으로 들어가서 대바구니를 놓고 나왔다.

"나리, 이 할망구한테 하실 말씀이 대체 무엇인지요?"

"여기서 말하기는 좀 그러네. 나를 따라오게나."

둘은 주점을 찾아 들어가 조용한 별실을 골라 자리를 잡았다. 주점 점원이 잔과 젓가락을 내려놓으면서 물었다.

"손님이 더 오시나요?"

장신이 대답했다.

"아냐, 우리 둘뿐이라네. 술 좋은 거로 두어 병 데워오고 요즘 나오는 과일, 그리고 요리 서너 접시 같이 좀 내오게나."

점원이 주문을 받아간 다음 얼마 되지 않아 술과 안주를 내왔다. 그것들을 탁자 위에 다 차려놓았다. 장신은 술을 따라 몇 잔 들이켰다. 점원한테 자리를 비켜달라고 하고는 별실 문을 닫고 육 노파에게 말했다.

"내가 할멈에게 부탁할 일이 있소이다. 한데 할멈이 그 일을 해낼 수 없을까 그게 걱정이네."

육 노파가 웃으면서 대답했다.

"내가 뭐 쓸데없이 자랑하는 게 아니라 이래 봬도 산전수전 다 겪은 이 할망구한테 어려운 일이 뭐 있겠습니까. 무슨 일이든지 분부만 하시면 당장 해결해드리죠."

"그렇게만 해주면 오죽 좋겠소."

장신은 두 팔꿈치를 탁자 위에 올리고 목을 쑥 내밀어 육 노파를 향하여 낮은 목소리로 말했다.

"나한테 관심을 보이는 여자가 있는데 중간에 다리를 놓아줄 만한 사람이 하나도 없네. 할멈이 그 집과 사이가 좋다는 말이 있기에 이렇게 특별히 찾아와서 내 말을 전해달라고 하는 걸세. 그녀를 한번 만나게 해준다면 그 은혜를 내가 잊지 않음세. 지금 여기 은자 열 냥을 착수금 조로 줌세. 일이 잘 되면 열 냥을 더 줄 것이네."

장신은 소매 품을 더듬어 은 두 덩어리를 꺼내어 탁자 위에 올려놓았다. 육 노파가 그걸 보더니 이렇게 말했다.

"은자가 뭐 중요하겠습니까? 한데 어느 집 딸년인지요?"

"십관자 골목에 사는 반가네 집 딸 수아 아가씨라네. 자네가 잘 아는 처자 아닌가?"

"아 그 반가네 집 딸년, 평소에 굉장히 단정해 보이고 그런 것이 꼭 숫처녀 같더라고요. 아무 데서나 꼬리 치고 그러는 아이 같지는 않아 보이던데 어쩌다 나리 눈에 들게 되었는지?"

 장신은 그녀를 만나게 된 사정과 밤에 그녀의 신발을 받아온 내력을 세세하게 노파에게 이야기해주었다. 육 노파가 말했다.

 "이건 쉽지 않겠는뎁쇼."

 "뭐가 어렵다는 건가?"

 "수아 아비 되는 자가 매우 빡빡해서 누구 찾아오는 사람도 없고 그저 그녀랑 부모 해서 셋이서만 살고 어디 나다니지도 않는다오. 해가 지기도 전에 문을 달아걸고 해가 중천에 떠야 문을 연답니다. 그러니 그 집에 들어가는 거 자체가 어렵다고요. 이 일은 제가 할 수 없겠는데요."

 "할멈이 방금 세상 어려운 일도 다 해결해내는 능력이 있다고 하지 않았어. 이깟 일이 뭐 어렵다고 이렇게 빼면서 내 말을 들어주지 않는 거야. 혹시 내가 제시한 액수가 맘에 들지 않아서 일부러 어렵다고 딴소리하는 거 아냐? 좋아. 이 일을 해줄 사람은 할멈밖에 없으니 딴말 말고 어서 시작부터 해보라고. 일이 성사되든 말든 내가 은자 열 냥을 꼭 더 챙겨주고 비단 두 필도 챙겨줄 거야. 그거로 할멈 수의 만들면 좀 좋아!"

 육 노파는 새하얀 은 덩어리가 눈앞에 왔다 갔다 하자 벌써 눈에 불이 붙었다. 그녀는 일을 마치고 나서 받을 사례를 놓치고 싶지 않았다. 약간 뜸을 들이고 나서 말했다.

 "나리께서 굳이 꼭 그렇게 간절히 바라시는데 이 몸이 계속 빼면 그건 너무하는 거겠죠. 제가 무슨 수를 써서라도 한번 해보죠. 나리와 그 처자의 인연이 맺어질 것이라면 그렇게 될 거고, 결국 맺어지지 못할 인연이라면 아무리 애써도 억지로 되는 것은 아닐 터이니 괜히 이 몸을 원망하진 마십시오. 이 은자는 나리께서 다시 넣어두십시오. 나중에 일이 다 끝나고 나면 그때 받기로 하겠습니다. 수아가 나리에게 던져 주었다는 신발 한 짝을 보여주시지요. 그걸 빌미로 일을 시작하여보겠습니다."

"아니, 자네가 은자를 안 받으면 내 맘이 어찌 편하겠는가!"

"정 그러시다면 제가 잠시 맡아두기로 하죠. 일이 제대로 안 되면 다시 돌려드리겠습니다."

육 노파가 은 덩어리를 소매 품에 넣었다. 장신이 손수건을 풀어 그 안에 있던 신발 한 짝을 꺼내 육 노파에게 건넸다. 육 노파가 그걸 받아들고는 한참을 살폈다.

"정말 잘도 만들었다!"

육 노파가 그걸 한곳에 잘 넣어두었다. 육 노파와 장신은 술과 안주를 더 들고 나서 아래로 내려와 술값을 치르고 주점 문을 나섰다. 헤어지려는 찰나 육 노파가 입을 열었다.

"이 일은 차근차근 시간을 두고 진행하여야 하는 거니까 괜히 성질 급하게 서두르고 그러지 마셔요. 만약 기한 정해놓고 저를 몰아붙일 거라면 저는 그런 일은 못 합니다."

"일이나 열심히 하라고. 며칠 늦어진다고 그게 대수야! 좋은 소식 있으면 바로 우리 집으로 와서 알려주고."

말을 마치고 둘은 헤어졌다.

중매쟁이에게 술 석 잔 선물하고,
평생의 인연을 만들려고 하는구나.

한편, 반수아는 장신을 한번 본 다음부터 정신이 아득해지고 입맛을 다 잃을 지경이었다.

'저런 사람한테 시집갈 수 있다면 이 한평생이 얼마나 멋질까! 근데 저 남자는 어디 살고 또 이름은 뭘까?'

그날 밤 장신을 보았을 때 두 겨드랑이에서 날개가 돋아나 아래층으로 내려가 그를 따라가지 못하는 게 너무도 안타까웠다. 그가 던져 준 손수건을 마치 그 남자 분신이라도 되는 양 꼭 껴안고 잠들었다. 다음 날 정오가 다 된 시각에도 여전히 그 남자를 꿈꾸며 잠에서 깨어나지 않고 있다가 어머니가 깨우는 바람에 겨우 일어났다. 또다시 이틀이 지났다. 아침밥을 먹고 나서 반용이 출타했다. 반수아는 이 층 방에서 그 손수건을 만지작거리고 있었다. 아래층에서 누군가 수런거리는 소리가 들려왔다. 이 층으로 올라오는 발소리가 들리자 수아는 황급히 손수건을 감추고 계단 쪽으로 가서 누군지 살폈다. 화장품 장수 육 노파가 어머니랑 같이 올라오는 게 보였다. 육 노파는 손에 대바구니를 들고 있었다. 육 노파가 말했다.

"수아 아씨, 제가 새로 나온 장신구를 많이 갖고 특별히 아씨를 뵈러 왔어요."

육 노파는 서둘러 대바구니를 열어서 하나를 보여주었다.

"아씨, 요거 어때요? 꼭 진짜 꽃처럼 예쁘지 않아요?"

수아가 그걸 받아들고 말했다.

"정말로 예쁘네요!"

육 노파가 장신구 하나를 더 꺼내어 수아의 어머니에게 보여주었다.

"마님, 마님도 한번 보셔요. 마님 어렸을 땐 이렇게 좋은 게 세상에 나오지도 않았을 거구먼요."

"그러네. 우리 어렸을 땐 그냥 거칠고 못생긴 거밖에 없었어. 어디 요즘 것처럼 좋은 게 있었어야지."

"이런 거는 보통 정도에 불과하고요. 최상품도 많아요. 이걸 보면 장님도 눈을 번쩍 뜨고 노인네는 젊어지기도 하고 그래서 몇 년을 더 살게 된다니까요!"

수아가 이 말을 듣더니 이렇게 말했다.

"그럼 어디 나한테 한번 보여줘 봐."

"아씨가 물건 볼 줄을 몰라서 물건값을 제대로 쳐줄지 모르겠네요."

"내가 물건 살 돈은 없어도 물건을 알아볼 눈은 있다고."

육 노파가 웃으면서 말했다.

"아이고, 이 할망구가 농담한 겁니다. 농담을 진담으로 받아들이시면 어떡해요! 이 대바구니 안에 있는 거 다 해도 그게 얼마나 된다고. 제가 다 보여드리죠. 맘에 드는 거로 하나 고르세요."

그러면서 장신구 몇 개를 꺼내어 보여주는데 저번 것보다 훨씬 고급스러워 보였다. 수아가 마음에 드는 거로 몇 개를 고르더니 말했다.

"이건 어떻게 팔아요?"

"아이고, 제가 아씨 댁에서 가격 가지고 언제 이런저런 말한 적이 있다고 가격을 다 묻고 그러세요. 그저 아씨께서 주고 싶은 만큼만 주시면 되는 거죠."

그러면서 육 노파가 수아의 어머니께 말했다.

"마님, 따듯한 차 한 잔 주실 수 있으세요?"

"아이고 나 좀 봐, 장신구 보느라고 차 내오는 것도 까먹고 있었네. 자네가 따듯한 거로 원하니 내가 가서 찻물을 데워오게 하겠네."

수아 어머니가 아래층으로 내려갔다. 육 노파는 수아 어머니가 아래층으로 내려가는 걸 보고서는 꺼내놓은 물건들을 다시 대바구니에 집어넣었다. 그러고는 소매 품에서 빨간 손수건으로 싼 뭔가를 꺼내어 같이 대바구니 안에 넣었다. 수아가 육 노파에게 물었다.

"그 빨간 손수건엔 뭐가 들어 있는 거요?"

"아주 중요한 게 들어 있지요. 아씨껜 보여드릴 수 없습니다."

"보여줄 수 없다고 하니까 더 보고 싶은데."

수아가 그걸 확 잡아채 갔다. 육 노파가 외쳤다.

"아씨가 봐서는 안 되는 거라고요."

육 노파는 이렇게 호들갑스럽게 안 된다고 소리쳤지만 수아가 낚아채 가는 것을 적극적으로 막지도 아니했다. 수아가 그걸 낚아채 가니 다시 뺏어올 것처럼 했지만 그냥 시늉뿐이었다. 수아가 그걸 뺏어서 풀어 보니 그저께 자신이 그 남자에게 던져 준 신발 한 짝이라. 수아는 그걸 보자마자 얼굴이 새빨개졌다. 육 노파가 그걸 냉큼 빼앗아가며 말했다.

"왜 남의 물건을 막 빼앗고 그래요!"

"아니, 이 신발 한 짝이 뭐가 그리 대단하다고 그렇게 애지중지하고 그래! 그런 걸 다 손수건에 싸 가지고 다니면서 사람들 못 보게 하고!"

"아니 무슨 말씀을 그렇게 하셔요! 어떤 남자는 이 신발 한 짝을 마치 목숨처럼 아끼면서 이 신발의 다른 한 짝을 꼭 찾아달라고 하던데."

수아는 그 남자가 육 노파 편에 다리를 놓아달라고 한 것임을 곧바로 눈치채고 너무도 기뻤다. 수아는 다른 한 짝을 가져와서 이렇게 말했다.

"자 여기, 저거랑 짝이 딱 맞는 게 여기 있네."

"신발짝은 찾았으니 이제 그 남자한테 뭐라고 전하죠?"

수아가 목소리를 낮춰 말했다.

"이 일을 자네가 이미 다 눈치채고 있으니 내가 뭐 하러 거짓말하겠어. 그래 속 시원하게 물어봅시다. 그 사람은 대체 어떤 사람이오? 이름은 뭐요? 사람 됨됨이는 어떻고?"

"그 사람은 장신이라고 하죠. 사람들이 알아주는 부자에다 마음씨도 다정다감하답니다. 아씨 때문에 낮이나 밤이나 애간장을 녹이며 식음을 전폐하고 있답니다. 이 노파가 아씨 집안하고 왕래가 있는 걸 알고 특별히 이 노파에게 다리를 놓아달라고 부탁한 거죠. 그 사람이 여기에 들어올 무슨 방법이 없을까요?"

"우리 아버지가 얼마나 엄한 사람인지는 그대도 잘 알잖아? 문단속은 또 얼마나 심하게 하는데. 내가 밤에 등잔불을 끄고 잠자리에 들면 꼭 와서 확인해 보고 그런 다음에야 주무신다고. 그러니 내가 무슨 수로 그 사람과 만날 수가 있겠어? 자네가 무슨 좋은 방법을 좀 생각해봐. 우리 두 사람이 만나게만 해준다면 내가 꼭 그 은혜를 갚을게."

육 노파가 잠시 생각에 잠기는 듯하더니 이내 입을 열었다.

"너무 염려 마세요. 나한테 다 생각이 있으니."

수아가 황급히 물었다.

"무슨 계책?"

"아씨, 저녁 일찍 잠자리에 드시라고요. 그러면 어머니 아버지가 확인하고 돌아갈 거 아니에요. 그러면 다시 일어나세요. 아래쪽에서 기침 소리로 신호를 보낼 터이니 천을 이어 묶어서 그걸 아래로 늘어뜨리시라고요. 그럼 그 남자가 천을 붙잡고 기어 올라갈 겁니다. 새벽 오경이 되면 그 남자가 다시 그걸 타고 내려갈 거고. 이런 식으로 하면 몇백 년이 지나도 탄로 날 염려가 없으니 둘이 밤새 즐길 수 있는 거죠."

수아는 그 말을 듣고 너무도 기뻤다.

"아이고 이렇게 우리 만남을 이뤄주시겠다니 너무도 감사할 따름이죠. 근데 그분이 언제 찾아오시려나요?"

"오늘은 이미 늦었고 내일 날이 밝자마자 내가 그 남자를 찾아가 이 말을 전하고 내일 저녁에 찾아오게 하면 될 거 같네요. 아씨께서 정표로 뭔가 하나를 더 주시면 일을 진행하는 데 여러모로 편할 겁니다."

"이 신발 한 쌍을 가지고 가면 될 거 같아요. 그리고 그 남자가 내일 저녁에 올 때 이걸 가지고 오면 좋을 거예요."

바로 이때 수아의 어머니가 차를 가지고 돌아왔다. 육 노파가 황급히 신발을 소매 품에 감추고 차를 마시기 시작했다. 수아가 이렇게 말했다.

"이 장신구 값은 내가 나중에 따로 드리죠."

"아이고 언제든지 편하실 때 주세요. 저 그렇게 쩨쩨한 사람 아니랍니다."

육 노파는 대바구니를 챙기더니 인사를 하고서 자리에서 일어났다. 수아와 어머니가 대문까지 배웅해주었다. 수아가 말했다.

"내일 시간 되면 놀러 오세요. 담소나 나누게."

"알겠습니다요."

이게 두 사람의 마음 속뜻이 담긴 대화임을 수아의 어머니가 어이 짐작이라도 할 수 있었겠는가?

호탕한 남자의 마음,
아름다운 여자의 마음,
눈빛으로 주고받은 마음.
그들의 열정이 하늘처럼 크다고 하여도,
맺어주는 중매쟁이가 필요하다네.
수완 좋고,
말재간 좋은 중매쟁이,
비와 구름이 만나도록 계교를 부리네.
겉은 중매쟁이 속은 뚜쟁이,
멀쩡한 집안이 그 뚜쟁이 때문에 평지풍파.
하늘도 두렵지 않아,
땅도 두렵지 않아,
다른 사람들이 수군대는 소리도 두렵지 않아.
그녀 부모의 눈을 피하여,
그녀와 그 남자를 맺어주려고 혈안이지.
아침에도 그 생각,

저녁에도 그 생각.

마침내 짝을 맺어주는 일만 생각하는 바보가 되어버렸네.

사랑이란 미명으로 모두를 맺어주는,

저 뚜쟁이를 없애버려야 속이 시원할 텐데.

한편, 육 노파는 집으로 곧장 돌아가지 아니하고 장신의 집에 먼저 들렀다. 장신의 아내가 보이기에 다른 이야기는 안 하고 그저 장신구 파는 이야기나 하면서 장신이 있냐고 물어보니 집에 없단다. 장신 집의 여인네들이 육 노파의 장신구를 모두 앞다퉈 하나도 남기지 않고 다 사버렸다. 현금으로 사는 여인, 나중에 주겠다며 외상으로 달라는 여인, 한바탕 소란을 떨었다. 그래도 장신이 집에 돌아오지 않자 육 노파가 그냥 자리에서 일어났다. 이튿날 날이 밝자마자 득달같이 그 신발 한 켤레를 들고서 다시 장신의 집을 찾아갔다. 돌아오는 대답이 "어제 집에 돌아오지 않으셨소이다. 어디 계신지 알 길이 없소이다."였다.

육 노파가 다시 집으로 돌아왔다. 마침 육오한이 돼지 한 마리를 잡으려 하는데 조수 녀석이 자리를 비워 혼자서 애쓰고 있었다. 자기 어머니가 집에 돌아오는 걸 보고 이렇게 말했다.

"애고, 때맞춰 잘 오셨수. 내가 이 돼지 묶는 거 좀 도와주슈."

육 노파야 평소 아들 말을 잘 거역하지 못하는 처지라 도와달라는 말을 듣고 어찌 무시할 수 있으랴.

"옷 갈아입고 와서 도와줄게."

이렇게 말하고 육 노파는 안으로 들어갔다. 육오한이 육 노파를 따라 안으로 들어왔다가 어머니 육 노파가 옷을 갈아입다가 빨간색 손수건을 떨어뜨리는 걸 보았다. 은 덩어리라도 들어 있는 것 아닐까 싶었다. 육오한이 그걸 주워서 밖으로 나와 풀어보니 여자 신발이 들어 있었다. 육오한이 그걸 보고 소리쳤다.

"어떤 여자이기에 발이 이렇게도 작으냐!"

한참을 이 생각 저 생각을 하다가 이렇게 혼잣말했다.

"이렇게 발이 작은 여인이라면 필시 얼굴도 예쁠 거야. 이런 여인을 안고 하룻밤을 같이 지낼 수 있다면 얼마나 좋을까! 한데 이 신발이 어째 어머니 손에 들어왔지? 그것도 새것이 아니라 신던 거를 이렇게 애지중지 손수건에 싸서 가지고 다니는 걸 보면 필시 무슨 사연이 있을 거라. 어머니가 이걸 찾을 때 내가 닦달하면 그 연고를 말해주겠지."

육오한이 그걸 원래대로 다시 싸서 품에 넣어두었다. 어머니가 옷을 갈아입고 아들 육오한이 돼지 잡는 걸 도와주러 나왔다. 돼지를 잡고 나서 손을 씻고 옷을 갈아입고 다시 장신의 집으로 출발하고자 했다. 이때 손으로 소매 품을 살펴보니 신발을 싼 손수건이 보이지 않았다. 다시 안으로 들어가 이곳저곳을 살펴보았으나 그림자도 보이지 않았다. 육 노파는 그저 아이고 아이고 소리만 지를 뿐이었다. 육오한은 어머니의 그런 모습을 힐끗 훔쳐보고는 어머니가 계속 애가 타도록 좀 내버려 두었다가 비로소 이렇게 물었다.

"아니, 뭐가 없어졌기에 그렇게 애를 태우시나!"

"굉장히 중요한 거야. 알 필요 없어."

"무슨 사연이 있는 물건인지 말해주면 우리 할마씨 그걸 찾으려고 애쓸 필요 없이 내가 찾아주지. 뭐, 그러기 싫으면 알아서 찾아보든가. 그거야 뭐 할마씨 맘이지."

육 노파는 아들이 말하는 본새를 보고서 바로 이렇게 대답했다.

"네가 주웠으면 바로 돌려주라고. 그거 엄청난 돈을 벌어드릴 물건이야. 네가 앞으로 사업자금으로 쓰기에도 충분할 거야."

육오한은 어머니 육 노파가 돈 이야기를 하는 걸 듣더니 바짝 마음이

동하여 바로 이렇게 말했다.

"줍기는 내가 주웠지만 그게 어떻게 된 물건인지를 알려줘야 내가 돌려주지."

육 노파는 육오한에게 그 물건이 자신의 손에 들어온 경위를 미주알고주알 말해주었다. 육오한은 그 말을 듣고 너무도 기뻤다. 일부러 놀라는 척하면서 말했다.

"나한테 말해줘서 얼마나 다행이야. 그렇지 않으면 큰일 날 뻔했어!"

"그게 무슨 말이야?"

"세상에 비밀은 없다는 옛말이 있잖아. 이런 일을 하면서 어떻게 남의 이목을 완벽하게 속일 수 있어! 게다가 반용이라는 사람은 정말 개백정 같은 놈인데 일이 잘못되기라도 하면 어떻게 감당하려고. 그놈한테 발각되면 내 장사밑천 만들어주는 건 고사하고 내 이 가게마저도 그놈한테 뺏길 거라고!"

육 노파는 아들의 말을 듣고 대경실색했다.

"아들 말이 일리가 있네. 내가 이 신발하고 은을 장신에게 돌려주고 이 일은 할 수가 없으니 자기가 직접 알아서 하라고 해야겠다."

"장신한테 받은 은 덩어리는 어디 있어?"

육 노파가 은 덩어리를 가지고 나와서 보여주었다. 육오한이 그걸 낚아채듯이 받아서 소매 품에 넣었다.

"하하, 신발과 은 덩어리가 모두 여기에 있소이다. 그 반가네 집에서 나중에 무슨 일이라도 벌어져서 우리 할마씨한테 불똥이 튀면 이걸 증거 삼아 보여주면 된다고. 만약 그런 일이 안 생기면 우리가 이 은 덩어리를 쓰면 될 거야. 그놈이 감히 와서 뭐라고 하겠어!"

"장신이 찾아와서 일이 어떻게 되어 가냐고 물어보면 뭐라고 하지?"

"아니 그냥 반용네 집 사람들이 너무 빡빡해서 지금은 어떻게 파고들

수가 없다고 그래. 나중에 기회를 봐서 어떻게든 다리를 놔줄 거라고 하고. 그런 식으로 몇 번 하다 보면 그놈도 더는 안 찾아올 거야."

육 노파는 신발이랑 은 덩어리가 모두 아들놈 손에 들어간 이상 지금은 어떻게 해볼 도리가 없었다. 그렇다고 또 장신에게 찾아가 무슨 말을 하기도 그랬다.

한편, 육오한은 은자 열 냥으로 멋들어진 옷과 비단 두건을 사서 밤에 육 노파가 잠자리에 들자 밤 일경이 넘은 시각에 옷을 차려입고 그 신발을 소매 품에 넣고는 대문을 밖에서 닫아걸었다. 육오한은 곧장 반용네 집으로 달려갔다. 그날 밤, 구름이 달을 가려 사방이 어두웠다. 지나다니는 사람도 없었다. 육오한은 반용네 집 담 아래서 가볍게 마른기침을 했다. 수아가 그 소리를 듣더니 바로 창문을 열려다 창문틀에서 삐걱거리는 소리가 나서 부모님이 깰까 봐 걱정되어 바로 탁자에서 찻주전자를 들고 와서 찻물을 들이부었다. 창문을 열 때 삐걱거리는 소리가 나지 않았다. 천의 한쪽 끝을 기둥에 단단히 동여매고 다른 한쪽을 아래로 늘어뜨렸다. 육오한은 천이 아래로 내려오는 걸 보고는 뛸 듯이 기뻤다. 옷자락을 부여잡고 앞으로 나가 두 손으로 그 천을 잡고 두 발로 담장을 딛고서 한발 한발 기어 올라갔다. 금방 담 위로 올라가 창문 안으로 들어갔다. 수아가 천을 다시 걷어 올리고 창문을 닫았다. 육오한은 수아를 껴안고 입을 맞추었다. 수아가 자신의 혀를 육오한의 입안으로 밀어 넣었다. 두 사람의 가슴이 활활 타오르기도 했거니와 달빛마저 자취를 감춘 깜깜한 밤이어서 이 사람이 진짜인지 가짜인지를 분간도 하지 못하고 서로 옷을 벗고 침대 위로 올라갔다. 육오한이 수아의 두 다리를 벌리고 그 위를 올라탔다. 수아 역시 몸을 벌리고 그를 맞았다. 서로가 서로를 탐했다. 수아는 육오한이 맘껏 자기를 사랑하도록 내맡겼다.

육두구 향을 품을 만하니,

등나무가 칭칭 감아버리네.

해당화 꽃을 피울 만하니,

소나기 내려 머리를 떨구네.

올빼미가 원앙새 보금자리를 빼앗고,

잡새가 봉황과 짝을 짓네.

그놈은 벌꿀, 부드러운 살, 애간장이란 소리를 질러대네,

저잣거리에서 물건 이름 불러대는 것과도 같은 경박함.

그녀 마음은 오직 내 사랑 또 내 사랑,

이 층 방에서 지켜봤던 그 사람이 아님을 그녀가 어찌 알 수 있으리오.

홍낭紅娘2)이 어찌 장생과 연결시켜 주지 아니하고,

정항鄭恒3) 같은 불한당과 맺어주나.

곽소가 왕헌을 흉내 내어,

서시를 만나보겠다고 헛수고하도다.4)

아름답고 고귀한 그녀가,

어쩌다 저런 시정잡배에게 가벼이 몸을 던지나.

---

2) 당 전기『앵앵전鶯鶯傳』에 등장하는 인물. 여주인공 앵앵의 하녀로 앵앵과 장생의 사랑을 맺어주는 역할을 한다.『앵앵전』을 바탕으로 연극 작품으로 개작한 왕실보王實甫의『서상기西廂記』에서는 이 홍낭의 역할이 더욱 커지고 이로 말미암아 그녀는 중매 혹은 사랑을 이어주는 중개자를 가리키는 대명사가 된다.

3)『서상기』에 등장하는 인물로 앵앵의 사랑을 방해한다. 집안 배경만 믿고 망나니짓을 하는 자, 추남에다 괴팍한 성격의 소유자로 묘사된다.

4) 당나라 때 왕헌王軒이란 자가 어려서부터 시를 잘 지었다고 한다. 하루는 산천을 유람하다가 서시가 비단을 씻었다는 전설이 있는 곳에서 서시를 주제로 시를 읊자 진짜 서시라 자칭하는 여인이 나타나 서로 즐거운 한때를 보내고 표연히 돌아갔다고 한다. 그 이야기를 들은 엉터리 시인 곽소郭素가 자기도 왕헌과 똑같이 시도했다가 여인을 만나지는 못하고 비웃음만 샀다고 한다.

한바탕의 격정이 지나갔다. 육오한이 신발 한 켤레를 꺼내더니 자기가 얼마나 수아를 그리워했는지 절절하게 이야기했다. 수아 역시 자기도 시종 그리워했노라 답했다. 아직도 남은 사랑이 있어 두 사람은 다시 침대 위로 올라갔다. 이 사랑이 더욱 깊었다. 새벽 사경, 육오한과 수아가 자리에서 일어났다. 창문을 열고 천을 아래로 늘어뜨려 놓고 육오한이 그걸 잡고 내려가서는 곧장 집으로 돌아갔다. 수아가 그 천을 걷어 올려 숨기고 다시 창문을 닫아걸었다. 그리고 다시 잠을 청했다. 그 후로 비가 내리거나 달이 너무 밝을 때를 빼곤 육오한이 수아한테 오지 않는 날이 없었다. 이렇게 반년이 흘렀다.

왜 그런지 모르지만 수아의 얼굴, 말씨가 예전 같지 않았다. 반용 부부는 뭔가 미심쩍어서 수아한테 몇 번이고 다그쳐 물었지만 수아는 그저 어금니를 질끈 깨물면서 한마디도 대답하지 않았다. 그날 밤 육오한이 또 수아를 찾아왔다. 수아가 육오한에게 말했다.

"아무래도 엄마 아빠가 뭔가 눈치를 채신 거 같아. 시도 때도 없이 나에게 물어보시더라고. 내가 대충 얼버무리고 넘기기는 했지만 요즘 밤마다 눈에 불을 켜고 감시하는 눈치야. 부모님한테 발각되면 서로 좋을 것 없으니 이제 더는 찾아오지 마. 부모님 감시가 좀 느슨해지면 그때 다시 찾아오고."

육오한이 입으로는 "맞아, 그게 좋겠어." 이렇게 대답했지만 속마음은 전혀 그렇지 않았다. 새벽 사경이 되었을 무렵, 육오한은 이 층에서 아래로 내려갔다. 그날 밤 반용은 비몽사몽 어렴풋이 이 층에서 도란도란 소리가 들려오는 걸 느꼈다. 귀를 쫑긋 기울이고 그 소리를 잘 들어보고 나중에 간음하는 현장을 붙잡으리라 생각했다. 한데 자기도 모르게 그냥 잠이 들고 말았다. 눈을 떠보니 이미 날이 밝았더라. 반용이 아내에게 말했다.

"수아 저 망할 년이 엉큼한 짓을 저지르고 있었어. 그러면서도 딱 잡아떼고 아무 말도 안 하다니. 내가 어제 이 층에서 수아가 다른 놈하고 이야기하는 소리를 들었다고. 좀 더 살펴보다가 현장을 들이닥치려고 했는데 그만 깜빡 잠이 들고 말았네."

"저도 수아를 의심하기는 했죠. 한데 밖에선 이 층으로 올라가는 계단도 없는데 설마 귀신이 쥐도 새도 모르게 드나들기라도 한 걸까요?"

"어쩔 수 없네. 수아 이년을 두들겨 패서라도 사실을 알아내야겠네."

"그건 안 돼요. 옛말에도 집안의 안 좋은 일은 소문내지 말라고 하잖아요. 수아를 때리기라도 하면 그게 이웃집에 바로 알려질 거고, 그럼 소문이 무성해질 텐데 그럼 우리 수아 시집가기는 다 그른 거잖아요. 실제 수아한테 그런 일이 있었든 없었든 그런 거 따지지 말고 수아의 침실을 아래층으로 옮기고 잠잘 때는 이 층 침실을 잠가버리면 일단 신경 안 써도 되잖아요. 그리고 당신과 내가 이 층으로 가서 자면서 밤에 무슨 일이 벌어지는지 살펴보자고요. 그럼 자초지종을 알게 되겠죠."

"당신 말이 일리 있네그려."

저녁밥 먹을 때 반용이 수아에게 말했다.

"오늘 밤부터 너는 우리 방에서 자라. 우리가 이 층에서 잘 거다."

수아는 아버지가 무슨 의도에서 이런 말을 하는지 바로 눈치를 챘으나 그 말을 거역할 수가 없었다. 그저 속으로만 이거 큰일 났구나 하고 생각했다. 그날 밤 서로 방을 바꾸었다. 반용이 수아의 방문을 잠그더니 아내에게 말했다.

"수아 방에 누구든지 들어오면 내가 그놈을 도적으로 간주할 거야. 내가 그 도적놈 모가지를 비틀어버려야 속이 시원하겠구먼."

그러면서 창문은 닫아걸지 않고서 도적놈을 잡을 채비를 했다.

반용 부부가 서로 상의한 이야기는 여기서 그치고 육오한 이야기로 돌아가 보자. 육오한은 수아가 며칠 동안 근신하고 찾아오지 말라고 하자 기분이 상했으나 그래도 며칠은 발걸음하지 않고 참았다. 열흘 정도 지나자 도저히 넘쳐 나는 음심을 가누지 못하고 수아를 찾아가 풀고 싶었다. 반용이 혹시 자기를 잡으려 할지도 모른다는 생각에 돼지 잡을 때 쓰는 칼을 품에 감추었다. 대문을 나서서 밖에서 잠그고 반용네 집으로 한달음에 찾아갔다. 마른기침을 하고 기다렸지만 아무런 기척도 없었다. 수아가 듣지 못했나 하는 생각에 다시 마른기침을 했다. 그래도 아무런 반응이 없었다. 혹시 수아가 잠들었나 싶어 서너 차례 더 그렇게 해보았다. 이러구러 벌써 새벽 사경을 향해 가는 시각, 이미 글렀다 싶어 그냥 집에 돌아가는 수밖에 없어 보였다.

'며칠 동안 찾아오지 않았으니 수아가 내가 오리라고 생각하지 못했겠지. 수아를 원망할 일이 아니지.'

다음 날 밤에 또 반용네 집을 찾아갔으나 역시 마찬가지였다. 조바심이 나기도 하고 화가 나기도 했다. 세 번째 날 밤, 집에서 혼자 술을 얼큰하게 마시고 밤이 깊어지자 어깨에 사다리를 메고 반용네 집에 가서 마른기침으로 신호하는 것은 생략하고 이 층 창문까지 사다리를 타고 올라가 창문을 직접 열었다. 육오한은 안으로 뛰어들어가 사다리를 걷어 올린 다음 창문을 닫고 침대 쪽으로 더듬더듬 다가갔다.

운우지정을 나누고자 정신이 팔려,
봉황 사는 누각까지 한달음에 달려왔네.

한편, 반용 부부는 처음 딸 수아 방으로 옮겨 왔을 때는 긴장을 많이 하여 잠을 제대로 자지도 못했으나 열흘 동안 계속해서 쥐새끼 한 마리도 얼씬하지 않자 마음이 풀어져 버렸다. 일이 되려고 그랬는지 하필이면 바로 이날 수아 방의 자물쇠가 고장 나서 방문을 잠글 수가 없었다. 반용의 아내가 이렇게 말했다.

"그냥 방문이나 꼭 닫고 종이를 붙여놔서 누가 출입하면 표시 나게 해놓죠. 오늘 밤 뭔 일이 있으려고요."

그날 밤, 반용 부부는 술 몇 잔을 나눴다. 술에 취하여 서로 껴안더니 서로의 몸을 탐하며 진한 사랑을 불태우더니 피곤했던지 그냥 곯아떨어져 버렸다. 육오한이 창문을 열고 들어오는 것도 전혀 알지 못했다.

한편, 육오한은 더듬더듬 침대로 다가가 옷을 벗고 누우려 했다. 한데 침대에서 두 사람이 코를 골고 자고 있지 않은가. 화가 머리끝까지 치밀어 올랐다.

'어쩐지! 내가 두 번이나 찾아와 마른기침 소리를 내서 신호를 보냈건만 그저 잠만 자고 신경도 쓰지 않더니, 이 요망한 년이 다른 남자를 들이느라 제 아비 어미 핑계를 대고 나를 못 오게 하고 나를 끊어낼 심산이었구먼. 이런 빌어먹을 요부 같은 년, 내가 이 년을 어떻게 한다?'

육오한은 칼을 꺼내 들고 두 사람의 목덜미를 손으로 더듬어 찾았다. 칼을 들어 올렸다. 먼저 수아 어머니의 목을 내려쳤다. 혹여 아직 숨이 다 떨어지지 않았을까 싶어 서너 번을 칼로 찌르면서 칼끝을 비틀어댔다. 설마 이젠 죽었겠지 싶었다. 칼을 빼 몸을 돌려 반용마저도 죽여 버렸다. 손에 묻은 피를 닦고 칼을 감추었다. 창문을 열고 사다리를 내린 다음 다시 창문을 닫고 그 사다리를 타고 아래로 내려갔다. 육오한은 사다리를 둘러메고 집으로 돌아갔다.

한편, 수아는 부모와 침실을 바꾼 것도 모르고 육오한이 찾아와 마른기침 소리를 내면 부모님께 그 일이 발각될까 봐 노심초사했으나 첫날 아무 일 없이 지나가고 그렇게 열흘이 별 탈 없이 지나갔다. 이날 수아가 잠자리에서 일어나 아침 사시巳時가 되도록 기다려도 어머니 아버지가 아래층에 내려오지 않았다. 너무도 이상했다. 자기가 지금 자고 있는 방문에는 바깥쪽에 종이를 붙여놔서 누군가 밖에서 열면 표시 나게 했다는 걸 아는지라 직접 올라가서 방문을 열어보지는 못하고 아래층에서 소리만 질렀다.

"아버지, 어머니 어서 일어나셔요. 해가 중천에 떴다고요. 어째 아직도 주무시고 계셔요?"

몇 번을 불러도 아무런 대답이 없었다. 하는 수 없이 방문을 열고 위층으로 올라가 원래 자기 침실 방문을 열어보니 침대 주변에 온통 핏자국이고 두 시체가 피 위에 둥둥 떠 있었다. 수아는 놀라서 기절했다가 한참 후에야 정신이 들었다. 수아는 침대를 부여잡고 대성통곡했다. 도대체 누가 아버지, 어머니를 죽였단 말인가? 한참을 울다가 이런 생각이 들었다.

'큰일 났다! 어서 마을 사람들에게 알리지 않으면 나한테 무슨 화가 미칠지 모르겠구나.'

바로 열쇠를 꺼내어 대문을 열고 나가려고 했으나 이 역시 남사스러워 그냥 문에 서서 밖을 향해 소리를 질렀다.

"동네 사람들, 큰일 났어요! 제 아버지, 어머니가 누군가한테 죽임을 당했어요. 제발 좀 도와주세요!"

수아가 이렇게 몇 차례나 소리치니 앞집 옆집 마을 사람들 그리고 길을 지나던 사람들이 수아 집으로 몰려들었다. 그들은 수아를 몇 걸음 뒤로 물러나게 하고는 물었다.

"너의 아버지 어머니는 어디 계시냐?"

수아가 울면서 대답했다.

"어젯밤 이 층으로 잘 올라가셨는데 오늘 아침에 침실에서 기척도 없기에 가 보았더니 제 아버지, 어머니가 글쎄 죽임을 당하고 말았습니다."

사람들은 이 층이라는 말을 듣고 우르르 이 층으로 몰려갔다. 발을 젖혀보니 부부가 침대에서 죽어있었다. 사람들이 이 이 층과 면해 있는 거리를 살펴보니 위층에 창문이 있기는 했지만 창문 아래 담벼락에는 중간에 처마가 나와 있어서 뭘 잡고 기어 올라올 수도 없어 보였다. 수아가 이렇게 말했다.

"문도 다 잠가놓았었고 조금 전에 연 겁니다. 집에 다른 사람도 없었습니다."

사람들이 이구동성으로 이렇게 말했다.

"거참 이상하다. 이거 그냥 단순하게 보아 넘길 그럴 일이 아니네!"

사람들은 이장에게 어서 와서 한번 보라고 한 다음, 같이 관청으로 몰려가서 신고했다. 가련한 수아는 평생 문밖에 나서본 적이 없었지만 오늘은 어쩔 수 없는 형편이라 머릿수건을 눈썹까지 내려오게 쓴 다음 대문을 닫아걸고 사람들을 따라 항주부를 바라고 출발했다. 이 소문이 이미 항주에 퍼질 대로 퍼져 이 사건을 이야기하지 않는 사람이 없을 정도였다. 육오한 역시 자신이 사람을 잘못 죽인 걸 뒤늦게 알고 후회막급이었지만 아무래도 무슨 뾰족한 수도 없고 하여 집에 틀어박혀 끙끙 앓고 있었다. 육 노파 역시 아들 육오한이 그동안 벌인 일을 익히 눈치채고 있었기에 이번 살인 사건이 필시 육오한과 관련 있을 거라 짐작하면서도 감히 물어볼 엄두를 내지 못하고 혼자서 고민만 하면서 문밖출입을 삼가고 있었다.

당당하면 천만 명을 앞에 두고도 두려움이 없고,
찔리면 한 걸음도 내딛지 못하는구나.

한편, 사람들이 항주부 청사에 다다르니 마침 태수가 앉아서 집무를 보고 있는지라 일제히 안으로 들어가 아뢰었다.

"십관자 골목에 있는 반용네 집에 밤새 문을 연 흔적도 없음에도 부부가 살해당했습니다. 지금 그 딸 수아와 함께 이렇게 찾아와 아뢰나이다."

태수가 수아를 불러 이렇게 물었다.

"네 부모가 언제, 어디서 잠자리에 들었는지 자세하게 고하라."

수아가 아뢰었다.

"어제 해 질 무렵 저녁밥을 드시고 문단속을 하신 다음 두 분께서 함께 위층으로 올라가 잠자리에 드셨습니다. 오늘 아침 사시가 다 되어도 기침을 하지 않으시기에 제가 올라가 보니 두 분이 침대 위에 죽임을 당해 있으셨습니다. 이 층 창문은 그대로 닫혀 있었고 아래층 문도 손댄 흔적이 없었고 문에 붙여 놓은 종이도 건드린 흔적이 없었습니다."

태수가 다시 물었다.

"그래 잃어버린 물건은 없느냐?"

"하나도 없습니다."

"밖에서 문을 열었던 흔적도 없는데 사람이 죽었다? 도둑맞은 물건도 하나도 없고. 거참 이상하다."

태수가 한참 생각에 잠겼다가 또 물었다.

"네 집에 또 다른 사람은 누가 있느냐?"

"부모님하고 저 이렇게 셋뿐이고 다른 사람은 없습니다."

"혹시 네 아버지와 평소 척진 사람은 없느냐?"

"그런 사람은 없는 거로 압니다."

"거참 괴이한 일이로고."

태수가 한참을 고민하다가 퍼뜩 짚이는 데가 있었다. 수아한테 고개를 들라 했다. 가리개가 얼굴을 다 가리고 있기에 아전을 시켜 반쯤 들어 올려보라고 했다. 타고난 미인이었다. 태수가 물었다.

"올해 몇 살인고?"

"열일곱 살이옵니다."

"혼약을 맺은 적이 있느냐?"

"없사옵니다."

"너는 어디서 잠을 잤느냐?"

"저는 아래층에서 잤습니다."

"어째서 네가 아래층에서 자고 너의 아비 어미가 위층에서 잤느냐?"

"그동안은 제가 이 층을 썼습니다만 보름 전에 바꿨습니다."

"무슨 연고로 그리했느냐?"

수아는 뭐라 딱 꼬집어 대답하기가 어려워 그냥 이렇게 얼버무렸다.

"무슨 이유인지는 모르나 부모님께서 바꾸자고 하셨습니다."

태수가 버럭 소리를 질렀다.

"네 아비, 어미는 네가 죽였도다."

수아는 당황하여 울면서 아뢰었다.

"나리, 저를 낳아주신 부모님을 제가 어찌 죽인단 말입니까!"

"네가 직접 죽인 게 아니라 너를 맘에 두고 있는 놈이 죽였다는 말이다. 그놈의 이름을 냉큼 말하렷다."

수아는 태수의 말을 듣고 너무도 당황했지만 이내 이렇게 둘러댔다.

"저는 한 번도 바깥출입을 한 적이 없사온데 어찌 그런 일이 생길 수 있겠습니까! 만약 그런 일이 있었다면 이웃이 먼저 알았을 것입니다. 이웃에게 물어보시면 제가 얼마나 조신하게 살아왔는지 바로 아실 수 있을 겁니다."

"네 이웃이야 사람이 죽은 것도 모르는데 남녀 간의 일을 어찌 안단 말이냐? 필시 네가 간부랑 눈이 맞은 걸 네 아비 어미가 알아차리고 너를 아래층으로 불러내려 너와 간부의 관계를 끊게 하려 했을 것이고, 간부는 또 그 일로 분을 참지 못하여 네 아비 어미를 죽인 게야. 그렇지 않고서야 너를 아래층에서 자게 할 이유가 어디 있겠느냐?"

옛말에 도둑이 제 발 저리다고 하지 않는가. 수아는 태수가 자신이 찔리는 이야기를 콕콕 짚어서 이야기하자 자기도 모르게 얼굴이 발개졌다 하얘졌다 하면서 꿀 먹은 벙어리처럼 입을 다물고 한마디도 하지 못했다. 태수는 이 광경을 보고서 자신의 짐작이 맞았다고 생각하여 나졸에게 손가락 비트는 고문을 가하라고 명령했다. 아전들이 득달같이 달려들어 수아의 손을 잡아 빼니 섬섬옥수라, 수아가 어찌 그 고초를 견디랴. 손가락 비트는 형구를 갖다 대자마자 고통을 못 이기고 바로 이렇게 소리쳤다.

"나리, 있사옵니다. 저랑 정을 통한 남정네가 있습니다."

"그래, 그자의 이름이 무엇이냐?"

"장신이라고 하옵니다."

"그놈이 어떻게 이 층에 올라올 수 있었느냐?"

"밤마다 제 부모님이 잠들기를 기다렸다가 그가 아래층에서 마른기침 소리를 내 신호하면 제가 천을 이어 묶어서 한쪽은 기둥에 매달고 내려뜨리면 그걸 붙잡고 올라왔습니다. 그랬다가 날이 새기 전에 다시 내려갔습니다. 이러기를 반년 정도 했습니다. 제 부모님이 이걸 눈치채고서 저에게 몇 번이고 다그쳐 물어보셨으나 제가 그냥 둘러 붙이고 사실대로 말하지 않았습니다. 제가 장신에게 험한 꼴 날 수 있으니 더는 찾아오지 말라고 하니 그러마고 했습니다. 그 후로 부모님이 저를 아래층에 내려와서 자라고 하시고 방문을 모두 꽁꽁 잠가 놓았습니다. 저 역시도 저의 잘못이 드러나지 않게 하고자 아래층으로 내려가 생활하면서 그와 관계를 끊고자 했습니다. 지금까지 아뢴 건 모두 사실입니다. 제 부모님이 어떻게 살해당하셨는지는 전혀 알 길이 없사옵니다."

태수는 수아가 자백하는 걸 듣더니 나졸에게 손가락 비트는 고문을 멈추라 했다. 그런 다음 나졸 넷에게 득달같이 달려가 장신을 붙잡아 대령하라고 했다. 나졸들이 나는 듯이 달려갔다.

문을 닫아걸고 집에 가만히 있는데,
하늘에서 툭 하고 재앙이 떨어지는 격.

한편, 장신은 육 노파와 주점에서 헤어진 다음 곧장 기생집으로 달려가 삼일 밤낮을 지냈다. 나중에 집에 돌아와 육 노파가 자기를 두 번이나 찾아왔다는 말을 듣고 바로 육 노파를 찾아갔다. 육 노파는 아들 육오한한테 겁을 집어먹기도 했거니와 수아의 신발을 뺏기기도 했기에 그냥 거짓말을 해버렸다.

"신발을 수아가 다시 가져갔네요. 그러면서 신신당부하기를 자기 부모가 너무도 심하게 감시하고 문을 다 걸어 잠가 버려서 도저히 사람을 들일 수 있는 처지가 안 된다고 하더라고요. 시간이 좀 지나면 부친이 어디로 가셔서 반년 정도 있다가 돌아오실 거니까 그때 만나는 게 안심이 될 거 같다고 하네요."

장신은 육 노파의 말을 곧이듣고는 가끔씩 와서 소식을 묻곤 했다. 그 후로도 몇 번인가 장신이 수아를 볼 기회가 있었다. 장신과 수아는 서로를 보며 미소짓곤 했다. 하지만 두 사람은 서로 오해의 미소를 짓는 것이었다. 수아는 밤마다 찾아오는 이가 바로 장신이라고 생각하여 기쁨의 미소를 지었던 것이고, 장신은 수아가 자기를 사랑하여 달라고 지금 추파를 던지는 거라 생각하여 미소를 지었던 것이라. 그러나 하루하루 시간은 가건만 만날 기미는 보이지 않으니 장신은 그만 병들어 눕고 말았다. 장신은 집에서 약을 먹으며 치료받았다.

그날, 장신은 서재에서 멍하니 앉아 있었다. 하인이 달려와 나졸이 찾아와서는 자기에게 뭔가를 물어보려 한다고 전했다. 장신은 그 말을 듣고 깜짝 놀랐다. 기생집에서 무슨 사고가 생긴 게 틀림없었다. 하는 수 없이 서재에서 나와 나졸들에게 어인 일인지 물었다. 나졸이 대답했다.

"뭐 세금 문제인지, 부역 문제인지 가 보면 알 거 아뇨!"

장신은 일단 마음이 좀 놓였다. 옷을 갈아입고 돈을 좀 챙긴 다음 나졸을 따라 관아로 출발했다. 그 뒤를 하인들이 따랐다. 길을 가는데 누군가 말을 전해주었다.

"반수아가 간부와 함께 아비, 어미를 죽였다네."

장신은 이 말을 듣고 너무도 놀랐다. 그리고 이런 생각이 들었다.

'이년이 무슨 짓을 한 거야? 내가 진즉부터 이년하고 뭔가 해보려 했지만 안 되었던 것도 다 이년이 이런 막돼먹은 년이라 그런 거였구먼. 하마터면 큰일 날 뻔했네.'

잠시 후 장신이 관아에 도착했다. 태수가 눈을 들어 장신을 살펴보니 미끈하게 생긴 젊은이라. 사람 죽일 불한당 같아 보이지는 않아 약간의 의구심이 들었다.

"장신, 네놈은 어이하여 반용의 딸과 간음하고 그녀의 부모까지 죽였느냐?"

장신은 풍류를 즐기는 한량으로 이 기생집 저 기생집 돌아다니며 여자를 사서 놀 줄은 알아도 이렇게 관청에 불려와 위세 높은 나리를 뵌 적은 없으니 이렇게 끌려오면서 이미 놀라고 가슴이 얼어붙어 버렸다. 반수아가 살인을 저지른 사건이 자기와 연루된 것으로 이야기하니 마른 하늘에 날벼락이라. 놀라서 입도 제대로 열지 못했다. 한참을 얼이 빠진 듯 멍하니 있다가 겨우 입을 열었다.

"소인이 비록 반수아에게 마음을 두고 있기는 했사오나 간음까지 하지는 않았습니다. 반수아의 부모를 죽이는 건 고사하고 소인은 이 층에 올라간 적조차 없습니다요."

태수가 버럭 소리를 질렀다.

"반수아가 이미 반년 동안 너랑 간통했다고 자백했는데 어째서 너만 계속 거짓말을 하느냐?"

장신이 반수아를 바라보며 이렇게 말했다.

"내가 너랑 언제 간음했다고 나를 이렇게 모함하느냐?"

반수아는 애당초 장신이 자신의 부모를 죽인 건 아닐 거라 믿었으나 장신이 자신과 정을 통한 걸 딱 잡아떼는 걸 보고는 저런 놈이라면 정말로 자신의 부모마저 죽일 수 있었겠다는 생각이 들었다. 반수아는 울며불며 이리이리 하지 않았느냐 장신에게 따져 물었다. 장신은 그렇게 따져 묻는 수아의 말에 뭐라 딱 부러지게 설명해내지 못했다. 태수가 소리치며 명령했다.

"저놈을 주리를 틀어라."

양옆에서 대령하고 있던 포졸들이 '예이' 소리하며 달려와 장신의 다리 사이에 나무막대 같은 걸 집어넣었다. 그렇게 나무막대 같은 도구로 장신의 다리를 살며시 비틀기 시작하자마자 장신은 돼지 멱따는 소리를 내면서 즉각 머리를 조아리며 소리쳤다.

"소인, 사실대로 다 자백하겠나이다."

태수가 포졸에게 나무막대를 풀라고 명령했다. 더불어 장신에게 그 내용을 적어 제출하라 했다. 장신이 울며불며 아뢰었다.

"제가 그 사정을 전혀 알지 못하는데 저한테 대체 뭘 적어내라고 하시는지요?"

장신이 또 반수아를 보며 말했다.

"네가 누구한테 속아서 간음을 저질렀는지 모르겠으나 어찌하여 나를 걸고넘어지느냐! 하긴 그런 걸 지금 말해서 뭘 하겠느냐. 아무튼 네가 말하는 대로 내가 적으면 되는 거 아니냐!"

반수아가 입을 열어 대답했다.

"다 네가 저지른 일이잖아. 그러고도 인정하려 들지 않다니! 네가 길에서 이 층을 바라보며 나를 희롱한 적이 없단 말이냐? 손수건을 던지며 나를 꼬드기려 했고. 그리고 내 신발을 받아 가고 그랬지."

"그건 다 사실이지. 하지만 내가 이 층으로 올라가 너와 함께한 적은 없다고."

태수가 호통을 쳤다.

"한 가지가 맞으면 백 가지가 다 맞는 거지, 뭘 그렇게 말이 많아! 어서 자백서나 작성하라."

장신은 고개를 숙이고 반수아가 말하는 대로 받아 적었다. 죽을죄를 순순히 받아들였다. 자백서를 다 적고 서명을 한 다음 태수에게 보여드렸다. 태수는 장신을 참수형에 처했다. 반수아는 비록 살인 사건에 직접 간여하지 않았다 하더라도 자신의 간음이 빌미가 되었으니 마땅히 죽을 죄를 지은 것이라 판결했다. 각각 형틀에 묶어 곤장 30대를 치도록 했다. 장신이 사형수 감옥에 갇히고, 반수아가 여죄수 감방에 갇힌 사정은 자세하게 언급하지 않는다.

한편, 장신은 다행히도 포졸들이 그가 돈푼깨나 있는 걸 알고 곤장을 때릴 때도 있는 힘껏 치지 않고 봐주었기에 장독이 그렇게 심하게 오르진 않았다. 옥에 갇힌 장신은 너무도 억울했지만 그걸 하소연할 데가 없었다. 옥졸들이 보기에 장신은 분명 은 덩어리를 지고 옥에 들어온 자라 장신을 좋아하지 않거나 장신을 위해주지 않는 자가 없었다. 옥졸들이 모두 장신을 찾아와 물었다.

"아이고 나리, 어쩌다 이런 일을 당하셨습니까?"

"형씨들, 내가 솔직히 말하리다. 내가 반수아 얼굴을 보고서 마음이 동했던 것이 사실이라네. 몇 번이고 어떻게 좀 해보려고 했으나 실제로 관계를 맺은 적은 없다네. 반수아가 누군가한테 둘려서 정을 통하고 나를 이렇게 고통에 빠뜨린 것이 틀림없어! 형씨들, 내가 어디 살인을 저지를 사람처럼 보여?"

"아니 그렇다면 왜 그런 자백서를 작성하셨습니까?"

"나처럼 이렇게 빼빼 마르고 약해빠진 몸이 그런 고문을 어찌 견디겠는가? 게다가 요 며칠 동안 병치레까지 하고 겨우 몸을 추슬렀으니 정말로 설상가상이라. 내가 자백하면 며칠이라도 더 살 것이나, 자백하지 않고 버티면 목숨조차도 부지하지 못하고 오늘 바로 죽어나갈 것이네. 이것도 다 내 팔자니, 말해 뭐 하겠는가. 한데 반수아가 말하는 걸 들어보면 조목조목 아귀가 맞는 게 필시 무슨 사연이 있는 거 같아. 내가 자네들에게 은자 열 냥을 줄 것이니 나중에 술이라도 한잔 드시고 나를 좀 반수아랑 만나게 해주시게나. 내가 반수아에게 그 사정을 좀 물어보고 싶어. 그럼 내가 죽어도 여한이 없을 거 같네."

옥졸 가운데 우두머리가 대답했다.

"나리를 반수아랑 만나게 해주는 건 어렵지 않으나, 은자 열 냥은 너무 적소이다."

장신이 대답했다.

"그럼 열 냥을 더 주지."

"우리가 사람이 몇인데, 적어도 스무 냥은 더 줘야지."

장신이 그러마 대답했다.

옥졸 둘이 장신을 양쪽에서 부축하여 여자 감옥 문 앞에까지 이르렀다. 반수아가 여자 감옥 안에서 훌쩍이고 있었다. 옥졸이 그를 안내하여 여자 감옥 칸막이 입구로 데려오는 걸 보더니 반수아가 울면서 욕을 퍼부었다.

"야 이 배은망덕한 도적놈아! 내가 잠시나마 너 같은 놈한테 눈이 멀어 간음했다고 그게 너한테 무슨 손해를 끼쳤다고 이렇게 악랄하게 손을 써서 나의 부모님의 생명을 앗아가 버렸단 말이냐! 게다가 이제 내 목숨까지 해치고 있구나."

장신이 말했다.

"제발 입 좀 다물도록 하라. 내가 차근차근 이야기할 것이니 자세하게 살펴보아라. 내가 처음 너를 보았을 때 나도 너에게, 너도 나에게 서로 관심이 있었던 것 아니냐. 그러다 달 밝은 날 밤, 내가 손수건을 너에게 선물로 주고 너는 채색 신발 한 짝을 나에게 주었지. 한데 너를 만날 방법이 딱히 없어서 화장품 도붓장수 육 노파가 너희 집을 왕래하는 사이라는 걸 알아내고는 그 노파한테 은자 열 냥을 착수금 조로 주고서 다리를 놔달라고 했어. 그 노파가 너를 만나고 와서는 네가 채색 신발을 되받아가면서 부모가 워낙 심하게 간섭하시니 몇 달 기다렸다가 만나자고 했다고 말하더군. 그날 이후로 이랬다저랬다 하면서 차일피일 미루더니, 반년이 지나도록 꿩 구워 먹은 소식이었다고. 한데 어쩌다 너를 만나면 너는 또 나를 향해 미소를 짓곤 했어. 나는 그걸 보고 더욱더 안달이 나고 마침내 상사병이 걸려 집에서 약 먹고 치료를 받았으니 어찌 너희 집에 갈 짬이라도 있었겠어? 너는 어째서 나를 그렇게 모함하여 이 지경에 빠지게 한 거야?"

수아가 울면서 소리쳤다.

"이 배신자! 아직도 거짓말만 해대는구나. 네가 육 노파 편에 우리가 어떻게 만날 것인지 그 방법을 알려주었잖아. 부모님이 잠든 다음 아래층에서 마른기침 소리가 나면 그걸 듣고 바로 천을 이어 길게 늘어뜨려

주면 네가 그걸 잡고 올라오겠다고 했지. 다음 날 밤, 넌 말한 대로 아래층에서 마른기침 소리를 내었지. 나는 약속대로 천을 늘어뜨려 네가 이층에 올라올 수 있게 했고, 너는 또 신발을 꺼내 보여주며 나를 믿게 했지. 이후로 너는 밤마다 찾아왔어. 언젠가부터 부모님이 의심하기 시작했고 나한테 몇 차례나 물어보고 또 물어보셨어. 하여 내가 너에게 말했어. '이제 고만 찾아와. 아무래도 일이 들통나면 우리 모두 얼굴을 들고 다니지 못하게 된단 말이야. 부모님의 의심의 눈초리가 조금 느슨해지면 그때 다시 만나자고.' 한데, 누가 알았으리. 네놈이 정말로 흉악한 마음을 지닌 악한이었음을! 네가 우리 부모님한테 악심을 품고서 어젯밤 네놈이 엉뚱한 꾀를 내어 이 층으로 기어 올라와서 우리 부모님을 죽인 거야. 그러고서는 이렇게 시치미를 떼고 네가 직접 조금 전에 한 일마저도 안 했다고 인정하지 않으려 하는 거냐!"

"그래, 네 말대로 너랑 나랑 반년 동안이나 정을 통했다면 내 생김새나 목소리를 분명 잘 알고 있을 것 아니냐! 자 어서 나를 자세히 보아라. 네가 만났다는 그 사람과 나는 정말 다르지 않으냐?"

지켜보던 옥졸들이 이렇게 말했다.

"장신 나리 말이 정말 그럴듯하네. 만약 반수아가 만난 그 남자가 바로 장신이라면 장신 당신은 참수당하는 것은 당연하고 사지가 갈기갈기 찢김을 당해도 할 말이 없을 거야!"

반수아는 그 말을 듣고서도 한참을 망설이다가 마침내 눈을 부릅뜨고서 장신을 자세하게 쳐다보았다. 장신이 연거푸 물었다.

"맞아, 안 맞아? 어서 말을 해보라고. 꾸물대지 말고."

"목소리는 확실히 다른 거 같고, 몸집도 당신보다는 좀 컸던 것 같은데. 늘 어두운 밤에만 만나다 보니 자세히 살펴볼 수가 있었어야지. 아, 왼쪽 등짝 아래쪽에 동전 크기만 한 흉터가 있어서 그거만 확인하면 쉽게 알아낼 수가 있을 거야."

옥졸들이 일제히 소리쳤다.

"그거야말로 지금 당장 확인할 수 있잖아. 장신 나리, 어서 웃옷을 벗어보시오. 만약 나리한테 그런 상처가 없다면 내일 태수 나리께 아룁시다. 우리가 증인이 되어 줄 테니 나리의 죄명도 벗을 수 있을 겁니다."

장신은 너무도 기뻐하며 말했다.

"아이고 여러분들, 정말로 고맙소이다."

장신은 곧장 웃옷을 벗었다. 옥졸들이 보니 장신의 왼쪽 등짝은 흉터는 하나도 없고 백옥처럼 새하얀 살결만이 보일 따름이었다. 반수아는 그걸 보고는 할 말을 잃어버렸다. 장신이 말했다.

"아가씨, 이젠 내가 그 남자가 아니란 걸 알겠소이까?"

옥졸들이 말했다.

"뭐 긴말할 필요 없지. 이게 얼마나 억울한 일이야! 내일 우리가 나리 대신 아뢰어줄 것이구먼."

옥졸들은 바로 장신을 다른 방으로 안내하여 하룻밤을 지내게 했다. 이튿날 아침 태수가 등청하니 옥졸들이 무릎을 꿇고서 어젯밤에 장신과 반수아를 대질했던 사항을 일일이 아뢰었다. 태수는 깜짝 놀라며 그 자리에서 당장 두 죄인을 데려오게 했다. 태수가 먼저 장신을 불러올렸다. 장신은 자초지종을 자세하게 아뢰었다. 태수가 장신에게 물었다.

"그 신발을 네가 육 노파에게 건네준 다음 아직 돌려받지 못했단 말이지?"

"네. 그러하옵나이다."

태수가 또 반수아를 불러올렸다. 반수아 역시 자초지종을 자세하게 아뢰었다. 태수가 반수아에게 물었다.

"네가 육 노파에게 건네주었던 신발을 다음 날 저녁에 장신이 너를 찾아오면서 가지고 와서 너에게 주었던 말이지?"

"그러하옵니다."

태수가 고개를 끄덕이며 말했다.

"이는 필시 육 노파가 다른 사람에게 그 신발을 주고 장신의 이름을 팔아서 너랑 정을 통하게 한 것이다."

태수는 즉시 포졸들을 시켜 육 노파를 잡아 오게 했다. 잠시 후 포졸들이 육 노파를 잡아 왔다. 태수는 먼저 육 노파에게 곤장 40대를 치라 한 다음 심문을 시작했다.

"장신이 네년에게 반수아와 다리를 놓아달라고 부탁하자 다음 날 밤 만나게 해주겠다고 약속해놓고 어째서 장신을 속이고 그 신발을 다른 사람에게 줘서 그놈이 장신의 이름을 팔아 반수아와 정을 통하게 했느냐? 사실대로 불면 목숨만은 살려줄 것이나 조금이라도 허튼소리를 하면 장하에 죽음을 면치 못할 것이다."

육 노파는 곤장 40대를 맞고 이미 살갗이 벗겨지고 살이 터졌으니 어찌 허튼소리를 할 엄두를 내겠는가. 육 노파는 화장품 팔러왔다는 핑계로 반수아를 만나 약속을 잡은 일, 장신을 만나러 찾아갔다가 못 만난 일, 집에 돌아와서 아들놈 돼지 잡는 걸 도와주다가 신발을 떨어뜨린 일, 아들놈이 자기를 겁준 일, 나중에 장신이 자기를 찾아와 신발을 찾았을 때 대충 얼버무리면서 차일피일 미룬 일을 자세하게 아뢰었다. 그러나 그 정을 통한 놈이 반수아 부모를 죽인 연유를 도시 알 수 없노라 아뢰었다. 태수는 육 노파의 말이 장신과 반수아의 말과 맞아떨어지는지라 이는 틀림없이 육 노파의 아들 육오한의 소행일 거라 확신했다. 즉시 포졸들을 보내어 육오한을 잡아 오게 했다.

"육오한, 너는 양갓집 규수와 정을 통했으면서 어찌하여 그녀의 부모를 죽였느냐, 그래도 할 말이 있느냐?"

"나리, 소인 같은 우매한 시정잡배가 어찌 그런 일을 저지르겠습니까! 저 장신이 소인 모친에게 반수아를 만나게 다리를 놓아달라 하여 정을 통하고 그녀의 부모까지 죽이고는 소인에게 뒤집어씌우는 것입니다."

육오한이 말을 채 마치기도 전에 반수아가 이렇게 소리쳤다.

"저를 속이고 능욕한 놈의 목소리가 틀림없습니다. 나리 저놈의 왼쪽 등짝을 검사해보십시오. 만약 왼쪽 등짝에 흉터가 있다면 틀림없이 저놈입니다."

태수가 즉시 아전을 시켜 육오한의 옷을 벗겨보게 했다. 과연 흉터가 있었다. 육오한은 즉시 고개를 떨구고 그저 살려 달라 애원할 따름이었다. 육오한은 자신이 반수아와 정을 통하게 된 경위, 반수아 부모를 오인하여 죽인 일을 일일이 아뢰었다. 태수는 육오한에게 곤장 60대를 치게 한 다음 참형에 처할 것이라 한 다음 범행에 사용한 칼을 찾아서 압수하라 했다. 참수형에 처한다는 반수아의 원래 판결은 변함없이 그대로 유지되었다. 양갓집 규수를 꾀어낸 육 노파는 법률에 의거하여 도형徒刑에 처했다. 장신은 해서는 안 될 간음을 시도했으니 비록 그것이 미수에 그쳤다고 하더라도 이 불행한 사건의 불씨를 제공한 것이 틀림없으니 마땅히 도형에 처해야 할 것이나 속전을 내고 풀려나도록 했다. 태수가 현청에서 일일이 죄인들의 죄목을 나열하고 그걸 문서로 닦아 상부에 보고했다. 반수아는 생각에 잠겼다.

'내가 육오한에게 속아서 간음을 했다 하더라도 나 때문에 부모님이 죽임을 당하시고 온갖 추한 꼴이 다 벌어졌구나. 후회해도 소용없고, 정말 얼굴 들고 살 수가 없구나.'

반수아는 그 자리에서 벌떡 일어나 붉은색 섬돌 옆 청색 연석에 머리를 부딪쳤다. 반수아의 머리가 깨지며 피가 흘러나오더니 얼마 되지 않아 결국 눈을 감았다.

가련토다, 색을 밝히던 여자여,
피 흘리며 죽어 원한 품은 귀신 되었구나.

태수는 반수아가 머리를 부딪쳐 죽는 걸 보고 마음이 짠했다. 육오한에게 곤장 40대를 추가하라고 명령했다. 육오한은 곤장 백 대를 얻어맞고 사죄수死罪囚 감옥에 갇혔다. 상부의 허가 공문을 받는 대로 가을에 처형하기로 했다. 마을 사람들이 반수아의 시체를 메고 돌아갔다. 그들은 반용의 가산을 팔아서 세 구의 시체를 넣을 관을 사고 땅을 사서 무덤도 만들었다. 남은 은자를 현청에 반납했음은 두말할 필요도 없겠다.

한편, 장신은 반수아가 섬돌에 머리를 부딪쳐 죽는 것을 보고서 가여운 마음이 절로 들었다.

'나로 말미암아 반수아와 그 부모까지 모두 세상을 떠나게 되었구나.'

장신은 집에 돌아와 은자를 꺼내어 옥졸과 포졸들에게 사례하고 더불어 속전을 납부했다. 그런 다음 몸을 추슬러서는 절과 도관을 찾아가 예불도 드리고 반수아와 그녀의 부모를 위해 천도재를 지내주었다. 자신도 오랫동안 절제하면서 다시는 아녀자를 희롱하지 않겠다고 맹세했다. 그 후로 그는 화류계에 발을 뚝 끊었다. 집에서 수도자 같은 생활을 하다가 70살이 되어 세상을 떠났다. 이를 증명하는 시가 전해진다.

도박하는 자는 도둑놈 되기 십상이요, 간음하다 보면 살인 나기 십상이지,
옛말이 하나도 그른 게 없구나.
도박과 간음 그 어느 것에도 물들지 않으면,
마음 편하게 사람 노릇 하면서 살 수 있으리!

의감향 마을의 처남과 매부

張孝基陳留認舅
장효기가 진류에서 처남을 만나다

선비는 책 읽고 농부는 밭을 가네,
기술자도 상인도 먹고살려고 애써 일하고.
세상 사람아 게으름 피우지 말게나,
게으름이 젊은 시절 다 망친다네.

선배 이야기꾼들 사이에서 전해 내려오는 이야기가 하나 있었으니, 상서尙書 벼슬을 하는 귀인이 다섯 아들을 두었다고 한다. 큰아들만 공부를 시키고 나머지 네 아들은 농사, 기술, 판매, 유통을 각각 하나씩 배우게 했다. 네 아들이 속으로 불만이 많았다. 대체 아버지가 왜 이렇게 하는지 알 길이 없었다. 네 아들은 다른 사람한테 부탁하여 아버지에게 물어봐달라고 했다.

"네 아들은 왜 과거 공부를 시키지 않습니까? 게다가 농사, 기술, 판매, 유통 이런 거는 귀한 사람들이 하는 일이 아니잖아요. 나리는 돈과 명예와 권세도 많으신데 어째서 편안하게 사는 길을 마다하고 그렇게 힘든 일을 골라서 시키시는지요? 게다가 네 아드님은 그런 일을 해보지도 않았을 것인데 말입니다."

그 상서 양반이 가가대소했다. 손깍지를 끼고는 장시를 읊조렸다.

세상 사람들은 과거 공부가 좋다고들 하지만,
공부하다 끝을 보지 못할까 그게 걱정이라네.
공부하고 출세하여 정승판서 되길 원하나,
황금 계단을 올라갈 자 몇이나 될까.
아비가 아비답지 못하면 아들이 아들답지 못하니,
아들을 온통 싸고돌기만 하는구나.
추울까, 더울까, 비바람 불까,
오냐 오냐 길러서 겁쟁이 아들 되었네.
남들보다 잘난 거 아무것도 없건만,
고개를 뻣뻣이 들고 자존심만 세우는구나.
농사지을 줄도 모르고 그저 놀기만 좋아하니,
놀기 좋아하다 보면 자기 몸을 망치는 걸 모르기 때문이라.
농사, 기술, 판매, 유통 이런 건 사람들이 천시하나,
종사하는 사람들 열심히 일하며 게으름피우지 않네.
일찍이 힘써 일하는 게 몸에 배어서,
힘든 일도 잘 견디고 근력도 세다네.
봄바람이 불어올 제,
온갖 꽃이 앞다퉈 흐드러지게 피네.
자고로 사람 노릇 하면서 사는 게 어이 쉬울까,

그저 편히 놀고먹으려 들면 어이 살림을 제대로 할까!
이 노인네도 부귀영화를 마다하지는 않았으며,
그 바닥의 감투도 이것저것 써보았소이다.
내 자식들 빼어나지 못하여 남의 손가락질 당하느니,
일찌감치 다른 먹고 살 방도를 마련해줌이 나으리라.
과거 공부하는 건 큰아들에게만,
나머지 네 아들은 오순도순 편하게.
등 따습고 배부르게 사는 것만으로도 얼마나 감사한 일인가,
부지런히 일하는 것으로 하늘의 은혜에 보답할지라.

상서 양반의 이 시는 지금까지도 사람들 사이에 전해 내려온다. 왜 그럴까? 돈과 권세가 있다는 집의 아들들이 과거 공부한다는 핑계로 농사도 장사도 하지 않고 그저 갓과 도포를 차려입고는 자신들이 뭐라도 되는 양 거들먹거리며 떼 지어 놀러 다니며 농사와 장사의 어려움은 하나도 모르기 때문이라. 공부는 그저 뒷전이고 주색잡기에 빠져든다. 심할 경우 가산을 탕진하고 늘그막에 온갖 궁상을 떨게 되기도 한다. 하여, '오곡도 익어야 먹을 수 있지, 익기 전에는 그저 잡초요 피로다' 하는 옛말이 있는 것이라. 돈 쓰는 데 맛 들여 빚을 지면 있는 재산마저 다 잃는 법이다.

먹고살 거리는 부지런함에서 나오는 것,
색을 밝히고 사치하는 건 불행의 씨앗.

한나라 말기, 허창이란 곳에 갑부가 살고 있었다. 그 사람의 성은 과過, 이름은 선善, 눈에 보이는 게 다 그 사람 논밭이요, 소와 말이 그 수를

모를 정도이고, 집이 수십 채요, 거느리는 하인은 그 수를 헤아리지 못할 정도로 많았다. 그는 평생 근검절약하며 재산을 모으는 게 몸에 배어서 새 옷도 입을 줄 모르고, 맛난 음식을 챙겨 먹을 줄도 모르고, 꽃 피고 달 뜰 때 친구들과 경치 좋은 곳에 놀러 갈 줄도 모르고, 철 따라 자리를 마련하여 동기간을 불러 모임을 할 줄도 몰랐다. 그저 온종일 집에 틀어박혀 양미간을 찡그리며 맹물 같은 차 한 잔, 별다른 반찬도 없는 밥 한 주발 먹을 따름이었다. 열쇠는 자신이 꼭 지니고 다니면서 아무리 자잘한 물건이라도 자신이 직접 꺼내주었다. 방 안의 탁자 위엔 다른 건 없고 그저 주판 하나와 장부 몇 권이 전부였다. 그의 몸은 마치 철을 부어 만들고 구리를 녹여 만든 것처럼 평생 죽지 않을 것처럼 보였다. 낮이나 밤이나 돈 벌 궁리, 하나를 벌면 열을 벌고 싶어 하고, 열을 벌면 백을 벌고 싶어 했다. 이렇게 쌓아두기만 하고 한 푼도 허수히 쓰지 않았다.

백 년도 못사는 인생,
천 년 계획을 세워 뭐 하나!

과선의 나이가 오십이 넘었으니 집안 하인들은 모두 그를 어르신 나리라 높여 불렀다. 부인은 이미 저세상으로 떠났고 아들 하나와 딸 하나를 두고 있었다. 아들 과천過遷은 방方씨의 딸과 정혼했고, 딸 과숙녀過淑女는 아직 혼처를 정하지 않았다. 과선은 아들이 재주가 빼어나고 머리도 좋은 걸 보고는 공부를 시켜야겠다고 마음먹었다. 그러나 돈 쓰기가 아까워 가정교사를 들이지 않고 친척 집으로 보내어 더부살이 공부를 하게 했다. 아이고 누가 알았으리, 과선이 집안 재산을 지키는 동자였다면 아들은 집안을 망치는 괴물이었음을! 평소 아들에게는 이런 나쁜 버릇이 있었더라.

책 보기를 원수 보듯 하고,
아낙네를 보면 죽고 못 살 것처럼 대한다.
좋아하는 건 음주,
사랑하는 건 도박.
공놀이, 악기 연주에 풍류 자랑,
매를 풀어 사냥하기, 싸움 잘한다 자랑질.
주먹질하고, 말 타고 싶어 몸이 들썩들썩,
몽둥이 휘두르고 창 가지고 놀고 싶어 몸이 근질근질.

사람은 끼리끼리 논다는 옛말이 있지 않은가. 놀기 좋아하는 과천이라 자기처럼 놀기 좋아하는 왈패들과 늘 붙어 다녔다. 그래도 아버지 눈치를 보느라 아침에 나가더라도 밤이 되면 돌아오곤 했다. 과선은 모든 시간과 신경을 재산 늘리는 데만 쓰느라 아들이 아침 일찍 나가서 밤늦게 돌아와서는 공부하느라 늦었다고 하면 그런가 보다 하고 전혀 의심하지 않았다. 과천은 도시락을 내오는 하인 녀석을 매수하여 그냥 평소처럼 도시락을 가져오되 자기한테 건네주지 말고 오가는 도중에 대신 먹으라 하니 과선이 아들이 딴짓하는 걸 알 길이 없었다. 과천은 선생한테는 집안에 일이 있어서 수업을 들을 수 없다고 하면서 수업을 빠졌다. 그러다 며칠에 한 번은 꼭 찾아와 선생한테 눈도장도 찍고 작은 선물도 바치고 그랬다. 선생은 과천이 공부할 만한 재질이 아니고, 과천의 아버지도 아들을 공부시키는 데 그다지 열성적이지 않으니, 작은 선물이라도 받는 게 더 낫다고 생각하여 과천이 거짓말하는 걸 다 알면서도 모른 척하고 내버려 두었다. 이런 까닭에 과천이 천방지축 제멋대로 설치고 다녀도 집에서는 털끝만큼도 알지를 못했다.

'남한테 발각될까 걱정하지 말고 아예 그런 일을 하지 말라'는 속담이 있지 않은가. 장인 방씨가 과천에 대한 소문을 듣고 하인을 보내어 이 사실을 알렸다. 과선은 그 말을 곧이듣지 못했다.

'밖에서 그렇게 돌아다니려면 분명 은자가 많이 필요할 텐데 그게 다 어디서 났을까? 게다가 하인 녀석이 매일 도시락을 과천 공부하는 데 갖다 주고 올 때마다 아들 녀석이 없다고 말하지 않았는데. 설마 그런 일이 있으려고!'

그러면서도 또 이런 생각이 들었다.

'사돈어른이 참으로 신중한 양반인데 없는 말을 지어내 하실 리는 만무하니 한번 알아봐야겠구나.'

과선은 도시락 심부름을 하는 하인을 불러 물었다.

"내 아들이 날마다 학교도 빠진다고 하는데 너는 대체 도시락을 누구한테 갖다 주었단 말이냐?"

둘러 붙이는 데는 이골이 난 그 하인이 이렇게 대답했다.

"도련님은 학교에 하루도 안 빠지고 열심인데 누가 이렇게 없는 말을 지어내 모함하는지 모르겠습니다."

과선은 하인 녀석이 사실대로 말하는 거려니 생각하고 더는 따져 묻지 않았다. 저녁때 과천이 집에 돌아오자 그 하인이 곧바로 이 일을 과천에게 귀띔하여 주었다. 과천이 방에 들어가니 과선이 물었다.

"넌 어째서 공부는 안 하고 매일 싸돌아다니고 그러는 거냐?"

"아니 누가 그런 말을 했습니까? 어서 알려주세요. 제가 그놈한테 귀싸대기를 갈겨야겠네요. 그놈한테 앞으론 절대 그런 없는 말을 지어내지 못하게 해야죠. 제가 언제 학교를 빠졌다고 이런 말을 지어내서 나를 곤란하게 만드는 건지!"

과선은 아들을 사랑하는 마음에, 그리고 아들이 노는 데 쓸 만한 용돈도 없을 거라서, 하인 녀석도 같은 말을 하고 해서 아들의 거짓말을 그냥 사실이라고 믿고 더는 따지지 않았다.

세심하게 살피는 마음 없으니,
한 귀로 듣고 한 귀로 흘리는구나.

며칠 후 사돈 방씨가 사람을 보내어 말을 전했다.
"사돈어른, 어째서 아드님이 학교 가서 공부 열심히 하도록 단속하지 않으시고 밖에서 제멋대로 놀게 내버려 두시는지요?"
"설마 그럴 리가?"
과선은 즉시 하인을 학교로 보내서 아들이 뭐 하고 있는지 살펴보게 했다. 하인이 가서 찾아보니 과천의 그림자도 보이지 않았다. 선생에게 물어보니 이렇게 대답했다.
"집안에 일이 있다고 하면서 며칠째 수업을 안 나오고 있다네."
하인이 황급히 집으로 돌아가 과선에게 이 사실을 보고했다. 과선은 보고를 받더니 버럭 소리를 질렀다.
"이 망할 놈의 자식, 원래 요 모양이었다니!"
즉시 과천에게 도시락을 갖다 주는 하인을 붙잡아오게 했다. 그놈을 몽둥이 찜질하게 하니 그놈이 견디지 못하고 자백했다.
"도련님은 매일 다른 곳으로 놀러 가시느라 수업을 듣지 않으셨습니다. 소인에게 나리께는 비밀로 하라고 신신당부했습니다."
그 말을 듣고 과선은 너무도 화가 나서 손발이 부르르 떨렸다. 망할 놈의 자식이 지금 눈앞에 있다면 당장 때려죽이고 싶었다. 딸년이 옆에서 그런 아버지를 진정시켜 드렸다. 저녁이 되자 과천이 집에 돌아왔다. 과선은 그래도 화가 좀 가라앉은 터였다.

"이 빌어먹을 놈아! 밖에서 개망나니짓하고 다니면서 아비를 속여!"

숙녀가 바로 끼어들었다.

"오빠, 요 며칠간 어디를 그렇게 다니신 거죠? 아버님이 화가 단단히 나셨어요.. 어서 무릎 꿇고 비세요!"

과천은 바로 무릎을 꿇더니 이렇게 또 거짓말을 해댔다.

"소자, 열심히 공부했습니다. 다만 요 며칠 동안 저의 동학네 집에서 굿을 한다며 소자를 초청했습니다. 아버님이 걱정하실까 봐 하인한테는 말씀드리지 말라고 했습니다. 아버님, 소자를 용서하여 주십시오."

숙녀가 말을 이었다.

"아버님, 노여움을 거두세요. 오빠가 이제 열심히 공부한다잖아요."

과선은 아들의 말이 사실이겠거니 하고 믿었다. 그 자리에서 한바탕 욕을 하고는 두문불출하고 집에서 공부하라고 했다.

이틀 후, 과선은 몇천 평의 밭을 사기로 했다. 홍정을 마치고 계약서도 작성했다. 과선이 안방으로 가서 돈을 가져오려고 상자를 열어보고는 깜짝 놀랐다. 상자 안에 넣어두었던 2천 냥 가운데 태반이 어디론가 사라져 버렸다. 과천이 아버지가 어떤 상자에 돈을 넣어두는지 알아내고는 상자 열쇠를 여벌로 하나 더 만들어 밤에 아버지와 여동생이 잠든 틈을 타서 몰래 기어들어가 돈을 꺼내어 마구 써댔던 것이라. 이렇게 자꾸 꺼내 쓰다 보니 대체 얼마나 꺼내 썼는지 본인도 잘 모를 정도였다. 아버지가 놀라서 소리치는 걸 듣고는 딸 숙녀가 달려 들어와 웬일인지 여쭈었다. 과선이 돈이 없어졌다고 하는 걸 듣고는 다시 이렇게 여쭈었다.

"참으로 이상하네요.. 이 안에 넣어둔 게 대체 어디로 갔다는 거죠? 아버님께서 혹시 잘못 기억하고 계신 거 아녜요? 실제로 그렇게 많은 액수가 아니었을 수도 있잖아요."

"아냐, 아냐, 저 망할 놈이 내 돈을 훔쳐서 밖에서 다 써버린 거야."

과선은 몽둥이를 집어 들고 아들을 불렀다. 잃어버린 돈이 너무 아까워 자식 사랑하는 마음이 어디론가 다 사라져 버렸다. 과선은 다짜고짜 아들을 몽둥이찜질 해대기 시작했다. 딸내미가 옆에서 뜯어말려서 오빠를 한쪽으로 밀쳐놓고 제발 몽둥이찜질 좀 그만하시라고 했다. 과선이 버럭 소리를 질렀다.

"죽일 놈! 대체 어떻게 훔친 거야? 어디에다 쓴 거야? 사실대로 이야기해봐. 그럼 내가 좀 생각해주지. 만약 조금이라도 거짓말하면 널 때려 죽일 거야."

과천은 몽둥이질을 견디지 못하여 사실대로 이야기하지 않을 수가 없었다. 허리춤에 차고 다니던 그 열쇠도 풀어서 아버지에게 드렸다. 화가 머리끝까지 오른 과선은 두 발을 동동 구르며 이렇게 말했다.

"너 같은 놈 살아봐야 사람 노릇 제대로 못 하고 남들 비웃음이나 받을 것이니 차라리 맞아 죽는 게 나을 거다."

과선이 다시 몽둥이를 집어 들자 딸과 하인들 모두 무릎을 꿇고서 제발 용서하여 달라고 빌고 또 빌었다. 과선은 아들을 빈방에 가두고 사슬을 가져오라 한 다음 그 방문을 꽁꽁 묶어버렸다. 밭을 사려는 일은 포기했다. 너무도 화가 나서 방구석에 털썩 주저앉았다.

과선이 화가 치밀어 아들을 호되게 때리기는 했으나 자기 마음인들 어찌 편했겠는가.

"그래도 저놈이 아주 구제불능은 아닌 줄 알았는데 이렇게 망할 짓만 골라서 하다니 저놈을 어떻게 하면 사람 만들지!"

이 생각 저 생각 다 해보아도 별로 뾰족한 수가 없었다. 딸이 이렇게 권했다.

"아버님, 기왕 이렇게 된 거 화를 내신다고 좋을 게 뭐가 있겠어요. 오빠가 아직 어려서 나쁜 친구들의 꾐에 빠져서 그런 거죠. 앞으로 집에서 공부만 하라고 바깥출입을 못하게 하면 그런 친구들과 어울리지 않을 거고 어울려 놀려고 하는 마음도 사라질 것입니다."

하인들도 이렇게 권했다.

"나리, 도련님을 빈방에 가둬놓는 것은 해결책이 될 수 없습니다. 도련님이 지금 나이도 차고 했으니 혼사를 치러주시는 게 어떨지요? 옆에 부인이 있으면 밖으로 싸돌아다니지 않을 거고 일거양득 아니겠습니까!"

과선은 그 말을 듣고 정말로 그럴듯하다고 생각했다. 이삼일이 지나서 과천을 풀어주고 좋은 말로 달랬다. 과천은 욕먹고 매 맞고 난 다음에는 감히 밖으로 나갈 생각을 못 하고 억지로 집에 눌러앉아 있었다.

보름쯤 지나고 과선이 길일을 잡아 중매쟁이를 사돈집에 보내어 혼례를 치르자는 말을 전하게 했다. 사돈어른 방씨도 제법 재산이 많은 사람이었는지라 혼수 마련에 부담을 느끼지 않고 앉은자리에서 바로 그러자고 답했다. 혼삿날이 되어 며느리를 맞아들였다. 과선은 천성이 검소하여 이런저런 절차를 과감히 생략하고 간소하게 예식을 진행했다. 한편, 과천은 신부 얼굴이 너무도 예쁜 데다가 혼수도 바리바리 싸 들고 오니 늘 집에만 붙어 있고 신부를 졸졸 따라다니면서 어디 다른 데 갈 생각을 하지 않았다. 과선은 아들의 이런 모습을 보고 몹시 흡족해했다. 얼마 후 신부가 친정에 인사를 떠나자 과천은 혼자서 너무도 심심하여 아무도 눈치채지 못하게 밖으로 나가서 옛 친구들과 함께 이곳저곳에 놀러 다녔다. 하지만 수중에 돈이 없어 멋대로 놀 수는 없었다. 과천은 아내가 가져온 상자에 필시 돈 될 만한 게 있을 거라는 생각이 들었다. 예전의 솜씨를 발휘하여 아내의 상자를 열어 물건을 꺼내었다. 옷가지 같은 거까지 깡그리 팔아치웠다. 며칠 후 아내가 돌아와서 상자가 텅 빈 걸 보고는 아이고 이게 무슨 일이야 싶어 과천에게 물었다. 과천은 시치미를 딱 떼고 모른 척했다. 부부 사이가 벌어지기 시작했다. 과선은 이 사실을 알고서는 화가 나서 부들부들 떨었다. 과선은 과천을 불러서 머리를 잡아챈 다음 주먹으로 치고 발로 차고 그랬다. 동생 숙녀도 이젠 어떻게 말릴 수가 없었다. 과선이 소리를 질렀다.

"이놈아, 네가 그래도 잘못을 뉘우치고 사람 노릇을 좀 하나 싶었다. 다시 옛날 버릇이 나오니 너란 놈은 구제불능이구나. 차라리 어서 죽어라. 네놈이 죽어야 그나마 내가 살겠다."

과선은 옆에 있던 몽둥이를 부여잡고 과천의 머리를 향해 내리치려고 했다. 숙녀가 아연실색하면서 두 손으로 과선의 팔뚝을 부여잡고 울면서 말했다.

"아이고 아버지, 다른 건 몰라도 이거로 때리면 안 됩니다요!"

며느리 방씨 역시 사태가 심각함을 직감하고서 이렇게 말씀드렸다.

"아버님, 고정하셔요. 상자 안에 뭐 대단한 게 있었던 건 아닙니다."

과선이 그제야 손을 내려놓았다. 숙녀가 과선을 방으로 모시고 가서 이렇게 말씀드렸다.

"아버님, 하나뿐인 아들을 어쩜 이렇게 독하게 몽둥이질을 하려고 그러세요? 그러다 아들이 죽기라도 하면 여생을 누구랑 지내시려고요?"

"그놈은 사람 노릇 하기는 글렀다. 그런 놈한테 어찌 내 여생을 맡기겠느냐! 차라리 없는 게 낫지. 그놈이 없으면 남들한테 창피할 일도 없을 거 아니냐!"

"아버님, 불효자식이 개과천선하여 집안을 일으킨다는 말이 있잖아요. 오빠는 아직 어린데 어찌 평생 이렇게만 살겠어요! 오늘 아버님이 화나신다고 오빠를 어찌 해버리시면 나중에 필시 후회하실 거예요."

과선은 딸의 말을 듣고는 그나마 화가 좀 가라앉았다. 아들놈과 어울려 다니는 놈들을 관가에 고발하여 벌을 주고 싶었으나 그것 역시 돈이 좀 들어가는 일인가 싶어 그만두었다. 이날 이후로 과천은 방구석에 처박혀 나오지 않았다. 과선 역시 아들 얼굴을 보기 힘들었다. 하나, '고양이가 생선 맛을 못 잊는다'는 말도 있지 않은가. 밖에서 친구들과 어울려 놀던 과천이 집에 처박혀 있으려니 감옥살이가 따로 없었다. 한 달이 지나자 아버지를 속이고 몰래 집을 빠져나가려 했다. 아내가 수없이 말렸지만 콧방귀도 뀌지 않았다. 시아버지한테 알리자니 남편이 맞아 죽을 것만 같아서 그렇게 하지도 못했다.

수중에 돈 한 푼 없는 과천은 며칠 동안 싸돌아다녀도 아무런 재미가 없었다. 집에서 돈을 마련할 방도가 없음을 깨달은 과천은 몰래 자기 집 전답을 담보로 잡히고 돈을 빌렸다. 과천은 낮이나 밤이나 유곽, 술집, 도박장에서 노느라 정신이 팔려 집에 돌아갈 생각을 하지 않았다. 남편이 뭐 하고 지내는지 수소문해서 알아낸 아내 방씨는 남편이 사고 칠까 봐 걱정되어 하는 수 없이 시아버지한테 사실대로 말씀드렸다. 과선이 깜짝 놀라며 말했다.

"저 죽일 놈이 방구석에 처박혀 있는 줄 알았더니 또 뛰쳐나갔구먼!"

과선은 이어서 며느리를 책망하기라도 하듯 이렇게 말했다.

"아가야, 그놈이 처음 나갔을 때 바로 이야기하지 않고 어째서 이제야 이야기하는 거냐?"

"전에 아버님께서 몽둥이찜질을 워낙 호되게 하시는 것을 보고 감히 말씀 올리지 못했습니다."

"그 망할 놈의 자식이야 죽어도 싸지, 그놈한테 뭘 더 바라겠느냐!"

과선은 즉시 하인들을 풀어 아들을 찾아내라 했다. 과천의 아내와 동생은 과천이 또 몽둥이로 얻어맞을까 걱정되어 집 안에 있는 몽둥이란 몽둥이는 모두 없애고 숨기고 그랬다.

이 사실을 누군가 과천에게 알려주었다. 과천은 이번에 집에 들어가면 필시 집에 갇혀서 다시는 밖에 못 나갈 거라는 생각이 들었다. 차라리 집에 돌아가지 말자고 맘먹었다. 기생을 불러 왈패 집에서 즐겼다. 혹시라도 소문이라도 날 것 같으면 다른 집으로 옮겼다. 이렇게 지내기를 4, 5개월. 하인들도 이 사실을 다 알고 있었지만 도련님과 척지기 싫어서 아무리 찾아도 도련님이 어디 있는지 알 길이 없다고 할 뿐이었다. 참다못한 과선은 불효죄를 지은 아들을 고소하는 문서를 작성하여 현청에 접수했다. 왈패들이 현청에 손을 써서 나졸들이 과천을 붙잡으러 나서지 않게 말렸다. '물이 평평하면 흐름이 없고, 사람이 평안하면 군말이 없다'는 속담도 있지 않은가. 이런 왈패들이 과천의 일에 나서주는 것도 다 떡고물이라도 떨어지기 때문이었다. 그 떡고물이 골고루 분배되면 서로 불만 없이 잘 지내고 그럴 테지만 어쩌다 보면 행동이 굼뜨고 그런 놈들은 다른 사람은 뭔가 더 얻어가는 것 같고 자기는 그렇지 않은 것 같으니 그걸 배 아파하게 되는 것도 당연지사. 그런 놈들 가운데 하나가 과선에게 뽀로로니 달려가 이렇게 말했겠다.

"아드님이 그렇고 그런 놈들하고 어울려 다니면서 계집질에 도박에 빠져 지내고 게다가 전답을 잡혀 빌린 돈이 벌써 3천 냥이 넘는답니다."

과선의 얼굴이 흙빛으로 변했다. 과선은 속으로 이렇게 생각했다.

'이 죽일 놈! 이렇게 돈을 써대면 이 재산이 얼마나 간다고? 이렇게 일이 년 지나면 내 몸뚱아리도 팔아먹을 거구먼.'

과선이 그 사람에게 물었다.

"그래 그놈은 지금 어디에 있소이까?"

"동문 밖 삼리교 북단의 왕삼네 집에 있습니다. 그 집은 평소 앞문을 잠가놓지만 골목길로 들어가면 작은 대숲을 만날 수 있는데 거기에 뒷문이 있습니다. 세 칸짜리 초가집인데 거기서 아드님이 지내고 있습니다."

과선은 그 말을 듣자마자 바로 하인들 예닐곱을 불러 동문을 나서 삼리교에 이르렀다. 하인들한테 다리 밑에서 지키라고 한 다음 이렇게 당부했다.

"절대 그놈을 놓쳐서는 안 된다. 내가 너희들을 부르면 일제히 달려 나오도록 해라."

마침 오늘 일이 되려고 그랬는지 과천이 친구와 이야기를 나누면서 마당 문 쪽으로 걸어와 친구를 배웅했다. 배웅을 마치고 돌아서려는데 등 뒤에서 고함 소리가 들려왔다.

"야 이놈아, 어디를 가려는 게냐!"

과천이 고개를 돌려 바라보니 바로 자기 아버지라, 순간 다리 힘이 쫙 빠져서 도저히 도망칠 수가 없었다. 전광석화처럼 과선이 달려와 다짜고짜 돌멩이를 집어 들고 "죽어라, 이놈아!"라고 소리를 치면서 과천의 정수리를 향해서 내려찍었다. 이 과천의 목숨이 여기서 끊어지게 생겼다.

지옥에 불효자식 하나 늘어나고,
이 땅에 집안 망칠 자식 하나 사라지겠구나.

우당탕 소리가 났다. 과선은 과천의 머리를 빠개버렸다고 확신했다. 그러나 과천이 젊어서 그런지 눈도 빨라서 아버지가 맹렬한 기세로 달려와 돌멩이로 내려치려는 그 순간, 옆으로 재빨리 피했다. 그 돌멩이는 과천 옆에 어지러이 쌓여 있던 벽돌하고 부딪쳐 벽돌이 쏟아져 내리고 말았다. 과천은 골목을 향해 냅다 달려갔다. 너무 황망히 달려가다 보니 과선과 부딪쳤고 과선이 그만 넘어져 버렸다. 과선이 몸을 일으켜 과천을 쫓으면서 소리쳤다.

"아버지를 죽이려고 한 저 불효자식을 잡아라! 어서 잡아라!"

하인들이 과선의 목소리를 듣고 달려왔으나 과천은 이미 저 멀리 도망가 버린 상태였다. 과선은 화가 머리끝까지 치밀어 올라 제대로 말도 못 하고 그저 이렇게 외칠 뿐이었다.

"저놈 잡아라, 어서 저놈 잡아라. 저놈을 잡는 자에겐 후한 상을 내려줄 테다."

하인들은 그 말을 듣고 흩어져 과천을 쫓았다. 과선은 혼자서 다리 위에 주저앉아 서너 시간 정도 기다렸으나 아무런 소식도 들려오지 않았다. 해가 뉘엿뉘엿 저물 무렵, 과선은 화를 삭이며 집으로 걸음을 떼었다. 숙녀는 아버지가 씩씩거리며 돌아오는 걸 보고 대강의 분위기를 뻔히 짐작할 수 있었다. 숙녀가 아버지에게 왜 그러시는지 여쭈었다. 과선이 전후 사정을 세세히 설명해주었다. 숙녀가 눈물을 흘리며 아버지에게 말씀 올렸다.

"아버지, 아버지 나이도 이미 쉰을 넘기셨고 남들처럼 슬하에 자식이 칠팔 명씩 있는 것도 아니고 딱 아들 하나 딸 하나뿐이잖아요. 자식이 좀 모자라더라도 가르치고 이끌어주시고 그러시지, 왜 그렇게 독하게 구셨어요! 오빠가 잽싸게 피했기에 다행이지 만약에 얻어맞아서 큰일이라도 났으면 우리 가문에 대가 끊길 뻔했잖아요! 아버지 다음부터는 제발 그러지 마세요!"

과선이 이를 바득바득 갈면서 말했다.

"내 제사를 지내줄 사람이 없어져 내가 제사도 못 챙겨 받는 귀신이 되어도 좋다. 저런 짐승만도 못한 놈을 내가 어찌 용서할 수 있겠느냐!"

숙녀가 아버지 과선에게 간곡하게 말씀드린 이야기는 여기서 그치자. 한편, 과천은 가까스로 목숨을 부지하고 이것저것 따질 겨를도 없이 샛길로 냅다 달렸다. 한참을 달리는데 등 뒤에서 두 녀석이 나는 듯이 쫓아와 과천을 붙잡고 어서 돌아가자고 우겨댔다. 그 두 녀석이 누구던가? 바로 과선이 손자로 입양하여 하인 노릇 하는 소삼과 소사였다. 소삼, 소사는 주인 나리의 명령을 받들어 한달음에 작은 나리 과천을 쫓아 달려왔다가 여기서 과천을 맞닥뜨리게 된 것이다. 과천은 두 사람에게 붙잡혀 더는 빠져나갈 수 없는 상황이 되자 버럭 화를 내며 주먹을 들어 소사의 가슴팍을 때렸다. 소사가 얻어맞고서 아이고 아이고 소리를 지르며 뒤로 넘어지더니 소리를 멈추었다. 소삼은 자기 동생이 과천에게 얻어맞고 죽겠다고 왜장치는 걸 보더니 더욱더 과천을 부여잡고 절대로 놓지 않을 기세였다. 일이 이 지경이 되니 과천도 어찌해볼 도리가 없었다.

'나중에 어찌 되든 말든 일단 나부터 살고 봐야겠다. 자, 주먹맛 좀 봐라.'

과천은 두 주먹을 불끈 쥐고 전후좌우 가릴 것 없이 사방으로 휘둘렀다. 그래도 무예를 익힌 바 있는 과천인지라 소삼이 어찌 견디랴. 소삼이 과천의 옷을 쥐고 있던 손을 살며시 풀었다. 소삼이 소사를 보니 제정신이 돌아오는 것 같았다. 소삼이 소사를 부축하여 근처 아무 데나 들어가 더운물을 챙겨 소사에게 주었다. 소사가 그 물을 마시고 정신을 차려서는 집으로 돌아와 주인 나리한테 보고했다. 다른 하인들 역시 과천의 행방을 찾지 못하고 빈손으로 돌아왔다. 과선은 한숨만 쉬었다.

한편, 과천은 길을 걸으며 생각에 잠겼다.

'아버님이 나를 정말로 못마땅하게 여기셔서 현청에 불효죄로 고소하기도 했는데 이제 또 소사를 때려죽이기까지 했으니 이거 죄목이 또 늘었구나. 나는 이제 죽은 목숨이로다.'

헤아려보니 수중에 은자 서너 냥은 남아 있었다. 이것을 노자 삼아 어디든지 도망가서 다시 살 궁리를 해보아야 할 것 같았다. 과천이 작정을 하고서 밤낮을 가리지 않고 걸었다.

상갓집 개 같은 막막한 신세,

그물에 걸린 물고기 같은 다급한 신세.

과천이 도망치고 나서 반년이 넘도록 아무런 소식이 없었다. 동네 사람들은 과천이 죽었으려니 했다. 과천과 어울려 놀았던 왈패들은 과천과는 모르는 사이인 것처럼 굴면서 빚쟁이한테 아버지 과선을 찾아가 빚을 받으라고 했다. 빚쟁이가 과선한테 찾아가 빚을 갚지 않으면 과선의 전답을 몰수할 것이라 했다. 그 빚쟁이가 나름 권세도 있고 그랬으니 과선이 어쩔 도리가 없었다. 그저 조금만 기다려달라고 부탁하는 수밖에 없었다. 이 빚쟁이가 가면 저 빚쟁이가 찾아오고 과선의 대문에는 빚쟁이가 바글바글했다. 과선이 버티고 그들을 상대하지 않자, 그들은 현청으로 달려가 고소했다. 현청에서 나졸을 파견하여 과선을 잡아 오게 했다. 현령이 빚문서를 보더니 과선을 향하여 말했다.

"이 빚은 다 네 아들이 진 거구먼. 그걸 어찌 아니라고 우길 셈인가?"

"불효자식이 제 말을 듣지 아니하고 나쁜 놈들하고 어울려 다니면서 온갖 몹쓸 짓을 하여 가산을 축내고 하여 제가 이미 불효죄로 고소한 바 있습니다. 그런 아들놈이 지금은 어디론가 도망쳐 버려 아직 판결을 받지 못했습니다. 남은 재산이라고 해봐야 제 남은 생애 먹고 살기에도 부족할 정도입니다. 그 빌어먹을 불효자 빚을 갚아줄 여력이 없습니다. 아들 빚을 아비가 갚아줘야 하는 법이 어디 있습니까?"

현령이 웃으면서 말했다.

"네가 아들 빚을 갚아줄 거라 생각하지 않았다면 누가 네 아들에게 돈을 빌려주었겠느냐! 게다가 네 아들에게 돈을 빌려준 자들하고 네 아들하고 놀아난 자들은 엄연히 다르지 않으냐. 네 아들놈이 불효자식인 것을 어찌 남 탓하겠느냐. 아버지가 살아 있는데 아들이 제멋대로 할 수 있는 것도 아닐 터. 그래도 그 빚쟁이들이 재물에 눈이 멀어 네 아들에게 돈을 빌려준 것이니 그놈들도 양심이 없는 건 맞다. 빚 문서에 나온 원금은 갚되, 이자는 갚지 않아도 될 것이다. 빚을 다 갚으면 빚 문서는 이 현청에서 바로 소각할 것이다. 아울러 네 아들을 꾀어 빚을 알선해준 놈들한테는 엄히 죄를 물을 것이다."

현령의 판결을 과선이 어찌 무시할 수 있으랴. 빚 문서대로 빚을 갚고 나니 속이 더욱 쓰렸다. 아들이 타향에서 죽어버린 게 오히려 다행이라는 생각이 들고 조금도 슬프다는 생각이 들지 않았다.

밭에 씨를 뿌렸으나 싹을 틔우지 못하니,
차라리 씨를 뿌리지 않았던 것만 못하네.
아들을 키웠으나 골치만 썩이니,
차라리 낳지 않았던 것만 못하네.

자질구레한 이야기는 이제 그만. 과선의 딸 숙녀는 천성이 효성스럽고 용모도 단정했다. 나이는 열여덟, 아직 정혼하지 않았다. 과선 같은 부자가 딸이 이 나이가 되도록 왜 정혼시키지 않았을까? 과선은 딸을 너무도 아낀 나머지 맘에 쏙 드는 사위를 찾으려고 무진 애를 썼다. 너무 좋은 상대는 잘 이뤄지지 않고, 조금 성에 안 차는 상대는 아예 거들떠보지도 않고 하니 수다한 청년을 만났으나 인연이 되는 사윗감을 찾지 못하여 이렇게 된 것이다. 게다가 아들놈이 사고를 치고 다녀서 재산을 딸에게 물려주려고 맘먹고는 사위에게 집안 살림을 맡기고자 했으니 그럴만한 사위 찾기가 어디 쉬우랴.

여기서 이야기는 둘로 갈린다. 과선 집 근처에 장인張仁이라는 사람이 살았다. 대대로 학자 집안에다가 농사도 지어 살림도 꽤나 풍족했다. 장인 부부는 아들 하나를 두었는데 이름은 효기孝基였다. 생김새도 시원시원하고 풍기는 인상도 멋들어졌고 고금의 역사에 통달하고 경서를 두루 읽었다. 나이 스물인 효기는 아직 정혼하지 않았다. 장인은 중매쟁이에게 부탁하여 널리 며느릿감을 찾았다. 중매쟁이가 과선한테도 말을 건넸다. 과선은 장효기의 사람 됨됨이가 반듯하고 집안 형편도 넉넉한 것을 보고 너무도 맘에 들었다.

'이런 사위만 얻을 수 있다면 숙녀를 평생 믿고 맡길 수 있으련만!'

장인은 외아들을 데릴사위로 주고 싶은 마음이 없었으나 과선이 중매쟁이 편에 두 번 세 번 조르는 데다 과선의 딸이 엄청 현숙하다는 소문을 듣고 그만 허락하고 말았다. 사주단자와 예물을 주고받고 길일을 택하여 장효기를 사위로 맞아들였다. 장효기는 비록 과선 집에 들어와 살기는 했으나 아침저녁으로 부모님을 찾아뵙고 문안 인사 드리는 걸 조금도 게을리하지 않았다. 부부 사이에서도 서로 깍듯이 공경했다. 장효기는 장인 과선을 친아버지처럼 모셨다. 사람됨이 본디 겸손하고 대인관계도 원만하여 손윗사람이든 손아랫사람이든 좋아하지 않는 사람이 없었다. 과선은 장효기를 친아들처럼 대했으며 어려운 일이 있을 때마다 그랑 상의하며 그의 재주를 시험해 보았다. 장효기는 일을 조목조목 잘 따지고 일 처리하는 게 조리가 정연했다. 과선은 장효기를 더욱더 아꼈다. 다만 아들 며느리만큼은 도망친 남편 소식을 알 길이 없어 마음 졸였다. 도대체 살았는지 죽었는지 알 수가 없어 낮이나 밤이나 눈물 바람이었다.

세월은 쏜살같이 흘러 장효기가 과선의 집에 데릴사위로 들어온 지도 벌써 2년이 지났다. 어느 날 갑자기 과선이 몸져누워 백약이 무효였다. 며느리와 딸이 탕약을 끓여 올리고 밤낮으로 간호했다. 장효기는 바깥채에 기거하면서 집안 살림을 도맡았다. 과선의 병세는 갈수록 심해져 도저히 일어날 가망이 없어 보였다. 과선은 딸에게 술상을 준비하라고 한 다음 이웃과 일가친척을 초대했다.

"여러 어르신을 모시고 이 노인네가 드릴 말씀이 있소이다. 내가 조상님의 음덕을 입어 제법 재산도 모으고 그걸 내 자식에게 물려주어 대대로 가문을 잇고자 했으나 내 복이 여기까지인지 아들이 불효자식이라 재산만 축내고 지금은 어디로 도망쳤는지, 살았는지 죽었는지도 모르고 있소이다. 그래도 딸년이 하나 있어 사위를 보고 내 여생을 의지할 수 있게 되었소이다. 하나 이렇게 병이 위중하니 이 노인네가 이 세상을 하직할 날도 얼마 남지 않은 것 같소이다. 하여 이렇게 여러 어르신을 모셨으니 여러분들이 증인이 되어주시오. 나의 전 재산은 사위에게 물려주어 우리 가문의 제사를 모시게 할 것이오. 이 노인네가 유언장을 진즉에 써두었으니 여러 어르신들이 이 유언장에 함께 서명해주시오. 만약 나중에 내가 죽은 후라도 그 망할 놈의 자식이 나타나 유산 문제로 시끄럽게 되면 이 유언장을 현청에 가지고 가주시오. 현청에서 금방 명명백백하게 가려줄 것이오."

과선은 머리맡에서 뭔가를 주섬주섬 꺼내어 식구들과 일가친척에게 보여주었다. 사람들은 장효기의 식견을 몸소 보지 못했기에 섣불리 그러마고 대답하지 못하고 머뭇거렸다. 이때 장효기가 먼저 입을 열었다.

"장인 어르신의 은혜에 감사 올립니다. 하지만 장인 어르신께는 친아들이 엄연히 있으신데 전 재산을 외성받이 사위에게 주시는 것은 천부당만부당합니다. 사방으로 사람들을 보내어 처남을 찾아내셔서 그에게 가산을 주시는 것이 부자의 정리에 합당할 것입니다. 그럼 저희 부부는 친가로 돌아가겠습니다. 설혹 처남이 이미 이 세상 사람이 아니라 하여도 처남댁이 있으니 처남댁이 살림을 맡고 나중에 천천히 동성받이를 골라 양아들로 삼는 게 정리에 맞다고 생각합니다. 만약 저에게 재산을 물려주시면 장인 어르신께서 사위만 생각하고 아들을 내팽개쳤다는 비방을 받을까 걱정입니다. 저 또한 뻐꾸기가 남의 둥지를 차지하듯 한다고 비난을 받을 것입니다. 장인 어르신의 말씀은 결코 받들 수 없습니다."

숙녀도 거들었다.

"오빠는 아버님한테 혼날 것이 두려워 잠시 피한 것이지 무슨 억하심정이 있어서 그런 것은 아닐 거예요. 제 남편은 외성받이 바깥사람, 어찌 아버님의 명을 받들 수 있겠습니까?"

일가친척들은 숙녀와 장효기의 말이 진심에서 우러나온 것임을 확신하고서는 이구동성으로 이렇게 말했다.

"따님이나 사위의 말이 일리가 있네그려. 일단 일 년이고 반년이고 아들을 좀 찾아보시고 그런 다음 다시 생각해 보시게나."

과선이 이렇게 대꾸했다.

"사위의 말은 나를 아끼는 말이 아니라 나를 망치는 말일세."

일가친척들이 되물었다.

"아니 그게 무슨 말인가?"

과선이 대답했다.

"이 노인네가 평생 피땀 흘려 일군 이 재산을 저 불효막심한 아들놈이 물 쓰듯이 써버려 반년이 못 되어 4천여 냥을 축내고 말았다네. 이런 놈이 아무리 재산이 많다고 한들 얼마 못 가 결국 다 절단나버릴 것임은 불문가지라네. 재산을 다 써버리고 나면 필시 선산도 팔아치울 것이니 내가 들어갈 땅이 사라짐은 물론 조상님들의 유골도 다시 땅 밖으로 나올 것이라네."

장효기가 다시 이렇게 말씀드렸다.

"처남이 그땐 나이도 어리고 그래서 다른 사람의 꼬임에 넘어간 것이고 지금은 철이 들었을 것입니다. 저희도 열심히 권유하고 그러면 지난 잘못을 뉘우치고 새사람이 될 것이니 걱정 마십시오."

"그럴 리가, 그럴 리가! 내가 엄하게 다스리고 벌을 줘도 고치지 않는 녀석인데 내가 죽은 다음에는 그놈을 제어하고 벌 줄 사람조차 없는데 말이야."

일가친척들이 나섰다.

"우리 생각은 말일세. 재산을 반으로 나눠주는 게 좋을 거 같아. 그럼 아들이 다시 돌아오더라도 별말이 없을 거 아닌가!"

과선은 그 말에도 꿈쩍하지 않았다. 숙녀 부부가 여러 번 부탁했다. 과선이 화를 버럭 내며 소리 질렀다.

"너희도 그놈 불효자식처럼 나를 때려죽일 셈이냐?"

일가친척은 과선이 저렇게 화를 내는 걸 보고는 장효기에게 말했다.

"자네 장인이 저렇게 고집불통이니 더 사양하면 곤란할 것 같네."

일가친척은 과선이 준비한 그 유언장에 수결도 하고 서명도 했다. 숙녀가 과선에게 물었다.

"저희가 아버님 재산을 모두 물려받으면 올케는 어떻게 살아요?"

"나한테 다 생각이 있으니 너는 걱정할 필요 없다."

과선이 유언장을 건네니 장효기 부부는 눈물 흘리며 절을 올리고 받았다. 과선은 또 주섬주섬 종이 두 장을 꺼내더니 사돈 방씨를 불렀다.

"아들놈이 못나서 사돈어른의 따님이 이렇게 오갈 데 없이 고생이 많소이다. 제가 정말 미안하고 또 미안할 따름이외다. 그러나 따님이 평생 여기서 이렇게 살 수는 없는 노릇. 이 노인네가 이미 서류를 작성했으니 그걸 따님에게 건네주려 하오. 내가 죽걸랑 따님을 데리고 가서 다른 좋은 인연을 찾아주시오. 만약 그 빌어먹을 놈이 돌아와 찾으면 이 서류를 현청에 보여주고 해결하기 바라오. 그리고 전답 3천 평을 드리니 혼수 장만하느라 들었던 경비를 벌충하시오."

과선이 말을 마치더니 종이 두 장을 방씨에게 건넸다. 방씨는 그걸 받을 생각도 하지 않고 이렇게 대답했다.

"내 딸년은 이미 사돈 집안으로 시집을 보냈으니 이미 사돈 집안의 귀신이 된 것이고 나하고는 상관없는 것이외다. 게다가 우리 집안에는 개가한 여자란 없으니 나 또한 딸년 개가시킨 아비란 말을 듣고 싶지 않으니 그런 말씀 마시오."

방씨는 말을 마치더니 밖으로 걸음을 옮겼다. 장효기가 말렸으나 소용없었다. 과선이 며느리를 불러 자신의 뜻을 밝히자 며느리는 눈물 바람이었다.

"저는 일부종사가 부녀의 도리임을 잘 알고 있습니다. 남편과 사별하고 개가하는 짓은 지조 있는 여자가 할 짓이 못됩니다. 하물며 저는 남편이 버젓이 살아 있는데 어찌 짐승 같은 짓을 하겠습니까!"

"그 망할 놈하고 함께 살아서 뭐 좋을 게 있다고!"

"제 남편이 아무리 못났어도 제 뜻은 결코 변함이 없습니다. 제 뜻을 꺾는 방법은 오직 죽음이 있을 따름입니다."

"네가 그런 지조가 있는 건 좋은 거지. 그러나 내가 죽고 나면 이 집 전 재산을 네 시누 남편에게 주어 관리하게 할 것이니 네가 여기 사는 게 속 편하지는 않을 거야."

숙녀가 이렇게 말했다.

"올케가 이런 마음인데 올케에게 재산을 물려주시고 관리하라 하시지요. 저는 남편을 따라 시댁으로 가겠습니다. 그게 여러모로 정리에 맞을 거 같습니다."

며느리가 이렇게 말했다.

"아씨, 나한텐 자식도 없는데 재산이 무슨 소용이 있겠어요. 아버님이 이미 전답 3천 평을 주셨으니 저 먹고사는 데 아무런 문제가 없습니다. 남편이 돌아와도 생활하는 데 아무런 불편이 없을 거예요."

일가친척이 정말 대단한 며느리라고 칭찬했다. 과선이 다시 이렇게 말했다.

"아가, 네가 우리 과씨 집안을 위해 수절하겠다고 하는데 전답 3천 평은 약하지! 내가 너에게 전답 6천 평을 주고 은자 2백 냥을 물려주어 평생 먹고 사는 데 지장이 없도록 하마."

며느리가 눈물을 흘리며 감사의 절을 올렸다. 재산 분배가 끝나자 과선은 장효기에게 일가친척들을 대청에 모시고 술대접을 하라 일렀다. 일가친척들은 밤이 되어서야 돌아갔다. 과선은 병세가 워낙 위중하여 숨도 가쁘고 그랬다. 하지만 이 재산 분배 건을 처리하느라 억지로 말도 많이 하면서 반나절이나 버텼더니 밤이 되어서는 더욱 힘들어했다. 딸, 며느리가 병상을 지켰다. 장효기는 만약을 대비하여 장례 준비를 미리 다 해두었다. 며칠이 지나고 과선이 이 세상을 하직했다.

숨이 붙어 있을 때는 뭐든지 다 할 수 있겠지만,
한순간 숨 끊어지니 모든 게 다 소용없구나.

딸과 며느리가 슬피 울었다. 울다가 기절하고 다시 깨어났다. 장효기 역시 그 슬픔의 깊이를 이루 헤아릴 수 없었다. 수의, 관을 모두 최고급으로 준비했다. 49재를 지내는 동안 조문객들을 받고, 중을 불러 독경하면서 명복을 빌었다. 길일을 택하여 선영에 봉분을 마련했다. 모든 장례 절차를 풍성하게 했다. 장례를 다 마치고 나서 며느리 방씨가 짐을 챙겨 친정으로 돌아갔다. 시누이와 올케는 헤어짐이 너무 슬퍼 대성통곡했음은 두말할 필요가 없겠다. 한편, 장효기는 장인이 남긴 전답, 현금, 곡식을 일일이 헤아려 정리하고 더불어 사람을 사방으로 보내어 과천을 찾아보게 했으나 감감무소식이었다. 무정한 세월은 쏜살같이 흘러 이러구러

5년이 지났다. 그 사이에 장효기는 아들 둘을 얻었다. 앞채에 전당포를 열었다. 지배인을 하나 고용하여 전체 업무를 맡겼다. 과선이 맡아 할 때보다 수입이 몇 배나 늘었다.

쓸데없는 이야기는 그만 줄이자. 하루는 장효기가 진류군에 갈 일이 있었다. 진류군에 도착하여 객점을 잡아 묵었다. 주신이란 이름의 하인과 함께 이곳저곳을 둘러보다가 시장에 들렀다. 병든 거지 하나가 어느 집 처마 밑에 앉아 있었는데 그 집 사람이 그 거지를 쫓아내려 했다. 장효기가 보기에 그 거지가 참으로 안 되었는지라 주신을 시켜 몇 푼 적선해주게 했다. 주신은 본디 과씨네 집에서 오랫동안 일 해왔던 처지라 사람 분간도 잘하고 임기응변도 능하고 그랬다. 주신은 쥔장에게서 돈을 받아 그 거지에게 건네주다가 소스라치게 놀랐다. 주신이 황급히 돌아와 장효기에게 아뢰었다.

"나리, 그동안 도련님 행방을 찾으셨는데, 저 거지 생김새가 도련님과 너무도 닮았어요."

장효기는 그 자리에서 바로 발걸음을 멈추고 분부했다.

"얼른 가서 다시 살펴보아라. 만약 도련님이 맞다면 필시 너를 알아볼 것이다. 내가 과씨 집안의 사위라는 말도 하지 말고 장인어른이 재산을 나에게 물려주셨다는 이야기도 하지 마라. 다만 집안이 쫄딱 망했고 내가 새로 들어온 주인이라고 말해라. 그자가 어떤 식으로 나오는지 보고 나에게 와라. 나한테 다 생각이 있느니라."

주신은 장효기의 분부를 받들고는 바로 몸을 돌려 그 거지를 찾아갔다. 그 거지는 고개를 숙이고 적선 받은 돈을 허리춤에 넣고 있었다. 주신이 자세히 살펴보니 틀림없이 도련님이었다. 그 거지는 처음에 적선 받을 때는 온정신이 오로지 돈에만 쏠렸지만 이제 주신이 다시 찾아왔을 때는 돈을 잘 간수하고 난 다음이라 주신을 살펴볼 정신이 났다. 자기 집 하인 주신 아닌가. 그 거지는 자기도 모르게 소리쳤다.

"주신, 너 누구랑 같이 여기에 온 거냐?"

주신이 바로 이렇게 되물었다.

"나리, 어쩌다가 이렇게 되셨습니까?"

과천이 꺼이꺼이 울면서 대답했다.

"내가 그날 일단 집에서 도망친 다음에 누구라도 찾아서 아버지한테 잘 말씀드려 달라고 할 참이었지. 한데 뜻밖에 소삼, 소사 형제한테 붙잡혔어. 그들이 나를 막무가내로 집에 데려가려고 하지 않겠어. 아무래도 아버님이 화가 머리끝까지 올라와 있을 때니까 이렇게 잡혀가면 목숨 부지하기 힘들겠다는 생각이 들더라고. 그래서 막 주먹질을 해댔지. 아이고 소사 녀석이 그대로 넘어지면서 숨이 넘어가 버리더라고. 내가 너무 무섭고 걱정되어 밤새 달려 도망쳤어. 며칠을 달리고 달려 여기까지 온 거지. 객점에서 며칠 지냈는데 수중의 돈도 다 떨어지고 말아 쫓겨났지. 그다음부터는 할 수 없이 구걸하게 되었어. 낮이나 밤이나 집 생각이 간절했지만 집 소식을 들을 방도가 없었어. 오늘 이렇게 천만다행으로 너를 만났구나. 그래 우리 집 소식 좀 사실대로 이야기해다오. 그날 소사가 죽었다고 아버님이 뭐라고 하지 않으셨느냐?"

"그때 소사가 잠시 기절했다가 바로 깨어났습니다. 나리께서 돌아가신 지가 이미 5년이나 되었습니다."

"그래!"

과천은 그 자리에서 쓰러지고 말았다. 주신이 일으켜 세웠다. 과천은 목이 막혀 울지도 못했다. 한참 후에야 목을 놓아 큰 소리로 울었다.

"내가 다른 사람에게 부탁하여 아버님께 잘 말씀드려 달라고 했던 것도 다 그리운 아버님을 만나고 싶어서였다. 한데 그 아버님이 돌아가시고 말았구나!"

이 모습을 보고서 주신 역시 눈물을 뚝뚝 흘렸다. 과천은 한참을 울고 나더니 이렇게 물었다.

"그래, 아버님이 돌아가셨다는데 집안 재산을 누가 맡아서 관리하느냐?"

"나리께서 돌아가시기 전에 도련님께 돈을 빌려준 빚쟁이들이 찾아와 돈을 갚으라고 했습죠. 나리께서 갚아줄 수 없다고 버티자 그들이 현청에 고소했고 그로 말미암아 송사에 휘말려 엄청난 비용을 쓰게 되었습니다. 도련님이 진 빚도 다 갚아야 했고요.. 그러다 보니 전답을 태반이나 팔아야 했습니다. 작은 마님도 혼수로 가져온 것을 다 도로 들고서 친정으로 돌아가셨습니다. 나리께서는 도련님을 제대로 공부시키지 못한 것을 한탄하면서 남은 재산을 친척들에게 나눠주셨습니다. 나리께서 돌아가신 다음에는 재산을 맡아 관리하는 사람이 없으니 하인들이 제멋대로 흩어져 지금은 하나도 남지 않습니다. 남아 있던 집마저도 새 주인 장씨한테 팔아 그 돈으로 나리 장례를 치르고 나니 지금은 땡전 한 푼 남은 게 없습니다."

과천이 입을 열었다.

"나는 그래도 우리 집 재산이 그대로 남아 있을 거라 생각하고 내가 좀 더 버티다가 집으로 돌아가서 개과천선하려 했더니, 아뿔싸 우리 집이 이렇게 거덜 나고 말았구나!"

과천이 다시 물었다.

"그래, 우리 집 재산이야 다 없어졌다니 그렇다 치고 내 마누라는 지금 어디에 있느냐? 여동생은 누구한테 시집갔느냐?"

"아씨는 인근 다른 사람한테 시집가셨습니다. 마님은, 뭐라고 말씀드리기가 좀 그러네요."

"아니 왜 그러느냐?"

"나리께서 도련님이 오랫동안 소식조차 없는 걸 보고서는 마님을 친정으로 보내시면서 개가하라고 했습니다."

"그래서 개가했단 말이냐?"

"소인은 새 주인한테 팔려 수시로 이곳저곳을 수행하고 다니느라 집에 있는 시간이 거의 없어 자세히 알아볼 수가 없었습니다. 그래도 아마 개가하지 않으셨을까 싶습니다."

과천은 가슴을 치며 한탄했다.

"이 못난 놈 때문에 집안이 망하고 아버님이 돌아가시고 재산은 다른 사람 손에 들어가고 마누라는 다른 사람한테 뺏겼으니, 나는 이 세상에 가장 큰 죄인이라 이런 죄 많은 인생 살아서 무엇하겠느냐, 나는 차라리 죽는 게 낫다!"

과천은 돌계단의 돌 손잡이를 향하여 달려들어 부딪쳐 죽으려고 했다. 주신이 그런 과천을 붙잡고 말리며 말했다.

"나리, 땅강아지도 자기 목숨을 아낄 줄 아는데 어쩌자고 이러십니까?"

"그래도 돌아갈 집이 있다는 생각에 악착같이 버텨왔는데 이제 그런 희망도 사라졌으니 차라리 죽는 게 낫지. 어찌 이런 추태를 더 보이고 살겠느냐!"

"개똥밭에 굴러도 이승이 낫다는 말도 있지 않습니까. 제 새 주인이 맘씨 좋은 분이니 저를 따라서 그분을 좀 보시지요. 만약 도련님을 거둬 준다고 하면 도련님께서도 입신양명에 도전할 발판을 마련할 수도 있을 것입니다. 그럼 제가 도련님을 만난 것도 이렇게 좋은 결과를 맺게 되는 거죠. 하지만 이곳에서 그냥 세상을 떠나버리고 나면 도련님 시신을 누가 거둔단 말입니까. 그건 정말 개죽음입니다."

과천이 한참 생각에 잠겼다가 입을 열었다.

"네 말이 일리가 있구나. 그러나 아들 노릇도 제대로 못한 주제에 선뜻 따라나서기가 부끄럽구나. 만약 나를 거들떠보지 않는다면 내 체면만 더 깎일 것 같구나."

"지금 상황에서 체면 같은 건 따져서 뭐합니까?"

"그럼, 내가 누군지는 밝히지 말고 너의 친척이라고만 해주게나."

"제가 이미 도련님 사정을 다 밝혔는데 이제 와서 딴소리하기는 그렇잖아요!"

과천은 하는 수 없이 입고 있던 해진 옷을 매만지고서 주신을 따라갔다. 장효기는 멀리 다른 집 처마 밑에서 기다리면서 과천이 눈물을 흘리며 주신과 이야기하는 광경을 다 지켜보았다. 과천이 지난날을 후회하는 모습을 보며 자기도 모르게 탄식이 흘러나왔다. 과천이 장효기 근처로 다가와 고개를 다소곳이 숙이고 섰다. 주신이 먼저 말을 꺼냈다.

"나리, 이분은 제 전 주인 나리의 아드님이올시다. 난리를 피해 이곳까지 왔다가 이렇게 어려운 지경이 되고 말았습니다. 나리께서 거둬주시기를 바라나이다."

주신이 과천을 향하여 입을 열었다.

"이리 와서 인사하시지요."

과천이 다가와 두 손을 모아 읍을 하려 했다. 팔을 들어 올리니 찢어진 소매가 그대로 드러났다. 왼쪽은 손과 손목이 환히 드러나고 오른쪽은 팔뚝에서 어깨까지 훤히 드러났다. 장효기가 그걸 보니 측은한 마음이 절로 일어났다. 그래도 손위 처남인데 그냥 인사를 받을 수만은 없어 살짝 답례를 하고 이렇게 물었다.

"대갓집 도련님이 어쩌다가 이 지경에 이르게 되었소이까? 내가 그대를 데리고 가도 마땅히 시킬 일이 없을까 걱정이외다."

주신이 끼어들었다.

"나리, 뭐든지 아무거나 시키셔도 됩니다."

장효기가 물었다.

"정원 관리는 할 줄 아는가?"

과천이 대답했다.

"소인이 비록 잘하지는 못하나 열심히 배우겠나이다."

장효기가 다시 물었다.

"남을 부리기만 했던 사람이 다른 사람 밑에서 일할 수 있겠소이까?"

"지금 소인 처지에 어찌 찬밥 더운밥 가리겠습니까!"

"그렇다면 세 가지만 약속합시다. 이 세 가지 약속을 지킨다고 하면 내가 그대를 데리고 갈 것이나 지키지 못한다고 하면 나는 그대를 데리고 갈 수가 없소이다."

"그 세 가지가 무엇인지요?"

"첫째, 정원 안에서만 지내야 하오. 먹을 거는 다른 사람 편에 가져다 줄 것이니 절대 밖으로 나돌아다니면 안 되오. 정원 문을 한번 나가면 다시는 정원 안으로 되돌아올 수 없을 것이오."

"조상님의 얼굴을 욕보인 소인이 무슨 염치로 밖으로 돌아다니겠습니까! 정원 안에서 생활하는 건 소인의 바람이기도 하니 당연히 그 말을 따를 것입니다."

장효기는 과천이 자신의 과거를 부끄러워하는 마음을 가지고 있는 걸 발견하고는 내심 기뻐했다.

"둘째, 아침에 일찍 일어나야 하오. 늦잠을 자서는 아니 되고 게으름을 피워서도 아니 되오."

"소인, 날이 밝기 전에 일어나 날이 저물 때까지 열심히 일할 것입니다. 달빛이 밝은 날에는 밤에도 일할 것이니 어찌 감히 게으름을 피우겠습니까! 당연히 따를 것입니다."

"밤까지 그렇게 일할 필요는 없소이다. 그저 낮에 게으름 피우지 않고 힘써 일하면 되오. 셋째, 만약 그대가 일을 제대로 하지 못하면 내가 꾸짖기도 하고 벌을 주기도 할 것이니 나를 원망하지 말기를 바라오."

"나리께서는 소인을 거둬주셨으니 이는 소인에게 새 삶을 준 것과 마찬가지입니다. 꾸짖음과 벌을 달게 받기를 원하나이다. 어찌 원망을 하겠나이까."

"내가 제시한 조건을 모두 따르기로 했으니 이제 나를 따라오거나."

장효기는 다른 곳에 들릴 생각도 하지 않고 곧장 묵고 있는 객점으로 돌아갔다. 과천도 장효기를 따라 객점에 갔다. 객점 주인이 거지가 따라오는 걸 보고 소리를 질러 쫓아내려고 했다. 그걸 보고 장효기가 말렸다.

"멈추시오. 내 집 일꾼이외다."

"저자는 여기 밥 빌어먹으러 찾아오던 거지올시다. 손님 집의 일꾼이라뇨!"

"어쩌다 보니 이 동네까지 흘러들어온 거라오. 그리고 오늘 우연히 우리랑 다시 만난 거고."

장효기가 방문을 열더니 과천을 데리고 들어가 앉았다. 장효기가 이렇게 분부했다.

"과천, 그대가 나를 따라나서려 한다면 지금 그 모양으로는 아무래도 안 되겠소이다. 주신, 너는 가서 주인장한테 물을 데워 달라고 한 다음 과천을 목욕 좀 시켜줘라. 그리고 옷도 마련해주어 갈아입게 하고, 먹을 것도 좀 챙겨주고 그래라."

주신은 곧장 쥔장한테 가서 물을 데워 달라고 부탁하고 과천에게 어서 가서 목욕하라고 했다. 과천이 집에서 도망쳐 나온 이후로 한 번도 제대로 목욕이란 걸 해본 적이 없었다. 오늘 이렇게 목욕을 하니 마치 허물을 벗은 것 같았다. 몸에서 떨어져 나온 때가 목욕통에 흘러넘쳐 물

반 때 반이었다. 주신이 과천에게 옷을 챙겨주었다. 과천이 옷을 갈아입고 머리를 빗고 나니 이제 완전히 다른 사람이 된 것 같았다. 주신이 밥을 챙겨와 과천에게 주고는 맘껏 먹게 했다. 과천이 본디 허약한 체질이었던 데다, 그동안 생고생을 하고 바람 맞으며 목욕을 하고 밥을 보고 게걸스레 먹어버렸으니 이런 여러 가지가 겹쳐서 그만 탈이 나고 말았다. 장효기가 의원을 청하여 진맥하고 치료하기를 한 달, 그제야 비로소 몸을 추스르고 일어났다.

장효기는 진류에서 볼일을 다 마치고 객점의 방값을 다 치르고 나서 짐을 챙겨 출발했다. 나귀 한 마리와 짐꾼을 고용하여 과천을 태웠다. 일행 네 명이 큰길을 따라 집으로 향했다. 장효기가 과천에게 말했다.

"과천, 그대는 옛 주인의 자제가 아니오. 내가 그대 이름을 막 부르기가 그러니 지금부터 소을小乙이라고 부르겠소이다."

장효기가 주신에게 말했다.

"너는 이제 과천을 소을 형이라고 불러라. 그게 두 사람 사이에 서로 편할 것이다."

"소인, 잘 알겠사옵니다."

장효기가 과천에게 말했다.

"길 가면서 심심하니 지난날 재미있는 이야기 좀 해주시지그래."

"나리, 지난 일을 이야기해서 뭐 하게요. 다 부끄럽기 짝이 없는 일뿐이죠."

"한때 소문난 망나니였는데 부끄럽기는 뭐가 부끄럽다는 거요? 그래도 조금만 이야기해주시구려."

과천은 장효기의 성화에 못 이겨 예전에 자기가 이리저리 놀러 다니던 이야기를 해주었다. 장효기가 말했다.

"그렇게 신나게 놀다가 길거리에서 구걸하는 고초를 당했으니 정말 속상했겠소이다.”

"소인이 너무 어려서 철이 없었던 데다 사람들 꾐에 넘어가 이렇게 된 거죠. 후회한들 무슨 소용이 있겠습니까!”

"만약 다시 돈이 생기면 또 놀러 다니고 그러지 않겠소?”

"어떻게 다시 얻은 기회인데 그런 바보짓을 하겠습니까! 때려죽여도 다시는 그런 일 안 합니다.”

장효기가 주신한테 말했다.

"너는 옛 주인을 오래 모셨으니 잘 알 거 아니냐! 옛 주인이 살아계셨을 때 맘껏 즐기고 멋대로 살고 그러셨느냐?”

"아이고, 불쌍한 우리 옛 주인 나리는 밤이나 낮이나 살림 걱정하시느라 한 푼도 헛되이 낭비하지 않으셨습니다. 멋대로 즐긴다는 건 언감생심이었지요.”

"그럼, 옛 주인이 어떻게 집안 살림을 했는지 자세하게 이야기해 보아라.”

주신은 옛 주인 나리가 얼마나 애써서 재산을 일궈냈는지, 대체 어떤 일을 했는지 손가락을 꼽아가며 하나씩 하나씩 설명했다. 그런 다음 과천이 그 재산을 물 쓰듯이 써버려 살림이 거덜 났던 이야기도 마저 했다. 과천은 그 이야기를 들으면서 눈물만 글썽일 따름이었다. 장효기가 과천에게 말했다.

"지금 와서 운다고 무슨 소용이 있겠소. 앞으로 다른 사람이 된다면 뭔가 보여줄 수 있겠지.”

장효기는 길 가는 동안 과천을 격려도 하고 또 질책도 하면서 그의 마음을 다잡아주었다. 과천은 자신의 과오를 뉘우치고 또 뉘우쳤다. 그러나 때는 이미 지나간 것.

절벽 코앞에서 말고삐를 움켜쥐고,
강 한복판에서 배 밑바닥 구멍을 때우려 드네.

며칠이 걸려 허창으로 돌아왔다. 장효기가 주신한테 짐을 챙겨 먼저 집에 가서 마님한테 소식을 알리라 했다. 자기는 과천과 함께 본가에 먼저 들러 과천을 자신의 부모에게 인사시키고 전후 사정을 설명했다. 그런 다음 과천을 후원으로 데려가 방 하나를 치우고 이불이랑 베개를 챙겨 준 다음 쉬라고 했다. 장효기가 과천에게 이렇게 분부했다.

"다른 곳에 나돌아다니지 말라. 만약 다른 곳에 나돌아다니다 나에게 걸리면 가만두지 않을 것이다."

과천은 연신 '절대 그런 일은 없을 거'라고 대답했다. 장효기는 부모님께 하직 인사를 하고 집으로 돌아와 남몰래 아내에게 이 일을 이야기해주었다. 아내가 장효기에게 진심으로 감사했음은 말할 필요도 없겠다.

한편, 과천은 잠이 들었다가 다음 날 새벽같이 일어나 괭이랑 호미를 들고 나가서 김을 매었다. 뒤뜰을 바라보니 엄청 넓었다. 사방에 대나무로 담을 두르고 있었다. 장효기의 아버지 역시 검소한 사람이라 뒤뜰에 화초 같은 건 심지 않고 그저 채소만 심었다. 정원을 관리하는 사람도 한둘이 아니었다. 과천이 처음 이 일을 하게 되었을 때는 너무도 서툴렀다. 그러함에도 그는 열심히 밭매고 그랬다. 이렇게 며칠이 지나자 과천은 이 정원 일에 조금씩 흥미를 느끼게 되었다. 매일 물을 지고 와서 물을 주고 풀을 베고 북을 돋우었다. 일하면서 조금도 한눈을 팔지 않았다. 해가 뜨고 밤이 올 때까지 한시도 쉬지 않았다. 비바람이 몰아칠 때면 아버지 생각에 꺼이꺼이 울음 울었다. 아버님 무덤에 달려가 보고 싶었으나 장효기가 제시한 규칙을 지키느라 감히 문밖에 나갈 수가 없었다. 여동생이 인근 남정네한테 시집갔다는 말은 들었으나 그 처남 되는 자가 누구인지 알 수조차 없었다. 여동생의 얼굴을 한번 보고 싶다는 생각이 들다가도 '내가 이렇게 힘든 처지인데 무슨 면목으로 동생을 보랴! 설사 여동생이 나를 괄시하지 않는다 하여도 처남이나 사돈 어르신이 나를 백안시할지도 모르는데 굳이 내가 자청해서 그럴 필요야 없겠지' 하는 생각에 그만두었다.

장효기는 사람을 보내어 과천이 어떻게 지내는지 살펴보게 했다. 과천이 이렇게 열심히 일하고 있음을 알고는 무척이나 기뻐했다. 그러면서도 장효기는 몰래 사람을 보내어 과천을 떠보게 했다. 그 사람이 과천에게 이렇게 말했다.

"소을 형, 어째서 이렇게 낮이나 밤이나 생고생을 하시오. 잠시 짬을 내서 나랑 같이 좀 놀러 나갑시다. 내가 술을 한잔 사겠소이다."

과천이 버럭 화를 내며 대답했다.

"이 사람이! 자네가 지금 땡땡이치는 것부터가 문젠데, 거기다 더해서 지금 나를 꼬드겨 같이 땡땡이치자는 건가? 자네 한 번 더 그러면 내가 나리께 고할 것이네."

하루는 장효기가 정원을 찾아와 일부러 꼬투리를 잡아 과천을 혼내고 매질을 하려고 했다. 과천이 바로 무릎을 꿇고서 이렇게 사죄했다.

"소인의 잘못입니다. 어떤 벌이든 달게 받겠습니다."

장효기가 몇 차례 더 질책하더니 이렇게 말했다.

"이번이 처음이니 더는 따지지 않겠노라. 다음에 한 번 더 이런 잘못을 저지르면 결코 용서하지 않으리라."

과천이 머리를 조아리며 알겠노라 대답 올렸다. 그 후로 과천은 더욱 부지런히 일했다. 반년이 더 지나도록 과천은 너무도 열심이었다. 과천은 한 번도 바깥출입을 하지 않았다.

장효기가 보기에 과천이 자신의 과거 잘못을 확실하게 반성하고 고치려는 것 같았다. 하루는 장효기가 사람을 시켜 옷 한 벌과 모자와 신발과 양말 등을 준비하게 하고는 정원으로 찾아갔다. 장효기가 과천에게 말했다.

"그대가 이렇게 열심히 일을 해주니 내 그대를 곁에 두고 계속 쓰고 싶소이다. 마침 내가 운영하는 전당포에 일손이 모자라니 그대가 그 일을 맡아주었으면 하오. 어서 의관을 정제하고 나를 따라오시오."

"소인을 정원지기로 거둬주신 것만으로 이미 과분한 대접을 해주신 것입니다. 소인이 어찌 전당포에서 일하기를 바라겠습니까!"

"사양할 거 없소이다. 일을 열심히 해주는 것이 나한테 보답하는 것이라오."

과천은 즉시 의관을 갖춰 입었다. 이렇게 갖춰 입으니 과천의 모습이 몰라볼 정도로 달라 보였다. 과천은 장효기의 부친에게 작별인사를 올리고 장효기를 따라 전당포로 향했다. 과천은 아는 사람을 마주하는 게 스스로 창피하다고 느꼈는지 고개를 푹 숙이고 길을 걸었다. 잠시 후 자기 집이 눈에 들어왔다. 마음에 애잔함이 밀려와 눈물을 훔쳤다. 대문 앞에 도착하니 예전에 자기가 부리던 하인들이 도열하여 두 손을 맞잡고 인사를 하면서 장효기를 안으로 모셨다. 과천이 생각했다.

'예전에 부리던 우리 집 하인들이 어째서 다 이 주인장의 하인이 되었지? 집만 판 게 아니라 하인들까지 한꺼번에 넘겼나?'

과천은 그 하인들에게 아는 체할 생각은 하지도 못하고 그저 고개를 숙이고 걷기만 했다. 하인들이 장효기의 뒤를 따라 안으로 걸어 들어왔다. 대청 안으로 들어가니 의자나 탁자들이 보이는데 모두 다 자기가 예전에 쓰던 그대로였다. 과천이 마음이 더욱더 구슬펐다. 장효기가 과천에게 말했다.

"나를 따라오시오. 소개해줄 사람이 있소이다."

과천은 누구를 만날지 전혀 예상하지 못한 채 그를 따라 대청 안쪽으로 들어갔다. 과천은 바로 알 수 있었다. 이 길은 바로 자신의 집안 사당으로 가는 길이었다. 사당 앞에 이르자 장효기가 안을 가리키며 말했다.

"저 안에서 누가 기다리고 있소이다. 어서 들어가서 만나보시오."

과천이 황급히 안으로 들어가 고개를 들어보니 바로 부친의 영정이었다. 과천은 바로 울면서 엎드려 절했다.

"불초 소자, 이렇게 가문에 먹칠을 하고 아버님 살아계실 동안 효도 한 번 못하고 돌아가신 다음에는 시신을 거두어 모시지도 못하였으니 소자의 불효는 도저히 용서받을 수가 없나이다."

과천이 머리를 땅에 박고 우니 얼굴에 피눈물이 흥건히 고였다. 과천이 그렇게 한참 울고 있는데 뒤에서 누군가 울면서 말하는 게 들려왔다.

"오빠, 그렇게 휙 떠나서 소식도 없다니, 아버님 생각이 한 번도 안 나셨나요?"

과천은 고개를 돌려 동생 숙녀를 보더니 와락 껴안았다.

"살아서 다시 만날 날이 없을 줄 알았는데 이렇게 다시 만나는구나!"

남매는 서로 꼭 껴안고 대성통곡했다.

지난날 유리걸식하던 것도 서러울사,
오늘 이렇게 다시 만나니 애간장이 끊어지누나.
냉혈한이 아니라면,
매화 향기처럼 피어나는 이 만남에 어이 감동치 않으리!

남매는 이렇게 한참 동안 울면서 그동안의 이야기를 나누었다. 과천이 장효기에게 다시 절하고 고마움을 표시했다.

"매부가 나의 목숨을 구해주지 않았다면 나는 타향의 귀신이 되고 말

앉을 것이외다. 이 큰 은혜를 어떻게 갚아야 할지!"

장효기가 과천을 일으켜 세우고는 말했다.

"우리는 한 가족 아닙니까, 무슨 그런 말씀을 다 하십니까! 형님께서 지난 과오를 뉘우치고 새사람이 되어 돌아가신 장인어른의 혼령을 위로해드리는 것이야말로 저에게 은혜를 갚는 것보다 더욱 의미 있는 것이지요."

과천이 울면서 감사의 말을 했다.

"내가 매부와 맺은 약속은 꼭 지킬 것이외다. 혹여 실수라도 하면 나를 꼭 벌해주시구려."

장효기가 웃으면서 말했다.

"형님한테 상세한 사정을 설명해 드리지 않고 잠시 일부러 그런 비상책을 쓴 것이고 이젠 모든 게 다 이렇게 밝혀졌는데 어찌 그럴 수가 있겠습니까! 형님께서 스스로 조심하셔야지요."

장효기는 그 자리에서 하인들을 불러 모아 모두 과천에게 인사 올리라 했다. 그런 다음 다시 방으로 돌아왔다. 숙녀가 술상을 준비하여 두 사람을 대접했다. 과천이 숙녀에게 물었다.

"내 처는 어디로 시집갔느냐?"

"오라버니, 그게 무슨 말씀이세요! 괜히 애먼 사람 잡는 말씀 마세요. 아버님이 병세가 위중하실 때 올케언니한테 개가하라고 권하셨지만 언니는 심지를 굳게 다지고 결코 그 말을 따르지 않으셨어요."

숙녀가 전에 있었던 일을 자세하게 설명해주었다. 그러면서 이렇게 덧붙였다.

"올케언니는 친정에서 잘 지내고 있는데 어디 개가했다는 말을 하는 거예요!"

과천은 아내가 수절하고 있다는 말을 듣고 자기도 모르게 눈물을 쏟았다.

"내가 그 사정을 어찌 알 수 있었겠느냐. 나는 그저 주신이 해주는 말을 곧이들었을 뿐이지."

장효기가 입을 열었다.

"그건 제가 주신을 시켜 형님에게 그렇게 말하라고 한 겁니다. 때가 되면 제가 형님을 모시고 형님 처가에 가서 처남댁을 맞아오겠습니다."

"이런 일이 있을 줄이야, 나는 상상도 못 했소이다. 아무튼 아버님 산소에 먼저 다녀오고 싶소이다."

"그야 뭐가 어렵겠습니까!"

다음 날 아침, 제수를 장만하여 과선의 묘소를 찾아갔다. 과천이 울음을 그칠 줄을 몰랐다.

"불초한 이놈이 아버님의 말씀을 받들지 못했습니다. 이놈이 죽일 놈입니다. 이제 소자 개과천선하여 저의 죄를 씻어내겠습니다. 아버님, 부디 저승에서 굽어 살펴주십시오."

과천이 이렇게 빌기를 마치고 다시 또 울었다. 장효기가 옆에서 과천을 달랬다. 집에 돌아와 전당포의 돈을 헤아린 다음 과천에게 관리를 맡겼다. 과천은 전당포를 책임지면서 정원 관리를 할 때처럼 새벽같이 일어나 밤늦게까지 모든 정성을 다하여 일했다. 금전 출납이 공정하면서도 엄격했다. 거래하는 사람들이 모두 좋아했다. 과천은 장효기 부부를 마치 부모를 대하듯 존중하여 무슨 일이 있으면 꼭 찾아와 상의했다. 온종일 전당포에서 일하는 과천에게서 지난날의 모습은 조금도 찾아볼 수가 없었다. 과천이 집에 돌아온 걸 알게 된 일가친척들이 모두 찾아왔다. 서로 인사를 나누기는 했으나 심중의 깊은 이야기를 나누지는 못했다.

다시 두세 달이 지났다. 장효기는 과천이 정말 확실하게 개심했는지 확신할 수가 없어 사람을 시켜 이렇게 떠보게 했다.

"나리, 나리는 본디 놀기 좋아하시고 돈이 없으면 이곳저곳에서 빌려서라도 놀고 그러지 않으셨습니까. 지금 이 전당포에 돈이야 값나가는 물건이야 지천에 널려 있는데 그저 온종일 이 전당포만 지키고 있을 겁니까요. 요즘 이 근처에 정말로 예쁜 처자가 있다고 하는데 저랑 같이 가서 한번 만나보심이 어떨지요?"

과천이 버럭 화를 내며 소리쳤다.

"이 나쁜 놈아, 내가 어릴 적에 너 같은 놈들의 꾐에 빠져 가산을 탕진하고 목숨마저 잃을 뻔했도다. 나는 이제 그런 도적 같은 놈이나 요사한 계집한테는 넌더리가 난다. 근데 지금 네가 나를 또 꼬드기려 들어!"

과천은 그 사람의 멱살을 움켜쥐고 장효기한테 끌고 가려 했다. 그 사람이 잘못했다고 싹싹 빌자 그제야 멱살을 풀어주었다. 장효기는 이 일을 전해 듣고 속으로 무척이나 기뻐했다.

세월은 유수와도 같이 흘러 또 반년이 지나갔다. 장효기가 전당포의 장부를 일일이 맞춰보니 한 치의 오차도 없었다. 장효기가 과천에게 말했다.

"가문을 이을 자식을 낳지 않는 게 불효 가운데 가장 큰 불효라고 합니다. 형님이 이곳으로 돌아왔을 때 바로 형님의 처가에 찾아가 형님댁을 모셔오고 싶었으나 형님이 옛날 놀던 그 버릇을 완전히 고치지 못했을까 걱정이 되어 머뭇거리고 있었습니다. 이제 형님이 과거의 잘못을 완전히 고치고 새사람이 되었음은 모두 인정하는 바이니 이제 형님이 가셔서 형님댁을 모셔오더라도 누구도 말리지 않을 것입니다. 어서 저랑 같이 가시지요.."

과천은 장효기의 말을 따르기로 했다. 숙녀가 새 옷을 준비하여 과천에게 입으라 건넸다. 숙녀도 동행했다. 과천의 장인 방씨가 그들을 맞았다. 과천이 엎드려 절을 올렸다.

"이 못난 사위가 장인어른과 제 처의 속을 많이 썩였습니다. 이제 지난 잘못을 다 뉘우치고 제 처를 데려가고자 왔습니다."

장인어른이 과천을 일으켜 세우면서 이렇게 말했다.

"이렇게 엎드려 절하지 않아도 된다네. 자네의 요즘 행실은 내가 다 들어서 알고 있지. 내 딸이야 이미 자네와 결혼한 몸, 당연히 자네한테 보내줘야지."

장효기가 여쭈었다.

"어르신 언제 보내주실 건지요?"

"바로 내일 보내줄 거외다."

"어르신도 같이 오실 건지요? 제가 드릴 말씀이 있어서요."

방씨가 그러마고 대답했다. 장효기와 과천은 방씨와 헤어져 집으로 돌아왔다. 장효기는 내일 있을 잔치에 일가친척을 초대했다. 이튿날 오전에 방씨와 부녀가 도착했다. 과천과 숙녀가 나아가 영접했다. 과천과 그의 아내가 상봉하니 슬픔과 기쁨이 교차했다. 과천의 아내가 장효기에게 감사의 인사를 올렸다. 잠시 후 일가친척들이 들이닥쳤다. 모두들 인사를 나누었다. 장효기 부부가 이렇게 잘 이끌어준 것, 과천이 개과천선한 것을 칭찬하느라 침이 마를 지경이었다. 시간이 좀 지나고 술과 안주가 나왔다. 장효기는 손님들의 나이를 헤아려 자리를 안배했다. 술이 몇 순배 돌고 안주가 몇 차례나 차려져 나왔다. 장효기가 자리에서 일어나 잠시 나가더니 사람을 시켜 상자 하나를 들고 와서 탁자 위에 올려놓게 했다. 대짜배기 술잔에 술을 가득 따르더니 과천에게 건네고는 이렇게 말했다.

"형님, 이 잔을 쭉 들이켜십시오."

과천은 장효기가 정중하게 권하니 감히 사양하지 못하고 두 손으로 그 잔을 받아 들고는 이렇게 말했다.

"이 몸이 먼저 매부에게 술잔을 드려야 하는데 이렇게 먼저 받아마시게 되었습니다."

장효기가 말했다.

"형님, 어서 잔을 비우십시오. 제가 드릴 말씀이 있습니다."

과천이 술잔을 기울여 단숨에 들이켰다. 장효기가 열쇠로 탁자 위의 상자를 열어 십여 개의 문서를 꺼냈다. 그걸 과천에게 건네주며 말했다.

"이 문서를 받으십시오."

과천이 장효기에게 물었다.

"이게 다 무엇입니까?"

"일단 받아두십시오. 제가 나중에 자세하게 설명해드리겠습니다."

장효기가 좌중의 사람들을 바라보면서 말했다.

"어르신들이 다 오셨으니 제가 드릴 말씀이 있습니다."

사람들이 일어나 예를 표하며 이렇게 말했다.

"무슨 말씀을 하시려고 그러시는지? 우리는 삼가 귀 기울여 듣고자 하오."

사람들은 자세를 잡고 귀를 쫑긋 세웠다. 장효기는 손가락 두 개를 펼쳐 보이더니 입을 열었다. 몇 마디 되지 않는 그 말이 모든 사람들을 감동시켰다.

황금을 보기를 돌같이 하고,
의리를 천금보다 더 귀하게 여기네.
죽음을 앞두고 남긴 말 잊지 않고,
잘 나갈 때나 힘들 때나 언제나 한결같다네.

그 자리에서 장효기가 이렇게 말했다.

"예전에 장인어른께서 형님이 재산을 낭비하는 걸 보시고 전 재산을 저에게 맡겨두셨습니다. 그때 제가 거듭 사양했습니다만 장인어른께서는 끝내 뜻을 굽히지 않았습니다. 병들어 고생하시는 장인어른의 말씀을 거역할 수가 없어 어쩔 수 없이 제가 재산을 받았습니다. 그건 여기 계신 어르신들께서도 이미 알고 계신 일이니 굳이 자세하게 설명해 드릴 필요는 없을 것입니다. 장인어른께서 세상을 떠나신 후로 제가 사방으로 사람들을 보내어 형님을 찾았으나 4, 5년 내내 아무런 소식을 들을 수가 없었습니다. 하늘이 무심하지 않아 제가 진류에 일이 있어 갔다가 형님을 우연히 만나게 되었습니다. 저는 그때 바로 저간의 사정을 이야기하고 제가 장인어른에게서 받은 재산을 돌려드릴까 했으나 혹시 형님한테 예전의 습성이 그대로 남아 있어 그냥 그걸 다 탕진해버릴까 걱정이 되었습니다. 하여, 저는 그 사실을 숨기고 형님에게 정원 일을 하라고 시키고 그 나름대로 규칙을 지키게 했으며 땀 흘려 일하게 했습니다. 더불어 좋은 말로 형님에게 권유하기도 하고 따끔한 말로 형님을 질책하기도 하면서 형님이 지난날의 잘못을 뉘우치고 새사람이 되기를 바랐습니다. 다행스럽게도 형님도 지난날의 잘못을 스스로 깨닫고 바로잡고자 하는 마음이 갈수록 굳어져 마침내 완전히 딴사람이 되었습니다. 제가 형님께 전당포 운영을 맡겼더니 형님은 티끌만 한 사심도 없이 힘써 일해 주었습니다. 몇 달이 지나 계산을 맞춰보니 한 치의 오차도 없었습니다. 저는 그래도 형님이 완전히 새사람이 되지 못했을까 걱정하여 몇 차례 사람을 보내어 일부러 꾀어보기도 했습니다만 형님의 마음은 철석같이 굳건하여 조금도 흔들림이 없었습니다. 형님은 이제 의지 곧고 성실한 군자가 된 것입니다. 하여 제가 이렇게 특별히 어르신들을 모셨습니다. 예전에 장인어른께서 저에게 주신 전답과 그 전답에서 수년 동안 수확한 미곡, 포백, 은자를 저는 하나도 건드리지 않고 일일이 장부에 적어두었습니다다. 전 이것을 지금 형님에게 드리고자 합니다. 그리고 저는 제 처와 함께 내일 제 친가로 돌아가고자 합니다."

장효기가 상자에서 문서 하나를 꺼내어 과천에게 건넸다.

"이 문서는 그때 장인어른께서 남겨주신 유서입니다. 이걸 형님께 드립니다. 아울러 이 술 한잔과 더불어 형님께 말씀 올리오니 오늘 이후로 근검절약하시고 힘써 일하셔서 장인어른께서 눈 감으면서 남기신 당부를 실천하십시오. 혹여 자만에 빠져서 다른 생각하지 말도록 경계하고 또 경계하십시오."

일가친척들은 당시 장효기가 과선이 남겨주려고 하는 재산을 극구 사양하고 받으려 하지 않았던 것이 진심에서 우러난 것이었음을 알게 되었다. 일가친척들이 입에 침이 마르도록 장효기를 칭찬하고 또 칭찬했다. 과천은 장효기의 말을 듣고는 바닥에 엎드려 울면서 말했다.

"불효막심한 이놈이 천도를 거스르고 타향에서 유리걸식하다가 고향에 돌아가지도 못하고 마침내 거리에서 쓰러져 죽어버릴 수도 있었소이다. 그러한즉, 이 재산이 어찌 내 것이라 할 것이오? 다행히도 매부가 저를 이렇게 고향에 데려와 주었고 아침저녁으로 나를 깨우쳐 주고 사람되라고 격려하여주었습니다. 제가 아버지 영전에 절을 올릴 수 있게 하고 제 처와 다시 만나게 해주고 제가 조상님들의 제사를 모실 수 있게 해주었습니다. 저를 낳아주신 분은 부모요, 나를 사람 만들어 준 이는 바로 매부올시다. 그 은혜는 하늘보다 높고 땅보다 넓으니 내 목숨을 바쳐도 갚을 수가 없습니다. 제가 매부를 위하여 말채찍을 잡아도 과분하거늘 어찌 다른 것을 더 바랄 수가 있겠습니까! 하물며 저는 평생 아버님의 속을 썩였으니 그 죄가 너무 커서 용서받을 길이 없습니다. 선친께서 이 재산을 매부에게 넘긴다 하셨으니 매부가 재산을 물려받는 것이 제가 받는 것보다 백배 나은지라 저는 선친의 명을 어기면서 받을 수가 없습니다. 그건 제가 죄를 짓는 것입니다."

장효기가 과천의 몸을 일으켜 세우고는 말했다.

"형님, 그건 형님께서 잘못 생각하신 것입니다. 장인어른께서 평생토록 고생고생하시면서 재산을 모은 것은 그걸 자손 대대로 물려주시기 위함이셨습니다. 뜻밖에도 형님께서 집을 떠나 타지에서 떠돌아다니는 바람에 그걸 물려받을 사람이 없어 잠시 저에게 넘겨주셨습니다. 어쩔 수 없는 상황에서 그리하신 것이지 어찌 그게 장인어른의 본뜻이겠습니까. 이제 형님께서 지난 허물을 다 고치시고 가업을 이을 준비가 되셨으니 장인어른의 본뜻을 마저 받으시기 바랍니다. 장인어른께서도 하늘에서 기뻐 웃을 것이지 어찌 형님을 허물하시겠습니까?"

그 말을 듣고도 과천이 계속 사양했다. 과천과 장효기는 서로 사양하면서 누구도 받으려 하지 않으니 일가친척도 이 일을 어찌 처리해야 할지 난감했다. 과천의 장인 방씨가 장효기에게 말했다.

"그대의 고매한 뜻을 내 사위가 사양하는 것은 도리에 맞지 않을 것 같소이다. 그러나 전 재산을 받는다면 그 마음이 어찌 편하겠소! 내 좁은 소견으로는 각자 반씩 나누는 것이 서로의 마음에 부담이 없을 것 같소이다."

일가친척들이 일제히 거들었다.

"사돈 어르신의 말씀이 참으로 그럴듯합니다! 그때도 우리가 똑같은 의견을 냈으나 돌아가신 그 양반이 막무가내여서 더 주장하지 못했다오. 그때의 우리 의견을 오늘 이렇게 다시 듣게 되다니! 역시 노련한 사람들의 소견은 이렇게 통하나 봅니다."

장효기가 말했다.

"장인 어르신, 아들이 아버지의 재산을 물려받는 건 당연한 것 아니겠습니까. 부담을 느낄 게 뭐 있겠습니까. 반씩 나눠 갖는 것은 제가 맡아두었던 재산을 돌려주지 않는 거랑 같으니 어찌 그렇게 할 수 있겠습니까?"

방씨가 다시 말했다.

"재산을 나눠 갖기를 바라지 않는다면 두 사람이 함께 살면서 살림을 같이하면 어떻소? 나중에 자식이 생기면 그 재산을 나눠주고 말이오."

"저에게도 집과 재산이 있사온데 어찌 제 자식들에게 외가의 재산까지 넘겨주겠습니까!"

일가친척들이 보아하니 장효기의 고집이 워낙 센지라 과천에게 재산을 좀 받아주라고 타일렀다. 하지만 과천 역시 받지 않겠다고 버텼다. 과천이 안으로 들어가 보니 동생 숙녀와 아내 방씨가 술을 나누고 있었다. 과천이 지금 이 상황을 하소연하면서 동생한테 남편을 잘 설득하여 재산의 반을 받게 해달라고 부탁했다. 그러나 어이 알았으리, 숙녀의 대답이 남편과 똑같을 줄이야! 과천과 아내 방씨가 거듭 숙녀에게 애원했으나 숙녀는 꿈쩍도 하지 않았다. 과천은 더는 어떻게 할 수가 없어 엎드려 절하고 그 재산을 받았다. 일가친척이 이구동성으로 말했다.

"장효기의 높은 뜻은 천고에 빛나리라!"

당나라 때 나은羅隱[1]이 글을 지어 장효기를 찬양했다.

낳기는 쉬워도,
부자 만들어주기는 어렵구나.
부자 만들어주기는 쉬워도,
가르쳐 주기는 어렵구나.
죽어가는 걸 되살리고,

---

[1] 당나라의 시인(833~910)으로 특히 풍자시를 잘 지었다고 한다.

한 푼 없는 자를 부자로 만들어주고,

망나니를 군자로 만들어주도다.

오호라, 효기여,

만세토록 본보기가 되는구나.

그날 모두들 밤늦도록 술을 마시고서 헤어졌다. 이튿날 장효기가 짐을 정리하여 아내와 함께 자기 집으로 돌아가려 했다. 과천이 붙잡았다.

"매부, 내가 돌아와 한 집에서 매부랑 함께 산 지 얼마나 되었다고 이렇게 빨리 짐을 싸서 떠나려 든단 말이오! 게다가 재산도 마다하고 받지 않고 말이오."

"형님, 제집이 여기서 멀지 않으니 제가 아침저녁으로 찾아뵙겠습니다. 여기나 거기나 마찬가지입니다."

"정 그러면 내일 나랑 이별주라도 나누고 모레 출발하는 게 어떻소?"

장효기가 그러마고 대답했다. 이튿날 과천은 술자리를 열어 이웃 사람과 일가친척 그리고 장효기의 부모님을 초대했다. 어머니는 집을 보느라 못 온다 하고 아버지만 오게 되니 그를 제일 윗자리에 모셨다. 나머지 손님들도 각각 순서를 정하여 자리에 앉게 했다. 과천의 아내 방씨와 동생 숙녀도 안에서 따로 술자리를 열었음은 물론이다. 이날의 술자리에는 세상의 산해진미가 하나도 빠짐없이 다 나온 듯했다. 모두들 맘껏 먹고 마시고 난 다음에 헤어졌다. 손님들이 다 돌아가고 난 다음 장효기가 과천에게 말했다.

"형님, 장인어른께서는 살아생전에 이렇게 맘껏 써보신 적이 없었습니다. 다음엔 절약 또 절약하시고 오늘처럼 이렇게 하시면 안 됩니다."

과천이 꼭 그렇게 하겠노라 대답했다. 다음 날 장효기 부부는 숙녀가 쓰던 화장품 몇 가지만 챙기고 다른 거는 손도 대지 않고 아들 둘을 데리고 출발했다. 과천과 아내 방씨는 하인들을 거느리고 장효기 집에까지 장효기 부부를 배웅하여주었다. 과천 부부는 장효기에게 술과 음식을 대접받고 돌아왔다. 이날 이후로 과천은 자신의 몸가짐을 더욱 신중히 했다. 과천은 마을에서도 칭찬받는 인물이 되었다. 너무도 열심히 일하고 근검절약한 나머지 부친 과선의 모습 그대로 닮아갔다. 과천 역시 아들을 낳았다. 그 아들의 이름을 사검師儉이라 지었다. 과천은 자신이 젊어서 저지른 과오를 되풀이하지 않게 하고자 아들을 매우 엄히 가르쳤다. 그건 뭐 나중의 이야기니 그만 언급하기로 하자.

한편 마을의 원로들이 장효기의 행실을 보고 감동하여 이 일을 현청에 보고했다. 현청은 또 이를 조정에 보고했다. 바야흐로 조비가 한나라를 대신하여 위나라를 세우고 널리 인심을 얻고자 할 때라 바로 문서를 보내어 장효기를 불러 쓰고자 했다. 장효기는 조비가 한나라를 무너뜨린 걸 정당하지 못하다 생각하고 있었기에 조비 밑에서 일하기를 꺼려했다. 장효기는 부모가 연로하다는 핑계를 대고 조비의 부름에 응하지 않았다. 나중에 부모가 세상을 떠나자 모든 정성을 다하여 장례를 치렀다. 너무도 슬퍼한 나머지 몸이 다 상할 정도였다. 그의 명성이 더욱 빛났다. 현청에서 그를 다시 빼어난 효자니 특별히 등용해 달라고 추천했다. 이에 조정에서 그를 다섯 번이나 불렀으나 그는 병을 핑계 대고 응하지 않았다. 사람들이 대체 왜 그러냐고 물었으나 장효기는 그저 웃으면서 대답하지 않았다.

그는 시골에서 숨어 살면서 직접 농사를 지으며 두 아들을 길렀다. 큰아들 이름은 계繼, 둘째 아들 이름은 소紹라 했다. 두 아들 모두 어질고 효성스러우며 공부도 잘하고 행실도 바르고 그랬다. 사람들이 모두 그 두 아들을 사위 삼고 싶어 했다. 장효기는 그 가운데에서도 특히 덕행이 빼어난 자를 골라 며느리 삼았다. 장효기가 쉰을 넘겼을 무렵 하늘에서 자기를 부르는 꿈을 꾸었다. 장효기 부부는 나란히 병을 앓기 시작했다. 두 아들이 잠도 제대로 자지 않고 밤낮으로 간호했다. 과천이 이 소식을 듣고 아들과 함께 찾아와 장효기의 두 아들과 함께 간호했다. 장효기가 그럴 필요 없다고 말리자 과천이 이렇게 대답했다.

"그대가 나에게 베풀어준 은혜를 생각하면 내가 대신 아프고 싶은 심정이라오. 지금 내가 그대를 간호하는 게 뭐가 큰일이라고!"

며칠 후 장효기 부부가 세상을 떠났다. 특별한 향내가 집 안에 가득 흘러넘쳤다. 사람들이 말과 마차가 하늘로 날아올라 가는 걸 보고, 음악 소리가 하늘에 울려 퍼지는 소리를 들었다. 장효기의 두 아들이 애통해 했음은 굳이 말할 필요가 없다. 과천은 너무도 구슬프게 울었던 나머지 기절하고 말았다. 과천은 깨어났다가 피를 토하기도 했다. 장효기 부부의 장례비용은 과천이 모두 대었다. 장효기의 두 아들이 사양했으나 과천이 어찌 그만두었겠는가. 한 달쯤 지난 후에 낙양을 방문하고 돌아온 장효기의 친구가 조문을 왔다가 이렇게 말했다.

"며칠 전 숭산을 방문한 적이 있는데 깃발을 꽂고 화려하게 장식한 말과 마차가 온 들판을 가득 메우더라고. 내가 숨어서 바라보니 그 마차에 한 사람이 앉아 있는데 붉은색 도포를 입고 백옥 허리띠를 차고 있더라고. 그 모습이 마치 임금님처럼 위엄이 넘쳤고 양쪽에는 비단옷을 입고 꽃 그림이 그려진 모자를 쓴 자들이 호위하고 있었어. 자세히 보니 바로 자네의 선친이더라고. 우리는 기쁘기도 하고 놀랍기도 하여 바로 앞으로 나가서 인사를 드렸지. 자네의 선친이 마차에서 내려 우리에게 아는 체를 하더라고. 우리는 '아니 언제 조정의 부름에 응하여 이렇게 높은 자리에 오르게 되었습니까?' 물었어. 그러자 자네 선친이 '아, 나는 이 세상의 벼슬에 오른 게 아니고 저세상의 벼슬에 올랐소이다. 하늘에서 내가 형님에게 재산을 드린 것을 기억하시고 이 산을 맡아 다스리라 하셨다네. 그대가 내 아들들에게 이걸 좀 전해주시고 너무 애달파하지 말라고 해주시게나'라고 대답하시더군. 말을 마치고 홀연히 사라지시기에 아 이제 귀신이 되셨구나 깨달았다네."

 장효기의 두 아들은 그 말을 듣고 더 큰 슬픔에 잠겼다. 이 이야기가 온 마을에 퍼지니 감탄하지 않는 이가 없었다. 마을에는 서로 응원하며 선행을 하는 기풍이 생겼다. 하여 마을 이름이 자연스레 의리로 서로 감동시키는 동네란 뜻으로 의감향義感鄕이 되었다. 진나라 무제 때 주의 장관이 장효기의 두 아들을 특별히 효성스러운 자라 추천하니 두 아들은 마침내 높은 벼슬에 오르게 되었다. 과천은 80세 수를 누리고 세상을 떠났다. 두 집안의 자손이 번성하니 대대로 서로 혼인을 맺기도 했다.

 재산을 돌려준 의로운 행동은 영원토록 빛나리니,
 그 이름 의감향에 천세만세 전해지도다.
 재산 때문에 골육상쟁하는 자들아,
 숭산을 바라보고 부끄러워할지라.

탄궐에서 의형제를 맺다

施潤澤灘闕遇友
시복이 탄궐에서 친구를 만나다

허리띠를 돌려주고 운명을 바꾸었네,

황금을 돌려주고 가문의 명예를 드높였네.

음덕을 쌓으면 필시 보답을 받나니,

우리네 생각과 행동을 하늘은 알고 계시다네.

이 시는 음덕을 쌓은 두 가지 사례를 인용하고 있다. 첫 번째 구절에서 '허리띠를 돌려주고 운명을 바꾸었네'라고 읊은 것은 당나라 때 배도 裴度(765~839)의 이야기이다. 배도가 아직 출세하기 전, 너무도 가난했다. 공명을 이룰 기회가 너무도 없었다. 한번은 관상쟁이를 만나서 물어보고 자신의 계획을 세워보리라 했다. 그 관상쟁이가 이렇게 말했다.

"그대가 공명을 이룰 것인지 말 것인지를 굳이 물어볼 필요가 뭐 있겠소이까. 그보다 내가 긴히 드릴 말씀이 있는데 그대가 화를 내지 않는다고 약속하면 내가 솔직하게 말해드리겠소이다."

배도가 대답했다.

"소인이 앞으로 어떻게 나아가야 할지 가늠하기 어려워 가르침을 받고자 왔는데 어찌 감히 화를 내고 그러겠습니까!"

관상쟁이가 말했다.

"그대는 코 양 옆선이 입술까지 내려가는 모양이 마치 뱀이 날아가는 모양이라 몇 년 안에 시궁창에서 굶어 죽을 상이외다."

관상쟁이가 복채도 받으려 하지 않았다. 배도 역시도 팔자가 그렇다는데 뭐 어쩌겠나 하는 심정에 그냥 받아들이고 크게 개의치 않았다. 하루는 향산사香山寺에 놀러 갔다가 부처님 전에 바치는 예물을 올려놓는 탁자 위에서 뭔가 번쩍번쩍 빛나는 게 보였다. 가까이 다가가 확인해 보니 보석장식이 있는 허리띠였다. 배도가 그걸 집어 들고 생각했다.

'이렇게 사람 발길이 드문 외진 절간에 어찌 이런 물건이 있을까?'

그 허리띠를 이리저리 살펴보다가 또 생각에 잠겼다.

'필시 권세 높은 양반이 이곳에 와서 예불을 드리고 옷을 갈아입을 때 수행하던 하인이 실수로 이걸 빠뜨렸나 보다. 나중에 꼭 다시 찾으러 오겠지.'

배도는 회랑에 앉아서 기다렸다. 얼마 지나지 않아 한 여인이 절 안으로 들어왔다. 그 여인은 몹시 당황한 모습으로 부처님 전으로 달려갔다. 예물 탁자를 살펴보더니 연신 큰일났다 큰일났다며 땅이 꺼져라 한숨을 쉬더니 고꾸라져서 울기 시작했다. 배도가 다가가서 물었다.

"아가씨, 어인 일로 그렇게 구슬프게 울고 계시오?"

"제 아버님이 다른 사람의 모함에 빠져 처형당하게 생겼습니다. 이 억울함을 어디 하소연할 데도 없고 하여 제가 이 절로 찾아와 부처님 전에 빌고 또 빌곤 했습니다. 며칠 전 제 아버님이 감형되어 속전을 바치고 풀려날 수 있게 되었습니다. 저희가 속전을 낼 형편이 안 되어 부잣집을 찾아가 사정했더니 어제는 그분이 저희를 불쌍히 여기사 보석 박힌 허리띠를 주셨습니다. 저는 이게 다 부처님이 불력으로 이뤄주신 거라고 생각하여 그 허리띠를 부처님 전에 올려놓고 엎드려 절하고 감사를 올렸습니다. 한데 어서 아버님께 달려가야지 하는 일념에 허리띠를 그만 여기에 두고서 챙기지 않았습니다. 돌아가는 길에 그게 생각나서 서둘러 다시 찾아와 보았으나 아마도 다른 사람이 집어간 모양입니다."

그 여인은 말을 마치고 또 울기 시작했다. 배도가 말했다.

"아가씨, 그렇게 걱정하실 필요 없소이다. 그 허리띠는 소생이 주웠고 그래서 이렇게 기다리고 있었던 것이외다."

배도가 그 여인에게 허리띠를 돌려주었다. 그 여인은 눈물을 훔치고 감사의 인사를 했다.

"나리의 성함이 무엇인지요? 나중에 제 아버님이 찾아와 감사 인사를 하고 싶어 하실 겁니다요."

"아가씨의 아버님이 이처럼 억울한 일을 당하셨사온데 소생이 너무 가난한 처지라 도와드리지 못함이 아쉬울 뿐이외다. 물건을 주워서 주인에게 돌려주는 거야 당연한 일인데 뭐 그런 일로 감사를 받겠소이까!"

배도는 이름을 밝히지 않고 그냥 떠났다. 며칠 후 배도가 우연히 관상쟁이를 만나게 되었다. 그 관상쟁이가 깜짝 놀라며 말했다.

"그대, 혹시 엄청난 선행을 베푼 적이 있소이까?"

"뭐 그런 일 없는데요."

"그대의 오늘 관상은 저번에 본 관상하고 완전히 다르오. 음덕을 쌓은 관상이 너무 잘 드러나니 필시 높은 벼슬에 오를 것이고 무병장수할 것이며 다른 사람들이 부러워할 정도의 부귀를 누릴 것이외다."

배도는 관상쟁이의 말을 그저 농담이겠거니 하고 대수롭지 않게 여겼다. 나중에 배도는 과연 재상의 지위에 오르고 네 임금을 보필하여 진 국공晉國公에 봉해져 천수를 누렸다. 이를 증명하는 시 한 수가 있도다.

> 코 양 옆선이 뱀이 날아가듯 입술까지 내려가는 관상이라,
> 향산사에서 허리띠 돌려주고 관상마저 변했네.
> 회서淮西를 평정하여 큰 무공을 세우고,
> 30년 동안 그의 몸에 국가의 안위가 달렸도다.

두 번째 구절에서 '황금을 돌려주고 가문의 명예를 드높였네'라고 읊은 것은 오대五代 두우균竇禹鈞(907~960)의 일이다. 두우균은 계주薊州 사람으로 간의대부라는 벼슬을 지내고 있었다. 나이 서른이 되어서도 자식이 없었다. 밤에 꿈을 꾸었는데 조부가 나타나 이렇게 말했다.

"너는 자식이 없을 팔자로다. 게다가 내년까지밖에 살지 못할 팔자구나. 혹시라도 착한 일을 하면 목숨을 조금이라도 연장할 수 있을지 모르겠다."

두우균은 장남이 아닌가. 이 꿈을 꾸고 난 다음 더욱 열심히 착한 일을 했다. 하루는 해 저물 무렵, 연경사延慶寺에서 황금 30냥과 은 200냥을 주웠다. 다음 날 새벽같이 절에 찾아가 절 문 앞에서 기다렸다. 조금 있으려니 한 젊은이가 울면서 나타났다. 두우균이 그자에게 물어보니 그자가 이렇게 대답하는 것이었다.

"소인의 부친이 큰 죄를 지어 옥에 갇히셨습니다. 소인이 일가친척을 두루 찾아다니며 황금 30냥과 은 200냥을 빌렸습니다. 어제 속전을 바치고 아버님을 모셔 오려 했으나 옥리가 부재중이라 그냥 돌아오는 길에 친척 집에 들러 술을 마시게 되었습니다. 한데 그만 술에 취하여 그걸 잃어버리고 말았으니 이제 아버님을 풀어낼 길이 막막하게 됐습니다."

두우균이 들어보니 자신이 주운 금, 은의 수량과 정확히 일치하는지라 소매 품에서 그걸 꺼내어 건네주었다.

"걱정하지 말게나. 내가 이걸 여기서 우연히 주운 다음에 돌려주려고 기다리고 있었다네."

그 젊은이가 그걸 받아들고서 열어보았다. 하나도 손대지 않고 그대로였다. 그 젊은이가 울면서 연신 머리를 조아리며 고맙다고 했다. 두우균은 그 젊은이를 일으켜 세웠다. 그리고 가외로 은자를 더 챙겨주었다. 이것 말고도 두우균은 착한 일을 엄청나게 많이 했다. 어느 날 밤, 그 조부가 다시 꿈에 나타나 이렇게 말했다.

"너는 자식도 없고 요절할 팔자이나 네가 황금과 은을 돌려주기도 하고 많은 선행을 베풀었으니 하늘에서 이를 특별히 기억하고 너에게 36년의 세월을 더 주고 다섯 명의 아들을 낳게 하고 그들이 부귀영화를 누리게 하겠노라."

두우균은 더욱 열심히 선행을 베풀었다. 나중에 과연 다섯 아들을 두었다. 큰아들은 의儀, 둘째 아들은 엄儼, 셋째 아들은 간侃, 넷째 아들은 해解, 다섯째 아들은 희僖라 이름 붙였다. 이 다섯 아들은 모두 송나라 때 높은 벼슬에 올랐다. 두우균은 82살까지 수를 누리다가 목욕재계하고서 친척들을 불러 모아놓고 웃으면서 세상을 하직했다. 안빈낙도하는 노인네라는 별명으로 유명한 풍도馮道(882~954)가 시를 지어 이를 노래했다.

연산燕山1)의 두우균,
올바른 도리로 아들들을 가르쳤다네.

---

1) 계주는 지금 북경의 북동쪽이며 이 지역을 감싸는 산맥이 바로 연산산맥이다. 이런 연유로 시인이 이 시에서 '연산의 두우균'이라 읊었을 것이다.

신령스러운 나무 한 그루 우뚝 자라니,
다섯 개의 가지가 널리 향기를 전하네.

이 이야기꾼이 이렇게 두 가지 이야기를 들려주는 이유가 뭘까? 바로 오늘 내가 하려는 이야기에 등장하는 그 사람이 황금을 주워서 주인에게 돌려주었고 비록 앞에서 언급한 두 사람처럼 벼락출세까지는 아니라 해도 큰 난리를 피하고 큰 재산도 모을 수 있었기 때문이라.

콩 심은 데 콩 나고,
팥 심은 데 팥 나지.
인생사 길흉화복은,
다 내가 뿌린 대로 거두는 것.

소주부 오강현, 성문에서 칠십 리쯤 떨어진 작은 마을이 있었다. 이 마을 이름은 성택盛澤. 이 마을은 사람도 많고 인심도 순박했으며 누에치는 걸 업으로 삼고 살았다. 남자든 여자든 모두 근면하게 일해서 베틀에서 북이 오가는 소리가 낮이나 밤이나 끊이지 않을 정도였다. 시장통 양쪽으로 늘어선 비단 거간만 해도 천백 집이 넘을 정도였다. 원근 각처에서 비단을 짜서 이곳으로 가지고 왔다. 이 비단을 사들이려고 상인들이 벌떼처럼 밀려와서 서로 어깨가 부딪치고 길을 걸을 때 발걸음을 내디딜 수 없을 정도였다. 누에의 천국이요, 비단의 나라였다. 양자강 이남에 양잠업을 하는 동네가 많고 많았지만 이 성택은 그 가운데에서도 으뜸이었다. 다음의 노래가 그 증거라 할 것이다.

봄바람 강물 위로 살랑살랑 불어오는 2월,

양자강 남쪽 마을은 뽕나무랑 누에 치느라 분주하기 시작하네.

누에는 따뜻하고, 뽕나무는 건조해야,

백옥처럼 맑고 때깔 좋은 비단이 나오지.

길고 긴 비단실이 천 타래 만 타래,

큰 광주리 작은 광주리에 담아 시렁에 올려놓는다네.

여인네 그 실을 베틀에 걸고,

침 발라가며 한 올 또 한 올 엮지.

지지 자자, 북이 왔다 갔다 하는 소리는 악기 연주 소리 같구나,

꽃무늬도 넣고 모양도 내고 비단이 한 필 또 한 필.

먹고살 거리는 걱정도 하지 마소,

아침이면 또 이곳저곳에서 상인이 밀려올 거니.

때는 바야흐로 가정嘉靖 연간(1522~1566), 이 성택진에 한 사람이 있었으니 그 사람 이름은 시복, 아내 유兪씨와 자식도 없이 단둘이서 살았다. 집에다 방적기를 들여놓고 해마다 몇 광주리의 누에를 쳤다. 아내는 비단실을 잣고 남편은 비단을 짰다. 제법 생활이 윤택했다. 이 성택진 사람들은 모두 등 따습고 배부르게 살았다. 모두들 비단을 짰다. 대개 열 필, 적어도 다섯 필 정도는 되어야 시장에 내다 팔았다. 좀 규모가 되는 집은 시장에 내다 팔지 않고 거간이 상인을 데리고 찾아오면 그 상인한테 팔았다. 시복은 규모가 작은 집인 데다 자본도 적고 하여 서너 필 정도 짜서 바로 시장에 내다 팔았다.

어느 날 시복이 비단 네 필을 짜서 한 필 한 필 잘 말고는 보자기에 싸서 시장으로 가지고 나왔다. 시장엔 사람들이 바글바글, 말소리는 왁자지껄, 그 열기가 엄청났다. 시복은 단골 중개인을 찾아갔다. 사람들이 비단을 팔려고 상점 입구에 둘러서 있었고 상점 안에 비단을 사 가려는

상인 서너 명이 앉아 있었다. 중개인이 계산대에 서서 비단을 살펴보고 값을 쳐주고 있었다. 시복이 사람들 틈을 비집고 들어가 자신이 가져온 비단을 중개인에게 보였다. 중개인이 그걸 받아들고 보자기를 펴서는 한 필 한 필 살폈다. 이리 재어보고 저리 재어보더니 가격을 매기고는 상인 한 명한테 건네주면서 이렇게 말했다.

"이 시씨는 정말 틀림없는 사람입니다. 괜히 번거롭게 이거저거 따지지 말고 어서 값 치르고 가져가시죠."

그 상인은 두말하지 않고 은 덩어리를 재어서 시복에게 건넸다. 시복도 자기가 들고 온 작은 저울로 그 은 덩어리를 재보았다. 약간 저울이 빠진다 싶어 그 상인한테 한두 돈 더 달라고 하여 거래를 맞췄다. 중개인한테 종이를 좀 달라고 해서 그 은을 잘 싸서 전대에 넣었다. 저울과 보자기를 챙기고는 중개인한테 손을 모아 인사하고 수고하셨다는 말도 건네고 몸을 돌려 빠져나왔다. 채 몇 걸음이나 갔을까, 어느 가게 앞 인도의 섬돌에 푸른색 보자기에 뭐가 싸여 있는 게 보였다. 시복이 다가가 그걸 집어 소매 품에 넣고서는 빈터에 가서 풀어보았다. 그 안에는 은 두 덩어리와 부스러기 은 서너 개 그리고 동전이 들어 있었다. 그걸 손대중으로 재어보니 얼추 여섯 냥 정도는 되어 보였다. 시복이 뛸 듯이 기뻐했다.

"오늘은 운수대통이구먼! 이렇게 은을 다 줍다니 이걸로 사업 밑천 해야겠다."

시복이 그걸 다시 싸서 전대에 넣고 곧장 집으로 발걸음을 옮겼다. 시복이 걸으면서 생각에 잠겼다.

'지금 우리 집에 있는 방적기는 매일 쉴 틈도 없이 쓰고 있잖아. 이 은으로 방적기를 한 대 더 들이면 한 달에 명주실을 몇 타래는 더 뽑아낼 것이니 그만큼 돈을 버는 거지. 이렇게 추가로 버는 돈은 없는 셈 치고 건드리지 말아야지. 1년이 지나면 그게 얼마야! 그럼 다시 방적기를 한 대 더 사야지. 그럼 가외 수입이 더 늘어나겠지. 그렇게 10년 정도만 지나면 우리는 갑부가 되는 거네. 그땐 집도 사고, 땅도 사고 그래야지.'

행복한 상상을 하다 보니 집이 코앞이었다. 시복은 갑자기 다른 생각이 들었다.

'이 은을 만약 부자가 잃어버린 거라면 마치 암소의 터럭 하나 빠진 거나 마찬가지라 크게 신경 쓰지 않을 거니 내가 좀 써도 뭐가 문제겠어. 한데 만약 객상이라면 마누라랑 자식과 떨어져서 한뎃잠 자면서 고생 고생하여 번 걸 텐데, 그걸 잃어버리고 얼마나 상심이 클까. 그래도 밑천이라도 좀 있는 상인이라면 어떻게든 벌충할 수 있을 테니까 그래도 속앓이를 좀 덜하겠지. 만약 밑천이라곤 이 잃어버린 은이랑 동전이 전부인 상인이라면 나처럼 하루하루 고생고생해가며 이곳저곳 다니면서 비단을 사고팔고 하면서 이 은을 모았을 것이니 이 은은 그의 생명줄이라. 이 은을 잃어버린 것은 마치 숨이 끊어진 것과 마찬가지겠구나. 그의 처자식이 그를 얼마나 원망할 것이며, 나중에는 견디다 못하고 처자식을 팔게 되는 상황이 올지도 모르지. 만약 성격 급한 사람이라면 화를 견디지 못하고 자기 목숨을 스스로 끝내버릴지도 모르겠구나. 내가 이걸 훔친 게 아니고 주운 거라서 크게 죄가 되는 것은 아니라 하여도 내가 내 힘으로 열심히 노력해서 번 것은 아니라. 게다가 나한테 이 은이 생겼다 하더라도 내가 뭐 꼭 부자가 된다는 보장도 없고 하니 나는 이 은을 안 주웠다 생각하고 평소처럼 열심히 일하고 사는 게 낫겠다. 이 은을 내가 주운 곳에 다시 갖다 놓고 주인이 찾아가게 하는 게 백 번 천 번 맞겠다. 역시 맘 편히 사는 게 최고지!'

시복은 이렇게 맘먹고 발걸음을 돌렸다.

착한 마음을 먹었다가도 나쁜 마음으로 변하고,
나쁜 마음을 먹었다가도 착한 마음으로 변하기도 하지.
그대여, 선행을 베풀며 살지라,
그대여, 악행은 저지르지 말지라.

시복이 곧바로 은을 주운 곳으로 돌아왔다. 그 앞 가게의 계산대 옆쪽에 서서 한참을 기다렸으나 은을 잃어버린 주인이 나타나지 않았다. 빈속으로 집에서 나왔는지라 갈수록 배가 고팠다. 집에 가서 밥이나 먹고 돌아올까 했으나 혹시 그사이에 은을 잃어버린 주인이 올까 싶어서 그냥 참고 기다리기로 했다. 잠시 후 시골 농부로 보이는 젊은이 하나가 얼굴 가득 땀을 뻘뻘 흘리면서 가게 안으로 뛰어 들어왔다. 그가 큰소리로 물었다.

"주인 양반, 내가 아까 깜빡 잊고 은을 계산대에 놓고 갔는데 혹시 그걸 치워놓으셨소이까?"

"아니 이 사람아, 아침에 은을 받아 가놓고 이제 와서 나한테 그걸 다시 찾으면 어떻게 해? 만약 깜빡 잊고 계산대에다 놓고 갔다면 그게 보자기 한 개가 아니라 몇 개라도 바로 사람 손을 타지."

그 젊은이는 발을 동동 구르며 말했다.

"그건 우리 집 농사지을 밑천인데 그걸 잃어버렸으니 어쩌면 좋지?"

시복이 물었다.

"대체 얼마나 되우?"

"여기서 비단을 팔고 받은 은 여섯 냥하고 동전 세 닢이올시다."

"그럼 그걸 어디에다 담아두었소? 몇 덩어리나 되우?"

"은 덩어리 두 개하고 부스러기 은 서너 개인데, 그걸 푸른색 보자기로 쌌었지요."

"그렇소이까! 그럼 너무 걱정하지 마시오. 내가 그걸 주워서 여기서 기다리고 있었소이다."

시복이 곧장 자기 전대에서 그 은 보자기를 꺼내어 젊은이에게 건네 주었다. 그 젊은이는 연신 고맙다는 인사를 하고는 그 보자기를 받아 열 어보았다. 털끝 하나도 건드리지 않고 그대로였다. 지나가던 사람들이 대체 무슨 일인가 싶어 우르르 몰려와 물었다.

"어디서 주운 거요?"

"바로 이 가게 앞 인도 섬돌에서 주웠지."

그 젊은이가 말했다.

"이 형님이 비단결 같은 마음으로 이렇게 여기서 주운 걸 돌려주시려 고 기다리셨답니다. 만약 다른 사람이 주웠다면 절대 이러진 않았을 겁 니다. 제가 잃어버린 걸 다시 찾았으니 형님께 반을 드리고자 합니다."

"아이고 무슨 그런 말을! 만약 내가 그게 욕심났다면 그냥 다 가져가 버렸겠지. 뭐 하러 이렇게 들고 와서 반만 받아 가겠어?"

"그럼 감사의 표시로 한 냥을 드릴 테니 뭐 맛난 거라도 사드시지요."

"참 고집도 세구먼. 한 냥이고 두 냥이고 하나도 안 받겠다니까. 내 가 자네 은 한두 냥 받아 가서 뭐 하게?"

구경하던 사람들이 끼어들었다.

"이 사람, 진짜 성인군자네. 자네한테 무슨 대가를 바라고 돌려준 거 는 아닌 거 같네. 그냥 인근 주점으로 모시고 가서 술이나 대접하여 자 네 성의 표시하는 게 좋을 거야."

그 젊은이가 대답했다.

"그 말이 맞네요."

그 젊은이가 바로 시복에게 같이 가자고 청했다. 시복이 말했다.

"아이고 그럴 필요 없다니까! 난 집에 일이 있어서 여기서 지체할 시간이 없다고."

말을 마치고 시복이 바로 출발했다. 그 젊은이는 시복을 더는 붙잡지 못했다.

사람들이 한마디씩 거들었다.

"자네 참 운도 억세게 좋네그려. 은을 잃어버렸다가 한 푼도 날리지 않고 그대로 되찾다니."

"정말 그러네요. 세상이 이렇게 착한 사람이 다 있을 줄이야!"

그 젊은이는 가게 주인한테 번거롭게 해서 죄송하다며 인사를 하고 섬돌 아래로 내려와 떠났다. 구경하던 사람들도 서로 이런저런 말을 나누고 흩어졌다. 시복이 참 바보같이 그런 은을 주워놓고 자기가 쓸 생각은 안 하고 그냥 다 돌려줬다고 하는 사람도 있고, 이렇게 착한 일을 하고 음덕을 쌓았으니 나중에 꼭 복 받을 거라고 말하는 사람도 있었다.

한편, 시복이 집에 돌아오니 부인이 이렇게 물었다.

"아니 무슨 일이 있었길래 이렇게 한나절씩이나 걸려서 돌아오고 그래요?"

"아이고 말도 마. 일 다 마치고 집에 돌아오려는데 일이 하나 생겨서 다시 돌아가서 그 일 보고 오느라 이렇게 시간이 많이 지체되었네그려."

"대체 무슨 일이 있었는데요?"

시복이 아내에게 은을 주웠다가 돌려준 일을 이야기해주었다. 아내가 말했다.

"아이고 정말 잘하셨네요. 옛말에 '가난한 팔자를 타고난 사람은 횡재를 해도 도로 가난해진다'고 하잖아요. 우리 팔자에 없는 거라면 설혹 그걸 우리가 차지한다고 해도 안 좋은 일이 생길지도 모르죠."

시복이 말했다.

"내 말이! 그래서 내가 그걸 주인을 찾아서 돌려준 거라고."

시복 부부는 주운 은을 차지하지 않은 걸 기쁨으로 생각하고 주인을 찾아 돌려준 걸 잘한 일이라고 여겼다. 군자입네 하는 사람도 눈앞의 이익 때문에 의리를 저버리는 경우가 태반인데 이 누에나 치는 시골 부부가 이렇게 식견이 높을 줄이야!

무슨 일을 하려 해도 마음이 맞아야지,
부창부수라, 서로 복 짓는 일을 함께하네.
백만금마저도 티끌처럼 여기고,
오직 어질고 바른 것만을 생명처럼 여긴다네.

시복은 누에 종류를 잘 고르기도 하고 운도 잘 따랐다. 그가 키운 누에는 허드레 고치를 지은 게 하나도 없었다. 고치에서 실을 뽑아보니 가늘면서도 질기고 깔끔하기도 하고 윤기가 나기도 했다. 까끌까끌하거나 때깔이 잘 안 나는 게 없었다. 누에 채반 하나 당 뽑아내는 실의 양도 다른 누에 농가보다 훨씬 많았다. 실을 뽑아 천을 짜는 족족 시장에 들고 나가 팔았다. 사람들이 볼 때 시복의 천이 워낙 때깔도 좋고 윤기도 나고 하니 돈을 더 얹어주고서라도 사려고 했다. 이런 식으로 순조롭게 일하다 보니 몇 년이 안 돼 방적기 서너 대를 더 들였다. 집안 살림도 퍽 윤택해졌다. 동네 사람들이 이런 시복을 축하하는 의미로 시윤택施潤澤이란 별명을 붙여주었다. 시복이 아들을 하나 낳고 관음보살을 기리어 이름을 관보라 지었다. 두 돌이 지난 관보는 이목구비가 또렷한 게 마치 몇 살 더 먹은 아이 같아 보였다. 그래, 쓸데없는 이야기는 여기서 접자.

다시 누에 치는 때가 되었다. 세 잠 자고 나니 온 마을의 뽕잎이 다 떨어졌다. 시복도 이틀 먹일 거리밖에 없었다. 마음이 조급해졌으나 어디 가서 사올 데도 없었다. 대체로 누에를 치기 시작하는 계절은 시도 때도 없이 구름이 끼고 비도 오고 그런다. 누에가 차갑고 눅진 공기에 노출되고 차갑고 습기 찬 뽕잎을 먹으면 뻣뻣해져서 죽고 마니 대개 반 정도나 살아남고 하여 뽕잎이 모자라는 경우는 거의 없었다. 한데 올해는 날씨가 따뜻하고 고슬고슬하여 집집마다 누에가 별 탈 없이 잘 자라 뽕잎이 모자라는 상황이 되어버렸다. 어디 가서 뽕잎을 사올 데도 없고 하여 시복은 너무나도 애가 탔다. 동정산 아랫녘에 뽕잎이 많다는 소리를 듣고 열 집이 함께 모여 호수를 건너 사러 간다는 말이 돌았다. 시복은 그 말을 듣고서 은자를 챙기고 담요 같은 것도 챙기고 해서 배에 올라탔다. 이미 오후 한 시를 넘어선 시각, 배를 띄우고 노를 저어 길을 나섰다. 평망이란 마을을 지나 탄궐이란 마을을 바라고 계속 배를 저어갔다. 이 탄궐은 시복이 사는 마을 성택에서 40리 정도 떨어져 있었다. 해는 저무는데 갈 길은 멀고 하여 일단 작은 부두에 배를 대고 저녁거리를 장만하고자 했다. 그제야 그들은 부싯돌을 안 가지고 온 걸 알아차렸다. 사람들이 이렇게 말했다.

"누가 동네에 올라가서 불씨를 얻어오면 좋을 텐데."

시복은 마치 뭐에 홀리기라도 한 듯 '내가 가겠소이다'라고 대답하고 말았다. 시복은 삼대를 한 움큼 움켜쥐고서 호숫가로 뛰어갔다. 집집마다 문이 잠겨 있었다. 해가 다 저물지도 않았는데 왜 이렇게 집집마다 문이 잠겨 있을까? 누에를 치는 사람들은 자기 집에 낯선 사람들이 찾아오는 걸 극도로 꺼리기 때문이었다. 누에 애벌레가 나서 고치가 되는 40여 일 동안 집집마다 문을 달아 걸고 서로들 출입을 삼갔다. 아무리 큰일이 있어도 남의 집에 찾아가지 않았다. 시복이 이집 저집 돌아다니면서 참으로 이상하다는 생각이 들었다.

'아니 사람들이 참, 귀신이 잡아갈까 걱정하는 건지, 아직 해도 안 저물었는데 모두들 문을 달아걸고 그러지!'

그러다 시복은 퍼뜩 정신이 들었다.

'그래 맞아, 내가 바로 누에를 치는 사람이면서 깜빡했네. 불씨 빌려주는 건 누에 치는 사람이라면 다 금기로 여기잖아! 아이고, 그럼 어디 가서 불씨를 얻지?'

시복은 그냥 발길을 돌리려다가 다시 생각했다.

'내가 불씨를 얻어오겠다는 말을 안 했으면 모를까. 그냥 이렇게 빈손으로 돌아가서 다른 사람한테 불씨를 얻어오라고 한다면 그게 말이 되겠나! 혹시 누에를 안 치는 집이 있을지도 모르잖아!'

시복은 다시 주변을 살피며 걸었다. 어느 집인가 대문이 반쯤 열려 있는 게 보였다. 시복은 앞뒤 재지 않고 일단 그 집을 향하여 발걸음을 옮겼다. 그러나 차마 제멋대로 안으로 들어가지는 못하고 밖에 서서 목을 빼서 안쪽을 향해 바라보며 소리쳤다.

"누구 없어요?"

안에서 한 여인네가 걸어 나오며 물었다.

"누구세요?"

시복은 얼굴 한가득 미소를 띠며 말했다.

"아주머니, 불 좀 얻으러 왔습니다."

"요맘때는 다른 집은 모두 불 빌려주는 걸 엄청 꺼려한답니다. 그렇지만 우리 집은 그런 거 안 따지니까 내가 불을 빌려주리다."

"그렇게만 해주신다면 정말 고맙겠습니다!"

시복이 여인네에게 삼대를 건네자 여인네가 그걸 받아들고 안에 들어가서 불을 붙이고 다시 나왔다. 시복은 그걸 받아들고 폐를 끼쳐서 죄송하다는 인사를 건네고 발걸음을 돌렸다. 몇 걸음을 뗐을까, 뒤에서 누군가 부르는 소리가 들렸다.

"저기 불 얻어가는 양반 잠깐만요.. 뭘 떨어뜨렸네요."

시복은 그 말을 듣고 궁금해했다.
'어, 내가 뭘 떨어뜨렸다는 거지?'
시복이 되돌아가 보니 그 여인네가 말했다.
"여기 전대를 놓고 갔네요, 그래."
그 여인네가 이렇게 말하면서 시복에게 전대를 건네주었다. 시복이 그 여인에게 감사의 말을 건넸다.
"아이고, 이렇게 착한 사람은 처음 봅니다그려."
그 여인네가 다시 이렇게 말했다.
"뭘 이런 걸 가지고! 쇤네의 남편은 성택에 비단을 팔러 갔다가 여섯 냥이 넘는 은을 잃어버린 적이 있었답니다. 그때 정말 마음씨 좋은 분이 그 은을 주워서 거기서 기다리고 있다가 쇤네 남편이 찾으러 갔을 때 한 푼도 손 안 대고 돌려주고 술 한 잔이라도 대접하겠다고 하는데도 극구 사양하고 그냥 떠나갔다고 합니다. 그런 분이 진정 선한 분인 거죠."
시복이 듣고 보니 예전에 자기가 은을 주웠다가 돌려준 일하고 딱 들어맞는지라, 세상에 이런 인연이 다 있나 싶었다.
"그게 몇 년 전 일이오?"
그 여인네가 손가락을 꼽아가며 헤아려보더니 대답했다.
"벌써 6년이나 되었네요."
"사실대로 말하면 나도 성택 사람으로 6년 전에 우연히 비단을 팔러 온 사람이 떨어뜨린 은 여섯 냥을 주웠다가 주인한테 돌려준 적이 있다오. 그 사람이 사례한다는 걸 사양하기도 했고 말입니다. 한데 그 사람이 바로 그대의 남편일 줄이야!"
"이런 일이 다 있네요. 쇤네가 남편을 불러올 테니 한번 만나보시면 어떨지요?"
시복은 배에서 사람들이 애타게 기다리고 있을 거란 생각에 바로 돌아가고 싶었으나 불붙인 삼대가 곧 다 타버릴 거 같아 이렇게 대답했다.

"아주머니, 남편분을 만나는 것도 만나는 거지만 종이 불쏘시개라도 좀 주셔서 제가 돌아가서 불 피우기 쉽게 해주시면 더할 나위 없이 고맙겠소이다."

그 여인은 대답할 시간이 아깝다는 듯이 곧바로 안으로 들어갔다. 잠시 후 한 젊은이가 나왔다. 그 젊은이가 시복을 바라보니 6년이나 지났지만 시복의 모습이 여전한지라 단번에 알아보았다. 바로 6년 전에 은을 주워서 자기한테 돌려준 그 남자가 아니던가!

떠다니는 부평초, 마침내 바다로 흘러가듯,
살다 보면 어디선들 다시 만나지 않으랴!

젊은이가 그 자리에서 바로 몸을 굽히고 읍했다.

"형님의 은혜를 한시도 잊은 적이 없었습니다만 어떻게 찾아뵐 수가 없었습니다. 이렇게 오늘 하늘이 형님을 만나게 해주시네요."

시복이 황급히 답례했다. 두 사람이 서로 인사를 주고받고 나니 여인네도 인사를 올렸다. 젊은이가 말했다.

"그때 형님한테 큰 은혜를 입어놓고도 제가 정신이 없어서 형님의 성함도 어디 사시는지도 여쭤보지 못하고 말았습니다. 나중에 제가 몇 번 그 마을에 비단실을 팔러 간 적이 있었습니다. 그때마다 가게 주인에게 물어보았지만 가게 주인은 모른다고만 하더라고요. 이곳저곳 알아보기는 했습니다만 끝내 형님을 다시 뵐 수가 없었습니다. 한데 이렇게 제가 사는 이곳에서 형님을 뵙다니요. 어서 안으로 드시지요."

"그대가 나를 잊지 않고 이렇게 챙겨주니 너무 고맙소이다. 한데 내 일행이 지금 배에서 내가 불을 얻어오기만을 기다리고 있소이다. 여기서 앉았다 가기가 어렵겠소이다."

"형님 일행분들을 다 여기로 오라고 하시지 않구요?"

"어떻게 그렇게까지 신세 질 수야!"

"그럼 형님이 불을 갖다 주시고 다시 오시지요."

젊은이가 자기 처에게 안으로 들어가 불을 가져오라 했다. 여인네가 곧장 안으로 들어갔다. 그 젊은이가 시복에게 물었다.

"형님의 존함은 무엇인지요? 지금 어디 가시는 길인지요?"

"나는 성은 시, 이름은 복, 별명은 윤택이라 하오. 뽕잎이 다 떨어져 동정산 아랫녘으로 사러 가는 길이라오."

"형님께서 뽕잎이 필요하시다면 제집에 충분히 있습니다. 형님께서는 오늘 제집에 머무르시고 일행분들만 동정산 아랫녘에 들렀다가 내일 돌아가는 길에 형님을 다시 태우고 가라고 하면 좋지 않겠습니까?"

시복은 젊은이 집에 뽕잎이 충분하다는 말을 듣고 적이 안심되었다.

"그대 집에 뽕잎이 충분하다면 내가 굳이 호수 건너 사러 가지 않아도 좋을 것 같소이다. 내가 일행한테 가서 먼저들 출발하라고 말을 전하고 돌아오리다."

젊은이의 아내가 불을 가지고 나오니 그걸 젊은이가 건네받고는 이렇게 말했다.

"내가 형님 모시고 같이 다녀오리다. 어서 저녁밥을 준비해두시오."

시복과 젊은이가 즉시 그 불을 들고 배 있는 곳까지 갔다. 배에서 기다리던 사람들에게 불을 건넸다. 사람들이 그걸 받고는 모두 시복을 뚫어져라 쳐다보면서 구시렁댔다.

"불 하나 얻어오는 게 뭐 그리 어렵다고 이렇게 시간이 오래 걸린담!"

시복이 대꾸했다.

"아이고 말도 마시우. 이 마을 사람들이 다 누에를 치는지라 어디 들어가서 불을 얻어올 데가 있어야지! 겨우 아는 사람을 만나서 사정 이야기를 하느라고 늦었지. 나한테 뭐라고들 하지 마쇼. 이 친구가 뽕잎을 갖고 있다고 해서 난 그걸 이미 사기로 했소이다. 당신네들하고 함께 호수를 건너갈 필요가 없게 되었단 말이지. 내 이불과 짐이 배에 있으니 그걸 좀 건네주시오."

사람들이 시복의 짐을 찾아서 들고 왔다. 그 젊은이가 "내가 들고 가겠소이다"라고 말하면서 그걸 받아들었다. 시복이 이렇게 말했다.

"그럼 돌아갈 때 다시 만납시다."

시복은 사람들과 헤어져 그 젊은이를 따라 출발했다. 시복이 물었다.

"정신없이 왔다 갔다 하느라 그대의 이름도 물어보지 못했구려."

"저는 성이 주朱, 이름이 은恩, 자의子義란 별명으로도 불립니다."

"올해 나이가 몇이오?"

"스물여덟 살입니다."

"그럼 내가 그대보다 여덟 살이 많구먼."

시복이 다시 물었다.

"부모님하고 함께 사시오?"

"아버님은 여러 해 전에 돌아가셨고 어머님만 모시고 살고 있습니다. 어머님은 올해 예순여덟이시며, 오래전부터 채식만 하고 계십니다."

이런저런 이야기를 나누다 보니 벌써 집 앞에 도착했다. 주은이 대문을 밀쳐 열고 시복한테 안으로 들어가자고 청했다. 식탁에는 이미 불이 밝혀져 있었다. 주은이 짐을 내려놓고선 소리쳤다.

"어서 차 좀 내오시오!"

주은이 말을 마치기가 무섭게 아내가 차 두 잔을 받쳐 들고 주렴을 밀치고는 주은에게 건네주었다. 주은은 그걸 받아들고 한 잔은 시복에게 건네고 나머지 한 잔은 자기가 들었다. 그러고는 다시 아내에게 물었다.

"여보, 닭은 잡았소이까?"

"당신이 오면 같이 잡으려고 기다렸습니다."

주은은 그 말을 듣고 부리나케 찻잔을 내려놓고 닭을 잡으러 몸을 일으켰다. 닭은 집 왼편 닭장 안에 있었다. 시복이 주은을 만류했다.

"아이고, 이렇게 나를 맞아준 것만 해도 어딘데 그냥 평소 먹던 대로 챙겨주면 되었지 무슨 닭까지 잡는다고 그러시오! 닭도 이미 횃대에 올라간 거 같은데 그걸 잡으면 내가 마음이 어찌 편하겠소?"

주은은 시복이 소탈하고 맘씨도 바른 사람임을 깨닫고는 그 말대로 다시 자리에 앉았다.

"그러시면 내일 잡아서 대접하도록 하겠습니다."

주은이 아내에게 말했다.

"닭은 잡지 말고 그냥 지금 있는 대로 어서 상을 봐오시오. 손님 배고프실 거야. 술도 좀 데우고."

"한창 바쁠 때 이렇게 폐를 끼치게 되었소이다. 그나마 그대 집에서 사람 찾아오는 걸 꺼리지 않는 게 다행이오."

"사실, 이 동네에서 그 금기를 가장 철저하게 지킨 게 바로 우리 집이었습니다. 근데 지금은 우리 집만 그 금기를 안 지키게 되었네요."

"대체 무슨 사연이 있어서?"

"제가 형님 덕에 잃어버린 은을 다시 찾은 그때 저는 모든 게 다 정해진 운명 같은 게 있어서 사람 힘으로 어찌할 수 있는 게 아니라는 걸 깨달았습니다. 그러고는 바로 그 금기를 깨버린 거죠. 그래도 예전처럼 그대로 이문이 많이 나더라고요. 역시 사람이란 자신의 팔자대로 사는 거지, 무슨 금기를 지키고 안 지키고 문제는 아닌 거죠. 요괴도 다 사람 하기 나름이라는 말이 있는데 그 말이 정말 맞는 말이더군요."

"그대 말이 하나도 그른 게 없이 다 사리에 맞소이다."

"이 일도 참 기이하기 짝이 없습니다. 우리 집은 평소에 누에를 열 채 반 정도 치는데 그 정도로도 우리 집 밭에서 나는 뽕잎으로는 다 키울 수가 없어 남의 것을 더 사오곤 했습니다. 올해 저희가 누에를 열다섯 채반 치고 뽕나무를 특별히 더 심지 않았는데 우리 집 누에를 치는 데도 모자라지 않고 형님한테 드릴 수도 있게 되었으니 올해 우리 집 뽕나무가 풍년 든 것 역시 형님을 만날 인연 때문에 그런 게 아니겠습니까?"

"그대 말이 참으로 일리가 있소이다. 우리가 다시 만난 것도 다 운명 아니겠소. 지난번에 그대가 은을 잃어버린 걸 내가 찾아주면서 우리가 서로 알게 되고 이번엔 또 내가 돈을 잃어버리고 그대 부인이 그걸 찾아주면서 그대가 옛날에 겪었던 이야기를 해주어 우리가 또 이렇게 다시 만나게 되고."

"그러고 보니 형님과 저는 전생에 깊은 인연이 있었던 게 틀림없습니다. 그러니 우리 의형제를 맺는 게 좋을 것 같은데 형님 생각은 어떠한지요?"

"나도 형제가 없으니 우리가 서로 챙겨주면 얼마나 좋겠소."

두 사람은 그 자리에서 곧장 서로 절을 하고 의형제를 맺었다. 시복은 또 주은의 어머니를 모셔오게 하여 인사를 올렸다. 주은은 아내를 불러 시복과 의형제를 맺었음을 알려주었다. 모두들 기쁜 마음으로 인사를 주고받았다. 잠시 후 술상을 차려왔다. 산해진미가 그득했다. 시복과 주은이 술을 나눴다. 주은이 물었다.

"형님, 슬하에 자녀는 몇이나 두셨습니까?"

"아들 하난데 이제 겨우 두 돌 지났다네. 동생은 몇이나 두었는가?"

"저한테는 딸만 하나 있습니다. 역시 막 두 돌 지났습니다."

주은은 아내한테 딸아이를 데려오게 했다. 주은이 말했다.

"형님, 우리가 의형제를 맺었는데, 제 딸과 형님 아들을 맺어주면 어떨지요?"

"그거참, 좋은 생각이오만 우리 집이 가난하여 자네 집에 치일까 봐 그게 걱정이네."

"아이고 형님, 무슨 그런 말씀을 다 하십니까!"

그들은 아들과 딸을 정혼시켰다. 둘 사이가 더욱 돈독해진 듯했다. 주거니 받거니 술잔을 기울이면서 밤늦은 시각까지 마셨다. 주은이 문짝을 찾아오더니 등받이 없는 의자를 방 오른편에 양쪽으로 받쳐놓고 그 위에 그 문짝을 얹고는 지푸라기를 깔았다. 시복이 자기 짐을 풀고 이불을 꺼내어 잘 흔들어 폈다. 주은이 잘 자라는 인사를 남기고 문을 닫고 안으로 들어갔다. 시복은 불을 훅 불어서 끄고 침상 위에 올랐다. 이리 뒤척, 저리 뒤척 쉬 잠들지 못했다. 닭이 횃대에서 꼬꼬댁 꼬꼬댁거리는 소리가 크게 들려왔다. 저 닭은 왜 이리 꼬꼬댁거리지?

두어 시간이 지났을까 닭들이 쉬지 않고 울어댔다. 족제비가 와서 닭을 훔치는 건가 싶어 몸을 일으켜 옷을 챙겨 입고 닭장으로 가보자 했다. 침상에서 내려 몇 걸음 떼기도 전에 '우르릉 쾅' 하는 소리가 나더니 뭔가가 침상 위로 떨어져 내렸다. 시복은 너무 놀라 그 자리에 얼어붙어 꼼짝도 못 하고 있었다. 주은이 어머니와 아내와 함께 누에를 먹이고 있다가 닭이 꼬꼬댁거리는 소리를 듣고 횃불을 들고 살피러 오다가 그 우르릉 쾅 하는 소리를 듣고 발을 동동 구르며 소리쳤다.

"아이고 큰일 났네! 우리 형님이 혹시 어찌 되신 건 아닐까!"

주은의 어머니도 놀라서 "큰일 났네, 큰일 났네!" 소리치며 주은의 뒤를 따라왔다. 주은이 문을 열고 다리 한 짝을 안으로 들이며 바라보니 시복이 방 한가운데 서 있었다. 놀라기도 하고 반갑기도 하여 소리쳤다.

"형님, 저는 놀라 죽는 줄 알았습니다. 형님이 침상에서 일어나 이 화를 피하신 게 얼마나 다행인지! 어떻게 이 화를 피하셨는지요?"

"닭들이 꼬꼬댁거리는 소리를 듣고 한번 살펴보려고 침상에서 일어나지 않았더라면 지금쯤 나는 이미 몸이 가루가 되어버렸을 것이네. 근데 대체 위에서 뭐가 떨어진 거지?"

"수레 굴대를 위에 올려놓았는데 대체 그게 어떻게 굴러떨어졌는지 모르겠습니다."

불을 비춰보니 침상으로 쓰던 문짝은 다 부서지고 밑에 걸쳐놓았던 걸상도 뒤집혀 있었다. 굴대는 벽 쪽에 굴러가 있었다. 그 굴대는 소쿠리만큼 컸다. 주은이 그걸 보더니 벌린 입을 다물지 못했다. 주은의 어머니와 아내는 시복이 별일 없는 걸 확인하고 다시 돌아갔다. 닭도 더는 꼬꼬댁거리지 않았다. 주은이 말했다.

"형님이 저한테 닭을 잡지 말라고 말씀하실 때만 해도 그 덕에 사람 목숨 구할 줄을 어찌 알았겠습니까!"

두 사람은 앞으로 살생을 하지 않겠다며 서로 맹세했다. 이를 증명하는 시가 있도다.

양보楊寶2)가 꾀꼬리를 살려주고 복을 받았다는 옛날이야기,
시복이 닭을 잡지 못하게 말리고 복을 받았다는 오늘 이야기.
동물 또한 이와 같이 지각이 있으련만,
사람들은 어찌하여 산 것을 죽이려 드는가?

---

2) 전한 말 후한 초의 인물인 양보는 아홉 살 때 화음산 북쪽에서 꾀꼬리가 올빼미에게 잡아먹히게 된 것을 불쌍히 여겨 구해주고 상처 입은 꾀꼬리를 보살펴 상처가 다 낫자 날려 보냈다고 한다. 그 후 양보의 꿈에 황색 옷을 입은 동자가 나타나 하얀 옥가락지 네 개를 주면서 양보의 후손이 4대에 걸쳐 재상의 지위에 오르게 해주겠노라 말했다. 실제로 양보의 자손은 4대에 걸쳐 재상의 지위에 오르는 복을 누렸다고 한다.

주은은 바로 불을 밝히고 이불을 걷어 지푸라기를 치운 다음 바닥에 그냥 이불을 깔고 시복이 잠 잘 수 있게 해주었다. 이튿날 아침에 일어나 보니 비가 내리고 있었다. 아침밥을 먹고 나서 시복이 집으로 돌아가고자 했다. 주은이 말했다.

"형님이 저희 집에 오시는 게 어디 쉬운 일이겠습니까! 하루만 더 계셨다가 내일 아침에 가시지요."

"나나 자네나 다들 한창 바쁠 때 아니요! 억지로 하루 더 머문다 해도 우리 둘 다 마음이 편치 않을 것이라. 아무래도 지금은 바로 돌아가고 나중에 서로 한가한 짬을 타서 다시 만나 서로 편하게 이야기 나누는 게 나을 것 같소."

"그야 뭐 여부가 있겠습니까! 그래도 오늘은 동정산에 간 셈 치고 하루 계시면서 이야기나 나누시지요."

주은의 어머니도 나와서 시복을 잡았다. 시복은 하는 수 없이 주저앉았다.

오전 오시가 채 못 되었을 무렵 갑자기 거센 바람이 몰아치기 시작했다. 흙먼지가 일어나고 나무가 뿌리째 뽑힐 정도로 너무도 거셌다. 바람에 뒤이어 엄청난 비가 따라왔다. 주은이 말했다.

"형님, 아무래도 하늘이 무심치 않아 형님이 저를 만나서 동정호를 건너지 않게 해주신 모양이네요. 동정호를 건너고 있는 일행이 너무도 위험해 보입니다."

"그러게, 이렇게 거센 바람이 불어올 줄이야! 정말 무섭구먼."

바람은 저녁나절이 되어서야 멈췄다. 비도 그쳤다. 시복은 그날 밤 하루 더 묵었다. 이튿날 일어나 보니 주은이 뽕잎을 다 따놓았더라. 주은은 자기 배가 따로 있어 거기에다 실어놓았다. 아침 식사를 하고선 떠날 채비를 했다. 시복은 주은에게 뽕잎 값을 쳐주고 싶은 마음이 굴뚝같았으나 주은이 안 받으려고 할 것이 분명한지라 이렇게 말했다.

"아우, 자네가 내 돈을 안 받을 것 같으니 그건 내가 더 고집 피우지 않겠네. 하지만 한창 바쁜 때 나를 데려다주느라 이틀이나 시간을 빼는 거보다는 다른 사람 배를 사서 타고 가는 게 여러모로 낫지 않겠나."

"이참에 형님이 어디 사시는지 알아두어야 나중에 제가 찾아가는 데 편할 텐데요. 어째서 제가 따라가는 걸 말리십니까? 게다가 집에서 제가 꼭 필요한 때도 아니고요."

시복은 주은이 끝내 따라나서려는 걸 보고 더는 말리기가 그랬다. 주은의 어머니와 처에게도 작별인사를 하고서 배에 올랐다. 주은이 노를 저으니 오시가 지나 성택진에 도착했다. 시복이 닻줄을 걸었다. 두 사람은 강둑에 뽕잎을 내렸다. 성택진 마을 사람들 역시 어제의 바람과 비 때문에 하도 걱정되어 모두들 문밖에 나와서 목을 빼고 기다리고 있었다. 시복이 돌아오는 걸 보더니 일제히 소리쳤다.

"아이고 정말 다행이네, 돌아왔다!"

마을 사람들이 부리나케 달려와 물었다.

"다른 사람들은 다 어디 간 거요? 뽕잎은 얼마치나 산 거요?"

시복이 대답했다.

"나는 탄궐에서 아는 사람을 만나서 그 사람 집에서 남는 뽕잎을 사게 되었기에 나머지 일행들과 같이 호수를 건너가지는 않았소이다."

마을 사람들이 일제히 소리쳤다.

"그것참 잘했소이다. 근데 호수를 건너간 사람들이 어찌 되었는지는 모르시오?"

"그 사람들도 아마 별 탈 없겠죠."

"다른 사람들도 다 잘 돌아왔으면 정말 좋겠소이다."

시복은 아는 사람들에게 부탁하여 뽕잎을 집에까지 날랐다. 시복이 그들에게 고맙다고 인사를 건넸다. 사람들이 돌아갔다. 시복의 아내가 맞이하며 말했다.

"어제 바람이 너무도 거칠게 불어서 온종일 걱정이 태산이었습니다. 당신이 어떻게 호수를 건너오실 수 있으셨는지 모르겠어요."

"어서 와서 주 도련님과 인사 나누게. 자세한 건 차차 이야기해주지."

주은이 앞으로 나와 읍하자 시복의 아내도 답례했다. 시복이 말했다.

"아우, 여기 좀 앉으시오. 여보, 어서 차를 좀 내오시오. 아이를 데려와 장인어른에게 인사 올리라고 하고."

시복의 아내는 주은을 얼굴 한 번 본 적이 없는데 시복이 주은을 동생이라고 부르지 않나, 또 아들내미의 장인어른이라고 하지 않나 적이 당황했다. 서둘러 차를 준비하고 아들내미를 불러내었다. 시복이 차를 받아서 주은에게 건넸다. 시복은 차를 들 생각도 하지 않고 아들을 안아서 주은에게 보여주었다. 주은은 시복의 아들이 영특하게 생긴 걸 보고는 매우 흡족해했다. 주은이 시복의 아들을 건네받아 안았다. 아들 녀석은 마치 오래전부터 알고 있는 사람처럼 전혀 낯을 가리지 않았다. 시복이 아내에게 말했다.

"이 동생이 바로 몇 년 전에 은을 잃어버렸다는 그자라오. 알고 보니 탄궐에 살고 있습디다."

시복의 아내 유씨가 말했다.

"아, 이분이 바로 몇 년 전 은을 잃어버렸다던 그분이시군요. 근데 대체 어떻게 다시 만나게 되신 거죠?"

시복은 그저께 밤에 불을 얻으러 갔던 일, 전대를 떨어뜨렸다가 주은의 부인과 이야기를 나누고 주은을 만나게 된 일, 주은의 집에 하루 유숙하고 의형제를 맺었던 일, 각자의 아들과 딸을 정혼시킨 일을 이야기해주었다. 아울러 주은이 닭을 잡아서 대접하려고 하는 것을 자기가 말렸다가 마침 그 닭이 꼬꼬댁거리면서 화가 닥치는 걸 알려줘서 수레 굴대에 깔려 죽을 뻔한 것을 모면한 일도 이야기해주었다. 이런 전차로 동정호를 건너가지 않아 오늘 이렇게 빨리 돌아올 수 있었음을 시복의 아내 유씨도 알게 되었다. 유씨는 놀라기도 하고 기뻐하기도 하면서 감격해 했다. 유씨가 즉시 술상을 봐왔다. 시복과 주은이 술잔을 입에 갖다 대려는 그 순간, 이웃집에서 울음소리가 들려왔다. 시복이 너무도 궁금하여 곧장 나가서 알아보았다. 뽕잎을 사러 호수를 건너갔던 배가 어제 뒤집혀 일행 십여 명이 모두 빠져 죽고 한 명만 겨우 갑판 쪼가리를 붙잡고 견디다 다행히 다른 고깃배에 구조되어 살아 돌아와 그 상황을 전해준 것이었다. 시복은 그 소식을 듣고 너무도 깜짝 놀랐다. 집으로 돌아와 아내와 주은에게 그대로 말을 전해주고는 합장을 하고서 하늘을 향해 감사의 뜻을 표시했다.

"만약 동생이 나를 붙잡지 않았더라면 나 역시 저들과 같이 죽었을 것이오."

주은이 말했다.

"그게 다 형님이 평소에 착한 일을 많이 하셔서 그 대가를 받는 것이지 제가 뭐 한 게 있겠습니까!"

주은은 시복의 집에서 하룻밤을 지냈다. 이튿날 아침밥을 먹고 나니 시복이 말했다.

"내가 동생을 며칠 더 붙잡고 싶네만 동생 집 일이 바쁜 걸 뻔히 아는 처지에 억지로 붙잡을 수가 없네. 누에 치는 일만 마치면 우리 서로 다시 만나세."

"이번에도 형님이 저를 청해서 온 게 아니잖습니까. 형님이 오랄 때까지 기다리지 않고 짬만 나면 달려오겠습니다."

시복이 예물을 두 상자 어치를 사서 주은에게 건네니 주은이 사양하지 않고 받았다. 주은은 유씨에게 인사를 올리고 배를 묶어둔 밧줄을 풀고 배를 띄웠다. 시복은 마을을 벗어날 때까지 따라가다가 돌아왔다.

잃어버린 은을 찾아준 일로 말미암아 의리가 깊어졌더니,
오늘은 형제가 되어 헤어지기 힘들어하네.

한편, 시복이 올해 누에를 쳐서 올린 이문을 헤아려보니 예년의 몇 배는 되는 것 같았다. 방적기를 몇 대 더 들여놓고 싶은데 집이 너무 좁아 놓을 자리가 없었다. 운이 트이려면 모든 게 다 맞아떨어지기 마련이라. 마침 두 칸짜리 작은 집에서 살면서 누에를 치던 이웃이 몇 해 계속 손해를 보더니 풍수가 안 좋아서 그런 거라며 팔아버리겠노라 했다. 시복한테 딱 맞는 쾌였다. 그 이웃은 임자를 못 찾아 손해를 보고라도 팔려고 들었다가 시복이 사겠다고 나서니 돈에 눈이 멀어 오히려 가격을 올려치고 팔 듯 안 팔 듯하며 제 잇속만 챙겼다. 원래 시세보다 한참이나 높은 가격으로 팔아놓고도 이사할 때는 집을 마치 마구간처럼 망가뜨렸다. 시복은 목수를 불러 집수리를 맡기는 동시에 자기가 직접 괭이를 들고서 방적기를 설치할 수 있도록 바닥을 다듬고 방적기 다리가 들어갈 자리를 파기 시작했다. 한 자 정도 팠을까, 괭잇날이 뭔가에 부딪히는가 싶었다. 뭔 벽돌 같은 게 걸렸다. 그걸 파내어 보니 바닥이 동그란 항아리였다. 그 안에 다 썩어가는 쌀이 들어 있었다. 시복이 혼잣말했다.

"아이고 아까워라, 어쩌다 이게 여기에 묻혔지!"

그러다 이런 생각이 들었다.

'위쪽 쌀은 썩었어도 아래쪽은 멀쩡할지 모르지.'

시복은 괭이를 내려놓고 손으로 그 썩은 쌀을 걷어내었다. 손가락 한 마디 두께 정도를 걷어냈을까, 뭔가 새하얀 게 나왔다. 눈을 들어 살펴보

니 다른 게 아니라 가운데는 가늘고 양쪽 끝은 두툼한, 너무나도 잘 가공된 은 덩어리였다. 시복은 목수들이 보면 소문을 낼 것 같아서 그 항아리를 다시 묻고 흙으로 덮은 다음 아내에게 이 사실을 알렸다. 밤이 되어 목수들이 떠난 다음 그것을 다시 꺼내어 옮겨왔다. 천 냥은 족히 되어 보였다. 시복 부부는 뛸 듯이 좋아했다. 두 차례의 큰 재난을 잘 피하고 이런 보물단지까지 얻었으니 기쁨이 더할 수밖에 없었다. 시복은 자기가 할 수 있는 일이라면 온 힘을 다하여 매진하고, 자기 힘으로 안 되는 일에는 억지 부리지 않았다. 마을 사람들 사이에는 현명한 어른으로 소문이 났다. 시복 부부가 예전과 다름없이 아껴 쓰고 밤낮으로 열심히 일하니 몇 년이 안 되어 수천 냥의 재산을 일구었다. 집 왼편에 큰 건물을 사서 3, 40대의 방적기를 들이고 일꾼도 들이니 살림이 더 바랄 나위 없이 윤택했다. 독선생을 불러 아들 관보를 가르치게 하고 아명 대신 덕윤德胤이란 이름을 붙여주었다. 주은의 집에 예물을 보내고 주은의 딸과 정혼식을 했다. 가까운 친척은 운수도 같이한다는 속담도 있지 않은가. 주은네 집도 운이 탁 트였다. 두 집안은 서로 수시로 왕래하니 사돈 사이도 너무도 가까웠다.

번다한 이야기는 그만두자. 한편, 시복이 새로 살게 된 집은 다른 데는 아무런 문제가 없는데 대청 천장이 기울어져 곧 무너지기라도 할 것 같이 보였다. 하는 수 없이 수선 공사를 해야 했다. 시복이 본디 몸을 써서 먹고 사는 집안 출신이라 자기가 직접 집안일을 하는 게 워낙 몸에 배어놔서 자기가 돈 내고 공사하는 것임에도 불구하고 날마다 인부들과 함께 벽돌도 나르고 기와도 나르고 물로 진흙도 이기고 했다. 인부들은 시복이 본디 그런 체질이란 걸 알 턱이 없는지라 시복이 도와준다는 핑계로 자기들을 감독하는 거라 여기고 감히 게으름 피우는 자가 하나도 없었다. 공사를 시작하고 보름쯤 지나서 길일을 택하여 상량식을 했다.

인부들은 모두 공짜 술을 마시러 나가고 시복 한 사람만 남았다. 시복이 찬찬히 기둥을 살펴보니 밑동 부분이 수평이 맞지 않아 뭐로 좀 괴어야겠다는 생각이 들었다. 왼쪽 가운데 기둥 받침이 비스듬히 기울어진 것 같아서 벽돌을 가져와 괴었다. 이렇게 기이한 일이 다 있을까. 왼쪽을 괴어도 수평이 맞지 않고, 다시 오른쪽을 괴어도 수평이 맞지 않았다. 차라리 기둥 받침을 들어내 새로 수평을 맞추는 게 낫겠다 싶어 들어내 보니 밑에 삼각형 모양의 돌이 있고 그 뾰족한 꼭짓점 쪽이 위를 향하여 기둥 받침이 제대로 중심을 잡지 못한 것이었다. 시복이 혼잣말했다.

"아이고, 이 목수들이 왜 이리 건성건성이야! 이런 돌멩이 하나도 제대로 안 치우고 아직도 여기 그대로 놔뒀나 그래!"

시복은 그 돌멩이를 위로 들어 올렸다. 돌멩이를 들어 올리고 그 아래를 본 시복은 너무 놀라서 입을 다물 수가 없었다. 눈처럼 새하얀 은덩어리였다. 덩어리의 크기가 각각 달라 보였다. 몇몇은 비슷한 크기로 빨간색 끈으로 묶어두었는데 그 색깔이 너무도 선명했다. 기쁘기도 하고 놀랍기도 했다. 이런 엄청난 은을 얻다니 어찌 기쁘지 않으랴. 빨간색 끈으로 묶은 은이 몇 년이나 지나도 어찌 이렇게 때깔이 그대로 선명한 것인지 놀랄 수밖에 없었다. 아무튼 시복은 앞뒤 가릴 겨를도 없이 옷을 벗어 그걸 전대 삼아 그 위에 은 덩어리를 담았다. 그런 다음 다시 돌멩이를 제자리에 놓고서 방으로 들어와 침상 위에 그 은 덩어리를 담은 옷을 내려놓았다. 아내 유씨가 그걸 보더니 바로 물었다.

"그거 어디서 난 거예요?"

시복은 대답할 겨를도 없이 아들이 집에 있는 걸 보고 바로 불렀다.

"관보야, 어서 나랑 같이 가자."

시복은 이렇게 말을 던져놓고 곧장 뛰기 시작했다. 아내 유씨는 대충 무슨 상황인지 눈치를 챘다. 시복 부자가 밖으로 나갔다. 시복이 아들한테 거길 지키라고 하고는 몇 차례 그걸 옮겼다. 목수들이 술 마시고 돌아오기 전에 다 옮겼다. 그런 다음 아내에게 자초지종을 설명해주었다. 시복 부부와 아들은 너무도 기뻐했다. 방문을 걸어 잠그고 은을 잘 감춰두었다. 모두 해서 2천 금이 되었다. 빨간색 끈으로 묶은 은은 여덟 덩어리였는데 한 덩이리가 족히 세 냥이 넘었다. 다 정리해놓고 나서 시복이 하늘에 제사를 지내고자 했다. 두건을 바꿔 쓰고 옷을 갈아입고 문을 열고 나왔다. 목수들이 기둥을 바로 세우고 대들보를 올리려다가 기둥 받침돌이 쓰러져 있는 걸 보더니 이렇게 말했다.

"아니 누가 이렇게 한 거야. 이거 다시 해야잖아. 귀찮아 죽겠네."

시복이 한마디 했다.

"저 기둥 받침돌이 수평이 안 맞더라고. 다시 한번 잘 맞춰보게."

목수들은 집 쥔장이 해달라고 하는 거라 뭐라고 토 달지 못하고 바로 일에 매달렸다. 그들이 그 속사정을 어찌 알겠는가! 시복이 하늘을 올려다보고 나서 말했다.

"이제 날이 완전히 밝아오네. 어서 기둥을 제대로 세워봅시다."

목수들이 그 말을 듣고 모두 달려들어 힘을 쓰더니 얼마 지나지 않아 바로 기둥을 세우고 대들보를 올렸다. 만두랑 음식을 듬뿍 준비해 와서 상량 기념으로 이웃 사람들에게 나눠주었다. 이웃 사람들도 술과 안주를 장만해 와서 시복에게 대접하고 축하했다. 시복은 은을 캐낸 일로 말미암아 특별히 더 기분이 좋았다. 시복은 얼큰히 취할 때까지 마셨다.

즐거운 일 생기니 기분이 특별히 상쾌하고,
보름이 되니 달은 특별히 더 밝구나.

손님들을 떠나보내고 난 시복은 두건과 두루마기를 벗고 평상복으로 갈아입고서 목수들이 일하는 걸 도왔다. 오전 사시를 넘긴 시각, 잠시 밖으로 나갔다가 노인네 한 명을 우연히 보게 되었다. 부리부리한 눈매에 호호백발, 나이는 예순이 넘어 보였다. 그 노인네가 시복네 집 대문 쪽으로 다가와 이리저리 살피더니 물었다.

"여기가 시복네 집 맞습니까?"

"그렇습니다만. 누굴 찾으시는지요?"

"아, 쥔장을 만나서 물어볼 말이 있소이다."

"제가 바로 시복이올시다. 물어보실 게 뭐지요? 일단 안으로 들어가시지요."

노인네는 그 말을 듣더니 시복을 위아래로 훑어보았다.

"당신이 진짜로 쥔장 맞는지요?"

"시복이란 사람이 뭐 대단한 게 있다고 가짜가 있고 그러겠습니까?"

"아이고 실례가 많았소이다. 그럼 일단 안으로 들어가서 말씀을 드리지요."

"혹시 오늘 동틀 무렵 당신 집에서 기둥을 세우고 대들보를 올리고 그러지 않았습니까?"

"맞습니다."

"혹시 왼편 가운데 기둥에서 무슨 재물을 보지 못하셨소이까?"

시복은 바로 그 은 이야기를 하는 걸 듣고는 깜짝 놀랐다.

'아니 그걸 어떻게 알지? 필시 신선일 거야!'

이런 생각을 하니 감히 사실을 숨길 수가 없었다.

"맞습니다. 그런 일이 있었습니다."

"그 가운데 혹시 빨간색 천으로 묶은 은 덩어리 여덟 개가 있지 않았습니까?"

시복은 더욱 신기하다 싶었다.

"진짜 그런 게 있었습니다. 한데 어르신은 어떻게 그걸 아셨소이까?"

"그 은 여덟 덩어리는 이 노인장 것이올시다. 그래서 아는 거지요."

"어르신 은이 어떻게 제집 기둥 아래 있었던 것입니까?"

"그게 다 사연이 있지요. 이 노인장의 이름은 박유수薄有壽라고 하외다. 황강경黃江逕진에서 살고 있소이다. 늙은 마누라랑 단둘이 살고 슬하에 자식은 없소이다. 만두랑 전병 같은 먹거리를 파는 가게를 하나 열고 있소이다. 벌어서 생활비로 쓰고 남는 거를 모아 세 냥이 되면 한 덩어리로 만들곤 했소이다. 한데 내 마누라가 마치 어린아이처럼 그 은 덩어리 가운데를 빨간색 천으로 묶어두었다오. 그걸 소중하게 여기는 마음에 그렇게 했겠지요. 다른 사람 눈에 띌까 봐 베개 안에 넣어놓고 다시 꿰매버렸지요. 그렇게 하면 틀림없을 거 같아서. 몇 년이 지나니 덩어리 여덟 개가 되었소이다. 우리 부부 노년에 쓰기엔 모자라지 않겠다 싶었습니다. 오늘 새벽 네 시쯤 되었을까, 이 노인장이 꿈을 꾸는데 하얀 옷을 입은 여덟 명의 동자가 나타나더군요. 한데 그 녀석들은 모두 허리에 빨간색 허리띠를 매었습디다. 그 녀석들이 내 침대 머리맡에서 서로 이야기를 나눕디다. '오늘 아침 동틀녘에 성택진에 사는 시복네 집에서 기둥을 세우고 대들보를 올린다네. 우리 주변 친척 가운데 갈 만한 자들은 이미 다 간 모양이야. 우리도 가야 하지 않겠어.' 그러자 다른 녀석이 이렇게 말하데요. '그래도 우리가 오랫동안 이 집 신세를 졌는데 아무런 말도 없이 가버리는 건 너무 하는 거 아니겠어!' 그 녀석들이 다시 돌아서서 저한테 말합디다. '오랫동안 보살펴 주셔서 정말 고맙습니다. 저희가 떠나갈 때가 되었으니 너무 섭섭하게 생각하지 마십시오.' 저는 그 녀석들이 대체 누군지 또 어디로 간다고 하는지 알 수가 없었지요. 그래서 이렇게 물었습니다. '자네들 대체 언제 우리 집에 온 건가? 난 왜 이리 자네들을 하나도 모르는 거지?' '우리가 노인장 집에 올 때 딱 한 번 얼굴을 마주쳤을 뿐입니다. 노인장께서 우리를 뒤통수 쪽에다 감춰놓아서 다시 얼굴을 마주할 일이 없었습니다. 그러니 노인장께서 우리를 기억하지 못하는 것도 무리는 아니지요.' 그러고는 자신들 허리춤에 묶여 있는 빨간색 허리띠를 가리키면서 말합디다. '이건 바로 우리가 처음 만날 때 노인장이 우리한테 준 겁니다. 기억 안 나시나요?' 한데 난 그걸 내가 언제 주었는지는 떠오르지 않고 그저 나한테 아들도 없는데 저렇게 잘 생긴 아이를 내 아들 삼으면 좋겠다는 생각만 들더군요. 그래서 이렇게 말했지요. '자네가 이왕 우리 집에서 살고 있었는데 나랑 부자의 인연을 맺고 가족이 되는 게 어떤가? 뭐 하러 다른 집에 가려고 하는가?' 여덟 동자가 깔깔대며 대답합디다. '아니 우리를 아들로 삼아서 노인장 장례식이나 치르게 하겠다는 말이네! 하지만 우리도 좀 잘되는 집으로 가고 싶소이다. 노인장 집에는 아무래도 더 있기가 그러네요.' 말을 마치더니 바로 밖으로 뛰어가더군요. 그땐 난 분명 침대 위에서 잠들어 있었는데 어찌 된 영문인지 내 몸이 대문으로 따라가서는 그들을 붙잡으려 합디다. 하지만 그들은 이 노인장을 뿌리치고 고개도 한 번 안 돌리더라고요. '날이 밝았어. 어서 가자고.' 이렇게 소리치면서 잽싸게 달려가더군요. 내가 쫓아가다가 풀뿌리에 걸려 넘어지면서 잠에서 깨어났지요. 아내에게 이 꿈 이야기를 해주니 아무래도 베개 속의 여덟 개 은 덩어리에 뭔가 사달이 일어난 것 같다고 합디다. 아침에 베개를 뜯어보니 은 덩어리가 하나도 남아 있지 않더군요. 내가 꾼 꿈이 정말 맞을까 하는 생각이 들어 이렇게 찾아온 건데. 정말 꿈대로일 줄이야."

시복은 그 말을 듣고 놀란 입이 다물어질 줄 몰랐다.

"어떻게 이런 기이한 일이 다 있을 수가 있습니까! 어르신, 걱정도 하지 마십시오. 어서 저를 따라오십시오."

"꿈에서 봤던 게 다 들어맞는데 굳이 시간 끌 필요가 있겠소이까!"

"어르신, 먼 길 오시느라 배도 고프실 텐데 저희 집에 있는 찬으로 요기라도 하시지요."

그 노인장은 밥술이라도 뜨고 가라는 시복의 말을 거절하지 않고 시복을 따라 안으로 들어갔다. 시복이 새로 지은 세 칸짜리 집이 시원시원해 보였다. 목수들이 서로 으쌰으쌰 도끼질하고 끌로 파내는 소리가 들려왔다. 평소보다 엄청 더 열심히 일하는 모습이었다. 그들이 왜 이리 열심히 일하는 것처럼 소리를 질러댈까? 저 목수들이 어쩜 이렇게 열심히 일하는 흉내를 낼까? 시복의 집을 고치기 시작한 날부터 시복이 새참을 빠뜨리지 않고 챙겨주고 수고비도 챙겨주고 그랬는지라, 술도 좀 얻어먹고 수고비라도 좀 얻어 볼까 하는 생각에 쥔장이 들어오는 걸 보고선 뭐라도 열심히 일하는 척했던 것이라. 그 노인장은 시복네 집의 목수들이 이렇게 활기차게 일하는 모습을 보고서는 탄복 또 탄복했다.

'그 은 덩어리들이 내 밑에 있기 싫다며 잘 되는 곳으로 옮겨가겠다고 한 것도 다 이유가 있었구먼. 이곳은 이렇게 모두 다 열심히 일하는구나. 그러고 보면 은 덩어리란 게 본디 이문을 잘 챙기는 요물이구먼.'

잠시 후 아담한 응접실에 다다랐다. 시복이 그 노인장에게 잠시 앉아 계시라고 하더니 안으로 들어가 아내에게 이 소식을 알렸다. 시복의 아내도 거참 괴이한 일이 다 있다 하면서 이렇게 말했다.

"그 은은 노인장이 장례비용으로 마련해 둔 것이니 당연히 돌려드려야죠. 그게 인정에 맞는 거기도 하고요."

"내 생각도 그러하오. 그래서 이렇게 당신한테 이야기하는 것이고."

시복의 아내는 그 은 여덟 덩어리를 꺼내와 보자기에 잘 싸서 시복에게 건넸다. 시복은 그걸 건네받고 나서 아내에게 술과 음식을 좀 차려달라고 했다. 시복이 응접실로 돌아와 노인장에게 그 보자기를 건넸다.

"이게 그 은 여덟 덩어리 맞습니까?"

노인장이 받아서 보자기를 풀어보니 한 치의 오차도 없이 딱 들어맞았다.

"이게 그 요물 같은 은 여덟 덩어리 맞소이다."

노인장이 그 은 덩어리를 하나하나 이리 들어보고 저리 들어보고 하더니 그 은 덩어리한테 이렇게 말했다.

"아이고, 내가 너희들을 베갯속에 잘 넣어두었건만 어떻게 이렇게 다들 빠져나왔더란 말이냐? 황강경에서 여기까지는 십 리 길이라 사람도 걷기 힘들어 배를 타고 오가는데 너희들은 다리도 없으면서 어떻게 여기까지 온 거야?"

노인장이 이렇게 말하면서 저 은을 모으느라 얼마나 고생했는데 저 것들이 그렇게 쉽게 떠나버리다니 하는 생각이 들어 자기도 모르게 눈물을 글썽거렸다. 시복이 옆에서 거들었다.

"어르신, 너무 걱정하지 마십시오. 제가 댁까지 모셔다드리겠습니다. 어르신이 죽을 때까지 두고두고 쓰실 은 덩어리인데 제가 당연히 도와드려야죠."

"말씀이야 고맙소만, 저것들이 이 노인네 집에서는 미래가 잘 안 보인다고 도망쳐 나온 마당에 억지로 다시 데려간다 해도 조만간 또 집을 나서고 말 것이니 지금 저것들을 우리 집으로 데리고 가는 게 괜한 헛수고 아닌가 하는 생각이 든단 말이오."

"제가 어르신을 도와서 옮겨 드리면 그럴 일은 없을 것입니다."

노인장이 손사래를 치며 말했다.

"그럴 필요 없소이다. 나도 세상 이치를 아는 사람인데 억지로 가져가 봐야 결국은 좋을 게 하나도 없소이다."

노인장이 한사코 받지 않겠다고 하니 시복이 다시 안으로 들어가 아내와 상의했다. 아내가 말했다.

"어르신이 안 받으시면 우리 마음이 너무 불편하지 않겠어요! 어르신이 여덟 냥 다 안 받으시면 한두 냥이라도 드리는 게 어떨지요?"

"어르신이 하나도 안 받겠다고 고집을 피우시니!"

"저한테 생각이 있습니다. 일단 은 두 덩어리를 만두 속에 넣은 다음 가는 길에 간식으로 드시라고 하는 거죠. 혹시 댁에 돌아가셔서 발견하더라도 설마 그걸 다시 들고 와서 돌려주려고 하겠어요!"

"그것참 좋은 생각이네!"

시복의 아내 유씨가 일단 술과 안주를 장만하여 들고 나왔다. 노인장이 손님 자리에 앉고 시복이 그 맞은편에 앉았다. 노인장이 말했다.

"아이고 이렇게 폐를 끼치다니 정말 미안하오그려."

"아닙니다. 그저 평소 집에서 먹던 거 몇 가지 챙겨온 건데 무슨 그런 말씀을요!"

그 자리에서 두세 잔 마시고 안주도 들었다. 노인장이 술이 그다지 세지 않아서 그런지 몇 잔 마시더니 바로 취기가 올라와 얼굴이 불그레해졌다. 시복이 노인장에게 밥을 권하니 노인장이 밥을 몇 술 뜨고 나서는 고맙다 인사를 하고 돌아가려 했다. 하인이 만두 두어 개를 들고 와 노인장에게 전달했다. 시복이 이렇게 거들었다.

"이거 길참으로 가지고 가시다가 도중에 드시지요."

"아이고 술에다 밥에다 이미 배불리 먹어서 저녁밥은 안 먹어도 될 것 같은데 뭔 길참까지!"

"만약 길에서 생각이 안 나시면 댁에 돌아가셔서 드시지요."

"그럴 필요 없다니까 그러네! 이 노인네 집이 바로 그런 간식거리 파는 집인데 뭐 하러. 그냥 다른 사람 주라고."

시복이 그 만두를 노인장 소매 품에 찔러주면서 말했다.

"그래도 저희 나름대로 별미로 소를 만든 거니까 꼭 드셔보십시오.

댁에 가 보시면 아실 겁니다."

시복이 하도 간절하게 권하니 노인장이 차마 거절하지 못하고 이렇게 말했다.

"별일도 아닌 걸로 이렇게 찾아와 폐를 끼치네. 먹을 것도 대접받고 이렇게 선물까지 받고. 이거 너무 미안하오이다."

그러면서 두 손을 모아 고맙다고 인사를 하고서는 밖으로 나갔다. 시복이 따라 나가서 배웅했다. 노인장이 이렇게 혼잣말했다.

"아이고 어떻게 오긴 왔는데 가려고 하니까 좀 그러네. 배라도 있으면 좋겠다."

시복은 노인장이 술에 취해 혹시 그 만두를 잃어버리기라도 할까 싶어 이렇게 말했다.

"어르신 걱정 마십시오. 우리 집에도 배가 있으니 제가 사람을 시켜 어르신을 모시고 가게 하겠습니다."

"아이고 이렇게 맘씨 좋은 사람이 또 어디 있을까! 그러니까 이렇게 복을 받고 사는 거겠지."

시복이 하인을 불러 분부했다.

"이 어르신을 배로 모셔다드리도록 하라. 꼭 댁에까지 모셔다드리고 사는 곳을 알아놓고 와라. 다음에 찾아갈 수 있게 말이다."

하인이 '예이' 하며 대답했다. 노인장은 시복과 작별을 하고서 배에 올라탔다. 배는 성택진을 출발하여 황강경을 바라고 갔다. 노인장은 술기운이 불콰하게 올라오는지 배를 타고 가는 내내 이것저것 묻기도 하면서 신나했다. 얼마 후 배가 황강경에 도착했다. 하인이 노인장을 부축하여 강둑에 올라 노인장 집까지 모시고 갔다. 노인장의 안식구가 물었다.

"영감, 정말 그런 일이 있습디까?"

"그럼, 정말 꿈에 보았던 그대로였어."

노인장은 자기가 보고 들은 걸 이야기하면서 소매 품에서 만두 두 개를 꺼내서는 시복의 하인에게 주었다.

"이봐 자네, 나를 태우고 오느라 너무 애썼어. 내가 지금 일이 바빠서 뭘 대접할 짬이 없으니 대신 이 만두를 자네한테 주겠네."

"아닙니다. 제 주인님이 특별히 어르신께 챙겨주신 건데 그걸 어찌 다시 제게 주십니까?"

"네 주인어른이 나에게 이걸 챙겨준 그 마음은 내가 이미 잘 아노라. 내가 이걸 다시 자네에게 주는 것은 내 고마운 마음을 자네에게 전달해주고자 함이라. 자네는 굳이 사양할 필요가 없다네."

하인은 몇 번이고 사양하다가 하는 수 없이 받았다. 하인은 노인장에게 작별인사를 올리고 노를 저어 돌아가기 시작했다. 성택진에 돌아와 배를 대고 그 만두를 들고 강둑에 올랐다. 마침 시복이 나와 있다가 그 하인이 돌아오는 걸 보고서는 물었다.

"그 만두는 내가 노인 어르신에게 준 것인데 어찌하여 네가 들고 오느냐?"

"그 노인장이 저에게 바빠서 뭘 대접할 짬이 없어 대신 이 만두를 주는 거니까 받으라고 하셨습니다. 소인이 몇 번이고 사양했습니다만 하도 막무가내로 권하셔서 어쩔 수 없이 받아 왔습니다."

시복은 혼자서 피식 웃으면서 생각에 잠겼다.

'아, 이 은 두 덩어리도 그 어르신의 팔자에 없었던 모양이구나. 결국은 다른 사람에게 줘버리다니! 한데 내 하인이 이 은을 차지할 팔자인지 아닌지 그걸 모르겠구나.'

시복이 그 하인에게 이렇게 분부했다.

"이 만두는 다른 보통 만두와 맛이 확연히 다를 것이라. 함부로 다른 사람에게 주지 말라."

"알겠습니다."

그 하인은 안으로 들어가 마누라를 찾아서 그 만두를 건넸다. 마누라에게 그 만두를 얻게 된 자초지종을 설명하기도 전에 친구들이 찾아왔고 결국 그 친구들과 술을 마시러 나갔다. 그 하인에게는 자식이 둘 있었다. 한데 그 두 녀석이 지금 소화가 제대로 잘 안 되어서 배가 빵빵하게 차오르고 그러면서도 뭘 못 먹어서 안달을 내곤 했다. 하인의 아내는 만두 두 개를 받아들고 생각에 잠겼다.

'이거 보면 아이들이 몰래 훔쳐 먹을 텐데, 그럼 분명 복통을 일으키고 그럴 거라. 이걸 마님한테 들고 가서 아이들이 지금 먹어도 좋을 거로 바꿔 달라고 하는 게 좋겠다.'

하인의 아내가 시복의 아내 유씨를 찾아왔다.

"마님, 제 남편이 이 만두 두 개를 어디서 얻어 왔습니다. 지금 아이 둘이 배탈이 나서 고생하고 있는데 이걸 보면 몰래 훔쳐 먹고 배가 더 아프게 될까 걱정이라 마님께서 아이들 배 아플 때 먹어도 지장 없는 것으로 좀 바꿔주시면 제 아이들을 잘 어르고 달랠 수 있을 것 같네요."

하인의 아내가 말을 마치고 만두를 탁자 위에 올려놓았다. 유씨는 그 만두가 하인의 아내 손에 들어가게 된 속사정은 모른 채 그저 아이들에게 먹일 만한 간식거리 몇 개를 골라서 건네고 그 만두를 받아두었다. 시간이 좀 지나고 시복이 유씨가 있는 곳으로 들어왔다. 시복이 유씨에게 노인장에게 주었던 만두를 노인장이 다시 하인에게 선물로 준 사연을 이야기해주었다. 그런 다음 이렇게 덧붙였다.

"그게 우리 하인의 복으로 떨어질 줄이야 미처 몰랐네!"

유씨는 시복의 말을 듣고서야 자신이 받아놓은 만두가 바로 그 만두라는 걸 알게 되었다.

"바로 그런 사연이 있었군요. 정말 이런 일이 다 있네요!"

유씨가 그 만두 두 개를 가져와 시복에게 건네며 이렇게 말했다.

"이 만두를 한번 갈라 보시지요."

시복은 유씨가 왜 그런 말을 하는지 이해가 되지는 않았지만 일단 그냥 만두를 갈라 보았다. 그러자 탁자 위에서 뭔가 땅 하고 부딪치는 소리가 났다. 소리 나는 쪽을 바라보니 바로 빨간색 천으로 가운데를 동여맨 은 덩어리였다. 시복이 유씨에게 물었다.

"아니, 이 만두가 어떻게 당신 손에 들어오게 된 거요?"

유씨가 시복에게 하인의 아내가 만두를 들고 와서 다른 먹거리로 바꿔 간 사연을 이야기해주었다. 시복 부부는 탄식하고 또 탄식했다. 은 덩어리들이 사람을 찾아 나선 것이고 그들을 떨쳐내려고 해도 그럴 수 없음을 이제야 확실히 알게 되었다. 내 팔자에 없는 것은 아무리 애써 구해도 내 것이 되지 않는 법. 시복은 그 노인장이 마음에 걸려서 마치 친가족인 양 때때로 돈이랑 쌀이랑 챙겨 보내주었다. 노인장이 눈을 감은 다음에는 무덤 자리 땅을 사서 장사를 치러주었다. 후에 시복의 아들 덕윤이 장성하여 주은의 딸과 혼사를 치렀다. 덕윤 부부는 시부모에게 지극정성으로 효성을 다했다. 시복의 재산은 그 마을에서 으뜸이었다. 시복 부부는 둘 다 여든이 넘게 장수하고 병들어 고생하는 일 없이 눈을 감았다. 오늘날에 이르기까지 자손이 번성하고 탄궐의 주씨 가문과는 대대로 혼인을 맺었다고 한다. 이를 증명하는 시가 있도다.

주운 돈을 돌려주는 게 사소한 것처럼 보여도,
하늘은 그걸 다 알고 복을 베풀어주신다네.
탄궐에서 우연히 다시 만나 보답 받은 것은,
좋은 일 한 사람은 이렇게 잘 된다는 걸 보여주려는 하늘의 뜻이라네.

백옥양이 남편을 출세시키다

白玉孃忍苦成夫

백옥양이 어려움을 참고 견뎌 남편을 출세시키다

세상의 부조리를 두 눈으로 보았네,
고금의 시름을 온 가슴으로 품었네.
수나라 궁궐, 오나라 정원에서 펼쳐진 한때의 풍류,
지금은 그저 아무도 없는 나루터에 해가 뉘엿뉘엿.
흥에 취하여 시를 읊조리고 또 읊조리고,
술에 취하여 천고의 역사를 읊조리고 또 읊조리고.
신선 타령은 허무맹랑한 것,
오직 삼강오륜만이 영원한 것.

　서쪽 강에 비친 달이란 뜻의「서강월」사다. 힘써 인의를 행하고 삼강오륜을 지키고 살 것을 권고하는 내용이다. 자고이래 부귀란 피었다 지는 꽃과 같고, 출세란 물거품 같은 것. 오직 충성스러운 신하, 효성스러운 아들, 의로운 남편, 지조 있는 아내만이 천고에 이름을 전할 뿐. 몸 써서 먹고사는 소인일지라도 이런 충효와 의절을 행한 자들의 이름을 들으면 존경하는 마음이 절로 일어날 것이다. 오늘은 의로운 남편, 지조 있는 아내의 이야기를 하련다. 송홍宋弘1)은 조강지처를 버리지 않았으며, 나부羅敷2)는 태수의 유혹을 거절했다지. 이들이 바로 삼강오륜을 바로 세우는 자 아니겠는가! 왕윤이 권문세가의 집에 장가들려고 자신의 아내를 미리 내쫓았던 일, 주매신이 나이가 들도록 출세하지 못하여 아내에게 버림받은 일은 삼강오륜을 망친 일이 아니고 무어랴! 사람 마음이란 게 서로 달라 마치 경수와 위수가 갈리듯 하는구나. 이를 증명하는 시가 한 수 있도다.

왕윤은 아내를 버려 명예가 깎였고,
주매신은 아내에게 버림받고 의기소침했지.
부부란 마치 원앙새와도 같이,
함께 날고 함께 깃드는 거지.

오늘 이야기에서는 한 사람을 소개하고자 한다. 그 사람 성은 정程, 이름은 만리萬里, 별명은 붕거鵬擧, 본관은 팽성이다. 그의 부친은 정문업程文業으로 상서 벼슬을 지냈다. 정만리가 16살이 되던 해 양친이 모두 세상을 떠났다. 19살 되던 해에 정만리는 음서의 혜택을 입어 국자감 생

---

1) 조강지처란 성어의 주인공. 이 작품집의 두 번째 작품 「삼 형제가 재산을 양보하다三孝廉讓產立高名」의 주석을 참고할 것.
2) 전국시대에 성은 진秦이요, 이름은 나부羅敷인 여인이 밭에서 뽕잎을 딸 때, 자기 남편의 상관이 자기를 보고 마음에 들어 첩으로 들이려 하자 '그대에게 아내가 있듯이 저에게는 남편이 있으니 그만 저를 놔주고 가시라'는 노래를 불렀다 한다. 이 노래가 바로 「맥상상陌上桑」이다.

원이 되었다. 정만리는 인물이 훤칠하고 지략이 비범했다. 독서를 좋아하고 더불어 활쏘기와 말타기를 익혔다. 원나라 병사 세력이 날로 강성해진다는 소문을 들은 정만리는 그게 크게 걱정이 되어 원나라를 대하는 공격, 수비, 화친 세 가지 방향의 계책을 수립하여 제안했다가 당시 재상의 심기를 거슬리게 되었다. 재상에게 해코지를 당할까 봐 겁이 난 정만리는 하인들도 하나 대동하지 않고 그저 단신으로 수도 임안에서 빠져나왔다. 고향으로 돌아가지도 못할 처지라 강릉부로 가서 제치사制置使로서 호북의 군권을 담당하는 마광조馬光祖에게 몸을 맡기고자 했다. 한구에 조금 못 미쳤을 때 원나라 장수 올량합대3)가 정예부대를 이끌고 파죽지세로 짓쳐들어오고 있다는 소문이 돌았다. 정만리는 이 소문을 듣고 소스라치게 놀라서 감히 더 나아갈 수가 없었다. 정만리가 주저주저하는 사이 해는 이미 뉘엿뉘엿 서산에 걸렸다.

조각조각 저녁노을이 해를 맞고,
지친 새는 줄지어 보금자리로 날아가네.

정만리는 생각에 잠겼다.
'일단 숙소를 정하고 상황을 정확하게 알아본 다음에 어떻게 할지 고민해 봐야겠다.'
그날 밤, 밖에는 사람들이 바삐 오가는 소리가 끊이지 않았다. 피난을 떠나는 백성들이 울며불며하는 소리가 차마 귀로 듣지 못할 정도였다. 정만리는 원나라 병사가 코앞에 닥쳤음을 직감하고 야밤에 피난민들

---

3) 올량합대兀良哈歹(1201~1272). 로마자 표기는 Uriyangkhadai. 몽골의 장수, 우량카이 兀良哈 부족 출신으로 칭기즈칸의 손자 몽케의 호위를 맡았으며 송나라 공격을 이끌었다.

을 따라 걸었다. 동틀 무렵이 되어서야 숙소에 짐을 놓고 왔음을 알아차렸다. 이미 먼 길을 와서 다시 찾으러 돌아가기도 뭐했다. 수중에 돈은 없고 배는 고프고 하여 마을로 들어가 밥을 빌어먹고 터벅터벅 길을 걸어갔다. 얼추 반 리 정도 걸었을까 옆쪽에서 한 무리의 병사가 곧장 짓쳐들어왔다. 정만리는 곧장 수풀 속으로 뛰어들어가 숨었다. 그들은 다름이 아니라 원나라 원수 올량합대의 부하 만호萬戶 장맹張猛의 별동대였다. 그 별동대의 첨병이 정만리를 발견했다. 첨병은 기골이 장대한 정만리가 짐도 없이 수풀 속으로 숨는 것을 보고서 필시 정탐꾼일 거라 생각했다. 첨병은 숲속으로 쫓아가 다짜고짜 정만리를 오라로 묶고 장맹에게 끌고 갔다. 장맹은 정만리가 정탐꾼이 아니라 그저 피난민이란 걸 알아봤다. 장맹은 정만리가 기골이 장대한 걸 보고 자신의 하인으로 삼았다. 정만리는 할 수 없는 상황인지라 그저 군소리 없이 장맹을 따라갈 수밖에 없었다. 원나라 병사들이 지나는 곳마다 백성들이 추풍낙엽처럼 쓰러지는 걸 보니 정만리의 마음이 쓰리고 또 쓰렸다.

차라리 태평성대의 개가 될지언정,
난리통의 백성이 되지는 말지라.

한편, 장맹은 홍원부 사람으로 천근을 번쩍 드는 용력을 지녔으며 무예에 정통했다. 왕년에 고향에서 용맹하다고 이름을 드날렸다. 그 지역 사령관이 장맹의 소문을 듣고 자신의 부관으로 삼았다. 나중에 원나라 병사가 쳐들어오자 장맹은 지역 사령관을 죽이고 원나라에 항복했다. 원나라 사령관은 장맹이 성을 바친 공로를 인정하여 만호의 벼슬을 내리고 올량합대에게 추천하여 별동대장으로 삼게 했다. 별동대장 장 만호는 혁혁한 공을 세웠다. 출정이 길어짐에 따라 집 생각이 간절해진 장 만호는 서찰을 쓰고 이번 출정에서 빼앗은 금은보화까지 함께 챙겨 수레 한 대 분량 정도를 싣고 포로로 잡은 남녀를 두 무리로 나눈 다음 장교 두 명을 붙여 집에까지 끌고 가라 했다. 불쌍한 정만리는 이 포로 일행에 끼어 멀리 고향을 등지고 울며불며 홍원부의 장맹의 집에 끌려가게 되었다. 인솔 장교는 장 만호의 서찰과 금은보화 수를 헤아려가며 장 만호의 집에 전달하고 포로들에게 장맹의 부인에게 머리를 조아려 인사하라 했다. 장 만호의 부인은 그래도 인정이 있는 사람이라 그들이 거처할 집을 내어주고는 날마다 할 일을 일러주었다. 장교는 답장을 받아들고 다시 부대로 돌아갔다.

정만리가 홍원부에서 지낸 지도 어언 1년여가 지났다. 이때 송나라와 원나라가 서로 화약을 맺어 철군하게 되니 병사들도 고향에 돌아가게 되었다. 장 만호도 고향으로 돌아와 부인을 찾았다. 집 안의 노복들까지 모두 나와 머리를 조아리며 인사했다. 정만리 역시 줄을 서서 기다리다 인사를 올렸다. 며칠이 지나자 장 만호는 자신이 포로로 잡아 온 노복 가운데 신체 건장한 자 몇 명만 남기고 나머지는 모두 팔아버리려 했다. 장 만호가 남은 노복들을 불러 모아놓고 분부했다.

"너희들은 난리통에 사느라 이렇게 힘든 일을 겪는구나. 부모나 처자를 병사의 손에 잃은 자도 있을 것이다. 그래도 너희들은 운이 좋게도 나를 만나서 목숨을 부지하고 있는 것이라. 만약 다른 사람을 만났더라면 너희들은 진즉에 저세상으로 갔을 것이다. 비록 만리타향에 있다고 하더라도 기왕에 주인과 하인의 관계가 되었으니 이 역시 부모 자식과 같은 것. 오늘 밤 내가 너희들에게 짝을 맺어줄 테니 편한 마음으로 계속 여기서 살고 괜히 딴마음 품지 말라. 나중에 나를 따라 종군하여 공적을 세우면 출세하고 부자가 될 것이다. 만약 딴마음을 품는다면 결단코 용서치 않으리라."

노복들은 모두 눈물을 흘리면서 머리를 조아리고 아뢰었다.
　"말씀하신 대로만 할 수 있다면야 나리는 저희의 생명의 은인이옵니다. 저희가 어찌 감히 딴마음을 품겠습니까!"
　그날 밤 장 만호는 포로로 잡아 온 여인들 가운데 몇 명을 불렀다. 장 만호의 부인이 그 여인들에게 옷을 건넸다. 장 만호와 부인이 대청마루로 나서니 여인들이 뒤에서 따라갔다. 대청엔 등불을 환하게 밝혔다. 노복들이 두 손을 공손하게 모으고 양쪽으로 도열해 있었다. 장 만호가 한 명 한 명 불러가며 짝을 맺어주었다. 노복들이 머리를 조아리며 인사를 올린 다음 자기 짝을 데리고 방으로 들어갔다. 정만리도 짝 지워준 여인을 데리고 방으로 들어가 문을 닫고 서로 부부로서의 인사를 주고받았다. 정만리가 그 여인을 자세히 살펴보니 나이는 열대여섯, 타고난 미인으로 남의 집 하녀 같은 인상은 티끌만큼도 없었다. 그 모습이 어떠했던고? 「서강월」 사 한 수를 증거 삼아 읊노라.

　초승달 같은 두 눈썹,
　반짝반짝 빛나는 두 눈.
　소라처럼 땋은 윤기 나는 머리카락,
　반질반질 보드라운 두 뺨.

　선녀 항아가 하강했나,
　가을밤 직녀가 베를 짜다 고개를 들었나.
　화사한 대청의 촛불이 노랫가락에 고개를 흔드는 듯,
　부끄러움에 혼자서 걸음을 멈추는 듯.

　이렇게 예쁜 여인을 얻게 된 정만리는 너무도 기분이 좋았다.

"아가씨는 이름이 어떻게 되오? 어려서부터 이 집에서 자랐소이까?"

그 여인은 질문을 받고서도 한참 동안 말이 없이 그저 두 줄기 눈물만 흘릴 뿐이었다. 정만리는 손을 내밀어 소맷자락으로 그 여인의 눈물을 닦아주었다.

"아가씨, 어인 일로 이렇게 눈물을 흘리시오?"

"소녀는 본디 중경 사람이올시다. 성은 백이요, 이름은 옥양입니다. 소녀의 아버님 이름은 백충白忠, 통제統制 벼슬을 지냈습니다. 사천 제치사 여개余玠가 가정부를 지키다가 뜻밖에도 죽고 말았고 원나라 장수 올량합대가 그 틈을 노리고 쳐들어왔습니다. 식량은 다 떨어지고 병사들은 지쳐 더는 막아낼 수가 없게 되었습니다. 성이 함락될 때 아버님은 붙잡히셨고 모욕을 당하느니 차라리 죽음을 택하셨습니다. 올량합대는 제 아버님이 끝까지 저항한 것을 괘씸하게 여겨서 제 가족을 몰살시켜버리려 했습니다. 장 만호가 어린 소녀를 불쌍하게 여겨서 저만은 죽음을 면할 수 있었습니다. 장맹은 저를 데리고 와서 하녀로 삼고 마님을 모시라 했습니다. 이제 이렇게 오늘 서방님과 맺어졌습니다. 서방님은 어떤 사람이고 또 어쩌다 붙잡히셨는지요?"

정만리가 옥양의 말을 들으니 자기도 붙잡혀 사는 신세라 마음에 통하는 바가 있어 자기도 모르게 두 줄기 눈물을 흘렸다. 자기가 어디 출신인지, 이름이 뭔지, 어쩌다 붙잡혀왔는지 세세하게 설명해주었다. 두 사람이 서로 슬픔에 겨웠다가 서로 위로하고 하다 보니 벌써 밤 11시가 가까운 시각이 되었다. 두 사람은 옷을 벗고 잠자리에 들었다. 그날 밤 두 사람의 사랑이 얼마나 애틋하고 어찌나 충만했는지! 이튿날 일어나 세수하고 머리를 빗고 두 사람이 같이 장 만호를 뵙고 머리를 조아리며 감사 인사를 드렸다. 옥양은 원래 일하던 자리인 안채로 돌아갔다. 정만리는 장 만호의 은혜에 감사하는 마음으로 맡은 일을 죽을 둥 살 둥 더욱 열심히 하니 장 만호의 마음을 사게 되었다. 사흘째 되는 날 밤이었다. 혼자 있던 정만리는 생각에 잠겼다. 만리타향을 떠돌면서 남의 종노릇이나 하여 조상들을 욕보이고 있으니 나라에는 불충이요 부모님께는 불효라! 틈을 타서 고향으로 돌아가고 싶은 마음이 간절하나 길이 보이지 않는구나. 장탄식에 이어 눈물이 저절로 나왔다. 슬픔에 겨워 탄식하고 있자니 옥양이 안채에서 나와 방으로 돌아왔다. 정만리는 황급히 눈물을 훔치고 맞았다. 얼굴에 슬픈 표정이 그대로인 데다가 눈물 자국 역시 그대로라. 총명한 옥양은 이를 놓치지 않고 촛불의 심지를 돋우고 정만리에게 어인 일로 그렇게 시름에 겨워하는지 물었다. 정만리는 본디 세심하고 조심성이 있는 성품이라 결혼한 지 얼마 되지 않은 이 상황에 어찌 자신의 속마음을 그대로 털어놓겠는가! 자고로—

부부 사이라도 가릴 건 가려야지,
모든 속마음을 그대로 털어놓진 말지라.

정만리는 억지로 미소를 지으며 그저 "별일 없어!"라고 대답할 따름이었다. 옥양은 정만리가 뭔가 얼버무리고 넘어가려 한다는 걸 눈치챘으나 더 캐묻지 않았다. 불을 끄고 나서 옷을 벗고 자리에 누워 낮은 목소리로 찬찬히 물었다.

"서방님, 제가 드릴 말씀이 있습니다. 낮에 이야기할까 했으나 아무래도 조심스러워 꺼내지 않았습니다. 마침 서방님의 근심에 겨운 얼굴을 보니 제가 그 이유를 대충 알 것 같기도 합니다. 서방님, 어찌 대충 얼버무리고 지나가려 하십니까?"

"나한테 무슨 걱정거리가 있다고! 그대는 너무 신경 쓰지 마시오."

"제가 보건대 서방님은 남의 밑에서 오래 지낼 분이 아닙니다. 고향으로 돌아갈 길을 찾으셔서 입신양명하여 조상님을 빛낼 생각을 왜 하지 않으십니까. 이곳에서 남의 종노릇하면서 언제 출세할 수 있겠습니까."

아내가 이런 소리를 하니 정만리는 깜짝 놀라지 않을 수가 없었다. 정만리가 속으로 이런 생각이 들었다.

'일개 아녀자라고만 생각했더니 어찌 이리 대장부 못지않은 식견이 있을 줄이야. 내 심사를 꿰뚫어보는구나. 부부가 헤어지는 걸 누가 좋아하리. 게다가 결혼한 지 겨우 사흘, 서로 사랑이 싹틀 때, 외려 나한테 떠나라고 충동질하다니! 혹시 장 만호가 아내를 시켜 나를 시험해보는 건 아닐까.'

정만리가 입을 열었다.

"어디 그럴 리가 있겠소? 나는 난리통에 붙잡힌 몸이라 목숨조차 부지하기 힘들었을 것이오. 다행히 주인 나리를 만나 풀려나 주인 나리를 모시는 일을 할 수 있게 되었소. 게다가 장가도 들게 해주셨으니 은혜가 태산과도 같소이다. 그 은혜를 평생 갚기도 어려운데 어찌 감히 배은망덕한 일을 할 수 있겠소! 그대는 그런 말 하지 마시오."

옥양은 그 말을 듣고 아무 말도 하지 않았다. 그런 옥양을 보고 정만리는 장 만호가 자기를 시험해보는 거라고 확신하게 되었다. 이튿날 잠에서 깨었을 때 정만리는 이런 생각을 했다.

'장 만호가 아내를 시켜 나를 시험해보는 거라면 내가 오늘 바로 이 사실을 장 만호에게 고하여 그가 나를 더는 의심하지 않게 해둬야겠다. 그래야 내가 나중에 뭔가를 도모할 때 지장이 없을 것 같구나.'

소세를 마친 정만리는 장 만호가 있는 대청으로 찾아가 이렇게 아뢰었다.

"나리께 아뢰옵니다. 어젯밤 소인 처가 소인에게 도망치라 권했습니다. 하지만 소인이 별동대 병사에게 붙잡혔을 때 나리 은덕으로 목숨을 건질 수 있었고 나리 밑에서 일할 수 있었으며 더군다나 저에게 장가까지 들여 주셨습니다. 나리한테 받은 큰 은혜를 아직 하나도 갚지 못했습니다. 게다가 소인의 부모님은 이미 세상을 떠나셨고 다른 일가친척이 하나도 없는 마당에 이곳이 제 고향이나 마찬가지입니다. 제가 가면 어디로 가겠습니까. 소인이 어제 이미 제 처를 호되게 꾸짖었습니다만 혹시라도 제 처가 없는 말을 지어내 나리께 반대로 고하여 소인을 난처하게 만들까 봐 이렇게 특별히 나리께 아뢰옵니다."

장 만호가 그 말을 듣고 대로하여 즉시 옥양을 불러내어 호되게 꾸짖었다.

"이 천한 계집년! 네년의 아비가 우리 병사들에게 항거했기에 올량합대 원수께서 너희 가족을 모두 참살하려 할 때 내가 나이 어린 네가 불쌍해서 네 생명을 살려주었노라. 또 병사들에게 붙잡혀 죽임을 당할까 걱정되어 너를 거둬 키워주고 남편과도 짝을 맺어주었노라. 한데 네년은 은혜를 갚을 생각은 하지 않고 남편한테 나를 배반하고 도망치라고 꼬드겨! 너 같은 년은 필요 없다."

장 만호가 휘하에 명령했다.

"우리 집의 법도에 따라 저년을 매달고 채찍 백 대를 치게 하라."

옥양은 그저 눈물을 글썽이면서 아무런 말도 하지 못했다. 하인들이 황급히 동아줄을 가져와 옥양을 꽁꽁 묶었다.

분명 바른길을 알려주었건만,
그걸 자기 해치는 말로 받아들이다니.

장 만호가 대로하여 옥양을 채찍질하려는 걸 보고 정만리는 마음에 갈등이 일었다.

'그녀가 본디 진심에서 우러나 나에게 충고해준 건데 내가 오히려 그녀를 곤란하게 만든 것은 아닐까!'

그렇다고 또 그녀를 용서해달라고 나서기도 그랬다. 이런 위기의 순간, 장 만호의 부인이 남편이 화를 버럭 내면서 옥양을 채찍질하려 한다는 소리를 듣고는 황급히 달려 나와 옥양을 변호해주었다. 옥양이 장 만호 집에 온 이래로 성품이 온화하고 행동거지에 품위가 있는 데다 여종들 가운데에서도 제일 영리하여 장 만호 부인이 평소에 그를 너무도 아꼈다. 비록 하녀 신분이지만 마치 친딸처럼 대해주면서 그녀가 좋은 남편을 만났으면 좋겠다고 생각하고 있었다. 장 만호가 하인과 하녀 짝을 맺어줄 때 부인이 정만리가 인품이나 재주가 출중한 걸 보고 나중에 크게 될 거라고 믿고는 옥양을 정만리에게 맺어주도록 한 것이다. 남편이 옥양을 채찍질하려 한다는 말을 듣고는 영문을 따지지도 아니하고 일단 이렇게 직접 나와 본 것이다. 남편이 막 채찍질을 하게 하려는 찰나, 부인이 가로막으며 말했다.

"나리, 무슨 연유로 옥양을 매달아 놓고 채찍질하려는 겁니까?"

장 만호는 정만리가 아뢰었던 이야기를 그대로 들려주었다. 부인이 옥양을 향하여 이렇게 말했다.

"내가 너를 어여삐 여겨 남편감도 잘 골라서 결혼도 시켜주었건만 어이하여 그 남편에게 도망치라 권했단 말이냐? 너를 구해주지 않는 게 마땅할 것이나 그래도 이런 일을 저지른 게 처음이라 내가 나리께 용서하여 달라고 부탁드릴 것이다. 다음에는 절대 이런 일이 없도록 하라."

옥양은 아무 말도 못 하고 그저 눈물만 흘렸다. 부인이 장 만호에게 말했다.

"나리, 옥양이 나이가 어려서 세상 물정을 모르고 잠시 헛소리를 한 것이니 제 체면을 봐서 한번 용서해주시지요."

"부인께서 그렇게 부탁하니 내가 이번 한 번만은 용서해 주리다. 만약 나중에 이런 일이 생기면 이번 것까지 한꺼번에 벌을 내릴 것이오."

옥양이 눈물을 글썽이며 머리를 조아리고는 나갔다.

장 만호가 정만리를 불러놓고 말했다.

"너의 충성스러운 마음을 알았도다. 내가 나중에 특별히 챙겨주겠노라."

정만리가 황송하다는 말을 거푸했다. 밖으로 나와서 한참 생각에 잠겼다.

'아무래도 일부러 나를 시험해 보려고 한 게 틀림없어. 그렇지 않고서야 그렇게 불같이 화를 내고 채찍 백 대를 때린다고 하더니 부인이 용서해주라고 한마디 하니까 바로 그만둘 리가 없지. 게다가 내실에 있던 부인은 어찌 그걸 알고 득달같이 달려 나와 옥양을 구해주지? 어젯밤에 내 심정을 그대로 다 털어놓지 않기를 정말 잘했구나.'

밤이 되자 옥양이 안채에서 나와 정만리한테 왔다. 옥양의 얼굴에 수심이 서려 있기는 했으나 정만리를 탓하는 기색은 전혀 보이지 않았다. 정만리가 속으로 생각했다.

'역시 나를 시험해 보려고 했던 게 맞아.'

정만리는 언행을 더욱 조심조심했다. 다시 사흘이 더 지나갔다. 옥양이 정만리를 위아래로 찬찬히 바라보며 뭔가 할 말이 있지만 참는 것 같았다. 이러기를 서너 차례, 마침내 입을 열었다.

"제가 진심을 담아 서방님께 말씀드린 건데 그걸 바로 주인 나리에게 일러바치다니요. 하마터면 채찍질 당할 뻔했습니다. 마님 덕분에 용서받기는 했지만요. 한데 서방님의 재주나 인물 됨됨이로 보아 서방님은 나중에 크게 되실 게 분명합니다. 왜 일찌감치 미래를 도모하지 않으시는지요?"

정만리는 아내가 이렇게 거듭 자기를 부추기는 걸 보고는 아내를 의심하는 마음이 더욱 깊어졌다.

"지난번에 그렇게 곤욕을 치르고도 겁도 없이 또다시 나를 부추긴단 말이오. 장 만호 나리가 그렇게 하라고 시킵디까? 내 충성심이 깊은지 확인하라고 말이오."

옥양은 가타부타 대답하지 아니하고 잠자리에 들었다. 이튿날 아침 정만리가 또 장 만호를 찾아가 이 사실을 알렸다. 장 만호가 그 말을 듣고 마치 벼락 치듯이 화를 냈다.

"이 계집년 정말 안 되겠구먼. 어서 잡아 와라, 내가 때려죽이고야 말겠다."

하인들은 감히 어물쩍대지 못하고 즉각 안채로 찾아와 옥양의 이름을 불렀다. 부인은 옥양의 이름을 부르는 소리를 듣고 또 무슨 일이 생겼음을 직감하고서 옥양을 내어주려 들지 않았다. 장 만호는 부인이 옥양을 감싸고 도는 걸 보고 더욱 화가 치밀었다. 하지만 부인의 체면을 봐서 마냥 몰아붙이기만 할 수도 없는 노릇이었다.

'이 계집년이 이미 딴마음을 품고 있는 상황이라면 차라리 쫓아내 버리는 게 낫지 않겠어. 만약 저년하고 사내놈하고 짝짜꿍이 되면 사내마저도 저년한테 넘어가 버릴 거 아냐!'

장 만호가 정만리에게 말했다.

"저년이 두 번 세 번 너를 꼬드기는 걸 보면 이미 딴마음을 품고 있는 게 분명하다. 나중에 너도 저년 때문에 피해를 볼 것 같은데 그럼 너한테도 좋을 게 하나도 없지 않느냐. 저년이 오늘 밤 안채에서 나오면 내일 아침 바로 다른 사람 시켜 저년을 팔아버려야겠다. 내가 따로 여자 하나를 구해서 너에게 줄 테니 그 여자를 아내로 삼도록 해라."

정만리는 장 만호가 옥양을 팔아버리겠다고 말하는 소리를 듣고 옥양이 진심에서 자신에게 충고한 것임을 깨달았다. 자기가 실언했음을 알고 후회스러웠다.

"옥양에게 확실하게 경고해두시면 다음번엔 감히 그런 일을 하지 못할 것입니다. 설혹 다시 그런 말을 한다고 해도 소인이 결코 넘어가지 않을 것입니다. 만약 제 처를 팔아버리게 되면 소인은 다른 사람들한테 혼례를 치른 지 6일밖에 안 지난 아내를 팔아버리게 한 야박한 사람이란 소리를 듣게 될 것입니다."

"내가 다 알아서 하는 일인데 어느 놈이 감히 너를 두고 이러쿵저러쿵한단 말이냐!"

말을 마친 장 만호는 안채로 들어가 버렸다. 장 만호의 부인은 남편이 씩씩거리며 들어오는 걸 보더니 괜히 불똥이 튈까 봐 옥양에게 딴 데 피해 있으라 하고는 자리에서 일어나 남편을 맞이했다. 너무도 조심스러워 옥양의 옥자도 꺼내지 못했다. 장 만호는 아내가 옥양을 싸고돌까 봐 그 이야기는 한마디도 하지 않았다.

한편, 정만리는 장 만호가 옥양을 꼭 팔아치울 것임을 확인하고는 옥양과 헤어짐이 너무 아쉬워 혼자서 방에 앉아 울고 있었다. 밤이 되어 옥양이 돌아와 울고 있는 정만리에게 말했다.

"저는 당신을 진정 남편으로 생각하여 온 정성을 다하여 말씀드린 건데 당신은 그런 제가 딴마음을 품고 있다고 의심하고 주인 나리에게 고자질하고 말았군요. 주인 나리는 성질이 불같은 사람이라 저를 그냥 두지 않을 것이라 저는 언제 어디서 죽을지 모르겠습니다. 제가 죽는 것이야 아쉽지 않으나 당신은 당당한 인물과 능력으로 남의 밑에서 종노릇하기를 감수하고 미래의 큰일을 도모하려 하지 않으시니 그게 한탄스러울 따름입니다."

정만리는 그 말을 듣고 눈물을 비 오듯이 흘렸다.

"자네의 그 훌륭한 조언은 내 앞길을 열어주는 것이었음에도 내가 잠시 눈이 멀어 주인 나리가 당신을 시켜 나를 시험해 보는 것으로 착각하고 주인 나리에게 가서 고자질했소이다. 당신을 이렇게 힘들게 만들고 말았구려."

"당신이 제 말을 들어주시기만 한다면 저는 죽어도 아무런 여한이 없습니다."

정만리는 옥양의 진심을 알게 되자마자 그런 옥양과 헤어져야 한다는 사실이 너무 가슴 아려 애절하게 울음 울었다. 그런 사실을 옥양에게 말할 수도 없는지라 그냥 눈물만 흘리며 잠자리에 들었다. 울다 보니 새벽 세 시, 옥양은 남편이 눈물을 그치지 않는 걸 보고선 무슨 일이 있는 게 틀림없다고 생각했다.

"당신이 이렇게 눈물을 그치지 못하는 걸 보니 주인 나리가 저를 어찌하려고 하는 게 틀림없습니다. 어째서 그걸 속 시원하게 말해주지 않는 거죠?"

정만리는 더는 감출 수 없을 거 같아 결국 입을 열었다.

"내가 바보 같은 짓을 하여 현명한 아내를 저버렸소이다. 내일 날이 밝으면 주인 나리가 그대를 팔아버린다고 하오. 그걸 내가 막을 수가 없어 이렇게 슬퍼할 따름이라오."

옥양은 그 말을 듣고서 밀려오는 슬픔을 견딜 수가 없었다. 두 사람은 서로 껴안고 숨죽여 울었다. 그들은 마음 놓고 소리 내어 울 수도 없는 처지였다. 해가 뜨기도 전에 자리를 털고 일어나 얼굴을 씻고 머리를 손질했다. 옥양은 신고 있던 비단신 한 켤레를 벗어서 남편에게 주고 남편의 해진 신발을 자신이 간직했다.

"나중에 다시 만날 날이 있으면 이 신발을 증표로 삼기로 해요. 만약 우리가 영원히 다시 만나지 못하면 저는 이 신발을 꼭 껴안고 죽음을 맞을 거예요. 그럼 당신과 무덤까지 영원히 같이하는 거나 마찬가지죠!"

말을 마치고 나서 두 사람은 서로 껴안고 울었다. 각자 서로의 신발을 간직했다.

날이 밝아 오자, 장 만호가 대청에 앉아 하인들을 불렀다. 정만리는 눈물이 앞을 가렸으나 어쩔 수 없이 다른 하인들과 같이 장 만호 앞에 대령했다. 장 만호가 말했다.

"이 망할 계집아, 내가 너 어릴 때부터 길러주었는데 무슨 억하심정이 있다고 네 남편한테 몇 차례나 그렇게 주인을 배반하라고 부추긴단 말이냐! 내가 너를 단칼에 목을 베어야 하겠다만 부인의 체면을 봐서 목숨만은 살려주노라. 그저 처분되는 대로 다른 곳으로 가도록 하라."

장 만호가 하인 둘을 불러 분부했다.

"저년을 중개인 집으로 데리고 가서 가격 불문하고 팔아버려라. 자기 대접해주는 것도 모르는 저년이 평생 하녀로 고생하게 말이다."

옥양이 마님을 한번 뵙고 떠나게 해달라고 간청했으나 장 만호가 허락하지 않았다. 옥양은 장 만호에게 두 번 절을 올리고는 남편에게 건강하게 잘 있으라 작별인사를 건넨 다음 눈물을 흘리며 두 하인을 따라갔다. 정만리는 가슴이 찢어지는 것 같았으나 어떻게 할 수가 없어 그저 대문 밖으로 전송하고 돌아왔다.

세상에 슬픈 일 괴로운 일 아무리 많아도,
이별만큼 슬프고 괴로운 일 어디 있으랴!

장 만호의 부인이 이 사실을 알았을 땐 옥양이 이미 떠난 후였다. 부인은 남편의 성품을 잘 아는지라 혹여 옥양이 남편 손에 죽임을 당할까봐 걱정하였으나 이제 호랑이 굴에서 벗어나 옥양의 팔자대로 살아가는 거라 생각하기로 했다. 한편, 두 하인이 옥양을 데리고 중개인 집으로 가는 도중에 마침 시장에서 여종이 필요하다는 장사꾼이 나타났다. 그 장사꾼은 옥양이 인물도 빼어나고 값도 헐하고 하여 바로 은자를 꺼내어 값을 치르고 옥양을 자기 집으로 데리고 갔다. 자세한 이야기는 생략하기로 하자.

한편, 정만리는 옥양이 떠난 후로 그리움과 후회가 밀려와 밤이면 밤마다 방에 들어서기만 하면 가슴이 아렸다. 옥양이 주고 간 신발을 촛불 아래에서 이리 만져보고 저리 만져보다가 마침내 오열하고는 그렇게 한참이 지나서야 자기도 모르게 잠들곤 했다. 시장에서 장사하는 사람한테 팔렸다는 말을 듣고는 몰래 찾아가 만나보고 싶은 생각이 수없이 들었다. 하지만 다른 사람이 발견하고서 장 만호에게 일러바치면 자신의 원대한 꿈을 이루지 못하게 될까 봐 감히 실행에 옮기지는 못했다. 장 만호는 정만리가 아내의 말에 넘어가지 아니한 걸 보고선 신실한 사람이라 믿고 모든 일을 정만리에게 맡기고 거리를 두지 않았다. 정만리가 특별히 더 온갖 정성을 다하고 매사에 조심 또 조심하니 장 만호가 그를 더욱 좋게 보고는 새로 여자를 맺어주려고 했다. 정만리가 사양하며 이렇게 말했다.

"잠시만 기다려주십시오. 나리를 따라 변방에 가서 공훈을 세운 다음 돌아와 명문가 처자를 얻고 싶습니다. 그렇게 하는 게 제가 나리께 부끄럽지 않은 일이기도 할 것입니다."

세월은 유수처럼 흘러 어느덧 1년이 지났다. 올량합대는 악주에 주둔하고 있다가 쉰 번째 생일을 맞았다. 장 만호는 올량합대 휘하에서 비장裨將을 지냈던 적이 있는지라 엄청난 금은보화를 장만하여 능력 있는 호송원을 시켜 올량합대에게 보내어 생신을 축하하고 싶었으나 적임자를 찾지 못했다. 정만리가 이 사실을 알고 이 기회를 타서 장 만호에게서 빠져나가고자 별렀다. 정만리가 즉시 장 만호를 찾아가 아뢰었다.

"나리께서 올량합대 원수의 생신 선물을 호송할 자를 찾고 계시나 아직 적임자를 찾지 못하셨다는 말을 들었습니다. 나리 휘하의 많은 종들이 각자 맡은 바 일이 있어 몸을 빼기 어려우나 소인은 집 안에서 맡은 바 일이 없사오니 소인이 한번 다녀오고 싶습니다."

"그대가 다녀온다면야 제일 좋지. 하나, 낯선 길을 다녀오는 거라 엄청 힘들 거야."

"그저 집에만 있다 보면 나중에 나리를 모시고 출정하여 힘든 일이 닥칠 때 감당하지 못할까 걱정입니다. 이번 힘든 일정을 소화하고 나면 나중에 나리를 모시고 전쟁터에 나가는 데 유익함이 있을 것입니다."

장 만호가 들어보니 정만리의 말이 일리가 있는지라 아무런 의심도 하지 않고 바로 응낙했다. 장 만호는 올량합대의 안부를 여쭙는 서찰을 쓰고 생신 축하 선물도 싸고 더불어 정만리에게 통행증도 떼어주어 오가는 도중 번거로운 검문을 피할 수 있게 해주었다. 모든 준비를 얼추 마칠 무렵, 출발할 날짜를 잡았다. 정만리는 짐을 챙기면서 옥양의 신발을 안에 잘 넣었다. 출발하는 날, 장 만호가 물품의 수량을 확인하여 정만리에게 건네고 하인 장진을 붙여주고 동행하게 했다. 아울러 은자 열 냥을 주고 경비로 사용하라 했다. 정만리는 다른 이와 동행하는 게 마음에 걸려 장 만호에게 다시 한번 말해보고 싶었으나 괜히 오해를 살 거 같기도 하여 그만두고 자신이 거사하는 날 어찌 처리하리라 생각했다. 장 만호에게 인사를 올리고 물건을 말에 싣고 흥원부를 출발하여 악주를 바라고 떠났다. 길가는 도중 역참에 들러 숙박하고 밥 먹고 하는 걸 빼고는 조금도 지체하지 않았다. 며칠 후 악주에 도착했다. 정만리가 객점을 정하여 묵었다.

이튿날 이른 아침, 정만리와 장진은 서찰과 예물을 들고 올량합대 원수댁에 도착하여 면회를 신청하고 대기했다. 올량합대 원수는 변방의 군사를 책임지는 중책을 맡고 있는지라 각처에서 생일을 축하하러 온 사람의 수가 헤아릴 수 없을 정도로 많았다. 대문 앞은 인산인해였다. 호각 소리가 세 번 울려 퍼지고 나서 올량합대 원수가 자리를 잡고 앉았다. 수많은 장수와 관리가 올량합대 원수에게 인사를 올렸다. 그런 다음 아전들이 각처에서 찾아온 사절단을 안내하여 차례로 서찰과 예물을 바치게 했다. 올량합대 원수가 서찰과 예물 품목을 일일이 확인했다. 그런 다음 답장을 써줄 테니 밖에서 기다리라고 했다. 사람들이 "예이!" 하고 대답했음은 두말할 필요가 없겠다.

한편, 정만리는 올량합대 원수에게 선물을 전달하고 나서 도망치려고 했으나 장진이 늘 붙어 있는 바람에 어쩔 도리가 없었다. 그러나 하늘이 도우심이런가, 장진이 오랜 여행에 지쳐 감기몸살이 들어 객점에 몸져눕게 되었다. 정만리는 마음속으로 너무도 기뻐했다.

'아, 정말 내 뜻대로 되는구나!'

이때 바로 도망치려다 또 다른 생각이 들었다.

'대장부가 일을 하는데 끝마무리까지 정확하게 해줘야지.'

정만리는 다시 올량합대 원수댁에 가서 답장을 받아 왔다. 객점에 돌아와 장진을 보니 인사불성이라. 메모 한 장을 써서 장진의 짐 속에 찔러 넣어두었다. 장 만호가 경비로 챙겨준 은자 열 냥을 장진은 다섯 냥씩 나눠 쓰자고 했으나 정만리는 장진을 안심시키기 위해 일부러 장진한테 다른 짐과 함께 간수하라 했었다. 그리고 악주에 도착하여 선물도 같이 사자고 해두었다. 장진이 몸져누웠으니 정만리는 그 열 냥을 꺼내고 자신의 이불짐을 챙긴 다음 객점 주인장에게 이렇게 당부했다.

"우리 둘은 홍원부 장 만호 댁에서 올량 원수 생신을 축하하기 위하여 왔소이다. 그런 다음 또 산동 사史 승상 댁에 가서 처리할 일이 있소이다. 한데 내 동료가 여독에 굴복하고 말아 몸져누워 이제 움직이기 힘든 상황이외다. 그가 다 낫기를 기다리자니 일을 그르칠까 걱정이라. 내 동료는 여기서 며칠 동안 몸조리를 하라 하고 나는 먼저 가서 일을 처리하고 난 다음 돌아가는 길에 다시 들러 함께 돌아가려 하오."

정만리는 은자 다섯 푼을 건네며 말했다.

"이거 얼마 안 되지만 내 성의니까 받아두시오.. 제 동료가 얼른 낫게 잘 보살펴 주시구려. 내가 돌아와서 후하게 사례하리다."

주인장은 정만리한테 저 나름의 꿍꿍이가 있다는 건 눈치채지 못하고 냉큼 받으면서 말했다.

"내가 아침저녁으로 잘 보살펴 줄 테니 아무런 걱정도 하지 마시우. 아무튼 빨리 돌아오시오."

"그야 당연하지요.."

정만리는 주인장에게 밥을 청하여 먹고 나서 짐을 지고서 주인장과 인사를 나누고 터벅터벅 발걸음을 내디뎠다.

바다거북 낚싯바늘에서 빠져나가더니,
꼬리를 흔들고 대가리로 헤엄치며 뒤도 돌아보지 않네.

악주를 떠나 건강을 바라고 걸었다. 통행증 덕분에 길을 가면서도 검문을 두려워할 필요도 없었고 시간을 지체할 일도 없었다. 당시 회동 지방은 이미 원의 손아귀에 들어가 버렸다. 정만리는 만감이 교차했다. 일단 송나라 강토에 들어선 다음 곧장 임안으로 길을 잡아 갔다. 조정에서 벼슬살이하던 자들은 모두 새로운 인물로 교체되어 아는 사람은 하나도 찾아볼 수 없었다. 부친의 문하생이었던 추밀부사 주한周翰을 만나 그 집에 짐을 풀었다. 마침 도종度宗(1265~1274 재위)황제가 이전 황제 치하에서 일했던 관료의 자손들을 임용하려고 하는 때라 주한의 추천을 받아 정만리 역시 복건 복청현의 군사담당관에 임명되었다. 하인을 하나 고용하여 정혜程惠라는 이름을 붙여준 다음 그 하인과 함께 임지로 출발했다. 자세한 이야기는 생략한다.

한편, 장진은 객점에서 며칠을 앓아누웠다가 겨우 몸을 좀 추스르게 되었다. 장진이 객점 쥔장에게 물었다.

"정만리가 어째 뵈지 않는 거유?"

"열흘 전에 정만리가 산동 사 승상댁에 공무를 처리하러 가야 한다고 하면서 동료가 아파서 누워 있으니 일단 먼저 갔다가 돌아오는 길에 동료를 데리고 돌아가겠다고 합디다."

"산동에 무슨 공무가 있다고! 저놈이 내가 아파서 누워 있는 동안 도망친 거구만."

"아니, 당신 둘이 같이 와놓고서 무슨 도망가고 말고가 있소 그래?"

장진은 정만리가 포로로 붙잡혀 온 내력을 쥔장에게 설명해주었다. 쥔장이 아차 싶었으나 이미 엎질러진 물이었다. 장진은 정만리가 자기 옷가지까지 가져갔을까 봐 걱정되어 쥔장 편에 짐 보따리를 갖다 달라고 하여 열어보았다. 그 안에 서찰이 한 통 들어있었다. 올량 원수가 장만호에게 보내는 답신이었다. 통행증과 경비는 모두 가져갔고 옷가지 같은 것은 손도 대지 않았다. 장진이 구시렁댔다.

"정만리 이놈, 이런 꿍꿍이가 있었군. 나리께서 그렇게 잘 대해주셨건만! 제 고향 남쪽 땅을 못 잊고 끝내 이러는구먼. 어쩐지 새장가 들여주겠다고 해도 그렇게 사양하더라니."

장진이 며칠 더 몸조리하니 얼추 움직일 수 있게 되었다. 장진은 먼저 올량합대 원수에게 찾아가 별도로 통행증과 경비를 받았다. 정만리를 체포하라는 문서가 하달되었다. 장진은 다시 객점으로 돌아와 숙박비와 밥값을 치르고 쥔장과 작별했다. 장진은 밤낮없이 달려 집에 돌아와 장 만호를 뵈었다. 먼저 올량합대 원수의 답장을 전달하니 장 만호가 그걸 읽어보았다. 그런 다음 정만리가 도주한 사실을 아뢰었다. 장 만호는 정만리가 장진 편에 전달한 서찰을 뜯어보았다. 그 내용은 이러했다.

나리 휘하의 하인 정만리가 나리께 삼가 이 서찰을 올립니다. 나리께서 일찍이 소인의 목숨을 구해주셨으며 소인을 거두어 길러주셨고 심복으로 부리셨습니다. 소인 역시 목석이 아니니 어찌 그 은혜를 모르겠습니까? 그러나 남방에서 날아온 새는 남방의 나뭇가지에 깃들기를 갈망하고, 여우는 죽으면서도 자기 고향 쪽으로 머리를 둔다 했습니다. 소인 부모님 산소는 나리 섬기는 그곳에서 천만리나 떨어진 남쪽에 있으니 낮이나 밤이나 그리움에 사무치고 밥을 먹어도 그 맛을 느끼지 못했나이다. 나리를 뵙고 직접 휴가를 청해 고향을 찾아가고 싶었으나 혹여 허락하지 않으실까 걱정되어 외람되게도 소인 뜻대로 결행했나이다. 나리 곁에는 하인들이 구름처럼 몰려 있으니 소인을 고향으로 돌려보내시는 거야 비둘기 한 마리 풀어주는 것과 같을 것입니다. 나리의 크신 은혜를 소인이 아직 갚지 못했으니 제 마음 깊은 곳에 꼭 새겨두었다가 사나 죽으나 옥가락지 물어다 드리고 풀을 묶어서라도 보답하겠나이다.

서찰을 다 읽고 난 장 만호가 발을 동동 구르면서 소리쳤다.
"내가 저 도적 같은 놈한테 속아서 저놈이 도망가는 줄도 몰랐구나. 저놈을 붙잡기만 하면 갈기갈기 찢어 죽이리라."
나중에 장 만호가 탐욕을 너무 부리고 여자를 탐하여 탄핵을 당하고 전 재산을 몰수당하여 부부가 화병에 걸려 죽고 말았다고 한다. 그건 나중의 일이니 여기서는 자세하게 이야기하지 않겠다.
한편, 정만리는 복청현의 군사담당관에 임명된 이래로 낮이나 밤이나 옥양 생각이 간절했으며 새장가 들 생각은 아예 하지도 않았다. 그러나 남북이 서로 가로막혀 있는 처지라 찾아가서 만날 방도가 없었다. 세월은 흐르는 물처럼 흘러 어언 20년이 지났다. 정만리는 청렴하고 능력이 있어 마침내 복건성의 안무사로 승진했다. 그때는 이미 송나라의 기운이 쇠약해질 대로 쇠약해져서 원나라 세조 쿠빌라이 칸이 강남으로 넘어오매 마치 무인지경에 들어오는 것 같았다. 다급해진 송나라 말대末代 황제는 광동 애산 섬으로 피난했다. 오직 복건성 정도만이 겨우 전화를 면할 수 있었다. 그러나 이 작은 땅에서 저항을 해봐야 적을 막아내기 힘든 노릇이라. 성의 관리는 백성들이 전란에 고생하는 걸 차마 그냥 두고 볼 수 없어 원의 세조에게 성의 지도와 문서를 바치고 항복하기로 결정했다. 원 세조는 복건성의 관리들을 모두 세 계단 승급시켜주었다. 정만리는 섬서행성 참지정사로 승진했다. 임지에 도착하고 나서 흥원부가 자기 관할 지역임을 떠올리고 하인 정혜 편에 지난날 옥양이 자기에게 주었던 비단신과 자신의 신발을 같이 주고서 옥양의 소식을 알아보게 했다. 일단 그 이야기는 여기까지만 하기로 하자.

　한편, 옥양을 사간 그 사람은 시장에서 주점을 열고 있는 고대랑顧大郞이었다. 고대랑은 재산이 제법 있었다. 고대랑 부부는 나이가 마흔을 바라고 있었으나 슬하에 자식이 없었다. 고대랑의 아내 화和씨는 수시로 다른 여자를 취하여 아이를 낳아보라고 권했다. 고대랑이 처음 그 말을 들었을 때는 괜히 귀찮은 문제가 생길까 봐 별로 내켜하지 않았다. 화씨가 중매쟁이까지 동원하여 여자를 물색하더니 장 만호 집에서 하녀 하나를 팔려고 한다는 소식을 듣고서 당장 그 하녀를 사서 집으로 들였다. 화씨는 그 하녀 옥양이 인물이 번듯하고 성격도 차분한 것을 보고서 매우 흡족해했다. 화씨는 안채에 옥양의 잠자리를 마련해주었다. 저녁이 되자 식사도 마련하여 내왔다. 옥양은 화씨가 자기를 이렇게 대하는 속

뜻을 알 것 같았지만 그냥 모르는 척했다. 옥양이 그냥 부엌에 앉아 있으려니 화씨가 찾아왔다.

"저녁밥을 방에다 차려 놨는데 어째서 아직도 부엌에 그냥 이러고 앉아 있느냐?"

"마님 먼저 드시지요. 저는 그냥 여기 있겠습니다."

"우리 같은 사람들이 뭐 대갓집 사람들처럼 격식 따지고 내외할 거 뭐 있느냐. 그저 맡은 바 일이나 열심히 하면 되는 거지. 그리고 우리 서로 언니 동생 하면서 지내자꾸나."

"저야, 하녀 주제에 일 잘못했다고 혼나지나 않으면 다행이죠. 어찌 감히 마님과 같이 어울릴 수가 있겠습니까!"

"그런 염려는 할 필요 없느니라. 나는 질투나 하는 그런 아녀자들하고는 다르니라. 너를 들이자고 한 것도 내 주장이었다. 남편이 이미 중년인데도 자식이 없으니 내가 측실을 들이라고 권했다. 만약 네가 자식만 낳아준다면 너와 나는 동격이 되는 것이니 부끄러워하지 말고 어서 들어가서 합환주를 마시자꾸나."

"저를 챙겨주시는 마님의 마음이야 고맙기 그지없습니다만 제가 박복하여 남편에게 소박맞고 나서는 결코 재가하지 않겠노라 맹세했습니다. 만약 저의 이 뜻을 억지로 꺾으시려 하신다면 저에게는 오로지 죽음만이 있을 따름입니다."

화씨는 옥양의 말을 듣고 기분이 언짢아졌다.

"너는 하녀 신세, 설마 그런 일 정도도 못할 거라 생각하는 것은 아니겠지!"

"마님의 명을 받들 따름입니다. 만약 마님의 맘에 들지 않으신다면 마님 뜻대로 벌주시옵소서."

"그럼 어서 방 안으로 들어가 시중을 들도록 하라."

옥양은 화씨를 따라 방으로 들어갔다. 고대랑과 화씨가 마주 보고 술을 마시고 옥양은 곁에서 술을 따라 올렸다. 화씨는 일부러 옥양에게 술을 권하고 난처하게 만들었다. 밤 깊은 시각, 고대랑이 대취하여 옷도 벗지 않고 그대로 잠자리에 들었다. 옥양은 밥그릇을 챙겨 부엌에 가서 먹고 잠자리로 돌아와 옷을 입은 채 잠을 청했다. 이튿날 일어나니 화씨가 옥양에게 하루 말미를 주고 길쌈을 하라 했다. 옥양이 고개도 들지 않고 길쌈을 하니 저녁도 안 되어 마치고 화씨에게 갖다 주었다. 화씨는 참으로 대단하구나 하는 생각을 절로 했다. 화씨가 다시 옥양에게 밤사이에 길쌈을 하라 하니 옥양은 그걸 사양하지 않고 새벽까지 길쌈을 했다. 이렇게 며칠을 계속했으나 전혀 피곤한 기색을 내비치지 않았다. 고대랑은 옥양이 자기에게 다가올 기색은 하나도 없이 그저 길쌈에만 몰두하자 혹시 마누라가 눈치 줘서 그러나 하는 생각이 들어 기분이 언짢아졌으나 그걸 드러내 이야기하기도 뭐했다. 몇 번이고 마누라 몰래 옥양을 꼬드겨보았으나 옥양은 정색을 하면서 거절하곤 했다. 고대랑은 마누라가 이런 걸 알면 웃음거리가 될까 봐 아무 소리도 내지 못했다. 이렇게 며칠이 지나자 고대랑은 도저히 참지 못하고 마누라한테 하소연했다.

"당신이 그래도 호의를 베풀어 이 여자를 나에게 맺어줘 놓고선 어째 밤낮으로 길쌈만 시키고 내 곁에 가까이 다가올 틈을 안 주는 거야?"

"그건 제 잘못이 아니라고요.. 그 여자가 처음 온 날부터 너무 뻣뻣하고 잘난 체를 심하게 하기에 제가 그 여자를 당신한테 가까이 가게 하려고 일부러 힘든 일을 좀 시킨 거랍니다. 한데 당신은 어째서 저를 꾸짖고 그러시는 거죠?"

고대랑은 그런 마누라의 말을 못 믿겠다는 듯이 이렇게 말했다.

"그럼 오늘 밤엔 길쌈 시키지 말고 일찍 잠자리에 들라고 해봐."

"그게 뭐가 어려운 일이라고."

밤이 되자 옥양이 자기가 길쌈한 걸 가져왔다. 화씨가 말했다.

"쉬지도 못하고 계속해서 너무도 고생 많았다. 오늘 밤에는 일하지 말고 쉬고 내일 다시 일하도록 해라."

옥양도 열흘 넘게 잠도 안 자고 일만 했으니 너무도 피곤하여 오늘은 쉬고 싶은 마음이었다. 저녁밥을 먹고 정리를 좀 하고서 방에 들어가 잠자리에 들었다. 옥양은 너무도 피곤했던지라 베개에 머리를 대자마자 곯아떨어졌다. 고대랑이 살금살금 옥양의 침대로 다가가 이불을 들추고 자기 몸을 옥양 쪽으로 들이밀고 옥양을 더듬어보았다. 옥양이 옷을 입은 채로 잠들어 있었다. 고대랑이 옥양의 옷을 벗기기 시작했다. 옥양이 허리띠를 매었는데 그걸 이리저리 매듭지어 놓아서 풀려고 해도 도무지 풀리지 않았다. 고대랑이 성질이 급해져서 그 매듭을 거칠게 잡아채니 그 중에 겨우 하나가 풀렸다. 옥양이 뭔가 눈치를 챘나 싶더니 벌떡 일어났다. 고대랑이 그런 옥양을 꼭 껴안고 절대 놓아주지 않으려 했다. 옥양이 사람 살리라고 소리를 치자 고대랑이 이렇게 받았다.

"여기가 우리 집인데 아무리 소리를 쳐봐라, 무슨 소용 있나! 네가 내 말을 안 듣고 배기나 한번 보자."

화씨는 침대에 누워서 자는 척 아무런 소리도 내지 않았다. 옥양은 도저히 빠져나갈 수 없는 상황이라 꾀를 내었다.

"나리께서 오늘 저를 범하시면 저는 오직 죽음만이 있을 뿐입니다. 장 만호 나리 마님이 저를 끔찍이 아끼셨으니 만약 제가 죽은 걸 아시면 나리를 절대 가만 놔두지 않을 것입니다. 그럼 나리 집이 다 풍비박산 날 것이며 나리 목숨마저도 보장할 수 없을 것이니 그땐 후회해도 소용없을 것입니다."

고대랑이 그 말을 듣더니 진짜 두려워하여 슬그머니 손을 놓고서는 자기 침대로 돌아갔다. 옥양은 눈도 감지 않고 뜬눈으로 밤을 지새웠다.

화씨는 옥양의 마음이 이렇게 굳센 걸 보더니 억지로 강요할 수 없겠다고 생각하고 옥양을 의붓딸로 삼았다. 옥양은 그제야 마음을 놓았다. 그래도 밤에 여전히 옷을 입은 채 잠을 잤으며 밤이나 낮이나 길쌈에만 매달렸다.

1년이 지나자 옥양이 그동안 길쌈한 비단을 헤아려보니 자기 몸값의 두 배에 달했다. 옥양은 그걸 고대랑 부부에게 건네고 자기는 비구니가 되고 싶다고 말했다. 화씨는 옥양의 진심을 헤아려 알고 있는지라 굳이 말리지 않았다. 옥양이 길쌈한 비단을 비구니가 되는 데 쓰라고 다시 보시해주었다. 아울러 고대랑 부부는 소박한 예물을 준비하여 옥양과 함께 성남 담화암曇花庵까지 전송해주었다. 옥양은 본디 총명한 사람이라 석달이 안 되어 불경을 다 암송하여 버렸다. 마음속으로는 늘 남편이 제대로 장 만호 집에서 빠져나갔을까 그것만 걱정했다. 주머니를 만들어 남편의 신발 두 짝을 넣어서 항상 몸에 지녔다. 스님이 자리를 비우면 몰래 꺼내어 바라보며 눈물을 흘리곤 했다. 나중에 스님 편에 소식을 알아보니 기회를 타서 이미 빠져나갔다 하더라. 옥양은 너무도 기뻐 밤낮으로 독경을 하며 남편의 무운장구를 빌었다. 아울러 고대랑 부부의 은덕에 감사하여 부처의 가호가 그들에게 더해지기를 빌었다. 나중에 장 만호의 재산이 몰수당하고 가족이 죽임을 당했다는 소식을 듣고는 자기를 어려서부터 길러준 은혜를 생각하며 한참을 통곡하고 그들을 위하여 천도재를 지내주었다.

자신을 길러준 은혜를 몇 년이 지나도 잊지 않으니,
독경하고 천도재를 지내주는구나.
사람됨이 이렇게 충실하고 후덕하니,
친부모가 아니어도 친부모처럼 섬기도다.

한편, 정혜는 주인 나리의 명령을 받들어 밤에도 쉬지 않고 달려 홍원부에 도착하여 객점을 찾아 묵었다. 다음날, 고대랑 집으로 찾아갔다. 고대랑 부부는 칠순을 바라보는 나이, 호호백발에 가게도 그만두고 육식을 금하고 그저 집에서 염불이나 하면서 소일하니 사람들이 그를 고 도사라 불렀다. 정혜가 고대랑 집에 도착해보니 노인장 하나가 마당을 쓸고 있었다. 정혜가 앞으로 나가 읍하면서 말했다.

"어르신, 하나 여쭤보고자 합니다."

고대랑이 답례를 했다. 들어보니 이 동네 말투가 아닌지라 바로 이렇게 물었다.

"그래 손님, 길이라도 물어보시려는 건가?"

"아니올시다. 전에 장 만호 나리 댁에서 쫓겨나온 여인이 아직 여기 있습니까?"

"손님은 어디서 왔기에 그런 걸 물으시오?"

"저는 그 여인네의 친척 되는 사람이올시다. 어려서 난리통에 헤어졌다가 이제 이렇게 특별히 만나러 왔소이다."

"아이고 말하자면 사연이 길지. 내가 자식이 없어서 그녀를 후처로 들이려고 했어. 한데 그 여인네가 우리 집에 와서는 밤마다 옷을 입은 채로 잠을 자곤 했지. 내가 몇 번이고 어떻게 해보려고 했으나 그 여인네는 절대 뜻을 굽히지 않았지. 그 여인이 심지가 굳고 절개를 지키려 한다는 걸 알고는 차마 함부로 범할 수가 없더라고. 결국 그녀를 의붓딸로 삼았지. 내 마누라는 그 여인을 친딸처럼 대했어. 얼마나 열심히 길쌈을 하는지 어떤 때는 밤을 새워가면서 길쌈을 하더라고. 1년이 안 되어 자기가 길쌈한 비단을 몸값으로 바치고는 비구니가 되고 싶다고 했지. 우리 부부는 말릴 수가 없겠다 싶어 그 비단을 그 여인이 출가하는 암자에 시주했다네. 그리고 소박한 예물을 마련하여 성남 담화암의 비구니가 되도록 도와주었지. 그게 벌써 20년 전 일이라네. 그녀는 그 이후로 암자 밖으로 나온 적이 없다네. 우리 부부는 친가족처럼 짬 나는 대로 그녀를 보러 가곤 하지. 그 암자의 스님 이야기를 들으니 그녀는 지금도 옷을 입은 채로 잠든다고 하는데 무슨 사연이 있는지는 모르겠네. 요 몇 년은 나도 몸이 예전 같지 않아 가보질 못했어. 손님, 그 여인네와 친척이라고 하니 그 암자에 한번 가보시구려. 여기서 그리 멀지도 않다오. 만나걸랑 내 안부도 좀 전해주시고."

정혜는 옥양의 소식을 전해 듣고 고대랑과 작별하고 물어물어 담화암에 찾아갔다. 시간이 얼마 되지 않아 바로 도착했다. 암자는 그다지 크지 않았다. 정혜는 암자의 문 안으로 들어갔다. 왼쪽에 바로 세 칸짜리 불당이 있었다. 불당 안에 한 비구니가 불경을 읽고 있었다. 나이는 중년에 접어들어 보였으나 인물은 여전히 멋지고 정갈해 보였다. 정혜는 저 비구니가 바로 옥양이라는 확신이 들었다. 정혜는 불당 문 안으로 들어가지 않고 문턱에 앉아 신발 한 쌍을 손에 쥐고서 만지작거리며 혼잣말했다.

"이렇게 멋진 신발인데 짝을 못 찾고 있구나."

불경을 읽던 비구니는 온 신경을 불경에만 쓰다가 누군가의 중얼거림을 듣고서야 고개를 들어 바라보았다. 누군가가 문턱에 앉아 손으로 신발 한 쌍을 만지작거리고 있었다. 자신이 예전에 신던 바로 그 신발이 틀림없었다. 그러나 저 사람은 내 남편이 아니로구나. 가슴이 콩닥콩닥, 황급히 불경을 덮고 일어나 앞으로 인사했다. 정혜는 황급히 신발을 문턱에 내려놓고 답례했다.

"저 신발 좀 잠시 볼 수 있겠습니까?"

정혜가 그 신발을 들어서 비구니에게 건넸다. 비구니가 그 신발을 보더니 물었다.

"이 신발, 어디서 난 거죠?"

"제 나리께서 어느 여자분을 찾아보라고 해서 오게 된 겁니다."

"그대의 나리 되시는 분의 이름은 어떻게 되오, 어디 사시는 분이시오?"

"제 나리는 성은 정, 이름은 만리라 합니다. 본디 팽성 출신이시고, 지금은 섬서행성 참지정사 벼슬을 하고 계십니다."

비구니가 그 말을 듣고 몸에서 주머니 하나를 꺼내더니 그 주머니에서 신발 한 쌍을 꺼내어 대어보았다. 신발 두 쌍이 딱 들어맞았다. 비구니의 두 눈에서 눈물이 흘러내리기 시작하더니 그칠 줄을 몰랐다. 정혜가 황급히 몸을 숙이고 절을 올렸다.

"나리께서 특별히 저를 보내셔서 마님을 찾으라 하셨습니다. 제가 고대랑 어른께 여쭤보니 이곳을 알려주셔서 이렇게 마님을 뵐 수 있게 되었습니다."

"그대 나리께서는 어떻게 그렇게 높은 벼슬에 오르게 되셨는가?"

정혜는 정만리가 복건에서 여러 벼슬살이를 한 일, 원나라에 귀의하여 벼슬이 올라 현재에 이르게 된 일을 설명해주었다.

"나리께서 분부하시길 만약 마님을 찾으면 나리 임지로 모시고 오라 하셨습니다. 마님, 짐을 챙기시지요. 소인이 가마를 대령하겠사옵니다."

"나는 내 평생 두 쌍의 신발이 다시 만날 날이 오지 못할 거라 생각했다네. 그런데 이렇게 다시 만났으니 내 평생의 소원이 이뤄진 것이라. 어찌 다른 바람이 있겠는가! 자네는 이 신발을 가지고 가서 나리 부인에게 보여드리고 내 대신 감사의 뜻을 전하게나. 나리께는 벼슬살이를 성심으로 해서서 조정의 바람을 저버리지 말고, 백성들을 괴롭히지 말라고 전해주시게. 나는 출가한 지 이미 20년이 넘어 속세로 내려갈 생각이 다 사라져 버렸네. 앞으론 더는 나를 생각지 말라 전하게나."

"나리께서는 마님의 의리를 잊지 못하시어 새장가도 들지 아니하셨습니다. 마님, 제발 거절하지 마시옵소서."

옥양은 정혜의 말을 따르지 아니하고 그냥 안으로 들어가 버렸다. 정혜가 두 번 세 번 간곡히 청했으나 옥양은 결코 밖으로 나오지 않았다.

정혜는 더는 강권할 수 없어 신발 한 쌍을 들고 객점으로 돌아와 짐을 챙겨서 밤을 도와 섬서행성 아문으로 돌아왔다. 나리를 뵙고 옥양에게서 받아온 신발을 바쳤다. 고대랑에게 들은 소식과 옥양이 신발을 알아봤던 일 그리고 옥양이 떠나려고 하지 않았던 일을 아뢰었다. 정만리는 그 말을 듣고 속이 너무도 아렸다. 그 신발을 잘 받아둔 다음 지체 없이 성장에게 보낼 문서를 작성했다. 성장은 정만리가 복건에서 벼슬살이할 때 같이 근무했던 경력이 있는 자로 서로가 알뜰하게 챙겨주는 처지였다. 성장은 정만리가 보낸 문서를 받아보더니 참으로 대단한 일이 다 있구나 하며 감탄했다. 성장은 즉시 홍원부 관리에게 문서를 하달하여 극진하게 예를 갖춰 옥양을 모셔오라 했다.

홍원부 관리는 감히 그 명령을 소홀히 하지 못하고 즉시 의복과 선물, 화려한 마차, 북과 피리를 포함한 악대 그리고 시중들 여종 둘을 준비하고 더불어 휘하 관리를 대동하여 직접 담화암으로 떠났다. 홍원부의 사람들은 남녀노소 모두 옥양의 일을 알게 되었다. 이거야말로 새로운 소식이구나 하는 생각에 나이든 사람은 부축하고 어린아이는 껴안고 하여 구경나왔다. 한편, 태수와 관리들이 암자 앞에 이르러 말에서 내렸다. 수행원들에게는 잠시 밖에서 기다리라 하고 직접 암자 안으로 들어가니 나이든 비구니가 마중 나왔다. 태수가 주지 비구니에게 자기가 찾아온 이유를 설명했다. 어서 정 부인을 모셔와서 마차에 오르게 하라고 재촉했다. 주지 비구니가 안으로 들어가 알리니 옥양은 태수와 관리들이 자기를 모시러 왔음을 알았다. 더는 사양하기 힘들게 되었음을 알고서 하는 수 없이 태수 일행을 만나러 나왔다. 태수가 말했다.

"본 섬서행성의 상관이신 정 참지정사께서 명령을 내리셔서 특별히 저로 하여금 예를 갖춰 마님을 자신이 있는 곳까지 모셔오라 하셨습니다. 마차는 이미 다 준비되어 있으니 마님께서는 어서 옷을 갈아입으시고 가마에 오르시지요."

태수는 여종에게 의복과 선물을 옥양에게 바치게 했다. 옥양은 차마 거절하기 어려워 주지 비구니 편에 그걸 받았다. 그런 다음 태수 일행에게 감사의 뜻을 표하고는 반을 떼어 주지 비구니에게 노후에 보태 쓰라고 주고 나머지 반은 태수를 수행하여 따라온 관리들에게 주면서 장 만호 부부의 무덤을 새롭게 잘 만들어달라고 부탁했다. 아마도 그들이 어려서부터 자기를 길러준 은혜에 보답하기 위함이리라. 길에서는 악대의 연주 소리가 시끌벅적하더니 고대랑 집 앞에서 멈추었다. 고대랑 부부가 나와서 맞아주며 축하했다. 옥양이 고대랑 집 안으로 들어가 작별인사를 하고 선물을 드리면서 지난날의 후의에 감사했다. 고대랑 부부는 대문 밖으로 나와 옥양을 전송하며 눈물 흘렸다. 옥양 역시 슬픔에 겨워 눈물을 흘리며 마차에 올랐다. 홍원부 관리들이 십 리까지 전송하고 돌아갔다. 태수는 또 휘하의 군관 이극복李克復에게 보병 삼백 명을 딸려 주고 옥양의 마차를 호위하게 했다. 이들이 지나는 곳마다 관원들이 모두 나와서 예를 다하여 영접했다.

섬서성 경계에 이르니 문무 관료가 악대와 깃발을 준비하여 성 밖 10리까지 나와서 맞이했다. 정만리도 몸소 마중하러 성 밖으로 나왔다. 생황 소리, 피리 소리가 하늘까지 오르고 징 소리, 북소리가 땅에 울렸다. 백성들이 거리를 가득 메우고 꽃과 등불을 들고서 환영했다. 마차는 곧장 안채로 들어가 내실 입구에 도착했다. 정만리는 휘하 관료들에게 이제 공무는 그만 마무리하고 내일 다시 처리할 것이니 문을 걸어 잠그라 했다. 정만리는 곧장 안채로 들어가 옥양을 만났다. 마주 보고 여덟 차례 절을 주고받고 난 다음 일어나 서로 껴안고 통곡했다. 정만리와 옥양은 헤어진 이후의 이야기를 서로 나누었다. 이야기하다가 울고 울다가 다시 이야기했다. 그런 다음 하인들을 불러 인사시키고 축하 잔치를 준비하라 했다. 밤 자시 무렵이 다 되도록 술을 마신 다음 잠자리에 들었다. 애달프구나. 결혼한 지 엿새 만에 헤어져 20년 동안 따로따로 지냈구나. 그리고 이렇게 다시 만나니 마치 한바탕의 꿈만 같구나.

  이튿날 정만리가 집무실에 출근하니 막료들이 모두 찾아와 축하했다. 정만리는 축하연을 벌여 북을 치고 피리를 불며 연거푸 사흘 동안 즐겼다. 각처의 관료들이 모두 이를 알고는 사람을 보내어 축하했음은 말할 필요도 없겠다.

  옥양이 살림을 맡아 하매 법도에 맞고 빈틈이 없어 감복하지 않는 자가 없었다. 옥양은 자신이 나이가 많아 자식을 낳을 수 없음을 알고 정만리에게 첩을 들여 주었다. 정만리는 아들 둘을 얻었다. 나중에 정만리는 평장사平章事 직함을 받게 되었고, 당국공唐國公에 봉해졌다. 옥양은 일품부인이란 칭호를 받았다. 두 아들 역시 높은 벼슬에 올랐다. 후대 사람이 시를 지어 이렇게 읊었도다.

  6일의 결혼 생활 20년의 이별 생활,
  부부의 굳센 마음은 마치 강철과도 같아라.
  따로따로 떨어져 있던 신발이 이제 만났으니,
  천년만년 두고두고 이야깃거리 되리라.

장정수 형제가 아버지를 구하다

張廷秀逃生救父

장정수가 죽을 고비를 넘기고 아버지를 구하다

모든 일은 하늘에 달렸으니 억지 부리지 말지라,
뭐 하러 힘들게 꾀를 내려 하는가.
하루 세 끼 먹으면 그걸로 대만족,
순풍이 불면 돛을 올리는 거지.
일 만들기 좋아하면 일이 꼬리를 물고 달려오고,
남을 해코지하면 남이 또 나를 해코지하고.
원한 맺힌 건 풀고, 새로운 원한은 맺지 말고,
우리 가끔 고개 돌려 뒤를 돌아보자꾸나.

한편, 우리 왕조가 홍무황제께서 기업을 다진 이후로 만력황제에 이르기까지 13대 황제가 이어졌구나. 만력황제는 문무를 겸비하시고, 총명하고 어질고 효성스러우니, 만조백관 가운데 능력 없는 자 없고, 현명한 선비가 초야에 묻히는 일이 없었다. 그 가운데에서도 강서성 남창부의 집현현에 장권張權이라는 사람이 있었겠다. 조상 대대로 재산이 많았고 세곡을 징수하는 책임을 맡았다. 그런데 이 세곡 징수를 맡아 하게 되면서 살림이 쪼그라들고 집과 전답을 속속 팔게 되었다. 장권의 아버지 때에 이르러서는 땅 한 뙈기 남아 있지 않았다. 이 세곡 징수 일을 그만두고 싶었으나 그러지 못했다. 장권의 옆집엔 휘주에서 온 목수가 목공소를 운영했다.

장권은 어려서부터 그 목공소에 가서 구경하곤 했다. 장권은 도끼와 끌을 가지고 목수가 하는 걸 흉내 내곤 했지만 그건 그냥 장난삼아서 하는 것에 불과했다. 한데, 장권의 부모는 먹고살기도 팍팍한데 아들이 특별히 다른 길이 보이지도 않고 하여 장권을 아예 그 목공소로 보내어 목공일을 배워서 먹고사는 걸 해결하게 했다. 나중에 장권의 부모님이 세상을 뜨고 그 휘주 출신 목공도 나이 들어 고향으로 돌아가게 되니 장권이 목공소 일을 도맡게 되었다. 사람됨이 워낙 성실한 데다 몇 년을 쉬지 않고 열심히 일하다 보니 단골도 많이 늘었다. 장권은 진씨 성을 가진 여인과 결혼했다. 부부 둘이 한번 살아보겠다고 아등바등 일하는데 세금 징수하는 일이 번번이 발목을 잡았다. 장권은 아내와 상의한 끝에 이곳을 뜨기로 했다.

장권은 소주의 창문閶門이란 곳에서 조금 떨어진 황화정으로 이사하여 목공소를 열었다. 장권은 이름도 바꾸었다. 벽면을 하얗게 칠하고 그 위에다 '강서 출신 장앙정張仰亭이 품격 있고 견고한 가구를 제작합니다. 고객을 실망시키지 않습니다.'라고 적었다. 소주로 이사해온 이후, 장사는 더욱 번창해져서 지낼 만했다. 연년생으로 아들 둘을 낳았다. '아이들은 다 자기 먹을 복은 타고난다'는 옛말이 있지 않은가. 어느덧 아들들이 자라서 7살, 8살, 장권은 그들을 가까운 의숙義塾에 보내어 공부하게 했다. 큰아들은 정수, 작은아들은 문수라 불렀다. 이 의숙에는 십여 명의 학생이 다니고 있었는데 이 정수, 문수는 이들 가운데에서도 특히 빼어나 한 번 가르쳐 주면 바로 깨달아 몇 년 지나지 않아 경서를 하나도 막힘없이 읽어낼 줄 알았다. 정수가 13살, 문수가 12살이 되었다. 제법 이목구비가 틀이 잡히고 훤칠해졌다. 선생이 그들에게 문장 쓰기를 가르치기 시작하니 격식을 갖춰 구성하는 법을 가르쳐주고 단어를 고르고 다듬는 법을 가르쳐주었다.

장권은 자기가 비록 손재주로 벌어 먹고사는 신세지만 두 아들이 열심히 공부하는 모습을 보고는 있는 힘껏 그들을 출세시켜 주고 싶은 마음이 동했다. 그러나 누가 알았으리, 올해 가을이 될 때까지 비 한 방울 내리지 않고 가물어 그 어느 땅에서도 벼 이삭이 패지 않았다. 부잣집에서 창고의 곡식을 밖으로 내지 않으니 돈 없는 백성들이 남녀노소 가리지 않고 굶어 죽기 일쑤였다. 관청에서 차마 그냥 두고 볼 수 없어 의창을 열어 백성들을 구휼했다. 그러나 백성들 손에 쥐어지는 건 열에 서넛에 불과하고 대부분은 아전들 뱃속으로 들어갔다. 각처의 사원에 쌀을 보내어 죽을 끓여 빈민을 구제하라 했으나 이런 식으로 도중에 다 새어나가니 죽 한 사발에 쌀 한 톨이 겨우 들어갈 정도라. 하는 수 없이 겨나 수수 같은 걸 넣고 끓이다 보니 그걸 먹고는 모두 구토와 설사가 나서 외려 사람을 잡았다. 관리는 백성들이 감지덕지하고 좋아한다고 생각할 줄만 알지 이 제도가 이렇게 문제가 많고 유명무실하다는 걸 알리고 들지도 않았다.

위에서 아무리 청렴하게 행정을 하려 해도,
아래엔 미꾸라지처럼 빠져나는 실무자들.

한편, 장권은 대흉년을 맞아 하는 수 없이 아이들을 의숙에 더 보내지 못하고 목공일을 가르치기 시작했다. 두 아들은 천성이 총명하여 며칠 안 가 바로 익숙해지기 시작했다. 게다가 솜씨도 꼼꼼하고 야무져서 몇 년 동안 일한 목수보다 훨씬 나았다. 장권은 이런 아들을 보면서 매우 흡족해했다. 다만 아들이 목수 일을 잘 익혀 가구를 잘 만들어 그걸 진열해놓아도 사가는 사람이 없다는 게 문제였다. 얼마 지나지 않아 평소 마련해 둔 살림을 다 써버렸다. 이젠 입고 있는 옷이라도 전당포에 갖다 맡기고 입에 풀칠해야 할 형편이었다. 장권은 다급한 마음에 아내 진씨와 상의했다. 어디 아무 데라도 가서 날품팔이해서 이 흉년을 넘기고 그런 다음 나중 일을 도모하는 게 좋겠다고 했다. 장권이 집을 나서 이곳저곳 돌아다녀 보았지만 어디 비벼볼 데가 하나도 없었다. 하는 수 없이 예전처럼 대문 앞에 가구를 진열해놓고 누가 사러 오기만을 눈 빠지게 기다렸다. 어느 날 오후 나이가 쉰이 넘어 보이는 사내가 비단옷을 빼입고 하인을 뒤에 달고 거리를 건너오고 있었다. 그 사내가 장권 집 대문 앞에 정교하게 만들어진 가구가 이것저것 진열되어 있는 걸 보더니 걸음을 멈추었다. 장권이 그걸 보고서 하던 일을 멈추고 말을 건넸다.

"나리, 어떤 가구를 찾으시는지요? 안에 들어와서 찬찬히 살펴보시지요."

그 사내가 장권의 대문 앞으로 더 가까이 오더니 물었.

"이 가구, 모두 자네가 직접 만든 것인가?"

"그야 당연하죠. 재료도 좋은 거로 잘 말려서 아주 엄청난 공을 들여 만든 거라 다른 가게 물건하고는 다르죠. 지금 사시면 1할을 더 깎아드립니다."

"아, 내가 가구를 사려고 하는 건 아니고. 혹시 다른 사람 집에 와서 가구를 만들어주기도 하는가?"

"그렇게도 해드리죠. 근데 나리 댁이 어디고, 어떤 가구를 만들어 달라는 말씀이신지?"

"나는 전제항 안쪽 황실 창고 맞은편에 살고 있네. 그 유명한 왕가네 옥보석 가게가 바로 내가 하는 거라네. 내 딸 혼수로 보낼 가구를 만들어줬으면 한다네. 목재는 최상으로 준비해두었으니 정교하고 견고하게만 만들어주라고. 그걸 다 만들고 나면 탁자와 의자, 책장 같은 것도 좀 만들어주게나. 만약 작업을 할 요량이라면 조수를 두어 명 데리고 오게."

장권이 속으로 찾고 있던 일거리와 너무도 잘 들어맞았다. 하늘이 장권의 사정을 알고 이런 일거리를 마련해주신 것만 같았다. 장권이 이렇게 대답했다.

"나리께서 이런 일감을 주시니 감사할 따름입니다. 언제 작업을 시작하면 좋을지요?"

"시간이 된다면 내일 바로 시작합시다."

"그러시다면 내일 아침 일찍 나리 댁으로 찾아가겠습니다."

대화를 마치고 그 사내는 떠나갔다.

여러분, 그 사내가 누군지 아는가? 그 사람의 성은 왕, 이름은 헌憲, 조상 대대로 떵떵거리며 살아온 부자였으니 재산이 몇십만 금이 넘었다. 왕헌 대에 이르러 옥보석 가게를 열었더니 더욱 가산이 불었다. 그가 재산이 이렇게 많으니 사람들이 그를 왕 선달이라 불렀다. 왕 선달은 돈이 많았음에도 사람이 겸손하고 착실했으며 남한테 베풀기를 좋아했다. 다만 한 가지, 나이가 쉰이 넘었음에도 제사를 지내줄 아들이 없었다. 아내 서씨와의 사이에서 두 딸을 낳았으니, 큰딸은 서저徐姐로 2년 전에 조앙趙昻을 데릴사위로 들여 집에 앉혔다. 작은딸은 옥저玉姐, 나이는 열넷, 아직 혼사를 치르지 않았다. 총명하게 생긴데다가 단아하고 아리따웠다. 왕헌 부부는 작은딸을 특별히 더 귀여워하고 외려 큰딸보다 아꼈다.

조앙은 그 나름대로 명문 집안 출신이었고, 왕헌은 조앙의 부친과 각별한 사이였던 터라 조앙의 부친이 세상을 뜨자 그 아들인 조앙이 맘에 걸려 사위로 맞아들인 것이다. 더불어 사위를 위하여 돈을 바치고 국자감에 입학시켰다. 사위가 공부를 열심히 하여 출세하기를 바랐던 것이다. 누가 알았으리, 조앙은 국자감에 입학하자마자 수업을 빠지고 책을 팽개쳐 놓고 옷을 빼입고 온종일 거리를 싸돌아다니며 놀기 바빴다. 게다가 사람됨이 간교하고 음험하여 왕헌에게 아들이 없고 자기가 큰사위니까 이 집 재산은 자기가 물려받을 거지 다른 사람한테 갈 리가 없다고 김칫국을 마시고 있었다. 자기 마누라가 그다지 현명해 보이지 않자 오직 장인만 바라보고 장인에게만 잘 보이려고 했다. 장인 장모가 작은딸을 특별히 귀여워하는 걸 보고는 둘째 사위를 들인 다음 재산을 나눠줄까 봐 질투했다. 「데릴사위」라는 시가 이걸 참 잘 그려주고 있다.

　　남의 집 데릴사위 노릇 한다는 건 얼마나 바보 같은 짓인가,
　　씨가 다른 나뭇가지가 어찌 본줄기를 대신하려 드는가!
　　딸이나 사위나 효도를 다할 생각은 손톱만큼도 안 하고,
　　재산만 차지하려고 애쓰는구나.
　　동서가 생길까 걱정,
　　처제를 질투하고 미워하네.
　　아서라, 사위야 괜히 근심걱정하지 말고,
　　그 집에 아들 없는 걸 다행으로 생각하여라.

　　여기서 이야기는 둘로 갈린다. 먹고살 거리가 딱히 없었던 장권 입장에선 오늘 이런 큰 일거리를 잡았으니 기쁘기가 한량없었다. 이튿날 일어나 땔감이랑 쌀이랑 마련해놓고 아내에게 집 잘 보고 있으라 당부하고

는 두 아들과 함께 도끼, 끌, 톱을 챙겨서 창문 안으로 들어가 황실 창고를 찾아갔다. 황실 창고 맞은편에 커다란 옥보석 가게가 눈에 들어왔다. 장권이 저 옥보석 가게가 왕헌네 가게려니 짐작하고 발걸음을 멈추고 물어보려는 찰나 왕헌이 안에서 걸어 나왔다. 장권은 즉시 왕헌에게 다가갔다. 왕헌이 장권에게 물었다.

"조수는 몇이나 데리고 왔소이까?"

"둘만 데려왔습니다."

장권은 바로 두 아들에게 인사를 올리라 했다. 두 아들은 들고 있던 짐을 장권에게 건네고 앞으로 나가 공손하게 읍을 했다. 왕헌은 시큰둥하게 답례했다. 왕헌이 보니 어린아이라.

"내가 정말 좋은 가구를 만들고 싶어서 자네를 부른 것인데 이렇게 어린아이들을 데리고 와서 어떻게 하려고 그러는가?"

장권이 막 대답을 하려고 하는데 정수가 먼저 입을 열었다.

"나리, 후생가외後生可畏란 말도 있지 않습니까! 저희가 나이는 어려도 솜씨는 좋으니 한번 지켜보십시오. 어리다고 무시하지 마십시오."

왕헌이 보니 두 아들 인물이 훤칠하고 말솜씨 또한 제법이라.

"이 두 어린아이는 자네와 어떤 사이인가?"

"소인의 아들이옵니다."

"아들 잘 두었구먼!"

"무슨 그런 말씀을요! 저 녀석들 뭐해서 먹고살까 걱정입니다."

"저런 아들을 두고 뭘 걱정하고 그러나! 자, 날 따라오게나."

장권 삼부자는 바로 왕헌을 따라 대청으로 들어갔다. 왕헌은 하인 왕진을 불러 작업실을 준비하라 이르고 목재를 내어 장권에게 건네주게 한 다음 어떤 가구를 만들기를 원하는지 설명했다. 장권 삼부자는 먹줄을 대고 재단을 한 다음 도끼와 톱으로 저녁이 되도록 작업했다. 저녁밥을 먹고 나서 불을 밝히고 야간작업을 하다가 자정이 다 되어서야 잠자리에 들었다. 이렇게 닷새를 작업하여 가구 몇 점을 완성하고는 왕헌에게 보였다. 왕헌이 꼼꼼히 살펴보더니 찬탄해 마지않았다.

"정말로 대단한 솜씨로구먼!"

왕헌은 가구와 장권의 아들을 번갈아 가면서 쳐다보았다. 장권의 두 아들은 고개도 들지 않고 그저 작업에 몰두할 따름이었다. 왕헌은 나도 아들이 있었으면 하는 마음이 절로 들어 슬퍼졌다. 방으로 돌아와 한쪽 구석에 가만히 앉아 미간을 찡그리고 입도 꽉 다물고 그렇게 가만히 앉아 있었다. 부인 서씨가 그런 왕헌에게 대체 왜 그러냐고 몇 차례나 물었지만 왕헌은 묵묵부답이었다. 급히 밖으로 나가 하인들에게 나리가 누구 때문에 그렇게 화가 나 있는 거냐고 물었다.

"가구 만든 걸 보고 오셔서 그러는 거 같습니다요. 누구한테 뭐 화내신 적은 없습니다."

서씨가 그 말을 듣고 다시 방으로 돌아왔다. 남편 왕헌이 여전히 의기소침하게 앉아 있었다. 서씨가 왕헌을 향하여 입을 열었다.

"여보, 집에 먹을 게 없수, 입을 게 없수? 천만금에 달하는 재산은 아니라도 그래도 우린 우리 나름대로 돈도 많잖아요. 우리 나이 이제 쉰, 여든까지 살아도 30년도 안 남았는데 뭘 그렇게 심각하게 고민하고 걱정하고 그러세요?"

"맞아, 우리가 살날이 얼마 남지 않아서, 그래서 이렇게 고민하는 거요. 내가 반평생을 뼈 빠지게 일해서 이렇게 재산을 일구었지만 그걸 물려줄 아들이 없으니 다 부질없는 일이 되어버렸소이다. 딸 둘이 있으나 평생을 잘 길러도 결국은 남의 집 며느리가 될 것이라 우리 집안하고는 아무런 상관도 없는 일. 큰딸 서저는 혼인을 시켜줬더니 지 남편만 생각하고 당신과 나는 아예 뒷전이라 부모를 마음에 기리고 신경 쓰는 법이 없더라고. 장 목수는 그저 손재주 하나로 먹고사는 형편이고 나이도 나보다 열 살이나 어리지만 듬직한 두 아들을 두었더라고. 하나같이 눈빛이 살아 있고 입매무새도 빼어나고 총명하기조차 하고 일도 열심히 하더군. 부자간에 서로 아끼고 챙겨주는 게 몸에서 우러나더군. 장 목수 부자가 만든 가구를 보니 솜씨가 정교한 게 아무리 노련한 목수가 만들어도 그 친구들보다 잘 만들기는 힘들겠더라고. 그런 아들이 목수네 집에 태어나 기술이나 배우고 그러네. 만약 내 아들로 태어났더라면 독선생을 모셔주고 공부시켜 과거급제하여 가문을 빛내게 할 건데 말이야."

서씨는 그런 남편의 말을 듣고 위로하기 시작했다.

"여보, 그게 뭐가 어렵겠어요. 옛말에 '온 정성을 다해 심은 나무에선 꽃이 피지 아니하고 아무렇게나 심은 버드나무 무성히 자라 그늘 드리운다'고 하잖아요. 장 목수 아들이 그렇게 인물도 좋고 똑똑하다면 장 목수한테 말해서 아들 하나를 양자로 들이지 그러세요. 그럼 우리에게도 아들이 생기는 거죠."

왕헌은 그 말을 듣고 기분이 한결 나아졌다.

"당신 말이 정말 일리가 있네그려. 한데 장 목수가 그 제안을 받아들일까?"

그날 밤은 별일 없이 지나갔다. 이튿날 아침밥을 먹고 난 다음, 왕헌이 대청으로 나갔다. 장권이 앞으로 나와 아뢰었다.

"나리, 오늘 제가 집에 다녀오려고 합니다. 나리께서 공임을 좀 쳐주시면 땔감이랑 쌀이랑 사서 소인 마누라 살펴봐 주고 내일 일찍 다시 돌아오겠습니다."

"그야 뭐가 어렵겠는가. 근데 내가 자네한테 할 말이 있네."

"무슨 분부하실 거라도 있으신지요?"

"자네 두 아들 이름은 뭔가, 올해 몇 살인가?"

"큰놈은 정수라 하옵고 올해 열셋, 작은놈은 문수라 하옵고 올해 열둘입니다."

"글은 깨쳤는가?"

"몇 년 동안 의숙에서 공부를 했습니다만 형편이 안 돼서 그만 중도에 그만두었습니다. 글자 정도는 읽고 쓸 줄 알 겁니다요."

"내가 자네 큰아들을 양자로 들이고 자네 가족하고는 한 가족처럼 내왕하고 싶은데 자네 의향이 어떤가?"

"나리, 그런 농담하지 마십시오. 소인은 그저 손재주로 먹고사는 처지라 어찌 감히 나리 가문을 넘보겠습니까! 소인 아들한테 그런 과분한 복은 없는 듯합니다."

"무슨 그런 말을 하는가. 돈 좀 있고 없고 하는 거야 시시때때로 변하는 거니까 신경 쓸 필요 뭐 있다고. 자네가 원한다면 바로 날을 잡아서 보내라고. 내가 독선생을 청해서 가르쳐줄 걸세. 내 전 재산은 모두 자네 아들 걸세."

장권은 왕헌이 진심으로 자기 아들을 양자로 들이려고 한다는 걸 알고는 함박웃음을 지으며 말했다.

"나리께서 소인 아들을 양자로 들이려 하신다면 소인이 어찌 거절하겠습니까! 오늘 집에 가는 길에 소인 마누라하고 상의하겠습니다. 나리께서 택일하셔서 데려가시기 바랍니다."

"그러세."

왕헌은 방으로 돌아와 아내 서씨에게 알리고 은 한 냥을 장권에게 공임으로 주었다. 저녁에 장권은 두 아들과 함께 왕헌에게 인사하고 집으로 돌아갔다. 아내 진씨가 그들을 맞았다. 장권은 아내에게 왕헌이 큰아들 정수를 양자로 들이고 싶어 한다는 말을 전했다. 장권 부부는 뛸 듯이 기뻐했다. 정수도 독선생을 불러 공부시켜준다는 말을 듣더니 두말없이 원한다고 했다. 세세한 이야기는 생략하자.

왕헌은 길일을 택하여 새 옷을 장만하여 장권에게 보냈다. 장권은 아들 정수를 단장시켰다. '사람은 옷이 날개고 부처는 금도금을 해야 빛이 난다'는 말이 있지 않은가. 정수가 멋들어진 옷을 입으니 번쩍번쩍 빛나는 게 가난한 집 아들 행색이 하나도 나지 않았다. 정수는 어머니와 동생에게 작별인사를 했다. 어머니는 정수에게 겸손하게 행동하고 효성을 다하고 성실함을 다하라고 타일렀다. 정수는 그저 예예 하며 대답했다. 비록 긴 이별은 아니더라도 모자지간에 눈물이 흐르는 건 어이하랴!

장권은 정수를 데리고 왕헌의 집으로 향했다. 왕헌 집 대청에는 이미 잔치 자리가 마련되어 있고 일가친척과 친구들이 그득했다. 정수가 도착했다는 전갈을 받고서 모두들 마중하러 나왔다. 정수가 대청으로 가서 친척들에게 읍했다. 그런 다음 바로 집안의 사당으로 가서 참례했다. 왕헌 부부에게 자리 잡고 앉으시라 하고 두 번씩 연거푸 네 차례, 여덟 번 절을 했다. 왕헌의 사위 조앙 부부에게도 인사를 올렸다. 안으로 들어가 옥저를 만났다. 나머지 일가친척에게도 일일이 인사를 올리고 잔치 자리에 끼어들어 술을 마셨다. 정수의 성을 바꿔 왕정수라 했다. 정수와 옥저는 동갑내기였으나 정수가 3개월 늦어 정수가 셋째가 되었다. 정수가 잔치 자리에서 공손하게 예절을 다하니 일가친척들이 입에 침이 마르게 정수를 칭찬했다. 오직 조앙 부부만 정수를 탐탁지 않게 여겼다.

모두 떠들썩하게 웃고 마셨다. 풍악 소리가 끊이지 아니하더니 밤이 늦어서야 흩어졌다. 이튿날 장권은 둘째 아들과 함께 왕헌네 집에 왔다. 먼저 왕헌에게 인사를 올리고 작업장으로 가서 일을 시작했다. 며칠이 지나지 않아 왕헌은 곧바로 독선생을 청했다. 왕헌이 장권에게 말했다.

"둘째 아들도 재주가 빼어나 보이던데 그걸 어째 썩히려고 그러시오. 둘째 아들도 정수랑 같이 공부하게 하지, 뭐 하러 여기서 목공일 뒤치다 꺼리나 하게 하는 거요?"

"나리께 너무 폐를 끼치는 것 같아 제가 마음이 불편합니다요."

"우린 이제 한 가족인데 어째 그런 말을 다 하시오!"

이렇게 해서 문수도 왕헌 집에서 같이 공부하게 되었다. 왕헌이 별도로 보조를 불러 장권을 돕게 했음은 두말할 필요도 없겠다. 한편, 정수와 문수 형제는 공부를 그만둔 지 얼마 되지 않았던지라 예전에 배웠던 것이 다 떠올랐다. 선생도 정수 문수 형제가 총명한 걸 보고는 전심전력으로 가르쳤다. 1년 안에 초급단계의 과거에 연거푸 합격했다. 이 무렵, 왕헌 집의 가구를 만들어주는 일도 얼추 마무리되어 장권은 공임을 받게 되었다. 왕헌은 정해진 공임 말고도 가외로 후하게 챙겨주었다. 왕헌은 예전처럼 옥보석 가게를 운영하면서 생활했다.

세상 최고라 하기는 뭐하지만,
그래도 역시 빠지지 않는 형편이로다.

한편, 왕헌의 둘째 딸 옥저는 나이가 열다섯, 아직 혼사를 치르지 않았다. 중매쟁이들이 발에 불이 날 정도로 왔다 갔다 했다. 왕헌이 둘째 딸을 너무도 아낀 나머지 재주 많고 인물 좋은 사위를 찾느라 벌써 몇 명의 남자를 봤는지 헤아릴 수 없을 정도였으나 아직 마음에 드는 자가 없었다. 왕헌은 정수가 열심히 공부하는 모습을 보더니 사위로 들였으면 좋겠다는 생각이 자연스럽게 들었다. 다만 정수가 나중에 큰 성취를 이뤄낼 감이 되는지 확신이 서지 않아 독선생에게 물었다. 독선생은 정수와 문수의 문장이 너무도 탁월하여 나중에 필시 대성할 거라고 입에 침이 마르도록 칭찬했다. 독선생이 하도 칭찬하니 왕헌은 저게 다 입에 발린 말 같아 믿음이 가지 않았다. 왕헌은 독선생에게 정수 형제가 지은 문장을 몇 편 달라고 해서 알고 지내던 문사에게 보여주었다. 그자의 평가 역시 독선생의 평가와 한 치의 다름도 없었다. 왕헌은 너무도 기뻤다. 집에 돌아와 아내와 상의하니 아내는 평소 정수가 재주도 출중하고 공부도 열심히 하는 걸 봐왔는지라 두말없이 찬성했다. 왕헌은 방침을 굳히고 집안 동생 왕삼숙에게 중매 역할을 해주기를 부탁했다. 왕삼숙은 왕헌의 부탁을 받고 바로 장권의 집으로 가서 왕헌이 정수를 사위로 들이고 싶어 한다는 말을 전했다. 장권은 두 집안이 차이가 너무 난다는 말을 하면서 사양했다. 왕삼숙이 말했다.

"우리 형님이 당신 아들의 재주를 너무도 아끼는 까닭에 이런 제안을 하는 거라오. 나중에 필시 좋은 일이 있을 거외다. 그대가 아쉽게 부탁하는 것도 아닌 판국에 뭐 하러 이렇게 사양하는 거요?"

장권은 그 말을 듣고서야 승낙했다. 왕삼숙이 돌아가 왕헌에게 이 소식을 전하고 길일을 택하여 혼사를 치르기로 했음은 물론이다. 조앙 부부는 왕헌이 정수를 양아들로 들이고 독선생을 붙여주고 하는 게 여간 못마땅한 일이 아니었지만 드러내놓고 반대할 처지가 아니라 참았으나 이젠 옥저의 남편으로 삼겠다 하니 질투하는 마음이 더욱 깊어만 갔다. 조앙 부부는 상의하여 일단 이 일만은 막기로 했다. 먼저 조앙이 왕헌을 뵙고 말씀을 드렸다.

"제가 장인어른께 드릴 말씀이 있사온데 말씀드리려니 사위가 주제넘게 나선다는 말을 들을까 걱정이지만, 그래도 사위도 자식인데 말씀드리지 않을 수 없습니다. 하지만 말씀드리고 나서 외려 책망을 받을까 걱정되기도 합니다."

"뭔가 문제가 있으면 사위가 장인에게 이야기해주는 게 당연한 거지. 내가 어찌 자네를 책망하겠는가!"

"바로 처제 혼사 때문입니다. 지금껏 명문가 도령들도 다 마다하시던 장인어른께서 어찌하여 정수를 처제와 맺어주려고 하시는지요? 정수가 한미한 가문 태생인지라 장인어른께서 그를 양자로 들여 대를 잇는 것은 비록 정도에 부합하지는 않는다 하여도 사람들이 왈가왈부하지는 않을 것입니다만 그를 사위로 삼는다면 사람들이 수군거리고 비웃을까 걱정입니다."

"그건 자네가 걱정할 게 아니라네. 나한테 내 나름의 생각이 있다네. 사람 보고 하는 혼사가 있고 가문 보고 하는 혼사가 있다지 않은가! 내가 둘째 녀석 혼사를 준비하면서 수없이 많은 녀석을 만나봤으나 눈에 차는 녀석이 있어야지. 내가 셋째로 들인 정수는 비록 별 볼 일 없는 가문 태생이라 하여도 인물도 당당하고 재주 또한 출중하다네. 게다가 공부도 열심히 하여 그가 지은 문장은 사람들의 칭찬을 절로 자아낸다네. 과거에 장원급제할 인물이란 말일세. 이런 인물에게 딸을 시집보내지 않고 누구에게 보낸단 말인가. 설마 술 먹기 좋아하고 밥이나 축내는 놈들 가운데에서 사윗감을 찾으란 말인가! 그래도 좋은 놈 하나 건지면 그런대로 희망이 있겠지만 이도 저도 아닌 놈이나 흐리멍덩한 놈을 고르면 내 딸년 평생을 망치는 거 아닌가. 사람들이 비웃는 거야 잠시고 나중에 정수가 잘되면 사람들이 내 안목이 있었음을 그때 알 걸세."

조앙이 가가대소하더니 말했다.

"정수가 인물이 출중하다고 하면 저도 인정하겠습니다만, 그가 문장을 잘 지어서 사람들의 칭찬을 받는다는 말씀은 받아들이기 어렵습니다. 이 소주성 안에 무수한 선비들이 밤낮없이 문장을 짓고 시를 쓰면서 과거급제를 바라고 공부하고 또 공부합니다만 그 뜻을 이루는 자, 얼마나 됩니까! 정수는 개천에서 난 지렁이 같은 주제로 공부한 지 1년도 못 되는 신세, 어느 세월에 성에서 치르는 과거에 합격하고 북경 가서 과거를 치르고 진사가 되겠습니까? 장인어른, 세상에 난다 긴다 하는 자들이 모이고 그 가운데 300명만 진사가 되는 거 아닙니까. 그건 마치 눈이 바늘구멍보다 더 작은 체로 거르고 또 거르는 것과 마찬가지죠. 진사 급제하는 걸 어찌 그렇게 쉽게 말씀하십니까? 정수의 문장을 칭찬한 사람들이야 장인어른께서 과거시험에 대하여 잘 모른다고 생각하고 속이는 겁니다. 장인어른께서 너무도 진지하게 정수의 문장에 대하여 물어보시니 장인어른 기분 맞춰주느라고 입에 발린 말을 주워섬긴 건데 장인어른께서 그걸 그냥 믿으시면 어떻게 합니까?"

왕헌이 뭔가 대답하려 하는 찰나, 서저가 들어왔다.

"아버지, 우리 집안을 보나 동생 인물을 보나 거기에 합당한 인물을 찾아서 짝을 맺어줘야지 어디 사람이 없어서 목수 아들하고 맺어주려고 하세요? 우리 집안 체면에 먹칠하는 것도 모자라 사람들 비웃음만 살 거라고요. 제가 보니까 그 녀석은 그저 도끼질하고 톱질하는 게 딱 어울리지, 무슨 문장을 알기는 뭘 알겠어요? 동생이 목수쟁이 처가 되어서 좋을 게 뭐가 있겠어요. 나중에 둘이 말이나 통하겠냐구요!"

왕헌은 이 말을 듣고 속으로 화가 치밀어 올랐다.

"정수는 내가 이미 사위로 점찍어 놓았느니라. 그에게 내 가업을 물려줄 것이니 비록 공부해서 성공하지 못한다 하더라도 늙어 죽을 때까지 먹고살 걱정은 안 해도 될 것이다. 그가 목수라고 해서 너희들하고 다를 게 뭐가 있느냐! 너희들 안목이 이렇게 낮을 줄이야. 나중에 너희들이 정수 발뒤꿈치도 못 따라갈 거다. 누가 너희들한테 이런 쓸데없는 일에 나서라고 하더냐!"

왕헌은 말을 마치자마자 바로 일어나 안으로 발걸음을 옮기기 시작했다. 무안해진 조앙 부부는 얼굴이 벌게져서 이렇게 말했다.

"쓸데없는 일에 나선다고요! 동생 체면이 말이 아니게 생겼으니 이렇게 나선 건데 왜 버럭 화를 내고 그러세요! 나중에 후회해도 소용없죠.

그때 오늘 저희가 한 말이 떠오를 거라고요."

왕헌은 큰딸 부부가 그러거나 말거나 신경도 쓰지 않고 그대로 방 안으로 들어가 버렸다. 도저히 화난 표정을 감출 수가 없었다. 서씨가 보더니 물었다.

"무슨 일로 그렇게 화가 나셨어요?"

왕헌이 방금 있었던 일을 자세하게 설명해주니 서씨도 함께 언짢아했다. 왕헌은 조앙이 정수를 무시하는 걸 보고는 도저히 견딜 수가 없어 정수의 체면을 세워줘야겠다는 생각을 했다. 정수를 사위로 들이기로 한 일을 조금 뒤로 미루고 은자 5백 냥을 마련하여 이바지 상자에 잘 담아 하인 가운데 믿을 만한 녀석한테 들려 아무도 모르게 직접 장권을 찾아가 전달하면서 이거로 집을 한 채 장만하고 목수 일을 그만두고 가게를 열라고 권했다. 그런 다음 다시 날을 잡아 혼례를 치르자고 했다. 장권은 왕헌이 이렇게 단호하게 권하는 걸 보고는 너무도 고마워했다. '우연 없이 일이 되는 법이 없다'는 말이 있지 않은가. 장권이 집을 구하다 보니 이웃에서 포목점을 하는 사람이 상점 딸린 집을 판다고 하는지라 장권에게나 그 사람에게나 서로 좋은 일이었다. 장권은 기왕에 장사하던 것을 그대로 넘겨받을 수 있겠다는 생각에 가격이 좀 셌지만 그냥 사기로 했다. 하인과 하녀도 사들이고 하여 집안을 제법 모양 나게 꾸몄다.

왕헌이 다시 날을 잡고 혼례를 치르게 되었다. 잔치를 크게 열고 일가친척을 모두 다 초대했다. 정수는 이것이 정혼식이라서 나중에 정식 사위가 될 것이지만 다시 집으로 돌려보내지 아니하고 같이 잔치에 참석하게 했다. 조앙만은 이 혼례에 아무런 흥미를 느끼지 못하고 어디론가 숨어버렸다. 서저 역시 방에서 나오려 들지 않았다. 데릴사위를 맞이하는 거라서 왕헌이 혼수를 보내고 장권이 답례하는 형식으로 했다. 모든 게 화려하고 풍성하니 이웃 사람 가운데 부러워하지 않는 자가 없었다.

이날 이후로 장권의 가게는 하루가 다르게 번성했다. 일손이 딸려서 점원을 하나 더 고용했다. 사람들이야 시세를 따라 왔다 갔다 하는 법, 장권의 장사가 이렇게 잘되는 걸 보고는 장 목수라는 호칭을 싹 치워놓고 장 선달이라고 부르기 시작했다.

운이 다하면 황금의 노란빛도 때깔을 잃고,
운이 트이면 쇳덩어리에도 빛이 나는 법.

한편, 조앙은 장인어른한테 된통 무시당한 그때부터 장정수와 그의 아버지를 철천지원수로 여겼다. 장권이 집을 사고 가게를 연 게 다 장인이 남몰래 돈을 지원해준 덕이라는 생각이 드니 더욱더 화가 치밀었다. 이젠 정말 불구대천의 원수가 아닐 수 없었다. 장정수 부자를 죽이고 장인어른의 재산을 독차지할 방법을 찾기 시작했다. 마땅한 방법이 떠오르지 않아 아내와 상의했다.

"걱정할 것 없어요. 나한테 좋은 수가 있어요. 그놈들을 꼼짝없이 감옥에서 죽게 할 방법이 있으니까."

조앙은 얼굴 가득 미소를 지으며 그게 무슨 방법이냐고 되물었다. 아내가 대답했다.

"장권이 원래 가난뱅이 목수라는 건 세상 사람들이 다 아는 사실 아녜요. 지금이야 집도 사고 가게도 열고 했는데 그건 당신과 내가 알듯이 우리 노친네가 남몰래 돈을 보내서 그렇게 하게 한 거죠. 한데 다른 사람들이야 그 사정을 알 턱이 없으니 다들 의심의 눈초리로 바라볼 거라고요. 이제 노친네가 곡물을 운반하느라 북경에 갈 거니까 포졸 몇 명한테 은자 몇십 냥을 뇌물로 주고 구워삶는 거죠. 그런 다음 도둑 몇 명으로 하여금 자기들이 장권하고 같이 도둑질을 하고 그 장물을 장권네 집에 감춰두었다고 자백하게 하는 거죠. 장권네 이웃 사람들을 잡아와 대질시켜 보면 모두들 장권네가 찢어지게 가난했는데 어느 날 갑자기 벼락부자가 되었다고 증언할 거라고요. 그럼 그게 강도들이 자백한 거하고 딱 맞아떨어지겠죠. 이건 죽음을 면할 수 없는 큰 죄라 어디 빠져나갈 수가 있겠어요. 장권의 재산과 하인들은 관가에 몰수되어 팔려나가겠죠. 마침 이때는 우리 아버지도 안 계실 거고 장권네야 이곳이 낯선 타향이라 어디에다 하소연할 수도 없는 거죠. 장권은 살길이 전혀 보이지 않을 겁니다. 장권을 제거하고 나서 노인네 면전에서 정수의 험담을 끊임없이 해서 정수를 쫓아내게 하는 거죠. 그런 다음 올가미를 씌워 동생 옥저가 간통을 했다고 일러바치면 성격이 불같은 노인네가 그런 말을 듣고는 옥저를 당장 거리로 쫓아낼 거라고요. 이렇게 골칫덩어리들을 다 쫓아내면 우리 집 재산을 차지할 놈이 어디 또 있겠어요!"

조앙은 그 말을 듣고 연신 찬탄해 마지않았다. 장인어른이 곡물 운반차 북경으로 출발하기만 하면 바로 결행하기로 했다.

한편, 재산이 많은 왕헌은 세곡을 북경으로 운반하는 책임자로 임명되었다. 왕헌은 사람을 사서 그 일을 맡기려다 아무래도 안심이 안 되어 직접 가기로 했다. 그 김에 옥으로 만든 그릇을 북경으로 가져가서 팔면 일거양득이 될 거 같았다. 가게와 집안일을 어느 정도 갈무리하고 즉시 출발하기로 했다. 정수에게 공부 열심히 하라고 당부하고 더불어 아내에게는 정수를 잘 보살펴 달라고 부탁했다. 대갓집 행세를 하고 살다 보면 이것저것 걸리는 게 많기 마련, 왕헌이 먼 길을 떠난다고 하니 친척들이 환송연을 해준다고 난리라. 이러다 보니 며칠이 훌쩍 지나갔다. 장권한테 왕헌이야 사돈어른이기도 하고 은인이기도 하니 어찌 가만히 있을 수 있으랴! 왕헌이 길을 떠나는 날, 장권 삼부자는 뱃전에까지 따라 나와 작별인사를 하고 돌아갔다.

한편, 조앙은 장인이 길을 떠나기만을 눈이 빠지게 기다렸다가 장권을 함정에 빠뜨릴 포졸을 사려고 했다. 하지만 평소에 잘 알고 지내는 자가 없는지라 누구한테 부탁하면 좋을지 막막했다. 이때 어렸을 때 동문수학했던 양홍이란 인물이 떠올랐다. 그 양홍이 지금 포졸 노릇을 하고 있으니 그한테 부탁하지 않으면 누구한테 부탁할까 하는 생각이 들었다. 한데 그 양홍이 지금 어디 사는지를 몰랐다. 아문 근처에 가서 알아보면 필시 아는 사람이 있을 것 같았다. 조앙은 바로 아내한테 은자 쉰 냥을 달라고 해서 그걸 잘 쌌다. 그런 다음 부스러기 은을 따로 장만하여 서둘러 아문으로 향했다. 아문에서 일하는 사람들이 여기 한 무더기, 저기 한 무더기, 엄청나게 바빠 보였다. 조앙은 자기가 할 일이 따로 있는지라 그런 거는 신경도 쓰지 않고 곧장 아문 입구로 가서 나이 지긋한 아전한테 공손하게 읍을 하고는 말했다.

"혹시 양 포졸이 어디 사는지 아시는지요?"

"아, 그 엉큼이 양 포졸 말하는 건가? 그 녀석 오작교 거리에 살지. 방금 전에 포졸 아문 안으로 들어갔어."

"잘 알겠습니다."

조앙은 부리나케 포졸 아문으로 들어갔다. 마침 양홍이 아문에서 걸어 나오고 있었다. 조앙이 그를 막아서며 읍을 했다.

"부탁할 일이 있어서 찾아왔소이다. 잠시만 함께 가시죠."

"무슨 일 때문에 그러시오. 그냥 여기서 이야기해도 상관없소이다."

"이런 데서 말씀드리는 좀 그런데요."

조앙은 양홍의 팔을 잡아끌어 아문을 나서 주점 하나를 찾아 들었다. 주점에서도 사람 눈에 잘 안 띄는 후미진 곳에 자리를 잡고 앉았다. 먼저 서로 수인사를 나눴다. 점원이 술과 안주를 내왔다. 두 사람이 그걸 마셨다. 조앙이 나지막한 목소리로 먼저 이야기를 꺼냈다.

"이렇게 찾아뵌 것은 다른 일이 아니올시다. 나한테 철천지원수가 있으니 그놈에게 도둑질한 죄를 씌워서 생명을 앗아버려야만 내 속이 후련하겠소이다."

조앙은 준비해온 은 보자기를 꺼내어 탁자 위에 올려놓은 다음 그 안에서 은을 꺼내어 보여주고는 말했다.

"형씨한테 은 쉰 냥을 먼저 드리겠소이다. 일을 마치면 다시 쉰 냥을 더 드려서 백 냥을 꽉 채워드리죠. 제발 사양하지 말기를 바라오."

아전이 돈을 보고 환장하는 게 똥파리가 똥을 보고 날아드는 것과 꼭 닮았는지라 양홍이 새하얀 은 덩어리를 보고 어찌 마음이 동하지 않으랴! 양홍이 입을 열었다.

"자네의 원수라는 놈은 대체 어떤 놈인가? 성은 뭐고, 이름은 뭔가? 돈푼깨나 있는 집인가? 내가 그놈을 잡아들이면 관가에 고발하고 그럴 만한 남정네는 없는 건가?"

"그놈은 장권이라는 놈인데, 강서 출신의 목수로 지금은 창문 황화정 옆에 살고 있소. 전에는 찢어지게 가난했는데 요즘 어디서 돈이 굴러들어왔는지 집도 큰 거로 장만하고 포목점을 열고 있소이다. 아들이 둘 있는데 아직은 애송이에 불과하오. 그 아들 둘 말고는 아무도 없으니 아무런 걱정도 할 필요 없소이다."

"그럼 별문제 없겠구먼. 마침 며칠 전 방 현령 댁에서 도둑질을 한 놈들 다섯을 붙잡아왔는데, 우리 대장님이 출장을 가는 바람에 아직 그놈들을 처리하지 못하고 있지. 내가 그놈들에게 자네 원수하고 함께 도둑질했노라고 자백하게 만들지 뭐. 그럼 자네의 원수를 옥중에서 햇볕도 못 보고 죽게 만드는 것이야 손바닥 뒤집기보다 더 쉬운 일이지."

조앙은 양홍에게 한껏 예의를 갖춰 읍을 한 다음 말했다.

"노형만 믿소이다. 아까 말한 액수 말고도 내 나름대로 더 챙겨드릴 거외다."

"아니 우리야 어려서부터 서로 알고 지낸 사인데, 뭐 그렇게 사례를 하니 마니 자꾸 이야기하고 그러나!"

양홍은 은을 소매 품에 집어넣었다. 두 사람은 서로 술잔을 주고받았다. 자리에서 일어나 술값을 치르고 주점에서 나왔다. 조앙이 양홍에게 다시 한번 거듭 당부했다. 양홍이 말했다.

"걱정 붙들어 매셔. 내가 다 알아서 할 테니까."

양홍이 두 손을 모아 조앙에게 공수를 하고 아문으로 돌아갔다. 조앙이 집으로 돌아가 양홍을 만났던 이야기를 아내에게 해주었다. 두 사람은 남몰래 좋아죽을 지경이었다.

한편 양홍은 아문으로 돌아가 은을 받았다는 이야기는 아무한테도 하지 않고 일과를 마친 다음 집으로 돌아와 마누라에게 은을 건네주고 잘 숨겨두라 했다. 그런 다음 시장에 가서 어육을 사고, 술도 한 병 사고 따듯하게 데웠다. 그리고 밥도 한 솥 준비했다. 모든 준비를 마치고 중문을 닫고 안쪽으로 들어와 열쇠로 옥문을 땄다. 그 다섯 명의 도둑들은 양홍이 들어서는 걸 보더니 자기들을 고문하려고 오는 줄 알고 화들짝 놀라서 애걸복걸했다. 양홍이 웃으면서 말했다.

"너희들 때리려고 온 게 아니니라. 내가 너희들 안 때리고 봐주고 싶어도 주위 눈들이 많아서 어쩔 수가 없었느니라. 너희들하고 나하고 무슨 짝짜꿍이라도 있을까 의심할 것이 뻔하니 일부러라도 고문도 하고 그랬느니라. 하지만 너희들이 아파하는 모습을 보면서 나도 견딜 수 없을 정도로 괴로웠다. 오늘 마침 다른 동료들이 없는 틈을 타서 술과 고기를 사서 너희들에게 주려고 가지고 왔으니 잘 먹고 내일 재판 받을 계획을 세우기 바라노라."

도둑들은 고문을 받을 줄 알았다가 술과 고기를 준비해왔다는 말을 듣고 너무도 기뻤다. 양홍에게 거듭거듭 고맙다고 인사를 올렸다. 양홍은 곧바로 술과 고기를 탁자 위에 차리고 한 명 한 명에게 고기 한 접시, 생선 한 접시, 술 한 사발, 밥 두 공기를 나눠주었다. 양홍은 그 도둑 가운데 한 명의 칼과 차꼬를 풀어주고 편하게 먹을 수 있게 해주었다. 그 강도는 며칠 동안 술과 고기를 입에 대지도 못하고 계속해서 고문만 당하다가 이렇게 고기를 보니 마치 배고픈 호랑이가 양을 만난 듯 눈 깜빡할 사이에 다 먹어치워 버렸다. 양홍은 다 먹고 난 강도에게 칼과 차꼬를 다시 채웠다. 그런 다음 다른 도둑의 칼과 차꼬를 풀어주고 먹게 했다. 아직 먹지 못하고 기다리던 도둑은 입에서 침을 질질 흘렸다. 잠시 후 순서대로 모두 술과 고기를 먹었다. 양홍은 그릇을 치운 다음 다시 돌아와 말했다.

"너희들 창문 밖에 있는 장권이네 포목점 물건을 훔친 적이 있지?"

도둑들은 모두 그런 적이 없다고 대답했다. 양홍이 말했다.

"너희들한테 포목점의 물건을 도둑맞은 적도 없는데 어째서 매일같이 너희들을 빨리 처형해 달라고 부탁하고 그럴까. 가만히 생각 좀 해보라고. 혹시 그 장권이라는 자하고 무슨 척진 것은 없는지 말이야."

도둑들은 뭔가를 골똘히 생각해 보는 눈치였다. 그중에 한 녀석이 입을 열었다.

"맞아, 맞아! 석 달 전에 제가 창문 밖 포목점에서 비단을 사다가 너무 열을 받은 나머지 냅다 욕을 퍼부어주었단 말이죠. 아마도 그걸 꽁하고 있다가 저희가 붙잡히자 저희를 어떻게 해보려고 하는 모양입니다."

양홍이 그 틈을 비집고 들어가 말했다.

"아니 그런 별것도 아닌 일을 가지고 원한을 품고 그러지! 그놈 참 독한 놈일세."

도둑들은 양홍의 말을 듣더니 이를 바득바득 갈았다. 양홍이 말했다.

"너희들이 복수하고 싶다면 그리 어려운 건 아니지. 내일 나리 앞에서 심문을 받을 때 그 포목점 주인놈이 너희들하고 한패라고 불라고. 그동안 훔친 물건은 모두 그놈 집에 숨겨놓았다고 하고 말이지. 그놈이 요즘 벼락부자가 되었으니 너희들 말하고 딱 들어맞아서 어디 빼도 박도 못할 거야. 너희들만 고생해서 되겠어? 그놈도 같이 고생해야지. 그놈 집에 재산이 있다니 그걸로 뇌물을 쓰든 말든 알아서 하겠지. 내일 이걸 그냥 쉽게 이야기하지 말고 고문을 좀 받다가 불라고. 그래야 그럴듯해 보이지."

도둑들은 아주 신이라도 난 것처럼 말했다.

"역시 나리는 대단하시네요!"

양홍은 장권의 출신 내력을 자세히 알려주고 나서 이렇게 덧붙였다.

"다른 포졸에게는 절대 비밀이야. 장권이 다른 포졸한테는 다 뒷돈도 대주고 그래서 한통속이라고."

도둑들은 양홍의 말을 머릿속에 똑똑히 박아 두었다. 양홍은 일이 어느 정도 잘 갈무리된 거 같아 흡족해했다. 원래대로 감옥 문을 잠그고 아문으로 나와 알아보니 후 현령이 오늘 저녁에 돌아와서 포졸들을 집합시켜 점검하고 그다음 날 죄인들을 심문할 것이라 했다.

도둑 잡으라고 포졸을 두었더니,
포졸이 도둑하고 짝짜꿍하네.
진짜 도둑은 풀어주고 죄 없는 사람 옭아매니,
이승에선 그냥 넘어갈지 모르나 저승에선 가만두지 않으리.

이튿날 아침, 포졸들이 양홍의 집으로 찾아왔다. 도둑들의 죄상을 적은 공문을 받아들고 장물을 챙기고 도둑들을 데리고 아문으로 가서 심문을 기다렸다. 잠시 후 현령이 등장했다. 양홍과 포졸들이 도둑들을 앞으로 데리고 나가서 무릎을 꿇렸다. 그런 다음 죄상을 적은 공문을 올렸다.

"며칠 전 평망 지역에서 도둑놈 다섯을 붙잡았습니다. 이놈들은 방 현령 댁의 물건을 훔친 놈들입니다. 이놈들하고 이놈들이 훔친 장물을 함께 대령하옵니다."

현령은 문서를 한번 살펴보았다. 다섯 도둑의 이름은 계문計文, 길적吉適, 원량袁良, 단문段文, 도삼호陶三虎였다. 다섯 도둑의 이름을 일일이 불러 확인하고 장물도 하나하나 확인했다. 뭐 대단한 물건이 있는 건 아니었다. 현령이 포졸에게 물었다.

"듣자니 방 현령이 욕심이 대단한 사람이라 주변 사람들에게 긁어모은 재산이 엄청나다고 하는데 저놈들이 도둑질한 물건이 어째 이리 별 볼 일 없는 쩨쩨한 것들밖에 없느냐. 나머지는 대체 어디 있느냐?"

포졸들이 대답했다.

"소인들이 찾은 건 그것뿐입니다. 다른 것은 찾지 못했습니다. 혹시 저놈들이 다른 곳에 숨겨두었을지 모르겠습니다. 나리께서 심문해보시면 아실 수 있을 것입니다."

현령이 도둑들을 불러 물었다.

"네놈들 패거리가 몇 명이나 되느냐? 함께 다닌 지는 몇 년이나 되었느냐? 몇 집이나 털었느냐? 장물은 다 어디에다 숨겨놓았느냐? 주리를 틀기 전에 어서 사실대로 자백하라."

"저희들 다섯뿐이고 더는 없습니다. 훔친 물건은 모두 다 팔아 써버리고 남은 건 이게 전붑니다. 다른 데다 숨겨놓은 건 하나도 없습니다."

현령이 대로하여 도둑놈들에게 주리를 틀라 했다. 도둑놈들에게 형틀을 씌우니 갑자기 이렇게 소리치는 것이었다.

"다른 놈 몇 명이 있습니다만 모두 다 도망가 버리고 강서에서 온 목수쟁이 장권이 창문 밖에 사는데 소인들이 훔친 은이야 물건을 그 사람 집에 숨겨두었습니다. 장권은 지금 포목점을 열고 있습니다."

현령은 다섯 도둑이 이구동성으로 이렇게 말하니 사실인가보다 생각하고 양홍 등에게 문서를 작성하여 주고 도둑 둘을 길잡이 삼아 데리고 가서 장권을 체포하고 장물을 찾아오라 했다. 나머지 도둑 셋은 아문 마당 기둥에 묶어놓고 다시 심문할 때까지 기다리게 했다. 현령은 다른 건을 심문하기 시작했다.

한편, 양홍은 다른 포졸, 도둑 둘과 함께 창문으로 냅다 달려갔다. 조앙은 일찌감치 아문으로 상황을 살피러 나왔다가 양홍의 얼굴을 보고선 일이 예상대로 되어가는 줄 바로 알아차리고 한쪽으로 몸을 숨기고 하인 하나를 시켜 양홍 일행을 멀찍감치 뒤따라가면서 상황을 살피라 했다. 양홍은 장권네 집 앞에 이르러 걸음을 멈추었다. 장권은 가게를 열고 장사를 하고 있었다. 손님이 하도 많아서 일일이 응대하지 못할 정도였다. 양홍은 손님들 사이를 비집고 안으로 들어가 장권의 머리 위로 오라를 던졌다. 장권이 깜짝 놀라 소리쳤다.

"아니 이게 뭐야?"

양홍이 다짜고짜 따귀를 올려붙이고 욕을 했다.

"이 도둑놈이 지금 무슨 소리를 하는 거야? 남의 물건 훔쳐다가 호의호식하고 우리 같은 포졸들 고생시키는 놈이! 어서 저놈을 붙잡아라."

장권이 연신 "아이고, 아이고" 소리치면서 "그게 어떻게 된 건가 하면" 하고 설명하려는데 포졸들이 도둑 둘을 끌고 안으로 들어왔다. 양홍은 이 틈에 점원들이 장권네 집의 값나가는 물건을 감출까 걱정되어 얼른 장권을 묶고 칼을 채우고는 안으로 끌고 가서 장물을 내놓으라 닦달했다. 물건을 사러 온 손님들은 점원에게 돈을 돌려달라고 해서 다른 가게로 가버렸다. 구경꾼들이 한가득 몰려든 가운데 포졸들은 장권 집의 금은보화랑 값나는 것들을 긁어모았다. 장권 부부는 서로 껴안고 대성통곡했다.

"아니, 이게 다 뭔 일이래!"

장권 부부가 꼭 껴안고 울고 있으려니 포졸들이 다가와 억지로 떼어 놓고 장권을 끌고 가버렸다. 이웃 사람들은 장권이 진짜 도둑놈들과 한 패라고 생각하고는 이렇게들 수군거렸다.

"먹고살 거리도 없이 근근이 버티던 장권이 집도 사고 이렇게 큰 가게도 열고 큰아들 혼사도 치르고 하더니 알고 보니 도둑질한 거로 그렇게 돈 있는 척한 거로군."

장권과 평소 사이좋게 지내던 몇몇은 장권을 위해 몇 마디 거들어주기도 했다.

"장권이 심성은 착한 사람이잖아. 이 집이랑 가게도 사돈 왕씨가 도와준 거라던데. 다른 사람이 혹시 모함한 건 아닐까?"

다른 사람들은 그 말을 들은 척도 하지 않았다. 장권을 아문까지 끌고 가는 길에 사람들은 저마다 한마디씩 수군거리며 뒤따라갔다. 한편 양홍 일행이 장권을 아문까지 끌고 와보니 현령은 아문에서 그들이 돌아오기를 기다리고 있었다. 포졸들이 현령 앞으로 나가 무릎을 꿇고 장물이라고 가져온 것들을 바쳤다. 양홍이 아뢰었다.

"장권을 붙잡아왔습니다."

현령은 기둥에 묶어둔 세 도둑을 풀어주라고 했다. 이들을 한꺼번에 심문하고자 함이었다. 그리고 장물을 하나씩 검사했다. 장권이 앞으로 나가 울면서 아뢰었다.

"나리, 소인은 선량한 백성이옵니다. 저 사람들 얼굴 한 번 본 적도 없는데 어찌 저 사람들하고 도둑질을 할 수 있겠습니까? 마른하늘에 날 벼락이요, 누군가 모함한 게 틀림없습니다. 나리 굽어살펴 주시옵소서."

"네놈이 저들과 함께 도둑질하지 않았다면 이 물건들은 다 어디서 난 거냐?"

"저것들은 모두 다 소인이 열심히 일해서 번 것입니다. 장물이 아니옵니다."

장권이 도둑들을 바라보며 말했다.

"나는 너희들 얼굴도 한 번 본 적이 없는데 너희들은 무슨 억하심정으로 나를 모함하느냐?"

"우리가 너는 안 밝히고 그냥 넘어가려 했는데 주리를 틀리다 보니 자백하지 않을 수 없더라고. 너도 괜히 고생하지 말고 그냥 다 털어놓으라고."

장권은 너무도 억울하여 소리 높여 외쳤다.

"사람 목숨 가지고 장난치는 떼강도 같은 놈들아, 대체 얼마나 돈을 받아 처먹었기에 나를 이렇게 걸고 들어가는 거냐!"

"장권, 하늘이 내려다보고 있다! 방 현령 댁에 가서 도둑질할 때 너도 있었잖아. 다른 데 가서 도둑질할 때 네가 함께하지는 않았더라도 훔쳐 낸 물건을 네 집에 갖다둔 건 또 어떻게 하고!"

장권이 다시 현령을 보고 아뢰었다.

"나리, 소인이 이곳에서 산 지도 벌써 20년입니다. 남하고 말다툼 한 번 한 적 없는 제가 어찌 감히 도둑질을 하겠습니까! 만약 그런 일을 저질렀다면 인적 드문 곳으로 내빼지, 뭐 하러 포목점을 계속 열고 있겠습니까. 나리께서 믿지 못하시겠다면 제 이웃에게 물어보시면 저의 평소 행실을 바로 아실 것입니다."

현령이 보기에 장권이 하도 절절하게 하소연하는지라 도둑들에게 이렇게 물었다.

"네놈들 도둑질한 거를 감추려고 엄한 사람을 끌고 들어가는 거구먼!"

현령이 도둑들에게 주리를 틀라고 했다. 나졸들이 득달같이 나서서 주리를 틀었다. 그놈들은 돼지 멱따는 소리로 신음을 지르면서도 한사코 장권이 자기들과 한패라며 말을 바꾸지 않았다.

"나리, 저놈은 본디 찢어지게 가난한 목수로 저놈 가난한 것을 모르는 사람이 없을 정도였습니다. 한데 저놈이 어디서 돈이 나서 집을 사고 가게를 열 수 있었겠습니까? 이것만 봐도 빤한 거 아닙니까요!"

"그래, 네놈은 가난한 목수 주제에 어떻게 그렇게 갑자기 벼락부자가 되었느냐? 이건 어떻게 설명할 거냐?"

현령이 장권의 주리를 틀라고 소리치자 장권이 앞으로 나서서 이렇게 소리쳤다.

"사돈 왕헌이 도와준 겁니다요."

현령이 그 말을 당최 믿어주려고 하지 않았다. 불쌍한 장권은 갖은 고문을 다 당했다. 주리를 틀리고 곤장을 맞고 기절했다가 다시 깨어나기를 몇 번을 하다가 자포자기하는 심정으로 자백하고 말았다. 장권이 자백하자 현령은 주리를 풀라 했다. 장권을 포함한 모든 도둑들에게 곤장을 40대씩 치라 했다. 그들이 자백한 것을 문서로 작성하고 법에 따라 그들을 모두 목을 베고 장물은 모두 국고로 환수하라 했다. 더불어 장권의 집과 가게도 모두 몰수하라 했다. 심문이 끝나니 죄수들에게 모두 칼과 차꼬를 채우고 감옥에 가두고 감시하라 했다. 현령은 밤새 문서를 가다듬어 상부에 보고했다.

문 걸어 잠그고 방 안에 틀어박혀 있었더니,
재앙이 하늘에서 떨어지는구나.

여기서 이야기는 둘로 갈린다. 장권의 아내 진씨는 남편이 잡혀가는 걸 보고 울다가 기절하여 버렸다. 다행히 여종의 보살핌을 받고 깨어났다. 진씨는 하인을 보내어 소식을 알아보고 더불어 두 아들에게도 알리라 했다. 정수, 문수 형제는 공부를 하고 있다가 아버지가 도둑질했다는 누명을 쓰고 잡혀갔다는 전갈을 받고서 버선발로 뛰어나갔다. 독선생도 정수, 문수 형제를 따라 나왔다. 안에 있던 서씨도 이 소식을 듣고 황급히 나와 사람을 보내어 소식을 알아보라 했다. 정수, 문수 형제는 하인들과 함께 곧장 아문으로 달려갔다. 부친은 이미 아문 안으로 끌려 들어갔으니 하는 수없이 밖에서 동정을 살폈다. 부친이 주리를 틀리는 소리를 들으며 더는 참을 수가 없어서 아문 안으로 달려 들어가려는 걸 독선생이 막아섰다.

"지금 안으로 들어가면 너희들마저 이 사건에 연루될 가능성이 높다. 그럼 누가 아버님을 도울 것이냐?"

정수, 문수 형제는 선생님의 말이 일리가 있는지라 발걸음을 멈추었다. 부친이 고문받는 소리를 듣고 너무도 억울하여 소리를 지르다 아문의 문지기에게 멀리 쫓겨나기도 했다. 나중에 부친이 두 사람의 부축을 받으며 나오는데 눈이 다 감겨 있고 초주검이 되어 있었다. 부친이 처형당할 것이라는 사실을 알고 껴안고 대성통곡을 했다. 말도 한마디 할 수 없었다. 장권은 아들의 목소리를 듣고서 억지로 눈을 떠서 바라보았다. 눈물이 앞을 가렸다. 아들에게 몇 마디 당부하려니 양홍이 다가와 정수를 확 밀쳐 버리고 장권을 끌고 갔다. 장권은 다리를 땅에 붙이지도 못하고 끌려가 옥에 이르렀다. 양홍이 옥졸에게 장권을 건네니 옥졸이 장권을 부축하여 옥 안에 가뒀다. 정수, 문수 형제가 부친을 따라가려 하니 옥졸이 막무가내로 막았다. 감옥 문이 닫혔다. 불쌍한 정수, 문수 형제는 땅을 치며 대성통곡했다. 독선생이 하인들과 함께 정수, 문수 형제에게 다가와 일으켜 세우며 말했다.

"이왕 이렇게 된 거 운다고 해결될 게 아니라네. 일단 집에 돌아가서 어떻게 하면 좋을지 상의하여 보자고."

정수, 문수 형제가 보기에도 상황이 그런지라 눈물을 거두었다. 그러곤 옥졸들에게 부탁했다.

"나리들, 죄 없이 잡혀온 우리 아버지를 불쌍하게 여기사 제발 좀 잘 보살펴 주십시오. 저희가 은혜는 후히 갚겠습니다."

"여보게 산에 가면 사냥하고 강에 가면 낚시하고 사는 거 아닌가. 우리는 그저 은자만 두둑이 받으면 아무것도 상관 안 해. 자네 부친이 억울한지 안 억울한지는 우리는 관심 없다고. 자네 부친의 편의를 좀 봐드리고 싶다면 어서 은자를 들고 오라고. 그럼 우리야 당연히 자네 부친을 챙겨주지. 은자가 없으면 관두라고. 누가 자네한테 은자를 들고 오라고 재촉하는 사람 없으니까. 나중에 은혜를 갚겠다는 그런 말은 그만하셔. 우리가 그 나중까지 어떻게 기다려!"

"오늘은 저희가 미처 준비하지 못했습니다. 내일 아침 바로 준비해서 찾아오겠습니다."

"그래, 그럼 걱정 말고 돌아가셔. 우리한테도 우리 나름의 생각이 있으니까!"

정수, 문수 형제는 일단 발길을 돌렸다. 오늘은 처가로 돌아가지 아니하고 본가로 가서 어머니를 뵈려고 했다. 집 앞에 이르니 현령이 파견한 집달리가 이미 도착하여 대문을 걸어 잠그고 차압 딱지를 붙여놓았다. 어머니는 하녀를 얼싸안고 대문 앞에서 울고 있다가 아들이 오는 걸 보고는 아들을 붙잡고 대성통곡했다. 이보다 더한 슬픔이 어디 있겠으며, 이보다 더한 고통이 어디 있겠는가? 옆에서 지켜보던 사람들 가운데 눈물짓지 아니하는 자 하나도 없었다. 장권의 가게 점원과 하인들은 이런 상황을 보고 각자 살길을 찾아 떠나갔다.

정수와 문수 그리고 어머니가 한참을 같이 고민했으나 달리 방법이 없어 일단 처가로 어머니를 모시고 가서 기대보기로 했다. 처가에 이르러 정수가 먼저 안으로 들어가 알리니 장모와 아내 옥저가 나와서 맞았다. 거기 서서 인사를 나누고 동생과 어머니를 안으로 안내했다. 이때 조앙은 일을 상의한답시고 양홍 집에 찾아갔고 아내 서저만이 남아 있다가 정수, 문수 형제와 그들의 어머니를 만나러 나왔다. 정수가 전후 사정을 설명했다. 장모인 서씨가 참으로 애달파했다. 옥저는 자기도 모르게 눈물을 흘렸다. 서저만은 속으로 너무도 좋아했지만 겉으로는 정수, 문수 형제와 그들의 어머니를 위로하는 척했다. 서씨가 저녁을 준비해주었으나 진씨는 입도 대지 아니하고 울기만 했다.

이튿날 정수와 문수 그리고 어머니는 아버지를 면회 가기로 했다.

"어제 옥졸이 뭔가를 원하는 눈치던데 오늘 빈손으로 가게 생겼으니 이걸 어쩌죠?"

그들이 걱정만 하고 있을 때 장모 서씨가 찾아왔다. 서씨가 이 상황을 알아차리고 은자 열 냥을 정수에게 챙겨주었다.

"일단 이걸 가지고 가게나. 만약 모자라면 나에게 말해주게나. 자네 부친이 풀려나면 그때 다시 거처를 옮기기로 하세나."

진씨가 너무도 고마워하며 말했다.

"매번 이렇게 은혜를 베풀어주시니 어떻게 갚아야 할지 모르겠습니다. 저희 집 전 재산을 다 몰수당한 처지라 금생에 갚기가 난망이니 죽어서라도 결초보은하겠나이다."

"아니, 그게 무슨 말씀이세요! 바깥사돈 어르신이 환난을 당하셨는데 제 바깥양반이 출타 중이라서 나서서 도와드리지 못하는 마당에 이 작은 게 뭐가 대단하다고 그런 말씀을!"

정수, 문수 형제는 은자 여덟 냥은 남기고 두 냥을 잘 싸서 독선생과 함께 감옥을 찾아가 옥졸에게 건넸다. 옥졸이 너무 적다고 투덜대니 한 냥을 더 주었다. 그제야 옥졸이 정수 형제가 안으로 들어가는 걸 허락했다. 독선생은 밖에서 기다리라 하고 옥졸이 정수, 문수 형제를 데리고 감옥 안으로 들어갔다. 장권은 감옥 방구석 거친 풀더미 위에 엎드려 있었다. 양쪽 넓적다리 살은 다 터져 나오고 손과 발에는 차꼬가 채워져 있었다. 장권은 겨우 숨만 붙어 있는 그런 상황이었다. 그걸 보는 정수, 문수 형제는 누군가가 자신의 심장을 칼로 후벼 파는 것 같은 느낌이었다. 목을 놓아 울며 부친 곁으로 다가가 외쳤다.

"아버님, 소자 여기 있사옵니다."

정수가 부친을 부축하여 일으켰다. 장권이 눈을 떠보니 바로 큰아들이라. 장권이 울면서 말했다.

"아들아, 이게 꿈은 아니겠지."

"아버님, 그게 무슨 말씀이십니까! 이런 황당한 횡액을 당하시다니요! 앞으로 어떻게 하면 좋겠습니까?"

장권이 두 아들을 어루만지며 말했다.

"아들아, 이 아비가 평생 착하게 살아왔건만 이런 억울한 일을 당하고 말았구나! 내 한목숨 죽는 거야 억울하지 않다만, 내가 사돈어른의 보살핌을 입었는데 그걸 갚지 못했으니 죽어도 눈을 감을 수가 없구나. 너희들이 나중에 어른이 되어서라도 사돈 어르신의 은혜를 잊어서는 안 되느니라."

정수가 대답했다.

"아버님, 너무 걱정하지 마시고 몸조리 잘하고 계십시오. 소자가 어떻게든 상급 기관에 진정하여 아버님이 풀려나실 수 있게 하겠습니다."

장권이 손을 내저으면서 말했다.

"아니다, 아니다. 지금 저 도둑놈들이 현령에게 나를 걸고 들어가는 것은 누군가가 나를 모함하려고 작정했기 때문이라. 한데 그놈이 누구인지 알지를 못하니! 지금 현령이 나를 도둑질한 놈이라고 판결한 마당이라 서로 봐주고 그러는 이 바닥에서 그 판결을 뒤집어 한바탕 생난리를 치르려는 관리는 없을 것이다. 게다가 너는 아직 나이도 어린데 무슨 힘이 있다고 그런 큰일을 벌이겠느냐. 나는 너무 심하게 고문을 받아 오래 살기도 글렀다. 달리 뭐 부탁할 것은 없고, 나를 보살펴 주듯이 네 어미를 잘 모셔라. 공부 열심히 하면 나중에 필시 좋은 날이 올 것이다. 그게 네 아비의 얼굴을 세워주는 것이니라."

장권이 말을 마치니 부자가 서로 껴안고 울었다.

억울하게 죽임당하는 자의 애끊는 심정,
목석같은 사람도 가슴이 미어지네.

그때 감옥에 종의種義라는 자가 같이 갇혀 있었다. 연전에 길에서 불의한 일을 보고 참지 못하고 사람을 때려죽이는 바람에 감옥에 갇혀 죽을 날을 기다리고 있었다. 종의는 장권 부자가 저렇게 애처롭게 우는 걸 보고는 마음이 짠하여 그냥 넘어갈 수가 없었다.

"여보슈, 너무 그렇게 슬프게 울지 마소. 나, 종의는 가슴이 뜨거운 사람이라오. 그래서 사람을 죽이기까지 했지만 말이오. 어제 당신이 들어올 때 도둑이라고들 하기에 그런가 보다 했는데 이렇게 억울한 사연이 있을 줄이야. 나, 종의가 이걸 어찌 그냥 두고 볼 수가 있겠소! 두 도령은 그냥 편하게 돌아가서 공부나 열심히 하시오. 오늘부터 그대 부친 먹는 거는 내가 책임질 것이니 괜히 밥 가지고 올 필요 없소. 곤장 맞은 상처는 보기엔 저리 흉해도 그래도 죽을 정도는 아니라오. 감옥에서 필요한 거는 내가 다 보살필 거라네. 옥졸들도 자네한테 돈을 달라고 손 벌리지 못할 거야. 새 감찰사가 이 고을에 감찰을 나오면 자네 아버님의 억울함을 풀어주실 것이니 그럼 살길이 보일 걸세."

정수, 문수 형제가 종의의 말을 듣고 황망히 엎드려 절했다.

"의로운 선비님의 후의에 감사드립니다. 저희 아버님이 살아서 감옥에서 나가게 되면 잊지 않고 반드시 보답하겠습니다."

종의가 그들을 일으켜 세웠다.

"그렇게 엎드려 절할 필요는 없네. 자네 부친을 내 방으로 모시고 가게나."

정수, 문수 형제가 부친을 부축하여 일으켜 세웠다. 정수, 문수 형제는 아직 어려 힘이 모자라고 장권은 허벅지가 너무도 아파 제대로 설 수도 없고 하여 일으켜 세울 수가 없었다. 보다 못한 종의가 직접 소매를 걷어붙이고 장권을 부축하여 일으킨 다음 천천히 앞쪽에 있는 자기 방으로 발걸음을 옮겼다. 종의가 장권을 자기 잠자리에 눕히고 창상에 바르는 고약을 발라주었다. 정수는 부친을 보호해 줄 사람이 생겨 적이 안심이었다. 은자 두 냥을 꺼내어 종의에게 건네며 필요한 데 쓰시라고 말씀드렸다. 종의는 처음에는 사양하며 받으려 하지 않았으나 정수, 문수 형제가 간곡하게 부탁하니 그제야 어쩔 수 없다는 듯이 받았다. 장권 부자는 차마 헤어지지 못하고 있었다. 그러나 해는 점점 저물어가고 옥졸이 재촉하니 눈물을 머금고 헤어질 수밖에 없었다.

감옥 문을 나서서 독선생을 만나고 집에 돌아가는 길을 밟았다. 정수와 문수가 서로 상의했다.

"어머님이 처가 왕씨네에서 계속 살 수도 없는 문제이고 하니 감옥소 근처에 방을 하나 얻어 살면서 아침저녁으로 아버님을 보살펴드리는 게 좋겠다."

정수, 문수 형제는 그렇게 하기로 결정하고 집에 돌아와 어머니에게 말씀드렸다. 이튿날 남은 은자로 두 칸짜리 방을 구하고 아쉬운 대로 살림살이를 장만했다. 정수가 장모 서씨에게 자기가 어머니를 모시고 동생이랑 따로 나가서 살겠노라고 말씀드렸다. 장모와 아내는 여러 차례 만류했지만 정수가 고집을 꺾지 않으니 하는 수 없이 하인을 보내어 도와주게 하고 쌀이랑 돈을 챙겨주었다. 장권의 아내 진씨는 아들 둘과 여종과 함께 새로운 거처로 들어갔다. 그런 다음 바로 감옥으로 가서 남편을 만났다. 두 사람의 서러운 마음을 어찌 말로 다할 수 있으랴! 정수, 문수 형제는 사나흘 어머니랑 같이 머물다가 다시 왕헌 집으로 가서 공부를 시작했다. 아버지 걱정을 떨쳐버릴 수 없어 수시로 왔다 갔다 하느라 제대로 공부할 수가 없었다.

정수 이야기는 그만하도록 하자. 한편, 조앙은 장권을 모함하여 재앙에 빠뜨린 다음 다시 아내랑 정수를 집에서 쫓아낼 궁리를 했다. 조앙의 아내가 말했다.

"정수 쫓아내는 거야 식은 죽 먹기죠. 근데 돈이 좀 들긴 할 거예요."

"무슨 방법이야? 어서 속 시원하게 말해보라고. 돈 들어가는 게 뭐가 대수야!"

"정수를 쫓아내려면 집안의 하인들한테 몽땅 돈을 풀어서 매수해놓는 거야. 그런 다음 아버지가 돌아오면 정수가 우리 집 돈을 훔쳐서 밖에서 도박을 한다고 모함하게 하는 거지. 아버지야 처음에는 반신반의할 거라고. 그때 우리가 나서서 정수 이야기를 확실하게 해주면 아버지도 정수를 쫓아내지 않고는 못 배길 거라고. 먼저 정수를 쫓아내고 옥저는 그다음에 차차 생각해 보자고."

조앙은 아내 말대로 집안의 하인들에게 돈을 뿌렸다. 하인들이야 어디 예의염치와 체면을 따지랴. 돈을 보더니 조앙의 말을 다 그대로 따라 하겠다고 나섰다. 며칠 지나고 왕헌이 북경에 세곡을 운반하는 일을 마치고 돌아왔다. 집안의 남녀노소가 모두 나와서 왕헌을 맞이했다. 다만 정수는 어머니가 편찮으셔서 병문안 차 집에 갔기에 직접 왕헌을 뵙지 못했다. 문수 역시 오래전에 왕헌 집에서 나와 자기 집으로 들어가 어머니를 모시고 있었음은 물론이다. 왕헌이 물었다.

"정수가 보이지 않는구나."

하인들이 서로 눈치를 보았다. 왕헌의 아내 서씨가 나서서 장권이 모함을 받은 일의 자초지종을 세세히 설명했다. 그런 다음 아마도 아버지를 살피러 간 것 같다고 덧붙였다. 왕헌은 굉장히 의아했다. 잠시 후 정수가 돌아와 왕헌을 뵈었다. 왕헌이 정수 부친 일을 물으니 정수가 울면서 말씀 올리고 더불어 제발 좀 살려주십사 간청했다. 왕헌이 대답했다.

"너는 가서 공부하고 있어라. 내가 내 나름대로 고민하고 나서 이 일을 처리해주겠노라."

정수는 왕헌에게 절을 올리고 서재로 공부하러 갔다. 이튿날 정수는 어머니가 너무 걱정되어 독선생에게 말하지 않고 어머니를 뵈러 갔다. 이튿날 아침 왕헌이 불쑥 독선생을 만나러 서재로 왔다. 정수가 보이지 않으니 독선생에게 물었다. 독선생이 꼭두새벽부터 밖으로 나갔다고 대답했다. 왕헌이 이를 심히 못마땅하게 여겼다. 독선생과 이런저런 이야기를 나누고 나서 정수가 요즘 공부한 양이 얼마나 되는지 보니 얼마 되지 않았다. 독선생은 왕헌에게 한소리 들을까 봐 바로 이렇게 말했다.

"사위께서는 부친이 모함을 받은 후로 부친을 보살피느라 바쁜 나머지 공부에 몰두할 시간이 많이 부족했습니다."

왕헌은 요즘 정수가 공부를 열심히 하지 않는다는 말을 듣고서 마음이 언짢았다. 서재에서 나온 왕헌은 마침 서재 담당 하인 녀석이 걸어오기에 물었다.

"셋째 도령이 어디 갔는지 아느냐?"

조앙에게 이미 돈을 받아먹은 그 하인은 왕헌이 묻자마자 바로 이렇게 대답했다.

"셋째 도령님은 수시로 밖으로 나가 도박을 하곤 하십니다. 어떤 때는 며칠씩 안 들어오시기도 합니다."

왕헌은 반신반의하면서 하인에게 물러나라고 했다. 집 안으로 돌아와 하인 녀석들에게 물어보니 한결같이 그렇게 대답했다. 옛말에 '뭇사람 입이 쇠도 녹이고, 뭇사람 험담이 뼈도 녹인다'고 하지 않는가. 왕헌이 평소에 정수를 싸고돌았지만, 뭇 하인들이 이렇게 정수를 헐뜯으니 그 말이 맞나 보다 생각하고 자신의 선택을 후회했다.

"정수가 공부 열심히 하여 출세할 거라 믿고 사위로 들인 건데! 사돈 장권은 사실이든 아니든 죄에 연루되어 옥에 갇히고, 정수 이놈은 하라는 공부는 안 하고 도박에 빠져 있으니 내 딸년 신세 망치기 딱 좋겠구먼! 지난번 조앙이와 서저가 나한테 정수를 사위로 들이지 말라고 할 때 나는 그놈들이 질투하는 거로 생각해서 오히려 꾸짖었더니 이제 보니 걔네들 말한 그대로네. 이걸 어떡하면 좋지?"

왕헌은 어찌해야 좋을지 고민하면서 대청을 서성거렸다. 이때 하인들은 왕헌이 자기들에게 정수에 관하여 질문했던 일을 조앙에게 고해바쳤다. 조앙은 너무도 기뻤다. 이제 일이 열에 여덟, 아홉은 된 것 같았다. 밖에 나가서 동정을 살피려고 하는데 마침 장인을 만났다. 왕헌이 뭐라고 말하기 전에 조앙이 먼저 입을 열었다.

"제가 장인어른께 드릴 말씀이 있습니다만 장인어른께서 언짢아하실까 봐 걱정입니다."

"지난 일은 다시 거론할 필요 없고, 그래 뭐 다른 일이라도 있는가?"

"장인어른께서 북경으로 떠나신 후로 장 목수가 도둑질을 한 죄로 감옥에 갇혔습니다. 저는 그게 다 모함을 받은 거로 생각했습니다만 장권

이웃 사람들이 모두 장권이 도둑질한 게 맞다고 그러더라고요. 게다가 정수는 장인어른이 안 계신 틈을 타서 아버지를 돌보러 간다는 핑계를 대고 도박에 빠져들었습니다. 이웃 사람들 가운데 수군거리지 않는 사람이 하나도 없을 정도입니다. 장인어른께서 도둑놈하고 사돈을 맺으시고 천하의 불한당 같은 놈을 사위로 들이시니 제가 얼굴을 들고 다닐 수가 없습니다. 그때 제 말을 들으셨으면 이런 일은 일어나지 않았을 겁니다."

그렇지 않아도 기분이 안 좋았던 왕헌은 조앙한테 이런 이야기를 듣자 화가 머리끝까지 치밀어 올라 말도 나오지 않았다. 한참을 가만히 있다가 겨우 입을 열어 이렇게 말했다.

"내가 그때 꼼꼼하게 따져보지 못하고 괜히 자네 말을 귓등으로도 안 듣고 이 일을 저질렀네. 이제 와서 후회해서 뭐 하겠나!"

"장인어른, 제 말씀대로 하시면 다 원래대로 되돌릴 수 있습니다."

"그래, 어떻게 하면 좋겠는가?"

"혼례를 완전히 마쳤다면야 되돌리기 어렵겠지만 다행히 정혼만 하고 혼례까지 마무리하지는 않았으니 정수가 돌아오기 전에 장인어른께서 그를 호되게 꾸짖으시고 내쫓으십시오. 그리고 중매쟁이에게 부탁하여 옥저에게 맞는 명문대가의 아들과 다시 혼사를 치르십시오. 정수야 나이도 어리고 주변에 사람도 없으니 이런 일을 당한들 누가 나서서 도와주겠습니까. 게다가 정수가 관가에 고소하고 송사를 진행하여도 옥저가 이미 다른 사람과 정혼하게 되면 옥저를 다시 정수에게 돌려주는 일은 생기지 않을 것입니다. 게다가 도둑놈의 아들 말을 아문 관리들이 어찌 신용하겠습니까! 정수가 어떻게 하든 다 웃음거리가 될 뿐입니다. 제 말을 듣지 않으시면 나중에 옥저 처제는 의지할 사람도 없게 되고 볼썽사나운 일도 생기고 그럴 것이니 그러면 집안 망신이라, 그때는 후회해도 소용없게 됩니다."

왕헌이 그래도 생각이 있는 사람이라면 다른 사람에게도 물어보고 해서 상황을 정확하게 알아보았을 것이고 그러면 그렇게 박정하고 얼토당토않은 일을 하지는 않았을 것이다. 그러나 왕헌은 성격이 워낙 급해서 앞뒤 재지도 않고 그냥 사위의 말을 그대로 믿어버렸다. 왕헌이 고개를 끄덕였다. 왕헌은 아내가 평소 정수를 아꼈는지라 혹시 가로막고 나설까 걱정되어 아내한테는 한마디도 하지 않고 사위랑 곧장 대청으로 가서 정수가 오기만을 기다렸다. 왕헌 일은 여기까지만 이야기하자.

한편, 장정수는 집에 가서 어머니를 살펴보고 나서 혹여 장인이 자기를 찾을까 싶어 급히 돌아왔다. 대청에서 장인과 조앙이 대화하고 있는 걸 보고 바로 앞으로 나가 읍을 했다. 왕헌은 인사도 받지 않고 정색을 하면서 물었다.

"넌 서재에서 공부하지 아니하고 어디를 그렇게 쏘다니는 거냐?"

장정수는 장인의 표정이 좋지 않은 걸 보고 깜짝 놀라며 대답했다.

"어머님이 편찮으셔서 잠시 다녀오는 길입니다."

"그건 그렇고, 어디 한 번 물어보자. 내가 북경으로 출발한 이후로 어째서 그렇게 공부를 게을리 했느냐? 공부한 것 좀 가지고 와보아라."

"아버님이 모함을 받았기에 그 일로 말미암아 분주하게 오가는 바람에 공부에 집중하지 못했습니다."

왕헌이 버럭 화를 내며 말했다.

"네 녀석이 공부 열심히 하여 나중에 출세할 날이 있을 거라고 믿었다. 그래서 내가 네놈 가난한 거 전혀 상관하지 아니하고 양자로 들이고 사위로 맞이한 거다. 한데 네 아버지가 불량하여 그런 일을 저지르고, 너란 놈은 또 공부를 팽개치고 밖으로 싸돌아다니면서 도박이나 해서 사람들의 손가락질을 받다니! 금지옥엽 키운 내 딸이 너같이 근본도 없는 놈한테 시집가서 언제 빛 볼 날이 오겠느냐! 여기는 네가 있을 곳이 아니다. 어서 나가거라. 나한테 귀싸대기 맞기 전에. 꾸물대다간 맞아 죽을 줄 알아라."

집안의 모든 하인은 주인 나리가 장정수를 내쫓는 걸 보고 혹시 자기를 불러 확인 삼아 뭐라도 물어볼까 봐 슬금슬금 내빼버렸다. 장정수는 장인이 이렇게 갑자기 정반대로 변한 걸 보고 마음이 너무도 고통스러웠다. 그는 바닥에 엎드려 울면서 아뢰었다.

"저희 부자는 장인어른의 큰 은혜를 입고 그 은혜를 갚고자 애쓰고 있었습니다. 한데 불행하게도 무고한 모함을 받고 장인어른이 돌아오셔서 도움 주시기만을 고대하고 있었습니다. 누가 저를 모함하는지는 모르겠습다만 그자가 시비를 뒤집고 저와 장인어른 사이를 이간질하고 있습니다. 제가 진짜 잘못한 일이 있다면 차라리 저를 엄하게 벌주고 때려주십시오. 저는 벌 받다 죽어도 아무런 원망을 하지 않겠습니다. 그러나 저한테 집을 나가라고 하시면 그것만은 절대 할 수 없습니다."

장정수가 울면서 하소연했다. 그 모습이 너무도 처참했다. 조앙은 장인이 마음을 바꿀까 봐 끼어들었다.

"셋째야, 그러기에 애당초 그런 나쁜 짓을 하지 말았어야지! 지금 와서 울고불고해봐야 무슨 소용이 있어."

"내가 어디 그런 일을 했다고 그러십니까. 어쩌자고 없는 일을 만들어내고 그러는 겁니까!"

"무슨 말을 그렇게 하나! 누가 자네하고 무슨 억하심정이 있다고 없는 일을 날조해서 자네를 비방하겠나. 장인어른도 경솔하게 남의 말 함부로 믿고 그러는 분이 아니신지라 이미 널리 주변 사람들에게 알아보신 거라고. 장인어른께서 사실을 정확히 알고서 고민 끝에 이렇게 결정하신 건데 왜 남 탓을 하고 그래!"

"내가 그러고 다니는 걸 본 사람이 있기라도 합니까? 있으면 데려와 보세요. 내가 그 사람한테 한 번 물어봐야겠습니다."

왕헌이 버럭 소리를 질렀다.

"남 부끄러운 줄 알면 아예 그런 일은 하지 말았어야지! 네놈이 밖에서 몹쓸 짓을 하고 다니는 걸 모르는 사람이 어디 있다고 그렇게 자꾸 변명하고 난리야!"

왕헌은 말을 마치자마자 바로 몽둥이를 집어 들더니 장정수에게 내리쳤다.

"야 이놈아, 아직도 안 가고 뭐 하고 있어!"

장정수는 외려 왕헌을 향해 나아가 왕헌을 부여잡고 대성통곡했다.

"장인어른, 차라리 저를 때려죽이십시오. 저는 못 나갑니다."

조앙이 나서서 장정수를 왕헌에게서 떼어놓으면서 말했다.

"자네, 장인어른이 성격 급하신 거 모르나! 일단 장인어른 말씀대로 잠시 이 집에서 나가게. 장인어른께서 화가 좀 가라앉으면 꼭 자네를 부르실 걸세. 그래도 사위와 장인 사이 아닌가. 지금은 아무리 울고불고 떼를 써도 장인어른이 눈 하나 깜짝하지 않으실 걸세."

장인어른이 길길이 화내며 쫓아내려고 하는데 동서 조앙이 옆에서 독기 서린 말로 장인어른을 부추기는 걸 보고 정수는 이게 다 저 조앙이란 놈이 모사를 꾸민 거라는 걸 단박에 알아차렸다. 이제 더는 버틸 수 없다는 것도 알았다.

"알겠습니다. 그럼 장모님만 뵙고 가겠습니다."

왕헌이 어찌 그걸 허락하겠는가? 독선생도 옆에서 말리고 조앙은 밖을 향하여 장정수의 등을 떠밀었다.

"셋째야, 넌 어찌 그리 눈치도 없냐? 장모님은 봬서 어쩌려고!"

조앙이 정수를 대문 밖으로 밀쳐 내버렸다.

처음 만났을 때 그 마음 끝까지 한결같으면,
서로가 척질 일은 생기지 않으련만.

한편, 서씨는 안방에 있다가 대청에서 울고불고 시끄러운 소리가 나는 걸 듣고는 남편 왕헌이 하인 녀석을 잡는가 보다 했다. 장정수한테 일이 생긴 거라고는 상상도 못했기에 그냥 신경 쓰지 않았다. 하인들 가운데 누구도 이 소식을 알려오는 자가 없었다. 오후에 독선생이 떠나갔다는 말을 듣고 아무래도 이상하다 싶어 하인을 붙잡고 물어보았더니 자기는 잘 모르는 일이라고 잡아뗐다. 밤이 되어 왕헌이 안방에 들어오자 대체 무슨 일이 있는 거냐고 물었다. 왕헌이 장정수가 사람들의 입길에 오르내릴 일을 저질렀고 그래서 쫓아냈다고 말해주었다. 서씨가 왕헌에게 장정수가 그럴 사람이 아니니 장정수를 다시 집으로 들이라고 몇 번이나 말했지만 왕헌은 누구 말에 홀렸는지 막무가내였고 오히려 서씨를 타박했다. 옥저는 가슴이 칼로 도려내는 듯이 아팠으나 부모님 앞에 나서서 뭐라 말하기가 어려워 그냥 뒤돌아서 남몰래 눈물만 흘렸다. 서씨는 아무래도 마음이 놓이지 않아 다른 사람 눈치채지 않게 하인을 불러 장정수에게 한번 만나러 오라는 말을 전하게 했으나 하인은 이미 조앙과 한통속이라 그저 핑계만 대고 장정수한테 찾아갈 생각을 하지 않았다.

일단 서씨와 옥저 이야기는 잠시 미뤄놓자. 한편, 왕헌 집에서 나온 장정수는 마음이 너무도 괴로웠다. 이거저거 따질 겨를 없이 터벅터벅 다시 집으로 돌아왔다. 동생 문수가 마침 문 앞에 있다가 형을 보더니 물었다.

"형님, 어째서 다시 오신 거요?"

장정수가 목이 탁 막혔으니 어디 말이 나오기라도 하겠는가? 문수가 다시 말했다.

"형님, 어째서 그렇게 화가 나 있으시오?"

장정수가 한숨을 돌리고 나서 자초지종을 동생한테 이야기해주었다. 그걸 듣고 문수가 말했다.

"염량세태라더니 그 말이 틀린 게 하나도 없네요. 왕헌 나리가 평소에 우리 형제랑 아버님께 얼마나 잘해 주셨어요. 한데 이번에 집에 돌아오자마자 갑자기 이런 일이 일어나고 조앙이 옆에서 부추긴 걸 보면 조앙이 무슨 야료를 부린 게 틀림없습니다. 일단 어머니께는 알리지 마시죠. 어머니가 아시면 너무 걱정하실 거 같아요."

"동생 말이 백번 맞네그려!"

이튿날 부친 면회를 갔다. 부친의 장상杖傷도 종의의 보살핌을 받은 덕분에 거의 다 낫고 몸도 예전처럼 돌아온 듯했다. 장정수가 울면서 자기가 당한 일을 부친에게 말씀드리니 부친은 왕헌이 시작과 끝이 한결같지 못하다며 혀를 찼다. 종의가 말했다.

"자네 말을 들어보니 자네가 당한 일은 모두 조앙이 꾸민 거 같구먼."

장권이 말했다.

"나랑 조앙 사이에 평소 척질 만한 일이 없는데 설마 그럴 리가!"

"제가 정혼할 때 조앙이 나를 목수쟁이 아들이라고 헐뜯으며 장인어른한테 나를 사위 삼으면 안 된다고 했답니다. 그때 장인어른께서 그 말을 듣지 않고 오히려 조앙을 면박 주었다고 하는데 그 일 때문에 이런 짓을 했을지도 모르겠습니다."

종의가 말했다.

"그렇다면 틀림없이 그놈이구먼. 지금은 이 일을 꾸민 놈이 그놈인지 아닌지를 따질 때가 아니라네. 새 감찰사가 진강에 도착했으니 자네가 다른 사람에게 부탁하여 고소장을 잘 써서 바치도록 하게나. 조앙이 돈을 주고 도둑놈들을 꾀어 자네 부친을 모함하게 했다고 말일세. 도둑놈들이나 조앙이 뭐라 발병하는지 보자고. 만약 그놈들이 없는 일을 꾸며 모함한 거라면 그놈들 가운데 누군가는 필시 고문을 견디지 못하고 사실대로 불걸세. 만약 누구도 불지 않는다 해도 손해볼 건 없지 않은가."

장권 부자는 참으로 일리 있는 말이라고 한마디씩 했다. 정수는 인사를 하고서 감옥에서 나왔다. 정수는 동생이랑 상의한 다음 사람을 사서 고소장을 써서 진강으로 가서 접수했다. '비밀을 지키지 못하면, 성공이 멀어진다'는 옛말이 있지 않은가. 이런 일은 남이 눈치채지 못하게 주도면밀해야 하는데 장권은 순진한 데다 이런 일을 해본 경험도 없고, 종의 역시 성격 급하고 우직해서 일을 꾸미는 데 조심스럽지 못하여 옥졸이 눈치채고 말았다. 그 옥졸이 양홍과 고종사촌 간이라 이 일을 알게 되자마자 쏜살같이 달려가 양홍에게 알려주었다. 양홍은 그 소식을 듣고 깜짝 놀라 곧바로 조앙을 찾아가 상의하고자 했다. 양홍이 왕헌의 집에 득달같이 달려왔으나 감히 직접 대문 안으로 들어가지는 못하고 기다리는데 어린 하인 녀석이 들어가는 걸 보고는 말을 전해달라고 부탁했다.

"조앙 나리께 대문 앞에서 양가 성을 가진 사람이 기다리고 있다고 전해주게."

조앙은 양홍이라 짐작하고 곧바로 만나러 나왔다.

"양형 무슨 일로 오시었소?"

양홍이 조앙을 조용한 곳으로 끌고 가서는 입을 열었다.

"장정수가 나랑 조형이랑 이 일을 꾸민 거를 눈치채고 새 감찰사에게 고소장을 접수하려고 한다네. 만약 고소장이 비준되어 이 건을 다시 심문하기라도 해서 고문을 견디지 못하고 한 녀석이라도 발설하는 날이면 외려 우리가 당할 수 있지 않겠는가. 다행히도 내 고종사촌 동생이 이런 기미를 알아차리고 나에게 알려주더라고. 그래서 내가 득달같이 달려와 자네를 찾은 걸세."

조앙이 대경실색하여 아무 말도 못 하고 있다가 겨우 이렇게 물었다.

"그럼 어떡하면 좋지?"

"한번 시작했으면 끝장을 봐야지. 자네는 돈을 좀 내시게. 내가 품을 좀 들여서 어린 두 놈을 아주 보내버리겠네. 화근을 제거해야 않겠나."

"돈을 내놓는 게 뭐가 어려워! 근데 그놈들을 제거할 묘책이 없다는 게 문제지."

"걱정하지 말게나. 그놈들은 돈이 충분치 않으니 배를 세내어 타고 가지는 못하고 그냥 얻어 타고 가려고 할걸세. 내가 동생 그리고 내 부하 포졸을 시켜 창문에 먼저 가서 관선을 대어놓고 기다리라고 할걸세. 그리고 고종사촌 동생한테 그놈들이 언제 출발하려고 하는지 알아보라고 할 거야. 그놈들이 출발하면 동생과 부하가 배에다 그놈들을 태우는 거지. 나는 미리 진강에 가서 기다리고 있을 거야. 그 어린놈들이 어디 길이나 제대로 알겠어. 진강에서 내가 그놈들을 태우고 강 한가운데로 간 다음 그놈들을 물에 던져 버리면 깔끔하게 끝나는 거지!"

조앙이 무척이나 기뻐하면서 양홍한테 잠시만 기다리라고 한 다음 들어가서는 은자 서른 냥을 들고나와 양홍에게 건넸다.

"양형이 고생 좀 해주셔서 화근을 없애버리라고. 일이 마무리되면 내가 후사하리다."

양홍은 은자를 받아들고 인사를 하고 떠났다.

한편, 장정수는 강을 건너가는 길을 알아보고 다른 사람에게 부탁하여 고소장도 작성하여 진강에 가서 접수하려 했다. 마침 이때 어머니 진씨가 몸을 좀 추스르고 일어나 왕헌이 자기 아들 정수를 쫓아낸 일을 알게 되었다. 그러나 자기 힘으로 무슨 일을 할 수 있으랴. 장정수가 고소장을 접수하러 간다고 하니 진씨가 정수에게 말했다.

"네가 먼 길을 떠나 본 적이 없는데 너 혼자서 간다고 하니 내가 마음이 놓이지 않는구나. 아무래도 동생하고 같이 가는 게 좋겠다. 서로 의지하고 말이다."

"동생하고 같이 가면 좋기는 하겠습니다만, 어머님 혼자 집에 계신데 모실 사람이 없어서요."

"며칠이면 다녀오지 않겠느냐. 게다가 하녀도 있지 않으냐, 너무 걱정할 필요 없다."

장정수는 어머니 말씀대로 다녀올 짐을 꾸려놓고 감옥소로 찾아가서 아버님을 뵙고 작별인사를 하고 짐을 챙긴 다음 창문을 지나 배를 잡아탈 요량이었다. 도승교를 건너고 있는데 등 뒤에서 누군가가 부르는 소리가 들렸다.

"저기 두 젊은이 어디 가시는 길이오?"

장정수가 대답했다.

"진강에 갑니다."

그 사람이 이렇게 대답했다.

"진강 가는 관선이 있소이다. 빠르기도 하고 안전한 배입죠."

장정수는 관선이 있다는 말에 바로 걸음을 멈추고 문수에게 말했다.

"관선이라면 여럿이 함께 타서 북적대는 배보다 나을 것 같아."

"형님 생각대로 하시지요."

장정수가 그 뱃사람에게 물어보았다.

"배가 어디에 있습니까, 바로 출발합니까?"

"이 배는 죄수를 이송하는 배로 바로 이 고을 소속이외다. 나야 뭐 살짝 한두 명 정도 태워주고 오가는 길에 술값이나 버는 거고. 태울 사람 없으면 그냥 바로 출발하는 거라 뭐 지체하고 말 것이 없다오."

"그렇다면 우리 좀 태워주십시오."

뱃사람이 정수를 데리고 배에 올라 고물에 앉혔다.

잠시 후 한 사람이 짐을 들고 오니 뱃사람이 그를 맞이하여 배에 태웠다. 그 사람이 물었다.

"저 두 젊은이는 누군가?"

"아, 저 두 젊은이도 진강에 간다고 하더라고요. 나리께서 봐주시면 같이 좀 태우고 가려고 합니다요. 몇 푼이라도 받으면 오가는 길에 약주라도 한잔할까 해서요. 나리, 편의 좀 봐주시죠."

"저 두 녀석뿐인가? 그럼 그렇게 하게나. 더는 곤란해!"

"이 두 젊은이뿐입니다. 이 녀석들도 우연히 만난 겁니다. 제가 어찌 감히 더 태우려고 하겠습니까?"

뱃사람은 말을 마치기가 무섭게 바로 노를 저었다. 이들이 누군지 아는가? 나중에 나타난 자는 양홍의 동생 양강이며, 뱃사람은 양홍의 부하 포졸이었다. 양강이 정수, 문수 형제를 보고 물었다.

"저 젊은 도령들, 이름은 뭐요, 사는 곳은 어디요? 진강에는 뭐 하러 가는 거요?"

정수는 자신의 이름과 사는 곳, 부친이 모함을 받은 사연을 이야기하고 지금 감찰사에게 고소장을 제출하러 간다는 것까지 이야기해주었다. 양강이 말했다.

"본디 그렇게 훌륭한 집안의 자제로구먼, 참으로 안 되었소이다. 고물에 앉기가 불편할 텐데, 여기 가운데로 와서 앉게나."

"그렇게 해주시니 정말 고맙습니다."

정수, 문수 형제는 가운데 쪽으로 자리를 옮겼다. 배를 타고 가는 내내 양강은 술을 산다 고기를 산다 하며 환심을 보였으며 더욱이 아문에 가서 일 처리하는 걸 돌봐주겠노라고 말하니 정수, 문수 형제는 너무도 감격했다. 죄수 이송하는 배가 순풍까지 받으며 밤새 달리니 이튿날 해 질녘에 진강에 도착했다. 뱃사람은 정수, 문수 형제에게 뱃삯을 받더니 일부러 어서 내리라고 성화를 부렸다. 정수, 문수 형제가 짐을 챙겨 배에서 내리려는데 양강이 이렇게 말했다.

"아 이 사람아, 왜 그렇게 성환가! 이 두 도련님이 이런 먼 길을 나선 게 처음이래잖나. 해도 저물었는데 이 도련님들이 갈 데가 어디 있다고."

양강이 정수를 보면서 말했다.

"저 사람 말은 신경 쓰지 말게나. 오늘 밤은 그냥 이 배에서 머물고 내일 아침 나랑 같이 배에서 내려서 숙소를 정하게나. 그리고 감찰사가 언제 일을 시작하시는지 알아보고 그러자고. 그게 오늘 밤 숙박비도 절약하고 좋잖아?"

정수, 문수 형제는 양강이 정말 좋은 사람이라 생각하고서 연신 고맙다고 인사하고선 짐을 다시 내려놓았다. 양강이 뱃사람에게 돈을 주고는 술과 안주를 사오라 했다. 그런 다음 배를 저어 강물이 잔잔한 곳으로 가자고 했다. 뱃사람은 그 말을 듣고 배를 저어 서문갑을 지나 강폭이 넓은 곳으로 나아가 배를 세웠다. 뱃사람이 술과 안주를 챙겨주었다. 양강이 술을 강권하니 정수, 문수 형제는 그걸 받아 마시고 너무 취하여 인사불성이 되어 배 가운데 뻗어버렸다. 이때 미리 약조하여 대기하고 있던 양홍에게 뱃사람이 휘파람을 불어 신호했다. 양홍이 바로 배에 올라탔다. 닻을 올리고 노를 저어 배를 강 한가운데로 저어가 강물을 따라 흘러갔다. 초산을 지나 강폭이 유난히 넓은 곳에 이르자 밧줄을 꺼내어 정수 형제를 묶었다. 마치 만두처럼 똘똘 묶었다. 정수, 문수 형제는 어딘가 아픈 느낌이 들었는지 마치 꿈을 꾸다가 놀라 깨는 듯했지만 옴짝달싹할 수가 없었다. 정수, 문수 형제가 뭐라고 소리 지를 겨를도 없이 양홍과 양강이 그 둘을 들어 올려 강물에 풍덩 던져 버렸다. 이제 정수, 문수 형제의 목숨이 이렇게 끝나는구나.

가련토다, 이 세상에 총명한 두 소년,
강물 속에 던져져 물귀신이 되는구나.

양자강이 어떤 강인가? 사천, 호광, 강서를 지나며 호호탕탕 물살도 거세게 흘러가다가 진강에 이르러서는 곧장 바다를 만나니 바윗덩어리 마저도 집어삼켜 바다로 던져 버리는 그런 강이로다. 정수, 문수 형제를 강물에 던졌으나 그들의 몸이 강물의 흐름을 거슬러 가니 양홍, 양강 형제는 참으로 기이하게 여길 수밖에 없었다. 배를 돌려 정수, 문수 형제를 따라갔다. 상앗대를 들어 정수, 문수 형제의 머리를 내리쳤다. 상앗대가 정수, 문수 형제의 머리에 거의 닿으려고 하는 그 순간, 집채만 한 파도가 서너 차례 덮쳐 정수, 문수 형제를 끌고 가버렸다. 양홍 형제가 타고 있던 배가 뒤집힐 정도였다. 상앗대로 정수, 문수 형제를 어떻게 할 수 있는 상황이 아니었다. 양강은 정수, 문수 형제가 틀림없이 죽었을 거라 생각하고 바로 배를 강변에 대었다. 다음 날 배를 몰아 소주로 돌아가 조앙에게 보고하니 조앙이 너무도 기뻐하면서 은자 서른 냥을 건넸다. 양홍이 너무 적다고 투덜대니 조앙과 양홍이 서로 얼굴을 붉히면서 헤어졌다. 이제 그 이야기는 여기까지만 하고 접자.

한편, 하남부에 저위褚衛라는 사람이 살고 있었으니, 나이는 이미 예순을 넘겼더라. 평소에 남에게 베풀기를 좋아하고 슬하에 자식이 없었으며 육식을 금하고 강남 일대를 돌아다니며 비단을 팔았다. 하루는 큰 배에 비단을 잔뜩 싣고 진강을 떠나 하남으로 나아갔다. 30리를 채 못 갔을까 해는 뉘엿뉘엿 서산에 지려고 하는데 거슬러 불어오는 바람이 너무도 거세 하는 수 없이 강변에 배를 대야 했다. 한밤중에 잠들어 있는데 뱃전에 뭐가 부딪치는 소리가 들리는 듯했다. 저위는 별로 신경 쓰고 싶지 않아 그냥 다시 눈을 감았다. 한데 누군가가 자기를 흔들어 깨우는 것과도 같은 느낌이 들었다. 뱃전에 뭐가 부딪치는 소리가 더욱 커졌고 사람 목소리가 들려오는 것 같기도 했다. 아무래도 이상하다 싶어 자리에서 일어나 뱃뜸 창문을 열고 밖을 내다보았다. 강물 위에 사람이 떠 있는데 입에서 뭔가 소리가 나는 것이었다. 저위는 황급히 뱃사람을 불러 깨워서 그 사람을 건져 올리게 했다. 횃불을 붙여 비춰보니 열대여섯 살 먹어 보이는 젊은이라 눈매가 시원하고 잘 생겼더라. 한데 그 젊은이는 온몸이 꽁꽁 묶인 채 겨우 숨만 가늘게 내쉬고 있었다. 밧줄을 풀어주고 물을 따듯하게 데워서 몇 모금 먹이니 그 젊은이가 정신을 차렸다. 몇 차례 신물을 게워냈다. 저위가 마른 옷을 가져와 갈아입혀 줬다. 저위가 전후 사정을 물으니 그 젊은이가 울면서 대답했다.

"저는 장문수라고 하는데 제 아버지가 모함을 받고 옥에 갇혀서 제 형 정수랑 같이 감찰사에게 고소장을 접수하려고 진강에 가고자 해서 마침 배가 하나 있어 물었더니 소주의 관선이라 하면서 그 사람들이 저희를 워낙 잘해주고 그랬습니다. 어젯밤에 진강에 도착했더니 저희에게 하룻밤 배에서 머물다 가라고 붙잡고 술을 잔뜩 먹이고는 저희 형제를 꽁꽁 묶어 강물에 던져 버렸습니다. 대체 그 사람들이 누구기에 저희 형제의 목숨을 노렸는지 모르겠습니다. 하늘이 무심치 않아 나리를 만나 이렇게 목숨을 건졌습니다. 나리의 성함이 어떻게 되시는지요? 여기는 어디인가요? 진강에서는 얼마나 먼지요? 소인을 집에 데려다주신다면 그 은혜는 절대 잊지 않겠습니다."

저위는 본디 마음씨가 곱디고운 사람이라 장문수가 자신이 겪은 고초를 이야기하는 걸 듣고는 마음속에 불쌍하다는 생각이 절로 들었다. 처음에는 장문수를 집에다 데려다줘야겠다는 생각만 하다가 여기서 진강은 강물을 거슬러 가야 하니 그게 쉽게 엄두 낼 일이 아님을 깨달았다. 이 젊은이가 나중에 크게 될 인물이라 천지신명이 보우해주시는 거 아닌가 하는 생각도 했다. 그러다 자기가 지금 대를 이을 아들이 없는데 저 젊은이를 데리고 가서 양자로 들이면 좋지 않을까 생각하기에 이르렀다. 저위가 장문수에게 이렇게 제안했다.

"나는 하남 사는 저위라네. 비단 장사를 나왔다가 돌아가는 길일세. 이곳은 진강에서 이미 멀리 벗어난 곳이라네. 천 리나 떨어져 있어 자네를 데려다줄 엄두가 나질 않아. 어제 자네를 죽이려고 한 놈은 필시 자네 원수놈이 보낸 심복일 거야. 그러기에 그렇게 독한 짓을 하지. 지금 자네 집에 돌아가면 그놈들이 어떻게든 다른 방법으로라도 자네를 죽이려 들걸세. 나는 지금 슬하에 아들이 하나도 없어. 자네가 싫지 않다면 자네랑 나랑 부자 관계를 맺으면 어떤가? 나랑 같이 우리 집에 가세. 내년에 나랑 같이 자네 고향에 가서 어제 자네를 죽이려고 한 자들을 찾아 내 관가에 고발하고, 아울러 자네 부친의 억울한 누명도 벗겨드리고 하면 좋지 않겠나!"

장문수는 부모 생각이 간절했으나 지금은 달리 어쩔 도리가 없는지라 저위의 말을 따를 수밖에 없었다. 저위에게 큰절을 올리고 아버지라 불렀다. 이름을 저사무褚嗣茂(저씨 집안의 후손을 널리 이어준다는 의미)로 새로 짓고 난 다음 하남으로 갔다. 이 이야기는 여기까지만 하자.

한편, 장정수는 몸이 꽁꽁 묶여 강물에 던져진 이후로, 아 나는 이제 꼼짝없이 죽었구나 생각했다. 한데 몸이 물속에 가라앉았다 파도를 타고 떠올랐다 하더니 강물 파도에 밀려 강가 모래톱 갈대밭에 닿았다. 날이 밝으니 배가 수없이 왕래하기는 했으나 모두 강 한가운데로 다니는지라 아무리 소리를 질러도 들리지 않는 듯했다. 오후가 되자, 배 한 척이 모래톱 옆쪽으로 지나가고 있었다. 장정수는 연신 사람 살리라고 소리쳤다. 그 배는 모래톱 쪽으로 다가와 장정수를 끌어올리고는 장정수를 묶고 있던 밧줄을 풀어주었다. 장정수는 그제야 몸을 펼 수 있었다. 다행스럽게도 장정수의 몸은 한 군데도 다치지 않았다. 장정수가 고개를 들어 배를 둘러보니 중년 남성 둘과 어린아이 십여 명이 있었다. 어린아이들은 대략 열예닐곱 살 먹어 보였다. 여러분, 이자들이 누군 줄 아는가? 이자들은 바로 절강성 소흥부 손 상서孫尙書 집의 연희 패거리로다. 중년 남성 둘 가운데 하나는 사부 반충潘忠이고, 다른 하나는 소품 담당 하인으로 연희패를 이끌고 남경으로 공연하러 가는 길이었다. 그들은 장정수를 구한 다음 마른 옷을 주고 갈아입게 했다. 장정수에게 어찌 된 일인지 연유를 물었다. 장정수가 부친이 모함받은 일을 감찰사에게 고소하러 가려고 배를 얻어 탔다가 강물에 던져진 일을 울면서 이야기해주었다.

"제 목숨을 구해주신 은혜 백골난망이올시다. 저를 집에 데려다주신다면 후사하겠습니다."

반충은 자기 연희패에서 남자주인공 역을 맡던 녀석이 목이 상하여 소리를 내지 못하게 되었기에 대신할 사람을 찾던 중이었다. 장정수가 인물도 잘생기고 목소리도 청량한 데다 나이도 딱 맞춤하여 속으로 참 잘되었다 생각했다.

'이 녀석, 조금만 가르치면 아주 잘 써먹을 수 있을 거 같은데!'

이런 꿍꿍이가 있었던 반충은 자기 가는 길목에 소주가 있었음에도 지금 역풍이 부는 때라 소주에 배를 대기가 너무 위험하다고 딴소리만 해댔다. 반충이 장정수에게 이렇게 말했다.

"우리는 소흥부 손 상서댁의 연희패로 남경에 한판 공연을 벌이러 가는 길이라. 뱃길을 돌려 자네를 집에 데려다줄 겨를이 어디 있겠어! 지금 남경에 거의 다 왔으니 차라리 우리랑 같이 지내는 게 나을 거야. 내가 차차 사람을 찾아서 그 사람 편에 자네를 집에 데려다주지. 만약 자네가 내 말을 듣지 않는다면 나도 괜히 쓸데없는 일에 나서고 싶지 않으니 자네가 원래 있던 그 모래톱으로 데려다줄 테니 다른 배편으로 집에 가든지 맘대로 하라고."

장정수는 반충의 말이 끝나기가 무섭게 대답했다.

"저 때문에 괜히 돌아갈 필요는 없습니다. 저도 남경에 같이 가겠습니다."

"그럼 그렇게 하세나."

장정수가 자기는 목숨을 건졌으나 동생은 그대로 물에 빠져 죽었을 것 같아 눈물이 앞을 가렸다. 하루 종일 순풍이 불어 저녁 무렵 바로 남경에 도착했다. 이튿날 아침 남경 성안으로 들어가 거처를 정하여 안돈했다. 손 상서댁 연희패는 본디 무척이나 인기가 높았다. 연희패가 남경에 도착하자마자 이를 불러 공연해 달라고 하는 자가 있었다. 장정수도 연희패와 동행했다. 며칠이 지나고 반충이 장정수에게 말했다.

"모두들 열심히 일하는 건 돈을 벌어서 고향으로 돌아가서 가정을 보살피려고 하는 거지, 너를 챙겨주려고 하는 것은 아니라고. 설사 너를 고향에 데려다주겠다고 하는 자가 나서더라도 그 경비는 어떻게 하려고 그러냐? 여기서 잠시 기예라도 익혀서 밥값이라도 하다가 기회가 생기면 고향으로 돌아가는 게 낫지 않겠어."

그렇지 않아도 장정수는 '저분들 덕분에 생명을 구했는데 아무 일도 하지 않고 밥만 축내고 있으니 참으로 미안하다'고 생각하고 있던 차에 반충의 이런 말을 들으니 더욱 부끄러웠다. 장정수가 생각에 잠겼다.

'내가 기필코 장원급제하여 가문을 빛내려 했건만 마른하늘에 날벼락으로 이런 재앙을 당하여 집안이 풍비박산 나고 가족이 뿔뿔이 흩어지고 말았구나. 이런 하찮은 잡기를 배워 무슨 좋은 일이 있겠는가? 그렇다고 저 사람의 말을 듣지 않으면 여기 머물 수가 없으니 이를 어쩐다!'

다시 이런 생각이 들기도 했다.

'옛날에 기자箕子1)는 붙잡혀 노예 신세가 된 적이 있고, 오자서는 구걸한 적이 있으나 나중에는 결국 천하의 영웅호걸이 되지 않았는가. 이 같은 환난 시절엔 상황에 맞게 행동하는 게 좋을 거야. 지금 이 마당에 체면을 따질 필요는 없지. 잠시 지내다가 때가 되면 나중을 도모하자.'

장정수는 반충에게 그 말대로 하겠노라 대답하고 연기를 배우기 시작했다. 본디 총명한 장정수인지라 극중의 노래를 몇 번 따라 불러 보더니 금방 익혔다. 며칠이 지나지 않아 바로 무대에 오를 수 있을 정도가 되었다. 장정수의 연기는 너무도 출중하여 양반 상놈, 남녀노소 할 것 없이 모두 다 좋아하여 공연할 때마다 빈 좌석이 하나도 없었다.

남경에서 지낸 지도 어언 반년, 돈도 상당히 모았다. 경비가 어느 정도 마련된 셈이니 고향에 돌아가자는 생각이 들었다. 반충이 그런 낌새를 채고 장정수의 은자를 몰래 빼돌려버렸다. 장정수는 다시 빈털터리가 되었다. 고향으로 돌아갈 생각을 다시 접었다. 반충은 장정수가 몰래 도망칠까 봐 앉으나 서나 곁에 달라붙어 있었다. 장정수는 어찌할 도리가 없어 그냥 눌러앉을 수밖에 없었다.

마음으로야 함께 하면 안 된다는 걸 알지만,
사정이 급하니 어쩔 수 없구나.

여기서 이야기가 갈린다. 한편 진씨는 아들들을 떠나보낸 후로 어린 아들들이 엄격하고 인정사정 봐주지 않는 아문에 가서 부친 일을 접수할 때 혹여 말실수라도 하지 않을까 걱정은 했지만 이렇게 다른 사람의 모

---

1) 은나라 주왕이 음탕한 짓을 하고 정사를 돌보지 아니하자 간언한 충신. 주왕이 받아들이지 않자 사람들이 미련 두지 말고 떠나기를 권했으나 그 말을 듣지 아니하고 미친 척하고 지내다 나중에 붙잡혀 노예 신세가 되었다고 한다.

략에 빠졌을 줄은 꿈에도 생각하지 못했다. 아들들이 집을 나선 지 열흘이 지나자 바람이 불어 풀이 흔들리기만 해도 아들들이 돌아온 줄 알고 후다닥 대문을 열고 나가보곤 했다. 보름이 지나고 20일이 지나고 나서는 아예 하루 종일 대문 밖에 나서서 기다렸다. 아직 감찰사가 임지에 도착하지 않았다고 하여 그저 기다리는가 보다 했다.

나중에 감찰사가 진강에서 일을 다 마치고 다른 곳으로 간다는 소식을 듣고는 가슴이 콩닥콩닥했으나 어디 하소연할 데가 없었다. 우선 급한 대로 남편에게 알렸다. 그들은 사람에게 부탁하여 아들을 찾는 방을 사방에 붙여보았지만 종무소식이었다. 장권 부부는 땅을 치며 후회했다.

"이럴 줄 알았으면 보내지 말걸! 내 억울한 누명을 벗기도 전에 아들을 먼저 떠나보내고 말았으니 나는 이제 누굴 의지하며 산단 말인가!"

생각하면 생각할수록 가슴이 찢어지는 듯했다. 그래도 처음에는 언젠가 돌아오겠지 하였으나 1년이 넘게 돌아오지 않자 틀림없이 죽었을 거라고 체념했다. 아들의 혼령을 불러 제사를 지내주고 밤낮으로 슬피 울었다. 함께 지내던 여종마저도 병을 앓고 세상을 떠나 오직 진씨 혼자 쓸쓸하게 생활하니 정말 처량하기 짝이 없었다.

지붕이 새는데 비는 며칠 밤 계속 내리고,
갈 길은 먼데 맞바람만 부는구나.

한편, 왕헌은 조앙의 말을 듣고 장정수를 쫓아내고서 옥저에게 새 짝을 맺어주고 싶었다. 그러나 장정수한테서 뭐라고 말이 나올까 그리고 사람들이 입방아를 찧을까 봐 참고 있었다. 그러던 차에 정수, 문수 형제가 진강에 가서 고소장을 접수하려 한다는 말을 듣고 자기가 혼약을 깬 것을 장정수가 거론할까 봐 당황했다. 겉으론 아무런 표시도 하지 않고 남몰래 사람을 보내어 알아보게 했다. 왕헌은 정수, 문수 형제가 떠난 후로 생사존망을 알 수 없는 상태임을 알게 되었다.

이런 상황을 알게 되자 왕헌은 쾌재를 부르고 매파를 불러 옥저의 짝을 찾게 했다. 매파가 왕헌의 부탁을 받고는 다른 매파들에게도 이 중매건을 널리 알렸다. 왕헌이 아들은 없고 딸만 있는 부유한 상인인 것에 눈이 멀어 예전에 데릴사위를 들인 적이 있다는 건 신경도 쓰지 않는 자들이 태반이었다. 며칠도 채 못가서 몇십 집에서 의향을 내비쳤다.

옥저는 장정수가 쫓겨나는 걸 보고 너무도 가슴 아파하고 괴로워하면서 아버지가 언제고 장정수를 다시 불러들이기만을 바랐다. 설혹 다시 불러들이지 않는다 해도 변함없이 장정수한테 시집갈 거라 생각하고 있었다. 나중에 안 좋은 소식이 들려와도 그저 반신반의할 뿐이었다. 한데 아버지가 다른 사람을 구하여 자기를 시집보내려 한다는 소식을 듣고는 장정수가 죽었다는 소문이 사실인가 싶었다. 옥저는 다른 사람 이목은 전혀 신경도 쓰지 않고 엉엉 울면서 위층으로 올라갔다.

왕헌의 집은 이층집이었다. 아래층에는 왕헌 부부의 침실이, 위층에는 옥저의 침실이 있었다. 옥저가 자기 방에서 식음을 전폐하고 소리쳐 울기만 했다.

'내가 정식으로 혼례를 치르지는 않았으나 어려서부터 정혼한 처지 아니던가! 그와 내가 인연이 깊지 못하여 그가 세상을 먼저 떠났다더라도 내가 어찌 절개를 지키지 않을 수 있으랴! 살아서는 다른 사람의 손가락질을 받을 일이요, 죽어서는 무슨 면목으로 정수를 만날 수 있으랴! 치욕을 당하며 구차하게 사느니 차라리 죽는 게 나을 것이다. 그것이 정수의 체면을 세워주는 것이며, 내 일편단심을 세상에 보여주는 길이다. 다만 어머니한테 죄송스럽구나. 하지만 어쩌랴! 기왕에 일이 이렇게 된 것 어쩔 수 없는 노릇이지.'

옥저는 생각하다 울고 울다가 생각하곤 했다. 울다 보니 목이 메어 숨도 제대로 쉬지 못할 지경이 되고 말았다. 손에 쥐면 꺼질까 불면 날아갈까 금지옥엽 옥저를 길러왔던 서씨는 옥저가 저렇게 서럽게 우는 걸 보고는 저러다 큰일 날까 걱정이 앞섰다. 서씨가 옥저에게 말했다.

"얘야, 이제 고만 울어라. 어째서 그렇게 서럽게 우는 거냐?"

서씨도 눈물 콧물이 쏟아져 내렸다. 옥저가 속마음을 털어놓았다. 서씨가 옥저를 달랬다.

"얘야, 네 아버지가 그렇게 몰아붙이는 거 신경 쓸 필요 없다. 모든 일은 내가 알아서 챙겨줄 거야. 내일 사람을 보내어 정수 소식을 알아보게 할 거야. 정말 어쩔 수 없는 일이 벌어졌다면 내가 재산 절반을 뚝 떼어줄 테니까 그걸로 평생 절개를 지키며 혼자 살아라. 만약 네 아버지가 너를 개가시키려고 끝까지 고집을 피우면 내가 네 아버지하고 죽기 살기로 싸우기라도 할 거야."

서씨가 하녀에게 분부했다.

"어서 가서 나리를 모셔오너라. 내가 드릴 말씀이 있느니라."

서씨가 한마디 덧붙였다.

"만약 다른 사람하고 같이 있으면 다른 말은 절대 하지 마라."

하녀가 부리나케 왕헌에게 달려갔다. 마침 왕헌은 현에서 실시하는 과거시험에 합격하고 수재秀才가 된 청년의 집에서 보낸 매파랑 만나 이야기를 나누고 있었다. 듣자니 그 청년은 인물도 잘생기고 명문가 태생이라 하여 마음에 딱 들었다. 매파에게 술과 음식을 대접하면서 한창 즐겁게 이야기를 나누고 있는데 하녀가 와서는 부인이 찾는다는 말을 전했다. 왕헌은 하녀의 말을 듣는 둥 마는 둥 일어날 생각도 하지 않았다. 하녀가 한참을 서서 기다리자니 발도 아프고 무릎도 시큰거리는지라 그냥 돌아가 마님에게 사실대로 고하는 수밖에 없었다.

서씨가 어르고 달래서 옥저가 겨우 울음을 그쳤더니 조앙의 마누라가 2층으로 올라오자 다시 울음보를 터트리고 말았다. 여러분, 왜 그런지 아는가? 계략을 꾸며 장권을 감옥에 집어넣고 정수를 내쫓은 조앙은 옥저마저도 죽게 만들어 장인의 재산을 독차지하려 했으나 기회가 없어 손을 쓰지 못하고 있었다. 한데 이제 장인이 옥저에게 새 짝을 찾아주려 한다는 소식을 듣고 기분이 영 좋지 않았다. 그렇다고 옥저의 새 짝을 찾는 걸 막을 방법도 없고 하여 아내 서저와 상의했다. 이때 옥저가 새 짝에게 시집가지 않겠다고 하며 자기 방에서 울고 있다고 하자 이거야말로 기회다 싶어 바로 서저가 옥저를 찾아와 일부러 이렇게 말했다.

"동생, 너 정말 철딱서니가 없구나. 애당초 아버지께서 잠시 눈이 멀어 너를 목수쟁이 아들과 정혼시켜 우리 가문에 먹칠을 했잖아. 이제 그 녀석이 떠나버렸으니 서로 격이 맞는 집안의 자제와 새로 정혼할 수 있으니 이거야말로 천재일우의 기회라고! 근데 넌 왜 이렇게 울고 난리야? 설마 도둑놈의 며느리, 목수의 마누라가 되는 게 명문 집안의 며느리 되는 것보다 낫다는 거냐고!"

옥저는 이 말을 듣고 창피하여 얼굴이 화끈거렸다. 더욱더 소리 내 울었다. 서씨가 그렇지 않아도 속이 안 좋은데 서저는 분위기 파악을 못하고 자기를 한쪽으로 끌고 가서 이렇게 속삭이는 것이었다.

"쟤가 혹시 그놈하고 이미 몰래 일을 저지른 것 아녀요! 그러니까 이렇게 죽기 살기로 못 잊어 난리죠."

이 말을 들은 서씨는 화가 머리끝까지 치밀어올랐다. 서저의 얼굴을 바라보면서 호되게 욕이라도 퍼붓고 싶었으나 옥저가 놀랄까 봐 차마 그렇게 하지는 못했다.

"너는 언니가 되어 가지고 동생 잘되는 꼴을 못 보는구나. 내가 겨우 옥저를 좀 달래놓았더니 어째 네가 와서 괜히 동생을 다시 울리는 거냐?

동생이 도둑놈의 며느리가 되든, 목수의 마누라가 되든 그게 너한테 무슨 상관이라고 이렇게 난리를 치고 그러느냐!"

서저는 어머니한테 이렇게 호되게 욕을 먹고는 얼굴이 화끈거려서 바로 아래층으로 내려가면서 이렇게 소리쳤다.

"아니 어쩌자고 저런 나쁜 년을 그렇게 싸고도는 거죠? 이 세상을 다 돌아다녀 봐도 저렇게 염치없는 년은 없을 건데. 그놈하고 일을 저지르지 않았다면 이렇게 죽네 사네 하지 않을걸. 만약 그놈의 아이라도 낳게 되면 죽어도 그놈하고 같은 관속에 들어가야지. 그래도 얼굴이 두꺼워서 부끄러운 줄 모르니 다행이지!"

서저는 아래층으로 내려가면서 끊임없이 주워섬겼다. 옥저의 화를 돋우어 보내버리려는 심산이 분명했다. 서씨는 그런 서저와 말을 섞고 싶지 않아 그냥 안 들리는 셈 치고 맘대로 지껄이라고 내버려 두었다. 옥저는 정신줄을 놓고 우느라 서저의 말이 귀에 들어오지도 않았다.

해저물녘 왕헌은 술이 얼큰히 취했다. 하인이 그를 부축하여 방으로 모셨다. 그대로 잠이 든 왕헌은 옥저가 우는지 마는지 전혀 알지 못했다. 서씨가 옥저를 옆에서 지켜보다가 한밤중이 되자 자기도 모르게 비몽사몽, 꾸벅꾸벅 졸다가 옥저에게 이렇게 말했다.

"얘야, 너무 고민할 필요 없다. 내일 아침에 내가 어떤 식으로든 결판을 내주마. 밤이 깊었으니 어서 자거라."

서씨는 옥저를 침대로 데리고 가서는 비녀도 빼주고 옷 입은 그대로 이불을 덮어주고 휘장도 쳐주었다. 그런 다음 하녀에게 불 단속을 하라고 했다. 원래 하녀란 잠이 많은 족속이라. 게다가 부지런하고 쓸 만한 건 열에 하나도 안 되는지라. 서씨 집에 하녀만 해도 일고여덟으로 그중 셋을 옥저에게 붙여주고 2층에서 옥저를 모시라 했었다. 밤늦은 시각이 되자 모두들 허리가 꺾이고 배가 씰룩씰룩 고개를 꾸벅꾸벅 자지 못해 안달이었다가 서씨가 옥저를 침대에 눕히자 주위를 정리하고 서씨가 아래층으로 내려가자 아래층으로 내려가는 문을 닫고 바로 자러 갔다. 서씨가 아래층에 내려와 보니 남편 왕헌이 코를 골며 자고 있는지라 건드리지 않고 그냥 내버려 두었다. 사방의 불을 살피며 단속하고 옷을 벗고 자리에 누웠다. 이 이야기는 여기까지만 하자.

한편 옥저는 침대에 누워 뒤척이며 생각에 잠겼다.

'어머니가 비록 이렇게 말씀하시긴 하지만 아버지 생각이 어떤지 알 수가 없구나. 설사 어머니가 날 위해 뭐가 말씀하셔도 아무런 결과가 없이 끝날 수도 있겠지. 어머니가 언니한테 심하게 욕한 걸 보면 언니가 나를 헐뜯는 소리를 한 것이 분명해. 그래서 그렇게 화를 내신 거겠지. 나는 한 번도 양심에 꺼릴 일을 한 적이 없는데 왜 남한테 비웃음을 당해야 하는 거지? 차라리 목숨을 끊는 게 훨씬 깔끔하지 않나!'

옥저는 한 시간도 넘게 슬피 울다가 하녀들이 코를 드르렁거리며 잠이 들고 아래층에서 아무런 인기척도 들려오지 않자 마침내 침대에서 일어나 울면서 수건을 집어 들고 방 가운데로 걸어가 의자 위에 올라서서 수건을 대들보에 걸고 동그랗게 매듭을 짓고는 그 매듭에 자기 목을 걸었다. 그런 다음 의자를 걷어찼다. 아, 이제 한 목숨이 사라지는구나.

    이 억울함을 누구한테 하소연할까,
    저승에 있는 남편에게 하소연하지.

옥저가 아직 죽을 운명이 아니었나 보다. 하녀 하나가 낮에 옥저가 안 먹은 밥을 몰래 걸어가 자기가 먹고, 밤에도 옥저가 안 먹은 밥을 걸어가 다른 두 하녀 몰래 먹었겠다. 자정 무렵이 되자 명치가 빵빵해지고 배가 터지게 아파서 곧바로 일어나 똥을 누려 했다. 한데 대체 요강을 찾을 수가 없었다. 똥은 급한데 요강은 안 보이는지라 애고 애고 소리만 절로 나왔다. 아까 급히 잠자리에 드느라 요강 챙기는 걸 까먹은 것이다. 그 하녀는 아랫도리를 깐 채로 요강을 찾아다녔다. 잠은 덜 깼지, 촛불은 깜빡거리지, 그 하녀는 대들보에 목을 맨 옥저를 피하지 못하고 그만 펑 하고 부딪치고 말았다. 그런 다음 의자하고도 부딪히니 의자가 쿵쾅하고 바닥에 굴렀다. 한밤중이라 그런지 이 소리가 너무도 크게 들렸다. 아래층에서 서씨와 다른 하녀들이 잠결에 깜짝 놀라 깨버렸다. 술에 취해 곯아떨어졌던 왕헌마저도 놀라 일어나서는 물었다.

"위층에서 무슨 소리가 이렇게 나는 거야?"

그 하녀는 옥저랑 부딪히며 넘어지면서 의자에 정확히 아랫배를 찧어버렸으니 자기도 모르게 똥오줌을 싸고 말았다. 자기 똥오줌에 쭉 미끄러지고 말았다. 그러다 고개를 들어보고선 깜짝 놀라 소리를 질렀다.

"아이고 큰일 났네! 옥저 아씨가 목을 맸다네!"

왕헌은 그 소리를 듣고 술기운이 확 달아나버렸다. 깜짝 놀라 일어나 옷을 챙겨 입으며 물었다.

"이게 지금 무슨 소리야?"

서씨가 울며불며 소리를 쳤다.

"야 이놈의 영감탱이야, 바로 네놈이 딸을 죽여 놓고 무슨 일이냐고 묻는 거야?"

왕헌은 다시 뭐라고 물어볼 엄두도 내지 못하고 손에 잡히는 대로 아무 옷이나 집고 보니 바로 마누라 저고리라, 아이고 모르겠다 싶어 그거라도 대충 걸치고 신발을 찾으니 어디 있는지 뵈지도 않는지라 그냥 맨발로 2층으로 올라갔다. 서씨는 가까스로 치마만 걸치고 위는 그냥 벗은 채로 홑이불 하나 걸치고 남편의 신발을 신고서 남편을 뒤따라 엎어지고 넘어지며 울며불며 2층으로 올라갔다. 남편이 너무도 당황한 나머지 2

층으로 올라가는 계단을 잘못 밟아서 우당탕 굴러 내려오다 서씨랑 부딪쳐 두 사람이 함께 아래까지 굴려 떨어졌다. 둘은 몸이 아프거나 말거나 다시 벌떡 일어나 2층으로 뛰어갔다. 아이고, 옥저 방문이 잠겨 있구나. 두 주먹을 불끈 쥐고 그 자물통을 마구 치고 또 쳤다.

위층 아래층에 있는 하녀들이 모두 잠에서 깨었다. 치마를 찾아 입는 하녀, 속저고리가 어디 있지 찾는 하녀, 속저고리는 입었는데 속바지는 어디 있지 찾는 하녀, 바지 한쪽에 두 다리를 다 집어넣는 하녀, 저고리를 위아래 거꾸로 들고 팔을 집어넣을 구멍이 없다고 하는 하녀, 별의별 모양이 다 나오고 별의별 소리가 다 들렸다. 똥을 싼 하녀는 제 몸을 닦고 옷을 찾아 입기 바빠서 방문을 열 생각은 꿈에도 하지 못했다. 왕헌이 자물통을 주먹으로 치다가 맘이 너무 급해서 어쩔 줄 몰라 하고 있을 때 하녀 셋이 모두 옷을 입고서는 문을 열어주었다.

서씨는 옥저가 목을 매달고 있는 모습을 발견하고는 가슴이 찢어지는 듯하여 대성통곡하기 시작했다. 그래도 왕헌이 사리를 분별할 줄 아는 남자라고 울음을 그치고 얼른 옥저에게 달려가 손으로 옥저를 만져보았다. 옥저의 몸은 아직 따듯했고 목덜미 부분에서 후후 가릉가릉 숨 쉬는 듯, 가래가 끓는 듯한 소리가 들려왔다. 왕헌이 소리쳤다.

"여보, 그만 울라고. 옥저 아직 죽지 않았어!"

왕헌은 두 손으로 옥저를 껴안고 하녀한테 어서 의자를 가져오게 하여 그 의자 위에 올라가 옥저를 풀어 내렸다. 그리고 다른 하녀에게 어서 뜨거운 물을 준비해오라고 했다. 서씨는 옥저가 아직 죽지 않았다는 말을 듣고는 바로 눈물을 그치고 등불을 들고 와서 비춰보았다. 의자를 붙잡고 있던 하녀는 손 가득 더러운 게 잡히고 썩는 냄새가 코를 찔렀다. 그 하녀가 "의자에 왜 이리 더러운 게 많이 묻었어!"라고 소리쳤다. 서씨가 등불을 비춰보니 바로 똥오줌이었다. 왕헌은 그 의자 위에 서 있으면서도 전혀 모르는 눈치였다. 서씨는 이게 바로 옥저가 싼 똥오줌인 줄 알고 등불로 비춰보면서 혼잣말했다.

"아이고, 이런 게 다 흘러나왔는데 아직 죽지 않았다니 무슨 말이야!"

서씨가 다시 통곡하기 시작했다. 본디 목을 매단 사람이 똥오줌을 싸 버리면 그건 더는 살릴 수 없다는 말이 있다. 왕헌이 소리쳤다.

"마님은 신경 쓰지 말고 어서 이거 좀 풀어봐라."

하녀는 손에 더러운 게 잔뜩 묻었는지라 맘같이 그 수건을 풀어낼 수가 없었다. 보다 못한 왕헌이 어서 가서 칼을 가져오라 하여 칼로 수건을 잘라버렸다. 왕헌이 옥저를 안아서 침대 위에 뉘고 목을 감싸고 있던 수건을 풀었다. 그런 다음 서씨한테 옥저의 입에 입을 갖다 대고 숨결을 불어넣어 주라 했다. 수십 번 숨결을 불어넣자 옥저가 스스로 숨을 쉬기 시작했고 손발이 펴지기 시작했다. 옥저의 목에 따듯한 물을 몇 모금 넘겨주자 옥저는 차차 되살아나고 그리곤 흐느껴 울기 시작했다. 서씨가 옥저에게 말했다.

"내가 너한테 그렇게 이야기했건만 어쩌자고 이런 짓을 저질렀어, 그래!"

"제가 이렇게 박복한 팔자인데 이렇게 사는 게 무슨 의미가 있겠어요.. 차라리 죽는 게 낫죠!"

이때 왕헌이 서씨에게 물었다.

"방금 당신이 내가 딸년 신세를 망쳤다고 하더구먼. 그게 무슨 말이야?"

서씨는 옥저가 절대 개가하지 않으려고 한다는 말을 해주었다. 왕헌이 옥저에게 말했다.

"너는 어째 그렇게 고집을 피우냐! 내가 전에 생각이 짧아서 네 짝을 잘못 맺어주고 너의 인생을 이렇게 힘들게 만들고 말았구나. 지금은 그놈 소식도 모르니 당연히 다른 짝을 찾아 맺어주려고 하는 게 이 아비가 해야 할 일이지. 한데 어쩌다 이렇게 내 딸을 잡을 뻔했단 말이냐!"

옥저는 아무 말도 하지 않고 그저 울기만 했다. 서씨가 끼어들었다.

"당신이 애당초 정수를 입에 침이 마르도록 칭찬하고 양아들로 삼고 사위로 들였잖아요. 그게 다 당신 혼자 알아서 한 거지 누가 옆에서 시킨 게 아니잖아요. 정수가 우리 집에서 얼마나 잘 지냈어요. 무슨 못된 짓 한 번 안 하고 말이죠. 근데 당신이 어디서 뭔 소리를 듣고 와서는 정수가 무슨 도적질이라도 한 줄 알고 정수를 단칼에 내쫓아버려서 지금은 소식도 알 수 없게 되었잖아요. 설혹 정수가 진짜 죽었다 하더라도 일 년이고 반년이고 기다렸다가 옥저의 의향을 물어봐서 차근차근 그다음 일을 했어야죠. 정수의 생사존망도 모르는 마당에 우리들 아무도 모르게 사방팔방 중매쟁이를 통해서 일을 벌이니 옥저가 어찌 화가 나지 않겠어요? 어쨌든 옥저의 생명을 구했으니 다행이지 만약 옥저가 그만 세상을 떠나고 말았더라면 어쩔 뻔했어요! 그러니 당신 쓸데없는 생각 좀 그만하고 사방으로 사람을 보내서 정수의 행방을 찾아보고 만약 정수가 별 탈이 없으면 다행이지만 혹시 정수한테 정말 안 좋은 일이 생겼다면 재산의 반을 뚝 떼어서 우리 옥저가 평생 수절할 수 있게 해주세요. 만약 제 말 안 듣고 우리 옥저를 계속 몰아붙이면 내가 절대 그대로 참고 있지 않을 거예요."

왕헌은 딸 옥저의 의지가 이처럼 굳은 걸 알고 하는 수 없이 그러마고 대답하고는 아래층으로 내려갔다. 서씨가 이번엔 옥저에게 말했다.

"애야, 내가 이미 다 설명했으니 네 아버지가 그 말을 무시하지는 않을 거다. 이제 고만 울어라. 그 더러운 거 묻은 옷 갈아입고 어서 몸 좀 쉬어라."

서씨는 옥저가 뭐라고 하든 말든 일단 옥저의 옷 허리띠를 풀었다.

옥저는 어머니의 성화를 도저히 이겨낼 수가 없어 옷을 갈아입고 침대에 누웠다. 해 뜰 무렵이 되어 옥저가 벗어놓은 옷을 보니 똥오줌이 묻은 흔적이 하나도 없었다. 그 하녀는 더는 못 감추고 사실대로 말했다. 다른 하녀들은 배꼽을 잡고 허리가 끊어질 정도로 한바탕 웃었다.

이때부터 옥저는 마치 수행을 하기라도 하듯 2층에서만 지내고 아래층에 내려가지 않았다. 왕헌은 사람을 널리 보내어 정수를 찾지는 않았으나 옥저를 새로 시집보내려고 하는 일은 잠시 미뤄두었다. 서씨는 옥저가 또 그런 일을 시도할까 봐 잠도 옥저 옆에서 함께 자고 늘 붙어 있었다. 더불어 남편이 정수 행방을 찾는 데 열의를 보이지 않자 자기가 따로 마련해 둔 돈으로 하인을 보내어 소식을 알아보게 했다. 일단 먼저 정수 어머니 진씨를 찾아가 무슨 소식이 없는지 알아보게 했다.

보고 싶을 때 내 님 볼 수만 있다면,
산더미 같은 금은보화도 아낌없이 쓰려네.

한편, 조앙의 아내는 어머니한테 한바탕 욕을 먹고 아래층으로 내려와 온갖 욕을 다하며 자기 방으로 돌아와 남편에게 이 사실을 알렸다.

"내가 지금은 이렇게 수모를 당했지만 내가 아침저녁으로 이렇게 말하고 저렇게 말해서 저년이 세상을 뜨도록 만들고 말 거라고."

이튿날 아침, 옥저가 목을 매달았다는 소식을 듣고 속으로 엄청 좋았지만 그래도 안 그런 척 옥저를 찾아와 위로했다. 그런 다음 아버지를 찾아가 옥저의 험담을 늘어놓았다. 몰래 옥저를 모시는 하녀를 불러 돈을 찔러주며 다음번에 혹시 옥저가 다시 목을 매달면 괜히 호들갑 떨지 말고 그대로 죽게 내버려 두라고 당부했다. 한편 어머니가 하인을 시켜 정수의 소식을 알아보게 한다는 소식을 듣고 그 하인에게 돈을 건네고 정수의 행방은 알 길이 없다고 말씀드리도록 했다.

  조앙은 장인을 찾아가서 있는 소리, 없는 소리로 온갖 알랑방귀를 다 뀌면서 장인어른의 환심을 샀다. 왕헌 역시 옥저가 정수한테 평생 절개를 지키겠다고 고집을 피우는 바람에 골머리를 앓고 있던 차에 조앙 부부가 이렇게 찾아와 자기 맘에 쏙 드는 소리를 해주니 매사에 그들 말을 신용하고 따랐다. 조앙은 모든 일이 자기 뜻대로 진행되어 너무도 기분이 좋았지만 다만 한 가지 찜찜한 일이 있었다. 여러분, 그게 무슨 일인지 아는가? 바로 양홍 그놈 때문이었다. 양홍이 조앙을 위해서 두 건이나 일을 처리하여 주고는 틈만 나면 찾아와 돈을 요구했다. 조앙도 처음 몇 차례는 그냥 두말없이 그 부탁을 들어줬지만 나중에는 양홍의 요구가 정말 짜증이 났다. 그렇다고 그의 요구를 거절할 수는 없어서 마지못해 들어주었다. 그럼 양홍은 그 돈이 적으니 어쩌니 하면서 구시렁대곤 했다. 어쩌다 두세 차례 돈을 주는 게 늦어지자 양홍이 그걸 기분 나빠 하면서 조앙한테 악담을 퍼부었다. 조앙은 양홍과의 일이 장인어른 귀에 들어갈까 봐 꾹 참고 양홍에게 돈을 챙겨주곤 했다. 조앙이 겁내는 걸 보고 양홍이 더욱더 세게 나왔지만 조앙은 별수가 없었다. 차라리 잠시 어디라도 가서 양홍을 좀 피하고 싶은 심정이었다.

  마침 장인이 세곡 운반 건으로 북경에 가야 할 참이었다. 조앙은 이 기회에 장인어른과 상의하여 북경 가서 돈을 내고 관직을 사서 앞으로 장인어른을 대신하여 세곡 운반 책임을 맡으면 일석이조일 것 같았다. 왕헌은 사위가 북경 가서 관리가 되고 싶다는 말을 하자 아주 좋은 생각이라고 맞장구쳤다. 세곡 운반하는 번거로운 일을 사위가 맡아준다니 마다할 이유가 없지 않은가. 조앙은 장인에게 알선비용으로 천금을 부탁했다. 친구들과 송별회를 마친 조앙은 양홍을 찾아가 돈을 쥐여준 다음 길을 떠났다.

여기서 이야기는 둘로 갈린다. 장정수가 남경에서 연극 공연을 한 지도 어언 1년이 다 되어 가지만 아직도 고향에 돌아가지 못하고 있었다. 하루는 예부의 벼슬아치 하나가 장정수의 연희패를 불러 공연을 하라 했다. 그 벼슬아치의 성은 소邵, 이름은 승은承恩, 진사 출신으로 현재 관직은 예부주사이며, 본관은 절강성 태주부 영해현이었다. 소승은의 부인은 주씨였다. 주씨는 자식을 낳기는 여럿 낳았지만 오직 딸 하나만 남았다. 그 딸이 지금 열다섯 살, 용모와 재주와 덕성을 모두 갖추었다. 이날은 소승은의 환갑날, 잔치를 크게 열었으니 동료들이 모두 축하하러 왔다.

장정수가 무대에 올라 공연하니 마치 등장인물이 살아 숨 쉬는 것 같더라. 청중들의 박수갈채가 끊이지 않았다. 소승은은 제법 관상에 정통한 사람이라 장정수의 위풍당당한 용모를 보더니 나중에 크게 될 상이라는 걸 단번에 알아차렸다. 그래도 혹시 자기가 잘못 보았을까 걱정되어 막간에 장정수를 불러 가까이서 자세히 보니 틀림없이 나중에 재상이 될 만한 상이라. 지금 이렇게 하찮은 일을 하고 있는 게 너무 안타까웠다. 소승은이 정수의 이름을 물어보고 맘속에 담아두었다.

술자리가 파하고 사람들이 흩어진 다음, 연희패한테 다들 돌아가도 좋다고 하고 대신 남주인공만 좀 남으라 했다. 그리고 소승은의 부인이 내일 따로 다른 사람 편에 보내줄 거라고 했다. 반충은 장정수가 이 김에 연희패에서 빠져나갈까 걱정되어 전혀 내키지 않았으나 벼슬아치가 분부하는 거라 감히 거역할 수가 없었다. 반충은 '그렇게 합죠'라고 연거푸 대답하고는 나머지 패거리를 이끌고 돌아갔다. 장정수는 소승은의 안내를 받으며 안채로 들어갔다. 안채에는 등불이 환하게 밝혀져 있고, 탁자 위엔 술잔이 정갈하게 놓여 있었다. 소승은의 부인과 딸이 그들을 맞았다. 집안의 하인들이 조금 떨어진 위치에서 다소곳하게 서 있었다. 장정수 역시 그 하인들 옆에 같이 섰다. 안채에서 시중드는 자들은 모두 하녀였다. 먼저 딸이 소승은에게 환갑 축하 인사를 올리고, 그런 다음 부인이 잔을 건네며 축하했다. 소승은이 답례를 마치더니 자리에 앉았다. 장정수를 불러 부인에게 인사시킨 다음 옆에서 창을 하게 했다. 장정수가 한 곡조를 부르고 나자 소승은이 물었다.

"장정수, 내가 보기에 너는 인물도 당당하고 한 게 결코 비천한 일을 할 자가 아니로다. 어서 사실대로 말해보아라. 넌 어디 사람이며, 올해 몇 살인가? 어쩌다가 이런 비천한 기예를 다 익히게 되었는가? 세세하게 나에게 말하라. 나한테 다 생각이 있느니라."

장정수가 질문을 받고 앞으로 나가 자신이 겪은 일의 자초지종을 자세하게 말씀드렸다. 그런 다음 이렇게 덧붙였다.

"제 나이는 열여덟이옵니다. 지금 제가 연극을 하는 것은 어쩔 수 없는 상황이라서 그런 것이지 제가 원해서 하는 것은 아닙니다."

소승은이 장정수의 말을 듣고 한참 동안 혀를 차며 탄식했다.

"자네한테 그런 억울한 사연이 있었구먼. 이렇게 연희패나 따라다녀서야 언제 출세할 수 있겠나! 자네가 공부도 했었다고 하니 시나 사를 지을 줄 알 터. 한 수 지어보게나. 내가 한번 살펴보고 싶네."

소승은이 좌우 하인에게 명하여 문방사우를 가져오라 했다. 그런 다음 옆 탁자에 그걸 펼쳐 놓게 했다. 장정수가 붓을 들어 별로 고민도 하지 아니하고 바로 한 수 지어 소승은에게 바쳤다. 천년만년 살고지고라는 뜻의 「천추세千秋歲」라는 사였다.

기화요초, 멋들어진 누각,
검은 두루미 상서로운 구름 사이를 날고.
잔치 자리엔 악기 연주 소리 둘러앉았네.
별세계에서 온 그대,

세상이 좁다고 호호탕탕 웃누나.
사람들 일제히 손뼉 치며 외치네,
봄이여 이어져라, 사람이여 늙지 마시라.

북궐에 용무늬 깃발 펄럭이고,
남극성에서 상서로운 빛 비치는데,
한 살 더하시고, 만수무강하시라.
파랑새가 소식을 물고 오기를,
신선들이 오신다네.
높은 숭산嵩山처럼,
만년을 살고지고.

소승은이 이 사를 보고 기쁨을 감출 수가 없어 연신 칭찬하고 또 칭찬했다.
"부인, 이자는 재주와 용모를 겸비했구려. 나중에 재상이 될 인재요. 내가 이자를 양자로 들이고 싶소이다만 부인의 의향은 어떠시오?"
"그 좋은 일을 제가 어찌 반대하겠습니까?"
소승은이 장정수에게 말했다.
"내 나이 이미 환갑인데도 아직 아들이 없구나. 자네가 만약 싫지 않다면 독선생을 모셔 자네를 가르치고 싶구나. 그게 무대에서 허튼 공연하는 것보다 백 배 나을 것이다."
"나리께서 저를 이끌어주신다면 그건 저를 다시 세상에 태어나게 해주신 것과 마찬가지입니다. 다만 제가 출신이 미천하여 나리에게 누를 끼칠까 그게 걱정입니다."
"무슨 그런 말을 하느냐!"

당장 재배를 네 차례, 여덟 번 절하고 난 다음 소승은 부부를 부모로 삼고 소승은의 딸을 여동생으로 삼았다. 그런 다음 소승은 옆 의자에 앉았다. 이름을 소익명邵翼明이라 바꾸었다. 소승은은 하인들에게 장정수를 도령님이라 부르라 하고 만약 이를 어기면 엄히 벌할 것임을 밝혔다. 이제 이 이야기는 여기까지만 하기로 하자.

한편, 반충은 그날 밤 잠도 제대로 자지 못했다. 새벽같이 일어나 소승은 댁에 가서 장정수가 나오기만을 기다렸으나 정오가 되도록 장정수가 나오지를 않았다. 하는 수 없이 문지기를 통하여 말을 전해주도록 했다. 소승은이 반충을 안으로 들어오게 하여 이렇게 말하는 것이었다.

"장정수는 본디 뼈대 있는 집안의 자손으로 다른 사람의 계략에 빠졌다가 너희한테 도움을 받고 생명을 건지고는 연희패 식구가 된 것이다. 이제 내가 장정수를 거두기로 했으니 너는 다른 사람을 구하도록 하라."

소승은은 하인 편에 반충에게 은자 다섯 냥을 주었다. 반충은 소승은이 장정수를 양자로 들이기로 했다는 말을 듣고 벌린 입을 다물지 못했다. 하지만 어쩌랴, 그냥 하는 수 없이 인사를 올리고 떠났다. 소승은은 그날로 독선생을 초청하고 서재를 정리하여 정수가 공부할 수 있게 했다. 장정수는 오랫동안 책을 놓았으나 다시 공부한다는 게 너무도 좋아 밤낮을 가리지 않고 두 달 동안 열심히 공부했다. 그가 짓는 문장은 마치 비단결과도 같았다. 소승은이 너무도 흡족해했다.

마침 이해가 성에서 과거를 치르는 해라서 장정수는 국자감에 입학했다. 그해 가을, 성에서 실시하는 과거를 치르고 5등으로 합격했다. 소승은은 너무도 기뻐서 벌린 입을 다물 줄 몰랐다. 장정수는 시험관에게 인사를 올리고 집으로 돌아와 소승은을 뵈었다. 장정수는 소주로 가서 부친을 구하고 싶노라고 말씀드렸다. 소승은이 말했다.

"조금만 더 기다려라. 일단 북경으로 가서 다음 단계 과거를 치르는 게 좋겠다. 그리하여 그 고장으로 네가 부임하여 너의 원수들을 법대로 다스리는 게 얼마나 통쾌하겠느냐! 만약 급제하지 못한다면 먼저 사람을 보내어 너의 원수들을 찾아내게 한 다음 너랑 내가 함께 가서 그 지방의 관리에게 사정을 이야기하고 그놈을 잡아서 죄를 묻도록 하자. 네가 지금 가게 되면 풀을 건드리니 뱀이 눈치채고 도망가는 격으로 그놈들이 먼저 알고 내빼버릴 것이니 이것은 고생만 하고 성과도 없고 너의 다음 단계 과거시험도 망치게 되는 것 아니겠느냐?"

장정수가 듣기에도 일리가 있는지라 그 말을 따르기로 했다. 한편 소승은은 장정수가 너무도 맘에 들어 사위 삼고 싶어했다. 하지만 이미 양자로 들인 처지라 다른 사람 눈치가 보여 쉽사리 입에 올리지 못하고 중매쟁이를 통하여 살짝 운만 띄우고 그랬다. 장정수는 아직 부친의 원한을 풀어드리지 못하기도 했고 또 옥저의 마음이 어떠한지를 확인하지 못한 상황에서 자기가 먼저 그 마음을 저버리고 싶지 않았다. 장정수가 소승은에게 이런 마음을 잘 말씀드리고 이 일은 더 진행하지 말아주십사 부탁했다. 장정수는 짐을 꾸려 과거를 치르고자 북경으로 출발했다.

부친의 원한을 풀어드리기도 전에,
장원급제 경사가 먼저 닥치네.

자, 이제 이야기가 둘로 갈린다. 장문수는 하남에 도착해서는 이름을 저사무라 바꾸었다. 저위 부부는 사무를 끔찍이도 아끼고 독선생을 불러 공부를 가르쳤다. 장문수는 자나 깨나 부모와 형을 그리워했다. 몸은 하남이 있어도 마음은 소주에 있었으니 책을 보아도 그게 눈에 들어올 리가 없었다. 저위가 비단을 팔러 장강을 따라 내려가면 자기도 함께 집에 돌아갈 생각뿐이었다. 그러나 저위가 나이도 들고 집안 형편도 먹고 살

만하니 저위의 아내가 이제 고만 비단 장사를 다니고 그냥 집에서만 장사하라고 권했다. 장문수는 이 소식을 듣고 상심하여 바로 병이 들고 말았다. 저위가 의원을 불러 치료해주며 이리저리 달랬다. 1년 정도 지났을까, 시험관이 장문수가 사는 하남부로 왔다. 장문수는 아픈 몸을 이끌고 가서 시험을 치렀고 부학府學에 입학할 자격을 얻었다. '운이 트이려면 머리도 잘 돌아간다'고 하지 않는가. 장문수는 부학에 입학한 후로 고향에 돌아가고픈 마음을 좀 진정시킬 수 있었다.

'그래, 내가 지금 내 나름의 출셋길이 열린 거야. 내가 성에서 치르는 과거에 합격하여 거인이 되고, 더욱 복이 있어 북경에서 치르는 과거시험에 합격하면 아버님의 원수를 갚는 게 더욱 쉬워질 거야.'

이렇게 마음을 먹고 나니 어쩜 그렇게 바라는 대로 일이 잘 풀리는지 성에서 치르는 과거에 단박에 급제했다. 합격 축하연에 참석했다가 집에 돌아와 저위 부부를 뵈었다. 저위 부부는 세상을 다 얻은 듯 기뻐했다. 이때 일가친척과 이웃 사람들이 몰려와 집이 미어터질 정도였다. 모두들 장문수를 입에 침이 마를 정도로 축하했다. 방귀깨나 뀐다고 하는 집안에서는 천만금의 예물을 보내와 사위 삼고 싶다는 뜻을 내비쳤다. 그러나 장문수의 마음은 오직 고향 부모님에게 쏠려 있으니 어찌 그런 제안을 받겠는가!

장문수는 서둘러 짐을 꾸리고 하인을 거느리고서 같이 합격한 두 선비와 함께 다음 단계의 과거를 치르러 북경으로 출발했다. 저위 부부는 십 리 길까지 따라와 배웅하고 돌아갔다. 아침이면 일어나 걷고 밤에는 자고 하면서 길을 갔다. 며칠 후 북경에 도착하여 객점을 정하여 짐을 풀었다. 아니, 하늘이 도우신 걸까. 마침 장정수도 이 객점에 머물고 있었다. 서로 방을 나란히 하여 머물고 있었으니 오가다 늘 얼굴을 부딪쳤다. 정수, 문수 형제는 서로 몸집도 변하고 분위기도 달라지고 하여 예전의 빼빼 마른 그런 모습은 전혀 아니었다. 그래도 기본 체형과 인상이 여전히 남아 있으려니 그걸 보고 친형제가 서로 못 알아본다는 게 어디 말이나 되겠는가! 하지만 한 사람은 절강에서 온 소익명이라는 귀공자요, 다른 한 사람은 하남에서 온 저사무라는 부잣집 아들이라 서로 저자가 내 친형제일 수도 있다는 생각은 꿈에도 하지 못했다.

며칠이 지나고 북경에서의 과거시험이 다 끝났다. 객점에 머물고 있는 다른 응시생들은 방이 붙기를 마냥 기다리기 지루하다며 저잣거리에 놀러 가고 더불어 기생집도 다녀오려고 나섰다. 오직 소익명과 저사무만은 같이 따라가지 않고 그냥 객점에 남았다. 저사무가 심심한데 소익명에게 같이 이야기나 나누자고 청했다. 둘이 이야기를 나누다 보니 이상하리만치 서로 잘 통했다. 저사무가 물었다.

"소 형은 어찌하여 저잣거리에 함께 놀러 가지 않으셨소이까? 부친께서 너무 엄하셔서 그런 것인가요?"

소익명은 자기도 모르게 하염없이 눈물을 흘리면서 대답했다.

"나에겐 슬픈 사연이 있다오. 오늘 북경에 와서 회시를 치른 것도 나름 부득이한 사정이 있어서였는데 무슨 기분이 나서 놀러 다니겠소이까. 그러는 저 형은 어이하여 다른 사람과 함께 놀러 나가지 않았소이까? 어린 나이에 이렇게 철 들기도 쉽지 않은데 말이오."

저사무가 장탄식을 하고 나서 말했다.

"제 심정을 이야기할라치면 소 형보다 더 가슴 찢어질 거 같아요. 소 형이 꼭 급제하셔서 원수를 갚기를 바라오. 그럼 내 원수를 갚는 거나 마찬가지라오."

소익명이 저사무의 말을 듣다 보니 자신의 처지와 너무 흡사한지라 바로 이렇게 말했다.

"그대와 내가 서로 다른 성에서 출발하여 이렇게 같은 해에 같이 과거를 응시하게 된 것도 다 하늘이 맺어준 인연이요, 친형제나 마찬가지라. 그대의 원수가 바로 내 원수라오. 왜 속 시원하게 이야기하여 나에게 알려주지 않으시오?"

저사무가 생각에 잠겨 있느라 대답하지 않았다. 소익명이 계속 재촉하니 마지못해 입을 열어 설명하기 시작했다. 저사무가 채 몇 마디 하기도 전에 소익명이 바로 소리쳤다.

"너 내 동생 문수 아니냐! 내가 바로 네 형 정수다!"

둘은 서로 부둥켜안고 엉엉 울었다. 둘은 각자 자기들의 이름을 바꾸게 된 내력을 이야기했다. 성에서 치르는 과거에 급제하고 북경에서 실시하는 과거를 치르러 와서 형제가 만나게 되었으니 어이 기쁘지 않으랴. 그러나 이 기쁨은 슬픔이 깔려 있는 그런 기쁨이었다.

십 년 가뭄에 단비,
천 리 타향에서 고향 친구 만난 것보다 더 낫구나.
신방에서 화촉 밝히는 것 아직은 아니라네,
지금은 과거급제자 명단에 내 이름 올릴 때.

과거급제자를 알리는 방이 붙었다. 소익명, 저사무 둘 다 백 등 이내 성적으로 급제했다. 천자가 직접 주재하는 전시殿試에서 정수 형제는 모두 이갑二甲의 성적을 얻었다. 실습 기간을 마치고 소익명은 남직예 상주부의 사법 관리로 부임했다. 저사무는 한림원의 서길사庶吉士로 임명되었다. 저사무는 친부를 구하고 싶은 마음이 너무도 깊어 휴가를 청하여 소익명과 함께 소주로 출발했다. 하인에게 서찰을 써주고는 하남으로 가서 저위 부부에게 보여주고 소주에서 친부를 뵙고 나서 다시 북경으로 돌아올 거라고 전하라 했다.

정수, 문수 형제는 북경을 떠나 뭍길을 잡고 갔다. 남경에 이르러 정수는 먼저 소승은을 뵙고 인사했다. 소승은 부부는 기뻐서 어쩔 줄 몰랐다. 정수가 말씀드렸다.

"동생 문수는 하남 저위 어르신 덕분에 목숨을 건지고 저사무라고 이름을 바꾸고 이번에 저와 함께 진사 급제하여 한림원 서길사로 임명되었습니다. 저와 함께 고향으로 돌아가 아버님을 뵙고자 합니다."

소승은이 깜짝 놀라며 말했다.

"세상에 이렇게 기이한 일도 다 있구나. 어서 만나보도록 하자."

하인이 서둘러 장문수를 안으로 모셨다. 장문수는 대청으로 들어와 의자를 대청 한가운데 놓더니 소승은에게 어서 앉으시면 자기가 절을 올리겠노라 했다. 소승은이 어찌 냉큼 그렇게 하겠는가? 소승은이 말했다.

"내가 어찌 그렇게 할 수가 있겠소? 그대는 우리 집의 귀한 손님인데 내가 어찌 감히 그렇게 예의에 어긋난 일을 할 수 있겠소이까?"

"제 형님을 아들로 받아주셨으니 저 역시도 아들인 셈인데, 어찌 절을 올리지 않을 수 있겠습니까?"

장문수와 소승은이 서로 예의를 더 극진히 하고자 설왕설래하다가 결국 소승은이 장문수에게 반배를 올리게 했다. 장문수가 또 소승은의 부인을 나오게 해서 인사를 올렸다. 소승은이 축하 잔치를 벌였다. 잔치는 밤이 늦어서야 끝났다. 이튿날 고을의 관리들이 이 소식을 듣고는 모두 인사차 찾아왔다. 정수, 문수 형제가 차례로 답례했다. 점심때 식사를 하면서 술잔을 서로 나눌 때 소승은이 장문수에게 물었다.

"자네는 소주에 있을 때 결혼한 건가, 아니면 하남에 있을 때 결혼한 건가?"

"제가 집안에 환난이 있어 아직 결혼하지 못했습니다."

"아니 아직 결혼하지 않으셨구먼. 내가 주제넘게 좀 나서자면 나한테 딸이 하나 있는데 올해 열여섯 살이외다. 그리 빼어난 용모는 아니나 그래도 바느질 정도는 할 줄 안다오. 자네가 싫지 않다면 자네를 위해 밥짓고 청소하게 하고 싶소만 자네 의향은 어떤가?"

"어르신의 말씀은 너무도 고맙습니다. 제가 어찌 싫어할 리가 있겠습니까? 그러나 아버님의 허락을 아직 받지 못했으니 제가 감히 멋대로 할 수는 없습니다."

장정수가 한마디 거들었다.

"아버님께서 이렇게 좋은 제안을 해주셨으니 저희가 소주에 가서 부모님께 말씀드리고 난 다음 혼사를 진행하고자 합니다."

소승은이 대답했다.

"그래, 그 말대로 하는 게 좋겠구나."

이야기를 나누자니 밖에서 시끄러운 소리가 들려왔다. 소승은이 하인을 시켜 무슨 일인지 알아보라 했다. 소승은이 복건성 교육담당관으로 승진했음을 알리러 온 것이었다. 소승은은 만면에 미소를 띠고는 하인들에게 이 소식을 알리러 온 자들을 대접하라고 명했다. 정수, 문수 형제가 술잔을 올리며 소승은을 축하했다. 소승은이 장정수에게 말했다.

"내가 임지로 가는 길과 너희 형제가 가는 길이 같으니 며칠 더 있다가 나랑 같이 출발하면 어떨까?"

"저희가 먼저 출발하여 소주에서 기다리고 있겠습니다."

소승은이 그러라고 했다. 다음 날 배를 빌린 다음 소승은과 작별하고 남경을 출발했다. 강물을 따라 내려가니 하루 만에 진강에 도착했다. 장정수는 뱃사람에게 자신이 상주부의 사법 관리 신분임을 절대 노출하지 말라고 당부했다. 뱃사람이 어찌 그 당부를 소홀히 하랴! 진강과 단양을 지나, 순풍을 받으며 내려가 이틀 만에 소주에 도착했다. 배를 서문 부두에 정박시키고 정수, 문수 형제는 평복으로 갈아입고 은자를 챙긴 다음 하인을 대동하지 않고 다른 사람 눈치채지 못하게 조용히 감옥소 쪽을 향하여 출발했다. 멀리서 자기 집 대문을 바라보노라니 자기도 모르게 눈물이 흘러내렸다. 문을 열고 안으로 들어가 보니 어머니가 머리는 푸석푸석하고 두 눈에는 눈물이 글썽한 채로 의자에 앉아 있었다. 정수, 문수 형제가 어머니에게 다가가 소리쳤다.

"어머니, 저희들 돌아왔습니다!"

그들은 울면서 바닥에 엎드려 절했다. 어머니 진씨는 눈물이 어려있는 눈을 손으로 닦으면서 말했다.

"아이고 내 아들아, 그동안 어디 있다가 이제야 돌아온 게냐? 나는 그냥 이렇게 죽는 줄 알았다."

어머니와 아들이 서로 껴안고 울었다. 두 아들이 자신들이 죽을 뻔했다가 목숨을 건진 사연을 자세하게 말씀드렸다. 그러고는 목소리를 낮춰 덧붙였다.

"어머니, 저희 형제는 둘 다 한꺼번에 과거에 급제했습니다. 저는 상주부 사법 관리가 되었고, 동생은 한림원 서길사로 임명되었습니다. 아버지, 어머니 일이 걱정되어 부임하기 전에 이렇게 찾아왔습니다. 아버님의 상황이 어떤지 모르겠습니다."

진씨는 두 아들이 모두 관리가 되었다는 말을 듣고 큰 복이 하늘에서 떨어진 것과 같은 기분이 들었다. 그동안의 모든 근심 걱정이 싹 사라지는 것 같은 기분이었다.

"네 아버지는 종의 덕분에 별 탈 없이 잘 지내고 계시다. 지금은 재심을 받으러 상숙으로 가셨는데 내일이나 모레쯤 돌아오실 거야. 그래 너희가 관리가 되었다고 하는데 너희 아버지를 옥에서 나오게 할 방법이 없을까?"

"아버님을 옥에서 풀려나시게 하는 거야 어렵지 않습니다. 그러나 아버님을 모함한 놈을 찾아내 벌주지 않는다면 저희 분함이 어찌 풀리겠습니까! 제 처는 아직 절개를 지키고 있습니까, 아니면 개가했습니까?"

"네가 떠난 후로 하인 녀석 하나 찾아온 적이 없구나. 나 역시 걱정거리가 태산이라 며느리 소식을 알아볼 처지가 아니었지. 그래도 왕삼숙이 우리 집을 지나다가 말해주더구나. 사돈 왕헌이 며느리를 개가시키려고 했으나 며느리가 그 말을 따르지 않고 목을 매었다가 사람에게 발견되어 살아났다고 하더라. 그게 벌써 1년도 넘은 일이야. 아마도 개가하지 않고 절개를 지키고 있지 않을까 싶다. 내가 몇 번이나 찾아가 보고 싶었지만 하녀도 죽고 없어서 같이 갈 사람도 없고 사돈 왕헌이 매정하게 우리 집을 끊어내 버렸으니 찾아가도 좋은 꼴 보기 어렵겠다 싶어 그만두곤 했지. 넌 사돈이 우리한테 해준 좋은 것만 기억하고 나쁜 건 마음에 담아두지 말고 내일 찾아가서 인사라도 드려라."

장정수는 어머님의 말을 듣고서 한층 더 슬퍼졌다.

"어머님 말씀대로 하겠습니다."

정수가 문수에게 말했다.

"아버님이 여기 계시지 않는다 하니 가마를 불러 어머님을 태우고 우리 배로 모시도록 하자."

장문수가 즉시 가마를 불렀다. 진씨는 바로 옷가지만 챙기고 나머지 살림살이는 그냥 내버려 두고 가마에 타고서 강어귀로 가서는 배에 올랐다. 몇 년 동안 모자가 서로 헤어져 지내며 죽을 고비를 몇 번이고 넘기고 이제 아들이 금의환향하여 어머니를 뵈었구나.

형제가 한꺼번에 급제했으니,
금상첨화로다.
어머니와 아들이 만났으니,

눈 덮인 집에 숯을 갖다 주는 거나 마찬가지라.

이튿날 아침, 정수 문수 형제는 관복을 입고 사인교를 각각 타고서 부 아문으로 갔다. 태수가 아직 출근하기 전이었다. 정수, 문수 형제는 먼저 사법 담당관을 찾았다. 주朱 사법 담당관은 산동 출신으로 그의 부친은 포정사布政司로 소승은과 같은 해에 과거에 급제한 자였다. 정수, 문수 형제와 주 사법 담당관이 서로 즐겁게 이야기를 나눴다. 주 사법 담당관이 물었다.

"두 분은 어째서 관에서 운영하는 객사에 머물면서 미리 통기하여 주시지 않으셨소이까?"

정수가 대답했다.

"저희는 배를 빌려 타고 왔습니다. 객사에서 일하는 자들에게 번거롭게 하고 싶지도 않았습니다. 그래서 알리지 않았습니다."

주 사법 담당관이 물었다.

"배는 어디에 대어두셨습니까?"

"배는 이미 다시 돌아갔습니다. 전제항 왕가네 옥가게에서 머물고 있습니다."

주 사법 담당관이 다시 물었다.

"언제 부임하실 예정인지요?"

"제가 고향 소주에서 억울한 일을 당해 담당관님의 도움을 받아서 그 억울함을 풀고자 합니다. 그래서 부임 날짜를 아직 정하지 않았습니다."

"무슨 억울한 일을 당하셨소이까?"

장정수는 주 담당관에게 사람들을 물려 달라고 부탁한 다음 아버님이 모함당한 일을 자세하게 설명했다. 주 담당관이 깜짝 놀라서 말했다.

"아, 두 분이 친형제시군요, 형제가 같이 이런 기구한 일을 당하다니!

부친께서 상숙에서 재심을 받고 돌아오시면 사람을 시켜 두 분 숙소로 모셔다드릴 것이니 두 분께서 그런 일을 저지른 자를 조사해 보십시오."

장정수가 주 담당관에게 감사의 뜻을 표했다. 장정수는 태수를 알현하고 전후 사정을 자세히 설명했다. '관리는 관리가 챙긴다'는 말도 있지 않은가! 정수, 문수 형제가 진사가 되었으니 설혹 부친이 실제 도둑질을 했어도 어떻게 봐줄 것인데 억울하게 모함을 당한 일이니 어찌 돕지 않겠는가? 태수 역시 주 담당관과 똑같이 말했다. 장정수는 감사의 뜻을 표하고 일어섰다. 배로 돌아와서 정수가 동생에게 말했다.

"내가 지금 허름한 옷을 입고 전제항에 가서 왕가네 옥가게 상황이 어떤지 살펴볼 것이니 너는 조금 있다가 천천히 관복을 제대로 차려입고 오너라."

둘은 서로 상의를 마쳤다. 장정수는 해어진 옷을 입고 모자를 쓰고 왕헌의 집으로 출발했다.

한편, 조앙은 2년 전에 세곡 운반을 맡아 북경으로 갔다가 산서 평양부 홍동현의 부현령이 되고 싶어 신청했다. 이 부현령 직위는 돈을 바치고 갈 수 있는 첫째 둘째가는 알짜배기 자리라 노리는 자들이 엄청 많아 조앙은 은자를 한참 바쳐야 했다. 고향에 돌아와 1년 넘게 기다리니 전임 부현령이 임기가 만료되어 이제 조앙 차례였다. 조앙은 길일을 잡아 출발하고자 했다. 이날은 조앙이 집에서 친구들을 모아놓고 송별연을 벌이고 연희패를 불러 공연도 할 참이었다. 마침 이날 장정수가 왕헌 집을 찾았을 때는 풍악 소리가 가득했다. 장정수는 혼자 생각에 잠겼다.

'무슨 일로 이렇게 시끌벅적하지! 내 아내가 새로 시집이라도 가는 건가? 어디 한번 들어가서 살펴볼까?'

막 안으로 들어가려 하는데 왕진의 얼굴이 보였다.

"왕진, 어디 가는 길인가?"

왕진이 장정수의 얼굴을 보더니 깜짝 놀라며 물었다.

"아이고 셋째 도련님, 그동안 어디 가셔서 그렇게 안 보이셨습니까?"

"이곳저곳 유람 다니다가 어제 돌아온 거야. 어디 한번 물어보자. 오늘 왜 이렇게 시끌벅적하지? 옥저가 새신랑을 맞기라도 하는 거냐?"

왕진이 자기도 모르게 속마음을 그대로 드러내고 말았다.

"아미타불! 옥저 아씨는 도련님 때문에 목숨을 끊으려고 했는데 무슨 그런 말씀을 하세요!"

장정수가 일단 안도의 한숨을 쉬면서 말했다.

"어서 일 보러 가거라."

왕진이 떠난 다음 장정수가 안으로 들어갔다. 대청 앞쪽에 가보니 손님들이 그득하고 하인들이 바쁘게 왔다 갔다 했다. 사람들을 헤치고 앞으로 더 나아가보니 조앙이 자리를 잡고 앉아 있는데 아주 득의양양했다. 연희패가 공연하고 있는 것은 왕십붕王十朋의 『형차기荊釵記』2)였다. 장정수가 생각에 잠겼다.

'그래 장인어른이 나를 쫓아낼 때 조앙이 옆에서 있는 말 없는 말로 얼마나 부추겼던가! 그런 조앙이 이렇게 기고만장해 있구나. 내가 저놈한테 창피를 한번 줘야겠구먼!'

장정수가 대청 안쪽으로 들어가 손을 한번 휘휘 저으면서 말했다.

"존경하는 여러분!"

장정수가 떠날 때는 약관의 나이도 안 되었지만 지금은 몸이 장성한 데다 모자까지 썼기에 사람들이 한눈에 알아보기는 어려웠다. 장정수가 왕헌을 향해 허리를 숙이고 말했다.

---

2) 중국 전통 연극의 하나로 왕십붕은 남주인공 이름이다. 이 책에 실린 아홉 번째 작품 「삶과 죽음까지도 함께한 부부 陳多壽生死夫妻」의 세 번째 주석을 참고할 것.

"어르신께 삼가 인사를 올립니다!"

그래도 늘 함께 얼굴을 맞대며 생활했던 왕헌이라 고개를 들어 바라보고는 저자가 바로 정수임을 알아봤다. 왕헌은 깜짝 놀라며 생각했다.

'아니 죽었다던 정수가 어떻게 여기에 나타났지!'

해진 옷을 걸쳐 입고 꼴이 말이 아닌 정수를 보면서 왕헌이 물었다.

"그동안 어디에 있었느냐? 오늘은 또 어떻게 여기에 왔느냐?"

"아버님, 소자 연극을 하면서 사방을 떠돌아다녔습니다요. 오늘 동서 조앙이 관직을 맡는 영광을 누린다고 하기에 축하공연을 해주러 찾아왔습니다."

왕헌은 자기 딸이 죽음을 불사하고 못 잊어 하던 사위가 나타났는지라 그래도 옛정이 생각나 좋은 말로 안부를 물어봤던 것이나 연극이나 하면서 사방을 떠돌아다녔다는 말을 듣고는 그 기분이 싹 가셔버렸다. 왕헌은 의자에 앉은 채로 버럭 화를 내면서 소리쳤다.

"이놈아, 누가 네 아버지란 말이냐? 어서 썩 물러나지 못할까!"

"아버님이란 호칭이 맘에 안 드시면 장인어른이라고 부르오리까?"

"아니, 누가 네놈의 장인이냐?"

"아버님이야 양아버지오만, 장인어른이야 진짜 장인어른 맞지 않습니까?"

조앙은 정수의 얼굴을 보자마자 이미 혼비백산할 지경이었다. 얼굴이 아예 흙빛으로 변해버렸다.

'이미 강물에 빠져 죽었다는 놈이 어떻게 여기 나타났지! 필시 양홍이 저놈한테 돈을 받고 살려주고서 오히려 나한테 찾아와서 돈을 더 뜯어간 거 아냐!'

조앙은 장정수가 자기를 동서라고 부른 것이 생각나 버럭 소리를 질렀다.

"장정수, 누가 너의 동서라고 여기 와서 헛소리를 하고 난리야! 어서 썩 꺼져라. 당장 꺼지지 않으면 하인들 시켜 너를 흠씬 두들겨 쫓아내겠노라!"

"조앙, 이 동네에서 그래도 첫째가는 부자인데, 그 알량한 벼슬 하나 하게 되었다고 왜 이렇게 촌스럽게 구느냐! 내가 널 위해 공연을 해주겠다는데 넌 외려 나에게 이리 무례하게 구는구나!"

조앙은 장정수가 자기 이름을 막 부르는 걸 듣고는 버럭 화를 내며 하인을 불러 소리쳤다.

"어서 저 거지를 묶어라!"

이때 자리에 앉아 있던 왕삼숙이 말했다.

"시끄럽게 굴 것 없다. 정수가 한 가족인지 아닌지는 나중에 따로 이야기하면 될 것 아니냐! 정수가 조앙을 축하해주려고 특별히 공연한다고 하니 호의를 무시할 수 있나! 한번 공연해보라고 하지 못할 이유가 어디 있다고 다들 이렇게 쓸데없이 일을 만들고 그래!"

왕삼숙이 장정수의 등을 떠밀면서 말했다.

"신경 쓰지 말고 어서 공연이나 한번 해보라고."

친척들이 모두 손뼉을 치며 맞장구쳤다.

"왕삼숙 말씀이 일리가 있소이다그려!"

장정수는 공연장에 들어가 비단 모자를 쓰고 옷을 갖춰 입고 『형차기』의 한 대목인 「제강祭江」을 공연했다. 정수는 옥저가 개가하지 않기 위하여 목을 매달았던 일이 극 중 전옥련錢玉蓮의 경우와 똑같아서 자기도 모르게 감정이입이 되었다. 남자주인공 왕십붕이 살아 돌아온 것 같았다. 자리에 있던 친척들은 눈물을 흘리며 보았다. 모두 너무 잘한다고 갈채를 보냈다. 오직 왕헌과 조앙만이 쑥스러웠던지 화난 표정을 감추지 못했다. 한참 공연하는 도중에 밖에서 누군가 찾아왔음을 알리는 소리가 들렸다.

"태수 나리께서 상주의 사법 담당관 소익명 나리와 한림원 서길사 저사무 나리를 만나고자 오셨습니다."

이 소리에 당황한 친척들은 그냥 자리에 앉아 있지 못하고 일어섰고 연희패도 엉거주춤하고 있다가 공연을 중단했다. 왕헌과 조앙은 밖으로 나가 방문 명패를 들고 온 자에게 말했다.

"우리 집엔 소익명 사법 담당관도 저사무 서길사도 없노라."

방문 명패를 들고 온 자가 말했다.

"소익명 담당관께서 오늘 아침에 직접 오셔서 여기에 머물고 있노라 말씀하셨는데 어째서 안 계시다고 하시는 거요?"

그자는 방문 명패를 왕헌과 조앙에게 건네며 말했다.

"당신들이 현령 나리께 직접 말씀드리시지요."

방문 명패를 들고 온 자가 그렇게 말하고 떠나버렸다. 왕헌과 조앙은 황당해하며 말했다.

"아니, 태수 나리께 뭐라고 말씀드리지!"

장정수가 다가와 말했다.

"제가 대신 가서 말씀 전하도록 하겠습니다."

왕헌은 그렇지 않아도 누군가가 대신 태수를 좀 만나서 말을 전했으면 했는데 장정수가 나서서 간다고 하니 버럭 화가 났던 감정이 불현듯 사라졌다.

"그렇게 해주면 나야 좋지!"

왕헌은 정수가 아직도 무대 복장 그대로인 걸 보고는 말했다.

"우선 옷부터 갈아입게나."

"그냥 이대로 가죠, 뭐. 괜히 옷 갈아입느라 기다리게 할 필요 있겠습니까!"

조앙이 옆에서 끼어들었다.

"관청 일인데 대충 아무렇게나 할 수 있나!"

장정수가 껄껄 웃으면서 대답했다.

"걱정하지 말라고. 내가 하는 일이니까 너에게 피해가진 않을 거야!"

왕헌이 말했다.

"너 미친 거 아냐?"

정수가 웃으면서 대답했다.

"하하, 미쳤습니다. 아무튼 제가 알아서 하겠습니다. 장인어른께는 절대 피해 안 가게 하겠습니다."

아전들의 걸음 소리가 저벅저벅 들려오더니 태수가 도착했다. 왕헌과 조앙은 갑자기 당황하더니 정수만 남겨두고 안으로 들어가 버렸다. 장정수가 대문 밖으로 나가니 마침 태수가 가마에서 내리고 있었다. 사람들이 양옆으로 늘어서 태수에게 공손히 예를 갖추었다. 태수는 대청 차 마시는 곳으로 가서 앉아 이야기를 나눴다. 차를 마시고 이런저런 이야기를 나눈 다음 떠났다.

누가 알리? 상주의 사법 담당관이 바로,
지금 왕십붕 역할을 맡은 자임을!
태수가 찾아와 담소를 나누고 가니,
원수들은 속으로 얼마나 놀랐을까!

한편, 옥저는 그저 어머니하고만 짝하여 시간을 보내고 아래층에 내려오는 법이 없었다. 조앙 부부는 장인어른 도움으로 벼슬자리 하나를 사더니 옥저 앞에서 자랑하기 바빴다. 옥저는 그러거나 말거나 신경 쓰지 않았다. 이날 밖에서 잔치가 벌어지자 서저는 옥저에게 연극 구경하라고 청했다. 옥저는 보고 싶지 않다며 거절했다. 서씨 역시 딸이 연극 구경을 내켜 하지 않자 자기도 그냥 밖으로 나가지 않고 안에 있었다. 잠시 후 서저는 장정수가 대청에서 이렇게 한바탕 소란을 피우자 깜짝 놀랐다. 그런 다음 장정수가 연극 공연을 시작하자 헐레벌떡 안으로 들어와 소리쳤다.

"아우야, 정말 좋은 일이 생겼어! 네가 자나 깨나 못 잊어 하던 네 신랑이 돌아왔어. 지금 밖에서 연극 공연을 하고 있다고!"

옥저는 언니가 자기를 놀리려고 하는 말이려니 하고 얼굴을 붉히고 아무런 대꾸도 하지 않았다. 서씨도 큰딸이 거짓말을 하나보다 하고 신경도 쓰지 않았다. 서저는 동생과 어머니가 아무런 대꾸도 하지 않자 다시 이렇게 말했다.

"아니 직접 가서 보면 될 거 아냐."

서저는 그러고 나서 다시 아래층으로 내려갔다. 잠시 후 하인들이 찾아와 정수 도련님이 돌아왔다는 말을 전했다. 서씨는 그 말을 듣고도 믿기지 않는다는 듯이 무대 뒤쪽으로 살짝 가서 살펴보았다. 과연 정수였다. 놀랍고도 기뻤다. '아이고 어쩌다 이런 지경까지 되었나!' 탄식했다. 서저가 말했다.

"어머니, 이래도 내가 거짓말한다고 할 거예요?"

서씨는 큰딸이 그러거나 말거나 내버려 두고 2층으로 올라가 옥저에게 말해주었다. 옥저는 한마디도 하지 않았다. 두 눈에서 눈물만 흘렸다. 서씨가 옥저를 달랬다.

"얘야, 그리 상심할 필요 없다. 부부가 서로 맘 맞추고 편하게 살면 된다."

그러면서도 서씨는 남편이 정수를 또 쫓아낼까 걱정이 앞섰다. 다시 나가서 살펴봐야겠다 싶었는데 바로 이때 조앙과 서저가 안쪽으로 황급히 뛰어들어오고 왕헌이 그 뒤를 따라오고 있었다. 여러분, 왜 이런 일이 생겼는지 아는가? 태수가 찾아왔을 때 조앙과 왕헌은 안으로 몸을 숨겼겠다. 한데 하인이 와서 보고하기를 정수 도련님이 태수를 맞아 이야기를 나누고 있다 하더라. 그게 도저히 믿기지 않아서 살금살금 가서 살펴보니 태수와 정수가 아무런 격의 없이 편하게 웃으면서 이야기를 나누고 있는 게 아닌가. 왕헌이 속으로 생각했다.

'저 원수 같은 놈이 이미 관리가 된 거 아냐! 그래놓고 일부러 나를 떠보려고 아닌 척하고. 아이고 내가 전에 모함에 속아 넘어가 저놈을 쫓아낸 게 정말 미안하네. 그래도 내 딸년이 지조가 있어 개가하지 않았으니 체면치레는 한 셈이네. 딸년이 안 그랬으면 어쩔 뻔했어! 저놈이 다시 찾아왔을 때도 내가 말을 함부로 해버렸으니 다시 볼 면목이 없구먼. 아무래도 마누라한테 다리를 좀 놔달라고 해야겠구먼.'

이런 연유로 왕헌이 안쪽으로 달려온 것이다. 자고로 '도둑이 제 발 저린다'고 조앙은 자기가 저지른 일이 있으니 왕헌과 달리 너무도 놀라 아예 정신이 없었다. 방으로 돌아와 아내와 이야기를 나누고 일단 급하게 짐을 꾸려 내일 날이 밝는 대로 저 원수 같은 놈에게서 도망치려고 했다. 이 와중에 잔치 자리를 마무리할 겨를이 어디 있으랴!

이런 일이 있을 줄 알았더라면,
애당초 그런 일을 하지를 말걸.

한편, 왕헌은 안으로 뛰어들어오다 아내 서씨를 보고 바로 소리쳤다.
"여보, 둘째 사위가 돌아왔어!"
"둘째 사위가 돌아오면 돌아온 거지. 왜 이렇게 호들갑을 떨어요!"
"아이고 말도 마! 내가 전에 한 일이 있으니 무슨 낯짝으로 그놈을 보겠어! 당신이 그놈한테 말 좀 잘해서 다리를 놔달라고."

서씨는 남편의 말을 듣고서 하늘에서 복덩어리가 굴러떨어진 느낌이 들었다.

"아이고, 이런 일이 다 있다니!"

서씨는 먼저 하녀를 시켜 2층에 올라가서 옥저에게 이 사실을 알리라 했다. 그런 다음 남편과 함께 대청으로 나가보니 정수가 태수를 배웅하고 다시 안으로 들어오는 길이었다. 친척들이 정수를 칭찬하느라 입에서 침이 튀었다. 서씨가 정수에게 말했다.

"이 사람아, 이 장모 죽는 꼴 보려고 그랬나! 어쩌자고 그동안 일자무소식이었나 그래."

장정수가 장인과 장모를 자리에 앉게 한 다음 절을 올렸다. 왕헌이 손을 휘저으며 말렸다.

"여보게, 이 장인이 너무 잘못했네그려! 내가 절 받을 염치가 없네."

"사위가 재주가 없어 장인어른의 기대에 부응하지 못한 것입니다. 어찌 장인어른께서 잘못했다는 말씀을 하십니까?"

장정수는 장인 장모에게 인사를 올린 다음 친척들에게도 일일이 인사를 드렸다. 장정수가 하인들에게 명했다.

"어째 처형님 부부가 보이지 않는구나. 어서 모셔 오너라."

하인들이 냉큼 안으로 들어가 말을 전했다. 조앙 부부는 정수 얼굴을 보고 싶지 않았으나 한사코 피하는 게 외려 의심을 살 것 같기도 하여 내키지 않지만 정수를 만나러 나왔다. 조앙이 말했다.

"예전에 내가 함부로 말한 거는 너무 가슴에 담아두지 마시게나!"

"제가 출세하지 못해서 그런 건데요, 뭐. 제가 어찌 감히 형님을 원망하겠습니까?"

조앙은 창피해서 얼굴을 들 수가 없었다. 왕헌은 정수가 조앙에게 냉소적인 답변을 하는 걸 보고는 자기 역시 한마디 했다.

"여보게, 내가 예전에 잠시 근거 없는 말에 혹하여 자네를 책망하고 그랬다네. 너무 괘념하지 말게나."

장모 서씨가 정수에게 물었다.

"자네, 요 몇 년 동안 대체 어떻게 지냈는가? 벼슬자리는 또 어떻게 얻게 되었는가?"

정수는 다른 사람에게 죽임을 당할 뻔한 일부터 관직에 나가게 된 일까지 자세하게 말씀드렸다. 그러나 정수와 문수 형제가 과거에 응시하고 관직을 얻게 된 자세한 사정은 말씀드리지 않았다. 그 이야기를 들으면서 혀를 차지 않는 자가 하나도 없었다. 친척들이 한마디씩 거들었다.

"대체 어떤 원수 놈이 이렇게 악랄한 짓을 했을까? 그래, 누군지 짐작이 가지 않는가?"

"글쎄요. 짐작이라도 할 수 있으면 좋겠습니다."

정수가 이렇게 이야기하자 옆에 있던 조앙은 얼굴이 붉으락푸르락하며 어쩔 줄을 몰라 했다. 그러다 정수가 누가 자기한테 이런 악독한 짓을 했는지 짐작이 가지 않는다고 대답하자 적이 안심하는 눈치였다. 이때 왕삼숙이 이렇게 제안했다.

"자, 쓸데없는 이야기는 그만하고 자리 잡고 좀 앉자고. 떡 본 김에 제사 지내고 원님 덕에 나팔 분다고 우리 축하주라도 한 잔 권해야지."

친척들이 모두 장정수에게 주빈 자리에 앉으라고 권했으나 장정수가 거듭 사양했다. 더는 사양할 수만은 없는 상황이 되자 어쩔 수 없이 아까 공연할 때 입고 있던 복장 그대로 자리에 앉았다. 연희패들이 다시 공연을 시작했다. 친척들은 장정수에게 관심을 쏟고 말 붙이느라 정신이 없었다. 서씨는 2층으로 올라갔다. 이 이야기는 여기까지만 하자.

한편, 장권이 재심을 받으러 다녀오매 양홍이 호송했다. 원래 죄수를 붙잡은 포졸이 재심 호송을 맡는 규정이 있다. 이는 혹시 재심할 때 죄수한테 억울한 일이라도 있을까 봐 대질심문을 하고자 함이었기에 양홍이 이를 피할 수는 없는 처지였다. 양홍은 장권을 호송하여 출발할 즈음 조앙을 찾아와 노자에 보태 쓴다면서 돈을 뜯어내 동생 양강과 함께 길을 떠났다. 재심을 마치고 돌아와 장권을 다시 감옥에 가두고 나서 양홍 형제는 조앙을 다시 찾아가려고 했다. 말이야 장권을 호송하여 다녀온 이야기를 조앙에게 해준다는 핑계를 댔지만 실상은 조앙한테 뭐라도 뜯어낼 꿍꿍이였다.

전제항에 도착하니 사람들이 태수가 왕헌네 집을 찾아왔다는 말들을 했다. 양홍은 혼자서 좀 이상하다 싶었다.

'조앙은 돈 바치고 국자감 학생이 되었다가 이제 겨우 한 자리 차지한 주제인데 태수가 뭐 하러 찾아왔을까? 게다가 조앙이 차지한 자리라고 해야 태수보다 한참 밑인데!'

왕헌 집 대문에 이르러보니 안에서 한참 연극 공연을 하느라 시끄러웠다. 대문 앞에는 개미 새끼 한 마리 보이지 않았다. 그냥 불쑥 안으로 들어가기도 뭐하여 대문 앞쪽 돌판에 앉아 사람이 나오기만을 기다렸다. 그들이 앉자마자 사인교가 오더니 젊은 관리 하나가 내렸다. 양홍 형제가 벌떡 일어나 누가 내리나 살펴보았다. 가마에서 내린 자는 바로 서길사 장문수였다. 장문수는 대문 안으로 들어가려다 두 사람을 발견하고서 깜짝 놀랐다. 한 사람은 양홍이고 다른 사람은 자기를 죽이려 들었던 포졸이었다.

'원래 이놈들이 한통속이었군! 한데 이놈들이 여기는 왜 왔을까?'

장문수는 자기 신분이 노출될까 봐 두 사람에게 아무 말도 하지 않고 바로 안으로 들어갔다. 양홍은 그자가 장문수라는 건 꿈에도 생각하지 못하고 동생한테 이렇게 말했다.

"조앙이 무슨 대단한 벼슬을 한다고 저런 높은 관리가 다 납셨을까!"

여러분, 양홍이 어떻게 장문수를 못 알아볼 수가 있을까? 양홍이 장문수를 제거하고자 했을 때 장문수는 그저 어린아이에 불과했으나 이젠 관모와 관복을 갖춰 입은 헌헌장부로 나타났으니 양홍이 알아보지 못한 것도 무리는 아니다. 그러나 밤이나 낮이나 한시도 잊지 못하던 원수를 바로 눈앞에서 본 장문수가 어찌 그들을 못 알아보겠는가? 장문수는 그들을 한눈에 바로 알아보았다. 장문수가 안으로 들어서자마자 하인이 알아차리고 바로 말을 전했다.

"나리, 한 분이 더 오셨습니다."

하인의 전갈이 도달함과 동시에 장문수의 발도 대청 앞에 도착했다. 장정수 한 사람만 남고 연희패와 친척들이 사방으로 물러서며 길을 터주었다. 왕헌이 대청 뒤쪽에서 눈치를 보자니 아까 태수 때와는 달리 장정수가 이 관리에게는 절도 하지 않고 선 채로 그냥 어서 오라고 인사만 하더라. 이 관리는 그 인사를 받고서 이렇게 물었다.

"사람들이 어째서 저를 보고 이렇게 다 물러서는 거죠?"

정수는 그 질문을 받고 참지 못하고 웃더라. 문수가 다시 물었다.

"아니 웃지 마시고요. 저는 심각하게 물어보는 건데요."

그러면서 문수가 정수의 귀에 대고 나지막이 속삭였다.

"형님과 저를 어찌하려 했던 그 포졸과 양홍이 지금 밖에 있습니다."

"그래 이런 일이 다 있다니! 그놈들이 어떻게 여기를 왔지? 그놈들이 정말 의심스러워. 어서 잡아 오라고, 다른 데 도망가지 못하게."

장정수는 이렇게 말하면서 관복을 챙겨서 갈아입었다. 장문수가 바로 하인들을 시켜 양홍 형제를 잡아 오게 했다. 장정수는 관복으로 갈아입고 나서 다른 사람들에게 자리를 비켜달라고 하고 양홍 형제를 자기 앞으로 데려오게 했다. 양홍은 조앙이 감히 자기를 이렇게 함부로 대할 수 있다니 하는 생각에 마구 욕을 해대기 시작했다.

"이 배은망덕한 놈, 내가 너한테 해준 일이 얼만데, 나한테 이렇게 함부로 해!"

한참 소란을 떨고 있을 찰나, 주 사법 담당관이 도착했다는 전갈이 들려왔다. 하인들이 양홍을 한쪽으로 밀쳐냈다. 정수, 문수 형제가 주 사법 담당관을 맞이하여 차를 마시는 곳으로 안내했다. 정수가 더는 참지 못하고 말했다.

"참 신기한 일도 다 있습니다. 저희 형제를 죽이려고 했던 강도가 오늘 제 발로 찾아왔기에 여기 붙잡아 두었습니다."

"지금 어디에 있습니까?"

장정수가 하인에게 양홍 형제를 이 앞으로 끌고 오라고 했다. 장정수가 물었다.

"너희들 나를 알아보겠느냐?"

"나리들을 잘 모릅니다."

장문수가 말했다.

"설마 옛날 진강에 고소하러 가는 우리를 꽁꽁 묶어 강물에 던진 일을 까먹었단 말이냐?"

양홍 형제는 그 말을 듣고 저자들이 바로 정수, 문수 형제임을 알게 되었다. 양홍 형제는 너무도 당황하여 화들짝 놀라며 움찔했다. 주 담당관이 물었다.

"그래, 무슨 원한이 있어서 이 두 나리를 죽이려고 했느냐?"

"원한이 있는 건 아닙니다."

"원한도 없는데 그런 악독한 짓을 저질렀단 말이냐?"

양홍 형제는 잘못하다가는 목숨 보전하기도 힘들 거 같았다. 평소에 조앙이 사례도 제대로 안 한다고 불만이 많았던 차에 어찌 조앙 이름을 말하지 않겠는가?

"그건 저희들 일이 아니옵고 조앙이 저 나리 분들과 원한이 있어 저희한테 처치하여 달라고 부탁한 것입니다."

정수, 문수 형제는 그 말을 듣고 대경실색했다.

"아니, 그놈이 그런 일을 하다니! 우리가 그놈한테 무슨 원수질 일을 했다고 우리 부자를 죽이려 한 거야?"

주 담당관이 물었다.

"조앙이 누구냐? 지금 어디 살고 있느냐?"

"돈을 바치고 국자감 학생이 된 자로 바로 여기서 살고 있습니다."

주 담당관이 소리쳤다.

"어서 붙잡아오너라."

주 담당관의 부하들이 대답하더니 벌떼처럼 달려가 조앙을 붙잡아왔다. 가족들은 조앙이 잡혀가자 영문을 모른 채 울고불고 난리였다. 연희패는 집안에서 이런 난리법석이 나자 슬그머니 공연을 마치고 떠나버렸다. 조앙은 양홍 형제가 붙잡혀 있는 걸 보고 일이 탄로 났음을 바로 알고 입도 열지 못했다. 주 담당관은 곧장 아문으로 돌아가 감옥에 사람을 보내 장권을 풀어주게 하고 가마를 불러 왕헌 집으로 모셔가게 했다. 그런 다음 조앙을 심문하기 시작했다. 조앙이 처음에는 계속 딴소리를 하더니 형구를 들이대 고문을 시작하니 그제야 실토했다. 양홍이 그때 배를 몰았던 두 하수인에 대하여 털어놓으니 그 두 녀석을 곧장 잡아들였다. 조앙, 양홍, 양강은 곤장 60대를 친 다음, 법률에 의거 처형하기로 했다. 배를 몰았던 두 하수인은 곤장 40대를 친 다음 교수형에 처하기로 했다. 모두 다 감옥에 가두고 감시했다. 주 담당관은 정수 부자가 모함을 당한 일의 전말을 상세하게 문서로 정리하여 감찰사와 성 사법 담당관에게 보고하고 그런 다음 중앙의 호부에도 아뢰었다. 이에 관한 자세한 이야기는 생략한다.

한편, 정수 문수 형제는 주 담당관을 배웅하고 나서 안으로 돌아와 관복을 갈아입었다. 이때 왕헌은 아까 찾아왔다던 관리가 바로 장문수라는 걸 알게 되었다. 왕헌 부부가 주 담당관이 대체 무슨 일로 사위 조앙을 잡아갔는지 물으니 장정수가 그 사정이 솔직하게 이야기해주었다. 왕헌은 이를 갈며 분해 했다.

"아이고, 모든 게 다 저 나쁜 놈의 간악한 계략이었구먼!"

이때 하녀가 황급하게 소리쳤다.

"서저 아씨가 목을 매달았습니다!"

서저는 일이 탄로되고 남편이 붙잡혀갔다는 소식을 듣고는 살길이 막막해졌다. 게다가 다른 사람 볼 낯이 없어 그 길을 택한 것이다. 왕헌 부부는 자기 딸과 사위가 남을 해치는 짓을 한 걸 생각해서인지 전혀 슬픈 맘이 생기지 않았다. 그래도 관을 마련하고 염을 하고 장례를 치러주었음은 물론이다. 왕헌은 다시 잔치를 열었다. 사람을 배로 보내어 안사돈 진씨를 모셔오게 했다. 이때 하인이 이렇게 말을 전했다.

"주 담당관께서 장권 나리를 풀어주셨습니다."

그 말을 듣고 정수 문수 형제와 왕헌이 버선발로 밖으로 나가 보니 마침 장권이 가마를 타고 도착하는지라. 부자, 부부가 서로 만나 부둥켜안고 울었다.

고통이 다하고 기쁨이 오니 꿈만 같구나,
죽을 고비 넘기고 살아나니 그 기쁨 필설로 다할 수가 없네.
가족이 서로 다시 만나고,
조앙은 두고두고 비웃음거리가 되네.

장권이 말했다.

"내가 평생 너희를 다시 만나지 못할 거라고 생각했는데, 오늘 이렇게 다시 만날 줄이야!"

장권이 울면서 안으로 들어왔다. 먼저 왕헌 부부에게 고마움을 표시했다. 왕헌은 장권에게 거듭 사죄했다. 정수와 문수가 장권에게 인사를 올리고 조앙이 계략을 꾸며 장권 부자를 괴롭힌 전후 사정을 자세하게 말씀드렸다. 그 이야기를 하다 보니 또 설움을 복받쳤다. 그러다 보니 장권을 모시고 온 나졸을 까마득히 잊고 말았다. 그 나졸이 하인 편에 전갈을 해왔다. 정수가 주 담당관에게 감사 서찰을 써서 주고 더불어 은자 세 푼을 행하로 주었다.

서씨가 안사돈 진씨를 안방으로 모셨다. 옥저가 2층에서 내려와 인사드렸다. 시어머니와 며느리 사이에 슬픔이 교차했다. 잔치가 준비되니 안사돈은 안사돈끼리, 바깥사돈은 바깥사돈끼리 밤늦도록 먹고 마셨다. 이튿날 정수 형제는 아문으로 찾아가 주 담당관에게 감사 인사를 하고는 타고 온 배를 돌려보냈다. 정수 일가족은 왕헌 집에 머물렀다. 소승은이 도착하면 혼인을 마무리하고 임지로 가기로 했다. 정수는 또 소승은이 문수를 사위로 맞이하고 싶다고 제안한 일을 부모님께 말씀드렸다. 예물을 준비해두었다가 소승은이 도착하면 바로 혼례를 치를 수 있게 했다.

보름 후에 소승은이 도착했다. 하남에서 출발한 저위 부부도 도착했다. 상주부에서 영접 나온 아전도 도착했다. 왕헌의 집이 북적대기가 이루 말할 수 없었다. 정수가 주관하고 왕삼숙에게 중매쟁이 역할을 맡아달라고 부탁했다. 먼저 소승은의 딸에게 예물을 보내어 청혼하고 그런 다음 길일을 잡아 정수와 문수가 각각 한꺼번에 혼례를 치르기로 했다. 혼례를 치르기로 한 날, 왕헌은 사방에서 일가친척과 친구들을 널리 초대하여 잔치를 벌였다. 피리 소리, 생황 소리가 울려 퍼지고, 북소리가 하늘까지 올라갔다. 화촉을 밝히고 식을 진행했다. 검은색 관모에 붉은 비단 도포를 입은 신랑, 봉황새 새겨진 모자를 쓰고 주황색 배자를 입은 신부가 너무도 잘 어울렸다. 두 쌍의 신랑 신부가 네 쌍의 부모에게 인사를 하는구나. 이 한 수로 이를 증명하노라.

신랑 신부 가족들은 하나같이 돈도 많고 권세도 높구나,
신랑 신부가 두 쌍이니 기쁨도 두 배.
침대에 누워 고생했던 지난날 이야기하려니,
원앙금침에 피눈물 고이누나.

부현의 관리들이 이 소식을 듣고 모두 축하하러 왔다. 사흘이 지나고 각각의 부부가 서로 제 갈 길로 출발했다. 장권 부부는 정수를 따라 상주로 향했다. 저위 부부는 문수를 따라 북경으로 출발했다. 소승은 복건을 바라고 출발했다. 왕헌은 벌여놓은 일이 많아 옴짝달싹할 수 없어 그냥 이곳에 남기로 했다. 며칠이 지나고 황제의 비준이 떨어졌다. 예상한 대로 조앙, 양홍, 양강은 참형에 처하라 했다. 감찰사는 정수에게 처형을 감독해 달라고 요청했다. 처형을 집행하는 날, 사람들이 구름떼처럼 몰려들었다. 사람들은 조앙의 죽음을 안타까워하지 않았다. 외려 조앙이 죽을 짓을 저지른 대가라고들 했다. 장인인 왕헌도 조앙이 처형당하는 것을 보러 가지도 않았을 정도였다.

인과응보는 필연,
단지 늦고 빠름만 있을 따름이라네.
그대여, 남의 가슴에 못을 박는 일 하지 말게나,
저 파란 하늘이 다 굽어 살펴본다네.

장정수는 종의의 은혜를 잊지 않고 주 담당관에게 특별히 종의의 석방을 요청했다. 부친이 모함받았던 일을 생각하여 늘 세심하게 심문하고 사실을 정확하게 가려내고 나서야 판결을 내리곤 했다. 이로 말미암아 장정수의 명성이 더욱 빛나 북경에까지 소문이 났다. 장정수는 마침내 급사給事로 승진했다. 장문수는 한림원에서 근무하다가 산서 순안어사에 임명되었다. 장권은 조상을 모신 선영이 강서에 있으니 그곳으로 돌아가 집을 짓고 다시 가업을 일으키고자 했다.

나중에 소승은과 저위가 세상을 뜨니 정수, 문수 형제가 각각 휴가를 청하여 삼년상을 치렀다. 삼년상을 마치고 나서야 표를 올려 원래 성씨를 회복했다. 정수는 아들 셋을 두었다. 둘째 아들은 왕헌에게 보내어 대를 잇게 했고 셋째 아들은 소승은에게 보내어 대를 잇게 했다. 한때 부자의 연을 맺은 은정을 끝까지 잊지 않았음이라. 문수는 또 아들 둘을 두었다. 둘째 아들을 저위에게 보내어 제사를 모시게 했다. 장권 부부는 아흔이 넘게 장수하다가 큰 병치레하지 아니하고 세상을 떠났다. 정수, 문수 형제는 정승판서까지 올랐다. 자손들이 대대로 장원급제했다.

평민 출신이 정승판서까지 올랐구나,
눈에 보이는 형편은 믿을 게 못 되는구나.
매사에 천리를 기억할지라,
맘 편하게 기다리면 복이 저절로 온다네.

풍몽룡과 삼언에 대하여

다리가 너무 아프다. 남경으로 가는 길은 멀고도 멀다. 남경의 과거에 급제하고 천자가 계시는 북경에 달려가 마지막 관문을 통과하여 이 지긋지긋한 과거 준비생의 굴레에서 벗어나고 싶다. 궁색한 처지에서 벗어나 기울어진 가세를 일으키고 명성을 날리는 길은 오직 과거 급제뿐. 마흔다섯 이 나이까지 천오백 리가 넘는 타향에서 학동을 가르치며 견뎠는데 이렇게 포기할 수는 없다.

1618년의 이 남경행의 결과는 그에게 너무 잔인했다. 낙방이었다. 고향인 소주와 남경을 오가며 다시 도전한 1624년, 1627년의 과거에서도 역시나 낙방하고 말았다. 이제 그의 나이 쉰넷. 풍몽룡(1574~1646)은 왜 이다지도 평생 과거에 목을 맸을까. 과거 준비를 하는 동안은 어떻게 먹고 살았을까. 집이 엄청 부자였나. 한때 그는 부자였다. 그는 명나라가 마지막 숨을 몰아쉬던 때 강소성 소주의 지주 가문에서 태어났다. 형 몽계와 아우 몽웅, 이렇게 삼 형제가 글재주가 좋아 소주 근동에서 이름 깨나 날렸다. 이런 그가 과거를 준비하는 건 당연한 수순. 과거급제하여 관직에 나가면 이름도 날리고 녹봉을 받아 평생 먹고살 걱정도 없을 터 였다. 그러나 그 길은 멀고 험했다. 그의 나이 스물하나에 생원生員이 되었으나 그건 그저 주나 현의 학교에 입학할 수 있는 자격일 뿐. 최소한 향시에 급제하여 거인擧人의 자격을 획득해야 했다. 명대를 통틀어 생원 학위 소지자는 늘 50만 명 정도를 헤아렸고 이들 가운데 단지 1%만 향시에 합격하여 거인이 되었다고 한다. 당시 중국 전체 인구는 1억 5천만 명이었다.

그가 이렇게 간절했던 것은 청년기에 접어들어 급격히 기울어 버린 가세 때문이었다. 한 끼를 먹고 나면 바로 다음 끼니가 걱정이었다고 한다. 누군가가 글을 좀 써달라고 하거나 책을 교정해달라고 하면 다짜고짜 선불을 요구했고, 한술 더 떠서 돈 좀 있으면 빌려 달라며 떼를 쓰곤 했다 한다. 4백 년 전 중국에서 살았던 그는 이런 상황에서 어떻게 호구지책을 마련하고 과거 준비를 할 수 있었을까. 훈장 노릇 하기와 팔릴 만한 책 출판하기, 이 두 가지 정도밖에 길이 없었다. 물론 과거를 포기하고 장사로 방향을 트는 선비도 꽤 되었다고 하나 그는 과거에의 미련을 끝내 거두지 못했다. 훈장 노릇은 금액은 많지 않아도 고정급이라 안정적이고, 책 출판은 들쑥날쑥하고 수입을 종잡을 수 없었지만 잘하면 목돈을 쥐고 이름도 날릴 수 있었다. 그는 생계를 위해 이 두 가지를 다 했다.

그는 먼저 『인경지월』(1620), 『춘추정지참신』(1623), 『춘추형고』(1625), 『춘추별본대전』 이렇게 과거 대비용 『춘추』 수험서 4종 세트를 출판했다. 5년 뒤, 쉰일곱 살 때는 『사서지월』(1630)을 출판했다. 이 책들은 그리 높은 평가를 받지는 못했다. 어차피 수험서였을 뿐이다. 어쩌랴 그래도 책을 펴내고 돈을 벌어야 하는 것을. 가볍게 읽을 수 있는 만담류나 소화서笑話書 역시 마다하지 않았다. 웃음 창고라는 제목의 『소부』(1614), 야담꾼의 만담 모음집이라 할 『고금담개』(1621), 당대의 베스트셀러였으며 후대에 모택동이 애독했다 하여 유명세를 탄 지혜 주머니라는 제목의 『지낭』(1626)을 연이어 출판했다. 이런 그의 형편을 고려하면, 그가 소싯적 잘 나가던 때 기생들과 신나게 어울려 놀며 시를 주고받았던 경험을 살려 남경 기생들을 1등부터 100등까지 순위를 매겨 『금릉백미』를 지었다거나, 마작 매뉴얼이라 할 『패경』, 『마적각례』를 출판한 것이 그리 이상할 것도 없다.

풍몽룡의 출판 활동은 과거 수험서, 만담과 소화서류, 오락잡기류에만 국한되지 않았다. 중국 고전문학, 그 가운데에서도 특히 소설의 신기원을 이루는 단편 소설집인 『유세명언』(1621, 48세), 『경세통언』(1624, 51세), 『성세항언』(1627, 54세)을 연달아 출판하고, 그 가운데 일부 작품은 직접 창작하기도 했다. 이게 바로 '삼언三言'이다. 삼언이란 이름은 이 세 작품집의 이름에 모두 '언' 자가 들어있는 데서 연유한 것이다.

문학자이자 출판인이며 언젠가는 관리가 될 가능성도 있는 자로 살아가던 그는 나이 쉰일곱이 되던 1630년에 마침내 공생貢生이 된다. 한 해가 지나 1631년, 쉰여덟의 나이에 그는 고향인 소주에서 서북쪽으로 4백 리 떨어진 단도현의 훈도 자리를 얻었다. 현의 교육과 문화를 담당하는 미관말직인 훈도 자리를 인생의 첫 관직으로 얻은 것이다. 4년간의 훈도 생활을 마치고 수녕현의 부현령으로 승진한다.

1638년 예순다섯의 나이에 그는 수녕현 부현령에서 물러난다. 짧은 관직 생활을 마치고 고향에 돌아간 풍몽룡은 장편 역사소설 『신열국지』(1641, 68세)를 편찬하여 중국 역사소설사의 한 획을 긋기도 했다. 이런 과정을 통해 그는 단순한 출판인을 넘어 문학가로 변모했다. 풍몽룡은 1646년 숨을 거둘 때까지 8년 동안 명 왕조의 몰락을 지켜봐야 했다. 그는 마지막 남은 인생을 명 왕조의 재건을 위하여 스스로 무진 애를 쓰면서 그 몸부림을 기록하는 데 바쳤다. 1644년 갑신년은 그가 일흔한 살 나던 해이자 명나라가 역사의 뒤안길로 사라진 해이다. 그는 이자성의 군대가 북경을 공격한 일, 숭정 황제가 목을 매어 자살한 일, 남명 정부 수립 과정 등을 기록하여 『중흥실록』을 편찬했다. 그리고 1646년 그는 일흔셋의 생애를 마감했다.

그는 이렇게 73년을 살면서도 이 속진 세상을 결코 과감히 떠나지 못했다. 그는 세상을 구제하고 개인의 도덕적 인품을 완성하고자 하는 유가의 이상을 끝까지 품고서 일생을 마쳤다. 만약 그가 도사가 되거나 승려가 되어 속세를 떠났다면 개인의 득도나 해탈은 이뤘을지언정 사람 사는 냄새가 풀풀 나는 이야기를 전하는 일은 하지 못했을 것이다. 그가 출세의 미련을 버리지 못하고 과거 준비 겸 먹고사는 문제를 해결하기 위해 어쩔 수 없이 출판일에 매달렸다고 해도 그의 지난한 노력의 성과는 엄청났다. 우리가 지금 저 중국 사람들이 만나고 헤어지고 배신하고 다시 달라붙는 이야기를 읽을 수 있는 것은 오롯이 그의 이 노력 덕분이다. 과거급제하여 관직을 얻은 자의 영광은 당대에 그쳤으나, 과거급제의 영광을 누리지 못하고 먹고살기 위해 끊임없이 읽고 편집하고 출판했던 자의 작품은 4백 년의 세월을 넘고 중국이란 공간을 넘어 지금, 우리에게 전해진다. 우리가 지금 읽는 『성세항언』은 그의 인생에서도 창작과 출판에 한창 물이 올랐을 1627년, 그의 나이 쉰네 살 때의 결실이었다. 그가 가난하였고 관직 생활이 8년을 넘지 못했던 것은 그 자신에게는 불운이었을지 모르나 후세에게는 행운이었음이 틀림없다.

우리는 이야기를 통해 세계를 인식한다. 시간마저도 이야기를 통해서 인지되고 기억에 저장되고 필요할 때 호출된다. 마치 탐정이 단서들의 퍼즐을 맞춰 사건을 해결해 나가듯이 우리는 우리에게 주어진 조각난 정보들 사이에 인과관계를 만들어 세계를 이해한다. 우리는 우리의 이야기를 만들어 다른 이야기를 만들어 온 타자와 대화하고 이런 방식으로 세상을 이해한다. 이것이 우리가 이야기를 읽는 이유이자 목적이다. 이야기가 없다면 우리는 다양한 삶을 경험해 볼 도리가 없다. 이야기를 하는 자도 이야기를 듣는 자도 사람이기에 세상에 흘러다니는 이야기의 태반은 사람 사는 이야기다. 다른 사람의 이야기를 듣고서야 내가 남하고 별반 다르지 않음을 안다. 다른 곳 다른 시대의 이야기를 듣고서야 우리가 그들과 별반 다르지 않지만 그래도 다른 구석이 있음도 알게 된다. 남들 사는 모습에서 자기의 모습을 발견하기도 하며 자기의 독특함과 보잘것없음을 발견하기도 한다. 반복되는 이런 과정을 통해 자기 모습을 반성하게 되고 어떻게 살아야 할지를 고민하게 된다.

친구와의 의리를 지키기 위하여 사랑하는 아내를 버리는 남정네, 구두쇠를 골려 주는 도둑, 기녀와의 애틋한 사랑을 이루는 기름장수, 장사 떠난 남편을 그리워하다 결국 외간남자와 정을 통하고 마는 비련의 여인, 도술을 부려 사악한 귀신을 물리치는 도사, 돈 한 푼 때문에 일어난 살인 사건을 해결하는 판관, 귀신과 사랑에 빠져 육신을 망가뜨린 청년…. 이들이 바로 삼언에 등장하는 다종다양한 인간 군상이다. 이들이 만들어내는 얽히고설킨 이야기는 이웃 나라 조선 사람들의 감수성을 자극하기도 하였다. 이 이야기들은 그들의 이야기이면서 동시에 사람 사는 이야기였기에 조선인들 역시 이 이야기를 통하여 자기 모습을 어렵지 않게 발견할 수 있었다.

삼언에 수록된 작품들과 상당히 유사한 한문 소설이 17세기 중엽 출현했다는 것, 18세기 중엽에 활동한 화가나 문인의 독서일지에 『경세통언』과 『성세항언』이 등장하는 것으로 미루어보아 우리나라 삼언 읽기의 역사는 중국과 거의 동시에 시작되었다고 해도 과언이 아니다. 중국에 갔던 사신, 역관, 수행원들이 현지 북경에서 당시 조선에 없는 책을 값의 고하를 막론하고 구입해서 중국인조차 혀를 내두를 정도였다고 하고 그 가운데는 소설도 많았다고 하니 삼언도 이런 경로로 수입되었을 것이다.

　삼언은 단순히 일부 사대부들의 독서 취미에 머물지 않았다. 당시 조선의 사대부들은 동아시아 공용어라 할 한문으로 된 원본 텍스트를 읽고 감상하는 것을 그렇게 어려워하지 않았다. 이들은 삼언 수록 작품을 같은 매체인 한문으로 된 또 다른 소설로 개작하기도 하고, 야담으로 장르를 바꿔 19세기 한문 야담집인 『동야휘집』이나 『청구야담』 같은 문집에 싣기도 했다.

　이와 동시에 삼언 수록 작품을 우리말로 번역하기도 했다. 이 번역에서는 장소와 역사 배경을 조선으로 바꾸기도 하고 삽입 시가詩歌나 사건 전개를 축약하거나 고치기도 하는 등 개작이 되는 경우도 많았다. 그러나 엄밀하게 말하면 우리 조상들이 번역의 저본으로 삼은 것은 삼언이 아니었다. 명말, 삼언이 출간된 지 얼마 지나지 않은 시점에 삼언에서 29편 그리고 또 다른 단편 소설집에서 11편을 가려 뽑아 엮은 『금고기관』이란 작품집을 번역한 것이다. 『금고기관』도 전체를 오롯이 옮기는 차원이 아니라 40편 중 일부 작품을 선정하여 번역하였다. 그러면서 제목을 바꾸거나 원전의 내용을 삭제하거나 축약하는 경우도 많았고, 번안 혹은 개작하는 경우도 많았다. 일설에 의하면 현재 확인되는 것으로는 대략 30편이 된다고 한다.

　억울하게 팔려 온 여인을 그녀가 원래 사랑했던 이에게 돌려보내는 의인의 이야기, 「배진공이 제 짝을 찾아주다」가 『유세명언』과 『금고기관』에 같이 실려 있다. 20세기 초엽, 그 작품이 한국에서 두 차례 번역되었다. 하나는 『금고기관』이란 제목의 책에 실렸고, 다른 하나는 『어사박문수전』이라는 책에 어사 박문수와는 전혀 상관없는 작품임에도 실렸다. 20세기 초엽 우리 문학사가 소위 신소설 시기를 맞이하고 신문 연재소설이 유행하면서 중국의 단편소설, 구체적으로는 바로 『금고기관』이 우리나라 신소설 작품을 창작하는 자양분으로 작동하기도 했다. 『경세통언』의 34번째 작품이자 『금고기관』에 35번째로 실린 「왕교란의 슬픈 노래」는 규장각에 필사본으로 전한다. 이 작품이 1913년에 활자화된 12회 작품 『채봉감별곡』을 낳는 데 결정적 역할을 하기도 했다. 이해조 같은 작가는 본인의 신문 연재소설의 소재를 『금고기관』에서 다수 찾아냈다고 한다.

이 20세기 초엽이 중국에서는 소설, 그중에서도 특히 백화白話로 된 삼언 같은 민중의 삶을 묘사한 소설 작품을 자신들의 문학이 나아갈 방향을 모범적으로 보여준 사례라고 하며 신문학 운동을 벌였던 시기이니 한국 역시 그러한 흐름의 영향을 받았을 것이고 그런 측면에서 삼언을 다시 새롭게 읽기 시작했을 것이다. 그러나 이 과정은 삼언의 전 작품을 차분하게 읽는 것이 아니라 『금고기관』의 작품 가운데 당시 사회 분위기에 어울릴 작품이 소수 선택되어 반복적으로 활용되는 양태로 나아갔다.

18세기 초엽, 유럽에 가장 먼저 소개되어 불어와 영어로 번역되었으며 19세기에 이르기까지 여러 차례 다른 책에 옮겨 실린 작품 역시 『경세통언』의 두 번째 작품이면서 『금고기관』에 20번째로 실린 작품인 「장자가 아내를 시험하다」였다. 볼테르는 이 작품을 당대 유럽 사회의 부인의 덕성을 비판하는 글로 개작해 내기도 했다. 소설 형식을 빌어 풍자적, 철학적 글쓰기를 한 것이다.

어차피 수용이란 것, 감상이라는 것 자체가 이런 운명을 지닌 것인지도 모른다. 우리는 자기가 좋아하는 가수의 앨범을 구입하여 들을 때 1번 트랙부터 마지막 트랙까지 듣는 경우는 많지 않다. 처음 한두 번은 그럴지 모르나 결국 자기의 마음에 꽂히는 한두 곡을 집중적으로 듣는다. 처음부터 컴필레이션 앨범을 감상하기도 한다. 아예 처음부터 싱글만 발매하는 경우도 많다. 좋아하는 것을 좋아하게 된다. 외국 소설을 자기 식대로 해석하고 감상하는 방식 가운데 하나가 바로 번안이나 개작이다. 만약 번안이나 개작이 원전을 정확하게 번역할 능력이 없어서라거나 모자란 창작력을 감추기 위한 수단이 아니고 새로운 문화 요소를 흡입하여 자기 식대로 해석하고 예술적 성취를 이루기 위한 것이라면 그것은 또 하나의 창작으로 대접받아 마땅하다. 그러나 좋아하는 것을 좋아하는 것은 쉬 질릴 수 있고, 그 좋아하게 된 것이 어떤 식으로 만들어졌는지 해석해 낼 수도 없다. 전체상을 헤아릴 힘은 역시 전체를 처음부터 끝까지 읽는 끈질긴 독서에서 나온다.

나는 성경을 히브리어로 읽지 못한다. 불경을 산스크리트어나 팔리어로 읽지 못한다. 한글로 된 것을 읽고 가끔씩 영어나 한문으로 된 것을 참고한다. 우리말로 옮겨진 게 없다면 읽을 엄두를 내지 못했을 것이다. 비록 통독하는 경우는 별로 없고 그저 유명한 구절을 찾아 읽는 정도지만 말이다. 성년이 되어『돈키호테』나『걸리버 여행기』를 다시 읽고서 그게 얼마나 긴 작품이고 얼마나 다양한 내용을 지니고 있는지를 알게 되었다. 그건 어려서 읽은 그것과는 완전히 다른 세계였다. 본래의 모습대로 가감 없이 번역한다는 것이 얼마나 큰 미덕인지 비로소 알게 되었다. 내가 삼언 번역에 도전하게 된 것은 아마도 이런 이유 때문이리라.

다양한 판본이 존재하는 작품의 경우 번역자는 자신이 여러 판본을 집대성하여 하나의 판본을 구성해 내고 그것을 번역하고자 하는 유혹을 느낄 수도 있을 것이다. 그러나 이렇게 번역자에 의하여 만들어진 저본은 번역자에 의하여 새롭게 만들어진 판본이라고 해야 할 것이다. 번역자는 자신이 참고한 바로 그 판본의 원래 모습을 그대로 보존하면서 자기가 번역자로서 개입한 흔적을 어떤 형태로라도 표현해야 하는 의무를 부과받은 존재이다. 우리가 듣는 교향악이 악보가 아니라 누군가에 의하여 연주된 실황 그 자체이거나 녹음된 것이듯이 작품의 번역 역시 종합 판본이 아니라 특정 판본이어야 한다. 그래야 원래 모습대로 전체를 살펴보는 게 가능해진다. 『성세항언』의 번역 역시 예외일 수 없다. 나는 1993년 장쑤고적출판사에서 펴낸 『풍몽룡전집』에 수록된 『성세항언』을 텍스트로 삼아 그대로 완역했다.*

---

* 이 '풍몽룡과 삼언에 대하여'는 원래 『유세명언』(민음사, 2020)에 실렸던 글이다. 이 글이 크게 수정, 보완되어 『경세통언』(아모르문디, 2024)에 실렸고, 이제 『성세항언』에도 실리게 되었다. 이 글을 옮겨 싣게 해주신 민음사와 아모르문디 관계자 분께 감사한다.